魏晋南北朝文艺思想史

本卷主编 李壮鹰

中国文艺思想通史 第三卷◎上

北京师范大学出版社

《魏晋南北朝文艺思想史》编委会

主　编

李壮鹰

作　者

（以姓氏笔画为序）

李壮鹰　张文浩　陈玉强

林英德　蒙丽静

《魏晋南北朝文艺思想史》
主编简介

李壮鹰

1945年生，河北迁安人。北京师范大学文学院教授，博士生导师。主要从事中国古代文论和古典美学研究，发表学术论文百余篇，出版著作20余部。代表作有《中国诗学六论》《禅与诗》《逸园丛录》《中华古文论释林》（十卷）等，所撰《诗式校注》荣膺国务院表彰，并入选"首届向全国推荐优秀古籍整理图书"书目。

总 序

为这样一套大书写序是件很难的事情：如何才能照顾到方方面面呢？既然不可能，索性我们就来个因繁就简，只谈二事。

先来谈谈我们这套书的缘起。

记得是 2005 年的某一天，在一次会议后，我和童庆炳、李壮鹰两位老师聊天，谈及教育部人文社科重点研究基地重大项目的立项，都认为每年两个项目，往往因人设题，零零散散，难以产生有影响力的研究成果。童老师提出是否可以选择一些有连续性、可以长期做下去的课题。李壮鹰老师提到某大学原来有搞一套"中国文艺思想通史"的打算，但不知什么原因似乎没有落实。于是我们决定把这个题目纳入北京师范大学文艺学研究中心今后若干年立项的主要选题范围。当时我是文艺学研究所所长兼中心副主任，童老师就决定让我来主持这件事。于是我便设计了全书卷目，计有先秦卷、两汉卷、魏晋南北朝卷、隋唐五代卷、宋金元卷、明代卷、清代卷、近代卷、现代卷九卷。从 2006 年起，每年按时代先后以两卷作为两个重大项目选题立项，还聘请了一批校内外学有所长的专家学者共襄盛举。另外，为了培养人才，我还拟出了中国文艺思想史范围内的 20 多条博士论文选题指南，动员新入学的博士生选择，并加入"中国文艺思想通史"的研究队伍之中。此后的若干年内，这项工作便成为北师大文艺学研究中心最主要的科研任务，研究所和中心的绝大多数教师以及相当一部分博士研究生被纳入这一研究队伍之中。我负责的"先秦卷"于2006年立项，我聘请了李山、过常宝、刘绍瑾以及博士生赵新、褚春元、陈莉作为课题组成员，历时五年余，完成一部百万字的书稿，接着我们获得了国家社科基金后期资助项目资助，于2012年由北京师范大学出版社分上、下两册出版。该书出版后受到学界好评，并获教育部第七届高等学校科学研究优秀成果奖（人文社会科学）二等奖。其他各卷也都相继立项、展开研究、完成书稿撰写，各卷主编和课题组成员都付出了艰辛的劳动。

童老师生前对这套书极为重视，寄予很高的期望，常常询问我进度情况，有时还亲自帮我督促进度较慢的参编人员。时至今日，童老师的音容笑貌还时时浮现在我的眼前，让我感到责任的重大，促我奋进。光阴荏苒，倏忽间十三年过去了，童老师已经去世四年有余，我们这套书基本完成，将要付梓了。这套书的出版或许是对将一生心血都倾注于北师大文艺学学科建设的童庆炳老师最好的慰藉吧！

再来谈谈这套书的研究视角。

现代以来，国内外学界针对中国古代文学艺术、文艺理论与批评的研究已经出版了大量论著。中国古代之"绘画史""书法史""文学史""文学批评史"等"专门史"也层出不穷，看上去在这个领域似乎已经不大可能有创新的空间了。然而如果仔细分析就不难发现，这些研究似乎有一个共同特征：它们大都是按照现代学科分类所做的专门研究，鲜有那种打破学科界限的综合性研究。而这种综合性研究或许正是"中国文艺思想史"研究的独特价值之所在。换言之，为了弥补各种文艺"专门史"研究的不足，以便更加切近研究对象的固有样态，也是为寻求创新与突破的可能性，"中国文艺思想史"的研究应该提倡一种综合性的、还原历史现场的或者语境化的视角。具体言之，我们可以从"整体关联性""动态性"和"功能性"三个层面来考察"中国文艺思想史"的研究视角问题。

(一)整体关联性视角

把文学艺术看作一个时代占主导地位的意识形态的表现形式,力求在二者的相互关联中阐释其意义,这应该是"中国文艺思想史"研究的综合性视角的主要表现形式之一,也是"整体关联性"视角的重要体现之一。从这一视角出发,文艺不再是象牙塔里"纯而又纯"的"审美对象",而是一种特殊形式的意识形态,具有强烈的政治性特征。尽管我们的确还可以从几千年前的文艺作品中感受到美和情感,但这并不能否定任何文艺都是特定时代或社会集团之意识形态的表征这一基本事实。从哲学阐释学的意义上说,我们看到的作为"历史流传物"的文艺作品已然不是它产生时人们眼中的那个文艺作品了。例如,先秦时期,中国文化灿烂辉煌,周代贵族的礼乐制度及其话语表征、诸子百家的放言高论、"诗三百"的恢宏质朴、"楚骚"的哀婉华美,在今天看来都是各自领域"高不可及的范本"。然而彼时根本就没有独立于典章制度与学术文化的文学艺术,一切在今天看来属于文学艺术领域的东西,在先秦时期都是作为一种更加根本性的意识形态的组成部分或附属品而存在的。对这种意识形态系统,后人常常称之为"礼乐文化"。

让我们来看看礼乐文化系统中的文学与艺术。所谓"礼乐文化"就是历史上记载的周公"制礼作乐"而创造的文化系统,它既是与周代贵族等级制相适应的文化符号系统,同时也是符合贵族阶层利益的意识形态系统。中国历史上曾经有一个真正意义上的贵族时代,即从西周至春秋后期这六百年左右的历史时期,以宗法血亲为基础的分封制和世袭制是这一贵族社会的主要标志。贵族阶层的身份,贵族在经济与政治、文化上的种种特权不是自然而然地形成的,更不是通过个人的努力或某种侥幸的机会得来的,而是制度所规定的。这时的社会结构是固化的,也是稳定的,不同社会阶层的人都被其身份所固定,享受着各自的权利,承担着各自的义务。贵族们的"世卿世禄"与庶民们的"农之子恒为农""工之子恒为工""商之子恒为商"同样是法定的。当时的贵族统治者根据政治、经济上实际存在的社会差异建立起了一套严密的礼仪制度与相应的文化观念，使这种政治和经济上的差异合法化。而且更为高明的是，他们把政治制度与意识形态极为巧妙地融为一个整体，使一切文化形式，包括诗、乐、舞及绘画、雕塑等各种审美形式都成为国家意识形态的表征，使文化与政治天衣无缝地结合起来。固定阶级差异、实现阶级区隔的政治功能借助繁缛华丽、雍雍穆穆的文化形式来实现。在礼乐文化语境中，贵族们不仅在祭祀、朝会、宴饮等公共活动中确证自己的身份，而且在日常生活的细枝末节中也不断地实现着这一意识形态功能。以"文艺"或"审美"的方式来极为有效地达到意识形态或政治的目的，这是周公"制礼作乐"，即建立西周礼乐文明最伟大的贡献之一。周代贵族的这一策略为后世的儒家思想家所继承，并随着儒学成为主流意识形态而为历代统治者所汲取，从而成为中国古代文化传统的重要组成部分。《荀子·乐论》云：

> 故乐在宗庙之中，君臣上下同听之，则莫不和敬；闺门之内，父子兄弟同听之，则莫不和亲；乡里族长之中，长少同听之，则莫不和顺。故乐者，审一以定和者也，比物以饰节者也，合奏以成文者也，足以率一道，足以治万变。

这段文字十分准确地说明了礼乐文化的意识形态功能，这也是儒家标榜的"仁政""王道""德治"的主要手段之一。可以说，贵族时代的文艺或审美活动并不是后世意义上的文艺或审美活动，而是一种具有直接的政治意义的精神活动。在这种精神活动中，人们所获得的内心体验，如平静与和谐的感觉，与社会结构的稳定与和谐具有深刻的同构关系。综上所述，我们完全有理由说，中国古代贵族阶层所创造的礼乐文化系统中的文学与艺术，即诗歌、音乐、舞蹈、青铜器皿及其花纹图案等，都是贵族等级制的符号表征，是带有明显的政治性、意识形态性的文化形式。如此看来，中国西周至春秋时期的文学艺术作为礼乐文化的一部分，其本身就是一种贵族意识形态，具有很强的政治功用性。这里的文学艺术具有高度的同一性，都是周代贵族制度与意识形态的符号化形式。因此要研究作为礼乐文化系统的文学与艺术，就可以而且有必要采取一种综合性的研究方法，从而揭示其整体性特征。这显然是单纯的"文学史"或者"艺术史"所无法做到的。这恰恰是"文艺思想史"的任务。

把文学艺术思想看作在一个时期里与政治、宗教、哲学、历史等思想形式处于交融互渗之中的话语系统，力求在各门类之间复杂的"互文性"关系中揭示文艺思想的深层意蕴，此为"整体关联性"视角的又一个重要体现。王瑶先生的中古文学研究可以说开了中国现代以来把文学思想与哲学思想进行整体性研究的先河。他说："如果说西洋文学批评之所以精深严博，是因为有它底哲学思想的理论根据；我们可以说中国文学批评的发展，也是深深地和当时的哲学思想有密切关系的。"[1]这无疑是方家卓见。我们以往的"文学史""文学批评史"或者各种"艺术史"等，习惯于采用一种"剥离法"进行研究。所谓"剥离法"就是在卷帙浩繁的古代文献中苦苦爬梳、细细翻检，把那些按今天的学科分类属于"文学"或"艺术"的材料挑选出来，然后分门别类加以排列、阐释，从而形成了一个线索清晰的"××史"。这种研究范式长期占据着我们学界的主导地位，至今依然有很大的影响。这种研究的优点是条理分明、清晰，来龙去脉让人一目了然，而缺点是人为"建构"色彩明显，遮蔽了文艺思想与其他各种思想形式之间的种种复杂关联，难以反映文学艺术发展演变实际的历史过程。例如，我们前面谈到的先秦文艺思想，且不说周代礼乐文化原本就是一个严密的整体文化系统，其中的诗歌、音乐、舞蹈都不是作为独立的艺术门类而存在的，倘若用"剥离法"来研究，势必严重影响对它们的价值与意义的准确把握，即使是诸子百家的文艺思想，也是其整体思想难以分拆的一部分，因此综合性研究同样

---

[1] 王瑶：《中古文学史论》，85页，北京，北京大学出版社，1986。

是必要的。拿儒家的文艺思想来说，就完全是儒家政治理想、道德观念、人生旨趣的直接表达，这里并没有什么"学科分类"。孔子说"兴于诗，立于礼，成于乐"（《论语·泰伯》），是讲人的修身过程，在这里诗歌与礼之规定、音乐都是修身的必要手段，各有各的不可或缺的功能。这就意味着，在先秦时期，文艺思想史实际上就是从一个特定角度来书写的文化史或者思想史。这就要求我们必须有文化史、思想史的视野，如此才能着手研究文艺思想史。例如，孟子的"知人论世"说是稍有文学史知识的人都耳熟能详的。然而要想了解其真意，特别是了解其阐释学意义，就不能不把文学思想史研究与学术思想史研究相结合。按照传统的"剥离法"，"知人论世"说的意思很简单，就是说要真正理解一首诗的含义就需要了解作者，而要了解作者就需要了解他生活的时代。长期以来我们的文学史、文学批评史就是这样理解的。这就遮蔽了"知人论世"说中隐含着的一种极为可贵的、具有现代学术意义的思想——"对话"。何以见得呢？假如我们不用"剥离法"，不把这一说法仅仅看作一种文学观念，而是去联系上下文，按照孟子的本意去理解它，我们就很容易发现，孟子讲"知人论世"的目的是"尚友"，而"尚友"的目的则是修身。按孟子的逻辑，一个道德品质高尚的人一定要与天下那些同样具有高尚品质的人交朋友，如此可以相互学习，不断提升自己。为了提升自己，除了和同时代的优秀人物交朋友，还要和古代的优秀人物交朋友，这就是"尚友"。和古人交朋友的主要方式就是"读其书，诵其诗"，为了准确地理解古人在"书""诗"中表达的意思，就需要"知人论世"。"尚友"说对于理解"知人论世"说有着极为重要的意义，这里暗含着"平等对话"的意思：既不仰视古人，也不贬低古人，而是与之交友，与之平等对话，是其所应是，非其所当非。这是一种了不起的诗学阐释学思想，可惜后来到了荀子那里，提出了一套"征圣""宗经"的思想，过于迷信古代圣贤，孟子的"尚友"精神被淹没了。很显然，只有打通思想史与文艺思想史的综合性研究范式才能解释孟子诗学思想中的这一伟大价值。又如，宋代的文艺思想就与整个宋代学术有着极为密切的联系，诗论、文论、画论、书论中常常使用的许多概念，也同样是宋学的重要概念。比如"涵泳"这个词，既是道学家存养（心灵的自我提升、自我锤炼）功夫的基本思维方式，又是诗学家学诗、品诗的基本思维方式。这里虽然言说的对象不同，因此在语义上会有一定差异，但在运思过程上却是完全一致的：都不是用逻辑思维的概念化的推理过程，而是集中于内心世界的体验与领悟；都指向一种绝假纯真的精神境界，从而实现对现实世界的超越。涵泳作为一种全身心投入其中、将主体与客体融二为一的思维方式，在人格修养与艺术理解方面都具有极为重要的意义，是逻辑演绎所无法替代的。这就意味着，只有打通文艺思想与哲学思想的壁垒，从综合性视角出发，我们对"涵泳"的丰富意蕴方能有比较全面而深入的把握。其他如"自得""体认"等也都是这样的概念。

(二)动态性视角

"动态性"视角是文艺思想史研究的另一个重要视角。所谓"动态性"视角指把研究对象视为一个生成的过程，而不是一个静态之物。一般的研究总是把研究对象当作一个已经完成了的、固定不变的实存之物来看待，然后对它进行有序的、共时性的梳理、分析和阐释。与此相反，动态性的视角是要把研究对象理解为一个不断生成的过程，主要不是研究这个过程的结果，而是要研究这个过程本身。这种"动态性"研究视角就是要追踪对象形成的过程，对与这一形成过程有关联的各种因素进行细细梳理、分辨。一句话，就是要深入研究对象的"肌理"中去，考察它形成的内在机制。换言之，这种研究感兴趣的是那个作为结果的研究对象是如何形成的。

鲁迅和王瑶对中国中古文学思想的研究都运用了这样的"动态性"视角。鲁迅在那篇著名的题为《魏晋风度及文章与药及酒之关系》的演讲稿中，把魏晋时期文章风格与文人的生活方式、心理特征结合起来考察，把"清峻、通脱、华丽、壮大"等文章风格看作文人生活方式、心理状态的表征，从而勾勒出其生成的过程，这种研究方法较之那种把文章风格视为已成之物，对之进行静态分析的方法无疑高明多了。王瑶是直接在鲁迅这种研究方法的影响下进行中古文学研究的，他对中国文学思想的研究是从考察作为文化语境的清谈风气入手的。在王瑶看来，"清谈既成了名士生活间主要的一部分，自然所谈的理论也会影响到他们的立身行为和文章诗赋的各方面……文论的兴起和发展，咏怀咏史，玄言山水的诗体；析理井然的论说，隽语天成的书札，都莫不深深地受到当时这种玄学思想的影响"[①]。清谈是形式，玄学是内容，清谈与玄学构成了一代士林风尚，对六朝时期的文艺思想产生了直接而重大的影响。从清谈玄学到文艺思想，这是一个动态的影响过程。然而，清谈玄学并非从天而降，王瑶先生又进而考察了由汉末"清议"演变为魏晋"清谈"的过程。在他的阐释视域中，从汉代经学到汉末之清议，从汉末清议到魏晋之清谈，然后再到整个六朝的文艺思想，乃是一个动态的形成过程。这样充分关注研究对象之动态性、生成性，而不是把它当作静态的既成之物的研究，实际上也就是所谓"历史化"和"语境化"的研究。这种研究不是按照研究对象（如一个文本）给出的表层逻辑来进行阐释，而是透过对象的表层逻辑而进入其背后隐含的深层逻辑中去阐释。换句话说，这种"动态性"或"生成性"的研究视角不是停留在对研究对象"说出来"的东西的关注之上，而是向着其没有说出来的东西追问；不是停留在对对象"是什么""怎么样"的追问之上，而是进而追问对象"为什么"会如此这般，将其如何成为这般的那个原本就隐秘的，或者被简单化的研究方式所遮蔽的过程呈现出来。

文艺思想史研究中的所谓"动态性"的研究视角是与"静态性"视角相对而言的。自清末民初以来，中国学术逐渐接受了来自西方的现代学科分类，并以此对卷帙浩繁的中国古代典籍进行了重新梳理与编排，那原本融汇于经、史、子、集四部中的文艺思想就被挑选出来，按照时代先后勾连排

[①] 王瑶：《中古文学史论》，54 页，北京，北京大学出版社，1986。

列,从而建构起了"文学史""艺术史""文学批评史"等,这种研究主要做两件事:一是整理爬梳,即从浩若烟海的书籍中抉择、挑拣出符合现代学科分类的材料并加以整理;二是概括、阐述这些材料说了什么,一般会列出1、2、3等若干点。这类研究开始只是针对一流的大家名作,渐渐地就越来越细,直至二流、三流甚至不入流的,即对没有什么价值的人物与著述也加以研究。这样一种研究范式,在我们的文学史、艺术史和文学批评史领域,差不多一个世纪以来一直处于主导地位,由于缺乏具有阐释力度的理论视角与方法,其路子越走越窄,最后大都只好归于考据和文献整理一途了。资料工作是非常重要的,但这绝对不应该成为全部的研究,甚至不应该是主要的研究,在资料的基础上去分析、论证,从其所言见其所不言,揭示其背后种种复杂的研究对象的动态生成过程,或追问真相,或建构意义,这才是文艺思想史研究的主要任务。

(三)功能性视角

所谓"功能性",是指文艺思想并不仅仅是某个时代社会状况、文人心态、世风民俗等基础性存在的精神表征,也不仅仅是与社会政治、意识形态无关的"纯审美"现象。事实上,康德意义上的那种"无功利"的"纯审美"是不存在的。人类历史上的任何一种审美现象,任何一种文艺思想都是历史的产物,是社会的产物,都与某个社会阶层或集团的利益相关联。而且任何一种审美现象或文艺思想都对其赖以产生的社会状况具有某种作用。对这种作用予以关注,就是文艺思想史研究中的"功能性"视角。例如,如果我们要研究西周时期的文艺思想,"文"这个概念肯定是一个绕不过去的"关键词"。对于这个"文",我们可以从"功能性"视角来研究。《国语·周语下》云:"襄公有疾,召顷公而告之,曰:'必善晋周,将得晋国。其行也文,能文则得天地。天地所胙,小而后国。夫敬,文之恭也;忠,文之实也;信,文之孚也;仁,文之爱也;义,文之制也;智,文之舆也；勇，文之帅也；教，文之施也；孝，文之本也；惠，文之慈也；让，文之材也……'"韦昭注云："文者，德之总名也。"①这里"文"不仅是指周代贵族那套典章制度等文化符号系统，而且还几乎包含了周代贵族道德修养的全部内容。由此可知，在西周至春秋时期，"文"基本上就是贵族教养的别名，是贵族趣味的集中体现。作为一种"趣味"或文化惯习，"文"在贵族生活的方方面面，从外在形式到内在规范，都有所表现，贵族之为贵族而不同于常人之处，主要就在这个"文"上，其中当然也包含诗歌、音乐、舞蹈以及钟鼎器物等直接的艺术形式。但是这里有必要指出，"文"既是那套为贵族等级制提供合法性依据的文化符号系统与价值观念体系的总名，也是一种包含着感觉、情感、体验等非理性因素在内的综合性精神倾向，甚至可以说是贵族思维方式与生活方式本身。对于周代贵族制度来说，这个"文"具有极为重要的政治和意识形态功能。它除了为贵族等级制提供合法性之外，还是彼时阶级区隔的主要手段，是贵族自我神圣化或者说是使贵族成为贵族的主要方式。

"趣味"是自康德以降的西方美学中的核心概念，所不同的是，德国古典美学是把"趣味"作为艺术和审美活动与社会功利目的相区隔的主要因素来理解的，而具有后现代主义批判视野的法国社会学家布尔迪厄对"趣味"的理解却刚好相反，他恰恰是从社会功能的角度来考察"趣味"的。在他看来，人们的经济与政治地位是在社会中进行阶级划分的决定性因素，但是使一个阶级成为这一阶级的却不仅仅是政治和经济因素。在这里，行为举止、处事方式等方面所显示出来的差异（如人们常常说的"教养"或"修养"）就更多地是由文化方面的因素所决定的。在这里"趣味"可以说具有首要的意义。布尔迪厄认为它才是阶级区隔的主要因素："人们出生高贵，但是人们还必须变得高贵……换一句话说，社会魔力能够产生十分真实的效应。将一个人划定在一个本质卓越的群体里（贵族相对于平民、男人相对于女人、

---

① 《国语》，96页，上海，上海古籍出版社，1998。

有文化的人相对于没有没有文化的人，等等），就会在这个人身上引起一种主观变化，这种变化是有实际意义的，它有助于使这个人更接近人们给予他的定义。"①这就意味着，一个阶级在成为其自身的过程中，除了政治和经济的因素外，文化与社会惯习也具有不可或缺的重要性。在这个意义上说，是"趣味"使贵族成为不同于平民百姓的特殊阶级的：不是因为成为"上等人"之后就自然地具有了"上等人"的趣味，而是特定的高雅趣味使"上等人"成为"上等人"的。而且一个人的趣味往往并不是他个人的选择，而是社会环境与文化惯习使然："有机会和条件接触、欣赏'高雅'艺术并不在于个人天分，不在于美德良行，而是个（阶级）习得和文化传承的问题。审美活动的普遍性是特殊地位的结果，因为这种特殊地位垄断了普遍性的东西。"②如此看来，趣味绝不是远离社会现实的纯粹之物，不是毫无功利性的超越性存在，恰恰相反，趣味是社会政治和意识形态的一种特殊的表现形式，任何一个时代的文学艺术、审美活动无不体现着某种社会需求或某个社会阶层的"政治无意识"。这也就意味着，趣味是有着社会功能的，其根本上是代表着某个社会阶层的利益的。布尔迪厄的这种见解对于我们理解文艺思想史研究中的"功能性"视角具有重要启发意义。事实上，中国古代文艺思想，无论是讲直接的功利作用的儒家文艺思想，还是追求超越现实，标举玄远飘逸、清雅空灵的老庄美学与佛禅美学，均始终与文人士大夫的身份意识、意识形态建构有着密切关联，因此始终具有重要的社会功能。这也就意味着，"功能性"应该是中国文艺思想史研究不可或缺的重要视角之一。

20 世纪 90 年代中期以来，北师大文艺学学科一直在倡导和实践一种我们称之为"文化诗学"的研究方法，上述三大视角可以说正是我们所说的"文化诗学"的核心。但由于这套书过于庞大，参加研究和撰写的作者人数

---

① ［法］P. 布尔迪厄：《国家精英——名牌大学与群体精神》，杨亚平译，193 页，北京，商务印书馆，2004。
② ［法］皮埃尔·布迪厄、［美］华康德：《实践与反思——反思社会学导引》，李猛、李康译，123 页，北京，中央编译出版社，1998。

众多，水平并不一致，因此贯彻这种研究方法的程度难免不一致，在具体问题上也难免存在舛讹与偏颇，这些都需要读者见谅了。

李春青

2019 年 9 月 1 日于北京京师园

前言

魏晋南北朝是中国历史上极其重要的时期。处于中古时段、夹在炎汉与盛唐两个伟大的王朝之间的这四个世纪，虽为中国历史上最动乱、最分裂的时期之一，但在文化上起了承前启后、继往开来的重大作用。汉代中央集权的解体和儒学思想统治的轰毁，导致了士人自我意识的觉醒和审美意识的独立，进而造成人们文艺观念的自觉以及创作、批评的繁荣。魏晋南北朝历来被称为文学的自觉时代，也是文学理论思考和批评发展的黄金时代。其实，在这一时期获得空前发展的不光是文学创作和文学批评，还有音乐、绘画、书法等艺术门类的创作与批评。文论、乐论、画论、书论在这一时期交相辉映，展示了人们的整体文艺思想水平。而人们的文艺思想，又与当时人们的哲学思想、社会思想密切相关。在本书中，我们综合探讨了魏晋南北朝时期的文艺创作和文艺思想的发展情况，重点从历史语境入手，深入探讨人们文艺观的社会成因和思想、学术背景，集中剖析本时期所产生的文艺范畴的观念内涵，并仔细绎理文艺思想发展的历史脉络，期能做成一部较完备的魏晋南北朝时期的文艺思想通史。这不仅对中国古代文学批评史的研究具有开拓作用，对整个历史文化、古代思想史的学术研究亦当有所补益。同时，对于今天文艺学的建设也可提供历史参考。

本书分为三编。

第一编是关于魏晋南北朝文艺思想的社会历史背景研究。任何思想都是人们的社会存在和现实实践的反映，魏晋士人的文学艺术观念从属于他们的整个社会观念和精神倾向，而他们的社会观念和精神倾向，则是他们所处的时代的反映。比如，汉末的丧乱和儒学统治的倒台促使士人个体意识、审美意识和文学创作精神觉醒，嗣后的士族门阀政治所造成的文化享乐之风也促进了审美活动的独立和艺术价值的提升。九品中正制这一特殊的选举制度，对魏晋时期的文化、文艺品评极有影响。汉末以来，随着时代的变迁，政治与文化皆从一元变为多元，玄学、道教和佛学一时俱起，争雄斗长，各种思想相互冲撞、交融，在精神倾向及其思维方式上皆对人们的文艺观念产生了巨大的影响。此外，魏晋时期的生产技术的发展所导致的社会文化传载条件的改观，也促成了当时的文艺创作活动的繁荣和交流机制的变革。纸自东汉以来迅速流布于社会，而在魏晋时期得以广泛应用，晋桓温政权正式诏布以纸替代简帛，是纸完全取代旧有的媒材，承当语言、艺术的主要文本载体的标志。而纸的流行，使文本创作从过去为皇家所垄断变为文人之间的交流，使东汉以前一直以口传为主的歌变成了文本的诗，从而使狭义的文学创作得以确立，并刺激人们去探讨创作规律。魏晋时期书法和绘画艺术的流行与发展，亦与纸之流行具有密切关系。

第二编是对魏晋南北朝文艺批评的历史绎理和述评。在这一部分，我们以时代为序，以作家或著作为目，分章评述从汉末到六朝的文论、诗论、书论、画论、乐论。评述中力图避免一般的文论史所常有的平面性弱点，在详悉评介文艺批评家的文艺见解的同时，突出论述其与时代背景和思想语境的关联，不仅关注他们的创作实践，甚至他们的政治实践、生活实践所体现出来的审美观念和文艺思想，还关注不同时期艺术思想的发展轨迹，以及文论、诗论、书论、画论、乐论之间的交互影响。

第三编是魏晋南北朝时期的文艺批评范畴研究，主要集中于对本时期所出现的文论、艺论概念内涵的剖析，这是对魏晋南北朝整个时期文艺思想的横向考察。中国古人表达自己思想的方式，与西方人似有不同：西方人自古注重理论体系的直接建构，而中国古人的思想体系则为潜在性的；西方人喜欢用命题和逻辑论证的形式，把自己的思想变成理论，而中国古人则习惯于把思想隐于创作、鉴赏和批评实践之内。在对作品的评价、赏鉴中，古人习惯于用各种带有独特含义的概念、术语作为标的和准则，寄托自己的创作主倡、艺术理解和审美理想，它们是古人思想的凝聚体。这些概念，颇像某种圈内的行语，人们彼此对其中所蕴含的约定俗成的意味心照不宣，故人们只是应用它们来评论作品而从不对它们的内涵作直接的界定和阐发。从西方的视角来看，中国古代的文艺思想似乎多为对具体作品的评说而无所谓文艺理论，而实际上，古人丰富的文艺思想正像水中盐味、色里胶青一样，溶解在具体的文艺评论之中，他们所认识到的许多精微的艺术规律，也是包孕在批评时所使用的概念之中的。因此，在相当的意义上说，研究中国古代思想，与其关注理论命题，不如剖析概念。如果我们能费些力气，对这些概念的内涵进行深入分剖，古人的那些虽然没有明言，但早已成熟的深刻思想，就可以被发掘出来。

魏晋南北朝时期，是文艺创作空前繁荣、文艺批评空前活跃的时期，这一时期涌现出一系列的具有新的内涵的审美概念，体现了人们对文艺的本体、本质、创作和鉴赏规律、艺术形式美等问题的深入思考和独到认识。在本书第三编，我们对这些概念逐一进行了尽量详细的考察，将概念的历史语源、语义沿革、现实背景、应用案例、学理内蕴以及它们与其他概念的联系等方面结合起来，力图揭示出藏在概念之中的隐性思想。

本书的撰写由多位学者完成，第一编的历史背景部分由张文浩、蒙丽静、李壮鹰执笔，第二编的文艺批评情况概述部分由林英德、蒙丽静执笔，第三编的艺术批评范畴研究部分由陈玉强执笔。全书各部分的策划设置以及最后的统合工作，是由李壮鹰来做的。尽管我们在研究和撰写中都下了不少功夫，但由于水平所限，书中不可避免地存在着缺点甚至谬误，衷心期待广大读者提出批评。

李壮鹰

目录

第一编 魏晋南北朝历史文化背景概述

第一章 魏晋南北朝的时代风貌　3
　　第一节　魏晋南北朝历史概述　4
　　第二节　魏晋南北朝的社会体制　30
　　第三节　魏晋南北朝的政治体制特点　54

第二章 魏晋南北朝的文化背景　74
　　第一节　魏晋玄学　74
　　第二节　佛教　97
　　第三节　道教　122
　　第四节　北朝经学　152

第三章 魏晋南北朝时期的士人精神　184
　　第一节　南朝士人的精神　184
　　第二节　北朝文人的心态　247

第四章 魏晋南北朝文化传播机制的变革及其对文学的影响　322
　　第一节　纸的产生和广泛应用　323
　　第二节　纸之普及与文人诗的确立　332
　　第三节　纸本媒介与诗的文学特质　338

第五章 魏晋南北朝文艺发展史概述　344

　　第一节　汉末至魏晋南北朝文艺发展概述　344

　　第二节　北朝文学创作的发展　404

第二编　魏晋南北朝文艺思想发展脉络梳理

第六章　魏晋时期的文学思想　431

　　第一节　曹丕与曹植　431

　　第二节　陆机与陆云　447

　　第三节　左思与皇甫谧　462

　　第四节　挚虞与李充　470

第七章　南朝的文学思想　480

　　第一节　史学家论文　480

　　第二节　沈约　495

　　第三节　萧氏三兄弟　505

第八章　刘勰的文学思想　525

　　第一节　刘勰的生平及《文心雕龙》的成书　525

　　第二节　刘勰的文学观　532

　　第三节　刘勰的文体论　539

　　第四节　刘勰的创作论（上）——创作的基本原理　548

　　第五节　刘勰的创作论（下）——创作的主要技法　560

　　第六节　刘勰的批评论　569

　　第七节　刘勰的文学史观　574

第九章　钟嵘的诗学思想　582

　　第一节　钟嵘的生平与《诗品》的写作　582

　　第二节　钟嵘的诗歌理论　589

　　第三节　钟嵘的诗歌品评　596

第十章 魏晋南北朝的音乐艺术思想　606

　　第一节　阮籍　606

　　第二节　嵇康　616

　　第三节　北朝的音乐思想　626

第十一章 魏晋南北朝的书法艺术思想　642

　　第一节　钟繇与皇象　642

　　第二节　成公绥、索靖及卫恒　646

　　第三节　卫铄与王羲之　656

　　第四节　羊欣与虞龢　664

　　第五节　王僧虔　672

　　第六节　萧衍、陶弘景及袁昂　676

　　第七节　庾肩吾　686

　　第八节　北朝的书法思想　693

第十二章 魏晋南北朝的绘画艺术思想　699

　　第一节　顾恺之　699

　　第二节　宗炳与王微　704

　　第三节　谢赫　713

　　第四节　姚最　721

　　第五节　北朝绘画与雕刻思想　726

第十三章 魏晋南北朝子书中的文艺思想　742

　　第一节　徐幹《中论》与刘劭《人物志》　742

　　第二节　王弼《老子注》与郭象《庄子注》　751

　　第三节　葛洪《抱朴子》　763

　　第四节　刘昼《刘子》　775

　　第五节　颜之推《颜氏家训》　783

第三编　魏晋南北朝文艺审美理念摘剖

第十四章　文　797

第一节　释"文"　797

第二节　"不朽"与"道之文"："文"的合法性及"文"观念的扩张　801

第三节　文笔之辨："文"观念的收缩与文学自觉的深化　808

第四节　"文体"：文章辨体意识的深化　814

第十五章　气　821

第一节　释"气"　821

第二节　文艺本体论之"气"：元气与感物　825

第三节　文艺主体论之"气"：禀气与养气　828

第四节　文艺作品论之气：风格与气势　835

第十六章　势　841

第一节　释"势"　841

第二节　"视笔取势"与"尽形得势"：书论中的"势"　848

第三节　"情势"与"容势"：画论中的"势"　852

第四节　"因情立体，即体成势"：文论中的"势"　856

第十七章　韵　861

第一节　释"韵"　861

第二节　舍声言韵与形外之美：韵与人物品评　866

第三节　气韵生动：韵与文艺审美　869

第十八章　味　874

第一节　释"味"　874

第二节　"声亦如味"：乐论中的"味"　878

第三节　义味与滋味：文论中的味　882

第十九章　赏　886

第一节　释"赏"　886

第二节　"赏景"与"赏心"：主客交融中的"赏"　889

第三节 "赏人"与"赏文":人文一体中的"赏" 893

　　第四节 "玄赏"与"妙赏":道艺辉映中的"赏" 898

第二十章 缘情 902

　　第一节 从诗言志到诗缘情 902

　　第二节 性情之辨:诗缘情的哲学语境 905

　　第三节 礼缘情:诗缘情的伦理语境 910

　　第四节 感物说的新发展:诗缘情的意义 912

第二十一章 神思 915

　　第一节 释"神思" 915

　　第二节 "神与物游":文论神思说 918

　　第三节 "迁想妙得":画论神思说 924

　　第四节 "意在笔前":书论神思说 928

第二十二章 畅神 933

　　第一节 从比德、比情到畅神 933

　　第二节 "畅神"说的玄佛语境 937

　　第三节 从《明佛论》看宗炳的"畅神"说 939

第二十三章 象外 943

　　第一节 "象外"的含义及渊源 943

　　第二节 玄佛语境中的"象外" 947

　　第三节 "象外"的美学指向 949

第二十四章 丽 956

　　第一节 释"丽" 956

　　第二节 "丽"与魏晋南北朝文艺批评 959

　　第三节 魏晋南北朝文艺尚丽的原因 966

第二十五章 奇 971

　　第一节 释"奇" 971

　　第二节 人物品评中的尚奇观念 975

　　第三节 书论、画论中的"奇"论 978

　　第四节 文论中的"奇"论 982

第二十六章 清、简、淡、远 991
第一节 "清"范畴的审美生成 991
第二节 "简"范畴的审美生成 998
第三节 "淡"范畴的审美生成 1008
第四节 "远"范畴的审美生成 1016

第二十七章 言与意 1022
第一节 魏晋言意之辨的哲学渊源 1022
第二节 玄佛语境下的魏晋言意之辨 1026
第三节 言不尽意与文艺表达的困境及解决 1032

第二十八章 形与神 1036
第一节 形神之辨的源起 1036
第二节 魏晋人物品鉴及魏晋玄学的形神观念 1039
第三节 魏晋南北朝佛教的形神观念及其所受之责难 1041
第四节 形神之辨对魏晋南北朝文艺理论的影响 1045

第二十九章 体与性 1052
第一节 数穷八体：八种基本的文学风格 1052
第二节 才、气、学、习：作家个性的四个层面 1055
第三节 表里必符：个性与风格的统一性 1058

第三十章 风与骨 1068
第一节 风骨的含义与魏晋南北朝人物品评 1068
第二节 魏晋南北朝书画风骨理论 1070
第三节 魏晋南北朝文学风骨理论 1072

第三十一章 隐与秀 1079
第一节 隐秀的内涵及获得方式 1080
第二节 隐秀的意义及现实针对性 1084
第三节 隐秀理论的美学渊源辨析 1087

参考书目 1091

第一编 ◎ 魏晋南北朝历史文化背景概述

第一章
魏晋南北朝的时代风貌

　　魏晋南北朝这段历史,给人一种世事变幻和人生难测的感觉。这是一个复调的时代,丧乱中有偏安、分裂中有统一、变动中有因袭、颓废中有激扬、破坏中有建构、虚静中有探索。而这错综复杂的时代风貌又可从一件件具体的物事中加以审辨。正如唐代诗人杜牧《赤壁》中的感喟:"折戟沉沙铁未销,自将磨洗认前朝。"从曹操的一首《蒿里行》,嵇康的一曲《广陵散》,到傅咸的一篇《纸赋》,王羲之的一幅《兰亭序》;从顾长康的妙捐百万之举,到大官僚何曾家里的一个蒸饼,清谈名士习用的一柄麈尾,一双登山的谢公屐;从苻坚"草木皆兵"的狼狈,到"不觉屐齿之折"的矫情镇物;从金谷园的豪奢,到侯景之乱的血腥;从北土十六国的战乱,到南北兼汇的酥茶……凡此种种,或大或小,或显或幽,都是这段历史的不同侧面,使异彩纷呈的魏晋南北朝的历史形象丰富充盈起来。有关这个时期的文艺思想,我们同样可以沿着这些线索,以立体观照方式进行历史性描述和同情式理解。

◎ 第一节
魏晋南北朝历史概述

  长期分裂且战乱纷繁，王朝频换而思想多元，是魏晋南北朝历史的总特点。这个时期自建安元年（196）始，至隋开皇九年（589）灭陈止，近四个世纪。其间数十个大小政权更迭相替，错综交错，可谓群雄角逐：竞智力，争利害，大小相吞，强弱相袭，或鼎峙，或吞灭，干戈不息，氛雾交飞，殊少宁日。不同阶层之较量，不同民族之争斗，统治者内部纷乱，酿成了这段"文化史上之大风雨"[①]时期。时世之艰可以线性大致描述：东汉末年，皇室衰微，宦官、外戚和各路诸侯豪雄各据其势；光和末，黄巾起；继而董卓之乱，诸侯割据，形成魏、蜀、吴三国鼎立纷争；中经司马炎以禅让方式代魏而建西晋，分裂近百年之局面暂时结束；旋有八王之役和永嘉之祸，匈奴、鲜卑、羯、羌、氐五个游牧部落与南方汉族政权对峙并雄；前赵乘隙攻灭西晋，琅琊王司马睿于南方建立东晋，偏安江左，统一局面昙花一现后，重又进入东晋十六国割据分治时期；南方刘裕南征北伐东讨西战，除桓玄、孙恩、卢循、刘毅等军事集团，又取巴蜀、伐南燕、灭后秦，最终代晋立宋，成为南朝时期疆域最大、实力最强、经济最发达、文化最繁荣的一个朝代；北方汉、赵、燕、凉等前后相继，稍后苻坚建立的前秦励精图治，基本统一北方，可惜很快遭遇淝水之败，北方复陷离析，直至北魏自代渐显头角而统一北方，始定南北分治之局。南北两势各有朝代更迭，却长期维持对峙状态，史称南北朝。南朝（420—589）包含宋、齐、梁、陈四朝；北朝（386—581）则包含北魏、东魏、西魏、北齐和北周五朝。"花开花落不长久，落红满地归寂中"，陈后主的"亡国之音"《玉树后庭花》恰好总结了这近四百年来走马灯式的王朝更换史。589年，隋军进入建康，陈后主被

[①] 陈登原：《中国文化史》，289页，沈阳，辽宁教育出版社，1998。

俘，南北朝历史终结。

汉末军阀豪强混战，最后三国鼎立，曹魏控制中原地区，蜀汉控制巴蜀地区，东吴控制江东地区。曹操三次发布求贤令，打破东汉选官之道德品评标准，避免世族把持选官而名实相违；又采取"申商韩白之术"以强壮其军事势力，以"屯田制"严格管制土地兼并；并施以严刑峻法，一些世族名士遭到压制或杀害。曹丕为改善与世族关系，重用以经学礼法传家的名士钟繇父子、王朗、王肃、司马懿等。220年，曹魏实施九品中正制，选官兼顾德才标准，但世家大族渐渐控制了"中正"职位，遂掌握了吏部铨衡之权，改变了九品中正制的初衷而使其成为世族的政治特权。由此，郡望出身、父荫家业成为通往上层社会最重要的条件，导向晋代"上品无寒门，下品无世族"的局面。正始年间，曹爽主持朝政，起用何晏、丁谧、邓飏、毕轨、桓范、王弼等清谈名士。《晋书·傅咸传》云："任何晏以选举，内外之众职各得其才，粲然之美于斯可观。"但实际上何晏具有学术和政治双重人格，其典选举亦有党争性质，他为曹魏政治集团寻找新的意识形态以维护其权威，压制礼法派司马氏政治集团。两派斗争的结果，是代表世族利益的司马氏政治集团发动高平陵事变，曹魏宗亲势力被铲除，天下名士也在这场斗争中减去大半。竹林名士在政治高压下，或被杀或被迫屈从司马氏集团，或放浪形骸或隐于朝市，越名教而任自然。司马氏集团提倡汤武周孔之名教，以此压抑老庄玄谈，但名实不符，徒具名教之名而无名教之实，故名教之忠义观念颇显尴尬。于是，晋室略过忠义而主张"以孝治天下"，世传家法得到重视，家庭孝礼得到弘扬。

西晋初年，武帝司马炎吞吴统一天下，采取措施发展经济生产，颁行占田制、户调制和品官占田荫客制。又实行分封食邑制度，同姓二十七人以此为王，拥有地方政权、任命属官权和兵权，名曰辅翼王室，避宦官外戚专权之祸。西晋还强化了九品中正制，把门第作为选官唯一标准，使几乎所有重要官职都掌握在世家大族阶层手里。虽然"太康之治"使得社会暂时稳定并呈现繁荣状况，然而好景不长，由于皇帝大封宗室，罢州郡兵，再加上怠惰政事，自上而下奢侈腐化，士无准行，诸王内讧不已，最终在惠帝即位初年酿成"八王之乱"。此前贾后主政九年，任用裴頠、贾模等政治贤才，稍得太平时光。贾模死后，贾后杀太子司马遹，赵王司马伦起兵杀贾后及其亲党，张华、裴頠等大臣名士亦被杀。

301年，司马伦称帝，官秩混乱。齐王冏联合成都王颖与河间王颙讨伐司马伦，司马伦败死。河间王颙又联合长沙王乂攻伐并除去司马冏，再联合司马颖攻伐司马乂，失败；东海王司马越杀司马乂。此后，东瀛公司马腾加入混战并招收鲜卑人、乌桓人相助；司马颖也引匈奴左贤王刘渊、氐人李雄助战。少数民族部落在汉末即进入中原参与军阀混战，后来被各豪强收为田客、奴仆，任意买卖剥削，矛盾激化；八王之乱后，晋室四分五裂，经济生产遭到严重破坏，民生凋敝，匈奴、鲜卑、羯、羌、氐等族问鼎中原，在百余年间先后建立数十个大大小小的政权。晋室束手无策，而士族阶层只顾各自的家族利益，或清谈务虚不关心朝政。东海王司马越率晋军主力及朝臣东走河南，途中病死。随军太尉王衍及晋宗室四十八王为石勒所杀，洛阳陷于前赵刘渊之子刘聪之手，怀帝被杀。秦王司马邺在长安称帝，是为晋愍帝。司马邺有心支撑晋室，奈何大势已去。《晋书·孝愍帝纪》云："帝之继皇统也，属永嘉之乱，天下崩离，长安城中户不盈百，墙宇颓毁，蒿棘成林。朝廷无车马章服，唯桑版署号而已。众唯一旅，公私有车四乘，器械多阙，运馈不继。巨猾滔天，帝京危急，诸侯无释位之志，征镇阙勤王之举，故君臣窘迫，以至杀辱云。"司马邺终在316年投降前赵刘曜，后受辱被杀。西晋灭亡后，少数民族军事政权互相攻伐，中原的经济文化破坏殆尽。魏晋之际，"天下多故，名士少有全者"，抑郁抱憾或遭杀戮等非正常死亡者比其他历史时期更多。在正始年间两大集团斗争中，曹髦、何晏、夏侯玄、邓飏、丁谧、毕轨、桓范、毌丘俭、嵇康等皆非自然终老；在晋室内乱中，张华、周处、潘岳、石崇、欧阳建、陆机、陆云、孙拯、嵇绍、牵秀、阮修、杜育、刘琨、王浚、王赞、挚虞、曹摅、闾丘冲、嵇含、王衍等上演了一幕幕人生悲剧。

琅琊王司马睿于318年称帝建业，《晋书·王敦传》云："帝初镇江东，威名未著，敦与从弟导等同心翼戴，以隆中兴，时人为之语曰：'王与马，共天下。'"东晋王朝在琅琊王氏家族及北方世族名流的辅佐支持下偏安江左，又努力争取南方本地世族的拥护。这样，南渡世族与本地世族帮助司马氏政权稳住了脚跟，东晋门阀政治开始。过江之初，朝野人士志在收复失地，但他们的信心很快被现实击碎，偏安东南已成大势。这个时候，晋廷主要采用王导提出的绥靖政策，以内部稳定和经济发展为实务，以清谈思辨为务虚。向秀、郭象的"名教即自然"成为士族阶层的人生信条，玄学也渐渐佛学化。晋元帝为了加强皇权，抑制侨吴世族势力膨胀，重用寒族士人刁协、戴渊等，结果引起王敦反叛。王敦反叛一旦成功，必破坏政治平衡，故遭其他世族群起攻击。王敦失败后，门阀与皇室重新形成"共天下"格局。此后世家大族庾氏、桓氏、谢氏等依次主政，维持士族阶层与皇帝共同经营朝政的局面。这时，偏安还是北伐成为士族内部争权夺利的旗号。与王谢两家不同，庾亮、桓温都主张北伐收复故土。晋成帝时，陶侃守荆襄、苏峻及祖约守淮南，庾亮安排温峤守武昌以牵制陶侃，致使陶侃不满；苏峻和祖约对庾亮巩固中央的措施心生不满，反叛并胁持晋成帝，陶侃在温峤的劝说下讨伐苏峻，平乱成功。桓温于346年伐蜀灭成汉政权，统一南方，与后赵隔秦岭对峙。桓温声威剧增，其他世族以清谈派殷浩来牵制他。殷浩联合羌将姚襄北伐前秦，又伐姚襄，均以失败告终，被贬为庶人流放到东阳。356年，桓温讨伐姚襄，收复洛阳，他建议迁都洛阳，但因遭世族反对而作罢。371年，桓温改立司马昱为简文帝。次年孝武帝继位，桓温要求加"九锡"，因谢安、王坦之拖延而未遂愿。不久桓温病死，谢氏家族执政，谢玄开始训练北府兵，加强中央军力。383年，前秦苻坚出兵伐晋，于淝水交战，被谢安北府兵击败；北方分裂为后秦和后燕为主的几个政权，东晋趁势把边界线推进到黄河。司马道子、司马元显父子忌惮谢氏家族功高盖主，放弃北伐，并试图打破士族门阀政治的平衡局面，致使殷仲堪、桓玄起兵。后桓玄袭杀殷仲堪，欲篡晋自立，却为寒族出身的北府兵将领刘裕所杀。其间，孙恩和卢循发动叛乱，被刘裕荡平。自此世族与皇权"共天下"的局面不复存在，刘裕开始了军阀主政，皇室只是傀儡，世族也已衰微。

420年，刘裕（363—422）立宋，称宋武帝。当时军阀主政，世族以保全门第为首务，赵翼《廿二史札记》"江左世族无功臣"条云："与时推迁，为兴朝佐命，以自保其家世，虽朝市革易，而我之门第如故。"宋武帝对政治经济进行改革，削弱强藩，加强中央集权，军队朝廷化；整顿户籍，厉行土断之法，废除苛繁法令，休养生息发展生产。宋武帝本为庶族出身，鉴于魏晋奢华误国，提倡节俭，宫中生活朴素以至其孙讥为"田舍公"；更下诏兴复儒学，建国以教学为先。宋文帝刘义隆（407—453）继续清理户籍，免除百姓"通租宿债"；推行劝学、兴农、招贤等一系列发展社会生产的措施。宋文帝在位三十年间，励精图治，赢得元嘉之治的美誉。《宋书·良吏传》云："氓庶蕃息，奉上供徭，止于岁赋。晨出莫归，自事而已。守宰之职，以六期为断，虽没世不徙，未及曩时，而民有所系，吏无苟得。家给人足，即事虽难，转死沟渠，于时可免。凡百户之乡，有市之邑，歌谣舞蹈，触处成群，盖宋世之极盛也。"元嘉之世，国力强盛，文人风流，武将神采，可谓群星璀璨；可惜随后北伐大败于北魏太武帝拓跋焘。《资治通鉴·宋纪》云："魏人凡破南兖、徐、兖、豫、寿、冀六州，杀伤不可胜计……自是邑里萧条，元嘉之政衰矣。"更糟糕的是，刘宋王室诸子争位而混战不止，帝王荒淫残暴，朝政日益堕落，宋顺帝于479年禅位萧道成。

萧道成（427—482）即位后加强建康城的防务，改用砖砌筑城墙，形成了中国都城特有的以中轴线为基准，建筑物左右对称的规整风格，成为后代都城建设范本。据《南齐书·高帝纪下》，萧道成"少沉深有大量，宽严清俭，喜怒无色。博涉经史，善属文，工草隶书，弈棋第二品"。生活上限制营立私邸，节俭自奉，同时禁止民间华丽淫靡生活，具体至不准使用华丽饰物、不用金铜铸像、不穿锦鞋等细节。又曾跟从儒学大师雷次宗研习儒家经典，故在位时能够"精选儒官，广延国胄"，减免赋税，安抚流民还乡。萧道成文化艺术修养较高，书法上草隶兼工，可与王僧虔交流争胜；围棋上常与直阁将军周覆、给事中褚思庄共棋对弈而累局不倦,著有《齐高棋图》二卷。齐武帝萧赜即位后延续其父政策,恢复百官禄田俸秩,劝课农桑,修建孔庙;在位十年,继刘宋元嘉文学之"富丽",创造了主"清丽"审美风格的永明文学辉煌时期,声律学成就突出,是隋唐格律诗的先导。齐武帝子孙一如刘宋皇室,为争夺帝位自相残杀,高帝从侄萧鸾趁乱夺得帝位,称齐明帝。据《南齐书·高祖十二王传》,齐明帝尽杀高帝一系诸王,"皆以夜遣兵围宅,或斧关排墙叫噪而入,家财皆见封籍焉"。其时北魏孝文帝迁都洛阳,举兵攻侵南齐,南齐在内乱外忧中灭亡。雍州刺史萧衍杀东昏侯萧宝卷、齐和帝萧宝融,即位建康,国号为梁,是为梁武帝。

梁武帝萧衍(464—549)在位四十八年,时长为南朝皇帝第一。在经济生产方面,梁武帝鼓励农耕,广辟良田,"公私畎亩,务尽地利,若欲附农而粮种有乏,亦加贷恤"①;整理户籍,维持土断政策;于州郡县置官选才,制定《梁律》。政令实施多年后,萧梁统治较为稳定繁荣。萧衍家世信奉道教,跟道教茅山宗创始人陶弘景交往甚密,其国号即是陶弘景援引图谶确定,即位后仍然对陶弘景"恩礼愈笃,书问不绝,冠盖相望","国家每有吉凶征讨大事,无不前以咨询"。②后来梁武帝发愿事佛,曾三次舍身佛寺,精心研究佛教理论,亲自讲经并著述《涅槃》《大品》《净名》等;又改年号为大通、普通、大同等,常由公卿以下群臣出钱亿万赎身回朝,导致朝政渐乱渐坏。梁武帝晚年更由笃信佛法而纵容邪恶,"都下佛寺五百余所,穷极宏丽。僧尼十余万,资产丰沃"③。其所招纳的东魏叛将侯景与京城守将萧正德合谋发动叛乱,史称"侯景之乱"。梁武帝被围建康台城而饿死。就本人才能而言,梁武帝为南朝诸帝翘楚,《梁书·武帝纪下》称其"六艺备闲,棋登逸品,阴阳纬候,卜筮占决,并悉称善。又撰《金策》三十卷,草隶尺牍,骑射弓马,莫不奇妙",确实"历观古昔帝王人君,恭俭

---

① 《梁书·武帝纪下》。
② 《南史·陶弘景传》。
③ 《南史·郭祖深传》。

庄敬,艺能博学,罕或有焉"。 在学术上,梁武帝曾撰有《周易讲疏》《春秋答问》《孔子正言》等二百余卷,还主持编撰了六百卷的《通史》;他把儒家的"礼"、道家的"无"和佛教的涅槃、"因果报应"等糅合在一起,创立了"三教同源说",具有一定的思想史意义。 他也是"竟陵八友"之一,推动了梁代文学兴盛。 然而,"侯景之乱"使繁华的建康城"千里烟绝,人迹罕见,白骨成聚,如丘陇焉"①。 颜之推《观我生赋》自注云:"中原冠带,随晋渡江者百家,故江东有《百谱》;至是,在都者覆灭略尽。"南朝士族遭到毁灭性打击,王谢家族的风光已成过眼烟云,南方社会生活状况极大恶化。 萧绎在江陵即位,为梁元帝。 后西魏和北齐入侵,江陵城破时,梁元帝烧尽所藏图书十余万卷,称"文武之道,今日尽矣",此谓中华典籍"五厄"之一。

557 年,陈霸先(503—559)最终夺得帝位,建立陈朝,为陈武帝。 王夫之《读通鉴论·陈高祖》云:"陈高非忠于萧氏,而保中国之遗民,延数十年以待隋之一统,则功亦伟矣哉!"陈武帝及其后的陈文帝统一长江以南蜀以东地区,在维护社会稳定,恢复南方经济,保护传统文化等方面,都有不凡表现。 后主陈叔宝"生于深宫之中,长于妇人之手,初惧贴危,屡有哀矜之诏,后稍安集,复扇淫侈之风"②。 陈后主不理朝政,唯与大臣唱和《玉树后庭花》《临春乐》等曲,终在祯明三年(589)为隋文帝杨坚所灭。 其诗《玉树后庭花》盛行宫中的过程也是王朝覆灭的过程。

鲜卑族拓跋珪于 386 年建立北魏,太武帝拓跋焘于 439 年统一北方,结束十六国混战局面。 493 年,孝文帝拓跋宏迁都洛阳,大举改革。 拓跋氏重用汉人士族崔氏,将部落组织转化为国家形态,加快民族交融进程。 道武帝拓跋珪"命有司制官爵,撰朝仪,协音乐,定律令,申科禁,玄伯总而裁之"③。 玄伯即崔宏,在他的帮助下,拓跋珪崇儒,又令五经诸书各置博

---

① 《南史·侯景传》。
② 《陈书·后主本纪》。
③ 《魏书·崔玄伯传》。

士,设太学,祭周孔,同时传播黄老思想,诸王莫不喜好。太武帝拓跋焘接受崔浩建议,实施灭佛活动,限制佛教发展而奉道教为国教;又南攻刘宋,形成南北朝对峙的局面。孝文帝拓跋宏(即元宏)实行系列改革,比如改良吏治,推行俸禄制;推行均田制和三长制;整理户籍,恢复闾里制;最大改革动作是迁都洛阳,全面实行民族交融政策。但是,宣武帝元恪继位后,政纲不举,诸王竞豪奢成为风尚,据《洛阳伽蓝记·城西》,"帝族王侯,外戚公主,擅山海之富,居川林之饶,争修园宅,互相夸竞"。孝文帝崇佛,建云冈石窟、龙门石窟,耗去巨资,加重赋税租调。结果从太和末年(499)到孝明帝正光五年(524)发生数十次暴动。北方六镇各族反叛,北魏朝廷依靠契胡军阀尔朱荣镇压六镇叛乱势力,尔朱荣顺势掌握实权。尔朱荣重用高欢统管六镇,却被高欢从内部灭掉。高欢以孝武帝元修为傀儡,元修逃入关中投靠关陇军阀宇文泰,高欢另立孝静帝元善见。这样,东魏和西魏分立。

550年,高欢之子高洋废孝静帝,改国号为"齐";557年,宇文觉废西魏恭帝元廓,建立北周。周武帝宇文邕于560年即位,继续摆脱鲜卑旧有的生产方式和生活习俗。周武帝于天和四年(569)召集名僧名儒名道士与文武百官二千余人,辩论三教优劣,结果以儒为先,次之道教,以佛为后。又于建德三年(574)发动毁佛断道运动,"经像悉毁,罢沙门、道士,并令还民"[①]。于是关陇佛法诛除略尽,既克北齐,一并毁之。毁佛断道遏制了寺院经济对中央集权财力的分割,保证了生产力和府兵制兵源,为北方统一创造了物质基础。北齐政权的主要依靠力量是鲜卑族军阀,其废止了许多民族交融政策,汉人士族大批被杀。文宣帝高洋统治时期,北齐与北周关系比较平稳,主要集中力量向北方和南方扩张。高洋晚年奢侈至极,朝政腐败,国势衰落,军队也日益削弱。北齐诸帝大多昏庸荒淫,穆提婆、和士开、高阿那肱等奸佞专权弄事。后主高纬更是自称"无愁天子",其诛杀名将斛律光、兰陵王,更使北齐无力面对北周的进攻,遂于577年为周武帝宇文邕所

[①] 《周书·武帝纪上》。

攻灭。周武帝北与突厥和亲，南与陈朝修好，灭北齐后将改革措施扩展到中原，经过多年努力，儒家思想已在北方民族当中根深蒂固。后国舅杨坚乘辅助幼主静帝的时机，受禅建立隋朝。隋文帝杨坚采纳高颎策略，干扰陈朝经济生产，破坏其军事物资，先后战胜突厥、废除西梁国，于589年攻入建康城俘获陈后主。至此，南北分裂局面结束。

综观整个魏晋南北朝政权更迭史，可见人心险恶，篡弑愈演愈烈，"盖为人上者，苟慕美名，而实无唐虞三代之公心，为诸侯者，既获裂土，则遽效春秋战国之余习"[①]。在这样的环境里，民生多艰，黎庶无疑直承恶果，即便高居上位如世家大族者亦多蒙厄运，所谓"魏晋之际，天下多故，名士少有全者"[②]。何晏、嵇康、二陆、张华、潘岳等，皆不得善存天年。分裂时期的文治武功、典章制度往往较少令人称道之处，是以魏晋南北朝常被忽视冷落，比起周、汉、唐、明这些宇内一统的时代，人们的关注曾经很不够。当然，时至今日，关于这段历史的研究，在领域、方法、成果、人员、媒介等各方面早已今非昔比。毕竟在中国历代帝王世系图表中，最密集的篇幅就在这个时期；而且二十四正史中，这个时期有十一部之多，比例是相当大的。另外，战乱不息、哀怨载道的社会未必一无是处，各民族在消长互进中抒写了可歌可泣的关于个人和民族的崛起奋斗史，创造了灿烂的物质和精神文明。宗白华先生说："汉末魏晋六朝是中国政治上最混乱、社会上最苦痛的时代，然而却是精神史上极自由、极解放，最富于智慧、最浓于热情的一个时代。因此也就是最富有艺术精神的一个时代。"[③]这个时代岂止最富有艺术精神，在社会各个层面都有特殊表现。

先说社会经济方面。汉魏之际，王权已大为削弱，士族地主和地方豪强势力崛起自雄，其强烈的兼并性和割据性是造成军阀混战的重要因素；而内徙的北方民族之多，甚于古代社会其他时期，民族矛盾也构成了战祸连绵的

[①] 《文献通考·自序》。
[②] 《晋书·阮籍传》。
[③] 宗白华：《美学散步》，208页，上海，上海人民出版社，1981。

重要因素。"献帝婴董卓之祸，英雄棋峙，白骨膏野，兵乱相寻，三十余年。"①幸有曹操集团不懈努力，因其苦心恢复经济生产活动，积聚经济力量，为处置军事、政治和社会生活打下基础，故此后能够基本统一北方。曹操在山东兖州立业之初就听取谋士毛玠的建议："今天下分崩，国主迁移，生民废业，饥馑流亡，公家无经岁之储，百姓无安固之志，难以持久。今袁绍、刘表，虽士民众强，皆无经远之虑，未有树基建本者也。夫兵义者胜，守位以财，宜奉天子以令不臣，修耕植，畜军资，如此则霸王之业可成也。"同时，毛玠、崔琰典选举之时，"务以俭率人，由是天下之士莫不以廉节自励，虽贵宠之臣，舆服不敢过度"。②曹操集团一方面发展生产积累经济资本，另一方面厉行节约使经济效用最大化，为以后在豪雄纷争中胜出奠定了坚实的物质基础。

曹操破青州黄巾军后，获得了一批农业生产资料，其整编的青州军也成为劳动力，开始实施屯田办法。建安元年（196），曹操采纳枣祗、韩浩建议，将屯田制度化。数年中，在其控制范围内全面实行屯田制，分民屯和军屯。后又形成士家制度，使兵源和粮源得到双重保证。为顺应屯田制的实施和推广，还兴修了大大小小的水利工程，这对农业生产发展无疑是推动力。如"修广淮阳、百尺二渠，上引河流，下通淮颍，大治诸陂于颍南、颍北，穿渠三百余里，溉田二万顷，淮南、淮北皆相连接。自寿春到京师，农官兵田，鸡犬之声，阡陌相属"③。尽管这些水利工程在魏末晋初造成了水患④，但导致水患的原因很多，毕竟在曹魏攻取天下的阶段，屯田与水利互相促进，实现了劳动力与土地的切实结合，"这是生产得以继续的必要条件，和东汉末年社会上流民千百成群相比，是一种进步"⑤。屯田制延续至

---

① 《后汉书·仲长统传》李贤注。
② 《三国志·魏书·毛玠传》。
③ 《晋书·食货志》。
④ 详参曹文柱：《魏末晋初的陂塌之害——读〈晋书·食货志〉札记》，载《北京师范大学学报》，1984（2）。
⑤ 蒋福亚：《魏晋南北朝社会经济史》，123页，天津，天津古籍出版社，2004。

东晋十六国时期，只是不同阶段对民屯和军屯各有侧重，对政权巩固都起着重要作用。比如东晋祖逖实行军屯，"躬自俭约，劝督农桑，克己务施，不畜资产，子弟耕耘，负担樵薪，又收葬枯骨，为之祭醊，百姓感悦"，收效甚著，据说使得"石勒不敢窥兵河南"。① 长江以南地区由于较少遭受重大战争的破坏，社会民生较为安定，生产活动亦可正常进行，故适应战争所需的屯田制度在南朝不怎么兴盛；北朝各政权则经常效法曹魏行屯田之制以增强军政实力。

从曹魏建政开始，北方政权劝课农桑的记载不绝于史，要旨基本上都是提倡精耕细作，可以说，提倡精耕细作是本时期劝课农桑的核心。精耕细作的方式使有限的土地资源与众多人口的生存需求之间的矛盾得到一定程度的缓解。循此大原则大方式，魏晋时期的农业技术有所发展，如人字耙和无齿耙开始出现，形成"耕—耙—磨"结合的耕作技术，加强旱地防旱的技术；北魏时又积累了一整套针对不同季节的"耕—耙—磨"经验，且出现了园艺式种植的方法。在此背景下，北魏贾思勰的《齐民要术》应运而生，反过来推进当时农业生产。书中关于五谷、瓜蔬、果木之栽培，牲畜家禽鱼类之养殖，酱醋羹菹、饼饭饴糖之制作，以及煮胶、造墨方法等，均富有亲身经验的论述。试想，没有一定的农业经济作为支撑，魏晋风度与酒之关系就没有那么耦合无间了。曹操为防军队断炊之虞，曾下禁酒令，优先保证军队粮草供给。陶渊明深得饮酒雅趣，想种更多的高粱以便酿造更多的酒，可是其妻坚持多种水稻，渊明"乃使二顷五十亩种秫（高粱），五十亩种粳（水稻）"②。北朝拓跋部不断崛起，在逐渐完成由游牧转向农业定居的历程后，土地兼并也日趋激烈，以致贫富分化严重，兵源补给不足，社会各阶层的矛盾非常尖锐。北魏孝文帝于485年推行均田制，希望找到一条化解财政危机和社会危机的出路。均田制的实施，使大量无主荒地收归国有，并确保

---

① 《晋书·祖逖传》。
② 《宋书·陶潜传》。

赋役收入。结果，"虚妄之民绝望于觊觎，守分之士永免于凌夺"①，大量浮游和荫附户口被编制到官田荒地上进行生产，一定程度上缓解了豪强兼并、地荒民逃的问题。

江东孙吴政权经过孙坚父子三人的苦心经营，加上程普、张昭、周瑜、鲁肃、诸葛瑾等英才汇聚，地利、人和兼备，制服山越，西攻黄祖。孙刘联盟赤壁破曹后，又取得战略要地荆州，终于确立和稳定了雄峙江表的地位。孙吴称帝虽晚于曹魏和蜀汉，割据江东却为时最久。相比北方战乱纷繁情景，孙吴所辖东南地区的局势较为稳定，经济状况好于北方。黄武年间（222—229），"陆逊以所在少谷，表令诸将增广农亩"。孙权采纳陆逊建议，大规模屯田，劝课农业。大批北人避乱南下，既补足大量劳动力，又广播中原生产经验技术，东南地区的经济在原有基础上进一步发展。左思《吴都赋》云："其四野则畛畷无数，膏腴兼倍。原隰殊品，窊隆异等。象耕鸟耘，此之自与。稱秀菰穗，于是乎在。煮海为盐，采山铸钱。国税再熟之稻，乡贡八蚕之绵。"虽是文学笔法，其农业经济阜盛也约略可观。同时，孙吴的世袭领兵制和赐田复客制，促进了南方大土地私有制的发展，也为世家豪族势力的发展确立了基础，推动了南方世族门阀势力的形成。此期东南地区的工商业也可圈可点，如葛布、麻布之柔软精致使之成为名产，所谓"蕉葛升越，弱于罗纨"即可为证。东吴江河湖海密布，造船业绩自是不凡，"弘舸连舳，巨舰接舻，飞云盖海，制非常模，叠华楼而岛跱，时鱊骤于方壶"，万震《南州异物志》亦云"大者二十余丈，高去水三二丈，望之如阁道，载六七百人，物出万斛"。盐业、陶艺、酿酒、制茶较前同样有很大发展。此外，孙吴地区商业之活跃也甚于中原，不仅长江两岸商贸发达，且与曹魏和蜀汉间的商旅往来密集，《吴都赋》对此也有细致描述，南北互市这种商业情况客观上促进了各民族的经济文化交流。同时，地处东南的孙吴还进一步发展了与海外诸国的商贸交往。《南史·海南诸国传序》记载：

---

① 《魏书·李安世传》。

"吴孙权时，遣宣化从事朱应、中郎康泰通焉，其所经过及传闻则有百数十国，因立记传。"所谓记传，有康泰的《扶南土俗传》、朱应的《扶南异物志》等。海外交通之国如此之多，非前代可比肩，为此后的中外海上交往创造了历史基础。

此后东晋和南朝立足割据，亦得益于江东地区的平稳开发和繁荣。司马炎于265年代魏建立西晋，又于280年灭吴，将东吴辖内郡、州、县悉数纳入西晋版图，迎来近十年的"太康"繁华治世。可惜很快发生八王内乱，引发北方无休无止的战乱。此后，北方战乱远甚于南方。晋室偏安江南后，北方粮食作物也随之南迁，南方农作物品种日益丰富（如谢灵运《山居赋》记载了秫、麻、麦、粟、菽等）。同时，岭南、巴蜀、长江中游两湖、下游浙东等地区继续发展，渐渐形成新的经济中心。《宋书》卷五十四云："江南之为国盛矣……民户繁育，将曩时一矣。地广野丰，民勤本业，一岁或稔，则数郡忘饥。会土带海傍湖，良畴亦数十万顷，膏腴上地，亩值一金，鄠、杜之间不能比也。荆城跨南楚之富，扬部有全吴之沃，鱼盐杞梓之利，充牣八方，丝绵布帛之饶，覆衣天下。"会稽、宣城、毗陵、吴郡、余杭、东阳等地，更是殷盛，"良畴美柘，畦畎相望，连宇高甍，阡陌如绣"①。故"自晋氏渡江，三吴最为富庶，贡赋商旅，皆出其地"②也就顺理成章。战乱固然破坏经济生活，却也刺激统治阶层想方设法发展生产，以备战时之虞，并安抚辖内民心。劝课农桑、设置侨州郡和开放山林川泽在东晋南朝之时是常有的政策，这些政策是起到积极作用的。如建武元年（317）放弛山泽之禁，允许人民自由樵采渔猎或垦辟拓荒，至刘宋大明年间（457—464）占山法颁布，更是完全开放。尽管此为社会现实和自然环境所迫，但终究促进了南方经济的纵深开发和广度延展。唯其如此，方有以世家大族为主创力的文化兴盛，方有诸如田园山水诗群之崛起的文艺阜盛景况。

---

① 《陈书·宣帝纪》。
② 《资治通鉴·梁纪十九》。

南北各方面的融汇互混贯通整个魏晋南北朝的历史。以南北方言混融为例,《颜氏家训·音辞》篇云:"南方水土和柔,其音清举而切诣,失在浮浅,其辞多鄙俗。北方山川深厚,其音沉浊而鈇钝,得其质直,其辞多古语。然冠冕君子,南方为优;闾里小人,北方为愈。易服而与之谈,南方士庶,数言可辩;隔垣而听其语,北方朝野,终日难分。而南染吴、越,北杂夷虏,皆有深弊,不可具论。"方言之混融,必定影响人民的生活方式,也必定带来文学语言的新质。《南史·陆厥传》云:"吴兴沈约,陈郡谢朓,琅邪王融以气类相推毂,汝南周颙善识声韵。约等文皆用宫商,将平上去入四声,以此制韵。"除了佛经传译促成魏晋六朝人对文学声韵的研究外,南北方言交汇也是一种历史条件。南北融汇当然不仅仅表现在方言上的混同,北人、南人杂居相处的特点也很显著。《洛阳伽蓝记》载:"四夷来附者处崦嵫馆,赐宅慕义里。自葱岭已西,至于大秦,百国千城,莫不欢附,商胡贩客,日奔塞下,所谓尽天地之区已。乐中国风土,因而宅者,不可胜数。是以附化之民,万有余家。"《世说新语·排调》亦载:"康僧渊目深而鼻高,王丞相每调之。僧渊曰:'鼻者面之山,目者面之渊。山不高则不灵,渊不深则不清。'"这一融合,在社会风尚诸如服装、饮食、居所、婚俗、节庆、宗教、娱乐、文艺和学术等方面影响至著。

尽管当时乱离纷纭,士族们的奢华生活却足以令后人瞠目咋舌。石崇与王恺斗富、太傅何曾日费万钱犹叹无菜下箸、王济家的天价烤乳猪、荀勖看菜辨柴的功夫……这些士族豪强集团代表人物的故事,无不印证奢侈是这个阶层的普遍特点。不过,从士族豪强的侈泰无度也可以看出当时的科技发展水平。何曾家里的食品蒸饼之所以被视作汰侈之物,在于其发酵技术只为少数人所掌握;到了北魏的时候,崔浩《食经》详细讲述了饼酵制作方法,可见发酵技术已经很成熟,蒸饼再也不是士族权贵的展示品了。饮食内容的改变,往往意味着文化习俗的改变。

在魏晋南北朝时期,人们对煤炭、石油、天然气的认识、开采和利用均获较大进步。煤炭开采量比以往增大,且运用于冶铁业中;石油已被人们用作润滑剂和燃料，应用于生产和军事中；天然气广泛使用在日常生活及煮盐业。一种技术的发展，又往往带动相关行业的发展，例如煤炭开采拉动了石墨的生产和应用。陆云《与兄平原书》云："一日上三台，曹公藏石墨数十万斤，云烧此，消复可用，然烟中人不知，兄颇见之不？今送二螺。"此"石墨"即煤，东晋陆翙《邺中记》解释说："北则冰井台，有屋一百四十间，上有冰室，室有数井，井深十五丈，藏冰及石墨。石墨可书，又爇之难尽，又谓之石炭。"石墨可书，在书写原料方面是一大改观，直接波及书画艺术的演进。元末明初陶宗仪《南村辍耕录》云："上古无墨，竹挺点漆而书。中古方以石磨汁，或云是延安石液。至魏晋时，始有墨丸，乃漆烟松煤夹和为之。所以晋人多用凹心砚者，欲磨墨贮沈耳。"有了墨的推广使用，则有砚台的推广使用，据王渔洋《池北偶谈》，"孙承泽曾藏谢氏道韫一砚，有铭曰：'丝红清石，墨光洪璧，资我文翰，玉砆坚质'"。元代陆友著《墨史》三卷，介绍历代精于制墨技术者，自曹魏韦诞起，晋代张金，刘宋张永，至赵宋周伯止，共百余人，墨之典故，广搜博采，颇为博瞻，盖知东晋时制砚技术已较高，使用越来越普遍。

石油和天然气在此期也得到进一步开掘利用。《北史·西域传》云："其国（龟兹国）西北大山中，有如膏者流出成川，行数里入地，状如醍醐，甚臭。"《水经注》云："《博物志》称酒泉延寿县南山出泉水，大如筥，注地为沟，水有肥如肉汁，取著器中，始黄后黑，如凝膏，然极明，与膏无异。膏车及水碓釭甚佳，彼方人谓之石漆。"可见当时已把石漆当作了润滑剂涂在车和水碓的轴承上。用作照明更是常见，《水经注》在谈到高奴县和延寿县皆有"水肥可燃"的现象后说，"水肥亦所在有之，非止高奴县洧水也"。到了北魏时期，石油已是众所周知之物。魏晋时期关于天然气的描述也不少，人们对其奇异特性常赞叹不已。西晋左思《蜀都赋》云："金马骋光而绝景，碧鸡倏忽而曜仪；火井沈荧于幽泉，高焰飞煽于天垂。"东晋郭璞《盐池赋》说："饴戎见轸于西邻，火井擅奇乎巴濮，岂若兹池之所产，带神邑之名岳，吸灵润于河汾，总膏液乎浍涑。"这是魏晋博物学家、辞赋家对天然气燃烧时的瑰丽景观的惊艳描绘,可见科学技术的发展更新了魏晋文学的表现元素。

此期的冶金技术虽然总体发展缓慢,但制钢炼铁技术仍有一定发展,制钢工艺主要有灌钢法、炒钢法和百炼钢法等。刘琨《重赠卢谌》云:"何意百炼钢,化为绕指柔。"撇开文学意蕴的解读而从科技角度来看,铁本来是很脆的,用百炼技术锻造后,可以变柔至缠绕在手指上,表明当时钢铁的柔化技术已然炉火纯青。傅玄《正都赋》云:"苗山之铤,铸以为剑。"又云:"五采文身,质美光炫。"裴邈《文身刀铭》云:"良金百炼,名工展巧,宝刀既成,穷理尽妙;文繁波回,流光灵照。"这些精彩的描绘性文字,正是当时炼钢技术的艺术写照。从铸件上看,除一般生产工具、兵器、日用器外,还有不少大型佛像、人像、铜镜、铜钱、铁钱、大铁镬等,都是这个时候冶炼技术的见证。铸制佛像之风甚盛,则顺应了佛教东传中土的历史进程,"南朝四百八十寺,多少楼台烟雨中",佛法之兴盛,缺不了铸像技术的推动。《魏书·释老志》云:"兴光元年秋,敕有司于五级大寺内,为太祖已下五帝,铸释迦立像五,各长一丈六尺,都用赤金二十五万斤。"天安二年(467),"又于天宫寺,造释迦立像。高四十三尺,用赤金十万斤,黄金六百斤"。此期铜镜中,要数鄂城所出孙吴铜镜最为工精,如三角缘鸟兽镜、画纹带神兽境、四叶八凤佛像镜等,而曹魏铜镜曾东传至日本,在中日文化交流史上占有重要的地位。

此外,制瓷技术在魏晋南北朝时期得到进一步发展,不仅青瓷、黑瓷、白瓷都能够烧制,而且在胎料、釉料的选择和配制,成形、施釉、筑窑和烧造技术上取得了长足的进步。随着瓷器越来越精美,饮茶成为豪门生活时尚之一,而时尚的亮点在于瓷器茶具的档次。荆州刺史石崇购得当时价值连城的"九兽茶具",凭此斗得皇室巨富王恺无地自容。针对士族汰侈之风,有识之士主张官场以茶代酒来养廉,如王蒙"茶汤敬客"、陆纳"茶果待客"、桓温"茶果宴客",可以说中国人喝茶讲究品位始自魏晋,或者说魏晋开始有饮茶文化。瓷器的功能不仅仅在喝茶,这一时期还出现了瓷制笔筒、砚台、水盂。拥有全套瓷器文具成为文人雅士证明其身份的重要方式。精美瓷器既是士族阶层的时尚追求，也是标识其高雅品位的重要道具。王羲之临终前交代子女务必辞却朝廷"金紫光禄大夫"的赠官，却不忘用一套名贵瓷器文具来陪葬。这些文化现象的出现，以及瓷器出口成为经济外贸增长点，都离不开当时精湛的制瓷技术。

纺织技术方面，魏晋南北朝也有重要进展。杨泉《织机赋》等在一定程度上反映了这一情况，"取彼椅梓，贞干修枝，名匠聘工，美乎利器。心畅体通，肤合理同，规矩尽法"，"足闲蹈躞，手习槛匡；节奏相应，五声激扬"。形象生动地描述了织工和挽花工的分工合作，对织机材料、安装规格、提花操作都作了细致的描写。辞赋家写得如此细致生动，可以想象当时纺织技艺的普及范围之广。纺织技术与纺车改造发明密切相关，三锭式脚踏纺车是此期纺车技术的重要成就。脚踏纺车约出现于汉，但从各地所出汉画像石看，皆是单锭作业，今有东晋名画家顾恺之为汉代刘向《列女传·鲁寡陶婴》所作纺丝配图，原图虽已失传，但历代均有《列女传》翻刻本，宋刻本配图便是三锭式脚踏纺车，说明这种纺车在晋代使用已广，一定程度上为中古贵族的奢华生活提供了技术后盾。

这一时期最具影响力的科技发展当数造纸术的改进与推广。纸张的便捷获取与大量使用，使文艺走向独立的可能性增强。纸张一旦成为主要的文艺传播媒介，则必然极大地充实文艺创作队伍和接受群体。加拿大学者麦克卢汉的《理解媒介》一书指出，一切媒介都是人的延伸：衣服是皮肤的延伸；交通工具是脚的延伸；数字是触觉的延伸；文字是视觉的延伸；计算机不仅是眼睛的延伸，而且还是人的中枢神经系统的延伸；等等。同理，纸张这种媒介也是文艺的延伸，即再现、表现和传播文艺的能力得到空前延伸。20世纪初，英国人斯坦因窃走敦煌石窟内各种古写本、刻本、丝织物、佛像、杂书等万余卷；法国人伯希和，日本人橘瑞超、大谷光瑞等窃走二百余卷；清政府才将劫余的六千多卷运到了北京。这批经书的成形年代大约集中于东晋十六国时期与北宋之间；书的种类除佛经外尚有稀见之经、史、子、集写本和公私文书、契约等；语种方面除大量汉文资料外，亦有许多少数民族以及南亚、欧洲民族的文字资料，内容丰富是显然的，用纸量之大也是不言而喻的。从管中窥出，魏晋南北朝时期的造纸技术颇为发达，造纸业勃兴，官方和民间日常用纸均已较普遍，数量巨大。东晋虞预《请秘府布纸表》说："秘府中有布纸三万余枚，不任写御书，而无所给，愚欲请四百枚，付著作史，书写起居注。"此"布纸"应指麻布作成的纸，或者有布纹的纸。秘府藏纸量三万余枚，数字不可谓不大，而且用丝布麻头来制纸，当为魏晋时的一大创造发明。《太平御览》引《语林》说："王右军（王羲之）为会稽谢公乞笺纸，库中惟有九万枚，悉与之。"库中藏纸量更是达到九万多枚，充分说明了造纸业之发展。魏晋纸张品类繁多，产量大，质量胜前，楮皮纸、桑皮纸、藤角纸、土纸、侧理纸等均已大量出现。纸的生产效率较高，成本大大降低，故渐次取代竹简。卫夫人《笔阵图》载："纸取东阳鱼卵，虚柔滑净者。"是为鱼卵纸，即当时最好的纸。唐李冘《独异志》称："王右军永和九年曲水会，用鼠须笔蚕茧纸为《兰亭记序》。"清郝懿行《证俗文》称："世说纸似茧而泽也，王右军书兰亭记用之。"可见蚕茧纸就是以其像茧而得名的，"似茧而泽"这一特征正与鱼卵纸相似，故根据卫夫人与王羲之的师承关系及王羲之对各类纸笔特征的理解，一般认为王羲之书写《兰亭序》用的蚕茧纸就是鱼卵纸。不管两者是否属于一物异名，其虚柔滑净等特质已接近后世的宣纸。从西晋到东晋前期，官方文书仍是纸简并用，东晋末年后，竹简就被大量削减，有的统治者甚至作出了奏议一律用纸而不得用简的规定。《太平御览》引《桓玄伪事》说，东晋豪族桓玄在废晋安帝自立后，曾下诏说："古无纸，故用简，非主于敬也。今诸用简者，皆以黄纸代之。"在考古发掘中，已很少看到东晋以后的简牍。纸之发明，其赐福于社会甚巨，陈登原评之为"真能撼动中古文化者"[①]。

在整个魏晋南北朝时期，其建筑不追求秦阿房宫、唐大明宫式的宏伟壮

---

① 陈登原：《中国文化史》，264 页。

丽，故建筑体制方面没有重大变革；但其广泛而多样的建筑活动对中国古代建筑艺术的发展仍有独特贡献。当然，"作为一种实用性极强且极重工用材质及匠技劳作的普通造型艺术，建筑不得不去艰难地接受新的文化、新的宗教与新的人生观念之挑战，接受由政权频繁更替、民族的往复交融与人生的起落动乱所造就的对实用的重新估价与对精神的重新追求"[1]。为了适应现实需要，即应对动乱时势，单体建筑多呈高台楼阁式，突出其防御工能，内部空间结构则精巧繁复和灵活多变；建筑群落依势造形，重视相互映衬，显得挺拔隽秀而错落有致。宗教气息的增添，又使绮靡浮华之中保留了一些质朴恢弘的风尚。《世说新语》记载石崇家的厕所，"常有十余婢侍列，皆丽服藻饰。置甲煎粉、沉香汁之属，无不毕备"，又"绛纱帐大床，茵蓐其丽"，以致客人刘寔如厕以为误入石崇卧室。官僚们宅室的华美装饰令人叹奇，而宫室之豪艳奢华自然有过之而无不及，如《晋书·后赵录》描述石虎宫室"漆瓦金铛，银楹金柱，珠帘玉璧，穷极伎巧"。晋人陆翙《邺中记》更加详细，记石虎"于魏武故台立太武殿，窗户宛转画作云气，拟秦之阿房，鲁之灵光。流苏染鸟翎，为之以王色，编蒲心荐席"；其太武殿"悬大绶于梁柱，缀玉璧于绶"，"西有昆华殿，阁上辄开大窗，皆施以绛纱幌"；其金华殿"三门徘徊，反宇栌欂隐起。彤采刻镂，雕文粲丽"。其余装饰，"太武殿前沟水注浴时，沟中先安铜笼疏，其次用葛，其次用纱，相去六七步断水。又安玉盘，受十斛。又安铜龟，饮秽水出后，却入诸公主第。沟亦出建春门东。又显阳殿后皇后浴池上作石室，引外沟水注之，室中临池，上有石床。石虎以胡粉和椒涂壁，曰椒房"。在建筑材料方面的重要革新是琉璃的广泛使用，其晶莹闪亮的色泽和珠光宝气的特点，"在总体装饰上改变了'大屋顶'那最显眼的部位由于材质所造成的暗淡效果，创造出了一个'金碧辉煌'的感觉世界，使中华以大屋顶为特征的建筑群落

---

[1] 陈绶祥：《中国美术史·魏晋南北朝卷》，193页，济南，齐鲁书社，2000。

产生了一种先声夺人且触目惊心的瞻观"①,故风靡于魏晋六朝时代,应和着当时的审美需求。约略观之,正如此期的文学处于一个缘情绮靡和巧构形似的时代,建筑艺术亦处于一个讲究巧丽夸饰和华艳富美的时代。

伴随着道教兴起并深入社会生活各个方面,魏晋南北朝的中医药学承秦汉余绪进一步发展,成就较大者有王叔和、皇甫谧、葛洪和陶弘景等。王叔和是魏晋之际高平人,生于世家大族,宗族数代不乏权势显赫者,也多有文学名士。王叔和由此获得良好的文化熏陶,少年时期即已通晓经史百家。后于动荡时局中投奔荆州刺史刘表,受张仲景弟子卫汛熏染而有志钻研医道。他整理《伤寒论》,更著成《脉经》。《脉经》集汉前脉学大成,分门别类,首次将临床脉象归纳为浮、芤、洪、滑、数、促、弦、紧、沉、伏、革、实、微、涩、细、软、弱、虚、散、缓、迟、结、代、动二十四种,具体描述了每种脉象的特征,区分为八种基本类型,开脉象鉴别先河,据此分析脉象和病人身体状况、疾病症状的对应关系。又收集保存魏晋以前的诊脉方法、脉象所反映的病理变化以及脉诊的临床意义等许多重要文献资料。王叔和确定的脉名类型成为历代脉书中脉名分类的基本准则,其确立的三部脉法和脏腑分候定位,对后世医家对脉象的鉴别有很大的启示作用。王叔和的实践研究,促成了中医诊断学当中脉学分支的独立。

安定皇甫谧自号玄晏先生,是魏晋之际医学家、史学家和文学家。皇甫谧以著述为业,晋武帝累征不就。其《针灸甲乙经》是中国第一部针灸学专著,后世称誉他为"针灸鼻祖"。《针灸甲乙经》记述人体穴位数百个,并提出适合针灸治疗的疾病和症状,如该书所分述的热病、头痛、痉、疟、黄胆、寒热病、脾胃病、癫、狂、霍乱、喉痹、耳目口齿病、妇人病等,条分缕析,内容丰富,使事类相从,删其浮辞,除其重复,论其精要;又创立分部依线检穴法,划出三十五条穴位线路,以此确定穴位的位置,详述针刺深度、留针时间和艾灸时间等,具有一定的临床指导意义。皇甫谧还有文史著

---

① 陈绶祥:《中国美术史·魏晋南北朝卷》,202页。

作如《帝王世纪》《年历》《高士传》《列女传》《逸士传》《玄晏春秋》等，其门人挚虞、张轨、牛综、席纯皆为晋世名臣，《晋书·皇甫谧传》评其"确乎不拔，斯固有晋之高人者欤"，应该说是很恰当的。

丹阳道教代表人物葛洪毕生钻研神仙导引之术，创立丹鼎派。因弘教需要，葛洪学习炼丹术和医术，行医于民间。《抱朴子》是葛洪的代表作，其内篇论述神仙方药及养生延年、禳邪祛祸之法，总结晋前神仙方术，提倡守一、行气、导引等修炼方法，为医药学积累了宝贵的资料；外篇论述人间得失、世事臧否，阐明其社会政治观点，融合儒、道两家哲学思想。葛洪另撰成医学著作《金匮药方》《玉函方》，精选成《肘后卒救方》，收集应急抢救药方。因书中最早记载一些传染病如天花、恙虫病症候及预防诊治法，葛洪被称作预防医学的导介者。文学创作方面，葛洪著有碑诔诗赋百卷，檄移章表三十卷，《神仙传》十卷，《隐逸传》十卷，成就可谓卓著不凡。

丹阳陶弘景亦为道教精神领袖，历南朝宋、齐、梁三代，隐居山中却名重当世，人称"山中宰相"。陶弘景主要在药物学方面系统总结前人成果，著成《神农本草经集注》，所记药物七百三十种，比《神农本草经》多出一倍。其集注改变原书按上、中、下三品分类法，根据药物自然属性分为玉石、草木、虫兽、米食、果、菜、有名无实七大类，更加符合药理特点，为后代药物分类法确定了基本思路和标准；另对药物的产地、采集时间、炮制、用量、服法、药品真伪等与疗效的关系都予以精要记述。陶弘景还首创按治疗性能分类药物的方法，比如防风、秦艽、防己、独活等，归在祛风药物类，此法便于治疗参考，促进医药发展。又创"诸病通用药"，如治风通用药有防风、防己等，治黄疸通用药有茵陈、紫草等，这对临床选择用药有很大的助益。

中国古人的历史意识是很强烈的，所谓"盛世修史，明时修志"，史书的著述反映了古人继承历史和创造历史的能力。魏晋南北朝乱世居多，却仍有大量史书著作出现，并且使历史学摆脱经学附庸地位而成为独立学科，放在四部分类中的乙部，开创了史学的新局面。刺激人们著史兴趣和责任感的原委大致有：自司马迁、班固之后，史学体裁已较完备；政权频繁更替，制造无数重大历史事件，修史资料相当丰富；各大政权对思想的控制力较弱；以造纸术为中心的技术进步；等等。这些因素都是促成史学撰述的客观条件。晋代陈寿撰写《三国志》，记叙魏蜀吴三国历史，以曹魏为正统，称曹氏为帝而称吴蜀为主或名。《三国志》属于纪传体史书，其中魏书三十卷，蜀书十五卷，吴书二十卷，有纪传而无志表。清代钱大昕称誉说："陈承祚《三国志》，创前人未有之例，悬诸日月而不刊者也。"三国时期的政治、军事、经济、学术等领域的重要人物都在《三国志》有传记，国内少数民族及邻国古代历史资料也保存不少。陈寿对于史料取舍审慎谨严和精密简洁，刘勰《文心雕龙·史传》称："及魏代三雄，记传互出，《阳秋》《魏略》之属，《江表》《吴录》之类，或激抗难征，或疏阔寡要。唯陈寿三志，文质辨洽，荀（勖）张（华）比之于（司马）迁（班）固，非妄誉也。"《晋书》也称陈寿有良史之才。南朝裴松之与裴骃、裴子野祖孙三代有"史学三裴"之称，裴松之应宋文帝诏为《三国志》补注，纠正其"失在于略，时有所脱漏"，"注记纷错，每多舛互"。其《上三国志注表》云："其寿所不载，事宜存录者，则罔不毕取以补其阙。或同说一事而辞有乖杂，或出事本异，疑不能判，并皆抄内以备异闻。若乃纰缪显然，言不附理，则随违矫正以惩其妄。其时事当否及寿之小失，颇以愚意有所论辩。"裴注搜罗广博，多方引证各家史料，所引史料计一百五十余种，多于原书数倍，客观上保存了很多价值很高的史料。裴注首创以史证史的史学方法，为史书注释开辟了新的广阔道路；而其收集的稗官野史，当中虽有不少讹谬乖违之处，却丰富了后世文学创作的素材。南朝刘宋时期的范晔编撰的《后汉书》是一部记载东汉历史的纪传体断代史书，与《史记》《汉书》《三国志》并称"前四史"。《后汉书》大部分沿袭《史记》《汉书》的现成体例，但是新增了《党锢传》《宦者传》《文苑传》《独行传》《方术传》《逸民传》《列女传》七个类传，其中《列女传》更是首次在纪传体史书里专为妇女作传，所载十七位杰出女性不全是贞女节妇，还包括才女蔡琰。刘知幾评价说："范晔博采众书，裁成汉典，观其所取，颇有奇工。"①范晔《后汉书》问世后，诸家后汉史著除晋代袁宏《后汉纪》外逐渐散佚，可见其价值所在。魏晋南北朝时期所修断代正史，后来收入"二十四史"中的还有沈约的《宋书》、萧子显的《南齐书》和魏收的《魏书》。魏收的《魏书》特立《释老志》叙述佛教和道教发展史；梁慧皎撰《高僧传》，收录东汉至梁初的中外僧人257人，附见者200余人；梁僧祐的《出三藏记集》等则建立起佛经目录学的基础体系。刘宋时期的刘义庆召集门客编纂成《世说新语》，对后世了解魏晋名士风度和玄学思潮发展情况颇有助益。

魏晋南北朝时期的地方志撰著也有大发展，地方志即记载某一地域的自然、社会、政治、经济、文化等的历史资料，章学诚《修湖北通志驳陈熷议》认为其发挥着"补史之缺，参史之错，详史之略，续史之无方"的功能效用。《豫章古今记》《荆州记》《华阳国记》皆初具地方志模型，而刘宋时期的《太平寰宇记》之后，地方志又有新变。西晋挚虞的《畿服经》，按《隋书·经籍志》说法应该是一部综合性志书："晋世，挚虞依《禹贡》《周官》，作《畿服经》，其州郡及县分野封略事业，国邑山陵水泉，乡亭城道里土田，民物风俗，先贤旧好，靡不悉具，凡一百七十卷，今亡。"地理、物产、风俗、人物等内容悉包于内，可惜亡佚，无法窥其具体内容。东晋常璩撰写的《华阳国志》原名《华阳国记》（简称《华阳记》），是我国现存最早和最完整的地方史志。常璩改变此前方志分开记述历史、地理、人物的写法，而将历史、地理、政治、人物、民族、经济、人文等综合在一部书中，在体裁上看是地理志、编年史和人物传相结合，这是方志史效法正史写法的创举。全书内容分三部分：一卷至四卷以地理为主，兼顾历史，类似正史之地理志；五卷至九卷以编年体的形式记载公孙述、刘焉刘璋父子、蜀汉和成汉割据政权以及西晋统一时期的历史，略似正史中的本纪；十卷至十二卷记载自西汉迄东晋初年的"贤士贞女"，相当正史中的列传。从地域范

---

① 《史通·书事》。

围上看，此书记载包括几十种少数民族的西南边疆地区的方志。因此，《华阳国志》相当于一部地方通史。刘知幾评云："郡书者，矜其乡贤，美其邦族，施于本国，颇得流行，置于他方，罕闻爱异。其有如常璩之详审、刘晒之该博，而能传诸不朽，见美来裔者，盖无几焉。"①因其资料之详广且稀罕，徐广《晋纪》、范晔《后汉书》、裴松之《三国志注》、郦道元《水经注》、贾思勰《齐民要术》均从中借鉴材料。北齐杨衒之的《洛阳伽蓝记》追记劫前城郊佛寺之盛，概括历史变迁，是一部集历史、地理、佛教、文学于一身的历史和人物故实类笔记。《洛阳伽蓝记》全书内容按地理方位分为洛阳之城内、城东、城南、城西、城北，记述华寺七十多处，大致以北魏佛教盛衰发展史为经、以寺庙为纬，先介绍佛寺创建始末、地理方位和建筑风格，次写人物、史事、传闻等，生动细致地再现了北魏都城洛阳数十年间的政治大事、中外交通、人物传记、市井景象、民间习俗、传说轶闻、志怪故事等。《洛阳伽蓝记》对当时豪门贵族、僧侣地主的豪奢极欲、淫佚无度也适时予以讥评。该书文笔叙事繁而不乱，结构上采用佛教典籍"合本子注"的体式；语言风格骈中有散，秾丽兼备秀逸，具有很高的文学价值，与郦道元《水经注》并称"北朝文学双璧"。

　　班固《汉书·地理志》以郡国政区为纲，附记山川陂泽、水道源流和水利设施等，然所记山岭分布、水系脉络的叙述较为分散，自然地理概念仍显模糊。郦道元《水经注》专门详细介绍中国境内一千余条河流及其有关的郡县城市、历史名胜、物产风俗、人物掌故、神话传说、碑刻墨迹、渔歌民谣等，特别是全面而系统地介绍了水道所流经地区的自然地理和经济地理等诸方面内容。郦道元将北魏以前的地方志搜罗殆尽，再加上实地调查到的汉魏碑刻，使得《水经注》既有很高的史料价值，又有不凡的文学价值。《水经注》以"迳见"的实践精神订正材料以定取舍，又以"经之误正"原则指出经文水道的某些错误，弹正前人注经旧解之讹误，发展了疑古惑经而实事求

---

① 《史通·杂述》。

是的社会风气。《水经注》写作顺序先北后南，先内地后边疆，先源头后支流，先叙述河道流经情况再记述流域内的地质地形、气候物产和风俗名胜等，把丰富的地理知识付诸文学笔法，从而实现"因水以证地，即地以存古"的宗旨，在历史学、考古学、地名学、水利史学、民族学、宗教学等方面都有参考价值。其随处可见的小品段落，更是山水游记佳构，张岱《跋寓山注二则》说："古人记山水，太上有郦道元，其次柳子厚，近时则袁中郎。"（《琅嬛文集》卷五）实际上，《水经注》实为柳宗元、袁宏道山水游记的先导，是后世游记作品的艺术滋养。地方史志在魏晋南北朝空前活跃，质量也胜前，数量甚巨，有数百字短篇，有数万言长篇，可谓成熟的表现：魏之卢毓《冀州论》、何晏《冀州言论》、周斐《汝南先贤传》、阮籍《宜阳记》、蒋济《三州论》，蜀之谯周《巴蜀异物志》，吴之谢承《会稽先贤传》、顾微《吴县记》、韦昭《三吴郡国志》、徐整《豫章旧志》，晋之陆机《洛阳记》、杜预《汝南记》、裴秀《雍州记》、潘岳《关中记》、张玄之《吴兴山墟名》、王范《交广二州记》，后燕之张资《凉州记》，西凉之段龟龙《西河记》，刘宋之王僧虔《吴郡地理记》、刘义庆《江左名士传》、刘澄之《扬州记》、雷次宗《豫章记》，萧齐之陆道瞻《吴地记》、张莹《汉南记》、黄闵《沅陵记》，萧梁之陶季直《京邦记》、萧子开《建安记》、伍安贫《武陵记》，陈之姚察《建康记》、陈暄《国山记》，北魏之刘芳《徐地录》、杨晔《徐州记》，北齐之李公绪《赵记》、杨楞伽《邺都故事》，北周之薛寘《西京记》，等等，还有具体写作时间不详者数十种。刘纬毅的《汉唐方志辑佚》（北京图书馆出版社 1997 年版）收录了魏晋南北朝作品近二百种，足可一窥此时地方史志发展盛况。

在儒学发展方面，汉魏之际，"郑学"笼盖天下，《后汉书·郑玄传论》云："郑玄括囊大典，网罗众家，删裁繁诬，刊改漏失，自是学者略知所归。"郑氏笺注的《诗》《书》《礼》《易》《论语》《孝经》风行全国，掩盖其他各家学说。此时，经学大师王肃起而对抗郑学，其所注《周易》《毛诗》《三礼》《左传》《论语》《尚书》继承贾逵和马融，以今文驳郑玄古文，以义理驳郑玄训诂，一度在西晋被立于学官。但郑说仍在东晋及南北朝重振，南方接续郑学传统形成礼学并呈现玄学名理化倾向，北方坚持郑学章句训诂传统。南北学术风格不同，"南人约简，得其英华；北学深芜，穷其枝叶"①。北方开宗立派的大儒主要有徐遵明和刘献之。华阴人徐遵明少年时期曾诣山东求学，又师屯留王聪，受学《毛诗》《尚书》《礼记》；又拜范阳孙买德、平原唐迁，"读《孝经》《论语》《毛诗》《尚书》《三礼》，不出门院，凡经六年，时弹筝吹笛以自娱慰"②；再赴阳平赵世业家读服虔所注春秋，数载后新撰《春秋义章》。后教授门徒，持经执疏以敷陈其学二十余年，海内莫不宗仰。徐遵明博通诸经，北朝诸经传授多因徐遵明之功。博陵人刘献之雅好《诗》《左传》，"每讲《左氏》，尽隐公八年便止"；当时中山人张吾贵门徒千数，号曰儒宗，但实际学术造诣平庸，而刘献之著录数百，"魏承丧乱之后，《五经》大义虽有师说，而海内诸生多有疑滞，咸决于献之"③。刘献之撰有《三礼大义》《三传略例》《注毛诗序义》，还为《涅槃经》部分内容作注。南方流行经注除郑玄《三礼》和《毛诗》外，王弼《周易注》较为著名，为儒学的玄学化奠定基调。

正始之后，玄学炳蔚，关于《论语》《孝经》《礼记》等儒家经典的研究普遍呈现玄学色彩。例如《论语》研究，郑冲、孙邕、曹羲、荀顗、何晏五人"集《论语》诸家训注之善者，记其姓名，因从其义，有不安者辄改易之，名曰《论语集解》。成，奏之魏朝，于今传焉。"④孙邕、郑冲、荀顗是传统儒家代表，何晏和曹羲是正始玄学家代表，故《论语集解》既兼容并包汉魏以来名教、名法、礼法等思想，也潜含着魏晋玄学思潮，打破师法或家法的学派壁垒，体现出创新特色。王弼是玄学奠基者，他引三玄注经，在《论语释疑》中既引申发挥三玄的玄理，又援引《周易》义理来阐发玄学人

---

① 《隋书·儒林传》。
② 《魏书·徐遵明传》。
③ 《魏书·刘献之传》。
④ 《晋书·郑冲传》。

格的玄理，故《论语释疑》中儒家的圣人形象偏离了《论语》文本，成为与天地合德、体道应机的"玄学化圣人"。郭象改造老庄无为思想来解释《论语》，在"本末体用"的哲学问题上，融合儒家和道家的观点，主张"名教即自然"，即把儒家的"名教"与道家的"自然"深层融合起来。皇侃的《论语义疏》融通两汉训解与魏晋义解，既考证疏解名物制度，又多方面阐发正始贵无思想、郭象独化论思想及得意忘言的方法论，同时渗入佛学义理。这种多元整合的解经法，可谓宋明理学的先声。由于晋室奉行以孝治国理念，南方玄学名士兼习《孝经》者甚众。萧齐的张融遗命"左手执《孝经》《老子》，右手执小品《法华经》"[①]，说明《孝经》研究颇受社会重视，从中也可以看出南朝三教并重的思潮已深入人心。东晋以降，礼玄双修为社会名士所宗尚，他们将《中庸》从《礼记》中析出而别作传疏，如戴颙撰《礼记中庸传》、梁武帝萧衍撰《中庸讲疏》和《私记制旨中庸义》等，其中多有自己的理论发挥，反映了这一时期的学术风尚。总的来看，魏晋南北朝是继春秋战国诸子百家争鸣之后的又一个思想活跃和繁荣的时期，儒学、玄学、文学、史学、佛教、道教和艺术等都获得了很大的发展，异彩纷呈，构成南北思想学术互相碰撞交流和融通综合的文化景观。

◎ 第二节
魏晋南北朝的社会体制

汉末，皇权控制力几乎丧失殆尽，形成了建安三国时代的混乱政局，西晋代曹魏后获得几十年的统一，旋即八王之乱发生，中原又陷乱局。社会经济文化在此过程中曲折前进，大致经历了四个周期：汉末群雄割据混战——

---

① 《南齐书·张融传》。

曹操统一北方——西晋太康年间；八王之乱——永嘉之乱——前秦统一北方；淝水之战——北魏统一北方——魏孝文帝改革；六镇起义北魏分裂——北齐北周对立——隋统一南北。尽管民生多艰、民情多哀，百姓依然要生存，社会生活也仍在继续。在这样一个时代，社会各阶层为寻求自存之道不得不组成性质各异的共同体，政权、阶层、宗族、乡里、家庭等组织结构或风土习俗都发生了变化。这一时期的主要阶层，参照朱大渭的归纳，大致可分为六种：皇室和高门士族；寒门庶族，内含地方豪强、寺院地主、富商世贾；少数民族酋帅；编户个体家民、手工业者、金户、银户、盐户；屯田户、佃客、部曲、僧祇户、军户、吏家、百工户、杂户等；佛图户和奴婢仆役。皇室和高门士族是控制朝政的统治者，决定王朝兴衰命运；庶族豪强、富商世贾是维护地方政权组织的主干力量，属于统治者的底部辅翼阶层；其余都是被统治阶层，是社会发展的主体力量。应注意的是，各阶层之间的上下流动在这一时期更为普遍、复杂。

魏晋南北朝的宗族组织可分皇室宗族、士族宗族和寒门宗族三种类型。皇室宗族拥有各方面最大的特权，但受政局剧变和王朝频繁更换的影响，其特权经常受到限制以至分化下滑。寒门宗族结构较为松散，经济力量相对较弱，但在基层社会组织中掌握了一定的文化知识和土地财富，故又称豪族、豪门、寒族、寒宗等。士族宗族是统治阶层中的主体力量，拥有极强的政治、军事、经济实力和极高的社会影响，又称高姓、盛祖、强宗、名族、大族、冠冕之族，世代相沿则成世族。各级政权往往掌控在少数名门士族宗族手中，皇权微弱时尤其如此。东晋以后的贵族阶层基本由士家大族构成，有无共同的经济职能是家庭和宗族的分界线，家庭发挥着经济职能，而宗族依赖父系血缘纽带发挥着凝聚协调、群居教育、自治防御功能，并辅助发挥国家职能。宗族无论大小，其社会功能在魏晋南北朝时期都很强大，它对家庭及其成员干预频繁，家庭成员也经常因服务宗族整体利益而改变个体志趣，如东晋谢安为维持宗族威望不得不东山再起。

宗族社会颇具时代特色，它的结构和功能的演变，影响着近四百年的魏晋南北朝史。汉末以来的宗族拥有土地权,生产活动则由公选出的"任田者"安排,关于农事活动的专书《四民月令》描述了宗族农业经济运作情况。宗族以家庭为基本单位,贫富亲疏不同的家庭支配自己的财富,宗主往往是最富有、最有权势的室家。八王之乱后,宗族成员为求自保,筑坞堡防御外敌。一个宗族一个坞,在坞内屯垦生产,且耕且守。永嘉之乱时,修武县侯李矩"为乡人所爱,乃推为坞主,东屯荥阳,后移新郑"①。此时的宗族结构较汉魏时更松散,家庭耕种渐渐代替屯聚。南北朝时期,南方大宗族不再以集体经济生产活动为纽带,慢慢地走向解体,宗族联系更赖精神纽带,个体家庭成了社会基本单位。比如世家大族琅邪王氏,"甲族向来多不居宪台,王氏以分枝居乌衣者,位官微减,僧虔为此官,乃曰:'此是乌衣诸郎坐处,我亦可试为耳'"②。王氏分枝渐多,各有贫富升沉。陈郡谢氏情况也差不多,谢思为武昌太守,家素贫俭,而其子谢弘微过继给其弟谢混,所继丰泰,资财巨万,园宅也有十余所。可见,宗族的功能几乎消失殆尽,个体家庭的独立性越来越强。其中原因多种多样,战乱离散、南北流动、经济形式改变、宗族成员的独立意识和地位成就差异等,都可能导致个体家庭作用的凸显。原先宗族同居共财的经济生活,在南北朝后期也离析了,宗族内部"危亡不相知,饥寒不相恤"的现象越来越寻常。

作为宗族之一的士族,其特征和发展趋势大体亦如此。但是,其因属上层统治者而享有诸多特权,与一般宗族自是不同。魏晋士族的社会基础是汉末各割据政权的大姓新老名士,政治保证是九品中正制。九品中正制综合家世和才德来定品级,但才德标准越来越无关紧要,高贵的家世决定了士族子弟的政治前途。九品中正制如果按其设计初衷运行下去,应以贤德和才能决定官员的品级,从而形成贤能型等级制社会,而非贵族门阀制社会。其中原因是,"中正制度的运用是基于现实的力量对比关系上,易言之,在于这个

---

① 《晋书·李矩传》。
② 《南齐书·王僧虔传》。

制度不得不如此运行的各种现实条件上,与制度本身的原理是性质不同的两个问题"①。于是,士族制度愈巩固,其门阀势力愈强,有时还能决定皇权去留。西晋代魏之功,以平阳贾充、河东裴秀、太原王沈等世家大族的支持为最重要。所谓"贾、裴、王,乱纪纲;王、裴、贾,济天下"②,实际反映出世家大族在参与政治方面的控制性作用。士族对经济特权的攫取主要依靠皇权赐予土地和劳动力、恩赏和领取厚实俸禄,以及自己的暴力掠夺,从而形成自给自足的宗族经济集团。曹魏后期和西晋太康时期,士族获得占田荫客荫户特权,荫客和荫亲都免除租赋和服役义务而变为依附士族的佃客,意味着士族制度正式形成。在这个经济集团里面,士族之下有门生故吏、宗族成员、家兵部曲、佃客荫户和奴婢妓妾等,由此形成宗族小社会。士族利用经济特权谋取政治和文化特权,并且竭力与其他阶层划清界线以保持其特殊贵族地位的纯粹性。庶族要流升到士族行列需要花费几代人的巨大努力,庶族出身的皇帝甚至都要巴结拉拢士族阶层,比如刘裕受禅立宋以不得谢混奉玺绂为憾。且刘裕本人也渐染士族习俗,以风雅为高,周旋于被门阀士族长期垄断的文化领域之中。西晋时诸王内斗严重,皇帝只好承认士族的政治地位,并让渡部分统治权力,故此时负责选官的大中正一职完全被世家大族把持,九品中正制变为世家大族控制朝政的工具,重要官职皆由大族强宗子弟充任并变相世袭。这就把其余各阶层的上升通道给封堵了,像陶侃之类的庶族人才,即使功勋卓越官位也高,但始终被排斥在朝政核心之外,所谓"上品无寒门,下品无士族"的现象大概在那时形成。士族任官则为上品、清官,经济上可以荫客荫族和免除赋役,文化上经学名教或玄学技艺都历世传承;庶族任官多为地方政权官吏的掾属、佐吏,是中下品浊官,经济上没有特权,自身经营生产,兼营工商业,某些富豪直接管理生产而经济势力较活跃,亦苦心提升文化教养,其改革念头和奋斗精神较强,努力打

---

① [日]川胜义雄:《六朝贵族制社会研究》,徐谷梵、李济沧译,73页,上海,上海古籍出版社,2007。
② 《晋书·贾谧传》。

破士族在各方面的垄断局面。东晋时士族势力达到顶峰,"王与马,共天下"的说法是其写照。这时九品中正制和门阀制度结合,形成东晋门阀政治,南北大族共掌朝政。士族重视婚姻、宦品、郡望,以保持其贵族地位。因而鄙薄武事,以文雅自傲,既不愿屈志戎旅,也不愿任升迁机会小的官职,这就给庶族子弟留出席位和机会。通过军功跻身政坛以获取更大的政治空间,是庶族子弟奋斗的通常途径。南北朝时期,大批庶族寒士以此途径抵达执掌兵权的将帅位置,成为皇权所倚重的"御侮戡乱"之砥柱,最成功的莫如南朝各开国帝王。

世家大族由于长期养尊处优,其经纶世务能力日萎,逐渐走向堕落。颜之推批评当时士族子弟素质和能力,说:"江南朝士,因晋中兴,南渡江,卒为羁旅,至今八九世,未有力田,悉资俸禄而食耳。假令有者,皆信僮仆为之,未尝目观起一墢土,耘一株苗;不知几月当下,几月当收,安识世间余务乎?故治官则不了,营家则不办,皆优闲之过也。"①他们既耻涉农商又羞务工伎,只能公私宴集、谈古赋诗。至于"梁世士大夫,皆尚褒衣博带,大冠高履,出则车舆,入则扶侍,郊郭之内,无乘马者。周弘正为宣城王所爱,给一果下马,常服御之,举朝以为放达。至乃尚书郎乘马,则纠劾之。及侯景之乱,肤脆骨柔,不堪行步,体羸气弱,不耐寒暑,坐死仓猝者,往往而然"②。可见,从身体素质到经世能力,士族阶层已整体腐化堕落至不堪境地。刘宋以来的开国帝王均为庶族或末流士族出身,在门阀政治环境中都曾受到世家大族的掣肘和排抑,于是他们联合掌握实际政务的庶族阶层,共同削弱和打击士族势力,或者大量跻入和改造士族阶层。表面上看,刘宋时的士庶区别最严格,《宋书·王弘传》谓"士庶天隔",其实出现这样的情况乃是士族面临崩溃时的最后挣扎而已,"昨日卑微,今日仕伍"③,庶族开始打破士族构造的阶层壁垒,成为政治、经济和文化的新兴

---

① 《颜氏家训·涉务》。
② 《颜氏家训·涉务》。
③ 《通典·食货》。

主导力量。

在日常生活方面,士族追求"士当身名俱泰"的人生理念。西晋灭吴统一后,武帝司马炎开始沉溺淫乐奢靡生活,他"颇事游宴,怠于政事,掖庭殆将万人。常乘羊车,恣其所之,至便宴寝;宫人竞以竹叶插户,盐汁洒地,以引帝车。而(皇)后父杨骏及弟(杨)珧、(杨)济始用事,交通请谒,势倾内外"①。帝王开头,士族竞豪奢之风甚烈,太尉何曾务在华侈,帷帐车服穷极绮丽,厨膳滋味甚至超过皇室,"不食太官所设,帝辄命取其食。蒸饼上不坼作十字不食。食日万钱,犹曰无下箸处"②。翻检《晋书》《世说新语》等,可见许多关于士族阶层豪阔生活的记载,诸如石崇宴客杀美人劝酒,王济用人奶饲养供厨的乳猪,石崇和王恺斗富比阔等,都是穷奢极欲的典型。

在各种特权保障下,士族宗族是大庄园的经济实体。他们圈占土地,封山占泽,构造大庄园。著名的金谷园是石崇奢靡生活的主要场所,其因循山形水势,方圆几十里布满湖塘园馆和楼榭亭阁。石崇还派人用绢、绸、针、铜铁器等去南海群岛换回珍珠、玛瑙、琥珀、犀角、象牙等贵重物品,把园内的屋宇装饰得金碧辉煌。潘岳的庄园则位于洛阳南郊的洛水之滨,其《闲居赋》云:"爰定我居,筑室穿池,长杨映沼,芳枳树樆,游鳞瀺灂,菡萏敷披,竹木蓊蔼,灵果参差。张公大谷之梨,梁侯乌椑之柿,周文弱枝之枣,房陵朱仲之李,靡不毕殖。三桃表樱胡之别,二柰耀丹白之色,石榴蒲陶之珍,磊落蔓衍乎其侧。梅杏郁棣之属,繁荣丽藻之饰,华实照烂,言所不能极也。"永嘉南渡之后,北方士族依靠原有的政治优势,带来大量佃客、部曲、奴仆,占山固泽,根本忽视朝廷禁令,以致迫使朝廷改立新规,即依当朝官员品阶占领山泽,等于确认了占山固泽活动的合法性。因此,士族在江南占山固泽的圈地运动颇为壮观,于是"名山大川,往往占固"③,

---

① 《资治通鉴·晋纪三》。
② 《晋书·何曾传》。
③ 《宋书·孝武帝纪》。

士族宗族的庄园制度在南方普遍发展。庄园的宗族成员在庄园主的管理下从事日常劳作，主要是农业和日用品手工业生产。物品交换大多在庄园内完成，闭门成市，自给自足。谢灵运万言《山居赋》描述其祖父谢玄所开拓的"始宁墅"山居庄园，移步换景，寄物抒情，顺题发挥，包括山川形势、楼阁园林、庄稼竹木、菜蔬药材、飞禽走兽、仙佛人物，人文历史和地理方术兼备，把优游自在的庄园生活描绘得令人心驰神往。

北方士族到江南是带着大量佃客和部曲的。佃客与土地联系紧密，而部曲未必与土地有联系，他们的主要职能是私属家兵，可以转化成私人军队供朝廷调用；主人也偶尔分配农业劳役。东南的孙吴实行世袭领兵制度，使将领与士兵建立世代的隶属关系。十六国时，成汉的李雄命令范长生的部曲不由国家调租，租税都直接交给范家。朝廷承认部曲可以私属大族，但也可以将其收归朝廷，故部曲人身依附关系还不确定。在南北朝前期，主人视部曲为贱口，但并未得到法律承认。随后，士族宗族对部曲的控制力越来越弱，朝廷加强了对部曲的控制，换言之，部曲已不再是庄园主的家兵，而是作为军队主力越来越国家化，将帅招募来的部曲不得私用，也不得世袭领兵，否则就是犯法。鲍照《东武吟》之"将军既下世，部曲亦罕存"，说的就是这么回事。当然，部曲的生活资料也不由庄园主或将帅负担，比如萧梁时"大半之人并为部曲，不耕而食，不蚕而衣"，完全是朝廷负担。"家兵的国家化，是历史发展的必然趋势。这种趋势，在南朝比北朝来得要早，转折点便是南方宗族部曲组织，随着大家族制度的消亡，宗族所有制的解体而解散。客户不再充当部曲，是社会的又一个变动。它不仅意味着客户的义务和人身束缚减轻，而且意味着皇权的加强。"①皇权加强，则士族势力在减弱，门阀贵族制社会也走向解体。

除西晋短期统一之外，中原地区基本处于战乱割裂状态。在此情况下，一些大宗族避乱流徙南方或边远地区，这就渐渐形成了以宗族为核心的流民

---

① 万绳楠：《魏晋南北朝文化史》，102页，合肥，黄山书社，1989。

集团。范阳人祖逖就曾率亲党数百家避地淮泗,充当"行主"的角色。永嘉之乱时,东莞人徐邈与乡人臧琨等率宗族子弟并闾里士庶千余家南渡至京口安定下来。流民集团聚族迁移到新的地区,族居聚处,有的还变成流民武装集团。谢玄创立的北府军主要收编的就是流民武装,而流民帅在谢玄的领导下继续指挥流民群体。流民武装有效地防范北方少数民族政权南进,构筑了南方安全屏障,为东晋偏安江南创造了军事条件,但也成为推翻东晋政权的潜在力量。刘裕攻灭桓玄恢复晋室,最后代晋立宋,依靠的骨干力量就是流民为主的北府兵。两晋之际迁往南方的中原士族达百家之多。在乱世中,士族举宗流徙能够发挥集体的凝聚力,渡过艰难困苦到达目的地,宗族的巨大作用在此时体现出来。

汉末到魏晋六朝是中国聚落史的大变化时期,其中"村"的出现就是一个大变化。有的"村"系由三国屯田制形成的聚落组织发展而来,有的"村"则是由汉末动乱中的自卫性集团"坞"形成的。北方村落的来源多为坞,"坞"又称"坞壁""坞堡""堡壁""垒壁"等,是战乱时期由族长控制的宗族组织和武装集团。两晋之际,"百姓流亡,所在屯聚",淝水之战后,关中大乱,有"堡壁三千余所"①。坞堡内部组织严密,坞主由族众推选士族地主担任。高平郗鉴因分散家产体恤宗族孤老而被推选为坞主,举千余家俱避难于鲁之峄山。宗族坞堡有一套完整的管理制度,如西晋颍川庾氏宗族的庾衮率其同族士庶建立禹山坞堡,与族众立誓制定族令:"无恃险,无怙乱,无暴邻,无抽屋,无樵采人所植,无谋非德,无犯非义,勠力一心,同恤危难。""于是峻险陁,杜蹊径,修壁坞,树藩障,考功庸,计丈尺,均劳逸,通有无,缮完器备,量力任能,物应其宜,使邑推其长,里推其贤,而身率之。分数既明,号令不二,上下有礼,少长有仪,将顺其美,匡救其恶。及贼至,衮乃勒部曲,整行伍,皆持满而勿发。贼挑战,晏然

---

① 《晋书·苻坚载记下》。

不动,且辞焉。贼服其慎而畏其整,是以皆退,如是者三。"①庾衮被推选为领袖,他以身作则,管理族众,把坞堡经营成防卫固守、经济自足的生活共同体。这种耕战结合方式,使坞堡领袖拥有武装力量,既为本宗族守土安民,又可资依恃参与军事和政治投机。东晋王敦叛乱时,会稽余姚人虞潭"于本县招合宗人,及郡中大姓,共起义军,众以万数"②,以自保及驰援朝廷军队。这些宗族坞堡武装集团若自保则成一方霸主,如北魏冀州人张孟都、张洪建、马潘、崔丑、崔思哲、崔独怜、张叔绪、张天宜八家皆屯堡林野,号称八王而雄视朝廷;若参与政治投机则成朝廷重臣,郗鉴、苏峻都凭此光宗耀祖。

十六国时期,战乱纷纷,北方原有的地方行政系统遭到破坏,各地士族豪强纠合宗族乡里,结坞筑垒,一时间坞壁林立,在新的统治秩序尚未建立时,代行原有地方行政系统的功能而成为最基层的社会组织。北魏王朝建立后,维持其统治秩序并征收赋税的办法就是依靠宗族坞堡组织,让其行使地方基层政权职责,既督责赋税又保护族众。坞堡选址很有讲究,总原则就是自然环境好,要利于耕作、自守。郦道元《水经注》卷十五描述洛水流向及沿流坞堡建筑情况云:

> 洛水又东径檀山南,其山四绝孤峙,山上有坞聚,俗谓之檀山坞。
>
> 又东北过蠡城邑之南,城西有坞水,出北四里山上,原高二十五丈,故黾池县治,南对金门坞,水南五里,旧宜阳县治也。洛水右会金门溪水,水南出金门山,北径金门坞,西北流入于洛。
>
> 洛水又东合杜阳涧水,水出西北杜阳溪,东南径一合坞,东与檗谷水合,乱流东南入洛。洛水又东,渠谷水出宜阳县南女几山,东北流径云中坞,左上迢遰层峻,流烟半垂,缨带山阜,故坞受其名。

---

① 《晋书·庾衮传》。
② 《晋书·虞潭传》。

> 洛水又东，合水南出半石之山，北径合水坞，而东北流注于公路涧。
>
> 洛水又东径百谷坞北。戴延之《西征记》曰：坞在川南，因高为坞，高十余丈，刘武王西入长安，舟师所保也。
>
> 其水东北流入白桐涧，又北径袁公坞东，盖公路始固有此也，故有袁公之名矣。北流注于罗水。罗水又西北径袁公坞北，又西北径潘岳父子墓前。
>
> 伊水历崖口，山峡也。翼崖深高，壁立若阙，崖上有坞，伊水径其下，历峡北流，即古三涂山也。
>
> 西北流径杨亮垒南，西北合康水，水亦出狼皋山，东北流径范坞北与明水合，又西南流入于伊。

可见，沿着洛东流线路，至少经过檀山坞、金门坞、云中坞、百谷坞、袁公坞、范坞等坞堡。这些坞堡一般建在高山天险流水环绕的山水间，有足够空间储备武器和粮食等，宗族可以因循其天然屏障而安然生存下去，还可以利用山间土地在适当的时候耕作自给。但这种险隘若通道被断或水路被阻，其生存就困难重重了；若再遇上天灾粮食歉收之年，坞主就很可能要率族众从事抄掠勾当，呈现坞堡的武装集团性质了。此外，"像这种坞的生活，当然具有另辟一种新天地的意蕴。在远离村落的深山里，过着与外界隔离的集团生活，所以从外面人的角度，往往会将其想象为一种理想乡"[1]。一直被人们想象成理想家园的桃花源就是有其原型的，比如陈寅恪认为《桃花源记》是陶渊明根据当时坞堡原型进行艺术加工而成的[2]。宗族坞堡的建立旨在聚居自守图存，但除像庾衮、郗鉴等名门大族经营较久外，大多数宗族难以长期维系坞堡组织。故十六国百余年里，战争频繁，中原凋敝，户口离散是常

---

① ［日］谷川道雄：《中国中世社会与共同体》，马彪译，87页，北京，中华书局，2002。
② 陈寅恪：《桃花源记旁证》，载《清华大学学报（自然科学版）》，1936（1）。

有之现象。随着统一趋势日渐明朗,坞堡也日渐解散消亡,仅留宗族乡里组织痕迹。

北魏时期的鲜卑贵族吸收汉族士人参与政权建设,加速自身的士族化,如孝文帝依照魏晋门阀制度"分定姓族",规定士族阶层相应的经济政治特权,确定鲜卑大族穆、陆、贺、刘、楼、于、嵇、尉八姓地位最高,大致相当于汉族之崔、卢、郑、王四大姓。鲜卑八姓又与汉族四姓之间建立政治联姻集团关系,从而确立了新的门阀秩序和体制。从积极作用来看,分定姓族等措施促进了民族文化交融;从消极方面来看,这种做法显然加剧了社会不平等,使鲜卑下层民众的上升通道被切断而最终引发内乱。太和改制后,民族交融进程加快,北朝宗族内部矛盾冲突也增多,导致士族大宗失去凝聚力,族众各事不同的统治集团。北魏士族亦如南方士族划定严格的门阀等级界线,"士庶贵贱之隔"泾渭分明,这与北魏的草原民族文化本色及其政权体制中的宗法制色彩有很大关联。不过,其士庶界线主要在宗族内部严格区分,而在宗族之间则较为宽松,因为真正的世家大族的数量并不多,而且有一些新兴权贵只是世仕后赵和前后燕者,系冒名伪传某个公认的士族大宗,如"马渚诸杨"号称源自"弘农杨氏",其实其郡望家世谱系根本无迹可寻,只是自称而已。更要注意的是,"在新的历史条件下所确立下来的北朝高门大族,已隐约具备了某些官僚化倾向","他们中'家族'的色彩已逐渐衰弱,而'官僚'的色彩逐渐浓厚",而"隋唐以降,中古官僚制帝国的重构,正是在这一基础上完成的"。① 官僚制度的形成趋势,意味着士族凭血统、家世、郡望获取特权的机会越来越小,士族社会体制走向解体。

士族阶层为保持其特权地位,形成了一整套严密的观念结构。由于主持定品的大中正一职多是高门望族担任,九品中正制原先以家世结合才德的标准变成以家世为决定因素,士庶之间壁垒森严,几无互相流动。在这个背景

---

① 曹文柱主编:《中国社会通史·秦汉魏晋南北朝卷》,129~130 页,太原,山西教育出版社,1996。

下，世家大族重门第轻才德、重宗族轻个人、重孝悌尚复仇。每个社会成员均由其家族门第决定身份贵贱和人生前途，故门阀等级婚姻高度凝固化，"士庶不婚"成为坚定信念。琅琊王氏、陈郡谢氏和袁氏家族在东晋南朝最为显赫高贵，因而通婚最频繁。但内婚制使其选择面无形中减缩，导致高门异辈婚姻相当普遍，造成家庭伦理秩序的混乱，这就为门阀士族埋下了没落的种子。南朝时期，"士庶不婚"的观念稍有动摇，东海士族王源嫁女于富阳寒人满璋之子，又以所得五万聘礼的剩余部分为自己纳妾。这表明，士族卖婚纳资可补门第差别，则门第观念随之消淡。北朝后期，士族之间已盛行买卖婚姻，如娄太后为博陵王纳妃曾吩咐下属"好作法用，勿使崔家笑人"[①]。经过侯景之乱和江陵之变，士族遭受重创，寒族势力兴起，虽然门第观念还起着一定的影响作用，但事实上士庶通婚已越来越普遍，而且所谓门第的标准增加了财富、权势等新的内涵。在个体命运方面，士族成员的人生沉浮均与其所在的宗族休戚相关，个体价值归属于宗族整体利益。"个人与乡里与宗族不可分割，仕宦之始在乡里，进身之途在操行"[②]。东晋范汪少时孤贫，名士王澄见而奇之说："兴范族者，必是子也。"[③]这些兴宗者在掌握了若干特权后，大都会庇荫全宗。当然，若宗族成员犯罪遭难，则株连宗族也不可避免，曹魏末年众多与司马氏政治集团作对失败者，皆宗族涂地或者受到歧视。因此，为保全宗族整体利益，有挺身而出撑起宗族命运大厦者，如谢安在叔伯兄弟连连受责的情况下东山再起，以淝水之战重新确定谢氏家族在最高权力机构中的核心位置；也有牺牲个人来保存宗族命运者，如王景文服饮宋明帝所赐毒药以周全门户。可见，宗族门户利益为先的观念已深入士人阶层的内心世界。

宗族是由一个个具有血缘联系的小家庭构成的，魏晋南北朝时期的家庭结构多种多样。士族、官僚和地方豪族较多"百口"家庭。《北史·节义

---

① 《北齐书·崔㥄传》。
② 唐长孺：《魏晋南北朝史论拾遗》，235页，北京，中华书局，1983。
③ 《晋书·范汪传》。

传》记载博陵安平人李几"七世共居同财。家有二十二房,一百九十八口,长幼济济,风礼著闻"。《魏书·卢玄传》记载:"及渊、昶等并循父风,远亲疏属,叙为尊行,长者莫不毕拜致敬。闺门之礼,为世所推。谦退简约,不与世竞。父母亡,然同居共财,自祖至孙,家内百口。在洛时有饥年,无以自赡,然尊卑怡穆,丰俭同之。亲从昆弟,常旦省谒诸父,出坐别室,至暮乃入。"这些百口之家多为士族官宦家庭,普通百姓家庭以小型居多,且以父母子女组成的个体小家庭是主要形式,尤其是庶族以下的家庭。西晋、北魏、北齐、北周历代王朝的占田制或均田制都按照丁男、丁女或"一床"标准来授田。经济愈发达,聚族而居的大家庭分解成小家庭的可能性愈大。"今士大夫以下,父母在而兄弟异计,十家而七矣。庶人父子殊产,亦八家而五矣。凡甚者,乃危亡不相知,饥寒不相恤,又嫉谤谗害,其间不可称数"[①]。虽然宗族的温情似乎趋淡,可是小家庭的经济活力也是较高的,大家庭崩溃而小家庭成为主流结构形式。在家庭观念上,此一时期都是父亲家长制。父亲家长掌握家庭所有财产,掌握管理和监督生产的权力,其本人也是主要的劳动力和家庭财富的主要创造者。士族家庭的家长虽然不亲自参加劳动,但仍行使管理和监督权力。父亲家长制延续了传统的家庭伦理体系,夫妇之道、孝道和悌道仍为基本内容。《颜氏家训·兄弟》篇说:"有夫妇而后有父子,有父子而后有兄弟。一家之亲,此三而已矣。自兹以往,至于九族,皆本于三亲焉。"此三道是三种基本家庭关系的规范准则。

魏晋相承,以孝道治天下,其中原因,鲁迅《魏晋风度及文章与药及酒之关系》指出:"因为天位从禅让,即巧取豪夺而来,若主张以忠治天下,他们的立脚点便不稳,办事便棘手,立论也难了,所以一定要以孝治天下。"儒家设计孝悌伦理学说的根本目标是指向一种社会政治秩序。司马氏鉴于篡魏实际情况,从家庭伦理观念入掸,由家庭内部的父母、夫妇、子女、兄弟之间的自然亲亲之情的伦理功能推向社会政治,巧妙地化解执政法

[①] 《宋书·周朗传》。

统的尴尬，并对家庭、社会和政权之间的潜在矛盾进行自圆其说，故而晋室竭力提倡这一家庭伦理。《世说新语·德行》记和峤、王戎两位名士同时遭遇大丧，和峤哭泣备礼，王戎鸡骨支床；晋武帝司马炎担忧和峤哀苦过礼，但刘仲雄表示不同看法："和峤虽备礼，神气不损；王戎虽不备礼，而哀毁骨立。臣以和峤生孝，王戎死孝。陛下不应忧峤，而应忧戎。"生孝指恪守丧礼礼制，只能尽哀之形的做法；死孝指居丧尽哀之实，几近于死的孝行。越名任心的阮籍也属死孝型。司隶何曾向晋文王司马昭状告阮籍不守母丧礼制，说："明公方以孝治天下，而阮籍以重丧显于公坐，饮酒食肉，宜流之海外，以正风教。"司马昭说："嗣宗毁顿如此，君不能共忧之，何谓？且有疾而饮酒食肉，固丧礼也！"①司马昭看到了阮籍居丧尽哀之实质，而忽略其形式。而无论哪一种孝道，都彰显了晋室对于儒家传统的家庭伦理观念的重视。

晋室回避朝政之忠而高度重视家庭伦理的做法，涵养了人们头脑中坚实的家庭利益至上的观念。延及整个篡位禅代频繁的南北朝时期，无论士庶都不以投靠新政权为耻，反而出于保护家庭和宗族利益目的都乐于投靠新政权。若偶有忠义节烈之士出现，必惊讶世人。梁武帝受齐禅，颜见远绝食发愤数日而卒，梁武帝听闻后觉得不可理喻："我自应天从人，何预天下士大夫事？而颜见远乃至于此也。"②可见朝野对于家庭的重视远超汉前时代。清赵翼《廿二史札记》的"江左世族无功臣"条指出了六朝士族阶层的私心所在："所谓高门大族者，不过雍容令仆，裙屐相高，求如王导、谢安，柱石国家者，不一二数也。次则如王宏、王昙首、褚渊、王俭等，与时推迁，为兴朝佐命，以自保其家世，虽市朝革易，而我之门第如故，以是为世家大族，迥异于庶姓而已。"此一看法是很准确的，但是否迥异于庶姓呢？本为统治阶层的士族尚且如此，庶族阶层更是以家庭利益为重。

---

① 《世说新语·任诞》。
② 《梁书·颜协传》。

在这种风气下,魏晋南北朝时期的人们对于家庭的经营苦心远甚于朝政大事,其中涵养和继承家风家学传统是重要的家庭生活内容,或者说,家庭教育和门风建设是家庭生活的重要组成部分。在社会动荡而生计维艰的情况下,士族家庭毫无疑问最重视家学不衰和礼法门风不隳,因为他们最有经济条件和政治需要。不过,寒门庶族出人头地、跻身上流社会的观念也很强烈,故但凡条件初具,其都会以士族阶层为榜样,支持子弟求师问学和标立风操。"由于特殊历史环境的影响,魏晋南北朝时期,家庭培养教育子弟的方式,无论在道德规范和处世之道的训诫方面,抑或在儒家经术或杂类技艺的传授方面,家庭教育都凸显出比两汉时代更高的地位。"①特殊的历史环境,造成特殊的教育环境,官学存废无常,学术和宗教都移至家庭和家族,地域色彩较浓厚。这就是陈寅恪所说的"公立学校之沦废,学术之中心移于家族,太学博士之传授变为家人父子之世业,所谓南北朝之家学者是也"②。此时家庭教育的内容很广泛,经籍学术、谋生技艺、文化通识、治家经验、道德处世、养生医术等都涵括其中,实际代行官学职能。长辈言传身教,后代勤勉修学,是家学门风传承的通常模式。

传承延续家学门风往往有源自两汉的《家诫》《家训》《诫子书》之类的条令家规供子弟们具体学习和遵行。汉末以降,较著名的家诫书有诸葛亮《诫子书》和《诫外生书》、羊祜《诫子书》、嵇康《家诫》、王肃《家诫》、王修《诫子书》、王褒《幼训》、王昶《家诫》、荀爽《女诫》、程晓《女典篇》、李充《起居诫》、陶渊明《诫子书》和《命子》、王僧虔《诫子书》、徐勉《诫子崧书》、颜延之《庭诰》、魏收《枕中篇》和《诫子侄》、张烈《家诫》、王祥《诫子孙遗令》、夏侯湛《昆弟诰》、甄深《家诲》等数十种。这些教育后辈的文籍内容,从勉学立志、修身处世、持家理财、团结互助、避灾远祸、戒除恶习、养生修性等方面寄寓长辈的厚望与祝愿,总的

---

① 王利华:《中国家庭史·先秦至南北朝时期》,474 页,广州,广东人民出版社,2007。
② 陈寅恪:《隋唐制度渊源略论稿》,19 页,北京,中华书局,1963。

期待就是保证家庭和睦兴旺,保持门第的社会影响力。 众多家诫书里,北齐颜之推的《颜氏家训》无疑是最有代表性的。 《颜氏家训》是一部综合性家庭教育著作,记述颜之推个人经历、思想和学识经验用以告诫子孙后代,分序致、教子、兄弟、后娶、治家、风操、慕贤、勉学、文章、名实、涉务、省事、止足、诫兵、养心、归心、书证、音辞、杂艺和终制二十篇,内容相当广泛,涉及生活技能、文化知识和艺术修养等范围,成为后世传统的家庭教育典范教材。 宋代陈振孙《直斋书录题解》赞誉云:"古今家训,以此为祖。"清代王钺《读书丛残》声称:"篇篇药石,言言龟鉴。 凡为人子弟者,可家置一册,奉为明训,不独颜氏。"《颜氏家训》除勉学、修身、立志等教育内容,还有语词训诂、名物考据、声韵辨析,更有人情世态的描摹、历史风貌的记载、思想信仰的介绍,诸如"玄风之复扇、佛教之流行、鲜卑之传播、俗文字之盛兴"等述录,颇具历史文献价值;颜之推的文学思想和艺术理论也体现在作品各个部分,作品本身的文学性和审美性价值亦形成独特风格。 其《序致》说:"夫圣贤之书,教人诚孝,慎言检迹,立身扬名,亦已备矣。 魏、晋已来,所著诸子,理重事复,递相模学,犹屋下架屋,床上施床耳。 吾今所以复为此者,非敢轨物范世也,业以整齐门内,提撕子孙。"《颜氏家训》不仅体现了一位浸润儒家传统思想的家庭长者之风,亦兼纳佛教和道教思想,其宗旨和目标都很有现实意义和理想价值。

  颜之推依据家传而提倡早教思想,认为儿童五岁左右即可开始诵习诗书典籍。 当时社会一般家庭也认可和实践早教启蒙,早学聪慧且成功人物也不少,颜之推本人即是代表。 清代林之望《养蒙金鉴》据史录列举,颜之仪三岁读《孝经》;萧大圜"幼而聪敏,神情俊悟,年四岁能诵《三都赋》及《孝经》《论语》";王僧孺"年五岁读《孝经》";谢瞻"年六岁能属文,为《紫石英赞》《果然诗》,当时才士莫不叹异";王贞"少聪敏,七岁好学,善《毛诗》《礼记》《左氏传》《周易》,诸史百家无不毕览";盛彦"少有异才,八岁诣吴太尉戴昌,昌赠诗以观之,彦于座答之辞,甚慷慨";陆云公"九岁读《汉书》略能记忆,从祖倕,沛国刘显质问十事,云公对无所失"；邢邵"十岁便能属文，雅有才思，聪明强记，日诵万余言"。《养蒙金鉴》采摘古代名贤幼小刻苦研学终成名家的事迹，按历史序列汇而成集，是培养学童启蒙的一面宝镜，其中魏晋南北朝时期的人物甚多，这里只是随机略举而已。魏晋南北朝时期家教内容以儒家经典为主，扩而广之，亦有文学、史学、佛学、玄学、书法、医学、术数、刑律、天文、武学、杂艺等，依据子弟天赋爱好和家学传统因材施教，循序渐进。

承担家庭教育职责者一般是宗族中学问较深的长辈，而母亲也经常充任斯职，因为上层社会家庭妇女本身接受过较好的家学教育，魏晋南北朝妇女地位相对其他历史时期要高许多，也较自由开放。《世说新语》对"贤媛"的理解不限于"德、容、工、言"，还包括才情和风致。故嵇康、阮籍与山涛夜谈时，山涛妻韩氏可以"夜穿墉以视之，达旦忘反"，且评论说："君才致殊不如，正当以识度相友耳。"谢安妻刘夫人公然表达不欣赏孙绰兄弟的做法，不避嫌疑，也是妇女相当自由的社会风气的反映。至于干宝《晋纪》总论指责妇女，正可以作反面理解："先时而婚，任情而动，故皆不耻淫泆之过，不拘妒忌之恶，父兄不之罪也，天下莫之非也。又况责之闻四教于古，修贞顺于今，以辅佐君子者哉！"说明社会承认妇女的诸种自由和地位。妇女地位不独表现为审美自由或任情而动，更表现为才华教养之高。徐陵《玉台新咏》收有甄皇后、刘勋妻王氏、周夫人、鲍令晖、范靖妇、徐悱妻刘令娴、王叔英妻、贾充妻等女诗人的作品。至于北朝妇女地位，"邺下风俗，专以妇持门户，争讼曲直，造请逢迎，车乘填街衢，绮罗盈府寺，代子求官，为夫诉屈，此乃恒代之遗风乎？南间贫素，皆事外饰，车乘衣服，必贵齐整，家人妻子，不免饥寒。河北人事，多由内政，绮罗金翠，不可废阙，羸马悴奴，仅充而已，唱和之礼，或尔汝之"[①]。北朝妇女之织任组训之事与黼黻锦绣罗绮之工，都胜于江南妇女，足见其地位和才干之高。由此，母亲担当教子重任便成常有之事，即使不能亲自教授，也能起到劝诫

---

① 《颜氏家训·治家》。

督导或者言传身教作用。 陶侃母亲湛氏对陶家的创业发展起了一个至关重要的作用,《晋书·列女传》记录:"侃少为寻阳县吏,尝监鱼梁,以一坩鲊遗母。 湛氏封鲊及书,责侃曰:'尔为吏,以官物遗我,非惟不能益吾,乃以增吾忧矣。'鄱阳孝廉范逵寓宿于侃,时大雪,湛氏乃彻所卧新荐,自剉给其马,又密截发卖与邻人,供肴馔。 逵闻之,叹息曰:'非此母不生此子!'侃竟以功名显。"陶侃原是庶族出身,在母亲的教育和影响下始得成就一番功名,创立陶氏家族的社会地位。 陶母以其苦心和细心,再加上远见卓识和道德风节,成为当时庶族妇女中才德不凡者的一个代表。 士族家庭的妇女有才德者就更多了,谢道韫即为其中一例。

　　魏晋南北朝士族家庭的家学内容通常是儒家经典,但此时各种思想汇聚交流,老庄道学、玄学、佛学、道术、算术、刑律、史学、小学、天文、历法、卜筮、医术、绘画、书法、音乐、杂艺等学术思想或艺术技能成为研习内容,都是士族子弟涵养贵族气质的文化资源。 社会上有些名士宿儒也会采取私学方式教育生徒,梁代太史叔明"善《庄》《老》,兼治《孝经》《礼记》,其三玄尤精解,当世冠绝,每讲说,听者常五百余人。 历官国子助教。 邵陵王纶好其学,及出为江州,携叔明之镇。 王迁郢州,又随府,所至辄讲授,江外人士皆传其学焉"[①]。 此时的私学,无论是讲授的知识范畴还是方式方法,都与凝滞的汉代私学不同了,实际上是把私学、家学和游学结合在一起,其灵活性和包容性都超过此前。 大家庭中由几代人积淀而成的"世传家学"也远非儒家章句之学所能含括,之所以包罗万象,主要是因为此时作为标榜门户或干利禄求仕进的途径、手段和资本都多样化了,不必万家纷挤儒学独木桥。 当然,一般的"世传家学"都会主攻一种学问或技艺而兼研其他,尽量做到独擅与普及相结合。 赵郡李子雄"家世并以学业自通",独有他练习骑射,所以其兄子旦不满地说:"弃文尚武,非士大夫素

[①] 《梁书·儒林传》。

业。"①世传家学是士族子弟不可或缺的素养,是高贵优雅门风的底蕴,恰如陈寅恪《唐代政治史述论稿》指出的,"士族之特点既在其门风之优美,不同于凡庶,而优美之门风实基于学业之因袭"。

维系优美门风经久不隳,世传家学起着重要作用,它是士族子弟通向社会统治层的人格素养来源,自然也是士族阶层得以存在的依据。《世说新语·赏誉》记载名士谢万语录:"王修载乐托之性,出自门风。"《梁书·王志传》说王志"家世居建康禁中里马蕃巷,父僧虔以来,门风多宽恕,志尤惇厚"。《北史·崔光传》说崔劼"少清虚寡欲,好学有家风"。《周书·李昶传》说李昶"性峻急,不杂交游。幼年已解属文,有声洛下。时洛阳创置明堂,昶年十数岁,为《明堂赋》。虽优洽未足,而才制可观。见者咸曰:'有家风矣。'"史籍中关于士族门风或家风的叙述很多,就江东士族而言,门风纷呈炳蔚。如吴郡陆氏家族自东汉兴起历经魏晋南北朝,成为江东第一盛门;从陆续、陆康到陆逊、陆抗、陆凯到陆机、陆云,再到陆纳、陆徽等,陆氏家族积淀起"忠义""博学善政"文化风尚,兼及文学艺术和玄佛之学,仅《隋书·经籍志》就存录了陆凯、陆景、陆机、陆云、陆倕、陆厥、陆云公、陆玠等陆氏子弟的文集,其不愧文学世家。吴郡顾氏也世有高位,《世说新语·赏誉》引述旧说云:"张文、朱武、陆忠、顾厚。"则可知顾氏家风主要表现出德义仁厚的儒学文化传统。孙吴时的顾雍在外谨言慎行、善养德望,在内"家门雍穆",形成了礼法孝义传统;顾氏在学术上玄儒双修,重视实用,善于接受新鲜事物;在文学艺术方面,顾氏以绘画贡献最大,特别是顾恺之"才绝、画绝、痴绝",历代画史奉顾恺之作品为神品,张彦远《历代名画记》称"自古论画者,以顾生之迹天然绝伦,评者不敢一二",《颜氏家训·杂艺》篇亦记述顾士端"父子有琴书之艺,尤妙丹青"。吴郡张氏的文采风流在江东士族中独树一帜,从汉末孙吴时期"才藻俊茂"的张温开始,其个人气质折射家族风貌。张敦则"德量渊

---

① 《北史·李子雄传》。

懿,清虚淡泊,又善文辞",以儒学为底蕴,以玄远精神境界为气质,以文辞为文化载体,所以直至张翰、张勃在事功方面皆无出色建树;但张氏家族尚文特色在刘宋时期得到光大机会,张永、张率甚受梁武帝、昭明太子赞誉;南齐时的张融更是"文辞诡激,独与众异",不赖家声,且因此获得与顾陆等量齐观的政治地位;张氏家风的玄理思致较为显著,并与程式化的玄风相抗,据《南齐书·张融传》,"融玄义无师法,而神解过人,白黑谈论,鲜能抗拒",颇有魏晋玄学精神风采,也使其文采更加飞扬;总之,张氏家族博通多能,以雅道相传,独擅江东士族群体之中。 吴兴沈氏家族支系繁多,文武并举,德文并著,辉映先后。 沈氏先祖沈戎是位汉光武帝时期的循吏式人物,孙吴时期的沈友"弱冠博学,多所贯综,善属文辞,兼好武事,注《孙子兵法》"[①]。 沈氏还世奉天师道,与其宗族尚武有一定的内在联系。 东晋的沈充作为江东土豪支持王敦叛乱,以期使沈氏家族崛起,终因失败而几遭覆家之祸,其子沈劲在鲜卑慕容氏进攻中原时自募壮士千余人,坚守洛阳而被俘遇害,朝廷闻而嘉之,沈劲以非常之举摆脱了家族发展的困境,此后的沈氏子弟获得机会显名于南朝。 沈氏尚武人物大多投靠刘裕,因助其建宋有功而显扬政坛。 但凭军功显贵者的命运结局都不太妙,沈氏家族屡次遭遇覆灭之灾皆因尚武所致,故沈氏开始建设经术与才艺的文化传统,沈道虔、沈驎士、沈峻、沈洙、沈文阿、沈重等皆为崇文代表。 沈氏经略学术和文艺,经过晋末以来几代人的实践积淀,在齐梁间达到新境界;沈约是最杰出者,对于永明文学及文学声律理论的贡献甚著,史学成就也非凡。 此外,会稽虞氏家族的经学成就和忠直家风在江东也卓有名气,梁陈以降,虞氏家学以文辞创作为正途,虞荔及其子虞世基、虞世南皆以文学艺术名世,延伸了虞氏家风的文化传统。 会稽孔氏在政治场域秉正不挠、谙练故实,学术上则以经术和孝义为基本,兼染玄趣和天师道信仰,以孔稚珪为代表,其世传家风成为南朝时期江东士族家庭信仰与学风的象征。

---

① 《三国志·吴书·吴主传》注引《吴录》。

从这几个家族的世传家风来看，其门第教育以儒学为根基，毕竟儒学是用世之学，各个家族若要获得社会名望，必宗儒学以进入社会思想主流。正如王褒《幼训》所说："吾始乎幼学，及于知命，既崇周孔之教，兼循老释之谈，江左以来，斯业不坠，汝能修之，吾之志也。"以儒学礼法传家对于家族的社会名望有多大的作用和意义，由此可见一斑。除学术外，文学艺术、琴棋杂艺等高雅情趣也是每个大家族必修的文化内容，故有卫氏和王氏书法、顾氏绘画、谢氏诗赋和围棋、阮氏和戴氏琴术等，可见高雅审美趣味是高贵门第的重要表征。为了弘扬家世门风，魏晋南北朝谱学发达，出现了诸如《百家谱》《百家集谱》《京兆韦氏谱》《谢氏谱》《冀州姓族谱》《扬州谱钞》等。世家大族的这些家谱或谱牒是其家庭成员引以为豪并互相标榜的资本证据。

以儒学为根基，以礼法传家，是世家大族门风的共同点，正如沈垚《与张渊甫书》所言，"六朝人礼学极精"，这是门第社会的历史实况。然而，现实理性的奋斗并不能完全保证家族经久兴盛，人们需要宗教神秘力量的支撑，需要超越现实的精神寄寓。道教、佛教及各种方术由此渗透到魏晋南北朝的家庭生活之中。无论佛教还是道教，其在弘教过程中都着眼于人们的俗世精神需求，绝不反对儒家思想，而是积极寻求与儒学沟通之处，努力援引儒学思想来阐释宗教教旨，特别是走上层路线，配合儒术治国理念，以期得到统治阶层的认同和利用。因此，佛教僧侣主动接触上层社会，争取士族阶层支持；上层社会也希冀通过佛教加强政权统治，坐致太平。梁武帝萧衍是佞佛帝王的典型，在他的倡导下，南朝佛教相当于国教而臻于鼎盛。江南士族阶层佞佛者也众多，琅琊颜氏、陈郡谢氏、庐江何氏、汝南周氏、吴郡张氏等都崇奉佛法。北方世家大族如清河崔氏、范阳卢氏、荥阳郑氏、陇西李氏、河间邢氏、河东柳氏等，均如同后赵石虎所言："佛是戎神，正应所奉。"[①]北方少数民族政权也大力弘扬佛教，佛图澄、释道安都曾受到最高

---

① 《晋书·佛图澄传》。

统治者礼遇；北魏更是建立了一整套佛教组织系统，北齐、北周的帝王几乎都是佛教的忠实信徒。其间虽有北魏太武帝、北周武帝的灭佛事件，但均未能阻止佛教的兴盛。佛教积极宣扬孝义伦理，解说出家修佛宗旨在于帮助父母、兄弟和亲人在内众生消除业障，脱离苦海；也允许居士在家修行佛法而不必削发为僧尼，故能得到社会各阶层的普遍接受，使广大佛教信众的家庭生活里容纳了礼佛、诵经、斋戒、供奉、施舍、写经、造像、法会等宗教活动内容。佛教的广泛传播致使出家为僧尼者也越来越多，"时人多绝户为沙门"①，为了解决与儒家"承宗继嗣"观念的冲突，颜之推提倡兼顾二者，"汝曹若观俗计，树立门户，不弃妻子，未能出家；但当兼修戒行，留心诵读，以为来世津梁。人生难得，无虚过也"②，就是心归佛门，身兼俗世人伦。

中国本土的道教形成于东汉太平道和五斗米道，三国以后，原始道教分化为符箓派与丹鼎派，前者主要在民间传播发展，后者主要在士族阶层流行弘扬。两晋时期，四川是民间道教活动中心，陈瑞、范长生等是领袖，具有广泛群众基础；天师道首领孙恩组织道众反乱朝廷，极大地动摇了东晋政权的稳定性。此后，道教被统治阶层打击和改造，丹鼎派应运而生，葛洪著《抱朴子》一书，提出神仙实有、长生能致、仙人可学的核心观点，将道士修炼方式分为炼形与养神，构造了一个比较完整的理论体系，迎合了统治阶层的趣味和利益。南北朝时期，寇谦之、陆修静、陶弘景清理道教，将之提升为一种具有完整神灵谱系、教义和仪轨的宗教，与现实政治或政权建立密切关系。于是"朝士受道者众，三吴及边海之际，信之愈甚"③，南方出现大量道教世家，其世代相传习道，有的还互相联姻，极大地扩展了道教影响力。据陈寅恪统计，琅琊王氏和孙氏、高平郗氏、吴郡杜氏、会稽孔氏、陈

---

① 《北史·李玚传》。
② 《颜氏家训·归心》。
③ 《隋书·经籍志》。

郡殷氏、丹阳葛氏、许氏、陶氏、东海鲍氏、吴兴沈氏等皆是道教世家。①北魏太武帝拓跋焘尊寇谦之为师，受其法术，改年号为太平真君（440—450），还确立了诸帝即位到道坛受符箓的常规制度。道教与政治结合，正如佛教与政治结合，自上而下，传播速度快、范围大。道教所宣扬的长生不老及发展出的服食养生、采药炼丹之术，使上层社会既向往神仙生活又贪图现实享乐的双重愿望得以满足。

中国古人一向认为"万物有灵"，因而有山神、水神、动植物神、人神、人鬼崇拜。在魏晋南北朝时期，昆仑山、恒山、会稽山、茅山等都被赋予山神性质；江神、河神、渭水神、蒋公湖神、河伯、雨濑、石井等大量水神也出现了；草妖、桃符、栌木、麒麟、雀、龙、白虎、白狼、九尾狐等动植物神也在这个时期剧增。将自然现象与社会现象联系起来，产生更强烈的神性气息和色彩，使传统巫术一直有较高的社会影响。从事巫术的男觋女巫拥有极多信众，还经常参与政治和社会生活。巫术主要有祠祀和厌诅两种。祠祀给巫觋们创造敛财机会，败坏社会风气，故常被官方禁止。《梁书·王神念传》记述："神念性刚正，所更州郡必禁止淫祠。时青、冀州东北有石鹿山临海，先有神庙，妖巫欺惑百姓，远近祈祷，糜费极多，及神念至，便令毁撤，风俗遂改。"厌诅之术则以咒语达到某种目的，《宋书·庐江王祎传》称刘祎"每觇天察宿，怀协左道，咒诅祷请，谨事邪巫，常被发跣足，稽首北极，遂图画朕躬，勒以名字；或加之矢刃，或烹之鼎镬"。巫风盛行，则鬼神信仰成灾，淫祀遂得泛滥。魏晋南北朝禁止淫祀的诏书不知凡几，但屡禁不止，甚至政府也搞起淫祀，如六朝政府给蒋神加官晋爵，奉其为保护神，而实际上据干宝《搜神记》，"蒋子文者，广陵人也，嗜酒好色，挑达无度，常自谓己骨清，死当为神"。道士们经常利用方术来吸纳信众，佛教徒亦借助方术来招诱信徒，故佛教、道教均与巫觋秘术纠缠在一起

---

① 详参陈寅恪：《天师道与滨海地域之关系》，收入其《金明馆丛稿初编》，上海，上海古籍出版社，1980。

共生互存。宗教信仰与神秘方术共生互存的社会文化现象，正是在魏晋南北朝时期形成的。① 民间祠祀之神有恶有善，祠祀恶神是祈求它不再造恶人间，祠祀善神是祈求它带来幸福。无论人们祠祀哪种神，都是基于俗世功利目的。此外，人们经常求助天意来决断现实人事问题，这就是占星、望气、风角、谶纬、卜筮、相术、占梦、巫蛊、禳镇、禁忌等迷信形式。这些迷信形式对家庭生活的影响无处不在，举凡日常生活的方方面面和诸种细节，都能见到它们介入并且产生实际影响作用。曹魏时期的管辂从小喜欢仰观天象，成人后精通《周易》，擅长卜筮相术，还熟习鸟语至出神入化；撰《周易通灵诀》《周易通灵要诀》《破躁经》《占箕》，被后世奉为卜卦观相的祖师。正始名士大多与他有密切交往。裴徽召任管辂为文学从事，特别器重，后来府部迁至钜鹿，管辂升任治中别驾。据《三国志·魏书·方技传》，何晏、邓飏也曾请管辂预测人事命运，问："连梦见青蝇数十头，来在鼻上，驱之不肯去，有何意故？"管辂讲了一番"物极必反，盛极必衰"的道理，并指明化解危机的办法，可惜何晏、邓飏不以为然。其舅责怪管辂说话太切至，管辂说："与死人语，何所畏邪？""舅大怒，谓辂狂悖。岁朝，西北大风，尘埃蔽天，十余日，闻晏、飏皆诛，然后舅氏乃服。"魏郡太守钟毓曾与管辂共同讨论《周易》义理，请问政治走向。平原太守刘邠请教如何顺应天意以安抚辖区百姓。其弟管辰说："夫术数有百数十家，其书有数千卷，书不少也。然而世鲜名人，皆由无才，不由无书也。裴冀州、何、邓二尚书及乡里刘太常、颖川兄弟，以辂禀受天才，明阴阳之道，吉凶之情，一得其源，遂涉其流，亦不为难，常归服之。"卜筮、相术、占梦等迷信形式，是当时人们预测朝政兴亡、社会逆顺和人生穷通的工具手段，作为一种精神文化现象，它的兴盛与魏晋南北朝时期的天意崇拜发展为社会性的崇拜意识紧密相关。这时期的天意崇拜，是人们从现实生存环境出发的一种理想追求，对外来佛教具有改造作用，它作为一种社会崇拜意识，反映了

---

① 王利华：《中国家庭史·先秦至南北朝时期》，494页。

当时人们迫切需要取得现实利益的文化心态。[①] 后来南北僧人如佛图澄等都利用这些方术形式测言俗世吉凶贵贱，以便佛教曲线式融入社会现实生活之中。

◎ 第三节
魏晋南北朝的政治体制特点

一个国家在不同历史时期和不同地域，其政府组织结构、管理体制及体系的运作形式都各有特点、不尽相同。从魏文帝黄初元年（220）取代东汉起，至隋开皇九年（589）止，约计三百七十年，其间真正统一仅有晋武帝太康二十年，大部分时期均处分崩离析境地。国家长期分裂板荡，边疆民族与中原人民悲欢交融，南北文化碰撞交流，八王混战、永嘉之乱、群雄逐鹿中原，从陇西到辽东，十六国政权纷繁交替。偏安江东的晋室守着半壁江山，虽取得淝水之役的胜利，但并不能根本扭转政权的颓势进程。元魏占据黄河流域，江北士族整体南迁，文化糅合，政治体制较为紊乱，政权组织架构秩序不稳定。《颜氏家训·序致》曾诟其时思想之驳杂叠复云："魏晋已来所著诸子，理重事复，递相模学，犹屋下架屋，床上施床耳。"此时政权体系亦然。不过，拨开动乱的云雾，还是可以找出魏晋南北朝政治体制的总体特点和发展变化趋势的，即君主专制政体从曲折走向深化。有人将其基本表现总结为两方面：一是随着中央皇权衰落，汉族官僚群体出现门阀化倾向，但新官僚旋在实际政务中取代门阀化官僚成为皇权的有力支柱；二是十六国北朝时期，由少数民族军事贵族专政向专制中央集权过渡，皇权之极度强化，

[①] 详参朱大渭：《魏晋南北朝社会生活史》，330页，北京，中国社会科学出版社，1998。

促使少数民族的贵族群体走上官僚化道路。① 在君主专制政体走向深化的过程中，此期各个大小政权总的来说均是沿用秦汉以来的专制中央集权制度，只是由于社会动荡不安，地方豪强割据势力蜂起，至东晋士族豪门柄政，大大削弱了皇权；南朝时期，士族阶层奢靡腐化而渐渐失去统治能力，庶族地主势力经由军功掌握军权，进而掌控政权，皇权得以上升，魏晋及南朝的朝代更替也是士族与庶族势力消长的过程；北方各民族政权连年进行统一战争，采用汉族政权制度，所以皇权的上升及专制主义中央集权制度的强化又成为各少数民族政权学习汉族文化而使民族交融进一步深入的标志。总的来说，魏晋南北朝政治制度整体沿袭秦汉旧制而有变化发展，是隋唐制度的前奏。

《隋书·百官志》云：

> 汉高祖除暴宁乱，轻刑约法，而职官之制，因于嬴氏。其间同异，抑亦可知。光武中兴，聿遵前绪，唯废丞相与御史大夫，而以三司综理众务。洎于叔世，事归台阁，论道之官，备员而已。魏、晋继及，大抵略同，爰及宋、齐，亦无改作。梁武受终，多循齐旧，然而定诸卿之位，各配四时，置戎秩之官，百有余号。陈氏继梁，不失旧物。高齐创业，亦遵后魏，台省位号，与江左稍殊，所有节文，备详于志。有周创据关右，日不暇给，洎乎克清江、汉，爰议宪章。酌丰镐之遗文，置六官以综务，详其典制，有可称焉。高祖践极，百度伊始，复废周官，还依汉、魏。

自曹魏立国至隋朝统一，政治制度之名称变动不多，其实质内容却改变不少，变化最大者是总理全国政务的机构增多。换言之，魏晋时期新成立了一批协助皇帝进行决策、处理政务的权力中枢机关。"自西汉中期以后，以丞相为首的旧中枢体制日趋崩溃，而由尚书、门下、中书等组成的新中枢应

---

① 黄惠贤：《中国政治制度通史·魏晋南北朝》，17 页，北京，人民出版社，1996。

运而生。魏晋时期是新中枢发展的一个转折点，其主要标志是中书省的建立，从而进入了三省制的形成时期。"①新设中书省以分尚书之权，是曹魏加强中央集权的新措施，此为后来隋唐时期三省六部制的萌芽。魏文帝任刘放为中书监、孙资为中书令，同掌机密。至明帝时，中书监、中书令成为事实上的宰相。晋、南北朝沿置。因其地在枢近，常受君主信任，故号为"凤凰池"。三国时，沿袭秦汉的尚书台已正式脱离少府，成为全国政务的总汇。由于它威权升高，致最高统治者疑忌，所以最高统治者又开始剥夺它的权力。曹操为魏王时，置秘书令，典尚书奏事；魏明帝时，中书监、令号为专任。于是在尚书台之外复有中书省，而原来作为皇帝侍从的侍中也逐渐成为参与机密的要职，尚书台不再有独占机枢的地位。晋时门下省抬头，至南北朝掌握政柄。晋武帝用任恺为侍中，委任他综管大小事务，当时连最有权势的开国元勋贾充也十分惧怕他。到了东晋以后，皇帝颁发诏书，一定要先通过门下省似乎已经形成了一种制度，从而形成了门下省的封驳权（审核权）。北周实行六官制度而不置门下省，但其天官府御伯中大夫（后改名为纳言）其实相当于门下省侍中之职。另一变化较大者是，为了应对战乱情势，地方行政长官刺史或州牧兼任军职，曹魏继承东汉的州牧制度，将其固定化，正式成为州郡县三级制度。任重者为持节都督，轻者为持节，再次者为假节，不带将军号的为单车刺史。曹魏将州级军政大权集于一人的做法，对以后影响深远，助长了地方割据势力。东晋南朝为流寓百姓设立地方行政区划，由于它寄治在别的州郡境内而称作"侨"。其后经过土断，许多寄治州郡获得实土，只因外地迁来故，以流亡百姓中的大族担任刺史、太守、县令，仍然称为侨州、侨郡、侨县。由于侨州、侨郡设置数量增多，州郡区域缩小，制度也较紊乱。

此期政治制度最大变动就是总理政务的机关权力转移。从职官体系来看，中央政府主要设置上公、三公、八公、丞相、相国、尚书省、中书省、

---

① 陈琳国：《魏晋南北朝政治制度研究》，1页，台北，台湾文津出版社，1994。

门下省、列卿、御史台等，权力随时移易。上公指职位在三公之上者。《汉书·百官公卿表》说"太师、太傅、太保，是为三公"（德韶者居之）；或说"司马主天，司徒主人，司空主土，是为三公"（才高者居之）；或说丞相主民、太尉主军、御史大夫主法（德才兼备者居之）。秦与汉初并无公位，中央的最高官职是丞相、太尉、御史大夫。丞相辅助皇帝处理全国政务，包括管理文武百官，为最高行政长官；太尉是最高军政长官，负责管理全国军事事务，但太尉没有独立军权，凭皇帝施予符节才能调动军队；御史大夫执掌全臣奏章，下达皇帝诏令，负责监察百官，相当于副丞相。从汉武帝时起，因受经学影响，丞相、御史大夫和太尉也被称为三公。东汉末年董卓为相国，居三公之上。208年，曹操罢去三公而复置丞相、御史大夫，操自为丞相。两汉时实行了两百年之久的三公制至此遂告终止。秦与汉初另有九卿制，与三公并为"三公九卿制"，但名实并不尽然相符，九卿在更多的情况下是列卿或众卿之意。西汉中后期，大司马、大司空与大司徒鼎足而立，是为新三公。东汉虽仍建三公之制，但名称和职掌都发生变化。大司马改太尉，大司空改司空，大司徒改司徒，分别管军事、土木工程、民政等，权力大大减少。同时还规定，国家大事必须三公通而论之，共同负责，一人有罪，三人同当。与此同时，尚书台的权力渐渐加重。仲长统《法诫篇》称："矫枉过直，政不任下，虽置三公，事归台阁。自此以来，三公之职，备员而已。"台阁即尚书，意谓东汉以尚书直接辅佐皇帝以处理政务，三公之权渐轻。《晋书·职官志》云："太宰、太傅、太保，周之三公官也。魏初唯置太傅，以钟繇为之，末年又置太保，以郑冲为之。晋初以景帝讳故，又采《周官》官名，置太宰以代太师之任，秩增三司，与太傅太保皆为上公，论道经邦，燮理阴阳，无其人则阙。以安平献王孚居之。自渡江以后，其名不替，而居之者甚寡。"三公主要谈经论道经邦，位隆而权虚。尽管从丞相制到三公九卿制，再到事归台阁，其间人事职官变化颇大，但中央决策权和行政权大体吻合。到了魏晋南北朝时期，尚书、中书和门下三省建立，决策机构和行政职能机构逐步分权，形成两套职官系列，各司其权职：中书省内握权柄，门下省参与决策，尚书省主持朝政。

中书省设立于魏文帝黄初元年（220），由魏国秘书转变而来。《晋书·职官》云："魏武帝为魏王，置秘书令，典尚书奏事。文帝黄初初改为中书，置监、令，以秘书左丞刘放为中书监，右丞孙资为中书令；监、令盖自此始也。及晋因之，并置员一人。"曹丕将秘书监更名为中书省，设中书监、中书令，职责仍然是"典尚书奏事"，成员班子照旧。中书省是皇帝的机要秘书，掌管诏令文书之起草发布，职权渐重。杜佑《通典·职官》云："魏晋以来，中书监、令掌赞诏命，记会时事，典作文书。"《古今图书集成·诠衡典》记载："魏文帝时置中书监令，并掌机密，自是中书多为枢机之任；其后或置丞相、或相国、或司徒，而中书监令常掌机要，多为宰相之任，于是权在中书。"《三国志·魏书·夏侯云传》载"中书令李丰虽宿为大将军司马景王所亲待，然私心在玄，遂结皇后父光禄大夫张缉，谋欲以玄辅政。丰既内握权柄，子尚公主，又与缉俱冯翊人，故缉信之"；"丰等各受殊宠，典综机密，缉承外戚椒房之尊，玄备世臣，并居列位"。要之，中书省一方面掌管尚书省进呈皇帝的文书，参与决策；另一方面出纳诏命，传达皇帝旨意或出主意、提建议（答诏、诏草、启事等）供皇帝审阅批准，内握权柄、典综机密，可谓制断朝政，权力极大。然而，这种位重的威望有一个树立过程，中书监、中书令起初并不被视作朝中大臣，因此前权臣作乱的不良影响留下太深的印记，故朝廷内外都警惕防范着。《三国志·魏书·蒋济传》载蒋济上疏，讲述了大臣擅权之深刻影响：

> 大臣太重者国危，左右太亲者身蔽，古之至戒也。往者大臣秉事，外内扇动。陛下卓然自览万机，莫不祗肃。夫大臣非不忠也，然威权在下，则众心慢上，势之常也。陛下既已察之于大臣，愿无忘于左右。左右忠正远虑，未必贤于大臣，至于便辟取合，或能工之。今外所言，辄云中书，虽使恭慎不敢外交，但有此名，犹惑世俗。况实握事要，日在目前，倘因疲倦之间有所割制，众臣见其能推移于事，即亦因时而向

之。一有此端，因当内设自完，以此众语，私招所交，为之内援。若此，臧否毁誉，必有所兴，功负赏罚，必有所易；直道而上者或壅，曲附左右者反达；因微而入，缘形而出，意所狎信，不复猜觉。

虽则朝廷群臣不以之为大臣或者不愿视之为大臣，但由于中书监、中书令最有条件接近皇帝、执掌机要，是其他部门大臣远所不及的，其威望随着时日隆盛起来似乎水到渠成。两晋时期的中书监令充任者基本上都是士家大族出身，荀勖、王敦、和峤、王导、庾亮、王戎、裴楷、王衍、谢安、桓胤诸人都曾任中书令或中书监，他们既是高门士族，亦为权重一时在机要决策者。

尚书省前身为尚书台，可谓皇帝的秘书机关。尚书与尚冠、尚衣、尚食、尚浴、尚席合称六尚，汉初以前原是由皇帝身边任事的小臣充当，主要职责是在殿中主管收发（或启发）文书并保管图籍，朝夕与皇帝的近距离接触，使之威权渐炽，同时引起君主的疑忌，故曹操称王之时设置秘书令，掌管尚书奏事；而魏明帝以中书监、令专任，遂使尚书台之外复有中书省，尚书省不再拥有独占机枢的地位。随后，在中书省和门下省的掣肘下，尚书省的决策权逐渐弱化，其变成全国行政中枢，拥有政治、经济、军事、文化等各方面行政总职能，主持朝政，是国家枢机，重要性非同一般。马端临《文献通考·选举九》云："魏晋以来，州郡无上计之事，公府无辟召之举，士之入仕者，始则中正别其贤否，次则吏部司其升沉而已，所以尚书之权最重，而其于人恩怨亦深。"南朝宋孝武帝《重农举才诏》说："尚书百官之元本，庶绩之枢机，丞郎列曹，局司有在，而顷事无巨细，悉归令仆，非所以众材成构，群能济业者也。可更明体制，咸责厥成，纠核勤惰，严施赏罚。"尚书省分曹办事，曹以尚书为主管，每曹有郎若干人，有时设录尚书若干人，魏之尚书或称府，旧官与新官叠加致使组织机构庞大，如魏时设令、左右仆射、五曹尚书为八座，又有左右丞等；尚书郎有殿中、吏部、驾部、金部、虞曹、比部、南主客、祠部、度支、库部、农部、水部、仪曹、三公、仓部、民曹、二千石、中兵、外兵、都兵、别兵、考功、定课，凡二十三郎，后增置都官、骑兵共二十五郎。魏改选部为吏部，权威尤重，九品中正制就是曹魏重臣陈群为吏部尚书时所创制的。尚书省是全国政务交汇处，起着上呈下达的中转作用，中央寺署和地方州郡的章表奏疏必须通过尚书省上呈，并提出初步处理建议；诏命政令必须通过尚书省下达，并布置具体实施方案。故西晋三公尚书刘颂称：

  今尚书制断，诸卿奉成，于古制为重，事所不须，然今未能省并。可出众事付外寺，使得专之，尚书为其都统，若丞相之为。惟立法创制，死生之断，除名流徙，退免大事，及连度支之事，台乃奏处。其余外官皆专断之，岁终台阁课功校簿而已。此为九卿造创事始，断而行之，尚书书主，赏罚绳之，其势必愈考成司非而已。①

尚书不仅作为近臣在宫中与皇帝一起议政，而且代替三公监督朝廷百官执行各项决议，并处理日常政务，有时还可独立颁发文书。正因尚书省是行政中枢，一般只有资历深并受皇帝宠信之大臣方能充任尚书令、仆之职。

门下省与中书省一样也是决策中枢，是皇帝政策咨询机构，制衡着尚书、中书两省。其省之名称始于西晋，《晋书·淮南王允传》云："伦子虔为侍中，在门下省。"其正副长官为侍中、给事黄门侍郎，原为秦丞相史，为皇帝亲近之臣，晋以来俱管门下众事，掌理机要，故南齐又呼侍中为门下，南北朝时期均无改称。西晋初立时，任恺为侍中，封昌国县侯，"恺有经国之干，万机大小多管综之。性忠正，以社稷为己任，帝器而昵之，政事多谘焉。泰始初，郑冲、王祥、何曾、荀顗、裴秀等各以老疾归第。帝优宠大臣，不欲劳以筋力，数遣恺谕旨于诸公，谘以当世大政，参议得失。"贾充为获专宠，离间任恺，有人为贾充谋划："恺总门下枢要，得与上亲

---

① 《晋书·刘颂传》。

接，宜启令典选，便得渐疏，此一都令史事耳。且九流难精，间隙易乘。"①从"器而昵之""谘以当世大政"及贾充的嫉恨，可知侍中之职的重要性。门下省侍中权势在刘宋时最炽，据《南齐书·百官志》，"宋文帝元嘉中，王华、王昙首、殷景仁等，并为侍中，情在亲密，与帝接膝共语，貂拂帝手，拔貂置案上，语毕复手插之。孝武时，侍中何偃南郊陪乘，銮辂过白门闼，偃将匄，帝乃接之曰：'朕乃陪卿。'齐世朝会，多以美姿容者兼官。永元三年，东昏南郊，不欲亲朝士，以主玺陪乘，前代未尝有也。侍中呼为门下"。据《太平御览·职官部十七》，宋文帝对侍中沈演之说："侍中领卫俱为优重，此盖宰相便坐，卿其勉之。"宋时侍中威权尤甚于其他时代，由此可见。当然，侍中也有时未必被当成重臣，就像何偃凭借宠幸的特殊身份，借用皇权排斥异己图谋私利。②萧齐时"多以美姿容者"兼任侍中官，而陆慧晓"以形短小，乃止"，江敩则被武帝嫌其"鼻中恶"而从侍中转任都官尚书。门下侍中可为加官，人员未确定数额，西晋门下省机构庞大，僚属日渐增多，且多士族官僚子弟滥竽充数其间。加官侍中虽然并不参与门下省具体职事，但因其本职（如三公、尚书令、仆射和中书监令）高于侍中，其加侍中资格比一般侍中也更高。西晋曾加侍中者如贾充、司马攸、卫权、王浑、山涛、卢钦、羊玄之、张华、裴楷等，东晋加侍中者如王导、陶侃、郗鉴、桓温、谢安、司马昱、刘裕等，都可以自由出入宫禁，加强与君主的联系；一旦君权式微，加侍中的权臣想要奸营私是颇有机会的。

总的来说，尚书、门下、中书三省在魏晋以来组成了中央政府的核心机构。北方十六国政权基本上沿袭了这种政治制度。不过，由于这些北方少数民族政权接受汉族文化的程度不一，加上民族之间的相互疑惧，三省制在前期骤起骤落，名实未必相符；只是到了后期随着民族交融频繁，北魏北齐经过几次官制改革后，形成了以门下省为核心的权力中枢，而中书省权力渐

---

① 《晋书·任恺传》。
② 参见黄惠贤：《中国政治制度通史·魏晋南北朝》，110页。

被削弱。北魏孝文帝自太和后期独断专行，躬亲事为，尚书公文御笔批阅，诏命亦亲历亲为或口授而成，中书监、令、侍郎难得起草诏命文书；宣武以后，中书省诏命之职事实际落入舍人省，中书监、令也随之成为虚衔；中书省与门下省本来都是决策机构，但宣武以来"中书事移门下"，要么门下省的给事黄门侍郎兼职中书舍人，要么以给事黄门侍郎参诏诰，要么中书侍郎在门下省主诏诰，总之诏诰由门下省发出，中书省实际再度弱化，中书长官监、令之职被闲置起来。相反，门下省掌控军国大政决策权，深得孝文帝及其后诸帝的依赖，如《魏书·彭城王传》云："复除侍中，长直禁内，参决军国大政，万机之事，无不预焉。""高祖不豫，翹内侍医药，外总军国之务，遐迩肃然，人无异议。"门下省权限扩张，侍中、黄门侍郎地位显赫，出入机要、运筹帷幄，甚至可以自主平决封驳尚书奏事，故《魏书·王慧龙传》谓"时政归门下，世谓侍中、黄门为小宰相"。如此一来，上通下达的言路极可能被阻断，怀有篡位野心的重臣往往通过控制门下省架空皇帝而实施政变。北魏孝武帝时的重臣高欢宰制朝廷，就处心积虑在门下省安插心腹。后来高欢儿子高洋建立北齐，为了加强君权，对门下省的权力有所压制，应该是深有体会之举。

地方政治制度方面，魏晋南北朝总体沿用汉制，基本分州、郡、县三级。但是，处于分裂时期的王朝，其疆域不稳定，具体的行政区划经常变动，魏晋以后州的组织和官名颇为紊乱，区域面积较前也有所收缩，数目却增多了。主要表现有两方面。

一方面是三国时期设置了大量侨郡、侨县，致使地方行政单位激增：

> 地理参差，事难该辨，魏晋以来，迁徙百计，一郡分为四五，一县割成两三，或昨属荆、豫，今隶司、兖，朝为零、桂之士，夕为庐、九之民。去来纷扰，无暂止息，版籍为之浑淆，职方所不能记。自戎狄内侮，有晋东迁，中土遗氓，播徙江外，幽、并、冀、雍、兖、豫、青、徐之境，幽沦寇逆。自扶莫而裹足奉首，免身于荆、越者，百郡千城，

流寓比室。人伫鸿雁之歌，士蓄怀本之念，莫不各树邦邑，思复旧井。既而民单户约，不可独建，故魏邦而有韩邑，齐县而有赵民。且省置交加，日回月徙，寄寓迁流，迄无定托，邦名邑号，难或详书。大宋受命，重启边隙，淮北五州，鞠为寇境，其或奔亡播迁，复立郡县，斯则元嘉、泰始，同名异实。①

晋自中原丧乱，元帝寓居江左，百姓之自拔南奔者，并谓之侨人。皆取旧壤之名，侨立郡县，往往散居，无有土著。②

当时天下分裂，各政权均自视正统，在其实际统治区域内保留失陷地区的名称，可借这个"侨立郡县"希望加强豪族势力之间的内部团结、延续门望；亦可借保留原籍地名而招徕失陷地区的流民，安抚这些远来者，使朝廷内外戮力同心，衍生出对故土的眷恋和慰藉情结，表达光复失地的政治愿望。还有一种情况是一地为数个政权势力占领，遂贯以东西南北字样，一地在名称上剖分为二焉。可是，招徕的侨民愈多，州郡的数目愈多，户籍也随之愈乱，结果兵源减少，赋税损耗。故有土断法的出现，土断指撤销侨郡、侨县，代之以所居土地为断。

先是，尚书令沈约以为："晋咸和初，苏峻作乱，文籍无遗。后起咸和二年以至于宋，所书并皆详实，并在下省左户曹前厢，谓之晋籍，有东西二库。此籍既并精详，实可宝惜，位宦高卑，皆可依案。宋元嘉二十七年，始以七条征发。既立此科，人奸互起，伪状巧籍，岁月滋广。以至于齐，患其不实，于是东堂校籍，置郎令史掌之。"

咸和二年（327），晋成帝开始整理户籍，是谓晋籍，又于次年

---

① 《宋书·志序》。
② 《隋书·食货志》。

（328）、咸康七年（341）推行土断；后来大司马桓温、太尉刘裕先后于364年和413年实施土断法；南北朝时期亦时行土断措施。其目的当然是为强化中央财政实力，即如《宋书·武帝纪中》所说："及至大司马桓温，以民无定本，伤治为深，庚戌土断，以一其业。于时财阜国丰，实由于此。"将流亡来的士民，就所居地作为土著，与原来土著待遇等同，这样减少侨郡、侨县，有利于行政统一和节省财政开支。但是土断效果并不佳，旧的侨郡、侨县取消，新的侨郡、侨县不断增加，如此反复增减消长，都是适时而变的。

另一方面是魏晋以后的州郡拥有地方武装力量，或州兵，或郡兵，州长官刺史、郡长官太守多兼军职，为地方军政首脑。刺史、太守又往往以军将都督兼任，都督管辖一郡或数郡、一州或数州，都督所辖地区成为州之上的特殊行政区，此为地方政权的军事化。刺史本是负责监督类的官员，其职责为巡行郡县，以"六条"问事。刺史制度是对以前监察制度的发展，是一种比较完善的地方监察制度，是维护皇权的有力手段，对于中央加强对地方的监督和控制发挥了重要的作用。不过，刺史在形成和演变的过程中逐渐地方官化，而在魏晋时期开始领兵，甚至拥兵自雄，必然妨碍监察职务，议者多谓宜加禁止或弱化，如散骑黄门侍郎杜恕认为：

> 古之刺史奉宣六条，以清静为名，威风著称，今可勿令领兵，以专民事。

> 帝王之道，莫尚乎民安。安民之术，在于丰财。丰财者，务本而节用也。方今二贼未灭，戎车亟驾，此自熊虎之士展力之秋也。然搢绅之儒，横加荣慕，搤腕抗论，以孙、吴为首，州郡牧守，咸共忽恤民之术，修将率之事。农桑之民，竞干戈之业，不可谓务本。帑藏岁虚而制度岁广，民力岁衰而赋役岁兴，不可谓节用。今大魏奄有十州之地，而承丧乱之弊，计其户口不如往昔一州之民，然而二方僭逆，北虏未宾，三边遘难，绕天略匝；所以统一州之民，经营九州之地，其为艰难，譬策赢马以取道里，岂可不加意爱惜其力哉？以武皇帝之节俭，府藏充

实，犹不能十州拥兵；郡且二十也。今荆、扬、青、徐、幽、并、雍、凉缘边诸州皆有兵矣，其所恃内充府库外制四夷者，惟兖、豫、司、冀而已。臣前以州郡典兵，则专心军功，不勤民事，宜别置将守，以尽治理之务；而陛下复以冀州宠秩吕昭。冀州户口最多，田多垦辟，又有桑枣之饶，国家征求之府，诚不当复任以兵事也。若以北方当须镇守，自可专置大将以镇安之。①

杜恕对州郡长官领兵颇有疑虑，认为民事和军功良难两全，行政长官恪尽治理之务则可，兵事可另置将守。

假若都督职和刺史或州牧职兼于一身，则更会助长地方势力的发展，加剧外重内轻的局面。由都督管辖地方的军政大权，有其历史原因：汉末天下纷乱，中央皇权疲弊软弱，各地豪强大族起初可能出于建坞自保而组织武装；后其武装力量壮大，便转变为地方军事势力而参与战争角逐，扩大势力范围。这些拥有家兵部曲的豪强，被任命为都督或有领兵职权的刺史郡守。比如曹操在统一北方的战争环境下，联络这样的豪强军事势力，战略上自己统一指挥，具体战役则以豪强为都督去进行。当中央皇权足够强大之时，则都督多为皇室宗亲派出，用以镇压威慑地方豪强大族。比如魏文帝曹丕时代，皇亲曹仁、曹休、曹真、夏侯尚、夏侯楙等都担任过地方都督，统帅地方军政，对外防御或进攻外敌，对内拱卫中央政权。另有一种情况是，派出亲信军将为刺史郡守，对被占领区的百姓和大族豪强进行军事管制，守护既定战果。所以，地方政权军事化是战乱纷繁、地方割据和社会动荡的历史环境所造成的。正因如此，曹魏末年，兼领刺史的都督权重一方，对中央政权造成极大威胁。司马懿父子都督全国重要州郡，通过控制主要军队最终代魏立晋；西晋之"八王之乱"基本上是由担任都督的王侯为争夺帝位而挑起的。东晋仍然如此，所谓"王与马，共天下"固然说明王氏家族对稳固晋室

---

① 《三国志·魏书·杜恕传》。

江山的重要作用，同时也意味着皇权力量较弱，门阀士族势力可以左右东晋政权。东晋士族门阀对政局影响力如此之大，与都督兼领地方州牧的制度不无关系。王敦都督江、扬、荆、湘、交、广六州，兼江州牧，王含都督沔南、领南蛮校尉、荆州刺史，都督扬州江西诸军事；王廙、王舒先后领护南蛮校尉、荆州刺史；王彬、王邃先后出任江州；庾亮、庾冰、桓温、桓玄等皆曾同时都督多个州郡，盘踞重镇，干预朝政。鉴于此，南朝诸代君主戒惧门阀士族，警惕士家大族出任都督，往往瓜分大州多设州郡，限制宗室诸王出镇，重视寒门将帅，委任他们出任都督。但即使如此，都督重兵仍是造成南朝政权更迭的重要原因。

再看魏晋南北朝时期的文官制度。这一时期的选官办法主要是九品中正制，以补济两汉遗留的征辟察举之缺陷。这种选官制度实际是两汉察举制度的一种延续和发展，或者说是察举制的另一种表现形式。九品中正制最初叫九品之制，是由魏文帝曹丕时的吏部尚书陈群创议的。《太平御览》引《傅子》语说："魏司空陈群，始立九品之制，郡置中正，评次人格之高下，各为辈目，州置都而总其议。"《三国志·魏书·陈群传》亦云："及即王位，封群昌武亭侯，徙为尚书。制九品官人之法，群所建也。"后人据此称九品之制为九品官人法。西晋除了沿用"九品""九品之制"的通常名称外，开始称"中正九品"或"中正九品之制"。刘毅《论九品有八损疏》云："职名中正，实为奸府；事名九品，而有八损……中正九品，上圣古贤皆所不为，岂蔽于此事而有不周哉，将以政化之宜无取于此也。"[①]卫瓘、司马亮亦上疏云："魏氏承颠覆之运，起丧乱之后，人士流移，考详无地，故立九品之制，粗且为一时选用之本耳……臣等以为宜皆荡除末法，一拟古制……尽除中正九品之制，使举善进才，各由乡论……今除九品，则宜准古制，使朝臣共相举任，于出才之路既博，且可以厉进贤之公心，核在位之明

---

① 《晋书·刘毅传》。

暗，诚令典也。"①刘毅等都从否定和排斥的角度指出这种选官方法是一种风气和时势的促成，将之称为中正九品之制。到了北宋时期，"九品中正"开始成为人们称谓魏晋南北朝选官制度的术语。苏轼《游士失职之祸》说："三代以上出于学，战国至秦出于客，汉以后出于郡县吏，魏晋以来出于九品中正，隋唐至今出于科举。"②及至明清，"九品中正制"的名称普遍流传开来。顾炎武《日知录》卷一三"清议"条云："降及魏、晋，而九品中正之设，虽多失实，遗意未亡。凡被纠弹付清议者，即废弃终身，同之禁锢。"赵翼《陔余丛考》卷一七"六朝重氏族"条记："盖自魏以来，九品中正之法行，选举多用世族，下品无高门，上品无寒士。当其入仕之始，高下已分。"

宋元以后的史家用"九品中正制"来称谓魏晋南北朝之选官制度，应该说是较为准确的，"不仅有其历史依据，而且还能更加真实地揭示出这一制度的时代特色和本质特征，并且在文字表述上也更为准确，内涵更为明晰，堪称是对这一制度最为简洁和最为完整的表述"③。从名称上看，此一制度包括两方面内涵：选官的方式是九品，选官的实际主持者是中正。"九品"指在魏晋时把候选士人分成九等，即上上、上中、上下、中上、中中、中下、下上、下中、下下；北魏时，每品各分正、从，第四品起，正、从又分上、下阶，共三十等。这种独特的选官方式有别于两汉之乡举里选，也异于隋唐以后的科举取士。曹丕代汉自立之前，州郡各置中正，由声望高者出任，担负识别人才之责；魏齐王曹芳时，实际由司马懿主政，于各州设大中正，用世族豪门担任，选取原则以家世为重，故自司马氏当政之后，实则中正乃当时门阀士族操控选举的有利代表，而九品中正制也成为世族豪门垄断政权的工具。东晋末年，刘毅指陈九品中正制弊端，叹古今之失，莫大于此：

---

① 《晋书·卫瓘传》。
② （宋）苏轼：《东坡志林》，199页，青岛，青岛出版社，2002。
③ 张旭华：《九品中正制略论稿》，6页，郑州，中州古籍出版社，2004。

> 今之中正，不精才实，务依党利；不均称尺，务随爱憎。所欲与者，获虚以成誉；所欲下者，吹毛以求疵。高下逐强弱，是非由爱憎。随世兴衰，不顾才实，衰则削下，兴则扶上，一人之身，旬日异状。或以货赂自通，或以计协登进，附托者必达，守道者困悴。无报于身，必见割夺；有私于己，必得其欲。是以上品无寒门，下品无势族。①

这种维护世族特权的特定的官僚选拔制度自有其历史生成原因。一是对两汉遗留下的征辟和察举制的补正和革新。两汉至魏晋时期，入仕门径其实大体差不多，只是侧重点因时有异。马端临《文献通考·选举一》指出："按魏晋以来，虽立九品中正之法，然仕进之门则与两汉一而已。或公府辟召，或郡国荐举，或由曹掾积累而升，或由世胄承袭而用，大率不外此三四涂辙。"荫袭、赀选、学校都能够获得入仕机会。所谓征辟，就是征召名望显赫的人士出来做官，皇帝征召称"征"，官府征召称"辟"。征辟是中国汉代以来擢用人才的一种制度，主要包括皇帝征聘和公府、州郡辟除两种方式，它作为一种自上而下选任官吏的制度，又称"辟除"。察举制经汉文帝、汉武帝的经营而成熟，是选拔与考试相结合，为被举者提供了公平竞争的舞台。察举科目众多，如果按照四科标准分类，以"德"为主的有孝廉、孝廉方正、察廉、至孝、敦厚、能言极谏、光禄四行等科；以"文法"为主的有明法科；以"才能"为主的有尤异、治剧、勇猛知兵法、明阴阳灾异、有道等科。但所有的科目都以"德行"为先，在学问上则以"儒学"为主。这些考察范围差不多涵盖了国家所需的各种人才，选拔的范围也较广，为有才干的士人提供了较多进身仕途的机会。但由于汉朝选才之权集中在皇帝以及中央和地方官员之手，故人为因素对选才有着决定性的影响，这也是征辟和察举制度的根本弊端。当时被举者占四分之三是现任官吏，造成平民儒

---

① 《晋书·刘毅传》。

士中之优秀人才被拒之门外。特别在东汉后期，任人唯亲、唯财、唯势，权门势家把持察举的结果，令流弊百出，察举制度的根本缺陷暴露无遗。征辟的标准均以学行品德为主，但汉末天下纷争而群雄交战，政治腐败，以宦官外戚为主的官僚集团利用辟召以徇私；又因被辟召者出于对辟主的感戴，形成两者之间的隶属关系，助长了官僚中私人权势的增长。中央王朝的诸公、位从公及开府仪同三司，地方的都督、开府将军、州郡长官，均可辟召长吏掾属。被辟而应召者若是辟召者的故吏，两者就会结成主从依附关系。在长期分裂动荡的形势下，征辟制对统治集团内各政治派系和地方割据势力的形成起了推波助澜的作用。九品中正制可谓对征辟察举的补正革新。汉魏交替之际，大小中正须用本地有才德众望的人而不依靠于州郡：

> 九品之制，初因后汉建安中天下兵兴，衣冠士族多离本土，欲征源流，虑难委悉，魏氏革命，州郡县俱置大小中正，各取本处人任诸府公卿及台省郎吏有德充才盛者为之，区别所管人物，定为九等。其有言行修著，则升进之，或以五升四，以六升五；傥或道义亏阙，则降下之，或自五退六，自六退七矣。是以吏部不能审定核天下人才士庶，故委中正铨第等级，凭之授受，谓免乖失及法弊也。①

依靠中正在平时铨定各人的言行，为的就是防备临时舞弊，在形式上比征辟察举更为精密。

二是汉末清议盛行，士林敦励名节而涵养成一种特别的士风。桓、灵之际，一班名士和太学生不满宦官专权，耻与为伍，便议论朝政和品评人物，即《后汉书·党锢列传》所谓"逮桓、灵之间，主荒政谬，国命委于阉寺，士子羞与为伍，故匹夫抗愤，处士横议，遂乃激扬名声，互相题拂，品核公卿，裁量执政"。名士如李膺、陈蕃、王畅等为精神领袖，形成一股强大的

---

① 《通典·选举典》。

在野的社会政治力量。他们互相标榜，批评乱政，更注重于评论实际的政治，臧否人物，对察举征辟中的漫无标准和名实脱节现象多有非议，如"举秀才，不知书；察孝廉，父别居。寒素清白浊如泥，高第良将怯如鸡"之类，其清议人物的品第法由民间转化为官方行为，就成了曹魏之九品中正制。《后汉书·党锢列传序》云：

> 邪枉炽结，海内希风之流，遂共相标榜，指天下名士，为之称号。上曰"三君"，次曰"八俊"，次曰"八顾"，次曰"八及"，次曰"八厨"，犹古之"八元""八凯"也。窦武、刘淑、陈蕃为"三君"。君者，言一世之所宗也。李膺、荀翌、杜密、王畅、刘祐、魏朗、赵典、朱宇为"八俊"。俊者，言人之英也。郭林宗、宗慈、巴肃、夏馥、范滂、尹勋、蔡衍、羊陟为"八顾"。顾者，言能以德行引人者也。张俭、岑晊、刘表、陈翔、孔昱、苑康、檀敷、翟超为"八及"。及者，言其能导人追宗者也。度尚、张邈、王考、刘儒、胡母班、秦周、蕃向、王章为"八厨"。厨者，言能以财救人者也。

士林清议品第人物采用一些层级品目，将人物分等次归类，实为九品中正制度起着先导作用。士林清议的品题用语大多清简适当、要言不烦。汝南范滂评价郭太云："隐不违亲，贞不绝俗，天子不得臣，诸侯不得友，吾不知其它。"①汉中晋文经、梁国黄子艾二人恃其才智，故作高深，声名传于上京，"卧托养疾，无所通接。洛中士大夫好事者，承其声名，坐门问疾，犹不得见"，符融知晓他们的意图，对李膺说："二子行业无闻，以豪桀自置，遂使公卿问疾，王臣坐门。融恐其小道破义，空誉违实，特宜察焉。"②膺然之。许劭评徐州刺史陶谦云："外慕声名，内非真正。待吾虽

---

① 《后汉书·郭太传》。
② 《后汉书·符融传》。

厚，其势必薄。"①数语片言，深中肯綮，与魏晋中正品状人物类似。晋武帝快婿王济与和峤、裴楷齐名，《晋书·孙楚传》载："初，楚与同郡王济友善，济为本州大中正，访问铨邑人品状，至楚，济曰：'此人非卿所能目，吾自为之。'乃状楚曰：'天才英博，亮拔不群。'……楚少所推服，惟雅敬济。初，楚除妇服，作诗以示济，济曰：'未知文生于情，情生于文，览之凄然，增伉俪之重。'"中正品状大体如此，可见魏晋兴起的九品中正制深受清议风气的影响，甚至可以说汉末的党锢与清议是九品中正制成立的最大原因。②

三是汉末政局混乱，州郡守相变换频繁，察举制遇到了现实操作的困难，而由中正考察本地同籍人物，至少比较熟悉。另外，曹魏一方面唯才是举，哪怕是"负污辱之名，见笑之行，或不仁不孝而有治国用兵之术"之人才，也要"其各举所知，勿有所遗"地加以网罗，使其在群雄争霸过程中渐居上风；但另一方面，曹操选官的真正准则非"唯才是举"，实乃"治平尚德行，有事赏功能"。曹操不但不曾笼统地否定世家大族素所强调的德行标准，而且很重视对名士的争取。在其帷幄中有许多世家名士。官渡战前，徐州混乱，他曾派出名士陈群、何夔等人出宰诸县，以图稳定局势。得邺城后，立即辟用袁绍原来辖区内的名士。破荆州，也尽力搜罗本地的和北方逃来的士人。及至后来，更是以慎德为念。应该说，"唯才是举"乃应对角逐争雄的战争策略，而九品中正则延续了察举之德行考量，乃稳固现实统治的政治策略。其实施意图，"是准备在可以预见的汉魏革命时，把东汉朝廷崩溃后的官吏吸收进魏朝而拟的便宜之计。要言之，就是将取代东汉的魏朝百官，根据职务的重要性相应地分为九品；官吏及候补官吏也由出生地的郡中正根据其品德才能区分出九品"③。所以，在诸侯争雄阶段，曹操根据现

---

① 《后汉书·许劭传》。
② 杨筠如：《九品中正与六朝门阀》，10页，上海，商务印书馆，1930。
③ ［日］宫崎市定：《九品官人法研究——科举前史》，韩昇、刘建英译，7页，北京，中华书局，2008。

实需要而度外用人,拔用那些不齿于名教但有治国用兵之术的人,各尽其才;一旦胜出,且局势较为稳定时,则仍以名教模范为己服务。也就是说,必须保证新官吏尽最大可能地显示忠诚,不合作者尽最大可能予以清除。九品中正制就是一种官吏资格的初步审察鉴别制度,或者说,中正评议是候补官僚的资格评定。再者,因为曹操不拘一格、唯才是举的选官办法打破了东汉以来由门阀世族主持乡间评议和控制选举局面的形势,从而为建立新的选举制度创造了条件。州郡的大小中正官是由司徒举荐的现任中央官员兼任的,其与主持乡间评议的门阀世族互相平衡,使得曹操与士大夫阶层间虽有冲突,但始终以合作为主而不至陷入破裂的窘境,从而形成了魏晋士族的一批核心力量。比如荀彧辅佐曹操,能够"从容与太祖论治道"。可以说,荀彧作为士族的代表,协调了曹操与世家大族的关系。九品中正制设立之初,除了照顾世家大族的利益外(倡导者陈群本人即世族出身),也保留了"唯才是举"的精神,选举人才时品状并重,一定程度上起到了选贤任能以更好地维护统治的作用。

九品中正制创立之初,中正定品必须征诸乡论、求诸乡评,此为"乡品",中正评议人物的标准是家世、道德、才能三者并重。到了西晋时期,许多新的世家大族形成,与旧的世家大族一起,渐渐掌控九品中正制的实际操作。九品中正制已经从强化皇权的政治手段转化成为世家大族长期维护其政治特权的有效工具,为门阀制度的确立提供了坚实的政治基础。换言之,固化的魏晋九品中正制并不严格按照个人的才德给予乡品,再根据乡品任命为相应的官品,而是越来越呈现贵族化色彩,即家世的重要性日益突出,道德和才能的标准日益模糊。又因魏晋时期充当中正者一般是二品,二品又有参预中正推举之权,而获得二品者几乎全部是门阀世族,故门阀世族就完全把持了官吏选拔之权。于是在中正品第过程中,才德标准逐渐被忽视,家世则越来越重要,甚至成为唯一的标准。这样一来,九品中正制不仅成为维护和巩固门阀统治的重要工具,而且其本身就是构成门阀制度的重要组成部分。到了南朝时期,在中正的评议中,所重视的只是魏晋间远祖的名位，而辨别血统和姓族只需查谱牒，中正的品第反成无足轻重的例行公事。一种制度发展到后来却背离其初衷，也就意味着开始走向衰敝：

> 然诸贤之说，多欲废九品罢中正何也？盖乡举里选者，采毁誉于众多之论，而九品中正者，寄雌黄于一人之口。且两汉如公府辟掾属，州郡选曹僚，皆自荐举而自试用之，若非其人，则非特累衡鉴之明，抑且失侍毗之助，故终不敢十分徇其私心。至中正之法行，则评论者自是一人，擢用者自是一人，评论所不许，则司擢用者不敢违其言，擢用或非其人，则司评论者本不任其咎。体统脉络，各不相关，故徇私之弊，无由惩革。又必限以九品，专以一人，其法太拘，其意太狭，其迹太露，故趋势者不暇举贤，如刘毅所谓上品无寒门，下品无世族是也。①

九品中正制最终沦为世家大族巩固其利益的工具，自然要退出历史舞台。在十六国和北朝时期，九品中正制的作用不能与两晋南朝相提并论。北魏初、中期，未行九品中正制。孝文帝改制，班定族姓，始立九品中正制。但自河阴之变后，此制亦流于形式。到了隋代，随着门阀制度的衰落，此制终被废除。

---

① 《文献通考·选举考》。

第二章
魏晋南北朝的文化背景

◎ 第一节
魏晋玄学

魏晋时期重要的哲学思潮和文化思潮之一是玄学，它以道家之学为主，融合儒家、佛教思想，形成了自己独具特色的自然观、历史观、人性论、认识论和方法论。它以《周易》《老子》《庄子》（"三玄"）为理论依据和注释对象，或者以老解玄，或者以庄解玄，或者以儒解玄，或者以佛解玄，探讨一些共同的理论主题，如有无之辨、情礼之辨、群己之辨、名理之辨、言意之辨、本末之辨等。时人通过群居切磋和互相攻难驳对，表达了对社会人生的独特思考。玄学涵养了颇具时代特色的理想人格和士人风度，铸造了一个时代的审美趣味和生活品位，高扬了人性自觉的独立价值和人文精神，也促成了魏晋时期充满玄思的艺术精神。可以说，"玄学作为魏晋时期划时代的哲学思潮，是在反思传统和观照现实中对人生命运的一种终极关怀。它以新颖的理论形式与思维方式影响了这个时代的各个社会层面，形成一种新文化范式。这种文化范式以更加重视和关心人的个体内心体验，更加关注和思考超现实的本体世界为特征，从而影响到哲学、文学、艺术理论和审美理想等诸多方面,直至澄清了文学艺术领域中许多内在的问题"①。 玄学思潮是构成魏晋六朝时期的文化背景的重要因素,其方法论和问题意识与后来的隋唐佛学与宋明理学的理论建构甚至有着渊源关系。 因此,中国哲学发展到魏晋时期可以说进入了一个新的阶段。 在文学艺术方面,玄学思潮的渗透融通也是显而易见的,诸如文艺本体论、社会功能论、创作思维和审美意识等方面都有玄学的影子和肌质。

从字面上解,"玄"有玄妙、玄虚、玄远、玄深、玄默等含义,故玄学是一种形而上学,是对幽昧不可测之世界的探寻,是人对代表黑色、代表天的玄道的思索,是对现实人生境界的一种恬静追求。 以玄学时代来指称一个特定的时代,一定程度上说明了魏晋六朝的精神风貌:思想神奇、清妙幽远,生活任性、洒脱高蹈。 可见,魏晋人的言行举止营造了玄意幽远的文化意境。 魏晋玄学包括立言与行事两个方面,既指时人立言玄妙,也指涉行事玄远旷达。 所谓玄之又玄,意为远离具体事物,而致力于讨论"超言绝象"的本体论问题。 从人物群体来看,玄学家大多是当时的名士,代表人物有何晏、王弼、阮籍、嵇康、向秀、郭象等。 从发生情况来看,它既是在两汉经学衰落之际,为弥补儒学之时弊而应运产生的;又是由汉代道家思想、黄老之学演变发展而来的,是汉末魏初的清谈直接演化而来的产物。 正始之音一起,玄风大畅,影响着整个社会的思想风气。

玄学兴起最直接的表征是社会上突然流行起对"三玄"的学习和研究热情。 南齐王僧虔《戒子书》说:"汝开《老子》卷头五尺许,未知辅嗣何所道,平叔何所说,马、郑何所异,《指例》何所明,而便盛于麈尾,自呼谈士,此最险事。 设令袁令命汝言《易》,谢中书挑汝言《庄》,张吴兴叩汝言《老》,端可复言未尝看邪? 谈故如射,前人得破,后人应解,不解即输赌矣。 且论注百氏、荆州《八袠》,又《才性四本》,《声无哀乐》,皆言

---

① 卞敏:《魏晋玄学》,13~14 页,南京,南京大学出版社,2009。

家口实，如客至之有设也。"①从这里可以看出，要成为一个合格的谈士，首先要广学博洽，精通《老》《庄》《易》才能出入士林获得谈席，否则没有参与的资格。《世说新语·文学》记载名士殷仲堪"三日不读《道德经》，便觉舌本间强"，如此看重老子著作，不是孤例。《世说新语·文学》又记载清谈名家王衍指教少年英俊的成长门径："诸葛厷年少不肯学问，始与王夷甫谈，便已超诣。王叹曰：'卿天才卓出，若复小加研寻，一无所愧。'厷后看《庄》《老》，更与王语，便足相抗衡。"

为什么"三玄"会在此时流行起来呢？考汉魏间学术思想之流变约略观之，汉武帝之前的学术气候尚存战国百家争鸣之遗韵，而自汉武帝采纳董仲舒意见而定儒家为一尊，便奉《易经》《诗经》《尚书》《礼记》《春秋》为必读和必考经典，并掌握了儒家话语解释权，限定了士人实现阶层升进的必由之路。读书人升进的路径狭窄，特别是思想空间和文化环境逼仄，却欲争锋出头有所创新，就顺势滑入穿凿附会、哗众取宠的极端境地，五经原典被注释得支离破碎或烦琐冗杂。其后又"尚公羊春秋，推阴阳，言灾异，刘向继之，治谷梁之学，更陈五行阴阳休咎之应，自是儒家经典，遂与纬谶阴阳五行灾异之说相结合，在政治上发生极大之影响，终始五德及符命之说，开中世禅代之风"②。儒学发展至此，面临虚妄处境，无怪乎王充、桓谭等激进人士"疾虚妄"，把充斥于社会的虚伪浮诈之风归结到儒家思想身上。儒学独尊后，庞大的读书人群体皓首穷经，但他们越读越觉茫然黯淡，因其在严守家法师法的规定下放弃了创造的能动性，放弃了独立思考，此皮锡瑞《经学历史》所谓"师之所传，弟之所受，一字毋敢出入，背师说即不用"。经学的研究方法是对儒家经典进行文字的训诂解说或者对其意旨进行阐述发挥，两汉今文经学和古文经学两派长期进行争夺话语权的论战，反映了不同政治利益集团之间的诉求，推动了政治与神学结合的知识体系的建

---

① 《南齐书·王僧虔传》。
② 贺昌群：《魏晋清谈思想初论》，3页，北京，商务印书馆，1999。

立，展开了义理和才气结合的学术竞技。就两种学风而言，其均充满政治意识形态特色的解经体系，都对两汉的时政产生了实际的影响，而其学术力量的起落则与官方的抑扬态度直接互动；就其历史贡献而言，古文经学派对于保存先秦典籍的文字训诂工作有重要贡献，而今文经学派如董仲舒的《春秋繁露》结合天道神学与阴阳五行说，及易学官学结合天文气象学知识，是不乏理论创造力的。然而，二者各自的弊端也很明显，"今文学以孔子为政治家，以六经为致治之说，所以偏重于'微言大义'，其特色为功利的，而其流弊为狂妄。古文学以孔子为史学家，以六经为孔子整理古代史料之书，所以偏重于'名物训诂'，其特色为考证的，而其流弊为烦琐"[①]。

到了东汉末期，皇权微弱，统一的王朝分崩离析，与之相应的官方意识形态"天人感应"神学大厦也将坍塌。如何面对社会危机和信仰危机，尽快消除分裂割据现状，恢复正常的统治秩序，构建新的理论体系，既是东汉末期各派势力共同面对的问题，更是士人群体思考的问题。"魏之初霸，术兼名法"[②]，曹操这样的政治家依靠名法之术在诸侯争霸中胜出，但名法之术毕竟是适应动乱局势而取得最大成效，待北方统一政权稳定之时，则需要新理论来支撑。当然，曹操不事浮华而崇尚简易的作风，与其后的清虚简易的玄学理论风格有相通之处，这为曹丕时代玄学产生埋下伏笔。魏国初建，需要的是各派势力同心同德，共同维护一个相对安定的政权秩序。故曹丕采取黄老之术，以道家无为的政治思想打理朝政，同时"备儒者之风，服圣人之遗教"，实施休养生息政策，"广议轻刑，以惠百姓"。魏明帝曹叡对名法之治的遗留问题更是大胆调整修正，《三国志·魏书·明帝纪》裴松之注引孙盛语评其"优礼大臣，开容善直，虽犯颜极谏，无所摧戮，其君人之量如此之伟也"；孙权赞其"选用忠良，宽刑罚，布恩惠，薄赋省役，以悦民

[①] 周予同：《〈经学历史〉序言》，见（清）皮锡瑞著，周予同注释：《经学历史》，3页，北京，中华书局，1959。
[②] 《文心雕龙·论说》。

心"。① 这个时候，老子著述及其思想像汉初一样再次流行。《老子》给人清新通透的感受，令厌倦了儒学经典的士人群体耳目全新，一个"无"字令他们卸下精神世界不堪承受之重。

当然，魏初玄学建构之始选择了《老子》，既有汉代黄老思想系统的历史延续原因，又有儒家名教不振而代之以道家无为之治的时代现实原因。说到底，老子的人生哲学是思辨与实用兼容的处世哲学，是低调式的进取，是迂回式的前进，是示弱式的刚强，也就像朱熹所指出的，"老子犹要做事在"；"老子之术，谦冲俭啬，全不肯役精神"；"老子之术，须自家占得十分稳便，方肯做；才有一毫于己不便，便不肯做"②。这种将宇宙之道与人生之道结合起来的思想，落实到现实世界就成了一种实用的政治哲学，即所谓"君人南面之术"，其在正始年间的风行应该是各方面合力的结果。像何晏、王弼、向秀、郭象等人，既是政治圈里的人物，又是清谈玄言界名士，他们对老子思想的推崇，正表达了对政治前景和现实人生进行平衡的一种努力。据《隋书·经籍志》载，魏晋南北朝时期关于老子的注疏类论著有数十种，其作者身份多样，有硕学鸿儒，有九五之尊，有佛门僧人，有道教门徒，有政治高官；其写作形式除"注"外，有解释、集解、义疏、义纲、音、论、序决、指趣、幽易、私记、玄谱、玄示等，异彩纷呈，显示出对老子思想方方面面的关注热情。就正始时期而言，何晏著有《老子道德论》二卷，王弼著有《老子道德经注》二卷，钟会著有《老子道德经注》等。此期人们发挥老子"以无为本"的思想，不啻一股新鲜风气，使沉陷在烦琐的五经之学里的读书人为之振奋，心境开阔起来。他们放下一辈子钻头觅缝、立奇造异而为稻粱谋的功课，转而把研读经典当成关乎性情的自己的事情，甚至可以"好读书，不求甚解"，将之当成进入玄谈场所的训练手段。《晋书·王衍传》说："魏正始中，何晏、王弼等祖述《老》《庄》，立论以为：

---

① 《三国志·吴书·诸葛瑾传》。
② 《朱子语类·老氏（庄列附）》。

'天地万物皆以无为本。无也者，开物成务，无往不存者也。阴阳恃以化生，万物恃以成形，贤者恃以成德，不肖恃以免身。故无之为用，无爵而贵矣。'"从现实政治状况看，老子之学的兴盛使其再次成为一种政治理论而得到运用，与人们希求社会安宁、寻求清静宽松的生存环境的愿望紧密相关。而其淡泊名利、任其自然的观念成为士人群体解释自己人生意义和价值的主要理论依据。稍后的阮籍、郭象、王导、谢安、张湛、葛洪等人的政治学说和处世策略，都离不开老子之学的影响。

紧接着就是《庄子》，庄子思想注重的是个体精神对于现实世界的真正超越，特别是在心灵上获得自由，是"物物而不物于物"，腾世独游，也就像朱熹所说，"庄周是个大秀才，他都理会得，只是不把做事"；"老子收敛，齐脚敛手；庄子却将许多道理掀翻说，不拘绳墨"。① 庄子思想相比老子更具超越性和诗性智慧，更具一种宇宙情怀，对于郁郁不得志的士人群体而言，颇具精神慰藉和家园象征意味。嵇康、阮籍等竹林名士从理论和实践两方面弘扬了庄子思想，使庄学在沉寂数百年之后又一次走进人们的内心，对魏晋人物的整体精神面貌、生活形态和风俗民情，甚或言行、举止、嗜好、服饰、礼仪等细节，都影响甚巨，并且从此以后浸透历代日常社会生活之中。闻一多先生说："一到魏、晋之间，庄子的声势忽然浩大起来，崔譔首先给他作注，跟着向秀，郭象，司马彪，李颐都注《庄子》。像魔术似的，庄子忽然占据了那全时代的身心，他们的生活，思想，文艺，——整个文明的核心是庄子。他们说：'三日不读老庄，则舌本间强。'尤其是《庄子》，竟是清谈家的灵感的源泉。从此以后，中国人的文化上永远留着庄子的烙印。他的书成了经典。他屡次荣膺帝王的尊封。至于历代文人学者对他的崇拜，更不用提。别的圣哲，我们也崇拜，但那像对庄子那样倾倒、醉心、发狂？"②查《隋书·经籍志》，魏晋南北朝时期约有十数种关于《庄

---

① 《朱子语类·老氏（庄列附）》。
② 《闻一多全集·庄子编》，7页，武汉，湖北人民出版社，2004。

子》的注疏本；而郎擎霄先生在《庄子学案》中列举了一个较详细的名单："如魏王弼、何晏、山涛、阮籍、嵇康、向秀、郭象，晋王济、王衍、卢谌、庾敳、庾亮、桓石秀、司马彪、崔谖、李颐、宋戴颙、李叔之，齐祖冲之、徐白珍、梁红纡、伏曼容、贺场、严植之、刘昭、庾曼倩，陈周弘正、徐陵、张讥、陆瑜，北魏程骏、邱晏，北齐杜弼等其最著者也。"庄子由两汉潜行到魏晋而受捧，并以此契机，成就了竹林玄学。魏晋时期，人们读老庄不是简单地理解老庄原意，更多的是阐释。他们阐释的方式（如注疏）本身也是一种表达自己思想的方式，注疏者的思想可能与老庄保持一致，也可能很不一致，毕竟注疏者有自己生存的独特的历史语境。

  魏晋玄学由清谈之风演化而来，而清谈之风承袭东汉清议风气，是何晏、王弼这批名士对一些玄学问题析理问难、反复辩论而形成的文化现象。汉武帝时期儒术独尊，官方经学造就了士族研究队伍。儒家的学说、原则、思想服务于官方政治统治，就成了一种统治策略的思想基础，此为儒术。但儒术毕竟不等于儒学，儒学保留了更多的批判性，主要是一种为己之学，通过道德教育、理想教育去引导人们自觉遵守道德规范、追求理想社会。当儒学变成儒术而被政治制度化以后，它就成了必须遵守的外在规范，无论自觉与否，其自我修养意义和作用大为弱化，发展到极端就难免表露出表演性和虚伪性。可见，儒学制度化方面的成功，恰恰造就了它在道德修养功能方面走向衰危的契机，表现之一就是士族阶层分化成清流和浊流两派。清流一般喻指德行高洁负有名望的士人，如"陈群动仗名义，有清流雅望"；宦官和依附宦官集团的人物往往被视为浊流。东汉末年品评人物的"清议"之风盛行，反宦官的官僚和太学生郭泰、贾彪及大臣李膺、陈蕃等皆以气节之士自命为清流，对宦官专权乱政进行猛烈的舆论抨击，对皇权控制下的官僚政治活动中违背六经的现象加以挞伐，结果搅动了政局，不仅自身被边缘化，还招来了党锢之祸。但党锢之祸的悲剧性也反过来成全了清流名士家族的精神威望，清流集团领袖荀淑、钟皓、陈寔的后代荀彧、荀攸、钟繇、陈群均为对曹魏政治集团贡献很大、地位显赫之辈，华歆、王朗、崔琰等北海清流后代都是曹魏的重要文官。"东汉末受党锢之禁的清流集团在在东汉政府瓦解后恢复了活力，他们通过与曹操的合作，试图积极创建一种新的秩序"①，所谓新秩序也就是他们祖辈所追求的能够包容士人尊严和社会责任感的政治环境。"他们发扬其清言议政的传统，以道家哲学为出发点，摈弃汉儒的神学思想，对儒学重新阐述，并展开争鸣，掀起了清谈热潮，促进了社会各方面的发展变化。清谈的深远意义，不仅在于品评人物，更在于先秦以降的人文精神的发扬，并促进了先秦儒道两家哲学思想的发展。"②

魏晋清谈保留了清议之品评人物气质、品性、才干的遗风，且扩展至关于人物评价标准的论辩。曹操为统一大计而对人才之名实相副的要求，使社会对人物的品评和察举也注重名实相副，此风延至曹丕时期，刘劭撰成《人物志》，总结一整套循名责实地评议和拔擢人才的经验方法，在名实相副原则要求下，研究出鉴识人才和任用人才的一般标准，又在关于人物才性关系的讨论中，提供了颇具引导意义的辨名析理的思维方法论。这些总结性和引导性的论述，"围绕评价人物标准问题而展开的清谈论辩须掌握一定的技巧、方法和避免发生错误，其就此所作的阐述完全以对名理的独到的深入的辨析为基础，这不仅为名理学的研究拓开了新的思路，也使得源于汉末清议的魏初清谈在发展中更加注重从对个别现象的讨论进入对一般理论的探索，从而对正始玄学的产生起到了承上启下的作用"③。按照《人物志》的学理模式，魏晋哲学思想自然演进为形而上的抽象理论之途，也就是说，《人物志》是一个过渡环节，如汤用彤所言，《人物志》为正始前学风之代表作品，此后一方面由于学理内部的自然演进，一方面由于政治时势所促成，

---

① ［日］川胜义雄：《六朝贵族制社会研究》，6页。
② 周满江等：《玄思风流：清谈名流与魏晋兴亡》，52页，济南，济南出版社，2002。
③ 邬锡鑫：《魏晋玄学与美学》，6页，贵阳，贵州教育出版社，2006。

"遂趋于虚无玄远之途，而鄙薄人事"①。清议遂转而为清谈，名士谈论主题由具体事实变为抽象原理，由切近人事至玄远理则，沉浸于老、庄、易的玄学义理讨论之中。

魏晋士人陷于玄远之途而鄙薄实际人事，当然有其不得已的苦衷，最大的苦衷就是面对政治动态不能自信地把握。司马迁作《史记》时，将老子与韩非同传，说"申子卑卑，施之于名实；韩子引绳墨，切事情，明是非，其极惨礉少恩。皆原于道德之意"。苏轼《韩非论》言其"尝读而思之，事固有不相谋而相感者，庄、老之后，其祸为申、韩"，正是看到两者的共同点，深知由权术而发家者，其政必兼营道法，只不过在不同形势下略有侧重。王昶《戒兄子书》言："欲使汝曹立身行己，遵儒者之教，履道家之言，故以玄默冲虚为名，欲使汝曹顾名思义，不敢违越也。"②此番戒语道出了其时政治阴刻猜忌状况，才智之士避祸全身之所，咸归于道家之渊静玄默，连皇室曹植也深有感触并履行之。再者，曹魏皇室与司马家族势力的明争暗斗云波谲诡，伴随着正始改制的进程，清谈玄学化也随之完成。受明帝遗诏，曹爽和司马懿共同辅佐魏齐王曹芳。曹爽任用黜抑的何晏、夏侯玄等人，纠集不满司马氏集团的士族青年，结成正始名士利益共同体，改革明帝时期被司马氏集团控制的九品中正制，调整台阁、官长、中正的职权，扩大吏部在选官任官的决定作用，发挥清议在举荐人才上的作用；同时，对司马懿等元老派推崇的儒学进行了贬抑，抵制司马懿取法三代的主张，跳出明帝时期的"五行""三统"说而"追踪上古"，从而引发学术文化形态的变革。政治斗争往往伴随着意识形态的斗争，正始玄风就是在政治斗争中应运而生的。代表人物何晏、王弼的思想核心是"贵无"，通过改造道家思想来解释儒家思想，扬弃了汉代的宇宙生成论而发展成宇宙本体论。比如成就最高的王弼，创造性地从方法论上阐发"执一统众""崇本息末""以无为

---

① 汤用彤：《魏晋玄学论稿》，11页，上海，上海世纪出版集团，2005。
② 《三国志·魏书·王昶传》。

本""因物自然""贵无全有"等思想,又从认识论上提出"寻言以观象""寻象以观意""得意在忘象""得象在忘言"等思想观点,其实是不拘泥于经典的文辞和形象,要用道家理论注疏儒家思想,并在注疏过程中阐发玄学新义。因此,正始改制通过政治运作的方式促成了玄学的兴起,而玄学的兴起反过来为正始改制提供了理论支持,也为曹爽为代表的曹魏利益集团营造了舆论氛围。然而,此时真正控制朝政大局的是崇奉儒家名教礼制的司马懿政治集团。如果说正始初期以曹爽集团稍占上风,此时何晏、王弼为代表的玄学派与名教派没有公开的政治利益冲突;那么到了正始后期特别是高平陵事变后,曹爽事败,何晏、丁谧、邓飏等八家三族均遭屠戮,天下名士减半,玄学派名士被视作异己分子,遭受司马氏集团镇压、打击和分化。竹林名士在政治身份上偏向曹魏集团,但与司马集团也有千丝万缕联系,所以他们的处境很尴尬,总是在政治抉择关头感到焦灼不安,他们的精神世界隐藏着太多复杂晦涩的心曲,思想和行动常常不一致甚至完全相悖。

值得注意的是,并不是说偏向曹魏集团者就是玄学派,偏向司马氏集团的就是名教礼制派,实际上那只是政治利益集团的划分,而玄风所至乃时代思想发展使之然。司马氏集团成员中也有不少玄学名士。据《三国志·魏书·何晏传》裴松之注引《魏氏春秋》,"初,夏侯玄、何晏等名盛于时,司马景王亦预焉。晏尝曰:'唯深也,故能通天下之志,夏侯泰初是也;唯几也,故能成天下之务,司马子元是也;唯神也,不疾而速,不行而至,吾闻其语,未见其人。'盖欲以神况诸己也。"魏晋诸名士虽在许多问题上的具体观点殊途异味,但在抽象思辨的玄学精神上同归一致。寄身司马氏集团的钟会曾著《老子注》,又总结傅嘏关于才性问题的探讨,"(傅)嘏常论才性同异,钟会集而论之"[①],集而论之的成果很可能是《才性四本论》。据《世说新语·文学》刘孝标注引《魏志》,"会论才性同异,传于世。四本者:言才性同,才性异,才性合,才性离。尚书傅嘏论同,中书令李丰论

---

① 《三国志·魏书·傅嘏传》。

异，侍郎钟会论合，屯骑校尉王广论离。文多不载"。钟会汇集并论述了自魏明帝太和六年（232）清谈开始直至以庄解玄阶段结束这一段时期的四种具有代表性的才性论思想，他运用了名理学的逻辑思辨方法和玄学本体论的哲学思维方式，对魏晋玄学之才性观、价值观和人格理论探究活动是个重要的总结工作。袁准《才性论》云："性言其质，才名其用。"名士们对才性名理思想的研究，从思考质用关系开始探索玄学"体用""有无""言意""情礼""群己"等诸多抽象思辨问题。

正始玄学以何晏、王弼为代表，而以傅嘏、荀粲、裴徽、刘劭等为先导。太和初年，"嘏善名理而粲尚玄远，宗致虽同，仓卒时或有格而不相得意。裴徽通彼我之怀，为二家骑驿，顷之，粲与嘏善"①。傅嘏本身善言虚胜，长于名理逻辑论辩，体现先秦道家与名家思想的结合；而荀粲家族以儒学传家，援道释儒形成玄远趣尚。裴徽则妙解道家玄远思想，突出傅、粲两人思想的共同部分以调解分歧。刘劭的《人物志》着眼于政治哲学，采用名家逻辑分类法，以儒家经世致用为宗旨，引入老庄的君子、小人、圣人思想，重点辨析人性与才能，为政府选拔人才和任用官吏服务，是著名的才性论作品。太和期间的玄学萌芽，归结起来就是产生了才性与玄理之辨的问题。到了正始年间，何晏（？—249）和王弼（226—249）将"才性与玄理"关系问题转换成"圣人是否有情""言是否尽意"等形而上的问题。何、王的视线已由宇宙生成运行投向万物的本体，特意以"无"执驭万物，因其所言之"无"既为世界本源而生成万物，亦是世界万物的本质，故其被称为"贵无"派玄学。简要概括其思想是："魏正始中，何晏、王弼等祖述《老》《庄》，立论以为：'天地万物皆以无为为本。无也者，开物成务，无往而不存者也。阴阳恃以化生，万物恃以成形，贤者恃以成德，不肖恃以免身，故无之为用，无爵而贵矣。'"②"以无为本"思想的出现，标志着魏

---

① 《三国志·魏书·荀彧传》裴松之注引《晋阳秋》。
② 《晋书·王衍传》。

晋玄学正式形成，中国哲学从汉代经学探讨天人、阴阳、五行等形态论思维层次，提升到黜天地而究本体的思维水平。

何晏在政治场域党同伐异，热衷功名，轻改法度，强吞政府财富，以失败告终；在人生场域好修饰美容，服五石散，浮华处世。王弼在世俗领域"为人浅而不识物情"，因其早逝而无甚人生事迹流传。然而，他们在思想领域却改变了一个时代，形塑了一个时代的士林风貌。现象与本质，特殊与普遍，实践与理论，种种矛盾关系集合在他们身上。何晏的著作有《论语集解》《周易解》和《道德论》，后二者已佚，只在张湛《列子注》中残留若干片断。王弼的著作有《周易论例》《老子注》和《周易注》传世，另有《老子微旨略例》《论语释疑》部分内容保存下来。何晏充当玄学的组织者和领导者角色，突破汉儒师传家法的陈规，发现和推介思想奇才。《世说新语·文学》记载了多条关于何晏叹服王弼、管辂之事，比如"何晏注《老子》未毕，见王弼自说注《老子》旨。何意多所短，不复得作声，但应诺诺。遂不复注，因作《道德论》"。其学术场域中的胸怀大度与政治场域中的党同伐异，真是迥然有别。何晏指出"道"就是"自然"，"无"在所有事物中具体为"道"，故圣人"虽处有名之域而没其无名之象，由以在阳之远体，而忘其自有阴之远类也"。何晏写过《圣人无喜怒哀乐论》，主张"圣人无情"之说，其《无名论》云："若夫圣人，名无名，誉无誉，谓无名为道，无誉为大，则夫无名者可以言有名矣，无誉者可以言有誉矣。然与夫可誉可名者，岂同用哉？此比于无所有，故皆有所有矣。而于有所有之中，当与无所有相从，而与夫有所有者不同。"何晏从老子思想中延伸出"有无"之辨的问题，启示王弼进一步探讨体用、本末、言意等概念关系问题。何晏的贡献主要在于提出问题，而王弼的贡献在于将理论深化且系统化。针对何晏的"圣人无情"说，王弼主张"圣人有情"说："何晏以为圣人无喜怒哀乐，其论甚精，钟会等述之。弼与不同，以为圣人茂于人者神明也，同于人者五情也。神明茂故能体冲和以通无，五情同故不能无哀乐以应物，然则圣人之情，应物而无累于物者也。今以其无累，便谓不复应物，失之多矣。"①圣人神明之处是有情而通无,即能够超越五情,应物而无累于物,进入一种体无的精神境界。后来的嵇康提出"情不系于所欲""物情顺通"的观点,实际是将王弼的观点延伸到现实社会如何看待名教的问题上,所谓"越名教而任自然",指的是像圣人一样不执着于名教却又不废名教。那么,圣人是如何做到"应物而无累于物"的呢? 王弼认为情既有普遍性,也有正邪之分,故"不性其情,焉能久行其正? 此是情之正也。若心好流荡失真,此是情之邪也"。概言之,即"性其情",以人的自然本性来约束规范情的发展,才能"应物而无累于物"。在这里,性是本体,是无;情是功用,是有。圣人的神明在于能够做到"体用一如",性与情统一;而凡人总在两端游移不定,结果往往陷于偏执。至于它的意义,余敦康觉得,"王弼的这个论点把圣人变成了真正的人,填平了圣人与常人之间的鸿沟,从而也为当时广大士族知识分子树立了一个理想的人格的形象。凡人皆有情,因而'应物'是谁也不能免的,但是,'无累于物'却是一个理想的境界,未必人人都能做到,这就要求人们尽量把自己由特殊性向普遍性提升,努力参究玄理,净化自己的情感"②。除竹林名士吸取了王弼的思想精义之外,元康名士、永嘉名士及东晋名士都以各自的方式响应了这一思想。

当然,竹林时期的玄学主要体现在名士风度的实践活动中。嵇康、阮籍等人思想上转向老庄之学,倡导人的自然本性的重要性,实际是以一种超然物外的姿态,借放浪形骸来表示政治立场,同时表达追求精神自由的意愿。嵇康《释私论》设置了一种君子人格:"夫称君子者,心无措乎是非,而行不违乎道者也。何以言之? 夫气静神虚者,心不存乎矜尚;体亮心达者,情不系于所欲。矜尚不存乎心,故能越名教而任自然;情不系于所欲,故能审贵贱而通物情。物情顺通,故大道无违;越名任心,故是非无措也。是故言君子,则以无措为主,以通物为美。言小人,则以匿情为非,以违道为

---

① 《三国志·魏书·钟会传》裴松之注引何劭《王弼传》。
② 余敦康:《魏晋玄学史》,79页,北京,北京大学出版社,2004。

阙。何者？ 匿情矜吝，小人之至恶；虚心无措，君子之笃行也。"这种"越名任心"的君子人格显然以庄子为师法对象；"越名教而任自然"使竹林名士心性情怀和人格境界都获得活泼的生机和圆融的灵气。阮籍《达庄论》则认为天地生于自然，万物生于天地，那么人处于什么位置呢？"人生天地之中，体自然之形。身者，阴阳之精气也；性者，五行之正性也；情者，游魂之变欲也；神者，天地之所以驭者也。以生言之，则物无不寿；推之以死，则物无不夭。自小视之，则万物莫不小；由大观之，则万物莫不大。"阮籍赞扬庄子"自然一体"的思想，其实隐含着对儒家"分外之教"的非议，也暗示自己在极不情愿的社会政治环境下采取顺其自然的态度。嵇康的越名任心的生活态度隐括了尚侠任气和刚强疾恶，最后留下广陵绝唱的传说，为士人阶层树立了一个狂放旷达而自由不羁的人格典型；阮籍则以放诞纵情和佯狂肆酒方式与险恶环境周旋，既自保生命又跟现实政治拉开距离。然而，嵇康、阮籍等实际上并不反对真正的名教，他们反对的是早已异化的名教。至于山涛、向秀、王戎等则迫于政治形势，在司马氏集团的威逼利诱下走出竹林，投向名教，并发展出新的理论依据以支撑他们的生存选择。

竹林七贤之向秀的思想经常处于时代前沿，这与他的生存策略有关。他不仅曾与嵇康一起在树下锻铁，配合默契，相对欣然，还能以自赡给，并经常去吕安家帮他侍弄菜园子。在学术上，他曾与嵇康互相问难养生之道，注《周易》《庄子》。向秀早年淡于仕途，颇有隐居之志。只是见证嵇康被司马昭杀害，为避祸计而随波逐流，入洛任散骑侍郎、黄门侍郎等职，但持"在朝不任职，容迹而已"的为官态度。应该说，竹林之游才是他最喜欢的生活方式，这从他的《思旧赋》的自序可以看出："余逝将西迈，经其旧庐。于时日薄虞渊，寒冰凄然。邻人有吹笛者，发音寥亮。追思曩昔游宴之好，感音而叹。"向秀的玄学思想力求融合儒家主张，认为两者并没本质的区别，所以他是玄学之"崇有"论者，主张"任自然而不加巧"。对世俗观念唱出反调："世以任自然而不加巧者为不善于治也，揉曲为直，厉驽习骥，能为规矩以矫拂其性，使死而后已，乃谓之善治也，不亦过乎。"①向秀的《庄子注》"妙析奇致，大畅玄风"，尤其在解释《逍遥游》时有超越前人的感悟，从大鹏与鹦雀的反差中发现本质的平等，认为自由逍遥只需要性分自足，得其所待，凡人与至人均可"同于大通"，即抵达自由逍遥之境。《庄子注》实现了向秀贯通儒道的学术理想，也获得广大士人阶层的认同。这种基于万物"自生自化"本体论思想的逍遥新义，后来被郭象改造为"名教即自然"观点，更成为那些"身在庙堂心在山林"的士人阶层的处世哲学。"秀为此义，读之者无不超然，若已出尘埃而窥绝冥，始了视听之表，有神德玄哲，能遗天下、外万物，虽复使动竞之人顾观所徇，皆怅然自有振拔之情矣。"②在"天下多故，名士少有全者"的时代，魏晋士人的精神世界被焦虑、迷茫和失落占据，向秀、郭象《庄子注》出，使之精神大为解放，生存进退不再失据。

太康时期社会政治相对稳定繁荣，士人阶层的政治归属已分明，玄学家们各谋出路，其政治热情和现实关怀明显减弱，探究事理以匡扶道义的社会责任感也随之减弱。然而，西晋的奢华和表面的繁荣在惠帝元康年间被"八王之乱"破坏了。晋人孙惠叹息："自永熙以来，十有一载，人不见德，惟戮是闻。公族构篡夺之祸，骨肉遭枭夷之刑，群王被囚槛之困，妃主有离绝之哀。历观前代，国家之祸，至亲之乱，未有今日之甚者也。"③诸王内乱，不仅黎庶遭殃，士人阶层也不堪其忧，只能各投其主，无所谓正义信仰，也无所谓道德节操。田余庆评价说："西晋统治者进行的八王之乱以及随后出现的永嘉之乱，既摧残了在北方的西晋政权，也毁灭了几乎全部西晋皇室和很大一部分追随他们的士族人物。"④毁灭既指众多士人在诸王内乱中肉体生命不保，也指士人的精神生命行无准的。故元康名士如山简、阮

---

① （清）郭庆藩撰，王孝鱼点校：《庄子集释》，334页，北京，中华书局，1961。
② 《世说新语·文学》注引《竹林七贤论》。
③ 《晋书·齐王冏传》。
④ 田余庆：《东晋门阀政治》，16页，北京，北京大学出版社，2012。

瞻、阮孚、阮修、阮简、王澄、谢鲲、胡毋辅之等效仿竹林名士的纵情放诞，他们把庄子式的人生观与传统炼形保身的方术混杂一起，结果只得竹林之形而失竹林之神，流于肆情纵欲、放浪不羁。《世说新语·德行》刘孝标注引王隐《晋书》云："贵游子弟阮瞻、王澄、谢鲲、胡毋辅之之徒皆祖述于籍，谓得大道之本。故去巾帻，露丑恶，同禽兽。甚者名之为通，次者名之为达。"如果概括这批玄学名士的行为举止，则或可以"元康之放"来蔽之。此外，另有一批玄学名士如乐广、王衍、郭象等企图调和儒家和道家，将玄理与名理整合，在言语清谈方面张扬了玄学家的精神风貌。乐广曾嘲笑放诞派名士的行为："名教内自有乐地，何必乃尔！"[①]乐广是清谈名家，可是不擅长写文章，在辞河南尹职时便与潘岳合作，自己讲述辞职原因，潘岳据其意形诸笔端。时人都说："若乐不假潘之文，潘不取乐之旨，则无以成斯美矣。"[②]这就是潘文乐旨的佳话。王衍同为清谈领袖和"中朝名士"，每次清谈会上都手捉玉柄麈尾，"义理有所不安，随即改更，世号'口中雌黄'"。王衍颇感自信，常自比子贡，"妙善玄学，唯谈《老》《庄》为事"；"后进之士，莫不景慕放效"；整个社会都弥漫着"矜高浮诞"的玄风。[③] 正所谓成也玄谈败也玄谈，后人常把西晋亡国归因于玄谈风气，如刘祁《归潜志》云："晋初，天下既一，士无所事，惟以谈论相高，故争尚玄虚，王弼、何晏倡于前，王衍、王澄和于后。希高名而无实用，以至误天下国家。"贺兰进明、苏辙、王夫之等都表达过相似的看法。由此可见，无论是阮瞻等放诞派还是王衍等清谈派，其实都是在效仿玄学前辈的风采，前者效仿的是竹林嵇阮，后者效仿的是正始何王，在学理建设方面尚嫌欠缺。

在自然与名教关系问题上，王衍曾称圣教与老庄同，乐广也曾称名教中亦有自然乐处，但他们都未予以学理的论证，故而只是信口说说而已。况

---

① 《晋书·乐广传》。
② 《世说新语·文学》。
③ 《晋书·王衍传》。

且，何晏、王弼"崇本息末"的政治思想与嵇康、阮籍"越名教而任自然"的人生观有着必然联系，而它的极端末流便是导向纵欲颓放行为的合理化，玄学的政治功能也由治弊救偏转为世族高官的身份符号或者肆欲纵情的遮羞物。朝廷中精通玄学名理的裴頠以"内圣外王"之道弥合自然与名教的裂缝。裴頠本人也是"言谈之林薮"，但他"深患时俗放荡，不尊儒术，何晏、阮籍素有高名于世，口谈浮虚，不遵礼法，尸禄耽宠，仕不事事；至王衍之徒，声誉太盛，位高势重，不以物务自婴，遂相放效，风教陵迟，乃著崇有之论以释其蔽"[1]。在《崇有论》里，裴頠提出自己的世界观，"夫总混群本，宗极之道也；方以族异，庶类之品也；形象著分，有生之体也；化感错综，理迹之原也"。意指宗极之道不是何王所言之"无"，而是有形有象且错综复杂的事物，它是客观规律的总根源。他否认"无"生"有"，提出万有之始生者乃"自生"论，认为"有"才是绝对的，且是运动变化的，万物以"有"为本体："夫至无者无以能生，故始生者自生也。自生而必体有，则有遗而生亏矣。生以有为已分，则虚无是有之所谓遗者也。故养既化之有，非无用之所能全也；理既有之众，非无为之所能循也。"裴頠的"有"一方面指本体论的"有"，包括自然界和人类社会中的一切事物，每个具体事物都是"万有"的一部分，"所禀者偏"，而"偏无自足，故凭乎外资"，事物之间互相联系，互相依凭；另一方面还指方法论上的"有"，即宗极之道，君子必须积极有为，"崇济先典，扶明大业，有益于时"；"居以仁顺，守以恭俭，率以忠信，行以敬让，志无盈求，事无过用，乃可济乎"；"由此而观，济有者皆有也，虚无奚益于已有之群生哉"。他由此批评"贵无"论以虚无为本，导致现实世界的一切伦理纲常和社会秩序都被毁弃了，"于是文者衍其辞，讷者赞其旨，染其众也。是以立言藉于虚无，谓之玄妙；处官不亲所司，谓之雅远；奉身散其廉操，谓之旷达。故砥砺之风，弥以陵迟。放者因斯，或悖吉凶之礼，而忽容止之表，渎弃长幼之序，

---

[1] 《晋书·裴頠传》。

混漫贵贱之级。其甚者至于裸裎，言笑忘宜，以不惜为弘，士行又亏矣"。可见裴頠是出于维护儒家名教礼制目的来批评贵无派名士的"任自然"之举。但他对何晏、王弼之"无"的概念理解偏执，以为"无"就是"空无"，就是"不存在"。事实上，何晏、王弼之"无"和"有"不仅指不存在和存在，更是本质和现象的关系，而且他们也没有否定"有"，只是从体用角度主张"崇本息末"。

郭象的代表作是《庄子注》和《论语体略》，分别以儒解道和以道解儒。其儒道双向互解旨在以道家的自然哲学与儒家的伦理名教相融合，实现玄学由政治哲学向人生哲学的转化。郭象调和何王贵无论和裴頠崇有论思想，在本体论上认为万物"自生独化"；在人生论上提出"足性逍遥"说，又以"名教即自然"说贯通其思想观点。他是崇有论者，修正何晏王弼"以无为本"的本体论和生成论，但是借用了贵无论的"有""无"概念，否认现象万有之上存在一个本体性的"无"，"无"也不能生"有"，因为"无"就是空洞无物，从而主张"独化于玄冥"之境；万物是自生自化，互不相依，"物各自造而无所待焉，此天地之正也。故彼我相因，形景俱生，虽复玄合，而非待也"①。万有事物互相联系着，相因却不相待，相因是现象，无待是本质。那么，具体到个体的人生观则是"足性逍遥"："夫小大虽殊，而放于自得之场，则物任其性，事称其能，各当其分，逍遥一也，岂容胜负于其间哉！""苟足于其性，则虽大鹏无以自贵于小鸟，小鸟无羡于天池，而荣愿有余矣。故小大虽殊，逍遥一也。"郭象在这里以大鹏和小鸟为喻来强调万物各按其性而行事，满足于自身状况和既定的秩序，不羡慕本性之外的东西，便能自得其乐而自在自如。这种观点若推及人生态度，则是"足于天然而安其性命"，彼我玄同，物我为一。"足性逍遥"之说对士人群体的人生取舍具有理论支撑的作用。"郭象足性逍遥追求心灵自由，其真实用意莫过于要求人们在观念上忘却社会中的贵贱高下贫富，面对艰难时

---

① （清）郭庆藩撰，王孝鱼点校：《庄子集释》，112页。

世、生命困境泰然自若且心安意足"①。这种顺性安命的态度若真成为士人阶层的人生理念，那么统治阶层也是很愿意接受的，这对于维护其统治秩序的稳定是很有现实意义的。

向秀认为："得全于天者，自然无心，委顺至理也。圣人藏于天，故物莫之能伤也。"②郭象在注解《庄子·齐物论》时进一步提出"玄冥之境"概念："是以涉有物之域，虽复罔两，未有不独化于玄冥之境者也。"玄冥之境是"物各自造""自化"的场域，是通过自为而相因的关系达到的一种精神境界。"至于玄冥之境，又安得而不任之哉！既任之，则死生变化，惟命之从也"；"知天人之所为者，皆自然也；则内放其身而外冥于物，与众玄同，任之而无不至者也"③。这就颇有"无心而任自然"的意味了，总的原则便是"游外以冥内，无心以顺有"，把自然和名教合一，等同起来，故玄冥之境不是彼岸世界，而是指现实世界的一种精神状态。汤一介据此评价说："如果人能把自己看成是绝对的独立存在，就可以在任何时候、任何地方随遇而安，有了这种认识和生活态度就是'独化于玄冥之境'；如果用此种认识和此种态度进行统治，那就是行了'内圣外王之道'；如果以此治天下，而使所有的人都能依其本性随遇而安，那么此社会就是最理想的社会，即行了'内圣外王之道'的社会。魏晋玄学于此完成了它的历史使命。说它完成了它的历史使命，即指它比较充分而完满地满足了当权的门阀世族的要求。郭象的哲学的现实意义即在于此。"④郭象把庄子的思想拉回现实世界，认为名教即自然，人生必须游外冥内才能顺应剧变的社会现实。"夫圣人虽在庙堂之上，然其心无异于山林之中，世岂识之哉！徒见其戴黄屋，佩玉玺，便谓足以缨绂其心矣；见其历山川，同民事，便谓足以憔悴其神矣；

---

① 孙以楷主编：《道家与中国哲学·魏晋南北朝卷》，12 页，北京，人民出版社，2004。
② 《列子·黄帝》张湛注引。
③ （清）郭庆藩撰，王孝鱼点校：《庄子集释》，1、9、81、224 页。
④ 汤一介：《郭象与魏晋玄学》，147 页，北京，北京大学出版社，2000。

岂知至者之不亏哉!"①玄学家对待自然与名教关系的态度,往往是其政治前途和人生命运的理论寓示,故郭象能够在八王之乱和永嘉之乱的时局中"任职当权,熏灼内外"并泰然一生,俯仰万机而淡然自若。

永嘉之乱后,士族南迁,玄学南播。在政治上,"王与马,共天下",东晋门阀制度兴盛,琅琊王氏、陈国谢氏、太原温氏、汝南周氏、颍川庾氏、谯国桓氏、高平郗氏、陈郡殷氏、河东卫氏、琅琊诸葛氏、泰山羊氏、彭城刘氏、太原孙氏等世家大族崛起并与皇权共执朝政。这些侨姓士族的冠冕在政事和玄谈之间游刃有余,比如王导既是创立和稳定东晋朝廷的重臣,又是善谈玄理的士林领袖。过江诸人新亭对泣时,王导是安抚民心、克复神州的精神支柱,温峤把他比作管夷吾就是赞誉他的政治和精神领袖的鼓舞作用。同时,王导面对东晋政局复杂情况,采取镇之以静的政策。在此政治背景下,王导过江左后,"止道声无哀乐、养生、言尽意,三理而已,然宛转关生,无所不入"②,其晚年更是"略不复省事,正封箓诺之",只是签字盖印而已。周顗雍容文雅,有竹林风采,却说自己效仿的是王导而非嵇阮,可见王导威望很高。总的来说,由于东晋清谈名士大多是新朝重臣,为维护朝政或家族利益计,不得不参与朝政活动以保证纲常名教的正常运行;同时借助清谈玄理,鼓励人民安于现状而回归本性之乐,完全体现了郭象"名教即自然"的价值取向。换言之,他们在延续郭象、裴頠等名流实施儒玄合流的主张。王导、谢安等都是集实干家和玄谈家于一身的,其人格形象是名教与自然的凝聚体。所以,东晋初期的玄学进入儒玄合流时期,主要表现方式是政治事功与精神气度的双向追求。在实践上,儒玄互补型的名士除王导、谢安外,桓温也是代表,庾翼评价说:"桓温有英雄之才,愿陛下勿以常人遇之,常婿畜之,宜委以方邵之任,必有弘济艰难之勋。"③确实,桓温出镇荆州、平灭成汉、兵临长安、收复洛阳,为东晋政权的稳固建立了很大的功

---

① 《世说新语·文学》。
② (清)郭庆藩撰,王孝鱼点校:《庄子集释》,28页。
③ 《晋书·庾翼传》。

勋。 同时，他也经常参与清谈活动，与清谈名流刘惔、王濛、王述、谢尚、王导、殷浩等都有密切交往。 孙绰评说："刘惔清蔚简令，王濛温润恬和，桓温高爽迈出。"①桓温旁听王导和殷浩共谈析理，心迷神驰，次日感慨说："昨夜听殷、王清言，甚佳，仁祖亦不寂寞，我亦时复造心；顾看两王掾，辄翼如生母狗馨。"②后来名望渐隆，常以殷浩为超越对象。 总之，桓温等人的文武识度就是东晋玄学名士的榜样，他们那种不废事功，不浮华虚放的进取精神，给玄学注入新气息和新活力。

在理论著述方面，张湛《列子注》、韩康伯《辩谦》和《周易注解》、袁宏《竹林名士传》和《三国名臣传》等较有影响。 张湛《列子注》吸收玄学诸家思想，大有综合兼容并超越的雄心。"大体言之，张湛在本体论、名教学说方面主要吸收了玄学正统派的思想，其中尤以正始玄学的代表王弼、西晋玄学的集大成者郭象为最；张湛在人生论方面主要吸取了玄学异端竹林玄学的合理成分；至于张湛哲学所依附的《列子》，张湛对其吸收已不限于内容，甚至包括哲学结构和哲学建构的方法。"③当然，《列子注》不仅吸收这些思想成分，道教和佛教思想也时时泛现于其间。 张湛在《列子序》中说："其书大略明群有以至虚为宗，万品以终灭为验；神惠以凝寂常全，想念以著物自丧；生觉与化梦等情，巨细不限一域；穷达无假智力，治身贵于肆任；顺性则所之皆适，水火可蹈；忘怀则无幽不照。 此其旨也。 然所明往往与佛经相参，大归同于老庄。"这既是张湛对《列子》原旨的解释，也是其融合儒释道思想的愿望反映。 张湛接受郭象"性分自足"的观点，主张"应理处顺"："禀生之质谓之性，得性之极谓之和；故应理处顺，则所适常通；任情背道，则遇物斯滞。"因为"生各有性，性各有所宜者"，所以人处社会环境皆须遵循本性才能畅通无阻，"万品万形，万性万情，各安所

---

① 《晋书·王濛传》。
② 《世说新语·文学》。
③ 孙以楷主编：《道家与中国哲学·魏晋南北朝卷》，167 页。

适,任而不执,则钧于全足,不愿相易也"①,其实是号召人们乐天知命。那么如何乐天知命呢? 张湛是反对修养的,在他看来,个人"任而不养"则性命自全,治世者"纵而不治",则天下自安。 张湛引用《论语》《中庸》等儒家经典来阐释其玄学思想;也借用了"众生""无常""报应"等佛教基本概念,还认同"神不灭论";他言养生,言吐纳,言服药等既与嵇康养生思想有联系,也与道教炼养之术颇多相合。

韩康伯是殷浩的外甥,殷浩称赞:"康伯少自标置,居然是出群器。 及其发言遣辞,往往有情致。"②他为《系辞》《说卦》《序卦》《杂卦》等作注,综合发展了王弼的"得意忘象""举本统末""执一御众""无知守真"等思想;又在人生处世哲学上提出"顺应天下之理"的主张,强调安分守己:"理必由乎其宗,事各本乎其根,归根则宁,天下之理得也。 若役其思虑以求动用,忘其安身以徇功美,则伪弥多而理愈失,名弥美而累愈彰矣。"如是,在纷纭变局中才不会迷失自我。 郭象讲"独化于玄冥之境",而韩康伯讲"独化于大虚","原夫两仪之运,万物之动,岂有使之然哉? 莫不独化于大虚,歘尔而自造矣。 造之非我,理自玄应,化之无主,数自冥运,故不知所以然而况之神。 是以明两仪以太极为始,言变化而称极乎神也。 夫唯知天之所为者,穷理体化,坐忘遗照。 至虚而善应,则以道为称;不思而玄览,则以神为名。 盖资道而同乎道,由神而冥于神者也。"③大虚和玄冥,都是一样的意思,在大虚之境里独化、自造,也就是要在现实世界准确地自我定位。 韩康伯一生清静平和,留心文艺和思辨,故殷浩说"康伯能自标置,居然是出群器"。

玄风随着东晋偏安而南移,正当东晋朝野把西晋灭亡归咎于玄学清谈之际,佛教文化东传并兴盛起来。 佛学与玄学都以人生解脱为根本宗旨,两者

---

① 张湛注:《列子注》,见《诸子集成》第三册,13、3、55 页,北京,中华书局,1954。
② 《世说新语·赏誉》。
③ 韩康伯注引自(魏)王弼著,楼宇烈校释:《王弼集校释》,56、543~544 页,北京,中华书局,1980。

具有思想的交集，故佛学得以渐渐融进士人阶层的精神生活。佛教为了尽早在中土站稳脚跟，主动依附玄学，从社会交往和理论传播两个方面渗透中国传统文化。它首先选择融通士人阶层的路线，表现为僧人也效法名士风度，参与玄学清谈活动，深入士人阶层的精神生活领域。"四海习凿齿，弥天释道安"，讲的就是名士名僧之间的机智应对的故事。道安传播佛教有两个办法，一是"教化之体，宜令广布"，遍及南北各地，广纳僧众；二是深明"不依国主，则佛事难立"，寻求掌握文化话语权的士人阶层的支持和加入。竺法深视朱门如蓬户，常与简文帝、王导、庾亮诸公交往对谈，不知不觉影响着江左名士的精神生活。支道林是般若学大师，而般若学谈空论无，析理深微，其"缘起性空"观念，为当时玄学名士带来新鲜空气。支道林对郭象"适性逍遥"的质疑及提出"新逍遥"义，使玄学名士无不叹服。《高僧传·义解一》支道林本传记载："遁尝在白马寺与刘系之等谈《庄子·逍遥篇》，云：'各适性以为逍遥。'遁曰：'不然，夫桀跖以残害为性，若适性为得者，彼亦逍遥矣。'于是退而注《逍遥篇》，群儒旧学，莫不叹服。"支道林提出"至足无待"和"物物而不物于物"的新逍遥义。在他看来，鹏与鷃只知"物物"而未做到"不物于物"，故为物所得，不能自得。更重要的是，其"至足逍遥"论成功否定郭象的"足性逍遥"论，把郭象逍遥境界中的等级差别拆除了，一律衡之以圣人标准，重新唤醒了士人阶层隐藏于心中的圣人情结，一定程度上扭转了日渐衰颓的士林风气。支道林的说法弥合了向秀、郭象以来东晋玄学名士"足性逍遥"的道德缺陷，其新义其实糅合了佛、道的义理，比如其"即色义"：色不自色，虽色而空，色复异空。

这就涉及佛教徒融入玄学的另一个途径，即运用本土的"格义"法，以玄学术语解释大乘《般若经》。《般若经》义理在中国传播过程中，形成了六家七宗：1. 本无宗，代表为道安；2. 本无异宗，代表为竺法深、竺法汰；3. 即色宗，代表为支道林；4. 识含宗，代表为于法开；5. 幻化宗，代表为道壹；6. 心无宗，代表为支愍度、竺法蕴、道恒；7. 缘会宗，代表为于道邃。本无异宗是从本无宗分化而出，故合之称"六家"。此为"六家七宗"名目。支道林的即色宗主张"色不自有",讲的是由无而有,有复归无,万物的存在都是暂时的,最终都要消灭,有"物不恒空"的意味,已经接近大乘中观学派"非有非无"的思想。这与郭象主张万物自化、独化并且生生不断的观点是不同的。后来,僧肇提出"物不迁论"与"不真空论":"欲言其有,有非真生;欲言其无,事象即形。象形不即无,非真非实有";"夫至虚无生者,盖是般若玄鉴之妙趣,有物之宗极也"。僧肇的"不真空论"泯灭了本体和现象的差别,消除了魏晋玄学的物我差异和对立,主客两忘,真俗无别,物我俱一,从而对士人阶层进行山水游赏的审美活动造成了影响,表现为自然美的发现与山水诗画的兴起。庐山慧远则提出"法性论",包容两端又超越两端,"至极以不变为性,得性以体极为宗",远离不可验证的长生不死之说,而设定一个理想人格去追求精神的永恒。这种佛教的人生道路非常适合士人阶层去追求,因为追求精神不朽正是士人阶层永远的理想。总之,东晋中后期玄佛合流,最终消融在佛学思想里,此后便是儒、佛、道三教在南北朝分分合合的历史。

◎ 第二节
佛教

佛教大概在公元前3世纪由古印度向周边地区传播,向南传到斯里兰卡和东南亚国家,向北传入大夏、安息及大月氏,经由葱岭传入中原,又通过丝绸之路传入中国内地。佛教之小乘大乘差不多同时传入中国,但小乘大乘之间的区别,只在西域较为明显,而对绝大多数中国人来说基本是不大清楚的。最早传入中土并汉译的佛经《佛说四十二章经》被称为"浮屠经"。相传汉哀帝感梦遣使西行求法,使者将在大月氏抄写的佛经四十二章带回来。"浮屠",就是"佛",怀素的书法狂草作品《四十二章经》采用的就是汉代译本。关于"佛"或"浮屠"的名称问题,季羡林统计的译名有佛陀、浮陀、浮图、浮头、勃陀、勃驮、部多、都陀、毋陀、没驮、佛驮、步他、浮屠、复豆、毋驮、佛图、佛、步陀、物他、馞陀、没陀等,都是释迦牟尼成了正等觉以后的名号梵文 Buddha 的音译。[①] 至于佛教功用,人们视之等同于黄老之术,东汉明帝永平八年(65)下诏书安抚刘英云:"楚王诵黄老之微言,尚浮屠之仁祠,洁斋三月,与神为誓。何嫌何疑,当有悔吝?其还赎,以助伊蒲塞(男居士)、桑门之盛馔。"[②]当时浮屠与黄老并提,都是用于祈福的祠祀对象,但信奉者多为上层贵族阶层。由于佛法多系口传,颇与时兴的道教混杂一体,互相推演。故楚王刘英、汉桓帝皆并祀黄老;东汉著名方士襄楷好学博古,善天文阴阳之术,兼读佛道家书。"因为当日那些托名黄老的方术道士,除讲服食、导养、丹鼎、符箓之术以外,也讲神鬼、报应、祠祀之方。而佛徒最重要的信条为神灵不灭、轮回报应之说,又奉行斋戒祭祀。故双方容易调和结合,而成为一种佛道不分的综合形式。"[③]桓帝以后,信奉者渐多,"桓帝并祀佛老,百姓稍有奉者,后遂转盛",上行下效,译经事业也相应兴盛。东汉末年从事译著佛经的名家有支谶、安世高、安玄、竺佛朔、康孟祥、竺大力诸人。其中苍梧隐士牟子著成《理惑论》三十七篇,其糅合儒、道各家学说而佛教本身的意义鲜明起来,成为中国第一部佛学专著。

牟子《理惑论》是佛学教义中国本土化的著作,它力求以中国本土语汇来表述佛教的基本教义,所以它融合了"道""真人""圣人""道德""元气""神明"等术语,表面上看似乎与儒家、道家思想杂糅,其实是借儒家、道家的术语来表达佛家思想。比如对佛的解释,说"佛者,谥号也。犹名三皇五帝圣也。佛乃道德之元祖,神明之宗绪。佛之言直觉也。恍惚

---

① 季羡林:《佛教十五题》,85页,北京,中华书局,2007。
② 《后汉书·楚王英传》。
③ 刘大杰:《魏晋思想论》,33页,长沙,岳麓书社,2010。

变化，分身散体，或存或亡，能小能大，能圆能方，能老能少，能隐能彰，蹈火不烧，履刃不伤，在污不染，在祸无殃，欲行则飞，坐则扬光。故号为佛也。"牟子所描述的佛颇像《庄子》《淮南子》里的"神仙""真人""神人""至人""圣人"等，其崇高地位又与传统儒家的三皇五帝相似，甚至连相貌也同上古圣人一样奇异独特。牟子对佛教的理解，核心方法便是以儒道思想来比附佛教教义。比如他论证佛教与中国传统思想没有根本差异，既改造了佛教的出世之道，也改造了老子的自然之道，并将之统归于儒家的"修身、齐家、治国、平天下"的理论上，认为各教形式不同而旨归为一："道之为物，居家可以事亲，宰国可以治民，独立可以治身。履而行之，充乎天地，废而不用，消而不离。"在他看来，三教本义是相同的。可见，佛教若要生根发芽壮大，必须依靠中国本土宗教的语言表达习惯。牟子特别讨论了"更生论"，即佛教的轮回理论，言"魂神固不灭矣，但身自朽烂耳"；"有道虽死，神归福堂，为恶既死，神当其殃"。这是较早的"形尽而神不灭"论与因果报应思想。有人质疑佛教修行方式与儒家礼教相违背，如削发出家，不娶妻生子，不施跪拜礼。牟子解释说，僧人削发是权宜施设，终极目的乃在于达到成佛之境；不娶妻生子乃是为了修行时做到清净无为不受干扰；披袈裟不跪拜则表示僧徒不溢情不淫性；从根本上说，为了修道，惟以上德之道贵，追求上德就无须注重形式上的礼节，此乃"上德不德"。牟子将佛教中国化的策略是比附儒家、道家思想，但对作为宗教形式的道教表达了诸多否定态度，体现了佛教和道教竞争的初始阶段。例如，牟子说道教讲的神仙长生之术全系无稽之谈，"听之则洋洋盈耳，求其效犹握风而捕影"，同佛教宣讲的无为、大道相比简直天壤之别；他以亲身经历揭露道教辟谷可使人长生成仙的骗局，"且尧、舜、周、孔，各不能百载，而末世愚惑，欲服食辟谷，求无穷之寿，哀哉"。因《老子》一书和圣人制七典之文都没有辟谷、止粮的记载，道教和神仙家假托老氏之术显然不足为征。牟子把道家思想与道教分割开来，对老庄道家哲学在汉末魏晋独立发展是有所贡献的，使佛学也脱离道教方术的附庸而与玄学相辅并行，进入发展的新阶段。

　　汉末魏晋之际，政治危机和社会危机空前，战争频繁，经济困顿，民生凋敝。 在这样的社会，人们的思想信仰混乱不堪，儒家经学走入陈腐拘泥境地。 政治腐败，吏治无能，选拔官员的察举和征辟制度更是名实脱节，道德与名位之间颇具讽刺性错位，自然与名教的冲突在士人阶层造成思想的巨大困惑。 于是遁世超俗之风渐炽，僧众也渐多。 汉末到三国时期，佛教传播进入"译经"的输入时期，其已不再单纯地依托道教方术来流行了。 此期佛经译传主要分为两个系统：一是以安世高为代表的安息系统，传播的是小乘禅学，主张以渐次修禅而入佛境；二是以支娄迦谶为代表的月支系统，传播的是大乘般若学，主张以般若慧解和净土思想顿悟而入佛境。 从传播效果看，小乘禅学初期影响比大乘般若学要普遍得多，但在后期则以大乘般若学为主流。 安世高译有《安般守意经》《阴持入经》《阿毗昙五法四谛》《十二因缘》《转法法轮》《八正道》《禅行法想》《修行道地经》等，这些佛经偏重于"禅数"法，其中"禅法"讲究"安般守意"，即调谐呼吸，控制意念，专心守一，与道教之吐纳、食气等长生术颇有亲近处，故深受民间信仰者青睐。 支娄迦谶译有《般若道行经》《般舟三昧经》《首楞严经》等，这些佛经原本都由竺朔佛传来，支娄迦谶为之口译。 般若学的"缘起性空"理论多比附道家的"无名为天地始"思想，由于厌倦灾异图谶学说和烦琐迂腐经学，故士人阶层容易接受这种思辨性极强的大乘般若学，使之在西晋时期迅速地传播开来。

　　三国时期，东吴的佛教以继承安世高小乘"禅数"说为主，代表人物有南阳韩林、颍川皮业、会稽陈慧等。 陈慧弟子康僧会到建业，注释《安般守意》《法镜》《道树》，开注释佛经之先例。 支娄迦谶再传弟子支谦入吴，翻译了维摩、大明度等大小乘经典十余部，并把般若性空说带入南方。 佛教传至东南，影响绘画、音乐等艺术门类的发展，吴国曹不兴摹写透体衣纹的佛教雕像，其工笔画法细密柔巧，被称誉为"曹衣出水"。 正始年间，玄风大盛，首倡者何晏、王弼从注《老子》开始，建构起了玄学理论体系，同时代的夏侯玄、钟会等都有《老子》注本，这批思想家围绕"本末""有无""群己""情礼"等问题展开讨论，构建玄学本体论，探讨社会政治问题。到了竹林时期，嵇康、阮籍等以庄解玄，高扬庄子那种富有诗情和哲理的超越精神，又围绕"名教"与"自然"的关系，探索生存价值和个体人格建设的重要问题。玄学的理论性与核心议题，使正始以来的士族阶层在总体上锻炼了形而上学的思维能力，他们的认识得到深化，抽象思维的程度得到提升，理论概括水平得到提高。如此一来，魏晋玄学给佛教般若学提供了适宜的土壤，般若学沿着玄学开辟的道路找到发展的机缘，特别是在士族阶层引起共鸣。

西晋后期，裴𬱟以名教为本而提倡"崇有"论，以纠"贵无"论之偏弊，郭象则力主融合自然与名教的关系，提出"玄冥""独化"的自然论，以构造"适性逍遥"的理想人格。郭象之后，玄学已发展到最成熟阶段，东晋的张湛综合崇有、贵无学说，提出"群有以至虚为宗，万品以终灭为验"的思想，"所明往往与佛经相参，大归同于老庄"，用"元气""理"来解释"无"和"有"，与般若学"非有非真有，非无非真无"中道观颇有连通处。这明显也体现了晋室南迁后士族阶层肆情任性、泯灭自然和名教界限的苟安现状的心理。东晋门阀士族的政治体制也找到了理论支持：富贵和逍遥、庙堂和山林并无二致。而佛教学者也积极进行自我改造，为了赢得士族阶层的认可，改变印度佛教固有的悲观厌世、否定人的情感世界的人生观，代之以对待生命的坦然达观，这为士族阶层出处进退、人格模式提供可信的依据。再者为了消除士族阶层与佛教经义的隔阂，借用中国本土的"格义"法来解释佛理，使浸染玄风的士人阶层顺利、普遍地理解接受。佛教信奉者宣称佛与周孔的宗旨是一致的，孙绰《喻道论》云："周孔即佛，佛即周孔，盖外内名之耳。故在皇为皇，在王为王。佛者梵语，晋训觉也，觉之为义，悟物之谓，犹孟轲以圣人为先觉，其旨一也。应世轨物盖亦随时，周孔救极弊，佛教明其本耳。共为首尾，其致不殊，即如外圣有深浅之迹。尧舜世夷，故二后高让；汤武时难，故两军挥戈。渊默之与赫斯，其赫则胡越,然其所以迹者,何常有际哉。"故逆寻者每见其二,顺通者无往不一。"无意中接通了汉末《牟子理惑论》的说法:虽然佛教是出世的哲学,却并不真正出世,而以出世的姿态关注着世间万象和社会人生,佛教也要为治道王化事业尽力,故与儒家的"所以迹"者并无分隙。般若学与玄学理论沟通以《庄子》为媒介,道安、道生、僧肇、慧远、竺法汰、昙一等都十分注重庄子学说。这促成大量僧人与士人结交,如支道龙与玄学名士阮瞻、庾敳等为友被世人冠之以"八达";孙绰写成《道贤论》列举七位高僧以比拟竹林七贤;支道林爱马重其神骏之性,从艺术欣赏的角度对待马的方式,不啻名士风度。如是,佛学中国化的进程在东晋时期基本完成。何尚之《宋文帝集朝宰论佛教》云:"中朝已远,难复尽知。渡江以来,则王导、周颛,宰辅之冠盖;王蒙、谢尚,人伦之羽仪;郗超、王坦、王恭、王谧,或号绝伦,或称独步,韶气贞情,又为物表。郭文、谢敷、戴逵等,皆置心天人之际,抗身烟霞之间。亡高祖兄弟以清识轨世,王元琳昆季以才华冠朝,其余范汪、孙绰、张玄、殷觊,略数十人,靡非时俊,又炳论所列诸沙门等,帛、昙、邃者其下辈也。所与比对,则庾元规,自邃以上,护、兰诸公,皆将亚迹黄中,或不测人也。近世道俗较谈便尔,若当备举夷夏,爰逮汉魏,奇才异德,胡可胜言?宁当空夭性灵,坐弃天属,沦惑于幻妄之说,自陷于无征之化哉?"由东晋佛学在士族阶层中的流行盛况、高士名流对佛学义理的心仪热衷可见,佛玄合流一定程度上造就了东晋名士的神采风度。

东晋时,北方十六国先后建政,兴亡不定,生灵涂炭,黎庶苦寻庇护,故寺院遍布州郡各地。少数民族统领亦因佛教地缘而对其有亲缘感。石勒、石虎信任佛图澄,苻坚信任释道安,姚兴信任鸠摩罗什,影响甚众。何尚之《宋文帝集朝宰论佛教》举佛图澄入邺而石虎杀戮减半、滍池宝塔放光而苻健的暴虐减弱等例,说明恶人可因佛改善,如"蒙逊反噬无亲,虐如豺虎,末节感悟,遂成善人"。佛图澄的弟子道安被前秦苻坚奉为国师,在长安主持大规模译经活动,大乘佛教经典即在此时大量译出;道安还综理众经目录,制定僧规戒律,统一僧尼以释为姓,培养了慧远、僧叡等优秀弟子;

更确立传教纲领为"不依国主,法事难立",有效地促成了僧人与名士交游谈玄;最终创立了"本无宗"这个僧众最广的佛学流派。 南方则以竺道潜(王敦之弟)和支遁(道林)为重要代表。 晋元帝、明帝都崇信佛教,宫中常有高僧进出;哀帝曾请竺道潜、支遁进宫讲解《大品般若》《道行般若》,支遁还据此著成《道行旨归》《即色游玄论》等。 支遁之后,南方佛学由道安弟子慧远在庐山开创净土宗。 慧远在庐山的东林寺云集当时世族和玄学名士,陶渊明、谢灵运等皆与之深交。 慧远也曾与北方鸠摩罗什书信来往,探讨大乘佛学问题。 鸠摩罗什本为西域龟兹国贵族,系大乘佛学龙树空宗嫡传弟子,被后秦姚兴奉为国师,率弟子于弘始三年(401)入长安译成《大品般若经》《法华经》《维摩经》《阿弥陀经》《金刚经》等佛经,译成《中论》《百论》《十二门论》《大智度论》《成实论》等佛论,实开经论并译之先河,系统介绍龙树中观学派的思想。 鸠摩罗什弟子三千,其中道生、僧肇、僧叡、道融号称"什门四圣"。 僧肇擅长般若学,有"法中龙象"之谓,精于大乘经典,兼通三藏,才思幽玄;少年研读庄老犹觉未尽善,后披寻玩味《维摩经》而沟通玄佛;著作多种,以《肇论》最著名,由《物不迁论》《不真空论》《般若无知论》《涅槃无名论》四篇文章组成。 《不真空论》从立处皆真谈本体,《物不迁论》依即动即静谈体用一如,《般若无知论》谈体用的关系,各篇文章义理互联,将罗什所传龙树学"缘起性空"的般若思想发挥得淋漓尽致。 僧肇的"不真空义"是接着王弼、郭象而批判性地发展了玄学,其思想虽从印度佛教般若学来,却是中国哲学的重要组成部分,从王弼到郭象再到僧肇,构成中国传统哲学的一个发展圆圈。① 僧肇建构般若学思想体系的同时也驳斥了玄学之贵无、崇有及独化各个派别,将佛学从玄学中剥离出来,中国佛学理论自成体系并按自身逻辑独立发展也从此开始。

鸠摩罗什到中原传播佛教,原本派系意识淡薄的中土佛学始分界线;释

---

① 汤一介:《郭象与魏晋玄学》,113页。

迦族甘露饭王的后裔佛驮跋陀罗输入大乘学世亲系有宗，大乘佛学内部始有分歧；鸠摩罗什弟子们也独立创宗树派，其中竺道生于大乘中别立涅槃学派。僧叡于《毗摩罗诘提经义疏序》细归为六家："自慧风东扇，法言流咏已来，虽曰讲肆，格义迂而乖本，六家偏而不即。"只提六家数目却未明指具体的宗派名目及其代表人物。刘宋昙济著有《六家七宗论》，惜已失传，只在中唐元康《肇论疏》中有"宋庄严寺释昙济作《六家七宗论》，论有六家，分成七宗"的记载。论影响，僧肇在《不真空论》中批判了般若学派之本无宗、心无宗、即色宗，可见此三家影响较大，故遭集中批判，当有缘由。任继愈认为，本无、心无、即色三宗的基本思想大略对应玄学之贵无、崇有、独化三派。[①] 这是由于"三论"（《中论》《百论》《十二门论》）尚未译出，般若经各种译本未尽达义，涉足般若学诸人仍沿用汉魏以来的"格义""合本"方法，较难确切把握般若性空思想体系；又，此期般若学僧人大多与玄学名士交往甚密，彼此兼通内外之学，尤其精通老庄，而格义主要借助老庄之书，故双方互相渗透融通。

释道安（312—385），俗姓卫，早失覆荫，为外兄孔氏所养，十二岁即出家，至后赵邺城拜佛图澄为师，佛图澄见而嗟叹不已，终日与之谈论佛理。佛图澄讲经后，道安每每覆述，自设疑难锋起，又挫锐解纷行有余力，时人赞呼"漆道人，惊四邻"。中年避乱南投襄阳，遇知名文士习凿齿探望自报家门："四海习凿齿。"道安应答："弥天释道安。"名士名僧的机智应对，风神毕现，时人以为名答。在襄阳宣讲佛法并著《般若道行》《密迹》《安般》诸经，析疑甄解，文理会通；又总集汉魏以来佛经名目，撰成《经录》，众经从此有根有据。苻坚攻破襄阳时，自称"以十万之师取襄阳，唯得一人半"，意谓"安公一人，习凿齿半人"。其在僧俗两界的名气及后来在思想史上的地位真正够得上"弥天"二字。道安走南闯北，其虽是佛门中人，却对世俗人情洞若观火，更明白"不依国主，则佛事难立"的道

[①] 任继愈：《中国佛教史》第2卷，220页，北京，中国社会科学出版社，1985。

理，更知道佛教立足中国最关键因素是获得士族阶层的认同，故派遣同门竺法汰去扬州弘法时叮嘱说："彼多君子，好尚风流。"佛教中深湛精致的义理由此渐渐渗透到士族阶层中。道安及其徒众创立当时反响最大、规模最巨、贡献最伟的"本无宗"佛学流派。本无宗把般若的"空"理解为本体、无，否认现象的真实性，只承认本体空寂，隋唐时嘉祥大师在《中观论疏》中揭明其核心宗旨："释道安明本无义，谓无在万化之前，空为众形之始。夫人之所滞，滞在未有，若宅心本无，则异想便息……安公本无者，一切诸法，本性空寂，故云本无。"唐元康《肇论疏》云："道安法师《本无论》云，明本无者，称如来兴世，以本无弘教……庐山远法师《本无义》云，因缘之所有者，本无之所无，本无之所无者，谓之本无。本无与法性，同实而异名也。"以道安为代表的本无宗全盘接受了魏晋玄学的中心议题，以"无"或"空"为万化世界为之本，且先于万化世界，是现象界的本源。"本无"的真谛是：一切事物或现象之本性皆为空寂、法身、道，若透过现象直探根本，则现象就消失了。慧远继承师说，以本无为法性，以般若性空为实体。按此解释，无即为万物之本，万有亦从无中化出，这与王弼之"本无"说基本一致，王弼《老子指略》云："物之所以生，功之所以成，必生乎无形，由乎无名；无形无名者，万物之宗也。"二者皆从具体的现象考察开始，直探"无"为宇宙本体的结论。不同点在于，王弼以《老》《易》为依据和媒介，发挥其以无为本的思想，道安等以般若性空为依据，发挥其以无为本的思想。"道安一派'以无为本'的观点，被后来般若学派奉为正宗，在六家七宗中影响最大，原因在于它上承魏晋玄学的正统，在佛教理论界建立了与当时中国玄学相应的本体论。这种本体论可以和'实相''法性'相呼应、衔接。"[1]但道安本无宗的漏洞也在此，既然与玄学"贵无"论思想一致，则其独立特征未能彰显出来，故后来的僧肇指出本无宗的理论缺陷，其《不真空论》云："本无者，情尚于无多，触言以宾无，故非有，有

---

[1] 任继愈：《魏晋南北朝佛教经学》，25页，北京，国家图书馆出版社，2013。

即无；非无，无即无。寻夫立文之本旨者，直以非有非真有，非无非真无耳。何必非有无此有，非无无彼无？此直好无之谈，岂谓顺通事实，即物之情哉？"指出其错误在于，把"无"当成最高的实体，事实上造成了"无"和"有"的对立，把本是"空无"的世界分割成"有"和"无"两个世界，大乘空宗的本旨是空有无碍，宰割以求通又怎能顺通事实呢？

心无宗的创立者是支愍度、竺法蕴和道恒，《世说新语·假谲》记载一段其创立之初被讥讽攻讦的事例："愍度道人始欲过江，与一伧道人为侣。谋曰：'用旧义往江东，恐不办得食。'便共立心无义。既而此道人不成渡。愍度果讲义积年。后有伧人来，先道人寄语云：'为我致意愍度，无义那可立？治此计权救饥尔，无为遂负如来也。'"关于旧义新义之说，刘孝标在此条注释支愍度之"无义"云："旧义者曰，种智有是，而能圆照。然则万累斯尽，谓之空无，常住不变，谓之妙有。而无义者曰，种智之体，豁如太虚，虚而能知，无而能应，居宗至极，其唯无乎。"陈寅恪《支愍度学说考》解释说："旧义者犹略能依据西来原意，以解释般若'色空'之旨。新义者则采用周易老庄之义，以助成其说而已。"[①]时人讥讽心无宗的理由是支愍度为了生存需要改创新义，即借助江东学术界的理论话语来弘法。那么，心无宗主要借用的是哪些理论话语呢？日本安澄《中论疏记》载僧温《心无论》云："夫有，有形者也。无，无像者也。然则有像不可谓无，无形不可谓有。是故有为实有，色为真色。经所谓色为空者，但内止其心，不滞外色。此色不存余者之内，非无而何？岂谓廓然无形，而为无色乎？"吉藏《中观论疏》云："心无者，无心于万物，万物未尝无。此释意云：经中说诸法空者，欲令心体虚妄不执，故言无耳，不空外物，即万物之境不空。"唐元康《肇论疏》亦论"心无宗"云："谓经中言空者，但于物上不起执心，故言其空，然物是有，不曾无也。"若这些记载都准确地理解了心无宗之义，则支愍度的心无宗虽借助玄学的"无"概念，却坚持万

---

① 陈寅恪：《金明馆丛稿初编》，161页，北京，生活·读书·新知三联书店，2001。

物不空，也即不空外色；说"无心于万物"者，乃是从心体论而言，不是从本体论去说。再对照裴頠《崇有论》观点："夫至无者无以能生，故始生者自生也。自生而必体有，则遗而生亏矣。生以有为已分，则虚无是有之所遗者也。故养既化之有，非无用之所能全也；理既有之众，非无为之所能循也。"[1]可知支愍度心无宗的学说新义，就是对玄学崇有论的融通和发挥。如此一来，心无宗的教旨就与佛教空义形成了较大偏离。

支遁字道林，世称支公，亦曰林公，家族世代崇信佛教，兼通老庄学说，在《即色游玄论》中提出"即色本空"的思想，创立了般若学之即色宗。孙绰的《道贤论》把支道林比作向秀，说"支遁向秀，雅尚庄老，二子异时，风好玄同矣"[2]。支道林与谢安、王羲之、王洽、殷浩、许询、孙绰、王蒙、郗超、王坦之等名士交游甚密，经常往来谈论玄理。其即色宗与玄学多有相通处，特别是他有意地顺着向秀、郭象独化论的思路，从现象界去论证般若性空的真义。他在《大小品对比要钞序》中说："理冥则言废，忘觉则智全。若存无以求寂，希智以忘心，智不足以尽无，寂不足以冥神。何则？故有存于所存，有无于所无，存乎存者，非其存也；希乎无者，非其无也。何则？徒知无之为无，莫知所以无。知存之为存，莫知所以存。希无以忘无，故非无之所无；寄存以忘存，故非存之所存。莫若无其所以无，忘其所以存。忘其所以存，则无存于所存；遗其所以无，则忘无于所无。忘无故妙存，妙存故尽无，尽无则忘玄，忘玄故无心。然后二迹无寄，无有冥尽。"支道林仍然用玄学本体论的理论术语来阐释佛教般若性空的义理，"所寄""所以寄""所以存""所迹""所以迹"等概念，颇含玄学思辨色彩。在他看来，理解现象界要通过"忘无""妙存""尽无""忘玄""无迹"等阶段，最后"无有尽冥"，即无即有，有即无，界限泯然。这与郭象的"名教即自然"的独化论有一定的相似处，郭象《庄子注·齐物

---

[1] 《晋书·裴頠传》。
[2] 《高僧传·支遁传》。

论注》云："是以涉有物之域，虽复罔两，未有不独化于玄冥者也。"①在玄冥之境里也是有无两忘，界限泯然。然而，支道林毕竟是要阐释般若性空义理，而郭象是要调和玄学之"贵无"派和"崇有"派的裂缝，故两者的不同处也是明显的，比如对"逍遥"义的解释。郭象说："夫大小虽殊，而放自得之场，则物任其性，事称其能，各当其分，逍遥一也，岂容胜负于其间哉。"②"夫翼大则难举，故抟扶摇而后能上，九万里乃足自胜耳。既有斯翼，岂得决然而起，数仞而下哉！此皆不得不然，非乐然也。"③郭象认为，只有当万物自足其性的时候，才会达到完全平等的"大均"，获得绝对的自由；事物形态虽各异，但只要各自顺应本性，行为符合各自的性分，就都能达到逍遥境界，满足性分即自由。故郭注一出，仿佛一锤定音，清谈之士奉为定论，因循其说。然而，在白马寺清谈《庄子·逍遥篇》时，名士们赞同郭象"足性逍遥"之说，支道林以为不然；他以反问方式讽刺人云亦云的名士们："不然。夫桀跖以残害为性，若适性为得者，彼亦逍遥矣。"④从"群儒旧学莫不叹伏"的群体反应来看，其解释语出惊人，与郭注的差异是很明显的。

《世说新语·文学》也记载支道林在白马寺参与清谈："《庄子·逍遥篇》，旧是难处。诸名贤所可钻味，而不能拔理于郭、向之外。支道林在白马寺中，将冯太常共语，因及《逍遥》，支卓然标新理于二家之表，立异义于众贤之外，皆是诸名贤寻味之所不得。后遂用支理。"刘孝标注引支氏《逍遥论》曰："夫逍遥者，明至人之心也。庄生建言大道，而寄指鹏鷃。鹏以营生之路旷，故失适于体外；鷃以在近而笑远，有矜伐于心内。至人乘天正而高兴，游无穷于放浪，物物而不物于物，则遥然不我得，玄感不为，不疾而速，则逍然靡不适，此所以为逍遥也。若夫有欲当其所足，足于所

---

① （清）郭庆藩撰，王孝鱼点校：《庄子集释》，111 页。
② （清）郭庆藩撰，王孝鱼点校：《庄子集释》，1 页。
③ （清）郭庆藩撰，王孝鱼点校：《庄子集释》，4～5 页。
④ 《高僧传·支通传》。

足,快然有似天真,犹饥者一饱,渴者一盈,岂忘烝尝于糗粮,绝觞爵于醪醴哉!苟非至足,岂所以逍遥乎?"向秀、郭象并不看重大鹏和鹦鸟的区别,以为只要"适性"即是逍遥,合乎其本性即是自由,这样的解释很容易演变成安于现状、随波逐流甚至肆情纵欲的生活态度,当然也便于为豪门士族的既有利益作辩护。支道林的解释击中独化论的理论漏洞,认为大鹏竭力远行和扶摇冲天,也得依恃羊角风才能实现,有了前提条件的限制,那就算不得是逍遥了;鹦鸟不仅不思进取自甘堕落,而且嘲笑大鹏浪费精力,那更算不得是逍遥。真正的逍遥境界只有"至人"才能达到,故"逍遥者,明至人之心也"。此外,支道林主张"色不自有",认为万物的存在都是暂时的,终究要消灭。《世说新语·文学》记载:"支道林造《即色论》,论成,示王中郎。中郎都无言。支曰:'默而识之乎?'王曰:'既无文殊,谁能见赏?'"刘孝标注引支氏《妙观章》云:"夫色之性也,不自有色。色不自有,虽色而空。故曰色即为空,色复异空。"即色宗认为,事物并非自己形成,而是由因缘和合而成,所以无自性,本质是空。支道林是就物上说空,空与有仍然是一而二、二而一的关系,万物确实真实存在,此为有,但万物的存在缺乏自主性,难以恒存,终要消灭,此为无或空。道安的本无宗,不知道"所无"与"所以无","所存"与"所以存"之间相互依存的关系,偏于事物本质的"无"而忽视从具体事物去认识"无";僧肇的不真空论,认为一切事物都属虚幻不真、无自性,因而性空、自性空、毕竟空即色宗没有否定万物的真实存在。从道安到支道林再到僧肇,般若学"缘起性空"理论就基本完成了。支道林讲《逍遥游》"才藻新奇,花烂映发",连王羲之都听得披襟解带留连不能已,说明佛教在东晋时期得以与《老》《庄》互证,不再是方术道士之附庸;名僧与名士得以同游,彼此调和彼此推演,既重新塑造了士人阶层的精神世界,也使佛学渐渐地反客为主而取代了玄学,成为晋宋以后主流的思想形态之一。

当然,弘扬佛法实现"三教会通"的最后完成者是庐山释慧远。慧远(334—416)俗姓贾,世为冠族,少年即博综六经,尤善老庄。北方游牧民族内迁之初，曾欲赴江南与儒者范宣一同隐遁，转赴恒山拜释道安为师听讲《般若经》。当时，由于"内通佛理，外善群书"，道安特别允许慧远讲佛经时援引儒道两家之书。前秦苻坚攻襄阳之际，慧远受道安师嘱："使道流东国，其在远乎？"遂率百余人南下，辗转至庐山建造龙泉寺，后又在江州刺史桓伊资助下建造东林寺，庐山遂成中国佛教净土宗发源地之一。受慧远德行修为感召，名僧雅士齐聚庐山，"彭城刘遗民，豫章雷次宗，雁门周续之，新蔡毕颖之，南阳宗炳、张莱民、张季硕等，并弃世遗荣，依远游止"。慧远乃于精舍无量寿像前，建斋立誓，共期西方极乐世界。慧远不忘道安的期待，竭力用佛理包容儒道两家，"总摄纲维，以大法为己任"。在《与隐士刘遗民等书》里，他说："每寻畴昔，游心世典，以为当年之华苑也。及见老庄，便悟名教是应变之虚谈耳。以今而观，则知沉冥之趣，岂得不以佛理为先？苟会之有宗，则百家同致。君与诸人，并为如来贤弟子也，策名神府，为日已久，徒积怀远之兴，而乏因籍之资，以此永年，岂所以励其宿心哉？意谓六斋日，宜简绝常务，专心空门，然后津寄之情笃，来生之计深矣。若染翰缀文，可托兴于此，虽言生于不足，然非言无以畅一诣之感，因骥之喻，亦何必远寄古人！"在慧远看来，儒家之名教固然不错且是社会需要的，却毕竟是世事俗务的一套经常落不到实处的理论，比不了老庄思想能够触摸道理之深幽处；老庄虽高深超妙，却在沉冥之趣、幽玄冥合方面不如佛教义理；如果能够融通三教，则百家同致，万流归宗。这封书信表明他的"内外之道，可合而明"的信心。慧远颇能接受玄学之"无"和"有"概念及其内涵，对何晏"凡有皆始于无"的宇宙生成论、王弼"道者无之称"的宇宙本体论和"无"是人生的终极境界，他都表示过赞同意见，如"生涂兆于无始之境，变化构于倚伏之场，咸生于未有而有，灭于既有而无"。不过，般若所谓"空"，包括了"无""有"，更超越了"无""有"。因此，慧远以"法性"替代"本无"，提出"法性无性"论。"先是中土未有泥洹常住之说，但言寿命长远而已。远乃叹曰：'佛是至极，至极则无变；无变之理，岂有穷耶？'因著《法性论》曰：'至极以不变为性,得性以体极为宗。'罗什见论而叹曰:'边国人未有经,便暗与理合,岂不妙哉!'"①其《大智论钞序》云:"有有则非有,无无则非无,何以知其然? 无性之性,谓之法性;法性无性,因缘以之生。生缘无自相,虽有而常无;常无非绝有,犹火传而不息。"慧远认为,"法性"的最高境界是"不变",此亦为宇宙本原,人生最高境界;宇宙以法性为本体,人生以法性为旨归。万物因缘会合而生成,是常变的客体;万物常变,故心智不可执关照于现时的存在;万物与法性的关系如同薪与火的关系。所谓法性,是包容有无而又超越有无、永恒不变的常住一切中的至极本原。"心不待虑,智无所缘,不灭相而寂,不修定而闲,不神遇以期通焉,识空空之为玄,斯其至也,斯其极也!"空空玄境其实是精神上的永恒境界,法性论抛弃那种得不到应验实证的身体长生不死之说,引导人去追求精神上的永恒,使佛教规定的人生道路不会陷于虚无境地。

慧远在桓玄谋划篡晋之时,撰成《沙门不敬王者论》五篇并序,以及多封致桓玄的书信,反对桓玄提出沙门应致敬帝王的要求。慧远把在家与出家分开,俗世与出世分开。"在家奉法,则是顺化之民,情未变俗,迹同方内,故有天属之爱,奉主之礼,礼敬有本,遂因之而成教。"②在家处俗的佛教徒确应遵守奉上之礼、尊亲之敬、忠孝之义,这是对桓玄部分观点的肯定。但是,"出家则是方外之宾,迹绝于物。其为教也,达患累缘于有身,不存身以息患;知生生由于禀化,不顺化以求宗。求宗不由于顺化,则不重运通之资;息患不由于存身,而不贵厚生之益,此理之与形乖,道之与俗反者也"③。出家僧徒和在家僧徒毕竟不同,佛教以"身"为"苦"之本根和来源,存身不能解除苦患,僧徒并不认为得到了生命便感恩戴德。而且,"天地虽以生生为大,而未能令生者不死;王侯虽以存存为功,而未能令存者无患"。既然这样,义存于此已经很明白,"斯沙门之所以抗礼万

---

① 《高僧传·释慧远传》。
② 《沙门不敬王者论·在家》。
③ 《沙门不敬王者论·出家》。

乘，高尚其事，不爵王侯而沾其惠者也"①。慧远并不是要拒绝儒家名教礼制，更不是要驳斥其为荒谬，而是要让佛教独立，与儒教地位平等，且殊途同归，这些都有利于皇权国家的事业。为此，慧远把儒家礼教观念引进佛教，《沙门袒服论》云："或问曰，沙门袒服，出自佛教，是礼与？答曰：然。"他的根据是天竺炎热，袒服乃国法礼制，便于修行生活。"因此而求圣人之意，则内外之道，可合而明矣。常以为道法之与名教，如来之与尧孔，发致虽殊，潜相影响，出处诚异，终期则同。详而辩之，指归可见，理或有先合而后乖，有先乖而后合。先合而后乖者，诸佛如来，则其人也；先乖而后合者，历代君王，未体极之主，斯其流也。"②是说推行儒家的帝王卿相和君子都是"诸佛的化身"，是用不同的形象来显示佛体的，佛、儒之成教方式虽异，但最终"必归途有会""归致不殊"。慧远怀此决心，也是鉴于一些上层僧侣外言弘道内图私利，奔竞于朱门而乐此不疲，导致佛教界风气不正，其《与桓太尉论料简沙门书》云："佛教陵迟，秽杂日久，每一寻思，愤慨盈怀。"慧远凭其崇高声誉和超迈的政治周旋能力，使桓玄听从意见，尊重佛教徒意愿，从而在危乱时局里保护了佛教的生存发展。更重要的是，经过不懈努力，"从慧远开始，结束了从东汉以来佛教教义与老庄相结合的历史，转向了主要同儒教紧密结合。儒教的许多基本思想，逐渐组织到佛教教义之中，这是慧远在中国佛教史上享有很高声誉的重要原因"③。慧远培养了大量优秀弟子，慧观、僧济、法安、昙邕、道祖等都成为南朝时期的义学高僧，为佛教发展作出很大贡献。

《沙门不敬王者论》的第五篇是《形尽神不灭》，集中表达了慧远在形神关系问题上的观点。形神之辨始自桓谭、王充提出形尽神灭的观点，此后历经数百年深化争论。桓谭曾使用"烛无，火亦不能独行于虚空"这个关于形神关系的著名比喻，慧远顺其思路进行论证，却得出相反的结论："夫情

---

① 《沙门不敬王者论·求宗不顺化》。
② 《沙门不敬王者论·体极不兼应》。
③ 任继愈：《魏晋南北朝佛教经学》，62～63页。

数相感，其化无端，因缘密构，潜相传写，自非达观，孰识其变？自非达观，孰识其会？请为论者验之以实。火之传于薪，犹神之传于形。火之传异薪，犹神之传异形。前薪非后薪，则知指穷之术妙；前形非后形，则悟情数之感深。惑者见形朽于一生，便以谓神情俱丧，犹睹火穷于一木，谓终期都尽耳。"在他看来，"薪"不同而"火"可传承，"形"各异而"神"永存。圣尧生了愚呆的丹朱，盲人瞽瞍却生了舜帝，这是为什么呢？那是因为形归形，神归神，形和神的传授经常是不一致的，此乃前世因缘注定，"固知冥缘之构，著于在昔，明暗之分，定于形初，虽灵均善运，犹不能变性之自然，况降兹已还乎？验之以理，则微言而有征；效之以事，可无惑于大道"。慧远将印度佛教因果轮回链条之"无明"和"爱"两个阶段与中国本土概念"情"与"识"相结合，"神"虽常受"情"与"识"的桎梏，但其本身是不变的，这就是"形尽神不灭"。

在佛教与儒家学说融合的过程中，冲突也在所难免，其中"形神之辨"问题就一直有争议，齐梁时代的范缜与佛教徒之间关于神灭还是神不灭的争论就是一个著名的例子。范缜早年跟随名儒刘瓛学习，卓越不群而勤学；刘瓛家门车马贵游不绝，范缜不亢不卑；后"博通经术，尤精三礼"。南齐永明年间（483—493），范缜与竟陵王萧子良就佛教因果问题争论起来，萧子良笃信释教，而范缜盛称无佛。据《梁书·范缜传》记载，萧子良曾问："君不信因果，世间何得有富贵，何得有贫贱？"范缜回答说："人之生譬如一树花，同发一枝，俱开一蒂，随风而堕，自有拂帘幌坠于茵席之上，自有关篱墙落于溷粪之侧。坠茵席者，殿下是也；落粪溷者，下官是也。贵贱虽复殊途，因果竟在何处？"认为人生的富贵贫贱只是偶然的际遇，萧子良难以反驳，甚觉奇怪。范缜事后特撰《神灭论》设问自答，系统论述其神灭论思想，主要观点有"形神相即""形存则神存，形谢则神灭""形者神之质，神者形之用""人之质有知""智虑皆是神之分""鬼神乃圣人之教然也"。最后明确批评佛教之害，"浮屠害政，桑门蠹俗"。此论一出，朝野哗然，萧子良集众僧攻难之而不能折屈。崇信佛教的士人也攻击范缜，王琰曾讥讽说:"呜呼范子! 曾不知其先祖神灵所在!"范缜回击说:"呜呼王子! 知其先祖神灵所在而不能杀身以从之!"萧子良又想用中书郎官位来拉拢他。 范缜大笑说:"使范缜卖论取官,已至令、仆矣,何但中书郎邪!"①梁武帝萧衍佞佛,下诏宣布佛教为"正道",而《神灭论》却广为流传,萧衍后来发布《敕答臣下神灭论》的敕旨,重新挑起论战。 大僧正法云将萧衍敕旨大量传抄给王公朝贵;并写了《与王公朝贵书》,响应者有临川王萧宏等 64 人。 萧琛、曹思文、沈约三人著文反驳《神灭论》。 曹思文以儒家的郊祀配天制度证明神之不灭,从而给范缜加上"欺天罔帝""伤化败俗"的罪名。 范缜并不畏惧,写成《答曹舍人》据理反驳,曹思文不得不承认自己"情识愚浅,无以折其锋锐"。 在南朝,佛教得到皇帝和王公权贵的强力支持,但在思想界,反佛教的声音也同时存在。 除范缜外,东海郯人何承天著《报应文》《达性论》批驳佛教的轮回说,按照人的自然本性阐述了有生必有死的问题,慧远高足宗炳撰文与何承天互相来回辩难。 释慧琳著《黑白论》从佛学内部对空观学说和因果论反戈一击,佛学理论家颜延之作《庭诰文》《释达性论》等文章捍卫佛教。 双方由因果轮回之有无,转到神灭与否的议题。 平原人刘孝标一生不得志,特著《辨命论》申斥郁闷,批驳佛教报应说,指责报应说乃是为士族阶层利益辩护的"虚言"。 吴郡吴人张融则一身奉二教,"左手执《孝经》《老子》,右手执《小品》《法华经》"②,著《门律》通源二道,表现出调和儒、佛、道三种思想的倾向。 总的来说,除了著名的"三武一宗灭佛"之北魏太武帝灭佛、北周武帝灭佛这两次劫难之外,佛教在魏晋南北朝时期获得了极大发展,其影响远超其他宗教。

南北朝时期的佛教有了一些新的发展变化,如研究某类佛教经典的理论学派增多,演变而成具有创始人、信徒、传授体系、独立教义教规的佛学宗

---

① 《资治通鉴·齐纪二》。
② 《南齐书·张融传》。

派。这些学派或宗派的活动进一步推动了中国佛教的发展。大致归纳，较有影响的学派有"三论宗""毗昙宗""成实宗""涅槃师""地论宗""摄论宗""天台宗"等，而以"天台宗"最具代表性，这为唐代以后的佛教宗派并峙局面做好了思想理论的前期准备。

这一时期的佛学大师辈出，蔚为壮观。鸠摩罗什、法汰的弟子竺道生，与慧远平辈，曾到关中、建业、庐山等地弘教，于大乘佛教中提倡涅槃学，与小乘禅学、大乘般若学共构佛学三大传承系统，世称"涅槃圣"。道生以涅槃四德"常""乐""我""净"中的"我"为"佛性我"，它的最高境界是超出生死幻灭的"常"，永远超脱烦恼就是"乐"，这样的精神状态宁静安谧，就是"净"。道生主张佛性本有，为众生所本具，不从外来，不是后起；简言之，凡是有情识的生命体，都具有佛性。《大般涅槃经集解》载其说："夫体法者，冥合自然，一切诸佛，莫不皆然。所以法为佛性也。""向明十二因缘观智，该取因时，名为佛性。""成佛得大涅槃，是佛性也。今亦分为二，成佛从理，而至是果也。既成得大涅槃，义在于后，是谓果之果也。"他把成佛的原因当成佛性，而成佛的原因是从无明、受、想、行、识、老死等十二因缘之"理"形成的。道生的佛性本有之说，使众生皆可成佛之说具有立论基础，也使"一阐提人皆得成佛"的高论水到渠成地提出来。"一阐提人"原指断绝一切善根、无法成佛者，《大般涅槃经·梵行品》云："一阐提者，不信因果，无有惭愧；不信业报，不见现在及未来世；不亲善友，不随诸佛所说教诫。如是之人，名一阐提。"《入楞伽经》曰："一阐提有二种：一者焚烧一切善根；二者怜悯一切众生，作尽一切众生界愿。大慧！云何焚烧一切善根？谓谤菩萨藏，作如是言：彼非随顺修多罗毗尼解脱说。舍诸善根，是故不得涅槃。大慧！怜悯众生作尽众生界愿者，是为菩萨。菩萨方便作愿：若诸众生不入涅槃者，我亦不入涅槃。"417年，潜江显与佛陀跋陀罗译出《大般泥洹经》；512年，北凉昙无谶译出《大般涅槃经》。这两经称"一切众生皆有佛性在于身中，无量烦恼悉除灭已，佛便明显，除一阐提"。把"一阐提人"排除出去了，因为其佛性被遮蔽掉了。道生则立足于"众生皆有佛性"基础上,把"一阐提人"纳入众生行列:"禀气二仪者,皆是涅槃正因。阐提是含生,何无佛性?""一阐提者,不具信根,虽断善,犹有佛性。"①禀阴阳二气者皆为有情识的生命体,一阐提人的生命体只是暂时被遮蔽了,并非永恒地沉沦,一阐提人既为众生一员,也不能例外地具有涅槃的"正因",也能够消除迷惑而成佛。虽然道生因此遭受佛教界诸多非议,但其"众生皆可成佛"思想适应了乱世政局中的下层百姓对佛门的向往,特别是"一阐提人皆得成佛"的声称,与孟子性善说及其"人皆可以为尧舜"的观念互相契合,吸引各个阶层人们纷纷遁入佛门,这对于佛教声势和影响的扩远是很有效果的。

小乘佛教学派主张累世修行、不断积淀功德而后期待成佛,此为渐次修禅而入佛境,其修行阶次或果位有"四果",不同阶次的证悟与修行有不同的结果。东晋之后这种禅修法到了大乘佛教手里变成渐悟法,进入圣位之前有"十住""十行""十地""十回向"等阶次,阶次愈高则境界愈高。道安、支道林受玄学"得意忘言"思辨方法的影响,《世说新语·文学》注引《支法师传》云:"法师研十地,则知顿悟于七住。"七地之后所悟之理才是涅槃、真如,是"小顿悟",则七地之前的悟理过程就是"渐悟"。而道生的顿悟成佛被称作"大顿悟",据慧达《肇论疏》,竺道生云:"夫称顿者,明理不可分,悟语照极。以不二之悟,符不分之理,理智恚释,谓之顿悟。"顿悟是全部领悟诸法实相,觉悟与得理是互相融通契合的,不要强行分出觉悟的阶次,只能是一次性完成。同时,觉悟与佛理的冥合无间,必须有修证功夫一起配合,有极致的渐修才能产生顿悟的极慧,顿悟之后就是进入成佛境界。《妙法莲华经疏·序品》云:"至象无形,至音无声,希微绝朕思之境,岂有形言者哉。所以殊经异唱者,理岂然乎!实由苍生机感不一,启悟万端。是以大圣,示以分流之疏,显以参差之数。"至极之境既然超越"形言",那么再划分出阶次来就有违大圣立教本意了;渐修是圣人依

---

① 《名僧传钞·说处》。

据众生的不同机感即根基而提出的,目的也是启发众生领悟真如理体。所以,在达到顿悟之前,要研修四种法轮(教法),即小乘《阿含》等善净法轮,《般若》等大乘方便法轮,《法华经》等真实法轮,《大涅槃经》无除法轮。也就是说,道生认为,渐修不是渐悟,顿悟不弃渐修。"顿悟说的提出,可以说更加强化了人们的心体直觉意识,为人们的自由思想、自由活动提供了更为可靠的理论保证。这一思想之所以受到谢灵运等门阀士人的热情赞扬,个中缘由不言自明。谢灵运说'至夫一悟,万滞同尽',我们由此不难体验到他的惊喜。在这种'万滞同尽'的背景下,名教制度的等级观念,臣下对于专制皇权的责任、义务,究竟还有多大的约束力,也就可想而知了。"[1]这是就南朝审美风尚的形成与道生顿悟说的影响来言其贡献,当然放在中国思想史的长河中,"如果说,僧肇是我国对印度佛学之第一个够水平的诠释者,则道生可说是第一位自成佛学思想体系的中国人。由于他的卓越创见,使中国佛教哲学的发展方向(真常论)于焉确立。印度传来的大小乘经论,也在道生之时,才开始成为中国的佛教哲学"[2]。这就无怪乎道生的佛学思想不仅得到士人阶层的青睐,也得到当时生活无尊严、急于解脱苦难的下层民众的真心信奉。

南北朝时期是中国佛教发展黄金期。唐代法琳《辨正论》记载,南朝到梁,共有寺院2846所,僧尼82700人,比东晋时增加一千余所,僧尼增加三倍多。《魏书·释老志》统计,魏太和元年(477)有寺6478所,僧尼77258人;延昌中(512—515)有寺13727所,僧尼数增加一倍多;东魏末年(550),境内僧尼大众二百万余,寺院三万余所。数据或许有误差,但也足以呈现佛教在此一时期的发展态势。佛教迅猛发展的原因,除了与经年战乱黎庶寻求解脱的强烈愿望、士人阶层的大力支持有关外,还与统治阶层自觉把佛教当成维护自身统治的工具有直接关系;同时,佛教本身也有意识地

---

[1] 韩国良:《道体·心体·审美——魏晋玄佛及其对魏晋审美风尚的影响》,289页,北京,中华书局,2009。
[2] 王寿南主编:《中国历代思想家·魏晋南北朝》,352页,北京,九州出版社,2011。

与儒家名教合作,给世俗政权以佛教神权的论证。简言之,佛教的发展与皇权政治关联紧密。北魏道武帝(386—409)拓跋珪与晋室通聘后即信奉佛教,拓跋珪本人好黄老,览佛经,礼遇沙门,并利用佛教以收揽人心;继而任赵郡沙门法果为沙门统,令绾摄僧徒,并于都城平城(今山西大同市)建立塔寺,供施优厚有加。法果则称誉道武帝"即是当今如来,沙门宜应尽敬",并说"能弘道者人主也,我非拜天子,乃是礼佛耳"。如果说身处南朝的慧远选择与王权抗衡来保持佛教的独立性,那么身处北朝的法果就是选择直接依附国主使佛教融入世俗政权。此后的东魏、西魏、北齐、北周帝王除少数几次短暂的黜贬佛教外,基本上都非常重视佛教,杨衒之《洛阳伽蓝记》对佛教发展盛况描述备至。北朝佛教总的来说侧重实践,特别是禅观,而非空谈理论,与南朝佛教注重义理阐释有显著不同。宋文帝(424—453)曾设筵招待道生等僧众,共同探讨佛教的社会功能,侍中何尚之等告知佛教有助于政教,遂致意佛经,常与高僧慧严、慧观等论究佛理,令道猷、法瑗等讲解道生的"顿悟成佛"之义理。孝武帝也崇信佛教,还常去新安寺听法瑶等讲经,慧琳则被称为黑衣宰相。萧齐帝室更是亲自从事佛教教理讲论,竟陵王萧子良亲著宣扬佛教的文章,如《净住子净行法门》《维摩义略》等,并撰制经呗新声。梁武帝(502—549)继位第三年曾率僧俗二万人,在重云殿重阁亲自制文发愿,舍道归佛;并撰著《大涅槃》《大品》《净名》《大集》诸经的《疏记》及《问答》等数百卷,在重云殿、同泰寺讲说《涅槃》《般若》等佛经。总之,皇权需要借助佛教实施意识形态控制,而佛教需要依恃皇权争夺思想传播话语权,两者形成了共谋关系。

佛教对中国文化的影响首先体现在思想信仰方面。作为成熟完整、深邃丰富的外来宗教意识形态,佛教为中土思想界注入了新鲜血液,使儒释道三足鼎立的中国文化格局得以形成。魏晋南北朝时期的佛教,表现在民间是各种各样的佛像崇拜,产生了各种形式的守戒持斋、造塔立像、念佛写经的民间宗教活动;佛像崇拜又构成了最具影响力的"净土"信仰的思想基础;禅法、禅学亦因社会动乱而以聚众形式吸收大量流民,发展出最普遍的禅僧活动方式头陀行、阿蓝若法和聚众禅,提倡苦行化缘与避世隐居、住于空闲。因此,"佛教在抚慰现实世界无尽的苦难,支撑普通民众的精神需求方面,提供了比儒家和道教更多的思想资源和更有效的实践方式。对于一般的佛教信众来说,他们并不关心玄学化、深奥的佛教义理的讨论,而他们对于佛祖的虔诚决不亚于佞佛的帝王将相和文人学士"①。普通民众参与佛教活动的主要目的是寻求精神支柱,求得功德福佑,希冀来世幸福。表现在士人阶层,则是由东晋盛行道教信仰转向南朝之后的佛教信仰,据汤用彤统计,宋齐之时宗教信仰由道转佛的士族很多,如吴郡张氏:晋侍中尚书张敞,子张裕、张祎、张邵;张裕有五子演、镜、永、辩、岱;张演子绪,张永子稷;张讳子畅,张畅子淹、融;等等,都奉佛(张融《门律》说"吾门世恭佛")。如吴郡陆氏:宋之陆澄、陆慧晓,慧晓之子倕;梁之陆杲,子罩。均奉佛。如琅琊王氏:宋司徒王弘,王导曾孙;弘之子王微、僧达,弘之从弟华,华之从父弟琨,弘之曾孙融;王导子王劭之曾孙景文,子奂,奂子肃;王弘之弟昙首,子僧绰、僧虔;僧虔之子慈、志、揖、彬、寂,均奉佛(故王筠为梁武帝敕答神灭论致书法云,说"弟子世奉佛法言,家传道训")。如陈郡谢氏:晋谢鲲及从子安、万、石三公并其孙玄,玄之孙灵运,灵运之孙超宗、曾孙茂卿;万之曾孙弘微,弘微子庄,庄子瀹,瀹子览,览弟举;均奉佛。② 家族的宗教信仰如此,文学集团亦复如此,如永明间"竟陵八友"文学集团其实同时也是佛教同人集团,这个集团由于皇权的参与,其体现的士人与佛教关系后来演变为一种国家意志和行为。士人阶层的信仰方式主要是大乘佛教的在家修行,即做居士而非出家为僧,大乘提倡的修行方式简便易行,很好地适应了士人群体世俗生活和宗教精神的双重需求。故北朝多高僧,南朝多居士,原委在于选择不同的修行方式。

思想信仰上遵奉佛教,必在各类具体的知识领域产生相应影响,中外文

---

① 章启群:《经世与玄思:秦汉魏晋南北朝的精神文明》,113页,北京,北京大学出版社,2009。
② 汤用彤:《汉魏两晋南北朝佛教史》,317~324页,河北,河北教育出版社,1996。

化的碰撞和融汇在所难免，佛教的传入与发展，为中国文化诸如医学、天文、建筑、文艺、风俗等方面增添了许多新的形式和内涵。例如佛教建筑艺术，梁武帝时期梵宫琳宇遍布江东，同泰寺"楼阁殿台，房廊绮饰，凌云九级，俪魏永宁"①；大爱敬寺则"经营彫丽，奄若天宫"；大智度寺"殿堂宏壮，宝塔七层"②。北朝的石窟如北魏云冈、龙门、灵岩寺，北齐天龙山、响堂山等石窟佛寺，各具雄伟瑰丽的艺术魅力。寺塔建筑更是"招提栉比，宝塔骈罗"，北魏献文帝时期的永宁寺构七级浮图，高三百余尺，基架博敞；天宫寺"构三级石佛图高十丈，榱栋楣楹，上下重结，大小皆石，高十丈。镇固巧密，为京华壮观"③。昌黎王冯晋国所造皇舅寺有五级浮图，"其神图像皆合青石为之，加以金银火齐，众彩之上炜炜有精光"④。瑶光寺、法云寺、景乐寺、祇洹精舍等都体现出高超的建筑技艺。造像在南北朝时期也很兴盛，如无量寿金像、八部鬼神像、瑞石释迦像、千躯金像、旃檀像、千佛像、金铜像、珊瑚佛像、玉佛像等，在材料、造型、题材等方面都有不凡表现。众多佛教造像记则是魏碑书法艺术的杰作，如《长乐王丘穆陵亮夫人尉迟为亡息牛橛造像记》《一弗为夫张元祖造像题记》《比丘慧成为亡父始平公造像题记》《北海王元详造像题记》《孙秋生刘起祖二百人等造像记》《仇池杨大眼为孝文皇帝造像记》《安定王元燮为亡祖造像题记》等，这些作品是书法碑学的高峰。最受后人推崇的当数《龙门二十品》，康有为说："龙门造像，自为一体，意象相近，皆雄俊伟茂，极意发宕，方笔之极轨也。"他又把其书法风格析分为四体："杨大眼、魏灵藏、一弗、惠感、道匠、孙秋生、郑长猷，沉着劲重为一体；长乐王、广川王、太妃侯、高树，端方峻整为一体；解伯达、齐郡王祐，峻骨妙气为一体；慈香、安定王元燮，峻宕奇伟为一体。"在佛教题材类的绘画方面，北魏杨乞德归心释

---

① 《历代三宝记》卷十一。
② 《续高僧传·宝唱传》。
③ 《魏书·释老志》。
④ 《水经注·㶟水》。

门，施身入寺，善画佛像，据说价陵昙度；王由善书画，摹画佛像，为时人所敬服。北齐曹仲达画佛颇有灵感，僧琮评说"曹师于袁，冰寒于水，外国佛像，亡兢于时"，其所画璎珞天衣，含有域外犍陀罗式风格，在绘画史上与吴道子之作并称为"曹衣出水，吴带当风"。刘宋时期陆探微绘灵台寺瑾统像，顾宝光绘天竺僧像，陆绥绘释迦像，宗炳绘惠持师像，袁倩绘维摩诘变相图。萧齐姚昙度绘白马寺宝台像，毛惠秀绘释迦十弟子图。萧梁张僧繇绘卢舍那佛像、行道天王像、维摩诘像，聂松绘支道林像。其中以张僧繇声誉最高，所画一乘寺壁画运用讲求明暗、烘托的"退晕法"来画"凸凹花"，颇富立体感，体现对外来绘画技法的接受和化用。

众多的佛教造像记也体现出很强的文学性，《龙门造像记》《尼惠智造像记》《郭显邕造像记》《上官香等造像记》《张道明等八十人造像记》《道政四十人等造像记》《巨始光造像记》《沙门璨造像记》等，不仅表现出佛教审美观念在文学中的渗透，也体现了多元融合的文化特征。佛经的内容主要是宣传宗教，但也有极具文学性的内容，有的也可视作文学作品。三国时期康僧会编译《六度集经》，西晋竺法护译《生经》，鸠摩罗什译《大庄严论经》《杂譬喻经》，北魏西域僧人吉迦夜和昙曜合译《杂宝藏经》，慧觉译《贤愚经》，萧齐印度僧人求那毗地译《百喻经》等佛经，本身的故事性很强，是叙事传奇类型的文学作品，对魏晋志怪小说的形成具有比较直接的影响。佛教经典的文学性对于一般文学的影响尤盛，作家往往把佛典故事、理趣、风格引入文学创作中，如谢灵运《佛影铭》《祇洹像赞》《无量寿颂》《维摩诘经中十譬赞》等作品，颜延之、沈约、王融、梁武帝、昭明太子、简文帝、阮孝绪、江总、徐陵、宗炳、江淹、刘勰、姚察、周颙等都有意识地在作品里渗进佛教的文学因素。其中宗炳《明佛论》、刘勰《文心雕龙》、周颙《三宗论》等文学和美学理论造诣都与他们精通佛理有直接关系。另外，佛教僧侣有文名者也不少，道猷、惠休、宝月、昙瑗、洪偃、慧恺、法宣、慧净、慧琳、宝唱、慧皎、道安、真观等百余高僧，皆有文学篇章传世，其创作是魏晋南北朝文学史的重要组成部分。正如鲁迅《〈痴华鼙〉题记》所言："尝闻天竺寓言之富，如大林深泉，他国艺文，往往蒙其影响，即翻为华言之佛经，亦随在可见。"这一时期文学艺术的繁荣应当有佛教之盛的贡献在：诗歌讲究平仄声律的形式要求、诗歌讲究淫靡绮艳的审美风格，汉语语音的四声发现，自然人格和山水美的追求，书画艺术之"圣贤映于绝代、万趣融其神思"的形神把握……凡此种种，均与佛教的观念和实践因缘会合，推扬互阐。

◎ 第三节
道教

　　道教是中国本土宗教，其宗教底色是道家与阴阳家的合成色。它推尊春秋时期的老聃为始祖，尊奉《老子》一书而将之改称为《道德经》。据传阴阳家思想的首创者邹衍"深观阴阳消息而作怪迂之变，《终始》《大圣》之篇十余万言。其语闳大不经，必先验小物，推而大之，至于无垠。先序今以上至黄帝，学者所共术，大并世盛衰，因载其禨祥度制，推而远之，至天地未生，窈冥不可考而原也""称引天地剖判以来，五德转移，治各有宜，而符应若兹"①。信于禨祥是黄老道家的特征，五德转移，则是阴阳家的一种历史观念，以木、火、土、金、水五行循环运转来解释历史变迁和王朝兴衰，故阴阳五行思想是道家化生出道教的关键。道家乃诸子百家中影响较大的哲学派别，其所尊之"道"是天地万物的本源或法则；故阴阳家通过自己的创造性解释，把道家变成道教的思想渊源之一。

　　后来阴阳五行思想与神仙思想鬼神崇拜结合在一起，汇入道教思想。鬼

---

① 《史记·孟子荀卿列传》。

神崇拜由来已久，秦汉帝王崇奉鬼神的例子很多。神仙思想多由燕齐方士术数家传布，《汉书·艺文志》云："神仙者，所以保性命之真，而游求于其外者也。聊以荡意平心，同死生之域，而无怵惕于胸中。然而或者专以为务，则诞欺怪迂之文弥以益多，非圣王之所以教也。"神仙家以保全性命追求不死为目标，冥合老子之长生说，却把老子所谓长生乃谓精神不死、可超然于物外和忘却时间给忽略掉了。道家的养生指向死后的精神永存，或者根本就泯灭生死的区别，神仙家却图慕肉身不死，将辟谷服丹之术融进自己的信仰里，追求肉身飞升，故仙有鬼仙、人仙、地仙、神仙和天仙之等次。不死和升天的诱惑极大，"一般百姓自不必说，饱尝荣华富贵之乐的诸侯无疑更希望永享快乐。所以当他们知道方士们说有不死的神仙时，立即迷信心窍。可以想象神仙说先被诸侯、皇帝这些达官贵人接受，然后逐渐扩展到一般百姓"①。桓宽《盐铁论·散不足》记载秦始皇对神仙思想的迷恋，"燕齐之士释锄耒，争言神仙。方士于是趣咸阳者以千数，言仙人食金饮珠，然后寿与天地相保"，以此献媚于帝王。金、珠即炼丹的产物，涉及炼形、炼气之外丹、内丹法。秦始皇于是封禅祈神，派人寻找长生不死药。又汉武帝时神仙方术之士李少君吹嘘不死之方："祠灶则致物，致物而丹沙可化为黄金，黄金成以为饮食器则益寿，益寿而海中蓬莱仙者乃可见，见之以封禅则不死，黄帝是也。臣尝游海上，见安期生，安期生食巨枣，大如瓜。安期生仙者，通蓬莱中，合则见人，不合则隐。"②方士公孙卿则制造谶语式鼎书，称汉武帝为圣者，应当像黄帝一样封禅于泰山而成仙登天；又形象生动地讲述黄帝乘龙上天的故事，使武帝神往不已。黄老道家之转为道教，不仅在于生死观念和修炼方法的宗教化，更在于人们出于避祸祈福目的而形成对神仙的信仰。"道教今日所奉诸神，一方面是从古代的神话流衍下来，一方面是从阴阳五行底禳星礼斗发展出来。"③奉神则必重祭重巫，而重祭重

---

① ［日］窪德忠：《道教史》，萧坤华译，56页，上海，上海译文出版社，1987。
② 《史记·封禅书》。
③ 许地山：《道教史》，173页，上海，上海古籍出版社，1999。

巫又促使道教成为一个有组织的宗教团体。

就社会政治因素与道教形成之关系而言，汉初帝王鉴于秦末大乱致天下衰弱凋敝，以黄老思想为官方意识形态，提倡休养生息，无为而治。故在西汉时，黄老学说其实是一种政治哲学而非宗教。经"文景之治"而历汉武盛世，儒家学说在政治制度、伦理道德、名教礼制和经学传统等方面取得独尊地位，但黄老思想的地位并未大降，因为汉武帝时期也面临"盗贼群起"的严重局面，社会矛盾并没有根本解决，甚至某些方面还很激烈，统治阶层依然迷恋"圣人以神道设教而天下服矣"的统治经验和历史惯性。黄老之术本身即有"杂而多端"的特点，黏附力强，于是找到了与儒术黏合之处：在以"天人感应"为核心的儒学体系里，有"君权神授"的理论基础，也有灾异谴告、善恶报应的思想，还有祈求昊天的法术和仪式。这些神学性质的思想因素，与黄老思想并非陌路歧途。在统治阶层的支持下，混杂着神学和庸俗经学的谶纬之学兴起，谶纬之学包笼天人感应、星象吉凶预示、善恶报应、呼神劾鬼、仙山圣地、仙人神人、经籍图箓等。《隋书·经籍志》云："光武以图谶兴，遂盛行于世。汉时，又诏东平王苍，正五经章句，皆命从谶。俗儒趋时，益为其学，篇卷第目，转加增广。言五经者，皆凭谶为说。"光武帝刘秀既然依凭图谶取得帝位，就把它当成官方之学。汉章帝为了使其更好地服务于自己的统治需要，命班固辑成《白虎通德论》，使之成为一部官方神学法典。这样，传统儒学也由此浸染上一层神学色彩。谶纬神学盛行，黄老思想宗教化，再与方仙道结合，形成的黄老道即道教的初期形态。

道教以完整的宗教形态面世是在东汉末期，重要标志之一是道教经书的出现。较早的道教经书是汉成帝时期齐人甘忠造作的《天官历》《包元太平经》，宣称"汉家逢天地之大终，当更受命于天，天帝使真人赤精子，下教我此道"[①]。构造出"天帝—真人—方士"的传授系统，赋予神仙直接参与并影响社会政治生活的人格，体现出一种积极"入世""救世"情怀，思想

---

① 《汉书·李寻传》。

面貌上已具备了宗教神学特征,"其企求太平世道的愿望和托天帝使神仙下凡以道教人的手法,在随后出现的道教早期重要经书《太平清领书》里,得到广泛的应用和发挥"[①]。《太平清领书》又称《太平经》,其杂出众手,非一时撰成,内容上杂糅儒家、阴阳家、神仙家、墨家等各类思想观念,论题涉及个体生命的"长生久视"与社会群体的"兴国广嗣",并将"得道成仙"与"造就太平世道"视为弘教的两大理想目标。其主要内容是:在世界生成论方面,从《老子》"道生一,一生二,二生三,三生万物"的思想出发,参照《周易》的阴阳之道和汉代流行的元气说,提出"一分为二"与天、地、人"三合相通"的思想,认为世界万物的三源乃元气的聚合生成;并改造传统的天神信仰,构建早期道教"天人合一"的神学思想体系,提出神仙不死和祈求长生的观念。在政治思想方面提出一套统治术,以阴阳五行学说为理论基础,以老子"无为而无不为"学说为治国方略,同时反对暴政,对弱势民众表示深切同情,描绘出公平、大乐、无灾、安乐祥和的理想社会蓝图。在修道方法和传教途径方面,则提出"乐生""好善"的传道依据,演化出辟谷、食气、服药、养性、返神、房中、固精、爱气、养神、胎息、针灸、占卜、堪舆、禁忌等具体方术,重视符咒驱邪求福、治病长生的法术功能,还提出诸如斋戒、首过、祈禳、叩拜及诵经等修炼规则;并宣扬善恶报应观念,告诫世人行善积德,从而断除灾异和度成神仙。由《太平清领书》来看,早期道教的行动方式充满神学色彩,但其内容实质是积极入世的,隐藏着儒家社会责任感。

魏伯阳《周易参同契》是早期道教另一部重要经书。吴人魏伯阳本为高门之子,性好道术,不肯仕宦,闲居养性,时人莫知其所从来,后与弟子三人入山炼丹。葛洪《神仙传》云:"伯阳作《参同契》《五行相类》,凡三卷,其说似解周易,其实假借爻象,以论作丹之意,而儒者不知神仙之事,反作阴阳注之,殊失大旨也。"《周易参同契》全书托《周易》爻象来论述

---

① 卿希泰、唐大潮:《道教史》,36页,北京,中国社会科学出版社,1994。

炼丹修仙法，参同"周易""黄老""丹法"三家之理，会归于一，旨在用有形和无形的手段实现养生目标。此书外内丹兼收并蓄，且指出外内丹的失误或错误做法。更有价值的是，《周易参同契》将中国传统的内养之术理论化，即将易理和丹法相结合，以易理为哲学基础，而对外在仪式和方技巫术加以批评："露见枝条，隐藏本根；托号诸名，覆谬众文；学者得之，韫椟终身；子继父业，孙踵祖先；传世迷惑，竟无见闻；遂使宦者不仕，农夫失耘，商人弃货，志士家贫，吾甚伤之，定录此文。"①魏伯阳认为，道教本应秉持道体自我修炼，但后来的道教徒沉迷于步绕之法、房中之术、祈禳之祭、谵妄之为等一些邪道巫术，以致违背养性延年和修道成仙之教旨，更甚者致使妖乱纷起，社会失序，总之造成很不好的风气。《周易参同契》开丹道先河，是丹鼎派道教的经典著作，"乃万古丹经之祖"；其影响后世甚远，宋明理学家大多精研此书而从中汲取营养，强化道德理性的责任感，如周敦颐的《太极图》、邵雍的象数学等，朱熹则直接注释《周易参同契》，亦有人将此书视作儒道兼修之经典。按现在的学科分类，《周易参同契》在中国文化史中亦属科技史，"由于它运用了实际意义上的代数（符号）系统论述了内丹之旨，故它与中国古老的算学、医学、几何学（也多以象数易学、阴阳五行之说的概念为论述的符号、代数等概念）有千丝万缕的联系"②。《周易参同契》重视自然科学之理，并将之作为治国平天下的准绳，这是早期道教义理的珍贵处。

汉顺帝、桓帝时期，政治愈加混乱，社会动荡程度加深，大量农民失去土地成为流民，寻找有共同信仰基础的生活共同体组织，早期具有完整宗教组织形态的太平道和五斗米道就是在这种世态下出现的，它们既是宗教组织，又是政治和军事组织，是东汉政权的反对势力。太平道创始人是张角。东汉灵帝时，张角获得《太平清领书》，他以此为举事的思想经典，自称

---

① 《周易参同契·圣贤伏炼章》。
② 辛旗：《中国思想通史·魏晋南北朝隋唐卷》，79页，武汉，武汉大学出版社，2011。

"大贤良师",与其弟张梁、张宝在民间活动。张角宣传《太平清领书》的一些思想,如"积财亿万,不肯救穷周急,使人饥寒而死,罪不除也",同时以信仰咒术、内省治病、跪拜首过等方式,弘扬黄帝为中心的超人力量因果观。太平道巧妙地利用了当时社会各种动荡因素,很快获得许多人的跟随信从,渐成组织严密的宗教团体。张角以宗教反乱救世,构画太平理想世道,传播谶语"苍天已死,黄天当立,岁在甲子,天下大吉"以制造举事的舆论。《资治通鉴·汉纪五十》记载:"钜鹿张角奉事黄老,以妖术教授,号'太平道'……自青徐幽冀荆扬兖豫八州之人,莫不毕应。或弃卖财产,流移奔赴,堵塞道路,未至病死者亦以万数。郡县不解其意,反言角以善道教化,为民所归。"经过十余年的传教活动,太平道教徒达数十万,组织严密,遍布八州,最后发动了黄巾起义。这次起义时间近一年,在统治阶层各种武装力量的联合围剿镇压下归于失败,太平道自此衰微,传授不明,余部青州兵被曹操收编,为其参与诸侯争霸效力。太平道作为一个道教组织集团虽销声匿迹了,但其发动的黄巾起义成为促使东汉覆亡的一个重要因素,其传教特色被后来的宗教组织借鉴吸收。因民间道教的民众性包含着聚众作乱的可能,也引起历代统治阶层的警惧和防范。

五斗米教依据传统说法是汉顺帝时期张陵在四川鹤鸣山创立的,依据任继愈主编的《中国道教史》和樊光春《陕西道教 2000 年》则是张修在汉灵帝中平元年(184)之前在四川汉中创立的。综合两种观点,不妨认为是二源合流,张陵、张衡、张鲁为一源,张修为一源,后来张鲁吞并张修而演变为天师道。《三国志·魏书·张鲁传》裴松之注引《典略》说:"熹平中,妖贼大起,三辅有骆曜。光和中,东方有张角,汉中有张修……角为太平道,修为五斗米道。太平道者,师持九节杖为符祝,教病人叩头思过,因以符水饮之,得病或日浅而愈者,则云此人信道,其或不愈,则为不信道。修法略与角同,加施静室,使病人处其中思过。又使人为奸令祭酒,祭酒主以《老子》五千文。使都习,号为奸令。为鬼吏,主为病者请祷。请祷之法,书病人姓名,说服罪之意。作三通,其一上之天,著山上,其一埋之地,其一沉之水，谓之三官手书。使病者家出米五斗以为常，故号曰五斗米师。"从中可知，五斗米道的行教方法与太平道相似，不外符祝、自省、请祷、行医等，体现出下层民众宗教组织的特点。张修的五斗米道组织较完善，为张鲁在巴蜀建立政教合一的道教组织积蓄条件。五斗米道遵奉《老子想尔注》传世教民，兼习《太平洞极经》《太玄经》《正一经》《五斗经》等。《老子想尔注》具体著者已不详，但张修、张鲁都有可能加以注释，而张鲁总其成，使之符合道教宗旨。该书散佚已久，只有五百八十行的敦煌残本收藏于大不列颠博物馆。据残本内容可知，《老子想尔注》为"道"赋予人格，将之视作能够主宰一切的至上尊神，如"道甚广大，处柔弱不与俗人争，教人以诚慎者宜左契，不诚慎者置左契"；把老子看成是道的化身，道即老子，老子即道，老子是太上老君，如"一者道也，既在天地外，又人在天地间，而且往来人身中，散形为气，聚形为太上老君"。张鲁合并教众后施行政教一体，有经典、醮仪、科戒，信徒遍布巴蜀汉中，尊其祖张陵为天师，构造新的天师道崇拜的传承史说；张鲁割据汉中，自号"师君"，"诸祭酒皆作义舍，如今之亭传。又置义米肉，悬于义舍，令行路者量腹取足；若过多，鬼道辄病之。犯法者，三原，然后乃行刑。不置长吏，皆以祭酒为治，民夷便乐之"[①]。归纳起来，张鲁集教权与政权于一身，采取一些救济和吸引流民的措施，推行一些地方教化活动。从"民夷便乐之"来看，张鲁的天师道得到了当地民众的拥护，其性质也已渐变为地方割据势力。张鲁归顺曹魏政权后，受到优待宽容，张鲁家族及其徒众感激和歌颂曹魏政权，同时约束和恐吓教众，如借老君之口宣布戒令："今吾避世，以汝付魏清政道治，千里独行，虎狼伏匿，卧不闭门。奸臣小竖不知天命逆顺，强为妖妄，造者辄凶，及于子孙。汝辈岂知其原耶？从比年以来，四方疾病，扫除群凶，但杀恶人耳。其守道乐善，天自护之。如赤子临危度脱，如舌之避齿，汝曹

---

① 《三国志·魏书·张鲁传》。

岂复知之耶？ 诸职自今以后，不得妄自署置为职也。 复违吾，中伤勿怨。"①此时的天师道已由民间传播转向上层领域发展，由反乱性质转向柔顺静守，其教徒一部分积极入世，一部分远离政治避世山林而做隐居道人。天师道朝两种方向发展，渐成道教正统。

魏晋时期，道教组织受到统治政权的控制。 魏文帝曹丕于黄初二年（221）下诏尊奉孔子为"命世之大圣，亿载之师表"，实施崇儒政策；次年下敕告豫州刺史称，孔子地位应当高于老聃，必须提防民间奉老子为神，"妄为祷祝，违反常禁"；黄初五年（224），禁止不合儒家祀典的民间祭祀，"自今，其敢设非祀之祭，巫祝之官，皆以执左道论，著于令典"②。道教自然亦归于被禁之左道邪教。 魏明帝更是崇儒贵学，禁止民间宗教活动。 司马晋室依循曹魏旧例，"其案旧礼，具为之制，使功著于人者必有其报，而祅淫之鬼不乱其间"③；"遣兼侍中侯史光等持节四方，循省风俗，除禳祝之不在祀典者"④。 鉴于汉末黄巾起义的史实，魏晋统治者深刻地认识到道教作为一种民间宗教组织发展壮大后的影响力，故都要严禁其坐大。

然而，宗教信仰的渗透力绝非一纸禁令可以阻遏，道教的传播方式也越来越多样化，特别是选择主动迎合统治阶层的政权巩固需要，甘被利用和扶植，奔竞权贵豪门，甚至直接参与统治阶层内部的政治权力斗争，各派政治集团也往往借助道教势力互相攻伐。 两者在利益上取得共谋，一些君主便采取明抑暗扬的态度，借助道教和道教徒达到自身目的。 魏明帝一方面申告"诏诸郡国，山川之不在祀典勿祀"，一方面把自称天神下凡、以符水治病蠲邪的"寿春农民妻"迎入后宫而宠信多年⑤，显然是利用道教来满足自己的欲望。 司马炎称帝前与一位装扮颇类太平道者有关联，"晋太子炎绍封袭

---

① 《道教戒律全集》第二十九《正一法文天师教戒科经》。
② 《三国志·魏书·文帝纪》。
③ 《宋书·礼志》。
④ 《晋书·武帝纪》。
⑤ 《三国志·魏书·明帝纪》。

位,总摄百揆,备物典册,一皆如前。是月,襄武县言有大人见,长三丈余,迹长三尺二寸,白发,著黄单衣,黄巾,柱杖,呼民王始语云:'今当太平'"①。晋王室争权过程中同样伴随着道教徒的身影。"八王之乱"中的赵王司马伦"实庸琐,见欺孙秀,潜构异图,煽成奸慝。乃使元良遘怨酷,上宰陷诛夷,乾耀以之暂倾,皇纲于焉中圮。遂裂冠毁冕,幸百六之会;绾玺扬纛,窥九五之尊"。孙秀是琅琊人,世奉五斗米道,本人亦为道徒。孙秀利用道教帮助司马伦篡夺帝位,谋害愍怀太子司马遹,废贾后,掌权柄,排除异己。司马伦早入西宫,孙秀令人诈称是受命于宣帝司马懿显灵降语,还一手策划禅位闹剧,矫作禅让之诏,"尚书令满奋,仆射崔随为副,奉皇帝玺绶以禅位于伦。伦伪让不受。于是宗室诸王、群公卿士咸假称符瑞天文以劝进,伦乃许之"。三王起兵讨伐司马伦之际,为掩饰不免败局的恐慌心理,"使杨珍昼夜诣宣帝别庙祈请,辄言宣帝谢陛下,某日当破贼。拜道士胡沃为太平将军,以招福祐。秀家日为淫祀,作厌胜之文,使巫祝选择战日。又令近亲于嵩山著羽衣,诈称仙人王乔,作神仙书,述伦祚长久以惑众"。② 其他诸王也都在纷争中以道教为舆论工具,如成都王司马颖获胜后挟持惠帝迁离邺城返归洛阳,而其母程太妃恋邺不去,正是一位自称圣人的黄姓道士解决这个问题:"及使呼入,道士求两杯酒,饮讫,抛杯而去,于是志计始决。"③凡此种种,不必具列。还有一种情况是统治者信奉道教,或成为道教徒。晋哀帝司马丕"雅好黄老断谷,饵长生药,服食过多,遂中毒"。简文帝司马昱"履尚清虚,志道无倦"。另从帝王年号也可略知道教在上层社会的影响:三国吴大帝孙权有黄龙年号;三国魏明帝曹叡有青龙年号;西晋武帝司马炎有咸宁年号,孝武帝司马曜有太元年号;后凉国吕隆有神鼎年号;南燕国慕容超有太上年号;北魏太武帝拓跋焘有太平真君年号,孝明帝元诩有神龟年号;梁武帝萧衍有太清年号;北周武帝宇文

---

① 《三国志·魏书·三少帝纪》。
② 《晋书·司马伦传》。
③ 《晋书·卢志传》。

邕有建德年号,宣帝宇文赟有大成年号,静帝宇文阐有大象年号。帝王凡遇政治大事都要更改年号,喻示新时期皇基永固和社稷平安,而取自道教经典中的这些年号,正是帝王重视道教的佐证。

士人阶层与道教结缘甚深者亦不少,陈寅恪《天师道与滨海地域之关系》经过考证后归纳天师世家:钱塘杜氏(以杜子恭、杜京产为代表);琅琊孙氏(以孙泰、孙恩为代表);琅琊王氏(以王羲之、王凝之为代表);琅琊徐氏(以徐道覆为代表);吴兴沈氏(以沈警为代表);高平郗氏(以郗愔、郗昙为代表);陈郡殷氏(以殷仲堪为代表);东海鲍氏(以鲍靓为代表);范阳卢氏(以卢循为代表);会稽孔氏(以孔道隆、孔道微、孔灵产、孔稚珪为代表);义兴周氏(以周勰为代表);丹阳葛氏(以葛洪为代表)、丹阳陶氏(以陶弘景为代表);丹阳许氏(以许迈为代表)等。士族阶层加入道教队伍,无疑会提升道教组织的整体文化水平,从而在思想和组织等各方面引起道教面貌的更新,道教徒的理论素养更是大大提高,相应地使道教理论体系更加完备、细致和精深。就拿书法艺术素养来说,晋至南北朝之天师道是家世相传之宗教,其书法往往为家世相传之艺术,陈寅恪举北魏之崔卢、东晋之王郗为最显著的例子。奉道世家与善书世家兼而为一也许有偶然的机缘,然艺术之发展多受宗教之影响,而宗教之传播亦多倚艺术为资用。王氏家族的书法艺术如王羲之、王献之等的成就和高度自不待言,且说崔氏家族之崔玄伯父子:"玄伯自非朝廷文诰,四方书檄,初不染翰,故世无遗文。尤善草隶行押之书,为世摹楷。玄伯祖悦与范阳卢谌,并以博艺著名。谌法钟繇,悦法卫瓘,而俱习索靖之草,皆尽其妙。谌传子偃,偃传子邈;悦传子潜,潜传玄伯。世不替业。故魏初重崔卢之书。又玄伯之行押,特尽精巧,而不见遗迹。子浩,袭爵,别有《传》。次子简,字冲亮,一名览。好学,少以善书知名。"[①]"浩既工书,人多托写《急就章》。从少至老,初不惮劳,所书盖以百数,必称'冯代强',以示不敢犯

---

① 《魏书·崔玄伯传》。

国,其谨也如此。 浩书体势及其先人,而妙巧不如也。 世宝其迹,多裁割缀连以为模楷。"①崔浩母亲是卢谌的外孙女,两个家族的书法风格相似。"魏初工书者,崔卢二门",意谓北朝承赵、燕之后,书体多出于崔悦、卢谌二家,这两家皆传钟繇、卫瓘、索靖遗法。 由此可见,陈寅恪所言天师道世家多兼书法世家的说法是有史实可征的。

  陈郡殷氏家族也是天师道名门世族,史传殷仲堪父亲积年多病,"仲堪衣不解带,躬学医术,究其精妙,执药挥泪,遂眇一目",行医是天师道传教方式之一,仲堪精研医术不足为奇。 "仲堪少奉天师道,又精心事神,不吝财贿,而怠行仁义,啬于周急,及玄来攻,犹勤请祷。 然善取人情,病者自为诊脉分药,而用计倚伏烦密,少于鉴略,以至于败。"殷仲堪虽然经世才能不是特别突出,甚或为人诟病不已,却是东晋末年清谈名家,"仲堪能清言,善属文,每云三日不读《道德论》,便觉舌本间强。 其谈理与韩康伯齐名,士咸爱慕之"②。 以《道德论》为清谈的理论资源,这里固然有魏晋玄学整体风气使然,但与其道教世族身份也是有关的。 反过来,天师道由于豪门世族的加入,文化品阶也有所提升。 殷仲堪的清谈高才显然受家风影响,伯父殷浩、叔祖父殷融俱好《老》《易》,"融与浩口谈则辞屈,著篇则融胜,浩由是为风流谈论者所宗"③。 追尚清谈的家风如是,殷浩更是识度清远,弱冠即有善谈玄言的美名,曾为一段时期的清谈领袖,这可以从名士谢尚对他的钦佩之情看出来:"谢镇西少时,闻殷浩能清言,故往造之。殷未过有所通,为谢标榜诸义,作数百语。 既有佳致,兼辞条丰蔚,甚足以动心骇听。 谢注神倾意,不觉流汗交面。 殷徐语左右:'取手巾与谢郎拭面。'"④殷浩精通天师教世传的医术,《古今图书集成·医全录·医术名流列传》之《医学入门》评价殷浩"妙解经脉,著方书";史传也说他善医

---

① 《魏书·崔浩传》。
② 《晋书·殷仲堪传》。
③ 《晋书·殷浩传》。
④ 《世说新语·文学》。

术，明脉诊。《世说新语·术解》记载一则关于他行医事例："殷中军妙解经脉，中年都废。有常所给使，忽叩头流血。浩问其故。云：'有死事，终不可说。'诘问良久，乃云：'小人母年垂百岁，抱疾来久，若蒙官一脉，便有活理。讫就屠戮无恨。'浩感其至性，遂令昇来，为诊脉处方。始服一剂汤，便愈。"医术之高简直可以与神医华佗相媲美，而华佗也是天师道门徒。

士人阶层与道教的结缘，有助于对早期道教经典作出较为系统的总结，也推进了新的经典著作的产生。东晋的丹阳葛洪总结了神仙方术思想，构造新的修炼成仙的理论体系，其《抱朴子》是道教发展史上重要的著作。葛洪《抱朴子》内篇言"神仙方药，鬼怪变化，养生延年、禳邪却祸之事"，外篇言"人间得失，世事臧否"，关注人生的社会和个体两个向度。换言之，其主张以神仙养生为内，以儒术应世为外，"将道教的神仙方术与儒家的纲常名教相结合，建立了一套长生成仙的理论体系，使道教的神仙信仰理论化，丰富了道教的思想内容，为上层士族道教奠定了理论基础，对后世道教的发展有较大的影响"[①]。这评价是很恰当的。葛洪出身江南世族，其祖三国时在孙吴历任御史中丞、吏部尚书等要职，封寿县侯；其父继续仕吴，吴亡以后仕晋，最后迁邵陵太守。葛洪少时即读《孝经》《论语》《诗》《易》等儒家经典，同时对"神仙导养之法"抱有浓厚兴趣，经常负步请问，不惮险远。后跟随郑隐学炼丹秘术，得睹《三皇内文》《枕中五行记》。而郑隐"本大儒士也，晚而好道，由以《礼记》《尚书》教授不绝"[②]。晋永兴元年（304），葛洪参军作战有功，却投戈释甲而广寻异书。在他看来，"荣位势利，譬如寄客，既非常物，又其去不可得留也。隆隆者绝，赫赫者灭，有若春华，须臾凋落。得之不喜，失之安悲？悔吝百端，忧惧兢战，不可胜言，不足为也"[③]。《抱朴子》思想之所以复杂，可由葛

---

① 卿希泰、唐大潮：《道教史》，57页。
② 《抱朴子·遐览》。
③ 《抱朴子·外篇自叙》。

洪的人生经历略获原委。

葛洪"内神仙而外儒术"思想的形成有时代流风的原因，魏晋许多思想家如王弼、阮籍、向秀、郭象等都是儒道兼修，葛洪及其师父们也是如此，只是不同时期有所侧重而已。《抱朴子》为了使道教理论系统化，引入玄学思想，兼摄儒家和道家资源。《勤求》篇说："天地之大德曰生，生，好物者也。是以道家之所至秘而重者，莫过于长生之方也。"将长生之方提升至宇宙本体论高度。《畅玄》篇说："玄者，自然之始祖，而万殊之大宗也。""夫玄道者，得之乎内，守之在外，用之者神，忘之者器，此思玄道之要言也。"显见其关于神仙的论证包含了玄学的因素。《明本》篇说："黄帝能治世致太平，而又升仙，则未可谓之后于尧舜也。老子既兼综礼教，而又久视，则未可谓之为减周孔也。"《塞难》篇则提出"所以贵儒者，以其移风易俗，不唯揖让与盘旋也。所以尊道者，以其不言而化行，匪独养生之一事也。若儒道果有先后，则仲尼未可专信，而老氏未可孤用"。葛洪融合各种思想的意图是很明显的，但最终指向道教理论体系的建设，其阐述儒家、道家、玄学的相通性是为了说明：人若要得道成仙，必须修炼道德本根，通过修炼道德本根而抵达一种"至人无为"的人生境界。《嘉遁》篇对此境界进行详细解释："盖至人无为，栖神冲漠，不役志于禄利，故害辱不能加也；不蹈跱于险途，故倾坠不能为患也。""聊且优游以自得，安能苦形于外物哉。"这种至人无为的境界是得道成仙的前提修炼条件。他把黄帝、尧舜、老子和周孔相提并论，总的来说是将"得道成仙"与"治国安民"这内外两种思想统一起来，正如《明本》篇所言"夫道者，内以治身，外以为国"，又如《释滞》篇之"内宝养生之道，外则和光于世"和"治身而身长修，治国而国太平"。然而，《抱朴子》"道本儒末"的倾向还是较为明显，《明本》篇通过区别异同，突出道家之胜处："夫升降俯仰之教，盘旋三千之仪，攻守进趣之术，轻身重义之节，欢忧礼乐之事，经世济俗之略，儒者之所务也。外物弃智，涤荡机变，忘富逸贵，杜遏劝沮，不恤乎穷，不荣乎达，不戚乎毁，不悦乎誉，道家之业也。儒者祭祀以祈福，而道者履正以禳邪。儒者所爱者势利也,道家所宝者无欲也。儒者汲汲于名利,而道家抱一以独善。儒者所讲者,相研之簿领也。道家所习者,遣情之教戒也。夫道者,其为也,善自修以成务;其居也,善取人所不争;其治也,善绝祸于未起;其施也,善济物而不德;其动也,善观民以用心;其静也,善居慎而无闷。此所以为百家之君长,仁义之祖宗也,小异之理,其较如此,首尾污隆,未之变也。"葛洪为了论证道家的胜处,对儒家思想内容的解读不乏偏颇之语,而突出道家之胜处是为了将黄老之"道"、老庄之"道"、道教之"道"融为一体,究其实质是以道家之"道"作为他的神仙道教理论的本体论基础。

对于理想人格的设计,是汉末以来士人群体的愿望。《抱朴子》设计了多样化的人格模型,有"孝人""道人""忠人""仁人""智人""雅人""真人""贤人""君子""达人""圣人""至人"等。君子人格以德行和文学为立身之本,努力建成道德之功,即《守塉》篇所说"君子欲正其末,必端其本;欲辍其流,则遏其源。故道德之功建,而奓靡之门闭矣"。这里显示出儒家传统的道德修养要求:抓本治末,在道德实践中匡君正俗,履行自己的社会责任。在葛洪看来,理想人格必须"制其情",不要任情肆意,否则要损年命:"见达人而不能奉之者,非知其实深而不能请之也,诚以为无异也。夫能知要道者,无欲于物也,不徇世誉也,亦何肯自摽显于流俗哉?"[1]达人人格对他物并无欲望,也不沽名钓誉,不随波逐流。"制其情"的办法是"以道制情"和"以计遣欲"。他深知"若纵情恣欲,不能节宣,则伐年命"[2];"触情纵欲,谓之非人"[3]。"道"是情感发展的规范和限度,给情感欲望一个合理的限度是一个有效的选择。他列举了种种风颓教沮的行为,对元康名士的纵情任诞行为提出了严厉的批评:"世人闻戴叔鸾、阮嗣宗傲俗自放,见谓大度。而不量其材力,非傲生之匹,而慕学之:

---

[1] 《抱朴子·祛惑》。
[2] 《抱朴子·微旨》。
[3] 《抱朴子·崇教》。

或乱项科头，或裸袒蹲夷，或濯脚于稠众，或溲便于人前，或停客而独食，或行酒而止所亲。"①所谓崇教，就是推崇儒家名教礼制，纠正不当行为，调节性情。"顺通塞而一情，任性命而不滞者，达人也。"②能够"以道制情"者即是达人。除了君子人格、达人人格，还有圣人人格和"心遗乎毁誉"的至人人格。四种人格循次进阶，但都具有儒家理想人格特征。其中的至人人格也是融化儒家人格的道教理想人格："瞻径路之远而耻由之，知大道之否而不改之，齐通塞于一途，付荣辱于自然者，岂怀悒闷于知希，兴永叹于川逝乎？"③"至人消未起之患，治未病之疾，医之于无事之前，不追之于既逝之后。民难养而易危也，气难清而易浊也。故审威德所以保社稷，割嗜欲所以固血气。然后真一存焉，三七守焉，百害却焉，年命延矣。"④存真一或守三七者，皆是神仙养生的办法，但没有一般宗教的神秘色彩，与早期道教的神化人格不同，葛洪的理想人格回到了现实社会。这就是说，长生能致，仙人也可学。

葛洪主张神仙是实际存在的，因为"万物云云，何所不有；况列仙之人，盈乎竹素矣"⑤，世界无所不有，史籍也有记载，没有见过不等于神仙不存在。为此，他专门写了《神仙传》十卷，认为这个世界不仅存在神仙，而且一个人通过修炼可以成仙："仙之可学致，如黍稷之可播种得，甚炳然耳。"⑥至于具体的修炼途径或条件，据丁宏武归纳，一是志诚信仙，禀值仙气；二是恬静无欲，守一知足；三是追随术家，勤求苦练；四是广知众术，养生却害；五是宝精行气，炼丹成仙；六是积善立功，忠孝为本。⑦ 葛洪的神仙观念体现救世安民思想，故而注重在生活实践上兼修医术，强调身

---

① 《抱朴子·刺骄》。
② 《抱朴子·行品》。
③ 《抱朴子·穷达》。
④ 《抱朴子·地真》。
⑤ 《抱朴子·论仙》。
⑥ 《抱朴子·勤求》。
⑦ 丁宏武：《葛洪论稿——以文学文献学考察为中心》，297～303页，北京，中国社会科学出版社，2013。

体修养和丹药炼制；又在具体的丹药炼制过程中注重实验记录，在医药学和古化学方面保留了珍贵验方和实验记录，其《金匮药方》《肘后备急方》都流传至今。 因此，葛洪的神仙道教思想关注人的个体生命，对养生方法的积极探索更趋理性，又宣扬个体生命的存在必须履行一定的社会责任和义务，这与民间道教的神仙崇拜相比更有学术的价值和意义。 葛洪把道教依托于道家，道教也尊奉老子并讽诵《道德经》；"他的原意一方面想提高本身的地位和声望，藉以博得上阶层社会和知识分子的信仰；一方面想使道教长生的理想，和道家出世的人生观，能互相发越，而合乎乱世的个人理想。 然而这种依托附会的结果，不但使后人容易混道教道家于一谈，而且有使道家和道教的发展，倾向于彼此结合的趋势"①。 不管如何，这种调和儒玄道、兼容百家、抱朴守拙的动机和实践，都证明了士族阶层参与道教信仰活动所产生的历史结果，是道教发展史上的一种新面貌。

产生于汉末的道教在魏晋分化过程中，经过士族阶层参与和改造，出现了新道派，进而促进了道教改革和发展。 北朝道教改造的主要人物是嵩山道士寇谦之。 据《魏书·释老志》介绍，寇谦之（365—448）字辅真，南雍州刺史赞之弟，自云寇恂之十三世孙；少年时修炼张鲁五斗米道，服食饵药，觉得历年无效，遂随仙人成公兴同入嵩山修道。 寇谦之在嵩山伏居三十年后，以"天师"身份开始宣扬道教，并对"天师道"进行三整顿，"除去三张伪法，租米钱税，及男女合气之术"。 他声称老子玄孙李谱文授予他箓图真经及召劾鬼神等法，嘱他佐国扶命。 后经士族大臣道教徒崔浩引荐，北魏太武帝拓跋焘尊之为帝师，显扬天师道新法，道业由此大盛。 寇谦之与崔浩联合起来，兼用儒家和道教思想，辅以权谋，在宫中辟谷不食而神采奕奕，又扶乩请神、画符镇灾、讲经论道、施术弘教，终获太武帝的重用，其"国师"梦也实现了。 始光元年（424），寇谦之在北魏平城建立天师道的道场，制订乐章，创立新规和诵戒新法，故后世称其为"新天师道"。 太延六

---

① 王寿南主编：《中国历代思想家·魏晋南北朝》，205 页。

年（440），太武帝改元"太平真君"，亲自到道坛接受符箓，使北魏皇帝即位必到道坛受符箓成为一种朝廷既定礼制。

太平真君七年（446），"三武一宗灭佛"运动由太武帝始发，天师道几乎成为北魏唯一宗教。然而，寇谦之对待佛教持包容态度，特别是在道教已成国教之时，他认为没必要排佛，况且新天师道也吸收了不少佛教义理。《魏书·释老志》记载寇谦之与崔浩"同从车驾，苦与浩诤，浩不肯，谓浩曰：'卿今促年受戮，灭门户矣。'"寇谦之大概看到佛道之争已由地位之争演化为更为复杂的政治斗争，因此时佛教徒众已达二百万余，寺庙三万余所，且北方大量民众出家并非真正信仰佛法，只是由于不堪忍受残酷统治，甚或在寺内种麦养马和收藏弓矢兵器，这不能不引起帝王的警惧。唐释道宣《续高僧传》记载："魏氏之王天下也，每疑沙门为贼，收数百僧，互系缚之。僧明为魁首，以绳急缠，从头至足，克期斩决。明大怖，一心念观音，至半夜觉缠小宽，私心欣幸，精到弥切，及晓索然都断，既因得脱，逃逸奔山。明旦狱监来觅不见，惟有断绳在地，知为神力所加也。即以奏闻，帝信道人不反。遂一时释放。"灭佛运动之前即已有征兆，太武帝崇道抑佛是为了打击已过分强大的佛教势力，更直接的主因还在于太武帝和崔浩推行士族制度的儒家政治与拓跋鲜卑贵族旧势力存在很大的矛盾斗争。灭佛运动一方面可以防止壮大的僧团被鲜卑贵族旧势力利用而引发政治不安定，另一方面可以较有效地调节北魏人口逐渐失衡的社会问题，既可以缓解纳税人口数量锐减的经济问题，还可以保证北魏兵源补给。由是观之，寇谦之显然控制不了灭佛运动的节奏。后来，相似的命运也降临到道教，东魏高澄把持朝政，奏请取消道坛；北齐文宣帝高洋天宝年间，道教在与佛教论争中失败，文宣帝下令废除道教，齐境无道士，寇谦之的新天师道风光不再。

寇谦之新天师道思想最基本的原则是"专以礼度为首"，加以服食闭练，其全面改革以是否合乎儒家礼教为标准。为了获取北方政权的支持，寇谦之维护教团纪律，以儒家官民礼仪来要求道官和道民关系，还严禁以下犯上的作乱行动。新天师道遵循三纲，不以教惑民、集众作乱，尤其不在政治上僭越，批评以往的道教反乱是"违道叛德""攻错经法""惑乱愚民"活动。在民间影响方面，寇谦之主张坚决废除男女合气之术，以消除这种巫觋遗绪的恶劣影响。同时，寇谦之吸收佛教的义理，最显明的是将佛教的"生死轮回"观念与道教的"养生成仙"思想结合起来，把佛教的精神轮回灵魂不灭改为肉体长存。新天师道本来主张炼形以成仙，注重今世的修炼；在引进佛教轮回观念后，认为前世的修炼对后世仍然有影响；成仙之路于是多了一份希望，修炼的成果可以累积到下辈子，今世成仙的努力变为累世成仙的理想。其《太上老君经戒》云："本得无失，谓前身过去已得此戒，故于今身而无失也。"他还引进佛教的"养身觉悟"思想，论证修道成仙不待外求，自己证得大智慧，持上品大戒就可以实现："故有道士，取诸我身，无求乎人；道言修身，其德乃真，斯之谓也。夫学道不受大智慧，道行本愿，上品大戒，无缘上仙也。"寇谦之对待佛教的态度不像崔浩那样具有强烈的政治意图，他的设想是通过改革和争夺地位，使道教既适合平民又适合士族，延展新天师道的辐射力，扩大信仰的受众层面。"夫上学道在市朝，下士远处山林。山林者，谓垢秽尚多，未能即喧为静，故远避人世，以自调伏耳。若即世而调伏者，则无待于山林者也。"道教信仰与现实政治紧密结合，寇谦之的思想似乎还有一丝"名教即自然"的玄学遗风，统一于将道教发扬光大这个理想之下。

南朝道教的代表人物是陆修静和陶弘景，两人都颇有儒、佛、道三教合流的倾向，既是虔敬力行的宗教家，又是著名的隐逸道士。东晋末年，道教领袖孙恩、卢循领导的起义被刘裕镇压，道教组织遭受重创，基本处于科律废弛、无组织状态。《陆先生道门科略》说当时道教邪风："下古委惄，淳浇朴散，三五失统，人鬼错乱，六天故气，称官上号，构合百精及五伤之鬼。败军死将，乱军死兵，男称将军，女称夫人，导从鬼兵，军行师止；游放天地，擅行威福，责人庙舍，求人飨祠，扰乱人民，宰杀三牲，费用万计，倾财竭产，不蒙其祐，反受其患，枉死横夭，不可胜数。"天师道采用巫祝作法，淫祀鬼神，造成了严重的混乱局面。皇权态度方面，刘宋武帝下诏禁止民间道教传播："淫祠惑民费财，前典所绝，可并下在所除诸房庙。"①再者，佛教自东晋以来替代玄学而大为兴盛，很大程度上限制了道教的发展。士族兼道教家族者在当时数量不少，但自孙、卢天师道反乱之后就备受皇权的限制。如何发展道教使之适应新时期的需要，如何发展道教使之发挥维护皇权统治的作用，无论对皇帝来说还是对士族群体来说，这都是一个迫切的现实问题。宋明帝招引陆修静从庐山到京城，"大敞法门，深宏典奥"，南朝道教改革由此开始。陆修静（406—477），字元德，号简寂，早期《道藏》的编辑者，也是南朝道教斋戒与仪范的制立者；吴兴东迁世族出身，其先祖陆凯是孙吴丞相，其父陆琳曾经九征不起而号为高道处士。陆修静早年云游南至九嶷、罗浮，西至巫峡、峨眉，名扬四方。曾入宫为宋文帝讲诵经法，后至庐山隐居。著名的传说故事"虎溪三笑"就发生在这个时候。陆修静重回京城后，居崇虚馆，此间除继续广搜道经之处，便是潜心道教改革事业。他的努力是有成效的，"朝野注意，道俗归心。道教之兴，于斯为盛也"。陆修静著述甚巨，可惜大都散佚，现存者大多收载于明《正统道藏》。归纳其道教改革成就，主要体现在组织改革、完备斋醮仪范、编纂整理道教经典等方面，其改革的思想也主要散布于这些工作当中，分述如下。

在道教组织改革方面，据《陆先生道门科略》规定，一是为"天师立治置职"的道徒口籍登记管理制度，此法"犹阳官郡县城府治理民物，奉道者皆编户着籍，各有所属"；改五斗米道原来的义舍义米制度为厨会制度；设立守宅官，定期检查命籍。二是授箓署职以奖进忠良，同时废除父子世袭的陈规，禁止道官自行署职，严格整顿道官祭酒。三是在道教内部实施服饰等级制度，使道教法服犹如世俗朝服，"公侯士庶各有品秩，五等之制以别贵贱"。四是用五感理论鼓励道徒克服困难以完成修炼，使教育道徒领悟因缘祸福之来由，认识父母、圣真、道师之恩情。其教团组织管理制度确保了道

---

① 《宋书·武帝纪》。

教内部组织纪律的严明性，使道徒遵守社会伦理道德，有利于社会安定。其宗旨亦像北朝寇谦之一样"劝善戒恶"，"意在王者遵奉"和"佐国扶民"。

在完备斋醮仪范方面，强调斋戒是求道之本，必须保持一份信道虔敬心，论述仪范和真旨之间的关系等。《洞玄灵宝五感文》云："道以斋戒为立德之根本，寻真之门户，学道求仙之人，祈福希庆祚之家，万不由之。"《陆先生道门科略》云："奉道之科，师以命籍为本，道民以信为主"；"奉道之家，靖室是致诚之所。其外别绝，不连它屋；其中清虚，不杂余物。开闭门户，不妄触突。洒扫精肃，常若神居。唯置香炉、香灯、章案、书刀四物而已。必其素净，政可堪百余钱耳。比杂俗之家，床座形象，幡盖众饰，不亦有繁简之殊，华素之异耶？"陆修静强调斋醮仪范对于专心修道、遵从礼法道德的重要性，认为"治身"与"治国"必须兼容。又引进佛教"断俗因缘""生死解脱""三业清净"等思想，比附道教养生的"精气神""长生久视"之说。具体斋醮体系是《洞玄灵宝五感文》里的"九斋十二法"，规定非常完备。

在编纂整理道教经典方面，按"三洞四辅"顺序编纂分类。《上太上洞玄灵宝授度仪表》云："自《灵宝》导世以来，相传授者，或总名三洞，同坛共盟，精粗糅杂，大小混行，有时单授'洞玄'，而施用'上清'，告召错滥，不相主伍。""三洞"指洞真部（上清经）、洞玄部（灵宝经）、洞神部（包括《三皇文》和其他召唤鬼神的书籍），主要体现在《三洞经书目录》的编纂工作中；"四辅"指太玄部（辅助洞真）、太平部（辅助洞玄）、太清部（辅助洞神）、正一部（贯穿各部），主要体现于《正一法文经图科戒品》，对三洞分类进行补充，由此确定上清、灵宝、三皇天文这三类经书的正统地位。陆修静"三洞四辅"道教经书分类法为隋唐《道教义枢》的"十二类"法（本文、神符、玉诀、灵图、谱录、戒律、威仪、方法、众术、记传、赞颂、章表）的定型确立了基础。金允中《上清灵宝大法总序》评价说："宋简寂先生陆修静，分三洞之源，列四辅之目，述科立制，渐见端绪。"三洞四辅十二类的道教典籍分类体系，陆修静功莫大焉。梁代沈璇在

《简寂观碑文》中赞颂陆修静对道教发展的贡献，说："三洞法师陆修静，心怀寡欲，性蓄兼善，忘为栖住，城隆阐教，投装乐土，解橐灵山。"南朝天师道后经其再传弟子陶弘景的努力传布，繁衍出著名的茅山道派。

相比陆修静声名不见史传，陶弘景在《梁书》《南史》都有本传。陶弘景（456—536）字通明，丹阳秣陵（今江苏南京）人，南朝士族家庭出身，其七世祖陶浚是三国时吴国镇南将军，晋时为尚书；祖父陶隆为王府参军，"好学读书善写兼解药性"；父亲陶贞宝文武兼备，曾作孝昌令，"深解药术，博深子史"；其母郝氏"精心佛法"。在这样一个宗教氛围浓厚的士族家庭里出生，史传有理由用充满神异色彩之笔来描述，说其母"梦两天人手执香炉来至其所，已而有娠"，似乎是为其宗教生涯作了一个预注。陶弘景幼年即能"以荻为笔画灰中学书"，善琴棋工草隶，艺术修养很高；据说十岁时获得葛洪的《神仙传》，昼夜研寻，便有养生之志，对人说："仰青云，睹白日，不觉为远矣。"陶弘景一生历经宋、齐、梁三朝。齐高帝萧道成征引他为诸王侍读。陶弘景"虽在朱门，闭影不交外物，唯以披阅为务"，并不因身处宦门而热衷交际。但举凡朝仪故事，大多取决于他的意见。永明十年（492）留下一篇《解官表》挂冠辞禄上了茅山，自号华阳隐居，表明其志趣乃在"席月涧门，横琴云际"的生活。相传陶弘景离职之时，公卿大夫们为他设帐饯别，"供帐甚盛，车马填咽"，场面之盛为宋齐以来罕见。后随陆修静高足东阳孙游岳学符图经法，遍游名山大川，寻访仙药，每临涧谷必坐卧其间，吟咏盘桓而不能已。隐居山林的生活给他带来无限的慰藉，依他看来，"朱门广厦，虽识其华乐，而无欲往之心。望高岩，瞰大泽，知此难立止，自恒欲就之。且永明中求禄，得辄差舛；若不尔，岂得为今日之事。岂唯身有仙相，亦缘势使之然"。陶弘景自得其乐于松风涛声和庭院泉石相伴的高逸生活，遇见者都以为仙人。萧衍代齐自立之前，陶景弘曾作歌谣"水丑木"以喻"梁"字；及闻议禅代，又援引图谶，数处都成"梁"字。萧衍称帝后，对陶弘景"恩礼逾笃，书问不绝，冠盖相望"，很想请他出山辅佐朝政。但陶弘景画了一张画，画中有两头牛，一头自在地吃草，一头戴着金笼头却被执鞭者牵着鼻子。梁武帝只好作罢，但仍书信不断，常以朝廷大事与他商讨。陶弘景于是被人称作"山中宰相"。据贾嵩《华阳陶隐居内传》，陶弘景隐居修炼期间，"齐梁间侯王公卿从先生受业者数百人，一皆拒绝，唯徐勉、江祐、丘迟、范云、江淹、任昉、萧子云、沈约、谢瀹、谢览、谢举等，在世日早申拥篲之礼"。能够同时在朝野获得如此崇高声望者并不多见，而陶弘景做到了。

陶弘景归隐之前曾注释儒家经典如《孝经》《论语》《尚书》等；平时也很"敬重佛法"，不仅"恒读佛经"，更在茅山立佛道二堂，隔日朝拜。他曾梦见佛授其菩萨提论，"名为胜力菩萨，乃诣鄮县阿育王塔自誓"[1]。陶弘景如此礼待佛教，或许考虑的是道教的长久生存大计。梁武帝是佞佛的名帝，南朝诸帝也基本上都对佛教崇敬有加，要想在佛教大盛的时期弘传道教，不得不合修儒释道。所以他在《茅山长沙馆碑》中说："万象森罗，不离两仪所育；百法纷凑，无越三教之境。"在三教合流思想的影响下，陶弘景发展了道教的修炼理论，认为佛道均涉及形和神的修炼问题，《答朝士访仙佛两法体相书》云："凡质象所结，不过形神。形神合时，则是人是物；形神著离，则是灵是鬼。其非离非合，佛法所摄。亦离亦合，仙道所依。"佛道两家都要修炼形神，只是形和神的结合方式有所差异而已。故其养生学思想是主张形神兼修、养神与炼形并重。这个主张在他讲述上清派经法时就开始了，其《养性延命录》还指出服食药物也有助于导引、养神和炼形："若能游心虚静，息虑无为，服元气于子后，时导引于闲室，摄养无亏，兼饵良药，则百年耆寿是常分也。"他指出，如若不控制伤神的七情六欲，则炼形也是不可能成功的，"如恣意以耽声色，役智而图富贵，得丧恒切于怀，躁挠未能自遣，不拘礼度，饮食无节，如斯之流，宁免夭伤之患也"。不过，陶弘景并不想混同二教，他的思想主流在于道教。佛教主张"形尽神不灭"而否定了"形"的终极存在的可能性，他却主张"河山可

---

[1] 《梁书·陶弘景传》。

尽，此形无灭"，通过陶冶形器达到生命的"表里坚固"，最终修炼成仙。道教修炼以成仙为最终目标，总的方法便是"以药石炼其形，以精灵莹其神，以和气濯其质，以善德解其缠"，遵循此一共通之法，则修炼成仙不再缥缈难及。

神仙界也是有等级的谱系存在的，陶弘景参照佛教"六道轮回"思想和现实社会的等级制度，建立起一个道教的神仙谱系。《真灵位业图序》云："夫仰镜玄精，睹景耀之巨细。俯盼平区，见岩海之崇深。搜访人纲，究朝班之品序。研综天经，测真灵之阶业。但名爵隐显，学号进退，四宫之内，疑似相参。今正当比类经正，雠校仪服，埒其高卑，区其宫域。"认为"虽同号真人，真品乃有数。俱目仙人，仙亦有等级千亿"。仙界等级取法魏晋以来的九品中正制。在他看来，神、人、鬼的或幽或显的世界都有品阶秩序，且现实世界和幽冥的神鬼两极世界会循环往复，"形非神常宅，神非形常载，徘徊生死轮，但苦心犹豫"。从他的神仙谱系的构造原理来看，梁陈之后发生在佛道之间的思想斗争已趋降温，一种调和论渐渐占据主流影响地位，陶弘景"万象森罗，不离两仪之育，百法纷凑，无越三教之境"的融通思想，与笃信佛教的萧子良"真俗之教，其致一也"的观念是互相响应的，与居士沈约"内圣外圣，义均理一"的观念也是前后照应的。

陶弘景善琴棋工草隶，其书法艺术造诣很高，在书法发展史上的贡献也是较大的。陶翊《华阳先生本起录》记载他搜集和保护古代书法真迹："先生以甲子、乙丑、丙寅三年之中，就兴世馆主东阳孙游岳，咨禀道家符图经法，虽相承皆是真本，而经历模写，意所未惬者，于是更博访远近以正之。戊辰年始往茅山，便得杨许手书真迹，欣然感激。至庚午年，又启假东行浙越，处处寻求灵异……并得真人遗迹十余卷。"陶弘景也是出色的书法鉴赏家，其《真诰叙录》比较杨羲、许谧、许翙与二王书法说："三君手迹，杨君书最工，不今不古，能细能大，大较虽祖郄郗法，笔力规矩，并于二王，而名不显者，当以地微，兼为二王所抑故也。掾（许翙）书乃是学杨，而字体劲利，偏善写经，画符与杨相似，郁勃锋势，迨非人功所逮。长史（许谧)章草乃能,而正书古拙,符又不巧,故不写经也。"其书法品鉴涉及传承和创新、接受和影响等问题,从钟绍京、米芾、赵孟頫、董其昌等均受杨羲书法审美风格影响的事实来看,陶弘景对书法人物的艺术地位的评估是相当准确的。陶弘景曾有机会观摩梁武帝收藏的法书和文物,并与梁武帝有书信来往互相探讨书法问题,张彦远《法书要录》将之辑为《梁武帝与陶隐居论书启》九篇,这些书信比较完备地体现了他的鉴赏水平和书法美学思想。以陶弘景为代表也可以略观魏晋南北朝时期的道教文化与书法美学的紧密关系。

道教神仙思想一直是观照中国文学发展的维度之一,无论是对虚幻仙境的向往和描述,还是对仙风道骨的歆慕和想象,都能得到文学创作的深入反映。翻检魏晋南北朝文学作品,道教构想的仙境频繁出现,如曹植的《仙人篇》使用了众多描写或指代天宫的词语:"仙人揽六著,对博太山隅。湘娥拊琴瑟,秦女吹笙竽。玉樽盈桂酒,河伯献神鱼。四海一何局,九州安所如?韩终与王乔,要我于天衢。万里不足步,轻举凌太虚。飞腾逾景云,高风吹我躯。回驾观紫微,与帝合灵符。阊阖正嵯峨,双阙万丈余。玉树扶道生,白虎夹门枢。驱风游四海,东过王母庐。俯观五岳间,人生如寄居。潜光养羽翼,进趋且徐徐。不见轩辕氏,乘龙出鼎湖?徘徊九天上,与尔长相须。"阊阖、天衢、太虚、景云、紫微、王母庐、九天等词语描绘了一个无垠高远的富含动感的神仙生活世界。曹植其他诗篇如《游仙诗》《远游篇》《驱车篇》《五游咏》《升天行》《苦思行》《吁嗟篇》《桂之树行》等,也有大量指代天宫仙境之词,玄天渚、紫虚、神岳、太清、虚廓、太微堂、文昌殿、云间等,将自己的忧患情绪转化成明净高洁的心胸,象征一个理想世界。道教神仙生活之所往往在高山深林,昆仑、蓬莱是道教的仙山和仙岛,在文学作品里都是美不胜收、让人流连忘返的。蓬莱是构成道教神话仙境系统的重要来源,与瀛洲、方丈三岛并称三座神山,被司马迁写入《史记》。旧题东方朔《神异经》、王嘉《拾遗录》、张华《博物志》、旧题刘向《列仙传》、葛洪《神仙传》等志怪叙事作品,都以最华美的笔触凸显了昆仑山的神圣奇幻特征。其他如曹丕《列异传》、干宝《搜神记》、陶渊明《搜神后记》、荀氏《灵鬼志》、陆氏《异林》、祖冲之《述异记》、祖台之《志怪》、任昉《述异记》、刘敬叔《异苑》、东阳无疑《齐谐记》、吴均《续齐谐记》等，共同描写了文学视角下的道教神仙世界。

随着神仙观念的深入传播，士族文人热衷修道、寻仙、问药者越来越多，人间俗世也出现了"仙境"。葛洪《抱朴子》指出以抱朴纯莹的心境到清净的自然环境即可寻得仙境："山林之中非有道也，而为道者必入山林，诚欲远彼腥膻，而即此清静也。"求道问仙于清静之山林即可，云雾缭绕的清幽山林最令玄思冥想者向往。仙山常常由一个小洞口通往，进入之后别有天地，这就是晋宋间道教所谓的洞天福地，以名山为主景，兼有泉瀑，山中有洞室通达上天并贯通诸山。东晋《道迹经》云："五岳及名山皆有洞室。"陶弘景《寻山志》云："倦世情之易挠，乃杖策而寻山。既沿幽以达峻，实穷阻而备艰。渺游心其未已，方际乎云根。欣夫得志者忘形，遗形者神存。于是散发解带，盘旋岩上，心容旷朗，气宇调畅。"他又在《真诰》中构造"洞天"之地："小阿口直下三四里，便径至阴宫东玄掖门，入此穴口二百步，便朗然如昼日。"其实这种洞天思想是晋宋以来一种常见的理想生活类型，洞府仙乡也成为一种常见的故事类型，最经典的就是陶渊明《桃花源记》虚构出的世外桃源，世外桃源又进而构成了文学里的乌托邦世界，是文人们抚平创伤的神往不已的精神家园。道教与南北朝文学更是有千丝万缕的联系，南北朝文学里的游仙、女神、山林隐栖、仙乡洞府、高士仙鬼等，基本上都与道教有关。其体裁不仅仅是志怪小说，志怪小说只不过是更突出而已。

道教与文学的融通互渗关系在整个魏晋南北朝一直维系着。从道教文本的文学性来考察，道教前史中的原始符箓派典籍有一定的文学价值，如《太平经》采用语录体，以对话形式在问答中说明道教义理；而其类比的思维方法取自《易》学之观物取象、因象明理的卦象比拟手法；更值得注意的是，其中的七言歌谣颇可重视，"至少在描述七言诗的发展历史时，它们具有一定的资料价值"①。 魏晋南北朝的道教炼丹诗、咒语诗、游仙诗、步虚词、神仙传记等，都具有相当的艺术特色和价值。 比如两晋时期的《黄庭经》，虽然艺术性并不强，但是其"意象创造具有明显的虚幻性倾向"，"以天、地、人诸物象作为作品意象的来源"，却又在此基础上"将诸物象神化，从而形成了一个系统的神灵意象群"。② 咒语本是祝告之辞，以呼号的形式向神诉说情感，并赋予劝善戒恶的社会功能：在思想内容方面体现道教对现实世界的批判，在艺术成就方面塑造了大量富有道德色彩的形象类型，其意境经营、接受者心理把握方面均有可取处。 这些都是文学经验的积累，构成魏晋南北朝文学景观的一部分。

　　道教文化对魏晋南北朝士族文人的精神气质和人格理想的锻造也是不能忽视的，或者说，士族文人的生活内容包括养神和炼形的养生活动。 "先秦时期神仙观念在其形成的过程中，实际受到两种几乎是截然相反的精神意念的左右：一是从精神超越的角度理解和建构神仙的价值内涵，二是以肉体修炼的成功来确认神仙的存在和可行。 前者在老庄等人的'圣人''神人''真人'等概念中得到了体现和说明，后者则由汉代的《太平经》《老子想尔注》等早期的道教经典作出了较为系统的总结。"③ 养生思想对于世族名士的精神生活起着重要的规定作用，选择炼形还是养神，或者两全，将反映出不同时期的世族名士的人生理想和态度。 粗略地加以描述，或许可以这样说：正始竹林时期的名士侧重从理想人格的角度来养神，两晋时期的名士侧重从满足肉体长生的角度来炼形，而南北朝时期的名士倾向于融通养神与炼形，体现出综合的神仙信仰旨趣。

　　嵇康、阮籍是正始竹林时期的代表。 根据其诗文线索，可知他们经历了入世、隐逸而最终归于游仙的人生路径。 他们原本胸怀大志，以天下为己

---

① 伍伟民：《太平经与七言诗的雏形》，载《上海道教》，1989（3）（4）。
② 詹石窗：《道教文学史》，48 页，上海，上海文艺出版社，1992。
③ 宁稼雨：《魏晋士人人格精神——〈世说新语〉的士人精神史研究》，425 页，天津，南开大学出版社，2003。

任。阮籍在政治上本有济世之志，曾登广武城，观楚汉古战场，慨叹"时无英雄，使竖子成名"。正是这份情怀，使他"昔年十四五，志好尚书诗；被褐怀珠玉，颜闵相与期"，显示出对儒家思想的崇奉，可见其醉心儒家经典，旨在建立一番事功。嵇康生于世代儒业之家，也是胸怀青云之志，崇拜孔子，其《答难养生论》赞颂孔子"勤诲善诱，聚徒三千，口倦谈议，身疲磬折，形若救孺子，视若营四海"；其《家诫》更是一篇弘扬名教礼制的文章；《与山巨源绝交书》则虽称"又每非汤、武而薄周、孔，在人间不止，此事会显，世教所不容，此甚不可一也"，但其实处处体现的是儒家的淑世情怀。只是到了成年时才好老庄之业，追求恬静无为境界。总的来说，嵇阮二人有经纬之略，更有高远之态，对政治现实的波谲云诡和社会人生的阴晴圆缺极为关注。随着政治形势恶化，其思想情绪才发生波动，即开始构设道家的理想人格，后又追慕道教神仙风度。

从人物交游观察，嵇康交往的所谓道教神仙至少有两位：邯郸王烈与汲郡山孙登。交往情形在葛洪《神仙传》、刘义庆《世说新语·栖逸》等中都详述备至。在《养生论》中，嵇康认为神仙是存在的，但非人人可成，"夫神仙虽不目见，然记籍所载，前史所传，较而论之，其有必矣；似特受异气，禀之自然，非积学所能致也"；他在列举种种无用的"以小道自溺"的炼形行为之后，阐述养生思想说："善养生者则不然矣，清虚静泰，少私寡欲，知名位之伤德，故忽而不营，非欲而强禁也；识厚味之害性，故弃而弗顾，非贪而后抑也；外物以累心，不存神气，以醇白独著，旷然无忧患，寂然无思虑，又守之以一，养之以和，和理日济，同乎大顺。然后蒸以灵芝，润以醴泉，晞以朝阳，绥以五弦，无为自得，体妙心玄，忘欢而后乐足，遗生而后身存，若此以往，庶可与羡门比寿，王乔争年，何为其无有哉！"嵇康认为善养生者就是养神，即在精神气质上效仿神仙，清虚静泰，少私寡欲，远离俗世名教的纠缠纷扰，保持神仙一般的超然心境。这与其诗"目送归鸿，手挥五弦；俯仰自得，游心太玄"所表达的意思是完全一致的，所谓神仙境界，也即无忧无虑，情绪中和，顺应天道人性。嵇康对道教养神成仙思想的认同,是吸收了玄学贵无论之理想人格的内涵的,因神仙和黄老经常融合为一,其《游仙诗》营造的自然无为境界既包含着厌恶俗世而远遁归隐的黄老旨趣,也包含着通过养神而尚友高人贤士于千载的期待心情,就像《高人贤士传赞》所叙写出来的"率然玄远"的高情远趣。 阮籍也是向往神仙世界的,且养神求仙的缘由与嵇康类似,其《咏怀诗》第七十三首云:"咄嗟荣辱事,去来味道真;道真信可娱,清洁存精神。"《咏怀诗》第七十首云:"列仙停修龄,养志在冲虚;飘飘云日间,邈与世路殊。"阮籍认为通过炼形求仙是非常邈茫的,只能从精神自由这个角度来理解神仙的价值或意义。"道真"是个玄学概念,等同于嵇康《杂诗》"仁义浇淳朴,前识丧道华;留弱丧自然,天真难可和"之"道华",意谓隐逸生活的冲静自然状态。 但是,嵇康、阮籍与曹魏皇室以及司马氏政治集团之间的错综关系,使二人在那个时候都不能如其所愿做真正的隐士。 韩愈《送王秀才序》说:"及读阮籍陶潜诗,乃知彼虽偃蹇不欲与世接,然犹未能平其心,或为事物是非相感发,于是有托而逃焉者也。"嵇康、阮籍为了摆脱志求归隐与现实焦灼的矛盾,都在精神上构建了一个自由的神仙世界,而他们追慕神仙世界只能是通过养神方式。 当然,养神并不排斥炼形,关键是炼形必须服务于养神这个大宗旨,《养生论》云:"君子知形恃神以立,神须形以存,悟生理之易失,知一过之害生。 故修性以保神,安心以全身,爱憎不栖于情,忧喜不留于意,泊然无感而体气和平,又呼吸吐纳,服食养身,使形神相亲,表里俱济也。"形神相亲,表里俱济,而以精神的涵养为更高要求,才是真正的养神求仙。 在史传笔记里,嵇康和阮籍都有与道教仙人交游的经历,嵇康去山中采药遇孙登,阮籍获得了苏门真人长啸的技艺,其实都暗示着政治失意的士人进入心灵自由境界的一种途径。 无疑,嵇阮二人的神仙观念强调的是精神超越,其向往的道教神仙形象其实是他们设定的理想人格的另一种呈现。"从社会属性上看,这种神仙观念集中代表了士族阶层的价值观念和利益取向,尤其体现了士族道教强调精神求仙这一与世俗民间道教迥然有别的神仙观念。"①这一改造,比较典型地突出了魏晋时代"人的自觉"这个精神主题。

葛洪是两晋时期士族道教代表,侧重于炼形。他在《抱朴子·论仙》里构造出"三仙"说法:"按《仙经》云:上士举形升虚,谓之天仙;中士游于名山,谓之地仙;下士先死后蜕,谓之尸解仙。"其中的"天仙"和"尸解仙"大致相当于古人的"飞升"和"登遐"两种成仙途径,成仙者均非现实中人,故这两种成仙途径对士族阶层来说显得不可操作。而地仙不同,葛洪把现实人物如孔安国、左慈、郭璞等都列入其神仙谱系。士族阶层的真实需要是仕隐兼修,即石崇所谓"士当身名俱泰","身"就是世俗欲望的满足,"名"就是修道成仙的实现。"地仙"的设置,正好适应了士族阶层的双重需求。具体如何炼形呢?《抱朴子·微旨》说:"或曰:'愿闻真人守身炼形之术。'抱朴子曰:'深哉问也!夫始青之下月与日,两半同升合成一,出彼玉池入金室,大如弹丸黄如橘,中有嘉味甘如蜜,子能得之谨勿失。既往不追身将灭,纯白之气至微密,升于幽关三曲折,中丹煌煌独无匹,立之命门形不卒,渊乎妙矣难致诘。此先师之口诀,知之者不畏万鬼五兵也。'"在他看来,形体是人的精神寄寓之所,身体若过于疲累,则精气易泄,则生命随之枯竭;要使生命的年寿延长,须遵守一些方法,如导引、行气、服食丹药、饮食起居适度、神思守一等,这些都是具体的炼形养生术。炼形养生不必"委弃妻子,独处山泽,邈然断绝人理,块然与木石为邻",这为世俗享乐制定了合乎人性的道德依据;炼形养生也不必"役役于登天",因为天上尊官大神有很多很多,新仙者位卑却奉事非一,实在是劳苦乏神,这等于怂恿士族阶层保持世俗特权。而且,他所说的神思守一、恬素淡泊指的是精神修养和生活规律,是为炼形的组成步骤,异于正始竹林的精神超越。地仙的设置,将不食人间烟火的神仙置换成现实世界中的人格模范,这种炼形成仙的途径受到士人阶层的普遍欢迎,士人阶层亦依地仙模式

---

① 宁稼雨:《魏晋士人人格精神——〈世说新语〉的士人精神史研究》,431页。

打造自己的神仙形象。《世说新语》记载孟昶在微雪天透过篱笆窥见王恭乘坐高舆、身披鹤氅裘路过，感叹："此真神仙中人！"又记载中书郎太原王濛在积雪天步入尚书府，琅琊王洽遥望感叹："此不复似世中人！"王羲之赞叹杜弘治说："面如凝脂，眼如点漆，此神仙中人！"《颜氏家训·勉学》讲梁朝全盛之时的贵游子弟之容止："无不熏衣剃面，傅粉施朱，驾长檐车，跟高齿屐，坐棋子方褥，凭斑丝隐囊，列器玩于左右，从容出入，望若神仙。"以"神仙"字样来赞叹某人的超凡风度，在两晋以来的名士交往中经常出现，其中原委在于士族阶层往往是"地仙"思想的拥趸。

南北朝时期炼形与养神融通，北朝寇谦之、南朝陆修静和陶弘景都持此主张，这与佛道儒走向融合的历史趋势有关。佛道儒由互相对诤走向融合，反映了南北宗教文化的合流，宗教文化合流又影响审美文化的合流。此时，道教与佛教的仙佛形象，包含着两教的理想人格典范。比如在南朝，士族文人自觉地调和对佛道两教的接受态度，如刘义庆的《幽明录》既写人仙相恋的"刘晨阮肇"故事，又写罗刹食人、为佛法所降的奇闻怪象。刘敬叔《异苑》既有王子晋成仙、徐公遇仙的道教传说，又有慧远咒龙、慧炽见形的佛教奇闻。这样，士族阶层追求的人生境界就不独是道教式的圣境。陈寅恪认为南朝士人普遍持调停佛道二家的态度，如南齐之孔稚珪。其《荐杜京产表》说："窃见吴郡杜京产，洁静为心，谦虚成性，通和发于天挺，敏达表于自然。学遍玄、儒，博通史、子，流连文艺，沉吟道奥。泰始之朝，挂冠辞世，遁舍家业，隐于太平。葺宇穷岩，采芝幽涧，耦耕自足，薪歌有余。确尔不群，淡然寡欲，麻衣藿食，二十余载。虽古之志士，何以加之。谓宜释巾幽谷，结组登朝，则岩谷含欢，薜萝起抃矣。"孔稚珪笔下的杜京产是形神兼美的道教人格楷模，充分体现出兼综多教思想的人生旨趣。南北朝众多士族文人如谢灵运、颜延之、范晔、沈约、江淹、周颙、任昉、谢朓、徐摛、萧子显、庾肩吾、徐陵等都形神双修，将炼形、养神、导引结合起来，在宗教信仰的选择上也都采取融通的态度，力求从各教中吸纳有助于设置和培育其理想人格的因素。

◎ 第四节
北朝经学

　　经学是研究儒家经籍的专门学问,"经"的本义是指编织中的纵向丝线,《说文解字》段玉裁注云:"织之纵丝谓之经,必先有经而后有纬。"[1]春秋时期开始,各家学派的最早的权威文本就被奉为"经",各家有各家的"经"。而经学被专门用来指称儒家的学术形态则在汉代以后,汉儒通过对儒家圣人典籍的阐释来确立自己的话语权,以此来达到与政治权力阶层对话的可能,而政治权力阶层由此为政权的合法性披上神圣的外衣。这是中国知识阶层和权力阶层之间的共谋与合作,在这样的合作模式下,儒家知识分子的经学系统的解经和传经的目的就非常明确:第一,与权力阶层相挂钩,维护权力阶层稳定的社会结构;第二,建立完整的文化思想体系,以支撑权力阶层的内在合法性;第三,在面对儒家经典的时候,选择有利于儒家思想发展的解读原则。由此,汉代的经学达到了前所未有的高度。经学是儒家思想体系的学术形态,儒家的学说通过经学的研究进而推广到社会各个阶层,这个学术形态就包括经籍版本的选用、解读、推广教化等方面的内容。而研究的经籍包括"六艺"或称"六经",随着《乐》的失传,历代都以五经即《诗》《书》《易》《礼》《春秋》为研究对象,后世设立的五经博士即是以五经为研究对象的专职学官。"经"是神圣的,经学的研读才具有合法性。汉末党锢之祸以后,儒学的权威受到损伤,士大夫热议政治的热情已经衰减,汉末经学的发展已经失去了原有的社会政治空间,这便导致接下来的魏晋时期对经学的狂热转向了玄学,清谈成为一时风气。但是北朝的环境并不是这样的,北朝经学的发展在政治和文化上都有举足轻重的意义,虽然以少数民族勋贵组成的政权团体对于经典儒学的理解并不像汉族士人那样通透,

---

[1] (汉)许慎撰,(清)段玉裁注:《说文解字注》,644页,上海,上海古籍出版社,1988。

但恰恰是作为旁观者的他们更为清醒地认识到了儒学所具备的意识形态方面的统摄威力，所以以政治手段为保证，大力推广经学的研究。经学的发展离不开官方的大力支持和推崇，北朝时期的经学成为少数民族入主中原的文化武器，这就使得其选择与南朝不同的方向来介入经学的研究，造成了北朝经学别具一格的特质。北朝时期对儒家经典的不同态度，也从另外一个角度阐释了文学思想发展的必然性。

魏晋南北朝的经学体系依然接续汉代，但不同的政治文化环境以及需求导致经学走向了不同的方向。从永嘉南渡直至隋唐，中国北方的战火几乎就没有停息过。北方以匈奴、鲜卑、羯、氐、羌为主的少数民族相继建立政权，公元398年，北魏道武帝拓跋珪入主平城，建官制，定律吕，确立了对于中国北方大部分土地的绝对权威。以强悍的武力建国后，有利于长治久安的新的国家意识形态建设就显得非常迫切。为了稳定社会，更为了将来一统天下，从十六国一直到北朝结束，少数民族政权都对儒家文化极其推崇，究其根本目标，则在于以下几个方面：其一，建立正统合法的政治秩序以及道德价值观念；其二，培养优秀的后世统治人才；其三，拉拢地方汉族势力，共同稳定社会。葛兰西在霸权理论中，曾提到霸权有这样的两个内涵：一是统治权（domination），二是"知识和道德领导权"（intellectual and moral leadship）。统治权的取得是要靠军事暴力为保障的，而"知识和道德领导权"则来源于国家的道德文化建设。如何使得国家政权具有合法性，成为社会承认的"正统"皇帝，即成为为社会所认可的封建家庭"大家长"，就必须获得知识和道德的统治权，这是需要统治者花费较大的精力去解决的。十六国时期以后，特别是北魏拓跋氏进入中原地区建立政权，首先面对的就是一个与自己迥异的文化空间，尤其是其中政治、经济、文化以及生活各个方面的巨大不同。

一、文化转型的迫切需求

  北朝少数民族政权统一了北中国的大部分疆域,包括中华文明的起源之一——黄河文明所处的流域,其文化核既有草原文化遗存,又有中原文化的积淀。一个民族的文化心理气质的形成,地理环境虽不是决定因素,却是第一个出发点。北方少数民族多居住在中国北部辽阔的土地上,自然条件相对恶劣,不适宜农业生产,只能以畜牧业为主要的生存来源。为了应对恶劣的自然天气和其他人为的因素,获得更多的生活资料,以小单位分散居住的家庭式移动更为灵活,这种自由的生活方式只是迫于生计的无奈之举。王明珂从人类经济生态学的角度,对游牧部落的生活做了剖析,认为"'游牧'本身是一种难以自足的经济活动,须赖其他生计活动来补充资源。在某种程度上,可以说便是这些辅助性生计活动决定一游牧社会人群与'外界'人群之关系"[①],部分人群必须经由其他手段如掠夺和贸易来获得额外的生活资源。游牧部落的内在流动性意味着居住地域的不稳定,其外向性则表现为掠夺性和攻击性,以向外的扩张作为寻求自身稳定和生存的最基本手段。作为与外界接触代表部落利益的"代表人"——部落领袖就产生了,这个领袖在部落中具有绝对的权威,但也必须是最强悍和睿智的英雄,只有这样才能保证部落获得足够的生活保障,一旦领袖失去了带领大家过上好生活的神一样的能力,也就失去了所有的光环。草原的社会组织结构也有等级秩序,但是这种秩序极不稳定,或许严寒的冬季可以将数百万牲畜一夜冻死,又或许牧民迁移到其他生活区域,一切都有可能使原有的社会结构瞬间消解,草原文化就在这种结构模式的长期浸润下产生了。北魏政权主体拓跋鲜卑部落早期的生活状况就是这样,苦寒的生活状态使他们无暇顾及所谓的礼仪,解决

---

① 王明珂:《游牧者的抉择——面对汉帝国的北亚游牧部族》,59 页,桂林,广西师范大学出版社,2008。

实际的温饱问题才是最重要的。《后汉书·应劭传》记载："鲜卑隔在漠北，犬羊为群，无君长之帅，庐落之居，而天性贪暴，不拘信义。故数犯障塞，且无宁岁。唯至互市，乃来靡服。苟欲中国珍货，非为畏威怀德……劫居人，钞商旅，噉人牛羊，略人兵马。得赏既多，不肯去，复欲以物买铁。边将不听，便取缣帛聚欲烧之。边将恐怖，畏其反叛，辞谢抚顺，无敢拒违。"

这就是草原生活带来的草原文化，拓跋鲜卑的部族们不论是观念上还是具体的生存中，都遵从强者法则，以强者为尊，弱小的人或部族只能依附强者的羽翼谋求生存。竞争的残酷则让草原部落文化更为务实，这是与中原的家族式的礼乐文化不同的文化形态。到拓跋部的力微掌管部落时，拓跋部已经很强大，也建立了相应的部落联盟。力微在位58年，形成了以自己的血亲兄弟即北朝史上经常提到的"帝室十姓"为核心的领导集团，以"内入诸姓""四方诸姓"为支撑的政治组织，这个不稳定的政治组织是北魏王朝政治集团的最初模型。草原上的部落联盟制是北亚政治文化一个重要表现之一，作为部落联盟所谓的首领，实际上具有卡里斯马式的英雄光环。《三国志·魏书·乌丸鲜卑东夷传》裴松之注引《魏书》云："常推募勇健能理决斗讼相侵犯者为大人，邑落各有小帅，不世继也。数百千落自为一部，大人有所召呼，刻木为信，邑落传行，无文字，而部众莫敢违犯。氏姓无常，以大人健者名字为姓。大人已下，各自畜牧治产，不相徭役。"联盟中的每一个部落大人都具有对自己部落的绝对权威性，部落内牧民以部落大人之名为姓氏，独立地散居在属于自己部落的草原领地中。部落联盟制的领袖与诸部落之间的联盟是一种共有天下，但又互有契约式的权利协作关系，是草原游牧部落散居的生活方式文化传统的体现。与中原的以伦常为基础的礼制传统截然不同，草原文化中部落下属的忠诚来自对首领的神话般英雄式的崇拜、相应的契约以及生活的基本需要，而中原儒家文化中帝王的合法性来自"道"，来自以天命所归为依托的礼乐制度。契约随时可变，天命却不可违。在进入中原并接触中原文化以后，修城筑邦的定居方式以及儒家的"万世一系"的帝王体系，对来自于北方草原文化体系的帝王来讲具有莫大的诱惑。而且不同于草原散居的农业聚居生活方式，建立相应的秩序才能确保社会经济的长期发展以及政权的平稳传承。对于散居的北方少数民族来讲，草原残酷的弱肉强食法则会造成部落间或部落内部的社会秩序更迭，经过战斗之后留下来的部族会具有更顽强的生命力。但这种法则并不适合自给自足的农耕生活，一意孤行地按照自己的劫掠方式在中原生活的后果就只能是战争不断，破坏农耕社会正常稳定的生活劳作秩序，对整个社会造成毁灭性打击。

农耕文化依附于土地，土地固定不变使得农耕文化更为注重与土地联系在一起的人，为了在土地上分工协作，更好地繁衍生存，以土地为基础的家族观念就显得格外重要，所以，以血缘为主"尊礼"的群体道德体系在中原地区的观念中占有绝对优势，而少数民族并不具有这样的观念。这种由内到外都不具备稳定性的草原政治文化特色，一直蔓延到北朝政治的全部，以"谋逆"而引起的宫廷内部的战争多次发生。或者换一个角度说，中原士族的道德文化观念并不适合于评判草原的文化体系，对于承袭汉制的中原士人来讲的"谋逆"，对于以部落联盟政权形态为基础的北朝来讲则可能就是极为正常的部落分裂、重新组合直至强大的合理程序。北朝初期的帝王各个骁勇善战，以强悍的能力率领各部落拥有天下，被"诸部大人"共同尊奉，但是作为领袖的他们同样有义务保障各个部落的权益，所以开国后北魏帝王对诸部大人大都直接分封极高的爵位，并给予相应的物质赏赐，这种文化深处的契约性思维模式并没有改变。倘若首领不具备给予归属部落支持和保护的能力，契约就被打破，任何一个部落都有理由取代原来首领的位置。随着占有越来越多的汉民族居住地，原本的草原社会政治结构模式被打破了，羯、氐、羌先后进入中原，然而都以失败告终，鲜卑族吸取了少数民族进军中原的教训，少数民族马背上的彪悍对于攻城略地显然占有优势，而以草原民族的生活方式显然不能实现对广大中原地域的有效统治。相对而言，汉民族的思维结构模式对于稳固政权更为有效，以农业为根基的历代汉族统治阶层在大大小小的兼并战争中,对敌手不是赶尽杀绝,而是以自己的政治结构模式重新安排他们的领地,使之成为自己社会的一个部分。除去严酷的国家机器保障以外,最重要的就是使"家天下"的思想深入人心,在温情脉脉的血脉家族的面纱下,道德的软约束就会使社会结构更为牢固,而这种观念的形成则有赖于儒家知识体系的口耳相传。历代的汉族统治者就是看到了这样的强大的社会功效,所以建立了以儒学为核心的政治文化体制。拓跋氏以少数民族的身份进入这样的中原地区,想要取代民众心目中"家长"的地位,也需要以华夏正统帝王的身份去统治农业文化经济高度发达的中原地区,获得汉族民众的认同。最直接的途径就是推广儒家教化,当然这种转变是循序渐进的:由最初的直接使用汉族的统治政策到生活方式的转变,再到最终的文化观念的转变。正是由于这种政治上的原因,北朝各代统治者莫不以尊儒兴学为急务。为了王朝的稳定,建立将权力集中到皇帝手里的绝对专制政体,把官吏的等级高下内化为每一个人都遵从的道德习惯,讲"天命所归"的儒家礼制便首先成为帝王最为向往和推崇的,任何势力的权力独立和僭越都被视为是对于皇帝专权的威胁。从这个意义上说,推广儒家教化是北朝皇帝对威胁皇权的潜在敌人有目的的打击。绝对统一集中的帝王权力与北朝以部落联盟为基础的松散的政权体制的矛盾是不可调和的,故而在北魏立国推进儒家教化以后,皇族势力与北镇府兵军事集团之间的矛盾表现得非常明显。北朝历代皇帝都在推进儒家教化观念,除去笼络中原人心以外,更重要的就是要突破原有的契约式的文化形态,建立长期稳定的政治秩序,使国祚绵长,然而文化传统的改变并不容易。

二、官制下的经学走向

由上而下的统治政策与偏好对整个文化环境具有直接的指导作用,如教育政策、官僚的任用政策、皇族的爱好引导、国与国之间的交流的政治需要等,是整个社会文化精神形成的重要因素。对于士人而言,"学而优则仕",他们往往通过占有传统知识的话语权,进而获得社会认同进入官僚体系,从而实现自己的精神理想,同时还能在政权中获得家族发展的必要保障。占有统治地位的政权对于知识和人才的选择,会直接影响到社会文化倾向的形成。就北朝政权内部来讲,契约式的部落联盟政治形态对于流动性较强的草原生活形态是合适恰当的。在北魏王朝建立之前,作为少数民族为核心的代国及以前的官制不像汉族官制那样健全与周密,部落联盟的痕迹明显,官员的命名以具体实用为主,比如有的官职直接取动物特性并以动物名称为名,《魏书·官氏志》对此记载得十分生动:"帝欲法古纯质,每于制定官号,多不依周汉旧名,或取诸身,或取诸物,或以民事,皆拟远古云鸟之义。诸曹走使谓之凫鸭,取飞之迅疾;以伺察者为候官,谓之白鹭,取其延颈远望。自余之官,义皆类此,咸有比况。"魏收在写这一段史实的时候,显然采用了汉族正统观念的隐晦手法,其实所谓的"法古纯质"显然是北魏的早期统治者北亚文化的遗存,依功用为其将帅起名的方式显示出早期中古北族鲜卑官制的草原政治形态。北京大学罗新教授通过突厥语以及内亚(Inner Asian)研究认为,北朝的部落姓名来源于其在草原上的官名与美名或美称。[1] 这种官制简单实用,对于草原生活来讲,既具有机动性又具有灵活性。部落又依"大人健者姓",从历史的记载中经常可以看到诸如"十部大人"等字样,每一个大人就代表着一个部落的力量,也就是说早期的北魏帝国建立之初,其政治形制依然是由拓跋部率领其他的各部少数民族力量联合执政,据《魏书·官氏志》,在邓渊天兴元年(398)初定官品的一月之后,北魏政权又下令设置八部大人制,"其八部大夫于皇城四方四维面置一人,以拟八座,谓之八国常侍。待诏侍直左右,出入王命"。这种制度与草原部落联盟非常接近。

北魏初期统治阶层主流是以原来的部落联盟为基础的少数民族军事集团,这种军事集团的优势是能征善战,但是若将生活方式改为定居生活,其

---

[1] 见罗新:《中古北族名号研究》,17页,北京,北京大学出版社,2009。

劣势也很明显，就是对于治理农耕社会朝政所需要的经验和文化修养都极为不足，而且这种不足还会蔓延到作为继承者的后代子孙。草原文化中的政治结构的不稳定性对于以稳定见长的农业社会结构具有极大威胁，改变方式进入中原就需要建构一套更有效的思想体系，而中原地区儒家成熟的治国之道就成为最佳选择。从外部来看，北朝政权必须面对多种势力的挑战。首先是北方大家族的力量。魏晋时期门阀世族不仅拥有知识的话语权力，更拥有实际的军事政治力量，永嘉南渡以后，虽然有一批世家迁到南方，但是留居北方的大家族依然很多，他们在民间具有很大的影响力和号召力。其次，北朝政权初入中原之时，依然对占领地民众大肆杀害和掠夺，并不具备控制基层社会的能力，为了自保而由地方豪强地主聚族而居形成的坞壁组织，能够凭借着强大的经济、军事实力与北朝政权抗争。再次，周边还有打着拥护以东晋为正统的其他少数政权的存在和顽强抵抗。此外，进驻中原的北朝的统治者往往拥有更大野心，他们的目标不仅仅是占据黄河流域，而是一统天下。这不仅要以强大的军事力量为前提，更要有稳定的社会政治、经济、文化体系为后盾。虽然刚刚进入中原，但长期在中原外围生存的少数民族首领都有亲自或者送自己的子孙去中原学习的经历，他们对中原文化并不是完全陌生的，明白最好的解决办法就是将代表中原正统的文化纳入国家的政策体系中。一方面要取得占有地的文化认同，另一方面还要面对放弃原有文化传统的代价。以北朝国祚最长的北魏为例，398年，道武帝拓跋珪迁都平城，下诏建立以汉魏为摹本的各种政治体制，其中对于官僚的建设是第一位的。《魏书·太祖纪》记载："诏尚书吏部郎中邓渊典官制，立爵品，定律吕，协音乐；仪曹郎中董谧撰郊庙、社稷、朝觐、飨宴之仪；三公郎中王德定律令，申科禁；太史令晁崇造浑仪，考天象；吏部尚书崔玄伯总而裁之。"然而，就在下令建立官制的一个月以后，拓跋珪又下诏设立以原有的部落联盟为雏形的分部大人制。

可见，北魏建国初期两套官僚体系同时实施。汉族士人以魏晋官制为范本制定的三省制，对于管理以农耕文化为主的社会显然更有效果，其制定的政治、文化、教育政策也适合中原地区的长远发展。从北魏建国定制就可以看出，拓跋珪所任用的汉族士人皆为高门大族和有才华的明经之士，如邓渊、董谧、崔玄伯等都精通五经。北朝诸帝对于汉族士人都采取积极的引进措施。昭成帝什翼犍曾强行将许谦、燕凤等掠至麾下，道武帝拓跋珪也采用强制手段将中原士人纳入自己的政权机构中，如对于较有声名的崔玄伯，"太祖素闻其名，遣骑追求，执送于军门，引见与语，悦之，以为黄门侍郎，与张衮对总机要，草创制度"①。永嘉南渡以后，北方少数民族政权更迭频繁。在纷乱的年代里，留守北地的汉族高门通常都筑坞壁以自守，保持一定的军事、经济和文化力量，对于出仕少数民族政权大都抱着谨慎的态度，为了保全自己的家族，小心地斡旋于少数民族政权之间。神䴥四年（431）大量征士，许多汉族士人迫于政治压力来到平城，他们主要从事的工作具有幕僚性质，即制定完善礼仪制度、写作军事公文、参与军事会议并提出意见等，虽然史书记载"礼遇有加"，但他们稍不注意就会有失去性命的危险。崔逞就因为言语不当而遭杀身之祸，崔浩则更为典型，虽历经三代皇帝，功高一世，但依然逃不脱惨遭杀害的命运，与他同时就死的还有其他高门大族共计 2000 多人，这种恐怖的气氛使得士人们谨小慎微。草原文化遗存对于北魏的影响一直很大，分部大人制带有原始的民主制性质，在一定程度上对皇权有着很大的约束与威胁，其中所蕴涵的结构不稳定性也是有目共睹的，从北魏建国到孝文帝时期，朝廷中所有的宫廷事变都来自于内部的倾轧，"安内"为官制改革的目的之一；此外，野心勃勃的北魏诸帝一直锐意武功，希望能统一整个中原地区，只有秉承"道"取得合法的王朝身份才有理由发动统一南方的战争。然而迫于军事的压力，历代帝王都不敢轻易地与诸部大人的军事集团决裂，只能循序渐进地任用汉族官吏建设具有儒家性质的礼乐制度，逐步建立以皇权为主导的封建帝王体系，才能一步步地脱离拓跋各部贵族的制约。

---

① 《魏书·崔玄伯传》。

三、经学在北朝时期发展的知识储备

永嘉之乱前后,以洛阳为中心的高门士族受到严重打击,在政治上的代表人物几乎损失殆尽,士族们在刘聪、石勒的追杀下弃家别土,大部分南渡,也有部分投奔西凉,但是北方并未出现文化的真空,大批地方的高门士族仍留守中原。陈寅恪指出:"盖有自东汉末年之乱,首都洛阳之太学,失其为全国文化学术中心之地位,虽西晋混一区宇,洛阳太学稍复旧观,然为时未久,影响不深。故东汉以后学术文化,其重心不在政治中心之首都,而分散于各地之名都大邑。是以地方之大族盛门乃为学术文化之所寄托。中原经五胡之乱,而学术文化尚能保持不坠者,固由地方大族之力,而汉族之学术文化变为地方化及家门化矣。故论学术,只有家学之可言,而学术文化与大族盛门常不可分离也。"[①]许多儒学世家都还居住在原来的地方,如同洛阳学术中心所有的魏晋门阀一样,他们具有很高的文化素养,在地方上有着极高声望。战乱来临之际,他们纷纷建坞壁以自保,以武装和经济的力量使文化在这里得以传承。如《晋书·儒林传》所载的地方世家大儒刘兆、崔游、董景道等人,都有家学渊源,他们博学多闻,著书立说,并且家中都保存有大量的文献图书资料。试举几例如下:

> 刘兆字延世,济南东平人,汉广川惠王之后也。兆博学洽闻,温笃善诱,从受业者数千人。武帝时五辟公府,三征博士,皆不就。安贫乐道,潜心著述,不出门庭数十年。以《春秋》一经而三家殊涂,诸儒是非之议纷然,互为仇敌,乃思三家之异,合而通之。《周礼》有调人之官,作《春秋调人》七万余言,皆论其首尾,使大义无乖,时有不合者,举其长短以通之。又为《春秋左氏》解,名曰《全综》,《公羊》《穀梁》,解诂皆

---

① 陈寅恪:《崔浩与寇谦之》,见《金明馆丛稿初编》,131页,上海,上海古籍出版社,1980。

纳经传中,朱书以别之。又撰《周易训注》,以正动二体互通其文。凡所赞述百余万言。

崔游字子相,上党人也。少好学,儒术甄明,恬靖谦退,自少及长,口未尝语及财利。魏末,察孝廉,除相府舍人,出为氏池长,甚有惠政。以病免,遂为废疾。泰始初,武帝录叙文帝故府僚属,就家拜郎中。年七十余,犹敦学不倦,撰《丧服图》,行于世。

董景道字文博,弘农人也。少而好学,千里追师,所在惟昼夜读诵,略不与人交通。明《春秋三传》《京氏易》《马氏尚书》《韩诗》,皆精究大义。《三礼》之义,专遵郑氏,著《礼通论》非驳诸儒,演广郑旨。永平中,知天下将乱,隐于商洛山,衣木叶,食树果,弹琴歌笑以自娱,毒虫猛兽皆绕其傍,是以刘元海及聪屡征,皆碍而不达。至刘曜时出山,庐于渭汭。曜征为太子少傅、散骑常侍,并固辞,竟以寿终。

中原地区从上古到先秦两汉,已经有了非常深厚的文化积淀,魏晋期间,以洛阳为中心的玄学风潮对地方的影响并不是很大,就地方高门大族的记载来看,大都秉承着汉时的经学传统,即以五经为主要的学术内容,永嘉南渡造成的文化中心南移,对家族内部的文化传承根基并没有太大的影响。对于初入中原广大区域的少数民族帝王来说,他们原本也不欣赏不切合实用的清虚玄谈,留居北方的中原士族恰恰以保守的学术风气,迎合了少数民族政权的实际需求,中原士人提供的丰富的文化资源,足以帮助他们解决面对的问题。一方面,少数民族进入中原之后有着明确的需求目标和急需解决的问题,但是对于中原文化还谈不上深入了解,更遑论对以中华文化为核心的中原艺术的掌握与推进了;另一方面,处于战乱不断的中原世家大族缺少文化交流的基本条件,故北朝初期以中原文化为基础的文学艺术难以有飞跃的发展,但是学术在世家大族内部的传承却没有中断,并且成为可以与少数民族政权交流的筹码,这为北朝学术的继续发展提供了良好的契机,也为北朝的学术朝着经世济用方向发展埋下了伏笔。

四、北朝经学的特点

　　北朝的政治社会文化环境给予了经学研究固定空间,第一,北朝前期依汉制建立的官僚系统,其实用性在政治体系方面大打折扣。北朝从北魏时期到隋代的统一之前,以大人为主的军事集团始终在社会上占据主流地位,没有创造大规模义理思维的环境,所以在对儒家文化的思想精髓研究上呈现出弱势。第二,北朝大肆宣扬的儒学与之前的汉代儒学、之后的宋代儒学以及同时期的南朝儒学都大为不同,这种不同实际上就是由儒学在文化领域发挥的作用造成的,北朝对于儒学的吸收,更注重的是具有实用政治经验与效能的《春秋》《礼》《易》等汉传经学及谶纬之说,极具经世致用的特征。第三,儒学在北朝的发展与北朝的文化土壤有着密切的关联。虽然北朝的帝王看重汉族大一统的帝王体系,然而真正的政权主体却是以拓跋氏鲜卑族为首的少数民族部落联盟,北方中国统一初期,社会的文化主流仍然是草原文化,想要打破草原的部落联盟制和北亚的草原文化下的政治形态,建立"万世一系"的封建化帝国,需要对其进行道德观、价值观等取舍,具有典型汉族文化特质的儒家经学进入北朝的文化空间后,呈现出了不一样的文化气息。对于汉族的文化,北魏太祖道武帝拓跋珪认为"国俗敦朴,奢欲寡少,不可启其机心,而导其巧利"①,既要保存和坚持原有的民族文化传统,又要承接汉族的官僚文化。北朝的经学担当了这一重要的任务,因此,经学的研究与传授在北朝必然会受到统治者的重视。但统治者的出发点是政治实用而非钦慕汉地文化,所以在学习儒家学说以及对儒家经典教义的选取方面都与同时期的南方有很大差别,从而影响着经学学术的发展方向。儒家文化从先秦就开始积极投身社会改革的理想,到汉代儒家经典更获得了相当于政治神学的地位,汉王朝的辉煌在少数民族的历史记忆中是非常深刻的,他们

---

① 《魏书·公孙表传》。

对于汉代儒生治国的经验的欣赏是发自内心的。拓跋鲜卑部落也是一样的，早期与汉文化接触之时，就已经了解其对于经国治世的积极意义。所以，昭成帝什翼犍在部落时期，就将具有汉族传统文化知识的燕凤掠至旗下，为其出谋划策。道武帝拓跋珪进入中原以后，更是积极地寻找治理国家的良方，《魏书·李先传》记载：

> 太祖问先曰："天下何书最善，可以益人神智？"先对曰："唯有经书。三皇五帝治化之典，可以补王者神智。"又问曰："天下书籍，凡有几何？朕欲集之，如何可备？"对曰："伏羲创制，帝王相承，以至于今，世传国记，天文秘纬不可计数。陛下诚欲集之，严制天下诸州郡县搜索备送，主之所好，集亦不难。"太祖于是班制天下，经籍稍集。

经学从诞生的那一刻起就不是纯粹的学术研究，它的关注重点始终是社会政治，目标是开出治理社会的良方。进入中原地区的拓跋鲜卑贵族苦于无法用草原的政治结构来治理农耕社会，儒家的经学思想为他们提供了一条光明大道。而在道武帝积极寻求治国良策的时候，北朝的士人们则积极地提供自己所专长的儒家知识为之服务。就士人们来讲，用其所具备的经世济用的文化资源能够换取家族的利益，至于是否依附于少数民族政权并不重要，在他们看来，只要能够以儒家文化建国治世的就是可以为之效忠的政权。

汉魏以来，中央官学均以经学为重，北朝亦然。北朝宗经的表现首先体现在对经的选择上，《魏书·儒林传》记载："汉世郑玄并为众经注解，服虔、何休各有所说。玄《易》《书》《诗》《礼》《论语》《孝经》，虔《左氏春秋》，休《公羊传》，大行于河北。王肃《易》亦间行焉。晋世杜预注《左氏》，预玄孙坦、坦弟骥于刘义隆世并为青州刺史，传其家业，故齐地多习之。自梁越以下传受讲说者甚众。"北魏的经本选择主要是郑玄所注，而服虔所注则为郑玄认同。汉代学术注重师法和家法，最大的学术纷争就在于古文经学与今文经学之争，而郑玄则将古文经学与今文经学融为一体，成为汉末之"通儒"。清代的皮锡瑞在《经学历史》中说："郑君博学多师，今古文道通为一，见当时两家相攻击，意欲参合其学，自成一家之言，虽以古学为宗，亦兼采今学以附益其义。学者苦其时家法繁杂，见郑君闳通博大，无所不包，众论翕然归之，不复舍此趋彼。"郑学在汉末魏初之时风靡天下，弟子达万人之多，其最大的特点就在于虽质朴无华，但博通古今文经，并以经营事务为主，尤以三礼为先，这恰恰是北朝最需要的东西。而在北朝风行的服虔所注的《春秋》兼采各家之说，注重礼制的讲解，尤其在字词释义方面较为精准。在经学史上，北朝的经学特征与其他时代都不一样，汉代以明经为主，魏晋南朝以谈玄为主，北朝以义疏为主，而之后隋唐以正义为主，这已经是被大家公认的，颜之推在《颜氏家训》中就说北朝的经学"唯义疏而已"。"义疏"作为经学的注释体制，主要是疏通原书和旧注的文义，阐述原书的思想，或广罗材料对旧注进行考核与补充辨证。北朝从北魏建国开始，就一直为其少数民族政权寻求合法性，以圆其大一统的梦想，故北朝社会需要的是经学本身具备的现实的功效性，而非经学哲理意义上的思辨，这与同时期南朝的玄学发展的土壤就有着明显的不同。道武帝拓跋珪曾在诏书中说："《春秋》之义，大一统之美，吴楚僭号，久加诛绝，君子贱其伪名，比之尘垢。自非继圣载德，天人合会，帝王之业，夫岂虚应。"[1]可见其对于礼乐制度的渴望以及对中原有效的统治政策的迫切追求，而郑学的学术体系为北朝帝王提供了有力的理论支撑。由此，北朝出现了汉朝后的又一次经学盛况，深入社会政治文化的各个方面，其成就直逼汉代经学的神圣地位。

五、北朝经学的广泛应用

北朝的经学首先得到的就是政权的支持，皇室的推崇更是让它站在所有

---

[1] 《魏书·太祖纪》。

文体的最前沿，汉代时期的经学神圣化局面再次出现，而这种尊崇早在北魏建国时就开始了。道武帝拓跋珪在迁都平城的第三年，就"集博士儒生，比众经文字，义类相从，凡四万余字，号曰《众文经》"①。此后北朝各代帝王都有亲临国子学、太学，亲问博士经义等记录，可见经学在北朝之受重视。而在具体的朝廷庙堂之上，亦出现了皮锡瑞在《经学历史》中所说的汉代经学昌盛的状况，即："以《禹贡》治河，以《洪范》察变，以《春秋》决狱，以三百五篇当谏书，治一经得一经之益也。"②我们且不去考察皮锡瑞将汉代经学直接功能化的说法是否具有合理性，但就北朝的情况来说，以《春秋》来判断政事的例子则比比皆是，以《魏书·崔浩传》的一则记载为例：

> 初，姚兴死之前岁也，太史奏：荧惑在匏瓜星中，一夜忽然亡失，不知所在。或谓下入危亡之国，将为童谣妖言，而后行其灾祸。太宗闻之，大惊，乃召诸硕儒十数人，令与史官求其所诣。浩对曰："案《春秋左氏传》说神降于莘，其至之日，各以其物祭也。请以日辰推之，庚午之夕，辛未之朝，天有阴云，荧惑之亡，当在此二日之内。庚之与未，皆主于秦，辛为西夷。今姚兴据咸阳，是荧惑入秦矣。"诸人皆作色曰："天上失星，人安能知其所诣，而妄说无征之言？"浩笑而不应。后八十余日，荧惑果出于东井，留守盘游，秦中大旱赤地，昆明池水竭，童谣讹言，国内喧扰。明年，姚兴死，二子交兵，三年国灭。于是诸人皆服曰："非所及也。"

星象的异变在北朝士人看来，就是灾祸的象征，崔浩以《春秋左氏传》为引，辅之以天干地支，自信百倍地推演，并且得出了准确的结果，即便是

---

① 《魏书·太祖纪》。
② （清）皮锡瑞著，周予同注释：《经学历史》，90页。

现代的科技也不能这样精准，更何况古代的文人呢？若真能如此，《春秋左氏传》不啻一本神仙教科书了。所以，真实的情况定非如此。崔浩作为心怀天下的重臣，必然了解周边各国的基本状况，然而用《春秋左氏传》的话题将自己早有判断的话语推演出来，则是一种话语策略。只有这样，才能显得神乎其神，崔浩和其家传学术包括《春秋左氏传》等各种广博的知识，就同时被渲染上了神圣的不容置疑的色彩。当《春秋》被赋予神圣色彩以后，以《春秋》再来言说其他的事件就具有权威的不可逆转性了：

> （韩显宗）又曰："昔周王为犬戎所逐，东迁河洛，镐京犹称'宗周'，以存本也。光武虽曰中兴，实自创革，西京尚置京尹，亦不废旧。今陛下光隆先业，迁宅中土，稽古复礼，于斯为盛。岂若周汉，出于不得已哉。按《春秋》之义，有宗庙曰都，无则谓之邑，此不刊之典也。况北代宗庙在焉，山陵托焉，王业所基，圣躬所载，其为神乡福地，实亦远矣。今便同之郡国，臣窃不安。愚谓代京宜建畿置尹，一如故事，崇本重旧，以光万叶。"[①]

北魏孝文帝迁都后，离开平城，韩显宗请求在平城亦按照都城规模建立"京畿"，并且设置级别相当于京都的治理长官"尹"，这在孝文帝时期是比较忌讳的话题。孝文帝迁都洛阳本就是想要代北贵族脱离其军事力量根基，试想当时情况，禁断北语，改穿汉族服装，改掉鲜卑旧姓，学习汉族文化，死后也不许北葬，只能葬于洛阳……切断一切阻碍民族交融的可能，这是孝文帝最为决绝的政策，牵扯多少利益关系且不说，光是把已经在平城生活百年的满朝皇室勋贵迁到洛阳就很难了，韩显宗却要求在此建立同洛阳相等级别的京畿，这样的请求显然是很不好说出口的，但是以《春秋左氏传》为根据，在平城设立京畿就显得有理有据了。其结果是"高祖善之"，孝文

---

① 《魏书·韩显宗传》。

帝并没有因此而生气。《魏书》《北齐书》《北周书》以《春秋》为根据作出的政事决断之例有很多，由此，我们可以推断在北朝时期，经传的确具有某种神性的象征意义，而其目的则在于解决实际问题。

又如《诗经》，我们把它作为抒情达意的文学文本看待，在北朝则非如此：

> 《诗》不云乎，"鹤鸣九皋，声闻于天"，庶得其人，任之政事，共臻邕熙之美。《易》曰："我有好爵，吾与尔縻之。"①

此为神䴥四年（431），太武帝下诏，征召各州县士人至平城，高允曾做《征士赋》。

> 成伯辞，请受一千。帝曰："《诗》云'人之云亡，邦国殄瘁。'以是而言，岂惟三千匹乎？"其为帝所重如此。②

此为文成帝拓跋濬为感谢徐成伯治好其侄广陵侯拓跋衍，特赏赐绢三千匹，而徐成伯只接受了一千匹，文成帝特引诗对答。

> 曾从世祖田于崞山，有虎突出，颓搏而获之。世祖叹曰："《诗》所谓'有力如虎'，颓乃过之？"③

穆颓曾经和太武帝拓跋焘在崞山打猎，突然老虎奔出，穆颓与之赤手相搏最终猎得老虎，拓跋焘引《诗经》赞叹。由此可以看出，北朝并不把《诗经》当成抒情的具有审美意识的文体，而认为其具有"经"的性质，《诗经》被

---

① 《魏书·世祖纪》。
② 《魏书·阳平王传》。
③ 《魏书·穆颓传》。

随意引出的情状，似乎回到了周时的《诗经》对话时代。

北朝表现最为明显的还在于将《周礼》真正落实到国家政策上，作为中原大家族的崔浩等人积极地以儒家的方式介入政权系统，这自古就是士人入仕的基本原则，当然也是一种共谋，在维护统治者的帝位稳固的同时抒展自己的政治理想——恢复定姓分族的门阀士族，建立能够规范帝王的统治模式。最初的中原士人就是这样以学术渊博见用的。从盛京迁移到平城的拓跋珪，称帝后的第一件事情就是让中原士人以儒家的规范形式定律吕，修官制，建立礼乐制度，在帝王要建立以帝室为最高中心的、世代相传的集权政治秩序的需求下，以《周礼》为根基的礼乐制度在北朝成为各个时代共同的任务。对此史书多有记载，摘选几件为例：

诏曰："置官班禄，行之尚矣。《周礼》有食禄之典，二汉著受俸之秩。逮于魏晋，莫不聿稽往宪，以经纶治道。"[1]（班禄制度）

汉因秦制，帝之祖母曰太皇太后，母曰皇太后，妃曰皇后，余则多称夫人，随世增损，非如《周礼》有夫人、嫔妇、御妻之定数焉。魏晋相因，时有升降，前史言之具矣。[2]（后妃制度）

臣今据《周礼》凫氏修广之规，磬氏倨句之法，吹律求声，叩钟求音，损除繁杂，讨论实录，依十二月为十二宫，各准辰次，当位悬设，月声既备，随用击奏，则会还相为宫之义，又得律吕相生之体。[3]（礼乐制度）

北魏是北朝最早的国家，由草原迁至中原地带，礼俗与中原完全不同，故其所有的礼乐制度建设对拓跋贵族来讲都是全新的内容，完全依仗汉族高门士人而作。为求最为正统的合法性地位，他们依《周礼》，仿汉魏，制作了全方位的社会礼制规范与官僚行政系统。虽然流行于社会的思想流派很

---

[1] 《魏书·高祖纪》。
[2] 《魏书·皇后列传》。
[3] 《魏书·临淮王传》。

多，但是真正能够承担这样的国家意识形态建设工程的，只有掌握儒家学说经学内容并且有丰富的政治经验的汉族高门士人，这也是北朝诸帝依靠高门士族的重要原因之一。北齐、北周就政权结构而言，虽然也是少数民族占有比例最大，但是长期受汉文化熏陶，在制度建设方面又有北魏的基础，相对而言要容易一些。

(刁柔)又参议律令。时议者以为立五等爵邑，承袭者无嫡子，立嫡孙，无嫡孙，立嫡子弟，无嫡子弟，立嫡孙弟。柔以为无嫡孙，应立嫡曾孙，不应立嫡子弟。议曰：柔案《礼》立适以长，故谓长子为嫡子。嫡子死，以嫡子之子为嫡孙，死则曾、玄亦然。然则嫡子之名，本为传重。故《丧服》曰："庶子不为长子三年，不继祖与祢也。"《礼记》公仪仲子之丧："檀弓曰：'何居，我未之前闻。仲子舍其孙而立其子何也？'子服伯子曰：'仲子亦犹行古之道也，昔者文王舍伯邑考而立武王发，微子舍其孙盾而立弟衍，仲子亦犹行古之道也。'"郑注曰："伯子为亲者讳耳，立子非也。文王之立武王，权也。微子嫡子死，立其弟衍，殷礼也。""子游问诸孔子，孔子曰：'不，立孙。'"注曰："据《周礼》。"然则商以嫡子死，立嫡子之母弟，周以嫡子死，立嫡子之子为嫡孙。①（嫡子嫡孙继承制度）

初，太祖欲行《周官》，命苏绰专掌其事。未几而绰卒，乃令辩成之。于是依《周礼》建六官，置公、卿、大夫、士，并撰次朝仪，车服器用，多依古礼，革汉、魏之法。事并施行。②

魏废帝二年，以宗室，进封建城郡王。三年，行《周礼》，爵随例改，封长湖郡公。③

世宗即位，征拜御正中大夫。时依《周礼》称天王，又不建年号，猷

---

① 《北齐书·儒林传》。
② 《周书·卢辩传》。
③ 《周书·元定传》。

以为世有浇淳,运有治乱,故帝王以之沿革,圣哲因时制宜。①

儒学的经学化表现已经渗透在各个方面,这种潮流在北朝的意识形态中始终占据主流,无论人们信仰佛教还是道教,儒家思想的中心正统地位都从来没有改变过。

六、北朝经学对士人学风的影响

以郑学为主的北朝经学对于北朝士人影响巨大。作为安身立命的资本,士人将学术看得极为重要,加上后期开放了私学及晋升官吏的通道,经学更是成为北朝社会的核心学术。常爽《六经略注》云:"《传》称:'立天之道曰阴与阳,立地之道曰柔与刚,立人之道曰仁与义。'然则仁义者人之性也,经典者身之文也,皆以陶铸神情,启悟耳目,未有不由学而能成其器,不由习而能利其业。"②

在南方以"谈玄"为身份标志的时候,北朝则把经学上升到与天地之道同等的位置。不仅政府加大对教育的管理力度,就是少数民族皇室贵胄也对自身以及子弟的教育非常在意,鲜卑部落时期和代国时期就不断有皇族子孙到汉族聚居地去学习汉代的文化,自北魏建国直至隋朝建立,北朝把经学作为国家教育重要内容的政策始终没有改变。虽然各代的传授方式不同,但归结起来不外两种:其一,官方引导的教育机构教学;其二,民间自发的学术之学。

从北魏道武帝建都平城开始,各代皇帝都颁布过有关教育的法令。出于为后世政权培养继承人的目的,教育对象基本上为皇室贵胄、军功大臣的子弟,而教师则是由各个高门大族征召过来的汉族大臣。《魏书·儒林传》

---

① 《周书·崔猷传》。
② 《魏书·常爽传》。

记载：

> 太祖初定中原，虽日不暇给，始建都邑，便以经术为先，立太学，置五经博士生员千有余人。天兴二年春，增国子太学生员至三千。
>
> 太宗世，改国子为中书学，立教授博士。
>
> 世祖始光三年春，别起太学于城东，后征卢玄、高允等，而令州郡各举才学。
>
> 显祖天安初，诏立乡学，郡置博士二人，助教二人，学生六十人。后诏：大郡立博士二人，助教四人，学生一百人；次郡立博士二人，助教二人，学生八十人；中郡立博士一人，助教二人，学生六十人；下郡立博士一人，助教一人，学生四十人。
>
> 太和中，改中书学为国子学，建明堂辟雍，尊三老五更，又开皇子之学。及迁都洛邑，诏立国子太学、四门小学。
>
> 世宗时，复诏营国学，树小学于四门，大选儒生，以为小学博士，员四十人。
>
> 正光二年，乃释奠于国学，命祭酒崔光讲《孝经》，始置国子生三十六人。
>
> 永熙中，复释奠于国学；……复置生七十二人。及迁都于邺，国子置生三十六人。

从以上记录来看，北魏时期主要的国家教育机构为太学、国子学、皇子之学、四门小学。太学、国子学是从拓跋珪建国时候就有的，基本上世代相传，未加改变，主要以五经为传授内容。到孝文帝拓跋宏的时候，针对皇室子弟先开了皇宗学，又开了四门小学，加强对皇室子弟的学术培养，在明元帝时期改为中书学的国子学也被恢复了。据施光明《北魏中书学考述》中以《魏书》为基础材料的考据，史料中出现的中书学生为126人，绝大部分是汉族士人，有籍贯和家世可考的有122人。中书学不同于国子学，其主要授课内容除了五经以外，还包括对起草国家公文类能力的培养，确保政权后继有人。除去中央政府的官方办学以外，北魏政府也支持地方兴办乡郡之学，献文帝明确提出要对各级机构，包括乡、郡等下层机构开展教育，并派遣专人执教。之后继承北魏国祚的北齐北周对教育也非常重视，沿北魏旧习，依然是以儒学经学为教育核心，据《北齐书》记载，北齐的官方教育依然完备：

（文宣帝）诏郡国修立黉序，广延髦俊，敦述儒风。其国子学生亦仰依旧铨补，服膺师说，研习《礼经》。①

（孝昭帝）又诏国子寺可备立官属，依旧置生，讲习经典，岁时考试。其文襄帝所运石经，宜即施列于学馆。②

北周官制直承周礼古制，更是大加推崇儒学。周明帝宇文毓"及即位，集公卿已下有文学者八十余人于麟趾殿，刊校经史"③。周武帝宇文邕立露门学，"每月集御前令与大儒讲论，数被嗟异，时辈慕之"④。北齐北周也如北魏一样重视地方教育，如《北齐书·儒林传》记载："故横经受业之侣，遍于乡邑；负笈从宦之徒，不远千里。……诸郡俱得察孝廉，其博士、助教及游学之徒通经者，推择充举。射策十条，通八以上，听九品出身，其尤异者亦蒙抽擢。"《周书·儒林传》记载："衣儒者之服，挟先王之道，开黉舍延学徒者比肩；励从师之志，守专门之业，辞亲戚甘勤苦者成市。"

北朝从皇室贵胄到地方郡县的官方教育一直都由政府督办，经学是主要的教学内容，这对整个社会的学术发展有极大的推动作用。魏末时皇室子弟身边已经出现了新的贵族文人文化圈，到北齐北周时少数民族贵族文人和汉

---

① 《北齐书·文宣帝纪》。
② 《北齐书·孝昭帝纪》。
③ 《周书·明帝纪》。
④ 《隋书·辛公义传》。

族文人已经几乎没有什么区别了,再加上大批由南入北的文人开始参与所处区域的文化建设,使得文学在北方出现了再次繁荣的倾向。北朝经学的民间学术活动在北朝整体的教育中亦占有举足轻重的位置,民间学术主要表现在两个方面,其一为中原地区高门大族内部的家学渊源,其二则为民间的私人讲学。门阀士族对于魏晋南北朝的任何一个王朝来讲都是不可忽视的力量,他们最能凝聚家族核心的就是累世传承的家学与家风,教育是高门大族具有生命力的重要保证。高门大族的文化传承自不必说,其子弟在很小的时候就会接受严格的家族教育,而初期的官方教育资源也是由高门士族提供的。私人讲学是北朝时期民间学术的另一表现,这与官方的支持是分不开的,北朝时期已经开始了起用秀才的选拔政策,为更多的寒门士人打开了进入政权系统的上升通道,这为北朝培养了大批人才,而且还在一定程度上消解了高门大族独霸文化资源的局面,使寒门弟子有机会接触以前高门大族独有的文化资源,并且获得登入仕途的机会,这对于以往出仕无门的平民来讲具有莫大的吸引力。因此,北朝私人讲学风气大盛,并且出现了专门讲学的大儒,如李彪、常爽、刘献之、张吾贵、刘兰、徐遵明、熊安生等,他们都以博通经史而闻名于世,授业弟子少则上百,多则上千。民间讲学师生都较为自由,学生可以择师而从,促进了学术交流的自由发展。此外,私人讲学以学术教育为核心,在浓厚的学术风气之下,师生的学术造诣均有很大的突破。身为寒门士人的学生有机会出人头地,获得社会的承认,学习努力刻苦自不必言,而经师以学术闻名并专以讲学为业,所以其潜心钻研学术的精神更胜于常人,如北朝著名的大儒徐遵明,"读《孝经》《论语》《毛诗》《尚书》《三礼》,不出门院,凡经六年,时弹筝吹笛以自娱慰。又知阳平馆陶赵世业家有《服氏春秋》,是晋世永嘉旧本,遵明乃往读之。复经数载,因手撰《春秋义章》,为三十卷"[①]。这种私学大兴的局面,使得北朝的学术出现了蒸蒸日上的局面,对于北朝社会文化修养的整体提升具有重要意义。北朝

---

① 《魏书·徐遵明传》。

的经学并不像汉代那样独师一家,从其发展经历来看,也经历了繁杂到统一再到新变的过程。《北史·儒林传》记载了相关的民间学术脉络,早期游学的形式决定了它的多元状态,代表人物有张伟、常爽、梁祚、刘兰、张吾贵,还有迁徙而来的凉州士人索敞等;北朝中期以后,五经的传习就集中在大儒徐遵明和刘献之门下,徐遵明讲授《周易》《三礼》《尚书》《春秋》等,而刘献之则主要传授《毛诗》,二人弟子众多,北朝中期绝大多数儒生出自二人门下;后期南北朝文化相通,由南入北文人包括王肃、庾信、王褒等将南方经学带入北朝学术圈,如王肃的《礼》《易》、庾信的《春秋左氏传》、颜之推的《周官》《左氏》等,使北朝经学最终发生变化,生活在北朝末隋朝初年的房晖远、张文诩、刘炫等著名经学家已经以融通南北而著称,经本也开始有更宽泛的选择。

北朝的经学被社会推崇到无以复加的程度,即便是以尚武为主的少数民族贵族,可以鄙薄文人的软弱,却不敢对儒学经学有丝毫的不敬。魏收在《魏书·儒林传》最后的一段所摘古语,可以说是这时人们心理的最好的注脚:"容体不足观,勇力不足恃,族姓不足道,先祖不足称,然而显闻四方,流声后裔者,其惟学乎。"北朝崇经并没有完全陷入如汉儒一样的字词训诂之中,虽然训诂是北朝经学的重要内容之一,但是北朝士人显然更为关注经学的现实社会的应用。以郑学为主的学术体系本就质朴简洁,在北朝的士人眼中更是如此,《六经注略》中说:"昔者先王之训天下也,莫不导以《诗》《书》,教以《礼》《乐》,移其风俗,和其人民。故恭俭庄敬而不烦者,教深于《礼》也;广博易良而不奢者,教深于《乐》也;温柔敦厚而不愚者,教深于《诗》也;疏通知远而不诬者,教深于《书》也;洁静精微而不贼者,教深于《易》也;属辞比事而不乱者,教深于《春秋》也。夫《乐》以和神,《诗》以正言,《礼》以明体,《书》以广听,《春秋》以断事,五者盖五常之道相须而备,而《易》为之源。故曰:'《易》不可见则乾坤其几乎息矣。'由是言之,《六经》者先王之遗烈,圣人之盛事也。安可不游心寓目,习性文身哉!"①

综上,经学在北朝的大力发展,得益于社会需要全面建构其文化意识形态,帝王希冀建立正统稳定的国家秩序,高门士族希望借此获得与政权的合作以保证家族昌盛,寒族士人有了进入上层社会的可能。经世致用的根本目的决定了整体的学术取向,形成了北朝以义疏而非哲理思辨为主的经学特质,而这种取向反映在文化中则出现了为以"用"为主、积极向上的文化精神,一定程度上改变了文人柔肌弱肤的气质,培养出一批刚柔相济、文武兼备的新文人。

七、北朝谶纬之学盛行对文化的影响

谶纬之学是北朝经学的一个重要组成部分,甚至是北方少数民族政权进入中原以后,选择儒学作为立国之本的主要原因之一。而谶纬之学在北朝的盛行,对北朝文化精神的整体面貌起到了重要影响,包括以道教、佛教为主的宗教在北方的普遍流行,都与谶纬之学的泛滥有着密切关系。因此,谶纬之学既是北方经学化的儒学之重要组成部分,更是北朝文化研究中必不可少的一个环节。永嘉之乱后,以洛阳为中心的门阀士族集体迁至南方,同时比较集中地带走了魏晋以来的各种流行学术风气。然而北方广阔的土地上并不都是文化的荒原,魏晋南北朝的文化中心并不全在以京都为中心的高门大族身上,留守地方的高门大族依然保持着良好的家风和学风,文化学术是其门第最为显赫的标志,为了保证家族的兴旺不衰,各个家族内都严格地对自己的子弟进行家族学术的传承教育,其文化资源为进入中原地区的少数民族政权提供了知识系统的保障。地方高门大族的文化资源通常都是累世相传的,因此其直承两汉经学的性质也非常明显。

自董仲舒以"天""天道""天命"的范畴与汉帝国达成一致开始,谶

---

① 《魏书·常爽传》。

纬之学作为"天命"的解释就相应出现了。谶纬内容范围极广,几乎囊括了先秦两汉时期所有有关神秘主义的内容,包括天象、福瑞、灵异、卜筮、方术、神话以及文字训诂、天文地理等。在谶纬之术的笼罩下,两汉经学在解读儒家经典的时候,一方面具有解决实际问题的经世济用性质,另一方面则带上了浓重的神秘主义色彩。汉代今文经学的突出特点就是具有"神学"倾向,讲天人感应、阴阳五行以比附政治,在维护王权的同时力图制约王权。在北朝备受推崇的郑玄博通古今,其学术思想对今文经学也有相当明显的承袭。如他在注释《中庸》"天命之谓性"时与今文经学家一样,把阴阳五行学说与人事、政治普遍联系起来。郑玄等汉代经学家的经学注本,为北朝文人提供了理论上的依据。

在任何一个国家或民族的起源时期,人们由于对世界的认识和把握的不足,往往把一些不能把握的事情,诸如生老病死、四季交替等自然现象看作神的旨意,笃信神灵是人类社会童年时期的重要标志。先秦两汉时期可谓是中国神秘色彩最浓重的时期,人们对天地、鬼神、祖先、山川大地、海河湖泊包括刮风下雨等一律崇拜,皇帝们四处求仙问药以求长生不老,民间卜筮、巫术、祈雨、驱邪、求子等更是广为流传,谶纬也就有了非常适于生长的土壤。所谓"谶",就是一种带有神异性质的预言,而"纬"则是对神示的预言"合法的"解读。巫医是最早的知识分子,上古时期,人们就是通过巫医进行人与神的沟通,以达到天人合一的自然和谐。汉代对于儒家的经学解释在某种程度上类似儒学与上古巫医卜筮行为的结合:以儒家经典为核心,加上天人感应、阴阳五行学说以及自然所呈现出来的各种天文地理现象,借助于神圣化的上古贤君以及孔子的口吻重新演绎经典,使之具有预见性、神秘性和不可侵犯的色彩。谶纬之学在两汉之际已经高度发达,解读经籍的纬书也大量出现。而这些恰是北朝留守中原的世家大族的资本,他们对于汉代儒生的文化成果资源的保存相当丰富,这也是魏晋以文化为品评门第标准所遗留的风尚之一。考察被北朝起用并作为重臣的汉族士人,"博涉经史""通《易》""善阴阳"等字眼经常出现,这就说明在北朝士人的知识组成中有谶纬之学的内容，他们有一定的能力对于未发生事件做出准确的预言性判断，这样的记录经常出现在北朝的史籍记载中。

谶纬的预言和前见性对于崇拜神灵的少数民族来讲，无疑具有极大的诱惑力。进入中原的拓跋鲜卑原是居住于草原以游牧生活方式生存的民族，生存环境的恶劣，使其对死亡以及其他不可抗拒的灾害更有体会，因此，对鬼神的信仰和预见未来的渴望也更为虔诚、迫切。北魏统治者确定以郑玄所注经典版本为正宗，包括尊崇服虔、杜预注解的《春秋》等，与其注解中浓重的谶纬之气是分不开的。史籍中，北朝诸帝除北魏孝文帝以外，其他帝王都虔诚地相信汉族士人对于谶纬的解说。《魏书·太祖纪》记载，道武帝天兴三年（400），"太史屡奏天文错乱，帝亲览经占，多云改王易政，故数革官号，一欲防塞凶狡，二欲消灾应变"。道武帝因为史官所奏天象紊乱而惶恐万分，多次"革官号"以应灾变。北齐皇帝更为夸张，直接传位太子以应阴阳之变。《北齐书·武成帝纪》记载：

> 是月，彗星见；有物陨于殿庭，如赤漆鼓带小铃；殿上石自起，两两相对。又有神见于后园万寿堂前山穴中，其体壮大，不辨其面，两齿绝白，长出于唇，帝直宿嫔御已下七百人咸见焉。……太史奏天文有变，其占当有易王。丙子，乃使太宰段韶兼太尉，持节奉皇帝玺绶传位于皇太子，大赦，改元为天统元年，百官进级降罪各有差。又诏皇太子妃斛律氏为皇后。

北齐武成帝高湛避讳如此。其后高纬依此再授位太子，《北齐书·后主纪》载："先是望气者言，当有革易，终是依天统故事，授位幼主。"北周皇帝亦是如此，《周书·孝闵帝纪》也记载了皇帝受谏官影响的行为：

> 五月癸卯，岁星犯太微上将，太白犯轩辕。己酉，槐里献白燕。帝欲观渔于昆明池，博士姜须谏，乃止。

对于上天出现的异象所带来的神明启示，北朝各帝都深信不疑，这不仅直接对帝王行为产生作用，更为中原的汉族士人进入少数民族政权开辟了通道。如邓渊因为"性贞素，言行可复，博览经书，长于《易》筮。太祖定中原，擢为著作郎"①，明元帝因崔浩善于《易》以及《洪范》之学而委以重任，而崔浩也的确做出了让帝王心仪的预言性判断，因多有应验而隆宠益重。《魏书·崔浩传》记载：

> 太宗好阴阳术数，闻浩说《易》及《洪范》五行，善之，因命浩筮吉凶，参观天文，考定疑惑。浩综核天人之际，举其纲纪，诸所处决，多有应验。恒与军国大谋，甚为宠密。是时，有兔在后宫，验问门官，无从得入。太宗怪之，命浩推其咎征。浩以为当有邻国贡嫔嫱者，善应也。明年，姚兴果献女。

以阴阳谶纬见宠的不止崔浩一人，也不止北魏一朝，北齐、北周同样如此。

北魏时期：

> (裴)宣家世以儒学为业，常慕廉退。……宣素明阴阳之书，自始患，便知不起，因自剋亡日，果如其言。时年五十八。②
>
> (孙)绍少好学，通涉经史，颇有文才，阴阳术数，多所贯涉。初为校书郎，稍迁给事中，自长兼羽林监为门下录事。③
>
> 鹿悆，字永吉，济阴人。父生，在《良吏传》。悆好兵书、阴阳、释

---

① 《魏书·邓渊传》。
② 《魏书·裴宣传》。
③ 《魏书·孙绍传》。

氏之学。太师、彭城王勰召为馆客。①

北齐时期：

徐之才、宋景业等每言卜筮杂占阴阳纬候，必宜五月应天顺人，(高)德政亦劝不已。仍白帝追魏收。收至，令撰禅让诏册、九锡建台及劝进文表。②

(祖)珽天性聪明，事无难学，凡诸伎艺，莫不措怀，文章之外，又善音律，解四夷语及阴阳占候，医药之术尤是所长。文宣帝……爱其才伎，令直中书省，掌诏诰。③

北周时期：

(柳)敏九岁而孤，事母以孝闻。性好学，涉猎经史，阴阳卜筮之术，靡不习焉。年未弱冠，起家员外散骑侍郎。……及文帝克复河东，见而器异之……爰及吉凶礼仪，亦令监综。④

卢光字景仁，小字伯，范阳公辩之弟也。性温谨，博览群书，精于《三礼》，善阴阳，解钟律，又好玄言。孝昌初，释褐司空府参军事，稍迁明威将军、员外侍郎。⑤

乐茂雅、萧吉以阴阳显，庾季才以天官称，史元华相术擅奇，许奭、姚僧垣方药特妙，斯皆一时之美也。⑥

---

① 《魏书·鹿悆传》。
② 《北齐书·高德政传》。
③ 《北齐书·祖珽传》。
④ 《周书·柳敏传》。
⑤ 《周书·卢光传》。
⑥ 《周书·艺术传》。

从北魏到北齐北周，谶纬之说始终是汉族士人与北朝皇族的重要沟通渠道。谶纬之学是汉族士人的家传之学，汉族士人凭借其家传学术并借助"神"的代言人的身份拥有了与政权主体平等言说的权利，进而使实现自己的理想抱负成为可能。而少数民族统治阶层则借用汉族士人的文化资本，一方面为自己政权的合法性寻找依据，另一方面趋吉避凶，以最实惠的方式完成现实性的目标。

在谶纬之学成为主流文化之一以后，北朝的社会风气也随之改变。首先，社会上善阴阳之术的人大量出现，阴阳之术大盛，对于《易经》的推崇达到一定高度。发展到后来，社会整体显现出极度迷信的局面，行为处事不以事实分析为依据，而以占卜为先，阴阳天象测知未来并指导行为成为普遍现象。吕宗力认为："预知未来以趋吉避凶是具有普遍性的人类心理需求，尤其在充满集体焦虑和恐惧的语境中。3—6世纪诸政权多次颁布的谶纬禁绝令，只是将谶纬排斥在官方、主流意识形态之外，反而令谶言在民间获得了创作、诠释、传播和应用的更大空间。"[①]社会本身动荡不安，战争不断，生命无以保障，再加上这种神秘主义的泛滥，为北朝佛教、道教进入文化空间创造了良好的条件。其次，对于谶纬之术的倚重使得更多的汉族士人进入主流话语空间，为文化的发展及民族进一步交融奠定了基础。谶纬一直就是汉族高门大族秘不外传的绝学，掌握学术也是汉族士人的专有特征。占有了话语权以后，从小处讲，可以更好地为家族谋利，从大处讲，则为本民族文化持续发展提供可能。以崔浩为例，崔浩由于精通阴阳之术、多次判断灵验而深受北朝皇帝信任，在拥有一定的政治势力以后，他最想做的事情就是重新恢复门阀士族曾经的显赫，将汉族士人重新推送到社会主流的轨道上。事实上，崔浩已经具备以其影响力改变主流决策层的政策抉择的能力，道武帝灭佛一事，就和崔浩有着莫大的关系，虽然最后以失败告终，但是北朝汉族士人由此获得的言说权利却是毋庸置疑的。最后，对北朝士人学术的影响。

[①] 吕宗力：《谶纬与魏晋南北朝佛教》，载《南京大学学报》，2010（4）。

谶纬之说建立在天文学、地理学、阴阳五行学说、《易经》等理论基础上，它要求实际勘察分析诸如天象之变、阴阳推算等，以达到最终趋吉避凶的现实目的，因此进一步强化了北朝士人的实践性的治学品格，对现实社会中的现象包括天文地理等更为关注，也对经文书卷中具有实际操作价值的内容更感兴趣。因为要从书中寻求解决现实问题的理论根据，所以博览群书是北朝士人的普遍特征，这种务实精神使得北朝士人现实精神越来越强，离玄学思辨也越来越远，故而南北方在文化艺术方面的差异也越来越大。

八、北朝儒学经学化对社会文化思想的引导作用

北朝儒学的经学化是社会发展的必然趋势，是在特殊的文化形态下作出的选择。这种文化的选择也使北朝的文化气氛特点鲜明。北朝各国皆为少数民族政权，文化的交融与冲突体现在社会生活的各个方面。而以儒学为根本的治国方针，则为民族间的文化交往拓展了通道。随着文化的不断交融，多民族统一的局面形成，在此方面儒学功不可没。文化的融合带来的就是文艺的复苏，北朝中后期，北朝贵族的文化艺术修养大幅度提高，"雅爱诗书""博通经史"者比比皆是，已经开始出现以文人为主体的交游活动，少数民族贵族也参与其中，而之后诗赋、散文等艺术创作的大量出现，则与此有极大的关系。此为其一。

其二，儒学纲常制度的建立。在北朝进入中原以前，以强者位尊，以利益为先，这种草原文化气息使得北朝政权主体极不稳定，而到北朝中后期，从墓碑的发掘表现来看，儒家的忠孝观念已经深入到少数民族贵族的意识里面，建立起以儒家文化为核心的文化价值体系。《洛阳伽蓝记·城东》云："自晋宋以来，号洛阳为荒土，此中谓长江以北，尽是夷狄。昨至洛阳，始知衣冠士族，并在中原，礼仪富盛，人物殷阜，目所不识，口不能传。"北朝统治者建立儒家的价值体系目的有二，一方面，是为了表明自己政权的合法性，获得天下百姓的承认，吸引全天下的优秀人才，以期国祚永昌，并为

统一奠定基础；另一方面，儒家的纲常制度的建立背后，就是社会秩序的重新确立，以儒家文化为核心的礼乐制度，有利于教化人们安于现有的等级制度，从而保证社会的稳定。

其三，儒学经学化的实践品格。儒家经学化后，各族士人都以积极务实的态度进入社会，积极参政言政，经世致用的精神蔚然成风。士人积极参与政事，出现了文武兼备的文人形象。拓展到艺术领域中，则凸显了以政教为主流的文艺价值观念和以文德为评判标准的文艺观。

第三章
魏晋南北朝时期的士人精神

◎ 第一节
南朝士人的精神

　　《世说新语·任诞》记载王孝伯言："名士不必须奇才，但使常得无事，痛饮酒，熟读《离骚》，便可称名士。"这是时人对名士风范的描摹。据说闻一多在西南联大讲课也常以此言为开场白。当然，在魏晋南北朝近四百年的时间跨度中，士人的精神气质不仅随时运推移而变化，而且经常呈现出矛盾的情况。

一、重世务与贵清虚：交织互渗与乖谬背离

　　此处所谓世务，主要指谋身治世之事，突出表现为政治场域里的奔竞角逐。所谓清虚，主要指避尘世功名俗务而怀抱清高淡泊甚或虚无的人生价值取向。魏晋南北朝世家大族势力的崛起和膨胀，离不开士人阶层对世务的高度看重，这种看重既有个体生命价值实现的考量，也包含争取家族利益最大化和恒久性的习惯。而贵清虚往往意味着一种姿态，表面上是疏离政治世务而实则为一种低调的文化炫耀。故重世务与贵清虚并非泾渭分明，或者说，它们并非互相对立攻难的生活方式,而是一种生活方式的两个方面。"士族从角逐政坛的时候开始,无论是处于觊觎政权的企望争夺时期,还是在占据权力核心的门阀政治时期,均对政治呈现两种截然相反然而却又融为一体的态度,一方面是拼命地接近政治权力核心,另一方面却又极力作出淡漠和疏离政治的架式。"①接近政治权力核心即为重世务的突出体现,疏离政治的清虚架式则通过玄谈举止和文化活动构建起来。

汉魏之际,士族阶层的经济实力空前上升,使之在皇权力量面前不再摇尾乞怜。魏晋以来,皇权力量与士族力量互为依靠,九品中正制渐渐演变成士族门阀统治的工具,高门士族垄断部分官职而享有政治特权,从而享有经济特权。皇权出于依赖和拉拢目的,从曹魏政权开始,给士族阶层免除赋役,支持和保护士族土地庄园,甚至荫庇其亲属、屯田客、隐户、衣食客及典计,放纵士家大族私养流民和占山圈泽诸行为。《三国志·魏书·王修传》注引王隐《晋书》提到王修之孙的千余门生被安丘令征发服役,结果安丘令不识时务而"一县以为耻",这说明了魏晋时期的一个经济事实:学可以庇身,德可以荫门生。换句话说,荫客制度至少在经济层面得到皇权默认,士族经济特权的形成乃历史发展趋势。士族阶层依恃特权获得大量剩余物资,并相互之间进行商品流动交易,其间损公肥私的经济活动时有发生,所谓"公侯之尊,莫不殖园圃之田,而收市井之利,渐冉相放,莫以为耻,乘以古道,诚可愧也。今西园卖葵菜、蓝子、鸡、面之属,亏败国体,贬损令问"②,证明了士族阶层在经济特权膨胀后背离儒家仪轨的事实。从宗族结构组织来看,魏晋南北朝时期主要有三种宗族结构类型,即皇族、士族和寒族。三类宗族中,皇族固然具有最高特权,但其内部倾轧残杀损耗威势,王朝更迭频繁亦使其影响有限。寒族经济和文化力量较为弱小,宗族结构组织也不太严密,故在南朝之前的影响力不能望士族之项背。曹魏帝王本寒族

---

① 宁稼雨:《魏晋士人人格精神——〈世说新语〉的士人精神史研究》,119页。
② 《晋书·江统传》。

出身，建立政权后摇身变为皇族，其虽有意限制士族势力参政，但终究没能阻挡以司马氏为代表的士族政治力量的称霸企图。公元249年的高平陵政变，充分代表了士族阶层"重世务"的强烈要求，其对政治偶然的疏离只是一种故作姿态。

世家大族因具有经济、政治和文化的优越性，构成了士人阶层的主体，士人阶层由此成为整体人格精神的独立实体存在，在文化建构中具有超越性和审美性，表现了士人阶层的个体精神独立意识和群体文化自觉意识。他们可以肆意骋怀，展露一己之喜怒哀乐，可以俯仰自得而游心于太玄，探索那些"形而上"的思想问题，以体现他们的文化优越感，这些一定程度上体现了"贵清虚"的生活方式。而当士人身份依委于其宗族利益之时，却几乎都打上了"重宗族轻个人"的烙印。无论河内司马氏，还是王、谢、庾、桓、郗、袁、顾、陆、朱、张等世家大族的子弟，都为了个人和家族的命运而汲汲于政治事功，宗族的现实命运迫使他们不得不重视世务。下面以正始玄学代表何晏为例来说明。

开启魏晋玄学思潮的何晏，好与人谈论"天人之际"，与王弼、夏侯玄等竞事清谈，倡"本无论"玄学主张，使汉魏学术由"综合名实"过渡到"玄远之学"，为玄学本体论的构建奠定了坚实基础。在大将军曹爽掌权辅政之前，何晏一直未受曹氏主政者的重用，他醉心于学术，在思想上显示出重"自然"而轻"名教"的倾向，"巧累于理"，其贵清虚的效果是"当时权势，天下谈士多宗尚之"。司马光评论"何晏性自喜，粉白不去手，行步顾影。尤好老、庄之书，与夏侯玄、荀粲及山阳王弼之徒，竞为清谈，祖尚虚无，谓《六经》为圣人糟粕。由是天下士大夫争慕效之，遂成风流，不可复制焉"[1]。这是从学术积极面言之，然而从政治消极面言之，何晏却被针砭"清谈误国"，如晋武帝继位之初，傅玄在《举清远疏》中称："近者魏武好法术，而天下贵刑名；魏文慕通达，而天下贱守节。其后纲维不摄，而

---

[1] 《资治通鉴·魏纪七》。

虚无放诞之论，盈于朝野，使天下无复清议，而亡秦之病，复发于外矣。"西晋末，王衍在被石勒"排墙填杀"时称："吾曹虽不如古人，向若不祖尚浮虚，戮力以匡天下，犹可不至今日。"①似乎更是验证了清谈误国之说。表面看来，以何晏为初祖的清谈之士乃"言远而情近，好辩而无诚，所谓利口覆邦国之人"，只贵尚清虚而不重世务才导致邦国覆亡，但实际上这里纠缠着清谈之士和礼法之士两种政治势力之间明争暗斗。也就是说，清谈之士贵清虚或者礼法之士重世务的说法，都是仅就侧重点而言的，其实整个士人阶层都不可能偏于一端。

何晏亦如此，其早年与毕轨、邓飏、李胜、丁谧等都有才名，但急于富贵，趋炎附势。魏明帝曹叡继位后，厌恶他们虚浮不实，多加抑制而不录用。何晏当然不甘沉沦下僚，他是很有一番政治抱负的，便联络一帮与他一样遭遇的青年士子，以"材辩显于贵戚之间，邓飏好变通，合徒党，鬻声名于闾阎，而夏侯玄以贵臣子少有重名，为之宗主"②。连司马懿那位向来以务实而闻名的儿子司马师也被吸引而至，并形成一种时髦风气，在京师弥漫开来，尤其是其"人材清议"舆论，甚至影响了政府的选官活动。这在朝廷当权派看来，是危害社会稳定的。魏明帝迅速作出反应，于太和六年（232）下诏，以"浮华交会"等罪名将夏侯玄、何晏、邓飏等15人"皆免官废锢"。究其原因，"浮华交会""非指生活上之浮华奢靡，而是从政治着眼，以才能互相标榜，结为朋党，标举名号如'四窗''八达'之类以自夸"③，影响政治局势才是真正原因。从中可见，何晏等人"贵清虚"活动，真正指向的还是"重世务"，其学术旨趣仍然是与世俗权势的追逐不相违背的。及至曹爽辅政，何晏又"曲合于曹爽，亦以才能，故爽用为散骑侍郎，迁侍中尚书。晏前以尚主，得赐爵为列侯……晏为尚书，主选举，其宿

---

① 《晋书·王衍传》。
② 《三国志·魏书·傅嘏传》注引《傅子》。
③ 周一良：《魏晋南北朝史札记》，35页，北京，中华书局，1985。

与之有旧者，多被拔擢"。① 何晏等依仗曹爽势力用事，迎合者升官进职，违抗者罢黜斥退，以至朝廷内外都看其风向行事，不敢违抗他们的意旨。何晏又割洛阳和野王典农的数百顷桑田和汤沐地作为自己产业，并窃取官物，向其他州郡要求索取，官员都不敢抗逆。何晏早年急欲结交的傅嘏指责他"外静而内躁，铦巧好利，不念务本"，对曹爽之弟曹羲说"吾恐必先惑子兄弟，仁人将远而朝政废矣！"何晏等遂与傅嘏不平，因微事免去傅嘏官位。后又协助曹爽逼退司马懿而独掌乾纲，并进言于帝："自今御幸式乾殿及游豫后园，宜皆从大臣，询谋政事，讲论经义，为万世法。"这些都是实实在在的经纶世务之举。不仅如此，高平陵之变发生后，曹爽最终败于司马懿为首的礼法派。何晏为求自保，主动向司马懿靠拢，"宣王使晏与治爽等狱。晏穷治党与，冀以获宥"，政治上的投机心态昭然若揭，可是终因政治上是曹氏亲缘而未能摆脱与曹党相同的命运结局。② 钟嵘《诗品》称"平叔鸿鹄之篇，风规见矣"；刘勰《文心雕龙·明诗》篇称"及正始明道，诗杂仙心；何晏之徒，率多浮浅"，评价虽对立，却都是有道理的。在玄学理论方面，何晏的"贵无"思想学说使老庄之学由发生论转成本体论，以无为本，为理想君王的人格境界寻找哲学根据，这与他投靠曹党的政治选择可以说是相统一的；但他以朋友故旧为代价，企图挽回政治生命的做法，就与玄学所标榜的人格气节和独立精神背谬乖离了。

何晏的学术人格与政治人格的两重性，比较典型地代表了魏晋以降士人阶层"重世务"与"贵清虚"既交织互渗又背离的特征。何晏系东汉大将军何进之孙，其父早逝，曹操纳其母尹氏并收养了他；后又娶曹操女金乡公主。何晏与"王弼等祖述老庄，立论以为天地万物皆以无为本"，"开物成务，无往不存"，还认为圣人无喜怒哀乐，圣人无累于物，也不复应物，因此主"圣人无情"说，即认为圣人可完全不受外物影响，而是以"无为"为

---

① 《三国志·魏书·曹爽传》注引《魏略》。
② 《三国志·魏书·曹爽传》注引《魏氏春秋》。

体。他在学术方面确实才华卓越且用功甚勤,但也因颇负才学而英华外露、夸夸其谈,甚至崇己抑人,仗势专权。当时名士傅嘏说他"言远而情近,好辩而无诚,所谓利口覆邦国之人",是颇为准确的。《三国志·魏书·曹爽传》注引《魏氏春秋》记载:"夏侯玄、何晏等名盛于时,司马景王亦预焉。晏尝曰:'唯深也,故能通天下之志,夏侯初泰是也;唯几也,故能成天下之务,司马子元是也;惟神也,不疾而速,不行而至,吾闻其语,未见其人。'盖欲以神况诸己也。"其自负才情者如是,终究酿成被诛在族的悲剧。

何晏之所以主张"圣人无情"说,不仅仅是出于理论兴趣,更为深层的是树立起自己的人生理想,表达自己心目中模范君主的标准,其中潜藏着自己对现实命运的不满情绪。在他看来,圣人无情指的是圣人情感发于内心,感情真挚,却又不像普通人样沉溺于某种情感,并非真的毫无情感,即"凡人任情,喜怒违理。颜回任道,怒不过分。迁者,移也。怒当其理,不移易也。不贰过者,有不善,未尝复行"[1]。讲究的是一种情感的超越性,其实与王弼明确的"圣人有情"主张是暗合的。《难何晏圣人无喜怒哀乐论》云:"神明茂,故能体冲和以通无;五情同,故不能无哀乐以应物;然则圣人之情,应物而无累于物者也。"承认圣人有情感欲望有利于彰显圣人的德性智慧,圣人高于常人的德性智慧正在于能够领悟正确的行为、生活方式而与"无"合体,不为外在事物所牵累。这当然也是为自己的行为进行理论辩护。所以,在日常世务方面,何晏热衷财富权力,并党同伐异,背信弃义,他不觉得这样有何不妥,反而觉得自己是在效仿圣人参与政治实践,且自视甚高,认有自己的政治方略最为合理。归根结底,何晏提示圣人的职责和德性、描述圣人形象,是在为个人确定道德理想,寻找政治实践的理论力量。这一方面固然能够以此来展现玄学推崇顺应天性的自愿性原则,另一方面却

---

[1] (三国魏)何晏注,(宋)邢昺疏:《论语集解》,见(清)阮元校刻:《十三经注疏》,2477页,北京,中华书局,1980。

也可能导致利己主义的结果，更有可能造成理论与行动之间的异趋性。《三国志·魏书·明帝纪》载，太和六年（232）"三月癸酉，行东巡……九月，行幸摩陂，治许昌宫，起景福、承光殿"。缪袭作《许昌宫赋》，何晏、韦诞、夏侯惠等均作《景福殿赋》。而考察何晏的《景德殿赋》不难发觉，文章借鉴汉大赋写法，旨在颂扬曹魏政权和阿谀魏明帝。所谓"大哉惟魏，世有哲圣。武创元基，文集大命。皆体天作制，顺时立政。至于帝皇，遂重熙而累盛。远则袭阴阳之自然，近则本人物之至情"云云，都是美化魏明帝，视其为玄远之学中的集名教与自然合一的理想君主。文章既提出"故将立德，必先近仁"的儒家名教思想，也表达"家怀克让之风，人咏康哉之诗，莫不优游以自得，故淡泊而无所思"的道法自然的思想。他主观上极力把自然与名教统一起来，而在客观实践上却经常背谬乖离。何晏在高平陵政变后写的两首诗流露出深沉复杂、忧恐疑惧的矛盾情绪："鸿鹄比翼游，群飞戏太清。常恐夭网罗，忧祸一旦并。岂若集五湖，顺流唼浮萍。逍遥放志意，何为怵惕惊？""转蓬去其根，流飘从风移。芒芒四海涂，悠悠焉可弥？愿为浮萍草，托身寄清池。且以乐今日，其后非所知。"这两首诗也可以说是对其人生命运的文学性和玄理性的双重概括，一种进退失据和忧生畏祸的心理状态昭然若揭。

至于西晋覆亡被归罪到玄学家们头上，其中"清谈误国"说法的历史生成过程充满了误读。史载"王衍字夷甫，神情明秀，风姿详雅。总角尝造山涛，涛嗟叹良久，既去，目而送之曰：'何物老妪，生宁馨儿！然误天下苍生者，未必非此人也。'"[①]但是这种归罪实际是一种简单化的历史误认，既有当事人的误认，也有评史者的误认。王衍的临终追悔向来是东晋人批判清谈的一个重要思想资源，桓温北伐时慨然而称："遂使神州陆沉，百年丘墟，王夷甫诸人不得不任其责！"名士袁宏反驳："运有兴废，岂必诸人之过！"桓温讥讽道："颇闻刘景升有千斤大牛，啖刍豆十倍于常牛，负重

---

① 《晋书·王衍传》。

致远，曾不若一嬴牸，魏武入荆州，以享军士。"①其实，清谈与政治才能、政权命运并无必然联系，这本是不难理解的；而且，桓温本人亦为清谈名士，并以没有跻身一流清谈家而耿耿于怀。《世说新语·文学》篇载，王导与殷浩共谈析理时，桓温、王濛、王述、谢尚都在座；王导与殷浩共相往反，遂达三更，其余诸贤都插不上话。最后王导叹道："向来语，乃竟未知理源所归。至于辞喻不相负，正始之音，正当尔耳！"次日桓温对人评说："昨夜听殷、王清言，甚佳。仁祖亦不寂寞，我亦时复造心，顾看两王掾，辄翣如生母狗馨。"桓温参与清谈是很自觉很投入的，只不过玄学造诣未臻高境，在军旅生涯中讥讽清谈名士，当有特殊语境。有意思的是，与王衍同为清谈领袖的乐广却显示出很高的政治才华。卫瓘赞誉乐广的名士风流："自昔诸贤既没，常恐微言将绝，而今乃复闻斯言于君矣。……此人之水镜，见之莹然，若披云雾而睹青天也。"②郗鉴则称誉其政治才能："彦辅道韵平淡，体识冲粹，处倾危之朝，不可得而亲疏。及愍怀太子之废，可谓柔而有正。"③乐广是魏晋名士中既贵清虚又重世务者，且将两者比较完美地汇集一身。乐广虽为名士，却有统一自然与名教的思想，故对名士们的放诞行为并不认可，"是时王澄、胡毋辅之等，皆亦任放为达，或至裸体者。广闻而笑曰：'名教内自有乐地，何必乃尔！'"再如创建江左东晋政权的士人主体大多为元康时期的清谈名士，王导、王敦均好清谈，却开创了"王与马，共天下"的政治局面，可见清谈与政治能力未必有直接的逻辑关系，清谈与误国之间更无因果关系。章太炎说"五朝所以不竟，由任世贵，又以言貌举人，不在玄学"，的确是公正之论。容肇祖引述钱大昕《何晏论》和朱彝尊《王弼论》为何、王澄清不白之冤，谓《论语集解》《周易注》《老子注》为"浮辞游说"，是实在不然的，"研究老庄诸子，不能为王、何罪，反足以见其研究学问，不存先见的精神"；同时对钱大昕、朱彝尊为了洗清

---

① 《晋书·桓温传》。
② 《晋书·乐广传》。
③ 《晋书·郗鉴传》。

何、王之冤而移罪于嵇康、阮籍的做法表示反对，认为"嵇康、阮籍辈亦固不能任咎"，原因是"一则晋乱由于君位不得其人及任世贵，与清谈一辈无关"，"二则嵇、阮等，眼见司马氏之篡魏，耻为臣仆而又不可避免，故高居拱默以遗事为高，即不为晋用。三则当日礼法太拘。贾充、何曾一辈以佞谀取高位，而日谈礼法，嵇、阮的鄙弃礼法实有激而然，看嵇康《与山巨源绝交书》可见"。① 钱大昕、朱彝尊虽然在替何晏、王弼翻案方面贡献很大，但是为整个魏晋玄谈名士辩护则是容肇祖更深远的意图。清谈是否导致误国，这个问题在此可以悬置起来不讨论，我们需要注意的是，不管清谈和政治之间关系如何，都不能忽视一个事实，即魏晋士人既在学术思想方面构造了才性与玄理兼备的清虚世界，也在事功世务方面构造了或成功或失败的人生历程。

王衍出身于琅琊王氏家族，早年无意仕宦。泰始八年（272），司马炎下诏命百官举荐镇定边疆之才，王衍好论纵横之术，故尚书卢钦举为辽东太守，但王衍未就任，只是沉浸在自己的学术世界里，"口不论世事，唯雅咏玄虚而已"。后来其父去世，"送故甚厚，为亲识之所借贷，因以舍之。数年之间，家资罄尽，出就洛城西田园而居焉"。应该说，这时的王衍是超越世俗而追求精神自由的，尽力规避世俗生活对精神生活的侵扰。其步入仕途当出于家庭利益考虑，"后为太子舍人，迁尚书郎。出补元城令，终日清谈，而县务亦理"。接着"入为中庶子、黄门侍郎"。至此，王衍兼营清虚和世务，且处理得很顺畅，可见他还是有一定的政治才能的。随着其清谈玄理才能的影响力扩散，王衍的自我认知也开始膨胀。史载王衍"既有盛才美貌，明悟若神，常自比子贡。兼声名藉甚，倾动当世。妙善玄言，唯谈《老》《庄》为事……朝野翕然，谓之'一世龙门'矣。累居显职，后进之士，莫不景慕放效。选举登朝，皆以为称首。矜高浮诞，遂成风俗焉"。平心而论，王衍并非毫无政治和军事才干，比如永嘉二年（308）五月，刘渊

---

① 容肇祖：《魏晋的自然主义》，8、9页，北京，东方出版社，1996。

部将王弥进攻洛阳，王衍以司徒身份都督军事、持节、假黄钺，率军抵抗王弥军队，最终击退敌军并缴获大量辎重。但王衍官位愈隆而仍不重世务，据《晋书·王衍传》，"衍虽居宰辅之重，不以经国为念，而思自全之计。说东海王越曰：'中国已乱，当赖方伯，宜得文武兼资以任之。'乃以弟澄为荆州，族弟敦为青州。因谓澄、敦曰：'荆州有江汉之固，青州有负海之险，卿二人在外，而吾留此，足以为三窟矣。'识者鄙之"。王衍遭到"识者"鄙视，是由于其怀狡兔三窟的家族自保观念却不以经国为念的行为，如晋惠帝初年，贾后废愍怀太子，时王衍之女为太子妃，他"惧祸，自表离婚"；再如被石勒所俘之后，他竟然"欲求自免，因劝勒称尊号"。这些出于自保的政治表演，看上去确实难避"误国"之咎嫌。然而，王衍被推上政治舞台似有不得已之处，并非他自己主动钻营的结果；其狡兔三窟之外，尚有自知之明与勇毅之处，如永嘉三年（309），朝廷封其为太尉兼尚书令，又为武陵侯，王衍多次辞让封爵，拒不受任，但"时洛阳危逼，多欲迁都以避其难，而衍独卖车牛以安众心"。永嘉五年（311）三月，司马越去世，众人共同推举王衍为元帅，但王衍认为这时战争频繁，贼寇锋起，惧不敢当，就推辞说："吾少无宦情，随牒推移，遂至于此。今日之事，安可以非才处之。"晋武帝之后，杨骏、贾南风、司马伦、司马冏、司马颙、司马越等人先后当权秉政，王衍等清谈名士只不过是装点摆设而已，并无掌控朝政命运之实际权势。西晋覆亡，政权移鼎，中原沦陷，乃历史必然趋势，偏要将误国责任加于"以非才而处之"的王衍身上，历史人物的悲剧意蕴不可谓不夹杂着某些荒诞因素。但是，撇开历史人物的是非成败和褒贬评议，我们还是可以了解到，政治因素总是不可避免地盘桓在魏晋士人阶层的生活当中，无论他们是有意疏离还是无心参与，事实上都卷进其中，有一种无可奈何的感觉。也可以说，正因如此，士人阶层的精神世界才充满着矛盾性和丰富性，其理论和实践、才性和玄理、德行和命运之间的关系才更为复杂。

士族阶层基于自身门第经济实力，除保持着对文化话语权的热情追逐外，对政治权力也保持着或强或弱的欲望。晋至太康年间，政权已经基本稳固，皇权与士族阶层的关系也已趋缓和稳定，却不料乱自内而发，即著名的"八王之乱"。西晋的藩王政治制度本来是司马氏补救曹魏政权在中央事变时没有藩王援助的前车之鉴，分封了二十七个同姓藩王，这些藩王既可进入权力中枢参与最高决策，又可通过持节、都督诸军事等方式掌控边镇要地及统兵征伐。该制度意在维护司马氏的王朝统治政权，却酿成了诸王拥兵自雄乃至演变成问鼎中央政权的结果。藩王骨肉相残的斗争，使士族阶层壮大了政治影响力，成为西晋军政危乱中的最大赢家，为东晋门阀政治的确立和"王与马，共天下"局面奠定坚实基础。"无论出于何种原因和动机，那些在《世说新语》中挥麈谈玄、悠然恬淡的士族巨头，实际上也是当时政治舞台上叱咤风云的头面人物。这就是说，从曹魏时期开始，到东晋王朝止，士族文人在政治上既是最为热衷的追星族，又是政治权力的最大受益者。这就是我们从有关魏晋士族政治活动的正史记载中所得出的印象。"[①] "王与马，共天下"的门阀政治格局一旦形成，就意味着士族阶层与皇权势力基本平衡，琅琊王氏、郗氏、庾氏、桓氏、谢氏、太原王氏，先后主政，与司马氏共天下，最后东晋被刘裕北府兵覆灭。其间士族地位虽有升沉浮动，但每个士族大宗都在经济、政治、文化、军事等领域扩建和增强实力，又自觉地维系一种动态的势力平衡。当然，"从宏观考察东晋南朝近三百年总的政治体制，主流是皇权政治而非门阀政治。门阀政治只是皇权政治在东晋百年间的变态，是政治体制演变的回流。门阀政治的存在是暂时性的、过渡性的，它是从皇权政治而来，又依一定的条件向皇权政治转化，向皇权政治回归"[②]。

陈郡谢氏家族的崛起和衰落伴随着东晋后期历史。谢氏家族由晋至宋，屡受旧族大宗歧视，在跻身朝政顶层的过程中付出了很多人物的心血。大概从谢鲲一代开始，谢氏家族渐渐崛起。谢鲲多才多艺，由儒入玄，追随元康

[①] 宁稼雨：《魏晋士人人格精神——〈世说新语〉的士人精神史研究》，127页。
[②] 田余庆：《东晋门阀政治》，345页。

名士,《晋书·王澄传》云:"时王敦、谢鲲、庾敳、阮修皆为衍所亲善,号为四友,而亦与澄狎,又有光逸、胡毋辅之等亦豫焉。 酣宴纵诞,穷欢极娱。"谢鲲南下后则与当世名士毕卓、王尼、阮放、羊曼、桓彝、阮孚、胡毋辅之等人饮酒放诞,呼为"江左八达",终于获得了进入名士行列的必要条件。 谢鲲改儒学玄后虽贵清虚,表面放荡不羁忘情物外,其实始终怀抱入世之心,还与其弟谢裒分工扩展家族影响力,他专职做名士,笃定主意不参与世务,以提升家族文化实力为主要宗旨。 但由儒入玄专职做名士无疑影响经营事功,据《世说新语·品藻》,明帝问他比起庾亮孰高孰低,他回答:"端委庙堂,使百僚准则,臣不如亮。 一丘一壑,自谓过之。"谢鲲很清楚,要将庙堂和丘壑融为一体是难以实现的。 谢鲲葬于石子冈,说明其时不具备择地为茔的条件,谢氏家族还没有成为顶级士族。 其家族势力在谢尚兄弟时进一步升腾,主要是在桓温与朝廷对抗的过程中培植了自己的力量。 谢尚"善音乐,博综众艺",出镇边境,颇有政绩;在配合桓温、殷浩的北伐中,获得了传国玉玺。 他在镇守寿春时,又采拾中原乐人以备制太乐,史称"江表有钟石之乐,自尚始也"。 谢尚出镇历阳,并任豫州刺史十二年,使陈郡谢氏得以列为方镇,成为屏藩东晋朝廷的一支非常重要的力量。[①] 可见,谢尚将"贵清虚"和"重世务"处理得比其父更加妥帖,使其家族地位名望得以迅速提升。 不过,谢尚之后,族兄弟谢奕、谢万都以清虚放诞为重,经纬世务的实际能力较为欠缺。 谢万更是不得士情,"既受任北征,矜豪傲物,尝以啸咏自高,未尝抚众。 兄安深忧之,自队主将帅已下,安无不慰勉,谓万曰:'汝为元帅,诸将宜数接对,以悦其心,岂有傲诞若斯而能济事也!'万乃召集诸将,都无所说,直以如意指四坐云:'诸将皆劲卒。'诸将益恨之。 既而先遣征虏将军刘建修治马头城池,自率众入涡颍,以援洛阳。 北中郎将郗昙以疾病退还彭城,万以为贼盛致退,便引军还,众遂溃

[①] 《晋书·谢尚传》。

散，狼狈单归，废为庶人"①。 失去豫州的依凭，谢氏家族位望严重受损，谢尚从弟谢安不得不东山再起，巩固谢氏家族的势位。

唐长孺《士族的形成和升降》论及士族豪门有两个条件，即"计门资"和"论势位"。 谢尚、谢奕、谢万等族兄弟支撑门户时，谢氏家族势位无虞，谢安可以高卧东山，高标姿态以蓄门望，其实是静观时局伺机而动。 他少年有重名，初辟司徒府，除佐著作郎，并以疾辞。"寓居会稽，与王羲之及高阳许询、桑门支遁游处，出则渔弋山水，入则言咏属文，无处世意。 扬州刺史庾冰以安有重名，必欲致之，累下郡县敦逼，不得已赴召，月余告归。 复除尚书郎、琅邪王友，并不起。 吏部尚书范汪举安为吏部郎，安以书距绝之。 有司奏安被召，历年不至，禁锢终身，遂栖迟东土。"如此高枕无忧地放情丘壑，是因为当时有家族人物在势位方面支撑着，谢安也许真的只务清虚事业而不图世务，其镇安朝野的名士雅量集中体现了魏晋士族文人审美人生态度，想必也不完全是装出来的。 但后为简文帝的司马昱根据谢安"每游赏必以妓女从"的行为，料定他决非永远对政治世务漠然处之："安石既与人同乐，必不得不与人同忧，召之必至。"安妻（名士刘惔妹）"既见家门富贵，而安独静退，乃谓曰：'丈夫不如此也？'安掩鼻曰：'恐不免耳。'"②这一诡秘的掩鼻动作，透露出其胸藏仕进之志的真实内涵，只不过在等待最佳时机而已。 司马昱的"同乐""同忧"论，指出了谢安的人生安排是与家族甚至朝廷命运丝缕相连的实质。 谢安迫不得已最终出山任桓温司马时，"将发新亭，朝士咸出瞻送。 高灵时为中丞，亦往相祖。 先时多少饮酒，因倚如醉，戏曰：'卿屡违朝旨，高卧东山，诸人每相与言："安石不肯出，将如苍生何！"今亦苍生将如卿何？'谢笑而不答"。 其心机虽深藏不露，但人们还是能够从含蓄蕴藉中看出其真实意图来的。 又"时人有饷桓公药草，中有'远志'。 公取以问谢：'此药又名"小草"，何一

---

① 《晋书·谢万传》。
② 《晋书·谢安传》。

物而有二称？'谢未即答。时郝隆在坐，应声答曰：'此甚易解：处则为远志，出则为小草。'谢甚有愧色。桓公目谢而笑曰：'郝参军此过乃不恶，亦极有会。'"①小草、远志之讽喻、谢安的愧色及桓温的评点，都说明谢安老谋深算的处世之道，既贵清虚亦重世务，力求隐逸和事功双管齐下。时人即已深明这种情况，淝水之战中关于谢安神情举止的史载文字尤其生动：

坚后率众，号百万，次于淮肥，京师震恐。加安征讨大都督。玄入问计，安夷然无惧色，答曰："已别有旨。"既而寂然。玄不敢复言，乃令张玄重请。安遂命驾出山墅，亲朋毕集，方与玄围棋赌别墅。安常棋劣于玄，是日玄惧，便为敌手而又不胜。安顾谓其甥羊昙曰："以墅乞汝。"安遂游涉，至夜乃还，指授将帅，各当其任。玄等既破坚，有驿书至，安方对客围棋，看书既竟，便摄放床上，了无喜色，棋如故。客问之，徐答云："小儿辈遂已破贼。"既罢，还内，过户限，心喜甚，不觉屐齿之折，其矫情镇物如此。②

从容运筹帷幄的形象与"折屐齿"的细节如此巧妙神奇地集于一身，历史鲜活感由此产生。谢安之矫情镇物寄寓着魏晋名士身上的家族重托和朝野瞻望，这些重托和瞻望使他们以"无用为心"，将谈玄论道的隐与经纶世务的仕巧妙地统合起来，实现双重人生态度的自如转换。桓玄曾问谢道韫："太傅东山二十余年，遂复不终，其理云何？"谢答曰："亡叔太傅先正，以无用为心，显隐为优劣，始末正当动静之异耳。"③可见隐和仕并无优劣之分，也没有本质矛盾，不过是同一事物的此一时彼一时的动静变化而已。这样看来，贵清虚和重世务这样一种本来乖谬背离的价值取向和双重人格境界，在以谢安为代表的魏晋名士身上对立统一起来，理论和实践之间的裂缝

---

① 《世说新语·排调》。
② 《晋书·谢安传》。
③ 《世说新语·排调》注引《妇人集》。

得到弥合，使他们的精神实质得到了较为圆融的诠释。

二、名教与自然：士人精神世界的情礼纠葛

魏晋南北朝学术思想的理论主题之一是名教与自然的关系，概括地讲就是情礼之辨。士人群体辨名析理，并将之作为人生行动指南，呈现出异彩缤纷的生命气质和心灵境界。陈寅恪《天师道与滨海地域之关系》论及魏晋南北朝士人群体在言论、实践和信仰的不一致及复杂性时感叹道："其行事遵周孔之名教（如严避家讳等），言论演老庄之自然。玄儒文史之学著于外表，传于后世者，亦未尝不使人想慕其高风盛况。然一详考其内容，则多数之世家其安身立命之秘，遗家训子之传，实为惑世诬民之鬼道，良可慨矣。"陈先生指出一个问题，即魏晋士人的言行与实际信仰之间存在很大的反差，反差之大有时显得不可调和。这从魏晋名士对清虚和世务依违两可的人生态度亦可看出。那么造成这种断裂的思想原因是什么呢？这种断裂有没有一种必然的合理性？

儒家哲学与道家哲学是中国古代士人阶层处理人生问题的两大不同智慧，体现着不同的思维方式。正如卞敏所言，道家哲学寻求在并存状态中人与万物同为物的条件下的位置问题，从空间广延中首先看到事物之间千差万别的对立，看到任何具有规定性的具体存在都是有限的，有需要超越的局限性，由此寻找统一性的最高本质，寻根究底只能是抽象的"无"，"无"作为人生存与发展的最高根据，即"自然而然"的自然人生观；儒家哲学不但承认世界的统一性原理在空间上的广延性意义，更加重视时间序列上的历史性发展意义，关注昨天、今天、明天之我的关系，在生生不已的历史发展序列中，人是最具体环节也是最高环节，人之所以为人之道，在于社会伦理关系。① 由于两者皆突出了"人"的主体属性，儒道两家具有共通性和一致

---

① 详参卞敏：《魏晋玄学》，84页。

性，都视自然为人伦基础，人伦是自然的最高发展，在对待"天人关系"方面都反对割裂、主张协调，认为天与人、天道与人道、天性与人性是相类相通的，而天道、天性即自然。魏晋玄学兼综儒道，在文化外观和思想内涵方面都走向融合，使儒道互补的文化态势基本确定，魏晋士人阶层的文化心理结构和人格基础也基本定型，深深地影响着此后中国古代士人的安身立命之道和人格精神的肌理与面貌。

魏晋时期儒道兼综，从何晏、王弼的"贵无"本体论到嵇康、阮籍的元气自然论，从裴頠的崇有论到向秀、郭象整合"有""无"之辨，士人阶层深入细致地探讨了政治问题、人生问题和精神境界问题，具体体现在其对待名教与自然关系的方式。所谓名教者，"依魏晋人解释，以名为教，因其即以官长君臣之义为教，亦即入世求仕者所宜奉行者也。其主张与崇尚自然即避世不仕者适相违反，此两者之不同，明白已甚"①。名教从政治观点的角度看，代表着整套官方顺利实施其统治的政治制度和价值体系，对人的行为具有实际的约束力，发挥维护既成社会阶层秩序的功能，维系政治人伦和教化民心的作用。西汉大儒董仲舒倡导"审察名号"，教化万民，汉武帝把符合君主统治利益的政治观念、道德规范等立为名分，定为名目，号为名节，制为功名，用它对臣民进行教化，称"以名为教"。内容主要就是三纲五常，故也有"纲常名教"之说。两汉立名教之初，意在肯定自然与名教的关系，并希冀自然与名教能够保持一致性。故名教在长期历史发展过程中演变而成一整套政治制度、宗法制度、伦理道德及其思想观念，是维系"正名分""定尊卑"之君主等级制度的道德与礼制体系的总称。简约地讲，名教类同于礼教，泛指整个社会人伦秩序。汉代名教兴起，通过"以名为教"的方式，培养"中人"（即普通人）好名的欲望，借"清议"或舆论的力量，使人们摒弃邪恶，不至于触犯法律而受刑罚，从而维系君主统治秩序。但是，随着两汉"大一统"政治功能的弱化，名教日益异化及堕落，名教与自

---

① 陈寅恪：《金明馆丛稿初编》，203～204页，北京，生活·读书·新知三联书店，2001。

然的背离愈加突出，理想与现实、自由与道德、个体与社会的冲突越来越激烈。礼教抛弃乐教的辅助，成为一种抽象的说教和形式主义的规范，这种教育已无法进入人的心灵。这种演变趋势，越到后来越严重，以至束缚了人性的健康发展。相当一部分士人把名教当成追名逐利之工具，也有一部分士人转向心灵旷达的任自然之途。

明袁中道《名教鬼神》云："名者，所以教中人也，何也？人者，情欲之聚也。任其情欲，则悖礼蔑义，靡所不为。圣人知夫不待教而善者，上智也；待刑而惩者，下愚也。其在中人之性，情欲之念虽重，而好名之念尤重，故借名以教之。以为如此，则犯清议；如彼，则得美名。使之有所惧焉而不敢为，有所慕焉而不得不为。……好名者，人性也。圣人知好名之心，足以夺人所甚欲，而能勉其所大不欲。故婴儿乎天下，而以名诱，此名教之所由设也。"袁中道的名教观念肯定了人性底处之情欲的合理性和合法性，但认为情欲应有所限制和规导，限制和规导依靠道德判断原则即礼义，而"礼义"的标准由君主统治制度体系中的士人阶层所共同规定和维持。名教或云礼之所设，在于"夺人所甚欲""勉其所大不欲"，在与自然或情之间实现动态平衡。所谓自然，就是自然而然、自己而然、天然如此的意思。老子《道德经》云："域中有四大，而王居其一焉。人法地，地法天，天法道，道法自然。"又云："功成事遂，百姓皆谓我自然。""自然"所描述的就是"道"的不加任何强制、不依靠任何外在原因、自己发生、自己存在、自己演化、自己消灭的一种性质和状态。《淮南子·泰族训》云："物有以自然，而后人事有治也。"推及人伦社会秩序，然后有至人之治："心与神处，形与性调，静而体德，动而理通，随自然之性而缘不得已之化，洞然无为而天下自和，淡然无欲而民自朴，无机祥而民不夭，不忿争而养足，兼包海内，泽及后世。"①王弼《老子指略》云："四象不形，则大象无以畅；五音不声，则大音无以至。四象形而物无所主焉，则大象畅矣；五音声而心无

---

① 《淮南子·本经训》。

所适焉,则大音至矣。"自然就是无所预设、全不作意,顺利化生出一个绚烂世界,人们也只有在因任无为、纵心恣意的前提下,才能产生朝气蓬勃、美不胜收的精神世界。可见,自然是天地万物自足无为的本性,显示的是人的纯真本性,而名教是用来维系宗法等级制度的道德规范和人伦原则。

如此,"自然与名教之辨至少关涉两个问题:其一,名教是否符合自然之理想原则而有其价值;其二,在名教中能否安置人的生命而使人的心灵有其自由"[1]。以这两个问题为线索,在自然与名教或曰情与礼的纠葛挣扎中,魏晋南北朝士人的精神面貌有一条基本变化轨迹:正始时期以何晏、王弼为代表的"性其情";竹林时期以嵇康、阮籍为代表的"任其情";西晋时期以向秀、郭象为代表的"适其情";东晋时期以谢灵运、陶渊明为代表的"畅其情";南北朝时期以寇谦之、陶弘景为代表的"修其情"。士人精神的侧重面由政治气质转向人生态度再进入精神境界,由现实性的呈现逐渐演变为超越性的追求。

汉末董卓废帝擅权以来,群雄并起,割据集团林立,互相吞并征伐,大一统政权分崩离析,士人阶层忠叛观念紊乱,无所适从。而深受儒家正统思想熏染的士人群体面对政统与礼教分离的社会现实尤觉苦闷彷徨,他们努力试图挽回儒家正统,甚至以个体生命尊严来维护伦理价值规范,但都付诸东流。"在天崩地摧的动荡时代,整个社会都面临着一个重新选择人生价值观念的问题。随着儒家伦理人格心理的分化,人格的重新定位已经开始,随之而来的是高扬个体、尊才重情的时代的到来。东汉刘劭《人物志》所代表的正是这样一个时代的先声。"[2]《人物志》以人为本体,以人的情性为基础,构建了一个人才的理论体系,是成书于魏明帝时期的一部辨析和评论人物的专著。刘劭自序其撰著宗旨云:"夫圣贤之所美,莫美乎聪明,聪明之所贵,莫贵乎知人,知人诚智,则众材得其序而庶绩之业兴矣。"可知,《人

---

[1] 高晨阳:《自然与名教关系的重建:玄学的主题及其路径》,载《哲学研究》,1994(8)。
[2] 刘月:《魏晋士人人格美学研究》,26页,上海,复旦大学出版社,2013。

物志》的撰写初衷是为选拔政治人才,是将汉末以来的才性问题由经验层面进阶到理论层面,并推动魏晋理想人格模式的建构进程。在它之前,才性论已有发端,从《吕氏春秋》以至《淮南子》、董仲舒都遵循一条共同脉络,即顺天地阴阳气化的角度来讨论人性,认为阴阳两气凝聚形成人的性情,人的性情其实是阴阳两气凝聚状态,天人之间由此形成同理、同道、同构的相应关系,故应重视礼乐政教以调节教化生命性情。班固《汉书·古今人表》"因兹以列九等之序,究极经传,继世相次,总备古今之略要",将之运用于现实政治社会的人物品鉴活动中。王充等人消解其中的天人感应的神学思想架构,对传统的儒学和汉代经学进行论难,甚至怀疑古经,公然挑战神圣的经典,敢冒天下之大不韪,体现了士人高扬主体性的批判精神,与魏晋士人的"任自然""适性逍遥"的实践原则可谓前后相应;其《累害》篇又提出:"凡人仕宦有稽留不进,行节有毁伤不全,罪过有累积不除,声名有暗昧不明,才非下,行非悖也;又知(智)非昏,策非昧也;逢遭外祸,累害之也。"此"累害"说,是对政治官员的德才素质的具体规定,较早地批判了汉代"察举""征辟"之选官制度被世家高族垄断的状况,曹丕撰著《士操》和实施九品中正制或有不少的暗合。

魏晋以来,才性品鉴与人才选拔极受社会朝野关注。《人物志》"敢依圣训,志序人物,庶以补缀遗忘;惟博识君子,裁览其义焉",提出品评人物的"九征"标准,形成一种人格审美论,涉及人格的外显特征、内在情性,言谈举止和境遇表现,突出了"人物之本,出乎情性"的人格本体,导向后来士人"任自然"之思想观念。钟会总结该时期关于才性的争论,在《四本论》里归结为才性同、异、合、离四种。关于才性四本问题的史料很少,《世说新语》的相关记载一方面反映当时士族阶层无所适从的政治心理,另一方面又显示出不同政治背景的士人之间的思想和现实的矛盾。《文学》篇云:"钟会撰《四本论》始毕,甚欲使嵇公一见。置怀中,既定,畏其难,怀不敢出,于户外遥掷,便回急走。"刘孝标注引《魏志》云:"《四本》者,言才性同,才性异,才性合,才性离也。尚书傅嘏论同,中书令李丰论异，侍郎钟会论合，屯骑校尉王广论离。"从这里所描述的钟会惧怕嵇康的情节可以看出，似乎这些人之间不仅仅是思想观点的对诤攻难，还可能潜藏着更为复杂的深层矛盾。陈寅恪分析说："王、李乃司马氏之政敌。其持论与曹孟德求才三令之主旨符合，宜其忠于曹氏，而死于司马氏之手也。"①那么，李丰之才性异与王广之才性离的观点，是曹操"唯才是举"政策的思想理论化；而钟会之才性合与傅嘏之才性同，是司马氏名教操行论的思想理论化。嵇康无疑属于曹魏政治集团，与附身于司马政治集团的钟会、傅嘏自是道路相背。正始间，何晏、邓飏、夏侯玄欲交好傅嘏，可是傅嘏不予理会，对中间人荀粲说："夏侯太初志大心劳，能合虚誉，诚所谓利口覆国之人。何晏、邓飏有为而躁，博而寡要，外好利而内无关籥，贵同恶异，多言而妒前。多言多衅，妒前无亲。以吾观之：此三贤者，皆败德之人耳！远之犹恐罹祸，况可亲之邪？"②傅嘏的嘲讽是很尖刻无情的，表面上以自己的道德操行攻击对方，实则具有实际的政治寓意。

虽然这场论争的最后的胜利方是名教德行派，但并不意味着以司马政权集团为中心的所谓名教德行派果真在才性方面实现了统一，将名教德行和自然性情统一起来。同样，也并不意味着主张才性异离的失败一方完全漠视名教德行的重要作用。实际上，才性之辨本身蕴藏着魏晋时期的人格理论，才和性是人格的两种要素，而构成这两种要素的内在成分及其关系是复杂多样的。才不仅仅指外在的政治才能，性不仅仅指内在的道德素养；才也可指向内在的自然禀性，性也可指向外在的事功才能。所以，"质性的阴阳、刚柔、动静，性情的喜怒哀乐，智性的思悟识学，才能的庸俊华实，态度的简淡任通等等"，这些要素的不同组合，"构成了绚烂多姿的个体人格风貌和风度，具有了欣赏、品誉的资料和价值，从而显现出魏晋人对个体人格价值的肯定"。③而且，才性之辨的问题随着玄学本体化的进程渐渐转变成情性

---

① 《陈寅恪史学论文集》，149页，上海，上海古籍出版社，1992。
② 《世说新语·识鉴》。
③ 姚维：《才性之辨——人格主题与魏晋玄学》，92页，北京，人民出版社，2007。

之辨的问题。如果说才性之辨涉及人格要素中的情感与理智两方面,那么情性之辨则主要涉及情感要素。王弼是主张"圣人有情"论的,认为"圣人茂于人者神明也,同于人者五情也,神明茂故能体冲和以通无,五情同故不能无哀乐以应物,然则圣人之情,应物而无累于物者也";"夫明足以寻极幽微,而不能去自然之性"①。圣人与普通人都有五情,不同者在于圣人的情感能与本体之"无"的境界合一,所谓神明能通"无"而情感能"无累"是也。应物而无累于物,不是要求人在道德实践上完全"不复应物",强行消除人的情感欲望,相反是强调人要在道德实践上顺自然之性,达到以情通性的理想人格境界,归结起来就是"性其情":"不性其情,焉能久行其正,此是情之正也。若心好流荡失真,此是情之邪也。若以情近性,故云性其情。"②性其情,即以"自然"来规定"情"这种人之成人的基本属性,而"自然"是"乃能与天地合德"的本体境界,与"道""无"属于同一序列的概念;理想人格达到这个境界则能素朴寡欲而天人合一,所以说性其情则能久行其正。"情之正"的说法表现出儒家伦理道德的意味,也就是具有"名教"的意味。要使"情"遵行"名教"的基本道德维度和价值取向,则"履正而应,处尊体異,王至斯道以有其家者也。居于尊位,而明于家道,则下莫不化矣,父父、子子、兄兄、弟弟、夫夫、妇妇,六亲和睦,交相爱乐,而家道正。正家而天下定矣"③。这样,"自然"与"名教"的关系就是,自然是本体,名教是情之正者,由本体而来;"情"以"自然为本"而具有"自然"的属性,人又应以名教标准来规范"情",使"情近性",此乃"性其情"。由此也可见,司马氏政治集团与名教德行派并不完全一致,王弼提出"名教本于自然"和"性其情"的主张,也是历史环境中的一种政治伦理思想和制度设计,其强调名教与自然的一致性,旨在为名教的合理性寻找本体论根据,挽救名教于衰微,在客观上适应了魏明帝以来的重振儒学

---

① 《三国志·魏书·钟会传》注引何劭《王弼传》。
② (魏)王弼著,楼宇烈校释:《王弼集校释》,631～632 页。
③ 同上书,403 页。

的需要。重振儒学，也就是重振名教，故其中的政治寓意不言而喻。到了竹林时期的嵇康、阮籍，由于残酷的现实政治斗争，名教和自然之间的裂痕越来越大，又由于竹林名士在事实上处于政治弱势方，故"名教本于自然"演进为"越名教而任自然"。这是一条符合历史逻辑的演变轨迹。

高平陵政变之后，曹爽被诛，政归司马集团，曹魏皇权危乎殆哉。名教与自然、情与礼之间的争论不仅代表着政治集团的矛盾关系，更简化为两大政治集团斗争的理论武器，并演化为鲜明的思想派别。陈寅恪评判说："在当时主张自然与名教互异之士大夫中，其崇尚名教一派之首领如王祥、何曾、荀颉等三大孝，即佐司马氏欺人孤儿寡妇，而致位魏末晋初之三公者也。其眷怀魏室不趋赴典午者，皆标榜老庄之学，以自然为宗。"[1]相比正始何、王重老学，竹林时期尤重庄学，也更突出了个体人格的绝对自由，甚至"在游离了道德上的善恶观念之后，于自然生命空明、澄澈的一面，确实有所悟入，从而以自身清逸之气的风流挥洒，展现为高贵俊逸的名士风度，蔚然而成一种典雅的生活情调"[2]。在嵇康、阮籍看来，"情"与"自然"在本质上是一致的，情即自然。这当然是出于批判彼时名教的虚伪性和礼的专制性而倡议的。嵇康《释私论》说："夫气静神虚者，心不存乎矜尚；体亮心达者，情不系于所欲。矜尚不存乎心，故能越名教而任自然；情不系于所欲，故能审贵贱而通物情。"其《难自然好学论》则说："六经以抑引为主，人性以纵欲为欢。抑引则违其愿，从欲则得自然；然则自然之得，不由抑引之六经，全性之本，不须犯情之礼律。故仁义务于理伪，非养真之要术，廉让生于争夺，非自然之所出也。"嵇康所说的"欲"是指人性正常范围的欲望，"情"则是欲望的正常表现，而名教制度不符合人之情，甚至压抑了人之情，社会现实中种种人性之恶皆由名教引起。阮籍亦揭示了名教之害，其《达庄论》云："竞逐趋利，舛倚横驰，父子不合，君臣乖离。故复

---

[1] 陈寅恪：《陶渊明之思想与清谈之关系》，见《金明馆丛稿初编》，204页，北京，生活·读书·新知三联书店，2001。
[2] 高峰等：《玄学十日谈》，75页，上海，上海辞书出版社，2009。

言以求信者,梁下之诚也;克己以为人者,郭外之仁也;窃其雉经者,亡家之子也;刳腹割肌者,乱国之臣也;曜菁华,被沉溷者,昏世之士也;履霜露,蒙尘埃者,贪冒之民也;洁己以尤世,修身以明洿者,诽谤之属也;繁称是非,背质追文者,迷罔之伦也;成非媚悦,以容求孚,故被珠玉以赴水火者,桀纣之终也;含菽采薇,交饿而死,颜夷之穷也。是以名利之途开,则忠信之诚薄;是非之辞著,则醇厚之情烁也。"阮籍指出,由虚伪名教带来的人性扭曲不可胜计,凡斯种种,均必须予以批判。而嵇康《太师箴》通过赞美传说中的古代社会,对在"名教"旗号掩饰下的"竭智谋国"行为作了抨击。嵇康认为,"宗长归仁,自然之情",君主也是"自然之情"的产物,是为了帮助人类更好地生存而产生的,即所谓"君道自然,必托贤明,茫茫在昔,罔或不宁"。很明显,他对君主的资质表达了自己的看法,君主最根本的资质就是要遵行"自然之情";若无"自然之情",则君主在实施其政时,往往"利巧愈竞,繁礼屡陈,刑教争施,天性丧真",用人为的规定作为价值判断标准,取代根据"自然之情"原始经验形成的价值判断标准,这是很危险的,只会导致"宰割天下,以奉其私"的社会乱象。从中可以看出嵇康对只剩形式外壳的名教的批判,体现出强烈的现实情怀。嵇康对名教的批判未必有意针对司马氏政治集团,而是针对更深广的对象,即对君主制度和权力本质的普遍思考。这一超越政治集团斗争的批判事实,"没有降低嵇康在思想史上的重要地位。因为思想的批判并不直接等同于现实的叛逆。思想的本质力量体现在它所具有的理性批判的能力上,而不是简单地对现实政治的否定"[①]。嵇康著作中对人的欲望的分析、对声无哀乐的阐发、对事物之理的重视、对自己思想的践行等,都足以确定他在中国思想上的重要地位。

嵇康乃曹魏宗室女婿,曾娶曹操曾孙女,官曹魏中散大夫,世称嵇中

---

① 童强:《一个文本的文体史与思想史解读——嵇康〈太师箴〉研究》,载《文学评论丛刊》,2008(1)。

散,故在政治集团归属方面无疑偏向曹魏皇权集团。嵇康留给后世的历史形象仿佛是无惧权贵的斗士,尤以一曲广陵绝响,千百年来被人们传诵不已。嵇康本人无意仕途,只想归隐山林;或者说,他无意于凡俗角逐政治权力场的游戏而具备更深广的精神超越性,只想追求精神的绝对自由。可是处于政治圈中的一代名士也是身不由己的,尽管他并不对任何一派政治集团构成威胁。"目送归鸿,手挥五弦;俯仰自得,游心太玄;嘉彼钓叟,得鱼忘筌;郢人逝矣,谁可尽言。"那种忧思不得孤寂无依的叹息声,在优游自得的身影背后回荡。史传嵇康"有奇才,远迈不群。身长七尺八寸,美词气,有风仪,而土木形骸,不自藻饰,人以为龙章凤姿,天质自然。恬静寡欲,含垢匿瑕,宽简有大量。学不师受,博览无不该通,长好《老》《庄》"①。其宽简大量,师心傲物,既有与生俱来的思想家气质,也有崇尚老庄讲求养生服食之道的熏习影响;其"越名教而任自然"的主张,不独是对现实世界的一种批评,而且是一种远离政治的生活方式的思想依据。故大将军司马昭欲礼聘他为幕府属官,他跑到河东郡躲避征辟;司隶校尉钟会盛礼前去拜访,遭到他的冷遇;同为竹林七贤的山涛推荐他做官,他作《与山巨源绝交书》,列出自己有"七不堪""二不可",坚决拒绝为官。嵇康注重养生之道并身体力行,性情温和,《世说新语·德行》记载王戎评价说:"与嵇康居二十年,未尝见其喜愠之色。"刘孝标注引嵇康别传称:"康性含垢藏瑕,爱恶不争于怀,喜怒不寄于颜。"他平生愿望只是守着陋屋教养子孙,偶尔与亲旧叙阔而陈述生活琐事,再加浊酒一杯,弹琴一曲,认为游山泽观鱼鸟是乐事,一旦涉及官吏政事则大败生活兴味。他"尝与向秀共锻于大树之下,以自赡给",颇为自得于平淡闲逸却又富含自由情趣的生活状况。事实上,嵇康并不是反对真正的名教,对出于"自然之情"的正常的名教礼义他都要维护,比如努力效仿阮籍"口不论人过",谨言慎行,作《家诫》告诫后代处事谦退,不拘泥于一般的是非争论,"小是不足是,小非不足

---

① 《晋书·嵇康传》。

非"；"若会酒坐，见人争语，其形势似欲转盛，便当歔舍去之"。然而，一种行为往往会引发多种解读，特别是处于政治权力斗争波浪中的标新立异之举。向秀曾在《思旧赋序》中叙述其与嵇康的友谊："余与嵇康、吕安，居止接近。其人并有不羁之才。然嵇志远而疏，吕心旷而放。"志远而疏、心旷而放，既可以解读为遗世独立风范，也可解读为对凡俗礼法之士不屑一顾，傲世不羁，不与权势合作。比如钟会陷害嵇康、吕安时，"言于文帝司马昭曰：'嵇康，卧龙也，不可起。公无忧天下，顾以康为虑耳。'因譖'康欲助毌丘俭，赖山涛不听。昔齐戮华士，鲁诛少正卯，诚以害时乱教，故圣贤去之。康、安等言论放荡，非毁典谟，帝王者所不宜容。宜因衅除之，以淳风俗'。帝既昵听信会，遂并害之"。嵇康罹难之后，"海内之士，莫不痛之。帝寻悟而恨焉"。[①]司马昭之悔恨当与钟会之反有关，两件事凑到一起，使司马氏明白，对政权的真正威胁不是来自像嵇康之类的师心任气的名士，晋代社会风气由此发生转变。晋武帝司马炎时期的社会政治环境表现出相当的宽宏大度："苟言有偏善，情在忠益，虽文辞有谬误，言语有失得，皆当旷然恕之。"[②]政策调整，思想放松，便很快迎来文化上的繁荣景象，即钟嵘《诗品》所谓"太康中，三张、二陆、两潘、一左，勃尔复兴，踵武前王，风流未沬，亦文章之中兴也"。

刘勰《文心雕龙·明诗》篇评说嵇康诗作是"嵇志清峻"；《世说新语·品藻》载梁简文帝品评"何平叔巧累于理，嵇叔夜俊伤其道"，刘孝标注解云："理本真率，巧则乖其致；道唯虚淡，俊则违其宗。"《晋书》本传则以神话幻笔记述孙登的告诫："至汲郡山中见孙登，康遂从之游。登沉默自守，无所言说。康临去，登曰：'君性烈而才隽，其能免乎！'康又遇王烈，共入山，烈尝得石髓如饴，即自服半，余半与康，皆凝而为石。又于石室中见一卷素书，遽呼康往取，辄不复见。烈乃叹曰：'叔夜志趣非常而

---

① 《晋书·嵇康传》。
② 《晋书·傅玄传》。

辄不遇，命也！'其神心所感，每遇幽逸如此。"这里暗示，就嵇康而言，师心自得、逞才傲物正是其才性生命的自然流露，用气为性毕竟不像参禅悟道那样圆通无碍，所以他尚未完全做到自己所标榜的"越名教而任自然"，其"非汤武而薄周孔"显然也暗含了一种政治姿态。《世说新语·品藻》载："郗嘉宾问谢太傅曰：'林公谈何如嵇公？谢云：'嵇公勤著脚，裁可得去耳。'"由是观之，嵇康的精神超越性还夹杂着某些现实因素，无怪乎东晋人士对嵇康风度仍持微词，认为其高情远致的精神领域还不足以达到绝对超迈的境界。

阮籍既是正始作家的代表，也是竹林名士的代表。刘勰《文心雕龙·明诗》评其诗云"阮旨遥深"，说明隐晦是其诗歌的最大特点，而这个特点显然与其崇奉老庄之学、采取谨慎避祸的政治态度紧密相关。"阮籍的思想在抽象思辨方面稍逊色于何晏、王弼，也比不上嵇康的敏锐和犀利。但是阮籍把庄子所说的尽自己的力量在观念和实践层面上加以阐扬，他把以前玄学的主题诸如圣人的人格如何，通过庄子学说转移到个人人格上，增加其丰富的涵义和内容，使玄学打上深刻的、那个特定时代的烙印——玄远、飘逸、放达、超脱的背后蕴含的是痛苦、悲凉、感伤和期待。"[①]史传阮籍"容貌瑰杰，志气宏放，傲然独得，任性不羁，而喜怒不形于色。或闭户视书，累月不出；或登临山水，经日忘归。博览群籍，尤好《庄》《老》。嗜酒能啸，善弹琴。当其得意，忽忘形骸"。这与嵇康极为相似，竹林七贤中也数他们二人最为志趣相投。但嵇康温和放达性格中包含着峻烈的特点，其师心自用，公然蔑视权贵，于清逸中追求绝对的价值依托；而阮籍则在行动上表现得更为含蕴深沉，显示出趋利避害的本能应对。"籍本有济世志，属魏晋之际，天下多故，名士少有全者，籍由是不与世事，遂酣饮为常。文帝初欲为武帝求婚于籍，籍醉六十日，不得言而止。钟会数以时事问之，欲因其可否而致之罪，皆以酣醉获免。"其全身远祸之举固然减损了嵇康式的峻烈，却

---

① 辛旗：《中国思想通史·魏晋南北朝隋唐卷》，47页。

更具有效仿性，为士林所追慕。

阮籍的自然观力图调和儒道两家，其《达庄论》说："天地合其德，日月顺其光，自然一体，则万物经其常。"《通老论》则说："道者，法自然而为化，侯王能守之，万物将自化。《易》谓之'太极'，《春秋》谓之'元'，《老子》谓之'道'。"儒道两家之"自然"的相通点在于"情即自然"，"人生天地中，体自然之形。身者，阴阳之精气也；性者，五行之正性也；情者，游魂之变欲也；神者，天地之所以驭者也"。阮籍同嵇康一样批判名教的虚伪和堕落，特别是《大人先生传》，笔意淋漓：

> 世人所谓君子，惟法是修，惟礼是克。手执圭璧，足履绳墨。行欲为目前检，言欲为无穷则。少称乡党，长闻邻国。上欲图三公，下不失九州牧。独不见群虱之处裈中，逃乎深缝，匿乎坏絮，自以为吉宅也。行不敢离缝际，动不敢出裈裆，自以为得绳墨也。然炎丘火流，焦邑灭都，群虱处于裈中而不能出也。君子之处域内，何异夫虱之处裈中乎！①

文章以大人先生自况，以域中君子礼法之士喻裈中群虱，对腐化不堪的名教末流进行了嘲讽，指出名教乱象产生之缘由：

> 今汝造音以乱声，作色以诡形，外易其貌，内隐其情。怀欲以求多，诈伪以要名；君立而虐兴，臣设而贼生。坐制礼法，束缚下民。欺愚诳拙，藏智自神，强者睽视而凌暴，弱者憔悴而事人，假廉而成贪，内险而外仁，罪至不悔过，幸遇则自矜。驰此以奏除，故循滞而不振。
>
> 今汝尊贤以相高，竞能以相尚，争势以相君，宠贵以相加，趋天下以趣之，此所以上下相残也。竭天地万物之至以奉声色无穷之欲，此非所以养百姓也。于是惧民之知其然，故重赏以喜之，严刑以威之；财匮

---

① 《晋书·阮籍传》。

而赏不供，刑尽而罚不行，乃始有亡国戮君溃败之祸。此非汝君子之为乎？汝君子之礼法，诚天下残贼、乱危、死亡之术耳；而乃目以为美行不易之道，不亦过乎！

与其隐晦深奥的诗歌相比，这篇文章直陈意见，针砭时弊，不乏激烈的讽刺和批判，其现实指向显而易见，似乎与阮籍平素性格不太一样，但《晋书》本传仍称"此亦籍之胸怀本趣也"。正如嵇康在温和中包含峻烈，阮籍也在隐晦中包含激愤，他可以在文字里自娱自乐，也可以在文字里直抒胸臆，将孤独、骄傲、愤懑、痛快和忧伤尽显于瑰丽奇谲的文字里。他比嵇康幸运，"先生从此去矣，天下莫知其所终极。盖陵天地而与浮明遨游无始终，自然之至真也"。阮籍尽管鄙弃名教末流，却并不一概排斥儒家仁爱精神，对礼乐制度也是持肯定态度的，如他在《乐论》一文中就充分肯定孔子制礼作乐对于"移风易俗"的重要性，认为"礼定其象，乐平其心，礼治其外，乐化其内，礼乐正而天下平"；"言天下治平，万物得所，音声不哗，漠然未兆，故众官皆和也。故孔子在齐闻韶，三月不知肉味。言至乐使人无欲，心平气定，不以肉为滋味也。以此观之，知圣人之乐和而已矣"。阮籍走的是调和儒家仁爱精神与道家自然无为、万物一体理论的路子，他以自然为根本，认为仁爱即自然之体现；他抨击礼法名教末流，实是要进行深邃而激烈的拨乱反正。在调和名教与自然的关系方面，何晏和王弼承认现存名教的合理性，认为社会乱象丛生不是名教本身出了问题，而是人们在践行名教时发生了偏差和扭曲，致使名教调节社会秩序的功能被弱化甚至遮蔽了，解决方法是去蔽返本。嵇康和阮籍则对现存名教制度予以否定，认为一切违背"自然之情"的名教都是虚伪的，不值得肯定，只有"万物反其所而得其情"方能重建名教存在的合理性。故嵇康和阮籍的理论旨趣，在于以理想境界反抗现实状况，重寻一个理想境界的名教社会。由此，士人阶层在对待情感问题方面已由何、王的"性其情"过渡到了嵇、阮的"任其情"，社会进入一个普遍重情的时代。

竹林名士以任情畅志为精神风度的基本内容，在探讨玄学理论之余则表现为饮酒纵放、蔑视礼俗的生活态度。他们以庄子的自然主义为本位来反名教，以越名任心、是非无措的态度遗世独立。"他们消极地反抗政治黑暗，以人性为尺度，欲望为准绳，衡量自然、礼法对人性孰更有益处，站在自然主义立场上对礼法名教挑战。他们对儒家的抨击与其说是理论上的，毋宁说更带有政治和情感的色彩。"①他们通过反其道而行之的方式表明自己的价值观和人生观。阮籍更是使气任性，表现出一种离经叛道的人格典型。《晋书·阮籍传》云："籍又能为青白眼。见礼俗之士，以白眼对之。时嵇喜来吊，籍作白眼，喜不怿而退。喜弟康闻之，乃赍酒挟琴造焉，籍大悦，遂见青眼。"对礼法之士的白眼相待与对同道中人的青眼相待，是那么直接无违和憎爱鲜明。母丧期间，他无视名教的丧礼制度，若无其事地下棋决赌、饮酒吃肉，漠视前来吊丧的名士裴楷。但这些违背名教礼制的言行举动其实蕴含着更为浓烈的孝子悲情："既而饮酒二斗，举声一号，吐血数升。及将葬，食一蒸肫，饮二斗酒，然后临诀，直言穷矣，举声一号，因又吐血数升。毁瘠骨立，殆至灭性。"将亲情孝道的灵魂完全灌注在本真的生命最深处。还有阮籍饮酒弹琴复长啸，得意时忽忘形骸，甚至即刻睡去。他的《咏怀诗》"厥旨渊放，归趣难求"，寄寓着饱含悲哀情调的生命意识，"忧时悯乱，兴寄无端，而骏放之致，沉挚之词，诚足以睥睨八荒，牢笼万有"；其诗如其人，"陶性灵，发幽思"，焕出"自然英旨"的真美人格魅力。恰如嵇康的超然风度无法复制模仿，阮籍的任诞放达也无法真正复制模仿，事例如"邻家少妇有美色，当垆沽酒。籍尝诣饮，醉，便卧其侧。籍既不自嫌，其夫察之，亦不疑也"；又如"兵家女有才色，未嫁而死。籍不识其父兄，径往哭之，尽哀而还"。对阮籍而言，可以被史书评价为"其外坦荡而内淳至，皆此类也"；对模仿者来说，可能就要被视为酒色之情不可掩饰。又如阮籍"时率意独驾，不由径路，车迹所穷，辄恸哭而反"的行

---

① 辛旗：《中国思想通史·魏晋南北朝隋唐卷》，49页。

为,可以被视作苦闷内心的婉曲表达;对效仿者来说,那就很可能是荒唐无聊的玩世之举。为什么呢?"就阮籍而言,这种浪漫性格自有其生命、情感之真挚和无奈;而到了当时名士那里,那种由'逸气'直接发端于行为的放诞不羁,本身就不具有正面的价值指向,而只不过从负面表示一种逆反态度而已。这种倾向一旦流于形式,鱼目可以混珠,对社会风气的遗害非同小可。"①《世说新语·德行》记载元康时期的阮籍效仿者的行径:"王平子、胡毋彦国诸人,皆以任放为达,或有裸体者。乐广笑曰:'名教中自有乐地,何为乃尔也!'"刘孝标注引王隐《晋书》云:"魏末阮籍,嗜酒荒放,露头散发,裸袒箕踞。其后贵游子弟阮瞻、王澄、谢鲲、胡毋辅之之徒,皆祖述于籍,谓得大道之本。故去巾帻,脱衣服,露丑恶,同禽兽。甚者名之为通,次者名之为达也。"身为中朝名士的清谈领袖,乐广的讥笑是富有深刻意味的,阮瞻、王澄、谢鲲、胡毋辅之等人并没有把握嵇康、阮籍的自然观的实质,徒得其形式,而且元康名士混合了礼法派和自然派名士的后代,汇聚了一群在骄奢淫逸风气中成长起来的贵族子弟,其多身居高位,效仿竹林风度多半出于"优游寄遇,不屑政事",矫情效尤则导致无病呻吟;其中亦有一些名士努力弥合自然与名教的裂缝,从裴頠的崇有论到郭象的独化论,都旨在以"适性逍遥"的人生态度来实现名教中的自然乐地。

史传说裴頠"深患时俗放荡,不尊儒术,何晏、阮籍素有高名于世,口谈浮虚,不遵礼法,尸禄耽宠,仕不事事;至王衍之徒,声誉太盛,位高势重,不以物务自婴,遂相放效,风教陵迟,乃著崇有之论以释其蔽"②。其崇有思想的提出是为了纠正贵无派末流极端之弊。他本人也精通玄理,常与王衍、乐广等清谈高手激辩,获得"言谈之林薮"的雅号。故究其理论与实践,裴頠是玄学界尊崇名教的名士,他"竭力申明,务实依儒学,修身依老庄,用心良苦,犹如魏末才性名理派的钟会费力地扮演儒、玄、法各家的角

---

① 高峰等:《玄学十日谈》,91 页。
② 《晋书·裴頠传》。

色以求一展施政才华"①。在《崇有论》一文里，裴頠辨名析理，阐述宗极之道乃万物群有的根本，"有"即理的体现，万物群有是相互资生而存在的；他明确界定"理""有""资""宜""情"的依存关系，认为"识智既授，虽出处异业，默语殊涂，所以宝生存宜，其情一也"。他针对贵无派"空谈"之风，阐发无为而治并不是圣人治理天下的根本所在，相反，积极有为，"训物垂范"，"斯则圣人为政之由也"。他看到竹林名士"越名教而任自然"已导向情欲放纵无控，"贵无"思想已导向"贱有"，"贱有"的严重后果就是礼制的彻底崩溃和社会的极度混乱。"若乃淫抗陵肆，则危害萌矣。故欲衍则速患，情佚则怨博，擅恣则兴攻，专利则延寇，可谓以厚生而失生者也。悠悠之徒，骇乎若兹之衅，而寻艰争所缘。察夫偏质有弊，而睹简损之善，遂阐贵无之议，而建贱有之论。贱有则必外形，外形则必遗制，遗制则必忽防，忽防则必忘礼。礼制弗存，则无以为政矣。"在裴頠看来，贵无即贱有，贱有则必然在行为规范上蔑视与放弃名教礼制的仪轨，名教礼制被放弃则必然有损现有政治和政权的稳固性。这里显见裴頠对名教礼制的自觉维护。但是，裴頠并没有否定"情"，而是认为人的情感应该在名教规范里得到满足，"择乎厥宜，所谓情也"，"人之既生，以保生为全，全之所阶，以顺感为务"，一方面要顺从人的自然情感，另一方面要通过损欲来严控情感泛滥。这与贵无派乐广之"名教中自有乐地"的看法可谓一致。不过，裴頠在崇有的强调中走向另一个极端，以至他对贵无论思想的理解有偏差，认为名教之所以陷入困境乃玄虚贵无思想漫延所致；他从万物依存关系来理解儒家名教礼法制度下的内圣外王之道，这就使他忽视了贵无的自然派批判腐朽虚伪的名教礼制的意义，似乎颠倒了因果逻辑关系。裴頠的崇有思想并没有引起社会足够的重视，这与其理论停留在现象的表层而缺乏深层次的哲学探讨有关。裴頠积极参与社会政治事务，践履其崇有的理论主张，可惜无助于扭转时风，自身也被赵王司马伦所害。崇有派因核心人

---

① 辛旗：《中国思想通史·魏晋南北朝隋唐卷》，56页。

物被杀而风流云散，同时贵无派的王戎、王衍等也被免职落难。元康之后旋即出现"八王之乱"，郭象的独化论思想应运而生。

何晏、王弼以自然为本建立起贵无论的思想理论体系，裴頠以名教为本提出崇有论的思想理论构想，两派各执一端，争论的问题其实都是有无之辨、自然与名教之辨，只是给社会开药方的角度不同。在对待人的情感问题上，何晏、王弼主张"无累于物、性其情"；嵇康、阮籍主张"情即自然、任其情"；裴頠主张"顺感损欲、宜情为政"；同为竹林名士的向秀则偏崇有论而主张"称情则自然、适其情"，其目的在于折中有无两派的观点。向秀性格既不同于阮籍、嵇康之超迈刚烈，也不同于阮咸的放浪纵情和山涛、王戎的流俗圆滑，他有些随遇而安，曾入仕司马政权，但"在朝不职，容迹而已"。向秀的《庄子注》在当时影响卓著，独秀于数十家注《庄子》而"莫能究其旨要"的学者群。《世说新语·文学》记载："向秀于旧注外为解义，妙析奇致，大畅玄风；惟《秋水》《至乐》二篇未竟而秀卒。秀子幼，义遂零落，然犹有别本。郭象者，为人薄行，有俊才；见秀义不传于世，遂窃为己注。乃自注《秋水》《至乐》二篇，又易《马蹄》一篇，其余众篇，或点定文句而已。后秀义别本出，故今有向、郭二《庄》，其义一也。"余嘉锡笺疏云："向秀《庄子注》今已不传，无以考见向、郭异同。《四库总目》一百四十六《庄子提要》尝就《列子》张湛注、陆氏《释文》所引秀义，以校郭《注》，有向有郭无者，有绝不相同者，有互相出入者，有郭与向全同者，有郭增减字句大同小异者。知郭点定文句，殆非无证。"关于向、郭《庄子注》的著作权问题，《晋书·郭象传》也有相似的记述，其中的是是非非大概很难明辨，盖因二人的观点极为相似，可以统称向、郭合著。向秀《嵇叔夜难养生论》云："有生则有情，称情则自然。若绝而外之，则与无生同，何贵于有生哉？"认为生命和情感是相生相伴的，若把情感拒隔门外，则此等生命又有何珍贵之处？好荣恶辱，都由自然本性所生，天地最大的美德是赋予生命，圣人最大的珍宝是名位。没有比富贵更崇高的了，"然富贵天地之情也，贵则人顺己行义于下，富则所欲得以有财聚人,此皆先王所重,关之自然,不得相外也。又曰:富与贵,是人之所欲也,但当求之以道义。在上以不骄无患,持满以损俭不溢,若此何为其伤德邪? 或睹富贵之过,因惧而背之,是犹见食之有噎,因终身不飨耳"。向秀把人的生命活动、自然本能比作"求食""思室",把"富贵""荣华"称作自然需求,对嵇康《养生论》那种"修性以保神,安心以全身""清虚静泰、少思寡欲"的自然观不太认同,而代之以"率性而自然"。率性而自然,并不意味着认同元康名士的任诞狂放,在向秀看来,"夫人含五行而生,口思五味,目思五色,感而思室,饥而求食,自然之理也。但当节之以礼耳"。节之以礼,说明向秀没有拒斥礼俗。他认为"生之为乐,以恩爱相接。天理人伦,燕婉娱心,荣华悦志;服飨滋味,以宣五情;纳御声色,以达性气。此天理之自然,人之所宜"。天理人伦应该符契自然,换言之,向秀的主张已接近"名教即自然"的观点。

向秀的整个情感理论兼综儒道,"称情则自然"是顺着道家路径对道家自然观吸收和发展,"以礼节之"则体现儒家思想倾向。东晋谢灵运《辨宗论》评说"昔向子期以儒道为一",这是中肯之见。贯通儒道是向秀的学术理想,《庄子注》阐发的"自生自化"玄理新义亦以此为宗旨。向秀在注释"逍遥"时,认为要在世俗社会中抵达理想的逍遥境界,关键在于各任其性,各当其份;这样,"夫大鹏之上九万,尺鷃之起榆枋,小大虽差,各任其性。苟当其分,逍遥一也"[①]。大鹏飞翔于九万里高空是逍遥,抢榆枋即止的尺鷃也能达到逍遥之境,凡人资于"有待"而逍遥,圣人"无待"亦非绝对遁世,只是能够"与物冥化"而适应任何物质环境。宇宙万物并无高下之分,只要各适其性,均能获得逍遥。自由逍遥只需性分自足、得其所待,凡人与圣人都可以"同于大通"。这种逍遥义的哲学基础是万物"自生自化"的道体思想,其对世俗名教的认同经过郭象的发展,便成为"身在庙堂心在山林"的士大夫处世人格理想。《晋书·向秀传》载:"康既被诛,

---

① 《世说新语·文学》刘孝标注引向秀、郭象《逍遥义》。

秀应本郡计入洛。文帝问曰：'闻有箕山之志，何以在此？'秀曰：'以为巢许狷介之士，未达尧心，岂足多慕。'帝甚悦。秀乃自此役。"挚友嵇康和吕安被杀使向秀深受打击，可是他随后便被强召入仕，更难堪的是司马昭的嘲问，向秀对此一剜心之问，效仿阮籍的《劝进表》，把司马昭比作尧舜，暗含讽刺。向秀的"名教即自然"是其立身处世方面的玄理展现，也涉及社会政治实际环境，"各任其性"实际包含着沉郁的远离政治以全身养生的丰富内涵。他的思想在郭象的加工下，成为独化论的重要组成部分。

如果说向秀的独化论还有将名教和自然视作两物的痕迹，那么郭象已把名教和自然视作一物的两面。郭象认为物各有性，所谓"性各有分"，"人之生也，可不服牛乘马乎？服牛乘马，可不穿落之乎？牛马不辞穿落者，天命之固当也。苟当乎天命，则虽寄之人事，而本在乎天也"；"天下莫不相与为彼我，而彼我皆欲自为，斯东西之相反也。然彼我相与为唇齿，唇齿未尝相为，而唇亡则齿寒。故彼之自为，济我之功弘矣，斯相反而不可以相无者也"。[1] 言谓一切贵贱高低等级都是"天理自然"，"天性所受"，各安其天性则名教秩序安定，没必要"拱默乎山林之中"。郭象以为，所谓内圣和外王本为一回事，庙堂无异于山林，系缚就是解脱，名教无疑也就是自然。因此，向秀、郭象援引道家思想对儒学进行哲学解释，具有玄学思辨特点；又"以儒家重世用、讲实际的精神改造老庄道学的玄虚性，使形上、形下相交通，既高蹈于'逍遥'之境，又脚踏于'名教'之域，其精神上的进退自如，正是中国传统的文人学子所企望的人生归途。这说明魏晋玄学关于名教与自然关系问题的讨论，至此可以告一段落了，这一场颇为漫长的'对话'终告结束"[2]。魏晋士人也在这个时期为自己的行为找到了新的理论依据，"达生之情者不务生之所无以为，达命之情不务命之所无奈何也，全其

---

[1] （清）郭庆藩撰，王孝鱼点校：《庄子集释》，579、591页。
[2] 高峰等：《玄学十日谈》，236页。

自然而已"①"物安其分,逍遥者用其本步而游乎自得之场矣?"②;"使群才各自得,万物各自为,则天下莫不逍遥矣"③。这种"适性逍遥"的哲学思想落实到人生场面,则在客观上助长了任情放纵之风的蔓延,也诱导士人阶层投入名教礼制怀抱而附庸于政治势力,失去了士人精神力量的批判性和精神世界的超越性。

三、理想人格:士人精神的道德维度

现代意义上的"道德",指的是人的一切行动规范的总和,其以善恶为标准,通过社会舆论、内心信念和传统习惯来评价人的行为,调整人与人之间以及个人与社会之间的相互关系。道德具有调节、认识、教育、导向等功能,道德作用的发挥有待于道德功能的全面实施。中国古人虽然没有使用这些现代名词、概念,但是很早就在探讨道德问题,比如在理论层面讨论"善恶""性情""义利""公私""贫富""贵贱""死生"、权利与义务、理想与使命等范畴,追询道德产生的本源,在实践层面彰显道德教化、道德修养、理想人格、生活态度等问题,以应用于社会现实生活诸方面。魏晋南北朝的士人阶层较为普遍而深入地探讨了道德的本质、起源、发展,探讨了道德水平同物质生活水平之间的关系,道德的最高原则、标准和规范体系,以及人生意义、人的价值和生活态度等重大问题,形成了细致深邃的道德哲学理论。魏晋南北朝士人阶层在探讨形而上的道德哲学之际,其精神世界与人格气度也呈现一种形而上的超越性与审美性。而且,"在儒家的文化语境中,无论是政治问题还是审美问题,往往都被还原为伦理道德问题"④。儒学虽然自建安以来不再享有独尊地位,受到佛学、老庄道学的挑战,却仍居

---

① (清)郭庆藩撰,王孝鱼点校:《庄子集释》,125页。
② 同上书,566页。
③ 同上书,594页。
④ 李春青主编:《先秦文艺思想史》,8页,北京,北京师范大学出版社,2012。

主流意识形态位置，玄学即儒学的一个变种，成为此一时期的标志性学术思想。玄学也把伦理道德视作中心问题，下面拟从圣人观念、理想人格、生活美学等方面来考察，看看士人阶层如何把道德问题和审美问题糅合在一起，借以理解魏晋南北朝时期的士人精神。

设计和追求一种理想人格是中国古代士人阶层进行自我期许的毕生事业。理想人格是士人阶层心目中道德完美的典型人格形象，是特定社会时期的道德理想的最高体现。其中，圣人就是一种道德修养臻至完美的人格境界，魏晋南北朝士人构建了自己的圣人观念，并以圣人形象为标准而不断自我要求、自我敦促、自我完善，力求通往圣域。汉末魏初的政治人事理论主要是形名学，其循名责实，按照官吏的名位来要求其履行相应职责；又检形定名，考察人的品行以委任其特定的名位。刘劭曾出任考核地方官吏的"计吏"，参与编纂《新律》，受诏制定《都官考课》；受才性论者如傅嘏的质疑和批评后，其政治思想突破了形名学的藩篱，撰《人物志》探讨德性对整个人类生活的影响。《人物志序》云："夫圣贤之所美，莫美乎聪明。聪明之所贵，莫贵乎知人。知人诚智，则众材得其序，而庶绩之业兴矣。"刘劭认为，理想的君主是选官选才成功的基础。刘劭把德性规定为选官者和被选官者的必备素质和主导原则。他以偏才、兼才、兼德为分判，提供了关于人物评价的人格序列。低层级的是小人人格，"小人不知自益之为损，故一伐而并失"，又"矜功伐能，好以陵人"，总是希望别人顺从自己，"欲人之顺己"，却不能忍受怨恨，故"内恕不足，外望不已"，显然是持自我中心论的偏才者。上一层级是君子人格，其在实践上推崇不争，对待他人能够"犯而不校"，深知"物势之反，乃君子所谓道"，故知屈之可以为伸，含辱而不辞，卑让可以胜敌，更能够从严自律，"举不敢越仪准，志不敢凌轨等，内勤己以自济，外谦让以敬惧"，如此则"能睹争途之名险，独乘高于玄路，则光晖焕而日新，德声伦于古人矣"。① 此为兼才者。更高一层级

---

① 《人物志·释争》。

是圣人人格，"五常既备，包以淡味，五质内充，五精外章，是以目彩五晖之光也，故曰：物生有形，形有神精，能知精神，则穷理尽性"①。此为具备中庸之质的兼德圣人，"著爻象，则立君子小人之辞；叙诗志，则别风俗雅正之业；制礼乐，则考六艺祗庸之德；躬南面，则援俊逸辅相之材，皆所以达众善而成天功也。天功既成，则并受名誉"。刘劭根据先天禀赋划分的三种人格，"三度不同，其德异称"，理想人格是完美的，而现实个体人格价值也是应该肯定的。所以，刘劭划分人物类型的理论，其实也响应了魏晋人性觉醒、发挥个体才能、追求意志自由的时代心声。圣人这种理想人格代表了刘劭眼里的最高价值追求，其人格要素达到了最优整合。

刘劭在描述理想人格的境界时表现出援道入儒的倾向，将儒家的中庸、中和与道家的平淡、聪明结合起来："凡人之质量，中和最贵矣。中和之质必平淡无味，故能调成五材，变化应节。是故观人察质，必先察其平淡，而后求其聪明。"②涵养成中庸与平淡境界之理想人格，能够与自然之道冥合，因为天道、人道相通，情理、事理、义理、道理无不相通。"盖人道之极，莫过爱敬。是故《孝经》以爱为至德，以敬为要道。《易》以感为德，以谦为道。《老子》以无为德，以虚为道。《礼》以敬为本。《乐》以爱为主。然则人情之质，有爱敬之诚，则与道德同体，动获人心，而道无不通也。"③理想人格的圣人境界不易抵达，必须通过道德修养向它迈进，"及其进德之日不止，揆中庸以戒其材之拘抗"④，进德不止，学以入道，只有综合老子的静观玄览和儒家的推让恭顺，才能达到功业和精神上的最高境界。由此观之，"刘劭由儒家之中庸的最高道德境界，最终进入道家的虚无的道的本体境界，从而开启了玄学之先河"⑤。也就是说，刘劭的《人物

---

① 《人物志·九征》。
② 同上。
③ 《人物志·八观》。
④ 《人物志·体别》。
⑤ 姚维：《才性之辨——人格主题与魏晋玄学》，64页。

志》提示了道德的来源、实质、类型、功能及修养途径,树立了儒道观念互相结合的理想人格,这虽然在很大程度上被限定在政治领域,却也意味着已经开始由政治场域转向关注、张扬个体人格价值的人生场域,是后来人们探索和树立自然人格典型的先导,是贵无论的道德哲学获得超越性的理论先声。而正是这种超越性,使道德哲学获得审美基质,审美基质又使理想人格包蕴了美感形象。

进而言之,刘劭援道入儒的初期工作,"将对道德伦理的追求化为人格美的内有本质,将人格修养过程中的意志磨练化为个体情感的审美愉悦,将种种外在的强制规范与内在情感的满足紧密结合起来,将那种人们自然心理中所拒斥的道德约束化为一种自觉自愿的社会心理倾向,使人在实现人格追求的过程中自觉地完成审美的理想"[①]。这既是对原始儒家旨意的恢复,又是针对新的时代问题提出的疗治方案,因为孔子始终把道德修养与审美修养融为一体,如"兴于诗,立于礼,成于乐","尽善尽美","暮春者,春服既成,冠者五六人,童子六七人,浴乎沂,风乎舞雩,咏而归"等,均表现出理想的人格和社会与审美追求一直是相伴相随的,只是儒术独尊后,经学一统天下,并与政权联袂,至汉末儒学僵化而士人的思想日益封闭陈腐,原始儒家这种理想人格的追求也消解日尽,加上政局危乱、世态炎凉,士人群体对异化了的名教礼制感到厌烦,萌生了从道德束缚中解放出来的需求。这种需求首先体现在高扬个体和尊才重情,突出彰显原始儒家伦理美学的一端,即审美的人生向度;其理想人格也与传统的圣哲形象有异,更多地呈现自然人格的美学意蕴而非伦理仪轨典范。

正始时期,何晏、王弼、夏侯玄、司马昭、荀粲等皆祖述老庄,立论以"天地万物以无为本",以"无"这一根本来构建伦理道德体系,表达了自己对理想人格的看法。何晏设想了一种君子人格,其特征是"身无鄙行",与"论笃者""色庄者"并称为善人。何晏认为,"君子责己,小人责

[①] 刘月:《魏晋士人人格美学研究》,18 页。

人",君子总是自我反省且泰然大方,"君子自纵泰,似骄而不骄;小人拘忌而实自骄矜"。他在描述君子人格时喜欢用小人人格来比照,"君子心和,然其所见各异,故曰不同;小人所嗜好者同,然各争利,故曰不和"①。何晏强调君子人格的差异性和个体性,显示着"和而不同"的特色,即使身处浊世亦不改其气节:"大寒之岁,众木皆死,然后知松柏小凋伤;平岁则众木亦有不死者,故须岁寒而后别之。 喻凡人处治世,亦能自修整,与君子同在浊世,然后知君子之正不苟容。"②君子和凡人在治世没有多大差别,差别是在浊世动荡时代,君子不苟且偷生,始终保持修整的节操。 除了君子人格,何晏还提及圣人人格,但总体来说,他认为抵达圣人人格境界困难重重,"深远不可易知测,圣人之言也"③;"以圣道难成,故云吾老不能用"④。 圣道难成,因为"圣人与天地合其德","惟天知己",普通人无法认知圣人,也就无法践履圣人之道,当然也无法涵养成圣人人格。 何晏区分了三类人格:圣人无情,贤人有情任道,凡人任情。 君子人格相当于贤人人格,是可以通过道德修养达成的。 何晏其实是把理想人格落实到凡俗世间,为自然人格的培育设定了现实走向。 就何晏本人而言,他热衷财富和权力,热衷奢靡生活,也在政治斗争中党同伐异,这与其道德哲学与道德实践看起来似乎有断层和矛盾,"何晏已经明确地将道、无、自然等形而上的观念确立为自己审视现实问题的基本原则,然而他同时又沿袭了天道优先于人性、人性的三重区分、忽略情感等传统观点,因而无法由人性自身来为道德原则提供普遍有效的论证"⑤。 不过,强调"圣道难成"恰恰是何晏为自己的政治生活行为辩护,他自诩的只是君子人格。 虽然在别人眼里未必达到君子境界,但是他自我确信是涵养成了君子人格的;而且,在"如何实现人的

---

① (三国魏)何晏注,(宋)邢昺疏:《论语集解》,见(清)阮元校刻:《十三经注疏》,2508页。
② 同上书,2491页。
③ 同上书,2522页。
④ 同上书,2529页。
⑤ 尚建飞:《魏晋玄学道德哲学研究》,60页,北京,人民出版社,2013。

本性"这个问题上,何晏的阐述是明确的:像贤人或君子一样任道任情,既遵循天道又尊重人性来对待社会人生问题。其《景福殿赋》云:"远则袭阴阳之自然,近则本人物之至情;上则崇稽古之弘道,下则阐长世之善经。……规矩既应乎天地,举措又顺乎四时。是以六合元亨,九有雍熙。家怀克让之风,人咏康哉之诗。莫不优游以自得,故淡泊而无所思。"只要人性遵循自然,社会秩序遵循天道,人就能够一方面拥有君子之德,另一方面安享俗世之福,优游自得,恬淡无邪。如同刘劭《人物志》初步兼综儒道思想,何晏进一步整合儒道的思路也是很明显的。

王弼则更加深刻地描述了"以无为本"的理想人格。在他看来,"无"特指无形无名的自然和道,自然即本性或天性,道即存在法则,而道法自然。王弼说:"若夫大爱无私,惠将安在?至美无偏,名将何生?故则天成化,道同自然,不私其子而君其臣。"[1]天道是一体的,道又与自然是同一的,则无、道、自然互相贯通无违。基于此,他讨论了圣人人格和大人人格,并指出其特征:"圣人达自然之性,畅万物之情,故因而不为,顺而不施。除其所以迷,去其所以惑,故心不乱而物性自得之也。""大人在上,居无为之事,行不言之教,万物作焉而不为始,故下知有之而已。"[2]"行健不以武,而以文明用之;相应不以邪,而以中正应之。君子正也……君子以文明为德。"[3]这里的大人、圣人和君子其实是同类型的理想人格,且不像何晏眼里的圣人那样高不可攀,倒像是何晏眼里的君子,具有世俗情怀。比如"圣人通远虑微,应变神化,浊乱不能污其洁,凶恶不能害其性,所以避难不藏身,绝物不以形也""圣人务使民皆归厚,不以探幽为明;务使奸伪不兴,不以先觉为贤"[4]。圣人既能坚守高洁气节,又能承担社会责任,这是有世俗关怀的表现。又如"居尊位,能休否者道也。施否于小人,否之

---

[1] (魏)王弼著,楼宇烈校释:《王弼集校释》,626页。
[2] 同上书,77、40页。
[3] 同上书,284页。
[4] 同上书,632、626页。

休也。唯大人而后能然，故曰'大人吉'也""大人，体中正者也。通以正，聚乃得全也""全以巽为德，是以小亨也。上下皆巽，不违其令，命乃行也。故申命行事之时，上下不可以不巽也"。大人能够居安思危、把握生存环境，能够中正体得，能够因循世道，都是凡人可以效仿的。至于君子人格，王弼的描述极为详尽："君子以文明为德""君子以大壮而顺礼也""不在于位，最处上极，高尚其志，为天下所观者也。处天下所观之地，可不慎乎？故君子德见，乃得无咎""君子以言必有物，而口无择言；行必有恒，而身无择行""相临之道，莫若说顺也。不恃威制，得物之诚，故物无违也。是以君子教思无穷，容保民无疆也"。① 君子既能修身自养，更能担起教化、保护民众的社会责任。在士人阶层对现实社会普遍感到失望和失落的时候，王弼的理想人格无疑发出了一丝亮光，提供了一个可以效仿的理想人格模型。

总体来说，何晏、王弼构筑了正始时期的伦理道德思想，他们主要着眼于"性"与"天道"的根本问题，树立了本体意义上的理想人格的典范。"这个根本问题下落于个体的人格生命，便是构成人的本质的内在性情如何达到和谐统一的问题；上溯于天道，则是一个关于宇宙终极本体的有无、本末的问题；而如果落实到人类生活于其间的现实社会，就是一个社会本体的问题，即现实的人类社会到底以什么作为其最高和根本的原则才能实现社会全体成员之间的和谐的问题，亦即寻求人的现实生活的'乐土''乐园'或协调理想与现实的关系问题。"②这个时期的理想人格既有传统儒家名教的社会伦理型的人格痕迹，也有以"无"为天地万物共同本体的道家自然人格要素；换言之，伦理人格和自然人格、圣人人格和真人人格找到了相通相依的根据。

到了竹林时期，曹魏集团与司马氏集团的政治斗争愈发惨烈，过去的统

---

① 见（魏）王弼著，楼宇烈校释：《王弼集校释》，282、444、501、284、387、317、401、311页。
② 高华平：《魏晋玄学人格美研究》，84页，成都，巴蜀书社，2000。

合努力宣告失败，名教与自然的相通相依关系破裂，名教或自然都只是一个称呼或名义，其实质可能正是它的反面，也就是说，士人的人格越来越歧途分化。如同鲁迅在《魏晋风度及文章与药及酒之关系》中所说："魏晋时代，崇奉礼教的看来似乎很不错，而实在是毁坏礼教，不信礼教的。表面上毁坏礼教者，实则倒是承认礼教，太相信礼教。因为魏晋时所谓崇奉礼教，是用以自利，那崇奉也不过偶然崇奉，如曹操杀孔融，司马懿杀嵇康，都是因为他们和不孝有关，但实在曹操司马懿何尝是著名的孝子，不过将这个名义，加罪于反对自己的人罢了。于是老实人以为如此利用，亵渎了礼教，不平之极，无计可施，激而变成不谈礼教，不信礼教，甚至于反对礼教。——但其实不过是态度，至于他们的本心，恐怕倒是相信礼教，当作宝贝，比曹操司马懿们要迂执得多。"①阮籍和嵇康就是这种典型，他们打着"越名教而任自然"的幌子进行人格实践，其实并没有割舍传统的儒家人格理想，而是把庄子式的人生理想运用于现实人间。他们的"任自然"并非庄子逍遥自在的生存方式，实则有很多难以安宁的心迹的剖白，只因不愿看着名教被虚伪浊世毁坏；他们的"越名教"，实则是不愿违背自己的是非分明的天性而随波逐流。这些衷心隐曲既体现在他们平淡而刚烈、从容而狂放的两重性格里面，也体现在他们设定的理想人格之上。

先说阮籍的性情论思想。其《通易论》云："阴阳性生，性故有刚柔；刚柔情生，情故有爱恶。爱恶生得失，得失生悔吝，悔吝著而吉凶见。八卦居方以正性，蓍龟圆通以索情。情性交而利害出，故立仁义以定性，取蓍龟以制情。"这里的"定性"和"制情"要通过"立仁义"和"取蓍龟"，说明阮籍保留了对儒家名教传统的一片深情，因为这两种做法都是为保证性情符合规律运作而形成的对策，经由制定仁义等德目来制约"情"，使之返本性于正道。当然，"定性"和"制情"只是制约情感的过度放纵，绝非残害性情本身，故《达庄论》云："夫守什伍之数，审左右之名，一曲之说也；

---

① 鲁迅：《鲁迅全集》第3卷，535页，北京，人民文学出版社，2005。

循自然，小天地者，寥廓之谈也。凡耳目之眚，名分之施，处官不易司，举奉其身，非以绝手足，裂肢体也。然后世之好异者不顾其本，各言我而已矣，何待旌彼。残生害性，还为仇敌，断割肢体，不以为痛。目视色而不顾耳之所闻，耳所听而不待心之所思，心奔欲而不适性之所安。"对于过分的欲望和放纵情感，阮籍是主张加以适当的制御的，这显示出王弼"性其情"的理论影响。基于此，在阮籍的理想人格谱系里，有大人先生、君子、圣人、至人四种类型，其中大人先生类型最为著名。其《大人先生传》云："圣人以道德为心，不以富贵为志，以无为为用，不以人物为事，尊显不加重，贫贱不自轻，失不自以为辱，得不自以为荣。木根挺而枝远，叶繁茂而华零。无穷之死犹一朝之生，身之多少，又何足营。"圣人看透了人世，以自然无为之方对待人世的尊显贫贱生死得失，内心保持平静。阮籍把圣人的"玄真"作为保身修性的途径，他清醒地认识到"失真"行为给社会人生带来的危害，故《达庄论》云："是以作智巧者害于物，明著是非者危其身，修饰以显洁者惑于生，畏死而荣生者失其真。故自然之理不得作，天地不泰而日月争随，朝夕失期而昼夜无分。""真"显示的是自然之理，反真和守真既是圣人的特征，也是阮籍的精神向往。大人人格则从宇宙变化运行规律体现出"与道俱成""与道周始"的特征，即《大人先生传》所谓"夫大人者，乃与造物同体，天地并生，逍遥浮世，与道俱成，变化散聚，不常其形。天地制域于内，而浮明开达于外。天地之永固，非世俗之所及也"，"今吾乃飘飘于天地之外，与造化为友，朝食汤谷，夕饮西海，将变化迁易，与道周始。此之于万物岂不厚哉？故不通于自然者不足以言道，暗于昭昭者不足与达明"。大人与世人不同，甚至与圣人不同，其变化神微，应变顺和，以天地为家，超越一般的时空，超越一般的是是非非，超越俗世对他的一切评论，只是沿着自然无为的轨道而"默探道德"，绝不轻易改变自己的行为，努力保持人格形象的统贯一致。大人人格只在理想世界里"魁然独存"，与造化推移，缺乏现实生存的可能性，故成为阮籍"超越现实自我的具象，激活着超越的正是探求悖于世俗的'道'和'道德'的积极主动性"①。《大人先生传》另设至人人格，其特征为"不处而居，不修而治"，遵循日月阴阳的变化规律，自然无为地实施具体行为，能够"志得欲从，物莫之穷"，物质和精神都能得到满足，如此"又何不能自达而畏夫世笑哉"。"自达"，则能"不避物而处"，不像隐士一般"贵志而贱身"。阮籍是不赞同远离世俗社会的，在他看来，隐士们"抗志显高，遂终于斯，禽生而兽死，埋形而遗骨"，只不过是一种轻视自己的生命价值的逃避遁世的隐逸生活方式。由此亦可见，阮籍敢于直面"豺虎贪虐""以害为利"的社会现实，他的猖狂，他的高蹈，他的隐秘痛苦，都是积极参与社会人生的表现，他既不随波逐流，也不避世逃匿，而是坚持自己的独立风度，顺应自己的自然本性，与世俗社会周旋。即《大人先生传》所谓"夫然成吾体也，是以不避物而居处，所睹则宁；不以物为累，所逅则成；彷徉足以舒其意，浮腾足以逞其情。故至人无宅，天地为客；至人无主，天地为所；至人无事，天地为故；无是非之别，无善恶之异，故天下被其泽而万物所以炽也"。至人对世态人情不加拒斥，而能友睦他人、成就他人，其践行的实际上是社会责任。阮籍独具特色的啸声里之所以包含着心灵的隐忧、苦闷和悲怆，就在于他难以卸掉或者不愿意卸掉社会责任。"可以说，至人的'至'的理由就在'不避物而处'和'不以物为累'，这赋予至人人格最高和全部的价值，赋予了至人境界可达性的现实意义。换言之，尽社会责任和至人境界的现实可能性是至人人格的根本。"②这种至人人格在"默探道德""不与世同"的精神超越性方面，虽然比不上圣人和君子人格，却在担负社会责任和关怀现实人生方面更为可爱可亲。阮籍努力在现实与理想之间找到一个平衡的支点或统一的纽带，所以他的精神世界也常常在现实与理想之间来回游移，产生诸多心灵的痛楚和挣扎。

---

① 许建良：《魏晋玄学伦理思想研究》，205 页，北京，人民出版社，2003。
② 同上书，207 页。

《晋书》等史传对嵇康的描写颇带几分传奇虚幻色彩,仿佛史笔所写的是一位神仙,这大概与嵇康身为道教中人有关。即便是东晋以后的文学作品,也视嵇康为神仙式的人物,如颜延之《五君咏·嵇中散》:"中散不偶世,本自餐霞人。形解验默仙,吐论知凝神。立俗迕流议,寻山洽隐沦。鸾翮有时铩,龙性谁能驯?"不过,嵇康尽管修性养生,却并不蹈神仙宗教之迷狂,他也像阮籍一样,游移在自然与名教的两端,其人格精神兼容儒道,其关于道德实践问题的思考体现在养生、音乐、诗文里。在其《家诫》里,嵇康描述了"越名任心"的君子人格:"匹帛之馈,车服之赠,当深绝之。何者,常人皆薄义而重利,今以自竭者,必有为而作,鬻货徼欢,施而求报,其俗人之所甘愿,而君子之所大恶也。"嵇康以是非善恶来规定公私概念,认为重义轻利不求回报是君子所推重的善行,与常人的薄义重利是不同的。君子若认定一件善事则会言行一致、始终不渝地干下去:"若志之所之,则口与心誓,守死无二,耻躬不逮,期于必济。若心疲体解,或牵于外物,或累于内欲,不堪近患,不忍小情,则议于去就,议于去就,则二心交争,二心交争,则向所见役之情胜矣。或有中道而废,或有不成一篑而败之,以之守则不固,以之攻则怯弱,与之誓则多违,与之谋则善泄,临乐则肆情,处逸则极意,故虽繁华熠耀,无结秀之勋,终年之勤,无一旦之功,斯君子所以叹息也。"嵇康强调言行一致,强调处理好"牵于外物"和"累于内欲"二心交争的矛盾,使心的内外都获得平衡状态,大概是意有所指的,即针对当时名教形式和内容的剥离,讽刺俗士表面明哲全身而实际谄媚轻薄、表面坚贞素朴忠孝节义而实际唯利是图。嵇康的君子人格有明显的儒家德性内涵,《释私论》谓"言无苟讳,而行无苟隐。不以爱之而苟善,不以恶之而苟非。心无所矜,而情无所系,体清神正,而是非允当。忠感明天子,而信笃乎万民。寄胸怀于八荒,垂坦荡以永日。斯非贤人君子,高行之美异者乎"。《养生论》亦谓"爱憎不栖于情,忧喜不留于意,泊然无感,而体气和平,又呼吸吐纳,服食养身"。

　　联系其友人"居二十年,未尝见其喜愠之色"的说法,君子人格的这些特征也正是嵇康自身人格追求的写照，他努力践行这种君子人格，判断是非善恶不以一己之标准，对君主、百姓都讲忠信观念。他之所以一再强调"忠感"和"明信"，是因为有感于仅仅依据外在来判断某人的行为和品质很难在实践中获得成效，即《释私论》所谓"故变通之机，或有矜以至让，贪以致廉，愚以成智，忍以济仁；然矜吝之时，不可谓有廉；情忍之形，不可谓无仁；此似非而非是也。或讠匿言似信，不可谓无诚；激盗似忠，不可谓无私；此类是而非是也"。人们践行名教中讲的仁义道德规范的情况是复杂多样的，包括那些恪守礼法规范、积极参与政务的士人，未必真正想获得德性、自我完善，在大多数情况下是为其家族利益最大化而做出形式化的道德行为的，故必须以变通眼光去明辨实察。"物情顺通，故大道无违；越名任心，故是非无措也。是故言君子，则以无措为主，以通物为美。言小人，则以匿情为非，以违道为阙。何者？匿情矜吝，小人之至恶；虚心无措，君子之笃行也。""君子之行贤也，不察于有度，而后行也。仁心无邪，不议于善而后正也。显情无措，不论于是而后为也。是故傲然忘贤，而贤与度会；忽然任心，而心与善遇；傥然无措，而事与是俱也。"嵇康用小人与君子进行对比，在对比中凸显"匿情"之弊，"匿情"显然是表里不一、言行殊异、形质有别。君子的"不察""不议""不论"，其实就是"行不违乎道""心无措乎是非"，也即不以世俗的功利矜伐之心去对待自然万物和社会人生。嵇康《答难养生论》中还有一种更完美无缺而难以企及的至人人格，这种至人人格也像君子人格一样"不存有措"，顺性而行，"以万物为心，在宥群生，由身以道，与天下同于自得。穆然以无事为业，坦尔以天下为公"。这样一种君臣无间、民众丰足的理想状态，正是儒道两家的共同理想，当然也是嵇康期待的"至人无为，归之自然"的现实效应。可见，嵇康的精神世界里始终存着一份淑世忧民的热忱，尽管他以超然闲逸的姿态面对社会人生，却仍然保持人格独立和坦诚，养生节欲，谨遵圣人君子的教化自我完善。像阮籍一样，嵇康其实并不否认人伦规范等对于人生在世的价值意义，他也在努力探寻一条既能消解功利化取向对人的诱导，又能在世俗生活中成就优秀品质的可行方案。① 总而言之，在价值虚无主义弥漫的正始、竹林时期，阮籍和嵇康构想了一系列具有崇高德性的理想人格类型，他们对本于自然任心的道德哲学的理解和阐述，客观上激发了士人重建名教价值体系的热情，更深化和丰富了魏晋士人阶层的个体精神世界，使之焕发出人格美的感召力。

阮籍和嵇康构想的理想人格注重个体意愿的价值取向，现实感、历史感和哲学意识都很强烈，他们自己的道德践行和人格修养确乎让世人景仰不已，但由于其精神世界的批判意识和人生态度的超然脱俗，他们对于人生过程中的名教事功基本上主动放弃，鄙弃仕途而醉心山林；他们虽然也曾勇于迎向"天下多故，名士少有全者"的现实社会，构建自己的济世理论，却多从精神自由角度去体味人生的幸福感。这种介入现实社会的方式"使他们养成超越有限事物而直取其本质意蕴的思维方式，从而将人生过程的名教礼仪理解为'形'和'象'，而将人生自由的境界理解为'神'和'意'，因而水到渠成地产生'得意忘象''得神忘形'的人生态度"②。这就导致追随者们效仿其自然人格之时，既缺少有效规范系统的引导，又未能领悟嵇康、阮籍的真实意图和价值理想，最终蜕变成放诞纵情的人格形象，元康时期的名士放诞风尚就是一个实证：当时一些名士如阮瞻、王澄、谢鲲等人，继承嵇、阮思想中颓废的一面，嗜酒裸袒露丑恶，"或乱项科头，或裸袒蹲夷，或濯脚于稠众，或溲便于人前，或停客而独食，或行酒而止所亲"③，这样的行为皆有违自然人格本旨，只是追求表面形迹上的放达，却扭曲了自然人格的正面感召力，沦落到与其曾批判的虚伪名教人格相同性质的境地。

裴颜以正统儒者代表自居，对自然放达派的放诞纵欲深恶痛绝，大力肯定名教礼法对于社会人生的积极价值和正面导向，鼓吹现实等级制度的合理性，揭示贵无派自然人格的缺陷，借以批评斥责其对风俗政教的冲击性影

---

① 详参尚建飞：《魏晋玄学道德哲学研究》，112页。
② 宁稼雨：《魏晋士人人格精神——〈世说新语〉的士人精神史研究》，508页。
③ 《抱朴子·刺骄》。

响。郭象更以独化论的道德相对主义试图缓和自然与名教的紧张关系,以适性逍遥、自足其性的无为策略来对待国家和社会事务。郭象认为,"事得以成,物得以和,谓之德也","无不能生物,而云物得以生,乃所以明物生之自得,任其自得,斯可谓德也"。德者,得也。郭象对传统以"得"释"德"方法改进为"自得"释"德",则"知君臣上下,手足外内,乃天理自然,岂真人之所为哉"。所以,郭象在崇有论的角度上接受和改造了正始竹林名士的自然人格形象,构造了大人、真人、至人、圣人四种理想人格。所谓大人者,"无意而任天行也……应理而动,而理自无害……从众之所为也……自然正直……外事不接于心……任物而物性自通,则功名归物矣,故不闻"。郭象对既定统治制度是顺从的,也听凭外物按自身本性运作,两者其实是一体的。"宽以容物,物必归焉。克核太精,则鄙吝心生而不自觉也。故大人荡然放物于自得之场,不苦人之难,不竭人之欢,故四海之交可全矣",不为难别人,不竭尽他人的欢乐,给他人以自得的最大机会,如此则众人信从。可知他的大人人格是"宽以容物"的。所谓真人者,"遗知而知,不为而为,自然而生,坐忘而得,故知称绝而为名去也……不恃其成而处物先……纵心直前而群士自合……非谋谟以致之者也。直自全当而无过耳,非以得失经心者也……故夫生者,岂生之而生哉,成者,岂成者而成哉!故任之而无不至者,真人也,岂有概意于所遇哉!"真人人格明显具有道家风神,真人的行为始终在性分以内运作,对知识的获取是在无意中完成的,以无功利之心去完成功利之行为,不以得失扰乱内心,一切讲究自然淡泊,不居功自傲,不低眉顺眼,尊重他人,也认可他人的价值观,大有一种宠辱不惊的姿态。所谓至人者,主要在对待"性命""天道""时运"等方面体现出随顺常足的态度,"是以至人无心而应物,唯变所适";"无己,故顺物,顺物而至矣"。[①] 至人不去激烈批判周遭事物,而是通过顺应事物

---

① (清)郭庆藩撰,王孝鱼点校:《庄子集释》,215、425、58、574~576、162、224、227、921、21页。

发展的自然本性和规律来达成自己的最高价值目标。至人并非独善其身，而是有着与儒家士人同样的社会担当："况之至人，则玄同天下，故天下乐推而不厌，相与杜而稷之，斯无受人益之所以为难也"；"至人以民静为安"。至人的社会关怀与自我价值是一体的，体现着郭象"名教即自然"的主张。所谓圣人者，其形不异凡人，与凡人一样遵循生理规律而生活，与凡人不同点在于"受自然之正气"，精神始终常全。圣人没有高高在上或远离人间，"圣人未尝独异于世，必与时消息，故在皇为皇，在王为王，岂有背俗而用我哉"。郭象还认为，圣人游外与冥内兼通，即无论出世还是入世都能够随心所欲，游刃有余："圣人虽在庙堂之上，然其心无异于山林之中，世岂识之哉！徒见其戴黄屋，佩玉玺，便谓足以缨绂其心矣；见其历山川，同民事，便谓足以憔悴其神矣；岂知至至者之不亏哉！"①济世和归隐之界限在郭象的圣人人格中已消除掉了。在郭象看来，所谓朝野市井田园之分，本来就是多余的，只要心中有田园山林，则举目无处不是田园山林；心若无田园山林，即使身处深山也安稳不住，真隐者是无为而无不为的，虽为亦忘记能为与所为。东晋王康琚《反招隐诗》"小隐隐陵薮，大隐隐朝市。伯夷窜首阳，老聃伏柱史"的说法以及魏晋隐逸风尚颇合郭象之意。这种玄冥独化论，其实也是在为士人阶层建立一个弥合各种行为的理论依据。

从表面上看，郭象的圣人人格兼综儒道出世和入世的品质，依据内心对现实的超越，来确证和深化自己在现实中的境遇感。但究其实，这种圣人人格仍然与儒家的"内圣外王"有很大差异，郭象圣人人格所设计的价值目标实际指向现实事务，可以说是道家化的儒家人格。郭象设计的大人和真人这两类人格更多体现着对外在世界固有价值、尊严、观念等的肯定，至人和圣人这两类人格则更多体现着社会责任感和介入世俗生活的理念依据。裴𬱖、郭象的崇有思想本来是针对贵无派的弊端而发声的，但心愿与效果未必一致，且往往事与愿违，甚至批判的工具最终却为批判的对象服务。比如裴𬱖

---

① （清）郭庆藩撰，王孝鱼点校：《庄子集释》，693、1051、194、448、28 页。

《崇有论》激烈批判贵无自然派败坏道德风教之罪："唱而有和，多往弗反，遂薄综世之务，贱功烈之用，高浮游之业，卑经实之贤。人情所殉，笃夫名利。于是文者衍其辞，讷者赞其旨，染其众也。是以立言藉于虚无，谓之玄妙；处官不亲所司，谓之雅远；奉身散其廉操，谓之旷达。故砥砺之风，弥以陵迟。放者因斯，或悖吉凶之礼，而忽容止之表，渎弃长幼之序，混漫贵贱之级。其甚者至于裸裎，言笑忘宜，以不惜为弘，士行又亏矣。"①直指其既败坏士林风节，带坏社会风气，更把名教礼制的道德等级秩序和日常伦理准则一并摧毁了。裴頠无疑是站在士家大族的立场阐发宏论的，但是裴頠完全否定和抛弃"以无为本"这个时代共同话题，对广大士族群体来说是难以接受的，故东晋孙盛在《老聃非大贤论》中讥评道："昔裴逸民作《崇有》《贵无》二论，时谈者或以为不达虚胜之道者，或以为矫时流遁者，余以为'尚无'既失之矣，'崇有'亦未为得也。"因为"虚胜"虽以谈某些抽象义理原则为高明，但仍旧未远离政治人伦的原理，只是经由抽象原理而进入宇宙本体的形而上学的领域，这与"名理"具有相同的理论旨趣。郭象当然也是站在士族立场上阐发自己的主张的，却保留了"本无"的形式，发挥了"自然"的形式，巧妙地把"越名教任自然"改造为"名教即自然"，实质上转向了崇有论，借以维护名教观念和现实制度的合理性，时人以为郭象乃"王弼之亚"是颇有道理的。尽管郭象高出一筹，用等级观念限制了自然观念，使自然观念不向肆意妄为发展。然而，"本无""玄远"既为时代共同话题，"名教即自然"反过来说就是"自然即名教"，则侧重点就变成"自然"，可以为一切"自然"行为辩护了，如此一来，批判的理论最终演变成其批判对象的理论依据。

"西晋士人就是凭借着这样一种对'自然'人格的追求，将'自然'与'名教'完全融二为一，取消了它们之间的所有分别；并进而通过个体内心的修养，达到仕隐如一，出处同归，解决了横在个体人格面前的个体与群

---

① 《晋书·裴頠传》。

体、理想与现实的矛盾,最终达到了一种完全是自己创造出来的安然自得的自由心灵境界。"①两晋士族的经济、政治地位都很高,名门望族还追求并掌控文化特权,而文化特权又有助于自由解释名门望族子弟的各种言行举止,他们自然本性的任意释放以及在世俗生活中的极端表现,均可以"自然即名教"为理论掩护。从传统儒家名教角度来看,这固然有负面的影响;但从审美文化角度来看,"自然即名教"鼓励士人群体自由实践着他们的美学人格。或者说,士人群体的种种行为都可以从美学角度进行合乎情理的解释,因为"自然"的内涵承担了一切的现实存在,士人所有的存在方式都找到了理论依据。竹林名士阮咸之子阮瞻的"将无同"三字高度概括了这个时代的思想状况:

(阮瞻)性清虚寡欲,自得于怀。读书不甚研求,而默识其要,遇理而辩,辞不足而旨有余。善弹琴,人闻其能,多往求听,不问贵贱长幼,皆为弹之。神气冲和,而不知向人所在。内兄潘岳每令鼓琴,终日达夜,无忤色。由是识者叹其恬澹,不可荣辱矣。举止灼然。见司徒王戎,戎问曰:"圣人贵名教,老庄明自然,其旨同异?"瞻曰:"将无同。"戎咨嗟良久,即命辟之。时人谓之"三语掾"。太尉王衍亦雅重之。瞻尝群行,冒热渴甚,逆旅有井,众人竞趋之,瞻独逡巡在后,须饮者毕乃进,其夷退无竞如此。②

在阮瞻的精神世界里,贵贱长幼都无分别,只要率性而为即是自得于怀,口谈玄虚不婴世务与纵情释欲胡作非为可以并存,名教与自然的冲突至少在理论上不再对立。这种理论直到东晋仍然盛行,邓粲《晋纪》记载:"王导与周顗及朝士诣尚书纪瞻观伎。瞻有爱妾,能为新声。顗于众中欲

---

① 刘月:《魏晋士人人格美学研究》,52 页。
② 《晋书·阮瞻传》。

通其妾,露其丑秽,颜无怍色。"①查史传可知,周颛曾任荆州刺史,官至尚书左仆射,敢进忠言而被朝廷重用,天性宽厚仁爱遂被敬重。司徒掾贲嵩曾见而赞叹:"汝颍固多奇士!自顷雅道陵迟,今复见周伯仁,将振起旧风,清我邦族矣。"王敦叛乱之际,有人劝其避敦,周颛辞气慷慨回绝:"吾备位大臣,朝廷丧败,宁可复草间求活,外投胡越邪!"被捕时大骂不已,被戟刺伤,血流至踵,颜色不变,容止自若,连观者皆为流涕。②如此风德雅重之士尚且如此放诞无忌,盖因自然与名教泯然一体之时风使然。

四、形神风度:士人精神的审美维度

这种泯灭自然和名教界限的社会风潮,激起了士人阶层对独特人格的审美风范的追求。《晋书·石崇传》载:"(石崇)尝与王敦入太学,见颜回、原宪之象,顾而叹曰:'若与之同升孔堂,去人何必有间。'敦曰:'不知余人云何,子贡去卿差近。'崇正色曰:'士当身名俱泰,何至瓮牖哉!'其立意类此。"富可敌国的石崇的豪言壮语恰可表达士人阶层共同的人生态度——对身名俱泰的企求,意谓物质和精神都要富足,自然欲望和名教声望都要获取最大成就。石崇可以说一生都在践行他这个生活理念。他天资颖悟、才能超群,二十多岁担任修武令,颇有才名;后入洛阳任散骑侍郎,又迁任城阳太守;太康元年,石崇因参与伐吴有功,被封为安阳乡侯;他在郡任职时虽有职务,仍好学不倦,后又被拜为黄门郎;屡次升迁任散骑常侍、侍中;再拜太仆,出为征虏将军,假节、监徐州诸军事,镇下邳。他在仕途方面颇为顺达得意,当然这顺达也与他擅长投机有关,史传其谄媚之情状云:"拜卫尉,与潘岳谄事贾谧。谧与之亲善,号曰'二十四友'。广城君每出,崇降车路左,望尘而拜,其卑佞如此。"石崇的人格形象似乎

---

① 《世说新语·任诞》刘孝标注引。
② 《晋书·周颛传》。

显得卑鄙奸佞，为史家所不齿，但"二十四友"是依附于鲁国公贾谧的文学和政治相结合的同道团体，著名人物有刘琨、陆机、陆云、欧阳建、潘岳、左思、挚虞等文章高手，而石崇的别墅洛阳金谷园是他们的一个会聚地点，由此可见石崇的个人号召力和凝聚力，也可见石崇的文学才华和政治能力都是很不错的，不是一个简单的卑佞小人。支撑其身名俱泰的是厚实的经济基础，"财产丰积，室宇宏丽。后房百数，皆曳纨绣，珥金翠。丝竹尽当时之选，庖膳穷水陆之珍。与贵戚王恺、羊琇之徒以奢靡相尚"。房玄龄综括其一生行状说："石崇学乃多闻，情乖寡悔，超四豪而取富，喻五侯而竞爽。春畦藿靡，列于凝沍之晨；锦障逶迤，亘以山川之外。撞钟舞女，流宕忘归，至于金谷含悲，吹楼将坠，所谓高蝉处乎轻阴，不知螳螂袭其后也。"对石崇而言，"身名俱泰"意味着儒家传统的忠义廉洁温柔敦厚等士人风节可以荡然无存，依附于任何一个强大的能庇护自身生命及荣华富贵的统治者就是最高的人生信念。

以文章著称的"掷果潘郎"潘岳，人格与石崇差不多，他美姿仪，有容止，二十四友，潘岳为首，其才华毫无疑问优异出众；但"性轻躁，趋世利，与石崇等谄事贾谧，每候其出，与崇辄望尘而拜。构愍怀之文，岳之辞也。……谧《晋书》限断，亦岳之辞也。其母数诮之曰：'尔当知足，而干没不已乎？'而岳终不能改"[1]。若纯粹从生存环境和生命意识来考察，士人阶层的人格分裂或多样化似乎完全可以找到历史缘由。心无所依，行无定准，士人阶层人格复杂性既是其个体人生态度决定的，也是时代风尚造就的，"自然即名教"成为他们最名正言顺的托辞。不过，他们在追求身名俱泰的过程中也透露出一些温情脉脉的精神细节，比如潘岳具有非凡人气，爱美成癖，小名檀奴，因为他长得美，在后世文学史中，"檀奴""檀郎""潘郎"等都成了俊美情郎的代名词，如司空图《冯燕歌》："掷果潘郎谁不慕，朱门别见红妆露。"骆宾王《艳情代郭氏答卢照邻》："掷果河阳君

---

[1] 《晋书·潘岳传》。

有分，贳酒成都妾亦然。"韦庄《江城子》："缓揭绣衾抽皓腕，移凤枕，枕潘郎。"这也算是魏晋士人审美意识觉醒的表征，这种审美表征摆脱了政治和道德的标签，张扬了魏晋人们对身体美的热烈追求。所以，从审美文化角度看，"自然即名教"的思想风潮，带动了审美思想的深入和普及，其独立超拔意识丰富了士人阶层的精神世界。另外，潘岳将上刑场与其母诀别时的"负阿母"之声亦显孝子之情诚；而与石崇在刑场的对话也大有两心相惜的温情在，"崇谓之曰：'安仁，卿亦复尔邪！'岳曰：'可谓白首同所归。'"其对妻子杨氏的忠诚和深情，凝聚在三首《悼亡诗》里，"如彼游川鱼，比目中路析"，情谊真挚，缠绵无尽，"潘杨之好"颂传至今。潘岳给后世留下了丰满立体的文学形象和美学形象。

被朝野称誉为"一世龙门"的王衍，有盛才美貌，明悟若神，常自比子贡，兼声名藉甚，倾动当世，可谓名位俱全者。然而东晋名士庾翼对其颇有微词，其《贻殷浩书》云："王夷甫，先朝风流士也，然吾薄其立名非真，而始终莫取。若以道非虞夏，自当超然独往，而不能谋始，大合声誉，极致名位，正当抑扬名教，以静乱源。而乃高谈《庄》《老》，说空终日，虽云谈道，实长华竞。及其末年，人望犹存，思安惧乱，寄命推务。而甫自申述，徇小好名，既身囚胡虏，弃言非所。凡明德君子，遇会处际，宁可然乎？而世皆然之。益知名实之未定，弊风之未革也。"他批评王衍没有生活原则，既为名教中人却不思以静乱源，不好好从事政治实务以做吏治楷模，而是思安惧乱、寄命推务；既为清玄论道之人，却不能超然独往，珍惜名誉，而是助长奢靡享受之风。考其行迹，王衍确实有着很多不堪行为，如其女为愍怀太子妃，在太子为贾后所诬之时，王衍惧祸，自表离婚；太子被诬获罪，王衍得太子亲笔书信却隐蔽不公告出来，致使太子被害。其贪生怕死之情状与其玄谈名士雅望有着云泥之别、河汉之远；尤其不可思议的是，王衍兵败被石勒捕获后，"为陈祸败之由，云计不在己。勒甚悦之，与语移日。衍自说少不豫事，欲求自免，因劝勒称尊号"。视朝廷厚望和重托为可有可无之物。连石勒都为其毫无气节和人格的言行所激怒："君名盖四海，身居重任，少壮登朝，至于白首，何得言不豫世事邪！破坏天下，正是君罪。"①王衍是一位实实在在把自然天性与名教事功混融一体的士人，在他的身上集中了太多的看似矛盾的性格特征。在追求实现自然生命价值的时代，士人阶层大多撇弃儒家传统的名利观念，公然袒露对荣华富贵的渴望。史传里的王衍对财富看得并不太重。其妻郭氏是贾后之亲，藉中宫之势，刚愎贪戾，聚敛无厌，且喜欢干预人事，王衍疾恶郭氏之贪鄙，在郭氏面前"口未尝言钱"，而以"阿堵物"名之。这种姿态是否有表演的成分在呢？似乎未必就是表演，因为凭其家族名望及本人显位，奢侈生活早已不足为忧。情感表达可以很好地证明一个人的存在，此期士人阶层对情感的表达是略无顾忌的，体现出重情风尚，王衍亦然。如《晋书》本传载："衍尝丧幼子，山简吊之。衍悲不自胜，简曰：'孩抱中物，何至于此！'衍曰：'圣人忘情，最下不及于情。然则情之所钟，正在我辈。'简服其言，更为之恸。"②儒家要求情感适度表达，发乎情而止乎礼义，讲究的是理性节制；道家则根本主张"少私寡欲"，把生命情感全都淡化成"无"，超越生死悲欢，物物而不物于物，冷眼旁观这个世界。王衍等人却将情感和欲望都毫无掩饰地宣泄出来，心里既没有儒家的教训，也没有道家超脱，只希求人的自然情感自由无碍地发出来。"情之所钟，正在吾辈"的宣告，简直是把情感当成人的本质规定。

温峤曾问隐士郭文："饥而思食，壮而思室，自然之性，先生安独无情乎？"③遁世的隐逸者可能追求道家式的极度克制的情感，而温峤等则主张"情感的自然流露"，呈现出"自然之性"。即如军旅名士桓温，也时时从外界风景变移而感叹时光无情流逝，所以"桓公北征经金城，见前为琅邪时种柳，皆已十围，慨然曰：'木犹如此，人何以堪！'攀枝执条，泫然流

---

① 《晋书·王衍传》。
② 《世说新语》记成王戎事迹。
③ 《晋书·郭文传》。

泪。"①这是对人生时光的感叹之情,是细水微澜式的心境呈现,也隐含着生命意识的细致化,与"士当身名俱泰"的呼声一样,是对生命自主性的呼求。桓温入蜀至三峡中,部伍中有人抓到一只小猿,母猿缘岸哀号,"行百余里不去,遂跳上船,至便即绝。破视其腹中,肠皆寸寸断"。桓温知道这情状后大怒,罢黜其人。②一介武人竟然如此细腻多感,自当是一种移情效应已经在他内心激起。"从某种意义上说,正是由于对生命的重视,才导引出魏晋士人对于炽热情感的追求与执著。至此,情感不再是羞于启齿的隐私,或是淫邪丑恶的象征,相反却成了人性之美的符号。"③这种人性之美的标志性符号就是"一往情深"。"一往情深"可以发生在朋友之间、亲人之间、邻里之间、君臣之间,甚至陌生人之间;也可以发生在人与自然山水之间、人与事之间、人与物之间。也许乱世使人的心灵更加多愁善感,使人的情感世界更容易发生共鸣。尚书令王濬冲曾著公服,乘轺车,经过黄公酒垆时,转身对车客感慨:"吾昔与嵇叔夜、阮嗣宗共酣饮于此垆。竹林之游,亦预其末。自嵇生夭、阮公亡以来,便为时所羁绁。今日视此虽近,邈若山河。"④这是对昔日韶光的无限留恋和追怀,既念故友,亦是自悲岁月。"王长史登茅山,大恸哭曰:'琅邪王伯舆,终当为情死!'"⑤如果说桓温的情感是由宇宙人生之叹而激发,那么王伯舆的情感则是为自身而叹。"荀奉倩与妇至笃。冬月妇病热,乃出中庭自取冷,还以身熨之。妇亡,奉倩后少时亦卒。"⑥荀粲重情,这种生死相随的情感就是他的人生价值之一。魏文帝曹丕装驴鸣祭别王粲则是君臣文友之间的深情体现:"王仲宣好驴鸣。既葬,文帝临其丧,顾语同游曰:'王好驴鸣,可各作一声以送之。'赴客皆一作驴鸣。"此情此景,显示出人性的真美品质。"王子猷、

---

① 《世说新语·言语》。
② 《世说新语·黜免》。
③ 宁稼雨:《魏晋士人人格精神——〈世说新语〉的士人精神史研究》,308 页。
④ 《世说新语·伤逝》。
⑤ 《世说新语·任诞》。
⑥ 《世说新语·惑溺》。

子敬俱病笃,而子敬先亡。子猷问左右:'何以都不闻消息?此已丧矣!'语时了不悲。便索舆来奔丧,都不哭。子敬素好琴,便径入坐灵床上,取子敬琴弹,弦既不调,掷地云:'子敬!子敬!人琴俱亡。'因恸绝良久。月余亦卒。"①这是兄弟深情的典范,弹琴便是兄弟相语相知,真情和真美由此折射出来。士人群体的主"我"重"情",颇有任自然的意味,这种任自然已经过滤了"任诞",显示的是他们对于正常情感的率性抒发。他们还以一片赤诚去对待自然山水,给自然山水注入了人的精魂,大有一种以物观我、物我交融的胸怀气象。比如那位被人称为颜回再世的羊祜,文才武略,秀外慧中,也是对生活怀抱深情之名士:"祜乐山水,每风景,必造岘山,置酒言咏,终日不倦。尝慨然叹息,顾谓从事中郎邹湛等曰:'自有宇宙,便有此山。由来贤达胜士,登此远望,如我与卿者多矣!皆湮灭无闻,使人悲伤。如百岁后有知,魂魄犹应登此也。'湛曰:'公德冠四海,道嗣前哲,令闻令望,必与此山俱传。至若湛辈,乃当如公言耳。'祜当讨吴贼功,将进爵土,乞以赐舅子蔡袭。诏封袭关内侯,邑三百户。"②将个体生命置于永恒山水宇宙之中,万千惆怅里回荡着自我生命的叹息声,既是一种美丽的伤愁,又是一种旷世之悲情,融进了传统的追求不朽的价值观念,比同时代人对"士当身名俱泰"的追求显得更有高情远致,与王羲之《兰亭集序》"向之所欣,俯仰之间,已为陈迹,犹不能不以之兴怀,况修短随化,终期于尽"的情感基调可谓异曲同工。《世说新语·言语》载:"顾长康从会稽还,人问山川之美,顾云:'千岩竞秀,万壑争流,草木蒙笼其上,若云兴霞蔚。'"若没有对自然山水之美的体验和感悟,顾恺之估计很难提出"以形写神""迁想妙得""传神写照"等画论思想,其"三绝"雅号水乳交汇,共同构成其追求精神超脱与豁达宽容的立世态度。魏晋士人的情真意深,造就了其充满神韵的人格美之境界。这里的"真"非指物理形相之真,

---

① 《世说新语·伤逝》。
② 《晋书·羊祜传》。

乃指士人内在之真性情，就是当时理论界共同关注和探讨的"自然天性"。把"任诞"过滤后的"自然天性"，不太在乎身份、地位、功名、利禄，而日常生活之礼节、操守、准则也以本性情、真本质为底色，不刻意修饰、不矜持做作，"人生贵得适意"就是最率真畅情之事。故很多名士以其"自然天性"的呈露而在历史上留下身影。王羲之在郗虞卿到家里选婿时"独坦腹东床，啮胡饼，神色自若"，造就了"东床快婿"的美谈佳话。王子猷雪夜访戴的故事，反映的是乘兴而为、兴尽而止的原生态的自然天性；其爱竹如癖则将率真深情寄寓在审美物象里面，而审美物象又反衬出一种纯真士人的执着精神。

及至东晋偏安江南，山河之异带来的心灵创伤很快就被自然美的发现抚平了。士人的理想人格消磨了自然与名教之间的冲突和焦虑，加上佛学话语的审美意趣渗入士人阶层的日常生活中，佛教中的般若学改造了玄学，通过"非有非无"的中道观与"性空"论，彻底消除了玄学中的"有""无"概念的差别，泯灭了本体和现象的差别，建立了一种"物我俱一"的物我关系模型。"般若佛学极大地开了人的心灵，解放了人的精神，将玄学的人格（自我）本体论转换为佛学的精神（心灵）本体论，使主体从有限自由的'人格我'上升为无限自由的'精神我'。这反映在审美文化、艺术观念上，则意味着在魏晋'缘情'论崛兴的同时，一种偏于畅神的、写意的审美思潮也将于晋宋之后的佛学语境中开始生成。"[①]被观照的客体由此也成为真正自由的客体，它随着主体自由性的获得也一并具有了自由品格，不再是喻体、背景和外部媒介，而是呈现出审美化、情趣化、韵味化、空灵化的精神特征。《世说新语·言语》载简文帝入华林园，沉醉其中，顾谓左右曰："会心处不必在远。翳然林水，便自有濠、濮间想也，觉鸟兽禽鱼，自来亲人。"所谓"想也"，即简文帝的"精神我"与翳然林水、鸟兽禽鱼达到了

[①] 仪平策：《中国审美文化史·秦汉魏晋南北朝卷》，180～181页，上海，上海古籍出版社，2013。

默契沟通和会心交流的境界，天真的本性和良好的心态，使他自得其乐。"会心"应该是"精神我"与自然美互相交融的关键，即僧肇所谓"内有独鉴之明，外有万法之实"，主客两忘，物我俱一，真俗无别、内外相与，士人群体在品鉴自然山水的神韵时，也从中映照出主体自身的人格风流。正如僧肇《物不迁论》所言："夫生死交谢，寒暑迭迁，有物流动，人之常情，余则谓之不然！何者？《放光》云：法无来去，无动转者。"

东晋张湛的哲学思想融合玄佛义理，适应了此期士人对生命的思考，"虚无"成为安身立命之所。张湛《列子注》构想了相应的理想人格，如"圆通玄照"的神人人格："所谓神者，不疾而速，不行而至。以近事喻之，假寐一昔，所梦或百年之事，所见或绝域之物。其在觉也，俯仰之须臾，再抚六合之外。邪想淫念，犹得如此，况神心独运，不假形器，圆通玄照，寂然凝虚者乎？"又如"居中履和"的圣人人格："圣人居中履和，视目之所见，听耳之所闻，任体之所能，顺心之所识；故智周万物，终身全具者也。"再如"与群俯仰"的至人人格："向秀曰：变化颓靡，世事波流，无往不因，则为之非我。我虽不为，而与群俯仰。夫至人一也，然应世变而时动，故相者无所用其心，自失而走者也。"①三种理想人格兼容了玄道佛的思想因素，既不滞于"有"，也不滞于"无"；既不重"内"，也不重"外"；即物而虚，即俗而真。可以看出，其理想人格的设计思想，"既吸收了老庄以来有关冥内外、齐物我的思想，又融入了佛教般若学颇执论，尤其是《维摩诘经》中的'入不二法门'的思想，从而成为东晋时期许多士族文人的思维和处世方式"②。东晋士人满足于偏安东南一隅，既不再以物质财富和奢靡生活来掩饰精神的焦虑感，也不再以任诞纵欲来填充精神的空虚感，而是从国计民生的宏大叙事中逃避和解脱出来，力求营造"精神我"的心灵空间。"士人们很快地接受了这一生活方式，并在这一思想的基础上发

---

① （晋）张湛注：《列子注》，见《诸子集成》第三册，32、45、24 页。
② 宁稼雨：《魏晋士人人格精神——〈世说新语〉的士人精神史研究》，392 页。

展成为对精神的刻意追求,对生命的内心世界的另一种体验。当这种刻意的追求在潜意识中定式化后,他们就逐渐地由对生活的逃避演变成为对纯粹的心灵世界的精心营构,将人格的价值与追求逐渐引向审美的态度。"①玄学的"本无""独化",佛学的缘起性空,道家的超越物我,道教的神仙思想,形成士人阶层的共同旨趣,这种旨趣主动解构士人阶层社会性责任,极力铺就士人阶层的纯美人生,从而深化了主体觉醒这个时代主题,在自然山水之美的映照下成就一种美学人格。

士族文人运用圆通玄照、居中履和、与群俯仰、不二法门等思维方式,观照物我一体的周遭环境。《世说新语·言语》记王坦之等人聚谈:"王中郎令伏玄度、习凿齿论青、楚人物。临成,以示韩康伯。康伯都无言,王曰:'何故不言?'韩曰:'无可无不可。'"伏玄度和习凿齿两人各自举例欲争高下,而韩康伯不予评判,便是以"不二"态度来看待伏、习二人的争辩。又如,"竺法深在简文坐,刘尹问:'道人何以游朱门?'答曰:'君自见其朱门,贫道如游蓬户'"。竺法深即出自琅琊王氏家族的王潜,他师从名僧刘元真,刻苦钻研般若学,渐渐改正了一般士族子弟习见的浮华性格。刘孝标注引《高逸沙门传》云:"法师居会稽,皇帝重其风德,遣使迎焉,法师暂出应命。司徒会稽王天性虚淡,与法师结殷勤之欢。师虽升履丹墀,出入朱邸,泯然旷达,不异蓬宇也。"有道是朱门蓬户、红粉骷髅,全在一心。南渡之初,丞相王导曾是主张复兴大业者,在新亭饮宴时,座中有人慨叹风景不殊而山河有异,引得诸人相视流泪;王导愀然变色曰:"当共勠力王室,克复神州,何至作楚囚相对?"然而在政局稳定后,王导坚持的却是绥靖宽政做法,有意模糊是非:"丞相末年,略不复省事,正封箓诺之。自叹曰:人言我愦愦,后人当思此愦愦。"②这种宽简务虚之作风,政事上如此,其实也在社会人事生活诸方面得到士人阶层的普遍接受。

---

① 刘月:《魏晋士人人格美学研究》,64页。
② 《世说新语·政事》。

朱门蓬户，无可无不可，东晋士族的仕隐兼修的人生态度和生活方式正是在此思想的理性支持下秉持和运行的。故老庄的"物我两冥"和般若学的"不二法门"在士人群体的言行举止中得到反映，隐仕皆无高低的评判，并行不悖而只有方式的分别。《世说新语·栖逸》讲："戴安道既厉操东山，而其兄欲建式遏之功。谢太傅曰：'卿兄弟志业，何其太殊？'戴曰：'下官"不堪其忧"，家弟"不改其乐"。'"这种尊重多样价值观的人生态度，也是玄学"得意忘言"在佛道义理融通互渗情况下的新变，体现了东晋中后期士人阶层的普遍人格形象，即讲究神韵美的营建，讲究生命境界与审美境界的交融。

陶渊明无疑是"欲辨已忘言"美学人格的极佳典范。陈寅恪《陶渊明之思想与清谈之关系》评析道："渊明之思想为承袭魏晋清谈演变之结果及依据其家世信仰道教之自然说而改创之新自然说。惟其为主自然说者，故非名教说，并以自然与名教不相同。但其非名教之意仅限于不与当时政治势力合作，而不似阮籍、刘伶辈之佯狂任诞。盖主新自然说者不须如主旧自然说者之积极抵触名教也。又新自然说不似旧自然说之养此有形之生命，或别学神仙，惟求融合精神于运化之中，即与大自然为一体。"[1]陶渊明早年也有济世之志，曾五次出仕，均感"有志不获骋"而辞官归隐，躬耕田园，寄情山水，不带任何压抑和违心地实现了怀抱自然的理想人格。钟嵘《诗品》评价说："文体省静，殆无长语。笃意真古，辞兴婉惬。每观其文，想其人德。世叹其质直。至如'欢颜酌春酒''日暮天无云'，风华清靡，岂直为田家语耶！古今隐逸诗人之宗也。"陶渊明以其亲身践履，对"任自然"做了新阐释：自然，不限于有意疏离名教，不屈从于政治权势，更不等于要佯狂任诞、放纵人的生物本能；它不是激烈地与名教对抗，也不是逃避到山林保养形体；它其实是在任何生命境遇中都能不卑不亢，不做违心事情，与田园山水建立主客交融的深厚感情；自然，不只是身体安顿之所，更是精神

---

[1] 陈寅恪：《金明馆丛稿初编》，204～205页，上海，上海古籍出版社，1980。

依托之处。僧肇《涅槃无名论》亦云:"既曰涅槃,复何容有名于其间哉?斯乃穷微言之美,极象外之谈者也。自非道参文殊,德侔慈氏,孰能宣扬玄道,为法城堑?"陶渊明的田园生活不是刻意伪装的,乃是一种我行我素的自然真性的寄寓;他与田园环境建立的物我关系不是主客对立,乃是"采菊东篱下,悠然见南山"的主客两忘、物我俱一的审美境界。陈寅恪认为陶渊明的思想是承袭魏晋清谈演变之结果,以及依据其家世信仰道教而改造成的一种新自然说,这是很有道理的。

概而言之,陶渊明的精神世界里,一是有道家和玄学的因素,朱熹说"渊明所说者庄老,然辞却简古",其实"简古"本身就是道家和玄学共同的表达风格。"羁鸟恋旧林,池鱼思故渊",回到人的自然本性的精神家园,是陶渊明的人生旨归;而"此中有真意,欲辨已忘言"则体现出玄学"得意忘象"的思维特征;"怀良晨以孤往,或植杖而芸耔。登东皋以舒啸,临清流而赋诗。聊乘化而归尽,乐夫天命复奚疑"。玄道思想观照下的生死态度化解了生命短暂之焦虑,而充实的田园生活亦能涵养虚极静笃的审美心胸,使陶渊明达到遗世独立、恬静自由、顺乎自然的至人境界。二是有传统儒家的安贫乐道、平淡中和的思想因素,真德秀云:"以余观之,渊明之学,正自经术中来,故形之于诗,有不可掩。《荣木》之忧,逝川之叹也;《贫士》之咏,箪瓢之乐也。《饮酒》末章有曰:'羲农去我久,举世少复真。汲汲鲁中叟,弥缝使其淳。'渊明之智及此,是岂玄虚之士所可望耶?"真德秀所举诗文都是儒家思想在陶渊明身上的反映,儒家思想中既有积极参预事功的社会责任意识,也有独善其身、乐天知命的自我修养意识。陶渊明身上更多的是冲淡平和、自得其乐的儒家人格。三是有佛教般若学的思想因素。《形影神》三篇兼容道家的虚静观和佛教的般若空观,《形赠影》云:"谓人最灵智,独复不如兹!适见在世中,奄去靡归期。"《影答形》云:"此同既难常,黯尔俱时灭。身没名亦尽,念之五情热。"《神释》则云:"纵浪大化中,不喜亦不惧,应尽便须尽,无复独多虑。"形神之辨在佛教兴起后成为一个争论的重要问题,与陶渊明交游甚密的慧远就写过《形尽神不灭论》和《佛影铭》，宣扬形灭而神永恒存在的思想。陶渊明虽说未入佛门，思想也未必跟慧远相同，但他生活在佛玄合流正成为历史事实的时代，陶氏家族亦有礼敬佛教遗风，所以他的思想活跃通达，加之他居住于佛教文化胜地庐山脚下，长期与慧远等佛学修养深厚的名士交往，自然常常有意或无意地在诗文中表现出佛学思想。《形影神》就是一个例子：顺应自然规律，不喜不惧，不忧不虑、超越生死。这种思想已经很接近佛学了。又如《归园田居其四》之"借问采薪者，此人皆焉如？薪者向我言，死没无复余。一世异朝市，此语真不虚。人生似幻化，终当归空无"。幻化和空无，即幻象和无实体，都是般若空观里的术语。此外，《还旧居》之"流幻百年中，寒暑日相推"，《饮酒》之"一生复能几，倏如流电惊""吾生梦幻间，何事绁尘羁"等诗句，表达的都是陶渊明对人生如幻如化的理解，这与般若学的"缘起性空"说极为相通。慧远《智论序》说："无性之性，谓之法性。法性无性，因缘以之生。生缘无自相，虽有而常无。常无非绝有，犹火传而不息。"当然，陶渊明在接受各种文化资源时存在一个思想过滤的过程，恰如朱光潜所言："渊明是一位绝顶聪明的人，却不是一个拘守系统的思想家或宗教信徒，他读各家的书，和各人物接触，在于无形中受他们影响，像蜂儿采花蜜，把所吸收来的不同的东西融会成他的整个心灵。"[1]陶渊明"欣然会意"各种思想，并将之灌注于自我的人格建设中。他心灵的"桃花源"，一切任真自得，是天道合一的审美的人生境界。"以名求物，物无当名之实；以物求名，名无得物之功。物无当名之实，非物也；名无得物之功，非名也。是以名不当实，实不当名，名实无当，万物安在。"如同僧肇《不真空论》所言，以名实来理解事物的存在以及事物之间的关系是毫无意义的，名和物本来就不是同一的。陶渊明也是这样来理解自然与名教的关系的，正如苏轼《书李简夫诗集后》所云："欲仕则仕，不以求之为嫌，欲隐则隐，不以去之为高，饥则扣门而乞食，饱则鸡黍以延客，

---

[1] 朱光潜：《诗论》，202页，上海，上海古籍出版社，2001。

古今贤之,贵其真也。"这种既不执着于名教,也不执着于自然的观念,类似于佛学的不真空论,显示出隐逸诗人之宗的真性情和真自然的美学人格。

及至晋宋之际,"庄老告退,而山水方滋,俪采百字之偶,争价一句之奇,情必极貌以写物,辞必穷力而追新"①。"庄老告退"指玄学渐渐融进佛学里面并被替代,佛教的玄远境界、精致理论以及宗教神秘氛围,使士族文人不再单纯地探索社会人生的玄理,而是转向自然山水,排解现实苦难,寄寓精神。清谈、琴棋书画、诗文等雅事成为其生活的重要内容。审美文化尚"清"旨趣在这个时代蔚为风尚,既是中国艺术精神中最显著的审美特征,也是士族群体理想人格最显著的特征。儒家的清高气节、道家的虚静胸怀、佛家的性空清净,成为士人化解现实苦难的途径和目标。"圣人含道应物,贤者澄怀味象";"圣贤映于绝代,万趣融其神思",在士人的精神世界里,形式美和神韵美巧妙地融通起来,偏于善的价值观念里融进了对真和美的价值观念的追求。

◎ 第二节
北朝文人的心态

一、北朝文人审美趣味与士人文化身份

中国古代士人作为文化精神承载的主体,其审美趣味在一定意义上架构了文化空间的合法性,使得艺术产品按照士人心目中的审美理想方向发展。审美趣味的形成与接受,其实质是文化习性的认同,文化习性来源于不同的文化环境下经过教育而获得的具有本民族文化烙印的心理品质。现代文艺

---

① 《文心雕龙·明诗》。

理论也有同样的认识，布迪厄指出："文化需要是教养和教育的产物：诸多调查证明，一切文化实践（参观博物馆、听音乐会、阅读等）以及文学、绘画或者音乐方面的偏好，都首先与教育水平（可按学历或学习年限加以衡量）密切相连，其次与社会出身相关。"[1] 布迪厄虽然指向的是现代文化的研究，但是他对趣味的研究具有一定的普遍性。趣味是文化习性的一种突出表现，而一个社会阶级的习惯是由其拥有的资本类型决定的，正是在此基础上，阶级群体形成了其特定的"品味"。北朝士人审美趣味是在北朝文化的基础上发展起来的，对于北朝文人的审美趣味的研究可以让我们更深入地了解北朝的文学艺术，探求其在中国学术链条上的价值和意义。

士人的文化习性是审美趣味的基础，它的形成与其文化教养、生长环境、心理机制等有着直接的关系。北朝士人的文化身份，由于历史的原因被分成了三类：第一类是北方本地的汉族士人，包括著名的世家大族。在东晋南迁的大潮中，并不是所有的士人都迁到了南方，也有相当一部分士人滞留在北方，他们秉承着原有家族的文化，占有很大一部分文化资源，在与强势的北朝统治者斡旋的时候，以特殊的文化心态处理自己的精神理想和政权之间的矛盾。第二类是北朝时期的少数民族贵族士人，他们有自己的文化传习，特殊的社会政治地位让他们的喜好具有了引领文化风尚发展方向的作用。他们最大的特点是在汉文化的不断熏陶之下，开始接受汉文化并保持部分少数民族特质，最终与其他士人共同创造出北朝文化。第三类则是对于北朝文化精神的最终形成起到了很重要的推动作用的南方士人，即由南入北的一部分士人。这部分士人由于南方战乱或其他原因辗转来到北朝，在这里，他们固有的南方精致的审美精神开始同北方质朴的文化性格进行有机整合，促进了文化融合。北朝士人不同于其他时代的士人，如同其文化精神所昭示的那样，并没有南朝士人的放诞与闲散。在北方文化特质的影响下，各类文

---

[1] 布迪厄：《〈区隔：趣味判断的社会批判〉引言》，朱国华译，见陶东风等：《文化研究·第4辑》，8～9页，北京，中央编译出版社，2003。

人虽然成长发展历程不同，但最终汇通于隋唐时期的新文化形态中。至此，文化完成融合，新的文化观念得以形成，南北文化达到交融。

（一）北朝本地汉族士人的文化心态

永嘉南渡之后，中原地区并没有成为文化的荒原，留居在北方没有迁徙的世家大族，或据坞壁自保，或与少数民族政权合作，以其丰富的统治经验与文化知识获得与少数民族政权对话的权利，在建立国家文化意识形态方面，北朝的士人功不可没。由于社会战乱纷繁，北朝士人的国家忠贞观念早就被耗尽了，保存家族实力并走向强大才是此时期士人的终极目标。相对而言，北朝士人并不完全排斥少数民族政权，但是北方政权更迭速度太快，所以对于与少数民族政权合作的事情，北朝本地士人也非常小心，这种小心翼翼的态度，间接地为北朝社会持续发展保存了所必需的文化资源。这种文化资源不仅是北朝本地士人与北朝统治者沟通的文化资本，更是北朝士人审美趣味形成的主要原因。

北朝的本地士人在特定的历史条件下，秉承自己的家学渊源，形成了具有自身特色的文化精神，成为北朝文化的重要组成部分。为求自保，以坞壁形式而形成的家族聚居生活方式，使得北朝士人趋于保守。在学术方面，一方面继续保持以经学为主要特色的学术传统；另一方面，出于经世济用的目的，北朝的学术突破了汉代"家法"或"师法"的森严限制而显示出开阔的一面。在家风的传习方面，则以恪守礼仪为主，家族秩序森严，这对于艺术的创造而言，则以质朴为文辞特征，缺乏开拓性的艺术气息。

自北魏获得中原的统治权以后，北朝士人作为文化的持有者被少数民族政权征用。北朝士人的见用，并非拓跋鲜卑敬重高门士族或倾心仰慕中原文化，而是出于政治的需要。随着北朝征服地域的不断扩大，草原原始的官僚体系已经难以维系正常的统治，必须重新建立适用于农耕社会发展的政权体制，而大量有中原政治经验的汉族优秀士人则属于政权急需的人才。即便如此，早期被拓跋鲜卑政权任命为朝廷官员的北方士人与北魏统治者之间相互信任的基础并未建立，由猜忌而导致的北方士人被杀的现象时有发生，究其主要原因，还在于汉族文化和少数民族文化没有真正融合。从高允就北魏神䴥四年征士所作的《征士赋》的文本来看，北魏初期征召的主要对象是中原地区有名望的世家大族。① 由此说明，北魏政权初创时期非常需要获得中原高门大族的支持。一方面，高门大族士人能够提供其政权所需要的文化资本；另一方面，则说明汉族士人在地方上拥有足以让少数民族政权侧目的军事或经济地位。

在这样的情况下，北朝本地汉族士人逐渐形成了家族利益至上的观念。北朝本地汉族士人的家族观念来源于其生活的实际需求。以晋王朝为核心的军事、文化、经济力量集体南迁之后，北方就成为少数民族统治者割据混战的区域，政权更迭频繁，没有南迁的士族首先面临的就是生存问题。家族是士人赖以生存的根基，因此保全家族整体利益成为士人在北朝初期的唯一目标。与南方士人对个体生命的看重相比，北方士人则将家族的利益放在第一位，甚至牺牲自己都无所谓，《魏书·崔逞传》记载：

> 逞七子，二子早亡，第三子义，……逞之内徙也，终虑不免，乃使其妻张氏与四子留冀州，令归慕容德，遂奔广固。逞独与小子赜在平城。

北魏权力核心来自草原，质子制度是其治理臣下较为熟稔的制度。中原士人被迁入平城之时，大都会被要求带着家眷。崔逞不得已带着小儿子投北留居平城，后来因为言语不慎被杀，但并没有使整个家族受到太大的影响。宋隐在太祖道武帝拓跋珪平定中山的时候被拜为吏部尚书郎，想来并非情愿，之后几次辞官都未被允许：

---

① 毛汉光对入征35人经过考察，确认其如高允所说，"皆冠冕之胄"，从其社会地位来说，则"著问州邦"，而且还极注重地理位置分配，从"东到渤海，北极上谷，西尽西河，南穷中山"。见毛汉光：《中国中古社会史论》，16页，上海，上海书店出版社，2002。

(宋隐)临终谓其子侄等曰:"苟能入顺父兄,出悌乡党,仕郡幸而至功曹史,以忠清奉之,则足矣,不劳远诣台阁。恐汝不能富贵,而徒延门户之累耳。若忘吾言,是为无若父也,使鬼而有知,吾不归食矣。"①

宋隐告诫后人不要做什么大官,在乡间以"忠清奉之"就可以,而这样做的目的就在于避免"徒延门户之累",在宋隐心目中,拖累家族是最为严重的事情,所以内敛自收才是处世之道。在北朝士人看来,仕或不仕都是为了家族利益,仕是为了取得一定特权以便求得家族兴旺,而不仕的理由是为了避开祸患使家族不至于受到伤害,这与先秦时期儒家学说中所提倡的以天下为己任的观念有较大差别。北朝时期,留守北方的世家大族这样做还是迫于生存,少数民族政权的不稳定,使得他们对于与政权合作都很谨慎。家族的势力范围越大,越有与其他势力对抗的资本,所以为了获得更充分的保障,几世共同聚居一处的情况比较常见。对此,史书中多有记载:

(范阳卢度世)谦退简约,不与世竞。父母亡,然同居共财,自祖至孙,家内百口。②

(博陵李几)家有二十二房,一百九十八口,长幼济济,风礼著闻,至于作役,卑幼竞进。③

(清河崔挺)五代同居,后频年饥,家始分析。挺与弟振推让田宅旧资,惟守墓田而已。④

---

① 《魏书·宋隐传》。
② 《魏书·卢度世传》。
③ 《魏书·李几传》。
④ 《北史·崔挺传》。

>（弘农杨愔）一门四世同居，家甚隆盛，昆季就学者三十余人。①

几世百余口同居，组成了一个个庞大的家族，其目的是全身远祸。北朝的士人清晰地认识到家族的重要性，源于战乱时期生存的艰难，单靠个人的力量是无法生存的。因而他们对于家族中的事务也非常关注，若有迁来投奔的远支旁脉都热情接洽，与南方士人兄弟分户而居、不甚关注同族之谊形成巨大反差。《宋书·王懿传》记载：

>北土重同姓，谓之骨肉，有远来相投者，莫不竭力营赡，若不至者，以为不义，不为乡里所容。仲德闻王愉在江南，是太原人，乃往依之，愉礼之甚薄，因至姑孰投桓玄。

与南方政权主体的孱弱不同，北方政权强硬，在中原地区建立政权并不完全依靠居住在中原地区的世家大族，这是南北士族文化差异的根本。对于少数民族政权而言，以世家大族在地方上的影响力，尚不具备颠覆朝廷的能力，而得到世家大族的支持不仅可以节约统治资本，同时还能推动社会政治体系建设的尽快成熟。而北方士族也看到了这一点，他们没有能力与北方的政治主体抗衡，所以采取与少数民族政权合作的策略。在这样的合作中，北方的士人身处少数民族政权统治之下，一方面不得不积极强化宗亲建构的组织关系，另一方面也表现出积极的经世济用的作风。

北朝本地汉族士人注重家学与家风的传承。北方的高门大族为了与少数民族政权以及其他地方豪族、流寇相抗衡，或妥协成为政权的组成部分，或建坞壁聚族而居，但是不论是哪一种形式，都离不开其家族势力的支持。从北魏建国初期到孝文帝改革以后，高门大族之所以始终是国家政权核心拉拢和关注的对象，就是因为高门士人背后强大的家族基础。北方的大家族动

---

① 《北齐书·杨愔传》。

辄几百人,甚至上千人,若没有一个具有凝聚力的精神支撑点,是难以维系家族的稳定的,所以北方士人历来都很重视家学家风的建设。他们非常重视其在社会中的声望,钱穆先生指出:"一个大门第,决非全赖于外在之权势与财力,而能保泰持盈达于数百年之久;更非清虚与奢汰,所能使闺门雍睦,子弟循谨,维持此门户于不衰。当时极重家教门风。"北朝世家大族具有一定的号召力和影响力,主要在于几个方面的原因:其一,门阀士族最有代表性的特点就是文化修养,其家学渊源的代代相传既是建立家族声望、维系宗族关系的重要标志之一,也是与少数民族政权达成共谋的主要资本;其二,北方的世家大族通常都是几百户甚至几千户的聚居,他们据坞壁自守,在经济上自给自足,战时打仗,平时则在坞壁内自耕自种,共同维系宗族生活,其所表现出来的经济实力和军事实力都不容小觑;其三,维系大家族的正常运转并不容易,需要建立较为完整的忠孝观念,故道德家风成为世家大族的另一标志。家风和学风使北方士族成为在北朝占有主流地位的文化组成之一,即便有的家族已经失去了往日辉煌,但就其家族声望本身而言,在社会上还是具有很大的影响力的。因此,世家大族多以门第相标榜,家教家风在维护家族利益中发挥着重要作用。

北朝家风教育的主要目标是使家族生活稳定和谐,主要内容则是儒家的社会理想模式,即父慈子孝、兄弟和睦、长幼有序等,而优秀家风的形成来源于言传身教,在具体的实施中则利用社会的道德评价体系:

> (卢度世)谦退简约,……在洛时有饥年,无以自赡,然尊卑怡穆,丰俭同之。亲从昆弟,常旦省谒诸父,出坐别室,至暮乃入。朝府之外,不妄交游。其相勖以礼如此。又一门三主,当世以为荣。[1]
>
> 吾家风教,素为整密。昔在龆龀,便蒙诱诲;每从两兄,晓夕温

---

[1] 《魏书·卢度世传》。

清，规行矩步，安辞定色，锵锵翼翼，若朝严君焉。①

（房彦谦）事伯父乐陵太守豹，竭尽心力，每四时珍果，口弗先尝。遇期功之戚，必蔬食终礼，宗从取则焉。②

从上面的赞美之词我们可以看到家风所涵盖的内容，基本上就是儒家学说中的"温""良""恭""俭""让"。而对于不能按照这个标准生存的家族，人们则表示出明确的鄙薄态度：

（穆寿）谓其子师曰："但令吾儿及我，亦足胜人，不须苦教之。"遇诸父兄弟有如仆隶，夫妻并坐共食，而令诸父馂余。其自矜无礼如此，为时人所鄙笑。③

（拓跋苌）官位微达，乃自尊倨，闺门无礼，昆季不穆，性又贪虐，论者鄙之。④

长子昕，字道晖，与弟恭之并有时誉。……昕与恭之晚不睦，为时所鄙。⑤

除去对优秀家风的追求以外，北朝高门大族特别注重家学的传承，我们可以从《魏书》对北方士人的评价中看到这一点：

常爽，字仕明，河内温人，魏太常卿林六世孙也。祖珍，苻坚南安太守，因世乱遂居凉州。父坦，乞伏世镇远将军、大夏镇将、显美侯。爽少而聪敏，严正有志概，虽家人僮隶未尝见其宽诞之容。笃志好学，

---

① 《颜氏家训·序致》。
② 《隋书·房彦谦传》。
③ 《魏书·穆寿传》。
④ 《魏书·神元平文诸帝子孙列传》。
⑤ 《魏书·陆昕传》。

博闻强识，明习纬候，《五经》百家多所研综。州郡礼命皆不就。①

崔浩，字伯渊，清河人也。白马公玄伯之长子。少好文学，博览经史。玄象阴阳，百家之言，无不关综，研精义理，时人莫及。弱冠为直郎。②

(卢景裕)少聪敏，专经为学。……先是景裕注《周易》《尚书》《孝经》《论语》《礼记》《老子》，其《毛诗》《春秋左氏》未讫。齐文襄王入相，于第开讲，招延时俊，令景裕解所注《易》。景裕理义精微，吐发闲雅。③

可见，高门士族的孩子往往从小就接受家中的儒学教育，所学内容极为广博。在《魏书》中有关文人士族的记载中，几乎每一个世家大族的子弟都有这样的授习记录，也都有这样的能力。高门士族依靠自己家传的学术资料、学术涵养，往往能够将自己家族的子弟培养为学识丰富的人才，这种文化上的实力并不是可以随便拥有的。而有关儒家学术的传习，主要集中在五经，即《周易》《尚书》《诗经》《礼记》《春秋》，还包括谶纬阴阳之说和阴阳天象之变。北朝高门大族的教育并不存在有如后世应试教育的要求，而是以经世济用为主要出发点，因为士人一方面面对的是家族学术的传承以及具体的家族事务治理工作，另一方面也要面对国家行政机构的实际需要，所以这种从家学传承出来的学术具有强烈的实用功利性。

家族的学术和家风对于北朝士人影响非常大，他们从小即开始接受这样的教育，这直接成为影响他们审美趣味的重要因素之一。朴实的学术风气造就了艺术上朴素的审美趣味以及尚用的风格，经学化的教育使得北朝诗学观念深深地打上了诗教的烙印，封闭式的生活方式以及动乱的社会环境，都使得北朝士人的审美趣味趋于古拙、内敛和保守。即便是艺术领域，依然以"用"为主，以固守前朝的形式为主。例如，在儒家经典传授

---

① 《魏书·常爽传》。
② 《魏书·崔浩传》。
③ 《魏书·卢景裕传》。

之外的其他领域中，各个家族都有某种几世积累下来的不同领域的专长，包括书法、绘画等，亦获得社会普遍盛誉，如崔氏家族与卢氏家族的书法：

> 玄伯自非朝廷文诰，四方书檄，初不染翰，故世无遗文。尤善草隶行押之书，为世摹楷。玄伯祖悦与范阳卢谌，并以博艺著名。谌法钟繇，悦法卫瓘，而俱习索靖之草，皆尽其妙。谌传子偃，偃传子邈，悦传子潜，潜传玄伯。世不替业。故魏初重崔卢之书。又玄伯之行押，特尽精巧，而不见遗迹。①

我们由上面可以看到，崔氏、卢氏都承袭前朝书法家的笔法，这就显示出北方本地文人的书法发展不同于南方的特征，家族的传承使之直接魏晋钟繇和卫瓘的书法风格，显示出古朴端庄的一面，虽然也有精巧的特征，但是创新性却相对较弱。如王羲之的《兰亭序》，其表现出来的灵动自由，在北方是没有的。端庄整洁的书法特征是北朝士人审美追求的另类体现，这与以玄学为主的南方士人差别很大，南方士人以悠闲雅致为生活旨趣，体现在艺术上则是形式精致化的审美追求。此外，北方本地士人作为北朝文学和文化创造的主体，在传统父子相承的教育体制之下，自觉地把自己纳入与家族同生共长的轨迹。出于家族发展的需要，家族内部的教育使北朝士人学养深厚，但是其伦理观、思想行为也被深深地嵌入传统的道德束缚之下。他们生活大都循规蹈矩，自然而然就会墨守成规，使社会整体上缺乏开拓创新精神。而由于这是各个家族在社会上安身立命的基础和前提，所以每一个家族都有自己绝不外传的知识内容，这在某种程度上也造成了学术封闭的局面。同时，汉族士人的经济环境对他们的政治心态有着很大的影响，永嘉南渡以后，坞壁成为北方最常见的生活方式，高门士族以宗亲为联结聚族而居。这

---

① 《魏书·崔玄伯传》。

种生活方式，一方面，使得家族的学术文化被有效地保护起来，成为累世相传的文化资本；另一方面，坞壁内汉族士人家族观念的强化，使生活在坞壁中的士人处于封闭式的学术环境，易故步自封，不利于学术的进一步提升。但是自觉参与家庭事务、承担家庭责任的北方士人，其务实的品质和积极的事功心态却自然而然地成长起来。

北朝本地汉族士人处在较为复杂的政治文化环境中。

北魏时期，虽然拓跋鲜卑占据了政权的主要位置，但是就人口上讲，在广大的中原，拓跋鲜卑成员毕竟少于汉族士人，加之必须面对周边其他少数民族的进攻，他们便不得不借助汉族士人来巩固自己的统治。鲜卑统治者任用汉族士人既出于不得已，便会对汉族士人多加猜忌。如道武帝拓跋珪仅因怀疑邓渊知道其弟邓晖有罪的实情，"遂赐渊死"。北魏前期鲜卑统治者对汉族士人的猜疑，自然会影响到汉族士人的政治心态，他们对于自己的命运忧心忡忡，并没有把自己的命运与北魏的兴衰结合起来。

北魏建国早期，由于拓跋鲜卑刚刚进入中原，因而需要汉族士人为之建立具有正统合法性的政权机构，然而他们与中原地区的士人还没有建立起真正的信任关系。汉族士人也是一样，他们对少数民族政权也不是很尊重，所以早期死于统治者猜忌的情况较多，《魏书》记载：

> （李）栗性简慢，矜宠，不率礼度，每在太祖前舒放倨傲，不自祗肃，咳唾任情。太祖积其宿过，天兴三年遂诛之。于是威严始厉，制勒群下尽卑谦之礼，自栗始也。①

> 太祖攻中山未克，六军乏粮，民多匿谷，问群臣以取粟方略。逞曰："取椹可以助粮。故飞鸮食椹而改音，《诗》称其事。"太祖虽衔其侮慢，然兵既须食，乃听以椹当租。逞又曰："可使军人及时自取，过时则落尽。"太祖怒曰："内贼未平，兵人安可解甲仗入林野而收椹乎？是

---

① 《魏书·李栗传》。

何言欤！"……太祖以言悖君臣之体，敕逞、袭亦贬其主号以报之。逞、袭乃云"贵主"。太祖怒曰："使汝贬其主以答，乃称贵主，何若贤兄也！"遂赐死。①

　　刘洁，长乐信都人也。……洁朝夕在枢密，深见委任，性既刚直，恃宠自专。世祖心稍不平。……洁阴使人惊军，劝世祖弃军轻还，世祖不从。……洁与南康公狄邻及嵩等，皆夷三族，死者百余人。②

这些冲突有着双方面的原因，中原士族在原有优厚文化的基础上，以掌握文化资源自傲，内心颇瞧不起少数民族统治者，而拓跋鲜卑在不断的建功立业中，也有一份自豪和傲慢，因此早期的磨合中必定会有冲突。崔逞身在北魏却在言语间以"飞鸮"讥讽拓跋鲜卑，并且内心将南方政权视为正统；刘洁恃宠自专，竟然为一己之私暗自破坏拓跋焘用兵，并且常用谶纬之说为自己谋利，最终招致祸端。这种事情在北朝初期较为多见，最为严重的是崔浩的国史案，一大批优秀汉族士人包括"清河崔氏无远近，范阳卢氏、太原郭氏、河东柳氏，皆浩之姻亲，尽夷其族"，魏收对于崔浩被戮也颇有感慨，他以史臣身份评价：

　　崔浩才艺通博，究览天人，政事筹策，时莫之二，此其所以自比于子房也。属太宗为政之秋，值世祖经营之日，言听计从，宁廓区夏。遇既隆也，勤亦茂哉。谋虽盖世，威未震主，末途邂逅，遂不自全。③

这次杀戮的对象主要是崔浩以及被崔浩见重任用的士族，其根源在于崔浩的势力与政治政策已经影响到了统治者的利益。崔浩在史界是研究者重

---

① 《魏书·崔逞传》。
② 《魏书·刘洁传》。
③ 《魏书·崔浩传》。

点关注的对象，关于其死亡原因争执也较多，但同时期魏收的话还是较为贴切的，功高震主的崔浩意欲实现自己的理想，恢复汉族世家大族的特权，最终导致惨剧发生。虽然就历史的脚步来看，崔浩的治世理想主张后被孝文帝一一实现，但这毕竟是后话。崔浩之死对于北魏初期的文化发展有着很大的影响，其一，大批优秀的汉族士人举族被杀，在文化上可谓一大损失；其二，这次事件给汉族士人的精神投下了巨大的阴影，许多士人从此不再或不公开书写具有个人化气息的诗词歌赋等，如高允就曾"不为文二十年"，这造成北朝前期文化几乎一片荒芜，而北朝的文风也仅得以体现在国家的公文中。

北魏前期的环境虽然很严酷，鲜卑统治者和汉族士人之间存在猜忌与隔阂，但是此时士人没有力量拒绝拓跋政权的征召，只能采取隐忍的态度进行斡旋。基于此，北朝的士人越发地内敛保守，他们专攻学术，积极投身国家的政务系统之中，这反而造就了北朝士人的强烈的事功心态，但在文化方面的保守态度，使得北朝前期文学创作基本陷于空白，偶然有作品出现，也是应诏之作，缺少个人情感的自由表达。

到孝文帝时期，民族差异不再是社会的最主要矛盾，为了在中原地区的身份更加合法化，孝文帝进行了一系列的改革，包括除去各种先辈旧俗，禁断鲜卑语及鲜卑服，并且离开代北之地迁都洛阳。尤其是孝文帝定姓分族的门阀体制政策，使得北朝汉族士人与少数民族政权紧密结合在一起，对于政权已经没有前期的疏远感觉。孝文帝对北方士人极为推崇，他"爱奇好士，情如饥渴。待纳朝贤，随才轻重，常寄以布素之意"[①]。而汉族士人也逐渐认同北魏政权，并自觉认为自己是北方政权的代言人，这种思想在《水经注》和《洛阳伽蓝记》中都有体现，尤其是北魏中后期，留守北地的世家大族对于北魏政权非常认可，对于南来汉族士人却反而开始有敌意了：

---

① 《魏书·高祖纪下》。

(陈)庆之因醉谓萧、张等曰："魏朝甚盛，犹曰五胡。正朔相承，当在江左，秦皇玉玺，今在梁朝。"(杨)元慎正色曰："江左假息，僻居一隅。地多湿蛰，攒育虫蚁，疆土瘴疠，蛙黾共穴，人鸟同群。短发之君，无杙首之貌；文身之民，禀蕞陋之质。浮于三江，棹于五湖。礼乐所不沾，宪章弗能革。……我魏膺箓受图，定鼎嵩洛，五山为镇，四海为家。移风易俗之典，与五帝而并迹；礼乐宪章之盛，凌百王而独高。岂卿鱼鳖之徒，慕义来朝，饮我池水，啄我稻粱；何为不逊，以至于此？"

萧衍派来的陈庆之持胡汉之别的观念来到洛阳，出言不逊，遭到北方大姓弘农杨氏的杨元慎的直接义正词严地驳斥，以北魏为正统政权的气势油然而生，与前期对南方士人的艳羡之情有着很大的差别。而之后对于南方士人的鄙夷更是溢于言表：

(杨)元慎即口含水噀庆之曰："吴人之鬼，住居建康，小作冠帽，短制衣裳。自呼阿侬，语则阿傍。菰稗为饭，茗饮作浆，呷啜莼羹，唼嗍蟹黄，手把豆蔻，口嚼槟榔。乍至中土，思忆本乡。急手速去，还尔丹阳……"[①]

杨元慎在为陈庆之治病的时候，借机大骂陈庆之等南方士人。而南方士人也在一定程度上开始尊重北方士人，陈庆之回到南方以后，对北方士人就非常钦重，并且对南方士人宣讲北方的士人文化，他指出：

自晋、宋以来，号洛阳为荒土，此中谓长江以北，尽是夷狄。昨至洛阳，始知衣冠士族，并在中原。礼仪富盛，人物殷阜，目所不识，口

[①] 《洛阳伽蓝记·景宁寺》。

不能传。所谓帝京翼翼,四方之则。始(如)登泰山者卑培塿,涉江海者小湘、沅。北人安可不重?①

对于北方文化的认可,使得北朝士人对于汉文化也有了更多的关注。相对于汉族士人来讲这已经是较为宽松的文化环境了,虽然汉族士人在政权的中枢机构中仍为少数,但是汉族的文化已经开始被推广起来。文人的审美趣味与前期相比也出现了很大的变化,这种变化体现在文化上,主要有三个方面。其一,交游风气的重新开始。在北朝前期,政治上的残酷使得北方士人人人自危,据守坞堡之内,断绝了魏晋以来的士人交游活动。交游活动是文人的一项重要文化活动,在活动中士人们以诗文相互酬唱,一方面刺激文学作品的大量生产,另一方面也加强了艺术交流,可以在相互交流中提升艺术品位和艺术修养。这种活动虽然由鲜卑皇室贵胄提倡并组织,但许多汉族高门士人也参与其中,这些汉族高门士人创作出了具有较高艺术水平的作品,在一定意义上掀起了北朝文学创作的一个高潮。其二,玄学思想与清谈之风的重新抬头。魏晋之际,玄学思想在洛阳是极为流行的,它是士人安顿心灵的重要方式,永嘉南渡之后,玄学忽然从北方大地上消失,这是因为其失去了存在的土壤。南方的玄学与道教、佛教的融合,使得其偏重于思辨方面的学理探讨,而北朝前期则一直崇拜以实用的功利为主导的象教。北魏孝文帝时期这种状况开始改变,皇室的喜好发生偏向,对于留守北地的汉族士人的影响也很大,以谈玄著称或者是喜欢谈玄的汉族士人逐渐增多。以汉族著名的卢氏家族为例,卢元明年少之时就显露出名士风范:

(卢元明)涉历群书,兼有文义,风彩闲润,进退可观。……永熙末,居洛东缑山,乃作《幽居赋》焉,于时元明友人王由居颍川,忽梦由

---

① 《洛阳伽蓝记·景宁寺》。

携酒就之言别，赋诗为赠。及明，忆其诗十字云："自兹一去后，市朝不复游。"元明叹曰："由性不狎俗，旅寄人间，乃今有梦，又复如此，必有他故。"……元明善自标置，不妄交游，饮酒赋诗，遇兴忘返。性好玄理，作史子新论数十篇，文笔别有集录。少时常从乡还洛，途遇相州刺史、中山王熙。熙博识之士，见而叹曰："卢郎有如此风神，唯须诵《离骚》，饮美酒，自为佳器。"①

从《魏书》对卢元明的描绘可以看到，在卢元明很小的时候，其父或家中其他长辈可能就有玄学倾向。所以在博览群书之后，卢元明才能以"风彩"和"闲润"这种带有玄学旨趣的特征作为自己的形象特征。等到长大以后，这种玄学旨趣的追求就更明显了，卢元明明确地表示喜欢玄理，并赋诗及编写玄理著作，来传达自己"风神"卓越的气质。李概元《达生丈人集序》中盛赞达生丈人："是以遇荣乐而无染，遭厄穷而不闷，或出人间，或栖物表，逍遥寄托。"这就说明在北朝中后期，玄学旨趣已经是当时贵族们普遍接受的一种思想形态。而孝文帝对于佛教、道教的义理探讨，则加速了北朝本地世家大族玄学化思辨思想的推广，北朝本地的世家大族也开始将谈论宗教义理作为家学的组成部分。例如，清河高门崔氏的崔僧渊，"高祖闻其有文学，又问佛经，善谈论，敕以白衣赐裤幍，入听于永乐经武殿"②；范阳卢氏家族的卢光，"性崇佛道，至诚信敬……撰《道德经章句》，行于世"，又"性温谨，博览群书，精于《三礼》，善阴阳，解钟律，又好玄言"③。思辨与谈玄的必然结果就是追求辞采的形式和华丽，而且清谈的直接后果就是将北朝士人的关注拉到个人本身的风姿之上，这种对个性的关注，将直接带动北朝士人创作关于描绘自己内心图景的作品。其三，文学作品的大量出现。北朝前期的作品多是军国翰墨之作，大都质木无文，张扬个性、表达

---

① 《魏书·卢元明传》。
② 《魏书·崔僧渊传》。
③ 《周书·卢光传》。

个人情感的作品较少。后期较之南方，虽然文学水平相对还是比较落后，但是已经出现了大量的诗文之作，《魏书·文苑传序》记载了此时的文学状况：

> 逮高祖驭天，锐情文学，盖以颉颃汉彻，掩踔曹丕，气韵高艳，才藻独构。衣冠仰止，咸慕新风。肃宗历位，文雅大盛，学者如牛毛，成者如麟角，孔子曰："才难，不其然乎？"

而《北史·文苑传序》中关于此时文学的创作及偏向的记载更为详细：

> 及太和在运，锐情文学，固以颉颃汉彻，跨蹑曹丕，气韵高远，艳藻独构。衣冠仰止，咸慕新风，律调颇殊，曲度遂改。辞罕泉源，言多胸臆，润古雕今，有所未遇。是故雅言丽则之奇，绮合绣联之美，眇历岁年，未闻独得。既而陈郡袁翻、河内常景，晚拔畴类，稍革其风。及明皇御历，文雅大盛，学者如牛毛，成者如麟角。孔子曰："才难。"不其然也？于时陈郡袁翻、翻弟跃、河东裴敬宪、弟庄伯、庄伯族弟伯茂、范阳卢观、弟仲宣、顿丘李谐、勃海高肃、河间邢臧、赵国李骞，雕琢琼瑶，刻削杞梓，并为龙光，俱称鸿翼。乐安孙彦举、济阴温子升，并自孤寒，郁然特起。咸能综采繁缛，兴属清华。比于建安之徐、陈、应、刘，元康之潘、张、左、束，各一时也。

这种文学的盛况不仅意味着北朝文学开始繁盛，更意味着审美趣味将发生大的转变。从《魏书》和《北史》的记载来看，虽然在谈及北朝文学的时候有一些夸张的成分，但是北朝诸多优秀的士人都开始重视并且参与文学创作却是不争的事实，他们已经开始关注辞藻的选用、音律的和谐，可见注重抒发"胸臆"的审美要求已在北方士人心目中渐渐形成。

北魏分裂以后，门阀制度虽有所衰落，士族的政治地位和特权受到冲击，以北齐来讲，虽然有明显的鲜卑化迹象，但是在整体政治格局中，也要考虑士人人才的流动对政权的影响。一方面，南方的萧梁政权以正统被天下所认可；另一方面，北周虎视眈眈。所以，汉族本地士人与少数民族皇室贵胄的关系也还没有恶化。北齐统治者在选用人才的时候只以才干为基本条件，并没有出现打压门阀士族的状况，甚至受门第之风影响，也仰慕世家大族，积极与之联姻。世家大族则由于政治地位的渐渐丧失，反而更加讲求家族的特殊身份标志，在学术上、婚姻上、艺术上都积极展示自己的优势。《北齐书·崔㥄传》记载了北齐娄太后为博陵王高济娶崔氏家族女子的事：

  㥄一门婚嫁，皆是衣冠之美，吉凶仪范，为当时所称。娄太后为博陵王纳㥄妹为妃，敕中使曰："好作法用，勿使崔家笑人。"婚夕，显祖举酒祝曰："新妇宜男，孝顺富贵。"㥄奏曰："孝顺出自臣门，富贵恩由陛下。"

从史书的记载可见，崔氏家族的婚姻对象皆衣冠美族，婚礼仪式隆重规范，皇室都为之欣羡，与之结亲。北齐显祖文宣皇帝高洋亲自驾临，荣宠之余，还惟恐排场仪式有所不及而为崔家所笑。由此可见，北齐统治者也对汉族世家大族的规范、礼仪、文化等钦慕不已。在这种情况下，北朝后期的本地文人的审美文化有了自己的发展空间，涌现出一些有名的才子，如邢邵、魏收、阳休之等，在《北齐书》对许惇的描写中，我们可以从侧面看到北齐时期的文学交游盛况：

  （许惇）虽久处朝行，历官清显，与邢邵、魏收、阳休之、崔劼、徐之才之徒比肩同列，诸人或谈说经史，或吟咏诗赋，更相嘲戏，欣笑满堂,惇不解剧谈,又无学术,或竟坐杜口,或隐几而睡,深为胜流所轻。①

在皇室贵胄身边展开的文学交游活动,大大增加了北朝士人的文化交流。从对许惇的描写中,我们可以看到文人交游的活动内容以及文人们沉浸其中愉悦适意的心境,他们在聚会之时,吟诗作赋,谈经说史,在欢快的氛围中完成一次又一次学术和艺术水平的提高。

北周则直接以继承周代文化为重心,统治者尊重汉族士人,并且积极接纳由萧梁而至的南方文人。相对于北魏和北齐而言,北周更注重实干精神,建国之时由于经济、军事、文化实力的匮乏,以及与南方政权和北齐政权的对峙,统治者不得不加快政治军事各方面的建设,摒除一切虚浮,加强国力是其最重要的任务之一,由此,对于士人的选择,也都倾向于具有实际能力的士族。其对于士人的优厚也仅止于有吏干能力的人,文学之士则被纳入文学侍臣的行列,所授官职皆为清职,他们不掌握国家政治的实际权力,更谈不上真正意义上的建功立业。虽然有一大批成熟且优秀的文人由南入北,他们将南朝诗歌上的成就,包括对于诗歌理论的探讨、诗歌文字技巧的使用、诗歌音律的研究等带到了北方,但是就北周的整体文化格局而言,务实、质朴的基本精神却没有动摇。

综上,北朝本地文人在审美艺术方面走了一个波浪形的过程,自魏晋以来,北方的文化以及文人审美趣味已经达到一定高度,以洛阳为中心的文化圈将玄学思辨以及对文艺形式的精致化的审美追求推向了高潮。但是永嘉南渡之后,战火就在辽阔的北方大地上一直燃烧,留守北方的高门士族坚守着自己的学术和家族门风,与各种势力艰难斡旋。随着北朝社会的逐渐稳定,文化上也开始了新一轮的前进,北朝的本地文人在本民族文化的基础上,不断接受着少数民族文化的冲击,这种冲击既有政治经济方面的,又有

---

① 《北齐书·许惇传》。

观念行为方面的，还有艺术喜好的偏向方面的内容，这些都促使北朝士人演绎出独特的审美趣味，具体而言主要有以下方面：其一，在审美上，北朝士人仍然坚持正统的诗教观念，以正统的审美趣味为旨归，表现在文学方面，首先要求将经国翰墨作为重要的书写文本，将诗赋视为陶冶性情的额外之作；而在诗歌的情感表达上，恪守着正统的"诗言志"的传统理念，基本以典正为主，同时受少数民族文风的影响，感情真挚热烈是这一时期的突出特点。其二，在辞藻形式方面，北朝士人虽然已经接触到南方的艺术形式方面的技巧，对诗歌的辞藻也有了新的追求，但是依然以质朴的风格进行创作，没有沉浸在对于诗词方面精致形式的雕琢中，对于南方诗风的选择亦有自己的审美态度。其三，与南方崇尚玄理、喜欢清谈的士风相比，北朝士风在后期虽然也有玄学化的倾向，但是玄风始终没有占据主流，北朝士人积极出仕，投身社会，注重平实质朴的文艺创作，所以表现出的艺术趣味更趋务实。

（二）北朝少数民族贵族文人的主体精神及文化倾向

北魏入主中原之前，其政权主体是以拓跋鲜卑为主的少数民族部落联盟，作为中古时期的长期生活在长城以北的少数民族之一，他们已经形成了自己的世界观、价值观、文化与宗教习惯，其特有的以畜牧业为主的生活方式，与当时中原地区的农业文明有很大的差别。北魏建国后的历代君主都积极学习汉族文化。然而两种文化的融合与交流并不容易。在这个过程中，北朝的少数民族统治者逐渐按照农业生活方式下的农耕文化建起自己的主流社会意识形态，同时也留存了某些草原文化的精神特质。

从先秦时期开始，少数民族的首领就注意学习汉族地区的优秀文化，不少少数民族的子弟通过各种方式进入中原地区学习，而互相交融与学习在魏晋南北朝更为明晰。少数民族帝王、包括皇室贵胄对于文化的选择直接引领着社会文化艺术的发展方向，北魏从初期对汉文化的抵触到中期有意识的学习和接受，经历了一个漫长的过程。除去本身具备导引社会潮流的能力以外，拥有良好的教育和文化资源以及开阔的视野，也使得北朝少数民族贵族很快进入中原的文艺建设之中。

不同文化的融合有一个过程，北朝文化的发展正显示了这样的过程。建国初期的北魏拓跋鲜卑，因来源于北方草原游牧部落而具有北亚文化传统。在长期与汉文化的接触中，拓跋鲜卑部落的首领们对汉文化已经有了模糊的认识。

在民族交融早期，贵族文人的文化选择与固有文化之间存在冲突。拓跋力微之子沙漠汗，大约是拓跋鲜卑系统学习汉族文化的第一人。从大兴安岭的大鲜卑山不断南迁的拓跋鲜卑部落，在部落联盟时期就有以长子为质的习俗，为了保持与汉族政权的紧密联系，谋求更长远的发展，魏元帝景元二年（261），拓跋力微将自己的长子沙漠汗送到曹魏当质子。而作为质子，沙漠汗先后在曹魏、西晋生活和学习十余年，谙熟中原文化典籍与治国之道。力微临死之际，嘱迎沙漠汗回国以继承大统。深受汉地风俗影响的沙漠汗，回国后依然穿着汉族服饰，并以弹丸击飞鸟震慑了拓跋部落的贵族。《魏书·文帝纪》载，代北贵族以"太子风彩被服，同于南夏，兼奇术绝世，若继国统，变易旧俗，吾等必不得志，不若在国诸子，习本淳朴"为口实，僭杀了沙漠汗。不论是否如史书中记载的受卫瓘挑唆的原因，沙漠汗事件都说明少数民族对于自己的文化习俗和信仰还是相当坚持的。

烈皇帝翳槐之弟什翼犍曾出质后赵石勒之襄国，后赵汉族文化氛围较浓厚，什翼犍自然会受汉文化的熏陶，他十九岁继承王位后便"命燕凤为右长史，许谦为郎中令矣。余官杂号，多同于晋朝"[①]。什翼犍按照晋制建设国家机构，并任用汉人进行大规模的改革，但民族交融并不顺利，以建都一例来看：

> 昭成初欲定都于灅源川，筑城郭，起宫室，议不决。后闻之，曰：

---

① 《魏书·官氏志》。

"国自上世,迁徙为业。今事难之后,基业未固。若城郭而居,一旦寇来,难卒迁动。"乃止。①

定都而居,是游牧民族迈向农业文明的一大步,然以其母平文皇后为首的代北贵族却难以接受这种改变,因为迁移本就是草原习性。受母亲影响,什翼犍最终也未能定都于灅源川。

到太祖拓跋珪时,北魏已经步入中原,拓跋珪是一个受汉文化影响较深的君主,他很有政治远见,为北魏开疆拓土迁都平城后,立即启用汉族的礼乐制度,立社稷、营宗庙、置国子博士、增太学生员,极力推进儒家教化。就在社会环境积极推进民族交融的时候,却出现了鲜卑贵族贺狄干的悲剧,从后秦姚苌所在的长安学习回来的贺狄干精通《论语》《尚书》诸经,举止风流,有似儒者。太祖皇帝拓跋珪"见其言语衣服,有类羌俗,以为慕而习之,故忿焉,既而杀之"。②"言语衣服,有类羌俗"恐怕只是一个借口,拓跋珪曾经说过:"且国俗敦朴,嗜欲寡少,不可启其机心,而导其巧利。"③贺狄干身为鲜卑贵族却显出儒者风范,这在拓跋珪看来,就是对拓跋鲜卑的背离。

随着拓跋鲜卑政权在中原占据越来越多的区域,以儒家文化治理国家的必要性和优越性也日益彰显,因此早期北朝国家建设中,学习汉族文化的脚步并没有停止,但这种建设仅止于政治层面。从北朝国家教育政策的研究中可以看到,虽然北魏皇帝都采取了相应的措施来提高皇室贵族子弟的学术修养,但社会民族风尚的整体发展,使得对汉族文化的学习并未向文学艺术领域大规模拓展。

拓跋鲜卑在进入中原以前没有文字,文化的传承以口耳相传为主,各个部落在传递信息的时候,以信物为主要标志。这种状况在进入中原以后并没

---

① 《魏书·平文皇后王氏传》。
② 《魏书·贺狄干传》。
③ 《魏书·公孙表传》。

有很大的改变，多数皇室贵胄子弟都以尚武为基本取向。从这里我们可以发现：首先，拓跋部落虽然与汉族居住区域长期互市，也有着密切的经济文化交流，但是自己的生活方式与风俗，或者说本民族的文化体系还是相当完整而且具有个性的；其次，少数民族并不钦慕中原文化，相反，对于自己的风俗文化有强烈的认同意识，自发自觉地保护着自己的文化体系；最后，少数民族的首领或者帝王已经认同中原传统文化在社会治理方面的优势，开始任用汉族士人进入官僚机构及教育机构，贵族子弟开始大规模接受儒家教育。

北朝少数民族贵族对社会文化风尚的书写也很有特点。我们无法考证早期的贵族是否有以民族语言创作的诗文，但是他们依然说鲜卑语，唱鲜卑歌，按照拓跋鲜卑的传统生活是史书中有记录的。虽然皇室贵胄子弟已经开始学习儒家的经典文化，但社会整体的文化氛围显然没有为汉族文学提供大规模创作的空间，其审美趣味具有鲜明的民族特色。通过之前我们对北朝礼乐制度的考察发现，作为北朝早期国家的北魏王朝，其文化构成中已经有属于自己的民族艺术创作作品。如《魏书·乐志》记载，用于国家郊庙雅乐中的《真人代歌》，"上叙祖宗开基所由，下及君臣废兴之迹"。史书中记载的《真人代歌》有一百五十章，目前已经失传，从上到祖宗开基创业下到群臣更迭的时间跨度来推断，其为少数民族用自己的语言创作的民族史诗的可能性较大。《旧唐书·音乐志二》的记载《真人代歌》的六首歌名，与郭茂倩的《乐府诗集》所录的诗歌同名，我们抽取一种为例，可以略窥北魏早期少数民族的创作。《乐府诗集》中《企喻歌辞》如下：

男儿欲作健，结伴不须多。鹞子经天飞，群雀两向波。
放马大泽中，草好马著膘。牌子铁裲裆，钜鉾鸐尾条。
前行看后行，齐著铁裲裆。前头看后头，齐著铁钜鉾。

> 男儿可怜虫，出门怀死忧。尸丧狭谷中，白骨无人收。①

此为郭茂倩记载的北朝早期诗歌，语言简单质朴，有着明朗豪放的草原风格。很显然，这些只是传说中的拓跋鲜卑民歌的汉语翻译作品，这种质朴和粗略估计就是熟悉鲜卑语言的汉人按照自己的理解直译而来的，丢失了大部分的"诗"的意境以及语言上的韵律。然而毕竟年代久远，究竟以鲜卑语言创作的诗歌是不是别有意境、是不是优美，我们今天都无从感受。北朝尚武的精神一直存在，但是没有理由就否定其对"美"的感受能力和对"文"的创作能力，任何一个民族都有自己对美的特殊认识，就从这质朴的汉语翻译来看，我们已经可以感受到北朝时期少数民族对美的趣味判断——在苍茫辽阔的草原上展现的美丽图景了：雄鹰在天边盘旋，健马飞奔在广袤肥美的青草之间，马背上的草原男儿豪气冲天……

目前流传下来具有北朝特色的诗歌都是汉字书写的，根据史书的记载，鲜卑并无自己的文字，《魏书·序纪》记载：

> 其后，世为君长，统幽都之北，广漠之野，畜牧迁徙，射猎为业，淳朴为俗，简易为化，不为文字，刻木纪契而已，世事远近，人相传授，如史官之纪录焉。

部落时期"刻木为信"，那么这种诗歌的继承只能是口耳相传，随着语言的消失，诗歌也就消失了，从这个角度来讲，一种文化的选择意味着另一种文化的消失，也是较为可惜的。早期少数民族的乐歌一直到北魏分裂以后都是存在的，史籍中记载的胡乐系统一直就是歌、乐、舞并存的，广为流传的胡乐系统中是否再有新的创作，我们的确无法证明。《魏书》曾记载北齐斛律金作《敕勒歌》，令人悲怆涕下，有的学者考证《敕勒歌》是以鲜卑语

---

① 郭茂倩：《乐府诗集》第21卷，363页，北京，中华书局，1979。

传唱后由汉人翻译的，若真是如此，就说明以鲜卑语为创作语言的诗文是存在的，其艺术成就也有一定的高度。

就前面的研究来看，北魏早期的汉族士人多被委以文职，从事国家的制度建设以及教育工作，包括给帝王提供足够的迷信支持和文化建设资源。拓跋鲜卑政权对于不尊重北魏王朝的自恃中原正统的士人均采取杀戮措施，而汉族士人虽有深厚的文化基础和宗族力量，但也不足以左右以帝王为中心的皇权政治，二者在文化上出现了平行的局面，在文艺的天空中以各自的方式言说。即便已经做到了语言相通，北魏初期的少数民族统治阶层也没有能力鉴赏汉族诗文，他们更习惯于以自己的文化习惯欣赏艺术，而汉族士人也不能完全理解少数民族诗歌的美。对少数民族中深受中原文化影响的贵族都不能容忍的上层社会，更不会支持汉族士人，故强权下的汉族士人与北魏王朝合作多以吏事为主，文章的创作以实用性的公文创作以及歌功颂德的颂赞等文体为主，即便有诗文创作，也没有广泛的流传空间。此时，诗文创作的偏向直承汉魏，出现了古朴的倾向。另外，刚刚进入北方文化系统的拓跋鲜卑虽然已经开始民族交融的历程，学习并钻研儒家的典籍，但此时并未开始哲学思辨，道教、佛教的传播都呈现出实用的功利目的，中原地区原有玄风的一扫而空与此也有很大关系。

孝文帝时期，北朝贵族文人的文化转变以及对文学的影响都较为明显。太和改制以后，在文明太后和孝文帝的共同努力下，民族交融程度已经有所加深。北朝少数民族政权努力加深民族交融，一是希望通过兴儒复礼，跻身华夏正统帝王之列，使其统治传之久远；二是在于提高本民族的文明程度，尤其是提高本民族皇室贵胄的能力，保证政权的长久性；三是在于争夺知识分子，以便与南朝的较量更有效。为了使鲜卑民族和其他北方少数民族的特征与汉民族的民族特征相交融，促进鲜卑族的文化变迁，孝文帝加大了改革力度，如迁都洛阳，禁北语，禁穿胡服，死后不许归葬等。到孝文帝迁都前后，北朝的民族交融情况已经大为改观了，贵族子弟已经能够掌握汉族文化，甚至能够就经传提出自己的解读。

自西晋末年以来,在长期战乱,中原文化遭到严重破坏的情况下,北朝儒学教育的实施与发展,使北朝中后期出现了文化中兴的局面。这一时期,少数民族贵族开始全面接受中原文化。首先表现为少数民族帝王知识水平、文化素养得到迅速提高。北魏明元帝拓跋嗣博学众经,且能著书立说,撰有《新集》三十篇。孝文帝更是"雅好读书,手不释卷。《五经》之义,览之便讲,学不师受,探其精奥。史传百家,无不该涉……才藻富赡,好为文章,诗赋铭颂,任兴而作。有大文笔,马上口授,及其成也,不改一字。自太和十年已后诏册,皆帝之文也。自余文章,百有余篇"①。北周明帝自幼好学,博览群书,有文章十卷,皆"辞彩温丽"。在其他诸王宗室中,也开始大量出现"博涉经史""博通典籍""好学爱士"之人。北朝的各代皇帝这样做的目的首先在于提升自己的素质,加强统治国家的能力,同时在文化上的推进还可以增加民族之间的认同感。在帝王的带动下,周围的皇子及大臣自然纷纷效仿。以北魏皇室改姓后的元氏一族来说,皇家子弟经过大规模培养和训练,到北朝时期,已经在学术、文章以及修养上都有很大的飞跃了。

　　(元鉴)少有父风,颇览书传。沉重少言,宽和好士。……时革变之始,百度惟新,鉴上遵高祖之旨,下采齐之旧风,轨制粲然,皆合规矩。高祖览其所上,嗟美者久之。

　　(元飞龙)雅有风则,贞白卓然。②

　　(元昌)好文学,居父母丧,哀号孺慕,悲感行人。

　　(元彧)少有才学,时誉甚美……与从兄安丰王延明、中山王熙并以宗室博古文学齐名……姿制闲裕,吐发流靡,琅邪王诵有名人也,见之未尝不心醉忘疲。拜前军将军、中书侍郎。奏郊庙歌辞,时称其美……

---

① 《魏书·高祖纪下》。
② 《魏书·道武七王列传》。

常自以比荀文若。①

(元钦)少好学,早有令誉,时人语曰:"皇宗略略,寿安、思若。"思若乃元钦字,寿安即元修义,涉猎书传,颇有文才。

(元弼)刚正有文学。②

任城王元云这一支,其家族在学习接受汉族文化传统方面表现得尤其突出。任城王长子元澄少而好学,文明太后以其"风神吐发,德音闲婉,当为宗室领袖"。齐武帝使臣庾荜见元澄"音韵遒雅,风仪秀逸"而称赞不已,孝文帝曾设申宗宴,特令元澄为七言连韵。至于其子元顺,《魏书》本传记载:

(元顺)九岁师事乐安陈丰,初书王羲之《小学篇》数千言,昼夜诵之,旬有五日,一皆通彻……十六,通《杜氏春秋》,恒集门生,讨论同异。于时四方无事,国富民康,豪贵子弟,率以朋游为乐,而顺下帷读书,笃志爱古。性謇谔,淡于荣利,好饮酒,解鼓琴,能长吟永叹,吒咏虚室。

元顺曾作《魏颂》献给宣武帝,在北朝散文史上必须要提到的《蝇赋》即出自他手,他还撰有《帝录》二十卷,诗赋表颂等数十篇。由元顺优雅的举止和出众的文学才华可见,鲜卑贵族对中原文化的接受程度越来越高,也越来越深入。不仅诸王及皇子如此,少数民族大臣也已具备文采,如北周时从蜀地发现久已绝迹的古乐器錞于,时人皆不识,斛斯徵见之曰:"此錞于也。"众人不信,斛斯徵"遂依干宝《周礼注》以芒筒拊之,其声极振,众乃叹服"。③可见当时鲜卑族人在中原文化及汉族文物制度方面有了较高的

---

① 《魏书·太武五王列传》。
② 《魏书·景穆十二王列传上》。
③ 《周书·斛斯徵传》。

修养。

北朝各代皇帝还特别注重与高门士族缔结婚姻关系，孝文帝就让自己的儿孙必须以汉族的高门大族的后代为姻亲对象，以后的各代皇帝也是如此。这么做是有着积极意义的，孩子的教育往往从幼儿时期就开始了，汉族高门的女儿们也有着非常高的文化素养，她们将知识与文化直接带入北朝少数民族的生活中，在幼子的教育方面直接发生作用，有利于下一代的成长。

经过北朝各代君主的苦心经营，向来以华夏正统自居的南方士人反过来要向北方学习了。《洛阳伽蓝记》记载，北魏末年，南朝梁陈庆之曾亲自到过北方，归梁后"钦重北人，特异于常"，并对别人讲："自晋、宋以来，号洛阳为荒土，此中谓长江以北，尽是夷狄。昨至洛阳，始知衣冠士族，并在中原。礼仪富盛，人物殷阜，目所不识，口不能传。"北方文化中兴局面的出现，绝非偶然。

北魏太和改制的最大成就，就是把迁到洛阳的拓跋鲜卑贵族改造成了文化士人。据史书记载，这些皇宗亲贵无不自幼博览经史、师心儒宗，在文化形态上他们与汉族士大夫已趋于一体。例如，东平王元略"游志儒林，宅心仁苑，礼穷训则，义周物轨"[1]；安丰王元延明"业冠一时，道高百辟，授经侍讲，琢磨圣躬……与任城王澄，中山王熙，东平王略，竹林为志，艺尚相欢。故太傅崔光，太常刘芳，虽春秋异时，亦雅相推揖"[2]。齐郡王元祐"锐志儒门，游心文苑，访道忘食"[3]；长乐长公主元瑛"披图问史，好学罔倦，该柱下之妙说，核七篇之幽旨"[4]。虽文出墓志，有溢美之嫌，但他们经受汉文化的洗礼、熏陶，汉文化水平大有提升确为事实。孝文帝"善谈

---

[1] 赵超：《汉魏南北朝墓志汇编》，37页，天津，天津古籍出版社，2008。
[2] 同上书，289页。
[3] 同上书，107页。
[4] 邓文华：《景州金石》，41页，北京，中国文史出版社，2004。

《庄》《老》,尤精释义",自云"朕每玩《成实论》,可以释人染情"①。宣武帝笃好佛理,"于式乾殿为诸僧、朝臣讲《维摩诘经》"②,每至讲论,连夜忘疲。元魏诸王俱受学于太和之后,能谈玄剖义、清言动席者不乏其人。元湛"口不论人,玄同阮公"③;元崇业"藻韵清遥,谈论机发,士流挹其万顷,帝宗叹其千里"④;元景皓"夙善玄言道家(此处指佛教)之业"⑤,常与大德高僧往来唱和;元鸾"虚心玄宗,妙贯佛理"⑥;元乂"少好黄老,尤精释义。招集缁徒,日盈数百,讲论疑滞,研覈是非,以烛嗣日,怡然自得"⑦,堪称清谈高手。北朝少数民族贵族在很小就师从汉族的大儒或高门大族中学识渊博之人,他们接受着最好的儒学教育,能够看到最好的最全面的儒家经典。百余年间的儒学浸润,使得北朝的少数民族贵族的学术以及艺术修养已经达到很高的水平。在儒林学风的不断浸染下,帝王贵胄对于艺术的推动起到了引导作用,在他们的引领下,出现了以文学酬唱为主的交游活动,围绕在贵族身边的士人们,形成了北朝时期罕见的文学团体。

在孝文帝的努力下,拓跋鲜卑与汉民族的交融程度不断加深,而拓跋鲜卑贵族以文人的身份开展了一系列文化活动,文化艺术在北朝中后期全面展开,文学作品大量出现。从对少数民族贵族文人的文化梳理与文学分析中,我们可以看到以拓跋鲜卑为代表的北方少数民族文人,在民族交融的进程中,其文人化的性质已经被凸显出来了,以"游"为方式、以"吟诗作赋"为内容的文学交流活动已经展开。他们一方面全面接受汉族文化的熏陶,另一方面仍将草原文化特质作为民族记忆保留在脑海里。例如,面对中原的文

---

① 《魏书·释老志》。
② 《魏书·世宗纪》。
③ 赵超:《汉魏南北朝墓志汇编》,240页。
④ 同上书,154页。
⑤ 《洛阳伽蓝记·永明寺》。
⑥ 赵超:《汉魏南北朝墓志汇编》,46页。
⑦ 同上书,183页。

化和生活方式时采取的不同应对策略——一般来说会欣然接受并不遗余力地推行有利于巩固其统治的文化和生活方式。从孝文帝迁都洛阳以后，北方少数民族在汉族文化与自身文化的不断比较和冲突中，最终完成民族交融的历史进程，为其后隋唐盛世的出现奠定了重要的政治文化基础，其历史意义是极为深远的。

（三）由南入北的文人对北朝文人审美趣味的影响

北朝文化的重要组成部分还有南方文化，由南入北的士人是北朝士人的一个重要组成部分，他们带来了华丽和繁缛的南方文学，在与北方文学的交融中，二者相互熏陶和渲染，将北朝审美趣味推到一个新的层面。北朝是一个典型的文化交流互动的时代，草原文化进入中原，与中原文化发生碰撞交融，到了北朝后期，随着越来越多的南朝高门士族的加入，南方的文化也开始渗入，在草原文化和中原文化交融的多样化文化之中，又增加了南方的唯美形式追求。魏晋南北朝时期原本是我国政治格局异常混乱的时代，朝代更迭频繁、战争频繁，但是思想领域却并没有受阻，反而表现得异常活跃，可以说是继诸子时代之后的又一次精神领域的变革，这离不开多种文化的重新碰撞组合。在不断的战争和朝代的更迭中，大规模的人口迁移为北方文化注入了新鲜血液。对于由南入北的士人来讲，无论身份高低，在进入不同的文化和生活环境之后，都必须面对一个艰难的适应过程。虽然由南入北的士人经历各不相同，但其心路发展历程大体相似，由此而成为较为典型的群体心态，这是北朝文人审美趣味又一重要组成。文人审美趣味的形成，离不开审美主体的心理基础以及文化教养、生活经历和审美能力等。对由南入北的文人的整体考察，有助于我们深入理解北朝文人审美趣味形成的文化导向。

北朝时期，由南入北的文人按照时间区分，主要有三批：其一，献文帝皇兴三年（469）平青齐，迁来大批汉人。青齐地区属于现在的山东地区，本来就是魏晋时期的文化中心之一，有着较为发达的文化资源；其二,文明太后和孝文帝执政以后大力推行民族交融政策,加上南方朝代更迭,大批掌握江左文化精髓的南朝士人主动投往北方,如王肃等;其三,侯景之乱造成南方社会动荡不安,南方一些优秀的文化人才深陷战乱之中,一方面北方的东魏北齐、西魏北周进入南方境地劫掠士人入北,另一方面也有部分士人避难至北。这三类士人入北时间和途径虽有一定差异,但就其成长阶段而言,大体均为偏安的江左一代,汉文化传承一直没有间断。因此,他们的由南入北对北朝的社会文化结构来说,有着很积极的作用。

北朝的南人入北现象并不是一蹴而就的,相对而言,早期的中原文化与草原文化隔膜较深,而此时迁到北魏的士人对于北魏的文化发展具有深远的影响。早期大规模的士人由南入北,当以青齐地区士人大规模迁往平城最为典型。469 年,北魏攻克历城,这是对于北朝战争史而言具有分水岭意义的大事。从军事上说,历城的攻克意味着北方政治军事地位的稳固,与南方在真正意义上形成对峙的局面;从文化上说,大批青齐豪族从青齐迁往平城京畿,为北魏建国后民族交融的关键时期打下了丰厚的文化基础。而中期的南朝士人迁往北地以后,为北朝的文化建设、政治建设都作出了一定贡献。但没有家族根基的南方士人无法获得实权,以王褒、庾信为代表的南朝文人进入北朝以后,虽满腹经纶却只能居于文学侍臣的位置。这使得入北南人普遍带有背井离乡的孤独感、身份的失落感以及生存的压力和焦虑,由此创作了大量具有乡关之思的作品。这些作品的风格一脱之前的轻薄浮艳转而变为凝重悲凉,与北朝整体文化精神相吻合,促进北朝文学的进一步发展。

由南入北的文人有一些共同心理。由南朝进入北朝的士人之所以能够介入北朝的社会政权,是因为其较高的文化修养。而羁留北方的南方士人们因生活上有着较为一致的人生体验,故而在文化上也有着较为一致的认同。在对北方生活的适应过程中,南北方文化进一步交流,使得这种特殊的人生体验慢慢汇集成为一种新的审美趣味。

南北方生活环境差异较大,由南入北的士人首先面对的就是环境上的不适应。中古时期北方气候与南方相比,较之于现代季节变化更为明显,冬季时间长,而且寒冷干燥,风沙大。因此,北方冬季本身的萧条,在南方士人的眼中就非常凄楚艰难了。这种自然环境对于北方士人而言早已习以为常,而对于生活于南方温暖湿润环境中的南方士人来讲,则是一种鲜明的对比。尤其是当生活困窘、不足以安置好各种御寒的生活必需品时,寒冷就等同于灾难。北方踏雪寻梅的悠然全然没有出现在南方士人的诗歌中,有的只是感叹北方环境的悲寒苦寂之作:"龟言此地之寒,鹤讶今季之雪。"而与之相对应的描述心理的词语,则以愁、伤悲、凄怆较多。庾信的《小园赋》便满怀这种凄怆的感觉,即所谓"关山则风月凄怆,陇水则肝肠断绝"。王褒在《送别裴仪同诗》中,也提到"边衣苦霜雪,愁貌损风尘";而在《送刘中书葬诗》中,更突出了以北方恶劣的自然环境带给人悲凉无助的感觉:

  昔别伤南浦,今归去北邙。书生空托梦,久客每思乡。塞近边云黑,尘昏野日黄。陵谷俄迁变,松柏易荒凉。题名无复迹,何处验龟长。

王褒诗中以黑云压顶和漫天的黄风来映衬自己在北朝生存的艰辛。即便是受到政治方面的优待,但是北方苦寒的自然环境、贫乏的物质生活,都使得南方的士人们产生浓重的焦虑和强烈忧患意识。周弘正《陇头送征客诗》深感在"朝霜侵汉草,流沙度陇飞"式的环境中实在难以生存下去,以至于"一闻流水曲",便会"行住两沾衣"。而刘昶《断句诗》云:"白云满障来,黄尘半天起。关山四面绝,故乡几千里。"王肃《悲平城诗》更说:"阴山常晦雪,荒松无罢风。"北方的冬季十分寒冷,萧条的自然景象在北方士人笔下是苍茫悲壮,在南方士人笔下则完全是自然凌虐于人力之上的死寂景象。这种萧然寂冷的生活环境,直接表现出来的就是对南方的思念,乡关之思成为这一时期的创作主流。颜之推在《观我生赋》中写道:"经长干以掩抑，展白下以流连，深燕雀之余思，感桑梓之遗虔，得此心于尼甫，信兹言乎仲宣。"萧悫在《秋思诗》中也表现了乡音断绝，梦回故园的深深愁思："相思阻音息，结梦感离居。"

由南入北的士人还要面对身份和地位改变而带来的心理落差，他们在南方生活时，有的已经位列高官，获得皇帝宠信，其家族虽不似北方家族严整，但仍是其走向社会的重要的身份依据。进入北方之后，南方的士人失去了家族支持，沦为文学侍臣。现实地位的强烈落差，促使掌握了诗歌形式技巧的南方士人创作了大量的作品，来表现文化上的孤独感和身份上的失落感。

北朝的汉文化相较于南方文化而言，无论从占有的文化资料上还是学术文化的实践方面，都要差一些。早期建立国家机构体制之时，北方迫切需要大量熟悉中原政治结构的汉族文人，尤其是北魏孝文帝时期，礼遇由南而来的汉族文人的情况也很多。礼遇士人的主要目的一方面在于南方士人的确具有较高的文学才能，北朝的政权需要这样高素质的人才为其歌功颂德、装饰太平；另一方面，南北并峙的局面使得统治者不仅在政治和军事上要互相争执，在文化上也要争夺人才。但是由于魏晋南北朝时期的特殊社会结构，由南而来的士人失去了家族的支撑，他们很难获得实质性的权力，即便一时受到恩宠，也很难在北朝长期立足，由此则很难获得社会政治上的地位认同。例如，北朝中期进入北方的王肃，为北朝的律法制定作出了重大贡献，孝文帝对他非常推崇，甚至将王肃作为临终托孤的顾命大臣。但是孝文帝死后，王肃立刻受到排挤，失去其原有地位。而到北齐、北周之时，政治建构基本结束，虽然北朝统治者依然能够做到礼遇南方士人，但是这时的南方士人已经很难进入政权核心了。

南方北奔的士人，因政治或者其他因素无法返回南方，又不得不放下自己贵族的身份，以文学侍臣的身份周旋于北方贵族之中，创作了大量应和诗文：庾信的奉和、奉答、从驾游征诗约占其全部诗作的五分之一；萧悫也有七首奉和诗，占其作品近二分之一。但内心的伤感始终伴随着他们，这种沉重使得南方的士人放弃了原来的华艳文风,开始向凝重转变。先期由南入北士人的孤独感以及地位身份的失落,在入北南人作品中有着集中体现。如韩延之《赠中尉李彪诗》:

> 如何情愿夺,飘然独远从。痛哭去旧国,衔泪届新邦。哀哉无援民,嗷然失侣鸿。彼苍不我闻,千里告志同。

以"无援民"和"失侣鸿"自比,凄凉之感溢于言表。在动荡的年代中,手无缚鸡之力的士人最为可悲,他们身不由己,如"飞蓬""转轮",只能"掩泣""长叹"。如庾信《集周公处连句诗》中描写的那样:"市朝一朝变,兰艾本同焚,故人相借问,平生如所闻。"王褒《赠周处士诗》也曾表示"思君化羽翮,要我铸金丹",期望能从现实生活之外获得心灵的支撑力量。

与北方本地士人早就适应在少数民族政权下生存不同,由南而来的士人还在纠结于旧的民族观念,但是入北南方士人没有坚实的门阀基础做后盾,也就再没有挺立于北朝朝堂的资本。在这种情况下,南方士人开始慢慢调整自己的心态以期"自救",颜之推就在《颜氏家训·文章》中为自己辩解说:

> 不屈二姓,夷、齐之节也;何事非君,伊、箕之义也。自春秋已来,家有奔亡,国有吞灭,君臣固无常分矣;然而君子之交绝无恶声,一旦屈膝而事人,岂以存亡而改虑? 陈孔璋居袁裁书,则呼操为豺狼;在魏制檄,则目绍为蛇虺。在时君所命,不得自专,然亦文人之巨患也,当务从容消息之。

在不断开解自己的心态之时,相同的生活际遇,也使得由南入北的文人之间产生了一种天然的亲近感,在北朝加大了交游的力度,这在一定程度上促进了文学的发展。因为交游宴饮之间，更容易将话题集中在他们共同的观感上。这样，以入北南人为核心的北朝后期创作，增加了悲叹身世、感怀羁旅、抒发苦闷的忧时伤世作品，而入北南人对于乡关之思、生命之叹和身不由己的失落感的鲜明的审美趣味，掀起了北朝诗歌创作的又一高潮。

罗宗强《魏晋南北朝文学思想史》引言中有这样的论述：

> 文学思想的产生和变化，当然和社会环境有种种之关系，如政局、社会思潮、学术思想、生活情趣、生活方式等等。但是，我以为，这些都不是直接的关系，直接的关系是士人心态。政局、社会思潮等等，是通过士人心态对文学思想发生作用的，士人心态是中间环节。考察士人心态的变化，可以对文学思想演变的种种现象作出更符合历史真实的解释。当然，在历史还原的过程中，认真对待史料的甄别和解释，是不言自明的事。①

由南入北的士人是北朝士人的一个重要组成部分，这些士人带来了南方文学的华丽和繁缛，同时又受到北方文学的熏陶和浸染，因此在文学造诣上达到了一个新的高峰。由南入北的这些士人都有一个艰难适应的过程，虽然每个人的经历都不相同，但他们有着相似的心路发展历程，而这个过程为他们推动北朝文学的发展做出了卓越的贡献。只有深入作者的内心世界，从心态的变化来看待诗文风格的演变，才能对相关的文学现象做出较为客观合理且贴近历史的解释。庾信就是由南入北士人的典型，从他的心路历程，我们可以看出其诗文方面表现出来的必然性。庾信是由南入北的诗人，他在诗坛上的成就是非常高的，汲取了南北朝文学创作的精髓，但是他在政治方面并不突出，这就与中国传统士人积极入世的心态相矛盾，这种矛盾造成了他北

---

① 罗宗强：《魏晋南北朝文学思想史》，4页，北京，中华书局，1996。

迁后部分作品的悲凉气息。而庾信的心态变化对于我们研究庾信的文学创作，乃至宏观把握北朝士人的整体心态，都有着积极意义。研究士人心态离不开文化环境，因此，必须深入庾信所处的文化环境，才可以探究出他必然的言说方式。

庾信曾两次出使北朝，第二次从承圣三年（554）四月丙寅起受命聘于西魏，由于萧梁王朝的灭亡，从此便留在北地，再也没有回去。身在那个战乱频繁的混乱时代，庾信的生活很不安定。

首先是政治环境的险恶。从庾信入北的554年到他去世的581年，北朝的政治局面也是非常残酷的。大统十七年（551）三月，西魏文帝元宝炬病逝，太子元钦即位，史称废帝，仍由宇文泰掌国。元钦不甘受制，与尚书元烈图谋诛杀宇文泰，事泄，宇文泰于废帝二年（553）十一月杀元烈。次年（554）正月，宇文泰废元钦，立齐王元廓为帝，是为恭帝。四月，元钦被毒死。恭帝三年（556），宇文泰病死，其侄宇文护执掌国政，废恭帝元廓，立宇文泰之子宇文觉为天王，国号为周。次年，元廓被毒死。宇文觉对宇文护专权不满，遂谋诛宇文护。事泄，宇文护遣贺兰祥率兵冲入内殿，逼宇文觉逊位，宇文觉后被宇文护派人杀死。557年，宇文护迎立宇文毓继天王位，是为明帝，宇文毓即位后，宇文护仍然独揽朝政。宇文护怕宇文毓日久难制，于己不利，于560年将宇文毓毒死。后又立宇文泰第四子宇文邕为帝。572年，宇文邕设计骗宇文护入宫，乘机袭杀，并杀宇文护儿子及同党。宇文邕死后，太子宇文赟于宣政元年（578）六月继位，是为宣帝。宇文赟自幼顽劣，嗜酒好色，亲近小人。即位后，其狂悖奢淫的本性立刻暴露出来，他肆行荒淫，虐杀忠良，任用奸佞，极尽奢华，而且严刑苛法，秘密监视群臣，致使内外恐惧，人人自危，终于导致了政治混乱。579年传位于太子宇文阐后，宇文赟更加胡作非为。580年，宇文赟病死。581年，杨坚害死宇文阐，自立为帝，建立隋朝。

短短不到三十年，庾信经历了三个王朝七位帝王，虽也时任高官，但是政权更迭频繁，政治的不稳定，使得羁居北朝的庾信时时自危，这直接影响到其心态和创作风格。处于如此危险的政治环境，庾信深感不安，他在《拟连珠》中说：

> 盖闻居兰处鲍，在其所习；白羽素丝，随其所染。是以金性虽质，处剑即凶；水德虽平，经风即险。

庾信认为人逐物迁性，既然环境可变，人也应该随之而变化，权臣们对他虽好，一旦遇到政治风浪，自己难免被波及。又《拟咏怀》其二十云：

> 在死犹可忍，为辱岂不宽。古人持此性，遂有不能安。其面虽可热，其心长自寒。

他虽然为屈仕敌国而面热心寒，但还是在忍耐耻辱。这说明庾信因当时政治环境朝不保夕，为明哲保身，不得不随政治、社会环境的变化而改变自己。

其次是迥异的学术文化环境。除了受到统治集团内部的权力斗争影响以外，宇文氏的政治纲领、文人政策、学术政策、文学政策之下的社会文化环境，也直接影响了庾信在北朝的生活。宇文泰巧妙利用鲜卑民族和汉民族之间的民族情绪，推行民族交融，给汉民族以文化的优越感，并为鲜卑民族灌输民族的自豪感。这样的政策对由南入北的汉族士人庾信的影响，便是使他不能固守政治社会传统。宇文泰从民族的源流找出民族交融的依据，他说鲜卑民族的祖先出自炎帝神农氏，明确指出自己是鲜卑化了的汉族后裔。由此表明鲜卑民族与汉民族是同族。但刚入北的庾信在《拟连珠》中说："盖闻性灵屈折，郁抑不扬，乍感无情，或伤非类。"表现出入北之后产生的文化心理上的不适应。可见，宇文泰的民族政策给入北的汉族文士带来了文化优越意识的失落感和"非类"感，加上统治集团内部的争权夺利，也压抑着由南入北文人们的精神自由和生命活力。

在文学方面，北朝推行以儒家为代表的纯朴的文学观，主张以《尚书》式典正的文章为规范的《大诰》来代替华靡轻艳、吟咏性情的文章。而且宇文泰、苏绰改革文风的内容并不仅限于文学，是从儒家思想的角度泛指社会风俗之弊而言的。虽然依《大诰》为文的政令施行时间不长，但它对北周实用性文章的影响仍是深远的。而且《大诰》还以广义的文章为对象，由此可以推知，具有实用性的文章，即所谓"笔"，容易符合"性好朴素，不尚虚饰"的宇文泰的风格。因此，虽然《大诰》在文学领域未引起可注目的反响，但无疑成为公家文翰榜样，这对"河朔词义贞刚，重乎气质"的特征，有着间接的影响。庾信入北之后，在部分文章形式上，实现了《大诰》所提供的儒家思想和典正文风，更为接近统治者的口味。从这一方面上看，庾信也自觉主动地接受了北朝文化。此外，麟趾学士对北周学术的发展有深刻的影响。从《周书》的记载可知，当时集学士于麟趾殿，这其中包括北人，也包括由南入北的人，当然也有庾信。在皇帝的积极支持下，他们著书立说，为北朝经学的发展作出很大的贡献。但是"崇儒好古"的学术思潮，产生了重政教、轻文学的观念，使魏晋以来文人在创作上重抒情的风气在一定程度上被压抑了。麟趾学士虽然以"刊定经史"为主，但他们毕竟是"有文学者"，故不难推知他们之间会有文学上的交流，麟趾殿就成为其交流和学习的场所。在麟趾殿，不但北周文人向入北的南朝文人学习南朝的文风，南朝文人也主动向北周文人传授南朝文学的成果。北周麟趾学士在南北文化交融中的作用不限于经学方面，在文学方面也有很大的影响。对古代文人来说，儒家思想是不可摆脱的学术、思想的轴心。庾信参与了麟趾殿刊校经史的工作，促使他接受北周学术和文学思潮并扩大与北周文士交流的幅度，促进了南北文化的交流，最终使他能"穷南北之胜"。

最后是困苦的生活环境。帝王的文学观念对文人的创作活动有深刻的影响。实际统治西魏的宇文泰不太重视文学，导致西魏在庾信、王褒等人入北之前文学上的滞后。先前出于标榜礼义的需要，把庾信这样一位才高望隆的大才子请进朝廷，对于点缀文化以及表达社会的升平气象、笼络汉族上层势力和儒生都大有好处。但是，后来形势发生了根本变化，梁朝在庾信出使西魏的三年后灭亡了，庾信不再是座上客，尽管他并未真正成为阶下囚，但文学侍臣的身份毕竟没有办法更改。此外，北朝统治者重视汉人文化并极力发扬之，有着极其强烈的实用功利目的。而北方原有文化相对贫瘠，北魏末至北齐时优秀的文人只有北地三才：温子昇、邢邵、魏收，而且与庾信、王褒相比，其诗文也并不出色。故来自南方的庾信始终存在文化上的孤独感。此外，由于大多数王公贵族是戎马出身，故北朝的文化氛围不够浓厚。直至北周明帝时，由于"（明帝）善属文，词彩温丽"，文学的地位始有上升；再至武帝的时代，"初置太子谏议员四人，文学十人"，文学才被引入朝廷，入北文士的地位也渐高。此前，庾信的生活非常困苦，他在《拟连珠》和《和张侍中述怀》中描述自己"悬鹑百结""十日一炊"、钱米尽空的窘困。从庾信感谢滕赵诸王恩赐的十几篇诗启中可以知道，他的生活资料一直都处于困乏的状态之中，直至明帝时才有所改善。史书记载于翼对明帝说：

> 翼言于帝曰："萧㧑，梁之宗子；王褒，梁之公卿。今与趋走同侪，恐非尚贤贵爵之义。"①

又武帝保定二年：

> 诏曰："梁汝南王萧大封、晋熙王萧大圜等，梁国子孙，宜存优礼，式遗茅土，寔允旧章。大封可封晋陵县公，大圜封始宁县公，邑各一千户。"并赐田宅、奴蝉、牛马、粟帛等。②

---

① 《周书·于翼传》。
② 《周书·萧大圜传》。

高祖（武帝）以抛与唐瑾、元伟、王褒等四人俱为文学博士。①

至此，北朝文学家的地位才逐渐上升，入北文士的地位也逐渐巩固，受到了真正的礼遇和重视，可以"咸居禄位"了。但与南朝以世族为活动中心、文人团体众多的情况不同，北朝文学家依附于皇帝，文学创作活动主要在宫廷之内，"或挥翰凤池，或著书麟阁"，将自己的文学活动作为朝政的附属。这就使文学家不得不为适应统治者的口味改变文风，如庾信入北后创作了许多碑文志铭以适应北周王公贵族的趣味，之后声望渐高，"群公碑志，多相托焉"。其碑文铭志的写作时间也能说明一定的问题。庾信入北之后创作的30多篇碑文志铭中，可考写作年代的有27篇，全部作于武帝保定五年（565）以后，尤以571年至575年为多。这期间他的任职不详，但可能专门作为文学之臣，创作适应统治者口味的作品。可以说，庾信入北之后的文学创作，一方面是以《拟咏怀》为代表的悲凉凄劲的风格，另一方面是作为文学之臣，为适应北朝王公贵族口味的典雅华赡的风格。除了上面所说的碑文铭志以外，庾信还创作了大量的应和诗。

身处这样的环境中，庾信的情感和思想是呈阶段性变化的，有故国之情和乡关之思，有转仕他朝的自耻失节之感，但也有获赏识后的自得之感。庾信早年锦衣玉食、步步高升，他想得到的，现实生活都给予了他。他迷恋于繁华的世间，从不觉得短缺什么，人生苦短的感觉并不强烈。入北以后的风霜雨雪，使他体验了人间太多的烦恼，转而希望能超脱现实，高蹈出世之想也就自然而然地占据了他头脑的一隅。庾信的心理跨度和情绪落差是相当大的，这使得他的"老成"成为必然。入北以后庾信虽官爵有升无降，《周书》本传说他"位望通显"，却"常有乡关之思"。

清人倪璠《庾子山集注》有《庾子山年谱》，对此做了些开创性的工作。依从倪谱的观点，参考刘文忠、鲁同群、林怡诸学者的成果，可描摹出

---

① 《周书·萧抛传》。

庾信入北后仕历的大致轮廓：554年至556年，拜使持节、抚军将军、右金紫光禄大夫、大都督、进车骑大将军、仪同三司，然为虚职，未实授；557年，孝闵践阼，封临清县子，邑五百户；558年至559年，仍未实授。560年，预麟趾殿校书，迁骠骑大将军、开府仪同三司。561年至562年，任司水下大夫。此前的九年，庾信均在长安。563年至564年，任弘农郡守，565年回到长安，未任职。566年到567年，在襄州总管府，未详任何职，此后八年直至575年，又回到长安，曾任类似礼官的工作，并有可能在齐王府任过职，具体任何职未详。575年至576年任司宪中大夫、封武康县侯。576年至578年，任洛州刺史。此后任司宗中大夫，不久后致仕居长安，581年卒于长安。可以看出，庾信在北朝的日子并不是一帆风顺的。在前十年中，他几乎没有获得什么实际性的职务，这给他的生活及精神方面造成了严重的打击。北朝给他的高官并非实职，更不能让他施展抱负，徒使他成为"毙于丰草"的"豫章"、"沦于幽谷"的"芳兰"。他心里明白自己的真正地位，认为自己是"钟仪君子，人就南冠之囚；季孙行人，留守西河之馆"。他之所以写那么多颂圣的诗文，就是不想使北朝统治者得知自己在此方面的失望，从而达到保全自己的目的。再加上政治环境的残酷，政权更迭的频繁，越发让庾信有自危的感觉。在这份坚守之下，他的自耻失节之感特别强烈，故该时期的作品可以说是一种毫不留情地自我暴露、自我鞭挞。分析庾信的萧瑟阶段，可以看到庾信远离旧土，屈从敌国，因此产生思乡念旧的情感，再加上在北方仕途不顺，处处受到压抑排挤，"从官非官"，自然也促成了乡关之思的产生，并且这种看似思乡的作品背后实则是政治上失意的表现。致仕后的两三年内，庾信心境渐趋平和淡泊，这时的不以名利为怀乃是名利得到满足后的轻松和得意。《园庭》《寒园即目》两首诗可为例证。庾信在北朝历仕多职，虽然对北朝的任命时有不满，可有两次他还是非常高兴的，一次是武成二年（560）任司水下大夫时，庾信情绪十分兴奋热烈，对北周从情感上已经慢慢认同，有时甚至流露出较深的感情。可以举两篇作于此期的作品为证，一是作于561年的《三月三日华林园马射赋》，该赋表达的情感迥异于以前的诗文作品，一下子称周为"我大周之创业也，南正司天，北正司地，平九黎之乱，定三危之罪"，一下子自贱身份曰"小臣不举，奉诏为文。以管窥天，以蠡酌海，盛德形容，岂陈梗概"。而写至射毕宴饮游乐，庾信甚至语无伦次，情绪十分欢悦激动，但这在他近三十年的北朝生活中，是那样的短暂和微不足道，当然，这也正能看出庾信失意与萧瑟的真正原因。

无论如何，庾信毕竟在北方生活了下去。他情绪低落、屡陈去志并不等于他一定放弃了功名利禄。建德四年（575），陈朝与北周通好时，陈请放还王褒、庾信等，周武帝雅爱不遣，特加官为司宗中大夫以抚慰庾信。这些在当时众多流寓北方的南朝士人当中恐怕是最优待、最难得的了。庾信回归江南无望，在北方度过了漫长的近三十个风雨春秋，到死也未能南归。《拟咏怀》云："榆关断音信，汉使绝经过。"日复一日，回乡成了一个渺茫的梦，但他一直在追问"何时得云雨，复见翔寥廓"。追踪庾信的整个心路历程，从中可以看出为什么他入北后的作品篇篇有哀，充溢危苦之辞。宠辱偕来，沧桑历尽，无限感慨凝聚成庾信作品中的"老成"风格。庾信前后期的重大变迁、心灵的荣悴过程以及精神的高扬与委顿都与社会生活环境密不可分，环境的变迁直接造成了庾信的心态变化。

审美趣味是文化研究重要的组成部分，是推动社会整体文艺发展方向的主要动力之一。审美趣味的形成离不开作为审美主体的心理基础、文化教养、社会交往、审美能力等因素。北朝文人在特殊的历史语境之下，其生存和发展与南方迥异。北朝文人的审美趣味是在生活于北方的士人的共同努力之下形成的，它的形成既离不开北方的文化环境，也离不开北朝士人具体的生长环境，它是北朝士人成长经历的复杂性和文化的多元性的集中体现。

将历史文化语境转换为审美趣味，北朝士人身份的确立是关键。不同身份的北朝士人，分别代表着北朝不同地域、不同时间的文化精神，而在不同的文化精神引导之下，就会形成不同的文化趣味，而这种趣味又反过来作用于北朝的文学艺术发展方向。 永嘉南渡以后留守中原的士人,不得不改变自己的生活方式和思维习惯,接纳少数民族的政治和社会形态。 以家族为核心的自我保护系统,使得北方的本地士人在严格的家学和家风的教导之下,心态趋于内敛、保守,具有尚实、尚用的质朴的艺术精神,强调社会秩序和规范行为。 他们积极参与社会政治生活,将审美理想与政治抱负结合在一起,在文学理论方面要求以正统的诗教观念为主,其传统的文人生活如琴棋书画的悠闲生活以及文人间的交游活动,都被囿于坞壁内的个人的生活领域之内,没有形成广泛的文化交流氛围。 以皇室贵胄为代表的文人则是文化的多元化发展的复合体。 出身于少数民族皇室贵胄以及生活于北方的代北贵族,在政治的强烈干预下,其原有的草原文化系统变为新的中原文化内容。 一部分少数民族特质和后期新增加的审美趣味有机地交融在一起,再加上其在社会结构中所处位置的特殊性,其多样化审美趣味对社会具有强烈的指导作用。 北朝文化在这一点上表现非常突出,早期的汉文学成果的荒芜以及中期的文化中兴都由社会中占有绝对话语权的皇室贵族的审美趣味所致。 此类贵族文人虽然在文学上没有多高的成就,但是在社会文化发展中的引导作用却不容小觑。 此外,虽然主流文化教育已经采用中原儒家学术系统,少数民族作家也以汉族传统的诗赋形式进行创作,但是草原民族的部分特质也被保留在文化中得以流传,就现存北朝民歌来看,少数民族也有自己的艺术传统,其表达的感情真挚热烈,表现的场面苍茫辽阔,传达出不同于中原士人的审美趣味。 另外是一大批由南入北的文人,其文化来源于淳厚的中原文化体系,生活的优渥以及文化环境的宽松,使得这部分士人的创作在文学艺术修养方面达到极高的水平,其创作文词精美,感情细腻,但是宫廷苑囿的狭隘生活环境造成内容的苍白,故失去了诗歌应有的生命力。 南方士人迁入北方之后,一方面致力于北方的文化建设,在与北方士人的不断接触中,将南方的先进文化带给北方士人,使得北方士人在审美能力方面有了很大的提升;另一方面在经历流离失所、妻离子散、背井离乡等深重灾难后,由南入北的士人对于社会、对于人生有了更深刻的认识,再加上北方文化环境对于现实的关注,使得南方诗人突破原有的诗歌创作模式,深沉的思想辅以成熟的形式,使得诗歌的成就有了质的飞跃。最终形成新的文学风格,成为后世楷模。

生活于动荡的社会中的三类文人都有自己的文化特色,在北朝不同的历史阶段发生过重大作用,他们都努力使自己的审美理想合理地出现在社会文化之中,北朝士人的审美趣味就在这样的文化整合中形成了。在新的文化趣味中,既有南方士人对于精美形式的追求,又有北方重"质"的文化内核,最终形成文质彬彬的审美趣味。

二、北朝文人的生活方式以及思维方式

如果说南朝诗人尚虚的话,北朝士人的主要特征就是务实。南方士人生活在相对安定的环境中,虽然朝代更迭,但是文化的传承脉络却从来没有中断过;相对而言,北朝士人的生存环境则要艰苦很多,在这样的环境下,北朝士人的很多文化习性都显示出了与同时期南方士人不同的特征,比如强烈的事功心态、文武兼备的品格,对于生命的思考也益发深沉,而北朝的审美趣味就在这样的生活中自然而然地形成了。北朝文化的最终形成,不仅有中原传统文化的留存,也有草原文化因子的融合,甚至还有南方文艺形式的冲击,这些不同类型的文化,直接影响着北朝文人的生活方式和思维方式,对于北朝士人审美趣味的定型起到了关键作用。士人在中国文化格局中占有举足轻重的位置,士人个人的知识结构是其身份的重要标志,在魏晋南北朝时期,门阀士族子弟对于知识的学习不是单纯的技能培养,而是重在性情的陶冶与身心的涵养,以达到养成君子人格的目的。士人对待人生社会的审美态度,超越了对艺术、自然等具体对象的审美体验,上升到心灵和精神的审美化,最终生发为社会的一种文化气质与伦理精神。

(一)北朝士人生命意识的重新整合

生命意识是每一个现存的生命个体对自己生命的自觉认识,其中包括生

存意识、安全意识和死亡意识等。生命问题是人类面对的最古老的问题之一,如何延续生命、抗拒死亡,是一个亘古不变的话题,也是由此,生命意识才得以成为人类精神世界的最核心的问题,它有生命本体意识和生命价值意识两重意义,即对生命本身的认识和对生命应有价值的判断。北朝的士人生活在战乱纷争的年代,生存环境极度恶劣,生命安全受到挑战,如何在保存生命的同时保持士人固有的人格,成为一个不得不面对的问题。这种具体的心态的变化,使得南北朝在文化的接受与选择之上呈现出巨大的差异。北朝时期在中国思想文化史上是一个具有特殊意义的时期,从拓跋部落进入中原开始,中原士人就开始战战兢兢地与少数民族政权合作了。在定都平城的一百年左右,拓跋部落以武力统一了北方,获得了对中原广大地区的统治权。乱世杀伐,生命无常。在这历史的苦痛中,士人所依存的外在空间与内在心灵的交织,也达到了一种前所未有的强度与深度,所有的一切都激发出北朝士人个体生命意识的觉醒。尤其到了崔浩时期,由于利益冲突,拓跋政权残酷杀戮北方士人将近两千人,这对于士人来说无疑是一场灾难,广大士人内心受到的摧残和精神上受到的震撼,程度之深、强度之烈,可想而知。这一时期的士人不但在心理上,而且在现实生活中失去了热情和希望,但是他们为了家族的利益,还是选择了出仕。在这个世界中,他们要超越物质生活引发的痛苦,实现精神上的解放和自由,是极度困难的。

生死问题是人类任何时候都不得不面对的问题,从某种意义上说,人类生死观念的演进发展构成了人类精神的全部内容。死亡既然是不可避免的,那么如何使生命延长,又如何使生命更有意义,就既是人类生存在这个世界的全部内容,也是人类一切实践活动的最原始的动力。面对死亡这个终结性的事实,所有的"生"的长度都可以忽视。但是人类的世界却并未因此而坍塌,精神上的审美追求,使人类找到了确认自身价值的方向。南北朝时期的士人也是这样不倦地思考着生命,面对生死问题的时候,他们表现出强烈的对生命的渴望。

北朝士人对于"生""死"有更直观的认识。北朝时期,生死问题是最为直接的现实问题,北朝人们的寿命并不长。现今留存的671方北朝墓志中,其中具有明显男性特征或男性倾向的494人,具有明显女性特征或女性倾向的174人,另有性别不明者23人。除去年龄不明者208人,其余按照年龄段划分的话,根据赵海丽的统计[①],在15岁之前死亡的为3.54%;15岁以后,23岁以前死亡的为7.96%;23岁以后,35岁以前死亡的为15.93%;35岁以后,55岁以前死亡的为35.4%,真正步入老年(56岁以后)死亡的为37.17%。男子的平均寿命为46岁,女子略长,为50岁。这组数据对于探讨北朝士人的生命意识是一个有力的佐证,古人较早进入社会生活,从16岁到55岁的总体死亡率已经达到59.29%,大大超过了进入56岁以后的老年期的比例。这就说明,北朝时期大部分的人都可能是非正常死亡,不能做到真正意义上的寿终正寝。而能够在北朝时期立碑,并非寻常人家可以做到的,需要有文化和经济的双重支撑。根据碑文显示,这些立碑之人通常都有一定的官职和社会地位,是北朝时期的皇氏宗亲或豪门大族,北朝是等级制的社会,社会等级高的人们通常占有更多的生活和生产资料,如果他们都不能正常死亡,那么社会中的其他阶层的死亡率就更高了。反观历史,除去当时的生产水平影响人口寿命之外,影响寿命的最重要因素就是战争带来的灾难。北朝战争非常频繁,杀戮之事更是平常,几千人几万人被杀的记载比比皆是。除去征服战争的死亡之外,内部的战争也很残酷,少数民族政权本就是以强者为尊的社会,当强弱势力发生变化之时,较之于汉族社会更容易发生政变。北朝前期的崔浩国史案,使得中原的世家大族受到沉重打击,崔氏、杨氏、卢氏等十几个家族尽遭灭门;尔朱氏发动的"河阴之变",2000多人的政府中坚力量一夕被灭,惨遭横祸暴死在北朝屡见不鲜。这样一个纷乱的年代,对于士人来讲也是必须面对的。了解一个时代的生死观念是把握这一时代的精神实质的重要途径,能够在北朝生存已经变得非常艰难,故而

---

① 赵海丽:《北朝墓志文献研究》,博士学位论文,山东大学,2007。

如何确立生死的意义，是理解北朝士人审美趣味的重要通道。

因为生存的艰难，北朝的士人对于生命的渴望更是超越了以往的各个年代，"生"是一切的基础，务实的北朝更坚持这样的观念。墓志是最能集中体现生死观念的，北朝士人首先体现出的就是对"生"的极度渴望，表现为对早逝的悲痛：

福极参差，惑寿惑夭，自古虽死，在君何早。生途未半，百龄犹眇。①［魏正光五年八月《魏故持节散骑常侍安南将军都官尚书冀州刺史元(子直)公墓志铭》］

君讳诞业，字子通，河南洛阳人也。……春秋卅一，建义元年四月十三日卒于北芒行所。……夫理归必至，去来常然，所恨秀而不实，兰芳□□。②（北魏永安元年《元诞业墓志》）

延昌三年岁次甲午三月己酉朔十七日乙丑，寝疾，薨于洛阳县之安武里宅，时年卅有九。……悲矣人生，昧哉天道。如何不吊，未寿而夭。③（北魏熙平元年十一月《皮演墓志》）

此外，即便是对长寿之人也表现出前列的遗憾。例如，内司恒农杨氏70岁去世，碑文记载"不幸号折"；韩玄活了82岁，志文竟然称其"降年不永"④；而关胜死亡时已将近百岁，而碑文却在铭辞中形容其辞世为"秋霜悴葩，辉光朝落"。这样的描述恰是社会心态的真实反映，里面透露出对"生"强烈的依恋与不舍。对"生"强烈渴望的同时就意味着对"死"的极度畏惧和厌恶，虽然极度畏惧死亡，但北朝士人仍能清楚地认识到这是一个必然的过程，是无论怎样也不能避免和逃脱的：

---

① 赵超：《汉魏南北朝墓志汇编》，150页。
② 朱亮：《洛阳出土北魏墓志选编》，141页，北京，科学出版社，2001。
③ 罗新、叶炜：《新出魏晋南北朝墓志疏证》，83页，北京，中华书局，2005。
④ 赵超：《汉魏南北朝墓志汇编》，126、113页。

自古皆死，仁亡何速，命非金石，脆均草木。[《魏故朔州刺史华阴伯杨(泰)君墓志铭》]

百季一去，万古莫追。(《元谳墓志》)

一去永矣，归来无从。[《大魏故侍中特进骠骑大将军尚书左仆射司州牧司空公钜平县开国侯元(钦)君之神铭》]

基于此，北朝士人找到了属于自己的超越生死的途径。中国古代哲学中较少谈及与死亡相关的问题，孔子作为儒家文化的代表，对死亡的态度是"未知生，焉知死"，采取一种回避的方式。北朝士人则认识到死亡是无法避免的一个客观事实，是生命必然的结局，个体生命对此无能为力。在北朝碑志中，我们更多看到了对死亡的自然主义的观点。如上文中的"自古皆死，仁亡何速，命非金石，脆均草木"等，北朝士人对于生的留恋和对死亡的恐惧是同时的，他们对此生世界怀有强烈依恋和不舍，而对于生命的消逝则充满了畏惧和悲伤。在发现死亡和认识死亡的过程中，北朝士人逐渐形成了自己特有的生死观念。面对死亡的时候，北朝的士人和他们一贯的精神一样，在集体中获得价值，以超越生死的界限。

北朝恪守的仍然是儒家正统主流的生命意识。北朝士人受儒家经学影响很深，《尚书·洪范》中有"五福"（寿、富、康宁、攸好德、考终命）与"六极"（凶短折、疾、忧、贫、恶、弱），在儒家学说中看来，能够善终是福。但是死亡的不可超越性，使得儒家另辟蹊径，开拓寻求生命的价值和意义。孔子以"仁"和"道"的精神领域的超越完成生命的价值，《论语·卫灵公》云："志士仁人，无求生以害仁，有杀身以成仁。"《论语·里仁》云："朝闻道，夕死可矣。"孟子则提出："生，亦我所欲也；义，亦我所欲也，二者不可得兼，舍生而取义者也。生亦我所欲，所欲有甚于生者，故不为苟得也；死亦我所恶，所恶有甚于死者，故患有所不辟也。"①舍生取义成为孟子最具有代表性的思想之一，汉代扬雄则认为："有生者必有死，有始者必有终，自然之道也。"②北朝士人受经学影响至深，儒家的思想也渗透到了士人的思想之中，但是北朝士人在超越生死的时候，并没有对于国的承担，与两汉时期以国家利益为重的观念不同，北朝的士人更多将家族观念作为第一位，前面我们谈及，为了家族的利益，士人可以慷慨涉险；与魏晋时期也不同，魏晋南朝时期的士人以寻求个性解放为己任，而北朝士人依然恪守传统礼法。这对于北朝士人来说，是主流的生命意识观念。

佛道的生死观念也对北方士人有很大影响。道教是乐生的宗教，对于生死的态度主要体现在对身体的修炼上。而佛教则认为人生就是受苦，苦难的形式多种多样，包括生、老、病、死，怨憎会、爱别离、求不得。同时佛教还主张轮回与因果之说，认为若不能解脱，则永远处于生死轮回的苦海之中，善恶不同，招受果报也不同，只有脱离苦海转化成佛，才能实现永恒幸福。佛教着重于人死后的安顿，使得死亡成为另一段生命的开始。然而佛教和道教都没有从根本上影响到北朝士人的生命意识，他们积极投身社会、努力建设家族事业的整体方向基本没有变化。

生命意识就是对生命进程中时间流逝的一种感悟，是对时光易逝、生命难以长久的一种内心体验，其核心是对生命本身价值的体认和实现。生命意识的哲学意义是关于人的生命的一种时间观念，往往包含着对于生命消逝的恐惧感和焦虑感，这是文学作品中生命意识的主要呈现方式。通过对北朝士人的审美表达的追索，我们可以发现北朝士人对生命的体验和感悟在文学中的吟唱。北朝士人对生命深层次的内心体验，常常染上一层"悲"的色调，这种深深的焦虑和隐隐约约的恐惧，就是北朝士人整体上对生命体验的基本

---

① 《孟子·告子上》。
② 《法言·君子》。

内涵和色调。受儒家传统伦理价值观影响的北朝士人，面对现实舞台，在追求超现实生命价值的同时，内心有着挥之不去的悲哀和孤独。北朝的诗歌中透出以悲为美的艺术风尚，比如大量描写悲凉的作品，包括《企喻歌》《隔谷歌》《悲平城》《悲彭城》等。

北朝士人生命意识的集中体现就是作品中的悲凉之感，即在悲伤感叹之中有壮健刚硬的成分，与南方悲情的抒发夹在闺情、艳情以及辞藻华丽的铺写中不同，北方士人的悲情来自于生命的深沉体验，多描写战乱带来的生存境遇的痛苦，如土地城郭的荒凉、离乡背井的苦况等。与少数民族性格强悍勇武的影响有关，北方士人在写悲时不流于软弱，而是表现出一种强大的克制和牺牲精神。颜之推在谈到南北送别习俗不同时说道："别易会难，古人所重；江南饯送，下泣言离。……北间风俗，不屑此事，歧路言离，欢笑分首。"[①]北朝是一个战事频繁、劳役不止的动乱与苦难的时期，北朝士人则深刻地感受到了这样的灾难，生命是有限的，对生命的流逝，北朝的士人却无能为力。

自然，北朝审美倾向必然受到这种精神气氛的制约和影响，其文风所表现出来的悲凉情调仍然是与整个社会的动乱现实及其生命意识和情感相一致的。像北朝的民歌，就常常写到战争的悲凉。如《乐府诗集》所收《企喻歌》，其中有一首："男儿可怜虫，出门怀死忧。尸丧狭谷中，白骨无人收。"如《隔谷歌》二首，一首写被围在城中的哥哥向城外的弟弟高呼求救，另一首则写哥哥当了俘虏之后的苦难情况。写流民逃散与游子思乡的民歌，也充满着悲苦、苍凉气氛。如《紫骝马歌》把战乱中四处逃散的流民比喻为被风吹落的树叶："高高山头树，风吹叶落去。一去数千里，何当还故处。"《陇头歌》则写游子孤身飘然旷野："朝发欣城，暮宿陇头。寒不能语，舌卷入喉。陇头流水，鸣声幽咽。遥望秦川，心肝断绝。"《魏书·祖莹传》记载了祖莹、王肃与彭城王元扬同在一起的诗词之作，王肃咏《悲

---

① 《颜氏家训·风操》。

平城》一诗，诗云："悲平城，驱马入云中。阴山常晦雪，荒松无罢风。"祖莹即席而咏《悲彭城》一诗，诗云："悲彭城，楚歌四面起；尸积石梁亭，血流睢水里。"两首诗都表现出了苍凉悲壮的情调，尤其是后一首诗，所描写的悲惨情景也决非无中生有，当时的战争场面就常常如此。杨衒之《洛阳伽蓝记》也有这样的描写，洛阳城历经几次兵火的洗劫，惨不忍睹："城郭崩毁，宫室倾覆，寺观灰烬，庙塔丘墟。墙被篙艾，巷罗荆棘。野兽穴于荒阶，山鸟巢于庭树。游儿牧竖，踯躅于九逵；农夫耕老，艺黍于双阙。"邢邵的《冬日伤志篇》，也写的是他对洛阳残破的感慨以及对政局的忧愤，表现出悲凉高古的风格：

昔时惰游士，任性少矜裁。朝驱玛瑙勒，夕衔熊耳杯。折花步淇水，抚瑟望丛台。繁华夙昔改，衰病一时来。重以三冬月，愁云聚复开。天高日色浅，林劲鸟声哀。终风激簷宇，余雪满条枚。遨游昔宛洛，踟蹰今草莱。时事方去矣，抚己独伤怀。

北朝文风的悲凉感也体现在那些由南入北的作家身上，如王褒、庾信、颜之推等。庾信入北以后所作的《拟咏怀二十七首》，大都追述乱离、感叹身世和抒发其羁留北地、怀念故乡的"乡关之思"，悲凉之气可感：

摇落秋为气，凄凉多怨情。啼枯湘水竹，哭坏杞梁城。天亡遭愤战，日蹙值愁兵。直虹朝映垒，长星夜落营。楚歌饶恨曲，南风多死声。眼前一杯酒，谁论身后名。
萧条亭障远，凄惨风尘多。关门临白狄，城影入黄河。秋风别苏武，寒水送荆轲。谁言气盖世，晨起帐中歌。

其后期的赋作，如《哀江南赋》《伤心赋》《竹杖赋》《小园赋》《枯树斌》等，更是"不无危苦之辞，惟以悲哀为主"。他在这些作品中反映了混战时处于水深火热之中的人民苦难的生活和自己遭受的非人待遇,同时抒发了他自己的乡关之思和亡国之痛。

(二)游走于政治与文化之间的北朝士人事功心态

北朝时期士人的事功心态来源于其内在的生命意识,北朝士人对生的渴望更多反映在对现实的关注之上,他们把生命的价值和意义放在以群体为核心的社会中。与南方士人不同,南方士人在面对生死时,往往以个体精神为观照,较多关注以个体精神为主的个性的突破。他们以建构个体的精神世界为主要超脱生死的方式,在玄学思辨和精致的艺术创作中寻求自己的价值。这与南北方的具体社会政治环境有直接的关系。在北方的社会政治环境之下,以事功心态为主的务实的文化精神占据了北方士人的精神世界。这种事功心态影响着北方士人对于审美的全部认识,由事功心态开发出来的积极的人生态度,使得北方的士人在创作上偏重公文翰墨的实用性文本,诗歌创作也以典正为主,并严格恪守着"诗言志"的儒家诗教观念。与之前汉魏之际建功立业以求不朽的豪迈理想不同,北朝的事功心态更多的是现实的直接需要,在严整的社会思想价值体系中,这种事功心态是特殊时期的特殊产品。

事功心态是北朝时期士人最为典型的心态,以此为核心的思想使得北朝士人并没有流连于玄虚之间,而是积极地投身于社会之中,这也是南北士人最大的差别。所谓事功,《说文解字注》中解释为:"事,职也。""功,以劳定国也。司勋曰:国功曰功。郑曰:保全国家若伊尹。"就《说文》看来,简单地说,事功就是担任国家官职,承担具体的社会事务,为国家建功立业,根据自己为国家所作出的贡献,获得统治政权的认可并且得到相应的封赏。这种观念在我国有文字记载的时代就有了,发展到北朝时期,士人群体对于事功的观点和看法呈现出了不同的特质,北朝士人都对事功概念有着一定的认识和理解,职责所在就是"事",而在职责范围内有所建树则为"功"。通过对北朝士人事功心态的考察,可以清晰地看到北朝文化精神发展和演变的过程与特征。子曰："学而优则仕。"非常形象地说出了成为士人的两个条件，一个是"学"，就是说作为士人一定要有学问；另一个就是"仕"，即在政治体系中取得一定的权力和地位，与南朝的门阀士族安居清要之职相比，北朝的士人则没有这样的优渥环境。在民族交融、抵御周边豪强之际，北朝士人必须更为积极地投身到仕宦的建功立业道路中来，才能获得必要的生存保障，因此北朝士人也就更为积极地游走于政治之间。前文中我们已经提到，北朝的文人大体上有三类，三类人的生活或不同，但他们面对的政治环境却是相同的，面对的社会也是相同的。因此，事功心态是社会群体普遍的倾向，是其内在生命价值观的外在表现，也是时代和社会对于北朝士人的现实要求。

北朝汉族士人事功心态的转换，缘于其由"师"而"吏"的身份的转变。先秦两汉时期的士人具有特殊的身份，他们介于官与民之间，建构以天道为己任的精神世界来规范君王的行为，并且获得自身存在的合法性。但是到汉末魏晋时期，士人阶层开始慢慢转变为世家大族，不仅拥有经济政治的权利，同时还依然拥有文化上的解释权，成为与君王相抗衡的新兴阶层。这种贵族化的世家大族，其社会形态在经历魏晋时期进入南朝以后依然得以延续。而北朝士人则没有这样的机会，他们不得不将自己主动调节为适应另外一种社会形态的人。之前的分析已经说明，北朝是少数民族为政权主体的国家，进入中原文化地区以后，迫切需要建立适宜于定居中原的政治文化体系来保障社会的稳步发展，而这种政治体系是北朝士人能够与政权和解的主要平台。出仕为官，本就是士人最为热衷的事情，而门阀士族地位的获得也来自于几世为国家高官的身份，所以，按照这个层面来讲，北朝的世家大族本不应该拒绝政权核心抛过来的橄榄枝。但是北朝的实际状况却并非如此，北朝士人在出仕的政治实践中有着极大的风险。尤其是早期的北朝政府中的汉族士人，虽然人生际遇各不相同，但是在北朝政治的共同语境之下，出仕已经不是一件可以彪炳千古的辉煌事业了。所谓的功名和通达，并不是此时期汉族士人关注的重心，在这个时期很少有北朝士人抱有不被欣赏、提拔而伤心难过的记载。与秦汉时期的士人以及后世的书生相比，北朝的士人显示出的是另外一种不同状态。他们以宗族为基础，积极地在政治生活中寻求自身的价值，并且保持一种坚定的生活态度，一方面追求建功立业，另一方面又坦然接受命运的安排。北朝时期穷达观念特征并不突出，由于具体事功实践中无法预期的突发事件，北朝士人反而保有一种通达的精神，这种精神时刻影响着北朝士人的人生。形成这种状态的主要因素，就在于士人阶层由"师"而"吏"的身份的转变。

  北朝早期的汉族士人获得知识与文化的途径通常是家族教育，受典型的北朝式的经学化儒学教育影响，北朝士人的思想里本就有着治国平天下的社会理想和责任感，而且作为"道"的坚守者，北朝士人在现实政治生活中莫不克己复礼，坚守着自己的道德观念和人生的价值追求。对于古代以汉文化为核心的士人来讲，士人阶层与君王之间有一种共谋，即士人阶层凭借其对"道"的占有，赋予君王有道或无道的定位，或者更直接地说就是以神权认可皇帝的合法性，并且建构社会道德体系价值，使之服务于所建构的政治体系，从而达到社会在某种程度上的平稳和谐。但是这种体系在北朝的建立却并不容易，两种不同文化系统的碰撞，使得北朝士人在社会政治结构中的地位发生了巨大变化。北朝士人始终没有得到以"道"规范君王的权力，汉族之"道"的价值观与少数民族的价值观并不相同，以强者为尊的少数民族政权讲求的是实际的生存结果和效果，他们对于仁义礼智信并不完全接受，而且北朝以少数民族为核心的皇权统治又始终居于国家的主流。北朝的统治者对于汉族士人的需求，来源于进入中原之后统治秩序的重新建立，并不是要更改自己的草原文化体系。由前面对于历史语境的追溯，我们可以知道，北朝帝王更注重的是具有实际效果的东西，比如汉族士人的谶纬之学、社会秩序建构以及君权神授的形制。在北朝的礼乐建设中，我们可以清晰地看到北朝时期的雅乐系统是由少数民族音乐组成的，这就意味着，早期北朝政权对于汉族士人的需求仅止于制定相关的形式上的文化政治政策。从另一个角度来讲，就说明无论汉族士人有多高的官职和品阶，他们都不是政权的真正掌握者，权力核心始终在帝王以及草原代北贵族的手中。这就使得汉族士人在北朝时期不仅失去了精神领域"帝师"的尊崇地位，也失去了对帝王进行规范的平等身份，其身份的神圣性被消解了，居于帝王之下的官吏身份被强行确认了。同为官吏，北朝士人的官吏身份十分尴尬。根据前期的研究考察，我们可以看到，北朝汉族士人并没有占据关键的实权岗位，在北朝初期，建立国家的政治组织形式的时候，汉族的官僚体制和少数民族的文化体制基本上是并行的。北朝士人的工作主要集中在修订国家律例、建立国家礼乐制度、修订国史、参与国子学的教育、撰写国家文诰，或者是仰观天文、俯察世间异事，为国家提供"神"意义上的谶纬解读或预测。

剥去了神圣外衣的北朝士人，反而更加忠实于其所担任的具体工作，他们既"以吏事自诩"，又始终保有对道德的坚持。早期的北朝士人并不愿意进入少数民族政权，很多时候他们都是被胁迫而至的，而后期则不论是寒门士族还是高门大族的子弟，都积极投身政治机构之中。主要原因有三：第一，北朝政权建立的实际需要。北朝统治者在中原初建政权，必须以汉族文化来重新整合中原地区的势力分配，将各个豪门大族的中坚力量迁至都城，使其脱离家族的支持而便于统治。同时，新的社会需要新的统治秩序，因此便需要大批的有才之士来处理新王朝的各种行政事务。第二，北朝士人从小受到的传统儒家教育要求他们通过自身的文化和智慧建立国家秩序，并且获得帝王的认可和肯定。北朝的士人或许没有得到有如南方士人般的尊崇，但是他们却有机会建立自己心目中的国家秩序、道德规范，这在一定意义上说，也可以视为北朝士人完成了自我价值的实现和体认。第三，北朝士人没有更多的选择。北朝时期杀伐之风严重，士人动辄被杀的情况并不罕见，这种环境下，他们显然不会再有吟诗弄月的雅兴。不同于南方士人对于诗歌的热衷，以文吏身份分散到社会的各个政权机构中心的北朝士人将主要的精力投向以军国翰墨和文诰为主的公文写作之中，由此，北朝务实尚用的社会风气更加浓重。与南朝士人"罕关庶务""文案簿领，咸委小吏"的鄙薄实际性事务的风气不同，北方士人显示出勤于政务的特征，国家牒牍公文等大小文案都积极参与。《魏书》中有很多这样的记载，如高允，"高宗迄于显祖，军国书檄，多允文也"①。《周书·元伟传》中记载"书檄文记，皆伟之所为"。在北方士大夫积极走向事功的时候，南方鄙视实务的士风却大肆盛行，士族子弟傅粉施朱，弱不禁风，而北朝则相反，世家子弟文武兼备者不绝于史。

即使不在朝中担任官吏，北朝士人依然能在坞壁中生活得怡然自得，宗族的基础给予北方汉族士人的是一种全方位的支持。谷川道雄的"共同体"的说法或者可以提供一种更清晰的解读思路，他指出在中古时期，社会的权利被不同的社会共同体所占有，而六朝时期，以世家大族为核心的共同体建立的核心，就在于士人的自我牺牲的道德精神对人们的感召，在北方世家大族的共同凝聚之下，乱世之中的北方士人都十分注重家风的建设，也注重自己的道德修养，他们不贪不躁，面对灾难的时候总是第一时间将家财散与周围受灾的家族人员。以儒家思想为核心的道德修养是北朝儒生的安身立命之本，谷川道雄曾说，北朝士人的崛起，不在于经济的实力，也不在于武装的强大，而在于道德精神的感召力和凝聚力。②这种凝聚之下的力量非常强大，以至于北方出现几十家几百家共同生活的壮观场景，要想真正治理好家族的事务，其难度不亚于在国家层面勾勒未来蓝图。所以，对于事功的追求从深层来讲是个人的能力与价值的最好证明，故而成为整个北朝士人群体的共识。

少数民族政权核心也以务实为主，来自草原的北朝各代帝王，也按照草原文化的体系严格要求自己。在草原，能够当上部落首领的人，一定在文武方面都有超常的能力。北朝各代帝王几乎都锐意武功，他们南征北战，积极拓展自己的疆域，旗下的代北贵族更是骁勇善战，为创立北朝立下汗马功

---

① 《魏书·高允传》。
② 详参[日]谷川道雄：《中国中世社会与共同体》，马彪译，北京，中华书局，2002。

劳。这也更加激发出北朝统治者强烈的入世精神。对这一段历史有着真实的记录，如北魏正光五年（524）三月的《元隐墓志》、北魏孝昌三年（527）二月的《元融墓志》：

> 君讳隐，字礼安，河南洛阳人也……越自垂髫，建扶天之志；爰始总发，立拓日之功。……君立言于朝，无细不申；正色当官，强而必抑。历任虽烦，执之则简，清通水镜，何以加焉。①
>
> 公讳融，字永兴，春秋四十有六，河南洛阳宽仁里人也……与前军广阳王先驱遄迈，讨定州逆贼，相持积旬，指期菟弥。季秋之末，蚁徒大至，并力而攻。公部分如神，容无惧色，虽田横之致士命，臧洪之获人心，弗能过也。但以少御多，莫能自固，锋镝乱至，取毙不移。古之轻生重节，亡身殉义，复何以加焉。②

元融、元隐都是拓跋皇室的子弟，碑志虽有溢美之词，但也反映出他们都积极锐意于功业，元隐"君立言于朝，无细不申；正色当官，强而必抑"，并没有把官职作为虚职悬放起来，而是积极解决问题，体现出一种积极实干的官吏作风。元融也是马上马下，四处征战，建立功勋。又如北周保定二年（562）三月的《贺兰祥墓志》：

> 公讳祥，字盛乐，河南洛阳人……周室之始，艰难荐及。公左提右挈，尽力毗赞。发踪指授，实居其首。是以内外谋谟，军国两政，公之所发，每得厥衷，主相凭倚，百寮属望。公常叹不能自勤，不能下物。日旰忘食，夜分忘寝，专以公事为任，不以家事经怀。……公以懿亲当佐命之任，穷荣极宠卅余年。临薨之日，家业疏迥。季文之节，于此方

---

① 朱亮：《洛阳出土北魏墓志选编》，73页。
② 赵超：《汉魏南北朝墓志汇编》，205～206页。

见。上下同酸,久而不息。①

自孝文帝以后,由北迁至洛阳的代北贵族多自称河南洛阳人,贺兰祥也应是代北贵族出身,他在军、政方面,丝毫没有松懈,废寝忘食,"专以公事为任,不以家事经怀",这是一种积极官职任事的用世态度,也表现出追求实际不尚空谈的行事作风,皇室贵胄尚且如此,其他士人则纷纷效仿。这与南朝之鄙视实干官吏有着天壤之别。正是在这样的历史背景下,一大批北朝士人走上历史舞台,将吏事作为自己的主要任务,也将这种踏实的行政作风带入审美领域之中。

北朝士人在事功心态的影响之下,其审美态度和创作风格都发生了很大的转向。文人的"吏"化,使得长于诗文的北朝士人转为"案牍""书记""几案""刀笔""文翰""笔札"等公文类的撰写能手。而长于公文类的士人在史书中的记载很多,"长于几案""并长文翰""长于笔札"等成为北朝时期对士人的重要赞誉。《魏书·羊深传》记载:

> 自兹已降,世极道消,风猷稍远,浇薄方竞,退让寂寥,驰竞靡节。进必吏能,升非学艺。是使刀笔小用,计日而期荣;专经大才,甘心于陋巷。

由此可以看到,在社会普遍的事功心态的影响下,无视现实的通经大儒只能居于陋巷而不被重用了,只有那些真正能参与到政事之中、撰写军国诏命的士人才是真正受到推崇和重视的。在这样的心态影响下,北朝文论家继承了汉代儒生所阐发的政治文学观,继续强调文学与政治的关系,强调文学对现实的干预,形成了北朝的政教文论观。而北朝的政教文论不同于前代政治文学观的地方,就在于北朝文人较之前代文人有着更为强烈的政治参与热情和

---

① 罗新、叶炜:《新出魏晋南北朝墓志疏证》,120页。

社会批判意识。表面上看,北朝文人强调文学与政治的关系,是他们面对少数民族统治所不得不采取的文化应对策略;而埋在他们内心最深处的,却是他们那种对人生中广泛而迫切的事件和问题的紧张而热烈的关注之情。自觉创作歌功颂德的赞文和应时即用的军国文翰,使得他们在探讨文学观念时,必须为自己关注文学与现实关系的真实想法披上一件合法的外衣,唯有如此,方能使自己的文化理想在现实中实现。就北朝政教文论观的内容来看,没有超越汉代政治文学观的认识,但是其中所显现的北朝文人的参与现实的强烈动机却是北朝文论所特有的。北朝文学题材所涉及的社会和政治生活的广度和深度,都是当时的南朝文学所不可企及的,这一点透露出了北朝文人阐发政教文论观的最深层的动机。

在北朝事功心态的整体文化局面下,士人久居官吏之职,形成了不同于南方士人的审美趣味。强烈的事功心态使得北朝士人不似南方士人那样沉溺于享乐,他们在以文学为主的交流活动中,积极传达着重实用轻审美的趣味偏向。表现在文学的价值评判方面,虽然大量的南方诗作已经进入北方,但是北朝士人一方面积极学习精美的诗文形式,另一方面却并没有完全沉溺于诗文的精致追求之中,北朝士人对南方的诗歌形式有着自己的判断。这主要来源于北朝士人对政事的高度关注,对于建功立业的迫切渴望,反映到审美趣味中,则在艺术领域的价值评判观念上更加偏向注重实际的传统的诗歌政教观念。

宗钦和高允早期的唱和明确标举"诗言志"的正统诗歌观念,高允夸赞邢颖时也说"宗敬延誉,号为四俊,华藻云飞,金声凤振。中遇沉疴,赋诗以讯,忠显于辞,理出于韵"[①]。作为同时期进入北方政权的受征召的汉族士人,邢氏家族也是北方著名的大族,其文学修养较高,邢颖(字宗敬)是邢氏家族的成员,其文才的特长之处,在高允看来,就是"忠"和"理"的突出,《魏书》中对邢颖的评价也是如此:"(邢)盖孙颖,字宗敬,以才

---

① 《魏书·高允传》。

学知名。世祖时，与范阳卢玄、渤海高允等同时被征。后拜中书侍郎，假通直常侍、宁朔将军、平城子，衔命使于刘义隆。"①由此可以看出，北方士人早期在判断文学的价值参照时，就已经有了对"辞"和"韵"的限制，而这个限制就是"理"，这里的"理"，显然就是符合政治观念上的规范。到《答宗钦诗》就表述得更为清晰了，高允指出"诗以言志，志以表丹"，而宗钦《赠高允诗》中也认为"诗以明言，言以通理"②。从上述具体言论来看，这种诗言志的观念是普遍存在的，北朝士人在此方面达成了一定的认同，而诗言志是我国古代传统的诗歌价值观念，这就说明，北朝的诗歌观念在审美趣味上有着复古的倾向，同时也说明北朝的文学理论关注诗歌的两个功能：政教功能和审美功能，其中政教功能占主导地位。北魏孝文帝时期，张彝在《上采诗表》中明确表示采诗的目的在于"观察风谣""美刺"等政治教化内容，李彪在《求修复国史表》中，也一再表明了诗歌观念的功用性：

> 逮于周姬，鉴乎二代，文王开之以两经，公旦申之以六联，郁乎其文，典章大略也。故观《雅》《颂》，识文武之丕烈；察歌音，辨周公之至孝。是以季札听《风》而知始基，听《颂》而识盛德。至若尼父之别鲁籍，丘明之辨孔志，可谓婉而成章，尽而不污者矣。自余乘、志之比，其亦有趣焉。暨史、班之录，乃文穷于秦汉，事尽于哀平，惩劝两书，华实兼载，文质彬彬，富哉言也。③

在李彪看来，风、雅、颂的主要功能就在于实际的知孝、知始基、识盛德，而颜之推也认为，文章的主要功用首先是政教实用，所谓"朝廷宪章，军旅誓诰，敷显仁义，发明功德，牧民建国，施用多途"；其次才是审美愉悦，

---

① 《魏书·邢峦传》。
② 《魏书·宗钦传》。
③ 《魏书·李彪传》。

所谓"陶冶性灵，从容讽谏，入其滋味，亦乐事也"。①

颜之推首先谈到文章教化百姓和巩固政治的作用，其次才论及诗文的审美作用，并指出文学是陶冶性情的重要形式，也是文人生活的一大乐事，但它是排在军国翰墨之后的。颜之推要求子弟在"行有余力"之时，才可以去尝试文学的创作，这显示出颜之推对文章审美功能的看轻。宇文逌《庾信集序》称诗文作用为：

> 弘孝敬，叙人伦，移风俗，化天下。兼夫吟咏情性，沉郁文章者，可略而言也。②

宇文逌认为文章的作用主要在于弘扬孝敬、表现人伦、教化天下，至于文之是否吟咏情性，则可略去不谈。综观众多论述，我们可以看出，北朝文论确实是将文学的政治实用功能放在第一位的，这不同于南朝强调审美的文论思想。颜之推认为文章不仅可以彰显仁义，教化百姓，有利于国家的统治，还具备陶冶性灵的功用；宇文逌讲文章除了"弘孝敬，叙人伦，移风俗，化天下"之外，也可以"吟咏情性"。魏收在《魏书》中也传达了自己对"文"的观念的看法："夫文之为用，其来日久。自昔圣达之作，贤哲之书，莫不统理成章，蕴气标致。其流广变，诸非一贯，文质推移，与时俱化。"③强调圣贤之书对文章的引导作用，这也是对政教观念的肯定。再到后期，苏绰的文学复古主张更是将文学的社会功用性推到极致，以大诰体要求文学的发展方向，突出表现了北朝士人重功用的趣味取向。

北朝对"丽"的辞藻表达也有一定的追求，但是这种"丽"的追求被严格限制在实用的层面，浮夸的表达形式是北朝士人较为鄙薄的。以实用功能为主的文学审美取向，使得北朝文人在对形式的要求上，突出表现为要求创

---

① 《颜氏家训·文章》。
② 郁沅、张明高：《魏晋南北朝文论选》，427~428 页，北京，人民文学出版社，1999。
③ 《魏书·温子昇传》。

作必须以质实的内容为根基,不能仅有浮夸的外在形式。在处理文章的内容和形式的关系时,颜之推明确指出,为文要内容第一,形式第二。《颜氏家训·文章》说:

> 文章当以理致为心肾,气调为筋骨,事义为皮肤,华丽为冠冕。今世相承,趋本弃末,率多浮艳。辞与理竞,辞胜而理伏;事与才争,事繁而才损。放逸者流宕而忘归,穿凿者补缀而不足。时俗如此,安能独违?……改革体裁者,实吾所希。

颜之推的文学观念在北朝文论中具有一定的代表性,他以人的"心肾"和"筋骨"比附诗文内容范畴的"理致"和"气调",认为诗文就如同人的生命一样,失去其物质的存在基础,便无法生存;而"皮肤"和"冠冕"则比附为形式范畴的"事义"和"华丽",认为外在的形式只是一种装饰。颜之推用这种比附方式来说明诗歌内容上的质实与形式上的华丽的地位与作用,由此可见,不同于南朝精致华美的形式追求,北朝士人认为首先应当确定的是内容的质实,这与其一以贯之的事功心态是分不开的。因此,北朝士人确立了质先于文、文附于质的审美形式标准。颜之推据此批评一些文人作文只注重用典之新巧、辞藻之华丽,而忽略思想内容的"辞胜而理伏""事繁而才损"之弊。他指出,浮艳文风会使文章失去活力和社会功用,从而背离了儒家的文艺精神。同时,颜之推也认识到了文章的内容应该与形式相统一。《文章》篇引席毗与刘逖的论辩云:

> 齐世有席毗者,清干之士,官至行台尚书,嗤鄙文学,嘲刘逖云"君辈辞藻,譬若荣华,须臾之玩,非宏才也;岂比吾徒千丈松树,常有风霜,不可彫悴矣!"刘应之曰:"既有寒木,又发春华,何如也?"席笑曰:"可哉!"

"寒木"比喻文章的内容,"春华"比喻文章的形式,"寒木"又发"春华"即文章内容与形式的统一。只有这样的作品,才是优秀的文学作品。在这里,颜之推虽然引用的是他人言论,但同样体现了他对文学内容与形式关系的看法。

刘昼和颜之推一样,在文质关系问题上,重"质""实",主张"先质后文""先实后辩"。他在《刘子·言苑》中说:

> 画以摹形,故先质后文;言以写情,故先实后辩。无质而文,则画非形也;不实而辩,则言非情也。

他认为,文艺作品如果没有充实的内容,而只有华美的形式,不过是无病呻吟之作,于社会无所裨益。刘昼"先质后文"的思想是以"画以摹形""言以写情"为理论前提的。"画以摹形"讲的是绘画应当摹写客观对象的实际形状,"言以写情"即主张文学应表现人的感情。需要注意的是,刘昼这里所说的情不是我们现在一般意义上的"情",而是"情志统一",在《刘子·辨乐》中,他就说"为诗颂以宣其志"。这是从儒家《诗大序》的观点一贯下来的。

当然,刘昼不仅强调"质",而且要求"质美"。《刘子·言苑》说:"质不美者,虽崇饰而不华。"那么,何谓"质美"呢?综观《刘子》一书,刘昼所说"质美"之文,包括相互联系的三个层次:一是情真,即文要表达真挚的感情。这是刘昼对"质美"的最基本的要求。他认为"情发于中而形于声",所以"强欢者虽笑不乐,强哭者虽哀不悲"。二是适用,这是刘昼追求"质美"的根本目的。正如《刘子·言苑》所说:"国有千金之马而无千金之鹿,家有十金之犬而无十金之豸,以犬马有用而豸鹿无用也。"又如《适才》篇所说"美恶虽殊,适用则均"。他认为,只有真情实感,但无适用意义,甚至有害的文艺作品,不能算是"质美",而"恶"的东西,只要它适用,就也有可取的一面。三是致中和,这是刘昼所讲"质美"的美学标准,它要求情之所之需有节制,要适度,达到自然天成,即《辨乐》篇所说"顺天地之体,成万物之性,协律吕之情,和阴阳之气"。所有这些,都体现出北朝士人在事功心态下以质实为美的审美取向。

北朝士人的事功心态渗透着强烈的现实精神,他们对社会和现实政治积极参与、热切关注,将自己的人生理想转化为一种对政治的热情,这本是北朝士人在残酷环境下的文化策略,在审美方面则突出表现出尚用务实的审美取向。刘昼在《刘子·适才》中说:

> 物有美恶,施用各宜;美不常珍,恶不终弃。紫貂白狐,制以为裘,郁若庆云,皎如荆玉,此毳衣之美也;蘼菅苍蒯,编以蓑笠,叶微疏累,黯若朽穰,此卉服之恶也。裘蓑虽异,被服实同;美恶虽殊,适用则均。今处绣户洞房,则蓑不如裘;被雪沐雨,则裘不及蓑。以此观之,适才所施,随时成务,各有宜也。

刘昼的这段话表明,事物的美丑是相对的,没有绝对的美,也没有绝对的丑。判断美丑的唯一标准就是"施用各宜"。"有宜",丑的就可以成为美的,不用其"宜",美者也会失却其美。刘昼处处强调一个"用"字,体现了北朝士人重视实际的尚用务实的审美原则。这种尚用务实的审美原则,既和北朝艺术形式所表达的观念完全一致,也与其主张道德教化的诗教观念相通。正是这种务实的审美取向,使得南北朝艺术趣味泾渭分明。之后颜之推在《颜氏家训·文章》中也表达出这种尚用务实的艺术观念。颜之推强调文学的经世致用功能,提出了文学创作必须"有益于物"的主张。当时的文坛浮夸文风盛行,"一事惬当,一句清巧,神厉九霄,志凌千载,自吟自赏,不觉更有旁人"。对此,颜之推表示出极大的不满。他斥责那种"施之世务,殆无一可"①的文士和"趋末弃本,率多浮艳"的文风,并要求"夫君子之处世,贵能有益于物耳"。② 与此相关的是,他提出了文章"典正"的美学要求。《文章》篇云:"吾家世文章,甚为典正,不从流俗,梁孝元在蕃邸时,撰《西府新文》,讫无一篇见录者,亦以不偶于世,无郑、卫之音故也。"他认为,具有"典正"之美的文章,才能更好地发挥"敷显仁义,发明功德"的作用,才更能"有益于物",这才是颜之推特意强调家世文章"典正"的真正用意。

北朝士人积极进取的用世精神,不仅仅是个人需要,更是这个时代的需要。北朝士人借事功来实现自己人生的理想和抱负,崇尚务实正统的审美观念、先质后文的审美形式要求,对于北朝整体诗风有着极大的影响。北方诗歌在南方艺术形式的影响下,没有转换为南方的诗歌样式而始终保持端直质朴的风尚,原因就在这里。

三、文武兼备的新文人形象:北朝文人趣味之刚健雄壮

由汉代以来形成的门阀士族,发展到魏晋以后,已经在社会的政治经济方面占有重要地位。两晋时期,发源于汉代的清议渐渐演变为清谈,而世家大族的子弟们在饱享文化与政治的资源后,将"清"和"玄"作为自己超然脱俗的审美追求,重文轻武的社会风气占据了社会文化的主流。士大夫普遍以"清职"为荣,而对习武之风则大为鄙薄,颜之推的《颜氏家训·涉务》对此有着较为详细的记载:

> 梁世士大夫,皆尚褒衣博带,大冠高履,出则车舆,入则扶侍,郊郭之内,无乘马者。周弘正为宣城王所爱,给一果下马,常服御之,举

---

① 《颜氏家训·勉学》。
② 《颜氏家训·涉务》。

朝以为放达。至乃尚书郎乘马，则纠劾之。及侯景之乱，肤脆骨柔，不堪行步，体羸气弱，不耐寒暑，坐死仓猝者，往往而然。建康令王复性既儒雅，未尝乘骑，见马嘶喷陆梁，莫不震慑，乃谓人曰："正是虎，何故名为马乎？"其风俗至此。

骑着一匹能在果树下行走的小马，都会被认为是放纵而有失士大夫风范，至于尚书乘马则直接被弹劾。可见，"武"在南朝士大夫心目中是怎样的地位，这种社会价值取向与北朝的文化气息形成鲜明的对比。策马弯弓的"尚武"精神是北朝时期重要的文化内涵，汉族与北方少数民族的交融历程对于北方士人的审美取向有着巨大的影响，这种影响不仅表现为北朝后期的北方士人能够文武兼备，更表现为在艺术领域的以"武"为代表的刚健硬朗、积极向上的审美气质的形成。在人类社会的发展进程中，战争始终伴随着人类文明前进的脚步，尤其就北朝的具体生存状况而言，这种审美气质更为明显，拓跋鲜卑部落不断地与自然斗争、与其他部族斗争，武力是北魏王朝进军中原的依靠和发展的基础，而且社会对以几世"武功"累传的家族也非常尊重，这种对于"武"的精神的重视，使得刚健雄浑的文化气质在北朝各代的文学艺术中都有积极明确的表现，进而成为一种社会风尚，同时成为北朝文人趣味的重要组成部分。

　　审美是人类掌握世界的独特方式之一，审美趣味引导审美主体对世界做出判断和评价。作为审美意识的一个组成部分，审美趣味的形成离不开主体的审美能力基础，即离不开主体所具体生存的社会文化环境。北朝士人"尚武"的文化精神的形成有其特殊的原因，这种文化精神之所以与魏晋以及南朝产生巨大差异，首先就是因为具体的自然环境与社会环境的不同。

　　南北方的自然环境差异是造成其文化地域性特征的重要原因，居于北方的少数民族迫于当时地理环境的恶劣，不得不选择以游牧作为其主要生活方式。刘师培就南北自然环境之差别曾经说过：

> 南方之文，亦与北方迥别。大抵北方之地，土厚水深，民生其间，多尚实际；南方之地，水势浩洋，民生其际，多尚虚无。民尚实际，故所著之文，不外记事、析理二端；民尚虚无，故所作之文，或为言志、抒情之体。①

这就说明，北方士人文化精神的形成首先源于自然地理环境的影响。自然环境对审美的影响并不直接作用于审美本身，而是直接影响人的衣食住行，导致地域性文化的产生。就影响北朝的崇尚"武"的文化精神来看，自然环境造就了以武为核心的少数民族性格。之前，我们曾经提及，北方的游牧部落生活在大兴安岭一带，据张敏的研究②，中世纪北中国遭受了严重的自然灾害，属于历史上最为严重的低温期，这样的自然灾害给畜牧业带来严重损失，生活资料的贫乏是少数民族频繁进犯中原的重要原因。在生活受到严重威胁的时候，北方少数民族不得不在掠夺与被掠夺、征服与被征服中艰难生活，由此也形成了勇猛好斗的性格，进而凝结成尚武崇拜英雄的文化习俗。草原部落不讲求诸如中原地区的礼仪风范，这不只是表现于对中原地域的侵犯，也表现于部落之间的斗争，谁具备强悍的英雄气质谁就拥有更多的生存资本。拓跋鲜卑就是这样以军事上的绝对优势不断拓展自己的疆域，统一北方部落进而进军中原的，这样辉煌的军事成果又加深了他们对"武"的推崇。北朝初入中原的每位帝王都有锐意武功的表现，据《魏书》记载，北魏高祖孝文帝拓跋宏曾对李彪说：

> 朕仰惟太祖龙飞九五，初定中原，及太宗承基，世祖篡历，皆以四方未一，群雄竞起，故锐意武功，未修文德。高宗、显祖亦心存武烈，因循无改。③

---

① 舒芜等：《中国近代文论选》（下），572页，北京，人民文学出版社，1959。
② 参见张敏：《生态史学视野下的十六国北魏兴衰》，武汉，湖北人民出版社，2004。
③ 《魏书·礼志三》。

拓跋鲜卑部落就是以强大的武力获得对北方草原的统治权的，进而又完成中原的统一，而最终北周的拓跋鲜卑率领的代人集团又借此完成全国的统一，建立起隋唐王朝，武力建国始终是北朝的主要特征。

拓跋鲜卑以武力占据中原之际，也将这种坚韧强悍的尚武精神传到中原，而留守在黄河以北的中原士大夫受此风气影响，基本没有出现过类似于南方"肤脆骨柔"的孱弱气质。永嘉南渡以后，北方高门大族就不似南方士人那样过着优越的偏安一隅的生活，面对战乱频繁的社会环境，他们据坞壁自保，一方面不得不斡旋于少数民族政权之间，另一方面也必须组织武装力量抵御流民以及其他豪强的侵扰。由此，北方本来以文见长的士大夫在接受传统的家族教育的时候，没有形成有类于南方对"武"的鄙薄，高门大族的文人率领部曲奋战于疆场的记载也有很多。到北朝后期，文武兼备的中原士大夫形象已经出现。

北朝尚武的精神不仅表现在国家对军事的重视上，还渗透在具体的生活中，文武兼备成为一种新的审美评判标准。而以"武"为核心的诸多文化活动，使得"武"已经不再是粗鲁野蛮的代名词，而成为一种真正意义上的美的表现。

在人格评价上，文武兼备成为新的赞美之词。在《魏书》《周书》《北齐书》《北史》等史籍中，我们可以看到，皇室贵胄以及中原高门大族的士人，已经不单单是在品德和文化上获得赞扬，大量记载表明，兼有武功是社会赞誉的一项新兴标准，这对于南方重文轻武的思想观念来讲，是一个巨大的变化。在史书中，我们经常可以看到"善骑射""武艺绝伦""有武艺"以及"便弓马"等评价之语，而在北朝各代，如南方士人因文章见赏而获得官职一样，北方士人因武艺高强或弓马骑射技艺高超而获得官职的也非常多。早期以武艺见称于史籍的大多是以代北贵族为主的少数民族贵族，而到后来，随着尚武风气的日渐盛行，北方以文为主的士人也开始出现"武"的气质：

（崔）道固美形容，善举止，便弓马，好武事。①

（崔伯凤）少便弓马，壮勇有膂力。

（崔祖螭）粗武有气力。②

（裴飏）壮果有谋略。常随叔业征伐，以军功为宝卷骁骑将军。③

（崔）延伯有气力，少以勇壮闻。仕萧赜，为缘淮游军，带濠口戍主。太和中入国，高祖深嘉之，常为统帅。胆气绝人，兼有谋略，所在征讨，咸立战功。④

（魏收）及随父赴边，值四方多难，好习骑射，欲以武艺自达。⑤

（萧琮）性倜傥不羁，博学有文义，兼善弓马。⑥

这些都是北方士人锐意武功的直接记载。北朝时期战事频繁，不仅少数民族多在武功上有卓绝表现，就是北方的高门大族也亲临战场，直接参与战斗。北魏末年，著名高门大族范阳卢氏家族中的卢勇亲自组织武装力量参与葛荣的起义军，领兵作战势不可挡，后入仕北齐。《北齐书·卢勇传》记载，高欢特意下诏："吾委卿阳州，唯安枕高卧，无西南之虑矣。……表启宜停……当使汉儿之中无在卿前者。"如同魏晋南朝时期对几世簪缨的门阀士族的优待一样，累世以武建功的武功世家也受到由皇帝到社会的一致尊重，如北魏长孙道生一族，北齐的臣斛律金一族，北周的贺拔胜一族等，皆以世代功勋为国家立下汗马功劳。各代帝王也相当器重这些武功卓绝的"国家柱石"，如北齐名将斛律金的后代斛律钟在北齐被灭后进入北周依然得到社会认可，人人敬之，并以将门之子的身份获得厚待。

---

① 《魏书·崔道固传》。
② 《魏书·崔僧渊传》。
③ 《魏书·裴植传》。
④ 《魏书·崔延伯传》。
⑤ 《魏书·自序传》。
⑥ 《周书·萧琮传》。

北朝并没有因为对于"武"术精神的大力推崇，就忽视了文化建设。前面我们已经就北朝的文化、教育进行过分析，北朝各代对于经学化的儒家教育都非常重视。所以到了北朝后期，文武兼备成为士人新的审美评判标准。

帝好文学，美容仪。力能挟石师子以逾墙，射无不中。①

（元俊）少善骑射，多才艺。②

（元英）性识聪敏，博闻强记，便弓马。③

（宇文贵）少聪敏，涉猎经史，尤便骑射。④

（李基）幼有声誉，美容仪，善谈论，涉猎群书，尤工骑射。⑤

（韩）盛幼有操行，涉猎经史，兼善骑射，膂力过人。⑥

（宇文显和）性矜严，颇涉经史，膂力绝人，弯弓数百斤，能左右驰射。⑦

（泉）元礼少有志气，好弓马，颇闲草隶，有士君子之风。⑧

（长孙晟）性通敏，略涉书记，善弹工射，矫捷过人。年十八，仕周为司卫上士。初未知名，唯隋文帝一见深异焉，谓曰："长孙武艺逸群，又多奇略。后之名将，非此子邪？"……独爱晟，每共游猎，留之竟岁。尝有二雕，飞而争肉，因以箭两只与晟，请射取之。晟驰往，遇雕相获，遂一发双贯焉。摄图喜，命诸子弟贵人皆相亲友，冀昵近之，以学弹射。⑨

---

① 《魏书·孝静帝纪》。
② 《魏书·安定等五王传》。
③ 《魏书·元英传》。
④ 《周书·宇文贵传》。
⑤ 《周书·李基传》。
⑥ 《周书·韩盛传》。
⑦ 《周书·宇文神举传》。
⑧ 《周书·泉元礼传》。
⑨ 《北史·长孙晟传》。

从以上对史书的抽取来看，文武兼备到北朝后期已经是士人人格评价的一个标准，士人能文且尚武，是一个明显的文化信号，而由此所带来的对美的判断也发生了变化。传统的文人的文娱活动诸如琴棋书画等，也增添了新的内容。

"射"本是儒家六艺之一，为了提高国家的战斗力，其从西周之际就受到重视，但是后来渐渐失去了其作为国家礼仪的神圣性。北朝将之扩大为两种规模宏大的射猎活动，一种是专门建立皇家猎场进行的大规模射猎活动，另一种则以比赛射技为主。北朝的各代帝王都热衷于此，就连北方的女子也精于骑射，显示出不一样的刚健气息。此外，以角力为主的角抵游艺项目也在北朝士大夫之间广为流传。这种以皇家为首的大规模活动，举办频率之高、花费之多、占地之广都是其他时代难以比拟的，但这不是本书探讨的重点，兹不多述。

这类大规模的以尚武精神为代表的非功利性娱乐项目，是北朝皇室贵胄文化生活的重要组成部分，其仿真的现实场景强化了尚武的社会文化精神，使得国家保持生机和战斗力。从这里我们可以看到尚武精神对北方文化的改变：一方面，与南方精于思辨不同，北方更注重现实功用性。表现在艺术以及审美趣味方面，北朝出现了大量的表现"武"题材的艺术产品，丰富了艺术的表现内容；另一方面，与南方轻柔的艺术气质相比，北方更重视力量的展示。从出土的文物中，我们可以看到墓室壁画的狩猎图景，陪葬的各种武器以及大量的士兵、战马陶俑等。尚武的文化精神造成北方社会的审美趣味发生转向。由于对武术精神的推崇和认识，表达在对美的追求上则以勇猛、强健、质实为主，消极颓废的内容很少出现，对于柔媚的风格比较抵触，女性形象的描画也常常是英姿飒爽；即便是南方诗风传至北方，宫体诗一类的绮靡风格也基本没有被北方士大夫接受；此外，刚强向上的性格，使得北方文人在面对灾难产生"悲"的感情之时，也通常以悲壮为主。

北朝尚武的文化气质对文人审美趣味也造成了一定的影响。北方尚武的文化精神自然而然会投射到北朝文学艺术的评判上，与魏晋南朝人物品藻的标准不同，南方以清为尚，而北方以勇为尊，勇敢、有侠气、有智谋成为新的标准。通过对史书中人物评价用语的考察，我们发现北朝对于人的评价使用频率最高的一个字就是"勇"，而"勇"的出现就有10种以上的形态，如"壮勇""沉勇""智勇""骁勇""勇健""勇果""拳勇""好勇""勇决""忠勇""敢勇"等。其余出现频率比较高的字，则有"豪""壮""雄""健"等。这种人物品评标准的变化突出体现了北朝审美趣味已经转向阳刚、强健和豪迈等积极向上的品质。审美趣味作为一种社会性的偏爱，往往体现出文化精神的总体要求，并得到社会的普遍认同。"尚武"既然已经是北朝时期普遍接受的文化精神，作为不同于南方的一种新的审美趣味也由此产生，并且在诗歌、绘画、雕塑等审美活动中已经被不同程度地反映出来。

豪放、粗犷的艺术精神在北朝的文学作品中的表现，是大量的边塞战争诗歌里面都涉及尚武的特定气质，豪迈的阳刚之气充斥篇章。北人战争诗歌全然没有类似南方文人旖旎的思念家中小妾美女之作，有的是奋勇杀敌的气势和不羁的豪迈心态。天生乐观的精神确实使北方最终统一南方，奠定隋唐一统天下的基础。南北审美趣味的差异是很明显的，从描写内容的不同就可以显现出来。试比较萧纲《从军行》与祖珽《从北征诗》：

　　逦迤观鹅翼，参差睹雁行。先平小月阵，却灭大宛城。善马还长乐，黄金付水衡。小妇赵人能鼓瑟，侍婢初笄解郑声。庭前柳絮飞已合，必应红妆起见迎。[萧纲《从军行》(节选)]

　　翠旗临塞道，灵鼓出桑干。祁山敛雾雾，瀚海息波澜。戍亭秋雨急，关门朔气寒。方系单于颈，歌舞入长安。(祖珽《从北征诗》)

萧纲和祖珽的这两首诗都是写战士征战结束后胜利还朝的景致。同样是战争后的喜悦，眼中所见和心中所想却是不一样的，萧纲诗带有典型的南方文风，辞藻华丽，描述也较为清新细致，而祖珽诗则为北方之作，文字古雅质朴；萧纲笔下的战士返回家乡的时候，想到的是小妇鼓瑟，红妆迎接，而祖珽眼中则是雨中军队的气势威武，以及战争结束之后的喜悦旷达。这就显示出二者背后的文化差异。颜之推在《颜氏家训·杂艺》中谈到射箭技艺时，曾从南北对比的角度论述：

> 弧矢之利，以威天下，先王所以观德择贤，亦济身之急务也。江南谓世之常射，以为兵射，冠冕儒生，多不习此；别有博射，弱弓长箭，施于准的，揖让升降，以行礼焉。防御寇难，了无所益。乱离之后，此术遂亡。河北文士，率晓兵射，非直葛洪一箭，已解追兵，三九谶集，常縻荣赐。

南方的儒生不习骑射，而北方的文士则文武兼备，这种现实中的生活习性已经拉开士人的差距。就艺术精神而言，无所谓谁对谁错，谁高谁低，只能说刚健豪爽的艺术气息与气质，更能让北方士人获得精神上的享受。

在北方尚武精神气质的影响之下，大量的战争诗、边塞诗出现在北朝的诗歌创作中。北朝的诗歌质朴刚劲，在对战争的描写中，并没有加入严重的思乡或者其他的抵触情绪，这是其尚武精神比较突出的表现。试举一例：

> 沙漠胡尘起，关山烽燧惊。皇威奋武略，上将总神兵。高台朔风驶，绝野寒云生。匈奴定远近，壮士欲横行。（裴让之《从北征诗》）

诗作体现出的依然是北方自然质朴的气息，没有更多情感上的描述。当北方的战事开始的时候，将士们虽然要进入大军压境的苍茫寒冷的边塞地区，但是每个人都没有畏缩，取而代之的是一种威武旷达的英雄之气，战士们都摩拳擦掌，跃跃欲试，希冀在保家卫国的战争中展示自己的卓绝武艺，这与南方士人面对战争的恐慌心态完全不同。裴让之也是士族，他随军出征，并以艺术的手法将战争再现出来，其刚健的诗风是北方尚武精神的极佳体现。北方少数民族性格强悍勇武，他们在写悲时往往不流于软弱，而是表现出一种强大的克制和牺牲精神。颜之推在谈到南北送别习俗不同时说："别易会难，古人所重；江南饯送，下泣言离。……北间风俗，不屑此事，歧路言离，欢笑分首。"离别虽然令人悲痛欲绝，但终不似南人作儿女之态，而是表现出一种北国丈夫气概。

四、结语

北朝士人的特殊组成及其特殊的生存环境，造就了北朝士人特殊的生活方式和心理状态。在这种生活方式和心理状态的直接影响下，北朝士人的审美趣味也明显地传达出来了。

与所有士人的生命意识一样，在无法回避的死亡面前，北朝士人也在寻找可以体现自己生命价值和意义的东西作为精神支撑点，但是北朝士人与两汉和魏晋南朝时期的士人都不同。与魏晋南朝时期的士人相比，他们既没有像魏晋士人那样过多关注个体精神的发展，也没有像南朝士人那样用大量的时间和精力去精雕细琢生活；与两汉时期的士人相比，北朝士人以实际的家族生存发展为主要利益出发点，不像两汉时期士人以天下为己任，积极建设规范王道。北朝士人乐生恶死，其价值观念主要以家族为重。这样的生命价值观，使得北方士人特别注重秩序的维系，表现在审美趣味上也是一样的，他们往往用儒家的道德规范来衡量艺术的评判，在对时光流逝的感叹中，呈现出对悲壮的独特审美趣味的偏向。

北朝士人的事功心态，是在其成长环境以及社会文化环境的共同作用下形成的。与南方士人不屑实际官职的清谈作风相比，北朝士人更为务实，对于社会也更为关注，北朝士人事功心态的形成不仅来自于家族的教育，更来自于整体社会文化气息的熏陶，少数民族的精神气质也融入了北朝士人的整体气质。在事功心态的作用下，北朝文人的审美趣味以功用为主要特色，表现在文学上则是推崇以政治教化为主的诗教观念以及先质后文的审美形式取向。文武兼备是北朝士人的一个突出特征，在同时期南朝鄙视武人、以羸弱的文人形象显示其高迈脱俗的气质的时候，北朝的汉族士人不得不周旋于各种威胁之中，这反而成就了北朝士人尚武的文化品格。一方面，来自于草原的少数民族政权本来就有尚武的文化风尚；另一方面，北朝的汉族士人在社会需要和社会主流风尚的双重作用下，形成了文武兼备的新文人形象。他们不仅在文学史上有作品留存，而且在整体上表现出一种豪迈雄壮的审美取向，这在南朝倚红偎翠的诗文中是不曾见到的。正是这股刚劲的新的审美趣味的出现，才使得北朝出现了与南方迥异的诗文风尚。

北朝士人的生命意识、事功心态、以武为荣的生活取向，导致北朝士人的审美趣味发生了巨大的变化。以质朴为主，尚用务实、苍茫雄健的审美趣味开始形成，尽管还没有像南方一样出现具有理论体系的巨著，但是北朝的审美趣味风格已经基本定型。此后，这种趣味不断作用于文学与文学理论，并广泛存在于隋唐时期的诗歌艺术中。

第四章
魏晋南北朝文化传播机制的变革及其对文学的影响

　　魏晋南北朝文化传播机制的变革，以纸作为全新的文本载体的出现和普及为最重要的体现；而它对文学的影响，又以对诗歌发展的影响最为典型。故本章的论述主要围绕该时期纸与诗的关系来进行。

　　造纸术是我国古代的四大发明之一。事实上，它也是文化价值最高的一项发明。而中国是最早发明和应用纸的国度。

　　诗，是各种文学作品体裁中的精华，而中国传统文学的专擅形式就是诗，我国自古以诗著称，故有"诗国"之誉。

　　纸与诗在中国文化发展史和文学演变史上的关系，长期以来很少有人注意。事实上，中国文人诗的产生与发展，不仅与纸的发明和普及应用的过程完全同步，而且纸的应用正是诗文学发展的重要基础和契机。具体来说，魏晋南北朝时期既是我国文人诗产生和兴盛的时代，也是纸获得广泛应用的时代。而魏晋南北朝文人诗之所以兴盛，正与纸的应用与普及密切相关。纸代简帛，表面上看起来只是文本载体上的革命，但这一革命在社会文化上引起了一系列重大效应。其在文学领域上的效应，就是使诗由过去口唱的歌咏变成了书面的文字流传，由过去只能在群居燕乐时凭耳朵来听变为可在案头上独自阅读，于是真正意义上的诗文学开始出现，并逐渐成为文人之间交流思想感受的工具。而随着文字的诗压倒了口唱的歌，也相应地引起了人们关于文学与诗歌观念的巨大变革。这些思想变革，鲜明地反映在魏晋以后的文学评论之中。

◎ 第一节
纸的产生和广泛应用

在纸出现以前，我国曾有多种文字书写材料，比如最早的文字是刻在山石、器皿或甲骨上的，这些刻有文字的石、器、骨，都可算是原始的书写材料。后来又出现了简牍与缣帛。简之利用比帛要早，《尚书·多士》云："惟殷先人，有册有典。""典"与"册"的甲骨文都是编简的象形，殷族之先人即有典册，可见我国从商代或更早的时候起就已用竹简来记事。竹简之作为书写材料，起码应该与甲骨、青铜同时，目前只发现殷代的青铜器铭文和甲骨卜辞，而没有发现记事竹简，当因竹木易朽，在地下保存不了像青铜、甲骨那么长的时间。缣帛的应用比竹简要晚，但它也早在先秦就与简牍并用，成为当时十分普及的书材，故诸子言著述，多称"书于竹帛"。

竹简与缣帛作为书写材料，自然比原始的金石、甲骨要方便得多，但缣帛昂贵、简牍笨重，这对于它们作为公共性的承载文字的媒介来说，都是严重的缺点。因为它们只能担负"记载"的功能，而担负不了"传播"的任务。换句话来说，它们只能把需要记忆的文化信息记录下来、保存下来，把它们传到下一代去，而不能使文化信息在空间上广泛流传。正是由于简帛的这一局限，造就了我国上古时代文化之领域狭窄、流传缓慢和著述形态的封闭与单一。中国的简帛时代延续了几千年，一直到纸的出现并广泛应用，整个上古的文化传播机制才发生了巨大的变化。是否可以这样说：纸之应用是中国从上古步入中古的文化标志，正如铁的出现是我国封建社会诞生的标志、蒸汽机的出现是西方工业社会到来的标志一样。

纸从出现到普及，以至最后取代竹帛，有一个过程。它作为新型的文本媒材出现于汉代而普及于魏晋。汉至晋是简帛与纸的交接期，该时期二者并存。随着时间的推移，后者应用日多而前者日减，一直迤逦到东晋，纸在官府与民间皆得大行，基本上取代了传统的竹帛。我们之所以把这个时代定位于东晋，是有根据的。东晋桓玄篡位建桓楚政权，布政时颁发诏书，其中有这样的规定："古无纸故用简，非主于敬也。今诸用简者，皆以黄纸代之。"①众所周知，古代宫廷用物极尊古制与法统，当时竹帛与纸相比但凡尚存一丝生命力，纸在文化传载上就不会呈现绝对压倒之势，皇家也绝不会下此诏书。故桓玄此诏，在历史上的政治意义可能不值一提，但它在中国的文本媒材发展史上却是一个耀眼的里程碑，因为它是纸结束了与竹帛并行的时代，正式取代应用了几千年的竹帛并取得了正统身份的标志。

提到纸在历史中的产生，人们都会想到蔡伦。《后汉书·宦者列传》载：

> 自古书契多编以竹简，其用缣帛者谓之为纸。缣贵而简重，并不便于人。（蔡）伦乃造意，用树肤、麻头及敝布、渔网以为纸，元兴元年奏上之，帝善其能。自是莫不从用焉。故天下咸称"蔡侯纸"。

这条材料在历史上第一次正式记载了造纸术的出现和功绩。但《后汉书》的作者范晔毕竟是刘宋时人，而蔡伦造纸之事在东汉时期，故范晔所记难免有不确切的地方。比如，他说蔡侯纸出现以前就已经有纸，这是对的；但他说过去所谓的"纸"只是对缣帛的旧称，这就错了。出土资料显示，我国早在西汉时期就已经使用一种丝麻纸，东汉的蔡伦采树肤、麻头为纸，只是造纸在用料和工艺上的一次革新，蔡伦并非造纸术的发明者。而蔡伦以前的纸，

---

① 《初学记·文部》引《桓玄伪事》。

也早就是动植物碎纤维的压片,是严格区别于作为丝麻织物的缣帛的。范晔说"纸"原为缣帛的旧称,这是不符合事实的。

"缣帛"与"纸"这两个概念,在汉人意识中判然为二,这从许慎的《说文解字》中就可以看得出来。《说文》收有"缣""帛"等字,并皆释为织品。而于"缣""帛"之外,《说文》又特意收了两个字:"𥿭"和"纸",前者释为"丝滓也,从糸氏声";后者释为"絮一苫也,从糸氏声"。按"𥿭"所从的"氏"与"纸"所从的"氏"二者,上古音义皆同。故"𥿭"与"纸"实际上是同一个字,只是由于方言的缘故,其写法与读音稍存区别而已。汉人作字书,颇重方言之异,如刘熙《释名》中释"天"之音云"有以舌腹言者,有以舌头言者",释"风"之音云"有以横口合唇言者,有以踧口开唇推气言之者"。在许慎的时代,"纸"字从上古时单纯的舌头音,可能已分化为舌头、舌上两种读音,所以许慎也就利用这个字在不同的人那里写法上所存在的细微差别,而把它分成了形、音都不同的两个字("𥿭"和"纸")。但即便如此,这两个字在《说文解字》里,作为纤维之压片的原始意义并没有区别,因为许慎所谓"丝滓"也好,"絮"也好,其实都是纤维片的意思。具体来讲,"滓"是渣滓,所谓"丝滓",是水中的纤絮渣沉淀于水底,水干以后,由沉积之渣所形成的片状物;"苫"是过滤水中渣滓的草帘子,所谓"絮一苫",是通过帘子来过滤水,使其中的乱纤维渣滓沉积在帘子上,从而形成一张絮片。故作为"丝滓"的"𥿭"与"絮一苫"的"纸",实际指的是同一种东西,只是制作的方式稍有区别而已。许慎与蔡伦同时,他们都是汉和帝时代的人,但许慎叙《说文解字》是在和帝永元十二年(100),而蔡伦献造纸术是在元兴元年(105)。说明许慎撰《说文》时,根本还没有蔡侯纸。那么这也就是说,在蔡侯纸还没出现的时候,汉代不但已然有纸,而且蔡伦之前的"纸"并非像范晔所说的只是对缣帛等织品的代称,它指的正是纤维之压片,这也是纸区别于缣帛的最基本的性质。

蔡伦以前的纸到底出现在什么时候，前汉时的这种纤维片，究竟是有意制出的，还是缫丝、潄帛时的副产品，这些到现在还不十分清楚。而我们能够确证的，是西汉时人们就已开始利用纸来写字通信，也就是说，纸作为文化传媒的角色，在西汉时已经正式走上了历史舞台。这一点，不但可以求证于出土纸本文件实物年代的科技测定，在文字史料记载之中也有确凿的依据。《汉书·外戚传》载，西汉成帝时，赵昭仪专宠后宫，但常年不孕，因忌恨宫娥曹伟能与皇帝所生之子，遂进谗言将曹伟能打入冷宫，她不但杀死了曹氏所生之幼子，还让成帝遣狱丞给曹氏送去毒药，强令服之。曹伟能最后被迫服毒而死。《汉书》记述成帝遣狱丞送毒云：

客复持诏记，封如前予武（狱丞名籍武）。中有封小绿箧，记曰："告武以箧中物书予狱中妇人。……"武发箧中有裹药二枚，赫蹏书，曰："告伟能：努力饮此药。不可复入，女自知之。"

其中说送给曹伟能的绿箧中有"赫蹏书"，上边写着命令她服药的话。什么是"赫蹏"呢，颜师古《汉书》注引应劭《汉书集解音义》曰："赫蹏，薄小纸也。"又引晋灼曰："今谓薄小物为阅蹏。"邓展曰："赫音兄弟阅墙之阅。"视此，则"赫蹏"之称当是"纸"字在汉代的一种缓声俗读。按《说文》释"纸"从"氏"，发为舌头音，惯于以同音字来释字义的刘熙在《释名》中也说："纸，砥也，谓平滑如砥石也。""纸"发舌头音近"蹏"，而"蹏"前加"阅"音者，正如古越人读"越"为"于越"，吴人读"吴"为"句吴"，皆于主音之前置一过度音节以慢其声也。它将音一分为二，与俗读"茨"为"蒺藜"、"椎"为"终葵"、"笔"为"不律"等缓读之例相同，如李渔《闲情偶寄序》云："三寸不律，能凿混沌之窍；五色赫蹏，可炼女娲之石。"卢文弨《李元宾文集跋》云："今天下之操不律，申赫蹏，日役其五指，亦几于流矣。"皆把"赫蹏"与"不律"并列来代称纸笔，盖取其同为缓声也。当然,也有这样一种可能,即"赫蹄"为"纸""纸"二字合读之俗音。上文已述,"纸""纸"皆为汉族人对纸之称,人们将两个字合到一块来作纸之俗称,正与现代汉语中的"道路""学习"之类的同义复合词相似。

既然"赫蹄"就是纸且汉成帝还在其上写字以传意,这就表明,西汉时期纸已被作为文本媒材,充当文字交流之用了。

纸用于文书之传载媒材,似以军事文件为早,迄今发掘的最早的纸本文件,多是甘肃出土的王莽时期西部边守的军事文书,包括移文、军令或军用地图。这一来是因为纸比简轻便,利于迅速传递。二来也因为军事行动与情报都有即时性的特征,纸质文件既便于取用,又便于销毁。这时期的纸一定是较劣的,故只适用作临时文书。但后来随着纸之应用渐广,其制作工艺渐渐提高,它便逐步成为案牍用品。过去官员每月要从官库领"简札",以充案牍之用,但东汉以后渐渐变成了领"纸笔",如《后汉书·百官志》记当时宫中设有"左右丞",其中叙右丞之职云"右丞假署印绶,及纸笔墨诸材用库藏";又叙"守宫令"之职云"主御纸笔墨"。荀爽《汉纪序》谓献帝时给事中秘书监荀悦抄撰《汉书》,献帝"诏尚书给笔札";《后汉书·董祀妻传》载蔡文姬受命写书,也是"乞给纸笔"。这都可以看出当时的公牍文书已经用纸的情况。

更值得注意的是,那时的纸不但已作为公牍之材,还与缣素共同担负起抄写用于长期保存的典籍的任务。《后汉书》载汉章帝时贾逵因博通经传,献《左传大义》而受到皇帝赏识,"(帝)赐布五百匹,衣一袭,令逵自选《公羊》严、颜诸生高才者二十人,教以《左氏》,与简纸经传各一通"。西汉时刘向整理皇家图书,成《七略》,所著录之图书以篇、卷称之,称篇者为简牍,称卷者则多为缣帛。但西汉末年皇家所藏图书,除简帛以外已有纸本。比如公元25年刘秀于河北称帝,后来移都洛阳,应劭《风俗通》记其运载图书的情况:"光武车驾徙都洛阳,载素简纸经,凡二千两。"足见刘秀之时皇家所藏经典中已有纸本。因为纸比缣素便宜,故其成为清贫士人写书的首选材料，汉章帝时人崔瑗《与葛元甫书》云："今遣奉书钱千为贽，并送《许子》十卷。贫不及素，但以纸耳。"《初学记》卷二十一引《先贤行传》云："延笃从唐溪季受《左传》，欲写本无纸，季以残笺纸与之。"另外，东汉时的私人书信也已开始用纸。经学家马融是汉顺帝时人，他的《与窦伯向书》中写到窦氏的来信形制："书虽两纸，纸八行，行七字。七八五十六字，百十二言耳。"张奂为汉桓帝时人，他的《与阴氏书》中写读阴氏来书的感受："笃念既密，文章灿烂，名实相副，奉读周旋，纸弊墨渝，不离于手。"总之，东汉时纸已渐成公私文翰的重要承载物。也正因如此，汉末刘熙作《释名》，将"简帛"这一对文本的传统称谓改为"简纸"："书，庶也，纪庶物也；亦言著之简纸，永不灭也。""书称刺书，以笔刺纸简之上也。""纸"在辞书中取代"帛"字，是它在实际的应用范围上压倒缣帛的集中反映。

汉末以降直到魏晋，历史典籍中关于用纸的记载骤然增多，说明这一时期是纸这种新型媒体传播普及的爆炸时期。首先从官府用纸情况来看，曹魏以后，配给文吏的"办公用品"之中就再无简札，唯有纸墨而已。唐代文官有月领谏纸的制度，白居易《醉后走笔酬刘五主簿长句之赠兼简张大贾二十四先辈昆季》之"月惭谏纸二百张，岁愧俸钱三十万"，薛能《升平乐》之"谏纸应无用，朝纲自有伦"，徐铉《寄江州给事》之"朝车载酒过山寺，谏纸题诗寄野人"，皆咏其事也。而历史上的按月发谏纸之制，就是曹魏时建立起来的，曹操《求言令》云："自今，诸掾属侍中别驾，常以月朔，各进得失，纸书函封，主者朝，常给纸函各一。"那时的宫掖和官府不但存有大量纸张可以随时取用，而且君臣王公之间常以大批纸张作为相互馈赠之物。如《东宫旧事》载"皇太子初拜，给赤纸、缥红纸、麻纸、敕纸、法纸各一百"；晋人嵇含撰《南方草木状》，记晋武帝一次就赐杜预蜜香纸一万张，以写《春秋释例》；《拾遗记》中也说，晋武帝赏给张华一万张侧理纸；《世说新语》载，王羲之将会稽府库中的九万张纸一次赠与谢安，谢安也是一次就送给陆陲西蜀笺纸一万幅；《丹阳记》载，齐高帝敕专造银光纸以赏王僧虔，梁简文帝一次特赠范宁四色纸三万枚。这些记载，都可见当时官府藏纸之富。《南史·阮孝绪传》中说孝绪"年十余岁随父为湘州行事，不书官纸，以成亲之清白"。生活在官署中的小孩，只因不用官纸，其"清白"即可书之于史，亦可见彼时仕者公私书翰皆用官纸，实乃司空见惯之事也。

傅咸《纸赋》言纸的作用云："若乃六亲乖方，离群索居，鳞鸿附便，援笔飞书，写情于万里，精思于一隅。"主要强调的是它的通信功能。的确，纸在魏晋时的广泛应用，最可从人们的纸书往来中见出。传统写信用木简和缣帛，所谓"双鲤鱼""尺素书"是也。而魏晋以后，公私交流，以纸为书，浑成闲事。我们翻阅典籍，提到以纸为信者俯拾即是，诸如：

信到，奉所惠贶，发函伸纸。（吴质《答东阿王书》）

得二十三日况，累纸诲示，闻命惊愕。（王凌《与太傅司马宣王书》）

过意赐书，辞不半纸。（应场《报庞惠恭书》）

伯英来，惠书盈四纸。（延笃《答张奂书》）

捐弃纸笔，一无所答……重获来命，援引古今，纷纭六纸。（臧洪《答陈琳书》）

获累纸之命，兼美人贶他。（曹丕《答友人书》）

获答虎蔚，德音孔昭，披纸寻句，粲然耀眼。（陆景《书》）

临纸意结，知复何云。（赵至《与嵇茂齐书》）

谨遣亲人董岑、邵南等托叛奉笺，时事变故，列于别纸。（周鲂《与曹休笺》）

都护李严与阁书六纸，解喻利害。阁但答一纸。（《三国志·蜀书·吕凯传》）

《吴历》曰："……（孙）权为笺与曹公，说：'春水方生，公宜速去。'别纸言：'足下不死，孤不得安。'"（《三国志·吴书·吴主传》裴松之注）

《晋阳秋》曰："刘弘手书郡国，丁宁款密，故莫不感悦，颠倒奔赴。

咸曰'得刘公一纸书，贤于十部从事也'。"(《三国志·魏书·刘馥传》裴松之注）

连纸一丈，致辞一千。（庾冰《与王羲之书》）

下近欲麻纸，适成，今付三百写书。（王羲之《麻纸帖》）

（何曾）性豪奢，务在华侈……人以小纸为书者，敕记室勿报。（《晋书·何曾传》）

楷容色不变，举动自若，索纸笔与亲故书。（《晋书·裴楷传》）

翰飞纸落，理丰辞富。（萧晔《答从兄安成王书》）

如此等等，都是这方面的例证。以纸为书，是纸作为文本媒材最能体现其迅速于空间流布文化信息的特点的一个重要方面。纸信的流行，使人们以文本的形式及时交流思想感情成为可能。魏晋是历史上第一个文学文本创作的黄金时代，而其时的文学作品中很大的一部分就是书信体文章。同时，因为有了纸这样一种方便的文本依托和迅疾流传的形式，文人间文、赋之创作与流通也就蔚然成风。史载王充著《论衡》，"户牖墙壁，各置刀笔"，说明在两汉之际，人们的文学著述尚主要用木简（刀笔是削写木简的工具）。但魏晋时就完全不是这样，那时人们用纸写信，当然也用纸来写诗文。例如：

时有白雀瑞，不疑已作颂，授纸笔，立令复作，操奇异之。（《太平御览》卷九二二引《先贤传》）

晋十有四年，余春秋三十有二，始见二毛……于是染翰操纸，慨然而赋。（潘岳《秋兴赋序》）

足不辍行，手不释文，翰动若飞，纸落如云。（潘岳《杨荆州诔》）

其新造之曲，多哀怨声，故叙之于纸云耳。（石崇《王昭君辞一首并序》）

执纸五情塞，挥笔涕汍澜。（欧阳建《临终诗》）

欲作文章六七纸卷十分。（陆云《与兄平原书》）

搦纸申辞，以吊始皇。（傅咸《吊秦始皇赋并序》）

常以闲静为著诗一首，分句改纸，各有别读。（张翰《诗序》）

臣前聊欲撰记古今怪异非常之事，会聚散逸，使同一贯，博访知之者，片纸残行，事事各异。（干宝《献搜神记表》）

（左思）复欲赋三都……遂构思十年，门庭藩溷皆著笔纸，遇得一句，即便疏之。（《晋书·左思传》）

余闲居寡欢，兼比夜已长。偶有名酒，无夕不饮。顾影独尽，忽焉复醉。既醉之后，辄题数句自娱，纸墨遂多，辞无诠次，聊命故人书之，以为欢笑尔。（陶渊明《饮酒诗二十首序》）

伊昔龆龀，实爱斯文，援纸握管，会性通神。（谢灵运《山居赋》）

文人用纸作文写诗，诗文成后即时纳入流通，读者们也用纸来互相传写，故彼时常有美文一出，纸为之贵的情况。比如左思《三都赋》成，"豪贵之家竞相传写，洛阳为之纸贵"[1]；庾阐作《扬都赋》成，呈庾亮，亮以亲戚之情，大为其名价，"于此人人竞写，都下纸为之贵"[2]；谢庄为殷淑仪作哀册，"都下传写，纸墨为之贵"[3]；《北齐书·邢邵传》亦载，"邵雕虫之美，独步当时，每一文初出，京师为之纸贵"。彼时大作家的诗文，往往是朝成暮遍，流传之快，几如响之随声。《宋书·谢灵运传》云："每有一诗至都邑，贵贱莫不竞写，宿夕之间，士庶皆遍，远近钦慕，名动京师。"《南史·刘孝绰传》云："孝绰辞藻为后进所宗，时重其文，每作一篇，朝成暮遍，好事者咸诵传写。"这里虽没有说传写所用的媒介，但它是不言自明的，如果不是用纸来传写，如此快捷的流传就是不可想象的。

---

[1] 《晋书·左思传》。
[2] 《世说新语·文学》。
[3] 《南史·后妃传上》。

◎ 第二节
纸之普及与文人诗的确立

　　一说到"诗",现在大多数人都会将它理解为诗人写出来供人阅读的文学作品。在现代人的观念中,与"诗"这个名词联系最紧的动词是"写"和"读"。"写"是诗之生成,"读"是诗之接受。一提到"写诗",我们的脑海里会出现激情澎湃的诗人在桌前伏纸疾书的情景;一提到"读诗",我们的脑海里会出现优游自得的雅士在案边执卷吟赏的画面。我们都知道,作为文学作品的诗,与作为声乐艺术的歌不一样,诗是让人读的,歌是让人听的;前者的妙处在字中,而后者的趣味在声中。它们虽都是文艺作品,但在形式、内涵、特质等方面是相异的。

　　然而在尚未用纸的中古以前,"诗"与"歌"却是一而二、二而一的,因为那时人所谓的"诗",不是别的,只是所唱的歌的歌词。班固《汉书·艺文志·六艺略》云:"哀乐之心感,而歌咏之声发。诵其言谓之诗,咏其声谓之歌。"这个界定,是先秦两汉时期人们对"诗""歌"二字的普遍理解。先秦人提到"诗"多指《诗经》,众所周知,原来的"诗三百",都是可以配乐演唱的歌。只是战国以后这些歌的乐调亡佚了,光剩下那些或记于竹帛、或诵于人口的三百多首歌词,所以人们才称之为"诗"。先秦时由于文本记录和文本流传的条件所限,尽管各地也流传过很多很多的歌,但除了少数歌词偶尔被史官所记下,绝大多数都湮没无闻了。《诗经》这几百首歌词能够得以文本化,应该感谢春秋时的史官。《诗经》最初的编辑起因争议不少,迄无定说。依笔者个人的推测,当是春秋时的史官为适应其时以"赋诗言志"的风习,特地把一些歌的歌词编到一块,来供人们说话时选择引用的。以现在的观念言之,所谓《诗三百》,相当于一本辞令用语的袖珍手册。孔子教学生以"礼",而礼貌用语是礼的重要组成部分,故他把《诗三百》这个文本作为教材。《诗三百》虽早在春秋时代就已经获得了文字文本的形式,在我们现代人的眼中它也是诗文学作品,但那时的人却没有将它看作文学作品,更没有想到在文字上借鉴它去搞诗文学创作。 诚然,任何时代,人们总要用语言来传达自己的思想感情,但孔子也好,他的学生也好,他之后的战国人也好,甚至一直到秦汉,人们都主要是以唱歌这种形式来抒发自己、感动别人的。 很少有人会离开歌,专门去写纯文字性的"豆腐块"来给别人看。 汉人专以《诗经》来特指"诗三百"歌词,而且他们提到一般的"诗",也皆指歌词而言。 如《汉书·礼乐志》载"(高祖)过沛,与故人父老相乐,醉酒欢哀,作'风起'之诗,令沛中童儿百二十人习而歌之。 ……至武帝定郊祀之礼……以李延年为协律都尉,多举司马相如等数十人造为诗赋,略论律吕,以和八音之调,作十九章之歌"。"风起"之诗即《大风歌》的歌词,司马相如等人造诗赋,也指他们负责写《十九章》歌词,然后让李延年等人去配曲。《汉书》中详细记载了朝廷在重大仪式中所演唱的重要歌曲的内容:"《安世房中歌》十七章。 其诗曰:大孝备矣,休德昭清。 高张四县,乐充宫庭。 ……《郊祀歌》十九章,其诗曰:练时日,侯有望。 ……"所谓"诗曰",即"歌词为"。 其中所记《惟泰元》一歌中有"鸾路龙鳞"一句,史者还记载了它的改动情况:"丞相匡衡奏罢'鸾路龙鳞',更定诗曰'涓选休成'。"所谓"更定诗",即改歌词。 所记《天地》歌中有"展诗应律铿玉鸣"句,所谓"展诗应律",即以词应谱,亦即按固定的乐谱来填歌词。

《汉书·艺文志》对传世作品的著录,反映了汉人的文学观念,尤其反映了他们对"诗"的理解。 刘向、班固把当时传世的文本分成七类,因为《诗三百》早已是独立的歌词,且已经经典化,故称之为《诗经》,放在"六艺(即六经)类"中。 此外又辟出一个"诗赋略",其中所谓的"诗",列的是当时皇家图书馆所收存的《高祖歌诗》《宗庙歌诗》等 28 家"歌诗"。"诗"前加个"歌"字,更证明这"诗"就是歌词。 本来,"高祖歌诗"是刘邦在许多时期、不同场合所即时吟唱的诸如《大风歌》《鸿鹄歌》等，因为他是皇帝，所以史官才把可以笔录的歌词记下来存了档；其他如《临江王歌诗》《李夫人及幸贵人歌诗》，都是王、妃等所唱的歌，因为这些歌者的尊贵地位，也特意剥出歌词来存档。当然，存档的歌词文本中也有民歌，如《吴楚汝南歌诗》《邯郸河间歌诗》《燕代讴雁门云中陇西歌诗》《齐郑歌诗》即是。这些都是当时的乐府从民间采集来的民歌的歌词，对此，《汉书·艺文志》也有明确记载："自孝武立乐府而采歌谣，于是有代赵之讴、秦楚之风，皆感于哀乐，缘事而发，亦可以观风俗，知薄厚云。"这就是说，民歌虽发于民间的劳人思妇，但采谣观风俗是祖宗的规矩，故它们的歌词也可以获得载于竹帛、成为文本的殊荣。当时，对于歌不记曲、只记词，并非说明汉朝人只看重歌中的文字，而是因为当时的记载条件所限，汉代还没有记载乐调的文字谱（汉魏之交才发明了简单的文字乐谱），故不得已只记其词。而记载这些歌词，其目的还是传载这些歌词所依托的歌。实际上，《汉志》"诗赋类"歌诗28家中，有两家歌诗都记载了两个版本，一个是《河南周歌诗》七篇，外搭《河南周歌诗声曲折》七篇；另一个是《周谣歌诗》七十五篇，外搭《周谣歌诗声曲折》七十五篇。所谓"声曲折"，就是连歌词带和声一块记，像后来沈约在《宋书·乐志》中所记的《晚枝曲》《公莫巾舞曲》那样。这正是古人把歌连词带声一块传的一种方式。从中也可以看出汉朝人记"诗"之目的在于传其歌。换言之，在汉朝人的意识中，"诗"如果离开了曲调，只是半个歌，是有待完整的东西，必须找到曲调并把它还原成歌来唱，才能把它实现出来。这也就是说，"诗"作为文字，还没有取得自己在文学上的独立性。

中古以前的人都喜欢唱歌，他们有了感受，大多以肆口而出的歌唱的形式来抒发。从先秦之时尧民的击壤歌、虞庭君臣赓和歌、箕子的麦秀歌、夷齐的采薇歌、孔子的去鲁歌、楚狂的接舆歌、宁戚的扣角歌、冯谖的弹剑歌、荆轲的易水歌，一直到秦汉之际项羽的垓下歌等，这些形形色色的即兴歌唱，都是为人们所熟知的。可以说，古代人的语言艺术创作的历史，是喉咙的历史、声音的历史。而入汉以后，人们依然保持着这一历史习惯，不论贵贱士庶，一来情绪便开口作歌。首先说皇帝，汉帝似乎都是爱唱的人，刘邦无学，但能肆口而成歌，他得胜回沛，酒酣耳热，即可又击筑、又起舞，口唱豪迈的《大风歌》；欲废太子而不如愿，又即时吟唱悲伤的《鸿鹄歌》。汉文帝也时时一展歌喉，他可以即兴地随乐吟唱，"（张释之）从行至霸陵……慎夫人从……使慎夫人鼓瑟，上自倚瑟而歌"①。汉武帝的歌才不减其祖，黄河决了口，他忧愤地唱《瓠子歌》；而西方献好马，他喜而作《天马歌》；爱妃李夫人卒，他悲而作《李夫人歌》。汉昭帝时，黄鹄鸟飞下太液池，昭帝以为瑞兆，感而作《黄鹄歌》。汉宣帝也"颇作歌诗，欲兴协律之事，丞相魏相奏言知音善鼓雅琴者渤海赵定、梁国龚德，皆召见待诏"②。汉元帝不但会作歌词，而且谙器乐、会作曲，"鼓琴瑟，吹洞箫，自度曲，被歌声"③。

除了皇帝，汉代王公贵人亦惯于以歌来抒发感受。吕后擅权，囚禁赵王刘友，不与食，最后赵王被饿死，而他死前并没有留下遗书，只是作歌曰："诸吕用事兮刘氏危……"又徙梁王刘恢为赵王，将吕氏女嫁之。吕氏女毒杀其爱姬，"王乃为歌诗四章，令乐人歌之"。④淮南王刘安有文才，他主编过《淮南子》，不到一顿饭的工夫写出过《离骚传》，但是他没作过文字的诗，只唱过《八公歌》。景帝时广川王刘去，曾为他几个爱姬都作过歌，比如为陶望卿作《背尊章》，为被幽禁于后宫的宠姬崔修成作《愁莫愁》。昭帝时燕王刘旦谋逆，事发后自知必死，乃置酒万载宫，王自歌，幸姬华容夫人起舞，是为《燕王歌》，歌后自杀。那时男人们唱歌，女人也唱，刘邦的几个姬妃皆能歌，唐山夫人不用说，汉乐府中有她所作的《安世房中歌》；戚夫人也不例外，刘邦死后，吕后囚戚夫人于永巷，髡钳衣赭衣，令

---

① 《汉书·张释之传》。
② 《汉书·王褒传》。
③ 《汉书·元帝纪》。
④ 《史记·吕太后本纪》。

终日舂米，戚夫人且舂且歌："子为王，母为虏……"①武帝元封中，遣江都王建之女细君为公主，嫁乌孙王昆莫，公主离家千里，言语不通，乃悲恨自作歌："吾家嫁我兮天一方……"这就是后来的《乌孙公主歌》；汉末董卓废少帝为弘农王，后又逼他饮药自杀，弘农王临死悲歌，其妻唐姬亦起舞抗袖而歌，等等。汉代的官僚不但自己唱歌，还养有私人乐队。《汉书·陆贾传》载，吕后擅权时，过去的老臣多遭迫害，陆贾称病回乡隐居，日子过得很滋润，"常乘安车驷马，从歌鼓瑟者侍者十人"。

两汉时文人唱歌，也是家常便饭，如枚乘唱《七发》歌，司马相如唱《美人歌》和《琴歌》，东方朔酒酣据地而歌，梁鸿唱《五噫歌》等，都是著名的例子。汉代的武人也唱歌，霍去病能唱《琴歌》，李陵为武将，然能歌舞，《汉书》载他在北国与苏武分别："置酒贺武……陵起舞，歌曰：'经万里兮度沙幕，虽欲报恩将安归。'"②。明人胡应麟曾在《诗薮》外编卷一中专门谈到汉代武将能歌的问题："读霍去病传，盖武人之鸷悍者，又一任情不学少年耳。然《琴歌》'四夷既护'一章，典质冠冕，雍容盛世之音，岂当时文士代作耶？第豪杰天纵各异，未易悬断。又卫青'郡国士马羽林材，和附四夷不易哉'（见柏梁诗），真大将语。它如朱虚行酒之歌，景宗竟病之句，斛律金之《敕勒》，沈太尉之《南闻》，皆仓促矢口，非学而能。"武人本无学，而仓促造次之间即兴而歌，便出口成章，这说明以歌唱来传情是上古之人的文化习性，也说明那时唱歌和写作完全是两码事。《子夜歌》中有两句："谁能思不歌，谁能饥不食？"说来了情绪便要唱歌，就像肚子饿了就要吃饭一样的自然，这话足以解释古人的"仓促矢口，非学而能"的唱歌习惯。

当然，除了唱歌之外，汉代也有少数人写过纯文字的诗，如韦孟有《讽谏诗》与《在邹诗》，但那是对古代典诰之体的模仿，诗之所寄，并非抒发

---

① 《汉书·外戚传》。
② 《汉书·苏武传》。

情感；其发表的方式也不过是献酬于朝廷廊庙，读者仅为君王一人，不同于后世诗歌之流传社会、面对大众。

两汉以前人们之抒情达意，只唱而不写，与古代习俗有关，而这种习俗正是和当时的文化传承媒介条件相适应的。古时记事材料不便，故需最大限度地发挥口耳相接的直传方式，而只把非记不可的信息交给文字媒材。先秦存世的文字文本，多为史与论，即人们对历史的记忆和先人遗训的传承。而即时性的情感交流，则不得不委之于口头，文字文本无力负担。汉人口头作歌而以缣帛著文，基本上是这种情况的延续。汉人作歌并非完全与文字无关，我们看有关汉人作歌的记载，大体可分两种情况：一种是像古人那样即时即兴随口唱出，如项羽的垓下歌，刘邦的大风歌、鸿鹄歌，刘旦的绝命歌，戚夫人的春歌等；另一种则是先用文字写出歌词，然后由人去配曲、演唱，如汉武帝的《天马歌》《李夫人歌》，李延年、司马相如等人所作的《郊祀歌》《十九章》等。然而即使是先写歌词，也与后来的文字性的诗文学不同，因为有待于度曲的歌词总是一种半成品，并没有文字上的独立性。它总要等到度曲并演唱时才算是正式付诸实现，正如一枚相片的底片，只有经过冲洗之后才会通过相纸正式地显示出来。况且自己作词而令别人配曲，然后由专人演唱出来让众人听，只有帝王显贵才会有这样的创作条件和发表形式，一般的文人是绝对不行的。

魏晋以后，由于纸的渐渐普及，文人之间的文字交流便盛行开来。而诗也在文字交流中发生了巨大的变化。我们看曹魏时文人的诗，绝大多数还是乐府的"歌""行"的形式。因为当时政府承前汉之制，立有乐府，建安以来诗人，所作的诗还是以乐府体居多。虽为乐府体，但其中不入乐的却越来越多。《文心雕龙·乐府》谈到魏晋时的诗时这样说："子建士衡，咸有佳篇，并无诏伶人，故事谢丝管。"所谓"谢丝管"，就是离开了乐谱，不能演唱了。黄侃《文心雕龙札记》曾从词曲关系上将汉魏以来的歌分成四类，一类是乐府本曲之作，也就是先作诗后配曲的，比如汉"相和歌词""江南东光乎之类是也"；二是依乐府本曲以制词，尚其声亦被管弦者，比如曹操依《苦寒行》以制《北上》诗,曹丕依《燕歌行》而制《秋风》诗,等等;三是名为乐府诗,但只取其旧题而完全脱离了固定的乐府曲调,不能唱只能读的,像刘勰所举的曹植、陆机所作的好多"歌"即是;四是不依旧题,自编新题名目,只可读不能唱的,如杜甫《悲陈陶》、白居易《新乐府》之类。魏晋后,后两种形式的诗歌日益增多,正是以纸为媒介的文字交流之兴盛的结果。我们在文人的书信中也经常会看到他们彼此互寄所作诗赋的情况,而从他们诗作的题目中也可以看到越来越多的"答某某""和某某""赠某某"这样彼此应酬的字眼。可见诗由过去的歌唱这种一对多的发表形式,逐渐变成一对一的文字书信交流。这也就是说,这时文人之间交流情感,已主要不是面对面歌吟,而是只把歌词写在纸上,让对方在纸上去看。这样一来,"诗"慢慢摆脱了曲调和发声的传统媒介,在文字上取得了独立性,成为可以在案头上赏读的作品。从口头到案头,从声音到文字,这是传达媒介和流布机制的巨大转换,这种转换表现于诗的内涵的嬗变:在抒情内容上,它由过去的直抒胸臆,变得越来越重视情境的描绘;在创作过程上,它从过去的感于哀乐肆口而发,变得越来越重视伫兴与构思;在抒情方式上,它从过去对一唱三叹的声气的强调,变得越来越重视文字的藻饰和排铺。而这一过程,实际上就是诗之文学性被逐步确立的过程。

◎ 第三节

纸本媒介与诗的文学特质

  明人胡应麟讲诗歌之演变,有一句很值得注意的话:"晋宋之交,古今诗道升降之大限乎。"胡应麟是一位复古主义者,他在诗格上崇古,而贬斥后世的一切变革。但是他看出诗道的巨变是在晋宋之际,确可称目光如炬。

晋宋之际的代表诗人是陶渊明和谢灵运，杜甫《江上值水如海势聊短述》云："焉得思如陶谢手，令渠述作与同游。"可见二人不但为中古时期兴起的文人诗家的典范，也一直是后来文人诗文学创作的榜样。那么陶、谢的"诗"与以前的作为歌词的"诗"相较，究竟有什么不同呢？我们说，其最外在的不同在于二者的物质形态：以前的"诗"是用嘴唱的，而陶、谢的诗则是写在纸上的。前文已举，陶、谢写诗皆离不开纸：陶渊明写诗的工具是"纸墨"；谢灵运之写作也是"援纸握管"，且其流传亦靠以纸来"竞写"。而纸对于陶、谢之诗来说绝不仅仅是简单的工具问题，更重要的是它造成了一种崭新的语言艺术形态：将"诗"从过去的口唱的声乐艺术变成了文本艺术，也就是真正意义上的诗文学作品。而诗相较于歌，无论在内容还是形式上都有质的变革。

这种变革最明显地表现在诗所叙写的内容上。以前的"诗"亦即歌词，歌词之抒情，多为平铺直叙的咏叹和直抒胸臆式的情语；但陶、谢诗中之抒情，则仿佛有意转了一个弯，他们都岔开笔去，着力营造一种由目中之景与身历之事所组成的沁人心脾、豁人耳目的氛围，以诱导读者神游于其中，去和他们一起感受，从而把自己特定的心情传达给读者。这种抒情机制，用我们过去经常说的一句话来说，就是"借景言情"。也正因为陶渊明、谢灵运写诗爱借景，多景语，故他们虽皆为抒情诗人，但我们每称前者为田园诗人，称后者为山水诗人。我们读陶渊明的《杂诗》《饮酒》《归园田居》等名篇，仿佛走进"方宅十余亩，草屋八九间"的幽野农舍，徜徉于"暧暧远人村，依依墟里烟"的恬静田园，游目于"木欣欣以向荣，泉涓涓而始流"的春山之景，聆听着"狗吠深巷中，鸡鸣桑树颠"的乡村交响乐。我们仿佛与他一起和质朴的田父共语："时复墟里人，披草共来往。想见无杂言，但道桑麻长。"仿佛亲身参加他们的酒会："故人赏我趣，挈壶相与至。班荆坐松下，数斟已复醉。父老杂乱言，觞酌失行次。不觉知有我，安知物为贵。"于是，一种世外之人的盎然意趣和恬淡情愫在我们心中油然而生。我们读谢灵运的记游诗，仿佛置身山水之间，与他一起"倾耳聆波澜，举目眺岖嵚",满目是"岩岧岭稠叠,洲萦渚连绵。白云抱幽石,绿篠媚清涟"的美景,于是,在切实体验回溪石濑茂林修竹之美的同时,我们也领略了诗人的闲适与豪迈,深深地感受到他"虑淡物自轻,意惬理无违"的襟怀。

有人说,陶、谢诗的写景状物,是对汉赋中手法的继承。但汉赋状物,旨在景物之本身;而陶、谢诗中之状物,却都是作为一种情境来写的。景物在汉赋中是实的,但在陶、谢诗中是虚的;前者是摆在读者面前的一些"对象",后者是引导读者神游其中的"道路"。赋中之物作为对象,其本身就是作者要给你的东西;而诗中之物作为道路,目的则是让读者走进其中而体验出诗人的情感。这也就是文人诗中的写景与汉赋中写景的根本差异。正如陆机在《文赋》中所说的"诗缘情而绮靡,赋体物而浏亮"。赋中写物,在于铺写物之本身;而诗中写物,乃由情之所系也。其实,我们在这里所说的陶、谢诗中作为传情之契机的景物描写,也就是后世的诗论家所经常提到的"意境"。是的,陶、谢的诗与过去口唱的歌相比,最大的特点正在于意境的营造。古典诗歌研究者多去追索意境之论的诞生,而很少想到意境本身在中国诗史上也有个诞生期,这个诞生期就是晋宋之际。我们认为,陶、谢是中古以后首先有意在诗中营造意境者。陶、谢之后,意境遂成文人诗之诗骨、甚至诗魂。而意境在诗中之诞生,正是中古时期的诗歌所用以传达情感的媒介发生了巨变的结果。

前文说过,过去的歌是口唱的,它传情的物质媒介是直接的声音,特定的情感可以通过直接入耳的音调、节奏和旋律得以体现。故口唱的歌虽然也有歌词,但它以声传情的方式就决定了它必须以乐调和旋律为主轴。"歌"字之本义,即是纯粹声音上的咏叹。《黄帝内经·素问·阴阳应象大论》云:"在声为歌。"注云:"歌,叹声也。"《说文解字》云:"歌,咏也,从欠哥声。""欠"字在甲骨文中是一个人张口叹气之状,而"哥"为二"可"相叠,"可"就是古代的"啊",啊啊相连,状叹声之长也。《毛诗序》云:"情动于中而形于言,言之不足故长言之,长言之不足故永歌之。"《毛诗·郑风·子衿》传云:"歌者,谓引声长咏之。"都说的是这个意思。 中国历史上最早的歌,不过是将事情直白地叹出来而已,《吕氏春秋·音初》讲"南音"之始,是大禹的妻子涂山女在苦等丈夫的时候所唱的《候人歌》:"候人兮猗。""兮猗"等于"啊""呀",故所谓"候人歌",不过就是直白地将"候人"一事曼声叹出来罢了。 在这个咏叹句中,"候人"作为歌词之所以极其简单而直白,就是因为歌人所要传达的,并不是"等候人"这件事,而是她在等候人时的心情;而她的心情,主要是通过她直接发出来的如泣似诉、充满哀怨的咏叹之声表现出来的。 这就是歌之抒情以声为用的情况。 后来的歌中,"兮猗"一类的咏叹演变成乐曲,其歌词也要比原始的"候人"要繁复些,但因为歌主要以声音乐曲为用,故其歌词总不脱直白浅露的特点。 例如项羽的《垓下歌》:"力拔山兮气盖世,时不利兮骓不逝。 骓不逝兮可奈何,虞兮虞兮奈若何。"歌中只是简单地告白他过去的勇猛和现在的绝望,而歌者的巨大伤痛,是在反复而发的"奈何""奈若何"的悲叹之中直接传达给听者的。 又如刘邦的《大风歌》:"大风起兮云飞扬,威加海内兮归故乡,安得猛士兮守四方。"歌词所述,也只不过是得了天下衣锦还乡的简单事实和加强国防的简单想法,而作歌者的豪情壮志,主要通过豪横而高亢的旋律和韵调表现出来。 这一点,不但汉魏以前口唱的歌是如此,就连现代的歌也是这样。 有的歌,歌词可以没有多少实际意义,单凭其旋律就可以感人。 过去有个佳话,一位朗诵大家在酒席间为座客用波兰语朗诵诗篇,其抑扬顿挫的节奏和优美的韵律使满座为之动容。 人们问他所朗诵的究竟为何诗,他说,桌上之菜单耳。 这话虽夸张些,但不是没有可能。 因为人们直接听唱诵之声,在听觉之中就能获得情感。

  诗歌从实际的歌唱一变为纸上的文字,它的节奏韵律与文字意义之主从关系就发生了倒转。 因为人们看纸上的文字,不能不首先领会文字的意义,而阅读文本、领会意义的过程是一个想象过程。 我们先须通过想象,把文字中所写的东西在我们的心中缔构出来,让它们化为观念形象。 而在观念形象中,那原先歌中直接入耳的节奏和旋律虽不能说完全消失,却会从主轴变为意义的从属,只起间接的辅助作用了。 故文字的诗为了传情,也就必须适应读者阅读行为中的想象机制，把引发自己特定情感的情境写出来，让读者在想象中进入这一情境，从而把诗人在此情境之中的特定感受传达给读者。所以，意境之营造，实在是文字的诗在审美机制上的需要。唐人皎然《诗式》总结诗的规律，在创作上特别强调"取境"，他说《古诗十九首》"初见作用"，说谢灵运"尚于作用"，其所谓"作用"者，实指意境缔构而言。他说"诗情缘境发"，又说"缘境不尽曰情"，总之是强调境为传情的重要渠道，应该说这是极其深刻地把握了诗文学的艺术特质的。

另外，文字的诗与口唱的歌在结构上也有本质的不同。口唱之歌的直接物质形态是时间性的，因为作为它的主要支柱的乐曲，是音符与乐句的前后承续。而写在纸上的诗文本，其形态就带有很大的空间性。故唱歌可以肆口而发，想到哪儿就唱到哪儿，甚至有些乐府歌词出于乐调的需要，其发端之词可以随意截移，如"日出东南隅""孔雀东南飞"之类，在意义上不一定与全篇相连，不少乐府在整篇词意上还有缺头短尾的情况。而作诗却需要预先结撰，像构建一座建筑物，不但要注意平面的均衡，而且要使前后左右钩心斗角，相应相连。所以陶、谢以后的文人诗中，不但在语言上越来越注重句法，使对句增多、藻饰加强；也在诗意上越来越重视结构，使缀虑铺言、首尾圆成。故炼句镕篇，是晋宋以后诗人写诗的要务，而未闻汉魏歌人唱歌之前先作冥思苦想。后世的诗论家对文人诗与歌的这方面不同屡有论述，如严羽《沧浪诗话·诗评》云："汉魏古诗，气象混沌，难以句摘。晋以还方有佳句"；"建安之作，全在气象，不可寻枝摘叶。灵运之诗，已是彻首尾成对句矣"。胡应麟《诗薮》亦云："东西二京，神奇浑朴；六朝排偶，靡曼精工。"皆为此论。

晋以后诗人对诗篇的镕炼，既包括意蕴上的，也包括韵律上的。诗文学虽主要供案上阅读，但韵律作为抒情的辅助手段毕竟不可缺少。过去口唱的歌，因为有乐谱的勒制，故唱出的歌词必有声韵；而文字的诗摆脱了歌的原始形式，取得了自己的文学地位，这无形中就给诗的韵律提出了一个更高的要求：以前通过乐谱的勒制才能表现出来的韵律，现在要让文字来承担。这也就迫使诗人们去寻找语言本身固有的音乐素质,并通过调解组织来形成以前通过配乐才能有的音乐效果。这种要求在诗论上的反映,就是刘宋以后沈约等人的声律论的诞生以及永明体的出现。后来,唐人在永明体的基础上创造了律诗,标志着我国古典的诗文学在声律上的成熟与定格。其实,在沈约以前,谢灵运就在佛经的启发下作过《十四音训叙》,已开始探索汉语文字本身的声韵问题,而这与他作为文人诗的代表是密切联系的。

总而言之,晋宋之后诗之变革,不但涉及审美内质,也涉及形式声韵,而这一系列的变化,都是纸的应用改变了诗歌传情的物质媒介的结果。过去人们虽注意到晋宋诗道之变,而未悟变革之因,其一是因为历代称"诗"与"歌"时,往往两个词打通了来使用,故人们既忽略了二字的原义,也忽略了它们在汉魏前后的不同的形态,从而也就混淆了声乐与文学的区别;其二是因为纸作为一种书写的媒材,从出现到普及经历了五六个世纪的漫长时间,故人们也就忽略了隐在其中的诗格的渐变;还有其三,也是最重要的,是人们出于习惯,在考察文化时往往只从精神本身来着眼,而很难注意到物质因素的影响,虽然我们都知道物质生产对精神生产起着决定作用。

第五章
魏晋南北朝文艺发展史概述

◎ 第一节
汉末至魏晋南北朝文艺发展概述

东汉末年经黄巾起义和董卓之乱，统一格局分崩离析，群雄并峙，战乱纷起，社会经济生活遭到严重破坏；魏晋南北朝三百余间，有大小政权的分裂，有南北空间的对立，有民族文化的冲突，有自然地理的差异，有学术思想的对诤，有宗教信仰的分歧，诸多历史因素的汇聚，使得统治阶层经营了数百年的儒家名教礼制日益失去威信，"仁政"的构想在人们朝不保夕的痛苦中成为虚妄矫饰之物。然而，"国家不幸诗家幸"，就文艺发展而言，却在山河板荡的岁月里换得一个独立自觉、纵深细致和经验拓展的绝佳时期。政治约束力的相对松弛，为思想活跃掀开了禁锢，为人性觉醒和心灵纾缓提供了更大的可能性。在这样一个时代，人们的思考力和创造力被激活，文学艺术也在"不假良史之辞，不托飞驰之势，而声名自传于后"精神的鼓舞下成就卓著。

建安时期，个体生存的价值诉求蔚为风尚。曹操擎起"唯才是举"的旗帜，革新了东汉世族把持的官员选拔制度，开始打扫察举和征辟的历史积弊。个体才智在政治军事场域得到很大限度的发挥，在文艺创作上也尽显

"洋洋清绮"的特征，走进个体生命体验的世界。"建安风骨"或"建安风力"是人们对此一时期文学风格的概括。以曹操父子为中心，团聚着一批志同道合的文人学士，他们以文学手段揭示社会乱象，高蹈政治理想，感伤生命飘零，舒泄际遇愤懑，呈现一种慷慨悲歌的情感基调。钟嵘《诗品序》说："降及建安，曹公父子，笃好斯文；平原兄弟，郁为文栋；刘桢、王粲，为其羽翼。次有攀龙托凤，自致于属车者，盖将百计。彬彬之盛，大备于时矣。""陈思为建安之杰，公幹仲宣为辅。""曹刘殆文章之圣。"鲜明地表露出对建安文学的崇敬之意。建安文学以曹操、曹丕、曹植及一群僚属组成，其中包括建安七子（王粲、孔融、陈琳、阮瑀、徐幹、应场、刘桢）。主要成员还有吴质、杨修、王昶、司马孚、郑冲、荀纬、邯郸淳、邢颙、丁廙、卞兰、繁钦、蔡琰等，君臣唱和的文学盛景，确实可称"彬彬之盛，大备于时"。这批文学之士主要汇聚在邺城，形成一个近百人的文学集团，统称为邺下文人集团。比起以前的文学集团，其性质有所改变。汉景帝时期的梁孝王刘武曾经"招延四方豪杰，自山东游士莫不至"，包罗了邹阳、枚乘等一批皆以文辩著名的名士，留下了"梁园宾客"的文学美谈。汉武帝也出于更好地加强中央集权专制制度的目的，采取一些办法吸引诸侯王身边的文学辩说之士，班固《两都赋序》把这批人称作"言语侍从之臣"，因为这批人如"司马相如、虞丘寿王、东方朔、枚皋、王褒、刘向之属，朝夕论思，日月献纳"。这样的文人集会尽管颇具文学气息和色彩，但是毕竟只是金马门的"言语侍从之臣"，他们的身份是游士或辩士；他们的文学志趣和情感虽然相近，却毕竟主要是以文学言语的献纳获取君主的青睐和赏赐，外在功利目的较为浓重，其文学活动缺乏为艺术独立的审美心境。建安文学集团虽说仍然还有一部分"言语侍从之臣"的痕迹，但是君臣之间均为文学同道，彼此切磋论艺，互相引为知音。而且，这一集团中的成员在政治见解上并不完全一致，建安七子也未必自始至终认同曹操政权，且大多对仕宦不感兴趣。徐幹、阮瑀都曾拒绝过曹操的征辟重用，王粲、陈琳都先后有过激烈的政治冲突，疏狂的孔融经常羞辱曹操，他们不再是清客帮闲之流，不再是简单的被君主豢养的下属。所以，建安文学集团的性质转变了，开始了真正的文人化写作，他们从《古诗十九首》的感伤主义题旨走出来，加进建功立业的政治宏愿，表达出"梗概而多气"的超迈情怀，"慷慨"和"悲凉"两种审美风格被他们恰到好处地统一起来了。

曹操无疑是邺下政治中心的缔造者，也是建安文学活动的领导者，但这个文学集团的核心人物应该是曹丕，曹丕也确实是以文学情怀对待集团成员的。阮瑀去世后，曹丕"每感存其遗孤，未尝不怆然伤心"，于是作《寡妇赋》，"以叙其妻子悲苦之情，命王粲并作之"，以文学的形式抚慰文学同道的遗孤。曹丕以文学情怀与这些成员结缘，在政治之外的文学情感是平等的，无怪乎此举被西晋潘岳效仿，"昔阮瑀既殁，魏文悼之，并命知旧作寡妇之赋，余遂拟之以叙其孤寡之心焉"。《世说新语·伤逝》记载曹丕带领"赴客皆一作驴鸣"为王粲送葬诀别，其中透露的情感基础是很深厚的，若无文学心灵的共鸣，是不可能做出这番奇特的举动。又如《又与吴质书》说自己"间者历览诸子之文，对之技泪"；"昔伯牙绝弦于钟期，仲尼覆醢于子路，痛知音之难遇，伤门人之莫逮"。呈露出对建安七子风云流散后的无比痛惋之情，如此真情相待，与往昔文学集团自是大不相同了。曹丕的深情绝非偶发，实乃伴随文学生命的全过程，"昔年疾疫，亲故多离其灾，徐、陈、应、刘，一时俱逝，痛可言邪！昔日游处，行则连舆，止则接席，何曾须臾相失？每至觞酌流行，丝竹并奏，酒酣耳热，仰而赋诗，当此之时，忽然不自知乐也。谓百年已分，可长共相保，何图数年之间，零落略尽，言之伤心"。他对曾经共处的文学共同体表达着一个成员的心声，诚恳自然、情意绵切，不见丝毫君主赐恩的姿态，不见半点矫饰伪作的表白。

曹丕与集团成员同作《寡妇赋》，说明了文学发展的另一新变，即文人之间的应酬唱和已经具体化了，是文人与文人围绕某话题彼此回应，这不同于以往的虚似性质或作者自我角色转换，显示出成员写作的集团性。例如，曹植有著名的《洛神赋》，其话题源自宋玉《神女赋》，应场也有《神女赋》，王粲、陈琳、杨修等亦均有《神女赋》，众人皆赋神女话题，属于同题共作，说明文学创作的自觉性比以往加强了。 同理，像《车渠碗赋》《玛瑙勒赋》《鹦鹉赋》《柳赋》《悼夭赋》《迷迭赋》《莺赋》《愁霖赋》《喜霁赋》《秋思赋》《大暑赋》《弹棋赋》等赋体作品，尤其是大量咏物小赋，在建安文学中都有多人同题共作。 同题共作有点像文人群体间的文字游戏活动，但正是这种文字游戏，喻示着纯文学写作的时代到来了，此为"文学自觉意识"的征兆之一。 另外，建安文人群体的群居切磋、角技论文、公燕赠答、送别怀念等文学交流活动，构成一种庞大的互文现象，彼此指涉，互相印证。 故解读这类作品不能孤立为之，而应注意话题的团体性和互文性，若简单地附会个人身世心曲和际遇，反倒隐没了建安文学的历史贡献。《论语·阳货》云："诗可以兴，可以观，可以群，可以怨。"这是儒家对文学功能的规定，但建安以前的文学创作在"可以群"方面并不突出，甚至对此是忽略的。 建安作家们的同题共作现象大大发挥了诗"可以群"的功能。 诗"可以群"指出了文人雅集而命题作文的重要意义，建安诗之"公燕体"在魏晋南北朝时得到普遍认可，也得到唐宋以后文人的效仿，系建安文学新变的证明之一。 建安文学的贡献，若从文人群体意识的角度去理解，就会别有发现。

建安时期，作家们都高扬个体生命价值和尊重才情禀赋展示。 曹植《与杨德祖书》云："昔仲宣独步于汉南，孔璋鹰扬于河朔，伟长擅名于青土，公幹振藻于海隅，德琏发迹于大魏，足下高视于上京。 当此之时，人人自谓握灵蛇之珠，家家自谓抱荆山之玉也。"曹植非常形象地描绘了建安作家们自我尊重的主体意识，揭示个体的存在，由过去依附于皇权转向疏离进而自主确认。 曹丕提出的"文以气为主"也同样标志着建安文人阶层对生命自主性的强调。 他们也追求功利性的声名，但其声名不是凭附政治势力而获得的，乃建立在自我情性表达的特殊性上。 至于曹氏"设天网以该之，顿八纮以掩之"，此等豪举也是出于文学家身份而非政治枭雄身份。《文心雕龙·时序》云："自献帝播迁，文学蓬转，建安之末，区宇方辑。 魏武以相王之尊，雅爱诗章；文帝以副君之重，妙善辞赋；陈思以公子之豪，下笔琳琅；

并体貌英逸，故俊才云蒸。"刘勰此论点明一个事实：写作已经成为确证人生价值的重要方式。所以，无论是政治权力场之人还是一般的士人群体，都把写作当成一种事业去经营，此所谓"盖文章，经国之大业"。在他们看来，文学的功能和价值已然等同于治国经世，同属不朽之盛事。故《典论·论文》云："年寿有时而尽，荣乐止乎其身，二者必至之常期，未若文章之无穷。"曹丕的不朽之梦也就是文人阶层之梦，其内涵是一致的。

新旧时代交替之际，曹操既为乱世英雄，其文学作品抒发政治抱负者较多，像《龟虽寿》之"老骥伏枥，志在千里；烈士暮年，壮心不已"，《短歌行》之"山不厌高，海不厌深，周公吐哺，天下归心"，《气出倡》之"历登高山，临溪谷，乘云而行"等，无不流露出一代雄杰之壮志高情。当然，乱世之中的高昂激情总是伴随着沉郁的悲怆，"缘事而发"的诗文在进行实录般的写作时，往往不可避免地由苍凉感受中发出一种沉痛的历史感。即便是曹操这样的政治枭雄，面对生灵涂炭的惨景，也会顿生忧时伤世之感，如《蒿里行》之"生民百遗一，念之断人肠"，《善哉行》之"泣涕于悲夫，乞活安能睹"，这样的诗句不仅是忧叹黎庶百姓生命尊严被践踏，且是对生命本身脆弱无根的感喟。女诗人蔡琰的五言《悲愤诗》更是"真诗史也"，其白描式的长篇叙事，将一腔悲愤以血泪方式表达出来。王粲、曹植都写过的《七哀诗》属于同题共写，王诗有"悟彼下泉人，喟然伤心肝"句，曹诗有"上有愁思妇，悲叹有余哀"句。《文选》吕向注"七哀"条说："谓痛而哀，义而哀，感而哀，怨而哀，耳目间见而哀，口叹而哀，鼻酸而哀也。""七哀"即七情之哀，既有诗人内心之哀感，也有诗中人物情景之哀感。《七哀诗》体裁反映战乱、瘟疫、死亡、离别、失意等社会内容，是民众生活的直观写照，王粲、曹植同题共作，使之变为乐府新题，变为一种传统诗体，也在实践上开启魏晋文艺"悲美"风格传统。

建安文学具有过渡性质，文学风格上有延续性，既承"汉音"又开"魏响"，统称"建安体"。通常而言，曹操作品更多体现汉代文人慷慨悲歌的风格，曹丕、曹植、王粲等的作品则更多体现着时代新变。清代沈德潜在

《古诗源》中说:"孟德诗犹是汉音,子桓以下,纯乎魏响。""子桓诗有文士气,一变乃父悲壮之习矣。要其便娟婉约,能移人情。"陈祚明《采菽堂古诗选》说:"细揣格调,孟德全是汉音,丕、植便多魏响。"张玉谷《古诗赏析》也说:"老瞒诗格极雄深,开魏犹然殿汉音。文帝便饶文士气,《短歌》试各百回吟。"可见在文学批评史上,文学新变之处往往就是特色和贡献所在,曹丕兄弟开启"魏响"的意义在于讲究"便娟婉约,能移人情",也即突出"文士气"的舒张。"文士气",就是表现文人的情怀,是文学自醒意识的证据;"文士气"强调为文学而文学、为艺术而艺术的特征,具体指涉文人的情感特征与文学语言的运用。谢榛《四溟诗话》说:"诗以汉、魏并言,魏不逮汉也。建安之作,率多平仄稳帖,此声律之渐。而后流于六朝,千变万化,至盛唐极矣。"又说:"若陈思王'游鱼潜绿水,翔鸟薄天飞''始出严霜结,今来白露晞'是也。此作平仄妥帖,声调铿锵,诵之不免腔子出焉。"这里的评说虽然微有贬刺,却指出了以曹丕兄弟为代表的建安文学的审美趋势:情采兼备与声律格调在创作中越来越重要,发掘文学的审美特征也显得越来越重要。这些趋向,是文学观念自觉与创作自觉所促成的。钟嵘高度赞赏曹植诗"骨气奇高,词彩华茂。情兼雅怨,体被文质。粲溢古今,卓尔不群",而把绍续汉音的曹操诗置于下品,正是以此标准去安排的。在汉魏六朝文风由质趋文、由朴转丽的演变过程中,建安文学实开风气,至于隋唐以后人们指责其泛滥,如李白"自从建安来,绮丽不足珍"的论调,恰从反面点明了这一文学发展事实。

以上是就建安文学整体风貌而言的,具体到每位作家,则各呈异彩,也各有不足。据《典论·论文》评议,王粲长于辞赋,徐幹能著论,陈琳、阮瑀擅长章表书记,应场、刘桢较善诗歌。《又与吴质书》亦评曰:"孔璋章表殊健,微为繁富。公幹有逸气,但未遒耳;其五言诗之善者,妙绝时人。元瑜书记翩翩,致足乐也。仲宣续自善于辞赋,惜其体弱,不足起其文;至于所善,古人无以远过。"在文人争雄竞胜的时代,建安作家依凭一技之长,共同创造了文学体制大备的盛景。曹操是汉末四言诗杰出者,通脱潇洒,梗概多气,《短歌行》《步出夏门行》《度关山》等都是其经典作品。曹丕《燕歌行》二首虽未必是最早的七言诗,却使七言诗的体制固定下来。孔融、曹植的六言诗创作保留了诗歌史上特别的一类体裁。孔融还利用汉字偏旁部首构成特点,创立了"离合体诗",如《离合作郡姓名字诗》:"渔父屈节,水潜匿方。与峕进止,出行施张。吕公矶钓,阖口渭旁。九域有圣,无土不王。好是正直,女回于匡。海外有截,隼逝鹰扬。六翮将奋,羽仪未彰。蛇龙之蛰,俾也可忘。玟璇隐曜,美玉韬光。无名无誉,放言深藏。按辔安行,谁谓路长。"通过分解拆合重组新词,以诗的形式介绍自己的籍贯、姓氏、名字,谜底是"鲁国孔融文举"。运用文字示巧的游戏法,从而表达新义和抒发情感,虽然类似于文字游戏,却是对文学技巧的训练和考验,于文学形式规律的探索而言是极有益的尝试。六朝时期,离合体诗盛行,潘岳、宋孝武帝、谢惠连、谢灵运、梁元帝、萧巡等都有作品,有的作品也在拆字游戏中反映情致,而且由此创造出了更多的文字游戏似的诗体,龚鹏程归纳起来大概有:窦滔妻回文体、鲍照十数体、建除体、谢庄道里名体、梁简文帝卦名体、梁元帝歌曲名体、姓名体、鸟名体、兽名体、龟兆名体、钍穴名体、将军名体、宫殿名体、屋名体、草名体、船名体、车名体、树名体、沈炯六府体、八音体、六甲体、十二属相体。[①]如此繁多的诗体,都是在文字游戏中创造出来的,其思想内容和艺术价值或许大多乏善可陈,但文学从经学中独立出来,从政治附庸中释放出来,从伦理框架里跳脱出来,不能不考虑到文字游戏的贡献,文学不就是语言文字的艺术吗?

辞赋方面,曹丕、曹植兄弟带领建安作家群发展了抒情小赋,使之成为主流辞赋类别。其中以王粲的《登楼赋》、曹植的《洛神赋》为代表作,前者开创了中国文人登楼凭栏的审美风尚,后者创造了文学虚拟典范而丰富了中国文人的想象力。数量更多的同题咏物小赋,除前文所列,又如《迷迭香赋》《酒赋》《槐赋》《九华扇赋》等,"如此之多的同题咏物小赋的出现,

---

[①] 详参龚鹏程:《中国文学史(上)》,87页,北京,世界图书出版公司,2009。

不仅表明文学的自觉在当时已是一种普遍的现象，而且表明建安作家的文学创作已经是一种群体性的自觉的活动，表明曹丕、曹植兄弟已经在当时文坛上发挥着领袖群雄的作用"[①]。 虽曰领袖群雄，群雄却无压抑勉强之意，如刘桢《瓜赋》的写作情境："桢在曹植坐，厨人进瓜，植命为赋，促立成。"留给后世的是其乐融融的文学游戏场景。 章表奏议檄这类说理性文体，也在建安文人的手里变成文学作品，陈琳、阮瑀的章表书记曾被曹丕称赞为"今之隽也"，理由就是说理文字的文学性相当突出。 陈琳的《为袁绍檄豫州》和《檄吴将校部曲文》，分别为辱骂曹操和孙权而作，《昭明文选》却因其文采斐然和气势充沛而收录。 小说雏形方面，曹丕作《列异传》，"序鬼物奇怪之事"；邯郸淳作《笑林》，是谈笑解颐之书。 两部书的叙事方法影响了志怪类小说的产生和发展。

论体文方面，曹丕从才性论角度来进行文学批评，实开文学批评之作家论新风，所谓"徐幹时有齐气""孔融体气玄妙""公幹时有逸气""至于引气不齐、巧拙有素，虽在父兄，不能以移子弟"等说法，皆从作家才性禀赋论及其作品优劣和性质。 论体文当然不仅是作家论，也论经书新义和诸子学说，建安文人著论颇效先秦诸子，一改汉儒"我注六经"而为"六经注我"法，互相论难辩驳，思想活跃蔚为风气。 据《中论序》，徐幹"常欲损世之有余、益俗之不足，见辞人美丽之文并时而作，曾无阐弘大义、敷散道教、上求圣人之中、下救流俗之昏者，故废诗、赋、颂、铭、赞之文，著《中论》之书二十二篇"。 曹丕《又与吴质书》称赞此书"成一家之言，辞义典雅，足传于后"。 《四库全书总目提要》概括其内容，主要是"阐发义理，原本经训，而归之于圣贤之道"，除《宋史》将之列为杂家外，其余正史皆列之儒家。 徐幹以文人身份而能著论，且阐发义理的文字依然典雅美丽，颇有后世所谓"文儒"风范。 就像曹丕著《典论》是出于"立言不朽"的愿望，徐幹也是出于"德艺兼备"的愿望，《中论·艺纪》说："德者以

[①] 卫绍生、闵虹：《魏晋文学与政治的文化观照》，67页，郑州，中州古籍出版社，2005。

道率身者也；艺者德之枝叶也，德者人之根干也。斯二物者，不偏行，不独立。木无枝叶，则不能丰其根干，故谓之瘣；人无艺则不能成其德，故谓之野。若欲为夫君子，必兼之乎。"徐幹也许是在回应曹丕"观古今文人，类不护细行，鲜能以名节自立"的叹惜，决心做一名"怀文抱质"的彬彬君子。"恭恪廉让，艺之情也；中和平直，艺之实也；齐敏不匮，艺之华也；威仪孔时，艺之饰也。通乎群艺之情实者，可与论道；识乎群艺之华饰者，可与讲事。"徐幹认为文艺的思想内容、情感来源、价值功能等都与儒家思想传统紧密相关，他其实不想仅做一名文士，而是想一身兼营儒家"德行、政事、言语、文章"，同样反映了建安文人追求不朽的宏伟愿望。联想到曹植曾对杨修说"辞赋小道，固未足以揄扬大义，彰示来世也"，表示自己不愿"以翰墨为勋绩，辞赋为君子"，而想"流惠下民，建永世之业，流金石之功"。但杨修反问道："不忘经国之大美，流千载之英声，铭功景钟，书名竹帛……岂与文章相妨害哉？"曹植本人是建安时期最杰出的文人，想必不会真心地贱看文艺，其贬低翰墨辞赋只因身份特殊而有更高的政治追求。为此他也研练名理，著《魏德论》《汉二祖优劣论》《藉田论》《辩道论》《仁孝论》《髑髅说》等文章，大有"兴论立说"之势态。不管怎样，建安文人首次提出"文学与德业"关系的问题，并各抒己见，共同推进了论体文创作的繁荣。

论体文的繁荣又推动文学进入讲究才性与玄理的正始竹林时期。曹魏政权历文帝曹丕、明帝曹叡至齐王曹芳，皇权越来越弱。这个时期的文人都陷入党争漩涡难以超脱。正始年间，顾命大臣曹爽设计剥夺司马懿兵权，把明帝废置不用的邓飏、何晏、丁谧等视为心腹提携并委以重任，这批人本无杰出政治才能，却张狂得无所顾忌，以致朝野怨声载道。而后司马懿发动高平陵政变，掌控朝政。魏、晋替代之际，"天下多故，名士少有全者"，世族出身的司马氏统治者提倡名教礼法治政，其政治和道德的悖谬虚伪使天下名士置身两难处境。此一时期的学术和文学却在政治斗争最激烈的境遇中具有独特之处。《晋书·卫玠传》云："昔王辅嗣吐金声于中朝，此子复玉振于江表，微言之绪，绝而复续。不意永嘉之末，复闻正始之音。"文学史一般把魏晋易代时期的文学称作"正始之音"。这段时期有正始名士和竹林名士两个集团，前者主要是玄学名士，后者主要是文学名士。正始之音的文学代表是阮籍和嵇康，《文心雕龙·明诗》总评其特征说："正始明道，诗杂仙心。何晏之徒，率多浮浅。唯嵇志清峻，阮旨遥深，故能标焉。"这里所说的何晏之浮浅，当指其轻狂矫饰的社会行为，非指其贵清虚的玄学思想。正始之音先以何晏为主盟，夏侯玄、皇甫谧、王弼、傅嘏附依；后至嘉平、甘露、景元年间，嵇康、阮籍为主，向秀、山涛、刘伶、王戎、阮咸为辅。这两批名士都有共同的情趣嗜好和生活方式，或玄思清谈，或容止雅量，或游仙隐逸，或诗酒伎艺，或服药傅粉，或任诞纵情，都积极地拥抱现实，在名教与自然之间穿梭出入，被后人称为"魏晋风度"。

正始名士何晏、夏侯玄、王弼等人在文学史上的意义主要是树立了一种文人生活方式，开创了以哲学思辨为主题的清玄之风，从而对后世哲学和文学艺术都产生了深远影响。何晏少年即以才秀知名，但在魏明帝以前基本上被排斥或闲置，他在这段时期发愤著书，有《论语集解》《孝经注》《道德论》《无名论》《景福殿赋》等，其中《道德论》是玄学经典著作，《论语集解》是后世"论语学"的基础，收入《十三经注疏》。正始年间，曹爽秉政，何晏党附，典选举封列侯，最终死于高平陵政变。观其一生，政治才能乏善可陈，而学术思想晖丽万有，贵族生活方式影响一时。何晏诗文留存极少，《先秦汉魏晋南北朝诗》收录其五言诗《言志诗》二首："鸿鹄比翼游，群飞戏太清。常恐夭网罗，忧祸一旦并。岂若集五湖，从流唼浮萍。逍遥放志意，何为怵惕惊。""转蓬去其根，流飘从风移。芒芒四海涂，悠悠焉可弥。愿为浮萍草，托身寄清池。且以乐今日，其后非所知。"钟嵘《诗品》称"平叔'鸿雁'之篇，风规见矣"。其诗已现魏晋诗歌玄理化的端绪，运用比兴手法，延续汉末以来的忧生之嗟，对人生命运做哲理本根性的探讨，引申出魏晋名士共同的关于"自由如何可能"的哲学问题。阮籍《咏怀诗》呼应："宁与燕雀翔，不随黄鹄飞。黄鹄游四海，中路将安归?"何晏卷入政治斗争既有身不由己之处,也有热衷投入的一面,但以他的文人式气质,只能在政治斗争中疲于奔命,难逃绝境。可见,他是结合自己的实际境遇和感受,用艺术形象思考这个哲学问题的。正始之音褪去了建安文学的慷慨豪壮之气,赋予了文学更深刻的悲哀感和无望感。何晏留存了一些论颂记赋类的文章,于抒情言志之外析理论事,文采可观,甚于两汉同类文章。《全三国文》收录了他的《景福殿赋》《奏请大臣侍从游幸》《祀五郊六宗及厉殃议》《明帝谥议》《与夏侯太初难蒋济叔嫂无服论》《韩白论》《白起论》《冀州论》《九州论》《无为论》《无名论》《论语集解叙》《瑞颂》《斫猛兽刀铭》,其中《景福殿赋》被收入《昭明文选》。在《景福殿赋》里,何晏借颂扬的体式委婉表达其政治思想,其细致描绘的景福殿的气势、规模、结构、装饰、雕绘图案、形态色彩等,都指向治国主张的宣布。这些政治理念渗透在每段描绘性文字当中,描写和议论结合,如"观虞姬之容止,知治国之佞臣。见姜后之解佩,寤前世之所遵。贤钟离之谠言,懿楚樊之退身。嘉班妾之辞辇,伟孟母之择邻。故将广智,必先多闻。多闻多杂,多杂眩真。不眩焉在,在乎择人。故将立德,必先近仁。欲此礼之不愆,是以尽乎行道之先民。朝观夕览,何与书绅?",很明确地表达出任用贤能,以史为鉴,广视听以辨真伪等政治观点。最后一段更是集中体现他的政治期待:"圣上犹孜孜靡忒,求天下之所以自悟。招中正之士,开公直之路。想周公之昔戒,慕咎繇之典谟。除无用之官,省生事之故。绝流遁之繁礼,反民情于太素。"何晏与曹魏皇室有直接的利益联系,表达自己对国家意识形态建设的看法是情理中之事,故而此赋虽有玄理成分,却主要是儒家思想的反映,是儒家德政思想的文学解说,也是对他援道入儒,服务于社会政治的发展趋势做出的新解释。另外,如同李泽厚所言:"他写的《景福殿赋》,知识渊博,文笔细密精彩而富于哲理,颇不同于铺陈过甚的汉赋,是研究中国古代建筑美学的一篇重要文献。"①在重视人物

---

① 李泽厚:《中国美学史》,112 页,北京,中国社会科学出版社,1984。

风度的时代，何晏除了具有悲剧色彩的政治形象，还兼有思想家和文学家的形象，这些形象又集合成一个风度翩翩的美学人物形象。唐代孙过庭的草书《景福殿赋》作品，结体有章草遗意，艺术水平极高；明代项元汴收藏并加盖天籁阁诸书藏印记以及项元汴自己的小楷释文，亦颇精善；董其昌曾选摹此卷二十行刻于《戏鸿堂帖》中，清代乾隆刻《墨妙轩法帖》又将此卷全部摹刻。《景福殿赋》由文学作品转为书法作品，是其艺术价值的一个重要确证。

同样转为书法杰作的文章还有夏侯玄的《乐毅论》，此文经由书圣王羲之小楷书写而进入艺术史名传天下。夏侯玄文学造诣高深，可惜《旧唐书·经籍志》所列其文集多卷已佚，仅留存《时事议》《答司马宣王书》《皇胤赋》《乐毅论》《肉刑论》《答李胜难肉刑论》《辨乐论》《夏侯子》，收录于《艺文类聚》和《全三国文》中。正始名士留存的文章多为论体作品，既说明了学术论著的文学化事实，也从一侧面证明了魏晋之际的文学盛况，在南朝文坛颇受欢迎，《文心雕龙·论说》云："魏之初霸，术兼名法；傅嘏王粲，校练名理。迄至正始，务欲守文；何晏之徒，始盛玄论。于是聃周当路，与尼父争途矣。详观兰石之才性，仲宣之去代，叔夜之辨声，太初之本玄，辅嗣之两例，平叔之二论，并师心独见，锋颖精密，盖论之英也。"用文章来探索自然天道性命，应该是曹丕赋予文学"经国大业、不朽盛事"的使命及功能之余绪，这一余绪对竹林名士仍有影响。嵇康、阮籍的论体文同样光彩照耀，《三国志》注引《魏氏春秋》云："康所著文论六七万言，皆为世所玩咏。"李充《翰林论》云："研核名理而论生焉。论贵于允理，不求支离。若嵇康之论，成文美矣。"可见其论体文的文学性都很强，在当时即声誉极高。嵇康流传下来的《养生论》《释私论》《明胆论》《管蔡论》《声无哀乐论》《答向子期难养生论》《难张辽叔自然好学论》《难张辽叔宅无吉凶摄生论》《答张辽叔释难宅无吉凶摄生论》等，都有很高的艺术性，尤其《养生论》和《声无哀乐论》最为著名。《释私论》反映了嵇康的伦理观念，他对名教和自然关系问题提出了自己的看法："夫称君子者，心无措乎是非，而行不违乎道者也。何以言之？夫气静神虚者，心不存乎矜尚；体亮心达者，情不系于所欲。 矜尚不存乎心，故能越名教而任自然；情不系于所欲，故能审贵贱而通物情。"核心观点便是"越名教而任自然"，这既是嵇康的一种政治态度，也是他的一种生活方式，代表了竹林名士对精神自由至上的诉求。《养生论》是古代养生论著中较早的名篇，论述了养生的必要性和重要性，以及具体的养生途径，主张形神共养而尤重养神，显见与道教养生之炼形和养神思想的融通，而主要弘扬了养神思想，体现正始士人阶层注重精神修养的心理需求。《声无哀乐论》则虚拟"俗儒秦客"和"东野主人"八次辩难过程，批驳儒家传统乐论，阐述自己的音乐美学思想，并结合自己的养生思想，探讨了音乐美的根源。 嵇康认为，"声音自当以善恶为主，则无关于哀乐"，他区分了声音和音声，将音乐从伦理规范中释放出来，替之以音乐的纯然意义和美感价值；还特别思考了音乐的形式特征，认为音声本身虽无哀乐，但与哀乐通过中介发生间接联系，"然皆以单、复、高、埤、善、恶为体，而人情以躁静专散为应。 譬犹游观于都肆，则目滥而情放；留察于曲度，则思静而容端。 此为声音之体，尽于舒疾；情之应声，亦止于躁静耳"。 正如孙过庭《书谱》谈书法与人的情绪的中介关系："写《乐毅》则情多怫郁，书《画赞》则意涉瑰奇，《黄庭经》则怡怿虚无，《太师箴》又纵横争折。 暨乎兰亭兴集，思逸神超；私门诫誓，情拘志惨。 所谓涉乐方笑，言哀已叹。"书法线条本身没有情绪，但书法线条的种种变化组合关系会引起人的情绪变化，于是书法与人的情绪发生了间接联系。 同样，音乐只有美与不美，而无哀乐之分，但能激起人的情绪变化而表露人的哀乐。 因此，《声无哀乐论》"既为音声寻得独立的地位，又没有彻底割裂音声和情感之间的关系。 这正是嵇康的音乐美学思想值得引起我们注意的地方"[①]。 这篇文章对音乐本体论、审美心理诸问题的探讨，在中国音乐美学史上新开路径，标志着音乐艺术走向自觉时代。

阮籍的《通老论》《达庄论》《通易论》《大人先生传》《乐论》等论体

[①] 朱志荣：《中国美学名著导读》，40 页，北京，北京大学出版社，2004。

文章于形而上的事理研索中显示文学的技艺经验，也表现出极强的文学色彩。《通老论》阐述老庄之旨，兼明无为之贵。《乐论》由"乐"的本质与功能析论礼乐刑政的关系，从天人关系角度寻找其政治主张的哲学根据。《通易论》提出天地同道的宇宙整体观，认为人类社会与自然界都是有特定结构和秩序的整体，"应时，故天下仰其泽；当务，故万物恃其利。泽施而天下服，此天下之所以顺自然，惠生类也"。故君主自当应时、当务、施泽、顺自然、惠生类，政治方能稳定，社会方能和谐。《大人先生传》以虚拟笔法描绘了"士君子""隐士""薪者"和"大人先生"四种人格类型，指涉阮籍人生阶段的四种精神状态，大人先生是他设置的理想人格和精神归宿。阮籍和嵇康的这些苦心孤诣的论著，表达了他们的玄学思想，但在他们"越名教而任自然"的生活取向当中，也隐匿着对真正名教礼制的无限追怀，因此暗含着"自然即名教"的理论基因。

嵇康和阮籍的诗无疑是正始之音的杰出代表，诗里蕴含着悲哀、孤寂和绝望却不失理性的超俗人格精神，"嵇志清峻，阮旨遥深"，两种表述生命意义的风格样式，都反映出魏晋易代时期的政治环境对士人阶层造成的精神影响。嵇康留存五十余首诗，包含四言、五言、七言和杂言诸体诗。钟嵘评说嵇康诗"颇似魏文。过为峻切，讦直露才，伤渊雅之致。然托谕清远，良有鉴裁，亦未失高流矣"。言其峻切或者清峻，都是从温柔敦厚的儒家诗教去评说的，意指嵇康诗含蓄蕴藉不足，故有伤渊雅之风致。但是，不以渊雅风致为尚，正是嵇康诗独标于世的原因，其峻切，其清峻，均因融进哲学思想，使其诗旨的表露更多了一重关于天道自然和社会人生的哲思，而非囿于儒家诗教的框架。嵇康尤善四言诗，清代陈祚明《采菽堂古诗选》说："四言中饶隽语，以全不似《三百篇》，故佳。"指出嵇康四言诗在《诗经》风雅传统之外别开一路径，故能出色。这一路径是什么呢？何焯点出："四言不为风雅所羁，直写胸中语，此叔夜所以高于潘、陆也。"直抒胸臆当然不是苍白地呼喊，因其重点不在抒情的方式，而在抒情的内容；也就是说，抒写自我的思想、敞开自我的襟怀，表露自我的志趣情操，展示自我的人格理想。如其狱中所作《幽愤诗》，剖白心迹，反思罹难的原因在暗于人事，在"抗心希古，任其所尚"，也就是以古代圣贤为榜样，使自己志趣高尚，且一直坚持这样做而从未后悔，因为古代圣贤都"穆然以无事为业，坦尔以天下为公"。这里其实是讥刺"以天下私亲"的政治现实状况。既然无法改变现实，那就"托好老庄，贱物贵身"，即坚持自己固有的角色，越名教而任自然。"以明堂为丙舍，以诵讽为鬼语，以六经为芜秽，以仁义为尸腐"，这就是贱物；"志在守朴，养素全真"，这就是贵身。何焯言其"高于潘陆"，正是看中这一点，潘岳、陆机的政治立场和价值取向是随机改变的，而嵇康无论政治如何，皆"与世无营，神气晏如"。所谓"正始明道，诗杂仙心"，"明"的是古代圣贤高尚之道，"杂"的是老庄式的理想主义精神。又如《赠秀才入军》第十四首："息徒兰圃，秣马华山。流磻平皋，垂纶长川。目送归鸿，手挥五弦。俯仰自得，游心太玄。嘉彼钓叟，得鱼忘筌。郢人逝矣，谁与尽言。"想象其兄在行军之暇游猎弹琴时的悠然神情及其高远超逸的境界，实则抒发自己的玄远志趣，妙在象外，却又意在言表，其"直写胸中语"当作如是解。

作为建安七子之一阮瑀的后代，阮籍"才藻艳逸，而倜傥放荡，行己寡欲，以庄周为模则"[1]；本有济世大志，然而时代酷烈程度甚于从前，名教礼法固然是遮羞布，政治高压下却也不得公然随意鄙弃，"由是不与世事，遂酣饮为常"[2]。阮籍八十二首《咏怀诗》是五言诗名篇，其题旨隐秘难测。《文选》李善注引颜延之语云："嗣宗身事乱朝，常恐罹谤遇祸，因兹发咏，故每有忧生之嗟。虽志在讥刺，而文多隐避，百代之下，难以情测。"可见《咏怀诗》大致由忧嗟和讥刺构成，其一"孤鸿号外野，翔鸟鸣北林。徘徊将何见，忧思独伤心"已揭诗的意图。相比嵇康诗之"伤渊雅之致"，钟嵘认为阮籍诗"源出于《小雅》。无雕虫之巧。而《咏怀》之

---

[1] 《三国志·魏书·阮瑀传》。
[2] 《晋书·阮籍传》。

作，可以陶性灵，发幽思。言在耳目之内，情寄八荒之表。洋洋乎会于《风》《雅》，使人忘其鄙近，自致远大，颇多感慨之词。厥旨渊放，归趣难求。颜延注解，怯言其志"。虽然厥旨渊放而归趣难求，但来自于《诗经》系统，整体风格"怨而不怒，哀而不伤"，属于诗教正统作法，故被列入上品。彼时政治斗争残酷，司马懿制造高平陵事件剪除了曹爽等人，司马师又接着剪除一大批曹魏集团人物，司马昭则把高贵乡公杀了，使魏晋易代不可逆转。嵇康死于其中，王戎、山涛、向秀投向司马氏集团。阮籍因其"至慎"性格，既做不了嵇康，又不肯学王戎辈，于是乎以"毁顿"对待余生。《咏怀诗》的隐衷大概可由此寻觅。但其诗若仅循风雅路径而作，诸如比兴手法，借古讽今，游仙寄托，则不足以扬其特色。阮籍不独是怨伤讥刺，还融进了建安的慷慨豪气，虽"使气以命诗"，却无建安的及时行乐主旨，从而发扬一种骨气和情采兼胜的创作精神。他在诗里设计了理想人格，诸如"飘若风尘逝，忽若庆云晞""道真信可娱，清洁存精神"等诗句，使精神追求更为高远自由而获得超越性，主体意识趋向更深层次，审美旨趣包蕴了哲理玄思，是情与思的巧妙融合，而这些方面与嵇康是声息相通的。阮籍《咏怀诗》首创了五言抒情组诗体例，对晋宋以后出现的多种形式的咏怀类组诗产生了直接影响。阮籍和嵇康一样，受时风影响或者引领时风，将志怪神异、博物猎奇、山海经志等材料化用到诗里，从而营造一种艳逸瑰奇的非凡诗境，其咏怀中的游仙诗，"奥诘达其渺思"，此种艺术想象的作诗法，拓展了诗歌创作经验。归结起来，正始之音在立足社会现实的基础上"越名任心"，使文学发展的自律性继续加强，向主体心灵世界的纵深处继续开掘。此外，就思想意义和认识价值而言，若考察魏晋士人阶层的心路历程，则正始之音是必经之途。

河内司马氏本以礼法传家，但在与曹魏皇权周旋斗争中表现出来的手段是很残酷的，尤其对待士人阶层态度鲜明，毫不手软。政局状况决定了士风状况，西晋士风的诸多悖谬亦由此造成。司马懿杀何晏、桓范、夏侯玄、诸葛诞等，"天下名士去其半"；司马昭处死嵇康，士林震动，"海内之士，莫不痛之。帝寻悟而恨焉"。此后向秀改节并举计入洛。向秀曾注庄子，"于旧注外为解义，妙析奇致，大畅玄风"，与郭象的观点"其义一也"，其"名教即自然"的处世哲学被士人阶层普遍接受。不过，林下"锻铁""灌园"的优游生活显然更得其心，故当其过旧庐而闻笛声进，遂有"追思曩昔游宴之好，感音而叹"，乃作《思旧赋》，以深微典故怀念友人的深情高致，以"妙声绝而复寻"的两段音乐意象描写，构造了凄美的象征艺术，是建安以来文学"重情"传统的深入，标志着士人精神风貌由焦灼痛苦转向适性逍遥。西晋时期的政治理念是以孝治国，虽然这孝道也早已变质，但不管怎么说，晋武立国至元康时期政局较稳定，各种利益集团间紧张对峙的格局趋于平缓。士人阶层也基本归聚在司马政权中，他们虽也效仿竹林名士"任自然"，却与名教合一，可恣情纵欲而不必承受反名教的罪名。因而这一时期文坛流行的已不是正始时代深刻的绝望情绪，而代之以清雅绮靡、轻柔舒缓和精工细巧的审美风尚。

结合钟嵘《诗品》和刘勰《文心雕龙》，再参以《晋书》《隋书》等史籍归纳，西晋著名文人有张载、张协、张亢、陆机、陆云、潘岳、潘尼、左思、张华、孙楚、挚虞、傅玄、傅咸、刘琨、应贞、何劭、夏侯湛、成公绥、嵇含、曹摅、卢谌、欧阳建、木华、贾充、荀勖、裴秀、裴楷、裴頠、周处、郭象、石崇、蔡洪等。这些人都曾经撰有个人文集，至少从数量上显示出政局稳定后迎来了一个文学兴盛时代。刘勰《文心雕龙·时序》说："晋虽不文，人才实盛：茂先摇笔而散珠，太冲动墨而横锦，岳湛曜联璧之华，机云标二俊之采，应傅三张之徒，孙挚成公之属，并结藻清英，流韵绮靡，前史以为运涉季世，人未尽才，诚哉斯谈，可为叹息。"钟嵘《诗品序》说："太康中，三张、二陆、两潘、一左，勃尔复兴，踵武前王，风流未沫，亦文章之中兴也。"从总体上看，这批文人主要在太康年间进行文学活动，故后人称为"太康文学"。文学史的"太康"不止十年，它一直延续至晋惠帝光熙元年。在此期间，太康文人享受了十余年盛世岁月，此为散珠横锦、流韵绮靡；也遭遇了长达十六年的"八王之乱"，此为运涉季世、人未尽才。

繁华和凋敝轮回流转，使得太康文学的色彩十分鲜明。至于成就和品位如何，刘勰早已撮其要旨，《文心雕龙·明诗》评价说："晋世群才，稍入轻绮，张潘左陆，比肩诗衢，采缛于正始，力柔于建安。或析文以为妙，或流靡以自妍。此其大略也。"轻绮，采缛，力柔，流靡，这些都是太康文学的审美总格调，它的形成与西晋士族阶层的奢靡肆欲之风尚关系甚密。从晋武帝到大臣们的纸醉金迷、豪奢淫逸生活，均可见于《世说新语·汰侈》的记载。石崇的穷奢极欲就是一个典型，而聚集于其金谷园的作家群想必也浸染此风。在恣情肆欲的生活刺激下，在玄风的吹拂下，"诗缘情而绮靡"成为美文标准。"缘情者，情灵摇荡者，体现了强烈的诗性精神（抒情精神），绮靡者，绮縠纷披者，体现了积极的文学精神（艺术精神）。质文相生，文情并茂，动人的内容与优美的形式和谐统一，此乃强烈诗性精神与积极文学精神有机重合的经典之作。"[①]张华曾经提醒二陆注意吸收玄学思想的精华，虽然二陆仍感到难以融入玄风，但不可能不受到玄学本体论所表现出来的率真任情、贵生适性、重文尚艺的气质风貌的影响。

太康文学之"重情"无疑续自建安文学和正始之间，即钟嵘所谓"踵武前王"，但是其情感越来越内在化、主观化、自我化和表情化，而慷慨悲壮的内涵逐渐淡去，此谓"力柔于建安"；形而上的深邃哲思亦消散殆尽，代之以繁缛文风，此谓"采缛于正始"。张华的诗"儿女情多，风云气少"；潘岳专写伤春悲秋悼亡之情而名重诗史，陈祚明评之"情深之子，每一涉笔，淋漓倾注，宛转侧折，旁写曲诉，刺刺不能自休"；陆机《感时赋》《思亲赋》《思归赋并序》《述思赋》《叹逝赋并序》等大量叙写人间离情的辞赋，完全是在实践他的"诗缘情"之说。相比建安文学之情感选择着眼于整个社会人生的宏大叙事，太康文学之情感取向多是个体叙事的人类常情，或者说，突出了自然环境或社会环境下的具体人生和个体细微的情感经验。《诗品序》云："凡斯种种，感荡心灵，非陈诗何以展其义，非长歌何

---

① 姜剑云：《太康文学研究》，222页，北京，中华书局，2003。

以骋其情？"这种细细铺叙个别体验的方式，已与汉魏不同。其情感特征的微观化趋向，又导致情感载体的缛彩绮靡化，即文学形式越来越受重视，设情位体、巧构形似等文学经验得到开展。其心理原因是，由内在理想与外在现实所引发心理冲突已然不存在，文人也就没有阮籍式的焦灼痛苦了，精神世界也随之平庸化，反映到文学内容则表现为单调贫乏；若要使文学还有可观性，那只有用心地吟风弄月、玩赏辞藻，在雕琢文采的过程中获得成就感。结果，形式主义和唯美主义盛行起来。"这是一种文人色彩很浓的抒情化趋向，它在标志着文学走向内心的同时，也流露出脱离现实的形式化审美倾向……这种文学的内在化和审美化也有它积极的历史意义，即它在很大程度上正标志着审美意识的趋于自觉和独立。西晋诗文文人化格调形成的辩证意义似也正在乎此。"[1]概而言之，太康文人抛弃了理想主义，在没有激情的平庸生活状态中玩赏起纯文学来了。

纯文学的玩赏法之一便是创作拟古诗，因为拟古诗是雕琢文采的较好的文学体式。拟古自然也是对文学传统的刻意模仿，而模仿过程也可以说是学习过程，是创新的前期准备。傅玄、二陆都在拟古方面比较成功。傅玄（217—278）是儒家名教中人，是一个端直之士，"鹑觚贞谅，实惟朝望。志厉强直，性乖夷旷"[2]。在傅玄留存的一百多首诗中，乐府诗成就最高。其乐府诗自然是模拟之作，如模仿古诗《陌上桑》作《艳歌行》，模仿《饮马长城窟行》作同题乐府诗，模仿左延年《秦女休行》作同题乐府诗，沿袭汉诗《怨歌行》作《怨歌行朝时篇》等。其模仿法是修改某些词句并改动题旨，如《艳歌行》加进道德劝诫；或者题旨不变而将词句敷演扩展，使辞采更加华美、意象更加丰富；或者完全改变原乐府诗的题旨，如《惟汉行》改叙事为描写，以刻画人物形象为主要意图。傅玄主要是一位政论家、伦理学家，"在文学创作上，他只是西晋的并不激动人心的文风的先导"，"却是

---

[1] 仪平策：《中国审美文化史·秦汉魏晋南北朝卷》，138页。
[2] 《晋书·傅玄传》。

一种朝着文学的丰富多样发展的华美文风的先导"。① 陆机（261—303）、陆云（262—303）兄弟俩的拟古诗也不少，陆机《拟古诗》十二首如《拟明月何皎皎》《拟行行重行行》等的整体风格都与原《古诗十九首》的朴茂无华迥异，换成了清绮含典的文字，以景语来写情语，借意象的排列来巧构形似，加之不经意的排偶声律和结构布置，颇像刘勰所言"为文而造情"。这应当与陆机《文赋》里主张炼字琢句有关，钱锺书说："机意谓上世遗文，固宜采撷，然运用时须加抉择，博观而当约取。去词采之来自古先而已成熟套者，谢已披之朝华；取词采之出于晚近而犹未滥用者，启未振之夕秀。"②拟古诗便是陆机博采约取古典精华而炫技的产品，其艺术感染力并不是很强，时人赞誉也主要是针对他"为文而造情"的本事，如张华曾对陆机说："人之作文，患于不才，至子为文，乃患太多也。"张华本人就擅长拟古，与陆机趣味相投。陆云与陆机齐名，曾自述"四言五言非所长，颇能作赋"。其四言诗达一百余首，只是数量大而多出自宴饮赠答场合，故拟古模仿痕迹较重，明代张溥直指其诗特点："士龙所传四言偏多，有皇思文诸篇，诵美祁阳，式模大雅，类以卑颂尊，非朋旧之体。余篇一致，间有至极，使尽其才，即不得为韦侯讽谏，仲宣思亲，顾高出补亡六首，则有余矣。"其实"二陆"所在的秘书监贾谧门下的"二十四友"之诗风本多相似，潘岳、左思、刘琨等都写过不少的颂美皇权和饮宴游赏之作，这些作品见证了太康文学重视艺术技法这个事实，即沈约所谓"降及元康，潘、陆特秀，律异班、贾，体变曹、王，缛旨星稠，繁文绮合"。就艺术魅力而言，这类拟古游宴之作不算太好，包括陆机的创作。陆机最重要的成就不是诗艺，而是《文赋》里提出的文艺理论，特别是对诗、赋、碑、诔、铭、箴、颂、论、奏、说十种文体的审美特征做了一个概括，代表了当时文学作品对于形式美的呼唤和规定：诗之绮靡，赋之浏亮，碑之披文，诔之缠绵，铭之

---

① 罗宗强：《魏晋南北朝文学思想史》，89 页。
② 钱锺书：《管锥编》，1186 页，北京，中华书局，1986。

温润,箴之清壮,颂之彬蔚,论之朗畅,奏之闲雅,说之谲诳。这些规定都是针对写作之形式特征而说的,总的要点是,无论什么文体,都得讲究文字的表现力,穷形尽相,遣言贵妍,则情理亦由文采显出。《文赋》以赋体来讨论文学理论问题,它本身有示范意义,给往后的以赋论赋、以诗论诗、以词论词、以曲论曲等文学批评方式做了一个很好的示例。《文赋》这种做法,与时人的辨体意识强于前代密不可分。挚虞《文章流别论》在文学体式方面的认识更详尽细致,论及文章分类、各类的源流和性质、功能和评价等,刘勰《文心雕龙·才略》评云:"孙楚缀思,每直置以疏通;挚虞述怀,必循规以温雅;其品藻流别,有条理焉。"指出挚虞论文主张儒家文艺思想。《文章流别论》对东晋南朝文艺理论的发展也有重要影响。

左思是"二十四友"之一,自然也作《招隐》《咏史》这类拟古诗题以及《三都赋》这类颂美作品。他自称"其山川城邑则稽之地图,其鸟兽草木则验之方志,风谣歌舞各附其俗,魁梧长者莫非其旧",本着实证的精神写就的《三都赋》,在文坛领袖张华的推荐下终被"竞相传写,洛阳为之纸贵"。这种实证的精神有建安辞赋的遗风,运用于《咏史》诗的写作则变成寓古讽今的历史精神,故钟嵘说《咏史》"其源出于公幹。文典以怨,颇为清切,得讽谕之致",提炼出"左思风力"而把其诗列为上品。左思《咏史》八首诗形式上虽为拟古写作,是仿班固、王粲咏史抒情,但非纯粹炫示文学技巧式的模拟;他通过咏史抒发了自己真实的感怀,"题云《咏史》,其实乃咏怀也";非但咏怀,而且继承了建安作家的理想主义精神,兼含正始之音的阮籍式"奥诘达其渺思"的批判精神。所以,在审美风格上,也在流行的"结藻清英,流韵绮靡"之外另造一种抒写内心真情的诗风。这种诗风得到刘琨的响应,刘琨《扶风歌》《重答卢谌》等诗颇有建安悲凉慷慨的格调,钟嵘《诗品》评道:"其源出于王粲。善为凄戾之词,自有清拔之气。琨既体良才,又罹厄运,故善叙丧乱,多感恨之词。"评价很准确,指出其诗如其人。朱熹认为刘琨诗作之悲情源自"恃才傲物,骄恣奢侈,卒至父母妻子皆为人所屠";而王夫之则认为"琨乃以孤立之身,游于豺狼之窟，欲志之伸也，必不可得；即欲以颈血溅刘聪、石勒，报晋之宗社也，抑必不能；是以君子深惜其愚也"。不管悲情的触机为何，刘琨都是以生命体验写作的，沈德潜称其"英雄失路，万绪悲凉。故其诗随笔倾吐，哀音无次，读者乌得于语句间求之"，实践了太康之英"缘情"的一面。

太康文坛不能不提张华（232—300）。阮籍曾说张华有王佐之才，而晋武帝司马炎称誉他"才综万代，博识无伦，远冠羲皇，近次夫子"。张华德高位重，既提携了陆机、陆云等文学才俊，又在文学实践上开创了太康文学的审美风尚。钟嵘谓"其体华艳，兴托不奇，巧用文字，务为妍冶"，其实就是肯定了他的开创之功。张华在济世事功方面的成就反映了他积极进取的儒家人格精神，而深得阮籍赏识又反映出他思想中的玄学要素；亦儒亦玄的精神组合，使他在政治场域中"勇于赴义，笃于周急"，而在文学场域中则"儿女情多，风云气少"。政治生活和文学生活，张华区分得很清楚，他把创作当成休闲赏玩，就像那个时候的名士谈玄说理活动一样。事实上，《鹪鹩赋》就是他以玄学作为处世哲学的文学阐述，当然也是他参与谈玄说理的一个例证。推而论之，魏晋名士的谈玄说理出现大量的巧言妙语，而妙语常能解颐，遂成文学作品。例如，张华注《神异经》，撰《博物志》；陆云著《笑林》；郭璞注《穆天子传》《山海经》，著《玄中记》及《外国图》；等等。这个时期志怪神异小说由短篇到长篇，文学想象力越来越丰富，叙事手法越来越多样，说明太康以来文人讲故事的过程越来越文学化，遂为此后演化成小说体式继往开来。

经过八王之乱，晋室元气大伤，内忧外患困难重重，内迁诸民族乘机兴起，北方世族及百姓开始南渡。晋怀帝永嘉五年，前赵刘曜、石勒攻晋，杀太尉王衍及诸王公，陷京师洛阳，俘获怀帝，并杀王公士民三万余人，"中州士女避乱江左者十六七"。晋愍帝在风雨飘摇中撑了五年，西晋终亡，皇室后裔司马睿在建康创立东晋政权，并与世家大族形成"王与马，共天下"的门阀政治制度，北方则十六国并存对峙。这一局面给士人心态的影响是巨大的。在文学领域，永嘉南渡改变了文学发展的空间分布，中原士族的文学精神和审美追求移至江南地区，崇文尚学的气质在江南自然山水滋养下郁然勃兴，文学世家、艺术世家大量出现。刘勰梳理东晋文学流变轨迹说："逮明帝秉哲，雅好文会，升储御极，孳孳讲艺，练情于诰策，振采于辞赋，庾以笔才逾亲，温以文思益厚，揄扬风流，亦彼时之汉武也。及成康促龄，穆哀短祚，简文勃兴，渊乎清峻，微言精理，函满玄席，澹思浓采，时洒文囿。至孝武不嗣，安恭已矣。其文史则有袁殷之曹，孙干之辈，虽才或浅深，珪璋足用。自中朝贵玄，江左称盛，因谈余气，流成文体。是以世极迍邅，而辞意夷泰，诗必柱下之旨归，赋乃漆园之义疏。故知文变染乎世情，兴废系乎时序，原始以要终，虽百世可知也。"根据刘勰这段话可知，东晋文风既有延续西晋的部分，也有新变的部分。庾亮、温峤深受崇儒的晋明帝赏识，其文学创作亦以儒家礼教为依归，辞赋、诰策、笔札都有汉之遗风；而在承玄风余绪的简文帝时代，文学重有校练名理、清玄高远之致，但华彩不再，绮靡不复，袁宏、殷仲文、孙盛、干宝等人可为代表。刘勰所描述的细节也许不准确，但大体规律确乎如此。

王衍临难之前感叹："吾曹虽不如古人，向若不祖尚浮虚，勠力以匡天下，犹可不至今日！"[1]自己承担清谈误国之罪责。所以桓温北伐时公然指责："遂使神州陆沉，百年丘墟，王夷甫诸人不得不任其责！"[2]范宁更是直指整个魏晋玄学之罪："王何蔑弃典文，不遵礼度，游辞浮说，波荡后生，饰华言以翳实，骋繁文以惑世。搢绅之徒，翻然改辙，洙泗之风，缅焉将坠。遂令仁义幽沦，儒雅蒙尘，礼坏乐崩，中原倾覆。"[3]由此可见，东晋玄谈依然，然谈玄名士如庾亮、温峤辈基本以儒为本，以敦礼来纠正玄谈之弊。反映到文坛，就是批判和反省玄虚，矫正太康以降浮华，重申名教，主张一种"抱朴"的文风。比如名士戴逵"常以礼法自处，深以放达为非道"，其《竹林七贤论》认为七贤之风虽高，而礼教尚峻，元康诸人徒效其

---

[1] 《晋书·王衍传》。
[2] 《晋书·桓温传》。
[3] 《晋书·范宁传》。

形式而纵恣肆欲，可见他与名士乐广一样，是推崇名教礼制的。这批名士生活上享受适性逍遥之趣，却必须依归于风教，所以此时华美诗赋逐渐退让给史论、碑诔、赞吊、诏策、书笺等文体。比如赞体，有戴逵《闲游赞》、袁宏《三国名臣赞》、庾亮《翟征君赞》、孙绰《列仙传赞》等；如论体，有殷浩《易象》、孙盛《老聃非大贤》、戴逵《放达为非道》、王修《贤才》、王坦之《废庄论》等，都是改华靡流妍为简朴尚理的佳作。怪不得钟嵘要说此风平淡无奇："永嘉时，贵黄、老，稍尚虚谈。于时篇什，理过其辞，淡乎寡味。爰及江表，微波尚传：孙绰、许询、桓、庾诸公诗，皆平典似《道德论》。建安风力尽矣。"钟嵘把文风平淡归因于贵黄老尚虚谈显然是弄错了，原因恰恰相反，平淡文风乃是批判黄老庄玄的结果。因为这个时期庄老即将告退，玄风虽还在刮，却渐渐与佛学合流；道教倒是开始借鉴佛教的传播方式，领袖人物葛洪开始注重思想体系建设，认为"五千文虽出老子，然皆泛论较略耳。其中了不肯首尾全举其事，有可承按者也。但暗诵此经，而不得要道，直为徒劳耳，又况不及者乎？至于文子庄子关令尹喜之徒，其属文笔，虽祖述黄老，宪章玄虚，但演其大旨，永无至言。或复齐死生，谓无异以存活为徭役，以殂殁为休息，其去神仙，已千亿里矣，岂足耽玩哉？其寓言譬喻，犹有可采，以供给碎用，充御卒乏，至使末世利口之奸佞，无行之弊子，得以老庄为窟薮，不亦惜乎"[1]。葛洪基本上学承汉儒而反对玄谈，其《抱朴子》外篇即以晋初江南儒学为基础，体现出一种"立言助教"的基本倾向，他"不仅为了骋辞章于来世，令后世知其为文儒，而且旨在弘扬儒教，扭转世风，并总结历史教训，为晋室中兴提供借鉴"[2]。道教本来就是入世的宗教，葛洪主动向儒家思想靠拢，实现兼容并包，反映到文学创作上就是以平淡中和为归趣。这与刘勰所指出的"世极迍邅，而辞意夷泰"的东晋文风是一致的。

---

[1] 《抱朴子·释滞》。
[2] 丁宏武：《葛洪论稿——以文学文献学考察为中心》，201页。

东晋这种平淡中和的文学理论主张,在太康时期已有伏笔,挚虞《文章流别论》主张"四言为正","颂之所美者,圣王之德也",批评太康文学"假象过大""逸辞过壮""辩言过理""丽靡过美";他强调儒家名教对于文学创作的规范作用,正如刘勰说其述怀"必循规以温雅"。葛洪是东晋道教领袖,内擅丹道,外习医术,学贯百家,文学和音乐方面也成就斐然。其《抱朴子》虽是道教著作,却多有文学和美学的思想精粹散布各章中。曹丕曾经提出关于德行和文学的关系问题,但只提及两者的经常不一致;葛洪则并重文章与德行,认为两者关系当是德行为本源而文章为末流。关于文学的内容与形式即文质关系,他主张保持一种平衡关系,既不以质害文,也不以文害质,颇有孔子"文质彬彬"的意味。他坚决反对只讲文不讲质,也就是浮华的文风,比如批评汉末以降的文坛过分讲究辞采巧言,"唯在于新声艳色,轻体妙手,评歌讴之清浊,理管弦之长短,相狗马之剿弩、议邀游之处所,比错涂之好恶,方雕琢之精粗,校弹棋樗蒲之巧拙,计渔猎相捔之胜负,品藻妓妾之妍蚩,指摘衣服之鄙野"[①]。可见,葛洪等晋宋间士族道教思想家往往学承儒家而反对玄谈,其人生追求兼跨世俗和尘外,注重炼形养神以达长生,隐显任时以出处两得,归结起来就是抱朴守拙,珍重自己的生命,追求精神的超越性。书法家王羲之也是士族道教家庭出身,其《兰亭集序》记叙兰亭修禊时文人雅士聚会的欢乐,描写兰亭周围山水之美,抒发对于生死无常的感慨;"固知一死生为虚诞,齐彭殇为妄作。后之视今,亦犹今之视昔,悲夫!"流露出来的显然是道教思想,其中对生命的伤痛感慨,也就是对生命表示珍重的追求。

对生命本身的珍爱之情在东晋文人笔下往往并不峻切热烈,而是显得平平淡淡,那就是寻求一种中和的生活境界。陶渊明无疑是中和美学的典范,虽然《文心雕龙》中没有论述过他,他的声名也主要确立于齐梁时期,但是默默无闻丝毫不影响他对平淡生活的拥抱和投入,事实上他孜孜以求的正是

---

① 《抱朴子·崇教》。

这种生活状态。晋室南渡后也曾发动若干次北伐行动，但几无胜利可言；偏安江南后，君和臣、朝臣和藩镇、南渡士人和南方本地士人、各宗教组织等复杂利益团体之间的矛盾更加激化，酿成王敦之乱、苏峻之乱、伪楚之乱、孙恩和卢循之乱、谯纵之乱、刘裕平乱、刘裕篡晋等大大小小的动乱事件，构成了东晋政权的发展史。陶渊明（365—427）几番仕途进退，对纷扰世事和功名荣利自是看透了，才会回归田园。他的回归田园颇具时代象征意味，是汉末至魏晋六朝第二次对"人"的价值的发现。第一次是汉末建安作家群张扬个体精神，走向社会政治场域；陶渊明这次是尊重个体生命，退回日常生活场域。退回日常生活不属于隐居，因为隐居往往出于对世俗生活的厌倦，而陶渊明对世俗生活怀有一种"淡泊中的热情"。昭明太子萧统眼光明锐，其《陶渊明集序》云："有疑陶渊明诗篇篇有酒。吾观其意不在酒，亦寄酒为迹者也。其文章不群，辞彩精拔，跌宕昭彰，独超众类，抑扬爽朗，莫之与京。横素波而傍流，干青云而直上。语时事，则指而可想；论怀抱，则旷而且真。加以贞志不休，安道苦节，不以躬耕为耻，不以无财为病，自非大贤笃志，与道污隆，孰能如此乎？"萧统真是陶渊明的知音，知其嗜酒却意不在酒，酒只是诗媒和真情的载体；躬耕园陇却意不在园陇，园陇只是生活背景，实是自我的鲜明觉识；他可以"被褐欣自得，屡空常晏如"，故能旷达且真实，不需要隐遁伪饰；因褪去了伪饰，故其诗"文体省净，殆无长语。笃意真古，辞兴婉惬"。省净，就是删繁就简，不慕丽辞而返璞归真。也就是说，陶渊明诗文尽量使用日常生活语言而非文学语言；钟嵘是喜欢文学语言的，尽管"每观其文，想其人德"，但"人德"毕竟不是文学本身，只好依据自己的评判标准把陶渊明诗放在中品了。"风华清靡，岂真为田家语邪"，钟嵘发现了陶诗之"清"的范畴，即构成陶诗"中和"审美典范的重要质素，可惜"古今隐逸诗人之宗"的看法却偏宕了。萧统也有自己的"尚文"的评判标准，却更为包容："尝谓有能观渊明之文者，驰竞之情遣，鄙吝之意祛，贪夫可以廉，懦夫可以立。岂止仁义可蹈，抑乃爵禄可辞。不必傍游太华，远求柱史，此亦有助于风教也。"萧统不仅发现了陶渊明人格精神之崇高，而且发现了其诗旨与老庄道家思想的根本不同，发现了陶渊明退居田园的生活意义，即"亦有助于风教也"，对文人阶层的精神安放也有示范意义。陶诗"豪华落尽见真淳"，不求工而工的造境，一方面有关其"人德"，另一方面有关陶渊明追求诗之情与理的中和，恰如东坡拈出陶渊明谈理之诗，前后有三："一曰：'采菊东篱下，悠然见南山。'二曰：'笑傲东轩下，聊复得此生。'三曰：'客养千金躯，临化消其宝。'皆以为知道之言。"孙绰、许询、庾亮、桓温、支遁等人早就尝试过用玄言诗寄寓哲理，但钟嵘曾讥讽其"理过其辞，淡乎寡味"，意谓没有诗的趣味。陶诗却既有情致又有理趣，如其《形影神》诗教人委运任化的处世哲学，说理的方式简直像精彩的戏剧，让人捧腹，让人沉思。陶渊明把田园题材引入诗中，开拓了新的表现领域。田园既是生活场，也是他人生哲学和审美理想的映射区。

然其"中和"审美典范不是简单的"田家语"，乃是在质直朴拙中含有古雅华美的成分，像《闲情赋》《感士不遇赋》《归去来兮辞》都是文质彬彬，"始则荡以思虑，而终归闲正"，大有寓物言志的意味，在古雅华美的描叙中显示社会价值内涵。尤其《闲情赋》一篇，在华艳语句下回荡着凄恻情思，可惜萧统未能识其真意，说："白璧微瑕，惟在《闲情》一赋。扬雄所谓劝百而讽一者，卒无讽谏，何足摇其笔端？惜哉！亡是可也。"此篇以艳靡辞采宣泄其心中柔肠千结，通过"十愿"和"十悲"来抒写自己对绝代佳人的思慕之情，这种写法其实是对楚骚遗风的继承和再现，至情至性，故虽无劝百讽一者，亦颇合"国风好色而不淫"的诗教传统，礼教中人为之侧目掩耳是没有真正领略陶渊明的真意。当然，这又使得他平淡自然的面貌下，隐藏着难以消解的内外矛盾和物我冲突，与佛门中人的精神气质不太一致。朱熹说《咏荆轲》一篇最能露出陶渊明的精神本相，"平淡的人如何说得这样言语出来"，是有道理的。进而言之，这正是陶渊明"淡泊中饱含热情"的体现，也是其"任情自然"之人生态度的表征。因其任情自然，才能结庐于人境时充耳不闻车马的喧声，才能抚弄一张无弦琴而不感枯寂无聊。

萧统《陶渊明传》说："渊明不解音律，而蓄无弦琴一张，每酒适，辄抚弄以寄其意。"人或不解，实际陶渊明演奏的已不是琴，而是雅趣，是得意忘言的人生境界，正如元代李冶《敬斋古今黈》所言："陶渊明读书不求甚解，又蓄素琴一张，弦索不具，曰：'但得琴中趣，何劳弦上声。'此二事正是此老得处，俗子不知，便谓渊明真不著意，此亦何足与语。不求解，则如勿读，不用声，则如勿蓄。盖不求甚解者，谓得意忘言，不若老生腐儒为章句细碎耳。'何劳弦上声'者，谓当时弦索偶不具，因之以为得趣，则初不在声，亦如孔子论乐于钟鼓之外耳。"因此，魏晋时期"人"的第二次发现，就是落实在陶渊明吟诗作赋、抚琴读书、种豆植桑等平淡的日常生活之中的。陶渊明也以其任情自然的真性情、真节操和真人格获得文学史的崇高地位，而他的《桃花源记》所构造的世外桃源成为此后士人阶层的精神家园，文中的洞天思想也与晋宋间志怪神异小说的洞府仙乡叙事模式存在互文性影响。

晋宋之际，佛学融会玄学而擅主场，法显传入《涅槃经》，佛教徒热衷探讨"佛性"问题，认为一切众生皆具"佛性"，唯独"一阐提"与佛无缘。释道生却不认同这种观念，他觉得既然众生皆具佛性，就应包括"一阐提"，"一阐提皆得成佛"才是《涅槃经》的精神原旨。那么成佛的方式是什么呢？以往佛学认为"渐悟成佛"，即通过"积学""累学"途径一步步修炼，逐渐体悟到佛的最高本体，获得"佛性"。道生认为所谓成佛，是重新回归生命的本来状态，重新发现自我；"佛性"植根于一切生命之中，它超越任何分析思辨，不能通过修炼学习积累而获得，"悟"没有中间状态；据此道生提出"顿悟成佛"之说。晋宋时期的谢灵运也是一位颇有造诣和影响力的佛学家，他推崇道生的"顿悟成佛"说，欣赏"顿悟成佛"说的"不二"的思维方式。早在永嘉时期，谢灵运就参加了一场佛学论争，著成《辨宗论》，并为道生辩护而与法勖、僧维、慧骥、法纲、慧琳、王弘、江洲等往复问难。元嘉七年，《大涅槃经》传入建业，其"一阐提悉有佛性"思想能够证明道生的"顿悟成佛"说，而谢灵运与众僧合作，组织润色了旧译本。在晋宋之际的佛学话语环境下，自然山水作为审美对象进入文学世界，不再是名士风度的背景喻体，而是真正独立的审美对象，本身具有审美意蕴。《文心雕龙·明诗》云："宋初文咏，体有因革，庄老告退，而山水方滋。"玄学隐退而佛学日炽，人物美退位给自然美，山水诗由此崛起，代表人物便是谢灵运。谢灵运借用佛学的"缘起性空、空有不二"思维开创山水诗派。所谓"不二"即是无差别，性相一如，性相同体之意，也即所谓"中道"。《答僧维问》说："至夫一悟，万滞同尽耳。"一切的差别，种种执着都泯然无界，浑融如一体。谢灵运的山水诗正是他从佛学话语中走出来亲近自然的结果。亲近自然靠的是用心去感受，在感受中顿悟"物我俱一"的审美境界。例如，《相逢行》之"邂逅赏心人，与我倾怀抱"，《永初三年七月十六日之郡初发都》之"将穷山海迹，永绝赏心悟"，《晚出西射堂》之"含情尚劳爱，如何离赏心"，等等。诗里的自然山水成了心情神意的外在投射物，心情神意又成为自然山水的映照物，两者是互为对象了。欣赏山水即是欣赏心情，达到物我两忘的精神自由，成为山水诗派的基本思致。在艺术形式上，钟嵘说谢诗"名章迥句，处处间起；丽曲新声，络绎奔发"，所谓"新声"指的是在古体诗外别开新的诗歌体式，包孕着近体格律诗的雏形。例如，《从游京口北固应诏》云："远岩映兰薄，白日丽江皋。原隰荑绿柳，墟囿散红桃。"《晚出西射堂》云："连障叠巘崿，青翠杳深沉。晓霜枫叶丹，夕曛岚气阴。"还有著名的《登池上楼》："初景革绪风，新阳改故阴。池塘生春草，园柳变鸣禽。"凡此种种，都预示着诗体的革新。山水诗在谢灵运笔下，虽也时呈富艳精工的表象，但其模山范水都遵循心灵的投射，故一切显得不失自然，变创新声尚处不自觉状态。

到了颜延之，则几乎每首诗都刻意推敲，注重对偶、用典、雕镂，用钟嵘的话来说是"尚巧似。体裁绮密。然情喻渊深，动无虚发，一句一字，皆致意焉。又喜用古事，弥见拘束。虽乖秀逸，固是经纶文雅"。琅琊颜延之（384—456），《宋书·颜延之传》载其"少孤贫，居负郭，室巷甚陋。好读书，无所不览，文章之美，冠绝当时"，与谢灵运并称"颜谢"，又与谢灵运、鲍照并称"元嘉三大家"。鲍照曾评其诗与谢灵运之优劣,"谢五言如初发芙蓉,自然可爱。君诗若铺锦列绣,亦雕缋满眼"[1];此与钟嵘引汤惠休所言"谢诗如芙蓉出水,颜诗如错彩镂金"基本一致。虽然颜延之本人"终身病之",似感遗憾,但是颜谢对举颇有诗史意义,代表两种作诗法,一多出于敏捷才性,一多出于舒缓经营,都令世人艳羡。此即沈约《宋书·谢灵运传论》所说:"灵运之兴会标举,延年之体裁明密,并方轨前秀,垂范后昆。"认为颜谢之诗才各以特色垂范后世,没有褒贬之意。兴会标举者,通常更具自然灵性;而体裁明密者,通常更显苦心经营布置的本领。故同样状写景物,谢灵运采用"寓目辄书"的表达方式,景中融情,情中寓理,突破玄言诗的平典板滞,带来清新气息,有一份自然生动的韵致;颜延之则着意用典、铺陈和谋篇琢句,把抒情主体隐匿于客观铺叙形态之中,有一份严谨厚重的形式感。颜延之这种写法其实在当时更为普遍,因为元嘉文学扭转玄言文风的方法就是越过东晋的玄理而取法汉魏,用典拟古便是一种具体方法,比如拟乐府古题或《古诗十九首》。《拟明月何皎皎》《拟行行重行行》《拟青青河畔草》《拟客从远方来》《江南思》《长相思》《长别离》等就是同题拟作,蔚为风尚。连谢灵运都乐于拟作《悲哉行》《善哉行》《折杨柳行》《君子有所思行》等乐府旧题。故北宋张戒《岁寒堂诗话》说:"诗以用事为博,始于颜光禄而极于杜子美。"将颜延之与杜甫并论,可见这种写法在文学发展史上的价值所在。当然,用古事是要借他人酒杯浇自家胸中块垒,颜延之的《五君咏》《北洛使》《还至梁城作》《秋胡行》不独雕琢镂刻,经营诗的形式美,还饱含着才子用世的苦心孤诣,这点与谢灵运是相同的。谢灵运关注山水,寄身山水,却并不想终老于山水,毕竟谢氏家族非普通富贵人家,与政局有千丝万缕的纠葛,他是很想干一番宏图大业的,"进德智所拙,退耕力不任"就是其心声。谢灵运怀着一颗激扰不安的心,在对自然山水进行巧构形似的体物游赏活动时,总要在

---

[1] 《南史·颜延之传》。

诗里寓目辄书、即事申理以释解其情志。这种游赏山水的诗艺传统一直被后世诗人延续。

东海鲍照（412—466）"文辞赡逸。尝为古乐府，文甚遒丽"①，颇有集合各家之长处的特点。钟嵘评之云："善制形状写物之词，得景阳之诐诡，含茂先之靡嫚。骨节强于谢混，驱迈疾于颜延。总四家而擅美，跨两代而孤出。嗟其才秀人微，故取湮当代。然贵尚巧似，不避危仄，颇伤清雅之调。故言险俗者，多以附照。"鲍照之"善制形状写物之词"，主要体现在山水游赏诗里，其写法借鉴谢灵运：总叙缘起经过，中间描写景物，末抒情志或议论。《登庐山》《从登香庐峰》《登黄鹤矶》《望孤石》《山行见孤桐》《三日游南苑》等诗几成一模式，是谢诗的翻版。鲍照"才秀人微"，故其诗"伤清雅""言险俗"者别成一家之风格，显著特点就是运用乐府旧题，拟古咏史，反映社会现实生活，此与颜谢之孤芳自赏不同。鲍照的乐府诗数量最多，从汉魏古辞到吴歌、白纻舞辞，一路代拟下来。其乐府诗题除《拟行路难》，全用"代"题，如《代少年时至衰老行》《代堂上歌行》《代朗月行》《代苦热行》《代升天行》《代陈思王白马篇》《代陆平原君子有所思行》《代出自蓟北门行》《代结客少年场行》《代白头吟》《代棹歌行》《代贫贱苦愁行》《代边居行》等。有的假拟演戏般，有的抒发自家情怀，反映社会人生风貌，显示一种苍凉的悲美，与谢灵运着意于一己之情怀相比，境界更为辽阔旷远。此悲美境界又与鲍照创造新声有关系，梁代萧子显《南齐书·文学传论》论其诗说："发唱惊挺，操调险急，雕藻淫艳，倾炫心魄。亦犹五色之有红、紫，八音之有郑、卫。"这里的声调已与是否合乐无关，它强调的是文字本身的音声美，气势惊挺，波荡起伏犹如色彩斑斓。杜甫以"俊逸鲍参军"赞李白，指的就是其诗声韵格律之美堪比鲍照乐府诗。可见，鲍照诗体现了诗文走向声律化的趋势，其俊逸豪放和奇崛险俗的艺术风格对后世影响不言而喻。同时，鲍照是刘宋时代最杰出的骈体

---

① 《南史·鲍照传》。

文作家，其代表作《芜城赋》呈现"驱迈苍凉之气""惊心动魄之词"，采用大量对偶骈俪句式构造颇具刺激震撼人心的意象组合，如"泽葵依井，荒葛罥涂。坛罗虺蜮，阶斗麏鼯。木魅山鬼，野鼠城狐，风嗥雨啸，昏见晨趋。饥鹰厉吻，寒鸱吓雏。伏虣藏虎，乳血餐肤。崩榛塞路，峥嵘古馗"，描写了广陵两遭兵乱后的惨景。这种写法将诗的格律规则运用于赋体文章，对齐梁时期徐陵、庾信的骈体文写作产生了一定的启示作用。

钟嵘将五言诗的发展历程分为建安、太康、元嘉三个阶段，说："陈思为建安之杰，公幹、仲宣为辅；陆机为太康之英，安仁、景阳为辅；谢客为元嘉之雄，颜延年为辅。斯皆五言之冠冕，文词之命世也。"经过这三个时期的发展变创，五言诗至南朝萧齐时代形成"永明体"，由于声韵学介入文学世界，永明体成为律体诗的一种。齐武帝永明年间，众多文人聚集在武帝次子竟陵王萧子良身边，构成文学集团，其中萧衍、沈约、谢朓、王融、萧琛、范云、任昉、陆倕八人号为"竟陵八友"。萧子良还跟周颙交密，而周颙著《四声切韵》提出了汉字的平、上、去、入四种声调；而沈约将四声的区辨同传统的诗赋音韵知识如双声叠韵相结合，发明"四声八病"说，规定五言诗创作应避免平头、上尾、蜂腰、鹤膝、大韵、小韵、旁纽、正纽八种声律上的毛病。这就是《南齐书·陆厥传》里记载的情况："永明末，盛为文章，吴兴沈约、陈郡谢朓、琅邪王融以气类相推毂；汝南周颙善识声韵。约等文皆用宫商，以平上去入为四声，以此制韵，不可增减，世呼为'永明体'。"对八种病犯的具体解释，存于日本僧人遍照金刚的《文镜秘府论》西卷《文二十八种病》里。沈约对此发现和运用是相当自豪的，认为从屈原以降，文人写作虽然变创文体日益精进，但是还有一个重大秘密没有发现，《宋书·谢灵运传论》说："若夫敷衽论心，商榷前藻，工拙之数，如有可言。夫五色相宣，八音协畅，由乎玄黄律吕，各适物宜。欲使宫羽相变，低昂互节，若前有浮声，则后须切响。一简之内，音韵尽殊；两句之中，轻重悉异。妙达此旨，始可言文。至于先士茂制，讽高历赏，子建函京之作，仲宣霸岸之篇，子荆零雨之章，正长朔风之句，并直举胸情，非傍诗史，正以音律调韵，取高前式。自《骚》人以来，多历年代，虽文体稍精，而此秘未睹。至于高言妙句，音韵天成，皆阇与理合，匪由思至。张、蔡、曹、王，曾无先觉，潘、陆、颜、谢，去之弥远。世之知音者，有以得之，知此言之非谬。如曰不然，请待来哲。"在他看来，从屈原至曹植、王粲再至当代颜延之、谢灵运，他们的高言妙句、音韵天成，都只是暗与声理相合而已，并非自觉地运用声音的规律。可是，沈约也说过"降及元康，潘、陆特秀，律异班、贾，体变曹、王，缛旨星稠，繁文绮合。缀平台之逸响，采南皮之高韵，遗风余烈，事极江右"。这就是在说潘岳、陆机已经在文章中注意音声之辨吗？而钟嵘说谢灵运诗"丽曲新声，络绎奔发"，不也是指出诗歌与新声的结合吗？之所以前后矛盾，是因为还没有把文字的语音声律及其规则跟音乐的宫商角徵羽节律区别开来，认识到格律诗是文字艺术而非音乐艺术。永明诗文对声韵格律的重视，是魏晋以来文学自觉性和独立性发展的结果。

这一时期还延续了关于文笔的概念辨析。颜延之较早辨析文笔区别，他的大体认识是无韵为笔，有韵为文。后来萧绎不满足于以有韵无韵来区别，而强调文学特有的抒情性质；萧统则以"事出于沉思，义归乎翰藻"来选择文学作品。在南朝士人眼里，"笔"仅能显示一个人的学，"文"则展示一个人的才，而南朝士人似乎更重视文才，"士大夫悉以文章相尚，无以专经为业者"[1]，可见那时的文学风头之盛，怪不得"世称'沈诗任笔'，昉深恨之"。任昉以"笔"著称，却仍深以为憾。永明文学对于声律的重视和纯文学的爱尚，标志着继汉末以来的"中国古代诗人作为一个相对独立的创作阶层登上历史舞台后的又一次历史性转变"，"以更为独立的面貌出现在历史的舞台上"[2]。文学的格律之美成为这一时期文人们共同的追求。

于是，永明体成为新诗体，竟陵八友都是这一诗体的代表作家。《南

---

[1]《资治通鉴·齐纪二》。
[2] 刘跃进：《门阀士族与永明文学》，22页，北京，生活·读书·新知三联书店，1996。

史·庾肩吾传》云："齐永明中，王融、谢朓、沈约文章始用四声，以为新变，至是转拘声韵，弥为丽靡，复逾往时。"此后至梁陈百余间，包括吴均、何逊、阴铿、徐陵、庾信在内的九十余人皆对此新诗体进行了尝试，推动了格律诗在唐代确立和兴盛。谢朓是永明诗人中最有成就的一位，因与前辈谢灵运同擅山水诗而并称"大小谢"。他的创造在于自觉运用永明声律知识去丰富山水诗的写作经验，其《入朝曲》最有代表性，成为永明体经典诗作："江南佳丽地，金陵帝王州。逶迤带绿水，迢递起朱楼。飞甍夹驰道，垂杨荫御沟。凝笳翼高盖，叠鼓送华辀。献纳云台表，功名良可收。"钟嵘以"工丽"来涵括永明诗的审美特征，而此篇词采华赡而清丽，更兼平仄协调对仗工整，称它为唐代格律诗的起点也不为过。李白之"蓬莱文章建安骨，中间小谢又清发"与"解道澄江静如练，令人长忆谢玄晖"等诗句，清楚地说明了谢朓诗对唐诗的借鉴意义。当然，以谢朓、沈约、王融为代表的永明诗人，以辞采、声律、句法、结构为形式规范，不仅创作清丽、清发之作，也创作了不少的清怨之作。沈约《咏桃》："风来吹叶动，风去畏花伤。红英已照灼，况复含日光。歌童暗理曲，游女夜缝裳。讵减当春泪，能断思人肠。"也许有代拟心曲的意思，但清怨情绪表露无遗。谢朓《玉阶怨》："夕殿下珠帘，流萤飞复息。长夜缝罗衣，思君此何极。"幽情怨意在诗境中回荡。而"大江流日夜，客心悲未央"；"寄言罳罗者，寥廓已高翔"；"常恐鹰隼击，时菊委严霜"等，清怨感慨中隐含有悲郁之气。这些诗作的存在，说明永明文学并非仅限于形式美，对诗思境界也有一定的提升之功。

文学史上的永明文学大概从泰始元年持续到梁武帝天监十二年。这一时期，皇室贵族或世家大族莫不从事文学活动。清代赵翼《廿二史札记》赞誉"齐梁之君多才学"："创业之君，兼擅才学，曹魏父子，固已旷绝百代，其次则齐、梁二朝，亦不可及也。……至萧梁父子间，尤为独擅千古。武帝少而笃学，洞达儒玄，虽万机多务，犹卷不辍手。……天性睿敏，下笔成章，千赋百诗，真疏便就，诸文集又一百卷。……历观古帝王，艺能博学，罕或有焉。"这些帝王皇族的才学包括儒、道、玄、佛、经、史、子、集等各个方面，自然也包括文学。考其原因，《南齐书·良政传序》云："永明之世，十许年中，百姓无鸡鸣犬吠之警，都邑之盛，士女富逸，歌声舞节，袨服华妆，桃花绿水之间，秋月春风之下，盖以百数。"良好的社会政治环境与帝王自上而下的鼓动倡导，使得文学独立性进一步加强，地位进一步提升。宋文帝于儒学、玄学、史学三馆外别立文学馆；宋明帝立总明观，分儒、道、文、史、阴阳五部。文学由此从经史之学的附庸中独立出来，地位甚或有超越经学之势。齐武帝永明年间，由皇族和士族组构的文学集团除萧子良集团外，至少还有豫章王萧嶷集团和随郡王萧子隆集团。其中竟陵王府邸是永明文学中心，映射出这一时期的文学风光。

在皇族的参与鼓动下，文苑郁兴，到梁陈时代，出现"徐庾体""宫体""吴均体""阴何体""选体"等。徐陵、庾信把语言形式的绮艳与思想内容的风雅传统结合起来，创制"徐庾体"，此体以庾信成就最高，刘熙载《艺概·诗概》说"庾子山《燕歌行》开唐初七古，《乌夜啼》开唐七律，其他体为唐五绝、五律、五排所本者，尤不胜举"，从南北朝诗到唐诗的演进，庾信诗有直接影响。皇族与士族共构的文坛，往往形成一种"文雅的庸主"和"柔媚的词臣"一起吟咏讽诵和诗赋创作的场景。梁武帝、梁简文帝、梁元帝、陈后主、沈约、任昉、徐陵、江总、庾信等，君臣之间争宠翰墨，不亦乐乎。"宫体诗"便是梁简文帝创制的，因宫廷生活所限，宫体诗"清辞巧制，止乎衽席之间，雕琢蔓藻，思极闺闱之内。后生好事，递相放习，朝野纷纷"[①]，流宕未已，至陈朝而未能全变。如同"大小谢"对于自然山水的文学感觉经验的发掘，宫体诗对于文学感觉经验的开拓也是有贡献的，不能因其性灵隐匿和不再言志缘情就断然否决。宫体诗以女性生活为主要题材内容，从皇后、妃嫔、贵族女子到舞女、歌伎，再到采桑女、采莲女、织妇、捣衣妇等，都成为诗里描写的对象，一方面艳情声色大炽，女性

---

① 《隋书·经籍志》。

身体成为新的审美对象；另一方面咏写刻画女性生活景物，如镜、灯、烛、幔、窗、琵琶、琴瑟、衣架、殿、阁、闺、堂、柳、莲藕、蔷薇、鸳鸯等，极大地拓展了咏物的范围，提升了咏物的技巧。这些文学经验综合发展成香奁闺情的传统，五代两宋词、明清艳情小说戏曲都不可避免地接续这个传统。专写女性之美，则艳情自生，道德价值让位于审美价值。乐府、清商曲辞、吴歌西曲等，艳被于江左。为了方便写作，徐陵辑成《玉台新咏》，收录自东周至南梁诗歌八百余首。因其编纂宗旨是"选录艳歌"，语言上弃深奥典重而取明白易懂，故民间文学得到重视，如《孔雀东南飞》首见于此书。其又重视女性写作，故班婕妤、鲍令晖、刘令娴等女作家的作品得以保存和流传。

徐陵编此艳诗集并作《玉台新咏序》，体现了将四声之学运用到辞赋创作中的新变，即骈体文的出现。观《玉台新咏序》之文辞多为四六句式，如"楚王宫里，无不推其细腰；卫国佳人，俱言讶其纤手。阅诗敦礼，岂东邻之自媒；婉约风流，异西施之被教。弟兄协律，生小学歌；少长河阳，由来能舞。琵琶新曲，无待石崇；箜篌杂引，非关曹植。传鼓瑟于杨家，得吹箫于秦女"。类似这篇序的骈体文被称作"四六文"，"四六文"的兴起，同律体诗一样，是当时文坛追求文学语言形式美的产物。元嘉时期鲍照的辞赋已有"四六文"的雏形，比如《芜城赋》，"是以板筑雉堞之殷，井干烽橹之勤，格高五岳，衮广三坟，崒若断岸，矗似长云。制磁石以御冲，糊赪壤以飞文。观基扃之固护，将万祀而一君。出入三代，五百余载，竟瓜剖而豆分"。句式的对偶骈俪都已相当精工。但真正有意识地标举四六文体当属于萧梁徐陵、庾信辈。清代程杲《四六丛话序》说："四六盛于六朝，庾、徐推为首出，其时法律尚疏，精华特浑。譬诸汉京之文，盛唐之诗，元气弥沦，有非后世能造其域者。"许梿《六朝文絜》评《玉台新咏序》说："骈语主徐庾，五色相宣，八音迭奏，可谓六朝之渤澥，唐代之津梁。"可见，徐陵及其《玉台新咏序》对骈体文的繁荣具有重要作用。庾信的《哀江南赋》用四六句式伤悼和反思梁亡的前因后果，悲叹个人身世，将宏大叙事与个体叙事、思想意蕴和形式审美相结合,获得"赋史"称誉。历代虽有诟病庾信气节者,但都不得不承认其赋的文学史价值。就形式美的新变而言,《哀江南赋》的声韵对偶、结构辐辏、自然用典等方面都呈现出很强的美感。纪昀《四库全书总目提要》称赞庾信为"四六宗臣",评其赋文"华实相扶,情文兼至",并说:"信北迁以后,阅历既久,学问弥深,所作皆华实相扶,情文兼至。抽黄对白之中,灏气舒卷,变化自如,则非(徐)陵之所能及矣。"陈寅恪《读哀江南赋》也从文学成就的角度评赞说:"古今读哀江南赋者众矣,莫不为其所感,而所感之情,则有浅深之异焉。其所感较深者,其所通解亦必较多。兰成作赋,用古典以述今事。古事今情,虽不同物,若于异中求同,同中见异,融会异同,混合古今,别造一同异俱冥,今古合流之幻觉,斯实文章之绝诣,而作者之能事也。"[1]散文的气势、骈文的色泽、咏怀的情愫、叙事的结构,都在《哀江南赋》里得到充分体现。

南朝之所以能出现《玉台新咏序》《哀江南赋》这种四六体骈文,是与皇族与士族共同从事辞赋美文写作的风尚有关的。就萧梁皇族而言,萧衍《净业赋》,萧统《陶渊明集序》,萧纲《晚春赋》《悔赋》,萧绎《采莲赋》《荡妇秋思赋》等都是辞赋杰作。词臣则更众,除沈约、任昉、徐陵、庾信外,陆倕、丘迟、何逊、吴均、王筠、江淹、刘峻、庾肩吾、陶弘景等都善写骈体辞赋,可谓人才炳蔚,盛极一时。其中,江淹的《恨赋》《别赋》借赋来描写叙述,进而说理论情,是情理结合的辞赋绝调。丘迟的《与陈伯之书》则前景后情,借景生情,虽是劝降书,却收纵自如,于骈俪的声韵节奏中抒情论理,已经完全褪去了"为文而造情"的生硬的技巧痕迹。道教中人陶弘景被称作"山中宰相",其《答谢中书书》堪称六朝山水小品经典名作:"山川之美,古来共谈。高峰入云,清流见底。两岸石壁,五色交晖。青林翠竹,四时俱备。晓雾将歇,猿鸟乱鸣;夕日欲颓,沉鳞竞跃,实是欲界之仙都,自康乐以来,未复有能与其奇者。"于江南山川之美

---

[1] 陈寅恪:《金明馆丛稿初编》,234页,北京,生活·读书·新知三联书店,2001。

中反映娱情林泉的审美旨趣，文辞清丽温婉，足可媲美吴均的《与朱元思书》，却又多了一些精神超越的质素。律体诗和骈体文的发达兴盛，意味着中国文学在形式美的规律探索和应用方面又推进了一步，标志着古代文人审美意识走向成熟，从偏于善的伦理价值诉求转向把握偏于审美韵味的文学特征。隋代李谔《上隋高祖革文华书》批评齐梁文风积弊弥盛说："贵贱贤愚，唯务吟咏。遂复遗理存异，寻虚逐微，竞一韵之奇，争一字之巧。连篇累牍，不出月露之形，积案盈箱，唯是风云之状。"值得注意的是，李谔的文字本身就通篇流露出齐梁骈偶风格，前代文学遗风又岂能说断就断呢！

格律诗和骈体文的成就，应当与辨体意识有关。为文以体制为先，在实践和理论的总结方面，齐梁时期有两部文学理论著作《文心雕龙》和《诗品》，还有两部重要的文学选集《昭明文选》和《玉台新咏》。《诗品》和《玉台新咏》在诗的体式方面做了分类和总结，《文心雕龙》和《昭明文选》则对文学整体做了更为细致的分类和总结。刘勰《文心雕龙·序志》说其写作是"本乎道，师乎圣，体乎经，酌乎纬，变乎骚"，这里的"体乎经"，指的是要依儒家经学条例对各个文体进行辨识疏解，具体操作方法和途径是"论文叙笔，则囿别区分，原始以表末，释名以章义，选文以定篇，敷理以举统"。就文类而说，前十篇论文，后十篇论笔，分为诗、乐府、赋、颂赞、祝盟、铭箴、诔碑、哀吊、杂文、谐隐、史传、诸子、论说、诏策、檄移、封禅、章表、奏启、议对、书记，虽然比起后来的《文章辨体》《文体明辨》等仍有疏漏，但比起以前应该说是很详备了，对各种文类的解析也很细致精要，对后人了解南朝宋齐文学的创作情况和理论问题都是很有价值的。《昭明文选》则是从文学作品归类体现当时的辨体意识的。萧统说其体例是"凡次文之体，各以汇聚。诗赋体既不一，又以类分。类分之中，各以时代相次"。其总的选文原则是文学性，即使是"事出于沉思"之作，亦须"义归乎翰藻"才能入选。在这个原则下，先分出赋、诗、骚、七、诏、策、令、教、文、表、上书、启、笺、奏记、书、檄、对问、设论、辞、序、颂、赞、符命、史论、史述赞、论、连珠、箴、铭、诔、哀、碑文、墓志、行状等文体；文体下面再分文类，如"诗"这一文体之下又细分补亡、述德、献诗、公燕、祖饯、咏史、游仙、游览、行旅、招隐、咏怀、哀伤、赠答、军戎、情诗、郊庙、杂拟等文类；"赋"这一文体之下又分京都、郊祀、畋猎、纪行、游览、宫殿、物色、鸟兽、志、哀伤、论文、音乐、情等文类。文体分类的细致化，说明了古人文学生活的复杂性和丰富性，也说明了各体各类文字符号组织的文学化程度越来越高。"文体是指一定的话语秩序所形成的文本体式，它折射出作家、批评家独特的精神结构、体验方式、思维方式和其他社会历史、文化精神。"[①] 萧统坚持文学本位原则和文学性标准，把汉魏以降最具文学审美特征的文字作品汇聚一书，表彰文采，为梁以后的文坛重视文采立了一个表率。陈后主陈叔宝（553—604）在位时大建宫室，生活奢侈，不理朝政，日夜与妃嫔、文臣游宴，制作艳词。文学与富贵缔结最紧密的因缘当自晋宋开始，而陈后主将这层关系推向高潮，终成亡国之音。《陈书·后主本纪》载："古人有言，亡国之主，多有才艺，考之梁、陈及隋，信非虚论。然则不崇教义之本，偏尚淫丽之文，徒长浇伪之风，无救乱亡之祸矣。"其创作的宫体诗《玉树后庭花》也被用来指代荒淫奢豪的生活方式、情欲话语的审美感受、靡丽华艳的精神追求和亡国离乱的社会征兆。

汉末至魏晋六朝士人的文雅风流不仅记载于《文心雕龙》和《昭明文选》中，以文学作品荷载其才情禀赋；还记载于丰富多彩的言语清谈之中，比如邯郸淳的《笑林》、裴启的《语林》、郭澄之的《郭子》、沈约的《俗说》、殷芸的《小说》、杨松玢的《解颐》、虞通之的《妒记》、刘义庆的《世说新语》等。《世说新语》的编撰者是刘宋临川王刘义庆（403—444）及其门下文士，此书是记录士人阶层为主的魏晋社会日常生活的小说集，分为"德行""言语""政事""文学""方正""雅量""识鉴"等三十六类，每类长短各异，成为"一部名士底教科书"。相对于志怪神异小说，

[①] 童庆炳：《文体与文体的创造》，1页，昆明，云南人民出版社，1994。

《世说新语》乃随手而记的笔记体志人小说。论文学价值，明代胡应麟评说："读其语言，晋人面目气韵，恍然生动，而简约玄澹，真致不穷。"谓其叙述语言隽永传神、简洁凝练，人物语言颇具个性风采，体现清玄旨趣。王世贞说自己喜读此书，只患很快就读完："至于《世说》之所长，或造微于单辞，或征巧于只行，或因美以见风，或因刺以通赞，往往使人短咏而跃然，长思而未罄。"其弟王世懋也说："晋人雅尚清谈，风流暎于后世，而临川王生长晋末，沐浴浸溉，述为此书，至今讽习之者，犹能令人舞蹈，若亲睹其献酬。"《世说新语》运用了各种修辞技巧，创造了许多佳句名言，像"一往情深""卿卿我我""拾人牙慧""黄绢幼妇""望梅止渴""七步成诗""雪夜访戴"等故事，都固定为成语或典故，让人遥想其中的人物事迹、文学形象、典章故实。后又配以刘孝标的注释，其文学价值和史料价值更增几许。刘知幾从史学家角度评说其文学虚构笔法："晋世杂书，谅非一族，若《语林》《世说》《幽明录》《搜神记》之徒，其所载或诙谐小辩，或神鬼怪物。其事非圣，扬雄所不观；其言乱神，宣尼所不语。皇朝新撰《晋史》，多采以为书。夫以干、邓之所粪除，王、虞之所糠秕，持为逸史，用补前传，此何异魏朝之撰《皇览》，梁世之修《遍略》，务多为美，聚博为功，虽取说于小人，终见嗤于君子矣。"[①]若从文学角度来看，则所谓其事非圣、其言乱神恰恰是艺术特色，是作品魅力所在，文学之区别于史学亦判然分明。隋唐后的侯白《启颜录》、王谠《唐语林》、王方庆《续世说新书》、何良俊《何氏语林》、孔平仲《续世说》、王晫《今世说》、李绍文《明世说新语》、冯梦龙《古今谭概》、吴肃公《明语林》、李清《女世说》、颜从乔《僧世说》等志人小说都曾拟仿《世说新语》，形成特殊的"世说体"这一小说体式。再者，《世说新语》并非像刘知幾所说毫无历史价值，魏晋士人阶层的生活方式和精神面貌多可从中获得感性把握，让历史人物不再是干枯寂寞而没有温度的符号集群，这对于正史人物传是个很好的

---

① 《史通·采撰》。

补充，《晋书》酌取材料于它也正说明了这一价值。况且，《世说新语》描写和刻画的人物形象群有助于了解士族家庭关系及世族制度。比如，温县司马氏（代表人物：司马懿、司马孚、司马师、司马昭、司马攸）；琅琊王氏（代表人物：王衍、王导、王敦、王羲之、王献之、王徽之、王珣）；陈郡谢氏（代表人物：谢鲲、谢尚、谢安、谢玄、谢道韫）；太原王氏（代表人物：王昶、王湛、王承、王述、王坦之、王恭）；龙亢桓氏（代表人物：桓彝、桓温、桓冲、桓豁、桓玄、桓振）；陈郡殷氏（代表人物：殷羡、殷浩、殷仲文、殷仲堪）；新野庾氏（代表人物：庾亮、庾皇后、庾冰、庾翼）；陈留阮氏（代表人物：阮籍、阮咸、阮瞻）；陈郡袁氏（代表人物：袁乔、袁宏、袁耽）；高平郗氏（代表人物：郗鉴、郗愔、郗超）；泰山羊氏（代表人物：羊祜、羊孚）；河东裴氏（代表人物：裴秀、裴頠、裴楷）；等等。各大家族之间又勾连起错综复杂的姻亲裙带关系，从中体现出魏晋时期的婚姻观念和风俗，反映了士族身份地位升降情况及其与社会政治发展变化的密切联系。总之，《世说新语》是南朝集大成的志人叙事小说，构建了一个士人阶层为中心的文学社会。

《世说新语·文学》第二十五条载："褚季野语孙安国，云：'北人学问，渊综广博。'孙答曰：'南人学问，清通简要。'支道林闻之曰：'圣贤固所忘言。自中人以还，北人看书，如显处视月；南人学问，如牖中窥日。'"余嘉锡笺疏引《北史·儒林传序》说："南人约简，得其英华；北学深芜，穷其枝叶。"这是讲东晋以后南北学风的差异，南北文风也大略如此。《隋书·文学传序》的概括尤其精要："江左宫商发越，贵于清绮，河朔词义贞刚，重乎气质。气质则理胜其词，清绮则文过其意，理深者便于时用，文华者宜于咏歌，此其南北词人得失之大较也。"北方士族多以经学传家，又受汉儒诗教传统影响较深，文风较为朴重，偏于文学的伦理道德维度；南方士族多清玄世家，多有佛道的宗教因缘，文风追尚轻靡华艳，偏于文学的审美形式维度，常将文学与道德分为两物。然而这只是大略，随着南北文化交融程度的加深，文学的地域包容性也越来越强。佛玄合流，三教互渗,已在齐梁之际加快进度。南北文学本来亦有共同的渊源,比如北方"词义贞刚""重乎气质"的特点,显然有建安以来重视人格精神的文化痕迹,有"文气"说的审美影响。这是南北文学汇聚的共同基因。北周建德五年,武帝宇文邕北连突厥,南和陈朝,攻灭北齐统一北方。北齐的阳休之、卢思道、颜之推、薛道衡等同入北周;而颜之推本就是由南方辗转至北方的,同样流落到北方的还有其兄颜之仪,以及庾信、王褒、何妥、萧该等。这批文人原先在南方就已声名远传,而今又主盟北方文坛,南风北渐遂不可避免。再者,北朝原先多以经学传家,从事文学且著名者并不多,北魏以来仅"北地三才"温子昇、邢邵、魏收较有成就。然"北地三才"都有意模仿南朝文学,因为南朝文学毕竟代表着创新的走向。济阴王曾称赞温子昇说:"江左文人,宋有颜延之、谢灵运,梁有沈约、任昉,我子昇足以陵颜轹谢,含任吐沈。"用南朝颜延之、谢灵运、任昉、沈约来作参照,其实是向南朝看齐,认为北朝总体不如南朝。邢邵擅长骈文,据《北史》《北齐书》《颜氏家训》,其"所作诏诰,文体宏丽","文章典丽,既赡且速,年未二十,名动衣冠",其现存文章大多辞藻华丽,对仗工整,都有意仿效南朝文人如沈约的文风。《冬日伤志篇》现存八首诗,其中如《七夕》《思公子》等,从内容到形式均模仿齐梁诗。魏收也类似,其《挟琴歌》《美女篇》《后园宴乐》等几无北地质朴贞刚之气质,全然是南朝脂粉轻靡气息。《北史·魏收传》记载魏收与邢邵比较文学技艺优劣,议论更相訾毁,二人各有朋党,乃至互相揭短,邢邵揭魏收偷窃任昉,魏收揭邢邵剽窃沈约。可见,邢、魏均以南朝任昉、沈约为效仿典范,南风北渐的影响力可见一斑。北周文风也同样在向南朝靠拢。"唯王褒、庾信奇才秀出,牢笼于一代。是时,世宗雅词云委,滕、赵二王,雕章间发。咸筑宫虚馆,有如布衣之交。由是朝廷之人,闾阎之士,莫不忘味于遗韵,眩精于末光,犹丘陵之仰嵩岱,川流之宗溟渤也。"[1]王褒、庾信由南到北,也把南朝的文学审美趣味传到

---

[1] 《周书·王褒庾信传论》。

了北朝，从朝野上下对他们文学风采的痴迷程度可知南方风气弥漫北周文坛。所以，"周氏吞并梁荆，此风扇于关右，狂简斐然成俗，流宕忘返，无所取裁"①。

南朝文学对北朝文学影响如此之深，与北朝政权的民族交融政策有直接关系。宇文泰建西魏时，与汉族士人阶层合作，崇古尊今，以三代圣王为榜样，争取士大夫的认同，最终目的是要跟南朝萧梁争夺文化正统。故在政治上以德治教化为主，辅以法治，推崇儒家学说，以儒家伦理纲常观念稳定统治秩序。正因文化政策导向汉文化传统，北朝文学界钦慕并取法南朝文学就是很正常的了。而南朝文学的发展至少有两个路径：一是重视形式规律的审美风尚，以清绮柔靡文风蔓延主流文坛；二是注重社会思想内涵的伦理风尚，以缘情重质文风抵抗柔媚之俗。北朝尤其是西魏以来其实是继承了缘情重质的一面，但随着南北交融进程的加深，北朝文人对南朝重视形式规律的审美风尚也产生了追慕心理。同样，南人北至，原有的文学气息也不可避免地混合了北地的气息而发生变化，如庾信就是南北融合的标志型人物。庾信原是梁朝宫体诗的重要作者，是徐庾体的代表诗人。流寓北方后，其文学视野显然不再局限于宫廷生活，而是增添了身世感慨，涵盖了北方广阔的历史和现实生活，诗风也融进了北方的萧瑟苍凉和慷慨悲郁的审美格调，《哀江南赋》《拟咏怀》等就是南北气质融合的经典范本。他既把南朝柔媚靡丽的审美文化趣味传到了北朝，同时也感染了北朝那种悲郁凝重、肃穆辽远的审美文化趣味。魏徵《隋书·文学传序》说："若能掇彼清音，简兹累句，各去所短，合其两长，则文质彬彬，尽善尽美矣。"《庾子山集》臻此境界，既是"南北称美"的文学形态，也是南北文化融合的象征符码。

书法，即汉字的书写艺术，是"一种最高意境与情操的民族艺术"②。

---

① 《隋书·文学传序》。
② 宗白华：《美学散步》，116页。

当汉字书写从关注实用功能转向形体结构本身的审美功能之时，书法的艺术价值就产生了。东汉以前的汉字书写主观上以实用为目的，客观上为后世留下了审美的因素。元代郝经说："夫书一技耳，古者与射御并，故三代、先秦不计夫工拙，而不以为学。是以无书法之说焉。"①所以，即使是秦时李斯作《仓颉篇》、赵高作《爱历篇》、胡毋敬作《博学篇》，"皆取史籀大篆，或颇省改"，都只是定型为小篆文字的活动而非审美的主观追求。至于西汉，选拔制度重视书写能力，众多文人如司马相如、严延年、张安世、史游、扬雄、杜邺、张敞、爰礼等，都以能书而被任官。不过，此时仍然以识别古文字、书写的规范性为标准以服务于政府文书工作，并非看重字形结构、点画线条和空间布局的艺术性，这些能书善书的文人基本上是文字学家且有相应的著作。西汉文吏必须掌握的字体是秦书八体，即大篆、小篆、刻符、虫书、摹印、署书、殳书、隶书，以此八体为基础，汉末到三国期间定型为大篆、小篆、鸟篆、隶书四种书体。汉时隶书演化出章草和楷隶，楷隶定型为正楷，为追求书写速度又演化出行书。西汉末年，文人尺牍成为审美对象，张怀瓘《书断》云："自陈遵、刘穆之起滥觞于前，曹喜、杜度激洪波于后，群能间出，角立挺拔。或秘象天府，或藏器竹帛。虽经千载，历久弥珍。"书写作品被人收藏，说明书法审美意识渐强，社会习书者也渐次增多。东汉的杜操、崔瑗、崔寔、班固、蔡邕、蔡琰、王次仲、邯郸淳、张芝、张昶等已把书写视作纯粹的艺术活动，对书写艺术的爱好并非出于功利动机。桓、灵之间，在汉隶和章草基础上，张芝创造今草，响应社会兴起的草书热潮，"临池学书，池水尽墨"。赵壹感于社会研习草书热潮妨碍儒学正道的弘扬，特作《非草书》以矫正时风，说："余郡士有梁孔达、姜孟颖者，皆当世之彦哲也，然慕张生之草书过于希孔、颜焉。孔达写书以示孟颖，皆口诵其文，手楷其篇，无怠倦焉。于是后学之徒竞慕二贤，守令作篇，人撰一卷，以为秘玩。余惧其背经而趋俗，此非所以弘道兴世也；又想

---

① 崔尔平：《历代书法论文选续编》，174页，上海，上海书画出版社，1993。

罗、赵之所见嗤诋,故为说草书本末,以慰罗、赵,息梁、姜焉。"其时草书腾兴,赵壹想复返仓颉史籀只能是逆行,其主张必将不得实现。草书本为书写简便而创制,却因线条笔墨行气的变化多端而可寄寓书写者的主观情感,书写者往往通过文字的结构形态、轻重缓急等来传递自己的精神气质。汉灵帝光和元年特设鸿都门学,包括辞赋书画等专门之学,背后虽涉及政治势力的博弈,毕竟在经学外另立文艺专门之学,扩展了教育内容,培养了师宜官、梁鹄、毛弘等书法名家,标志着书法艺术已然独立。元代刘因《叙学》说:"字画之工拙,先秦不以为事。科斗、篆、隶、正、行、草,汉氏而下,随俗而变,去古远而古意日衰。魏晋以来,其学始盛。自天子大臣下至处士,往往以能书名家,变态百出,法度备具,遂为专门之学。故宋高祖病不能书,不足厌人望。刘穆之使放笔大书,亦自过人,一纸可三四字,其风俗所尚如此。"所谓古意日衰,乃反指书写本体论意识加强。汉末各种字体已备,经验也已理论化。在崔瑗《草书势》之后,有蔡邕《篆势》《隶势》《笔论》《笔赋》,不仅论及结体布局,也涉论书法创作时的精神状态,这是走向魏晋书法美学成熟期的前期理论准备。

在汉末,中国书法艺术的各种字体均已形成,从汉隶到章草和正楷再演化为行书的字体演变,使书法家的书写空间更为广阔,自由发挥的程度提升,已能够有意地追求完备的法度和多样的个性风格。魏晋南北朝士人多兼擅文学与书画,他们普遍研习各体书法,使书法艺术在这一时期达到了全面的成熟,迎来书法艺术史的第一个高峰。这一时期,书体的法度程式和笔画结体业已完备,此后的书法发展史主要是书法家个体风格的创新,而非书体的变异。在书写工具和材料方面,绢素运用于书画,尤其造纸技术的出现,对书法艺术的结体和章法有直接影响;绢素较贵重,皇族使用较多,书法的大众化还得依靠纸张的普及。汉末左伯所造的纸比较流行,人称"子邑之纸,妙研辉光";钟繇跋王次仲草书《道经帖》,据说用的是麻纸。魏晋用墨主要是松烟和石墨,擅长草书的韦诞制作的墨质量较好,获"韦诞墨"称誉。砚的材质和形制此时配合墨材也越来越多样化,铜、铁、漆、瓷等材质的砚都有。笔的制法则名目很多,据贾思勰《齐民要术·笔法》记载,韦诞以铁梳选毛,以兔毫及羊青毛为笔毫,可知毛笔已普及。书法各种要素都齐备了,创作成就也相应地达到一个高峰。

当然,"一个艺术高峰的出现,则需要众多书法家在艺术风格和审美意识上作出超越前代并且启迪后世的贡献。这些恰恰是魏晋南北朝时期书坛的显著特点。魏晋南北朝的特定文化氛围,为中国书法艺术第一个高峰的出现,创造了转变的契机和赖以发展的现实土壤"[1]。魏晋之际最具代表性的书法家是钟繇和陆机,其他如曹操、杨修、韦诞、曹植、嵇康、钟会、曹髦、荀勖、傅玄、刘伶、向秀、张翰、张华等造诣也颇高。曹操在政治军事活动之余,也从事文学、书法活动,曹操善草书,西晋张华《博物志》说他仅次于崔瑗、张芝和张昶;而梁庾肩吾《书品》列之为"妙品",评其"尤工章草,雄逸绝伦"。曹魏的韦诞既是书法材料的发明家,也是书法创作家,《世说新语·巧艺》注引卫恒《四体书势》云:"诞善楷书,魏宫观多诞所题。明帝立陵霄观,误先钉榜,乃笼盛诞,辘轳长絙引上,使就题之。去地二十五丈,诞甚危惧。乃戒子孙绝此楷法,著之家令。"钟繇(151—230)是曹魏时期的书法巨匠,刘子翚《临池歌》云:"钟繇学书夜不眠,以指画字衣皆穿。当时尺牍来邺下,锦标玉轴争流传。"说的就是钟繇苦研书法的故事。据《笔阵图》所记,钟繇入抱犊山学书三年,与曹操、邯郸淳、韦诞共探笔法,"每见万类,皆书象之","善三色书(铭石书、章程书、行押书),最妙者八分"。钟繇勤勉好学,隶、楷、行、草诸体皆佳而以楷书最见称赏。他懂得书法取法自然,并联想到书法家和作品的关系,故能以自然为师,强调书者的主体创造精神。现存钟繇代表作主要有《力命表》《宣示表》《贺克捷表》《调元表》《荐季直表》《丙舍帖》,因多为政治活动中的文书,估计体现不出他的最高水准,但仅依这些作品足可确立他的书法地位。《宣和书谱》说:"楷法今之正书也,钟繇《贺克捷表》备尽法

---

[1] 陈绶祥:《中国美术史·魏晋南北朝卷》,97页。

度，为正书之祖。"意谓钟繇为楷体的法度规范建立了完整体系。实际上，钟繇作品虽然保留了由隶入楷的明显特征，却正好见证了他确立楷体法度的关键性贡献。张怀瓘《书断》称赞他："真书绝世，刚柔备焉，点画之间多有异趣，可谓幽深无际，古雅有余，秦汉以来一人而已。"楷书基本定型是由钟繇完成的，他使书法获得更加广阔的艺术性空间。钟繇所处时代的书法家的共同缺点是隶意太浓，李世民在《晋书·王羲之传论》中指出："钟虽擅美一时，亦为迥绝，论其尽善，或有所疑。至于布纤浓，分疏密，霞舒云卷，无所间然。但其体势则古而不今，字则长而逾制，语其大量，以此为瑕。"尽管留有这个瑕疵，但换个角度看却是天然质朴，非刻意求工者所能比拟。钟繇对后世书法的影响无疑是深远的，王羲之等书法家都曾潜心钻研钟繇作品，庾肩吾列之"上品之上"，张怀瓘列之为"神品"，可见，钟繇不愧为楷书鼻祖。西晋时期重要书法家陆机在推动行草书体发展方面作出了贡献，现存年代最早的一幅名家草书真迹便是他的《平复帖》。詹景凤《东图玄览编》云："陆士衡《平复帖》以秃笔作稿草，笔精而法古雅。"张丑《清河书画舫》亦评云："《平复帖》最奇古，与索幼安《出师颂》齐名。惜剥蚀太甚，不入俗子眼。然笔法圆浑，正如太羹玄酒，断非中古人所能下手。"这件稀世珍宝写在牙色麻纸上，据文字内容大致可知是陆机向友人问候疾病的一通信札，草书九行，计八十四字，反映出隶草向今草渐变过渡的情况，且已不带明显的汉隶遗意了。虽然陆机的文学名气盖住了书法名气，但也说明魏晋以来文人兼善书法是艺术史的特点。

士族阶层崛起和兴盛于魏晋，出现了很多各具特色的文化家族，包括书法世家。最为突出者即是琅琊王氏家族，除王导外，有王恬、王洽、王劭、王荟、王珣、王敦、王廙、王玄之、王羲之、王凝之、王涣之、王献之、王淳之等，基本主导了东晋书坛。河东卫氏如卫瓘、卫恒、卫铄（卫夫人）等也以书法传家。而陈郡谢氏如谢安、谢灵运，谯国龙亢桓氏如桓温、桓玄等，均在政治事功外兼营书法，也有相当影响力。此外，颍川长社钟氏、颍川颍阴荀氏、京兆杜陵杜氏和韦氏、太原晋阳王氏、泰山平阳羊氏、颍川鄢陵庾氏、范阳卢氏、高平金乡郗氏、太原祁温氏等,都在书法方面出了不少人才。其中卫氏家族声誉最为绵长,对诸世家大族的书法均有影响。

卫氏家族书法显名可从曹魏时期的卫觊说起。卫觊是文学家,与建安潘勖、魏黄初王象齐名,可惜作品保存在《全上古秦汉三国六朝文》里的仅见《魏官仪》和《孝经图》两书目录。其书法造诣与汉末梁鹄、韦诞并驱,《三国志》本传称其"好古文、鸟篆、隶草,无所不善"。卫恒在《四体书势》中提到其祖父卫觊抄写古文《尚书》,师法邯郸淳几乎乱真。卫觊能写古文、篆书、八分书,尤"善草及古文,略尽其妙。草体微瘦,而笔迹精熟"。总的来说,曹魏时期能与钟繇并称的大概只有卫觊。其子卫瓘继承了家传草书,据元代盛熙明《法书考·书谱》介绍:"幼为魏尚书郎,与索靖俱善书,时谓一台二妙。庾云:上下品。张云:行第五,并小篆、隶书俱妙品,古文、大篆能品,章第四,神品。王云:卫觊子也,为晋司空。采张芝草法,取父书参之,更为草稿。子巨山亦善书。故云:伯玉得筋,巨山得骨。"看来卫氏书家偏于"瘦"审美风格,以"筋""骨"称显,形成自家笔法。庾肩吾《书品》列"卫觊—卫瓘—卫恒、卫宣、卫夫人"三代,张怀瓘《书断》延伸到第四代卫璪、卫玠,故卫氏书法有"四世家风不坠"的称誉。当然,卫氏书法家风不脱时代共同风格,即从张芝到索靖、卫瓘,都留下章草风味。欧阳询《与杨驸马书章草千文批后》说:"张芝草圣,皇象八绝,并是章草,西晋悉然。迨乎东晋,王逸少与徒弟洽,变章草为今草,韵媚宛转,大行于世,章草几将绝矣。"可见魏晋之际的书坛以章草艺术为主,直至王羲之等结束章草时代,乃以自然天成、韵媚宛转、风神俊逸风格开一代新书风。

王羲之(321—379)字逸少,生于信奉道教的琅琊王氏家族。王氏家族书法门户的形成离不开卫氏家族传授家法之功,王僧虔《论书》载"亡高祖丞相导,亦甚有楷法,以师钟、卫,好爱无厌"。王羲之早年曾问学于卫夫人卫铄,得钟繇之法、卫氏家法和卫夫人法门。 韦续《唐人书评》评卫夫人书风:"如插花舞女,低昂美容。 又如美女登台,仙娥弄影,红莲映水,碧沼浮霞。"王羲之的姿媚习尚亦由此而初蕴,但置身于新的书法时代,王羲之转益多师,广闻博取。 他在《题卫夫人〈笔阵图〉后》里称"羲之少学卫夫人书,将谓大能。 及渡江北游名山,比见李斯、曹喜等书;又之许下,见钟繇、梁鹄书;又之洛下,见蔡邕《石经》三体书;又于从兄洽处见张昶《华岳碑》。 始知学卫夫人书,徒费年月尔。 羲之遂改本师,仍于众碑学习焉,遂成书尔。 时年五十有三"。 这段话叙述了王羲之学书师法诸家的经验,虽然北游之类的具体事件是否属实仍有争议,但是就王羲之博采众长、备精诸体这点来说应该是不错的,即使没有实地游赏,想必看过碑刻的拓片,故刘熙载《艺概》言"右军自言见李斯、曹喜、梁鹄等字,见蔡邕《石经》,于从兄洽处复见张昶《华岳碑》,是其书之取资博矣"。 王羲之在继承前辈传统的基础上树立了魏晋新书风,"俱变古形,不尔,至今犹法钟张",东晋书风大变,人们由效法钟张改趋向王羲之。 王羲之的新变主要在于书体风格,一是在钟繇基础上变化楷书体势,并完善其笔法,使之骨力刚健,即《书断》所谓"一行而众相,万字皆别";二是损益变革行书笔法,扬弃隶意,尚玄从简,确立飘逸潇洒、流美便捷的行书体,使书法的抒情色彩大为增强,开创"尚韵"传统;三是散尽章草笔法,承张芝余泽将今草由萌芽发展至成熟,使之既易读易识又颇富变化韵致和神采。 王羲之的楷书作品有《黄庭经》《乐毅论》《东方朔画赞》等,皆为细楷摹本,真迹不可觅。 草书作品有《十七帖》《初月帖》《上虞帖》《平安帖》《行穰帖》,真迹亦不传,只有摹本或伪作略见其风采。 行书作品有《姨母帖》《快雪时晴帖》《丧乱帖》《平安帖》《兰亭集序》《何如帖》《奉橘帖》《孔侍中帖》《寒切帖》《远宦帖》《二谢帖》《雨后帖》《秋月帖》《都下帖》等,结体从容自然,笔势委婉含蓄,线条遒美隽秀。 最著名的是《兰亭集序》,被米芾称作"天下第一行书"。 赵孟𫖯寻访兰亭旧迹,评说:"学书在玩味古人法帖,悉知其用笔之意,乃为有益。 右军书兰亭是已退笔,因其势而用之，无不如志，兹其所以神也。""书法以用笔为上，而结字亦须用工。 盖结字因时相传，用笔千古不易。 右军字势，古法一变。 其雄秀之气，出于天然，故古今以为师法。 齐梁间人，结字非不古，而乏俊气。 此又存乎其人，然古法终不可失也。"赵孟頫对兰亭的笔势反复赞叹，知悉王羲之作品的神韵来源在于纵引笔势的扩张；所谓"因势而用之"，就是随机运行，自然天成，改变章草之单字横向笔势，转为纵引笔势而形成字和字的链式关系，突出笔势的"赋形"功能，从而生成新的草书形态，"使一些笔画的姿态及其组合关系发生了变异的情节，出现了一种大于单字结构的字群结构，草书的连绵情调更加浓郁"①。 《兰亭集序》成为不可复制的"天下第一行书"，是"详察古今，研精篆素，尽善尽美"的结果。 相传李世民酷爱《兰亭集序》，亲撰《王羲之传》，真迹也因他而不再复现于世。 汉魏以来世所流行书法非真即草，名家辈出；而王羲之将真草融合，创为王氏行书，《兰亭集序》正是"变古制今唯右军"的典范之作。 《颜氏家训·杂艺》云："梁氏秘阁散逸以来，吾见二王真草多矣，家中尝得十卷，方知陶隐居（陶弘景）、阮交州（阮研）、萧祭酒（萧子云）诸书，莫不得羲之之体，故是书之渊源。 萧晚节所变，乃是右军年少时法也。"王羲之"俱变古形"的行书作品，呈现方圆刚柔、骨肉气血兼备的风格，既媚且遒，达到圆满中和的境界，这正是作为古典范本的基本特征。 后人还从点线组合的符号群里品味到创作者的情绪，孙过庭《书谱》说："写《乐毅》则情多怫郁；书《画赞》则意涉瑰奇；《黄庭经》则怡怿虚无；《太师箴》又纵横争折；暨乎兰亭兴集，思逸神超，私门诫誓，情拘志惨。 所谓涉乐方笑，言哀已叹。"以《兰亭集序》来看，王羲之在晋穆帝永和九年与名流高士谢安、孙绰等风雅集会，与会者皆临流赋诗，各抒怀抱，这些诗作收录成集，由他当场草成一篇序文。 就文学角度而言，此乃"雅人深致，玩其抑扬之趣"。 至于"通篇着眼在死生二字。 只为当时士大夫务清谈，鲜实效。 一死生而

---

① 刘涛：《秦汉魏晋南北朝书法史》，172页，南京，江苏教育出版社，2002。

齐彭殇,无经济大略,故触景兴怀,俯仰若有余痛。但逸少旷达人,故虽苍凉感叹之中,自有无穷逸趣"。可以想见,其书写过程也完全是即兴的,笔意里包蕴了书写过程中的即时情怀。王羲之的《昨还帖》《秋中帖》《适欲遗书帖》《阔别帖》多述由病痛带来的迟暮之感,以及强作欢颜的良苦用心,这些书法作品皆非为书写而书写,孙过庭的体察是很有道理的。人们用"飘若游云,矫若惊龙""龙跳天门,虎卧凤阁""天质自然,丰神盖代"等来比拟和描述王羲之的书法作品,其实也是在比拟和描述王羲之其人。

在王羲之的后代子侄中,王献之的书法水平最高。据《晋书·王献之传》,谢安问王献之:"君书何如君家尊?"王献之回答:"故当不同。"谢安说:"外论不尔。"王献之自信满怀:"人那得知!"王献之引以为傲的资本,是在继承家法基础上做到创新而自成一格。王献之少年时代曾对其父亲说:"古之章草,未能宏逸。今穷伪略之理,极草纵之致,不若稿行之间,于往法固殊,大人宜改体。""改体"是王氏父子的卓越共识,父亲王羲之已经做到了,而儿子王献之更是执意自创新体,创造出结构微妙、字体娟秀的"今草",又称"小草""游丝草",是秀美字体的典范。张怀瓘《书议》描述了"游丝草"的字体特征,说:"子敬才高识远,行草之外,更开一门。夫行书,非草非真,离方遁圆,在乎季孟之间。兼真者,谓之真行;带草者,谓之行草。子敬之法,非草非行,流便于草,开张于行,草又处其中间。无藉因循,宁拘制则;挺然秀出,务于简易;情驰神纵,超逸优游;临事制宜,从意适便。有若风行雨散,润色开花,笔法体势之中,最为风流者也。逸少秉真行之要,子敬执行草之权,父之灵和,子之神俊,皆古今之独绝也。"他这种非草非行的新书体,被称为"破体",又叫"一笔书"。这种"一笔书"在笔势方面一气呵成,自由洒落,变化随意。观其《中秋帖》,行笔如风,数字而不间断,体势连绵缠结而狂纵奔放,于"尚韵"外别具"尚意"风味,完全符合张怀瓘所归纳的"挺然秀出""情驰神纵""超逸优游""从意适便"诸特征。在笔画结体方面,则秀媚灵动充满逸气，羊欣《采古来能书人名》谓"骨势不及父，而媚趣过之"；李嗣真《书后品》谓"子敬草书，逸气过父亲"。由于王献之的刻意新变，"父子之间又为古今"，其妍媚和逸气代表了东晋后期的书风特征，有别于其父领导的东晋中期之既媚且遒。王献之的《鸭头丸帖》《廿九日帖》等通篇姿媚秀妍，后者行楷中杂有草字；《十二月帖》由行、楷写起，随后草意越来越强，体现了"非草非行"的笔法特点；《十三行洛神赋》结体宽绰外拓，笔画挺拔秀逸，章法布局则顾盼生姿互相呼应，董其昌《画禅室随笔》说"每以大令《十三行洛神赋》为宗极耳"。东晋书风以王氏家族为主导分为三个时期，王廙、王羲之、王献之各为早中后三个时期的书坛领袖，共同变制今体，确定了尚韵重意的书法审美方向。

南北朝时期，北朝书法名家不多，北碑的艺术成就却很高。马宗霍说："自五胡云扰，晋室东迁，割据之形既成，南北之局已肇。及晋之亡，南则宋齐梁陈，划江而守，北则魏齐周隋，跨河而治，各自为政，趣尚渐殊。书虽艺事，不能无异。欧阳修曰，南朝士人，气尚卑弱，字画工者，率以纤劲清媚者为佳。赵孟坚曰，晋宋而下，分为南北，北方多朴，有隶体，无晋逸雅，谓之毡裘气。此为论定南北朝书法之最显者。然欧意贬南，赵意轻北。至阮元作南北书派论，谓南派乃江左风流，疏放妍妙，长于启牍，减笔至不可识。而篆隶遗法，东晋已多改变，无论宋齐矣。北派则是中原古法，拘谨拙陋，长于碑榜。"[①]人们习惯用"南帖北碑"来描述南北之间的书风差异。但随着南北文化的交融，书法艺术也在互相交融中发展演变。

先说北朝书法。魏碑是北碑主角，书体独具一格，它承汉隶笔法而构字紧密厚重，峻烈朴拙中不乏妩媚，是北朝书法冠冕。北朝承燕赵之后，书体多出于崔悦和卢谌二家，而崔卢二家皆传钟繇、卫瓘和索靖遗法，在北方特有的地理环境下演变出北碑特有的书体。康有为《广艺舟双楫·十六宗》说："魏碑无不佳者，虽穷乡儿女造像，而骨血峻宕，拙厚中皆有异态，构

---

① 马宗霍：《书林藻鉴　书林纪事》，58页，北京，文物出版社，1984。

字亦紧密非常，岂与晋世皆当书之会邪？何其工也！"北魏最受推崇者是魏碑体鼻祖郑道昭，被誉为"书法北圣"。他的作品主要保留在山东莱州云峰山，存有四十二种刻石作品。包世臣《历下书谈》评之云："尚能锋芒毕露，得窥见古人之笔意，至其姿势之圆劲遒美，一碑有一碑之面目，各种兼备。"其《历下笔谭》又评云："北碑体多旁出，《郑文公碑》字独真正，而篆势、分韵、草情毕具。"相对南朝追踪二王之秀媚飘逸来说，郑道昭延续了汉魏隶书风格。其《白驹谷》字体又称擘窠大字或榜书，方笔刻成，笔墨雍容，以安静简穆为上，雄深雅健次之。据康有为《广艺舟双楫》考证，北碑名作除郑道昭刻石作品外，还有寇谦之《嵩高灵庙碑》、萧显庆《孙秋生造像》、朱义章《始平公造像》、崔浩《吊比干文》、王远《石门铭》、王长儒《李仲璇修孔庙碑》、穆子容《太公吕望碑》、释仙《报德像》等，各有异彩而共显北碑特征。北齐名家有张景仁、赵彦深、姚元标、韩毅、袁买奴、李超等，世宗高澄引为宾客。据《北齐书·儒林传》，张景仁幼年家贫，以学书为业，以工草隶选补内书生，"后主在东宫，世祖选善书人性行淳谨者令侍书，景仁遂被引擢。小心恭慎，后主爱之，呼为博士"，后授中书监，史臣谓"自苍颉以来，八体取进，一人而已"。姚元标深得崔氏家法，"北朝丧乱之余，书迹鄙陋……唯有姚元标以工于楷隶，留心小学，后生师之者众。洎于齐末，秘书缮写，贤于往日多矣"[1]。姚元标收徒授学，对于书艺普及贡献较大。北周赵文渊（后避唐讳改为赵文深）、冀俊皆为名家。赵文渊少年献书魏帝而遂以书名，西魏时奉命编定了一部六体书法字典。窦臮《述书赋》说："文渊、孝逸（赵孝逸），独慕前踪。至师子敬，如欲登龙。有宋齐之面貌，无孔薄之心胸。"王褒自梁入周，与赵文渊互相推重。冀俊"性沉谨，善隶书，特工模写"，周文帝宇文泰引为记室，当时碑榜多出自赵文渊和冀俊之手。王褒生于琅琊王氏家族，江陵沦陷后入西魏，被扣留不复南返，后辗转入周。《周书》本传载其"识量渊通，志怀沉

---

[1] 《颜氏家训·杂艺》。

静。美风仪，善谈笑，博览史传，尤工属文"。王褒由南至北，他身上的南朝书法艺术风格也随至北朝。《周书·赵文深传》说："及平江陵之后，王褒入关，贵游等翕然并学褒书（真草）。文深之书（楷隶），遂被遐弃。文深惭恨，形于言色。后知好尚难反，亦攻习褒书，然竟无所成，转被讥议，谓之学步邯郸焉。至于碑牓，余人犹莫之逮。王褒亦每推先之。宫殿楼阁，皆其迹也。"王褒作为王氏家族的后代，把王羲之的真草传入盛行楷隶的北方。真草的自由精神，掀起贵游阶层的强烈好尚。但是，从宫殿楼阁字迹仍是赵文渊的楷隶可知，南北书风是互相交融而非替代。

与南朝相比，北朝书法艺术杰作的具体作者大多无从考证，大量的碑版、墓志、塔铭、造像题记、摩崖书、幢柱石刻经、写经、札牍等，既构成北朝书法艺术的总体风貌，又呈现不同的审美特点。魏碑书体的典型风格为方峻严整、雄健紧密，用笔方折，棱角分明，方形横势，如著名的《龙门二十品》是龙门石窟众多造像题记中的精品，可谓魏碑正宗。《张猛龙碑》《张玄墓记》《皇甫驎墓志》《孟敬训墓志》《贾思伯碑》等更显宽博舒展，落落大方，特别是《张猛龙碑》用笔方正俊美，"结体之妙，不可思议"，"整炼方折，碑阴则流宕奇特"，开隋唐楷法先河。随着南北书风的交融加强，《元珍墓志》《元倪墓志》《常季繁墓志》等作品在方整平正中含有端庄秀美笔态，《敬使君碑》则笔画内敛丰润而初具虞世南、褚遂良的雍容气度。东魏的《高归彦造像记》书法精致秀媚、清润温雅，被称为魏代石刻之冠。这些都是北朝书风新变的例证。

晋宋禅代后，南朝书法名家宋有羊欣，齐有王僧虔，梁有萧子云，陈有僧智永，基本上沿着二王开辟的路径发展下去。陶弘景经历宋齐梁三朝，其《与梁武帝论书启》说："比世皆尚子敬书，元常继以齐代，名实略脱，海内非惟不复知有元常，于逸少亦然。"可见，王献之因其妍媚风格在当时大受欢迎，风头超过其父与钟繇，这是因为刘宋时期的书法家几乎都是王献之的传人。羊欣早随子敬而最得王体；谢灵运是王献之的外甥，也曾受业于献之；范晔和萧思话同师羊欣；王僧虔是王珣之孙，曾以飞白笔法在尚书省墙壁上题词而被人视为座右铭,他的《让尚书令表》被时人看作能与从祖王献之媲美之作;宋文帝刘义隆"善隶书,次及行草,规模子敬,自谓不减于师"。众多追随王献之的书法家中,羊欣学得最像,其书迹常被人们误认为是王献之的作品,时人描述这种现象云:"买王得羊,不失所望。"至于辨识方法,则云:"今大令书中风神怯者,往往是羊也。"刘宋后期理论家虞龢编有《羊欣书目》六卷。齐高帝萧道成亦爱好书法,"善草书,笃好不已,祖述子敬,稍乏筋骨",追慕献之却终有不及,这是刘宋书艺创新不足的缺憾。这种全社会"高尚子敬"而右军"不复见贵"的书法趣尚在梁武帝时有所改变。梁武帝好文尚古,主张学钟繇,其《观钟繇书法》云:"子敬不逮逸少,逸少不逮元常,学子敬者如画虎也,学元常者比画龙也。"因此,萧子云"始变子敬,全法元学",响应梁武帝号召。梁武帝对此颇为欣赏,评之云:"笔力劲骏,心手相应,巧逾杜度,美过崔寔,当与元常并驱争先。"[①]范晔后来也改攻隶篆而得盛名。然而,实际上他们学的是王羲之早年的书法风格。萧子云并未见到钟书;陶弘景与梁武帝议论书法时曾提到"江东无复钟迹,常以叹息",所以在梁武帝的引导下,王献之书风退潮,而钟繇书风并未流行,倒是王羲之书风再度兴盛起来。王羲之真迹在梁时尚多,梁武帝借助王羲之弘扬古法,《徐氏法书记》载,大同年间"武帝敕周兴嗣撰《千字文》,使殷铁石模次羲之之迹,以赐八王",供皇族子弟研习。王羲之书体始得再次流行。陈朝的智永是王羲之的七世孙,以弘扬推广王羲之书法为毕生重任,其《真草千字文》就是当时流行的王羲之书法范本。要之,南朝书风总的倾向是真草并行,偏于妍媚典雅而娟秀纤弱。后期南北书风交融日盛,碑刻和帖学融通互济,崇尚自然天趣与重视法度规范并行不悖。

魏晋南北朝的书法家也在理论上卓有建树,他们对书法艺术进行理性反思和概括,在书法技法探讨、书法品评鉴赏、书法演变史、书法美学范畴等

---

① 《梁书·萧子云传》。

方面都提出了自己的见解或理论,从而使书法学的概念和批评范式在这个时期确立起来了。书法批评理论的确立和兴盛基本上伴随着当时的学术思潮和文学观念的发展进程,士人阶层在玄学、老庄、佛教、道教等领域的研究活动,推动了他们在书法艺术领域的思考和实践,将诸如"道""气""本末""形""神""天然""自然""韵味""意""悟""境""性情"等概念术语都运用到书法批评理论中。众多书法理论著述采用文学体裁如"赋""品""状"体,或赞述或品评,见于"书""表""启""论"体的书艺讨论也往往采用骈俪句式,或托物寓意,或比兴模拟。可见,书论与文论是并行互渗式发展的。

魏晋之际,辞赋家成公绥著有《隶书体》,卫恒著有《四书体势》,索靖著有《草书状》,对篆、隶、草等书体的美学特征予以关注和揭示,或专赞隶体之规矩有则的简易实用功能,或叙论各体发展源流,作品本身文采絭然,"传志意于君子,报款曲于人间",从略言梗概中抉发各类书体的美妙特征。比如索靖描述草书美质:"忽班班而成章,信奇妙之焕烂,体磊落而壮丽,姿光润以璀璨。"首次拈出草书中的"壮丽"特征,并发现文字功能可以由模仿外物转向抒情表意,"科斗鸟篆,类物象形;睿哲变通,意巧滋生",虽是针对草书特征而言,却从写意角度去把握书法艺术的审美属性,这是认识深化的表现。"士人们将书法创作实践与个人品格相提并论,认为书法作品之'形',实为人心的传神写照,使得有关书法艺术的理论探讨具有特殊的美学价值。这种具有美学理论性质的书法理论作品,正是南朝书法理论的一个重要特征。"[①]索靖尚未提出类似"书如其人"的观点,但已发现书写过程中的情感表现问题,为东晋南朝的书法写意理论开辟路径。到了东晋,据传卫夫人的《笔阵图》继承"类物象形"的书法美学观而提出"通灵感物"之说,意谓书写过程就是主体感知、把握和描述外物的某种本质、神韵、气象、姿态、体势的过程。例如,"横"如千里阵云,隐隐然其实有

---

① 黄新亚:《中国魏晋南北朝艺术史》,131 页,北京,人民出版社,1994。

形,"点"如高峰坠石,磕磕然实如崩也,"撇"是陆断犀象,"竖"是万岁枯藤,"斜勾"是百钧弩发,"横斜勾"是崩浪雷奔,"横折勾"是劲弩筋节,象形意味颇为浓厚。但《笔阵图》更大的创新点是具体地谈论笔法和意念的关系:"有心急而执笔缓者,有心缓而执笔急者。若执笔近而不能紧者,心手不齐,意后笔前者败;若执笔远而急,意前笔后者胜。"强调在处理写意和法度关系时"意前笔后"的重要性,实是直探书法艺术的写意本质。王羲之的数篇书论文章进一步强调书法写意特征,《自论书》云:"顷得书,意转深,点画之间皆有意,自有言所不尽。"《与所知书》云:"子敬飞白大有意。"《飞白帖》云:"飞白不能乃佳,意乃笃好。"《题卫夫人〈笔阵图〉后》云:"夫欲书者,先干研墨,凝神静思。"可见,王羲之对"意"的强调已超过卫夫人,美学趣尚已真正由象形转到写意上了,其所谓"意"已有神思之义,神思即形象,而形象是客观物象和主观精神的水乳交融。《记白云先生书诀》云:"阳气明则华壁立,阴气太则风神生……力圆则润。"《用笔赋》云:"藏骨抱筋,含文包质。"王羲之从实践到理论,构建起了兼营丹采和风力的"中和谐美"的书法美学观念。

晋宋间的羊欣在创作上追效王献之,撰成《采古来能书人名》,收集著录的书法家上至秦李斯、赵高,下及东晋王献之、王珉,凡六十九人,介绍其朝代、郡望、姓名、官职、擅长书体等,逐条进行陈述、记录,杂以评论,记叙比较简约,后来王僧虔根据羊欣本增加书法纪事,进呈给齐太祖萧道成。这份名单相当于一条书法发展简史,勾勒了书坛名家风格渊源递变情况。虞龢《论书表》史论结合,专叙二王书事,品题宫中秘籍和征集而来的法书优秀作品,记录当时所藏钟繇、王羲之、王献之和羊欣的作品卷数、字数、编次及拓书情况等,旁及纸墨,夹叙夹议,在述评中体现论者的史识和见解。专门的批评论著则有袁昂《古今书评》,陶弘景《与梁武帝论书启》,庾肩吾《书品》,萧衍《观钟繇书法十二意》《草书状》《与陶弘景论书》,江式《求撰集古今文字表》,王愔《古今文字志目》等,其中王僧虔的《论书》《笔意赞》《书赋》等书论文章的出现,说明当时的书法美学思想已接近成熟。

王僧虔（426—485）是王羲之四世孙，书承祖法，《齐书》本传记载："僧虔善隶楷书，宋文帝见其书素扇，叹曰：非惟迹逾子敬，方当器雅过之。"张怀瓘《书断》亦赞称："祖述小王，尤尚古直，若溪涧含冰，冈峦被雪，虽极清肃，而寡于风味。"窦臮《述书赋》评其书迹："致丰富，得能失刚。鼓怒骏爽，阻负任强。然而神高气全，耿介锋芒，发卷伸纸，满目辉光。"观其墨迹《王琰帖》（又名《太子舍人帖》），确乎不愧祖法，将王氏风格完满发挥，梁武帝借用袁昂《古今书评》评王羲之语，说："僧虔书如王、谢子弟，纵复不端正，奕奕有一种风流气骨。"梁武帝的推崇是没有刻意抬高的，评价恰如其分。王僧虔在书法史的地位更在于其理论贡献。先看其《书赋》：

> 情凭虚而测有，思沿想而图空。心经于则，目像其容。手以心麾，毫以手从。风摇挺气，妍靡深功。尔其隶明敏蜿蠖，绚蒨趋捋。摘文筐缛，托韵笙簧。仪春等爱，丽景依光。沉若云郁，轻若蝉扬。稠必昂萃，约实箕张。垂端整曲，裁邪制方。或具美于片巧，或双兢于两伤。形绵靡而多态，气陵厉其如芒。故其委貌也必妍，献体也贵壮。迹乘规而骋势，志循检而怀放。

这篇短文的行文风格和句式与陆机的《文赋》颇为相似，以赋的体式表达书法见解，涉及若干基本理论问题：一是指出书写要素包括主体、媒介、作品，并概括了三者之间的关系，强调情思的主导作用，认为主体情思物化为形象就是书法创作，或者说隐微的心态转化为字体就是书法创作的过程；二是谈论主体在创作过程中的心理活动状态，包括结体布局的构思、运笔时的心手相应、凝聚于线条墨色的情感，王僧虔首次引进魏晋玄学中"有""无"概念，给作品形式灌注生命气息，使作品"风摇挺气"，即气韵生动起来；三是对书法形态的艺术哲学化的辩证思考，他认识到美的呈现具有多样性，绵靡多态者多以字形体现，陵厉如芒者多以行气体现，但均须适度，即乘规骋势和循检怀放。《书赋》虽只有百来字，但"其视野由形态的层面升华到理性的抽象，不仅代表了魏晋南朝书学的最高成就，而且是孙过庭《书谱》的前导"[1]。齐梁时期的思想界对"形神之辨"问题的探讨，既伴随着南朝佛学的兴盛过程，也与文学、艺术、哲学、美学等互相呼应。王僧虔也在这个问题的基础上提出其书法美学的基本观点，其《笔意赞》云："书之妙道，神彩为上，形质次之，兼之者方可绍于古人。以斯言之，岂易多得？必使心忘于笔，手忘于书，心手达情，书不忘想，是谓求之不得，考之即彰。"王僧虔认为书法美学包含"形质"和"神彩"两方面，两者以"神彩为上"，但理想状态是两者兼备。所谓形质，大致指类物象形的字体、用笔法度等直观感性的实体形式。所谓神彩，则指突破有限实体形式而进入无限审美境界的精神气度。简言之，形质是字体的外在形状，神彩是精神内涵。要做到形神兼具，就得以心为本，以意为主，力求做到心手相应。实际上，心手达情应该是书法艺术的重要功能，若实现了心手两忘而笔意默契，则可获得一种象外之致和韵外之旨，抵达中和的美学境界。换一种说法，就是"骨丰肉润，入妙通灵"。"骨丰肉润"是对艺术结构的要求，包容了象形和写意、优美和壮美等书法形态。所以，王僧虔虽然主学王献之，却并不独遵妍媚风格，这种兼容并包的胸怀体现在他的《论书》一文中。其文叙史和评论结合，介绍和评议了上自汉魏张芝、钟繇，下迄南朝刘宋孔琳之等三十余位书法家，"序古善书人，评议无不至当"。在此文里，他说萧思话"全法羊欣，风流趣好，殆当不减，而笔力恨弱"；说谢综"书法有力，恨少媚好"；说孔琳之书"放纵快利，笔道流便，二王后略无其比，但工夫少自任，故未得尽其妙"。风流、笔力、妍媚、放纵、工夫、天然等书法的表现技巧或审美风格，王僧虔尽量全面照顾，体现出其理论的开阔性和包容性。

---

[1] 刘涛：《秦汉魏晋南北朝书法史》，328页。

庾肩吾（487—551）是南阳新野人，世居江陵，曾受命抄撰众籍，丰其果馔，号为"高斋学士"。他是文学家和书法家，著有《书品》，叙述书法源流演变，评论历代书法家的艺术特色，其理论价值颇受后人重视。"品"是一种独特的文化现象，远源可能由《论语》把人分为"上智""中人""下愚"三种，再到《汉书·古今人表》以善恶道德标准制"九品"；近源由汉代人物品评制度和风气发展而来，曹魏创立九品中正制用于政治人才的选拔则提供了一种品第等级模式。后来，品第内容由人的家世和道德政治才能转为才性气质、风貌格调及其相应能力等，即转向人的精神世界，而审美创作是一种精神活动，也就理所当然地成为品评内容和对象。沈约《棋品》、钟嵘《诗品》、谢赫《古画品录》和庾肩吾《书品》等就是响应这种文化现象的产物，按其基本模式，大概分三部分：一论作者之品第高下，二论作品风格源流根系，三以拟象法描述作品的美感类型，唤起人们的审美共通感。羊欣、王僧虔、袁昂等所列书法史人物表积累了丰富的品评经验，庾肩吾在此基础上将九品法引入书法艺术批评，说："余自少迄长，留心兹艺，敏手谢于临池，锐意同于削板。而蕺山之扇，竟未增钱；凌云之台，无因诫子。求诸故迹，或有浅深，辄删善草隶者一百二十八人，伯英以称圣居首，法高以追骏处末。推能相越，小例而九，引类相附，大等而三，复为略论，总名《书品》。"庾肩吾论书已经开始讨论创作主体之"才性"和"学力"、"天才"和"苦功"的关系问题。在他看来，"工夫"很重要，通过积学、苦学可能得到"学力"的提升；但"天然"更受推崇，这是一种艺术创造的才性禀赋的体现，不可勉强而得之。故有如是说法："张工夫第一，天然次之；衣帛先书，称为'草圣'。钟天然第一，工夫次之，妙尽许昌之碑，穷极邺下之牍。王工夫不及张，天然过之；天然不及钟，工夫过之。"综合考虑，张芝、钟繇、王羲之均被列入上品阶。《书品》字里行间透露出庾肩吾对"天然"的理解：任其自然。在他看来，任其自然优越于苦心勤学，因为它变化无穷，能够因时而新变："或横牵竖掣，或浓点轻拂，或将放而更流，或因挑而还置，敏思藏于胸中，巧态发于毫铦。詹尹端策，故以迷其变化；《英》《韶》倾耳，无以察其音声。殆善射之不注，妙斫轮之不传。是以鹰爪含利，出彼兔毫；龙管润霜，游兹茧尾。学者鲜能具体，窥者罕得其门。若探妙测深，尽形得势；烟花落纸，将动风采。带字欲飞，疑神化之所为，非世人之所学。"正是执此品评衡准，庾肩吾论书不避人事，坚持艺术至上、审美居先，体现出一位批评家的艺术自觉性。正如文学批评的发展方向，后世书法艺术之主体论也基本沿着才性和学力两条路径展开，包含着庾肩吾等批评家的开创和实践之功。中国书法从实践到批评再到理论，既为魏晋南北朝的士人阶层开辟了一片精神的自由空间，也为南北社会文化交融提供了一个彼此认同和欣赏的符号载体。

◎ 第二节

北朝文学创作的发展

作为个体来讲，趣味就是一种品位，就是一个人自觉的好恶，文人的兴趣表现在社会非功利场合下呈现出共同的精神旨趣。当南方士人沉浸在个人的玄思哲学思辨之时，北方的士人却没有那么好的土壤，强权政治一点点地规范着士人的行为。北朝士人身上具有标志性的文化符号，就在于他们的话语建构，这是文人打造自己身份的方式。不同的生活方式和文化心态选择不同的文体话语来表达，文体话语本身的特征又彰显了选择这种文体的文化内涵。

一、史官化的散文书写

散文，作为文体名词最早出现在宋代，在此之前并没有如同今天我们经常所说的"形散而神不散"的散文。在魏晋南北朝之时，最常见的文体分类就是"文"与"笔"。北朝文人以"笔"见长，在草原文化与农耕文化共同作用下的文化语境中，经世致用的散文创作表现出的审美趣味典雅纯正，充满了现实关怀，正如李延寿在《北史·文苑传序》中所言："章奏符檄，则粲然可观；体物缘情，则寂寥于世。非其才有优劣，时运然也。"此外，在门第森严尤甚于南朝的北方，文化学术长期掌握在以崔、卢、李、郑等为代表的世家大族手中，这些家族保持着自东汉以来强调通经守礼的文化传统，注重培养子弟从政的能力，强调士人的"德业儒素"，这些家族的文化学术传统反映到北朝散文创作方面，相对于吟咏性灵、抒发个人情怀的"文"而言，有益于时世的"笔"大行其道是必然的结果。

由南入北的颜之推在《颜氏家训·文章》中指出："朝廷宪章，军旅誓诰，敷显仁义，发明功德，牧民建国，施用多途。至于陶冶性灵，从容讽谏，入其滋味，亦乐事也。行有余力，则可习之。"这是南北朝时期对于文学功用的普遍观点。北朝时期最为优秀的就是散文作品了，最具有代表性的就是《水经注》《洛阳伽蓝记》和《魏书》，被学者周建江称为"北地三书"。严格说来，这三部著作并不是传统意义上的文学文章，沿着北朝实用至上的一贯路径，它们应当都属于历史学术类文章，但是这三部书籍却都体现出强烈的文学风格。

"北地三书"的出现不是偶然的现象，其中《水经注》是历史地理类作品，《洛阳伽蓝记》更是以历史为主线穿插北魏兴衰的历史类地理作品，而《魏书》则直接就是史书。这三部书都在北朝乃至中国文化史上具有重要意义，其中的文学色彩也是不言而喻的。北朝的士人何以将自己的精力投入到这样的鸿篇巨制之中？他们的审美趣味为什么要在史书类文章中体现？北朝有文字记载的士人几乎都有修史的经历，而且北朝各个时间段都对治史十分看重，这正是北朝士人审美趣味选择文化的一种方式。许慎在《说文解字》中说："史，记事者也。"《礼记·玉藻》也有"动则左史书之，言则右史书之"的记载。作为史书，就是记载古代帝王沟通神人的记录，以备后人从此间的兴衰得失中获得借鉴,随着人伦观念的不断完善,史官在记载历史的过程中就具有了劝善惩恶的责任。"孔子成《春秋》而乱臣贼子惧。"由此,史官再一次被赋予了强大的力量,即获得了道德评判的权力。魏晋南北朝史书的撰写,也就有了正统与非正统的划分。北魏、北齐等政权在北朝无疑是正统,而南朝的《宋书》等则斥之为"索虏";同样,刘宋、萧齐诸朝在南朝被视为正统,而北朝的《魏书》等则斥之为"岛夷"。史官文化讲究德、礼等人伦,强调劝善惩恶,史传散文也不例外。能够进入政治的具体评价作用的文体,对于有着经世济用偏爱的北朝士人来讲必然是趋之若鹜。北朝人看重治国功业,而视文学为小道。实际上,一些上层贵族往往看不起文学,动辄使用"刀笔""雕虫""小道"之类带有轻视意味的字眼,这种现象在南朝是绝少见到的。例如北魏末年,为胡太后父谥号一事引发了一场辩论,颇有文才的袁翻就受到轻视,《北史·张普惠传》载:"(张)普惠厉声呵(袁)翻曰:'礼有下卿、上士,何止大夫与公!但今所行,以太加上,二名双举,不得非极。雕虫小艺,微或相许,至于此处,岂卿所及!'翻甚有惭色,默不复言。"北齐文宣帝时,朝臣议《麟趾格》,太子少保李浑尝谓魏收曰:"雕虫小技,我不如卿;国典朝章,卿不如我。"[①]

又如《颜氏家训·文章》载:

> 齐世有席毗者,清干之士,官至行台尚书,嗤鄙文学,嘲刘逖云:"君辈辞藻,譬若荣华,须臾之玩,非宏才也;岂比吾徒千丈松树,常有风霜,不可凋悴矣!"刘应之曰:"既有寒木,又发春华,何如也?"席笑曰:"可哉!"

可见,功业是第一位的,可流传千古,然后才是须臾之玩的文学。北周的李昶也持此观点:"昶于太祖世已当枢要,兵马处分,专以委之,诏册文笔,皆

---

① 《北史·李浑传》。

昶所作也。及晋公护执政，委任如旧。昶常曰：'文章之事，不足流于后世，经邦致治，庶及古人。'故所作文笔，了无稿草。唯留心政事而已。"①

对于功业的推崇，使得北朝的士人在文体的选择上更倾向于史书类的散文之作。与南朝散文相比，北朝的士人对于史官散文有着自己的要求：第一，以政治功利为中心的实用性；第二，史官文学要秉笔直书。这与北朝士人的求真务实的审美趣味相契合，如郦道元的《水经注》本是地理著作，由于其描写山水相当出色，因而又是山水游记散文；杨衒之《洛阳伽蓝记》是记录北魏洛阳佛寺兴衰历史的史传散文；《魏书》本身就是史书，同时也是优秀的史传散文。北魏初中期、西魏以及隋初是北朝散文表现政治性、实用性最为突出的时期，占据了北朝历史的一大半时间。虽然随着南朝文风影响的加深，以及北朝作家审美意识的逐渐自觉，北朝散文的审美化程度也随之提升，但北朝士人始终没有忽视文章的实用价值。

史官的文化最大的力量在于能够寓意褒贬。对于北朝士人来说，环境的恶劣使得他们缺少言说的条件，但是在对事实的描述中，史家的笔法则可以将士人对于社会道德的评价渗透在字里行间，如《洛阳伽蓝记》的"高阳王寺"条，记高阳王元雍及陈留侯李崇事：

> 正光中，雍为丞相。给舆、羽葆鼓吹、虎贲班剑百人。贵极人臣，富兼山海。居止第宅，匹于帝宫。白殿丹槛，窈窕连亘；飞檐反宇，缭绕周通。僮仆六千，妓女五百，隋珠照日，罗衣从风，自汉、晋以来，诸王之豪侈未之有也。出则鸣驺御道，文物成行，铙吹响发，笳声哀转；入则歌姬舞女，击筑吹笙，丝管迭奏，连宵尽日。其竹林鱼池，俪于禁苑，芳草如积，珍木连阴。雍嗜口味，厚自奉养，一日必以数万钱为限，海陆珍羞，方丈于前。陈留侯李崇谓人曰："高阳一日，敌我千

---

① 《周书·李昶传》。

日。"崇为尚书令仪同三司,亦富倾天下,僮仆千人。而性多俭吝,恶衣粗食,亦常无肉,止有韭菹。崇客李元佑语人云:"李令公一食十八种。"人问其故,元佑曰:"二九一十八。"闻者大笑,世人即以为讥骂。

高阳王元雍豪奢淫逸,日食万钱;陈留侯李崇俭吝至甚,居常仅有生韭熟韭两种菜品,二人一豪纵一贪吝。虽然杨衒之在书中只是如实地记述了二人的鄙行,但他对元雍、李崇二人的厌恶之情亦跃然纸上。这正是春秋笔法的表现。再如对河阴之变的描写,读者至今仍能从中感受到国灭身死的哀痛与恐惧。《洛阳伽蓝记》中所保存的一些文献资料,与正史互相参照,给后人的订正勘误带来了便利,书中还保存了一些未被正史收录的士人文笔,使其免遭散佚。

而魏收对于北朝历史上的事件就基本做到了秉笔直书,人们称《魏书》为秽史,并不恰当,到目前为止有关北朝的大部分资料都来自《魏书》的记载。在描述道武帝之暴崩实为其次子拓跋绍所为的时候,出于皇家帝王的政权更迭的避讳,魏收没有在道武帝部分提及此事,但是他将此事放在了《清河王绍传》里加以叙述:

> 清河王绍,天兴六年封。凶狠俭悖,不遵教训。好轻游里巷,劫剥行人,斫射犬豕,以为戏乐。太祖尝怒之,倒悬井中,垂死乃出。太宗常以义方责之,遂与不协,恒惧其为变。而绍母夫人贺氏有谴,太祖幽之于宫,将杀之。会日暮,未决。贺氏密告绍曰:"汝将何以救吾?"绍乃夜与帐下及宦者数人,逾宫犯禁。左右侍御呼曰:"贼至!"太祖惊起,求弓刀不获,遂暴崩。明日,宫门至日中不开,绍称诏召百僚于西宫端门前北面而立,绍从门扇间谓群臣曰:"我有父,亦有兄,公卿欲从谁也?"王公已下皆惊愕失色,莫有对者。

魏收不仅明确记述了拓跋绍杀害父亲的原因及过程,而且还形象地刻画出拓跋绍凶残狠毒的性格。拓跋绍年少之时就凶狠残暴,并且屡教不改,终至弑亲夺位。魏收通过"史臣曰"的史书体例,对拓跋绍弑父弑君大逆不道的行为做出道德的评价:"枭镜为物,天实生之,知母忘父,盖亦禽兽,元绍其人,此之不若乎!"这样直接批评皇室,也是一种大胆的写法。由此可见,作为史官,魏收并没有丢掉"秉笔直书"的基本素养。

郦道元在写历史类地理著作的时候,为确保《水经注》所记载山川风物的地理方位高度的准确性,他根据实地考察纠正了《汉书音义》和《广志》记载的错误。《水经注》卷三记云:"河水又南径马阴山西。《汉书音义》曰:阳山在河北,阴山在河南。谓是山也,而即实不在河南。《史记音义》曰:五原安阳县北有马阴山。今山在县北,言阴山在河南,又传疑之,非也。余案南河、北河及安阳县以南,悉沙阜耳,无他异山。故《广志》曰:朔方郡北移沙七所,而无山以拟之,是义、志之僻也,阴山在河东南则可矣。"这种求真务实的科学创作态度正是北朝士人审美趣味的集中体现。由于北朝士人的积极入世、求真务实、质朴的文化精神在散文中可以得到尽情舒张,散文这种文体也就得到了北朝士人的青睐,而北朝士人在散文上的成就也得到了后人的充分肯定与褒扬。

北地三书作为散文文体极大地成就了北朝士人审美趣味的文字化,除去史官文学的特征以外,北朝士人也关注文辞的优美,其描写文笔细腻,心理刻画生动,具有极强的文学性,开启了后世散文的先河。

作为史传散文的《洛阳伽蓝记》,除了宝贵的史学价值之外,还拥有较高的文学地位。《四库全书总目提要》对它的评价很高,称其"体例绝为明晰,其文秾丽秀逸,烦而不厌"。杨衒之作为北魏由盛至衰的见证人之一,"假佛寺之名,志帝京之事",忠实地记述下洛阳佛寺由繁盛到衰败的过程,将自己心中的"黍离之悲""麦秀之感"凝注笔端,故而文章写得生动细致、委婉动人。又由于书中多载故事传说及风物,颇具广闻博见之功,千载之下,此书之"文辞华缛,事迹俶诡"犹令后世读者为之膺服。

北朝的散文已经能够做到刻画人物生动逼真,描写景物自然贴切,叙述事件一波三折，极具故事性，为后世的古文散文发展奠定了一定基础。如《洛阳伽蓝记》中对永宁寺的描写："周匝皆垂金铎，复有铁索四道，引刹向浮图。四角锁上亦有金铎，铎大小如一石瓮子。浮图有九级，角角皆悬金铎，合上下有一百二十铎……至于高风永夜，宝铎和鸣，铿锵之声，闻及十余里……金盘炫日，光照云表；宝铎含风，响出天外。"卷二城东："（孝义）里西北角有苏秦冢。冢旁有宝明寺。众僧常见秦出入此冢，车马羽仪，若今宰相也……孝义里东市北殖货里，里有太常民刘胡，兄弟四人，以屠为业。永安年中，胡煞猪，猪忽唱乞命，声及四邻。邻人谓胡兄弟相殴斗而来观之，乃猪也。即舍宅为归觉寺。"

二、文质彬彬：诗歌文体的诗意表达

诗歌是我国最为古老的文体之一，中国是诗的国度。魏晋时期以门阀士族为代表的士人，开始以强烈的个性意识突破名教的桎梏，并将能代表个人情志的诗歌观念推至极高的位置上。虽然对形式的过度追捧导致了内容的空洞与浮靡，但诗歌形式方面的建设日趋成熟，诸如声律、韵律的使用以及字词的华丽等都达到了前所未有的程度。北朝的诗歌创作也就发生在这一时期。为了更清晰地了解北朝诗歌，我们有必要梳理北朝诗歌观念的发展。

中国对于诗歌文体的确认，最早的要数《尚书·尧典》记载的"诗言志"，孔子将《诗》推到了经典的位置上，就诗歌文体本身而言，孔子偏重于社会实用。到了汉代，诗歌的政教因素被毫无节制地夸大了。《毛诗序》提出"诗者，志之所之也，在心为志，发言为诗"，认为诗歌中的一切都要围绕社会的政治功用，其中虽然也有修辞的需求，但目的是"主文而谲谏"。对于诗歌这种文体的功能仅限于政治教化的认识，使得汉儒很少专注于对诗歌本体的具有内在特质的结构研究，直到魏晋时期，对于诗歌文体的研究才出现了新的变化，曹丕首先指出诗歌的特征是"丽"。提出"诗赋欲丽"，对诗赋的"丽"的要求则显示出一种无关乎社会功用的纯粹的审美形

式的追求。之后,陆机提出了"诗缘情而绮靡","绮靡"与"丽"都是对形式的追求,涉及诗歌内在品质的双重内容,一是语言辞藻方面的精细华美要求,一是声律方面的音韵精致的要求。而且陆机的"缘情"之说针对的是个人的审美情感,这对以后刘勰、钟嵘以及萧梁文人集团都影响很大。与曹丕、陆机不同,魏晋时期也有直接继承汉儒诗学传统的声音,挚虞的《文章流别论》就体现出了"宗经崇汉"的特点。他认为颂、赋等都是诗的变体,故应坚持"发乎情,止乎礼义"。虽然挚虞对于诗歌的内容与功用的观点基本上沿袭了汉儒的看法,但他对于诗歌变化的事实认识非常深刻,其"雅润为本,四言为正"的诗歌复古观念,正体现出当时的创作风尚。

北朝的诗歌创作及理论的发展就是在以上的诗歌观念环境中,寻找出了自己的生长点。从魏晋以前的树立来看,诗歌的发展有两条主线,一条是以"宗经"复古为主线,提倡以社会功用为主的诗歌政教观念;一条是以"抒情"为主线,要求诗歌以精美的形式表达真实的个人情感。南朝士人在门阀士族与皇权共谋的模式下,以"情"为代表的个人精神得到极度张扬,诗歌观念沿曹丕的"诗丽说"与陆机的"缘情而绮靡说"一路发展下去,使诗歌的创作和理论建设都达到前所未有的高度。而北朝的士人在面对这两种诗歌观念的时候,无一例外地选择了以政教为主的诗学观念。确认以政教为主的诗歌观念,并不是某一个或某一派文论家、政治家的个人行为,而是北朝文人审美趣味的自觉选择。北朝的文化精神整体上呈现出尚用、务实、质朴,再加上政治上的紧张空气以及士人以参与社会事务为主要任务,都决定了北方士人不能像南方士人那样放诞任情。以经学为主体的学术氛围,以佛教为代表的宗教氛围,都促使北朝的诗歌从创作到理论都走向了传统与复古,虽然中间有孝文帝对文化的反拨,但对北朝诗歌理论的整体方向而言却没有大的改变。

在北朝,诗歌的生存环境发生了变化。先秦时期,诗歌是贵族身份的标志;两汉时期,《诗经》是建构儒家理想的礼乐文化的话语范本;魏晋及南朝时期,诗歌是门阀士族文采彪炳的象征,是交游的主要文化项目之一。诗歌的这种身份象征作用,使得帝王皇室也不甘寂寞变身文坛领袖,寒门士人可以凭借诗才晋升官爵,由此南方由上至下掀起一股诗歌热潮。而北朝基本没有以上的任何一个环境:其一,《诗经》虽然在北朝的经学教育体系中占有一定地位,但是创作诗歌作为吟咏性情的私人化行为,在以整体务实为特征的主流文化中不能占据重要地位;其二,北朝士人据坞壁而与政权抗衡,缺少必要的文化交游场所,也没有形成文化交流的习惯;其三,北朝的统治主体是少数民族政权,有着自己的审美风尚与爱好,再加上鲜卑民族的文字并不是汉字,对于语言文字传达的文化尚可掌握,但对于以凝练的汉语形式来表达的情感却难以把握。虽然北朝后期贵族已经受到良好的汉族文化教育,但是文学中兴时间太短,掌握这种高度精练的语言也不是易事,因此借统治阶层引领文学风尚的通道也被切断。通过之前的分析我们已经知道,北朝的社会文化既有尚用、尚武的风格,又有质朴的内在精神,加上儒学的经学特质和社会整体对诗歌的淡漠,都使得北朝时期诗歌的创作数量呈下降趋势。直到北魏孝文帝大力推广民族交融政策以后,诗歌才出现新的变化,所以历代研究者认为与其说北朝出现了文学的荒芜,不如说是汉语诗歌的荒芜更为精准一些。从孝文帝开始,一些以帝王贵胄为核心的文学酬唱交游活动开始出现,这才使得诗歌有了自己的发展空间,再加上南北交流的不断增多,诗歌形式方面的成就不断地被带到北方的土地上,以诗歌为务虚之作的观念也发生了变化,诗歌开始有了发展的生机。到北魏分裂以后,随着同时期萧梁王朝的覆灭,大批南方优秀的诗人迁至北方,南方诗歌形式上的成熟与北方质朴的气质有机结合起来,推动诗歌不断朝良性的方向发展。北朝士人亦重文采,因文采而被推崇或被皇室重用的事迹也出现在史书的记录里,但是诗歌这种文体在北朝始终没有获得如其他朝代那样的尊崇地位。颜之推在《颜氏家训·文章》中说:

> 夫文章者,原出《五经》:诏命策檄,生于《书》者也;序述论议,生于《易》者也;歌咏赋颂,生于《诗》者也;祭祀哀诔,生于《礼》者也;书

奏箴铭,生于《春秋》者也。朝廷宪章,军旅誓诰,敷显仁义,发明功德,牧民建国,施用多途。至于陶冶性灵,从容讽谏,入其滋味,亦乐事也。行有余力,则可习之。

颜之推已经是北朝后期由南入北的士人了,他的观念可以说准确地反映出了北朝对于诗歌的看法。对于北朝士人而言,"文章"囊括的内容不止诗歌,还包括其他各种实用的文体。

在各种因素的作用下,北朝士人心目中的诗歌观念已经非常明确。与南方士人不同,北方的士人依然承接先秦两汉时期的正统的诗歌观念,讲求"诗言志"以及美刺的正统诗教功能。北朝士人已经清楚地认识到诗歌在形式和内容上的要求,在形式上,一方面要求辞藻和才华的体现,另一方面又要求形式不能凌驾于内容之上;而对于内容来讲,则要求以质实为先,尤其是以儒家经典中的"志"和"理"统摄诗文。对于创作主体而言,要求作者讲求"文德",这也是对南方"立身先须谨重,文章且须放荡"的反驳。北方的士人积极地将儒家的诗教观念推及文学创作的各个环节,颜之推在《颜氏家训》中,一口气指出三十多个文人的道德问题,并以此为戒,要求其子孙约束自己的性情,尊重社会道德规范,这也是北朝士人的一种整体态度。

三、赋体文学曲折的人生表达

文体的选择也是文人审美趣味的重要表现方式之一,北朝文人在特殊的环境下,对文体的选择更能显现出他们的趣味走向。在同时期的南朝,赋的创作热情几乎快要淡漠的时候,北朝却出现了大量的赋体文学,虽然流传下来的作品并不多,但我们依然可以根据北朝赋体文学发展脉络,探索北朝文人的审美心态的变化轨迹。

（一）北朝文人视野中的"赋"

"赋"是我国重要的文学文体之一，发展到北朝的时候，其文体方面的理论已经与汉代有了很多不同，北朝文人在赋体文学方面出现的大量创作的现象，在某种程度上就是和他们对赋体文学的认识分不开的。文学本身就是文化的表征，而作家的文体意识和读者的期待则清晰地展现出时代和民族的审美心理结构和文化精神。

第一，赋体文学与经世致用的诗学观念相契合。辞赋由汉而兴盛并且达到顶峰，对于以经学为主流学术的北朝士人来讲，经世致用的务实文化精神使得他们对于赋体文学的认同相较于其他文体更高。赋体文学在汉代达到巅峰，而汉代的诗学观念则以社会功用为最重要的标准。《汉书·艺文志》云："不歌而诵谓之赋，登高能赋可以为大夫。"在班固看来，赋与诗的源头是一样的，歌为诗，诵为赋。这说明在汉代的时候，诗、赋在观念上并不是两种文体，它们是同源一体的两种表达方式，以诗的作用就可以解读赋的作用，判断诗的标准也就是判断赋的标准，虽然赋在后世不再流行，但以观风俗、知薄厚的政治讽喻功能作为评判标准是不变的。这种以儒家正统诗学观念为主旨的赋的文体要求在汉代一直都占主流地位，而这种正统的诗教观念也极容易为北朝士人所接受。对于汉代赋体文学的文体认识，使得"赋"在北朝士人的心目中成为一种极其庄重的文学形式，与宫廷皇室贵胄集结的场合也就相得益彰，最能够代表汉室正统的身份也就可以由此确立。北朝早期草原文化和汉文化并行发展，但统治者对于儒学的正统地位始终持有非常明确的坚持态度，这也是沟通汉族士人和少数民族统治者的重要通道，赋作为古朴典雅的代表正统文化的作品，自然不会受到排斥。当然也因为少数民族贵族的艺术修养难以企及，赋体文学同样不会备受推崇。所以早期的赋体文学作品虽不多，但因其文体的正统性，在北朝也有一席之地。就史料中记载的具体目录来看，即便是没有很深的汉文化影响，即在北魏孝文帝改革之前，有记载的"赋"作就有十一篇，程章灿把无名但又有作"赋"记录的加上，共十三篇。① 在这种萧条时期已经是相当可观的了。

第二，"赋"体文学具有双重身份认同的功能。所谓"登高能赋可以为大夫"，是对作"赋"主体的界定，古代诸侯公卿士大夫都以《诗》作为与邻国交流的媒介，而后由于周道浸坏，《诗》不再是贵族交流的工具，于是就出现了另外的文体来传达士人的感情，所以班固认为当"贤人失志"之时，赋这样的作品就会出现，这与《诗经》的"诗言志"也是相同的。那么，作赋的人的身份就很清楚了：第一，要具备登高能赋的本领，也就是说要成为作赋的人必须有相当高的文采；第二，作赋之人必是士大夫，这是一种特殊身份的表现。魏晋南北朝期间极为看重士大夫身份，门阀士族之所以具备引导社会的力量，就在于他们对文化的掌握，而文化的掌握程度往往意味着家族声望的高低。对于北朝士人来讲，家族荣誉或者是个人声誉比任何东西都重要，即便是在北朝后期有些家族衰败了，但是加注于家族或者是个人身上的文化标签却依然鲜明，而能够作赋正是自己士大夫身份的重要标志，因此一旦有能作赋之人，必然为北朝士人所推崇。魏收就对自己能够作赋非常骄傲，因为与之同为"北地三才"的温子昇不作赋、邢邵也只作过一两首赋。他说："会须能作赋，始成大才士。唯以章表碑志自许，此外更同儿戏。"②魏收的骄傲自有他的道理，这就在于赋体文学对于形式的要求。扬雄曾说："诗人之赋丽以则，辞人之赋丽以淫。"不论是"则"还是"淫"，一个共同的前提就是"丽"，"丽"是汉赋的重要审美标志，其最大的外部特征就是铺张扬厉、富丽堂皇、气势磅礴。在班固看来，士人作"赋"的目的在于劝、讽，而接受讽谏的对象则是最高统治者，汉代的文人大多围绕在皇帝以及诸王周围，面对这样的读者群，则必然要有相适应的雍容华丽的文辞，班固曾借扬雄的话将"赋"的作者分为两类，一类为"诗人"，一类为"辞人"。所谓诗人，就是秉承《诗经》传统的人，他们以忧

---

① 程章灿：《魏晋南北朝赋史》，300 页，南京，江苏古籍出版社，1992。
② 《北史·魏收传》。

国为己任、忠心讽谏；而辞人则以过分的辞藻为追逐对象，丢失了赋应有的讽喻功能。而这些放弃了讽喻功能的赋家，恰恰是为另外的一种帝王所需的功能服务——"润色鸿业"。所以，从汉代以来，赋体文学就被分为两类，一类为有屈原离骚诗体特质的"骚体赋"，以"士不遇"为主题劝谏君王；另一类则以"润色鸿业"为目的，称为散体赋或汉大赋，注重铺排夸饰、摹写事物，弘扬帝都气象。北朝一直就以儒家经学教育为核心，其学术指向直承汉魏，随着学术的不断推广，少数民族贵族对汉赋的生存空间已经有一定了解，汉代自信的大一统王者气象更是北朝帝王所向往的。所以，北朝对于赋体文学的推崇，来源于士人与皇族的身份认同。从某种意义上说，"赋"是最具有士人化特征的文体，《诗经》来自民间的事实，即便怎样加以贵族化的解说也是改变不了的，而赋却是实实在在的士人之作，是直接上呈给君主的文章，它只存在于由帝王和士人共同构建的贵族化生活空间之内。反过来说，这个空间内的两者在赋的作用下，都能够达到身份的高度认同。北朝的政权主体也看到了这一点，对于百废待兴的中原地区，北朝少数民族统治者大力任用汉族士人就是为了构建自己的精神社会，完成千古一脉的帝王体系，面对这样的文体又怎么会不动心呢？北魏孝文帝就亲自作赋，而且自孝文帝迁都洛阳以后，赋体文学作品大量增加，北齐文宣帝在皇宫修建完工时，也提出了"台成，须有赋"的要求。

从汉代到北朝时期，赋体文学观念也在不断发生变化。班固的诗赋一体和以讽喻为代表的文体观念，在魏晋之时开始被突破。首先发出声音的就是曹丕，他在《典论·论文》中提出"诗赋欲丽"的观点，突破了汉人的经学诗学观念，赋作为一种具有审美意义的独立文体被凸显出来，不再囿于政教的评判范围之内，其外在形式的需要也被同时体现出来。早先扬雄的"丽以则"与"丽以淫"也是对赋体文学创作论的解读，"则"为准则，有约束之意，"淫"为过分，有文辞泛滥之意，而"淫"和"则"的区分并不动摇"丽"的本质，这说明"丽"在扬雄和班固的眼中就是为了达到教化的手段，不论是作为文体的"赋"，还是创造文体的作"赋"的士人，都没有自己独立的审美意识，只是政治教化的社会延伸。而曹丕的"丽"则脱离了汉儒以来的社会政教的控制，与我们上文解读的诗歌观念的"丽"一样，不再是政治的代言，而是真正对诗歌形式的渴望。之后，陆机在《文赋》中更进一步，他提出"赋体物而浏亮"。"体物"，体就是体察，物就是指外物的形状，合起来就是指"以描写事物为目的"的观点，这也是一种实用的观念，但是陆机的体物观念是建立在个人对事物的感知和认知上的，而非汉人论赋涉及的讽谕功能。李善注"浏亮"云："赋以陈事，故曰体物。浏亮，清明之称。"并引孟康《甘泉赋》注曰："浏，清也。"方廷珪云："浏亮，达而无阻。"浏亮，是陆机对赋体文学文辞方面的审美理想。汉代的"丽"是"侈丽"，是一种文辞繁富、色彩浓艳的华丽；而陆机《文赋》所指的则是清丽，是以穷形尽相为原则的。同时，陆机还将诗与赋彻底分开，之前的文体观念里诗赋同源，这就忽略了赋作为文体的独立性，而陆机明确提出诗为缘情之作，而赋为"体物"之作，在《文赋》中指出："诗缘情而绮靡，赋体物而浏亮。"确立了赋的文体独立地位。之后挚虞也提出了自己的看法，《文章流别论》云：

> 赋者，敷陈之称，古诗之流也。古之作诗者，发乎情，止乎礼义。情之发，因辞以形之，礼义之旨，须事以明之，故有赋焉。所以假象尽辞，敷陈其志。……古诗之赋，以情义为主，以事类为佐；今之赋，以事形为本，以义正为助。情义为主，则言省而文有例矣；事形为本，则言当而辞无常矣。文之烦省，辞之险易，盖由于此。夫假象过大，则与类相远；逸辞过壮，则与事相违；辩言过理，则与义相失；丽靡过美，则与情相悖。此四过者，所以背大体而害政教，是以司马迁割相如之浮说，扬雄疾"辞人之赋丽以淫"也。[①]

[①] 郁沅、张明高：《魏晋南北朝文论选》，179页。

在这段论述中，挚虞提出"假象尽辞，敷陈其志"，他所谓的"志"是指"发乎情，止乎礼义"的政教观下的受到礼义所节制的情感意志。而对古赋和今赋的对照则显示出挚虞关于赋的文体观念和汉赋的诗教观念几乎一致，加上"四过论"的补充，可以看出"言省而文有例"即是挚虞所认可的赋体文学的特点。挚虞继承了扬雄观点而反对过度夸张的辞藻表现，要求文辞清省简要。同时期的还有左思与皇甫谧的赋体文学观念，左思在《三都赋》的序文中说：

> 然相如赋《上林》，而引"卢橘夏熟"；扬雄赋《甘泉》，而陈"玉树青葱"；班固赋《西都》，而叹以"出比目"；张衡赋《西京》，而述以"游海若"。假称珍怪，以为润色。若斯之类，匪啻于兹。考之果木，则生非其壤；校之神物，则出非其所；于辞则易为藻饰，于义则虚而无征。且夫玉卮无当，虽宝非用，侈言无验，虽丽非经。①

左思对汉代赋家取材失实、"虚而无征"的特点进行了反思，提出要以事物真实的状貌作为赋体创作的原则，才能够符合《诗经》的精神，达到讽谏的目的，因此他说："升高能赋者，颂其所见也。美物者贵依其本，赞事者宜本其实；匪本匪实，览者奚信？"对于赋之"讽谕教化"以及"征实"，皇甫谧与左思有着同样的看法，但是对赋的表现形式，他提出赋是"美丽之文"，则异于左思：

> 玄晏先生曰：古人称不歌而颂谓之赋。然则赋也者，所以因物造端，敷弘体理，欲人不能加也。引而申之，故文必极美；触类而长之，故辞必尽丽。然则美丽之文，赋之作也。②

---

① 郁沅、张明高：《魏晋南北朝文论选》，133 页。
② 同上书，136 页。

皇甫谧认为指出赋是以"事物"为其书写对象的,而"不歌而颂""文必极美,辞必尽丽"则是赋的文体特色,可见,他并不因为赋的讽谕目的而放弃在文辞上的艺术表现。

魏晋士人对于赋体文学的不断探讨,对留守在北地的中原士族是有影响的。魏晋士人将诗与赋作为两种文体清晰地分开,并完成了对赋体文学的内容和形式的双重界定,再加上魏晋时期赋的大量创作,对于北朝时期的中原士人来讲有着极大的影响。到北朝时候,士人的赋体文学观念已经非常明晰了,赋体文学与诗歌已经完全分开,除赋的政治功能外,赋体文学的叙事描述特征也是北朝赋体文学创作的重要内容,北朝士人在赋所描绘的事物之间加入了对于抒情和辞采的追求。北朝以经世致用为主,在赋的理论上没有成体系的篇章出现,但是就赋体文学的创作而言,则体现出对魏晋的"赋"文体观念的继承。

(二)北朝文人的赋体文学创作

按照传统的赋体文学的分类来看,赋分为"骚体赋"和"散体赋",同为状物之作的两种类型在审美指向上却有着明显的不同,骚体赋以"士不遇"、悼怀古人等传统题材为主,而散体赋则以描写帝都气象等润色鸿业的题材为主。北朝士人对此的认识是非常明确的,这一点充分体现在不同时期北朝士人对赋体文学类别的创作选择之中。

史学界经常以孝文帝迁都洛阳作为北朝文化的分水岭,而赋体文学的创作在这个分水岭上也有着明确的表现。从北魏进入中原开始到孝文帝迁都洛阳为止,从《魏书》《北史》和《全上古三代秦汉三国六朝文》中的记载来看,有创作记录的有十三人,除去张渊籍贯不详以外,其余大都是汉族高门士人,想来这种铺张扬厉、恢弘富丽的长篇文字作品,对刚刚进入中原地区的少数民族来讲,完全读懂都比较艰难,更遑论熟练掌控和大力推广了。所以,早期的赋体创作只能以粉饰太平的文体风格出现,创作的内容则以散体赋所包含的题材内容为主，大都是对于帝王宏丽建筑的描绘，如《代都赋》（二篇）、《鹿苑赋》（二篇）、《太华殿赋》等。此外还有迎合北朝初期对神秘宇宙的敬畏（即谶纬的迷恋）而出现的对天象的描述之作——《观象赋》，它以生涩的天地星象词语描述，配以神秘的阴阳五行观念来暗喻人间帝王秩序。北朝前期，赋的创作主流为散体赋，在汉代这种文体多描写帝都气象，文辞古雅宏丽。由于北朝前期赋作大量散失，目前所存只有《全后魏文》中留存的高允所作的《鹿苑赋》，虽然它还是以延续汉代润色鸿业的创作观念为基础，但是较之汉代纯粹空洞华美的赞誉之词，更多了对社会问题的思考。在《鹿苑赋》华丽规整的文词后面，隐秘地展示着北魏初期王朝内部惊心动魄的政治斗争，可见，高允期待借此文章达到一贯的讽谏效果。因北魏前期赋作较少，特全文录入分析如下：

启重基于朔土，系轩辕之洪裔；武承天以作主，熙大明以御世；洒灵液以滂沱，扇仁风以遐被；踵姬文而筑苑，包山泽以开制；殖群物以充务，蠲四民之常税。

此为文章第一段，点明为北魏王朝歌功颂德的主题，文字押韵整洁，与汉赋如出一辙，其目的就是显示北魏王朝是奉天承运，以正统的轩辕后裔的高贵血脉继承帝业，在北魏王朝的治理下，山青水丽，万物欣欣向荣，一片四海升平的景象。高允违心地写这样的开始是有原因的，一方面，赋体本身的要求就是宣扬帝王功德；另一方面，北魏初期对汉族士人的猜忌非常严重，排斥汉族士人的情况也时有发生。《鹿苑赋》作于文成和文明太后政治斗争时期，彼时对以崔浩为核心的中原高门家族的杀戮还有影响，"真君十一年六月诛浩，清河崔氏无远近，范阳卢氏、太原郭氏、河东柳氏，皆浩之姻亲，尽夷其族"[1]。处在政治文化核心的高允侥幸逃脱，自然是不敢写出

---

[1] 《魏书·崔浩传》。

一点有违皇朝尊严的内容来，这也是在孝文帝改革以前文学整体萧条的主要原因之一。

　　暨我皇之继统，诞天纵之明睿；追鹿野之在昔，兴三转之高义；振幽宗于已永，旷千载而可寄。于是命匠选工，刊兹西岭；注诚端思，仰模神影；庶真容之仿佛，耀金晖之焕炳。即灵崖以构宇，竦百寻而直上；𢫎飞梁于浮柱，列荷华于绮井。图之以万形，缀之以清永；若祇洹之瞪对，孰道场之途迥。嗟神功之所建，超终古而秀出；实灵祇之协赞，故存贞而保吉。凿仙窟以居禅，辟重阶以通术；澄清气于高轩，伫流芳于王室。茂花树以芬敷，涌醴泉之洋溢；祈龙宫以降雨，俾膏液于星毕。

　　若乃研道之伦，行业贞简，慕德怀风，杖策来践。守应真之重禁，味三藏之渊典；或步林以经行，或寂坐而端宴。会众善以并臻，排五难而俱遣；道欲隐而弥彰，名欲毁而逾显。

从高允这两段的描述来看，第一段前面写鹿野苑的修建原因，后面则写现居于鹿野苑的献文帝所做的旷世功德，即云冈石窟的修建，如其中的真容具状、灵崖构宇以及飞梁藻井等的华丽。全文承接魏晋时期所要求的文体特色：其一，语言华丽流畅，清丽之气充溢全篇；其二，以状物为主，细致地刻画了建于西岭的佛窟的华丽精致；其三，描述并未流于虚诞，以现存的石窟对比而看，高允的描述是妥帖准确的。第二段则描述在鹿野苑参道即坐禅的悠然超俗的景象。

　　伊皇舆之所幸，每垂心于华囿；乐在兹之闲敞，作离宫以荣筑。因爽垲以崇居，枕平原之高陆；恬仁智之所怀，眷山水以肆目。玩藻林以游思，绝鹰犬之驰逐；眷耆年以广德，纵生生以延福。慧爱内隆，金声外发；功济普天，善不自伐。尚诹贤以问道，询刍荛以补阙；尽敬恭于灵寺，遵晦望而致谒。奉请戒以毕日，兼六时而宵月；何精诚之至到，良九劫之可越。资圣王之远图，岂循常以明教；希缙云之上升，羡顶生之高蹈。思离尘以迈俗，涉玄门之幽奥；禅储宫以正位，受太上之尊号。既存无而御有，亦执静以镇躁；睹天规于今日，寻先哲之遗诰。悟二乾之重荫，审明离之并照；下宁济于兆民，上克光于七庙。一万国以从风，总群生而为导；正南面以无为，永措心于冲妙！

夫道化之难期，幸微躬之遭遇；逢扶桑之初开，遘长夜之始曙。顾衰年以怀伤，惟负忝以危惧；敢布心以陈诚，效鄙言以自著。

这部分描述的是献文帝在退位后隐居崇光殿参禅修道、清心寡欲的生活，并没有深奥难以理解的字眼，只是以清丽的笔调描述献文帝居此的山水适意生活。《魏书·显祖纪》记载，献文帝"雅薄时务，常有遗世之心"，但是就从献文帝继位后的表现来看，显然不符合实际情况，献文帝几次御驾亲征，破蠕蠕、平敕勒，都显示出献文帝锐意武功、欲平天下的雄心壮志，这与他此时禅位甘为太上皇闲居于鹿野苑修心养性的行为极不相宜。《魏书》中对献文帝退位后移居崇光殿后的记载，虽然仅有一句"国之大事咸以闻"，但其与文明太后剑拔弩张的紧张政局却在《鹿苑赋》中有着间接的表述，赋中所赞的"二乾之重荫"就清楚地说明了两种势力并存的情况。就在高允作《鹿苑赋》一年之后，年轻的献文帝驾崩，历史上对这位年轻皇帝的死亡原因没有任何解释，虽然有野史认为是文明太后毒死了献文帝，但在正史如《魏书》则对此讳莫如深，仅记载"承明元年，年二十三，崩于永安殿，上尊谥曰献文皇帝"。作为历经几朝的朝廷重臣，久处权力中心的高允不可能不了解事情的来龙去脉，但无论是出于对自身的安危考虑还是就应诏而制的赋作文体来说，都不能直接卷入复杂的政治斗争之中，故以赋之劝谏功能隐晦地对献文帝提出谏议，是再恰当不过的了。对形势的判断已经非常清楚的高允，希冀献文帝能够韬光养晦，做到"正南面以无为，永措心于冲妙"，清心寡欲以求安身保命。但是事实证明，献文帝并未了解高允的苦心。　至于高允作此赋时的心情究竟怎样，我们也无从得知。

赋作为最适合进献皇族的文体，要求气度雍容华贵，文辞精致华美，内容寓意深刻，高允的《鹿苑赋》确是以此为标准创作的。《鹿苑赋》文辞流畅、清丽，似一气呵成。赋体结构严谨，并无生涩深奥的难解字词，除去与高允本身的文体观念的认识有关以外，北朝整体尚简、质朴、务实的文风也有很大的影响。高允能够游刃有余地在优雅闲淡的长篇文辞描绘中，将景物描写与劝谏功能有机地结合起来，也是其书写能力高超的力证。此文作于北朝的前期，我们从中可以看到，北朝的高门士人对文字已经具有较强的掌控能力，而在行文间对皇室的歌功颂德以及涉及政事的小心翼翼，则又体现出汉族士人举步维艰的生存状况。高允在《征士颂》中提及其"不为文二十年矣，然事切于心，岂可默乎"，是这种心境的最好写照。

北魏孝文帝迁都以后，文化环境发生了巨大的变化，反映在赋体文学上，则体现在创作群体身份以及创作内容的多样化方面，且辞采文藻相较之前都有大幅度的提高。这里以程章灿的《魏晋南北朝赋史》曾对孝文帝前后期的赋作及作者籍贯统计结果[1]作为分析的底本。从孝文帝迁都到北魏解体，有三十人有创作赋的记载，不仅创作人数大量增加，创作群体的民族也呈现出多样化特征，与前期汉族士人的垄断赋体创作相比，孝文帝之后，代北鲜卑参与赋体文学创作的人数大幅度上升，史书中就记录了七位代北鲜卑的皇室贵胄的赋体创作。这是北朝中期的一大特色。北魏孝文帝对于民族交融的推进功不可没，这不仅是对其自身所属的鲜卑民族整体文化水平的提升，更是对汉文化的认同，对中原地区文化的全面恢复与提升具有重要意义。孝文帝以后，北朝的文人阶层又加入的新的成分，就是受到良好教育的鲜卑贵族，上层社会的文化风尚对于文化的推进作用是不言而喻的。参与北朝中期赋作的有五位是帝室后裔，有两位是政权中的贵族后裔，而他们的创

---

[1]　程章灿：《魏晋南北朝赋史》，301 页。

作也显示出不凡的文学水平,以《蝇赋》为题的有两篇,一篇为彭城王元勰所作,另一篇为皇室宗亲元顺所作。北魏拓跋鲜卑贵族的赋体作品迄今流传下来的只有元顺《蝇赋》一篇,虽然不够圆融,但亦足以显示出拓跋鲜卑贵族对汉文化的接受程度了。全篇以苍蝇为引,讽刺变白为黑、偏贪秽食的小人:

> 若夫天生地养,各有所亲。兽必依地,鸟亦凭云。或来仪以呈祉,或自扰而见文。或负图而归德,或衔书以告真。或夭胎而奉味,或残躯以献珍。或主皮而兴礼,或牢豢以供神。虽死生之异质,俱有益于国人。非如苍蝇之无用,唯构乱于蒸民。

按照赋体的文学特征来看,元顺能够详细地描绘苍蝇的外在形貌,包括其生活习性等,如"寡爱兰芳,偏贪秽食"等。虽然赋作结构不甚严谨,大量的典故堆砌显示出其创作还不够精熟,但是对类似苍蝇的小人的痛恨之情则溢于言表。代北贵族的创作没有更多的流传,从这里只能看到他们已掌握了较为丰富的文史知识,其汉文化素养也有大幅度的提升。在经学的熏陶下,他们熟知中原历史典故,并且能够自觉将之运用到赋体文学的创作之中,如文中对周昌、天乙、伯奇、申生的典故的借用。但是他们毕竟没有受到更长时间的诗赋意境方面的文化熏陶,对于赋作文内文外所表达的内容掌控不够准确,以至于感情充沛刚直却又流于直白,显出质胜于文的不足。不论鲜卑贵族的赋作有怎样的优劣之处,其对"赋"的文体的认同已经表现在集体参与并且有成熟作品出现,这对于社会整体创作水平的提升会起到极大的推动作用。

另外,北朝赋体在宽松的文化环境下呈现出多样化的表达。在北朝相对宽松的文化环境中,赋体创作大量出现,有创作记录的为三十三篇,有具体名称的有二十一篇,其中有具体文字传世的作品为七篇。北朝中期的赋体创作出现了题材多样化的特色,不再是有如早期一味以散体赋为主流。以其名称来判断，有以润色鸿业为主的散体赋，如《邺都赋》《晋都赋》《迁都赋》《北都赋》《南都赋》等；有借物以讽喻为主的《蝇赋》《剧鼠赋》；有类似于骚体赋的"士不遇"抒情之作，如《思归赋》《述身赋》《述躬赋》《演赜赋》；甚至出现了一些山水田园之作，如《怀田赋》《还园赋》《亭山赋》等。相较于前期赋体创作的情况来看，北朝中期的文化环境相对宽松，但是一以贯之的以尚用为主的政教观并没有改变，孝文帝的锐意改革和迁都洛阳的主要目的还是在于加强以皇权为中心的中央集权，加大全社会对其政权正统性的认同程度，以期实现一统天下的霸业。在高度加强的社会集权之下，绝对不允许有类似于南朝那样个性自由张扬的情况出现。虽然大批赋体文学的出现，说明士人在北朝依然有文学创作的能力，但是北朝士人心中的政治焦虑始终没有消除。阳固的《演赜赋》通过对历史上人物的兴亡成败事迹的回顾，感慨士与明君相契合的艰难，面对"临深履薄"的惴惴不安，最终选择回乡侍亲，以游弋于山林之间的隐逸恬淡的生活来避免政治中心的险恶纷争。阳固《演赜赋》的辞采相较于元顺的赋作来看，显然更为雅正圆润，其真切的情感在字里行间自然流淌，无丝毫柔媚之风，就创作手法上而言，的确显示出对文字精准掌控的能力，文中"酒""琴""舟""籍"等文学意象的使用，显示出作者对具有高逸风格的文人身份的认同。全文框架以汉朝赋体的形制为主，显示出古朴雅致的赋体风韵。北朝中期赋体文学直承汉魏，再加上社会整体文化风尚的影响，所显示出的正是北朝士人一以贯之的对古拙雅正品质的审美追求，这与同时期南方士人对于精致和雕琢的审美追求自是不同。

孝文帝迁都旨在加强中央集权，摆脱由部落联盟带来的宗族旧俗限制，但是强制性的措施没有从根基上消解朝廷与六镇府兵的对垒，其伏下的后果是严重的。之后的"河阴之变"摧毁了孝文帝建立的繁华的洛阳文化体系，千余北魏文武百官被集中杀戮，北魏由此分裂。而萧梁灭亡后，北周迁进来一大批在南方已有盛名的诗人，如庾信、王褒等大家，他们的创作为北朝文风添上了靓丽的颜色，庾信的《哀江南赋》是南北文学风尚走向最终融合的代表之作。由于生活环境和北地民歌的影响，庾信摆脱了前期诗赋的"绮艳"，而代之以清新、流丽、悲怆苍凉的艺术风格。乡关之思成了贯穿庾信后期诗赋作品的重要主题，其中《拟咏怀》二十七首和《哀江南赋》是其后期创作乃至整个创作生涯的"双璧"。《哀江南赋》是一篇感人至深的自传体史诗，赋前五百多字的序，是全赋的纲领和序曲，既概括了主题，又阐述了创作动机，即"穷者欲达其言，劳者须歌其事""不无危苦之词，唯以悲哀为主"。这些创作原则标志着庾信后期已经走上现实主义的创作道路。

《哀江南赋》先写庾信的家德祖风，作者之所以这样写，固然是受了士族文人爱炫耀自己的家世的影响，如序中所云："潘岳之文彩，始述家风；陆机之词赋，先陈世德。"但更重要的是将个人命运与国家兴亡联系起来，以突出国破家亡的悲哀，为全赋所表现的"乡关之思"做铺垫。庾信在赋中艺术地再现了侯景之乱，一方面鞭挞了勾结侯景的肖正德之流，另一方面歌颂了在"太清之乱"中为国牺牲的英雄。在赋中，庾信真实地反映了十万俘虏的血泪生活，而造成这种惨祸的原因就在于诸王的互相残杀："虽借人之外力，实萧墙之内起。"作为亡国之臣的庾信只有"生而望返""死而思归"了。

全篇赋文情真意切，哀伤愤慨之情溢于言表，这种类别的作品，也只有庾信这样既具备文采、又具备个人深沉体验的大家才能创作出来。文学至此，形式已经和实际内容相结合，这种结合虽不成熟，却已经显示出未来文学宽阔的发展前景。

综上，作为文学的体现形式，北朝的文体既体现了北朝士人的审美理想，也是北朝士人审美趣味在文学上的表现。

北朝士人的审美趣味显现在不同的角度。首先，就文体的选择而言，北朝士人在经世致用上的突出偏好，使得北朝士人整体上格外强调文学的政治教化作用，即便不涉及政治教化作用，也更倾向于强调诗歌的陶冶性情的作用，而以"用"为主的审美趣味也影响着他们对文学文体的创作选择。总体来看，北朝应用类的文学创作从数量上和实力上都要高出同时期诗的创作，这主要源于北朝文人的诗歌观念。包括由南入北的颜之推都认为，诗作是学有余力之作。诗的地位在北朝时期显然不如其他文体（诸如表、奏、书、议、碑、诔等），这是在北朝文人审美趣味影响下发生的一个变化。

其次，就散文文体的选择而言，《洛阳伽蓝记》《魏书》《水经注》等都从史官的角度出发，在文字中穿插对历史的认识和评价，依然显现出北朝士人强烈的入世精神下重视事功的审美趣味。

再次，就诗歌而言，北朝的诗歌作品显示出质朴、古雅的特征，与南方推崇诗歌的怡情娱乐性质不同，北方更多的是体现正统诗教观念的诗作。虽然也有辞采方面的要求，但以古雅、苍茫、悲壮为主，具有强烈的地域特色。

最后，就赋体文学而言，赋在古人看来具有诗的教化讽喻功能，但是其本身却是以描写事物为主的散文文体，因此在北朝也受到一定的推崇。与南方的抒情小赋相比，北朝文人的赋作更多体现出润色鸿业或者传统的讽喻功能，文辞上虽没有完全走向古奥的文风，但是如南方的清新雅致的抒情赋作也较为罕见。

第二编 ◎ 魏晋南北朝文艺思想发展脉络梳理

第六章
魏晋时期的文学思想

◎ 第一节
曹丕与曹植

一、曹丕

曹丕（187—226），字子桓，沛国谯县（今安徽亳州）人。建安十六年（211）为五官中郎将、副丞相，二十二年（217）立为魏王世子。二十五年（220），曹操卒，曹丕嗣位为丞相、魏王。同年代汉称帝，国号魏，改元黄初。在位七年，谥文帝。曹丕"天资文藻，下笔成章，博闻强识，才艺兼该"[①]，其《典论·自序》自言"少诵诗、论，及长而备历五经、四部，《史》《汉》、诸子百家之言，靡不毕览。所著书论诗赋，凡六十篇"[②]。《隋书·经籍志》著录有《魏文帝集》十卷，后散佚。今存张溥辑本《魏文帝集》二卷。生平事迹主要见《三国志·魏书·文帝纪》。

曹丕的文学思想集中体现于《典论·论文》。《典论》系曹丕精心结撰

---
① 《三国志·魏书·文帝纪》。
② 魏宏灿：《曹丕集校注》，302页，合肥，安徽大学出版社，2009。

的著作,《隋书·经籍志》著录为五卷,《宋史》以后不见著录,全书约在宋代失传,今存孙冯翼、黄奭、严可均等清人辑本。 唐代吕向注云:"文帝《典论》二十篇,兼论古者经典文事。"①可知《典论》大约是一部以专论方式对前代主要是后汉以来的重要文事发表议论,阐发自家观点的综合性的学术著作。 其成书时间约在建安后期。

通常认为,曹丕的时代是文学自觉的时代,而曹丕的文论就是这自觉的标志之一。 究其因,盖其文论有两大独创:文体论和文气说。 此二者均突出了文章自身的审美特质,滤去了先秦两汉以来附着于文章之上的种种功利的看法,故谓开一代论文风气之先。

先看其文体论。

在《典论·论文》开篇对建安七子的批评中,曹丕就有意识从文体的角度,指出他们的所长所短,如谓王粲"长于辞赋",徐幹"粲之匹也……然于他文,未能称是",陈琳、阮瑀之"章表书记,今之隽也",孔融"不能持论,理不胜词"。 又其《与吴质书》谓:"孔璋章表殊健,微为繁富。 公幹……五言诗之善者,妙绝时人。 元瑜书记翩翩,致足乐也。 仲宣独自善于辞赋,惜其体弱,不足起其文,至于所善,古人无以远过。"在曹丕看来,自古及今,"文人相轻"除了主观上的"贵远贱近,向声背实",善于自见(其长)、阍于自见(其短)外,还有客观上"文非一体,鲜能备善"的原因。 故曹丕正面提出他关于文体的理论主张,《典论·论文》谓:"夫文本同而末异,盖奏议宜雅,书论宜理,铭诔尚实,诗赋欲丽。 此四科不同,故能之者偏也。 唯通才能备其体。"本末原为哲学范畴,曹丕首次用于论文,明确提出文章有本同末异之别。 何谓"本同"? 曹丕没有明说,故后人对其训解各不相同,实则此"本同"难有确指,盖言文之为文的根本特性,故以郭绍虞"一切文章的共同性"一解较为妥当。② 但曹丕所论不主

---

① (南朝梁)萧统编,(唐)李善等注:《六臣注文选》,948 页,杭州,浙江古籍出版社,1999。
② 郭绍虞主编:《中国历代文论选(一卷本)》,63 页,上海,上海古籍出版社,2001。

"本同",而重"末异",即文章的不同体裁所表现出的不同特点。

曹丕在诸多文章体裁中,选取了奏、议、书、论、铭、诔、诗、赋八体,并按其性质分为"四科";在分类的基础上,分别对此"四科"的文体特点和审美要求作了概括。所谓"奏议宜雅",指奏和议两种官方文书,其写作无论于内容还是形式,均要做到雅正。后来陆机谓"奏平彻以闲雅",刘勰《文心雕龙·奏启》谓奏以"明允笃诚为本,辨析疏通为首",而"议贵节制,经典之体也……故其大体所资,必枢纽经典",均承曹丕所论。所谓"书论宜理",指书和论两种文体,当以析理为主。这里的"书",与《典论·论文》"琳、瑀之章表书记",及《与吴质书》"元瑜书记翩翩"之"书记"意近,亦与《文心雕龙·定势》"符檄书移,则楷式于明断"及《文选序》"书誓符檄之品"之"书"近似,但"书记广大,衣被事体,笔劄杂名,古今多品"①,又"书论"并举,则"书"主要还是指那些说理性较强的书信,如陈琳《为曹洪与魏文帝书》、阮瑀《为曹公作书与孙权》等。② 而"论",则指论说性文字,包括单篇论文,亦包括成一家言的子书,如桓谭《新论》、徐幹《中论》,以及曹丕本人《典论》等。之后,陆机《文赋》谓"论精微而朗畅",萧统《文选序》谓"论则析理精微",刘勰《文心雕龙·论说》谓"论也者,弥纶群言,而研精一理者也……是以论如析薪,贵能破理",与曹丕观点一脉相承。所谓"铭诔尚实",是说铭与诔主要用于追叙死者的事功,故务求真实。这里的"实",既指内容上的真实,也指风格上的朴实。后来陆机《文赋》谓"铭博约而温润""诔缠绵而凄

---

① 《文心雕龙·书记》。
② 杨明先生认为,一般书信的特点也并不在于说理。因此将"书论宜理"的"书"解释为文牍、书信,与"宜理"二字似难切合。按曹丕论另外三类文章的特点,所谓"奏议宜雅""铭诔尚实""诗赋欲丽",其中奏和议、铭和诔、诗和赋都是性质彼此相近的;他怎么会将文牍书信和论说文这两种性质相去颇远的文体相提并论呢?为此,杨先生举了大量例子,欲证明:"书""论"二字合为一个短语,不宜分开理解。应是指论说性文字,包括单篇论文,亦包括成一家言的子书。愚谓杨说前后抵牾。既云另外三类文章为性质相近但又互相区别的文体,且可以而且应该分开理解,为何"书论"却"不宜分开理解"?这在行文逻辑上是说不过去的。参见杨明:《〈典论·论文〉"书论宜理"解》,载《文学评论》,1985(2)。

怆";挚虞《文章流别论》谓"德勋立而铭著,嘉美终而诔集";刘勰《文心雕龙·铭箴》谓"义典则弘,文约为美",《文心雕龙·碑诔》谓"诔之为制,盖选言录行,传体而颂文,荣始而哀终";萧统《文选序》谓"铭则序事清润,美终则诔发"等观点,可以说是对曹丕理论的进一步发展。

在曹丕的"四科八体"说中,最值得注意的,还是其"诗赋欲丽"的观点。曹丕这里明确以一"丽"字来规范和要求诗、赋这两种最主要的文学体裁,体现出汉末魏初时人对文学审美特质认识的新高度、新态势。汉时,人们对于诗赋的认识,始终戴着政教功用的有色眼镜。于诗,以《诗大序》为代表,始终离不开对"美教化,移风俗"的强调。于赋,汉人虽已认识到"丽"的特点,如《史记·太史公自序》谓"《子虚》之事,《大人》赋说,靡丽多夸";扬雄《答刘歆书》谓"雄为郎之岁,自奏少不得学,而心好沈博绝丽之文";王充《论衡·定贤》谓"以敏于赋颂,为弘丽之文为贤乎?则夫司马长卿、扬子云是也。文丽而务巨,言眇而趋深,然而不能处定是非,辨然否之实"等。但以扬雄为代表的汉人对于赋"丽"的认识,始终未脱儒家政治功利的束缚。《法言·吾子》谓:"诗人之赋丽以则,辞人之赋丽以淫。"在扬雄看来,"丽以淫"是不好的,只有"丽以则"才是合乎儒家道德规范的。与汉人的这种认识不同,曹丕首次诗赋并提,并给予其独立的审美特性和审美价值,不再给"丽"加上任何具有政教意味的限定和束缚。此其一。其二,"诗赋欲丽"是建安时人的审美观念及创作实践的理论总结,具有突出的时代性。建安文人往往喜欢以"丽"称许别人的文章。如曹植《与吴季重书》谓吴质的书信"晔若春荣,浏若清风",晔,就是指文辞的华美;又曹丕《繁钦集序》谓繁钦书"虽过其实,而其文甚丽";吴质《答东阿王书》称曹植文采"巨丽";又陈琳《答东阿王笺》赞曹植文"音义既远,清辞妙句,焱绝焕炳";卞兰赞曹丕《典论》及诸赋颂"逸句烂然,沉思泉涌,华藻云浮"。其中部分虽未用"丽"字,但所云均着眼于辞藻的华丽,可知时人对于文章华丽的崇尚。曹丕作为当时的文坛领袖,将这一时代风尚概括为"诗赋欲丽",这一"欲"字,生动地说明了当时文人对于"丽"的追求之强烈。总之,曹丕"诗赋欲丽"的提出,第一次从纯审美意义上肯定并强调了诗赋的形式美,在诗学史上具有划时代的意义,标志着我国文学进入审美自觉的新时代。正如鲁迅所说:"汉文慢慢壮大起来,是时代使然,非专靠曹氏父子之功的。但华丽好看,却是曹丕提倡的功劳。""他(曹丕)说诗赋不必寓教训,反对当时那些寓训勉于诗赋的见解……曹丕的一个时代可说是'文学的自觉时代',或如近代所说是为艺术而艺术的一派。"①

尽管就总体而言,上述曹丕对文体的依类区分还很粗略,但他自觉比较不同体裁功用、性质及风格的特点,集中反映出当时文体观念已渐趋成熟。这为六朝文体论研究开辟了先河,此后陆机《文赋》、挚虞《文章流别论》、李充《翰林论》、刘勰《文心雕龙》、萧统《文选》等关涉文体方面的研究,均导源于此。

再看曹丕的"文气"说。

"气"原是一哲学术语,先秦时,人们就把"气"看成宇宙演化进程中的一个重要环节,用"气"来解释天地开辟和万物生成:

> 道生一,一生二,二生三,三生万物,万物负阴而抱阳,冲气以为和。(《老子》)
>
> 气变而有形,形变而有生。(《庄子·至乐》)
>
> 人之生,气之聚也;聚则为生,散则为死。(《庄子·知北游》)
>
> 凡物之精,此则为生。下生五谷,上为列星。流于天地之间,谓之鬼神。藏于胸中,谓之圣人。是故民气,杲乎如登于天,杳乎如入于渊,淖乎如在于海,卒乎如在于己。(《管子·内业》)

---

① 鲁迅:《魏晋风度及文章与药及酒之关系——九月间在广州夏期学术演讲会讲》,见《鲁迅全集》第3卷,526、528页,北京,人民文学出版社,2005。

汉代正式形成宇宙生成论的"元气"说：

> 道始于虚廓，虚廓生宇宙，宇宙生气，气有涯垠，清阳者薄靡而为天，重浊者凝滞而为地，……天地之袭精为阴阳，阴阳之专精为四时，四时之散精为万物。（《淮南子·天文训》）
>
> 天地之气，合而为一，分为阴阳，判为四时，列为五行。（《春秋繁露·五行相生》）

这些说法后来被《白虎通义》概括为"天地者，元气之所生，万物之祖也"，成为汉代官方钦定的宇宙生成论。汉代"元气"论的集大成者是王充，在《论衡》中，他首先肯定"人禀气而生，含气而长"[①]，并用"禀气"说来解释人的生理现象和人性善恶、贫贱富贵等：

> 人禀元气于天，各受寿夭之命，以立长短之形。（《论衡·无形》）
>
> 禀气有厚泊，故性有善恶也。……人之善恶，共一元气。气有少多，故性有贤愚。（《论衡·率性》）
>
> 人性有善有恶，犹人才有高有下也，高不可下，下不可高。谓性无善恶，是谓人才无高下也。禀性受命，同一实也。……人禀天地之性，怀五常之气，或仁或义，性术乖也；动作趋翔，或重或轻，性识诡也。面色或白或黑，身形或长或短，至老极死，不可变易，天性然也。（《论衡·本性》）

汉代天人感应的神学论宣扬人的生死寿夭、祸福凶吉和富贵贫贱都是上天的有意安排，王充则主张这是"禀气"决定的。虽然这种解释在否定"善恶报应"的同时，也忽视了人的社会实践和能动性，陷入了自然命定论。但

[①] 《论衡·命义》。

值得注意的是，王充的"禀气"中包含着一个重要的思想萌芽，即人的性格、才能、气质等精神因素，是天赋决定、不可改变的。

正是在汉代"元气"论特别是王充"禀气"说的基础上，曹丕根据建安文学"梗概而多气"的特点，首次将哲学领域的"气"引入文学批评，提出著名的"文气"说。对于曹丕"文气"说的内涵，学界有着不同的理解。我们认为，从话语层面看，"文气"说包含两方面的内容：一是以"气"批评作家作品。《典论·论文》开篇对建安诸文士作了批评，其中，对徐幹、刘桢、孔融等人，曹丕明确以"气"论之。例如，曹丕谓徐幹"时有齐气"，这是在评价徐幹的辞赋，故这"气"当指辞赋作品中的气；从语气上看，曹丕对徐幹辞赋中的"齐气"是不满的。故唐人李善引《汉书·地理志》为证，谓"齐俗文体舒缓，而徐幹亦有斯累"。[1] 近人黄侃进一步申说李注，谓："文帝论文主于遒健，故以齐气为嫌。"[2] 刘勰《文心雕龙·诠赋》则从正面肯定徐幹辞赋说："时逢壮采。"故"齐气"系指徐赋由于受到齐地风俗之影响，在风格上难免有舒缓柔弱之弊。曹丕《典论·论文》谓"公幹有逸气，但未遒耳，其五言诗之善者，妙绝时人"，又《与吴质书》谓："刘桢壮而不密。"逸，《说文解字》谓："失也，从辵兔。"兔子善奔跑，故"逸气"指奔放之气。刘桢本人论文讲"势"，云："文之体指实强弱，使其辞已尽而势有余，天下一人耳，不可得也。"[3] 刘勰谓其"颇亦兼气"。曹丕以"逸气"评刘桢的五言诗，盖谓其诗作体势之遒健有力。对此，后来的钟嵘、刘勰有更详细的评述，《诗品》云："仗气爱奇，动多振绝。贞骨凌霜，高风跨俗。但气过其文，雕润恨少。"《文心雕龙·体性》云："公幹气褊，故言壮而情骇。"《才略》云："刘桢情高以会采。"曹丕谓孔融"体气高妙，有过人者，然不能持论，理不胜辞"。按《汉后书》孔融本传谓其"负有高气"，孔融这种"高气"的个性，反映到创作

---

[1] （南朝梁）萧统编，（唐）李善等注：《六臣注文选》，948页。
[2] 转引自骆鸿凯：《文选学》，343页，北京，知识产权出版社，2013。
[3] 《文心雕龙·定势》引。

中,是指作品所充溢的一种强烈的生命力。刘桢称"孔氏卓卓,信含异气,笔墨之性,殆不可胜"①。刘勰《文心雕龙·才略》谓:"孔融气盛于为笔。"曹丕亦"深好融文辞",不但称其"体气高妙,有过人者",叹其为"扬、班俦也",并且在孔融死后,仍然念念不忘孔融的文章,"募天下有上融文章者,辄赏以金帛"。②

曹丕"文气"说的另一话语内容,体现为"文以气为主"的理论命题,《典论·论文》谓:"文以气为主,气之清浊有体,不可力强而致。譬诸音乐,曲度虽均,节奏同检,至于引气不齐,巧拙有素,虽在父兄,不能以移子弟。"文中"气"字出现凡三次,曹丕主要讲了三层意思。其一,"文以气为主"统摄全段,其中之"文"兼"文章"与"作文"二义,故"气"亦有文章之气和作家之气两重意思,并暗含文章之气决定于作家之气。其二,"气之清浊有体,不可力强而致"之"气",指作者所禀之气。在曹丕看来,此气既有清、浊之分,又与生俱来,后天"不可力强而致"。以往论者以为文气即才性,盖主要以此为据。其三,曹丕譬之以音乐,以为即使演奏对象均同,然主体个性不一,故所演奏之效果仍存优劣之别。对于这层意旨,需要指出的是,比喻中的喻体"曲度""节奏",指音乐本身所具特性,而本体乃对应上文所言文章"四科"的体裁特点,以往有论者据此谓曹丕之"文气"即声律,实因泥于比喻本身的有舍本逐末之论。另外,"虽在父兄,不能以移子弟",与前文"不可力强而致"意思不一,不可混同。常见不少论者将此二语撮为一体,以证明作者所禀之气在先天,不为后天所移易。实则后者就主体自身言,谓其所禀之气或清或浊,后天难以改变;前者就不同主体之关系言,谓其"引气"之不同,即使父子兄弟,也难以继承或相授。后者"言"气之性质,侧重于静态上说;前者言"气"之表现,偏重于动态上说。

---

① 《文心雕龙·风骨》引。
② 《后汉书·孔融传》。

综上，可知"文气"既指作家主体之气，也指作品之气。指作家之气时，它区别于作家的日常个性，主要指创作个性；指作品之气时，主要指作品的一种情感力量及由此表现出来的风格特征。曹丕的这一理论主张，首次突出强调了作家主体的个性和天才，以及文学作品的生命力和艺术感染力，它打破了两汉以来文学创作必须"宗经征圣"，以圣人之道为标准的传统文学观，高扬了创作主体的自我意识，开启了"文学的自觉时代"。自曹丕之后，以气论文成为六朝的一股主要批评风气，以钟嵘《诗品》、刘勰《文心雕龙》为代表；同时，在其他艺术领域，如书法、绘画等，也无不强调作品的气之重要。

另外，需要指出的是，在《典论·论文》的最后，曹丕表达了他关于文章功用和价值的看法。他说："盖文章，经国之大业，不朽之盛事。年寿有时而尽，荣乐止乎其身，二者必至之常期，未若文章之无穷。是以古之作者，寄身于翰墨，见意于篇籍，不假良史之辞，不托飞驰之势，而声名自传于后。故西伯幽而演《易》，周旦显而制《礼》，不以隐约而弗务，不以康乐而加思。夫然则古人贱尺璧而重寸阴，惧乎时之过已。而人多不强力，贫贱则慑于饥寒，富贵则流于逸乐，遂营目前之务，而遗千载之功，日月逝于上，体貌衰于下，忽然与万物迁化，斯志士之大痛也。"又《与王朗书》亦云："唯立德扬名，可以不朽；其次莫如著篇籍。"理解这段话的关键在于"文章"一词的所指。结合下文，"文章"主要指《易》《礼》《中论》等学术著作；结合上文，"文章"似应含诗赋等在内的文学作品。故学界通常认为，此"文章"虽主要指学术著作，但又包括文学作品，曹丕在这里将文学的地位抬高到可以与学术著作一样经国和不朽的高度，对文学的价值和功能作了前所未有的肯定。对此，笔者以为，此"文章"乃就学术著作言，与文学著作无关。一者，"文章经国之大业"一语，并非如有些论者所言为虚指，实则，此语与前文"夫文本同而末异"，从语气到句式均同。在曹丕看来，"文本同"与"文章经国"均为题中应有之义，故存而不论，其论重在"本同"后面的"末异"及"文章经国"后面的"不朽盛事"，这也可以视为刘勰批评"魏典密而不周"的一个原因。二者,所谓文章"不朽之盛事",不过是儒家"立言不朽"的翻版。曹丕崇尚和劝诫士人文章经国、立言不朽,凭借的不是诗赋作品,而仍然是成一家之言的学术著作。这集中体现在曹丕对徐幹的批评上,《与吴质书》谓徐"著《中论》二十余篇,成一家之言,辞义典雅,足传于后,此子为不朽矣",而《典论·论文》以"融等已逝,唯幹著论,成一家言"收尾,大有"曲终奏雅"的意味。如果说,在《典论·论文》的前半部分,曹丕所论重在文学著作,以文坛领袖的口吻和文学斗士的勇气,揭示出文学的诸多奥妙,表现出他在文学理论方面的洞见和创获;那么在后半部分,曹丕则俨然是以统治者的身份,回归到儒家旧说,高度强调学术著作的价值和地位,劝诫时人包括他自己留意于"篇籍"。所以,曹丕的文章价值论并无新意,亦不足成为他的理论独创。

二、曹植

曹植(191—232),字子建,沛国谯县(今安徽亳州)人。与曹丕为同母兄弟。曹操甚宠,几欲为世子。后失宠。曹丕、曹叡在位期间,曹植遭猜忌,屡获罪责,终于忧愤而死。历封平原侯、临淄侯、东阿王、陈王等,谥曰思,世称陈思王。曹植文才富艳,钟嵘《诗品序》誉之"建安之杰"。《三国志》本传谓其年十岁余,即诵读诗、论及辞赋数十万言,善属文;又曹叡景初中诏曰:"陈思王……自少至终,篇籍不离于手,诚难能也。……撰录植前后所著赋、颂、诗、铭、杂论凡百余篇,副藏内外。"《隋书·经籍志》著录《陈思王曹植集》三十卷。有辑本《曹子建集》传世。生平事迹主要见《三国志·魏书·陈思王传》。

作为曹魏时期的文坛主将,曹植不但文学创作成就突出,其文学理论与批评亦能标新立异。刘勰《文心雕龙·序志》评当时论文之作云:"至于魏文述典,陈思序书……魏典密而不周,陈书辩而无当。""魏典"即《典论·论文》,"陈书"指《与杨德祖书》,刘勰将其相提并论,足见兄弟二人在文学思想方面的成就及对后世之影响。

　　《与杨德祖书》在写作时间上略早于《典论·论文》①,其中一个重要内容,是对文学批评问题的论述和辨析。 与曹丕一样,曹植对于当时文士中普遍存在的孤傲自负、暗于自见的弊病极为不满。 他说:"昔仲宣独步于汉南,孔璋鹰扬于河朔,伟长擅名于青土,公幹振藻于海隅,德琏发迹于大魏,足下高视于上京。 当此之时,人人自谓握灵蛇之珠,家家自谓抱荆山之玉也。 ……然此数子犹复不能飞轩绝迹,一举千里也。 以孔璋之才,不闲辞赋,而多自谓能与司马长卿同风,譬画虎不成还为狗者也。 前为书嘲之,反作论盛道仆赞其文。"在曹植看来,文人贵有自知之明,一则在于文章著述是件艰苦而复杂的事情,故"世人著述,不能无病",《与吴季重书》亦云:"夫文章之难,非独今也,古之君子,犹亦病诸!"二则作者个性不同,才有偏向,所谓"性尚分流,事难兼善"②。 因此,第一,曹植在信中以自身的创作实践,强调了批评对于创作的必要性和重要性。 他说:"仆常好人讥弹其文,有不善者,应时改定。 昔丁敬礼尝作小文,使仆润饰之。 仆自以才不能过若人,辞不为也。 敬礼云:'卿何所疑难乎? 文之佳丽,吾自得之。 后世谁相知定吾文者邪?'吾常叹此达言,以为美谈。"曹植的这种观点与做法得到后人的普遍赞赏。 北朝颜之推说:"江南文制,欲人弹射,知有病累,随即改之,陈王得之于丁廙也。"又说:"学为文章,先谋亲友,得其评裁,知可施行,然后出手;慎勿师心自任,取笑旁人也。"③清人徐增说:"大抵诗贵人说;曹子建何等才调,当时无有出其右者,人或有商

---

① 《与杨德祖书》云:"仆少好辞赋,迄至于今,二十有五年矣。"曹植生于初平三年(192),向下顺延二十五年,就是建安二十一年(216)。《典论》具体写作年代不详,据《艺文类聚》卷一六载卞兰《赞述太子表》言,成书是在曹丕做魏世子时。 又曹丕于建安二十二年(217)被立为世子,建安二十五年(220),继魏王位并于同年受禅称帝。 故《典论》的成书,应在217—220年,比《与杨德祖书》晚一至四年。
② (南朝陈)姚最著,王伯敏点校:《续画品录》,2页,北京,人民美术出版社,1959。
③ 《颜氏家训·文章》。

权,应时改定,故称'绣虎'。"①李沂亦云:"夫以曹子建之才,犹欲就正于人,以自知其所不足。今人专自满假,吾不知今人之才与子建何如也?"②

第二,曹植主张批评者应有正确的批评态度。对待文学批评,曹植于己于人,均要求持以极慎重之态度,做到"不失听""不妄叹"。曹植自言:"夫钟期不失听,于今称之。吾亦不敢妄叹者,畏后之嗤余也。"这和当时刘修之流随意毁谤别人的文章成为鲜明的对比。为了做到"不失听"的客观批评,曹植要求批评者一方面对作者的创作倾向有整体的把握,他说:"世之作者,或好烦文博采,深沉其旨者;或好离言辨白,分毫析厘者;所习不同,所务各异。"③由于作者审美取向不同,往往造成其作品风格各异,这种情况是文学批评家不可忽视的。另一方面批评者不能受自身主观好恶的影响,而应遵循一定的批评标准。他说:"人各有所好尚,兰茝荪蕙之芳,众人之所好,而海畔有逐臭之夫;《咸池》《六英》之发,众人所乐,而墨翟有非之之论,岂可同哉!"这里,曹植指出了批评者根据自己的好恶进行文学批评而出现的后果。由于批评者的爱好不同,所以对"众人之所好"的"兰茝荪蕙之芳",还有人持不同态度。对"众人所乐"的《咸池》《六英》,还有"非之之论"。曹植不仅指出了文艺批评不囿于自己的好恶之难,同时也说明了文艺批评还是有客观标准的,也就是说"兰茝荪蕙之芳",是"众人之所好","《咸池》《六英》之发",也是"众人所共乐"的,只要能做到不从自己的好恶出发,是能够去臭逐芳的。

第三,曹植还特别强调批评者应具备相当的才能和修养。他说:"盖有南威之容,乃可以论于淑媛;有龙泉之利,乃可以议于断割。刘季绪才不能逮于作者,而好诋诃文章,掎摭利病。昔田巴毁五帝,罪三王,訾五霸于稷

---

① (清)徐增:《而庵诗话》,见(清)王夫之等撰,丁福保编:《清诗话》,431页,上海,上海古籍出版社,1978。
② (清)李沂:《秋星阁诗话》,见(清)王夫之等撰,丁福保编:《清诗话》,913页。
③ 《文心雕龙·定势》引。

下,一旦而服千人,鲁连一说,使终身杜口。刘生之辩,未若田氏,今之仲连,求之不难,可无叹息乎!"曹植这段话主要是强调批评者要有才能,要有比较高的文学修养,要有丰富的创作实践的体验,才能去评论别人的创作,就像只有具备南威的美色天资,才能够论美女"淑媛";具有龙泉宝剑的锋利,才能评议断割一样。这种观点的提出是有其现实意义的,因为当时存在刘季绪那样"才不能逮于作者",而随便诋诃别人的文章的现象。一个没有文学修养、才能低下的人,很难正确地评论别人的创作,更谈不上对作者有什么帮助。曹植这个观点的提出是立足于现实的,针砭了当时某些批评者的通病。为了实践正确的文学批评,曹植从自我做起。他感到自己的才能赶不上丁廙,于是就拒绝了丁廙请他润饰文章的要求。曹植是著名文学家,但是他拒绝润饰丁廙的文章。他之所以拒绝,并不是着眼于自己是否是作家,而是感到自己才华不如丁廙。说曹植主张"不是作家也就没有资格批评了",是缺乏根据的。曹植重视批评家自身才能和修养的观点为刘勰所继承,《文心雕龙·知音》篇提出"操千曲而后晓声,观千剑而后识器",即要求鉴赏者和批评者"务先博观"。

《与杨德祖书》的另一重要内容是曹植关于辞赋文章的看法。他说:

> 今往仆少小所著辞赋一通相与。夫街谈巷说,必有可采;击辕之歌,有应风雅。匹夫之思,未易轻弃也。辞赋小道,固未足以揄扬大义,彰示来世也。昔扬子云先朝执戟之臣耳,犹称壮夫不为也;吾虽德薄,位为蕃侯,犹庶几戮力上国,流惠下民,建永世之业,留金石之功,岂徒以翰墨为勋绩,辞赋为君子哉?若吾志未果,吾道不行,则将采庶官之实录,辩时俗之得失,定仁义之衷,成一家之言。虽未能藏之于名山,将以传之于同好。非要之皓首,岂今日之论乎?

正确理解这段话,宜从两个层面着眼。其一,就文章著述自身言,曹植这里实将其分为三类三等:最低等为"街谈巷说""击辕之歌",前者指有文学色彩的民间传说、故事、俳优小说之类，后者指穷乡僻壤劳动人民的歌谣之作。故李善引崔骃语云："窃作颂一篇，以当野人击辕之歌。"①这些属于民间通俗类著述，常为正统文人所轻视。曹植提及它们，固有自谦所著辞赋的意思，但他明确指出"击辕之歌，有应风雅"，在建安文人普遍喜爱民间文学的背景下，曹植首次从理论上正面肯定这类作品的其价值和地位，表明了他对民间文学的重视。这是难能可贵的。实际上，曹植在创作中非常善于从民间文学中汲取营养，这已成为学界共识。第二等为辞赋，其长期为正统文人所重视，也是曹植最擅长的。第一等为"成一家之言"的子书。在这三类三等著述中，曹植虽然第一次对民间通俗文学给予充分肯定，但其言下之意是，通俗文学尚且有其价值，辞赋的价值不言自明，但与"成一家之言"的子书相比，辞赋又在其次了。应该说，曹植对辞赋的这一定位，并没有拔高或贬低，而是符合一般文人的共识的。其二，就立言著述与立功关系言，曹植这里很明确地表示自己位为蕃侯，不当"以翰墨为勋绩，辞赋为君子"，而应以"戮力上国，流惠下民"的立功为上。曹植的这种以立功居立言之上的观点，明显是对传统儒家三不朽观念的继承。这里也很难说是对辞赋的轻视。综合这两方面来看，曹植的基本观点是：以立功为上，立言为下；而立言又以"成一家之言"为上，以辞赋为下。这与曹丕《典论·论文》宣扬文章为不朽之盛事的观点殊途同归。故明人胡应麟谓："至如魏文帝以文章为'经国之大业，不朽盛事'，而陈思不欲以翰墨为勋绩，辞颂为君子，词虽冰炭，意实埙篪。读者考见深衷，推验实历可也。"②今人王瑶先生亦谓："表面上看起来，这两种论调完全不同，但细细分析，他们对文学的看法和意见，还是一致的；不同的只是政治地位和文章的口气而已。"③需指出的是，如果说曹氏兄弟于文学审美特质的认识及理论阐述，标志着文学开始走向自觉，则其对于文章价值的认识，恰是这自觉后面的一

---

① （南朝梁）萧统编，（唐）李善等注：《六臣注文选》，772页。
② （明）胡应麟：《诗薮》，134页，北京，中华书局，1958。
③ 王瑶：《中古文学史论》，180页，北京，北京大学出版社，1998。

个尾巴。对此,鲁迅认为"大概是违心之论",他说:"曹丕说文章事可以留名声于千载;但子建却说文章小道,不足论的。据我的意见,子建大概是违心之论。这里有两个原因,第一,子建的文章做得好,一个人大概总是不满意自己所做而羡慕他人所为的,他的文章已经做得好,于是他便敢说文章是小道;第二,子建活动的目标在于政治方面,政治方面不甚得志,遂说文章是无用了。"[1]无论是曹丕还是曹植,其文章价值论,主要还是承继了传统的政教功用论,属政治功利主义的文章价值观。

除《与杨德祖书》外,在曹植的其他文章中,也有关涉文学思想的言论。其中,最值得注意的是他的《前录序》,文章说:"故君子之作也,俨乎若高山,勃乎若浮云;质素也如秋蓬,摛藻也如春葩;氾乎洋洋,光乎皜皜:与《雅》《颂》争流可也。余少而好赋,其所尚也,雅好慷慨,所著繁多。虽触类而作,然芜秽者众。故删定,别撰为《前录》,七十八篇。"其中"摛藻也如春葩"一语,集中反映了曹植对作品文采的高度重视,在其他一些场合,曹植亦常持此标准赞赏所谓"君子之作",如《文帝诔》谓文帝"才秀藻朗,如玉之莹",《王仲宣诔》谓王粲之作"文若春华",《与吴季重书》谓吴质之书"文采委曲,晔若春荣",《七启序》谓枚乘等人之作"辞各美丽",此种观点实与曹丕"诗赋欲丽"的思想近似,体现了时人对于华丽辞藻的崇尚。而文中"雅好慷慨"一语,则表明曹植对文学创作中那种激越强烈、悲伤失意情感的强调和重视。《说文解字》谓:"忼慨,壮士不得志于心也。""忼",段玉裁注云:"俗作慷。"故慷慨主要指的一种高昂的意气和激越的情怀。曹植的"雅好慷慨",广泛、深切地表现在他的文学实践活动当中。如《赠徐幹》之"慷慨有悲心,兴文自成篇",《杂诗七首》其五之"弦急悲声发,聆我慷慨言",《薤露篇》之"怀此王佐才,慷慨独不群",《情诗》之"慷慨对嘉宾,凄怆内伤悲";《弃妇诗》之"慷

---

[1] 鲁迅:《魏晋风度及文章与药及酒之关系——九月间在广州夏期学术演讲会讲》,见《鲁迅全集》,526页。

慨有余音，要妙悲且清"，《野田黄雀行》之"秦筝何慷慨，齐瑟和且柔"，《求自试表》之"何况巍巍大魏多士之朝，而无慷慨死难之臣乎"，等等。曹植"雅好慷慨"的创作理想和主张，一方面使其本人的创作总是洋溢着健旺的感情力量，并由此形成了"骨气奇高""情兼雅怨"[1]的特色；另一方面又极大地促成了建安文学"慷慨以任气，磊落以使才""并志深而笔长，故梗概而多气"[2]的时代风格。故有重要的理论意义和实践意义。曹植《前录序》中所表达的辞藻和情感并重的文学思想，实则是对传统"文质彬彬"观点的继承和发展，其《答诏示平原公主诔表》谓："奉诏，并见圣思所作《故平原公主诔》，文义相扶，章章殊兴，句句感切，哀动神明，痛贯天地。"所谓"文义相扶"，即重视作为作品形式方面的文辞，和作为内容方面的情感二者间的相辅相成。曹植的这种文质并重的理论主张和实践，对魏晋文学"以情纬文，以文被质"[3]特点的形成产生了深刻影响。

此外，曹植《学官颂》云："歌以咏言，文以骋志。"《上下太后诔表》云："铭以述德，诔尚及哀。"《王仲宣诔》云："何用诔德，表之素旗。何以赠终，哀以送之。"《七启序》云："昔枚乘作《七发》，傅毅作《七激》，张衡作《七辩》，崔骃作《七依》，辞各美丽。余有慕之焉。"《皇子生颂》云："藩臣作颂，光流德声。"这些关涉曹植对诗、歌、铭、诔、颂等多种文体的认识，其论与《典论·论文》"四科八体"相较，虽显零散和粗略，但大多是基于其自身创作实践而发的，故同样具有重要的理论意义。

概言之，曹植的文学思想，深切地扎根于其自身的创作中，故较之曹丕，其失在零散，其得在体悟。刘勰《文心雕龙·才略》谓"子建思捷而才俊""子桓虑详而力缓"，这种才性的不同，决定了兄弟二人文学思想表现的各异。虽如此，二者所论均为当时创作实践的理论总结，真实地反映了当时的文坛实际，对此后文学思想进一步向抒情特质发展，起着重大的推动作

---

[1] 《诗品》"魏陈思王植诗"条。
[2] 《文心雕龙·明诗》《文心雕龙·时序》。
[3] 《宋书·谢灵运传论》。

用。 同时，曹氏兄弟所开创的论文风气，也深刻地影响着此后很长的一个时期。

◎ 第二节
陆机与陆云

一、陆机

陆机（261—303），字士衡，吴郡华亭（今上海松江）人，东吴名将陆逊之孙，陆抗之子。陆机少有异才，文章冠世。年二十而吴亡，与弟陆云隐退华亭旧里，闭门勤学，积有十年。晋武帝太康十年（289），与弟陆云一同应征入洛，蒙张华赏识和推荐，历任祭酒、太子洗马、著作郎、中书郎等职。从此名声大振，时有"二陆入洛，三张减价"（"三张"指张载、张协和张亢）之说。曾为赵王伦相国参军，后入成都王颖幕，参大将军军事，表为平原内史，故世称"陆平原"。太安二年（303），为成都王司马颖所杀。陆机天才秀逸，辞藻宏丽，是太康时期最重要的作家之一，葛洪《抱朴子》谓其为"一代之绝"，钟嵘《诗品序》称其为"太康之英"。与弟陆云并称"二陆"，刘勰《文心雕龙·时序》谓"机、云标二俊之采"；又与潘岳并称"潘陆"，沈约《宋书·谢灵运传论》谓"降及元康，潘陆特秀"。《晋书》本传谓："所著文章凡三百余篇，并行于世。"《隋书·经籍志》著录《陆机集》十四卷，注云："梁四十七卷，录一卷，亡。"今有明张溥辑本《陆平原集》十卷传世。

陆机的文学思想集中体现在《文赋》中。关于该赋的写作时间，目前学界说法不一，主要有作于二十岁说、作于二十九岁说、作于四十岁前后说等几种。比较而言，当以最后一说为优①。我们在此亦坚持《文赋》作于陆机四十岁前后，具体时间定为永康元年（300）至永宁二年（302）。

作为我国文学理论史上的第一篇创作专论，《文赋》篇首的小序说明了作者写作此文的中心旨意：

> 余每观才士之所作，窃有以得其用心。夫放言遣辞，良多变矣，妍蚩好恶，可得而言。每自属文，尤见其情，恒患意不称物，文不逮意，盖非知之难，能之难也。故作《文赋》以述先士之盛藻，因论作文之利害所由，他日殆可谓曲尽其妙。至于操斧伐柯，虽取则不远，若夫随手之变，良难以辞逮。盖所能言者，具于此云尔。

文中"恒患意不称物，文不逮意，盖非知之难，能之难也"一句，为创作者的甘苦之言，经验之谈，深刻地揭示出文学创作中的规律性难题。《文赋》全文正是围绕"物""意""文"三者之关系，对文学创作的有关问题作了系统的探究。因此，弄清"物""意""文"的内涵及三者之间的关系，是正确理解《文赋》的关键。

考《文赋》全文，"物"字出现凡八次，其含义主要指作家认识和反映的对象，既指自然界的客观物，如"遵四时以叹逝，瞻万物而思纷"，"体有万殊，物无一量，纷纭挥霍，形难为状"等，又指进入作家意识中的主观之物，如"笼天地于形内，挫万物于笔端"，"物昭晰而互进"等，因此，《文赋》中所讲的"物"并不单指纯粹的自然事物。"文"，就《文赋》全文言，实兼广、狭二义，狭义的"文"指文词，其意与言、辞同；广义的

---

① 逯钦立推定作于永宁二年六月前不久，至早为永宁元年岁暮［见《〈文赋〉撰出年代考》，载《学原》，1948（1）］。陆侃如则认为《文赋》与《叹逝赋》同作于永康元年（见《中古文学系年》，人民文学出版社，1985）。毛庆则主要根据陆机作品用语情况加以补订，认为《文赋》当作于永宁二年或太安二年［《〈文赋〉创作年代考辨》，载《武汉大学学报（社会科学版）》，1980（5）］。周勋初从玄学思想对陆机的影响进行判断，认为《文赋》当写成于永康元年或稍后不久（《〈文赋〉写作年代初探》，见《魏晋南北朝文学论丛》，南京，江苏古籍出版社，1999）。

"文"则涵盖体、貌、形、色、言、辞、音等诸多形式要素。"意",指"文之意",即文章的思想内容。按《文赋》,"意"字凡六见:"文不逮意,意不称物";"辞程才以效伎,意司契而为匠";"其为物也多姿,其为体也屡迁,其会意也尚巧,其遣言也贵妍";"或文繁理富,而意不指适";"心牢落而无偶,意徘徊而不能";"是以或竭情而多悔,或率意而寡尤"。其中之"意",均主要指构思活动当中所形成的思想感情,故它与文章写成之后蕴含于作品中的"意"并不能等同。①《文赋》当中讨论的既不是外在于"意"的客观事物,也不是已经形成文字的作品,而是"意中之物"与"意中之文",所以"意"是统摄三者的关键。对于这三者之间的相互关系,陆机认为,一者意要称物,二者文应逮意。前者谓作家主观所创造的艺术形象真实地反映了客观物,也就是他所说的"穷形而尽相"。后者谓语言文字准确地表现作家构思中所形成的主观意念(思想情感)。对于"意""物""文"这三个概念的总关系,钱锺书先生有一精要说明,谓:"'恒患意不称物,文不逮意。'按'意'内而'物'外,'文'者,发乎内而著乎外,宜内以象外,能'逮意'即能'称物','内外通而意物合矣。'"②

应该说,陆机这里揭示的"物""意""文"三者的关系,涵盖了文艺创作的主要过程。"物"与"意"的关系是构思问题,"意"与"文"的关系是表现问题。"意称物""文逮意",是作家、艺术家所追求的理想境界。但事实上,"意"很难"称物"或很难完全"称物","文"很难"逮意"或很难完全"逮意"。"恒患意不称物,文不逮意",是陆机从创作甘

---

① 郭绍虞先生将"文意"的"意"作三种解释:第一是意义之意,也就是文章的思想内容;第二种是构思形成的"意",构思时相同的思想内容也可以随作者的表现手法的不同而产生差异;第三种指结合思想倾向而产生的意,也指思想内容,但更注重作品所起的作用。他认为《文赋》当中所说的不外是构思问题,所以应该作第二种"意"讲更为合适。"意"是构思当中所形成的"意",还不是具体文章中的"意"。这是中肯之说。参见《论陆机〈文赋〉中之所谓"意"》,《照隅室古典文学论集》(下编),140~151页,上海,上海古籍出版社,1983。
② 钱锺书:《管锥编》,1177页,北京,中华书局,1979。

苦中所总结出来的经验之谈，它带有某种普遍性。宋代苏轼《答谢民师书》所谓"能使是物了然于心者，盖千万人而不一遇也"，说的就是"意不称物"；"而况能使是物了然于口与手乎？"说的是"文不逮意"。就"意"与"物"、"文"与"意"而言，"文逮意"比"意称物"更难。后来刘勰不仅同样承认"文不逮意"这一事实，而且进一步分析了"文不逮意"的原因，他在《文心雕龙·神思》篇中说："方其搦翰，气倍辞前，暨乎篇成，半折心始。何则？意翻空而易奇，言征实而难巧也。"

围绕"意""物""文"三者的关系问题，陆机《文赋》首次对文学创作的艺术构思过程进行了生动细致的描述，这也是其最突出的理论贡献：

> 伫中区以玄览，颐情志于典坟。遵四时以叹逝，瞻万物而思纷；悲落叶于劲秋，喜柔条于芳春。心懔懔以怀霜，志眇眇而临云。咏世德之骏烈，诵先人之清芬；游文章之林府，嘉丽藻之彬彬。慨投篇而援笔，聊宣之乎斯文。其始也，皆收视反听，耽思傍讯，精骛八极，心游万仞。其致也，情曈昽而弥鲜，物昭晰而互进，倾群言之沥液，漱六艺之芳润，浮天渊以安流，濯下泉而潜浸。于是沈辞怫悦，若游鱼衔钩，而出重渊之深，浮藻联翩，若翰鸟缨缴，而坠曾云之峻。收百世之阙文，采千载之遗韵。谢朝华于已披，启夕秀于未振，观古今于须臾，抚四海于一瞬。

这里，陆机首先对构思前创作冲动的诱发作了说明。在他看来，无论是四季更替、万物变化，还是先辈业绩、前贤佳作，均能激发人们的创作欲望，不同的是，前者得之于客观自然，后者来自社会人事。其次，陆机形象描述了构思过程中想象的作用和特点。他强调构思发生之初，主体应"收视反听，耽思傍讯"，即摒弃杂念，聚精会神。他要求创作者充分放飞自己的想象，使之超越时空和地域的限制，达到一种"精骛八极，心游万仞""浮天渊以安流，濯下泉而潜浸""观古今于须臾，抚四海于一瞬"的无拘无束、完全自由的状态。应该说，陆机对创作者艺术构思中形象思维特点的细致生动之描述，是符合一般创作活动规律的。故其观点为刘勰《文心雕龙·神思》所直接继承和发展。再次，陆机还指出思维活动常常伴随着情感和形象，情、物、言三者密不可分。所谓"情曈昽而弥鲜，物昭晰而互进，倾群言之沥液，漱六艺之芳润"，是说文思来时，作者主观情感由朦胧而鲜明，客观之物亦渐趋明晰，于是表现情与物的语言就会倾注而下。对于构思中的语言运用，陆机提出"收百世之阙文，采千载之遗韵，谢朝华于已披，启夕秀于未振"，即强调文学语言不应该模拟因袭，而要有自己的独创性。陆机的这个见解在中国文学理论批评史上产生了深远的影响，中唐韩愈提出的"惟陈言之务去"，就可以在《文赋》中找到渊源。最后，《文赋》还第一次触及艺术构思过程中的灵感问题。陆机说：

若夫应感之会，通塞之纪，来不可遏，去不可止。藏若景灭，行犹响起。方天机之骏利，夫何纷而不理。思风发于胸臆，言泉流于唇齿。纷葳蕤以杂沓，唯毫素之所拟。文徽徽以溢目，音泠泠而盈耳。及其六情底滞，志往神留，兀若枯木，豁若涸流，揽营魂以探赜，顿精爽而自求。理翳翳而愈伏，思乙乙其若抽。是故或竭情而多悔，或率意而寡尤。虽兹物之在我，非余力之所勠。故时抚空怀而自惋，吾未识夫开塞之所由也。

在这里，陆机认识到：第一，灵感具有突发性、偶然性。"来不可遏，去不可止。藏若景灭，行犹响起。"第二，灵感的来去决定了文思的通塞及创作的进展。当灵感来时，"思风发于胸臆，言泉流于唇齿。纷葳蕤以杂沓，唯毫素之所拟。文徽徽以溢目，音泠泠而盈耳"，"揽营魂以探赜，顿精爽于自求。理翳翳而愈伏，思乙乙其若抽。是故或竭情而多悔，或率意而寡尤"。第三，灵感具有神秘性。由于时代的局限，陆机无法对灵感的产生问题作出科学的解释，故他只得感慨地说："虽兹物之在我，非余力之所勤。故时抚空怀而自惋，吾未识夫开塞之所由也。"尽管我国古代文论中没有灵感这一术语，但从陆机开始，创作中的灵感现象为许多作家所认识和重视。例如，沈约《答陆厥书》谓："天机启则律吕自调，六情滞则音律顿舛也。"其《宋书·谢灵运传论》亦云："灵运之兴会标举……至于高言妙句，音韵天成，皆暗与理合，匪由思至。"颜之推《颜氏家训·文章》谓："标举兴会，发引性灵。"这里所说的"天机""兴会"，实际上指的就是灵感现象。明人汤显祖《合奇序》谓："自然灵气，恍惚而来，不思而至，怪怪奇奇，莫可名状，非物寻常得以合之。"谈的也是创作中的灵感问题。

《文赋》主要论述的是文学创作过程中的艺术表现问题，涉及立意谋篇、剪裁结构、修辞音韵、文体规范、文章弊病等。其中，最值得注意的，是陆机的文体论和文弊论。

陆机认为，"体有万殊，物无一量，纷纭挥霍，形难为状"，"其为物也多姿，其为体也屡迁"，也就是说，客观事物的多样性从根本上决定了文章体裁和风格的多样性。同时，由于作家个人的兴趣爱好与个性特点的不同，具体反映到作品的内容和形式上，也就形成了各不相同的艺术风格，即所谓"夸目者尚奢，惬心者贵当，言穷者无隘，论达者唯旷"。所以，创作者要做到意称物、文逮意，就必须对各种不同文体的写作规范和审美特性有充分的了解和把握。为此，他在曹丕文体论的基础上，进一步对文体作了更周密、细致的分析。他说："诗缘情而绮靡，赋体物而浏亮，碑披文以相质，诔缠绵而凄怆，铭博约而温润，箴顿挫而清壮，颂优游以彬蔚，论精微而朗畅，奏平彻以闲雅，说炜晔而谲诳。"陆机将曹丕的"四科八体"扩充为诗、赋、碑、诔、铭、箴、颂、论、奏、说十体，并就每一体的审美特点作了精要概括。尤其是诗赋两种最主要的体裁，陆机在曹丕"诗赋欲丽"的基础上，对二者作了进一步地区分辨析，明确提出"诗缘情而绮靡，赋体物而浏亮"。这一观点在当时及后世产生重大影响，批评者亦有之，如谢榛《四溟诗话》谓"绮靡重六朝之弊，浏亮非两汉之体"，徐祯卿《谈艺录》谓"'诗缘情而绮靡。'则陆生之所知，固魏诗之渣秽耳"。实际上，陆机的"缘情"说是对传统"言志"说的重大发展,"缘情"意味着对儒家文学传统观念某种程度的反抗。它革除了传统礼教对于情感的规范和制约,将诗歌情感进一步审美纯粹化,进而强调并突出了诗歌抒情的本质特征。这既是陆机个人创作实践的理论总结,也是魏晋以来诗歌创作新风貌的集中反映。明人胡应麟《诗薮》一针见血地指出:"《文赋》云:'诗缘情而绮靡',六朝之诗所自出也,汉以前无有也;'赋体物而浏亮',六朝之赋所自出也,汉以前无有也。"[1]今人朱自清先生《诗言志辨》亦谓:"陆机《文赋》第一次铸成'诗缘情而绮靡'这个新语。'缘情'这词组将'吟咏情性'一语简单化、普遍化,并囊括了《韩诗》和《班志》的话,扼要的指明了当时五言诗的趋向。"[2]总之,"缘情"与"体物"的提出,反映了魏晋时期人们对文学的本质与特征认识的深化,是文学走向自觉的又一重要标志。陆机在论述"十体"之后,又总括道:"虽区分之在兹,亦禁邪而制放。要辞达而理举,故无取乎冗长。""区分在兹",谓十体各殊,强调诸体的"个性";"禁邪""制放""辞达""理举",乃诸体所同,则是指出它们的"共性"。这可以说是对曹丕《典论·论文》"本同末异"一说的发挥。

对于艺术表现,陆机还指摘了其中常见的五种文病,一者贫乏单调之病:"或托言于短韵,对穷迹而孤兴。俯寂寞而无友,仰寥廓而莫承。"二者辞义不谐之病:"或寄辞于瘁音,言徒靡而弗华。混妍蚩而成体,累良质而为瑕。"三者寡情虚浮之病:"或遗理以存异,徒寻虚而逐微。言寡情而鲜爱,辞浮漂而不归。"四者鄙俗淫侈之病:"或奔放以谐合,务嘈囋而妖冶。徒悦目而偶俗,故声高而曲下。"五者质朴少文之病:"或清虚以婉约,每除烦而去滥。阙大羹之遗味,同朱弦之清泛。"对于这五种文病,陆机分别以音乐为喻,以为"譬偏弦之独张,含清唱而靡应";"象下管之偏疾,故虽应而不和";"犹弦么而徽急,故虽和而不悲";"寤《防露》与

---

[1] (明)胡应麟:《诗薮》,146页,上海,上海古籍出版社,1978。
[2] 朱自清:《诗言志辨》,35~36页,上海,华东师范大学出版社,1996。

《桑间》，又虽悲而不雅"；"虽一唱而三叹，固既雅而不艳"。陆机进而提出了他关于文学艺术"应、和、悲、雅、艳"的五字审美理想和主张。对此，有两点需要说明，其一，应、和、悲、雅、艳五个方面，是互相联系的一个整体。在陆机看来，只有这五者齐备，才是最美的理想之作。其二，对于陆机强调既雅且艳这一主张，应作正确的理解和客观的评价。过去，有论者认为，陆机最后的落脚点在"艳"，他对"艳"的强调，以至注重"尚巧""贵妍"，是一种形式主义的理论。[①] 实际上，陆机对文学作品艳的强调，符合文学的审美本质规律；文学作品讲究艳，这是由其本质属性所决定的。刘勰《文心雕龙·辨骚》谓屈原作品"气往轹古，辞来切今，惊采绝艳，难与并能矣"，又说是"金相玉式，艳溢锱毫"，就充分肯定了《楚辞》艳的特点。同时，还应该看到，陆机对文学艳丽的强调，并没有否定文学的内容因素。他追求的是既雅且艳，即所谓"理扶质以立干，文垂条而结繁"；他反对的是那些寡情鲜爱、遗理寻虚之缺乏情感内容的作品，即所谓"或遗理以存异，徒寻虚而逐微"。因此，简单地给陆机贴上形式主义标签的做法并不可取。从文学发展的大势来看，《文赋》所标举的应、和、悲、雅、艳的诗歌美学理想，是继曹丕"诗赋欲丽"说之后，对传统儒家思想的又一次重大突破。它顺应了魏晋以来文学抒情发展的需要，是文学进一步自觉的又一重要表现。

另外，《文赋》的最后还论及文学的社会作用：

> 伊兹文之为用，固众理之所因。恢万里而无阂，通亿载而为津。俯

---

① 刘大杰《中国文学批评史》认为："（艳）是最适合于南朝贵族文人的需要的。在南朝片面追求形式、轻视内容的绮靡浮艳的文风中，陆机这一部分理论，和'诗缘情而绮靡'之说一样，被当日的作家们充分运用和发展，产生了不良的影响。"郭绍虞《中国古典文学理论批评史》认为由"艳"字可以看出是开了"形式主义文论的先声"，"他的结论是要求既雅且艳，最后归宿到'艳'字，也就可以看出他论文的主旨所在了。"过去还有一种看法认为陆机在创作上是形式主义的，他的理论也是形式主义的，是和他的创作一致的。比如陆侃如先生在《陆机的创作理论和创作实践》和《陆机〈文赋〉二例》两篇文章中就是这样主张的（见张少康：《古典文艺美学论稿》，237~238页，台北，淑馨出版社，1989）。

贻则于来叶，仰观象乎古人。济文武于将坠，宣风声于不泯。涂无远而不弥，理无微而不纶。配沾润于云雨，象变化乎鬼神。被金石而德广，流管弦而日新。

这里主要发挥了儒家"祖述尧舜，宪章文武"理论，指出并强调了文章的政教伦理功用。这种观点可以看作是对曹丕兄弟文章功用论的补充。

总之，作为我国文学思想史上第一篇系统的文学创作专论，《文赋》的出现，有着重要的意义。一方面，它前承《典论·论文》所开创的文学自觉精神，进一步深入探讨了文学创作的内部规律。另一方面，它对六朝文学批评理论的发展产生极大影响，虽然刘勰在《文心雕龙》中批评"陆赋巧而碎乱"，但正如清代章学诚所言："刘勰氏出，本陆机氏说而昌论文心。"[1]钟嵘的《诗品》，挚虞、李充的文体论，沈约等人的声律论，萧统等人的文学观都是对陆机《文赋》有关文学思想和理论的进一步发展。

二、陆云

陆云（262—303），字士龙，六岁能属文，为性清正，有才理。少与兄陆机齐名，号曰"二陆"。吴亡，与陆机一同入洛，为张华所赏识。曾任浚仪令、吴王郎中令、尚书郎、中书侍郎等职。成都王司马颖表为清河内史，故世称"陆清河"。太安二年（303），陆机兵败被杀，陆云同时遇害，时年四十二。刘勰《文心雕龙·才略》篇谓："士龙朗练，以识检乱，故能布采鲜净，敏于短篇。"《晋书》本传载："所著文章三百四十九篇，又撰《新书》十篇，并行于世。"《隋书·经籍志》著录《陆云集》十二卷。今有明张溥辑本《陆清河集》存世。

与陆机相比，陆云更善"持论"。《三国志·吴书·陆逊传》裴松之注

---

[1] （清）章学诚著，叶瑛校注：《文史通义校注》第3卷，278页，北京，中华书局，1985。

引《机云别传》谓:"云亦善属文,清新不及机,而口辩持论过之。"《晋书》本传亦云:"虽文章不及机,而持论过之。"均认为陆云文学创作不及其兄,但"持论过之"。 所谓"持论",固包括文学评论在内。 陆云《与兄平原书》三十五则①,其内容"大抵商量文事"②,是我们研究陆云文学思想的重要资料。 总体上看,陆云所持文学思想,与其兄有同有异。 就其同者言,二陆均为主情一派;就其异者说,机尚繁缛,云主清省,实相反相对。

一方面,陆云与兄陆机一样,强调文学创作中情的重要,表现出与时代主潮的同旨同趣。 试举几例:

> 昔屈原放逐,而《离骚》之辞兴。自今及古,文雅之士,莫不以其情而玩其辞,而表意焉。(《九愍序》)

> 如兄所诲,亦殊过望。云意自谓不如三赋。情难非体中所长,欲遍周流,云意亦谓为佳耳。(《与兄平原书》其十七)

> 《九愍》……此是情文,但本少情,而颇能作泛说耳……与渔父相见时语,亦无他异,附情而言。(《与兄平原书》其二十)

这些言论围绕陆云所作的《九愍》,自始至终紧扣一"情"字展开自评。 同时,陆云对先贤及时贤作品之品评,亦离不开一情字:

> (王粲)《述征》《登楼》前耶? 甚佳,其余平平,不得言情处。(《与兄平原书》其三十一)

> (陆机)《答少明诗》,亦未为妙,省之如不悲苦,无恻然伤心言。

---

① 据逯钦立先生《〈文赋〉撰出年代考》一文的考证,《与兄平原书》中所收 35 篇书信大约均作于陆云被害前的一年多之内,即士衡入邺为大将军右司马时,大致和《文赋》同时。 参见逯钦立:《汉魏六朝文学论集》,421~434 页,西安,陕西人民出版社,1984。
② 黄侃:《文心雕龙札记》,220 页,上海,上海古籍出版社,2000。

(《与兄平原书》其四)

(陆机)《述思赋》,深情至言,实为精妙……《咏德颂》甚复尽美,省之恻然。(《与兄平原书》其八)

(陆机)《岁暮》……情言深至,《述思》自难希。(《与兄平原书》其十八)

兄前表(指《谢平原内史表》)甚有深情远旨,可耽味高文也。(《与兄平原书》其三十五)

可知于己于人,陆云均力主一情字,情实为其创作之一基本原则[①],批评之一重要标准。与陆机的缘情说一样,陆云所倡之主情文学观,明显受到张华父子的影响。《与兄平原书》其十一云:"往日论文,先辞后情。尚絜(或作势)而不取悦泽。尝忆兄道张公父子论文,实欲自得,今日便欲宗其言。"陆云由原初的"先辞后情",在忆及兄所言张华父子的论文之后,便转为今日的"欲宗其言"。张华父子"其言"的具体内容今已无考,然由文意推知,当为"先情后辞"。按张华有诗作《情诗》,明确以"情"标题,钟嵘谓其"儿女情多,风云气少"。张华尚情的诗学思想,对于陆氏兄弟乃至太康诗风的形成影响甚大。同时,文学中的重情,尤其是渲染悲苦之情,实为是西晋的时代风气。晋武帝即曾下诏令"作愁思之文",而左芬《离思赋》、潘岳《悼亡赋》、陆机《愍思赋》等无不充斥着人生惨恻的悲怨情感。在此背景下,陆云提出"先情后辞""附情而言"的主张,既顺应了时代的主流,又与陆机的"诗缘情"一道,准确反映了当时的文学现实,及时总结当时的文学经验,这对于推动和加速文学创作的抒情意识,对于文学情感理论的进一步发展,无疑具有积极的意义。朱自清在《诗言志辨》中

[①] 陆云自称"颇能作赋",在《与兄平原书》中也多次谈到"作赋以言情";从其今存的《逸民赋》《岁暮赋》《愁霖赋》《喜霁赋》《登台赋》《南征赋》与《寒蝉赋》七篇赋文来看,这些赋作大多体现了作者怀念故国的哀伤,抒写了忿乱忧生的悲愤,也流露出排遣这种伤悲的隐遁之思,读来令人心有戚戚之感。如《岁暮赋》:"悲人生之有终兮,何天造而罔极? 仰悲谷之方中兮,顾悬车而日昊。"《愁霖赋》:"哀戚容之易感兮,悲欢颜之难怡。考伤怀于众苦兮,愁岂霖之足悲。"可见,这些赋篇正是他对"尚情"文学思想的实践,表现出其创作理论与实践的高度统一。

认为，陆机"诗缘情"的论述，是对传统"诗言志"主张的反抗而第一次铸成的新语。实际上，这个"情"字的铸成理应有陆云的一份功劳。

另一方面，陆云从自身的才性及审美个性出发，鲜明地主倡"清省"的艺术风格，表现出他与陆机及西晋文风的异旨异趣。刘勰《文心雕龙·镕裁》篇谓："士龙思劣，而雅好清省。"张溥《陆清河集题辞》亦言："士龙与兄书，称论文章，颇贵'清省'，妙若《文赋》，尚嫌'绮语'未尽。"刘、张拈出"清省"一语概说陆云的文学思想，颇为精准。陆云在《与兄平原书》中曾明言："云今意视文，乃好清省，欲无以尚，意之至此，乃出自然。""张公文无他异，正自清省无烦长，作文正尔自复佳。"陆云所好之"清省"，概言之，一是要"清"，二是要"省"，且二者紧密联系。清者，明也、洁也、净也，谓作品情感真挚，言辞简洁。陆云在信中提到"清"字凡十余处，除"清省"外，尚有"清妙""清工""清新""清绝""清利""清美""清约"等：

> 省《述思赋》，流深情至言，实为清妙。……《文赋》甚有辞，绮语颇多，文适多体，便欲不清。……《漏赋》可谓清工。
>
> 《吊蔡君》清妙不可言。……《丞相赞》云"披结散纷"，辞中原不清利。
>
> 《茂曹碑》皆自是蔡氏碑之上者，比视蔡氏数十碑，殊多不及，言亦自清美。
>
> 尝闻汤仲叹《九歌》，昔读《楚辞》，意不大爱之。顷日视之，实自清绝滔滔。
>
> 《祖德颂》无大谏语耳。然靡靡清工，用辞纬泽，亦未易。
>
> 兄《丞相箴》小多，不如《女史》清约耳。
>
> 兄《园葵》诗清工，然尤复非兄诗妙者。[1]

---

[1] 以上皆引自陆云《与兄平原书》。

省者，简也，约也、少也，与之相对者为"多"、为"烦长"。故陆云谓：

> 兄文方当日多，但文实无贵于多。
>
> 有作文惟尚多，而家多猪羊之徒。作《蝉赋》二千余言，《隐士赋》三千余言，既无藻伟体，都自不似事。文章实自不当多。
>
> 文章诚不用多，苟卷必佳，便谓此为足。
>
> 《二祖颂》甚为高伟。……然意故复谓之微多，"民不辍叹"一句，谓可省。①

陆云还以"省"作为自己创作的基本要求，请求兄长"为损益之，欲令省，而正自辄多"。他不惜删削自己的作品："《九悲》《九愁》，连日钞除，所去甚多。"当然，在陆云看来，文章亦非越短越好，越少越好，评判的关键在于是否有真情实感，故当以情之多寡定文之长短。故而他虽认为陆机之文"皆欲微多，但清新相接，不以此为病耳。若复令小省，恐其妙欲不见"。可见陆云所说的"省"，从消极方面说，是要"钞除"芜言，删削陈词；从积极方面说，就是要"附情而言""先情后辞"。为了达到"省"的艺术效果，陆云还提出"出语""出言""佳语"的主张：

> 云作虽时有一佳语，见兄作，又欲成贫俭家，无缘当致兄此谦辞。……《刘氏颂》极佳，但无出言耳。二颂不减，复过所望。
>
> 《祠堂颂》已得省。兄文不复稍论常佳，然了不见出语，意谓非兄文之休者。前后读兄文，一再过便上口语。省此文虽未大精，然了无所识。②

---

① 以上皆引自陆云《与兄平原书》。
② 同上。

陆云所谓"出语"等，其意与陆机《文赋》所谓"警策"语大致相同，其特点是以少胜多，使文章能够醒人耳目，沁人心脾。至此我们可以看到，陆云所强调"清省"，有"清"和"省"两方面的含义，它并非单纯的消极的省净和简洁。"清"意味着洁净中有深情，有远旨，有绮语，有奇特不凡之处。"省"就是要在抒发真情实感的基础上，省字、省句，去繁、去滥，尚简、尚约。陆云说："清省……乃出自然。"可见"清省"乃是一种不见雕琢之痕、不落铅粉之迹的天然风韵，即内容的"深情远旨"，形式的鲜丽明净，以及语言的省炼简约。这些因素所构成的"清省"的艺术境界，是陆云的审美理想，也是他的文学批评的审美标准，这个标准贯穿于他的整个"文学书简"中。刘勰说："士龙朗练，以识检乱，故能布采鲜净，敏于短篇。""布采鲜净"四字，十分简练而恰切地概括了这些意义。

陆云"清省"文学观的提出，有其个人的原因。《晋书》本传谓陆云"性清正，有才理……虽文章不及机，而持论过之"。又葛洪《抱朴子》云："嵇君道曰：'每读二陆之文，未尝不废书而叹，恐其卷尽也。《陆子》十篇，诚为快书。其词之富者，虽覃思不可损也。其理之约者，虽鸿笔不能约也。观此二人，岂徒儒雅之士，文章之人也。'"陆云这种"清正"的个性，及其持论善辩的思维风格，决定了他在创作上以篇幅简短、语辞简洁见长。在《与兄平原书》中，陆云自称"四言、五言非所长，颇能作赋"，又言"才不便作大文，得少许家语，不知此可出不？……大文难作，庶可以为《关雎》之见微"。又称"间视《大荒传》，欲作《大荒赋》，既自难工，又是大赋，恐交自困绝意"。同时，在太康繁缛之风盛行的背景下，陆云提出"文贵清省"的主张，具有很强的现实针对性。汉末以来，文章渐趋华丽；至西晋，"采缛于正始，力柔于建安"，"缛旨星稠，繁文绮合"，而作为"太康之英"的陆机，也正是繁缛文风的代表。张华曾委婉地批评他："人之作文，患于不才，至子为文，乃患太多也。"孙绰亦认为

"陆文深而芜"①。《文心雕龙·才略》篇也说："陆机才欲窥深，辞务索广，故思能入巧。"可见陆机作品的繁富是为时人所公认的。陆云"清省"的审美批评标准，正是在与陆机商略文章的通信中，针对对方的繁富文风提出来的。其中对于太康文坛代表人物的批评，无疑也是对于当时不良文风的挑战。陆云虽然无力改变当时的整个状况，但其"清省"的审美观却给后来特别是南朝文论家很大的启示。在他之后，以"清""省"等要求评论作品便越来越多了。如《南史·颜延之传》记载："延之尝问鲍照己与灵运优劣，照曰：'谢五言如初发芙蓉，自然可爱。君诗若铺锦列绣，亦雕绘满眼。'"显然，鲍照是扬谢而抑颜的。齐梁时期，刘勰《文心雕龙》、钟嵘《诗品》以"清""省"评论作品的例子就更多了。前者如"张衡怨篇，清典可味"，"傅毅七激，会清要之工"，"魏文之才，洋洋清绮"，"张华短章，奕奕清畅"，等等。后者如认为班姬诗"辞旨清捷"，张协诗"文体华净，少病累"，陶潜诗"文体省净，殆无长语"，戴逵诗"有清工之句"，谢庄诗"气候清雅"，虞羲诗"奇句清拔"，等等，都是正面的肯定的评语。唐代李白赞赏那种"清水出芙蓉，天然去雕饰"的风格。司空图《诗品》中有"清奇""洗炼"两种诗体。宋代以后，这样的例子更是不胜枚举。清新、含蓄、优美，成为我国古代一种传统的审美要求。无疑，在由繁富向清省的美学思想的转变过程中，陆云是一个从文学理论上加以阐发的关键的、有贡献的人物。

此外，陆云《与兄平原书》中还论及文学的价值和功能，谓"文章既自可羡，且解愁忘忧"，又谓"愁邑忽欲复作文……为以解愁作文，临时辄自云佳"，亦谓"作文解愁，聊复作数篇，为复欲有所为以忘忧"。这与《文赋》所谓"伊兹事之可乐，固圣贤之所钦"意近，表明陆云对于创作的乐趣也颇有体会。陆云也论及诗文的韵律问题，谓：

---

① 《世说新语·文章》。

文中有"于是""而乃"，于转句诚佳，然得不用之益快，有故不如无。又于文句中自可不用之，便少亦常。云四言转句，以四句为佳。……《喜霁》"俯顺习坎，仰炽重离"，此下重得如此语为佳，思不得其韵。愿兄为益之。

《九悲》多好语，可耽咏，但小不韵耳。

李氏云，"雪"与"列"韵，曹便不复用。人亦复云，曹不可用者，音自难得正。[1]

此外，还有数篇都提到这个问题。《文心雕龙·章句》中谈到对陆云诗歌转韵问题的认识，谓："陆云亦称四言转句，以四句为佳。"这些观点，也都与陆机之论大致相近，表明时人已开始认识和关注诗文的韵律问题。

◎ 第三节
左思与皇甫谧

一、左思《三都赋序》

左思（约250—约305），字太冲，齐国临淄（今山东淄博）人，出身寒微，貌丑口讷，不好交游。因妹选入晋武帝后宫，移家京师，任秘书郎。曾追随贾谧，为"二十四友"之一。贾谧被诛，左思退隐闾里，专意典籍。永宁元年（301），齐王冏辅政，命为记室督，辞疾不就。数年后，因疾而终。左思辞藻壮丽，谢灵运曾谓："左太冲诗，潘安仁诗，古今难比。"[2]

---

[1] 以上皆引自陆云《与兄平原书》。
[2] 钟嵘《诗品》"晋记室左思诗"条引。

刘勰亦云："左思奇才，业深覃思，尽锐于三都，拔萃于咏史。"①《隋书·经籍志》著录《左思集》二卷，注云"梁五卷"，今存明张溥辑本《左太冲集》。生平事迹主要见《晋书》及《世说新语·文学》注引《左思别传》。

左思《三都赋》的创作与问世，可谓西晋文坛的"大事件"，也是流传千载的文坛佳话。《晋书》本传用了近五分之四的篇幅记载此事，相关记载还见诸《世说新语·文学》及刘孝标注引《左思别传》、《三国志·魏书·卫臻传》裴松之注、《文选·三都赋》李善注引臧荣绪《晋书》、唐钞《文选集注》公孙罗《文选钞》引王隐《晋书》等。虽其记载和评述不尽一致，甚至互相矛盾，真伪难辨。但总体说来，不脱以下两个问题：其一，写作缘起及过程。《晋书》本传载："（左思）造《齐都赋》，一年乃成。复欲赋三都，会妹芬入宫，移家京师，乃诣著作郎张载访岷邛之事。遂构思十年，门庭藩溷皆著笔纸，遇得一句，即便疏之。自以所见不博，求为秘书郎。""初，陆机入洛，欲为此赋，闻思作之，抚掌而笑，与弟云书曰：'此间有伧父，欲作《三都赋》，须其成，当以覆酒瓮耳。'"王隐《晋书》载："貌丑口讷，甚有大才，博览诸经，遍通子史。于时天下三分，各相夸竞。当思之时，吴国为晋所平，思乃赋此三都，以极眩曜。其蜀事访于张载，吴事访于陆机，后乃成之。"②其二，赋成之后的社会反响。《世说新语·文学》谓："左太冲作《三都赋》初成，时人互有讥訾，思意不惬。"《晋书》本传载："及赋成，时人未之重。"可知赋成之后的第一反响是令左思大失所望的。但是，左思自信"所作不谢班张，恐以人废言"，于是便求誉高明之士。《世说新语·文学》："后示张公，张曰：'此《二京》可三，然君文未重于世，宜以经高名之士。'思乃询求于皇甫谧，谧见之嗟叹，遂为作《叙》。"《晋书》本传谓："谧称善，为其赋序。"又李善注引臧荣绪《晋书》云："左思作《三都赋》，世人未重。皇甫谧有高名于世，思乃造而示

---

① 《文心雕龙·才略》。
② 唐钞《文选集注》卷八《三都赋序》公孙罗《文选钞》引。

之,谧称善,为其赋序也。"皇甫谧《序》后,又有张载注《魏都》、刘逵注《吴都》《蜀都》并为之序,及卫权作《略解》并序。[①] 至此,《三都赋》"盛重于时","渐行于代",出现了"豪贵之家,竞相传写,洛阳为之纸贵"的盛况,以及陆机"绝叹伏,以为不能加也,遂辍笔焉"的情形。

在文学批评史上,左思《三都赋序》中所阐述的关于赋体的观点及创作主张,同样具有重要的意义。首先,在赋的渊源和功用上,左思主要继承和沿袭了汉儒的观点。《三都赋序》开篇谓:

> 盖诗有六义焉,其二曰赋。扬雄曰:"诗人之赋丽以则。"班固曰:"赋者,古诗之流也。"先王采焉,以观土风。见"绿竹猗猗",则知卫地淇澳之产;见"在其版屋",则知秦野西戎之宅。故能居然而辨八方。

赋源古诗,本为汉人的一个重要观点。汉宣帝就曾以诗比赋,谓:"辞赋大者与古诗同义,小者辩丽可喜。……辞赋比之,尚有仁义风谕,鸟兽草木多闻之观。"[②]班固《两都赋序》谓"赋者,古诗之流也",其《汉书·叙传》又说司马相如赋"多识博物,有可观采"。汉末国渊亦谓张衡《二京赋》是"博物之书也"[③]。左思基本上继承了汉人的这一观点,以为赋本为六义之一,由"用"而变为"体",由诗的一种表现手法而变为一种文体形式,故而具有"丽以则"和"观土风"的特性。左思之论亦成为沈约《宋

---

① 《三国志·魏书·卫臻传》裴松之注:"(卫)楷子权,字伯舆。晋大司马汝南王亮辅政,以权为尚书郎。……权作左思《吴都赋》叙及注,叙粗有文辞,至于为注,了无发明,不合传写也。"唐钞《文选集注》卷八《三都赋·蜀都赋》李善注引臧荣绪《晋书》:"《三都赋》成,张载为注魏都,刘逵为注吴蜀。"而《左思别传》谓"思造张载,问岷、蜀事,交接亦疏。刘孝标云:"皇甫谧西州高士,挚仲治宿儒知名,非思伦匹。刘渊林、卫伯舆并蚤终,皆不为思《赋》序注也。凡诸注解,皆思自为,欲重其文,故假时人名姓也。"殆不可信。王士禛《古夫于亭杂录》以为"定出怨谤之口",严可均《全晋文》卷一四六《左思别传》下按语云:"《别传》失实……《别传》道听途说,无足为凭。"另参阅游国恩《居学偶记·左思三都赋序注》,见《游国恩学术论文集》,北京,中华书局,1989。
② 《汉书·王褒传》。
③ 《三国志·魏书·国渊传》。

书·谢灵运传论》提出辞赋"英辞润金石,高义薄云天"这一观点的中介。

其次,对汉大赋虚夸不实的创作弊病及由此造成的影响,左思作了严厉批评。汉赋大家司马相如、扬雄等人的作品,长期以来,"论者莫不诋讦其研精,作者大氐举为宪章。积习生常,有自来矣"。但左思却指出:"相如赋《上林》,而引'卢橘夏熟';杨雄赋《甘泉》,而陈'玉树青葱';班固赋《西都》,而叹以'出比目';张衡赋《西京》,而述以'游海若'。假称珍怪,以为润色。"在他看来,这些名家所赋之物,"考之果木,则生非其壤;校之神物,则出非其所",故其弊在"于辞则易为藻饰,于义则虚而无征"。他对于这些赋家大作的最后结论是:"侈言无验,虽丽非经。"不难看出,左思对汉赋"虚辞滥说"的批评,主要是基于依经、验实的传统儒家思想,这一点与汉末王充有许多相通之处,同时也与左思家世习儒学、恪守"不语怪力乱神"的思想有密切的关系。

最后,有感于汉赋"侈言无验,虽丽非经"之弊,左思明确提出他"贵本""宜实"的辞赋创作观。他说:"余既思摹《二京》而赋《三都》,其山川城邑,则稽之地图;其鸟兽草木,则验之方志;风谣歌舞,各附其俗;魁梧长者,莫非其旧。"对此,左思进一步阐述道:"发言为诗者,咏其所志也;升高能赋者,颂其所见也。美物者贵依其本,赞事者宜本其实;匪本匪实,览者奚信?"在他看来,创作上的贵本、宜实,既是诗赋的本质属性决定的,同时也是对读者负责任的一个重要表现。他进而以儒家经典作为自己著述立论的依据,谓:"且夫任土作贡,《虞书》所著;辩物居方,《周易》所慎。"

应该说,左思对汉赋的上述指摘和批评,有一定的进步意义,同时也有他的片面性。就其进步性言,左思反对汉赋,主要在过分虚夸这点上,而对于汉赋的"侈言丽辞",他还是赞成的,只不过,在左思看来,"侈言丽辞"最终要合乎经义。对于这一问题,汉代扬雄"以为赋者,将以风也,必推类而言,极丽靡之辞,闳侈巨衍,竞于使人不能加也,既乃归之于正,然览者已过矣。往时武帝好神仙,相如上《大人赋》欲以风,帝反缥缥有陵云之志。由是言之，赋劝而不止，明矣。"①王充《论衡·定贤》亦谓："以敏于赋颂，为弘丽之文为贤乎？则夫司马长卿、扬子云是也。文丽而务巨，言眇而趋深，然则不能处定是非，辩然否之实。虽文如锦绣，深如河、汉，民不觉知是非之分，无益于弥为崇实之化。"尽管他们从讽谏、教化的角度出发，但实际上并不一概反对侈言丽辞，他们反对的仅仅是"丽以淫"，设立的标准则是"丽以则"。在这一点上，左思继承了扬雄、王充的观点。就其片面性说，一味强调"征实"，否定文学描写上的想象和虚构，容易混淆文学作品与学术论著的区别。事实上，左思也未能做到取材用象，一一征实。宋张世南《游宦纪闻》曾对《蜀都赋》中的"旁挺龙目，侧生荔支"一句有所辩议，谓自己遍历蜀郡，搜求20余年，结果证明左氏所谓"龙目"者，纯属向空虚造。左思的辞赋观与创作之间存在自相矛盾之处的原因，就在于既然赋是一种文学样式，那么其创作最终也就无法脱离艺术思维的规范与制约，即无法脱离"托无于有""凭虚构象"等表现手法。

二、皇甫谧《三都赋序》

皇甫谧（215—282），字士安，幼名静，自号玄晏先生，安定朝那（今宁夏固原，一说甘肃灵台）人。初不好学，游荡无度，年二十，始受书。此后，勤力不息，带经而农，遂博综典籍百家之言。因耽玩典籍，废寝忘食，有"书淫"之称。累受征召，均力拒不赴。太康三年卒，年六十八。一生著述宏富，《晋书》本传云："所著诗赋诔颂论难甚多，又撰《帝王世纪》《年历》《高士》《逸士》《列女》等传、《玄晏春秋》，并重于世。"《隋书·经籍志》著录《皇甫谧集》二卷，《帝王世纪》十卷，《高士传》六卷，《逸士传》一卷，《列女传》六卷，《玄晏春秋》三卷，《黄帝甲乙经》十卷，《皇甫士安依诸方撰》一卷，《朔气长历》二卷，《皇甫谧、曹翕论

---

① 《汉书·扬雄传》。

寒食散方》二卷，注《鬼谷子》三卷。《旧唐书·经籍志》补录《年历》六卷。除《黄帝针灸甲乙经》十二卷、《高士传》三卷并本传所载表、论数篇今存外，余均亡佚。

《世说新语·文学》、臧荣绪《晋书》及唐修《晋书·左思传》均载左思《三都赋》成，未为时人所重，思求誉于高士皇甫谧，谧称善，为其赋序。① 梁昭明太子《文选》选录该《序》，署名皇甫谧。但《世说新语》刘孝标注引《左思别传》则云："思造张载，问岷蜀事，交接亦疏，皇甫谧西州高士，挚仲洽宿儒知名，非思伦匹；刘渊林、卫伯舆并蚤终，皆不为思赋序注也。凡诸注解，皆思自为，欲重其名，故假时人名姓也。"对此，多数学者认为，《左思别传》所言不足信。清人王士禛《古夫于亭杂录》云："《别传》不知何人所作，定出怨谤之口，不足信也。"严可均亦云："《别传》失实，《晋书》所弃，其可节取者仅耳。……《别传》道听途说，无足为凭。《晋书》汇十八家旧书，兼取小说，独弃《别传》不采，斯史识也。"②今人罗根泽也认为："这大概是出于忌嫉者有意的毁谤，假使真是如此，皇甫谧、挚仲洽诸人，能不申辩吗？"③在目前尚无足够证据可以证明皇甫《序》为伪作的情况下，我们仍从《世说新语》、臧荣绪《晋书》、萧统《文选》及《晋书》本传之说，认为《三都赋序》系皇甫谧所作。左思《三都赋》创作始于泰始八年（272），历时十年，于太康二年（281）完成初稿，又皇甫谧卒于太康三年（282），据知皇甫谧《三都赋序》系太康二年为《三都赋》初稿而作。

---

① 刘义庆《世说新语·文学》："左太冲作《三都赋》初成，时人互有讥訾，思意不惬。后示张公，张曰：'此"二京"可三，然君文未重于世，宜以经高名之士。'思乃询求于皇甫谧。谧见之嗟叹，遂为作'叙'。于是先相非贰者，莫不敛衽赞述焉。"《文选》李善注引臧荣绪《晋书》载："左思作《三都赋》，世人未重。皇甫谧有高名于世，思乃造而示之，谧称善，为其赋序文也。"《晋书·左思传》："及赋成，时人未之重。思自以其作不谢班张，恐以人废言，安定皇甫谧有高誉，思造而示之。谧称善，为其赋序。……陈留卫权又为思赋作《略解》，序曰：'余观《三都》之赋，言不苟华，必经典要，品物殊类，禀之图籍；辞义瑰玮，良可贵也。有晋征士故太子中庶子安定皇甫谧，西州之逸士，耽籍乐道，高尚其事，览斯文而慷慨，为之都序。'"
② （清）严可均校辑：《全上古三代秦汉三国六朝文》，2302 页，北京，中华书局，1958。
③ 罗根泽：《中国文学批评史》（一），160 页，上海，上海古籍出版社，1984。

左思、皇甫谧两《序》比照，一为自序，一为他序，这便决定了二者在内容上的有同有异。就其同者言，皇甫谧既有受邀之请，故其对左思的基本辞赋观及其"贵本宜实"的创作理念与实践，给予了充分的肯定。对左思所谓"赋源古诗"的观点，皇甫谧表示认同，他说："诗人之作，杂有赋体。子夏序《诗》曰：'一曰风，二曰赋。'故知赋者，古诗之流也。"此其一。其二，对司马相如创作中的虚夸之弊及其遗风影响，皇甫谧亦加指摘和批评。他说："若夫土有常产，俗有旧风，方以类聚，物以群分，而长卿之俦，过以非方之物寄以中域，虚张异类，托有于无。祖构之士，雷同影附，流宕忘反，非一时也。"其三，对左思《三都赋》"贵本宜实"的创作实绩，皇甫谧给予首肯。他说："盖蜀包梁岷之资，吴割荆南之富，魏跨中区之衍；考分次之多少，计殖物之众寡，比风俗之清浊，课士人之优劣，亦不可同年而语矣。二国之士各沐浴所闻，家自以为我土乐，人自以为我民良，皆非通方之论也。作者又因客主之辞，正之以魏都，折之以王道。其物土所出，可得披图而校；体国经制，可得按记而验。岂诬也哉！"而皇甫氏的这一肯定，影响到时人刘逵、卫权等的评价。刘逵《注左思蜀都吴都赋序》云："至若此赋，拟议数家，傅辞会义，抑多精致，非夫研核者不能练其旨，非夫博物者不能统其异。"卫权《左思三都赋略解序》谓："余观《三都》之赋，言不苟华，必经典要，品物殊类，禀之图籍；辞义瑰玮，良可贵也。"可见，作为应酬之作，皇甫氏对左思的奖掖与附和是显而易见的。

自其异者说，则既是他序，便不妨借他人酒杯，浇心中块垒。事实亦如此，皇甫谧正是借此题序之机，集中阐明了他的赋学观，突出之处表现在两方面。

其一，赋的义界。他说："古人称不歌而颂谓之赋。然则赋也者，所以因物造端，敷弘体理，欲人不能加也。引而申之，故文必极美；触类而长之，故辞必尽丽。然则美丽之文，赋之作也。昔之为文者，非苟尚辞而已，将以纽之王教，本乎劝戒也。"这里，皇甫谧继承了曹丕"诗赋欲丽"的观点，突出并强调了赋作为"美丽之文"所应具有的"文必极美""辞必尽丽"的审美特性。同时，他在阐明这一新的审美原则时，又与传统的儒家诗学功用论紧密地联系在一起。在他看来，大赋的"极美""尽丽"与"纽之王教，本乎劝戒"应是统一的。

其二，赋的源流。本着"美丽之文"与"纽之王教，本乎劝戒"统一的观点，皇甫谧在序中第一次较为系统地评述了赋的渊源流变，这使该序成为我国古代第一篇专题性质的"诠赋"之作。首先，关于赋的起源，皇甫谧认为，就可见之文献言，它源于周代的古诗。他说："自夏殷以前，其文隐没，靡得而详焉。周监二代，文质之体，百世可知。故孔子采万国之风，正《雅》《颂》之名，集而谓之《诗》。诗人之作，杂有赋体。子夏序《诗》曰：'一曰风，二曰赋。'故知赋者，古诗之流也。"这点承班固之说，与左思无异。其次，皇甫谧提出，战国是赋形成和兴起的关键时期。"王道缺而诗作"是儒家诗学的基本观点之一，皇甫谧以之解释赋体兴起的时代及政治成因。他说："至于战国，王道陵迟，《风》《雅》寝顿。于是贤人失志，辞赋作焉。"这些失志的贤人，首推荀子、屈原，"是以孙卿屈原之属，遗文炳然，辞义可观；存其所感，咸有古诗之意。皆因文以寄其心，托理以全其制，赋之首也"。继之者有宋玉之徒，但其"淫文放发，言过于实。夸竞之兴，体失之渐，《风》《雅》之则，于是乎乖"。再次，皇甫谧较为宏观地评价了汉赋。他肯定了贾谊的"颇节之以礼"，然终寡不敌众，"自时厥后，缀文之士不率典言，并务恢张，其文博诞空类。大者罩天地之表，细者入毫纤之内。虽充车联驷，不足以载；广厦接榱，不容以居也"。对于其时的辞赋大家，皇甫谧持一分为二的观点，他说："其中高者至如相如《上林》、杨雄《甘泉》、班固《两都》、张衡《二京》、马融《广成》、王生《灵光》，初极宏侈之辞，终以约简之制，焕乎有文，蔚尔鳞集，皆近代辞赋之伟也。"皇甫谧认为，虽然司马相如之俦时有虚夸失实之处，但终能曲终奏雅，将"初极宏侈之辞"与"终以约简之制"相联结，也就是"纽之王教，本乎劝戒"，因而不失为辞赋中的英杰。最后，在大致梳理了赋的渊源流变之后，皇甫谧对左思《三都赋》的创作成就作出了高度评价。他除了赞美左赋在征实方面所取得的突破和成就，更重要的是充分肯定其现实的政治意义。《三都赋》从某种程度上可以说是西晋大一统的赞歌。皇甫谧在序中对此加以明确指出，即所谓"言吴蜀以擒灭比亡国，而魏以交禅比唐虞；既已著逆顺，且以为鉴戒……正之以魏都，折之以王道……体国经制，可得按记而验"。

总之，皇甫《序》虽在反虚贵实方面与左思保持一致，但无论是与左思还是此前的辞赋论者相比，皇甫谧所论无疑更为全面和系统，其视野更为开阔，论述更为全面和深刻，广泛涉及赋的含义、主要特点、审美价值以及赋的产生、发展的历史和作赋应遵循的原则等。作为晋代赋论的代表，皇甫谧此序在中古诗赋理论发展史上具有承前启后的重要地位和意义，它前承两汉抒情唯美和讽喻规劝的辞赋观，在观念和方法上又直接影响了挚虞《文章流别论》和刘勰《文心雕龙·诠赋》的写作。

◎ 第四节
挚虞与李充

一、挚虞

挚虞（？—311），字仲治（或作洽），长安（今陕西西安）人。晋武帝泰始年间举贤良，拜中郎。历任太子舍人、闻喜令、尚书郎、秘书监、太常卿等职。永嘉五年（311），石勒攻入洛阳，京都荒乱，人饥相食；挚虞素清贫，遂以饿死。挚虞曾师事皇甫谧，才学博通，勤于著述，《隋书·经籍志》著录有《决疑要注》一卷、《三辅决录注》七卷、《文章志》四卷、《畿服经》一百七十卷、《挚虞集》九卷、《文章流别集》四十一卷、《文章流别志论》二卷，今多不传。明人张溥辑有《挚太常集》。生平事迹见《晋书》卷五十一。

在文学史上，挚虞最重要的贡献是编撰《文章流别集》。此《集》虽已亡佚，却被认为是中国文学总集之始祖。《隋书·经籍志》谓："总集者，以建安之后，辞赋转繁，众家之集，日以滋广。晋代挚虞，苦览者之劳倦，于是采摘孔翠、芟剪繁芜，自诗赋下，各为条贯，合而编之，谓为《流别》，是后文集总钞，作者继轨，属辞之士，以为覃奥，而取则焉。"关于挚虞编撰《文章流别集》的具体情况，因时代久远，文献阙失，难以确知。据今存《文章志》《文章流别论》的佚文及《晋书》本传、《隋志》等相关资料，大致可以得出以下结论。

第一，《文章志》是有提要的通代文学总目，著录篇目起于何时不详，但止于魏末则可确定。其体例仿荀勖于晋初编定的《文章叙录》，作者姓氏名字、里贯先考、生平事迹、所著篇章等均有介绍。其撰写时间当不晚于《文章流别集》，《晋书·挚虞传》谓："虞撰《文章志》四卷，注解《三辅决录》，又撰古文章，类聚区分为三十卷，名曰《流别集》，各为之论，辞理惬当，为世所重。"此处的"又撰"，明示《集》《论》为后出之作。故可推知《文章志》为《文章流别集》的编撰打下了坚实基础。其确定作者，划定选文，皆有赖于《文章志》。《文章志》之后，宋有傅亮《续文章志》二卷，补录西晋文学作品及文学家；宋明帝撰《晋江左文章志》三卷，专记东晋文学作品；丘渊之撰《文章录》（《隋志》载丘有《晋义熙以来新集目录》三卷，疑即与《文章录》为同书）；沈约撰《宋世文章志》二卷（沈约本传载为三十卷，隋唐史志云二卷），又总括刘宋一代，使文章之志有所接续，不致中断。这些文学目录悉为传录之体，又多名曰"文章志"，显然是师法虞《志》，准其制而出，掀起了中古文学目录编撰之高潮。

第二，《文章流别集》是依文体分类而编成的文学总集，《文章流别论》乃考镜文体源起、剖析文体流变之作。《论》与《集》名相属，二者应同系挚虞总集编辑工作中的产品。《集》成而后《论》出，符合学术成果的生产规律，但也有可能《论》原本分载于《集》中，作为各文体之名的解题文字而系于各体篇章之首，后来被人析出单行。可见，挚虞确实做了一件非常有意义的文章类编工作，类编之前有《志》，之后有《论》。《志》叙作者，《论》论文体。借用刘师培的话说："志者，以人为纲也；流别者，以文体为纲也。"①这实际上已经首创撰人、选文与评论三者相结合的批评方式。或许因为《文章流别集》卷帙繁多之故，后人便在传抄过程中把《志》与《论》抽出独立成书，是为《文章志》与《文章流别论》。《文章流别集》和《文章志》二书均佚，片段散见于《北堂书钞》《艺文类聚》《太平御览》等书中。严可均《全晋文》、张鹏一《关陇丛书》有《文章流别论》的辑佚本。

从今存《文章流别论》的辑本来看，挚虞的文学思想集中体现在对文体问题的研究和探讨上。具体说，其可注意者有二。

其一，所论文体众多，内容丰富系统。就挚虞所论文体的数量言，从残存的片断看，论及颂、赋、诗、七、箴、铭、诔、哀辞、哀策、设论（对问）、碑、图谶、述十三种，既多于此前曹丕《典论·论文》中的奏议、书论、铭诔、诗赋"四科八体"，也多于同时代陆机《文赋》中提到诗、赋、碑、诔、铭、箴、颂、论、奏、说十体。当然，挚虞实际论及的文体远不止这些，因《文章流别论》散佚，挚虞论及文体的准确数量已不得而知，但既然远及图谶，则举凡其时已出现的主要文体，当均在论述范围之内。就挚虞文体论所涉及的内容看，亦为前所未有之系统和丰富。挚虞继承了班固《汉书·艺文志》考镜源流的传统，对各种文体"溯其起源，考其正变，以明古今各体之异同"，同时"于诸家撰作之得失亦多评品"。② 挚虞论颂，先推究其原始，谓"成功臻而颂兴……颂者，美盛德之形容……后世之为诗者多矣，其称功德者谓之颂，其余则总谓之诗……颂，诗之美者也。古者圣帝明

---

① 刘师培：《搜集文章志材料方法》，见陈引驰：《刘师培中古文学论集》，105 页，北京，中国社会科学出版社，1997。
② 刘师培：《中国中古文学史讲义》，69 页，北京，人民文学出版社，1957。

王，功成治定而颂声兴。于是史录其篇，工歌其章，以奏于宗庙，告于鬼神。故颂之所美者，圣王之德也"。接着以《商颂》《周颂》为标准，评论班固、史岑、扬雄、傅毅、马融之作，谓："昔班固为《安丰戴侯颂》，史岑为《出师颂》《和熹邓后颂》，与《鲁颂》体意相类；而文辞之异，古今之变也。扬雄《赵充国颂》，颂而似雅；傅毅《显宗颂》，文与《周颂》相似，而杂以《风》《雅》之意。若马融《广成》《上林》之属，纯为今赋之体而谓之颂，失之远矣。"其论赋，亦先正其名、考其源，谓："赋者，敷陈之称，古诗之流也。古之作诗者，发乎情，止乎礼义。情之发，因辞以形之，礼义之旨，须事以明之，故有赋焉。所以假象尽辞，敷陈其志。"继而述其流变，评其得失，谓："前世为赋者，有孙卿屈原，尚颇有古诗之义。至宋玉，则多淫浮之病矣。《楚辞》之赋，赋之善者也，故扬子称赋莫深于《离骚》。贾谊之作，则屈原俦也。"最后通过古今之赋的比较，明确指出赋的创作理则，谓："古诗之赋，以情义为主，以事类为佐；今之赋，以事形为本，以义正为助。情义为主，则言省而文有例矣；事形为本，则言当而辞无常矣。文之烦省，辞之险易，盖由于此。夫假象过大，则与类相远；逸辞过壮，则与事相违；辩言过理，则与义相失；丽靡过美，则与情相悖。此四过者，所以背大体而害政教。是以司马迁割相如之浮说，扬雄疾'辞人之赋丽以淫'也。"其论诗，首言"王泽流而诗作……夫言其志谓之诗。古有采诗之官，王者以知得失"；次述诗之诸体，有三言、四言、五言、六言、七言、九言等；最后归之四言正体，谓："古诗率以四言为体，而时有一句二句杂在四言之间。后世演之，遂以为篇。……诗虽以情志为本，而以成声为节。然则雅音之韵，四言为正，其余虽备曲折之体，而非音之正也。"其论铭，亦先标明"德勋立而铭著……天子铭嘉量，诸侯大夫铭太常、勒钟鼎之义，所言虽殊，而令德一也"。继而比较古今之铭，以为"古之铭至约，今之铭至繁……且上古之铭，铭于宗庙之碑。蔡邕为杨公作碑，其文典正，末世之美者也。后世以来器铭之嘉者，有王莽《鼎铭》，崔瑗《杌铭》，朱公叔《鼎铭》，王粲《砚铭》，咸以表显功德……李尤为

第六章 魏晋时期的文学思想 473

铭,自山河都邑,至于刀笔书符契,无不有铭,而文多秽病"。从以上诸例不难看出,挚虞论文体,大致遵循溯缘起—叙流变及创作法—评代表性作家作品的撰写原则。其他如谓七云:"《七发》造于枚乘……崔骃既作《七依》。"谓箴云:"扬雄依《虞箴》作《十二州十二官箴》,而传于世。不具九官。崔氏累世弥缝其阙。胡公又以次其首目,而为之解,署曰《百官箴》。"谓诔云:"嘉美终而诔集……诗颂箴铭之篇,皆有往古成文,可放依而作。惟诔无定制,故作者多异焉。见于典籍者,《左传》有鲁哀公为《孔子诔》。"谓哀辞云:"哀辞者,诔之流也。崔瑗、苏顺、马融等为之,率以施于童殇夭折,不以寿终者。建安中,文帝与临淄侯各失稚子,命徐幹刘桢等为之哀辞。哀辞之体,以哀痛为主,缘以叹息之辞。"谓哀策云:"今所谓哀策者,古诔之义。"谓设论云"若《解嘲》之弘缓优大,《应宾》之渊懿温雅,《连旨》之壮厉忼慷,《应间》之绸缪契阔,郁郁彬彬,靡有不长焉矣。"谓碑云:"古有宗庙之碑。后世立碑于墓,显之衢路,其所载者铭辞也。"谓图谶云:"图谶之属,虽非正文之制。然以取其纵横有义,反复成章。"所论虽侧重不同,然均不出上述撰写原则。挚虞开创的这种文体研究方法,后来经刘勰加以发展、明确,演变为"原始以表末,释名以章义,选文以定篇,敷理以举统"文体论程式。

其二,挚虞文体论体现了他较为保守的儒家文艺观。从总体上看,挚虞的文艺思想承袭着儒家的正统观点,属于传统儒家的一派。作为一位博学的儒生,挚虞强调宗经,强调文章的政教功能,并据此阐明各种文体之性质,评论各体文章之得失。今存《文章流别论》佚文开宗明义:"文章者,所以宣上下之象,明人伦之叙,穷理尽性,以究万物之宜者也。"这是他文学思想的基点,而他接下来对于颂、赋、诗的三体的论述,是从《诗经》发展而来的最正统的文学意识。他的理论是在频繁征引以儒家典籍为中心的古典文学理论基础上建筑起来的。他论颂的观点来自《诗大序》之"颂者,美盛德之形容,以其成功告于神明者也";论诗的观点本于《尚书》之"诗言志,歌永言"及《汉书·艺文志》之"故古有采诗之官,王者所以观风俗,知得失，自考正也"。他以《诗经》为正宗，称赞"四言为正"，斥五言、七言为俳谐；他论赋的观点，本诸《周礼》春官大师郑注"赋之言铺，直铺陈今之政教善恶"及班固《两都赋序》"赋者，古诗之流也"，他把赋分为古今两种，认为"古诗之赋，以情义为主，以事类为佐；今之赋，以事形为本，以义正为助"，并指出今之赋有"四过"且"背大体而害政教"。在"晋世群才，稍入轻绮"的风尚下，挚虞持儒家正统文学观，欲矫正和干涉这种采缛力柔的文风，自有其一定的现实意义。但是，在魏晋文学的艺术特质日益受到重视，人们对文学抒情本质的认识日益深入的时候，挚虞则仍然坚持文学为政教服务的传统观点，故其论文鲜能触及文学本身的特征，对于当时创作上新的倾向如五言诗的兴盛、抒情赋的出现等认识不足。可以说，挚虞的文论，是与时代精神和文学思想发展的潮流相背而驰的。

尽管挚虞在思想上仍恪守儒家要义，但由于其文体研究的系统性和学理性，故其文论"为世所重"，对后世产生重大影响，颜延之在《庭诰》中称："挚虞文论，足称优洽。"钟嵘《诗品序》亦云："挚虞《文志》，详而博赡，颇曰知言。"刘勰虽对挚虞所论有所批评，《文心雕龙·序志》谓："仲洽流别，宏范翰林，各照隅隙，鲜观衢路……流别精而少巧。"《颂赞》篇也不赞同《文章流别论》的一些观点。但刘勰同样对挚虞评价很高，《才略》篇谓："挚虞述怀，必循轨以温雅，其品藻流别，有条理焉。"《颂赞》篇谓："挚虞品藻，颇为精核。"事实上，《文心雕龙》的"论文叙笔"部分，不但在研究的方法上，且其诸多重要观点，均本诸挚虞。近人刘师培先生谓挚虞"集古今论文之大成"[①]，在刘勰之前，谓挚虞为文体论之集大成者，实不为过。

[①] 刘师培：《中国中古文学史讲义》，69 页。

二、李充

李充（生卒年不详），字弘度，江夏鄳县（今河南罗山）人。著名书法家卫夫人之子，本人亦"善楷书，妙参钟索，世咸重之"①。晋成帝时辟为丞相王导掾，转记室参军，曾任剡县令、大著作郎。后迁中书侍郎，死于任上。《晋书》卷九十二有传。

李充曾奉命整理典籍，删除烦重，以类相从，分甲乙丙丁四部，甚有条贯，为后世沿用。《晋书》本传谓："充注《尚书》及《周易旨》六篇、《释庄论》上下二篇、诗赋表颂等杂文二百四十首，行于世。"《隋书·经籍志》著录《翰林论》三卷，注云："梁五十四卷。"《玉海》六十二引《中兴书目》称"《翰林论》二十八篇论为文体要"。《文镜秘府论》天卷《四声论》称"李充之制《翰林论》，褒贬古今，斟酌利病，乃作者之师表"。学界认为，疑李充原撰有《翰林集》，乃文章总集，《翰林论》为评论性质，二书"配套"行世，合而著录之，即"梁五十四卷"之巨帙。② 可知《翰林》原为总集，《翰林论》是其中论述的部分。全书已亡佚，严可均《全晋文》辑录八则，另有三则见《文选》李善注引。

从今存佚文来看，《翰林论》在性质上与挚虞《文章流别论》相近，主要是一部辨析文体的书。不同之处在于，《翰林论》于谈文体之外兼及评论，《文章流别论》则仅就文体而言；③《文章流别论》较近于历史的探讨，《翰林论》较近于美恶的批判。④ 具体地说，《翰林论》所论文体，有赞、表、驳、论、奏、盟、檄、诗等，其内容涉及文体的起源、文体的特征及写

---

① 《晋书·李充传》。
② 郭绍虞：《〈文章流别论〉与〈翰林论〉》，见《照隅室古典文学论集》（上编），146~148 页，上海，上海古籍出版社，1983。
③ 郭绍虞：《中国文学批评史》，90 页，天津，百花文艺出版社，1999。
④ 罗根泽：《中国文学批评史》，157 页。

作要求，同时标举优秀作品示例，褒贬古今，斟酌利病（表6-1）。

表6-1 《翰林论》主要内容简表

文体	源起	写作要求	评作家作品
赞	容象图而赞立	宜使辞简而义正	孔融之赞杨公，亦其美也
表		宜以远大为本，不以华藻为先	若曹子建之表，可谓成文矣。诸葛亮之表刘主，裴公之辞侍中，羊公之让开府，可谓德音矣
驳		不以华藻为先	世以傅长虞每奏驳事，为邦之司直矣
论难	研核名理而论难生	论贵于允理，不求支离	若嵇康之论，成文美矣
议奏	在朝辨政而议奏出	宜以远大为本	陆机《议晋断》，亦名其美矣
盟檄	发于师旅	檄不切厉，则敌心陵；言不夸壮，则军容弱①	相如《喻蜀父老》，可谓德音矣
诗			应休琏五言诗百数十篇，以风规治道，盖有诗人之旨
赋			木氏《海赋》，壮则壮矣，然首位负揭，状若文章，亦将由未成而然也
封禅			扬子论秦之剧，称新之美，此乃计其胜负，比其优劣之义

从表中可以看出，李充文体论的内容集中在三个方面：一是论文体的起源，与挚虞相比，他这方面的论述更为简略，且与挚虞动辄征引儒家经典不同，李充主要从实用角度来谈各种文体的缘起，如谓议奏出于"在朝辨政"、盟檄发于"师旅"。二是论文体的写作要求和规范，这是与挚虞所论最大的不同之处。对赞、表、驳、论、难、议、奏、盟、檄等公牍类文章，李充提倡为文"简辞而义正"，"宜以远大为本"，应"不求支离"，"不以

---

① 李充《起居诫》，见《太平御览》卷597引。此语或本为《翰林论》中语，待考。

华藻为先",体现出他重典雅、质朴的一面。三是对各种文体的代表作进行评骘。从他对诸多作品的批评来看,李充虽重视作品的思想性,如谓"诸葛亮之表刘主,裴公之辞侍中,羊公之让开府,可谓德音矣";"相如《喻蜀父老》,可谓德音矣";"世以傅长虞每奏驳事,为邦之司直矣";"应休琏五言诗百数十篇,以风规治道,盖有诗人之旨"。但他对文章的辞采同样非常推崇,他说"孔融之赞杨公,亦其美也","若曹子建之表,可谓成文矣","若嵇康之论,成文美矣","陆机议晋断,亦名其美矣"。这里的"文""美"主要就是指作品的形式美。又说:"或问曰:'何如斯可谓之文?'答曰:'孔文举之书,陆士衡之议,斯可谓成文矣。'""潘安仁之为文也,犹翔禽之羽毛,衣被之绡縠。"钟嵘《诗品》卷中"晋弘农太守郭璞"条云:"宪章潘岳,文体相辉,彪炳可玩,始变永嘉平淡之体,故称中兴第一,《翰林》以为诗首。"李充这里所极为推崇的孔融书、陆机议、潘岳及郭璞诗,均为文采斐然之作。故近人黄侃谓:"此《翰林论》之一斑,观其所取,盖以沉思翰藻为贵者,故极推孔陆而立名曰《翰林》。"①在东晋文坛弥漫玄言虚谈的风尚之下,李充能不为时尚所左右,充分注意到文学的审美特质,诚难能可贵。

刘勰《文心雕龙·序志》曾指责《翰林论》"浅而寡要",钟嵘《诗品序》亦批评其"疏而不切",盖谓其论文体之源流及特征过于简略,难以切理厌心。但就其对作家作品之评骘言,则《翰林》所论甚为允当,其中不少评语为钟嵘、刘勰所采纳。除对郭璞诗的批评受《翰林》影响外,钟嵘对潘岳、应璩的批评同样源于李充,如《诗品》卷上"晋黄门郎潘岳"条云:"《翰林》叹其翩翩奕奕,如翔禽之有羽毛,衣被之有绡縠。犹浅于陆机。……《翰林》笃论,故叹陆为深。"《诗品》卷中"魏侍中应璩"条:"善为古语,指事殷勤,雅意深笃,得诗人激刺之旨。"刘勰《文心雕龙》中"选文定篇"部分的不少观点即来自李充,如《章表》篇云:"孔明之辞

---

① 黄侃:《文心雕龙札记》,219页。

后主，志尽文畅……陈思之表，独冠群才……及羊公之辞开府，有誉于前谈。"《论说》篇云："平叔之二论，并师心独见，锋颖精密，盖论之英也。"《议对》篇云："晋代能议，则傅咸为宗。……及陆机断议，亦有锋颖，而腴辞弗剪，颇累文骨：亦各有美，风格存焉。"《檄移》篇云："相如之难蜀老，文晓而喻博，有移檄之骨焉。"《封禅》篇云："观剧秦为文，影写长卿，诡言遁辞，故兼包神怪。然骨掣靡密，辞贯圆通，自称极思，无遗力矣。……故称封禅靡而不典，剧秦典而不实。"可见，李充《翰林论》对南朝文论的发展实起着非常重要的影响和作用。

第七章
南朝的文学思想

◎ 第一节
史学家论文

一、范晔

范晔（398—445），字蔚宗，顺阳（今河南淅川）人，晋车骑将军范泰少子。曾任彭城王刘义康冠军参军、宣城太守、太子詹事等职。元嘉二十二年（445）因谋反被诛。范晔自幼好学，博涉经史，善为文章；能隶书，又晓音律，善弹琵琶，能为新声。原有集十五卷，已佚。今存《后汉书》及书信名篇《狱中与诸甥侄书》等。《宋书》卷六十九、《南史》卷三十三有传。

作为史学家的范晔，曾明确表达了他对文士的鄙视。在《狱中与诸甥侄书》中，他自言"常耻作文士""无意于文名"，并谓《后汉书》的著述旨意乃"因事就卷内发论，以正一代得失"。然汉末魏晋以来，文学地位渐趋独立，及至刘宋时期，玄、史、文更别为三家，据《南史》，宋文帝"命丹阳尹何尚之立玄素学，著作佐郎何承天立史学，司徒参军谢元立文学"。受时风影响，加之范晔本人"善为文章"，有着丰富的创作经历和良好的创作天赋,故其文学观得以突破史家固有之藩篱,体现出时代的进步性。 具体表现有三。

表现之一,是范晔在《后汉书》中首创"文苑传"的史书体例。 据《宋书·范晔传》,"元嘉九年冬,彭城太妃薨,将葬……晔与司徒左西属王深宿广渊许,夜中酣饮,开北牖听挽歌为乐。 义康大怒,左迁晔宣城太守。 不得志,乃删众家《后汉书》为一家之作"。 是知《后汉书》乃范晔在删改诸家《后汉书》基础上写成的。 在书中,范晔突破了他"耻作文士"的个人价值取向,充分尊重东汉"文章渐富"[①],"文章各体,至东汉而大备"[②]的史实,除为张衡、马融、蔡邕等文学名家立传外,更将东汉一代的文人群体包括杜笃、傅毅、王逸、赵壹等文学之士纳入《文苑列传》,使之与《儒林列传》中"通经名家者"相区别。 这"儒""文"并列的做法,体现了文之地位的独立和提高,亦反映出范晔文学观念的纯化。 其《文苑列传》"赞"语云:"情志既动,篇辞为贵。 抽心呈貌,非雕非蔚。 殊状共体,同声异气。 言观丽则,永监淫费。"范晔认为,"文"的实质缘于"情志既动",形式则是"篇辞为贵",这已经很接近现在所谓的"文学",只是没有明确谓此为文学的定义而已。[③]《后汉书·文苑列传》开创了我国史书编撰的新体例,此后,历代史家递相沿袭,影响既深且远。 章学诚《文史通义》云:"晋挚虞创为《文章志》,叙文士之生平,论辞章之端委;范史《文苑列传》所由仿也。 自是文士记传,代有缀笔。 而文苑入史,亦遂奉为成规。"[④]

表现之二,是范晔《后汉书》序、论、赞的文学性书写。 对此,范晔《狱中与诸甥侄书》言:"班氏最有高名,既任情无例,不可甲乙辨,后赞于理近无所得……吾杂传论,皆有精意深旨,既有裁味,故约其词句。 至于

---

① (清)章学诚著,叶瑛校注:《文史通义校注》第3卷,296页。
② 刘师培:《中国中古文学史讲义》,20页。
③ 参见罗根泽:《中国文学批评史》,122页,上海,上海书店出版社,2003。
④ (清)章学诚著,叶瑛校注:《文史通义校注》第6卷,685页。

《循吏》以下，及《六夷》诸序论，笔势纵放，实天下之奇作。其中合者，往往不减《过秦》篇。尝共比方班氏所作，非但不愧之而已。……赞自是吾文之杰思，殆无一字空设，奇变不穷，同合异体，乃自不知所以称之。此书行，故应有赏音者。"所谓"精意深旨""裁味""笔势纵放""奇变无穷"，是对这些史论文章之文学性的概括，亦可见范晔对史论文章之文学特质的认识。有趣的是，范晔"此书行，故应有赏音者"的预言，不久便得到证实。梁太子萧统《文选序》谓："若其赞论之综缉辞采，序述之错比文华，事出于沉思，义归乎翰藻，故与夫篇什，杂而集之。"故《文选》特立"史论""史述赞"二门，选录范晔《后汉书》论赞共五篇，数量超过班固《汉书》，居于首位。此后，对范晔的史论虽或褒贬不一，如唐刘知幾批评范晔"遗弃史才，矜炫文彩"①，然这恰好从反面说明《后汉书》的史论"能'抽其芬芳，振其金石'，字句声律，并臻佳妙"②，具有很强的艺术特质。当然，以极富文彩的笔墨撰写史论，这既与范晔"善为文章"的文学才华及其"以文传意"写作主张有关，同时也不能忽略晋宋以来的尚文风气，宋人叶适就很客观地指出："其序论欲于班固之上增华积靡，缕贴绮绣以就篇帙，而自谓'笔势纵放，实天下之奇作'，盖宋齐以来文字，自应如此，不足怪也。"③

表现之三，是范晔在《狱中与诸甥侄书》中明确提出"文以意为主"等重要观点。有感于晋宋以来"事尽于形，情急于藻，义牵其旨，韵移其意"的创作弊病，范晔提出："情志所托，故当以意为主，以文传意。以意为主，则其旨必见；以文传意，则其词不流。然后抽其芬芳，振其金石耳。此中情性旨趣，千条百品，屈曲有成理。"此前，曹丕提出"文以气为主"，后有刘勰、钟嵘等为之张本。至是，范晔又首倡"文以意为主"，后杜牧、王若虚、王夫之等接其嗣响。试举几例，杜牧《答庄充书》谓"凡为

---

① （明）郭孔延：《史通评释》第4卷，43页，上海，上海古籍出版社，2006。
② 刘师培：《汉魏六朝专家文研究》，见陈引驰：《刘师培中古文学论集》，113页。
③ 叶适：《习学记言序目》第26卷，370页，北京，中华书局，1977。

文以意为主,以气为辅,以辞采章句为兵卫";王若虚《滹南诗话》谓"文章以意为主,字语为之役";王夫之《姜斋诗话》谓"无论诗歌与长行文字,俱以意为主。意犹帅也,无帅之兵谓之乌合"。曹、范二说遂成不刊之论,对中国文论史影响巨深。范氏以"意"为主、以"文"为次的"文意"论,既明确了二者的内涵,又摆正了其中的关系。其所谓"意",即"事尽于形,情急于藻,义牵其旨,韵移其意"中的事、情、旨、意,指作品所叙之事及作抒之情等意旨;"文"即其中所言之形、藻、义、韵,盖指作品文辞之藻丽、声律等因素。二者大致类似于今天所言之内容和形式。一方面,范晔认为"以意为主,则其旨必见",只有确立了"意"的主导地位和统帅作用,文章的旨意才能得到最终的彰显;"以文传意,则其词不流",文词只有为表达意旨服务,才不至于成为空洞的能指符号,此说前承陆机《文赋》的"言寡情而鲜爱,辞浮漂而不归",后启钟嵘《诗品序》的"嬉成流移,文无止泊,有芜漫之累矣"。另一方面,范晔强调以意为主、以文为次,并非否定、轻视文词,相反,他很重视文词的华美,所谓"抽其芬芳,振其金石","芬芳"指词采,"金石"指音律,又《后汉书·文苑传赞》谓:"情志所动,篇辞为贵。"明言文章所贵在于"篇辞",亦是重文辞之意。还需指出的是,范晔关于文意内涵及其关系的论略,始终立足于文章"情志""情性旨趣"这一本质属性,这一认识对于文学内涵的纯化,具有重要意义。在六朝文学理论史上,它前承曹丕"诗赋欲丽"、陆机"诗缘情而绮靡"等说,后启钟嵘《诗品序》"诗者吟咏性情"、沈约"志动于中歌咏外发"、萧子显"文章者,盖情性之风标,神明之律吕也",以及萧绎"至如文者,惟须绮縠纷披,宫徵靡曼,唇吻遒会,情灵摇荡"等说。

与文意论甚为关切者,是范晔的自然声律论。他说:"性别宫商,识清浊,斯自然也。观古今文人,多不全了此处;纵有会此者,不必从根本中来。言之皆有实证,非为空谈。年少中谢庄最有其分。"范氏认为文章之宫商、清浊的声律美,须得之自然,当从此根本中来,并指出这自然、这根本,就是要"济难适轻重",要为"意"服务,不能"韵移其意",做到韵与意的统一。范晔声律论的提出,主要得益于其对音乐的精晓。《宋书》本传谓其"晓音律","善弹琵琶,能为新声"。钟嵘《诗品序》载齐人王融语云:"宫商与二仪俱生,自古词人不知之。惟颜宪子乃云'律吕音调',而其实大谬。唯见范晔、谢庄,颇识之耳。尝欲进《知音论》,未就。"而范晔《狱中与诸甥侄书》亦自言其于音乐"听功不及自挥。但所精非雅声,为可恨。然至于一绝处,亦复何异邪?其中体趣,言之不尽,弦外之意,虚响之音,不知所从而来。虽少许处,而旨态无极。亦尝以授人,士庶中未有一毫似者,此永不传矣"。范晔对文章声律的这种理论认识,反映在其创作中,即《后汉书》之序、论、赞诸文,文辞精美而音律和谐,近人刘师培谓:"文甚疏朗,且解音律。"①此言得之。范晔作为南朝声律论的重要开创者,其观点直接影响到稍后的王融、钟嵘、沈约等。钟嵘本人亦持自然声律说,谓:"但令清浊通流,口吻调利,斯为足矣。"沈约《宋书》本传谓"晔《自序》并实",这自然包括其声律之说,就这点而言,沈约所谓"此秘未睹"一说,却为"失实"。

范晔还以有韵无韵为标准,最早从学理层面提出"文""笔"之分。据《宋书·颜竣传》,太祖曾问延之:"卿诸子谁有卿风?"颜答云:"竣得臣笔,测得臣文。"《宋书·颜延之传》亦载:"劭召延之,示以檄文,问曰:'此笔谁所造?'延之曰:'竣之笔也。'又问:'何以知之?'延之曰'竣笔体,臣不容不识。'"颜延之虽已明确指出文笔之分,但这分别的标志却未指明。故真正从学理层面区分文笔,当以范晔为先导。范晔说:"手笔差易,文不拘韵故也。吾思乃无定方,特能济难适轻重,所禀之分犹当未尽。但多公家之言,少于事外远致,以此为恨。"这里指出,"手笔"容易写作,因其"不拘韵";反之,与"笔"相对之"文",其特点是"拘

---

① 刘师培:《汉魏六朝专家文研究》,见陈引驰:《刘师培中古文学论集》,123 页。

韵"且多"事外远致"。范晔坦言自己多公家之言,并以此为恨,故知"手笔"者主要指史学著述、官方文书之类的散体文;而"文"者主要指诗赋一类的文章。可见,范晔对于文、笔两类文章已有较为清晰的辨析。而这一点,在《后汉书》对文士的著录中亦有明显的体现。范晔著录各位传主的作品,不但文体众多,分类繁细,且其著录通常遵循先诗、赋、碑、诔、颂、铭、赞等南朝人所谓的"有韵之文",后表、奏、论、议、令、教、策、书、记、说等南朝人所谓的"无韵之笔"。这一著录次序表现出范晔的重文轻笔倾向。不仅如此,范晔还将诗、赋等后人所谓纯文学文体置于"有韵之文"的首位,而将诔、铭等实用性的文体放在其后,这些都透露出范晔对于文学的审美特质的确认及其成为文学主流形式的信息。刘勰《文心雕龙·总术》篇谓:"今之常言,有文有笔,以为无韵者笔也,有韵者文也。"正承范晔此说。

二、裴子野

裴子野(469—530),字幾原,河东闻喜(今属山西)人,与兄黎,弟楷、绰,并称"四裴"。仕齐为武陵王国左常侍、右军江夏王参军,入梁历任著作郎、中书侍郎、鸿胪卿等职。中大通二年(530)卒,追赠散骑常侍,谥贞子。裴子野出生于史学世家,曾祖裴松之撰《三国志注》,祖裴骃撰《史记集解》。子野幼承家学,好学多识,善属文;为文典而速,不尚丽靡之词,梁武帝称誉其形虽弱而文甚壮。裴子野一生著述颇丰,有《集注丧服》《续裴氏家传》各二卷,《宋略》二十卷,抄合后汉事四十余卷,又敕撰《众僧传》二十卷,《百官九品》二卷,《附益谥法》一卷,《方国使图》一卷,亦有文集二十卷,然均已亡佚。其《宋略》叙事评论多善,沈约叹曰"吾弗逮也",范缜亦上表称其"弥纶首尾,勒成一代,属辞比事,有足观者"。《梁书》卷三十、《南史》卷三十三有传。

今存裴子野《雕虫论》一文，当为《宋略》佚文。① 此文最早见于《通典》卷一六"选举四"，后又见于《文苑英华》卷七四二"论文"，题为《雕虫论》，严可均《全梁文》则作《雕虫论并序》。通常认为《雕虫论》之题为后人所加，其序文一段云："宋明帝聪博好文史，才思朗捷，省读书奏，号七行俱下。每国有祯祥及行幸宴集，辄陈诗展义，且以命朝臣。其戎士武夫，则托请不暇，困于课限，或买以应诏焉。于是天下向风，人自藻饰，雕虫之艺盛于时矣。"为杜佑所作之按语，"梁鸿胪卿裴子野又论曰"以下属于裴子野论述正文。也有学者提出异议，认为序文和正文均为裴子野所作，只是由于二者原本不在一处，杜佑将其抄来并置在一起，故《通典》于"宋明帝聪博好文史"至"雕虫之艺盛于时矣"一段之下以"又论曰"隔开。②

在《雕虫论》中，裴子野以史学家的眼光，对先秦至刘宋大明时期的文学发展状况作了评述。他首先标举《诗经》为最高典范，谓："古者四始六艺，总而为诗，既形四方之风，且彰君子之志，劝美惩恶，王化本焉。"裴子野"劝美惩恶"的观点直承孔子及汉儒。孔子谓："诗三百，一言以蔽之曰：思无邪。"《毛诗序》谓："故正得失，动天地，感鬼神，莫近于《诗》。先王以是经夫妇，成孝敬，厚人伦，美教化，移风俗。"王充《论

---

① 《宋略总论》谓："子野曾祖宋中大夫西乡侯，以文帝之十二年受诏，撰《元嘉起居注》。二十六年，重被诏续何承天《宋书》，其年终于位，书则未遑述作。齐兴后数十年，宋之新史，既行于世也。子野生乎泰始之季，长于永明之年，家有旧书，闻见又接，是以不用浮浅，因宋之新史，为《宋略》二十卷，剪截繁文，删撮事要，即其简宴，志以为名。夫黜恶彰善，臧否与夺，则以先达格言，不有私也。"又《梁书·裴子野传》载，范缜迁国子博士，上表让之："伏见前冠军府录事参军河东裴子野，年四十，字几原……著《宋略》二十卷，弥纶首尾，勒成一代，属辞比事，有足观者。且章句洽悉，训故可传。脱置之胶庠，以弘奖后进，庶一夔之辩可寻，三豕之疑无谬矣。"而据《梁书》载，裴子野卒于中大通二年（530）。由此推算，当时应是天监七年（508）。因此，《宋略》至迟在天监七年已经完成了。再根据《宋略总论》推测，似可把它的写作年代定在沈约上奏《宋书》的永明六年（488）之后的齐代末年。以往论者常据《雕虫论》文中"梁鸿胪卿裴子野又论曰"，谓裴子野为鸿胪卿在大通元年（527），卒于530年，故《雕虫论》当作于528年前后。此说有误。"梁鸿胪卿裴子野又论曰"非裴子野自称，乃编者所加。
② 参见［日］林田慎之助著，陈曦钟译，周一良校：《裴子野〈雕虫论〉考证——关于〈雕虫论〉的写作年代及其复古文学论》，载《古代文学理论研究》第六辑，231～252页，上海，上海古籍出版社，1982。

衡》亦云："然则文人之笔，劝善惩恶也。"郑玄云："故作诗者以诵其美而讥其过。"裴氏所论与先秦两汉儒家一样，是典型的儒家文学功用论。因持"劝美惩恶"王化之本这一标准，故而后世一切文学的发展，在裴子野看来，均为"思存枝叶，繁华蕴藻"。其论楚骚汉赋云："若悱恻芳芬，楚骚为之祖；靡漫容与，相如扣其音。由是随声逐响之俦，弃指归而无执。赋诗歌颂，百帙五车，蔡邕等之俳优，扬雄悔为童子。圣人不作，雅郑谁分？"悱恻指悲苦的情感，芳芬指美好的声色，靡漫容与指一味追逐文辞藻丽。如果说，在裴子野看来，楚骚的芳芬还兼有情感的真挚与悲苦，那么相如的大赋则完全失去了情感，一味追逐美好的文辞，此后更是"弃指归而无执"。裴子野的这一指斥，完全是儒家文学思想的论调。班固说屈骚"多称昆仑冥婚、宓妃虚无之语，皆非法度之政，经义所载"[1]，又指摘汉赋"多虚辞滥说"[2]，"文艳用寡""寓言淫丽"[3]。扬雄指摘汉赋谓"辞人之赋丽以淫"，更悔恨地宣称此乃壮夫不为的童子雕虫小技。[4]

其次，裴子野论五言诗云："其五言为家，则苏、李自出，曹刘伟其风力，潘陆固其枝叶。爰及江左，称彼颜谢，箴绣鞶帨，无取庙堂。宋初迄于元嘉，多为经史。大明之代，实好斯文。高才逸韵，颇谢前哲，波流相尚，滋有笃焉。"这里，裴子野与钟嵘一样因袭了时人的一般看法，认为五言诗成熟于苏武、李陵。[5] 值得注意的是，他对曹植、刘桢的评价很高，其观点与钟嵘甚似。《诗品》"魏陈思王植诗"条云："孔氏之门如用诗，则公幹升堂，思王入室。""魏文学刘桢诗"条云："然自陈思已下，桢称独步。"裴子野不但同样并称曹刘，且亦以"风力"一语评之。与钟嵘不同的

---

[1] 班固《离骚赞序》，见（宋）洪兴祖撰：《楚辞补注》，51页，北京，中华书局，2006。
[2] 《汉书·司马相如传》。
[3] 《汉书·叙传》。
[4] 《法言·吾子》。
[5] 苏李诗为假托，南朝人已开始怀疑其真。颜延之《庭诰》云："李陵众作，总杂不类，元是假托，非尽陵制。"刘勰《文心雕龙·明诗》云："至成帝品录，三百余篇，朝章国采，亦云周备；而辞人遗翰，莫见五言，所以李陵班婕好，见疑于后代也。"

是，他对潘岳、陆机已明显表示不满，谓之"固其枝叶"，也就是说他们失其根本了。而对颜延之、谢灵运的创作，更谓之为"篯绣鞶帨"，刘勰《文心雕龙·序志》云："饰羽尚画，文绣鞶帨，离本弥甚，将遂讹滥。"此"离本弥甚"，在裴氏这里，自然是更甚于潘、陆了，故他以"无取庙堂"严加批评。不难看出，裴氏这里所持的评判标准仍然不脱王化这一根本。

最后，裴子野猛烈批评重文轻典及崇尚唯美的时风。他说："自是闾阎少年，贵游总角，罔不摈落六艺，吟咏情性。学者以博依为急务，谓章句为专鲁。淫文破典，斐尔为功。无被于管弦，非止乎礼义。深心主卉木，远致极风云。其兴浮，其志弱；巧而不要，隐而不深，讨其宗途，亦有宋之遗风也。若季子聆音，则非兴国；鲤也趋庭，必有不敢。荀卿有言：'乱代之征，文章匿而采。'而斯岂近之乎。"在裴子野看来，颜、谢的"篯绣鞶帨"之文，在大明时期开始受到尊崇，此后"波流同尚"，影响了萧齐一代的时风和诗风。其对时风的不良影响是，上至皇家贵族，下至闾阎少年，均"摈落六艺"，"谓章句为专鲁"，崇尚"吟咏情性"，"以博依为急务"，于是，"淫文破典，斐尔为功。无被于管弦，非止乎礼义"。其对诗风造成的不良影响是"深心主卉木，远致极风云。其兴浮，其志弱；巧而不要，隐而不深"。这里，裴子野仍然以儒家经典的王化之本为最终的评判标准，所谓"淫文破典""无被于管弦，非止乎礼义""若季子聆音，则非兴国；鲤也趋庭，必有不敢"。他还用大儒荀子的话发出警告："'乱代之征，文章匿而采。'而斯岂近之乎？"相似的表述亦见诸《宋略·乐志叙》："以及周道衰微，吕失其序，乱代先之以忿怒，亡国从之以哀思。"均不脱儒家政教伦理文学观这一核心。不难看出，由于裴子野是从正统儒家文学观出发的，故而他强调文学的政教功用和价值，主张文学之本在于劝美惩恶、有助庙堂、有益兴国。

裴子野的上述文学观，同样体现在他本人及诸多同僚的创作实践中。裴氏的文学作品今存不多，故难以窥其全貌，但从史书记载看，他的这种创作倾向深得梁武帝的赞赏，也得到了不少文友的响应。《梁书·裴子野传》称

"子野为文典而速，不尚丽靡之词，其制作多法古，与今文异体"，又谓梁武帝亦称赞裴子野"其形虽弱，其文甚壮"，凡诸符檄，皆令其草创。裴子野在向人谈自己的写作体会时曾说："人皆成于手，我独成于心。"这种诗文成于心的经验之谈，也是他反对矫饰、极为重视文学作品内容真实性的原因之一。《梁书·裴子野传》载："子野与沛国刘显、南阳刘之遴、陈郡殷芸、陈留阮孝绪、吴郡顾协、京兆韦棱，皆博极群书，深相赏好，显尤推重之。时吴平侯萧励、范阳张缵，每讨论坟籍，咸折中于子野焉。"可见，当时在裴子野周围，已经形成一个文学主张相近的文人圈子。也就是说，以裴子野为代表的一些作家，事实上已经形成一种文风。他的文学政教论其实正是这种文风在理论上的表述。

总体上看，无论是创作实践还是理论主张，裴子野所恪守的儒家政教功能的文学价值观，在齐梁普遍崇尚唯美的时代主潮中，显得既保守又不适时宜。故遭到以萧纲为首的"新变"一派的严厉批评，《与湘东王书》谓京师文体"懦钝殊常，竟学浮疏，争为阐缓"，又说"裴氏乃是良史之才，了无篇什之美"，直指裴子野及其所代表的保守一派。但也应看到，裴子野以史家特有的眼光，对文学的发展史实作了精要勾勒，对历代著名作家亦作了大致中肯的评价。从这点言，他与沈约、萧子显一样，准确把握了文学史实及文学发展大势。当然，由于所持文学观的不同，面对相同的文学发展史，他们作出了各不相同的评价。沈约、萧子显力主"新变"说，认为今胜于古，裴子野则对屈原以下的诗赋发展几乎全盘否定，其是古非今的保守态度一目了然。同时，还应承认，裴氏的一些指摘并非空穴来风，而是有很强的针对性的，他对汉赋及潘、陆、颜、谢创作中的种种弊病的批评是中肯的，他对永明文学"深心主卉木，远致极风云。其兴浮，其志弱；巧而不要，隐而不深"的批评也是颇具眼力的。这些批评与钟嵘、刘勰等人观点一样，体现了有责任感的一代批评家试图扭转时弊的决心和勇气。因此，在南朝特别是齐梁文学日益唯美化之际，裴子野的出现，具有重要的意义。

三、萧子显

萧子显（约489—537），字景阳，南兰陵（今江苏常州）人，齐高帝萧道成之孙，齐豫章文献王萧嶷之子。七岁，封宁都县侯，梁天监初，降爵为子。曾任临川内史、黄门郎、吏部尚书、吴兴太守等职。大同三年卒，时年四十九。诏赠侍中、中书令，谥曰骄。子显幼聪慧，好学，工属文，又风神洒落，雍容闲雅。深得萧衍、萧纲父子爱重，《梁书》本传载："高祖雅爱子显才，又嘉其容止吐纳，每御筵侍坐，偏顾访焉。……太宗素重其为人，在东宫时，每引与促宴。子显尝起更衣，太宗谓坐客曰：'尝闻异人间出，今日始知是萧尚书。'其见重如此。"著有《后汉书》一百卷、《齐书》六十卷、《普通北伐记》五卷、《晋史草》三十卷、《贵俭传》三十卷，又有文集二十卷等，除《南齐书》五十九卷外，余皆不传。《梁书》卷三十五、《南史》卷四十二有传。

在《南齐书》中，萧子显除了为齐时著名文士如王融、谢朓、孔稚珪、刘绘等列专传外，还为其他一些文士列《文学传》，其性质虽与此前范晔《宋书》所创设的《文苑列传》相似，但在正史中，明确以"文学"一语作传名，当推萧子显为第一。更重要的是，与《文苑列传》有赞无论不同，萧子显在《文学传》的结尾，还撰有一篇专论，集中阐述他对于文学之性质、创作、发展及现状等诸多问题的看法。

《南齐书·文学传论》开篇谓："文章者，盖情性之风标，神明之律吕也。"又赞语总结说："文成笔下，芬藻丽春。"这首尾的两句话，非常清楚地体现出萧子显对于文学审美特质的重视。在他看来，无论是有韵之文，还是无韵之笔，都必须既表现作家的真"情性"，又具备藻丽之美。萧子显这种融内在情思与外在形式于一体的观点，是其全部文学观的核心。它既承陆机"诗缘情而绮靡"说，又与时人沈约"以情纬文，以文被质"、刘勰"情者文之经，辞者理之纬"的观点若合符契，是六朝文学自觉在理论上的重要体现。

作为史传论文，萧子显花了较大笔墨，重点阐述了他对文学发展史及其规律的深刻体认。萧子显力主的"新变代雄"说，与裴子野厚古薄今的观点相反，而近似于沈约的"文体三变"说。他叙述了各体文章的发展流变：

> 吟咏规范，本之雅什，流分条散，各以言区。若陈思《代马》群章，王粲《飞鸾》诸制，四言之美，前超后绝。少卿离辞，五言才骨，难与争骛。桂林湘水，平子之华篇，飞馆玉池，魏文之丽篆，七言之作，非此谁先？卿、云巨丽，升堂冠冕，张、左恢廓，登高不继，赋贵披陈，未或加矣。显宗之述傅毅，简文之摛彦伯，分言制句，多得颂体。裴頠内侍，元规凤池，子章以来，章表之选。孙绰之碑，嗣伯喈之后，谢庄之诔，起安仁之尘，颜延《杨瓒》，自比《马督》；以多称贵，归庄为允。王褒《僮约》，束皙《发蒙》，滑稽之流，亦可奇玮。

于诗，他强调了其"吟咏情性"的抒情本质，并以《诗经》为规范之本，进而肯定了曹植、王粲的"四言之美"，李陵的"五言才骨"，及张衡、曹丕"七言之作"的"华""丽"。于赋，他认为其"贵在披陈"，赞扬了司马相如、扬雄的"巨丽"，以及张衡、左思的"恢廓"。他还论及颂、章表、碑、诔等文体的发展，甚至对"滑稽之流"也表示了重视，认为其艺术特点在于"奇玮"。

魏晋以来，五言诗已取代四言诗成为主流，萧子显认清了这一事实，故他把论述的重点放在五言诗上，云：

> 五言之制，独秀众品。习玩为理，事久则渎，在乎文章，弥患凡旧。若无新变，不能代雄。建安一体，《典论》短长互出；潘、陆齐名，机、岳之文永异。江左风味，盛道家之言，郭璞举其灵变，许询极其名理，仲文玄气，犹不尽除，谢混清新，得名未盛。颜、谢并起，乃各擅

奇，休、鲍后出，咸亦标世。朱蓝共妍，不相祖述。

这段话可注意者有三：一是明确提出"五言之制，独秀众品"的诗体观。它有别于刘勰的"四言正体""五言流调"说，而与钟嵘所谓的"五言居文词之要，是众作之有滋味者"是一致的，是对当时诗歌创作主流的客观而正确的认知。二是明确提出文章"新变""代雄"的发展史观。他认为，时移事易，任何事物都应遵循以新代旧的发展规律，文章亦然。"若无新变，不能代雄"是一个响亮的口号，代表了一种先进的文学史观。三是准确揭示了晋宋玄言诗风的兴起及变革之态势，此与钟嵘、刘勰等文论专家所持之观点近似，表现出他不俗的眼力和见识。

从历史角度反观现实，萧子显对当下的文学状况作了精当的总结和评价。他把当时的文学创作倾向分为三种，"一则启心闲绎，托辞华旷，虽存巧绮，终致迂回，宜登公宴，本非准的。而疏慢阐缓，膏肓之病，典正可采，酷不入情。此体之源，出灵运而成也"。这类创作的特点是辞采华旷，格调巧绮，主要是一些应酬公宴之作，虽然表面看不失典正，但实质毫无真情可言（文过其情），其病已入"膏肓"，最为严重。它发源于谢灵运。按钟嵘《诗品》谓谢灵运诗"尚巧似""颇以繁芜为累"，萧绎《与湘东王书》谓时人"学谢则不届其精华，但得其冗长"，此"繁芜""冗长"，即萧氏所谓"迂回""疏慢阐缓"。"次则缉事比类，非对不发，博物可嘉，职成拘制。或全借古语，用申今情，崎岖牵引，直为偶说。唯睹事例，顿失清采。此则傅咸五经，应璩指事，虽不全似，可以类从。"这类创作的特点是大量用典，一味对偶，搬用古语，其病在"拘制""失清采"，即不自然、不能准确地以文传情。它大致与傅咸、应璩的作品为同类。按钟嵘《诗品中》谓傅咸诗"繁富可嘉"，应璩诗"善为古语，指事殷勤"，其基本评价与萧子显相同。"次则发唱惊挺，操调险急，雕藻淫艳，倾炫心魂，亦犹五色之有红紫，八音之有郑卫。斯鲍照之遗烈也。"这类创作所师法的对象是鲍照，其特点是音律惊险，辞藻淫艳，故作惊人之语，其病在失雅入俗。这种观点也与钟嵘是一致的。《诗品》谓鲍照诗"贵尚巧似，不避危仄，颇伤清雅之调。故言险俗者，多以附照"。《诗品序》亦云："次有轻薄之徒……谓鲍照羲皇上人……而师鲍照终不及'日中市朝满'。"对于上述三体的指摘，还需说明两点：其一，萧子显始终以情思和文采两方面作为重要的评判标准。于情，他反对"酷不入情"、用古语申今情的倾向；于文，他欣赏"典正"的"清采"，反对"淫艳"的辞藻。这与他所持的文学审美观是一致的。其二，在前文，萧子显对谢灵运、鲍照创作上的新变给予了肯定，谓其"擅奇""标世"，这里却指出其创作弊病，并严加批评，这似乎是矛盾的。实则，前者是就其历史贡献言，后者是就其不良影响说；前者立足于鲍、谢本人，后者偏重于时之学者。也就是说，萧子显这里要批评的对象是时之文人及文坛，在他看来，时人既不善于学习前人之精华，则新变代雄便无从谈起。

在对历史和现实作双重观照的同时，萧子显还结合自身的文学实践，提出了一系列关于文学创作的独到见解。他描述文学创作的过程说："蕴思含毫，游心内运，放言落纸，气韵天成。"萧子显这四语从文思的酝酿生成，到构思的展开，再到下笔成章，最后到艺术作品的诞生，真可谓言简意赅至极，其意几括囊一篇《文赋》。所谓"蕴思"，即文思的蕴就与获取，它是创作活动得以展开的前提。对此，萧子显主张应该"委自天机，参之史传"，天机，意本《庄子·大宗师》之"其耆欲深者，其天机浅"，指作家的天赋灵性。由于创作主体"莫不禀以生灵，迁乎爱嗜，机见殊门，赏悟纷杂"，故必须遵顺它。同时，作家平时的学习和积累也很重要，即所谓"参之史传"，说明他对史学著述的重视，赞语也说："学亚生知，多识前仁。"强调的同样是学养问题。在萧子显看来，有了天赋和学养这两方面作基础，则创作时"应思悱来，勿先构聚"。这种油然而生、自然而发的创作冲动，在他的《自序》中，有相似的表述："每有制作，特寡思功，须其自来，不以力构。"文思自然生发以后，创作便正式开始了。"游心内运"是指艺术构思。对这个问题，萧子显与刘勰一样，继承了陆机的观点，且以

"神思"相称,他甚至认为这是作文的第一原理。他说:"属文之道,事出神思。感召无象,变化不穷。"由于创作主体的禀性及学养不同,决定了其艺术构思方式的各异,故在艺术表现上,就有"俱五声之音响,而出言异句;等万物之情状,而下笔殊形"的情形。萧子显进而就如何"放言落纸"提出"言尚易了,文憎过意;吐石含金,滋润婉切。杂以风谣,轻唇利吻"。也就是说语言要简易明了,文辞要适于传意,音律要流利自然。最后,在作品生成后的艺术风格上,萧子显崇尚的是"气韵天成""独中胸怀""不雅不俗"的自然美。另外,值得注意的是,萧子显还谈到"文人谈士,罕或兼工"的现象,认为其中原因,"非唯识有不周",更重要的是"道实相妨"。这里的"道",实际指的是两种不同的思维方式。属文之道在"神思",是形象的思维;清谈之道在"说理",是抽象的思维。故谈家若强要作文,便常常会"理胜其辞",文失真美。萧子显的这种解释,实际仍本于他的天机、性灵的观点。

萧子显上述文学观的形成与提出,与其自身丰富的创作实践是密不可分的。《梁书》及《南史》本传均载萧子显所撰《自序》一文,主要叙述平生作文经历及心得:

> 余为邵陵王友,忝还京师,远思前比,即楚之唐、宋,梁之严、邹。追寻平生,颇好辞藻,虽在名无成,求心已足。若乃登高自极,临水送归,风动春朝,月明秋夜,早雁初莺,开花落叶,有来斯应,每不能已也。前世贾、傅、崔、马、邯郸、缪、路之徒,并以文章显,所以屡上歌颂,自比古人。天监十六年,始预九日朝宴,稠人广坐,独受旨云:"今云物甚美,卿得不斐然赋诗。"诗既成,又降帝旨曰:"可谓才子。"余退谓人曰:"一顾之恩,非望而至。遂方贾谊何如哉?未易当也。"每有制作,特寡思功,须其自来,不以力构。少来所为诗赋,则《鸿序》一作,体兼众制,文备多方,颇为好事所传,故虚声易远。

这篇《自序》虽短，但言约旨丰。"追寻平生，颇好辞藻"，为其一生喜好之总括。为邵陵王友、屡上歌颂、受旨赋诗、少时凭《鸿序》扬名，为其一生创作经历及成就的精要概述；其中，《鸿序赋》作为其成名代表作，曾得到沈约的高度赞赏，《梁书》本传载："（萧子显）尝著《鸿序赋》，尚书令沈约见而称曰：'可谓得明道之高致，盖《幽通》之流也。'"尤值得注意者，萧子显通过自身的实践，对创作之事有了更为理性的认识，一则言："若乃登高目极，临水送归，风动春朝，月明秋夜，早雁初莺，开花落叶，有来斯应，每不能已也。"这就是"物感"说，其所感之物，既有社会人事，亦有自然景物，与刘勰、钟嵘的观点相呼应。二则谓："每有制作，特寡思功，须其自来，不以力构。"这是对主体创作状态的描述，意同《南齐书·文学传论》中所说的"轻唇利吻""应思悱来，勿先构聚"。

要之，在其仅存的两篇论文之作中，萧子显对文学特质的体认，对文学发展规律的揭示，对创作过程的阐述，对当下文学弊病的指摘，视角之独特，论析之精当，不亚于作为专业批评家的钟、刘二氏，体现了一位颇负才气的史学家对于文学问题的真知灼见。在南朝史学家的文论中，萧子显实代表一极高之水平。

◎ 第二节

沈约

沈约（441—513），字休文，吴兴武康（今浙江德清）人，历仕宋、齐、梁三朝。宋时为征西记室参军、尚书度支郎等；齐时侍奉文惠太子，迁太子家令，步兵校尉，管书记，直永寿省，校四部图书，与萧衍、王融、谢朓、任昉、范云、萧琛、陆倕诸文士在西邸交游，号"竟陵八友"；入梁为尚书仆射，封建昌县侯，累迁尚书令、太子少傅、丹阳尹等。因触怒萧衍受谴，忧惧而卒。谥曰隐，世称沈隐侯。沈约才高博洽，"好坟籍，聚书至二万卷，京师莫比"[1]；精于文史，善属诗文，为"一代辞宗"，是齐梁时期的文坛领袖。钟嵘谓其"长于清怨""五言最优"[2]，萧绎亦云："诗多而能者沈约，少而能者谢朓、何逊。"[3]沈约一生著述宏富，有《晋书》一百一十卷，《宋书》一百卷，《齐纪》二十卷，《高祖纪》十四卷，《迩言》十卷，《谥例》十卷，《宋文章志》三十卷，亦有文集一百卷。今有《宋书》一百卷及《沈隐侯集》二卷存世。《梁书》卷十三、《南史》卷五十七有传。

沈约位高声隆，据史料记载，刘勰和钟嵘均曾求誉于他。《南史·钟嵘传》载："嵘尝求誉于沈约，约拒之。及约卒，嵘品古今诗为评，言其优劣，云'观休文众制，五言最优。齐永明中，相王爱文，王元长等皆宗附约。于时谢朓未遒，江淹才尽，范云名级又微，故称独步。故当辞密于范，意浅于江'。盖追宿憾，以此报约也。"又《南史·刘勰传》云："初，勰撰《文心雕龙》五十篇，论古今文体……既成，未为时流所称。勰欲取定于沈约，无由自达，乃负书候约于车前，状若货鬻者。约取读，大重之，谓深得文理，常陈诸几案。"(《梁书·刘勰传》记载近似，文字略有出入)可知沈约对于文理问题是非常重视的。就其本人著述情况言，除亡佚的《四声谱》外，今存的《宋书·谢灵运传论》《与陆厥书》也是其重要的论文之作。同时，在沈约的一些其他作品中，也零散可见其论文之语。将这些内容综合起来，并联系其丰富的创作实践，可以考略出沈约的主要文学思想。

沈约的文学思想中，首先值得我们注意的，是他的文学史论。沈约的《宋书·谢灵运传论》首次对我国文学发展的渊源流变作了系统的评述，并初步建构起其独特的文学史观。概括说来，文章主要内容有四。

---

① 《梁书·沈约传》。
② 《诗品》"梁左光禄沈约诗"条。
③ 《梁书·何逊传》。

其一，文学起源的探讨。作为一篇史论文章，叙述文学的源流，自是题中应有之义。在这个问题上，沈约较早对文学的发生和缘起作了思考，并提出一个重要的观点——"歌咏所兴，宜自生民始也"。在他看来，诗歌的历史与人类的历史一样悠久，自从有了"生民"，也就有了"歌咏"。虽然"虞夏以前，遗文不睹"，但"禀气怀灵，理或无异"。这个"理"，就是天地生人，人有情志，情志动于中，则歌咏发乎外。其中虽有推测的成分，但文艺起源的问题，至今仍难有定论。沈约从诗歌吟咏情志的角度出发，主张人文同源这一观点，即使今天看来，仍有相当的合理性。

其二，文学发展史的分期及评述。比沈约略早的檀道鸾，在其《续晋阳秋》中，曾述及汉魏两晋文学的发展，谓：

> （许）询有才藻，善属文。自司马相如、王褒、扬雄诸贤，世尚赋颂，皆体则《诗》《骚》，傍综百家之言。及至建安，而诗章大盛。逮乎西朝之末，潘、陆之徒虽时有质文，而宗归不异也。正始中，王弼、何晏好《庄》《老》玄胜之谈，而世遂贵焉。至江左李充尤盛。故郭璞五言始会合道家之言而韵之。询及太原孙绰转相祖尚，又加以三世之辞，而《诗》《骚》之体尽矣。询、绰并为一时文宗，自此作者悉体之。至义熙中，谢混始改。①

沈约《宋书·谢灵运传》则在此基础上，对自先秦迄刘宋的文学发展史作了宏观的分期和精要的评述。文章说：

> 周室既衰，风流弥著。屈平、宋玉，导清源于前；贾谊、相如，振芳尘于后。英辞润金石，高义薄云天。自兹以降，情志愈广。王褒、刘

---

① （南朝宋）刘义庆著，（南朝梁）刘孝标注，余嘉锡笺疏：《世说新语笺疏》，288页，北京，中华书局，1983。

向、扬、班、崔、蔡之徒，异轨同奔，递相师祖。虽清辞丽曲，时发乎篇；而芜音累气，固亦多矣。若夫平子艳发，文以情变，绝唱高踪，久无嗣响。至于建安，曹氏基命，二祖陈王，咸蓄盛藻；甫乃以情纬文，以文被质。自汉至魏，四百余年，辞人才子，文体三变。相如巧为形似之言，班固长于情理之说，子建、仲宣以气质为体，并标能擅美，独映当时。是以一世之士，各相慕习。原其飙流所始，莫不同祖《风》《骚》；徒以赏好异情，故意制相诡。降及元康，潘、陆特秀，律异班、贾，体变曹、王，缛旨星稠，繁文绮合。缀平台之逸响，采南皮之高韵，遗风余烈，事极江右。在晋中兴，玄风独振，为学穷于柱下，博物止乎七篇，驰骋文辞，义单乎此。自建武暨乎义熙，历载将百，虽缀响联辞，波属云委，莫不寄言上德，托意玄珠，遒丽之辞，无闻焉尔。仲文始革孙、许之风，叔源大变太元之气。爰逮宋氏，颜、谢腾声，灵运之兴会标举，延年之体裁明密，并方轨前秀，垂范后昆。

可知沈约将这段文学史概分为商周、汉魏、晋宋三个时期，细分为周、西汉、东汉、魏、西晋、东晋、刘宋七个时期。其中，商周文学以《诗经》《楚辞》为代表；西汉文学以贾谊、司马相如为代表，其特点是"英辞润金石，高义薄云天"；东汉文学以王褒、刘向、扬雄、班固、崔骃、蔡邕为代表，其特点是时有"清辞丽曲"，亦多"芜音累气"，又张衡"艳发，文以情变"；建安文学以曹操、曹丕、曹植为代表，其特点是"咸蓄盛藻""以情纬文，以文被质"；西晋文学以潘岳、陆机为代表，其特点是"缛旨星稠，繁文绮合"；东晋文学以孙绰、许询为代表，其特点是"寄言上德，托意玄珠，遒丽之辞，无闻焉尔"；刘宋文学以谢灵运、颜延之为代表，其特点为"兴会标举"及"体裁明密"。

其三，文学发展规律的揭示。对此，沈约提出著名的"文体三变"说。一方面，沈约既明确指出汉魏四百余年的文学发展，经历了三次新变，即"相如巧于形似之言""班固长于情理之说"，以及"子建、仲宣以气质为体";又暗示了晋宋二百余年的文学同样也经历了三变,即潘、陆之变班、贾、曹、王("律异班、贾,体变曹、王"),孙、许之变为玄言诗,殷、谢与颜、谢的变革玄风。另一方面,在强调"变""革"的同时,又指出了文学发展中存在前后继承的关系,他说:"王褒、刘向、扬、班、崔、蔡之徒,异轨同奔,递相师祖。"他谓汉魏四百余年的文学,"原其飙流所始,莫不同祖《风》《骚》;徒以赏好异情,故意制相诡"。沈约的这种既重视变革,又重视继承的文学史观,无疑是辩证的、合理的,它与刘勰的"通变"说、萧子显的"新变代雄"说一道,代表了齐梁文学史观的最高理论水平。

其四,文学审美观念的标榜。沈约的文学史论体现出他文质并重、崇尚清丽的文学审美理念。在他看来,文学的审美特质就在情与文两方面。他论文学起源问题,是基于情;他论文学的流变,仍然不脱乎情。他说"民禀天地之灵……喜愠分情。夫志动于中,则歌咏外发",他说贾谊、相如之后"情志愈广",他说张衡"文以情变",他说三祖、陈王"以情纬文,以文被质",他说班固"长于情理之说",他说汉魏之所以文体三变,是因为作者"赏好异情",他说谢灵运"兴会标举"(李善注言"兴会"指情兴所会)。他还列举曹植、王粲、孙楚、王瓒的五言诗作,谓其"并直举胸情,非傍诗史"。此外,其《七贤论》亦谓:"且人本含情,情性宜有所托。慰悦当年,萧散怀抱,非五人之与,其谁与哉?"沈约在强调文学情思的同时,也并不忽视其文辞之美。对于文辞之美,沈约尤重丽藻与声律。他既肯定《诗经》的"志动于中",也赞美其"升降讴谣,纷披风什";他说贾谊、相如之作"英辞润金石",又说相如"工为形似之言";他既肯定王褒之徒的"清辞丽曲",又批评其"芜音累气";他说张衡"情变"而"艳发";他说二祖、陈王"咸蓄盛藻";他对潘陆"缛旨星稠,繁文绮合"的风格特点也持肯定的态度;他赞美颜延之的"体裁明密";他真正不满的是"驰骋文辞,义单乎此"及"寄言上德,托意玄珠,遒丽之辞,无闻焉尔"的东晋玄言诗风。不难看出,沈约所强调的情,已不再是儒家"止乎礼义"之情,而是富有作家个性色彩的真实情感(即"胸情");他所崇尚的文,并非是一味的"驰骋文辞",而是指具有审美特质的清丽之辞、遒丽之辞。同时,在情与文的关系上,沈约认为情始终是第一位的,它决定着文,所谓"以情纬文""文以情变",就是这个意思。当然,最合乎沈约审美理想的还是如贾谊、相如以及三祖、陈王的那种"英辞"与"高义"、情与文兼美的作品。沈约的这种文质并重的文学审美观,其实质是对魏晋曹丕、陆机文学观的直接继承,是文学审美特质在南朝得到进一步发展之后,在理论上的又一重要表现。

应该指出的是,沈约的这种文学审美观,也体现在他对当代一些诗人的赞赏与批评中。如谢朓"文章清丽""长五言诗",沈约评之云:"二百年来无此诗。"①又在《怀旧诗·伤谢朓》中评其诗说:"调与金石谐,思逐风云上。"又如对何逊,范云评价道:"顷观文人,质则过儒,美则伤俗,其能合清浊,中古今,见之何生矣。"沈约亦深爱其文,曾对何逊说:"吾每读卿诗,一日三复,犹不能已。"②吴均"文体清拔,有古气","沈约见均文,颇相称赏"。③王筠"为文能压强韵,每公宴并作,辞必妍美"。"(沈)约常从容启高祖曰:'晚来名家,唯见王筠独步。'"其《报王筠书》谓:"览所示诗,实为丽则,声和被纸,光影盈字。夔、牙接响,顾有余惭;孔翠群翔,岂不多愧。"④沈约又称赞刘杳文章说:"君爱素情多,惠以二赞。辞采妍富,事义毕举,句韵之间,光影相照,便觉此地,自然十倍。故知丽辞之益,其事弘多,辄当置之阁上,坐卧嗟览。"⑤又其《太常卿任昉墓志铭》谓任昉:"心为学府,辞同锦肆。含华振藻,郁焉高致。"这些赞誉无不是从作家作品的情思、文辞两方面着眼的。同时,沈约的创作实践也遵循着情文并重的原则。其《忏悔文》说:"性爱坟典,苟得忘廉,

---

① 《南齐书·谢朓传》。
② 《梁书·何逊传》。
③ 《梁书·吴均传》。
④ 《梁书·王筠传》。
⑤ 《梁书·刘杳传》。

取非其有，卷将二百。又绮语者众，源条繁广，假妄之愆，虽免大过，微触细犯，亦难备陈。"[①]这是沈约对自己创作中文辞过繁、绮语过多的自我检讨。钟嵘《诗品》谓："观休文众制，五言最优。详其文体，察其余论，固知宪章鲍明远也。所以不闲于经纶，而长于清怨。永明相王爱文，王元长等皆宗附之约。于时，谢朓未遒，江淹才尽，范云名级又微，故约称独步。虽文不至，其功丽，亦一时之选也。见重闾里，诵咏成音。……故当词密于范，意浅于江也。""长于清怨""词密""意浅"数语，中肯地指出了沈约创作中的得与失。

沈约文学思想的又一重要内容，是他的声律论。沈约曾著《四声谱》一书，惜其失传。在今存的《宋书·谢灵运传论》《答陆厥书》及相关文献中，保存着一些关于沈约声律论的关键性论述。这些论述和《南齐书》的这段记载，主要涉及声律论的两大主要问题：一是声律论的内容，一是声律论的发现。

关于沈约声律论的内容，以往学界习惯概括为"四声八病"。从今存文献来看，一者如纪昀所谓"齐梁诸史，休文但言四声五音，不言八病，言八病自唐人始"，二者萧子显《南齐书·陆厥传》和钟嵘《诗品序》均提到"蜂腰、鹤膝"之病，故我们很难确定"八病"是否为沈约所提出，但也很难否定沈约与"八病"有一定关系。可以肯定的是，沈约反复论及的关于"四声"的组织搭配规则是他声律论的核心内容。《宋书·谢灵运传论》说："欲使宫羽相变，低昂舛节，若前有浮声，则后须切响。一简之内，音韵尽殊；两句之中，轻重悉异。妙达此旨，始可言文。"《答陆厥书》说："宫商之声有五，文字之别累万。以累万之繁，配五声之约，高下低昂，非思力所举，又非止若斯而已也。十字之文，颠倒相配；字不过十，巧历已不能尽，何况复过于此者乎！"又《南齐书·陆厥传》谓："约等文皆用宫商，将平上去入四声，以此制韵，有平头、上尾、蜂腰、鹤膝。五字之中，音韵

---

① （清）严可均校辑：《全上古三代秦汉三国六朝文》，3136页。

悉异；两句之内，角徵不同，不可增减。世呼'永明体'。"这里的"四声"，即平上去入，"五音"即宫商角徵羽。"宫羽相变"是对字韵的要求，谓韵类须异；"低昂舛节"是对字声的要求，谓声调不同。沈约所谓的"高"与"下"、"低"与"昂"、"浮"与"切"，均为声调相对的两个方面，其意与范晔之"清浊"、刘勰之"飞沉"相近，也就是"抑"和"扬"、"平"和"仄"的关系。概言之，所谓"一简之内，音韵尽殊""五字之中，音韵悉异""两句之内，轻重悉异""两句之内，角徵不同"，就是五言诗一句五字及两句十字中，务必讲求声调和音韵的错综变化，以求声音的和谐之美。刘勰《文心雕龙·声律》篇之"沉则响发而断，飞则声飏不还；并辘轳交往，逆鳞相比"，与沈约的要求大致相同。

  沈约声律论涉及的另一问题，是四声的发现和提出。《宋书·谢灵运传论》谓："至于先士茂制，讽高历赏，子建函京之作，仲宣霸岸之篇，子荆零雨之章，正长朔风之句，并直举胸情，非傍诗史，正以音律调韵，取高前式。自《骚》人以来，多历年代，虽文体稍精，而此秘未睹。至于高言妙句，音韵天成，皆暗与理合，匪由思至。张、蔡、曹、王，曾无先觉；潘、陆、谢、颜，去之弥远。世之知音者，有以得之，知此言之非谬。如曰不然，请待来哲。"又《梁书·沈约传》谓其"又撰《四声谱》，以为在昔词人，累千载而不寤，而独得胸衿，穷其妙旨，自谓入神之作"。可知在沈约看来，四声是他"独得胸衿"的"专利"。对此，梁武帝萧衍不以为然。《梁书·沈约传》载："高祖雅不好焉。帝问周舍曰：'何谓四声？'舍曰：'天子圣哲'是也，然帝竟不遵用。"而且，它还遭到当时后学陆厥的质疑和反驳。陆厥《与沈约书》谓："但观历代众贤，似不都暗此处，而云'此秘未睹'，近于诬乎？……自魏文属论，深以清浊为言；刘桢奏书，大明体势之致。岨峿妥帖之谈，操末续颠之说，兴玄黄于律吕，比五色之相宣，苟此秘未睹，兹论为何所指邪？"针对陆厥的这一驳斥，沈约作《答陆厥书》，解释说："灵均以来，未经用之于怀抱，固无从得其仿佛矣。若斯之妙，而圣人不尚，何邪？此盖曲折声韵之巧，无当于训义，非圣哲立言之所急也。是以子云譬之'雕虫篆刻',云'壮夫不为'。自古辞人,岂不知宫羽之殊,商徵之别? 虽知五音之异,而其中参差变动,所昧实多。故鄙意所谓'此秘未睹'者也。以此而推,则知前世文士,便未悟此处。"从沈约和陆厥论辩的内容来看,两人均认识到声律问题的存在,但分歧在于,陆厥认为曹丕、刘桢、陆机等人已睹此秘在先,这表现为自然的声律观。而沈约认为前贤只是暗于理合,并非理性的认知,其表现为人工的声律观。故二人持论虽表面看来针锋相对,实则并不矛盾。客观地说,陆厥所举之曹丕气论、刘桢势论,与声律虽有关,却并不是一回事;陆机虽较早注意到声律的问题,但基本上不具备理论形态。只有到了齐梁时期,随着文学创作对于技巧探究的深入,沈约凭借其丰富的创作实践和他对于声律问题的深刻体悟,吸收并综合同时代谢庄、周颙、王融等人的研究成果,著之成谱,将其理论化、系统化,并明确将其主要观点写入自著的正史传论中,才为中国诗歌此后走向格律化奠定了第一块重要的理论基石。因此,在声律理论化的过程中,沈约是最为杰出的代表,其贡献巨大,不容否定。

当然,任何一种理论学说的形成和提出都不可能是偶然的。四声说虽由沈约第一次在理论上加以明确,但四声的产生却是基于特定的时代背景和文化土壤的,且有一个漫长的过程。一方面,汉末魏晋以来,随着佛教的传入,佛经的译介也同时伴随而来。陈寅恪最早提出,四声肇始于佛经的转读。他在《四声三问》中说:"中国文士依据及摹拟当日转读佛经之声,分别定为平上去三声,合入声共计之,适成四声。于是创为四声之说。"[1]此论一出,便得到学界的广泛认可。但另一方面,随着对这一问题的深入研究,学界日益认识到,佛经转读只是四声形成的外因近因,而非根本的内因,"转读佛经"不合全部事实。[2] 实际上,汉语原有一定的声调,随着魏晋以来人们对此问题的研练,加之外来佛经转读的影响,在内外两种文化交

---

[1] 陈寅恪:《四声三问》,载《清华大学学报(自然科学版)》,1934(2)。
[2] 详参郭绍虞:《永明声病》《再论永明声病说》《声律说考辨》《文笔说靠辨》,见《照隅室古典文学论集(上下)》,上海,上海古籍出版社,2009。

融的合力之下，以沈约为代表的永明诗人得以窥见隐含在诗文作品中的声律秘密，并且努力将其彰显出来，自觉地加以理论化。如此解释四声之形成，似乎更符合事物形成与发展的普遍规律。

另外，值得注意的是，与沈约的文学史论及声律论密切相关的，还有他"文章当从三易"的创作论。《颜氏家训·文章篇》谓："沈隐侯曰：'文章当从三易：易见事，一也；易识字，二也；易读诵，三也。'邢子才常曰：'沈侯文章，用事不使人觉，若胸臆之语也。'深以此服之。祖孝征亦尝谓吾曰：'沈诗云：崖倾护石髓。此岂似用事邪？'"①所谓"易见事"，就是隶事用典必须明白晓畅，即邢邵所谓"不使人觉，若胸臆语"；此与《宋书·谢灵运传论》之"直举胸情，非傍诗史"意思相近。所谓"易识字"，是指用字讲求浅显易懂，力避诡异冷僻之字。所谓"易读诵"，与沈约"声律论"密切相关，是指诗文的语言要音韵和谐，吟咏起来协调流畅，富于音乐美。沈约"三易"说形成的时间大概在永明年间，它体现了永明作家一种新的审美追求。宋元嘉以来，受到颜延之、谢灵运的影响，文学创作日益形成"俪采百字之偶，争价一句之奇"，甚至"句无虚语，语无虚字，拘挛补纳，蠹文已甚"的风气。针对这一时弊，沈约既在理论上明确提出"三易"说，大力倡导"直举胸情，非傍诗史"，激赏谢朓"好诗圆美流转如弹丸"的主张，同时又在创作中，努力实践他这些主张。他的诗用事自然，能吸取民歌的长处，写得平易、自然，故能"见重闾里，诵咏成音"。如明人谢榛评谓："沈氏《咏五色火笼》曰：'可怜润霜质，纤剖复毫分。'妇人亦知此邪。"②杨慎评谓："俗语云：'乡里夫妻，步步相随。'言乡不离里，如夫不离妻也。古人称妻曰'乡里'，沈约《山阴柳永女》诗曰'还家问乡里，讵堪持作夫？'"③又清人陈祚明谓沈诗"句字之

---

① （北齐）颜之推撰，王利器集解：《颜氏家训集解（增补本）》，272页，北京，中华书局，1993。
② （明）谢榛著，宛平校点：《四溟诗话》第4卷，101页，北京，人民文学出版社，1961。
③ 丁福保辑：《历代诗话续编》，858～859页，北京，中华书局，1983。

间，不妨率直……大抵多发天怀，取自然为诣极，句或不琢，字或不谋，直致出之，易流平弱。"[1]他们都指出了沈约用语平易、采俗语入诗的特点。

◎ 第三节
萧氏三兄弟

一、萧统

萧统（501—531），字德施，小字维摩，南兰陵（今江苏常州）人，梁武帝萧衍长子。天监元年（502）十一月，立为太子。中大通三年未即位而卒，时年三十一。谥曰昭明，世称昭明太子。太子生而聪睿，雅好文学，广纳才学之士，切磋篇籍，商榷古今，闲暇常以著述为乐。其时东宫藏书近三万卷，著名文士如刘孝绰、王筠、殷芸、陆倕、到洽等人同被礼遇，形成以太子为核心的东宫文人集团，出现了"名才并集，文学之盛，晋宋以来未之有也"[2]的文学繁荣局面。著文集二十卷，又编《正序》十卷、《文章英华》二十卷、《文选》三十卷、《陶潜集》八卷。今存《文选》注本六十卷，《昭明太子集》五卷。生平事迹主要见《梁书》卷八、《南史》卷五十三。

萧统在文学思想史上的突出贡献主要表现为编辑文学总集《文选》及别集《陶渊明集》。

《文选》是我国现存最早的一部文学总集。在书前的序文中，萧统就该

---

[1] （清）陈祚明评选，李金松点校：《采菽堂古诗选》第 23 卷，728 页，上海，上海古籍出版社，2019。
[2] 《梁书·昭明太子传》。

书的编选原则、选文范围与标准等问题作了阐述，集中反映出萧统所持的基本文学观。所谓"文选"，用今天的话说，就是历代文学作品选。既然所选为历代之文，则主编者在序中必须明确历代之"文"的发展情况和"文"之区别于"非文"的特质。前者体现出萧统的文学史观，后者则体现出他的文学审美观。当然，二者关系密切。

先看前者。第一，与沈约"歌咏所兴，宜自生民始"的观点不同，萧统认为，上古时期，"世质民淳，斯文未作"，只有"逮乎伏羲氏之王天下也，始画八卦，造书契，以代结绳之政，由是文籍生焉"。也就是说，只有文字、文籍出现以后，广义上的文学才算是产生了。第二，在他看来，文学发展的总体趋势亦如其他事物一样，是一个由简单到复杂、由单一到众多的渐进过程。他说："若夫椎轮为大辂之始，大辂宁有椎轮之质；增冰为积水所成，积水曾微增冰之凛。何哉？盖踵其事而增华，变其本而加厉。物既有之，文亦宜然。随时变改，难可详悉。"第三，文学发展的重要表现是文体的多样性，即所谓"各体互兴，分镳并驱"和"众制锋起，源流间出"。与《文选》的体例一致，萧统在序文中，对各体文学发展情况的论述，也是按照赋、骚、诗、文的顺序展开的。在他看来，文学发展中踵事增华、变本加厉的一个重要表现，就是体制与题材的多样化。他论赋，继承了班固"赋者，古诗之流"的观点，谓："古诗之体，今则全取赋名。"并强调了其表现题材的多样性，谓："述邑居，则有'凭虚''亡是'之作；戒畋游，则有《长杨》《羽猎》之制。若其纪一事，咏一物，风云草木之兴，鱼虫禽兽之流，推而广之，不可胜载矣。"他论骚，以屈原为始祖，谓："楚人屈原，含忠履洁，君匪从流，臣进逆耳，深思远虑，遂放湘南。耿介之意既伤，壹郁之怀靡诉。临渊有怀沙之志，吟泽有憔悴之容。骚人之文，自兹而作。"其观点本之司马迁、王逸。他论诗，继承了《诗大序》的观点，谓："诗者，盖志之所之也。情动于中，而形于言。《关雎》《麟趾》，正始之道著；桑间濮上，亡国之音表。故风雅之道，粲然可观。"并论及诗有四言、五言、三言、九言之别。他又论及颂，以为"颂者，所以游扬德业，褒赞成功"。又论及箴、戒、论、铭、诔、赞，谓："箴兴于补阙，戒出于弼匡；论则析理精微，铭则序事清润。美终则诔发，图像则赞兴。"最后提及诏、诰、教、令、表、奏、笺、记、书、誓、符、檄、吊、祭、答客、指事、篇、辞、引、序、碑、碣、志、状等。萧统认为，尽管文章存在体制上的不同，但"譬陶匏异器，并为入耳之娱；黼黻不同，俱为悦目之玩"，也就是肯定了它们所共同具有的艺术审美属性。应该看到，萧统在序中所论及的众多文体，与他在《文选》中的文体分类是一致的。当然，《文选》的文体分类更为细致。他将文体共分为三十七类，分别为赋、诗、骚、七、诏、册、令、教、文、表、上书、启、弹事、笺、奏记、书、檄、对问、设问、辞、序、颂、赞、符命、史论、史述赞、论、连珠、箴、铭、诔、哀、碑文、墓志、行状、吊文、祭文。又分赋为十五子类：京都、郊祀、耕籍、畋猎、纪行、游览、宫殿、江海、物色、鸟兽、志、哀伤、论文、音乐、情。分诗为二十四小类：补亡、述德、劝励、献诗、公宴、祖饯、咏史、百一、游仙、招隐、反招隐、游览、咏怀、临终、哀伤、赠答、行旅、军戎、郊庙、乐府、挽歌、杂歌、杂诗、杂拟。虽然这种划分伤于琐碎，故姚鼐《古文辞类纂序目》讥之"分体碎杂"。但是，萧统的文体辨析及分体分类，是对曹丕《典论·论文》、陆机《文赋》、挚虞《文章流别论》、李充《翰林论》等的文体研究成果的继承和发展，与刘勰《文心雕龙》的文体论一道，代表了魏晋南北朝时期文体学研究的最高理论水平，并深刻影响着后来的文体学的发展与研究。

关于后一个问题，即"文"之特质，萧统在《文选序》的后半部分，从选录的范围这一角度作了重点说明。他指出，有四类著作不能选录：第一是"姬公之籍，孔父之书"，此类属经书，是社会规范、人际关系的典则，其"与日月俱悬，鬼神争奥，孝敬之准式，人伦之师友，岂可重以芟夷，加之剪截"，所以不能也不敢选。第二是"老庄之作，管孟之流"，这类属子书，它们"以立意为宗，不以能文为本"，因为性质上与"文"不同，故"今之所撰，又以略诸"。第三是"贤人之美辞，忠臣之抗直，谋夫之话，辨士之端",这些诸子之言,虽则"冰释泉涌,金相玉振",然因其"繁博",加之"事异篇章",故"今之所集,亦所不取"。第四是"记事之史,系年之书",这类属史书,主要是用来"褒贬是非,纪别同异"的,"方之篇翰,亦已不同",同样因为性质上与"文"亦有所区别,故也不选。但这类"史书"中有例外,这就是"赞论之综辑辞采,序述之错比文华,事出于沉思,义归乎翰藻,故与夫篇什,杂而集之"。也就是,史书中的一些"赞论""序述",文字写得声情并茂,辞采精拔,完全符合"文"的性质要求,这样的作品,与诗赋篇什一样,自然在可选之列。这里的"综辑"是连缀的意思,"错比"是安排组织的意思,"沉思"是深沉思考,"辞采""文华""翰藻"都指文学作品中华丽的辞藻和文采,同时也包含声律、对偶、典事方面的美学要求。"事""义"对举成文,都指写作活动、写作行为本身。不难看出,萧统之所以不选经、子、史,是因为它们在性质上与"文"有别;同样,之所以又选史中的"赞论""序述",也是因为它们的性质与"文"相近。

那么,萧统所谓的"篇章""篇翰""篇什""文"的性质究竟是什么?清代阮元于此有独到的理解,他说:"昭明所选,名之曰'文',盖必'文'而后选也。经也,子也,史也,皆不可专名之为文也。故昭明《文选序》后三段特标明其不选之故。必沉思翰藻,始名之为'文',始以入选也。"①阮氏从《文选》标题入手,明确以"沉思翰藻"作为萧统对"文"的性质之界定,以及其选文之标准。近人刘师培亦云:"昭明《文选》,惟以沉思翰藻为宗,故赞论序述之属,亦兼采辑。然所收之文,虽不以有韵为限,实以有藻采者为范围,盖以无藻韵者不得称文也。"②此后,不少学者均从其说,并认为这是《文选》唯一的选文标准,如许世瑛、朱自清等。

但是,联系上下文,不难看出,"事出于沉思,义归乎翰藻"主要是针

---

① (清)阮元撰,邓经元点校:《揅经室集》第2卷,608页,北京,中华书局,1993。
② 刘师培:《中国中古文学史讲义》,103页。

对赞论、序述而言的,即谓史书中的赞论、序述往往在"褒贬是非,纪别异同"之外,还具有沉思、翰藻之类非常鲜明的文的特质。因此,我们认为,"沉思""翰藻"是《文选》的一个重要选文标准,但不是唯一的标准。结合《文选》选文以及萧统其他著述情况看,萧统除了重视文章辞采之美,更重视文质的并重和雅正的风格,他在《答湘东王求文集及诗苑英华书》中说:"夫文典则累野,丽亦伤浮。能丽而不浮,典而不野,文质彬彬,有君子之致。吾尝欲为之,但恨未逮耳。观汝诸文,殊与意会。"另刘孝绰为《昭明太子集》所作序文中也说:"深乎文者,兼而善之,能使典而不野,远而不放,丽而不淫,约而不俭,独擅众美,斯文在斯。"至此,我们应该明了,《文选序》所言选文范围与选文标准是两回事,经、史、子之不选者,并非其不"文",有些说不准比集部文章更"文"呢。此其一。其二,就"文"的所指来说,它自然包括最广意义上的一切文字书籍,但就"文"的特质来说,《文选序》特别强调在质朴基础上发展而成的辞采和文华、沉思和翰藻等特点,这可以看成编选者对文学与非文学的一种区分,是对文学性的一种界说。从曹丕《典论·论文》之"文",到陆机《文赋》之"文",再到《文选》之"文",这其中反映出魏晋南北朝人们对纯文学进行界定的不懈努力。

如果说,萧统编辑《文选》,动用东宫诸多文士,在一定意义上属于公共事业;那么,其编辑《陶渊明集》,则完全出于自身喜好,属于个人行为。萧统钟爱陶渊明,特作《陶渊明传》,又编《陶渊明集》、撰《陶渊明集序》。其《陶渊明传》乃删补史传而成,《陶渊明集序》则是为《陶渊明集》所作的序文。《陶渊明集序》对陶渊明诗文作了精辟的论述和高度的评价,为我国文学批评史上第一篇陶渊明诗文专论,对后世陶渊明研究具有重要的参考价值。①

---

① 日本学者桥川时雄在《陶集版本源流考》中说,他见到的《陶渊明集》旧抄本中,在此序之后有"梁大通丁未年夏季六月昭明太子萧统撰"十七字,则此序当撰于 527 年。参见穆克宏、郭丹:《魏晋南北朝文论全编》,470 页,南京,江苏教育出版社,2004。

萧统以前，陶渊明诗文创作未见重视，陶氏晚年知交颜延年作《陶征士诔》，称道其人品高洁，但于其文章只说"文取指达"四字。沈约的《宋书·陶潜传》述其生平，全未论及陶渊明的诗文。《宋书·谢灵运传论》列举历代名家，也不数渊明。钟嵘《诗品》列陶诗于中品。《文心雕龙》则只字不提。萧子显《南齐书·文学传论》列举历代名家，同样不提渊明。在创作上，虽然鲍照有《学陶彭泽体》，江淹《杂体诗三十首》中有拟陶一首，表明陶诗开始受到人们的注意，但只是作为一体而已，并未特别重视。至萧氏兄弟，这一状况开始改观。萧统在《文选》中虽只录陶诗八首，但他编撰陶集，为之作序，称"余爱嗜其文，不能释手，尚想其德，恨不同时"。又据《颜氏家训·文章》，萧统弟萧纲同样喜读陶作，常"置于几案间，动辄讽味"。

《陶渊明集序》首先赞赏陶潜避世高蹈的人生态度，认为其高尚人格对读者有深刻的教育作用。这在当时已成常谈旧识，如沈约《宋书》列陶人《隐逸传》；颜延之《陶征士诔》也主要就这方面对其称颂，钟嵘亦一言以蔽之曰"古今隐逸诗人之宗"。但难能可贵的是，萧统由其人及其文，由仰慕其人到推崇其文，从而在历史上第一次对渊明诗文的艺术表现作了很高的评价。他说："有疑陶渊明诗，篇篇有酒，吾观其意不在酒，亦寄酒为迹者也。其文章不群，辞彩精拔，跌宕昭彰，独超众类，抑扬爽朗，莫之与京。横素波而傍流，干青云而直上。语时事则指而可想，论怀抱则旷而且真。加以贞志不休，安道苦节，不以躬耕为耻，不以无财为病，自非大贤笃志，与道污隆，孰能如此乎？"所谓"辞采精拔""跌宕昭彰""抑扬爽朗"，主要是从陶作的语言、情感和表现等方面赞扬其富有极强之感染力，这一点和钟嵘《诗品》评陶"协左思风力"是相通的。萧统又谓其叙事、抒情都具有率直真切的特点："语时事则指而可想，论怀抱则旷而且真。"这些评论颇具真知灼见。萧统论陶作能拔于时人和他自己那种重翰藻的风气之外，颇为难得，这是他的文学趣味中值得注意的一面。

萧统在《陶渊明集序》中对渊明《闲情赋》评价道："白璧微瑕，惟在

《闲情》一赋；扬雄所谓劝百而讽一者，卒无讽谏，何足摇其笔端？ 惜哉，亡是可也！并粗点定其传，编之于录。 尝谓有能观渊明之文者，驰竞之情遣，鄙吝之意祛；贪夫可以廉，懦夫可以立。 岂止仁义可蹈，抑乃爵禄可辞。 不必傍游泰华，远求柱史。 此亦有助于风教也。"《文选》也不选此赋。 对于萧统的这一评价，后人有很多议论，或赞同之，或反对之，分歧很大。 赞同者如方东树、王闿运。 而反对者以苏轼为首，苏轼乃至批评萧统"小儿强作事"，其后王观国、毛先舒、阎若璩、何文焕等，异口同声，集矢萧统。 钱锺书先生从陶渊明创作《闲情赋》的主观意图和它实际产生的社会效用之间的矛盾关系出发，对萧统的这一评价作了新的阐释和解读，谓："昭明语当分别观之：劝多于讽，品评甚允；瑕抑为瑜，不妨异见。"[①]持论最为中肯。

二、萧纲

萧纲（503—551），字世缵，小字六通，南兰陵（今江苏常州）人，梁武帝萧衍第三子，昭明太子同母弟。 天监五年（506）封晋安王，历任南兖州、荆州、扬州、雍州等地刺史。 中大通三年（531）被立为太子，太清三年（549）即帝位，大宝二年（551）十月为侯景所杀。 谥简文皇帝，庙号太宗。 萧纲幼而敏睿，识悟过人，六岁能属文，篇章辞赋，操笔立成。 一生勤于著述，《南史》谓其"虽在蒙尘，尚引诸儒论道说义，披寻坟史，未尝暂释"。 著《昭明太子传》五卷、《诸王传》三十卷、《礼大义》二十卷、《老子义》二十卷、《庄子义》二十卷、《长春义记》一百卷、《法宝连璧》三百卷、《谢客文泾渭》三卷、《玉简》五十卷、《光明符》十二卷、《易林》十七卷、《灶经》二卷、《沐浴经》三卷、《马槊谱》一卷、《棋品》五卷、《弹棋谱》一卷、新增《白泽图》五卷、《如意方》十卷，以及文集一百

[①] 钱锺书：《管锥编》，1221 页。

卷，然多已亡佚，今有张溥辑本《梁简文帝集》二卷存世。生平事迹见《梁书》卷四、《南史》卷八。

中大通三年，昭明太子去世，萧纲正位东宫，从此成为梁文坛的领袖，并形成以庾肩吾、徐摛、刘孝威、江伯摇、孔敬通等"高斋十学士"为主的新的东宫文学集团。与萧统《文选》派主沉思翰藻、典雅丽则的文学观不同，萧纲崇尚新变、主倡"宫体"：

（帝）雅好题诗，其序云："余七岁有诗癖，长而不倦。"然伤于轻艳（《南史》作轻靡），当时号曰"宫体"。……史臣曰：太宗……文则时以轻华为累，君子所不取焉。①

（摛）属文好为新变，不拘旧体。……王入为皇太子，转家令，兼掌管记，寻带领直。摛文体既别，春坊尽学之，"宫体"之号，自斯而起。高祖闻之怒，召摛加让。②

初，太宗在藩，雅好文章士，时肩吾与东海徐摛、吴郡陆杲、彭城刘遵、刘孝仪、仪弟孝威，同被赏接。及居东宫，又开文德省，置学士，肩吾子信、摛子陵、吴郡张长公、北地傅弘、东海鲍至等充其选。齐永明中，文士王融、谢朓、沈约文章始用四声，以为新变，至是转拘声韵，弥尚丽靡，复逾于往时。③

梁自大同之后，雅道沦缺，渐乖典则，争驰新巧。简文、湘东，启其淫放，徐陵、庾信，分路扬镳。其意浅而繁，其文匿而彩，词尚轻险，情多哀思。格以延陵之听，盖亦亡国之音乎！④

从这些记载中可知"宫体"名自东宫，以萧纲太子、徐摛父子等为领

---

① 《梁书·简文帝纪》。
② 《梁书·徐摛传》。
③ 《梁书·庾肩吾传》。
④ 《隋书·文学传序》。

袖，其最大特点是"好为新变，不拘旧体"，风格华艳、丽靡，故遭到萧衍、姚思廉、魏徵等的指斥和批评。

《梁书·庾肩吾传》所载《与湘东王书》是萧纲这一文学思想的理论宣言。文章重点批评了当时"京师文体"的种种弊端：

> 比见京师文体，懦钝殊常，竞学浮疏，争为阐缓。玄冬修夜，思所不得；既殊比兴，正背《风》《骚》。若夫六典三礼，所施则有地；吉凶嘉宾，用之则有所。未闻吟咏情性，反拟《内则》之篇；操笔写志，更摹《酒诰》之作；迟迟春日，翻学《归藏》；湛湛江水，遂同《大传》。

萧纲强调了文学的本质在于吟咏情性。所谓"懦钝""浮疏""阐缓"，意指诗文缺乏鲜明的形象和发自诗人内心的情致。萧纲批评那些作品"懦钝""浮疏""阐缓"，乃指其总体风貌而言，是说它们恹恹乏气，软弱无力、虚浮迟缓，没有一种生气勃勃的感染力，不能给读者带来审美的兴奋感。萧纲认为，这种创作弊病的产生，究其原因就在于时人混淆了儒学与文学的本质特点，以儒家实用的观点来对待文学，进而否定了文学"吟咏情性"的本质，消解了文学的独立性。在他看来，儒家经典自有其重要作用，但诗赋美文与儒家经典殊科；二者功用不同，本质不同，文辞风格自亦有异。值得注意的是，萧纲强调诗歌的本质特征是"吟咏情性"，而这"情"往往又是"感物而动"的，即创作主体受客体触发而产生感情的冲动，在表现形式上常与"比兴"相联系。至于兴感冲动的缘由，他在《答张缵谢示集书》中更明确地说：

> 至如春庭落景，转蕙承风，秋雨旦晴。檐梧初下，浮云生野，明月入楼，时命亲宾，乍动严驾，车渠屡酌，鹦鹉骤倾。伊昔三边，久留四战，胡雾连天，征旗拂日，时闻坞笛，遥听塞笳，或乡思凄然，或雄心愤薄。是以沉吟短翰，补缀庸音，寓目写心，因事而作。

第七章　南朝的文学思想　　513

其《答新渝侯和诗书》亦有相似言语。新渝县侯即萧硕，萧纲叔父之子，与纲关系密切，系"东宫四友"之一，其诗文皆不存。此书中所说的三首和诗，从书的内容分析，必定是宫体诗无疑。书中以"性情卓绝，新致英奇"称之，正概括地反映了萧纲对宫体诗特征的认识，他认为欣赏、描绘女子容态神情之美，体会和抒发男女之情，都要出自于"性情"，即人的本性；体会越深，描绘越工，性情便越卓绝。至于"新致英奇"一语，则可见萧纲等人大力提倡并写作宫体诗，正是他们爱好"新变"的文学主张的表白，亦即徐摛的"属文好为新变，不拘旧体"。这种"寓目写心，因事而作"的观点，与钟嵘"非陈诗何以展其义，非长歌何以骋其情""既是即目""亦唯所见"，以及刘勰"为情而造文""情以物迁，辞以情发"的观点是相通的。

萧纲不满"京师文体"的另一表现，是对裴、谢及其盲目效法者的批评。他说："又时有效谢康乐、裴鸿胪文者，亦颇有惑焉。何者？谢客吐言天拔，出于自然，时有不拘，是其糟粕。裴氏乃是良史之才，了无篇什之美。是为学谢则不屈其精华，但得其冗长；师裴则蔑绝其所长，惟得其所短。谢故巧不可阶，裴亦质不宜慕。"对精于学谢者，萧纲是欣赏的。如梁代王籍以学谢著称，其《入若耶溪》中"蝉噪林逾静，鸟鸣山更幽"之句，即博得萧纲再三击节，"吟咏不能忘之"。他批评"质木无文"的裴子野诗歌云："裴氏乃是良史之才，了无篇什之美。"认为其文"质不宜慕"。在《临安公主集序》中指出："况复文同积玉，韵比风飞。"在《昭明太子集序》的结尾，称道萧统的诗文"近逐情深，言随手变，丽而不淫"。在《劝医论》中，论及诗歌创作时云："或古或今，或雅或俗，皆须寓目，详其去取，然后丽辞方吐，逸韵乃生。"从上述引文可知，萧纲所追求的"篇什之美"，大体同刘勰《文心雕龙》中总结的"情文""声文""色文"，以及沈约"文章当从三易"，即易见事、易识字、易读诵等要求相类似，是永明体的继承和发展。具体来说，他追求的是新声巧变，声韵和谐，语言圆美、流转。无疑，这些观点促进了齐梁文学抒情特质的发展。他在《与湘东王书》中慨叹道："诗既若此，笔又如之。徒以烟墨不言，受其驱染；纸札无情，任其摇襞。甚矣哉！文之横流，一至于此！"在结尾，萧纲号召弟弟萧绎为改变不良文风，开创文坛新气象而与自己共同努力。他说："文章未坠，必有英绝领袖之者，非弟而谁？每欲论之，无可与语，思吾子建，一共商榷。辨兹清浊，使如泾渭；论兹月旦，类彼汝南。朱丹既定，雌黄有别，使夫怀鼠知惭，滥竽自耻。譬斯袁绍，畏见子将；同彼盗牛，遥羞王烈。"参照萧子显《南齐书·文学传论》的论述，萧纲《与湘东王书》所全力阐发的新文学观念，其基本立场非常清晰：反对"阐缓"（以谢体为代表），主张新修辞主义；反对复古（以裴体为代表），主张新自然主义；反对质朴（以裴体为代表），主张美文学。

萧纲文学思想的又一个重要理论表述是"文章且须放荡"，其《诫当阳公大心书》谓：

> 汝年时尚幼，所阙者学，可久可大，其唯学欤，所以孔丘言："吾尝终日不食，终夜不寝，以思，无益，不如学也。"若使墙面而立，沐猴而冠，吾所不取。立身之道，与文章异，立身先须谨重，文章且须放荡。

以往有学者认为，萧纲"文章且须放荡"是提倡一种描摹色情的理论主张，他们通过淫声媚态的宫体诗想把放荡的要求寄托在文章上，用属文来代替纵欲和荒淫。这种将"放荡"与"宫体"乃至色情捆绑在一起的解释实为不妥。实际上，"放荡"一词决非指行为的淫荡，或意在煽惑色情。在隋唐以前，"放荡"并不专指生活上的不检点或堕落，而可以包举思想、言论、行为，乃至文学创作等多方面不受礼教或成俗约束。如《汉书·东方朔传》称东方朔之言"指意放荡，颇复诙谐"。这里的"放荡"是指思想的放任不拘。《晋书·嵇康传》载钟会谗毁嵇康、吕安说："康、安等言论放荡，非毁典谟，帝王者所不宜容。宜因芟除之，以淳风俗。"这里的"放荡"是指言论的放任不拘。《三国志·魏书·武帝纪》谓曹操"少机警，有权数，而任侠放荡，不治行业，故世人未之奇也"，所谓"任侠放荡"，据裴松之的注释，是指曹操"好飞鹰走狗"之类，故"放荡"亦指行为的放任不拘。《南史·萧晔传》载萧道成谓萧晔语曰："见汝二十字，诸儿作中，最为优者。但康乐放荡，作体不辨有首尾。"萧道成批评谢灵运"放荡"，也不是指他生活上淫秽，而是说他的诗歌结体疏漫、篇制无定，亦即萧纲曾批评谢灵运诗作的"时有不拘"，有"冗长"之病的意思。总之，这里的"放荡"是指为文的放任不拘。还须指出，隋唐以前，凡在思想、言论、行为等方面涉言"放荡"的，往往都具有毁弃礼法、卑视仁义的特点，也就是说所谓的放任不拘，是与谨守儒家礼教相对而言的。所以萧纲所说"立身先须谨重"，是指立身首先必须谨守儒家之道而不可轻忽，而"文章且须放荡"，则是指文学创作应当摆脱儒家礼义的束缚和拘限。可见，"文章且须放荡"之说是与强调文学政教作用的传统观点相悖逆的。从文学应具有自由抒发真情实感的角度来说，萧纲此说无疑是一种离经叛道的文学主张。

对于萧纲主倡的"宫体"文学，魏徵曾批评道："然文艳用寡，华而不实，体穷淫丽，义罕疏通，哀思之音，遂移风俗，以此而贞万国，异乎周诵、汉庄矣。"[1]此后历代学者亦多对"宫体"持否定态度。但以历史的眼光看，萧纲"宫体"的实践与提倡，及其轻艳诗风的形成，似为魏晋南北朝文学发展的一种必然。刘师培《中国中古文学史讲义》指出："宫体之名，虽始于梁，然侧艳之词，起源自昔。晋、宋乐府如《桃叶歌》《碧玉歌》《白纻词》《白铜鞮歌》，均以淫艳哀音，被于江左。迄于萧齐，流风益盛。其以此体施于五言诗者，亦始晋、宋之间，后有鲍照，前则惠休。特至于梁代，其体尤昌。"[2]同时，宫体诗的产生，在一定意义上对于突出文

---

[1]《梁书·敬帝纪》。
[2] 刘师培：《中国中古文学史讲义》，91页。

学的娱乐功能，丰富创作的题材和技巧等，仍具有一定的价值和意义，故不能一概否定。

三、萧绎

萧绎（508—554），字世诚，自号金楼子，南兰陵（今江苏常州）人，梁武帝萧衍第七子。天监十三年（514）封湘东王，历任会稽太守、丹阳尹、荆州刺史、江州刺史等职。侯景作乱，奉命于江陵举兵讨伐，大宝三年（552）平定侯景之乱，改元承圣，即帝位于江陵。在位三年，承圣三年（554）十一月，西魏攻陷江陵，被俘；十二月，被弑。次年四月，追尊孝元皇帝，庙号世祖，史称梁元帝。

萧绎自幼聪悟俊朗，天才英发，五岁能诵《曲礼》，六岁能解《诗》。长而好学，博总群书，下笔成章，出言为论，才辩敏速，冠绝一时。工书善画，曾自图宣尼像，为之赞而书之，时人谓之"三绝"。性不好声色，颇有高名，与裴子野、刘显、萧子云、张缵等当时才秀为布衣之交。一生著述宏富，有《孝德传》《忠臣传》《丹阳尹传》《汉书注》《周易讲疏》《内典博要》《连山》《洞林》《玉韬》《金楼子》《补阙子》《老子讲疏》《怀旧志》《全德志》《荆南志》《贡职图》《古今同姓名录》《筮经》《式赞》等，大多已佚。今有辑本《梁元帝集》及《金楼子》六卷传世。

今存萧绎《金楼子》一书，其性质与《典论》有些近似。二者均为帝王所著，欲成一家之言，据《文选》吕向注，"文帝《典论》二十篇，兼论古者经典文事"，《隋书·经籍志》将之列入"儒家"；《四库全书总目》言则《金楼子》"于古今闻见事迹，治忽贞邪，咸为苞载，附以议论，劝诫兼资，盖亦杂家之流"，《隋书·经籍志》将之列入"杂家"。《典论》有《论文》篇，倡"文气"一说，开文论自觉之先河；《金楼子》则有《立言》篇，辨析"文笔"，为南朝文笔论之总结。按《金楼子·立言》谓："窃慕考妣之盛，则立尊像。"梁武帝崩于太清三年（549），是知《立言》篇成于太清三年之后。①

萧绎在《金楼子·立言》中首先对古今学者的变化作了归类和区分：

> 古人之学者有二，今人之学者有四。夫子门徒，转相师受，通圣人之经者谓之儒；屈原、宋玉、枚乘、长卿之徒，止于辞赋，则谓之文。今之儒，博穷子史，但能识其事，不能通其理者，谓之学。至如不便为诗如阎纂，善为章奏如伯松，若此之流，泛谓之笔。吟咏风谣，流连哀思者，谓之文。

所谓"古人之学者有二"，是指"通圣人之经"的儒生与"止于辞赋"的文士，前者属于学术的范畴，后者属于文章的范畴。所谓"今人之学者有四"，增加的两类一是从古之"儒者"中区分出的"学者"，他们博穷子史，识事而不通理；二是从古之"文士"中区分出的"笔士"，他们不擅长诗赋而擅长奏章之类的应用文的写作。萧绎论述的重点在"文""笔"性质的区分，尤其是对"文"之性质的规定。萧绎将"笔"从"文"中区分出来，并认为"笔，退则非谓成篇，进则不云取义，神其巧惠，笔端而已"。这既明确了"笔"和"儒""学"仍有本质上的区别，又一定程度上肯定了"笔"的艺术性。这里所谓"神其巧惠"即"尚巧"，其意与刘勰《文心雕龙·声律》篇之"属笔易巧，选和至难；缀文难精，而作韵甚易"，及《奏启》篇之"夫奏之为笔，固以明允笃诚为本，辨析疏通为首"相近，说明"笔"类文章之所以"易巧"，除了不大讲求声律辞藻，最重要的原因是不需要多少情感和沉郁之思，只要能达到为文的目的，完全可以虚情假意地巧

---

① 从萧绎的生平经历及《金楼子》全书内容看，《金楼子》并非一时一地所成。写作上限至迟在中大通二年(530)，即萧绎三十三岁时已开始撰写，而《金楼子》成篇最晚的时间是《聚书》完成的承圣三年(554)，全书的绝笔大致也在这个时候。可知《金楼子》的成书耗费了萧绎近25年的时间，是他一生追求的目标之一。[详参钟仕伦：《〈金楼子〉成书时间考辨》，载《北京大学学报(哲学社会科学版)》，2004(5)]

饰一番。属于"笔"的作品，其风格就是"巧惠"，价值侧重于政治功用。比较而言，对于"文"的性质，萧绎的论述更为精彩和深刻。他说："吟咏风谣，流连哀思者，谓之文。"又说："至如文者，惟须绮縠纷披，宫徵靡曼，唇吻遒会，情灵摇荡。"这里，萧绎主要从三个方面规定文的基本属性。一是"绮縠纷披"，指文学作品辞藻的精细和华美、结构的巧密和舒展。这与班固所说的"辩丽"、陆机所说的"绮靡"、钟嵘所说的"丹彩"意思相承。二是"宫徵靡曼，唇吻适会"，指文章应有轻便婉转的自然声律美。萧绎重视文之自然韵律的思想，与钟嵘"但令清浊通流，口吻调利，斯为足矣"，及萧子显"言尚易了，文憎过意，吐石含金，滋润婉切。杂以风谣，轻唇利吻，不雅不俗，独中胸怀"等主张近似，而与沈约的声律论迥异。与萧绎同时的梁代高僧释慧皎《高僧传·唱导论》云：

夫唱导所贵，其事四焉：谓声、辩、才、博。非声则无以警众，非辩则无以适时，非才则言无可采，非博则语无依据。至若响韵钟鼓，则四众惊心，声之为用也。辞吐后发，适会无差，辩之为用也。绮制雕华，文藻横溢，才之为用也。商榷经论，采撮书史，博之为用也。

萧绎在其母阮修容和武帝的影响下，崇佛之心早起。因此，他所说的"宫徵靡曼，唇吻适会"实际上也受到当时佛学唱导方法的影响。[①] 三是"情灵摇荡"，即文章的本质就在于表达人的情感，特别是表达"哀伤"一类的情感。所谓"情灵摇荡"是说感情的宣泄和满足，其意虽与梁简文帝萧纲《诫当阳公大心书》"文章且须放荡"近似，但与萧纲等主张的"宫体

---

① 《颜氏家训·音辞》篇云："古人云：'膏粱难整。'以其为骄奢自足，不能克励也。吾见王侯外戚，语多不正，亦由内染贱保傅，外无良师友故耳。梁世有一侯，尝对元帝饮谑，自陈'痴钝'，乃成'飔段'，元帝答之云：'飔异凉风，段非干木。'谓'郢州'为'永州'，元帝启报简文，简文云：'庚辰吴人，遂成司隶。'如此之类，举口皆然。元帝手教诸子侍读，以此为诫。"可知元帝对声韵的熟悉和重视。

诗"有本质上的区别。前者肯定情感在文学中的重要性，侧重于人的精神体验性和审美心理的自由自在；后者以宫廷生活及其物质环境为描写对象，本无可指责，但因这种描写的目的不是重在精神体验和审美快感，而是重在主体占有对象的实在体验和生理的快感，遂使其引起"美学上的反感"。萧绎"情灵摇荡"的思想实际是承接陆机"缘情"说、钟嵘"吟咏性情"说而来。可见，萧绎对于"文"的规定充分注意到文学辞采美、音律美和情感美，这反映出萧绎把文学体裁严格限制在诗赋骈文之内，从而使文学跨入纯艺术的领域。这是文学观念演变的一大进步。另外，从古今文笔的源流角度，萧绎还对前代一些文人及当下文坛现状作了具体的批评。于潘岳，他说："潘安仁清绮若是，评者止称情切。"这实际是对潘岳文之"绮縠纷披"的强调。他说："曹子建、陆士衡，皆文士也，观其辞致侧密，事语坚明，意匠有序，遗言无失，虽不以儒者命家，此亦悉通其义也。"这是"文"中见"儒"，萧绎给予很高的评价。至于谓谢朓"始见贫小，然而天才命世，过足以补尤"；任昉"甲部阙如，才长笔翰，善辑流略，遂有龙门之名，斯亦一时之盛"。又谓："夫今之俗，缙绅稚齿，闾巷小生，学以浮动为贵，用百家则多尚轻侧，涉经纪则不通大旨，苟取成章，贵在悦目。龙首豕足，随时之义；牛头马髀，强相附会。事等张君之弧，徒观外泽；亦如南阳之里，难就穷检矣。"其说与萧纲、钟嵘大同小异。

要之，萧绎在《金楼子·立言》中对"文""笔"的辨析，已不是从形式上按有韵、无韵来区分的，而是深入作品性质上来说明纯文学的本质特性，这很接近今之文学观念的"文学"。它反映了以萧绎为代表的南朝人对文学审美特征的进一步认识，在文学理论批评史上具有极重大的意义。今人朱东润先生谓："元帝立论，文笔对举，其论文义界，直抉文艺之奥府，声律之秘钥。"[1]洵为确评。

考察萧绎的文学思想，还有一问题不能忽视，即与兄长萧统、萧纲的关

---

[1] 朱东润：《中国文学批评史大纲》，75页，上海，上海古籍出版社，2001。

系。萧绎与他们均有许多书信往来,其中涉及文学之事者不少。萧绎为湘东王时,曾写信向昭明太子索求《文集》及《诗苑英华》等书,该信亡佚,具体内容不得而知,但从萧统的《答湘东王求文集及诗苑英华书》中可以间接获知其中的一些信息:

> 得疏,知须《诗苑英华》及诸文制。发函伸纸,阅览无辍。虽事涉乌有,义异拟伦,而清新卓尔,殊为佳作。夫文典则累野,丽亦伤浮。能丽而不浮,典而不野,文质彬彬,有君子之致。吾尝欲为之,但恨未逮耳。观汝诸文,殊与意会;至于此书,弥见其美。远兼邃古,傍暨典坟,学以聚益,居焉可赏。……又往年因暇,搜采英华,上下数十年间,未易详悉,犹有遗恨,而其书已传。虽未为精核,亦粗足讽览;集乃不工,而并作多丽。汝既须之,皆遣送也。

这里萧统提出他的一个重要文学主张,即"丽而不浮,典而不野,文质彬彬"。他一面说自己"尝欲为之,但恨未逮耳",一面赞许萧绎诸文"殊与意会",并称其来书"清新卓尔""弥见其美"。不难看出,萧统是将萧绎引为知己的,或者说,萧统在一定程度上是萧绎的知音,因为萧绎的文章符合萧统"典丽""文质彬彬"的审美追求,且据他的意思,萧绎在实践上甚至比自己做得更好(固然,作为私人书信,萧统此说难免有自谦的意味)。这说明,在"既典且丽"这点上,萧统、萧绎的观点是趋于一致的。而萧绎的这一思想,在他的《内典碑铭集林序》中,也有明确的说明:

> 夫世代亟改,论文之理非一;时事推移,属词之体或异。但繁则伤弱,率则恨省;存华则失体,从实则无味。或引事虽博,其意犹同;或新意虽奇,无所倚约;或首尾伦帖,事似牵课;或翻复博涉,体制不工。能使艳而不华,质而不野,博而不繁,省而不率,文而有质,约而能润,事随意转,理逐言深,所谓菁华,无以间也。

这段话本是萧绎在表达他对内典碑铭的看法，也可以说是他编选《内典碑铭集林》的重要标准，其中反映出他的文学观。"世代亟改""时事推移"表明他发展的文学观，这是当时较为普遍的看法。可注意者，是"能使艳而不华，质而不野，博而不繁，省而不率，文而有质，约而能润"数句，这表明他兼重文质的基本倾向，与萧统《答湘东王求文集及诗苑英华书》"文质彬彬，有君子之致"之论若合符契。进一步我们发现，萧绎的这一思想，似同时又受到刘孝绰的影响。刘孝绰《昭明太子集序》云："窃以属文之体，鲜能周备。长卿徒善，既累为迟；少孺虽疾，俳优而已。子渊淫靡，若女工之蠹；子云侈靡，异诗人之则。孔璋词赋，曹祖劝其修令；伯喈答赠，挚虞知其颇古。孟坚之颂，尚有似赞之讥；士衡之碑，犹闻类赋之贬。深乎文者，兼而善之，能使典而不野，远而不放，丽而不淫，约而不俭，独搜众美，斯文在斯。"[①]刘孝绰为当时文坛重臣，得昭明太子礼遇。其序以为昭明太子之文已兼擅众美，既有古体派之典雅，又有今体派之新丽。萧绎深慕刘孝绰之文才声誉，二人曾有书信往还，对文学性质的看法也比较接近，故有此折中于古今文体的美学观。可见，就崇尚典丽、华实并重这点言，萧绎的思想与萧统接近。

再就萧绎与萧纲文学交往看。据《梁书·庾肩吾传》记载："齐永明中，文士王融、谢朓、沈约文章始用四声，以为新变，至是转拘声韵，弥尚丽靡，复逾于往时。时太子与湘东王书论之曰……"这就是著名的《与湘东王书》。萧纲在《与湘东王书》中对于当时充斥京师文坛的任昉体及谢、裴的效法者，提出严厉批评："谢故巧不可阶，裴亦质不宜慕。"并强调文学的本质在于吟咏情性，操笔写志。《与湘东王书》最后写道："文章未坠，必有英绝领袖之者，非弟而谁？每欲论之，无可与语，思吾子建，一共商榷。"作为太子和哥哥，萧纲以这种语气说要与萧绎"一共商榷"，其目的

---

① （南朝梁）萧统著，俞绍初校注：《昭明太子集校注》，245页，郑州，中州古籍出版社，2001。

是要与萧绎一道,以实际的行动扭转当时的不良风气,开创文坛的新景象。那么,对萧纲的这一诉求,萧绎是如何作为的呢? 如上所述,萧绎在《金楼子·立言》篇中对谢朓、任昉的评价及对当时京师文坛现状的批评,其观点均与萧纲大抵相近,可以看作是对萧纲"思吾子建,一共商榷"之"新变"思想的正面回应。 又颜之推《颜氏家训·文章》谓:"吾家世文章,甚为典正,不从流俗,梁孝元在蕃邸时,撰《西府新文》,讫无一篇见录,亦以不偶于世,无郑、卫之音故也。"故以往通常将萧纲萧绎相提并论,如王通《中说·事君》云:"或问湘东兄弟(之文),子曰:'贪人也,其文繁。'"《隋书·文学传论》云:"梁自大同之后,雅道沦缺,渐乖典则,争驰新巧。 简文、湘东,启其淫放。"朱东润《中国文学批评史大纲》认为:"萧氏兄弟对于文学之评论,可分二派。 萧统之论,较为典正,持文质彬彬之说。 萧纲、萧绎,则衍谢朓、沈约之余波,创为放荡纷披之论,与乃兄迥别矣。"①但在对待京师文体的主将裴子野的态度上,兄弟俩有明显的分歧。 萧纲谓"裴氏乃是良史之才,了无篇什之美"及"裴亦质不宜慕"。萧绎则与裴子野交往甚深,《金楼子序》云:"裴幾原、刘嗣芳、萧光侯、张简宪,余之知己也。"《梁书·元帝纪》亦云:"世祖性不好声色,颇有高名。 与裴子野、刘显、萧子云、张缵及当时才秀为布衣之交。"萧绎与裴子野过从颇多,二人常商略文义,萧绎写作《金楼子》的初衷及具体的内容安排都告知裴子野。 故萧绎对裴子野的评价甚高。 谓:"幾原博闻,裁为典坟,比良班、马,等丽卿、云。 薰犹既别,泾渭以分。 圣皇御极,钦贤盱顾。 储后特圣,降情文苑。 既匹严、朱,复同徐、阮。"萧绎非但没有否定裴子野的文学才能,而且将裴子野同司马相如、扬雄、徐幹、阮籍等相提并论。 虽略嫌过誉,但萧绎至少认为裴子野在文学上取得的成就与其在史学上取得的成就具有同等重要的意义。 这表明萧绎并不赞同萧纲对裴子野"了无篇什之美"的评价,因此,简单认为萧绎与萧纲一样,是"启淫放"

---

① 朱东润:《中国文学批评史大纲》,71页。

的代表,这种观点并不可取。①

  综合来看,尽管作为湘东王的萧绎在文学思想上曾表现出对两位兄长的依附性,如在崇尚典丽上,他倾向于萧统;在主张新变上,他又是偏向萧纲。但萧绎仍有其独特性,在梁代今、古文体之争中,他似乎是在一定程度上折中调和以裴子野为首的古体派和以萧纲为首的今体派之间的矛盾。这种调和,使萧绎既看到了文学的某些本质,比如抒情和文采,但他又较为谨慎,并没有像萧纲那样完全走向华艳与淫靡。萧绎这种文质并重、华实并茂和注重文学抒情特性的思想尽管并没有多少原创性,但它出现在梁代末期,为此后南北文风的融合开了先导。就这点而言,萧绎的思想在南北朝后期具有重要的理论意义。

---

① 日本学者清水凯夫则以萧绎为接受古体派转向"宫体派"的代表。其《梁简文帝萧纲〈与湘东王书〉考》云:"'古文派'文体与'宫体'相对立,而湘东王即与'古体派'文人有'布衣之交',也与谢灵运派诗人有深交。简文帝萧纲寄《书》湘东王,批判京师沉沦于模拟裴谢文体,是要促成回归本派文体,继承'永明体'——谢朓和沈约。当然,湘东王并非有意集聚'古体派'文士和谢派文人结为深交以对抗'宫体',那只不过是接受了当时流行的文体而已。武帝七子湘东王本人没有独自的文体,其迎合倾向很强,所以他以此《书》为转机,逐渐接受了盛行起来的'宫体'的影响,将自己的文体转变成为《隋书》及简文帝皆评为'启淫放'那样的'轻险'文体。"([日]清水凯夫:《六朝文学论文集》,韩基国译,183页,重庆,重庆出版社,1989)

魏晋南北朝文艺思想史

本卷主编　李壮鹰

中国文艺思想通史

第三卷○下

北京师范大学出版社

《魏晋南北朝文艺思想史》编委会

主　编

李壮鹰

作　者

（以姓氏笔画为序）

李壮鹰　张文浩　陈玉强

林英德　蒙丽静

《魏晋南北朝文艺思想史》
主编简介

李壮鹰

1945年生，河北迁安人。北京师范大学文学院教授，博士生导师。主要从事中国古代文论和古典美学研究，发表学术论文百余篇，出版著作20余部。代表作有《中国诗学六论》《禅与诗》《逸园丛录》《中华古文论释林》（十卷）等，所撰《诗式校注》荣膺国务院表彰，并入选"首届向全国推荐优秀古籍整理图书"书目。

第八章
刘勰的文学思想

◎ 第一节
刘勰的生平及《文心雕龙》的成书

一、刘勰的生平

关于刘勰的生平事迹，《梁书》《南史》本传虽有记载，但内容较为简略。学界主要据此作进一步考索，进而获知刘勰生平的一些基本情况。刘勰，字彦和，原籍山东莒县（今山东日照），因西晋末"永嘉之乱"逃至江南，侨居京口（今江苏镇江），故世为京口人。父刘尚，越骑校尉，为四品武官。① 余不可考。《梁书》本传谓："祖灵真，宋司空秀之弟也。"《南史》本传删去该语。按，刘秀之在刘宋一朝屡建战功，官至益州刺史，地位显赫，但刘灵真其人其事却无从考索。故学界多对刘灵真与刘秀之的关系持

---

① 据《宋书·百官志》。

疑，以为灵真与秀之殆非同宗、并无关系，《梁书》记载失实。① 所以，刘勰出身不高，其祖上并无地位显赫、名声昭著的人士，父亲虽做过不小的官，但过世太早，故家世中道衰落。② 这种身世无疑对刘勰的人生之路产生了重大影响。

刘勰一生经历宋、齐、梁三朝。约生于宋明帝泰始（465—471）初。③ 刘勰早孤，奉母家居，笃志好学，本传谓其"家贫不婚娶"。母亲过世之后，刘勰入定林寺（约在 25 岁前后），依沙门僧祐，居处达十余年之久。刘勰之不婚娶及入寺依僧，固有家道中落、生活贫苦方面的原因，更重要的还在于刘勰笃志好学，有强烈的求仕之心。在重视门第的社会背景下，刘勰要改变自己的生存状况，入寺依附当时声名隆盛的高僧，于学于仕，均不啻为一条有效的门径。

刘勰在定林寺与僧祐居处的十余年中，除撰写《文心雕龙》外，还协助僧祐整理佛家典籍，编制目录。《梁书·刘勰传》谓："依沙门僧祐，与之居处，积十余年，遂博通经论，因区别部类，录而序之。今定林寺经藏，勰所定也。"僧祐整理群集以后编成的《出三藏记集》，是我国最早的佛藏目录。在该书的编撰过程中，刘勰可能也有相当的贡献，所谓"录而序之"，则《出三藏记集》中各部分的序，或许有刘勰的手笔。清人严可均认为"僧

---

① 范文澜《文心雕龙注》认为刘灵真与刘秀之"殆非同父母兄弟，而同为京口人则无疑"。翁达藻《刘勰论》也认为"灵真的母亲可能是出于奴隶地位的妾"。程天祜进而认为，刘灵真与刘秀之毫无关涉。他在《刘勰家世的一点质疑》中说："《梁书·刘勰传》中的'祖灵真，宋司空秀之弟也'这句话，在《南史·刘勰传》中，完全删去了。……这正是李氏认为'失实''常欲改之'的地方。……在《宋书》中，不仅记载了秀之的儿孙的官爵地位，而且记载了秀之的兄钦之、弟粹之恭之的名位事迹。按照《宋书》的体例，如果秀之真有一个弟弟灵真，是不可能不记的。"牟世金亦从《南史》"家传"体例角度，认为灵真与秀之本非同宗，"衡诸刘勰一生行事及其思想，亦与刘秀之一宗无涉"。（以上见牟世金：《刘勰年谱汇考》，2～3 页，成都，巴蜀书社，1988）
② 关于刘勰的家世问题，目前学界有两种相反的观点，一种主士族说，以王利器、马宏山、周绍恒为代表。一种主庶族说，王元化首先提出这一看法（《刘勰生世与世庶区别问题》，见《文心雕龙创作论》，上海，上海古籍出版社，1979），周振甫、程天祜、牟世金等从其说。
③ 关于刘勰的生年，学界意见不一。例如，范文澜认为当在 465 年，杨明照认为当在 466 年，牟世金认为当在 467 年，等等。

祐诸记序，或杂有勰作，无从分别"。这些整理佛典、编制目录、抄录群籍并加以编纂的工作，对于提高刘勰的佛学修养，提升其思辨能力，无疑起着重要的作用。

刘勰正式进入仕途是在梁朝。《梁书》本传记其仕宦经历云：

天监初，起家奉朝请，中军临川王宏引兼记室，迁车骑仓曹参军。出为太末令，政有清绩。除仁威南康王记室，兼东宫通事舍人，时七庙飨荐已用蔬果，而二郊农社犹有牺牲，勰乃表言二郊宜与七庙同改。诏付尚书议，依勰所陈。迁步兵校尉，兼舍人如故，昭明太子好文学，深爱接之。

刘勰起家奉朝请大约是在天监二年（503），据《宋书·百官志下》："奉朝请，无员，亦不为官，……奉朝请者，奉朝会请召而已。"中军临川王萧宏（473—526），字宣达，为萧衍六弟，封临川郡王，天监三年（504）正月，进号中军将军，则刘勰被"中军临川王宏引兼记室"，事在天监三年正月以后。萧宏亦崇信佛教，尊僧祐为师，《高僧传·僧祐传》载："梁临川王宏、南平王伟……并崇其戒范，尽师资之敬。""车骑仓曹参军"，是指车骑将军王茂府中的仓曹参军。王茂（456—515），字休远，是梁朝开国元勋，天监七年（508）正月进号为车骑将军，八年（509）四月以本号开府仪同三司，至十一年（512）正月，进位司空。刘勰任其军府中的仓曹参军，当是八年四月以后的事。此后，刘勰又担任太末（今浙江衢县东北）县令，在任期间，"政有清绩"。大约在天监十一年左右，刘勰又任仁威南康王萧绩记室，同时兼任东宫通事舍人，管理奏章。萧绩（505—529），字世谨，为萧衍第四子，四岁时封南康郡王。天监十年（511），任使持节、都督南徐州诸军事、南徐州刺史，进号仁威将军。萧统即昭明太子，《梁书》本传谓其"崇信三宝，遍览众经"，"引纳才学之士，赏爱无倦"。刘勰既长于文学，又擅长佛理，故昭明太子"深爱接之"。萧统编撰《文选》一书，或曾受到《文心雕龙》的影响。天监十七年（518）左右，刘勰因上表言事合乎武帝心意，升迁为步兵校尉，仍兼东宫通事舍人。刘勰任步兵校尉不久，即解职奉萧衍之命，与沙门慧震于定林寺修撰经藏。完成这一工作后不久，他便上表请求出家，得到武帝允许后，乃于定林寺改着僧服，改名慧地，出家不到一年，便溘然而逝，其时大约在普通二年（521）左右。①

刘勰的著述，除《文心雕龙》五十篇，现存尚有两篇：一为《灭惑论》，见载于《弘明集》卷八；一为《梁建安王造刻山石城寺石像碑》，见载于《会稽掇英总集》卷十六。刘勰还撰有一些碑文，但有目无文。《出三藏记集》卷十二《法集杂记铭目录序》列有《钟山定林上寺碑铭》、《建初寺初创碑铭》和《僧柔法师碑铭》。另外，《高僧传》卷十二《超辩传》、卷八《僧柔传》、卷十一《僧裕传》都记有这三位高僧去世后，"东莞刘勰制文"，但均未录其碑文。至于《梁书》本传所称的文集，早已失传。

二、《文心雕龙》的成书

刘勰最重要的著作无疑是《文心雕龙》。关于它的写作动因，刘勰在《序志》篇作了交代。我们可以从两方面加以考察。一方面，就其深层动机看，盖缘于刘勰立言不朽的功名心。《序志》谓："夫宇宙绵邈，黎献纷杂，拔萃出类，智术而已。岁月飘忽，性灵不居，腾声飞实，制作而已。"②又说："夫有肖貌天地，禀性五才，拟耳目于日月，方声气乎风雷，

---

① 关于刘勰的卒年，主要有三说：刘勰约卒于梁普通二年（521），以范文澜、周振甫、牟世金、赵仲邑、穆克宏、詹锳、贾树新为代表；刘勰卒于梁中大通四年（532），为李庆甲新说（《刘勰卒年考》，见《文学评论丛刊》第1辑，北京，中国社会科学出版社，1978），采纳其说者，有张少康、郭晋稀、祖保泉等；杨明照也提出新说［《刘勰卒年新探》，载《四川大学学报》，1978（4）］，认为刘勰卒于梁大同四年或大同五年（538或539）。杨、李新说引起争论（参见李庆甲：《再谈刘勰的卒年问题》，《中国古典文学丛考》第1辑，上海，复旦大学出版社，1985；王达津：《刘勰的卒年试测》，见《古代文学理论研究论文集》，天津，南开大学出版社，1985）
② 本书所引《文心雕龙》原文，均出自（南朝梁）刘勰著，范文澜注：《文心雕龙注》，北京，人民文学出版社，1958。

其超出万物，亦已灵矣。形同草木之脆，名逾金石之坚，是以君子处世，树德建言。岂好辩哉？不得已也。"联系本传谓其"笃志好学"，依僧祐居定林寺十余年而没有出家，在校经的同时还执着于撰写《文心雕龙》，不难窥知刘勰撰写《文心雕龙》的重要动因，便是腾声飞实、树德建言。这是儒家立言不朽思想的重要体现。但刘勰并未选择两汉经生以阐释儒家经典作为立言的重要方式，因在他看来，"敷赞圣旨，莫若注经，而马郑诸儒，弘之已精，就有深解，未足立家"。也就是说，注经虽有深解，但难以立家。而"文章之用，实经典枝条，五礼资之以成，六典因之致用，君臣所以炳焕，军国所以昭明，详其本源，莫非经典"。故他选择论文，旨在成一家之言，并因之而垂名后世。本传谓《文心雕龙》书成、刘勰负书求誉于沈约，可见刘勰论文入仕扬名目的之明确、欲望之强烈。

另一方面，刘勰撰写《文心雕龙》还有更直接的原因，即对当时创作和批评状况的极为不满。《序志》篇说：

> 去圣久远，文体解散，辞人爱奇，言贵浮诡，饰羽尚画，文绣鞶帨，离本弥甚，将遂讹滥。盖周书论辞，贵乎体要；尼父陈训，恶乎异端；辞训之异，宜体于要。于是搦笔和墨，乃始论文。

这是对创作的不满。又说：

> 详观近代之论文者多矣：至于魏文述典、陈思序书、应玚文论、陆机文赋、仲洽流别、宏范翰林，各照隅隙，鲜观衢路；或臧否当时之才，或铨品前修之文，或泛举雅俗之旨，或撮题篇章之意。魏典密而不周，陈书辩而无当，应论华而疏略，陆赋巧而碎乱，流别精而少巧，翰林浅而寡要。又君山公幹之徒，吉甫士龙之辈，泛议文意，往往间出，并未能振叶以寻根，观澜而索源。不述先哲之诰，无益后生之虑。

这是对批评的不满。正是这建言扬名的愿望和不满当时文坛弊病两方面的原因，促使刘勰立志要撰写一部"振叶寻根""观澜索源"的论文之作。当然，刘勰主观上创作动机的实现，还有赖于客观的现实条件。实际上，在刘勰生活的齐梁时期，文学无论是创作实践还是理论研究，均取得了前所未有的成就。在创作实践上，汉末以来，各体文体渐趋发展成熟，表现主题、创作技巧、写作手法等日益丰富多样。在理论上，自曹丕兄弟开论文之风气以来，出现了大量的文学理论著述，它们从不同方面探讨了文学的特征、创作、体裁、批评等诸多理论问题。这些丰富的文学史实和理论成果，为刘勰创作《文心雕龙》提供了宝贵的资源。

关于《文心雕龙》著述旨意和基本结构，刘勰也作了说明。《序志》篇开门见山解释书名说："夫文心者，言为文之用心也。昔涓子琴心，王孙巧心，心哉美矣，故用之焉。"刘勰以前，陆机《文赋》序云："余每观才士之所作，窃有以得其用心。"此处"得其用心"，据郭绍虞解释，是"指窥见作品中用心之所在，与心之如何用"①。刘勰此处不提陆机，而提涓子、王孙，并不能掩盖"为文之用心"本于陆机的事实，清人章学诚对此明确指出："古人论文，惟论'文辞'而已矣。自刘勰氏出，本陆机氏说而昌论'文心'。"②于"雕龙"一词，刘勰解释道："古来文章，以雕缛成体，岂取驺奭之群言雕龙也？"其意是说，此处"雕龙"一词的使用，不仅仅是因驺奭雕龙文的典实，而主要基于自古以来文章均注重雕饰和文采这样的事实。刘勰这是在强调文章雕缛的特点。对此，黄侃曾指出："此与后章文绣鞶帨离本弥甚之说，似有差违，实则彦和之意，以为文章本贵修饰，特去甚去泰耳。全书皆此旨。"③再从"文心"与"雕龙"二语的关系看，"文心"是中心词，"雕龙"是修饰语，前者规定了全书论述的中心内容，后者则说明了论述本身的依据和特点。合而观之，所谓"文心雕龙"，指在遵循

---

① （晋）陆机著，刘运好校注整理：《陆士衡文集校注》，2页，南京，凤凰出版社，2007。
② （清）章学诚著，叶瑛校注：《文史通义校注》第3卷，278页。
③ 黄侃：《文心雕龙札记》，217页。

文章"雕缛"审美特点的基础上,探究作文的用心所在。

围绕"为文之用心"这一旨意,刘勰对《文心雕龙》的内容和结构作了精心严谨的设计。 他解释说:

> 盖文心之作也,本乎道,师乎圣,体乎经,酌乎纬,变乎骚,文之枢纽,亦云极矣。若乃论文叙笔,则囿别区分,原始以表末,释名以章义,选文以定篇,敷理以举统,上篇以上,纲领明矣。至于剖情析采,笼圈条贯,摛神性,图风势,苞会通,阅声字,崇替于时序,褒贬于才略,怊怅于知音,耿介于程器,长怀序志,以驭群篇,下篇以下,毛目显矣。位理定名,彰乎大易之数,其为文用,四十九篇而已。

可知全书分上篇的"纲领"和下篇的"毛目"两部分。 其中,"纲领"包括"文之枢纽"五篇(从《原道》至《辨骚》)和"论文叙笔"二十篇(从《明诗》至《书记》)。 前者探讨文之本原、师承、正变等根本问题,相当于今天的文原论、本质论;后者研讨各体文章的源流、含义、代表作家作品及文体写作规范和要求,相当于今天的文体论、文类论。 下篇"毛目"包括"剖情析采"二十四篇(从《神思》至《程器》)和"长怀序志"一篇。"剖情析采"部分中,自《神思》至《总术》,探讨为文的基本原理和技巧,今人称创作论;《时序》《才略》《知音》《程器》四篇,论及文学发展史、作家主体、批评原理等,今人称文学史论、作家论、批评论。《序志》一篇,交代著述旨意、写作动因及全书结构等,为自序。 可知《文心雕龙》是一部以研讨文章写作为主,融理论、批评、文学史为一体的系统严密的思想论著。 章学诚谓其"体大而虑周""笼罩群言",[①]实非溢美。

关于《文心雕龙》的成书时间,史无明确记载。《隋书·经籍志》题作"梁兼东宫舍人刘勰撰",故习惯认为成书于梁代。 至清代,经纪昀、郝懿

---

① (清)章学诚著,叶瑛校注:《文史通义校注》第5卷,559页。

行、顾千里、刘毓崧等学者多方考证，认定书成于齐末。其中，刘毓崧《书〈文心雕龙〉后》据《文心雕龙·时序》"皇齐驭宝，运集休明"一段，考定刘勰书成于南齐和帝之世，其说确切可信，影响甚大，后之学者如范文澜、朱东润、郭绍虞、杨明照等，多从其说。今从之。

《文心雕龙》的评注本很多，比较重要的有清黄叔琳《文心雕龙辑注》、纪昀评本、范文澜《文心雕龙注》、刘永济《文心雕龙校释》、王利器《文心雕龙校证》、杨明照《文心雕龙校注拾遗》、詹锳《文心雕龙义证》、陆侃如和牟世金《文心雕龙译注》等。

◎ 第二节
刘勰的文学观

《文心雕龙》的前五篇，即《原道》《征圣》《宗经》《正纬》《辨骚》，被刘勰称为"文之枢纽"，他说："盖文心之作也，本乎道，师乎圣，体乎经，酌乎纬，变乎骚，文之枢纽，亦云极矣。"枢纽，喻指事物的关键或相互联系的中心环节，刘勰将这五篇统称为枢纽，明确了它们在全书中的核心和基础地位。今人或谓总论、总纲，或谓理论原则、根本思想，也无非是想说明它们是刘勰论文的灵魂和基石。

刘勰之所以称此五篇为枢纽，盖因其各有论旨而又义脉一贯，构成一有机整体。

《原道》为《文心雕龙》的第一篇，《淮南子·原道训》高诱注云："原，本也。"原道，即《序志》篇"本乎道"的意思。本篇主要提出并论述"文原于道"的观点。首先，刘勰论述文的产生，以为其与天地而并生。在他看来，天有天文，"玄黄色杂，方圆体分，日月叠璧，以垂丽天之象"；地有地文，"山川焕绮，以铺理地之形"；动植物亦有文，"龙凤以藻绘呈瑞，虎豹以炳蔚凝姿；云霞雕色，有逾画工之妙；草木贲华，无待锦匠之奇：夫岂外饰，盖自然耳"。而人作为三才之一，乃"性灵所钟"，"为五行之秀，实天地之心"，其有人文也是符合自然规律的事，所谓"心生而言立，言立而文明，自然之道也"。其次，就人文而言，刘勰特别推崇以"六经"为首的圣人之文，并以之为最高典范。他说："人文之元，肇自太极，幽赞神明，易象惟先。庖牺画其始，仲尼翼其终……至夫子继圣，独秀前哲，镕钧六经，必金声而玉振；雕琢情性，组织辞令，木铎起而千里应，席珍流而万世响；写天地之辉光，晓生民之耳目矣。"又说："爰自风姓，暨于孔氏，玄圣创典，素王述训：莫不原道心以敷章，研神理而设教。"从伏羲氏画八卦到孔子整理《六经》，玄圣、素王完成了最早的人文的创造，成为后来一切人文的始点，也是最高点。最后，刘勰提出，天地间所有的文，均本于道；一切文均为道之文。他说天地之文，"盖道之文也"；他说动植物之文，"夫岂外饰，盖自然耳"；他说人文，"自然之道也"，又说："道沿圣以垂文，圣因文而明道"。从这些话语中，可知"道"就是自然，指自然之道理和规律。① 故刘勰所谓"原道""本乎道"，就是文源于自然。文源于自然，就是要使文回到自然这个根本上，这是刘勰为扭转齐梁日益雕华的追末之风的现实需要，也是他全书论文的基

---

① 黄侃说："序志篇云：《文心》之作也，本乎道。案彦和之意，以为文章本由自然生，故篇中数言自然，一则曰：心生而言立，言立而文明，自然之道也。再则曰：夫宣外饰，盖自然耳。三则曰：谁其尸之，亦神理而已。寻绎其旨，其为平易，盖人有思心，即有言语，既有言语，即有文章，言语以表思心，文章以代言语，惟圣人为能尽文之妙，所谓道者，如此而已。此与后世言文以载道者截然不同。"（黄侃：《文心雕龙札记》，5页）范文澜说："综此以观，所谓道者，即自然之道，亦即《宗经篇》所谓恒久之至道。"［（南朝梁）刘勰撰，范文澜注：《文心雕龙注》，3页］刘永济在解释"道之文"也说："此篇论'文'原于道之义，既以日月山川为道之文，复以云霞草木为自然之文，是其所谓'道'，亦自然也。此义也，盖与'文'之本训适相吻合。'文'之本训为交错，故凡经纬错综者，皆曰文，经纬错综之物，必繁缛而可观，故凡华采铺茭者，亦曰文。惟其如此，故大而天地山川，小而禽鱼草木，精而人纪物序，粗而花落鸟啼，各有节文，不相凌乱者，皆自然之文也。然则道也，自然也，文也，皆弥纶万品而无外，条贯群生而靡遗者也。"［转引自（南朝梁）刘勰著，詹锳义证：《文心雕龙义证》，4页，上海，上海古籍出版社，1989］

点。正如清人纪昀所说"文原于道,明其本然,识其本乃不逐其末,首揭文体之尊,所以截断众流","齐梁文藻日竞雕华,标自然以为宗,是彦和吃紧为人处"。①

《征圣》篇论述"师乎圣"的问题。征,验也,"征圣"就是验证于圣人,以圣人著作为标准或依据进行写作,这既是该篇的题意,又是该篇的主旨。何以要征圣?刘勰认为,一因圣人贵文,二因圣文可法。关于圣人贵文,刘勰举了三方面例子进行说明,一是政化贵文,"远称唐世,则焕乎为盛;近褒周代,则郁哉可从";二是事迹贵文,"郑伯入陈,以文辞为功;宋置折俎,以多文举礼";三是修身贵文,"褒美子产,则云言以足志,文以足言;泛论君子,则云情欲信,辞欲巧"。刘勰进而认为,"志足而言文,情信而辞巧"是文章写作的金科玉律。至于圣文可法,在刘勰看来,圣人因"鉴周日月,妙极机神;文成规矩,思合符契",故其文"或简言以达旨,或博文以该情,或明理以立体,或隐义以藏用",虽"繁略殊形,隐显异术",但"抑引随时,变通会适",总体上体现出"雅丽""衔华而佩实"的特点。故刘勰指出,作文者若能"征之周孔,则文有师矣……若征圣立言,则文其庶矣"。这里,刘勰一方面强调了"志足""情信"对"言文""辞巧"的决定作用,认为若"志足""情信",自然可以"言文""辞巧",反之,志不足而求"言文"、情不信而求"辞巧",必然导致"饰羽尚画,文绣鞶帨",有违"自然之道"。另一方面,刘勰又对圣文的总体特点作了概括,认为其既典且丽、华实相宜。可以说,前者是对《原道》篇"原道心以敷章"即本乎道以为文的思想的具体阐发,是"自然之道"内涵的具体化,后者则可视为《宗经》篇"文能宗经,体有六义"的先导。因此,《征圣》篇在文之枢纽中实起着承前启后的作用,纪昀谓《征圣》篇"却是装点门面,推到究极,仍是宗经"②,是对《征圣》篇地位和作用的低估。

---

① 黄霖:《文心雕龙汇评》,14页,上海,世纪出版集团,上海古籍出版社,2005。
② 同上书,16页。

《宗经》篇是"文之枢纽"的第三篇,它既是《原道》《征圣》两篇思想发展的必然归属,又是《正纬》篇"按经验纬"和《辨骚》篇"依经辨骚"的依据,故在"文之枢纽"中处于核心地位,在《文心雕龙》整个理论体系中具有重要意义。《宗经》论述"体乎经"的问题,主旨是说为文必须取法经书。刘勰虽对儒家经典推崇备至,但他主要从文论家而不是经学家的角度,对经的内涵、特点、价值和影响等作了阐释,突出经的文学价值,强调经为"群言之祖",得出"文能宗经,体有六义"的结论。首先,关于经的内涵,他一面指出,"经也者,恒久之至道,不刊之鸿教也",是"洞性灵之奥区";一面又说经是"极文章之骨髓者也",其"义既极乎性情,辞亦匠于文理",将经与文章及文章之性情和文理紧密联系在一起,而这恰是刘勰强调的重点。其次,在分析经的特征时,刘勰同样突出"五经"的文学特性。他赞《易》"旨远辞文,言中事隐","固哲人之骊渊";赞《书》语言之"昭灼";赞《诗经》"摘风裁兴,藻辞谲喻,温柔在诵,故最附深衷矣";赞《礼》"据事剬范,章条纤曲,执而后显,采掇生言,莫非宝也";赞《春秋》"一字见义"及"婉章志晦,谅以邃矣"。要之,五经"根柢槃深,枝叶峻茂,辞约而旨丰,事近而喻远"。因此,无论后进还是前修,无不将其作为创作的不竭源头,所谓"太山遍雨,河润千里者也"。再次,刘勰对五经的价值和影响作了具体论述,明确指出五经为各体文章之源头。"故论说辞序,则易统其首;诏策章奏,则书发其源;赋颂歌赞,则诗立其本;铭诔箴祝,则礼总其端;纪传铭檄,则春秋为根:并穷高以树表,极远以启疆;所以百家腾跃,终入环内者也。"最后,针对文坛"励德树声,莫不师圣;而建言修辞,鲜克宗经。是以楚艳汉侈,流弊不还"的状况,刘勰强调"正末归本",主张"禀经以制式,酌雅以富言"。在他看来,"文能宗经,体有六义:一则情深而不诡,二则风清而不杂,三则事信而不诞,四则义直而不回,五则体约而不芜,六则文丽而不淫"。可见刘勰宗经思想的核心,就是要使文章做到"情深""风清""事信""义直""体约""文丽",而这"六义"实为《征圣》篇"志足言文""情信辞巧"及

"圣文雅丽""衔华佩实"原则的具体化。

《正纬》篇主论纬书。"纬"是一种假托经义以宣扬符瑞的迷信著作，兴于西汉末而盛于东汉，所谓"光武之世，笃信斯术，风化所靡，学者比肩"。《正纬》篇就是针对这种情况而写作的。刘勰"正纬"的一方面，是要"芟夷谲诡"。对于纬书的虚伪及纰缪，汉代学士颇多指摘，桓谭谓其"虚伪"，尹敏谓其"深瑕"，张衡谓其"僻谬"，荀悦谓其"诡诞"。刘勰本着"按经验纬"的原则，从四个方面论证了纬书之虚伪。他说："经正纬奇，倍擿千里，其伪一矣"；"纬多于经，神理更繁，其伪二矣"；"有命自天，乃称符谶，而八十一篇，皆托于孔子，则是尧造绿图，昌制丹书，其伪三矣"；"先纬后经，体乖织综，其伪四矣"。因此，从经义的角度看纬书，刘勰一言以蔽之，谓："乖道谬典，亦已甚矣。"刘勰"正纬"的另一方面，是要"糅其雕蔚"。对待纬书，前贤主要有种态度。一是以张衡为代表的"恐其迷学，奏令禁绝"；一是以荀悦为代表的"惜其杂真，未许煨燔"。刘勰倾向于荀悦，主张"酌乎纬"。他认为："羲农轩皞之源，山渎钟律之要，白鱼赤乌之符，黄金紫玉之瑞，事丰奇伟，辞富膏腴，无益经典，而有助文章。是以后来辞人，采撷英华。"这里的"事丰奇伟，辞富膏腴"，是刘勰对纬书文学特性的高度概括和充分肯定。尽管在他看来，就经义标准衡量，纬书实为虚伪，但就文章标准看，纬书用事的奇伟与文辞的华富，正可补经之不足。故他主张为文时参酌它、吸取它这一思想，与他"衔华佩实"的精神是一致的。同时，刘勰对待纬书的这种一分为二的态度，也给《文心雕龙》的理论体系带来了生机。

《辨骚》篇主要辨析《离骚》的价值。之所以要辨，在刘勰看来，一因《离骚》之影响深远，所谓"枚贾追风以入丽，马扬沿波而得奇，其衣被词人，非一代也"。二因前贤评价《离骚》之不切实。刘勰认为，淮南子、汉宣帝、扬雄及王逸四家"举以方经"，而班固"谓不合传"，他们"褒贬任声，抑扬过实，可谓鉴而弗精，玩而未核者也"。因此，刘勰恪守"擘肌分理，唯务折衷"原则，对《离骚》与经之异同作了详细的考辨，他以为：

其陈尧舜之耿介，称汤武之祗敬，典诰之体也；讥桀纣之猖披，伤羿浇之颠陨，规讽之旨也；虬龙以喻君子，云蜺以譬谗邪，比兴之义也；每一顾而掩涕，叹君门之九重，忠怨之辞也：观兹四事，同于风雅者也。至于托云龙，说迂怪，丰隆求宓妃，鸩鸟媒娀女，诡异之辞也；康回倾地，夷羿弹日，木夫九首，土伯三目，谲怪之谈也；依彭咸之遗则，从子胥以自适，狷狭之志也；士女杂坐，乱而不分，指以为乐，娱酒不废，沉湎日夜，举以为欢，荒淫之意也：摘此四事，异乎经典者也。

刘勰进而肯定了《离骚》的巨大成就，谓其"体慢于三代，而风雅于战国，乃雅颂之博徒，而词赋之英杰也。观其骨鲠所树，肌肤所附，虽取镕经意，亦自铸伟辞"。最后，刘勰明确指出《离骚》的价值就是"奇"和"华"，这是经典所缺乏的。故他主张，作者"若能凭轼以倚雅颂，悬辔以驭楚篇，酌奇而不失其真，玩华而不坠其实，则顾盼可以驱辞力，欬唾可以穷文致"。这些要求，恰与《征圣》篇所论"志足而言文，情信而辞巧"的创作原则，及《宗经》篇所论"圣文雅丽，固衔华佩实"（即宗经六义）的体制规范，前后一以贯之。

综合看来，五篇之中，《原道》提出文原于"自然之道"，《征圣》提出"志足言文""情信辞巧""圣文雅丽""衔华佩实"，《宗经》提出"禀经制式""酌雅富言"，《正纬》提出"事丰奇伟，辞富膏腴，无益经典而有助文章"，《辨骚》提出"凭轼以倚雅颂，悬辔以驭楚篇，酌奇而不失其真，玩华而不坠其实"，这些观点和主张构成了"文之枢纽"的核心思想，它们贯穿于《文心雕龙》的全书，成为《文心雕龙》全书的根本指导思想。这种思想归结为一句话，就是《宗经》篇的"正末归本"。在刘勰看来，自然之道是天地万物之文的根本，圣文和儒家经典是一切人文的根本，纬书和骚文是人文离本趋末的开端。因此，"文之枢纽"的根本任务，就是要明确这一"本末"关系。根据《原道》篇"道沿圣以垂文,圣因文而明道"的提示,道为根基,圣为中介,经则为结穴和归属,道、圣、文三位一体,故前三篇《原道》《征圣》和《宗经》实为一组,此为"立本"。而从"酌乎纬""变乎骚"的表述寻绎,刘勰对《正纬》和《辨骚》两篇,主要从文学的角度肯定其奇辞异采可为创作所用,性质比较接近,可另为一组,此为"明末"。五篇两组之间义脉一贯,为一有机整体,不可人为分割。它们共同指向作为人文之本的"经"。其内在联系为:原道→征圣→宗经←正纬←辨骚。论者或谓《征圣》乃"装点门面",不过是《宗经》的附庸;或以"总论"代"枢纽",将《正纬》《辨骚》排除于外,均有背刘勰原意。今人刘永济谓:

> 舍人自序,此五篇为文之枢纽。五篇之中,前三篇揭示论文要旨,于义属正。后二篇抉择真伪同异,于义属负。负者箴贬时俗,是曰破他。正者建立自说,是曰立己。而五篇义脉,仍相流贯。盖《正纬》者,恐其诬圣而乱经也。诬圣,则圣有不可征;乱经,则经有不可宗。二者足以伤道,故必明正其真伪,即所以翼圣而尊经也。《辨骚》者,骚辞接轨风雅,追踪经典,则亦师圣宗经之文也。然而后世浮诡之作,常托依之矣。浮诡足以违道,故必严辨其同异;同异辨,则屈赋之长与后世文家之短,不难自明。然则此篇之作,实有正本清源之功。其于翼圣尊经之旨,仍成一贯。而与《明诗》以下各篇,立意迥别。[①]

刘永济以"义正""立己"名其前三篇,以"义负""破他"名其后二篇,并认为五篇义脉流贯,是从整体上把握住了"文之枢纽"的结构特点的,与刘勰构筑全书总纲的本意较为吻合。

[①] 刘永济:《文心雕龙校释》,11页,北京,中华书局,2007。

◎ 第三节
刘勰的文体论

《文心雕龙》自《明诗》以下至《书记》的二十篇，刘勰称为"论文叙笔"，它和"文之枢纽"共同构成全书上篇的"纲领"部分。刘勰立足于此前丰富的创作实践，在曹丕、陆机、挚虞、李充等前贤文体论研究的基础上，对当时出现的主要文体作了全面、系统的研究，第一次建构出文体的研究体系，成为六朝文体研究的集大成者。今人习惯称《文心雕龙》的"论文叙笔"部分为文体论。[1]

刘勰根据当时流行的文笔二分法，将所论文体概分为二。《序志》篇说"若乃论文叙笔，则囿别区分"，《总术》篇说"今之常言，有文有笔，以为无韵者笔也，有韵者文也"。黄侃《文心雕龙札记》解释《总术》篇这几句话谓："案彦和云：文笔别目两名自近代；而其区叙众体，亦从俗而分文笔，故自《明诗》以至《谐隐》，皆文之属；自《史传》以至《书记》，皆笔之属。"[2]具体地看，刘勰所论之文体，"论文"部分有：诗、乐府、赋、颂、赞、祝、盟、铭、箴、诔、碑、哀、吊、杂文（对问、七、连珠）、谐、隐，计16类；"叙笔"部分有：史传、诸子、论、说、诏、策、檄、移、封禅、章、表、奏、启、议、对、书（书牍）、记（奏记、奏笺），共17类。又"杂文"类中，论及对问、七发、连珠、典、诰、誓、问、览、略、篇、章、曲、操、弄、引、吟、讽、谣、咏19个小类；"书记"类中则分别简述了谱、籍、薄、录、方、术、占、式、律、令、法、制、符、契、券、疏、

---

[1] 关于刘勰的文体论的范围，学界主要有三种意见：1. 以为包括上篇25篇，这是传统的看法。 2. 以为包括自《辨骚》至《书记》21篇，郭绍虞、范文澜、刘大杰、朱东润、陆侃如、牟世金、赵仲邑、缪俊杰等持这种看法。 3. 以为包括自《明诗》至《书记》20篇，刘师培、黄侃、刘永济、王元化、周振甫、詹锳、张少康、蔡钟翔等大多数学者持这种看法。
[2] 黄侃：《文心雕龙札记》，209页。

关、刺、解、牌、状、列、辞、谚24种具体文体；"诏策"中还论及戒、教、命诸体。可见刘勰虽于篇目上明确将文体分为33种，但如加上相关篇目下的细目，其实际论及的文体种类达80多种。[1] 其名目之多，分类之细，远远超过了前人所论。黄侃《文心雕龙札记》说其"所载文体，几于网罗无遗"[2]，非过誉之辞。不过，需要指出的是，在刘勰所论及的文体中，既有文学性很强的诗赋等文体，又有实用功能很强的应用文体，而后者约为其总数的四分之三。这种现象说明，刘勰《文心雕龙》所论之文具有浓郁的杂文学意味。

至于"论文叙笔"各篇的具体内容，刘勰在《序志》篇中交代说有四个方面，即"原始以表末，释名以章义，选文以定篇，敷理以举统"。所谓"释名以彰义"，就是解释各种文体的名称，并说明其含义。"论文叙笔"的各篇几乎均有对所论之各种文体的"释名"内容，且通常放在开篇。在这部分，刘勰往往依据经义，主要以训诂学方法，对各种文体的命名作了解释：

> 诗者，持也，持人情性。（《文心雕龙·明诗》）
> 乐府者，声依永，律和声也。（《文心雕龙·乐府》）
> 赋者，铺也，铺采摛文，体物写志也。（《文心雕龙·诠赋》）
> 颂者，容也，所以美盛德而述形容也。……赞者，明也，助也。（《文心雕龙·颂赞》）
> 盟者，明也。（《文心雕龙·祝盟》）

---

[1] 据贾树新，有两种统计方法。一是从体裁论（论文叙笔，自《辨骚》始）21篇看，共有35类，另外，结合《宗经》诸篇所论，全书实际论及的体裁是90类。是把文体论的三十五类作为大类：《杂文》19类、《书记》24类和大类相加在一起为78细类。[《〈文心雕龙〉数据信息》，载《吉林大学社会科学学报》，1987（1）]。罗宗强认为，刘勰把文体分为33种，如加上"杂文"等细目，实际论及文体种类共81种。（《刘勰文体论识微》，见《文心雕龙学刊》第6辑，济南，齐鲁书社，1992）
[2] 黄侃：《文心雕龙札记》，215页。

铭者，名也，观器必也正名，审用贵乎盛德。……箴者，所以攻疾防患，喻针石也。(《文心雕龙·铭箴》)

诔者，累也；累其德行，旌之不朽也。……碑者，埤也。上古帝皇，纪号封禅，树石埤岳，故曰碑也。(《文心雕龙·诔碑》)

哀者，依也。悲实依心，故曰哀也。……吊者，至也。(《文心雕龙·哀吊》)

谐之言皆也，辞浅会俗，皆悦笑也。……䜄者，隐也；遁辞以隐意，谲譬以指事也。(《文心雕龙·谐䜄》)

史者，使也。……传者，转也。(《文心雕龙·史传》)

论者，伦也。……说者，悦也。(《文心雕龙·论说》)

策者，简也。制者，裁也。诏者，告也。敕者，正也。(《文心雕龙·诏策》)

檄者，皦也；宣露于外，皦然明白也。……移者，易也；移风易俗，令往而民随者也。(《文心雕龙·檄移》)

章者，明也。……表者，标也。(《文心雕龙·章表》)

奏者，进也；言敷于下，情进于上也。……启者开也。(《文心雕龙·奏启》)

议之言宜，审事宜也。(《文心雕龙·议对》)

"释名"部分虽内容较为简略，篇幅很小，其中也存在牵强附会之处，但它首先解释了文体含义，明确了其意义，为论述以下各项内容奠定了基础。

"原始以表末"和"选文以定篇"两部分内容关系紧密，前者主要论述各种文体的产生和演变，后者主要评论各个时期的代表作家作品。两部分内容综合起来看，体现出如下三个层面的显著特点。

其一，宏观上，刘勰注重对各体文学发展源流的系统梳理，寻绎其内在的发展逻辑。如《明诗》篇在追溯诗的起源之后，首先论先秦诗歌概况，谓

"自商暨周，雅颂圆备；四始彪炳，六义环深……逮楚国讽怨，则离骚为刺"，突出了《诗经》和《楚辞》的地位。其次叙述汉代诗歌的发展及五言诗歌的起源，其中突出韦孟四言诗的"继轨周人"，李陵、班婕妤五言诗的"见疑于后代"，及《古诗》为五言之冠冕三个方面。再论建安和正始时期五言诗兴盛情况，谓："建安之初，五言腾踊：文帝陈思，纵辔以骋节；王徐应刘，望路而争驱。……正始明道，诗杂仙心，何晏之徒，率多浮浅。唯嵇志清峻，阮旨遥深，故能标焉。"这些均为合乎文学史实的中肯之论。最后论晋宋以来五言诗歌创作的新变化，刘勰同样非常精准地把握住了其间的演变特点，他说"晋世群才，稍入轻绮……采缛于正始，力柔于建安"，这是西晋诗歌对建安、正始的变；"江左篇制，溺乎玄风，嗤笑徇务之志，崇盛亡机之谈"，这是东晋诗坛的时代特征；"宋初文咏，体有因革，庄老告退，而山水方滋"，这是解释和说明刘宋时期山水诗的兴起及其对东晋玄言诗变革的影响。通过刘勰对刘宋以前诗歌发展的梳理，一部简要的诗歌发展史便清晰地呈现出来，后世学者如萧子显等论及这段诗歌的源流，几乎不脱刘勰的这一模式。实际上，不仅《明诗》篇，"论文叙笔"的其他篇目在论述各体文学的发展流变时，都非常注意对其整体上的把握，并在此基础上作出明确的分期。限于篇幅，不再细述。

其二，中观上，就某一时期、某一文体而言，刘勰往往善于抓住其内容和风格上的特点，作出精当的评论。如《明诗》篇对各个时代诗风的把握极为精准，常为后世所称道和延引。评建安诗风说："并怜风月，狎池苑，述恩荣，叙酣宴，慷慨以任气，磊落以使才；造怀指事，不求纤密之巧；驱辞逐貌，唯取昭晰之能。"联系《时序》篇"观其时文，雅好慷慨，良由世积乱离，风衰俗怨，并志深而笔长，故梗概而多气也"的论述，史上著名的"建安风骨"说即由此而来。评太康诗风云："张潘左陆、比肩诗衢，采缛于正始，力柔于建安，或析文以为妙，或流靡以自妍，此其大略也。"《时序》篇亦云："晋虽不文，人才实盛……并结藻清英，流韵绮靡。"这便揭示出西晋采缛绮靡的时代特点。评东晋诗风云："江左篇制，溺乎玄风，嗤笑徇物之志,崇盛忘机之谈。"《时序》亦说:"自中朝贵玄,江左称盛,因谈余气,流成文体。 是以世极迍邅,而辞意夷泰,诗必柱下之旨归,赋乃漆园之义疏。"这便把握住了东晋的玄言诗风。 再如《诠赋》篇,从赋的表现题材将其分为大赋和小赋,并分别作了非常简要的概括和评价:

夫京殿苑猎,述行序志,并体国经野,义尚光大,既履端于倡序,亦归余于总乱。序以建言,首引情本;乱以理篇,迭致文契。按那之卒章,闵马称乱,故知殷人辑颂,楚人理赋,斯并鸿裁之寰域,雅文之枢辖也。至于草区禽族,庶品杂类,则触兴致情,因变取会。拟诸形容,则言务纤密;象其物宜,则理贵侧附:斯又小制之区畛,奇巧之机要也。

其三,微观上,刘勰突出代表性作家作品的选定和批评。 试举几例:

荀结隐语,事数自环;宋发巧谈,实始淫丽;枚乘兔园,举要以会新;相如上林,繁类以成艳;贾谊鹏鸟,致辨于情理;子渊洞箫,穷变于声貌;孟坚两都,明绚以雅赡;张衡二京,迅发以宏富;子云甘泉,构深玮之风;延寿灵光,含飞动之势:凡此十家,并辞赋之英杰也。及仲宣靡密,发端必遒;伟长博通,时逢壮采;太冲安仁,策勋于鸿规;士衡子安,底绩于流制;景纯绮巧,缛理有余;彦伯梗概,情韵不匮;亦魏晋之赋首也。(《文心雕龙·诠赋》)

相如之难蜀老,文晓而喻博,有移檄之骨焉。及刘歆之移太常,辞刚而义辨,文移之首也。陆机之移百官,言约而事显,武移之要者也。(《文心雕龙·檄移》)

而在大多数情况下,刘勰是褒贬结合的,对于合乎体式规范者加以肯定和推崇,反之,则毫不客气地加以贬斥和否定。 如对诗家的论列,刘勰一面批评"何晏之徒,率多浮浅""袁孙已下,虽各有雕采,而辞趣一揆,莫与争雄",一面赞赏"嵇志清峻,阮旨遥深""应璩百一,独立不惧,辞谲义贞""景纯《仙篇》,挺拔而为俊"。又如评颂体作家,他一方面赞扬说:"若夫子云之表充国,孟坚之序戴侯,武仲之美显宗,史岑之述熹后,或拟清庙,或范驷那,虽浅深不同,详略各异,其褒德显容,典章一也。"另一方面对不合颂体规范的作品又颇多微词,认为"班傅之北征西巡,变为序引,岂不褒过而谬体哉!马融之广成上林,雅而似赋,何弄文而失质乎!又崔瑗文学,蔡邕樊渠,并致美于序,而简约乎篇。……及魏晋辨颂,鲜有出辙。陈思所缀,以皇子为标;陆机积篇,惟功臣最显:其褒贬杂居,固末代之讹体也"。再如论体作品,刘勰首先肯定"石渠论艺,白虎通讲,述圣通经"为"论家之正体",次而谓"兰石之才性,仲宣之去代,叔夜之辨声,太初之本玄,辅嗣之两例,平叔之二论,并师心独见,锋颖精密,盖人伦之英也",这是正面的褒扬;反之,"如张衡讥世,韵似俳说;孔融孝廉,但谈嘲戏;曹植辨道,体同书抄:言不持正,论如其已",这是刘勰要反对和批评的。尽管刘勰在某些作家作品的选择上还显露出他认识上的局限,如《明诗》篇不提曹操、蔡邕和陶渊明等,但总体上看,刘勰科学运用宏观和微观、纵向和横向、点面、史论结合的方法,对各体文学的发展轨迹作了客观的描述,对众多作家作品作了精当的批评,其中的一些重要观点和评价,时至今日仍难以移易。

上述三项内容,说到底,主要是为第四项"敷理以举统"服务的。所谓"敷理以举统",就是归纳各种文体的特点,明确其写作要求。它往往安排在文章的末尾,其篇幅虽不大,却是全篇的"结穴所在"。几乎在"论文叙笔"的每一篇,均有"敷理举统"这一环:

> 故铺观列代,而情变之数可监;撮举同异,而纲领之要可明矣。若夫四言正体,则雅润为本;五言流调,则清丽居宗。(《文心雕龙·明诗》)

原夫登高之旨，盖睹物兴情。情以物兴，故义必明雅；物以情观，故词必巧丽。丽词雅义，符采相胜。如组织之品朱紫，画绘之著玄黄，文虽新而有质，色虽糅而有本，此立赋之大体也。(《文心雕龙·诠赋》)

原夫哀辞大体，情主于痛伤，而辞穷乎爱惜。……必使情往会悲，文来引泣，乃其贵耳。(《文心雕龙·哀吊》)

义贵圆通，辞忌枝碎；必使心与理合，弥缝莫见其隙；辞共心密，敌人不知所乘：斯其要也。……披肝胆以献主，飞文敏以济辞，此说之本也。(《文心雕龙·论说》)

凡檄之大体，或述此休明，或叙彼苛虐，指天时，审人事，算强弱，角权势，标蓍龟于前验，悬鞶鉴于已然；虽本国信，实参兵诈；谲诡以驰旨，炜晔以腾说，凡此众条，莫或违之者也。故其植义飏辞，务在刚健：插羽以示迅，不可使辞缓；露板以宣众，不可使义隐：必事昭而理辨，气盛而辞断，此其要也(《文心雕龙·檄移》)

夫奏之为笔，固以明允笃诚为本，辨析疏通为首。强志足以成务，博见足以穷理，酌古御今，治繁总要，此其体也。……必敛饬入规，促其音节，辨要轻清，文而不侈，亦启之大略也。(《文心雕龙·奏启》)

故其大体所资，必枢纽经典；采故实于前代，观通变于当今；理不谬摇其枝，字不妄舒其藻。又郊祀必洞于礼，戎事必练于兵，田谷先晓于农，断讼务精于律。然后标以显义，约以正辞。文以辨洁为能，不以繁缛为巧；事以明核为美，不以深隐为奇：此纲领之大要也。(《文心雕龙·议对》)

刘勰往往把这项内容称为"枢要""大要""纲领之要"或"大体""本体""体制"，可见其地位之显重。如果说"原始表末"和"选文定篇"属于"史"和"评"，则"敷理以举统"毫无疑义属于"论"。从史和评落脚到论，进而史、评、论三者有机统一，可以说是刘勰"论文叙笔"的一大亮点，充分体现了《文心雕龙》"为文之用心"的著述旨意。

事实上，除上述四项内容外，刘勰的"论文叙笔"部分还常常运用比较的方法，论及相近文体的区别和联系，以及衍生出的文体形态。这种研究较之前人是一种进步。如《铭箴》篇论铭与箴之间的异同：

夫箴诵于官，铭题于器，名目虽异，而警戒实同。箴全御过，故文资确切；铭兼褒赞，故体贵弘润：其取事也必核以辨，其摛文也必简而深，此其大要也。

《诔碑》篇将碑、传、铭、诔等多种文体联系起来考察：

夫属碑之体，资乎史才。其序则传，其文则铭。……夫碑实铭器，铭实碑文，因器立名，事光于诔。是以勒石赞勋者，入铭之域；树碑述己者，同诔之区焉。

又《论说》篇谓：

详观论体，条流多品：陈政，则与议说合契；释经，则与传注参体；辨史，则与赞评齐行；铨文，则与叙引共纪。故议者宜言，说者说语，传者转师，注者主解，赞者明意，评者平理，序者次事，引者胤辞。

这里述及议、说、传、注、赞、评、叙、引八种文体，刘勰认为，"八名区分，一揆宗论"。又《诏策》篇论及命、令、策、制、诏、戒、敕、教等文体，既溯其源流，亦明其异同。例如，《檄移》篇论檄、移二体的异同：

檄移为用，事兼文武，其在金革，则逆党用檄，顺命资移，所以洗濯民心，坚同符契，意用小异而体义大同。

《章表》之明章表之异同：

> 原夫章表之为用也，所以对扬王庭，昭明心曲。既其身文，且亦国华。章以造阙，风矩应明；表以致禁，骨采宜耀：循名课实，以章为本者也。是以章式炳贲，志在典谟；使要而非略，明而不浅。表体多包，情伪屡迁，必雅义以扇其风，清文以驰其丽。

文体比较研究法早在刘勰之前就已应用，如曹丕《典论·论文》对四科八体的论断，陆机《文赋》对十类文体的区分和概述。刘勰继承了他们的研究成果和方法，并进一步加以发展，将比较法广泛运用到所论的诸多文体之中，从而起到凸显文体自身特点，又强调与其他文体的内在联系的双重作用。这是刘勰文体论在研究方法上的又一大贡献，也是六朝文体观念更为深入和完备的集中体现。

"论文叙笔"作为《文心雕龙》的有机组成部分，它在全书中起着承上启下的重要作用。一方面，它前承"文之枢纽"的基本思想，是对后者的具体阐明。《序志》篇说："去圣久远，文体解散，辞人爱奇，言贵浮诡，饰羽尚画，文绣鞶帨，离本弥甚，将遂讹滥。盖周书论辞，贵乎体要，尼父陈训，恶乎异端。"又"文之枢纽"提出"文原于自然之道""志足言文""情信辞巧""圣文雅丽""衔华佩实""倚雅颂，驭楚篇"等正本归末的思想，并明确提出《易》《书》《诗》《礼》《春秋》等儒家经典为各体之源。这些思想贯穿于"论文叙笔"各篇之中，成为刘勰考察诸多文体源流、批评代表作家作品以及总结各体写作规范的根本依据和主要标准。在《诠赋》篇中，他既强调赋的写作"义必明雅""词必巧丽""丽词雅义，符采相胜"，又尖锐地批评"逐末之俦，蔑视其本，虽读千赋，愈惑体要；遂使繁华损枝，膏腴害骨，无贵风轨，莫益劝戒"。在《议对》篇中，他反对"舞笔弄文，支离构辞，穿凿会巧，空骋其华"，同时倡导"理不谬摇其枝，字不妄舒其藻"，认为"文以辨洁为能，不以繁缛为巧；事以明核为美，不以深隐为奇"。这些正反分明的对比不仅阐明了文章的雅郑妍媸，而且充分体现了刘勰力图匡正讹滥文风的批判与变革精神。另一方面，"论文叙笔"具有分体文学史的意义，它是"剖情析采"的创作论、批评论的基础。《附会》篇云："才量学文，宜正体制。"明确指出正体制是创作的前提和基础。可以说，"论文叙笔"中各篇之"敷理举统"是分论各体的创作特点和要求，"剖情析采"部分的创作论则是综论各体的基本创作原理，其间是一脉相承的。而"原始表末""选文定篇"的分体文学史论，是《时序》《才略》《知音》等文学史总论、作家论和批评论的基础，它们之间同样有着非常密切的内在联系。要之，创作论、批评论以文体论为基础，而文体论又受创作论、批评论的指导。

◎ 第四节
刘勰的创作论（上）——创作的基本原理

刘勰在《序志》篇谓："至于剖情析采，笼圈条贯，摛神性，图风势，苞会通，阅声字……下篇以下，毛目显矣。""摛神性"数语是刘勰对文术论范围的全面概括，具体包括《神思》至《总术》，再加上《物色》，共20篇，它们主要谈论文术问题，可以看作刘勰的创作论。[1] 从今天的创作理论

---

[1] 关于《文心雕龙》创作论范围的划定，目前学界意见不一。概言之，约有五说：1. 整部《文心雕龙》都是阐述创作问题的。以王运熙的《文心雕龙探索》、钟子翱和黄安祯的《刘勰论写作之道》为代表。2. 包括《神思》至《总术》19篇，再加上《物色》共20篇。刘大杰主编的《中国文学批评史》上册、周振甫的《文心雕龙注释》前言、蔡钟翔等的《中国文学理论史》持这种观点。3. 从《神思》至《总术》共19篇。以张文勋和杜东枝的《文心雕龙简论》、祖保泉的《〈文心〉下篇篇次组合试解》、夏志厚的《〈文心雕龙〉下篇结构新析》为代表。4. 包括从《神思》到《物色》21篇。认为后25篇除《时序》《知音》《程器》《序志》外，余21篇都是创作论。罗根泽的《中国文学批评史》、王元化的《文心雕龙创作论》、牟世金的《文心雕龙研究》、缪俊杰的《文心雕龙美学》持此说。5. 詹锳的《刘勰与〈文心雕龙〉》认为，从现代文学理论的角度看，《文心雕龙》下篇只有8篇算创作论。有的学者则认为只有《程器》《神思》《养气》《物色》《情采》《镕裁》《附会》《总术》8篇属创作论。

角度看，刘勰所谈之文术，主要包括原理论和技巧论两个方面，前者谈论的都是创作的基本原理，有《神思》《体性》《风骨》《通变》《定势》《情采》《养气》及《物色》数篇；后者侧重从字句、篇章等谈论创作的修辞和技巧问题，有《镕裁》《声律》《章句》《丽辞》《比兴》《夸饰》《事类》《练字》《隐秀》《指瑕》《附会》数篇。

本节择要评述刘勰关于文学创作原理的主要观点和主张。

一、神思：论艺术构思

列于《文心雕龙》下篇"毛目"中第一篇的是《神思》，刘勰明确指出"神思"是"驭文之首术，谋篇之大端"，也是就今天所谓的艺术构思。他继承了陆机《文赋》的相关思想，对艺术构思问题作了更为深入系统的探讨，提出了"神与物游"与"秉心养术"两个重要的理论命题。

刘勰首先肯定了构思在文学创作中的巨大作用，他说："文之思也，其神远矣，故寂然凝虑，思接千载；悄焉动容，视通万里；吟咏之间，吐纳珠玉之声；眉睫之前，卷舒风云之色：其思理之致乎。"在刘勰看来，"思理"不仅功能强大，且有一定的规律可循。他说："故思理为妙，神与物游。神居胸臆，而志气统其关键；物沿耳目，而辞令管其枢机。""思理"的奥妙和规律就在"神与物游"，"神"指作者的思想、思绪、思维，它由志气统率；"物"指客观外物，它最终需要通过文辞加以表现；"游"指思维与外物自由交融的过程和状态。这种"神与物游"的情形一旦展开，作者就进入了一种完全自由的精神创作状态，所谓"神思方运，万涂竞萌，规矩虚位，刻镂无形，登山则情满于山，观海则意溢于海，我才之多少，将与风云而并驱矣"。"神思"使无形成有形，化抽象为具体，既是艺术创作的独特手段，也是艺术创作的基本特征。应该说，"神与物游"的命题，既接触到了形象思维的重要特点，又深刻地指出了艺术构思的要领，是对陆机《文赋》"天机"说的重要发展。

为使作家真正做到"神与物游",刘勰进一步提出"秉心养术"的主张。他说:"是以秉心养术,无务苦虑;含章司契,不必劳情也。"这里,"秉心"指精神上的修炼,它"贵在虚静",须"疏瀹五藏,澡雪精神",即创作主体须摒除杂念,保持沉寂宁静,使内心通畅、精神净化。这样才能思考专一,思绪畅达。反之,"苦虑"则"劳情",损气伤神,不能保持健旺的想象力。"养术"指作者平时的知识积累和写作能力训练,对此,刘勰具体提出四点要求,一是"积学以储宝",二是"酌理以富才",三是"研阅以穷照",四是"驯致以怿辞"。刘勰最后用"博而能一"四字加以总结。"博"是"博练""博见","一"是"贯一",可以看作是对上述四点的总体要求。刘勰说:"若学浅而空迟,才疏而徒速,以斯成器,未之前闻。是以临篇缀虑,必有二患:理郁者苦贫,辞溺者伤乱。然则博见为馈贫之粮,贯一为拯乱之药,博而能一,亦有助乎心力矣。"在积学、酌理等四点的基础上,又能做到博见而贯通一致,则创作构思便可顺利进行。

需要指出的是,对于《神思》篇在论述"神与物游"时所提到的"秉心""志气"等问题,刘勰在《养气》篇中作了进一步补充论述。在《神思》篇中,刘勰认为,文思的通塞,既与"人之禀才,迟速异分;文之制体,大小殊功"有关,故他提出"博而能一"作为心力之助;同时又与创作主体的精神状态密不可分,故他提出"贵在虚静"的问题。而《养气》篇正是循着主体精神状态这一理路展开系统分析和论述的。首先,刘勰指出,为文的实质是一种精神活动,它在性质上区别于为学。为学贵在勤奋刻苦,所谓"学业在勤,功庸弗怠,故有锥股自厉,和熊以苦之人"。为文的特点是抒发情志,它本身就是一种精神活动,所以必须遵循志之所至、情之所生的特点。"志于文也,则申写郁滞,故宜从容率情,优柔适会",故"心虑言辞,神之用也。率志委和,则理融而情畅"。反之,"若销铄精胆,蹙迫和气,秉牍以驱龄,洒翰以伐性",便会"钻砺过分,则神疲而气衰",这种对神气性情的极大伤害,"岂圣贤之素心,会文之直理哉"?其次,为说明"率志"和"竭情"两种不同的创作状态。刘勰枚举了古今大量的创作事例，以为"曹公惧为文之伤命，陆云叹用思之困神，非虚谈也"，从而得出"率志以方竭情，劳逸差于万里"的结论。这里的"率志委和"可以看作是对《神思》"苦虑""劳情"的正面表述。最后，刘勰正面论述了他关于保持率志从容的"卫气"之方，明确了《养气》篇的主旨。他说："是以吐纳文艺，务在节宣，清和其心，调畅其气，烦而即舍，勿使壅滞；意得则舒怀以命笔，理伏则投笔以卷怀，逍遥以针劳，谈笑以药倦，常弄闲于才锋，贾余于文勇，使刃发如新，腠理无滞。"因两篇确在内容及逻辑上有较密切的关联，故黄侃指出，《养气》篇之作，"所以补《神思》篇之未备，而求文思常利之术也"[①]，是有道理的。

二、体性：论艺术风格

作品的体貌风格是文学理论的一个基本问题，它与作家的个性有着密切的关系。对此，刘勰列《体性》篇作专门之探讨。"体性"之"体"指作品的"体貌风格"，"性"指包括才、气、学、习等在内的作家个性。刘勰《体性》篇的一个重要理论贡献，是提出了因内符外、师心异面的观点，深刻揭示出作家个性和文章体貌之间的内在关系：

> 夫情动而言形，理发而文见，盖沿隐以至显，因内而符外者也。然才有庸俊，气有刚柔，学有浅深，习有雅郑，并情性所铄，陶染所凝，是以笔区云谲，文苑波诡者矣。故辞理庸俊，莫能翻其才；风趣刚柔，宁或改其气；事义浅深，未闻乖其学；体式雅郑，鲜有反其习；各师成心，其异如面。

这里一则说明，创作在本质上是借助语言传达情感的过程，故"情"

---

① 黄侃：《文心雕龙札记》，203页。

"理"和"言""文"必然是"沿隐至显"、内外相符的。这就从根本上说明了风格和作者的性格的关系。二则说明，因作者先天情性及后天"陶染"不同，故其才、气、学、习也各异，这些因素综合在一起，成为决定作品风格的根本原因。在此基础上，刘勰得出结论，谓作者尊重自我个性而创作，则作品风格之多样，亦如人面貌之多样。为说明这种看法，刘勰枚举文学史上的大量事例：

> 是以贾生俊发，故文洁而体清；长卿傲诞，故理侈而辞溢；子云沉寂，故志隐而味深；子政简易，故趣昭而事博；孟坚雅懿，故裁密而思靡；平子淹通，故虑周而藻密；仲宣躁锐，故颖出而才果；公幹气褊，故言壮而情骇；嗣宗俶傥，故响逸而调远；叔夜俊侠，故兴高而采烈；安仁轻敏，故锋发而韵流；士衡矜重，故情繁而辞隐；触类以推，表里必符。岂非自然之恒资，才气之大略哉！

《体性》篇的另一重要贡献，是将作家的风格归纳为八种类型，并对各种类型的特点作了解释。刘勰说"若总其归涂，则数穷八体"，一是"典雅"，其特点是"镕式经诰，方轨儒门"，即学习经书，走儒家的道路。二是"远奥"，其特点是"馥采典文，经理玄宗"，即为文辞典丽，谈玄说理。三是"精约"，其特点是"核字省句，剖析毫厘"，即字句简练，分析精细。四是"显附"，其特点是"辞直义畅，切理厌心"，即文义显畅，说理透彻。五是"繁缛"，其特点是"博喻酿采，炜烨枝派"，即辞采繁富，光华四溢。六是"壮丽"，特点是"高论宏裁，卓烁异采"，即议论高超，文采卓异。七是"新奇"，特点是"摈古竞今，危侧趣诡"，即追求新奇怪异。八是"轻靡"，特点是"浮文弱植，缥缈附俗"，即文辞轻浮，内容平庸。八体之中，"雅与奇反，奥与显殊，繁与约舛，壮与轻乖"。虽然刘勰概括的这"八体"，现在看来当然不全面，也难以涵盖变化多样、丰富多彩的文学风格，但他试图对风格作类型上的研究，直接启发并促进了后世的风格学研究,如唐释皎然《诗式》谓"辨体有一十九字",署名司空图的《二十四诗品》将诗的风格分为 24 种等,均可以看作是在刘勰风格类型研究基础上的进一步深入和拓展。

另外,刘勰《体性》篇在肯定才性对于风格形成的重要性的同时,还特别强调后天学习的重要。他说:"若夫八体屡迁,功以学成。"又说:"夫才有天资,学慎始习……故宜摹体以定习,因性以练才,文之司南,用此道也。"赞语又说:"习亦凝真,功沿渐靡。"从"因性以练才"的观点可以看出,刘勰并非天才论者。

三、风骨:论创作的美学追求

针对晋宋以来文学创作中出现的"瘠义肥辞""思不环周"现象,进而导致作品在整体上缺乏风力和刚健不足的弊病,刘勰欲在《体性》所论各种不同风格的基础上重铸"风骨"伟辞,故以《风骨》篇详细论述他对一切文学创作在内容和形式方面的总体审美要求。

"风骨"一词源于汉魏以来的人物品评。如《晋安帝纪》称王羲之"风骨清举",晋末桓玄谓刘裕"风骨不恒,盖人杰也"等,这里的"风骨"主要指人物的风神骨相。之后,南齐谢赫较早将"风骨"一词用于评画,谓曹不兴画龙:"观其风骨,名岂虚成。"此处"风骨"主要指形象描绘的生动传神。刘勰则用"风骨"论文,并赋予其新的含义:

> 怊怅述情,必始乎风,沉吟铺辞,莫先于骨。故辞之待骨,如体之树骸;情之含风,犹形之包气。结言端直,则文骨成焉;意气骏爽,则文风生焉。……故练于骨者,析辞必精,深乎风者,述情必显。捶字坚而难移,结响凝而不滞,此风骨之力也。若瘠义肥辞,繁杂失统,则无骨之征也。思不环周,索莫乏气,则无风之验也。昔潘勖锡魏,思摹经典,群才韬笔,乃其骨髓峻也;相如赋仙,气号凌云,蔚为辞宗,乃其

风力遒也。

刘勰在强调"风骨"对于作品重要性的同时,又解释了"风骨"的内涵:"风"与情、意、气相联,"骨"与辞、言相联。可知"风"指文意,侧重内容;"骨"指文辞,侧重形式。故"风骨"一词,并非如某些论者所说是风格论范畴,它与《体性》篇表风格的"典雅""精约"等不是同一层次的概念,其内涵实则很难超出黄侃所说"风即文意,骨即文辞"的范围。不过更确切地说,"风"是文情方面的要求,"骨"是文辞方面的要求;"风骨"是刘勰对以情为主的内容和以辞为主的形式二者的总体美学要求。

同时,刘勰还强调,"风骨"与"气"及"采"关系密切。就"风"而言,刘勰引用前贤重气之论,说明"情与气偕"即"气"的重要:

魏文称文以气为主,气之清浊有体,不可力强而致。故其论孔融,则云体气高妙;论徐幹,则云时有齐气;论刘桢,则云有逸气。公幹亦云,孔氏卓卓,信含异气,笔墨之性,殆不可胜。并重气之旨也。

就"骨"来说,刘勰主张"采"与"骨"二者并重:

夫翚翟备色,而翾翥百步,肌丰而力沉也;鹰隼乏采,而翰飞戾天,骨劲而气猛也;文章才力,有似于此。若风骨乏采,则鸷集翰林;采乏风骨,则雉窜文囿:唯藻耀而高翔,固文笔之鸣凤也。

需要指出的是,"采"的问题,刘勰又列《情采》篇专门论述,谓"文采所以饰言,而辩丽本于情性""情者,文之经;辞者,理之纬"及"言以文远,诚哉斯验"。《情采》讲内容和形式的关系,《风骨》讲对内容和形式的要求,两篇所论联系密切又各有偏重。而《风骨》中的风、骨、采的关系,正对应《情采》篇的情(志)、言、文的关系。

最后，刘勰论述了创造"风骨"的基本原理和方法：

> 若夫熔铸经典之范，翔集子史之术，洞晓情变，曲昭文体，然后能孚甲新意，雕画奇辞。昭体故意新而不乱，晓变故辞奇而不黩。……若能确乎正式，使文明以健，则风清骨峻，篇体光华。能研诸虑，何远之有哉？

刘勰这里提出创造风骨的三点要求：一是要"熔铸经典之范，翔集子史之书"，即以儒家经书为典范，并学习子书和史书的写作技巧，即汲取前人创作精髓；二是要"洞晓情变"，即掌握文学创作的通变规律；三是要"曲昭文体"，即掌握各种文体的写作规范和要求。如此，才能创作出"风清骨峻，篇体光华"的作品。不难看出，刘勰的这段话，实际上还为后面的《通变》篇和《定势》篇下了按语。

四、通变：论继承和革新

文学发展的一个基本规律是"文律运周，日新其业。变则其久，通则不乏"，基于这种认识，刘勰在《通变》篇中主论文学创作中的"通变"问题。所谓"通变"，也就是本篇"参伍因革"、《明诗》篇"体有因革"及《物色》篇"参伍以相变，因革以为功"中的"因革"。"通"为"因"，"变"为"革"，就是我们今天常说的继承与革新。

在《通变》篇中，刘勰从多方面论述"通变"之必要。首先，刘勰从文学创作基本原理出发，认为各种文体的基本写作原理具有相通性，但"文辞气力"等表现方法却在不断发展变化，前者需要继承，后者则必须革新：

> 夫设文之体有常，变文之数无方，何以明其然耶？凡诗赋书记，名理相因，此有常之体也；文辞气力，通变则久，此无方之数也。名理有

常，体必资于故实；通变无方，数必酌于新声：故能骋无穷之路，饮不竭之源。

其次，刘勰通过对九代文学创作的宏观考察，揭示出"通变"是文学创作和发展之重要规律：

是以九代咏歌，志合文则。黄歌断竹，质之至也；唐歌在昔，则广于黄世；虞歌卿云，则文于唐时；夏歌雕墙，缛于虞代；商周篇什，丽于夏年：至于序志述时，其揆一也。暨楚之骚文，矩式周人；汉之赋颂，影写楚世；魏之策制，顾慕汉风；晋之辞章，瞻望魏采。

最后，联系晋宋文坛"竞今疏古，风味气衰"的状况，刘勰认为"通变"实为重要的救弊良策。他说："从质及讹，弥近弥澹。何则？竞今疏古，风味气衰也。今才颖之士，刻意学文，多略汉篇，师范宋集，虽古今备阅，然近附而远疏矣。"因此，刘勰认为，"矫讹翻浅，还宗经诰。斯斟酌乎质文之间，而櫽括乎雅俗之际，可与言通变矣"。

作为创作论的重要内容，《通变》篇的主要旨意在于示人以法、授人以渔。故在文章的最后及赞语中，刘勰提出了他的"通变之法"。他指出，"通变"的总要求是"参伍因革"。具体来说，一是要"凭情以会通，负气以适变"，即在广博阅览的基础上确定全文的主旨，然后在接下来的各个环节，包括他所谓"拓衢路，置关键，长辔远驭，从容按节"，均需根据作者的"情"和"气"，做到"会通"和"适变"。这是从创作的过程和环节要求通变，它实际上提示了《文心雕龙》下面论述创作技巧的《镕裁》《附会》《章句》《练字》《比兴》《夸饰》诸篇均将本此"通变"原则。二是要"望今制奇，参古定法"，联系《文心雕龙》"文之枢纽"的论述，这里的古法主要还是指儒家经典的创作典范，包括所谓的"衔华佩实"以及"情深而不诡"等；而"奇"主要指由纬书和《楚辞》传统发展而来的辞采奇异的特点。可知在"通变"的资源运用上，刘勰强调古今并重；在"通变"的效果上，刘勰主张奇正结合。

五、定势：论文章体势

在"论文叙笔"部分，刘勰就已充分认识到不同的文体具有不同的写作要求和规范，其"敷理以举统"就是对各种文体创作原理的归纳和概括。在"剖情析采"部分，刘勰又从总体上探究由文体自身特性决定的文章的体势问题。这就有了他的《定势》篇。

关于"势"的形成及其含义，刘勰作了明确的说明：

> 夫情致异区，文变殊术，莫不因情立体，即体成势也。势者，乘利而为制也。如机发矢直，涧曲湍回，自然之趣也。圆者规体，其势也自转；方者矩形，其势也自安：文章体势，如斯而已。……形生势成，始末相承。湍回似规，矢激如绳。

对"势"的训解，或谓"法度""姿态""体态""标准""风格"等。从其"乘利为制""形生势成"来看，事物的"势"主要由其客观属性决定。具体到文章之"势"，刘勰谓"即体成势"，又说"循体而成势"，可知"势"是指随文体的要求而形成的一种特点，由文体自身的特性所决定。刘勰之所以称之为"体势"，盖即文体之态势。

在明确"势"的内涵之后，刘勰重点论述了确定文章体势的两个基本原则。一是"并总群势"。一方面，每种文体的体势有定，不能随意逾越，所谓"奇正虽反"，"刚柔虽殊"，但都能做到"兼解以俱通"，"随时而适用"，这就是"并总群势"。另一方面，如果创作主体从主观喜好出发，不遵循文体的体势要求，"爱典而恶华"，"雅郑而共篇"，则"总一之势离"。因此，只有将"奇正""刚柔""典华""雅郑"等看似对立的体势有机统一起来，才算是通"并总群势"的要诀。二是循体成势。在刘勰看来，各种不同的文体有其不同的体势：

> 章表奏议，则准的乎典雅；赋颂歌诗，则羽仪乎清丽；符檄书移，则楷式于明断；史论序注，则师范于核要；箴铭碑诔，则体制于弘深；连珠七辞，则从事于巧艳。

在创作中必须遵循这些体势规律，才能"循体而成势，随变而立功"，否则就会"失体成怪"。需要指出的是，这里刘勰所谓"典雅""清丽"等，其义与《体性》篇所谓"典雅""远奥"等八体不同，前者决定于文体自身要求，后者则决定于创作者的才性。

最后，刘勰将"定势"问题的矛头直指晋宋以来的文坛弊病：

> 自近代辞人，率好诡巧，原其为体，讹势所变，厌黩旧式，故穿凿取新，察其讹意，似难而实无他术也，反正而已。……然密会者以意新得巧，苟异者以失体成怪。旧练之才，则执正以驭奇；新学之锐，则逐奇而失正；势流不反，则文体遂弊。

在刘勰看来，文坛之所以充斥"率好诡巧"不良之风，关键就在"讹势"和"讹意"。为此，他在承《辨骚》篇提出"奇而不失其贞"的观点之后，再次提出"执正以驭奇"，即要求以儒家经典的正势、正意矫正"讹势""讹意"。

六、情采：论内容与形式

针对"体情之制日疏，逐文之篇愈盛"的时弊，刘勰在《情采》篇中重点论述了文学创作中如何正确处理"情"与"采"之间的关系问题。"情采"有其特定内涵,就《情采》篇而言,"情"字常常与"理"或"志"字连用或通用,与"理"通用者如"情者,文之经;辞者,理之纬;经正而后纬成,理定而后辞畅""是以联辞结采,将欲明理,采滥辞诡,则心理愈翳""夫能设谟以位理,拟地以置心,心定而后结音,理正而后摛藻"。与"志"通用者如"盖风雅之兴,志思蓄愤,而吟咏情性,以讽其上,此为情而造文也""故有志深轩冕,而泛咏皋壤;心缠机务,而虚述人外:真宰弗存,翩其反矣""夫以草木之微,依情待实,况乎文章,述志为本,言与志反,文岂足征"。可知,刘勰用"理""志"拓展"情"的内涵,用以指创作主体的情志、情思或情理。它属于作品的内容要素。"采"在《情采》篇的含义,除了表颜色这一本义外,主要指文采,即文学语言的藻饰,所谓"文采所以饰言""联辞结采"是也。因此,刘勰所谓的"情采",其义近似其开篇所谓的"文质",其中,"情"为质,属于作品的内容;"采"为文,属于作品的形式。"情"与"采"的关系,相当于我们今天所说内容与形式之关系。

在"情"与"采"的关系问题上,一方面,刘勰充分肯定了"采"对于文章的重要性。在他看来,事物均由文、质两要素构成,二者不可或缺,所谓"水性虚而沦漪结,木体实而花萼振,文附质也。虎豹无文,则鞟同犬羊,犀兕有皮,而色资丹漆,质待文也"。文章亦然,所谓"圣贤书辞,总称文章,非采而何","若乃综述性灵,敷写器象,镂心鸟迹之中,织辞鱼网之上,其为彪炳,缛采名矣"。文章重视"采"乃自然之规律。他说:"故立文之道,其理有三:一曰形文,五色是也;二曰声文,五音是也;三曰情文,五性是也。五色杂而成黼黻,五音比而成韶夏,五情发而为辞章,神理之数也。"但另一方面,刘勰特别强调,"采"决定于"情",必须为"情"服务。他明确指出:"情者,文之经;辞者,理之纬;经正而后纬成,理定而后辞畅,此立文之本源也。"因文章以"述志为本",如"言与志反,文岂足征"。为此,刘勰总结了两种不同的创作理则:一种是以《诗经》为传统的"为情而造文",一种是以辞赋家为代表的"为文而造情"。

前者"志思蓄愤，而吟咏情性，以讽其上"，故"要约而写真"；后者"心非郁陶，苟驰夸饰，鬻声钓世"，故"淫丽而烦滥"，而"繁采寡情，味之必厌"。刘勰深切地感到，晋宋以来的创作"采滥忽真，远弃风雅，近师辞赋，故体情之制日疏，逐文之篇愈盛"。故在文章的最后，刘勰提出正确的文学创作方法。他继承了陆机《文赋》"理扶质以立干，文垂条而结繁"的观点，指出"心定而后结音，理正而后摛藻"，强调理为干，藻为枝；质为本，文为末，要求做到"文不灭质，博不溺心"。如是，"乃可谓雕琢其章，彬彬君子矣"。

总之，刘勰上述关于艺术构思、文学风格、文章体势、继承与革新、内容与形式等问题的探讨，几乎涉及文学创作过程中的所有基本理论问题。它们既是刘勰对历史和现实创作经验与教训的理论总结，又是对今后文学创作方向的重要理论指引。而其中所提出的诸如"神与物游""表里必符""风清骨峻""参伍因革""即体成势""情经辞纬"等一系列重大命题，也因其突出的理论原创性和普遍性，成为《文心雕龙》一书的理论精髓，受到学界的普遍重视。

◎ 第五节
刘勰的创作论（下）——创作的主要技法

《文心雕龙》"剖情析采"部分中的《镕裁》《声律》《章句》《丽辞》《比兴》《夸饰》《事类》《练字》《隐秀》《指瑕》《附会》诸篇，主要探讨的是创作中的技巧问题。除《指瑕》外，这些篇章大概可分为三组：《镕裁》和《附会》为一组，主要立足文章整体，从意和辞两方面论述创作的要领。《声律》《章句》《练字》为一组，从作品文本构成的基本单位，即篇章字句探讨创作的技法。《丽辞》《比兴》《夸饰》《事类》《隐秀》为一组，主要从语言修辞角度谈论创作技巧。

一、镕裁与附会

细绎刘勰的结构安排，《镕裁》篇列在《情采》篇之后，既承《情采》篇所谈"情采"问题，又有总启创作技法论的用意；而《附会》篇列在《总术》篇之前，于创作技法论有一定的汇总意义。两篇分列创作技法的首尾，其内在联系非常密切。从刘勰对"镕裁"与"附会"的界说来看，两篇均重点着眼文章整体，围绕作品的意和辞，即内容和形式两要素展开论述。

先谈"镕裁"问题。《情采》篇已详细论述文章情与采之关系，《镕裁》开篇直承其说，谓"情理设位，文采行乎其中"。而在实际创作中要真正做到这点，刘勰认为，要靠"镕裁"这一技法。他说"镕裁"之职，就在于"隐括情理，矫揉文采"。他进一步解释"镕裁"的含义说："规范本体谓之镕，剪截浮词谓之裁。裁则芜秽不生，镕则纲领昭畅。"对此，黄侃解释说："寻镕裁之意，取譬于范金制服；范金有齐，齐失则器不精良；制服有制，制谬而衣难被御；洵令多寡得宜，修短合度，酌中以立体，循实以敷文，斯镕裁之要术也。"[①]不难看出，刘勰所谓的"镕"，就是对作品的情、理、意等内容的确立和规定，"裁"就是对繁文浮词的剪截。具体地说，于"镕"，刘勰提出三条准则："履端于始，则设情以位体；举正于中，则酌事以取类；归余于终，则撮辞以举要。"即镕意贯穿于始、中、终整个创作过程，具体包括"设情"之主题确定、"酌事"之材料选择和"撮辞"之文辞运用。于"裁"，刘勰强调要"善删""善敷"，做到句无可削、字不得减，使文章做到疏密有宜、繁略得当。所谓"句有可削，足见其疏；字不得

---

① 黄侃：《文心雕龙札记》，114 页。

减，乃知其密"。当然，"谓繁与简，随适所好"，因为"善删者字去而意留，善敷者辞殊而意显"，各有千秋。反之，"字删而意缺"或"辞敷而言重"，都是败笔。总之，刘勰认为，只有通过"镕裁"的工作，作品内容和形式才能达到完美结合，即所谓"情周而不繁，辞运而不滥"。

再看刘勰所谓的"附会"。刘勰在《附会》的开篇就对"附会"一词作了界定："何谓附会？谓总文理，统首尾，定与夺，合涯际，弥纶一篇，使杂而不越者也。"又说"附会之术"在于"附辞会义，务总纲领……使众理虽繁，而无倒置之乖，群言虽多，而无棼丝之乱……首尾周密，表里一体"。可知，所谓"附会"，分而言之，所"附"者为辞，是对形式的处理，所"会"者为义，是对内容的处理。合而观之，"附会"既要"总文理""总纲领"，使作品在内容和形式上"表里一体"，又要"统首尾""定与夺"，使文章在结构上"首尾周密"。前者可以说与《镕裁》篇的"镕意裁辞"遥相呼应，强调了对内容和形式的处理；后者则可看作是对声律、练字等技法问题的汇总。至于"附会"的具体要求，刘勰提出了如下几点意见：其一，当从大处着眼，有全局观点，所谓"宜诎寸以信尺，枉尺以直寻，弃偏善之巧，学具美之绩"。其二，主张"悬识凑理，然后节文自会"。刘勰认为，"才量学文，宜正体制：必以情志为神明，事义为骨髓，辞采为肌肤，宫商为声气；然后品藻玄黄，摛振金玉，献可替否，以裁厥中：斯缀思之恒数也"。这里特别强调"附会"过程中，当以"情志""事义"等内容要素为先、为本，以辞采、宫商等形式要素为后、为末，且二者有机统一。其三，不可虎头蛇尾，应当"首尾相援"。"若首唱荣华，而媵句憔悴，则遗势郁湮，余风不畅"，自然要影响文章的整体美。

二、声律、章句、练字

《声律》《章句》《练字》之所以归为一组，因三篇主要从文章的基本构成单位和要素即音、字、句、章，谈论创作的技巧与技法。

声律问题是当时的热点问题。首先，刘勰从音律和人声的关系论及文章声律的性质问题："夫音律所始，本于人声者也。声含宫商，肇自血气，先王因之，以制乐歌。故知器写人声，声非学器者也。"音乐如此，文章亦如是，"故言语者，文章神明枢机，吐纳律吕，唇吻而已"。刘勰进而以"外听""内听"区别了音乐与文章声律的性质。他说："今操琴不调，必知改张，摘文乖张，而不识所调，响在彼弦，乃得克谐，声萌我心，更失和律，其故何哉？良由内听难为聪也。故外听之易，弦以手定，内听之难，声与心纷。可以数求，难以辞逐。"其次，从理论上探讨创作中正确处理声律问题的"大纲"。就反面说，刘勰指出并批评了"文家之吃"，他说："凡声有飞沉，响有双叠；双声隔字而每舛，叠韵杂句而必暌；沉则响发而断，飞则声飏不还：并辘轳交往，逆鳞相比；迕其际会，则往蹇来连，其为疾病，亦文家之吃也。夫吃文为患，生于好诡，逐新趣异。"就正面言，刘勰强调"气力穷于和韵"，他说："异音相从谓之和，同声相应谓之韵。韵气一定，故余声易遣；和体抑扬，故遗响难契。属笔易巧，选和至难；缀文难精，而作韵甚易。"刘勰这里一是涉及双声、叠韵，平仄的配合以及和声、押韵等问题，其认识与沈约大致相近，只是刘勰侧重于自然声律。二是指出"文"与"笔"在和韵方面的区别，即"文"类作品作韵易，"笔"类作品选和难。最后，刘勰总结历史上创作经验，论述"音以律文"之重要。在他看来，曹植和潘岳的作品，就如吹籥的无处不谐；陆机和左思的作品，就像调瑟的常有不和。又说："诗人综韵，率多清切；楚辞辞楚，故讹韵实繁。……凡切韵之动，势若转圜；讹音之作，甚于枘方：免乎枘方，则无大过矣。"刘勰肯定以《诗经》为代表的综韵和切韵，而不满以《楚辞》为代表的讹韵和讹音，这显然和他宗经的正统思想有关。总体而言，刘勰《声律》篇中关于声律问题的论述，主要以自然音律为其立论的出发点，这种观点与沈约不同而与钟嵘相近。黄侃谓："彦和生于齐世，适当王沈之时，又《文心》初成，将欲取定沈约，不得不枉道从人，以期见誉……嗟乎！学贵随时，人忌介立，舍人亦诚有不得已者乎！"①在齐梁声律研究的热潮中，刘勰将《声律》列于"约声字"之首，或许有取悦沈约的意味，但他关于"内听"和"外听"的区分、对"和""韵"的强调，无疑代表了南朝声律论的另一种观点。当然，齐梁时期人们对声律问题的重视，本身就说明声律确是创作中的一个很基本且很重要的问题。在这样的背景下，作为"弥笼群言"的《文心雕龙》，对声律问题的探讨是不可或缺的。

在章句问题上，刘勰首先明确"章句"的含义和意义。他说："夫设情有宅，置言有位；宅情曰章，位言曰句。故章者，明也；句者，局也。局言者，联字以分疆；明情者，总义以包体：区畛相异，而衢路交通矣。"在刘勰看来，章句在创作中的地位是不言而喻的。他说："夫人之立言，因字而生句，积句而成章，积章而成篇。篇之彪炳，章无疵也；章之明靡，句无玷也；句之清英，字不妄也：振本而末从，知一而万毕矣。"从字到句再到章、篇，其间环环相扣，就章句而言，它们居于中间的环节，更是丝毫不可忽视的。其次，阐明分章造句的基本原理，就句而言，"句司数字"，须"相接以为用"，切忌前后颠倒；就章而言，"章总一义，须意穷而成体"，贵在井然有序。总之，分章造句的基本原则是，既讲求内在义脉的连贯，又注重外在文辞的交错连接，所谓"外文绮交，内义脉注，跗萼相衔，首尾一体"。再次，论句的字数，谓："若夫笔句无常，而字有条数，四字密而不促，六字格而非缓，或变之以三五，盖应机之权节也。"又论及句中之语助词，指出："据事似闲，在用实切。巧者回运，弥缝文体，将令数句之外，得一字之助矣。"纪昀谓本部分内容"但考字数，无所发明"，"论语助亦无高论"。②是中肯之评。最后，论句的用韵。于此，刘勰既反对贾谊、枚乘等人的"两韵辄易"，也不赞成刘歆、桓谭等人的"百句不迁"。在他看来，前者之弊在"声韵微躁"，后者之弊在"唇吻告劳"，故

---

① 黄侃：《文心雕龙札记》，118页。
② 黄霖：《文心雕龙汇评》，116页。

他主张"折之中和",谓:"曷若折之中和,庶保无咎。"

在练字问题上,刘勰在《练字》篇中首先简要叙述了文字的起源、变化,以及汉魏以来的运用情形,然后总结说:"后世所同晓者,虽难斯易,时所共废,虽易斯难:趣舍之间,不可不察。"这种对"难"和"易"的观点,反对用古字、怪字的态度,显然是辩证的、可取的、可贵的。其次,刘勰指出,文字是表达情感的工具,必须从字义和字形两方面充分研究它,所谓:"若夫义训古今,兴废殊用,字形单复,妍媸异体,心既托声于言,言亦寄形于字,讽诵则绩在宫商,临文则能归字形矣。"再次,刘勰对用字提出四条具体主张:一是"避诡异",即避免用怪异的字,如曹摅在诗中用"呦呦"二字,刘勰就认为"大疵美篇"。二是"省联边",即不要大量堆砌偏旁相同的字。这是汉赋中常见的毛病。刘勰嘲讽这样用字,就成编辑《字林》了。三是"权重出",即要慎重考虑重复出现的字,特别是在一首字数不多的诗中,重复的字太多是不好的;但如果"两字俱要",非用不可,刘勰则主张宁犯勿忌。四是"调单复",指字形的繁简要作适当调配。前三条还略有可取,后一条则无论古今,都是没有什么意义的。最后,刘勰还提到对古书传抄之误应"依义弃奇",持慎重之态度,不可主观臆断。他说:"至于经典隐暧,方册纷纶,简蠹帛裂,三写易字,或以音讹,或以文变。……固知爱奇之心,古今一也。史之阙文,圣人所慎,若依义弃奇,则可与正文字矣。"这一点虽是谓创作者在研阅经典、应用事类时应当注意的问题,但无论于学还是于文,均有其相当的价值。

三、丽辞、比兴、夸饰、事类、隐秀

《丽辞》《比兴》《夸饰》《事类》和《隐秀》五篇,主要论述创作中的修辞技巧问题,涉及对偶、起兴、比喻、夸张、用典、含蓄和警策等常见的修辞表现手法。

《丽辞》篇论文辞的对偶问题。"丽",即耦,也作偶,就是双、对。

文中的一个重要观点是"自然成对"。在刘勰看来，事物是成双成对的，所谓"造化赋形，支体必双；神理为用，事不孤立"。作为反映事物的文学创作，自然也须讲究对偶。他说："夫心生文辞，运裁百虑，高下相须，自然成对。"又说："体植必两，辞动有配。"为此，他回顾了自先秦以来文章写作中丽辞现象，认为儒家经典"岂营丽辞？率然对尔"及"奇偶适变，不劳经营"。汉以后，"崇尚丽辞"成为一种风气，但追求的是一种人为的雕琢，所谓"宋画吴冶，刻形镂法"。这里，刘勰的倾向是很明显的，即丽辞须得之自然，否则，如魏晋群才，"契机者入巧，浮假者无功"，他是不赞成的。《丽辞》篇另一重要内容是根据前人创作经验，总结出丽辞的四种主要类型，即"双比空辞"的"言对"，"并举人验"的"事对"，"理殊趣合"的"反对"，"事异义同"的"正对"。刘勰认为这四对之中，言对易，事对难；反对优，正对劣。并指出"言对为美，贵在精巧；事对所先，务在允当"。同时，刘勰还指出丽辞中常见的四种弊病。一是"对句之骈枝"，即两句表一意、内容重复者。二是"两事相配，而优劣不均"者；三是"事或孤立，莫与相偶"者；四是"气无奇类，文乏异采"者。最后，刘勰对丽辞提出总要求："必使理圆事密，联璧其章；迭用奇偶，节以杂佩，乃其贵耳。"应该指出，刘勰生当六朝骈文盛行之际，在《文心雕龙》中对当时创作中的骈对现象所作的初步总结，有一定的意义和价值。

《比兴》篇专论比、兴两种表现方法。刘勰之论比兴，其可注意者有三：其一，刘勰首先提出自己对比兴的理解。他一方面继承了汉儒的观点，谓比为附理，兴为起情；另一方面，又说"比则畜愤以斥言，兴则环譬以记讽。……观夫兴之托谕，婉而成章；称名也小，取类也大"。这就把比、兴方法和思想内容的表达密切联系起来，是对比、兴含义的重要发展。其二，针对汉魏以来创作中兴义消亡、比体云构的现象，刘勰表示不满，指出这是"习小而弃大"。同时，他用大量例证说明，比可以用来比声、比貌、比心、比事等，所谓"比之为义，取类不常：或喻于声，或方于貌，或拟于心，或譬于事"。最后提出比的总要求，是"以切至为贵"。其三，关于比、兴两法的运用，刘勰提出他的一个重要观点，即"拟容取心"。赞语说："诗人比兴，触物圆览。物虽胡越，合则肝胆。拟容取心，断辞必敢。"刘勰认为，比兴的对象虽是事物的形貌，但它的精义不在于此，而是在于通过能表达实质意义的形貌，来抒写作者的思想感情。只有这样，才能收到"斥言""托讽"，以小喻大的艺术效果。总之，"比兴"是我国古代诗歌重要的传统表现方法之一，汉魏以来有关论述甚多，但对它进行专题论述，刘勰的《比兴》还是第一篇。

《夸饰》篇专论夸张手法的运用。一方面，刘勰充分肯定夸饰在创作中的必要性和重要性。刘勰认为，无论形而上的道还是形而下的器，只有借助于夸张的方法，才能突出其实质。所谓"文辞所被，夸饰恒存"，即夸饰与文辞同在。据此，刘勰一是分析了儒家经典中的夸饰实例，强调其典范作用。他指出，"虽诗书雅言，风格训世，事必宜广，文亦过焉"。而经典中的这些夸饰，因其运用恰当，故"辞虽已甚，其义无害也"，且"意深褒赞，故义成矫饰"，即不仅无损于作品的内容，而且能收到更好的"褒赞"作用。它们正是后世创作时运用夸饰的典范，所谓"大圣所录，以垂宪章"。二是评述了夸张手法在两汉的运用情况。刘勰枚举了司马相如、扬雄、张衡大赋中的夸饰实例，认为它们在"气貌山海，体势宫殿"方面取得了"因夸以成状，沿饰而得奇"和"发蕴而飞滞，披瞽而骇聋"的艺术效果。另一方面，刘勰又反对过分夸饰，主张"夸而有节，饰而不诬"。他对汉赋有关海若、宓妃等神话方面的夸张描写表示不满，认为其"诡滥愈甚""虚用滥形"。刘勰认为，夸张运用得当，就能有力地表达思想；夸张过分，则会使文辞和实际脱节，所谓"饰穷其要，则心声锋起，夸过其理，则名实两乖"。因此，刘勰主张，创作者既要"酌诗书之旷旨"，又当"翦扬马之甚泰"，从而做到"夸而有节，饰而不诬"及"旷而不溢，奢而无玷"。

《事类》篇论述诗文创作中的用事问题，所论主要有三方面内容。其一，明确"事类"的含义。刘勰分析了儒家经典《周易》和《尚书》中的

"事类"运用实例,认为主要有两种情况:一是"举人事",即引征前人有关事例或史实;一是"引成辞",即引征前人或古书中的言辞。前者的作用在于"征义",即说明文章的意义;后者的作用是"明理",即阐明道理。据此,刘勰为"事类"下定义说:"事类者,盖文章之外,据事以类义,援古以证今者也。"可知刘勰所谓"事类",是包括事典和语典在内的。其二,阐明事类运用的基本要求。刘勰从才与学的关系入手,认为文章写作靠的是先天的才和后天的学,所谓"文章由学,能在天资。才自内发,学以外成"。而事类的运用,说到底是"学"的问题。因此,刘勰既肯定在二者关系上,"才为盟主,学为辅佐",同时又特别强调学对于才的促进和提升作用。在他看来,"经典沈深,载籍浩瀚,实群言之奥区,而才思之神皋也。……是以将赡才力,务在博见"。在此基础上,刘勰提出事类运用的基本要求:"综学在博,取事贵约,校练务精,捃理须核,众美辐辏,表里发挥。"其三,提出了"用人若己"的事类引用标准。刘勰认为,事类作为一种主要的创作手法,引用得当,能为文章增添亮色,反之,则为作品永久之瑕疵。所谓"凡用旧合机,不啻自其口出,引事乖谬,虽千载而为瑕"。在他看来,汉代的崔骃、班固、张衡、蔡邕等,"捃摭经史,华实布濩",其对事类的精熟运用,"皆后人之范式也"。相反,如汉之司马相如、魏之曹植、晋之陆机,虽为文章大才,但其作品中难免有引事乖谬的地方。因此,刘勰最后将文士与良匠类比,谓:"山木为良匠所度,经书为文士所择,木美而定于斧斤,事美而制于刀笔;研思之士,无惭匠石矣。"要求文章之士专心研习经籍,从中汲取创作养料,在事类的运用上做到"用人若己"。需要指出的是,略晚于刘勰的钟嵘对于齐梁时期创作中堆砌典故而使"文章殆同书钞"的现象作了尖锐的批评,而刘勰对此却不置一词。其中原因盖二者所论对象有别,钟嵘所论为五言诗,刘勰所论则不限于诗,主要还是针对散体文。

《隐秀》论述"隐"和"秀"两种主要的表现手法。首先,刘勰解释"隐秀"的含义。他说:"隐也者,文外之重旨者也""隐以复意为工"

"夫隐之为体，义主文外，秘响傍通，伏采潜发""深文隐蔚，余味曲包"。这里的"重旨""复意""义生文外""余味"，与"言外之意""辞约旨丰""言近意远"相似。可知，"隐"和今天所说的"含蓄"近似，但又不止于含蓄，它还包括"含混"在内。所谓"秀"，刘勰解释说，"秀也者，篇中之独拔者也"，"秀以卓绝为巧"，"彼波起辞间，是谓之秀"。可知这"秀"，就是陆机《文赋》中的"一篇之警策"，和后世的"警句"相近。其次，刘勰认为，作品富有隐秀，就能产生强烈的艺术效果并带给读者不一样的审美享受。隐者，"藏颖词间""深文隐蔚""余味曲包"，使"庸目者"昏迷而使"蕴藉者"意愉；秀者，"露锋文外""动心惊耳"，它使"妙心""英锐者"惊绝而情悦。反之，"若篇中乏隐，等宿儒之无学，或一叩而语穷；句间鲜秀，如巨室之少珍，若百诘而色沮"。最后，关于"隐"和"秀"手法的运用，刘勰都主张"自然会妙"，反对"晦塞为深""雕削取巧"，这一点和他"标自然以为宗"的思想是一致的。总之，这几篇所论虽主要立足于创作技巧，但其中也接触到了文学艺术的一些本质特征，如"文外重旨""余味曲包"等观点，对后世如皎然、司空图等人的文学思想产生了深远的影响，成为艺术境界论的重要思想内核。

◎ 第六节

刘勰的批评论

谈及刘勰的批评论，首先须明确一点，即《文心雕龙》的哪些篇目属于批评论的范畴。《序志》篇谓："崇替于时序，褒贬于才略，怊怅于知音，耿介于程器。"根据这一表述，《时序》《才略》《知音》和《程器》应属一个理论系列。其中，《时序》属文学史论，《才略》和《程器》属作家论，

《知音》属于批评原理论。从广义的角度说，它们都属于文学批评，但就狭义言，只有《知音》篇才算是批评论，因文章主要就批评本身而立论。

事实上，刘勰不仅在文学理论方面创获甚巨，在批评方面，其实绩也是卓越的。在其文体论和创作论中，刘勰对历代的文学思潮、文学风尚、文学流派、作家作品等作了精彩的批评。同时又专列《知音》篇，就批评的态度、方法、特征和过程等理论问题作了系统阐述。可以说，《知音》篇是我国文学理论批评史上最早探讨文艺批评问题的专篇。

"知音"一词，本指对音乐的理解。首见于《礼记·乐记》："唯君子为能知乐。是故审声以知音，审音以知乐，审乐以知政，而治道备矣。"据《列子·汤问》：伯牙善鼓琴，钟子期善听琴。伯牙琴音志在高山，子期说"峨峨兮若泰山"；琴音意在流水，子期说"洋洋兮若江河"。"伯牙所念，钟子期必得之。"刘勰《知音》的篇名就是借以比喻文学批评者善于品鉴和批评文学作品的。

在《知音》的开篇，刘勰对文学鉴赏和批评的复杂性作了详细分析。他指出，"知音其难哉""逢其知音，千载其一乎"。刘勰分析认为，知音之所以千载难逢，原因主要有两方面：一是来自作品本身的"音实难知"，二是源于批评主体的"知实难逢"。对于"知实难逢"，刘勰援引秦汉以来文学批评中的大量实例，说明自古以来，批评者常常难以克服三种偏见：一是"贵古贱今"。"夫古来知音，多贱同而思古，所谓日进前而不御，遥闻声而相思也。昔储说始出，子虚初成，秦皇汉武，恨不同时。既同时矣，则韩囚而马轻，岂不明鉴同时之贱哉？"二是"崇己抑人"。"至于班固傅毅，文在伯仲，而固嗤毅云下笔不能自休。及陈思论才，亦深排孔璋；敬礼请润色，叹以为美谈；季绪好诋诃，方之于田巴，意亦见矣。故魏文称文人相轻，非虚谈也。"三是"信伪迷真"。"至如君卿唇舌，而谬欲论文，乃称史迁著书，咨东方朔；于是桓谭之徒，相顾嗤笑，彼实博徒，轻言负诮，况乎文士，可妄谈哉！"这三种偏见由来已久，根深蒂固，在刘勰之前，王充、曹丕、葛洪等均论及，刘勰这里加以综括，更强调了它们对于批评客观性的宥蔽。

再就作品本身的"音实难知"来说，刘勰认为，一方面，客观事物本身的一些特性往往使人们产生认识的谬误，所谓"麟凤与麏雉悬绝，珠玉与砾石超殊，白日垂其照，青眸写其形。然鲁臣以麟为麏，楚人以雉为凤，魏氏以夜光为怪石，宋客以燕砾为宝珠"。麟凤与麏雉，珠玉与砾石，这样的自然事物本来是容易辨别的，却仍为人误识如此，作为精神产品的文学作品，其复杂和精微远超自然之物，所谓"形器易征，谬乃若是；文情难鉴，谁曰易分"。这也是很正常的。另一方面，文学作品的丰富多样，人们欣赏喜好的各不相同，同样影响到文学批评的客观性。所谓"夫篇章杂沓，质文交加，知多偏好，人莫圆该。慷慨者逆声而击节，酝藉者见密而高蹈，浮慧者观绮而跃心，爱奇者闻诡而惊听。会己则嗟讽，异我则沮弃，各执一隅之解，欲拟万端之变：所谓东向而望，不见西墙也"。这主观和客观两方面的因素，就导致了"音实难知"。

为了克服主、客观两方面的困难，使批评者做真正的知音，刘勰在《知音》篇中提出了他的一系列批评主张。首先，在批评者的修养上，刘勰主张"务先博观"，他说："凡操千曲而后晓声，观千剑而后识器；故圆照之象，务先博观。阅乔岳以形培塿，酌沧波以喻畎浍。"在刘勰看来，批评者广泛涉猎风格各异的作品，对于扩大其阅读视野，提高其审美鉴赏能力是极为重要的。这也是做好文学批评的前提。同时，在批评的态度上，刘勰主张客观、科学的批评，他要求批评者尽量克服主观的喜好，从作品本身出发，"无私于轻重，不偏于憎爱"，真正做到"平理若衡，照辞如镜"。

其次，在具体的批评方法和角度上，刘勰提出"六观"法。他说："是以将阅文情，先标六观：一观位体，二观置辞，三观通变，四观奇正，五观事义，六观宫商。斯术既形，则优劣见矣。"刘勰虽指出"文情难鉴"，但并非认为文情不能鉴。在他看来，这里的关键在于鉴赏者除了须提高自己的鉴赏能力外，还要掌握科学的鉴赏方法，这就是所谓的"六观"。具体说，观位体，就是看作品体裁的选择是否适当。"体"这里当指体裁，也就是

《文心雕龙》上篇"论文叙笔"部分所论及的不同文体类别。当然,各种体裁在其产生和发展的过程中,逐渐形成了各自的特点和规律,自然也就有不同的写作要求。在"论文叙笔"的二十篇中,刘勰对各种文体的写作要求均有概括和论述,他称之为"敷理举统"。在《定势》篇中,他又说:"章表奏议,则准的乎典雅;赋颂歌诗,则羽仪乎清丽;符檄书移,则楷式于明断;史论序注,则师范于核要;箴铭碑诔,则体制于弘深;连珠七辞,则从事于巧艳。"观置辞,就是看作品遣词造句的技巧。关于这点,刘勰在前面的创作论中多有涉及,如《镕裁》篇谓"剪截浮辞谓之裁",《章句》篇谓"篇之彪炳,章无疵也;章之明靡,句无玷也;句之清英,字不妄也;振本而末从,知一而万毕矣"等。观通变,就是看作品的继承和创新情况。《通变》篇谓:"文辞气力,通变则久。……文律运周,日新其业。变则其久,通则不乏。……望今制奇,参古定法。"刘勰这里的"观通变",主要还是看作品在继承的基础上是否有创新。观奇正,是看作品在奇正关系的处理上是否得当。《定势》篇谓:"然渊乎文者,并总群势;奇正虽反,必兼解以俱通;刚柔虽殊,必随时而适用。……旧练之才,则执正以驭奇;新学之锐,则逐奇而失正;势流不反,则文体遂弊。秉兹情术,可无思耶?"可知刘勰是主张"执正驭奇""奇正俱通"的。观事义,就是看作品中典故的运用是否得当。《事类》篇说:"事类者,盖文章之外,据事以类义,援古以证今者也。"用典可以使文章显得委婉、含蓄、典雅、精练。其以妥切、自然为贵,"凡用旧合机,不啻自其口出,引事乖谬,虽千载而为瑕"。观宫商,就是看作品的声律。刘勰《声律》篇是专论文学上声律问题的文章,他说:"声有飞沉,响有双叠。"此说与沈约《宋书·谢灵运传论》之"欲使宫羽相变,低昂互节,若前有浮声,则后有切响。一简之内,音韵尽殊;两句之中,轻重悉异"近似。"飞",即"浮声"(平声),"沉",即"切响"(仄声)。刘勰认为:"夫音律所始,本于人声者也。声含宫商,肇自血气,先王因之,以制乐歌。故知器写人声,声非学器也。"音律来自"人声",因而强调"器写人声,声非学器"。

需要指出的是，刘勰的"六观"并非批评作品的六项标准。所谓标准是评定事物的尺度，刘勰的"六观"并不具有这样的内在规定性，因此它只能算是评文的六个角度或者六个方面。同时，在实际的批评中，这"六观"也不一定会全部用到，须根据具体的批评对象，作出应有的选择。刘勰并没有说评论每一篇或每一类作品都必须从这六个角度去衡量，缺一不可。相反，从他的批评实际看，他评论作品时，常常只涉及其中某一个或某几个方面，并非"六观"均备。

最后，刘勰从文学批评方法论的高度，提出"披文入情"的观点。他说："夫缀文者情动而辞发，观文者披文以入情，沿波讨源，虽幽必显。世远莫见其面，觇文辄见其心。"文学的本质在于抒写情志，这是刘勰的根本文学观。他在《征圣》篇中就指出"志足而言文，情信而辞巧，乃含章之玉牒，秉文之金科矣"，又《情采》篇谓文章"述志为本"及"情者，文之经；辞者，理之纬"。因此，无论是文学的创作还是文学的接受，其核心就在一情字。从创作的角度看，文学就是用语言表达情感的过程，即《物色》篇所谓"情以物迁，辞以情发"，《知音》篇所谓"缀文者情动而辞发"。而从鉴赏的角度说，文学实际上是读者通过作品的语言把握作者情感的过程。这就是刘勰所谓的"观文者披文以入情"。刘勰认为，所"披"之"文"为波、为显，读者必须借助它来探求作品幽深之情。而"披文"的途径和方法，就是上文所述的"六观"。值得注意的是，在刘勰这里，"披文"本身不是目的，而是手段，他在引述屈原"文质疏内，众不知余之异采"之后，评述道："见异唯知音耳。"也就是说，观文者只有深入把握蕴含于作品中的作者之情，与作者产生情感上的共鸣，才算是真正的知音。可知，"披文以入情"这一命题作为刘勰文学批评理论的一大贡献，具有突出的文学批评方法论的意义，实际上是对先秦孟子"以意逆志"说的重大发展。

◎ 第七节
刘勰的文学史观

在刘勰以前,西晋的挚虞对于文学的发展史已有非常深入的研究,其《文章流别集》及《文章流别论》体现出对文学史及文学分体史的良好把握。但就今天存留的有限的文字看,挚虞尚未建构起自觉的文学发展史观。刘宋时期的史学家范晔虽最早在《后汉书》中设立《文苑传》,但惜其有传无论,且其《狱中与诸甥侄书》未及文学史论题,故范晔虽为史学名家,但其于文学方面却并无史观。直到与刘勰同时代的文史大家沈约,其《宋书·谢灵运传论》才第一次建构出一部简要的文学史,并初步确立了较为系统的文学史观。

作为齐梁年间杰出的文学理论家,刘勰对于文学的发展史实有着极为全面深入的把握。在《文心雕龙》的"文之枢纽"部分,刘勰论述了文学的源起,谓文原于自然之道,六经为群言之祖;在"论文叙笔"部分,刘勰对各体文学的发展历史作了系统描述和评价,为后世分体文学史书写提供了典范;在"剖情析采"部分,刘勰同样理论联系实际,其理论阐述也无不紧扣各时代文学发展史实。可见,从历史发展的角度考察文体之演变、文术之发展,是《文心雕龙》的一个重要特点。尤为难得的是,刘勰在系统把握前代文学史实的基础上,又在《通变》和《时序》篇中,从理论上阐述他对待文学发展的基本态度,进而成功建构起富有个性的文学史观。

刘勰文学史观的一个值得注意之处,是他提出了"质文代变"的观点。在刘勰看来,文学发展的一个基本规律,是文学随不同时代而发生变化。他在《时序》篇中说:"时运交移,质文代变,古今情理,如可言乎!"篇末赞语云:"蔚映十代,辞采九变。枢中所动,环流无倦。质文沿时,崇替在选。"这也是当时的一种共识,它主要得益于齐梁时期史学的发展。如文史家沈约在《宋书·谢灵运传论》谓："自汉至魏，四百余年，辞人才子，文体三变。相如巧为形似之言，班固长于情理之说，子建、仲宣以气质为体，并标能擅美，独映当时。"稍晚于沈约、刘勰的萧子显在《南齐书·文学传论》中更是明确提出："若无新变，不能代雄。"就刘勰本人而言，他"质文代变"的文学史观与他重变的整体文学观是一致的。在"文之枢纽"的《征圣》篇中，刘勰就指出圣文"抑引随时，变通会适"的特点。在"论文叙笔"部分，刘勰更是屡屡言及"变"：

> 故铺观列代，而情变之数可监；撮举同异，而纲领之要可明矣。（《文心雕龙·明诗》）
>
> 风雅序人，事兼变正。……晋舆之称原田，鲁民之刺裘鞸。……斯则野诵之变体，浸被乎人事矣。……原夫颂惟典雅，辞必清铄。……揄扬以发藻，汪洋以树义。唯纤曲巧致，与情而变，其大体所底，如斯而已。（《文心雕龙·颂赞》）
>
> 及后汉汝阳王亡，崔瑗哀辞，始变前式。（《文心雕龙·哀吊》）
>
> 夫自六国以前，去圣未远，故能越世高谈，自开户牖。两汉以后，体势漫弱，虽明乎坦途，而类多依采，此远近之渐变也。（《文心雕龙·诸子》）
>
> 陈思之表，独冠群才。观其体赡而律调，辞清而志显，应物掣巧，随变生趣。（《文心雕龙·章表》）

在"剖情析采"部分，刘勰同样强调创作要"晓变"：

> 若情数诡杂，体变迁贸。拙辞或孕于巧义，庸事或萌于新意。……至精而后阐其妙，至变而后通其数。（《文心雕龙·神思》）
>
> 若夫熔铸经典之范，翔集子史之术，洞晓情变，曲昭文体，然后能孚甲新意，雕画奇辞。昭体故意新而不乱，晓变故辞奇而不黩。（《文心

第八章　刘勰的文学思想　575

雕龙·风骨》)

　　夫设文之体有常，变文之数无方。……斯斟酌乎质文之间，而櫽括乎雅俗之际，可与言通变矣。……参伍因革，通变之数也。……凭情以会通，负气以适变。……文律运周，日新其业。变则其久，通则不乏。(《文心雕龙·通变》)

　　夫情致异区，文变殊术。……此循体而成势，随变而立功也。(《文心雕龙·定势》)

　　夫裁文匠笔，篇有小大；离章合句，调有缓急；随变适会，莫见定准。……若夫笔句无常，而字有条数，四字密而不促，六字格而非缓，或变之以三五，盖应机之权节也。(《文心雕龙·章句》)

　　至于诗人偶章，大夫联辞，奇偶适变，不劳经营。(《文心雕龙·丽辞》)

　　夫心术之动远矣，文情之变深矣。(《文心雕龙·隐秀》)

　　夫文变多方，意见浮杂。(《文心雕龙·附会》)

　　古来辞人，异代接武，莫不参伍以相变，因革以为功，物色尽而情有余者，晓会通也。(《文心雕龙·物色》)

　　是以将阅文情，先标六观：一观位体，二观置辞，三观通变……(《文心雕龙·知音》)

　　可见，"变"是贯穿《文心雕龙》全书的基本思想，刘勰"代变"的文学史观正是这种思想的一个重要组成部分。

　　刘勰"质文代变"的文学史观不但揭示出文学随时而变的基本规律，而且强调这种变化主要表现在或文或质的整体文学风貌之中。如果说主变体现出刘勰与沈约、萧子显等时人共同的文学史观，那么，从传统儒家文论中拈出"文""质"这对重要概念用来指称文学代变的总特点和总趋势，则是刘勰文学史观的独特性所在。在《通变》篇中，刘勰对历代文学的"质文变化"情况作了概括的叙述：

是以九代咏歌，志合文则。黄歌断竹，质之至也；唐歌在昔，则广于黄世；虞歌卿云，则文于唐时；夏歌雕墙，缛于虞代；商周篇什，丽于夏年：至于序志述时，其揆一也。

権而论之，则黄唐淳而质，虞夏质而辨，商周丽而雅，楚汉侈而艳，魏晋浅而绮，宋初讹而新。从质及讹，弥近弥澹。何则？竞今疏古，风味气衰也。

对刘勰的这两段话，需要说明如下三点。其一，按照"质文"的标准，刘勰实际上将上古至刘宋的文学发展归为三种情形：一是质胜于文，黄唐虞夏属之；二是文质相符，商周属之；三是文胜于质，楚汉以下属之。其中，商周的"丽和雅"，正是刘勰"文之枢纽"所强调的"圣文雅丽""衔华而佩实"的思想，这是刘勰文学发展的理想形态。反之，"质胜于文"或"文胜质"均为刘勰所不满，特别是楚汉以下的文学发展，遭到刘勰的严厉批评，从中可以再次清楚地看出刘勰一以贯之的宗经思想。其二，刘勰这里所谓的"文质"主要指文学的总体风貌或时代风格，与《通变》篇"斟酌乎质文之间，而檃括乎雅俗之际"，及《情采》篇"文附质也""质待文也"意近。实际上，文质观同样是刘勰的一个基本文学观，是他评论历代文学的一个重要角度和原则。《文心雕龙》中运用文质一词评论文学之处颇多，但不同语境下有不同的含义。如《诠赋》：

文虽新而有质，色虽糅而有本：此立赋之大体也。

这里"文"与"色"相对，"质"与"本"相对，前者指语言形式，后者指思想内容。而有的"文质"指具体作品的形式和内容：

马融之广成上林，雅而似赋，何弄文而失质乎？（《文心雕龙·颂

赞》)

  崔实客讥，整而微质。(《文心雕龙·杂文》)
  唯陈寿三志，文质辨洽。(《文心雕龙·史传》)
  观王绾之奏勋德，辞质而义近。(《文心雕龙·奏启》)

有的"文质"则指作品风格：

  至如主父之驳挟弓，安国之辨匈奴，贾捐之之陈于朱崖，刘歆之辨于祖宗，虽质文不同，得事要矣。(《文心雕龙·议对》)
  夫篇章杂沓，质文交加，知多偏好，人莫圆该。(《文心雕龙·知音》)

  其三，刘勰文学史观中的文质论，与当时书论中的"妍质"之论有相似之处。南朝宋时书论家虞龢在《论书表》中指出："夫古质而今妍，数之常也；爱妍而薄质，人之情也。钟、张方之二王，可谓古矣，岂得无妍质之殊？"可见，以"文质"或"妍质"一词来标称艺术的古今之变，是南朝艺术理论的一股风气。
  刘勰文学史观另一值得注意者，是对文学发展变化的外部原因作了多角度、多方面的论述。《时序》篇在综述历代文学发展状况之后指出："文变染乎世情，兴废系乎时序。"这两句话精准地揭示出文学与社会、时代的密切关系。如果说"质文代变"主要体现为文学自身发展变化的规律，那么"文变染乎世情，兴废系乎时序"的观点，则体现为对文学发展变化的外部规律的揭示。前者属于文学的"自律"，后者属于文学的"他律"。在《时序》篇中，刘勰所言影响和关系文学变化和兴衰的"世情"和"时序"，归纳起来主要有以下几个方面。
  首先是政治的盛衰和社会的治乱。刘勰认为，唐尧时期，"德盛化钧"，故有野老的《击壤》和郊童的《康衢谣》；虞舜时期，"政阜民暇"，于是产生了《南风诗》和《卿云歌》。所谓"尽其美者何？乃心乐而声泰也"。相反，西周末年，厉王、幽王时期，政治腐败黑暗，至平王东迁，国力已衰微，于是"幽厉昏而板荡怒，平王微而黍离哀"。可知政治的治乱深刻地影响着诗歌的内容与风格，"故知歌谣文理，与世推移，风动于上，而波震于下者"。刘勰的这一分析明显沿袭了《礼记·乐记》的观点，即"治世之音安以乐，其政和；乱世之音怨以怒，其政乖；亡国之音哀以思，其民困。声音之道，与政通矣"。与政治盛衰密切相关的是社会的动乱，它常常影响到作家的生活、思想和感情，进而影响到文学。刘勰指出，建安文学之所以表现出"梗概多气"的风格特征，正是由于当时社会的动乱。他说："观其时文，雅好慷慨，良由世积乱离，风衰俗怨，并志深而笔长，故梗概而多气也。"另外，在《才略》篇中，刘勰认为"刘琨雅壮而多风，卢谌情发而理昭，亦遇之于时势也"，也是着眼于从社会动乱来解释刘、卢二人诗歌的风格特征的。

其次是学术思潮。如对于战国时期的文学发展，《时序》篇谓：

> 春秋以后，角战英雄，六经泥蟠，百家飙骇。方是时也，韩魏力政，燕赵任权，五蠹六虱，严于秦令，唯齐楚两国，颇有文学。齐开庄衢之第，楚广兰台之宫，孟轲宾馆，荀卿宰邑，故稷下扇其清风，兰陵郁其茂俗，邹子以谈天飞誉，驺奭以雕龙驰响，屈平联藻于日月，宋玉交彩于风云。观其艳说，则笼罩雅颂。故知昈烨之奇意，出乎纵横之诡俗也。

这里，刘勰认为，战国群雄纷争，诸子百家兴起，游说盛行。七国之中，齐、楚两国学术自由发达，文学也最为发达。而两国文学"昈烨之奇意"的特点，正是当时纵横驰骋的学术风气影响的结果。又如东晋玄风兴盛，在它的影响之下，文学亦出现所谓的"玄言诗"。对此，刘勰在《明诗》篇就曾说："江左篇制，溺乎玄风，嗤笑徇务之志，崇盛亡机之谈；袁孙已下，虽各有雕采，而辞趣一揆，莫与争雄。"《时序》再次指出："自中朝贵玄，江左称盛，因谈余气，流成文体。是以世极迍邅，而辞意夷泰，诗必柱下之旨归，赋乃漆园之义疏。"当然，对于玄学对文学的消极影响，与刘勰同时的沈约和钟嵘也都发表过相似的看法。沈约《宋书·谢灵运传论》谓："有晋中兴，玄风独振，为学穷于柱下，博物止乎七篇，驰骋文辞，义单乎此。自建武暨乎义熙，历载将百，虽缀响联辞，波属云委，莫不寄言上德，托意玄珠，遒丽之辞，无闻焉尔。"钟嵘《诗品序》谓："永嘉时，贵黄、老，稍尚虚谈。于时篇什，理过其辞，淡乎寡味。爰及江表，微波尚传：孙绰、许询、桓、庾诸公诗，皆平典似《道德论》。建安风力尽矣。"凡此都充分说明了学术思想对文学创作的深刻影响。

最后是帝王的态度及其文学政策。刘勰详细分析了汉代帝王对文学的态度及相应的政策，认为它们对于文学的发展有着最为直接的影响。他说："施及孝惠，迄于文景，经术颇兴，而辞人勿用，贾谊抑而邹枚沉，亦可知已。"相反，汉武帝崇尚儒学，润色鸿业，故文学之士得到礼遇，文学得到极大发展：

> 逮孝武崇儒，润色鸿业，礼乐争辉，辞藻竞骛：柏梁展朝谠之诗，金堤制恤民之咏；征枚乘以蒲轮，申主父以鼎食；擢公孙之对策，叹倪宽之拟奏；买臣负薪而衣锦，相如涤器而被绣。于是史迁寿王之徒，严终枚皋之属，应对固无方，篇章亦不匮，遗风余采，莫与比盛。

此后的昭帝和宣帝继承了武帝的文学政策，"驰骋石渠，暇豫文会，集雕篆之轶材，发绮縠之高喻，于是王褒之伦，底禄待诏"。从元帝到成帝，他们都"降意图籍"，故有"子云锐思于千首，子政雠校于六艺"的美事。对曹魏以来的文学发展，刘勰亦充分肯定帝王态度及政策对文学的直接影响：

> 魏武以相王之尊，雅爱诗章；文帝以副君之重，妙善辞赋；陈思以公子之豪，下笔琳琅；并体貌英逸，故俊才云蒸。……逮明帝秉哲，雅好文会，升储御极，孳孳讲艺，练情于诰策，振采于辞赋，庾以笔才逾亲，温以文思益厚，揄扬风流，亦彼时之汉武也。……简文勃兴，渊乎清峻，微言精理，函满玄席，澹思浓采，时洒文囿。

应该说，刘勰的上述分析是符合封建时代文学发展史实的。君王作为社会的最高统治者，他们对文学的态度和政策正体现出主流的意识形态。必须承认，在影响文学发展的诸多外部因素中，政治因素一直以来就是最为明显和直接的。即使到了当代社会，这一点仍然不可忽视。因此，刘勰的这些分析和评述，并非如有些论者所言是夸大帝王对于文学的影响作用，是封建的保守思想。恰恰相反，能够如此直陈帝王态度对于文学事业的影响，正体现出刘勰面对文学史实的勇气和魄力。

第九章
钟嵘的诗学思想

◎ 第一节
钟嵘的生平与《诗品》的写作

一、钟嵘的生平

关于钟嵘的生卒年,史无明确记载,学界尚有一些争议。我们只能根据相关史料作出推测。《梁书·钟嵘传》云:"嵘,齐永明中为国子生,明《周易》,卫将军王俭领祭酒,颇赏接之。"按王俭领国子祭酒在永明三年(485)。《南齐书·王俭传》云:"永明元年,进号卫军将军,参掌选事。……三年,领国子祭酒。叔父僧虔亡,俭表解职,不许。"《南齐书·百官志》亦云:"永明三年,立学,尚书令王俭领国子祭酒。"又《南齐书·礼志》云:"建元四年正月,诏立国学,置学生百五十人。其有位乐人者五十人。生年十五以上,二十以还。……太祖崩(是年九月),乃止。……永明三年正月,诏立学,创立堂宇,召公卿子弟下及员外郎之胤,凡置生二百人。其年秋中悉集。"可知钟嵘入国学时间在齐永明三年,年龄在十五岁到二十岁,上推其生年则是 466 年至 471 年,取其中约在 468 年,即宋泰始四年。①

　　钟嵘出身世族，钟氏为颍川大族。《梁书》本传谓："钟嵘字仲伟，颍川长社人，晋侍中雅七世孙也。父蹈，齐中军参军。嵘与兄岏、弟屿并好学，有思理。"据《晋书·钟雅传》，钟嵘七世祖钟雅避乱东渡，迁至江南，为江南钟姓之始祖。钟雅在东晋时，历仕元帝、明帝、成帝三朝，累官至尚书右丞、尚书左丞、骁骑将军、侍中等重要职务。苏峻之难，钟雅与刘超一并侍卫天子，后为贼所害。可见，钟雅当时身居要职，为官清正，又死于国事，其声望可谓显赫。但"其后以家贫，诏赐布帛百匹。子诞，位至中军参军，早卒"。又据《新唐书》卷七十五《宰相世系表》，诞生靖，字道寂，颍川太守。靖生源，字循本，后魏永安太守。源生挺，字法秀，襄城太守、颍川郡公。挺生蹈，字之义，南齐中军。滔生屿、嵘。屿字秀望，梁永嘉县丞。是知钟嵘祖父、曾祖父均曾任太守一职。论者或谓钟嵘曾祖、高祖，史无其名，故径谓钟嵘为"寒门"，乃缺考，于史不合。②

　　据《梁书》《南史》本传，钟嵘历仕齐、梁两代。在齐代，起家为南康王萧子琳王国侍郎，时间在齐武帝永明八年（490）至齐明帝建武五年（498）正月，经齐武帝、郁林王、恭王、明帝四代，历时九年。其间钟嵘曾上书明帝，谓："古者明君揆才颁政，量能授职，三公坐而论道，九卿作

---

① 王达津、段熙仲、蒋祖怡、谢文学、张伯伟等均曾撰文就此问题作出探讨，并颇有新见。王达津根据《南史·钟嵘传》《南史·王俭传》《南史·礼志》《南齐书·百官志》有关钟嵘入国子监的记载进行分析，推断钟嵘生年在泰始四年（参见王达津：《古代文学理论研究论文集》，天津，南开大学出版社，1985）。段熙仲则根据《梁书·武帝本纪上》有关"甲族以二十登仕"的记载，推断钟嵘生于466年（参见段熙仲：《钟嵘与〈诗品〉考年及其他》，《文学评论丛刊》第5辑，南京，江苏文艺出版社，1980）。谢文学结合《南齐书·周颙传》等材料加以补充论述，将钟嵘生年划定在467—471年［参见谢文学《钟嵘及其〈诗品〉三考》，载《中州学刊》，1987（3）］。张伯伟认为，根据"甲族以二十登仕"的规定，则可定钟嵘的生年为宋明帝泰始七年（参见张伯伟：《钟嵘诗品研究》，南京，南京大学出版社，1999）。
② 有学者以为"嵘为雅的七世孙，时代绵邈，已非甲族……社会地位亦去后门不远，仅仅略高于寒素一筹"（段熙仲：《钟嵘〈诗品〉考年及其他》，《文学评论丛刊》第5辑），"在钟嵘死后，钟氏就贫困中落下去。钟嵘的曾祖、高祖，史无其名"（梅运生：《钟嵘和诗品》，12页，上海，上海古籍出版社，1982）。"（钟嵘）其七世祖钟雅说曾为晋侍中，然父钟蹈终齐中军参军，所以还是属于'寒门'即下级士族"（［日］兴膳宏：《六朝文学论稿》，彭恩华译，161页，长沙，岳麓书社，1986）。

而成务，天子可恭己南面而已。"帝不以为然。 永元元年（499），东昏侯践祚后不久，始安王、抚军大将军萧遥光开府仪同三司，这时钟嵘被引为抚军行参军。 接着，钟嵘被出为扬州东阳郡安固令。 永元三年（501）初至中兴二年（502），钟嵘被扬州刺史晋安王萧宝义引为司徒行参军。 入梁，针对建国初期"制度虽革，而日不暇给"的现状，钟嵘上书陈述时弊，谓："军官是素族士人，自有清贯，而因斯受爵，一宜削除，以惩侥竞。 若吏姓寒人，听极其门品，不当因军，遂滥清级。 若侨杂伧楚，应在绥抚，正宜严断禄力，绝其妨正，直乞虚号而已。 谨竭愚忠，不恤众口。"梁武帝"敕付尚书行之"，钟嵘的政治主张第一次得到实现。 天监三年（504）正月，后将军、扬州刺史临川王萧宏进号中军将军，聘钟嵘为中军行参军。 天监七年底，衡阳王、会稽太守萧元简为宁朔将军，聘钟嵘为记室，"专掌文翰。 时居士何胤筑室若邪山，山发洪水，漂拔树石，此室独存。 元简命嵘作《瑞室颂》以旌表之，辞甚典丽"。 天监十五年明山宾出为持节、都缘淮诸军事、征远将军、北兖州刺史，聘钟嵘为征远记室参军。 天监十七年二月，晋安王萧纲为西中郎将，聘钟嵘为西中郎将记室。 钟嵘为西中郎将记室不久，即卒于官。[1]

关于钟嵘的卒年，旧说以为卒于承圣元年所任之西中郎晋安王萧方智之记室之职上。[2] 此说错在将晋安王认定为萧方智。 但这种说法今天已基本被否定，而一致认为晋安王指萧纲。《梁书》《南史》本传皆云："衡阳王元简出守会稽，引（钟嵘）为宁朔记室，专掌文翰。 ……迁（按《南史》作'迁'）西中郎晋安王记室。 ……顷之，卒官。"叶长青等据《梁书·元帝纪》承圣元年十一月帝即位，"立王太子方矩为皇太子，改名元良。 立皇子方智为晋安郡王"，认为钟嵘传中的晋安王是指萧方智。 但萧方智虽封"晋安王"，却从来没有"西中郎将"的称号。 故此西中郎晋安王，就是西中郎

---

[1] 王发国：《钟嵘年谱疑义考析——仕履篇》，载《西南民族学院学报（人文社科版）》，2003（3）。
[2] 张陈卿《钟嵘诗品之研究》、许文雨《钟嵘诗品讲疏》、叶长青《诗品集释》等。

将萧纲，也就是后来的梁简文帝：

> （天监）五年，封晋安王，食邑八千户。……十七年征为西中郎将、领石头戍军事，寻复为宣惠将军、丹阳尹，加侍中。①
>
> 天监十六年，征（南康郡王）为宣毅将军、领后头戍军事。十七年，出为使，持节都督南北兖徐青冀五州诸军事。②
>
> 天监十七年二月……乙卯，以领石头戍军事南康王绩为南兖州刺史。③

由此可知，晋安王萧纲乃是在天监十七年二月以后，被"征为西中郎将、领石头戍军事，寻复为宣惠将军、丹阳尹、加侍中"。钟嵘"选西中郎晋安王记室""顷之卒官"。这就说明钟嵘是在梁武帝萧衍天监十七年二月后不久去世的。《梁书》《南史》谓"迁西中郎晋安王记室"，萧纲天监五年（506）封"晋安王"，天监十七年为"征西郎将"，又萧纲于该年三月改领石头戍军，任"西中郎将"仅在518年，故王达津考证钟嵘卒年在天监十七年即518年。④ 对此，迄今并无异议。

二、《诗品》的写作

关于钟嵘写作《诗品》的情况，《梁书》本传谓："嵘尝品古今五言诗，论其优劣，名为《诗评》。"《南史》本传谓："嵘尝求誉于沈约，约拒之。及约卒，嵘品古今诗为评，言其优劣，云'观休文众制，五言最优。齐永明中，相王爱文，王元长等皆宗附约。于时谢朓未遒，江淹才尽，范云

---

① 《梁书·简文帝纪》。
② 《梁书·南康王绩传》。
③ 《梁书·武帝纪》。
④ 王达津：《钟嵘生卒年代考》，见《古典文学理论研究论文集》，天津，南开大学出版社，1985。

名级又微,故称独步。故当辞密于范,意浅于江'。盖追宿憾,以此报约也。"这里涉及钟嵘《诗品》写作的三个问题:其一,《诗品》的著述旨意与动机。钟嵘之"品古今五言诗",主要基于当时五言诗的蓬勃发展。他在《诗品序》中曾对五言诗的发展流别作了精要的概述,并以为"五言居文词之要,是众作之有滋味者也",故他明言:"嵘今所录,止乎五言。虽然,网罗今古,词人殆集。轻欲辨彰清浊,掎摭病利,凡百二十人。预此宗流者,便称才子。"①应该说,这一研究是符合当时诗歌发展主流和大势的,也是当时五言诗发展的客观需求。至于要"论其优劣",钟嵘在《诗品序》中也解释了三方面的原因。一是创作界的"分夜呻吟"。他说:"今之士俗,斯风炽矣。才能胜衣,甫就小学,必甘心而驰骛焉。于是庸音杂体,各各为容。至于膏腴子弟,耻文不逮,终朝点缀,分夜呻吟。独观谓为警策,众睹终沦平钝。"五言创作成为钟嵘时代的主流,"词人作者,罔不爱好",但问题出在创作者对于五言诗的本质规律不了解,对于五言诗的创作原理不了解。于是,充斥诗坛的往往是"庸音杂体"、无病呻吟之作。钟嵘对此是极为不满的。二是批评界的"准的无依"。他说:"观王公缙绅之士,每博论之余,何尝不以诗为口实。随其嗜欲,商榷不同。淄渑并泛,朱紫相夺,喧议竞起,准的无依。"三是研究界的"不显优劣""曾无品第"。他说:"陆机《文赋》,通而无贬;李充《翰林》,疏而不切;王微《鸿宝》,密而无裁;颜延论文,精而难晓;挚虞《文志》,详而博赡,颇曰知言:观斯数家,皆就谈文体,而不显优劣。至于谢客集诗,逢诗辄取;张隐《文士》,逢文即书。诸英志录,并义在文,曾无品第。"因此,在"近彭城刘士章,俊赏之士,疾其淆乱,欲为当世诗品,口陈标榜,其文未遂"的直接启发下,钟嵘因此"感而作焉"。

其二,《诗品》的书名。《梁书》本传明确说"名曰《诗评》",《南

---

① 本书所引《诗品》原文,均出自(梁)钟嵘著,曹旭集注:《诗品集注》,上海,上海古籍出版社,1994。

史》本传则称"品古今诗为评",未提及书名。《隋书·经籍志》著录:"《诗评》三卷、梁钟嵘撰。"注云:"或作《诗品》。"《旧唐书·艺文志》及《新唐书·艺文志》则承《隋志》之旧。 南宋以后,官私书目著录则仅署《诗品》之名,不复有《诗评》之称。 是书名称沿革,大致如此。《梁书》作者姚思廉、《隋书》作者魏徵等,均初唐间人,而此两书同时在唐贞观三年开始编撰,则《梁书》称《诗评》者未必是,而《隋志》之称《诗品》者未必非。 "品"与"评"义虽可通,但"品"重在"品第甲乙","评"则无此义,乃指一般批评。 循名责实,钟嵘所撰述论诗之作,应以《诗品》为正。 《诗品序》在引述了陆机《文赋》等五种著述后评骘道:"并义在文,曾无品第。"此处明确出现"品第"一词,可知钟嵘著《诗品》是欲一改前著之不足,重在"品第"。 此其一。 《诗品序》又说彭城刘士章"欲为当世诗品,口陈标榜,其文未遂。 嵘感而作焉。 昔九品论人,《七略》裁士,校以宾实,诚多未值"。 这是钟嵘自述其《诗品》渊源所自:近则有感于刘绘意图撰述当世的诗品,远则承班固《汉书·古今人表》和《汉书·艺文志·诸子略》。 此其二。 《诗品序》又称:"至斯三品升降,差非定制,方申变裁,请寄知音者耳。"这里明确说道"三品升降",并解释这只是一家之见,希望能得到后世知音的理解和领会。 此其三。 以品论艺是南朝的一大风尚,如南齐谢赫《画品》、梁沈约《棋品》(今佚)、梁庾肩吾《书品》等,这些著作亦重分品论人,故钟嵘《诗品》为五言诗人品高下、显优劣,亦是时风所致。 此其四。 以上四点,足以说明《诗品》之名为正。 这或许就是南宋之后,《诗评》之名消失的缘故。

其三,《诗品》的成书时间。 关于《诗品》的写作时间,史无明确记载,钟嵘亦未明确指明。 《南史》本传既言及钟嵘求誉于沈约一事,则可据此并结合相关史实推知《诗品》的写作时间。 按《梁书·武帝本纪》云:"(天监)十一年春正月壬辰……加左光禄大夫、行太子少傅沈约特进。"《梁书·沈约传》云:"寻加特进,光禄、侍中、少傅如故。 (天监)十二年,卒官,时年七十三。"又《诗品》"宋尚书令傅亮"条云:"季友文,余尝忽尔不察。今沈特进选诗,载其数首,亦复平美。"按,《隋书·经籍志》有"《集钞》十卷,沈约撰",钟嵘所谓"沈特进选诗",当系指此。此书今佚。据此,知钟嵘写作《诗品》正当沈约受封"特进"时,即梁武帝天监十二年正月之后,也即在沈约先后被任命为尚书仆射、建昌侯、尚书令兼太子少傅,左光禄大夫,最后再加封"特进"时。钟嵘向沈约求誉当在此时。沈约已加封"特进",官位最高,也是他最为春风得意之时。又钟嵘谓《诗品》写作是受刘士章的启发,则嵘撰述《诗品》在刘士章卒后可知。刘士章,即《诗品下》所评之"齐中庶子刘绘"。按,刘绘卒于齐和帝中兴二年即梁天监元年。又《诗品序》称梁武帝为"方今皇帝",知《诗品》撰写于梁武帝时。因此可以断定,钟嵘开始撰述《诗品》必在天监元年以后。又《诗品序》称:"其人既往,其文克定。今所寓言,不录存者。"考《诗品》所录齐、梁诸诗人中,沈约卒年最晚(天监十二年)。据此,《诗品》之问世,必在天监十二年以后无疑。但《南史》本传又称:"嵘曾求誉沈约,约拒之。"此事必在沈约生前,求誉则必有作品,现今钟氏诗文,均不可见,隋志亦无诗文集的记录,仅此《诗品》三卷,若以《诗品》求誉于沈约,按其体例,则此书中应决无沈约之名。综上所述,可以得出关于《诗品》成书的大致情况:在刘绘去死后的梁天监元年(502),钟嵘开始酝酿写作《诗品》,到天监十一年完成初稿,此时沈约为特进,位高声隆,钟嵘欲求誉于他,但遭到拒绝。天监十二年沈约死后,钟嵘对《诗品》作了修改,入沈约为中品。根据上文考定钟嵘卒年为天监十七年,则《诗品》的正式成书问世,当在梁天监十二年到天监十七年。

《诗品》的问世,标志着我国第一部富有体系的诗歌批评专著的诞生,其对后世的诗歌批评以及诗话著作的出现产生了极为深远的影响。

◎ 第二节
钟嵘的诗歌理论

　　钟嵘《诗品》与刘勰《文心雕龙》被后世誉为中国文学批评史上的"双峰并峙""双子星座",清人章学诚谓《文心》"体大而虑周",《诗品》"思深而意远",洵为确评。《文心》所论,广涉当时的主要文体,故而"体大";而《诗品》仅纵论五言一体,故能"思深"。《诗品》分序文和正文两部分,序文为《诗品》一书的理论总纲①,内容除了说明著书旨意外,重在阐述钟嵘的五言诗体观。正文分上中下三品,对汉以来的百余位诗人进行具体品评。

　　在序文中,钟嵘对五言诗的发展流变作了系统梳理和评述,并在理论上提出及阐述了"吟咏性情""即目""直寻""自然英旨""滋味"等富有创见的观点和主张,它们涉及诗歌的本质与特征、诗歌的创作与鉴赏等基本理论问题,对当时及后世诗学思想的发展产生了重大影响。

一、五言诗的渊源流变问题

　　《诗品序》说:

　　　　昔《南风》之辞,《卿云》之颂,厥义夐矣。夏歌曰:"郁陶乎予心。"楚谣曰:"名余曰正则。"虽诗体未全,然略是五言之滥觞也。逮汉李陵,始著五言之目矣。"古诗"眇邈,人世难详,推其文体,固是炎汉之制,非衰周之倡也。自王、扬、枚、马之徒,词赋竞爽,而吟咏靡闻。从李都尉迄班婕妤,将百年间,有妇人焉,一人而已。诗人之风,顿已缺

---

① 此序在较早的版本中分为三部分,清何文焕辑《历代诗话》,始将三段序文合而为一。

丧。东京二百载中，惟有班固《咏史》，质木无文。降及建安，曹公父子，笃好斯文；平原兄弟，郁为文栋；刘桢、王粲，为其羽翼。次有攀龙托凤，自致于属车者，盖将百计。彬彬之盛，大备于时矣。尔后陵迟衰微，迄于有晋。太康中，三张、二陆、两潘、一左，勃尔复兴，踵武前王，风流未沫，亦文章之中兴也。永嘉时，贵黄、老，稍尚虚谈。于时篇什，理过其辞，淡乎寡味。爰及江表，微波尚传，孙绰、许询、桓、庾诸公诗，皆平典似《道德论》。建安风力尽矣。先是郭景纯用隽上之才，变创其体；刘越石仗清刚之气，赞成厥美。然彼众我寡，未能动俗。逮义熙中，谢益寿斐然继作。元嘉中，有谢灵运，才高词盛，富艳难踪，固已含跨刘、郭，凌轹潘、左。故知陈思为建安之杰，公幹、仲宣为辅；陆机为太康之英，安仁、景阳为辅；谢客为元嘉之雄，颜延年为辅。斯皆五言之冠冕，文词之命世也。

在文中，钟嵘对梁前的五言诗史作了精到的评述，他实际上将这段五言诗史分为如下几个阶段：第一，先秦的滥觞期；第二，两汉的发轫期；第三，建安的发展期；第四，太康的繁荣期；第五，东晋的衰微期；第六，晋宋之际的创变期。这其中，又以汉代的古诗、李陵诗，建安时期的曹植，太康年间的陆机，元嘉时期的谢灵运为杰出代表。钟嵘正是在此基础上建构出他品第高下、彰显优劣的五言诗人批评体系。当然，需要指出的是，就李陵诗的真伪以及汉代乐府问题，钟嵘的观点还有其时代的局限。但不可否认，通过对五言诗史的梳理，钟嵘明确提出"五言居文辞之要，是众作之有滋味者也"，这也是他立论的落脚点。在钟嵘的时代，五言诗已经取代四言诗，成为诗体乃至所有文体的主导，钟嵘的这一观点是符合文学发展大势的。比较而言，挚虞的"雅音之韵，四言为正；其余虽备曲折之体，而非音之正也"，刘勰的"四言正体，则雅润为本；五言流调，则清丽居宗"等观点，就显得保守了。

二、"吟咏性情"的诗歌本质论

钟嵘《诗品》的一大理论贡献,是在陆机"缘情"说的基础上,进一步突出和强调了诗歌的抒情本质。这一点贯穿于钟嵘的整个批评理论体系之中。

首先,在诗歌的发生上,钟嵘发展了"物感说"。《诗品序》开篇谓:"气之动物,物之感人,故摇荡性情,形诸舞咏。"这就是"物感"说。这一理论主张最早可以上溯到《礼记·乐记》,文中说:"人心之动,物使之然也。感于物而动,故形于声。"之后,陆机《文赋》谓:"遵四时以叹逝,瞻万物而思纷;悲落叶于劲秋,喜柔条于芳春。心懔懔以怀霜,志眇眇而临云。"刘勰《文心雕物·物色》篇谓:"春秋代序,阴阳惨舒,物色之动,心亦摇焉。"但钟嵘的"物感"说有独特的贡献和意义,一方面,钟嵘扩大了"物"的范围。此前,"物"还仅仅指自然事物,指四季之物候。而钟嵘则扩展至社会人事,他不仅看到"若乃春风春鸟,秋月秋蝉,夏云暑雨,冬月祁寒,斯四候之感诸诗者也",还指出"嘉会寄诗以亲,离群托诗以怨。……凡斯种种,感荡心灵,非陈诗何以展其义,非长歌何以骋其情"。即在他看来,社会人事同自然景物一样,是感荡心灵、激发诗情的重要因素,也是诗歌所应该加以表现的主要内容。另一方面,钟嵘又明确指出"物之感人"所感的对象主要是指人的性灵,也即人的情感特别是哀怨之情。钟嵘一则曰"离群托诗以怨",再则引孔子语曰"诗可以怨",从诗歌发生的角度阐明了诗歌的本质特征——抒发作者的真实情感。

其次,在诗歌的创作上,钟嵘指出:"至乎吟咏情性,亦何贵于用事?"针对当时诗歌创作中堆砌典实的弊端,他提出"即目""直寻"的创作原则。在他看来,"经国文符,应资博古;撰德驳奏,宜穷往烈",政教实用文是可以用事用典的,但他对于诗歌的用典则表示怀疑和否定。诗歌创作中反对用典、主张直寻,这是钟嵘对诗歌抒情本质特征的尊重和强调。或者说，在钟嵘看来，正是诗歌的这一本质特征，决定了诗歌创作不需用典。

最后，在诗歌的批评上，钟嵘特别崇尚作品所抒发的哀怨之情、悲伤之情、凄怆之情。其上品谓李陵诗"文多凄怆，怨者之流"，谓班婕妤《团扇》"怨深文绮"，谓曹植诗"情兼雅怨"，谓阮籍《咏怀》之作"情寄八荒之表""颇多感慨之词"，谓左思诗"文典以怨"。中品谓秦嘉诗"文亦凄怆"，谓刘琨诗"善叙丧乱，多感恨之词"，谓郭璞《游仙》之作"辞多慷慨，乖远玄宗"。下品谓赵壹"发愤'兰蕙'，指斥'囊钱'，苦言切句，良亦勤矣"，谓曹操"古直，甚有悲凉之句"，谓缪袭《挽歌》"唯以告（造）哀尔"，谓毛伯成"文不全佳，亦多惆怅"。从这些评语看，钟嵘所谓的情具有特定的审美内涵，它们主要表现为审美化了的为诗人切身体验的哀怨之情、悲愤之情、感慨之情、惆怅之情。若诗作缺乏足够的审美品质，便会为钟嵘所否定和批评，如张华诗的"儿女情多，风云气少"，汤惠休诗的"淫靡，情过其才"，等等。可知钟嵘所强调之诗歌情感，不再是先秦两汉所谓止乎礼义之情，它是不带政治功利的、纯粹审美化的、具有个体鲜明特征的真实情感。

三、"即目""直寻"的诗歌创作论

《诗品》既立足于诗歌的抒情本质，则一切有悖于此本质者，均在钟嵘反对之列。钟嵘认为，当时诗歌创作中的两大弊病，一是用事，一是声律。关于前者，钟嵘在《诗品序》中指出："颜延、谢庄，尤为繁密，于时化之。故大明、泰始中，文章殆同书抄。近任昉、王元长等，词不贵奇，竞须新事。尔来作者，浸以成俗。遂乃句无虚语，语无虚字，拘挛补纳，蠹文已甚。但自然英旨，罕值其人。词既失高，则宜加事义。虽谢天才，且表学问，亦一理乎！"又中品评颜诗谓："尚巧似。体裁绮密。然情喻渊深，动无虚发；一句一字，皆致意焉。又喜用古事，弥见拘束。虽乖秀逸，固是经纶文雅；才减若人，则陷于困踬矣。汤惠休曰：'谢诗如芙蓉出水，颜如错彩镂金。'颜终身病之。"评任昉诗谓："昉既博学，动辄用事，所以诗不得奇。少年士子，效其如此，弊矣。"对于后者，钟嵘《诗品序》指出："王元长创其首，谢朓、沈约扬其波。三贤咸贵公子孙，幼有文辩。于是士流景慕，务为精密，襞绩细微，专相凌架。故使文多拘忌，伤其真美。"可见，在钟嵘看来，用典和声律对于诗歌的伤害是致命的，它伤其"自然英旨"，伤其"真美"。

有破必有立。在破除用典、声律这两大弊病的基础上，钟嵘针锋相对地提出自己的理论主张。于声律，针对当时以沈约为代表的"四声八病"说，钟嵘提倡自然声律论。他说："古曰诗颂，皆被之金竹，故非调五音，无以谐会。若'置酒高堂上'，'明月照高楼'，为韵之首。故三祖之词，文或不工，而韵入歌唱。此重音韵之义也，与世之言宫商异矣。……余谓文制，本须讽读，不可蹇碍。但令清浊通流，口吻调利，斯为足矣。至如平上去入，则余病未能；蜂腰、鹤膝，闾里已具。"在钟嵘看来，对于声律的过于苛刻的要求，必然会影响诗的自由表达，情感在表达中受到阻碍和影响，就会"伤其真美"。

于用典，钟嵘认为，"经国文符"是应该博物用事的，因其重在实用；但诗歌与此不同，其本质是"吟咏性情"，重在艺术重在抒情。故他说："'思君如流水'，既是即目；'高台多悲风'，亦惟所见；'清晨登陇首'，羌无故实；'明月照积雪'，讵出经史？观古今胜语，多非补假，皆由直寻。"用典过多，使诗歌如同戴上镣铐，受拘束，不自由。梁代萧子显《南齐书·文学传论》谓这样的诗歌"唯睹事例，顿失清采"。在钟嵘看来，纠正这种创作弊病的最好方法就是"直寻"。所谓"直寻"，就是诗人将所感之物及为物所感直接地描绘出来，无须依傍前人，亦无须借助典实。其实质是直陈胸臆。此外，在钟嵘看来，盲目地模拟也使诗歌的抒情特质丧失殆尽。钟嵘对当时的这种风气也极为不满。他在《诗品序》中说："次有轻薄之徒，笑曹、刘为古拙，谓鲍照羲皇上人，谢朓今古独步。而师鲍照,终不及'日中市朝满';学谢朓,劣得'黄鸟度青枝'。徒自弃于高明,无涉于文流矣。"

可知钟嵘的诗歌创作论以自然为最高美学原则。而他的这一思想,说到底,是由其诗歌本质论决定的。

四、崇尚"滋味"的诗歌审美论

诗歌要吟咏性情,讲求自然英旨,对由此而表现出来的审美特征,钟嵘首次将"滋味"概念引入诗论。他之所以反感永嘉诗歌,是因为受玄学思潮的影响,其"理过其辞,淡乎寡味"。他之所以认为五言优于四言,根本原因也是五言为"众作之有滋味者"。他说:"夫四言,文约意广,取效《风》《骚》,便可多得。每苦文繁而意少,故世罕习焉。五言居文词之要,是众作之有滋味者也,故云会于流俗。岂不以指事造形,穷情写物,最为详切者邪!"在钟嵘看来,四言"文繁而意少",五言则无论在叙事、状物、穷情等方面最能做到详尽真切,从而使形象鲜明生动,情感自然真实。这样的作品,就是有"滋味"的。

具体地说,五言诗要做到有"滋味",就需在表现手法上,注意赋、比、兴三义的"酌而用之"。《诗品序》云:

> 故诗有三义焉:一曰兴,二曰比,三曰赋。文已尽而意有余,兴也;因物喻志,比也;直书其事,寓言写物,赋也。弘斯三义,酌而用之,干之以风力,润之以丹彩,使味之者无极,闻之者动心,是诗之至也。若专用比兴,则患在意深,意深则词踬。若但用赋体,则患在意浮,意浮则文散,嬉成流移,文无止泊,有芜漫之累矣。

可知钟嵘所谓的味,是"三义"合理恰当运用的结果,是风力和丹彩的有机统一,其具体的艺术效果表现为"文已尽而意有余"。这里的

"文"指文辞,即诗歌的语言;"意"指诗的情韵、意味。"文已尽而意有余"即诗歌既借助语言文字展现作者的情思,同时又超越语言文字留给读者一个感悟的审美空间,它是诗歌含蓄蕴藉美的一个重要表现。晚唐司空图"景外景""象外象""味外旨"等观点,与钟嵘的诗学思想一脉相承。

实际上,钟嵘的"味""滋味"内涵甚广,表现为不同的诗歌审美风貌。在钟嵘的品评中,有时他明确用到"味",他说张协的诗"词彩葱菁,音韵铿锵,使人味之,亹亹不倦",这里的"味"表现为丹采和音韵。谓应璩的"济济今日所"一句"华靡可讽味",这里的"味"表现为"华靡";后来陶潜的"欢言酌春酒""日暮天无云",正是继承了应璩的这一特点,故钟嵘谓"风华清靡,岂直为田家语耶"。但在大部分情况下,钟嵘并未用到"味"字,但这些批评同样符合他"文已尽而意有余"的"滋味"标准。如钟嵘尚"气",谓曹植"骨气奇高",谓刘桢"仗气爱奇",谓刘琨"自有清拔之气"。钟嵘又贵"清",谓班婕妤《团扇》"辞旨清捷",谓嵇康"托喻清远",谓范云"清便宛转,如流风回雪",谓沈约"长于清怨",谓戴逵有"清工之句",谓谢庄"气候清雅",谓鲍令晖"往往崭绝清巧",谓江祏"猗猗清润",谓虞羲"奇句清拔"。这些诗人的创作都是"滋味"的不同表现形态,均受到钟嵘的大力赞赏。

钟嵘以"滋味"为核心的诗歌审美论,是真正意义上的艺术鉴赏论,它完全从纯审美的角度观照不同诗人的不同艺术风貌,不带任何政教功利的色彩。故后世言滋味者,无不从钟嵘《诗品》汲取营养。

总之,在中国文学思想史上,钟嵘《诗品》首次以五言诗为研究对象,首开诗歌品第批评之先河,并初步建构起关涉诗歌本质、诗歌创作和诗歌批评标准的理论和批评体系。这些突出的贡献,使其成为与刘勰《文心雕龙》并峙的理论高峰,深远地影响着此后中国诗学思想的发展。

◎ 第三节
钟嵘的诗歌品评

钟嵘《诗品》被公认为我国第一部具备理论体系的诗歌专论。它在我国诗歌批评史上最突出的贡献是首开品第批评的先河。对钟嵘所开创的诗歌品第批评范式，我们试从以下三个层次介绍。

一、入品

关于入品问题，钟嵘明确言及两点：一则谓"其人既往，其文克定；今所寓言，不录存者"。此明入品者均为既往之人，现存者即使成就丰硕亦不予考虑，此即所谓"盖棺定论"。二则谓"嵘今所录，止乎五言。虽然，网罗今古，词人殆集。轻欲辨彰清浊，掎摭病利，凡百二十人。预此宗流者，便称才子"。此明入品者均为五言诗之才子，有才而不表现为诗才，且有诗才而不表现为五言诗才者不予考虑。根据这一标准，钟嵘《诗品》共选入122位诗人。

为了确立上述诗人的入品，钟嵘对五言诗作了全面系统的研究，参考了大量的研究文献，他明确提到的就有陆机《文赋》、挚虞《文章志》、李充《翰林论》、王微《鸿宝》、谢灵运集诗、张隐《文士》、沈约《选诗》等。其中，挚虞、李充、谢灵运和沈约的著述对他确定五言诗人的入品问题帮助甚大。需要进一步考察的是，钟嵘《诗品》所选入品评的这122位五言诗人，能否反映五言诗发展的真实情况，即在入品问题上钟嵘是否公允客观。对此，我们试就钟嵘《诗品》与同时代沈约《宋书·谢灵运传论》、刘勰《文心雕龙》、萧统《文选》对历代五言诗的评论或选录情况作一简要比较，证明《诗品》入品诗人的客观性。据初步统计，刘勰《文心雕龙》所评论的五言诗人有40位左右，他们全部在《诗品》入品诗人之列。① 《文选》选入的五言诗人除徐悱不合钟嵘"其人既往"的著述体例，以及苏武、应贞、司马彪、束皙、王康琚5人外，其余56人均入《诗品》。② 同时，沈约《宋书·谢灵运传论》所论及的"三祖"、仲宣、潘陆、仲文、叔源、孙许、灵运、延年，均为当时五言诗之代表，也是《诗品》入品的重要诗人。 当然，因《宋书·谢灵运传论》《文心雕龙》《文选》的著述体例，决定了其评论或选录的范围不限于五言诗（人），而作为五言诗专论的《诗品》，其入品诗人的广度和深度均要远超前著，如钟嵘入品徐淑、鲍令晖、韩兰英3位女性诗人，这是难能可贵的。 但从他们对五言诗人的评选存在重大交合这点可以看出，钟嵘《诗品》所选择的这些入品诗人是当时公认的五言之代表，故其观点总体上是客观公允、符合五言诗发展史实的。 另外，对《诗品》入品问题的研究，我们还可以从"落选"的品外诗人的角度考察，陈庆元曾指出，《诗品》分上、中、下三品，但严格说来，钟嵘品诗却是四等三品，即上、中、下三等三品，外加"不预宗流者"一等。 可见诗坛上还有相当一批不被钟嵘视为"才子"的品外末等诗人。 而揭示"不预宗流者"之所以不许预其宗流的原因，对研究钟嵘的诗歌评论有不容忽视的意义。③ 他通过对齐至梁初的部分品外诗人的考察，发现钟嵘没有将某些才子纳入《诗品》宗流，既与梁武帝萧衍在齐代政治斗争中的复杂背景有关，也与钟嵘自

---

① 刘勰所评论的五言诗人有李陵、班婕妤、曹丕、曹植、王粲、徐干、应玚、刘桢、何晏、嵇康、阮籍、应贞、缪袭、傅玄、张华、陆机、左思、潘岳、夏侯湛、张云、张载、张协、张亢、孙绰、挚虞、成公绥、袁宏、殷仲文、郭璞、孙楚、曹摅、张翰、刘琨、卢谌、谢混、王微、袁淑、颜延之、谢灵运、何长瑜、范泰、范晔等。
② 《文选》选入五言诗人有61人。 汉：李陵、苏武、班婕妤；魏：刘桢、应玚、王粲、曹操、曹丕、曹植、应璩、阮籍、嵇康、缪袭；晋：应贞、傅玄、枣据、傅咸、孙楚、张华、潘岳、何劭、石崇、张载、陆机、陆云、司马彪、张协、潘尼、左思、曹摅、王赞、欧阳建、郭泰机、刘琨、郭璞、卢谌、束皙、张翰、殷仲文、谢混、王康琚、陶渊明；宋：谢瞻、谢灵运、谢惠连、范晔、袁淑、颜延之、鲍照、刘铄、王僧达、王微；齐：谢朓、陆厥；梁：范云、江淹、任昉、丘迟、沈约、虞羲、徐悱。
③ 参见陈庆元：《钟嵘的当代诗歌评论》，载《中州学刊》，1990（1）。

己的文学观和品诗标准有关。后者似乎长期以来未能引起学界的注意。①曹旭《诗品研究》亦列有"未品诗人研究"小节,其中指出:"品总有品的原因……但是,不品也有不品的道理,如果从未品诗人入手,同样可以研究钟嵘的文学观念和审美原则。"②两位学者所提示的研究的视角及所取得的研究成果,值得《诗品》研究同行充分重视作进一步拓展。

需要注意的是,在入品的原则上,钟嵘在《诗品序》中实则有明确说明:"凡百二十人,预此宗流者,便称才子。"这"才子"一词须着眼。实际上,在今存《诗品》文本中,钟嵘以"才"论诗表现得很突出。一则,钟嵘特别称颂的是大才、高才(钟嵘原话为"才高"),这主要表现在对陆机、谢灵运和潘岳的品评上。钟嵘称陆机为"太康之英",谢灵运为"元嘉之雄",并说"昔曹、刘殆文章之圣,陆、谢为体贰之才",给予陆、谢极高的评价。在钟氏看来,陆、谢都是"才高"之士,上品评陆机说:"才高词赡,举体华美。……张公叹其大才,信矣。"《诗品序》谓谢灵运"才高词盛,富艳难踪",上品又评谢灵运说:"学多才博,寓目辄书,内无乏思,外无遗物,其繁富,宜哉。"与陆机并称的潘岳,同样是"高才"之士,只不过前者如海、后者如江,江海同样壮观。③需要指出的是,钟嵘在《诗品》全书虽未明确以"才"品评曹植,但从他对陆机和谢灵运的批评来看,作为"建安之杰"的曹植无疑是"才高"者之典范,因为,陆、谢二人在钟嵘看来,均源出于陈思。刘勰《文心雕龙·才略》篇云:"子建思捷而才俊,诗丽而表逸。"《时序》篇亦云:"陈思以公子之豪,下笔琳琅;并体貌英逸,故俊才云蒸。"又《三国志·魏书·曹植传》评曰:"陈思文才富艳,足以自通后叶。"均可作钟说之脚注。

二则,对于李陵的"殊才"、刘琨的"良才"和郭璞的"隽才",钟嵘主要是从知人论世的角度加以肯定和颂扬的。《诗品》评李陵说:"陵,名

---

① 参见陈庆元:《〈诗品〉品外诗人之考察》,载《文学遗产》,2005(1)。
② 曹旭:《诗品研究》,339 页,上海,上海古籍出版社,1998。
③ 《诗品》"晋黄门郎潘岳"条云:"余常言陆才如海,潘才如江。"

家子,有殊才,生命不谐,声颓身丧。"在钟嵘看来,李陵为李广之后,是为"名家子";但其一生命运不济,遭受苦难,故其诗歌创作体现出"凄怨"的特点,深得楚骚风味,所谓"文多凄怆,怨者之流"是也。这就是李陵所具有的"殊才",即创作五言诗以表达内心凄怨之情的特殊才能。同样,对于源出于李陵的刘琨(刘琨源于王粲,王粲源于李陵),钟嵘认为,"琨既体良才,又罹厄运,故善叙丧乱,多感恨之词",这也是从刘琨的生平遭际方面来肯定他的诗才的。《晋书·刘琨传》云:"琨少负志气,有纵横之才。"又《赞》曰:"越石才雄,临危效忠。"正与钟嵘"体良才"之说相通。如果说,钟嵘对李陵"殊才"和刘琨"良才"的批评,主要是从"知人"角度着眼的;那么,对郭璞"隽才"的批评则主要是从"论世"角度展开的,即将郭璞放在东晋玄言诗风的时代背景中评估其诗才和成就。《诗品序》称:"郭景纯用隽上之才,变创其体。"中品又评郭璞诗说:"宪章潘岳,文体相晖,彪炳可玩。始变中原平淡之体,故称中兴第一。"这里所谓的"隽上之才",即隽才,亦作"隽材",隽通俊,意指才智出众的人,或出众的才智。"体",这里指郭璞创作的《游仙诗》之风格体貌,由于它与永嘉以来盛行的玄言诗风截然不同,故钟嵘称他"变创其体",始变平淡之体,给予郭璞有意识地改变创作风气所取得的成就极高之评价。这正是郭璞才"隽"的表现和结果。对此,《文心雕龙·明诗》篇说:"江左篇制,溺乎玄风。……所以景纯仙篇,挺拔而为俊矣。"《才略》篇云:"景纯艳逸,足冠中兴。"《晋书·郭璞传》载:"璞好经术,博学有高才,而讷于言论,词赋为中兴之冠。"《南齐书·文学传论》云:"江左风味,盛道家之言,郭璞举其灵变。"《文选》录郭璞《游仙诗》七首,李善注曰:"凡游仙之篇,皆所以滓秽尘网,锱铢缨绂,餐霞倒景,饵玉玄都。而璞之制,文多自叙,虽志狭中区,而辞无俗累。见非前识,良有以哉。"诸如此类,均可与钟氏之说相发明。

当然,总体上看,对钟嵘《诗品》的入品问题,学界还重视不够、研究不深,亟待进一步加强。

二、分品

在确定入品诗人后,钟嵘接着要做的工作就是分品与定品。钟嵘分品的目的很明确,就是显优劣、定高下。这种分品的方法,钟嵘自谓取之刘歆、班固,所谓"九品论人,《七略》裁士"。实际上,这也是当时的一种风气。如南齐谢赫著《画品》,分画家为六品;梁代庾肩吾著《书品》,分书法家为九品;梁代柳恽著《棋品》三卷,分置三品人物。沈约著《棋品》,仅存序文;萧纲亦撰《棋品》五卷,分品均未详。

与稍晚的《画品》《书品》相比,钟嵘的分品更显粗略。《画品》分一至六品计 27 人;《书品》细为分上之上、上之中、上之下、中之上、中之中、中之下、下之上、下之中、下之下,共九品 123 人。《诗品》则分上、中、下三品,共 122 人,呈现出明显的金字塔结构。同时,在"一品之中,略以世代为先后,不以优劣为诠次"。具体情况列表如下:

表 9-1 钟嵘《诗品》分品情况统计

朝代	上品	中品	下品
汉	古诗、李陵、班婕妤	秦嘉、徐淑	班固、郦炎、赵壹
魏	曹植、刘桢、王粲	曹丕、嵇康、何晏、应璩	曹操、曹叡、曹彪、徐幹、阮瑀、应玚
晋	阮籍、陆机、潘岳、张协、左思	张华、孙楚、王赞、张翰、潘尼、陆云、石崇、曹摅、何劭、刘琨、卢谌、郭璞、袁宏、郭泰机、顾恺之	欧阳建、嵇含、阮侃、嵇绍、枣据、张载、傅玄、傅咸、缪袭、夏侯湛、王济、杜预、孙绰、许询、戴逵、殷仲文、毛伯成
宋	谢灵运	谢世基、顾迈、戴凯、陶潜、颜延之、谢瞻、谢混、袁淑、王微、王僧达、谢惠连、鲍照	傅亮、何长瑜、羊曜璠、范晔、刘骏、刘铄、刘宏、谢庄、苏宝生、陵修之、任昙绪、戴法兴、区惠恭、张永、吴迈远

续表

朝代	上品	中品	下品
齐		谢朓	惠休、道猷、释宝月、萧道成、王文宪、谢超宗、丘灵鞠、刘祥、檀超、钟宪、颜测、顾则心、许瑶之、鲍令晖、韩兰英、张融、孔稚珪、王融、刘绘、江祐、王巾、卞彬、卞铄、袁嘏、张欣泰、陆厥
梁		江淹、范云、丘迟、任昉、沈约	范缜、虞羲、江洪、鲍行卿、孙察

在对入品的122位诗人的实际分品过程中,钟嵘严格坚持艺术的标准,不以贵贱为升降,不因亲疏定优劣,不随时论分轩轾。摒除门第之偏见,不因人废言。魏武帝、魏明帝、宋孝武帝、齐高帝,虽为帝王之尊,但钟嵘均列为下品。沈约为当世权贵,一代词宗,位高身荣,钟嵘列为中品,史称嵘"追宿憾",但后世学者均以为钟嵘此品为公允。嵘师王俭(王文宪),官至太尉,但其"经国图远,忽是雕虫",仅列下品。反之,鲍照"才秀人微,故取湮当代",但钟嵘将其列入中品;郭泰机,寒素后门之士,但其"'寒女'之制,孤怨宜恨",戴凯"人实贫羸",但其"才章富健",此二子文虽不多,但气调劲拔,故钟嵘谓:"吾许其进,则鲍照、江淹,未足逮止。越居中品,佥曰宜哉。"苏宝生、陵修之、任昙绪、戴法兴四人,"人非文是,愈甚可嘉焉",列入下品。当然,钟嵘的分品也遭到后世的诟病,以为陶潜不当列为中品、曹操不当列为下品等。钟嵘分品出现的这些问题,既是时代及其本人文学思想的局限所致,也与分品行为本身的复杂性有关。对此,钟嵘有清醒的认识,《诗品序》谓:"至斯三品升降,差非定制;方申变裁,请寄知音尔。"中品"晋司空张华诗"条云:"今置之甲科疑弱,抑之中品恨少,在季、孟之间矣。"中品"梁太常任昉诗"条云:"善铨事理,拓体渊雅,得国士之风,故擢居中品。"

三、品评

钟嵘对人品诗人的批评，鲜明地体现出三个特点：一是推溯其源流，二是揭示其艺术特征，三是评估其历史地位。试以上品十二人为中心，兼涉中下品的部分诗人，作简要分析。

在上品的十二则中，每则的开首均论述源流问题。上品谓《古诗》源于《国风》，李陵源于《楚辞》，班婕妤源于李陵，曹植源于《国风》，刘桢源于《古诗》，王粲源于李陵，阮籍源于《小雅》，陆机源于陈思，潘岳源于王粲，张协源于王粲，左思源于刘桢，谢灵运源于曹植而杂张协之体。联系中品之曹丕源于李陵，嵇康源于曹丕，张华源于王粲，应璩祖袭曹丕，刘琨和卢谌源于王粲，郭璞宪章潘岳，陶潜源于应璩又协左思风力，谢瞻等五人源于张华，鲍照源于二张（张华、张协），谢朓源于谢混，江淹"筋力于王微，成就于谢朓"，沈约宪章鲍照等。可知，钟嵘总体上把诗歌分为《诗经》《楚辞》两大源系，其中《诗经》系又分《国风》系和《小雅》系，而后者影响较微，仅有阮籍一人。钟嵘的这一研究，开后世诗、骚源流论之先河，影响极为深远。

如果说推求诗人的渊源主要立足于诗人创作中的继承一面，还不能体现诗人的独特性。那么，在推源之后，钟嵘重点要揭示诗家自身的独特个性，这就是诗人的艺术风貌论。上品谓《古诗》"文温以丽，意悲而远"，谓李陵"文多凄怆，怨者之流"，谓班婕妤"《团扇》短章，辞旨清捷，怨深文绮，得匹妇之致"，谓曹植"骨气奇高，词采华茂，情兼雅怨，体被文质，粲溢今古，卓尔不群"，谓刘桢"仗气爱奇，动多振绝。贞骨凌霜，高风跨俗。但气过其文，雕润恨少"，谓王粲"发愀怆之词，文秀而质羸"，谓阮籍"无雕虫之功。而《咏怀》之作，可以陶性灵，发幽思。言在耳目之内，情寄八荒之表。洋洋乎会于《风》《雅》，使人忘其鄙近。自致远大，颇多感慨之词。厥旨渊放，归趣难求"，谓陆机"才高词赡，举体华美。……尚规矩，不贵绮错，有伤直致之奇"，谓潘岳"《翰林》叹其翩翩奕奕，如翔禽之有羽毛，衣被之有绡縠"，谓张协"文体华净，少病累。又巧构形似之言。……词采葱菁，音韵铿锵"，谓左思"文典以怨，颇为精切，得讽谕之致"，谓谢灵运"尚巧似，而逸荡过之。颇以繁芜为累"。这些评语简洁而精到，既体现出钟嵘敏锐的审美眼光，又反映出他富有个性的审美取向。大抵上说，钟嵘崇尚的是以曹植为典范的文质兼备的艺术风格。就思想方面的"质"而言，它包括"意""骨""气""情"等，钟嵘对其的审美要求是"深远""奇高""雅怨"，反之，"浅近""规矩"等为钟嵘所批评。就艺术形式的"文"来说，它包括"文词""辞采"等，钟嵘对其的审美要求是"丽""清""华茂""丰赡""华美""华净"等。在钟嵘看来，源出于《国风》系的曹植一派诗人，包括陆机和谢灵运，在文质结合方面做得最好，故成就最高。而同样源出于《国风》系的《古诗》一派诗人，包括刘桢、左思、刘琨和卢谌等，有质胜于文之病。源出于《楚辞》系以王粲为代表的一派诗人，包括潘岳、张协、张华、谢瞻等，则有文胜于质之弊。

在揭示诗人艺术个性的基础上，钟嵘对其历史贡献和地位作了评估，其评估的一个重要视角，是纵横结合的比较。如对建安代表诗人的评价：

故孔氏之门如用诗，则公幹升堂，思王入室，景阳、潘、陆，自可坐于廊庑之间矣。（"魏陈思王植诗"条）

然自陈思已下，桢称独步。（"魏文学刘桢诗"条）

（王粲）在曹、刘间别构一体。方陈思不足，比魏文有余。（"魏侍中王粲诗"条）

叡不如丕，亦称三祖。（"魏明帝"条）

白马与陈思答赠，伟长与公幹往复，虽曰以莛扣钟，亦能闲雅矣。（"魏白马王彪 魏文学徐幹"条）

这里涉及了建安时期的主要诗人，如曹植、曹彪、曹丕、曹叡、刘桢、王粲、徐幹等。通过钟嵘对他们的比较，其历史贡献和历史地位便得以突显。在建安诗人和历代五言诗人中，钟嵘许曹植以最高地位。"三祖"当中，曹丕为上、曹叡次之。"七子"当中，钟嵘在肯定王粲别为一体的同时，却认为刘桢在王粲之上。这一观点便与刘勰不同，刘勰《文心雕龙·明诗》谓："兼善则子建仲宣，偏美则太冲公幹。"列王粲在曹植之下，刘桢之上。反映出钟、刘二人不同的审美旨趣和评价标准。又如对于太康时期的重要诗人群体，钟嵘亦通过多方比较，确定其各自的个性和历史地位：

余常言：陆才如海，潘才如江。（"晋黄门郎潘岳诗"条）

（张协诗）雄于潘岳，靡于太冲。（"晋黄门郎张协诗"条）

（左思诗）虽浅于陆机，而深于潘岳。（"晋记室左思诗"条）

清河之方平原，殆如陈思之匹白马。于其哲昆，故称二陆。（"晋清河太守陆云"条）

孟阳诗，乃远惭厥弟，而近超两傅。（"晋中书张载"条）

这里，钟嵘以太康之英的陆机为核心，组建出潘陆、二陆、张潘左、左陆潘、二张及两傅等比较内容，几乎涉及太康时期所有重要诗人。且这些比较与《诗品序》"太康中，三张、二陆、两潘、一左，勃尔中兴，踵武前王，风流未沫，亦文章之中兴也。……陆机为太康之英，安仁、景阳为辅"的论述相得益彰。此外，对于当时的热点诗人之间的比较，钟嵘也表示了关注，如颜、谢之比较，他引汤惠休的话说："谢诗如芙蓉出水，颜诗如错彩镂金。"，而对沈、任之比较，他说："（任昉）少年为诗不工，故世称沈诗任笔。"另外，对于入品的为数不多的几位女性诗人，钟嵘也使用了比较的方法，中品谓："徐淑叙别之作，亚于《团扇》矣。"这是徐淑《叙别诗》与班婕妤《团扇诗》的比较。下品云："照尝答孝武云：'臣妹才自亚于左芬，臣才不及太冲尔。'兰英绮密，甚有名篇。又善谈笑，齐武谓韩云：'借使二媛生于上叶,则"玉阶"之赋,"纨素"之辞,未讵多也。'"这里又涉及左芬与鲍令晖、韩兰英与班婕妤的比较。

总之,钟嵘对于诗人的这种比较,既是他具体批评的一种重要方法,同时又与其溯源流、辨体性形成三位一体的品评模式,对后世的诗话批评有着直接和深远的影响。

第十章
魏晋南北朝的音乐艺术思想

◎ 第一节
阮籍

阮籍（210—263），字嗣宗，陈留尉氏（今属河南）人，阮瑀之子，"竹林七贤"之一。历官尚书郎、散骑常侍、步兵校尉，世称"阮步兵"。据《晋书》本传记载，阮籍容貌瑰杰，志气宏放，任性不羁；"籍本有济世志，属魏晋之际，天下多故，名士少有全者，籍由是不与世事，遂酣饮为常"。博览群籍，尤好《庄》《老》；能属文，作《咏怀诗》八十余篇，为世所重。又雅好音乐，善啸，能弹琴，亦能作曲，相传琴曲《酒狂》为其所作。原有集，已佚，今存明人张溥辑本《阮步兵集》，今人陈伯君《阮籍集校注》是目前较为通用的版本。生平事迹主要见《晋书》《世说新语》（及刘孝标注）等。

一、《乐论》中的音乐思想

《乐论》是阮籍音乐美学思想的代表作，也是魏晋时期最重要的音乐专论之一。目前学界一般认为它是阮籍早年的作品，写作年份大概在正始初年或再略早一些。① 文章以"刘子"与"阮先生"（即阮籍）一问一答的方式，围绕儒家"移风易俗，莫善于乐"的中心问题，集中阐发了阮籍关于音乐的本体、功能以及雅乐与淫乐的区别等诸多美学问题。具体地说，阮籍在《乐论》中主要阐述了如下音乐观点。

其一，乐之所始，本于自然之道。阮籍一开始就阐明音乐的本体性质，谓："夫乐者，天地之体，万物之性也。合其体，得其性，则和；离其体，失其性，则乖。……故八音有本体，五声有自然，其同物者以大小相君。有自然，故不可乱；大小相君，故可得而平也。"阮籍的"天地之体，万物之性"说法，阐明了乐是自然的本质这一属性，意味着音乐与自然秩序之间的统一关系。阮籍认为，音乐的本质在于体现天地的精神、万物的本性。这里，阮籍一定程度上继承了《礼记·乐记》"乐者，天地之和"的观点，指出音乐的本体在于合天地之体，得万物之性。阮籍认为，圣人、先王正是遵循这一原则而作乐的：

> 昔者圣人之作乐也，将以顺天地之体，成万物之性也，故定天地八方之音，以迎阴阳八风之声，均黄钟中和之律，开群生万物之情，故律吕协则阴阳和，音声适而万物类。
>
> 先王之为乐也，将以定万物之情，一天下之意也。
>
> 昔先王制乐……必通天地之气，静万物之神也。
>
> 乾坤易简，故雅乐不烦；道德平淡，故无声无味。不烦则阴阳自通，无味则百物自乐。
>
> 夫雅乐周通则万物和，质静则听不淫，易简则节制全，静重则服人心；此先王造乐之意也。

---

① 陈伯君关于《乐论》的产生，作如下校注按语："《三国志·魏志·高贵乡公髦记》：'甘露元年夏四月丙辰，帝幸太学，问诸儒……于是覆命讲礼记。'疑此文乃阮籍为高贵乡公散骑常侍时奉命讲《礼记》（《乐记》为《礼记》之一篇）或与诸儒辩论之作。"（陈伯君：《阮籍集校注》，77页，北京，中华书局，1987。本书所引阮籍作品原文均出自此书。）

从这些论述中可以很清楚地看出阮籍援道入儒的特点。所谓"乾坤易简",本于《周易·系辞上》"乾以易知,坤以简能;易则易知,简则易从";而"道德平淡""无声无味",则完全是道家话语。阮籍的结论是"此自然之道,乐之所始也"和"达道之化者可与审乐,好音之声者不足与论律也"。阮籍以"自然"为"乐"的"本体",而他所谓的"自然""道",就是天地万物的和谐一体。这集中体现了阮籍"名教合于自然"的观点,它既是阮籍乐论的哲学基础,也是他的乐论区别于先秦以来儒家乐论的关键所在。

其二,圣人、先王作乐,以平和为标准,与礼法相内外,故能移风易俗。在阮籍看来,音乐的自然本体,决定了圣人、先王作乐须以平和为标准。他说:

> 故圣人立调适之音,建平和之声,制便事之节,定顺从之容,使天下之为乐者莫不仪焉。
>
> 歌谣者咏先王之德,俯仰者习先王之容……入于心,沦于气,心气和洽,则风俗齐一。
>
> 圣人之为进退俯仰之容也,将以屈形体,服心意,便所修,安所事也。歌咏诗曲,将以宣平和,著不逮也。
>
> 先王之为乐也,将以定万物之情,一天下之意也,故使其声平,其容和。下不思上之声,君不欲臣之色,上下不争而忠义成。

阮籍还以黄帝《咸池》、少昊《六英》为例,说明其名虽变,但其乐声则"平和自若";又以舜命夔典乐教胄子以中和之德一事,阐述正乐的"通平易简,心澄气清"和"阴阳调达,和气均通"的本质特点;再以孔子在齐闻《韶》的典故,指出"至乐使人无欲,心平气定,不以肉为滋味"的审美功用。最后,阮籍总结道:"以此观之,知圣人之乐,和而已矣。"阮籍这里反复强调"和",并把它树为音乐之本,实为阮籍前期美学思想的核心和政治伦理观的概括,也是阮籍"济世"的人生理想在审美观念上的反映。同时,阮籍认为,先王制礼作乐,是"刑、教一体,礼、乐,外、内也",所谓"礼定其象,乐平其心;礼治其外,乐化其内。礼乐正而天下平"。从阮籍对圣人之乐、先王之乐的推崇不难看出,其思想的主要方面虽仍是儒家以礼乐治天下的传统旧说,但其中所谓的"一天下之意""至乐使人无欲"等说法,却已深深烙上老庄之学的印记。

其三,基于对先王至乐的推崇,阮籍极力反对伤风败俗的"淫声"和"以悲为乐"的审美倾向。阮籍认为,先王之所以作"正乐",就是要"屏淫声",但自春秋"礼坏而乐崩"之后,"淫声遂起""怪声并出""聪慧之人并造奇音"。他批评"汉哀帝不好音,罢省乐府,而不知制礼乐;正法不修,淫声遂起"。又说:

> 景王喜大钟之律,平公好师延之曲,公卿大夫拊手嗟叹,庶人群生踊跃思闻,正乐遂废,郑声大兴,雅颂之诗不讲,而妖淫之曲是寻。延年造倾城之歌,而孝武思嬿嫚之色;雍门作松柏之音,愍王念未寒之服。故猗靡哀思之音发,愁怨偷薄之辞兴,则人后有纵欲奢侈之意,人后有内顾自奉之;是以君子恶大陵之歌,憎北里之舞也。

这些以郑卫之音为代表的"淫声"之所以遭到阮籍的严厉批评,是因为它们"汩湮心耳",使人听后"乃忘平和",而有"纵欲奢侈之意",故他要求"君子弗听"。同时,阮籍对自先秦以来"以哀为乐""以悲为乐"的审美倾向进行了分析和批评。他指出,"夏后之末""殷之季君","满堂而饮酒,乐奏而流涕,此非皆有忧者也,则此乐非乐也"。又指出诸如"王莽居臣之时,奏新乐于庙中""桓帝闻楚琴,凄怆伤心,倚扆而悲""顺帝上恭陵,过樊衢,闻鸟鸣而悲,泣下横流",均"以悲为乐者也"。阮籍认为,以悲为乐,"则天下何乐之有"?天下无乐,而欲阴阳调和,灾害不生,"亦已难矣"。阮籍由此感慨道:"悲夫! 以哀为乐者,胡亥耽哀不变,故愿为黔首;李斯随哀不返,故思逐狡兔。呜呼! 君子可不鉴之哉!"最后,阮籍明确指出:"乐者,使人精神平和,衰气不入,天地交泰,远物来集,故谓之乐也。"不难看出,阮籍之对哀乐的批评,仍是以平和之至乐为批评标准。这一观点自有它的局限性。实际上,表现哀伤之情,不仅是音乐,乃是所有艺术所应有的主题。阮籍本人在他的文学和音乐的创作实践中,亦难免不表现哀伤之情。这在他的《咏怀》和《酒狂》中可以清楚看到。

要之,阮籍《乐论》承袭了《礼记·乐记》和荀子《乐论》的主要观点,以"中和"为美,礼乐并举,重视乐的伦理教化功能,体现出较为浓厚的儒家色彩。明人张溥正是从儒家立场出发推崇阮籍《乐论》,以为"史迁不如"[①]。但是,阮籍《乐论》又并非只是对儒家乐论的简单重复。作为早期玄学思想的代表,阮籍对儒家乐论加以发挥和改造,他扬弃了《礼记·乐记》"音生于心"的观点,代之以"乐生于自然";他把儒家提倡的五音之和与道家提倡的大音之和巧妙地融合起来;他说的乾坤易简,雅乐不烦,原是以《易》释乐,与《乐记》"大乐必易"思想相通,但他又将此与道德平淡,无声无味联系起来,这就同道家之"无"形成理论上的关联。因此,阮籍《乐论》以自然之道释乐之本体,以道家思想释儒家正声雅乐,体现出鲜明的玄学精神,代表着儒家乐论向玄学乐论的转折。[②]

[①] (明)张溥著,殷孟伦注:《汉魏六朝百三家集题辞注》,116页,北京,中华书局,2007。
[②] 李泽厚、刘纲纪《中国美学史》认为:"阮籍的美学思想也是建立在'自然'这一基础之上的,并且也和儒道两方相通。从肯定儒家的仁爱和维护上下尊卑的关系来说,它通向儒,但同时又把仁爱和上下尊卑的关系的实现放到了道家所说的'自然'的基础之上,从而越出了儒家美学的藩篱。这可以阮籍的《乐论》为代表。"[李泽厚、刘纲纪:《中国美学史》(第二卷上),165页,北京,中国社会科学出版社,1987]蔡仲德《中国音乐美学史》认为:"阮籍和王弼一样调和名教和自然的关系,为礼乐的继续存在提供理论依据……使儒家礼乐思想与道家自然乐论合二为一。""因此更能代表阮籍的真正思想,更能体现阮籍思想之'本趣'的,不是贬斥礼法的《大人先生传》,而是调和自然与名教的关系,以自然为礼法名教的存在提供理论依据的《乐论》等,就其整体思想而言是如此,就其美学思想而言也是如此,就其音乐美学思想而言就更是如此。"[蔡仲德:《中国音乐美学史(修订版)》,475页、496~497页,北京,人民音乐出版社,2003]

二、阮籍其他作品中的音乐思想

除《乐论》外，在阮籍的《东平赋》《清思赋》《大人先生传》《咏怀》《通易论》及《达庄论》等作品中，亦有关涉音乐思想的言论。在这些作品中，阮籍主要借用一些音乐意象来表达他内心的思想和情感，既反映了阮籍文学创作手法的多样化，也在一定程度上体现了他的音乐美学思想。这些思想既有与《乐论》一致的地方，也有相悖之处，反映了阮籍音乐思想的前后发展情况及相互矛盾的特点。

其与《乐论》思想相一致的地方，表现为反对淫声俗乐的伤风败俗，称颂先王之乐的移风易俗。如《东平赋》叙述东平县的风俗（风土秽杂不洁）云："西则仰首阿甄，傍通戚蒲，桑间濮上，淫荒所庐。三晋纵横，郑卫纷敷，豪俊凌厉，徒属留居。……是以其唱和矜势，背理向奸，尚气逐利，罔畏惟怼。"对此，阮籍感叹道："是以居之则心昏，言之则志哀。"于是，阮籍借音乐意象表达出他的理想境界，说："是以伶伦游风于昆仑之阳……凤鸟自歌，翔莺自舞。"又《咏怀》其五云："平生少年时，轻薄好弦歌。西游咸阳中，赵李相经过。娱乐未终极，白日忽蹉跎。驱马复来归，反顾望三河。黄金百镒尽，资用常苦多。北临太行道，失路将如何！"《咏怀》其十云："北里多奇舞，濮上有微音。轻薄闲游子，俯仰乍浮沉。捷径从狭路。俇俇趋荒淫。焉见王子乔，乘云翔邓林。独有延年术，可以慰我心。"这里指出"轻薄悠闲子"的"娱乐""弦歌"是以悲为美的，它与历史上的亡国之音"北里奇舞""濮上微音"并无二致，这与《乐论》"平王好师延之曲"、君子憎"北里之舞"正相吻合。对阮籍这种反对"耽哀不变"的思想，唐人李善注释道："轻薄之辈，随俗浮沉，弃彼大道，好从狭路，不尊恬淡，竞赴荒淫，言可悲甚也。""子乔离俗以轻举，全性以保真，其人已远，故云焉见，其法不灭，故云可慰心。"①又《咏怀》其三十一云："驾言发魏都，南向望吹台。箫歌有遗音，梁王安在哉？战士食糟糠，贤者处蒿莱。歌舞曲未终，秦兵已复来。夹林非吾有，朱宫生尘埃。军败华阳下，身竟为土灰。"这首诗实为"咏史"之作，在具体表现手法上，借梁王无视国家人民、一味嗜爱"吹台""箫歌"，耽"乐"不返而造成国破身亡的史实，对个体生命与群体生命的关系作出了辩证的审美观照。作为统治者而嗜于"吹台""箫歌"，势必影响到社会群体的每个生命个体，上行而下效，从而最终导致群体的解体与毁灭。所以阮诗中的"轻薄闲游子"与"梁王""平王"辈，虽身份地位不同，但其耽乐、嗜乐造成社会群体毁灭都是相似的，故阮籍予以猛烈的批判。反之，在《通易论》中，阮籍对先王之乐大加颂扬："雷出于地，于是大人得位，明圣又兴，故先王作乐荐上帝，昭明其道以答天贶。于是万物服从，随而事之，子遵其父，臣承其君，临驭统一，大观天下，是以先王以省方观民设教，仪之以度也。……先王何也？大人之功也。故建万国，亲诸侯，树其义也；作乐荐上帝，正其命也。"此段文字上承《周易》豫卦象传之"雷出地奋，豫。先王以作乐崇德，殷荐之上帝，以配祖考"，认为"大人""先王"得位，君临天下，是出于天的意志（"正其命"之"命"即指天命）、天的恩赐（即所谓"天贶"），故"先王"作乐献之上帝，以为报答；又认为此乐既可沟通天人，便具有使"万物服从，随而事之，子遵其父，臣承其君"，使天下归于一统的功用。可知阮籍之崇雅乐，斥郑声，与《乐论》中的思想相一致。

其与《乐论》思想相悖之处，突出表现在两个方面：其一，借鸣琴写忧情。在《乐论》中，阮籍旗帜鲜明地反对以悲为乐、以哀为乐，但在《咏怀》诗中，阮籍却常常创造出哀伤的音乐意象，借以书写他的忧伤之情。《咏怀》组诗是阮籍文学创作的高峰，至于其创作旨意，颜延年谓："嗣宗

---

① （南朝梁）萧统编，（唐）李善等注：《六臣注文选》，405页。

身仕乱朝，常恐罹谤遇祸，因兹发咏，故每有忧生之嗟。"①为了表现"忧生之嗟"的主题，阮籍在诗中有不少对"音乐形象"的描绘与刻画：

  夜中不能寐，起坐弹鸣琴。……徘徊将何见？忧思独伤心。（其一）
  步出上东门，北望首阳岑。下有采薇士，上有嘉树林。……鸣雁飞南征，鹲鸠发悲音。素质游商声，悽怆伤我心。（其九）
  夏后乘灵舆，夸父为邓林。存亡从变化，日月有浮沉。凤凰鸣参差，伶伦发其音。王子好箫管，世世相追寻。谁言不可见，青鸟明我心。（其二十二）
  生命辰安在，忧戚涕沾襟。高鸟翔山冈，燕雀栖下林。青云蔽前庭，素琴凄我心。崇山有鸣鹤，岂可相追寻。（其四十七）
  危冠切浮云，长剑出天外。细故何足虑，高度跨一世。非子为我御，逍遥游荒裔。顾谢西王母，吾将从此逝。岂与蓬户士，弹琴诵言誓。（其五十八）

这些有关音乐的描写中所刻画出的音乐形象，无论是主观意象还是客观环境，无一不是哀婉、悲伤、凄凉的。文学作品中的音乐形象是阮籍宣泄情感的一个重要载体，其所内含的感情恰恰都是"伤怀"的，是"哀音"，是"商声"，是"凄我心"的。阮籍虽在《乐论》中严厉批判自先秦以来"以哀为乐""以悲为乐"的审美倾向，但他却在自己的文学创作（以及音乐创作，如《酒狂》）中自觉不自觉地"以哀为乐""以悲为乐"。这是阮籍音乐思想前后互相矛盾的一个重要表现。

其二，反对君子的礼乐文明，追崇道家的无声之境。在《大人先生传》中，阮籍借"大人"之口，指斥"君子"之道：

---

① （南朝梁）萧统编，（唐）李善等注：《六臣注文选》，401页。

今汝造音以乱声，作色以诡形；外易其貌，内隐其情，怀欲以求多，诈伪以要名；君立而虐兴，臣设而贼生，坐制礼法，束缚下民。……奇声不作则耳不易听，淫色不显则目不改视，耳目不易改则无以乱其神矣；此先世（一作圣）之所至止也。今汝尊贤以相高，竞能以相尚，争势以相君，宠贵以相加，驱天下以趣之，此所以上下相残也。竭天地万物之至以奉声色无穷之欲，此非所以养百姓也。于是惧民之知其然，故重赏以喜之，严刑以威之；财匮而赏不供，刑尽而罚不行，乃始有亡国戮君溃败之祸。此非汝君子之为乎？汝君子之礼法，诚天下残贼、乱危、死亡之术耳；而乃目（一作自）以为美行不易之道，不亦过乎！

在《乐论》中，阮籍亦曾对"怪声""奇音"严加批判，谓："钟失其制则声失其主；主制无常则怪声并出。盛衰之代相及，古今之变若一，故圣教废毁则聪慧之人并造奇音。"所谓"怪声""奇音"，一般是指不合儒家"正乐""平和"标准的郑声、淫曲。而在《大人先生传》中，"奇声"所指发生了根本的变化，它是指君子所造之乐，可见此时阮籍的矛头所向已直指君子之儒的礼乐文明。在《乐论》中，阮籍认为儒家的礼乐是一体的："刑、教一体，礼、乐、外、内也。……礼定其象，乐平其心；礼治其外，乐化其内；礼乐正而天下平。"而在《大人先生传》中，阮籍谓君子既"造音以乱声，作色以诡形"，又"重赏以喜之，严刑以威之"，其所造之礼法，"诚天下残贼、乱危、死亡之术耳"。基于对君子之礼法和"奇声"的否定与批判，阮籍明确道出他"通于自然"的理想："今吾乃飘飘于天地之外，与造化为友，朝食汤（一作阳）谷，夕饮西海，将变化迁易，与道周始，此之于万物岂不厚哉？故不通于自然者不足以言道，阇于昭昭者不足与达明，子之谓也。"

阮籍的这种"通于自然之道"的音乐思想，是对《乐论》所谓"夫乐者，天地之体，万物之性也……此自然之道，乐之所始也"的进一步发展。

而这一点，在他晚期创作的《清思赋》中体现得更加明确。

阮籍追求和向往的是寂寞无听之善声。《清思赋》描绘了一个"清虚廖廓""飘飖恍惚""洞幽贯冥"的理想境界，而这个境界的主体正是阮籍心中至美精灵——音乐和舞蹈。阮籍在《清思赋》的开篇即明确指出：

> 余以为形之可见，非色之美；音之可闻，非声之善。昔黄帝登仙于荆山之上，振咸池于南岳之岗，鬼神其幽，而夔牙不闻其章；女娲耀荣于东海之滨，而翩翻于洪西之旁，林石之隙从，而瑶台不照其光。是以微妙无形，寂寞无听，然后乃可以睹窈窕而闻淑清。故白日丽光，则季后不步其容；钟鼓阗铃，则延子不扬其声。

在他看来，可以看见的形象不是最美的，可以听到的声音也不是最美的。黄帝之乐、女娲之舞之所以成为艺术的最高典范，就在于"夔牙不闻其章""瑶台不照其光"，即无形、无声。因此，阮籍提出他音乐审美的最高标准——"微妙无形，寂寞无听"，即最美妙的形象是无形，最美妙的声音是无声。阮籍的这一思想明显是继承老子、王弼等的道家思想而来的。《老子》第四十一章提出"大音希声""大象无形"。老子所谓"大音"，就是指音乐本质的美。王弼谓"有声者非大音"，"无音声而心无所适焉，则大音至矣"，认为超越音声才能得到音乐之美。不难看出，其中的一脉相承。阮籍只不过在《清思赋》中把老子抽象、朦胧的"大音"具体化、形象化了。

可见，《大人先生传》《清思赋》及《咏怀》诗等文学作品中所反映出的音乐美学思想，与《乐论》既有相承关系，更有明显不同乃至截然相对之处，可知阮籍前后的音乐美学思想发生了重大转变。而这种转变，正是魏晋音乐思想由儒家乐论向玄学乐论蜕变的集中反映和体现。

◎ 第二节
嵇康

　　嵇康（223—262，或 224—263），字叔夜，谯国铚（今安徽濉溪）人，"竹林七贤"之一，曹魏时著名的思想家、文学家和音乐家。与魏宗室婚，拜中散大夫，世称"嵇中散"。据《晋书》本传载，嵇康早孤，有奇才，卓越超群；身长七尺八寸，美词气，有风仪，而土木形骸，不自藻饰，人以为龙章凤姿，天质自然。嵇康性恬静寡欲，宽简有大量，博览该通，好《老》《庄》之学，自言"老子庄周，吾之师也""托好老庄，贱物贵身，志在守朴，养素全真"。善谈理，能属文，撰《高士传赞》《太师箴》《养生论》《释私论》等，刘勰谓"嵇志清峻""师心以遣论"。原有《嵇康集》十三卷，已佚，明张溥辑有《嵇中散集》，今有鲁迅校《嵇康集》、戴明扬《嵇康集校注》等。[①] 其生平事迹见《晋书》《世说新语》（及刘孝标注）等。

　　作为音乐家的嵇康，好弹琴，善操曲，其弹奏的《广陵散》，声调绝伦，誉满一时。《世说新语·雅量》谓："嵇中散临刑东市，神气不变。索琴弹之，奏《广陵散》。曲终曰：'袁孝尼尝请学此散，吾靳固不与，《广陵散》于今绝矣！'"[②]同时，嵇康还深明乐理，著有《声无哀乐论》《琴赋》等。其中，《声无哀乐论》是中国音乐思想上的重要著作，代表了魏晋南北朝时期的最高理论水平。嵇康在音乐思想上的突出贡献，是提出并阐述了"声无哀乐"和"琴德最优"两个重要的理论命题。

[①] 本书所引嵇康作品原文均出自戴明扬校注：《嵇康集校注》，北京，人民文学出版社，1962。
[②] （南朝宋）刘义庆著，（南朝梁）刘孝标注，余嘉锡笺疏：《世说新语笺疏》，378～379 页。

一、"声无哀乐"论

"声无哀乐"是嵇康在继承前代音乐文化的基础上[①],明确提出并建构的一个音乐美学命题和思想体系。它是嵇康在"越名教而任自然"哲学观基础上,阐述的关于音乐艺术的独特认识,可以说是玄学思潮影响之下的直接产物。

《声无哀乐论》采用辩难的形式,由假想论敌"秦客"设二问、发六难,嵇康化身"东野主人"逐一应答辩驳。八个回合,一问一答,回环往复,嵇康借此系统阐述了他"声无哀乐"的音乐美学思想,其中涉及音乐的本体与本质、音乐的功能等基本理论问题。

在《声无哀乐论》前七个回合的论辩中,嵇康主要针对秦客"声无哀乐,其理何居"的发问,重点阐述了"心之与声,明为二物"的核心观点。一方面,对于秦客所言音乐可以表现人的情感和品德、反映社会盛衰的观点,嵇康深表质疑。嵇康认为,季札观礼、仲尼闻《韶》、师襄奏操、师涓进曲等"前史以为美谈"者,"皆俗儒妄记,欲神其事而追为耳。欲令天下惑声音之道,不言理自。尽此而推,使神妙难知,恨不遇奇听于当时,慕古人而自叹。斯所以大罔后生也"。而"葛卢闻牛鸣,知其三子为牺;师旷吹律,知南风不竟,楚师必败;羊舌母听闻儿啼,而审其丧家"等"前言往记",嵇康两次说"此又吾之所疑也",并就此分别作了详细辨析,如其分析"师旷吹律"说:"凡阴阳愤激,然后成风;气之相感,触地而发;何必发楚庭,来入晋乎?且又律吕分四时之气耳,时至而气动,律应而灰移。

---

① "声无哀乐论"虽由嵇康提出并流行于魏晋时期,但是这种观点至少可以追溯到秦汉时期,这一时期的一些论著如吕不韦《吕氏春秋》、刘安《淮南子》、刘向《说苑》、桓谭《新论》等或多或少已经涉及这一问题,如《淮南子·齐俗训》云:"夫载哀者闻歌声而泣,载乐者见哭者而笑,哀可乐者,笑可哀者,载使然也。"然而这一理论在当时并没有产生多少社会影响,而是在经过了将近四个世纪以后,当嵇康再次提出的时候,才产生深刻的社会影响。

皆自然相待，不假人以为用也。"秦客这里所引均为儒家奉为经典的事例和观点，因此，嵇康对其的怀疑和批判，实则是对传统儒家音乐思想的怀疑和批判。

另一方面，嵇康在辩驳秦客言论的同时，正面提出并论证了他"声之与心，殊途异轨，不相经纬"的观点。嵇康认为，就"声"而言，它是一种客观存在，其本身并无哀乐的特性，我们也只能以善与不善来对其作出批判：

> 音声之作，其犹臭味在于天地之间。其善与不善，虽遭遇浊乱，其体自若，而不变也。岂以爱憎易操，哀乐改度哉？……声音自当以善恶为主，则无关于哀乐。哀乐自当以情感，则无系于音。……夫五色有好丑，五声有善恶，此物之自然也。……音声有自然之和，而无系于人情。克谐之音，成于金石；至和之声，得于管弦也。

在嵇康看来，声音亦如天地间的各种味道，其本身不具有哀乐的情感性质，因此，也就没有哀、乐之别，而只有善与恶的不同。作为客观存在的音声，其最本质的特点是"自然之和"。"和声"的发生只与金石、管弦等乐器本身有关，与人情无涉。为此，嵇康用泪、汗作形象的类比：

> 夫食辛之与甚噱，薰目之与哀泣，同用出泪，使狄牙尝之，必不言乐泪甜而哀泪苦。斯可知矣。何者？肌液肉汗，踧笮便出，无主于哀乐，犹铳酒之囊漉，虽笮具不同，而酒味不变也。声俱一体之所出，何独当含哀乐之理也？

就"声"与"心"的关系说，针对儒家乐论一直强调"乐"是哀乐之情的表现，嵇康明确指出，"心之与声，明为二物"，它们"外内殊用，彼我异名"，不可滥于名实，所谓"味以甘苦为称，今以甲贤而心爱，以乙愚而情憎。则爱憎宜属我，而贤愚宜属彼也。可以我爱而谓之爱人，我憎而谓之憎人？所喜则谓之喜味，所怒则谓之怒味哉"。但不可否认的是，音声与情感之间又的确存在精妙的关系，这种关系嵇康谓之"无常"，也即无必然之联系。对此，嵇康作了非常细致的辨析。其一，"哀乐自以事会，先遘于心，但因和声，以自显发"，即人的哀乐之情先存于心，以事会，因声发，所谓"夫哀心藏于苦心内，遇和声而后发；和声无象，而哀心有主。夫以有主之哀心，因乎无象之和声，其所觉悟，唯哀而已"。在嵇康看来，哀者自哀，乐者自乐，一切本于人内心原有之情感。同时，人情之哀与乐，有其自身的原理。所谓"小哀容坏，甚悲而泣；哀之方也。小欢颜悦，至乐而笑，乐之理也……乐之应声，以自得为主；哀之应感，以垂涕为故"。

其二，音乐的本质特征是"平和"，即所谓"声音以平和为体"。它带给人们的不是哀乐，而是让人进入"和域"，即一种平和的境界。嵇康说："五味万殊，而大同于美；曲变虽众，亦大同于和。美有甘，和有乐；然随曲之情，尽于和域；应美之口，绝于甘境。安得哀乐于其间哉？"嵇康以酒类比，说："和声之感人心，亦犹酒醴之发人情也。酒以甘苦为主，而醉者以喜怒为用。其见欢戚为声发，而谓声有哀乐，犹不可见喜怒为酒使，而谓酒有喜怒之理也。"相反，"夫言哀者，或见机杖而泣，或睹舆服而悲，徒以感人亡而物存，痛事显而形潜。其所以会之，皆自有由，不为触地而生哀，当席而泪出也。今见机杖以致感，听和声而流涕者，斯非和之所感，莫不自发也"。

其三，音声对人心影响只限于"躁静"的情绪体验。嵇康认为，"声音有大小"，而这"大小"主要决定于声音自身的"单、复、高、埤、善、恶"等的特性，故其动人也就有猛静之别。而"人情以躁静专散为应"，故"声音之体，尽于舒疾；情之应声，亦止于躁静耳"。因此，"躁静者，声之功也；哀乐者，情之主也；不可见声有躁静之应，因谓哀乐皆由声音也"。更何况，"声音虽有猛静，猛静各有一和，和之所感，莫不自发"。

其四，音乐能给人带来快乐和美感，使人"欢放而欲惬"。嵇康虽然否认"声"能使人产生哀乐，但充分肯定"声"能给人快感和美感。他认为乐曲能以其丰富的音调吸引人，使人心随曲调的舒疾、高卑而起伏变化，从中得到美的享受，感到心满意足，欢欣愉悦。

据此，嵇康得出"心之与声，明为二物"和"声之与心，殊涂异轨，不相经纬"的结论，认为"察者欲因声以知心，不亦外乎"。并主张，"求情者不留观于形貌，揆心者不借听于声音也"。

在《声无哀乐论》的最后一部分，即第八回合的论辩中，针对秦客"移风易俗，果以何物"的发问，嵇康重点论述了音乐"移风易俗"的功能问题。一方面，嵇康肯定了传统儒家"移风易俗，莫善于乐"的观点。他指出："古人知情之不可放，故抑其所遁；知欲之不可绝，故因其所自。"因此，先王制作音乐的目的，一者"为可奉之礼，制可导之乐"，使"言语之节，声音之度，揖让之仪，动止之数，进退相须，共为一体"，也就是礼乐并行，音乐与政治相和，通过礼乐的教化，"君臣用之于朝，庶士用之于家。少而习之，长而不怠，心安志固，从善日迁，然后临之以敬，持之以久而不变，然后化成"。二者"国史采风俗之盛衰，寄之乐工，宣之管弦，使言之者无罪，闻之者足以诫"，最终达到"风俗一成"的作用。

另一方面，嵇康又对"移风易俗"的观点作了新的解释。他认为，孔子所说的"移风易俗，莫善于乐"主要针对衰世而言。实际上，在理想社会中，音乐的移风易俗主要是通过人们内心的"平和"精神而实现的。他说：

> 古之王者，承天理物，必崇简易之教，御无为之治。君静于上，臣顺于下；玄化潜通，天人交泰。枯槁之类，浸育灵液，六合之内，沐浴鸿流，荡涤尘垢；群生安逸，自求多福；默然从道，怀忠抱义，而不觉其所以然也。和心足于内，和气见于外；故歌以叙志，舞以宣情；然后文之以采章，照之以风雅，播之以八音，感之以太和；导其神气，养而就之；迎其情性，致而明之；使心与理相顺，气与声相应。合乎会通，以济其美。故凯乐之情，见于金石；含弘光大，显于音声也。若此以往，则万国同风，芳荣济茂，馥如秋兰；不期而信，不谋而成，穆然相

爱。犹舒锦布彩，而粲炳可观也。大道之隆，莫盛于兹，太平之业，莫显于此。……然乐之为体，以心为主。故无声之乐，民之父母也。

在嵇康看来，正因人们内心首先有平和之心，然后才会有无声之乐。嵇康此论的目的，是加强"无为之治""简易之教"的地位，强调这种政治对社会的根本作用，在当时的政治背景下，具有反对司马氏假名教的政治意义，同时反映了嵇康思想中明显的道家因素。

总之，嵇康在《声无哀乐论》一文中通过对"声无哀乐""移风易俗，莫善于乐"等命题的详细论辩，较为系统地探讨了音乐的本质、本体、特点、功能以及音乐与情感等一系列重要的音乐理论问题。尽管文中有些推论从逻辑上看并不缜密，有些问题的偏颇和自相矛盾也是显而易见的。比如把情感和音乐形象绝对分裂开来，把"意"和"象"绝对分裂开来，又如对声、音、乐三者的内涵未作出深入辨别，故对其关系也存在某种程度的混淆。但作为嵇康"师心独运"的音乐专论，因其"思想新颖，往往与古时旧说反对"[①]而在中国音乐思想史及中国美学史上占有重要的地位并产生深远的影响。

二、"琴德最优"论

嵇康具有很高的音乐造诣，通晓各类乐器，尤善弹琴。他在《与山巨源绝交书》中自叙生平志向："但愿守陋巷，教养子孙，时与亲旧叙阔，陈说平生，浊酒一杯，弹琴一曲，志愿毕矣。"《晋书·嵇康传》称其"常修养性服食之事，弹琴咏诗，自足于怀"。其友人向秀《思旧赋序》云："嵇博综技艺，于丝竹特妙。"他所弹奏的《广陵散》，音美绝伦，同时代无人可

[①] 鲁迅：《魏晋风度及文章与药及酒之关系——九月间在广州夏期学术演讲会讲》，见《鲁迅全集》第3卷，533页。

比。《晋书·嵇康传》载：

> 康将刑东市，太学生三千人请以为师，弗许。康顾视日影，索琴弹之，曰："昔袁孝尼尝从吾学《广陵散》，吾每靳固之，《广陵散》于今绝矣！"时年四十。海内之士，莫不痛之。……初，康尝游乎洛西，暮宿华阳亭，引琴而弹。夜分，忽有客诣之，称是古人，与康共谈音律，辞致清辩，因索琴弹之，而为《广陵散》，声调绝伦，遂以授康，仍誓不传人，亦不言其姓字。

相传琴曲《长清》《短清》《长侧》《短侧》为嵇康所作，世称"嵇氏四弄"，与"蔡氏五弄"合称"九弄"。另琴曲《玄默》《风入松》《孤馆遇神》等亦传是他的作品。

更为可贵的是，嵇康在继承枚乘《笙赋》、王褒《洞箫赋》、马融《长笛赋》等器乐赋的基础上，创作了长篇大赋《琴赋》，集中阐述了他"众器之中，琴德最优"的音乐美学思想。嵇康首先在《琴赋序》中阐明自己的创作动机：

> 余少好音声，长而玩之。以为物有盛衰，而此无变，滋味有厌，而此不倦。可以导养神气，宣和情志，处穷独而不闷者，莫近于音声也。是故复之而不足，则吟咏以肆志，吟咏之不足，则寄言以广意。然八音之器，歌舞之象，历世才士，并为之赋颂，其体制风流，莫不相袭。称其材干，则以危苦为上，赋其声音，则以悲哀为主，美其感化，则以垂涕为贵，丽则丽矣，然未尽其理也。推其所由，似元不解音声，览其旨趣，亦未达礼乐之情也。众器之中，琴德最优，故缀叙所怀，以为之赋。

这里，嵇康一是坦言自己对于音声的爱好，二是明确音声"导养神气，宣和情志"的主要功用,三是指出了汉代器乐赋陈陈相因的弊端。基于这三方面,嵇康特撰《琴赋》,详细阐述他"琴德最优"的观点。

首先,琴德最优,优在琴的制作上。与前人的器乐赋一样,《琴赋》对制琴的材质——梧桐的生长环境作了细致描绘,对梧桐独有的内质醇和之美作了极力的铺叙:

> 惟椅梧之所生兮,托峻岳之崇冈。披重壤以诞载兮,参辰极而高骧。含天地之醇和兮,吸日月之休光。郁纷纭以独茂兮,飞英蕤于昊苍。夕纳景于虞渊兮,旦晞干于九阳。经千载以待价兮,寂神跱而永康。……若乃春兰被其东,沙棠殖其西。涓子宅其阳,玉醴涌其前。玄云荫其上,翔鸾集其巅。清露润其肤,惠风流其间。竦肃肃以静谧,密微微其清闲。夫所以经营其左右者,固以自然神丽,而足思愿爱乐矣。

嵇康通过对梧桐生长环境的描绘,突出梧桐超凡脱俗、得天地自然之醇和的特质。尤其值得注意的是,对于琴的制作,嵇康一反传统以为神农、伏羲、尧、舜等"先圣""先王"造琴"禁止淫邪正人心"的旧说[①],而提出琴起源于民间的说法:

> 于是遁世之士,荣期、绮季之畴……顾兹梧而兴虑,思假物以托心。乃斫孙枝,准量所任。至人揽思,制为雅琴。乃使离子督墨,匠石奋斤,夔、襄荐法,般、倕骋神。镂会裛厕,朗密调均。华绘雕琢,布藻垂文。错以犀象,籍以翠绿。弦以园客之丝,徽以钟山之玉。爰有龙凤之象,古人之形。

---

① 如蔡邕《琴操》有"昔伏羲氏作琴"之说,桓谭《新论》谓"神农氏为琴七弦,足以通万物而考理乱",陆贾《新语·无为》谓"昔舜治天下,弹五弦之琴,歌《南风》之诗"等。

这里，嵇康提出"遁世之士"如荣期、绮季之流为"假物以托心"，即抒发自己的感情而"制为雅琴"。这一观点是对儒家音乐思想的反叛。

其次，琴德最优，优在琴心的冥合上。在嵇康眼里，琴是他心灵的寄托。嵇康在《琴赋序》的开篇就明确指出"处穷独而不闷者，莫近于音声也"。在《与山巨源绝交书》中，嵇康又直言"弹琴一曲，志愿毕矣"。其《赠秀才入军》诗也写道："目送归鸿，手挥五弦。俯仰自得，游心太玄。""旨酒盈樽，莫与交欢。琴瑟在御，谁与鼓弹？"《养生论》又云："故修性以保神，安心以全身，爱憎不栖于情，忧喜不留于意，泊然无感，而体气平和。……然后蒸以灵芝，润以醴泉，晞以朝阳，绥以五弦，无为自得，体妙心玄，忘欢而后乐足，遗生而后身存。若以此往，庶可与羡门比寿，王乔争年，何为其无有哉！"其《答养生难论》也说："窦公无所服御而致百八十，岂非鼓琴和其心哉？此亦养神之一征也。"所有这些，既反映出嵇康超凡脱俗的审美人生态度，也充分说明琴在很大程度上并非只为艺术而存在，而是与嵇康的生活乃至生命融为一体的心灵伴侣。同时，琴心冥合还体现在琴是嵇康会友觅知音的最佳方式。在《琴赋》中，嵇康以华美的辞藻描妙出一幅幅惬意的雅琴之会：

若夫三春之初，丽服以时。乃携友生，以邀以嬉。涉兰圃，登重基，背长林，翳华芝，临清流，赋新诗。嘉鱼龙之逸豫，乐百卉之荣滋。理重华之遗操，慨远慕而长思。若乃华堂曲宴，密友近宾，兰肴兼御，旨酒清醇。进南荆，发西秦，绍陵阳，度巴人。变用杂而并起，竦众听而骇神。料殊功而比操，岂笙籥之能伦？若次其曲引所宜，则广陵止息，东武太山。飞龙鹿鸣，鵾鸡游弦。更唱迭奏，声若自然。流楚窈窕，惩躁雪烦。下逮谣俗，蔡氏五曲，王昭楚妃，千里别鹤。犹有一切，承间簉乏，亦有可观者焉。

嵇康对能够与自己一起邀游、赋诗、酌酒、抚琴的密友有着非常高的要求,在他看来,"非夫旷远者,不能与之嬉游;非夫渊静者,不能与之闲止;非夫放达者,不能与之无吝;非夫至精者,不能与之析理也"。这里的旷远、渊静、放达、至精,既可以说是嵇康自我个性的真实写照,同时也是他会友、觅知音的标准。而在觅知音的各种方法之中,抚琴无疑是最重要的一种。

最后,在嵇康看来,琴乐"和平"的审美本质,是"琴德最优"的根本原因。"和"是贯穿《琴赋》全文的一个重要字眼,如"宣和情志""清和条昶""性洁静以端理,含至德之和平""总中和以统物,咸日用而不失"等。"和"是嵇康关于琴乐乃至所有音乐本质属性的高度概括。嵇康认为,琴的体或体势,也即琴的特性,客观上决定了琴音含"至德之和平"。《琴赋》谓:"若论其体势,详其风声,器和故响逸,张急故声清,间辽故音痺,弦长故徽鸣,性洁静以端理,含至德之和平,诚可以感荡心志,而发泄幽情矣。"《声无哀乐论》也说:"琴瑟之体,闲辽而音埤,变希而声清。"琴音之响逸、声清的特点,使琴具有"性洁静以端理,含至德之和平"的审美内质。正是这种内质,决定了琴具有"感荡心志""发泄幽情"的艺术审美功能。同时,从鉴赏角度言,对于雅琴的这种平和之乐,嵇康认为,也只有和平者听之,方能得之:

> 是故怀戚者闻之,莫不憯懔惨凄,愀怆伤心,含哀懊咿,不能自禁;其康乐者闻之,则欨愉欢释,抃舞踊溢,留连澜漫,嗢噱终日;若和平者听之,则怡养悦愉,淑穆玄真,恬虚乐古,弃事遗身。是以伯夷以之廉,颜回以之仁,比干以之忠,尾生以之信,惠施以之辩给,万石以之讷慎。其余触类而长,所致非一,同归殊途。或文或质,总中和以统物,咸日用而不失。其感人动物,盖亦弘矣。

当然,对于琴乐的平和,欣赏主体必须做到"虚心静听"才能真正领悟。他在《声无哀乐论》中说:"以埤音御希变,不虚心静听,则不尽清和之极,是以听静而心闲也。"在《琴赋》末了的"乱"中,嵇康再次强调雅琴"体清心远"之德：

> 愔愔琴德，不可测兮；体清心远，邈难极兮；良质美手，遇今世兮；纷纶翕响，冠众艺兮；识音者希，孰能珍兮；能尽雅琴，唯至人兮！

这里，嵇康认为"识音者希"，而真正能尽雅琴"体清心远"之德，达琴音"清和之极"者，唯有"至人"。"至人"形象为庄子所塑造，即《庄子·逍遥游》所谓"乘天地之正，而御六气之辩，以游无穷"者，乃是最高精神境界的一种象征。从嵇康琴乐以"清和"的音乐本质论中，我们不难看出其与《声无哀乐论》"声音以平和为体"的相通之处。而这"和"正是嵇康音乐美学思想的理想所在，同时也是嵇康自然宇宙和谐统一的道家哲学观的一个集中体现。

总体上看，《琴赋》体现了嵇康极高的音乐素养、文学才华以及独特的美学思想。其中的"琴德最优"论虽直承《新论·琴道》"八音广博，琴德最优"之说，但因嵇康有丰富的音乐实践和人生阅历，同时又对汉代器乐赋之弊病有清楚之认识，故其论精当周密、神解入微，具有突出的乐声、乐理与人生哲思完美融合的特点。

◎ 第三节
北朝的音乐思想

音乐是北朝文艺重要的组成部分之一，它作为极具特色的文化文本，可以让人感受到北朝整体社会对于"自我认同"的强烈自觉。北朝士人在自觉认知下选择音乐的过程,是形成一种共通的文化精神的过程。 2—3世纪以来,活动在大漠南北,以匈奴、鲜卑为主的北方草原游牧民族进入中原地区开疆拓土,直至建立北魏、北齐、北周等政权,他们的音乐活动是全民的,对南北朝时期音乐艺术发展有着较大的影响。 少数民族的音乐在经过官方的编订修改后,达到了新的艺术高度。

古代的音乐总是伴随着歌辞、舞蹈同时进行的,这就要求语言的畅通和艺人的艺术传承体系有一定保障。 但是随着少数民族语言的逐渐消失,北朝音乐也出现了一定程度的流失。 因此,对于北朝音乐的研究,我们首先面临的就是音乐史料严重不足的问题。 目前可以采用的材料主要有两种:第一,文本类资料,即北朝时期魏收所著《魏书·乐志》、唐代魏徵等所著《隋书·音乐志》以及文学文本中涉及的乐府歌辞。 这些文字性的文本对北朝的音乐都有涉及,不论是中原地区还是西北部地区的音乐发展情况,在这些历史典籍中都有所反映。 第二,历史文化文本,包括出土文物以及北朝时期的石窟和庙宇的壁画等,它们提供了音乐艺术表演的静止的画面。 这些都为研究中国北朝时期音乐发展的特点和文化取向提供了可能。

一、北朝音乐思想:以"和"通政的音乐观

北朝政权的建立者本就是少数民族,他们对于音乐有着不同于汉族的热爱。 少数民族使用音乐的场合非常多,包括祭祀、节日、婚嫁、丧葬、战争前后以及畜产丰收等,歌舞几乎渗透到其社会生活的每一个方面,并伴有各种具有自己民族气息的乐器。 在各地的墓葬出土文物以及北朝时期的石窟和庙宇的壁画上,都可以看到大型的歌舞场面。 关于早期鲜卑历史中的音乐情况,可在《后汉书·乌桓鲜卑列传》中见到间接的记载。 乌桓与鲜卑习俗大体相同,"俗贵兵死,敛尸以棺,有哭泣之哀,至葬则歌舞相送"。 也就是说,鲜卑族在汉代之时已经拥有纯正的本民族歌舞。 然而将之用于郊庙祭祀,并建立完备的礼乐制度,却是在进入中原之后。 拓跋鲜卑开始逐步走向

强大是在始祖力微时期，从那时起，拓跋鲜卑在保持自己传统歌舞的同时开始吸收中原地区和其他民族的音乐。《魏书·乐志》比较明确地记载：

> 自始祖内和魏晋，二代更致音伎；穆帝为代王，愍帝又进以乐物；金石之器虽有未周，而弦管具矣。逮太祖定中山，获其乐县，既初拨乱，未遑创改，因时所行而用之。

由于北魏正处在中国古代多民族交融的重要历史时期，所以其音乐艺术的发展也相应地表现出较为鲜明的时代特点。上述资料显示，拓跋鲜卑不仅在早期部落时代就有自己的音乐，而且在定都盛乐的代国时代，除去与中原地区交往而获得乐器相赠以外，更与周边民族、地区的音乐艺术交融，不断发展和完善自己的音乐艺术。但在吸收同时期音乐的时候，更偏重于本民族的喜好，只是"因时所行而用之"，对中原音乐中代表典雅的"金石之器"类大型乐器，则采取了放弃的态度。至北魏时期，音乐歌舞才开始被有目的地纳入国家的礼乐制度之中。

北魏建立以后，统治者对于官方意识形态的建设非常重视，从《魏书·乐志》到《隋书·音乐志》，其中对于音乐的教化作用的表述基本是一致的，都采用的是汉魏以来的正统的音乐观念，魏收这样描述音乐的作用：

> 乐在宗庙之中，君臣上下同听之，莫不和敬；在族长乡里之中，长幼同听之，莫不和顺；闺门之内，父子兄弟同听之，莫不和亲。又有昧任离禁之乐，以娱四夷之民。斯盖立乐之方也。

这说明在北魏时期，音乐的作用已经非常明确，一是以"和"为核心，二是以"娱"为核心，从敬鬼神到娱乐再到国家祭典，音乐已经开始了由单纯的审美艺术向儒家政治功用的观念转变。中国古代常将礼乐并称，在儒家系统的学说中，更是将"乐"作为孔门教化的一大传统，《论语》中多次提及孔子对"乐"的赏析与关于"乐"的理论。"乐"不仅是礼制的重要组成部分,更是君子达到"道"的一条必经之途。徐复观在谈及儒学中音乐的美与善时说:"乐是通过感官而来的快感,通过感官以道为乐,则感官的生理作用……已完全与道相融,转而成为支持道的具体力量。此时的人格世界,是安和而充实发扬的世界。"①徐复观对于中国的音乐精神分析得非常到位,音乐首先就是感官的享乐,这与北朝社会大多数时期的审美要求是一致的。其次,也是最具中国特色的就是音乐与"道"的联系,音乐作为艺术符码,秉持着以和为贵的原则,和谐是音乐要求的最基本要素,这种特性进而被拓展为社会及政治领域的和谐,因此音乐也就肩负起了稳定社会的作用。北朝的各代统治者都接受了所谓的"礼乐治国"主导观念,并且也努力按照这种观念积极地建设"礼乐"体系。音乐的管理在北魏的文化政策中占有重要的地位,从建国开始,北魏天兴元年(398),道武帝拓跋珪下诏,命尚书吏部郎中邓渊定制音乐:

> 十有一月辛亥,诏尚书吏部郎中邓渊典官制,立爵品,定律吕,协音乐;仪曹郎中董谧撰郊庙、社稷、朝觐、飨宴之仪;三公郎中王德定律令,申科禁;太史令晁崇造浑仪,考天象;吏部尚书崔玄伯总而裁之。②

同年,又由左示相卫王仪率领百官,请道武帝身着衮服,仿照历代帝王追尊祖先,以庄严正式的国家祭典仪式宣告自己的合法性,而邓渊则负责建立官职、礼仪,并且要改制出一套适合北魏宫廷在各种正式场合下使用的雅乐。

北魏高祖时代,音乐的礼制作用更为明确,孝文帝拓跋宏连续下两道诏

---

① 徐复观:《中国艺术精神》,10页,桂林,广西师范大学出版社,2007。
② 《魏书·太祖纪》。

书，强调音乐的道德建设作用，太和十五年（491）冬季之时，下诏书云：

> 乐者所以动天地，感神祇，调阴阳，通人鬼。故能关山川之风，以播德于无外。由此言之，治用大矣。逮乎末俗陵迟，正声顿废，多好郑卫之音以悦耳目，故使乐章散缺，伶官失守。今方釐革时弊，稽古复礼，庶令乐正雅颂，各得其宜。今置乐官，实须任职，不得仍令滥吹也。①

太和十六年春季又下诏书：

> 礼乐之道，自古所先，故圣王作乐以和中，制礼以防外。然音声之用，其致远矣，所以通感人神，移风易俗。②

孝文帝以后，不仅肯定了"乐"在礼乐系统中的重要性，而且还具体到音乐的种类，即对古代雅乐的规定曲目有了要求。帝王的这种礼乐治国观念始终贯穿北朝各代，并延续至隋代，《隋书·音乐志》有这样的记载：

> 其用之也，动天地，感鬼神，格祖考，谐邦国。树风成化，象德昭功，启万物之情，通天下之志。若夫升降有则，宫商垂范。礼逾其制，则尊卑乖，乐失其序，则亲疏乱。礼定其象，乐平其心，外敬内和，合情饰貌，犹阴阳以成化，若日月以为明也。

除对儒家之音乐代表的社会秩序与教化观念的认同以外，在实际的实施过程中，北朝君主也非常重视音乐建设，北魏文明太后、孝文帝就"乐府"

---

① 《魏书·乐志》。
② 同上书。

之事多次下诏采取政策加强音乐的管理与修正。如《魏书·乐志》的记载：

> 太和初，高祖垂心雅古，务正音声。时司乐上书，典章有阙，求集中秘群官议定其事，并访吏民，有能体解古乐者，与之修广器数，甄立名品，以谐八音。诏"可"。虽经众议，于时卒无洞晓声律者，乐部不能立，其事弥缺。然方乐之制及四夷歌舞，稍增列于太乐。金石羽旄之饰，为壮丽于往时矣。
>
> 五年，文明太后、高祖并为歌章，戒劝上下，皆宣之管弦。
>
> 十一年春，文明太后令曰："先王作乐，所以和风改俗，非雅曲正声不宜庭奏。可集新旧乐章，参探音律，除去新声不典之曲，裨增钟县铿锵之韵。"

随着与汉文化深度接触，从北魏到隋代，关于礼乐制度建设的观念也不断地被刻意强化，音乐已经不仅仅是简单的"以娱四方之民"，也不仅仅如同原初草原居民在各种场合下传声达情的需要，它的目的已经直接和儒家文化中的"礼乐"所传达的政治秩序相契合。从音乐方面的文化政策、音乐的使用场合以及音乐的使用理念上来看，北魏、北齐、北周直至隋代统一，都以儒家文化观念来建立礼乐制度、社会意识形态和封建化统治秩序，这的确是北朝民族交融的一个重要方面。

二、北朝音乐的审美倾向：坚持民族欣赏趣味

在北朝，文化的接收和转换有机地进行着。音乐作为文化文本，以最真实的表现解释了这个时期的转变，这种文化现象的互文性作用为打开北朝文化精神的通道提供了最直接的路径。北朝统治者已经接受了儒家的礼制观念，按照儒家思想来规范礼仪和乐制。按照中原传统的代表国家形象的雅乐系统，必须采用正统的乐曲和乐器规范，才能显示出其政权的正统、合法。

北朝的音乐乐曲以及歌辞流传下来的并不多，我们不可能直接听到北朝时期的音乐，但历史上遗留的文化文本显示，北朝的雅乐系统中并没有采用传统的汉族乐器及乐曲，在儒家礼制外衣的笼罩下，可以清晰地见出北朝少数民族的音乐文化气息。北朝从乐器到乐曲都不按照汉魏以来中原地区流传的礼仪规范选用，而是直接让本民族特色的音乐和乐器进入官方郊庙雅乐系统中，这是一个非常有趣的现象。

既然北朝的各个政权都希望自己是正统的代表，那么其宫廷的雅乐系统就应该选取能够代表儒家正声的音乐。从周公制礼开始，礼乐制度就是国家意识形态的重要组成部分，是使社会等级、秩序合法化的重要标识。音乐不是简单的文化行为，而是代表国家秩序的文化模式，故汉族的文化传统都很重视对于音乐的建设，从周公制礼到孔子修订六经，再到汉代音乐管理的不断加强，作为国家象征的雅乐系统已经较为成熟，虽因战乱而乐曲有所流失，但在音乐管理的各个方面依然有着严格规定，乐理的探讨、乐器的使用、不同乐曲在不同场合的选用等都较为完善。《宋书·律历志》记载：

> 扬子云曰："声生于日，（原注：谓甲己为角，乙庚为商，丙辛为徵，丁壬为羽，戊癸为宫。）律生于辰，（原注：谓子为黄钟，丑为大吕之属。）声以情质，（原注：质，正也。各以其行本情为正也。）律以和声，（原注：当以律管钟均，和其清浊之声。）声律相协，而八音生。（原注：协，和。）宫、商、角、徵、羽，谓之五声。金、石、匏、革、丝、竹、土、木，谓之八音。声和音谐，是谓五乐。"

传统的汉族雅乐系统，声律与天干地支相配而形成八音五声，而能够传达天地阴阳和谐的正式乐器才能为八音，即"金、石、匏、革、丝、竹、土、木"，对于这八类乐器，《宋书·乐志一》有详细的注解，如对"金"的解释："八音一曰金。金，钟也，镈也，錞也，镯也，铙也，铎也。"依《宋书》此解，传统的汉族正统音乐乐器有以下几种：打击类乐器如钟、磬、鼓等，吹奏类乐器如埙、笙、箫、笛等，弹奏类乐器如琴、瑟、铮、箜篌等。这些乐器配以宫、商、角、徵、羽的音调，才可以演奏出典雅纯正的宫廷雅乐。雅乐乐曲的曲目也十分明确，如《隋书·音乐志》中记载："黄帝乐曰《咸池》，帝喾曰《六英》，帝颛顼曰《五茎》，帝尧曰《大章》，帝舜曰《箫韶》，禹曰《大夏》，殷汤曰《护》，武王曰《武》，周公曰《勺》。"而且不同场合使用的音乐曲目都有着严格的规定。经过多代北魏帝王的努力，北魏王朝最终确定了比较完整的礼乐制度，完成了纷繁复杂的祭典音乐制作并在国家祭典的各项活动中施行。但北朝从十六国时期、代国时期再到北魏王朝时期，实际使用的礼仪音乐与正统的中原雅乐的内容规范并不一致。

398年，道武帝拓跋珪建都平城，开始建立并不断完善以汉魏模式为基准的官制，官制代表着社会秩序，社会秩序的确立则依靠"礼"的合法化来展现，诸如宗庙的建立、各种祭典仪式的确立，因为具备"动天地，感神祇，调阴阳，通人鬼"的功效，音乐成为这些仪式中不可缺少的环节，"定律吕，协音乐"也就成为拓跋珪在立国之初创设基本制度的一项重要内容。就是在这样重要的场合下，道武帝拓跋珪以具有本族特色的《皇始舞》进行郊庙祭祀，《魏书》记载：

> 十有二月己丑，帝临天文殿，太尉、司徒进玺绶，百官咸称万岁。大赦，改年。追尊成帝已下及后号谥。乐用《皇始》之舞。诏百司议定行次。尚书崔玄伯等奏从土德，服色尚黄，数用五，未祖辰腊，牺牲用白，五郊立气，宣赞时令，敬授民时，行夏之正。[1]

天兴元年冬，诏尚书吏部郎邓渊定律吕，协音乐。及追尊皇曾祖、皇祖、皇考诸帝，乐用八佾，舞《皇始》之舞。《皇始舞》，太祖所作也，以明开

---

[1] 《魏书·太祖纪》。

大始祖之业。①

《皇始舞》为太祖拓跋珪亲手所定，虽不一定是拓跋珪亲创，但它毫无疑问不是汉族的礼仪宗庙用乐。这部歌舞"以明开大始祖之业"为核心，必然是由拓跋珪熟悉的鲜卑族所流行音乐舞蹈经过加工改编而成的。这是一个非常明确的文化信号——北魏王朝虽然以儒家观念来建立主流意识形态，但是在文化的选择上却很坚定，即本民族固有的文化传统。之后又下诏：

> 凡乐者乐其所自生，礼不忘其本，披庭中歌《真人代歌》，上叙祖宗开基所由，下及君臣废兴之迹，凡一百五十章，昏晨歌之，时与丝竹合奏。郊庙宴飨亦用之。②

由魏收所记来看，在北魏坚持"礼不忘其本"的原则下，长达150章的《真人代歌》是作为郊庙雅乐使用的，以歌颂拓跋鲜卑兴起、发展的历史为内容。《真人代歌》到唐代时就因语言不通而失传，根据《旧唐书》所记载的流传下来目录③，与郭茂倩《乐府诗集》中收录的北方歌辞相比照，很多乐曲来自于其他的少数民族，是典型的少数民族音乐大集合。④除去《真人代歌》以外，《簸逻回歌》也是早期进入郊庙音乐的曲目。《隋书·音乐志》记载：道武帝天兴元年，邓渊奉诏"奏上庙乐，创制宫悬，而钟管不备，乐章既阙，杂以《簸逻回歌》"。而《簸逻回歌》也出自鲜卑族，郭茂

---

① 《魏书·乐志》。
② 同上。
③ 《旧唐书·音乐志二》载："后魏乐府始有北歌，即《魏史》所谓《真人代歌》是也。代郡时，命掖庭宫女晨夕歌之。周、隋世，与《西凉乐》杂奏。今存者五十三章，其名目可解者六章：《慕容可汗》《吐谷浑》《部落稽》《巨鹿公主》《白净王太子》《企喻》也。其不可解者，咸多可汗之辞。"
④ 参见翟景运：《略论北魏前期音乐及其影响》，《乐府学》第四辑，北京，学苑出版社，2009。翟景运考知，《巨鹿公主》来源于羌族，《慕容可汗》《吐谷浑》来源于鲜卑部落，《企喻歌》来源于氐族，《部落稽》来源于山胡。

倩《乐府诗集·横吹曲辞》记载：

> 后魏之世，有《簸逻回歌》，其曲多可汗之辞，皆燕魏之际鲜卑歌，歌辞虏音，不可晓解，盖大角曲也。

从以上记载可以看出，以邓渊为代表，官方音乐机构在北魏早期所定郊庙雅乐系统，具有强烈的鲜卑和其他少数民族的音乐色彩。当然，以少数民族音乐为主流的北魏音乐对于中原的音乐也有所吸收，如《真人代歌》在演奏之时就以"丝竹合奏"，但汉族音乐影响极为有限，不足以撼动北魏郊庙音乐的整体格局，甚至还略有消极抵触之嫌，《隋书·音乐志》记载：

> 至道武帝皇始元年，破慕容宝于中山，获晋乐器，不知采用，皆委弃之。

《魏书·乐志》对太武帝拓跋焘获得中原音乐后的态度也有记载：

> 世祖破赫连昌，获古雅乐，及平凉州，得其伶人、器服，并择而存之。

对于中原雅乐，道武帝直接抛弃，太武帝也只是"择而存之"或"间有施用"，与对其他少数民族音乐的开放式吸纳有很大区别。到文明太后、孝文帝采取强硬措施推行民族交融政策时期，作为国家形象之一的音乐成为重要的改革目标。太和初年，孝文帝就试图以中原雅乐为摹本建立北魏的郊庙雅乐系统，但"虽经众议，于时卒无洞晓声律者，乐部不能立，其事弥缺。然方乐之制及四夷歌舞，稍增列于太乐"[①]。这说明即便是在北朝学习汉族

---

① 《魏书·乐志》。

文化的最高潮，除去增加歌舞的数量以外，依然不能改变郊庙音乐系统的少数民族特征，这种情况一直延续到北齐、北周，《隋书·音乐志》记载：

> （北齐）杂乐有西凉鼙舞、清乐、龟兹等。然吹笛、弹琵琶、五弦及歌舞之伎，自文襄以来，皆所爱好。至河清以后，传习尤盛。后主唯赏胡戎乐，耽爱无已。于是繁手淫声，争新哀怨。……（北周）太祖辅魏之时，高昌款附，乃得其伎，教习以备飨宴之礼。及天和六年，武帝罢掖庭四夷乐。其后帝娉皇后于北狄，得其所获康国、龟兹等乐，更杂以高昌之旧，并于大司乐习焉。采用其声，被于钟石，取《周官》制以陈之。

北齐、北周的郊庙雅乐的内容由此可见一斑，北齐宫廷音乐中有西凉鼙舞等少数民族音乐，到北齐后主就以"胡戎乐"为主。北周号称文化直承周礼，却将康国与龟兹的音乐交付管理音乐的大司乐练习，其对于少数民族音乐的偏爱可以说更胜前朝。魏徵在《隋书》中谈及周太祖制乐时说："登歌之奏，协鲜卑之音……制氏全出于胡人，迎神犹带于边曲。"音乐的少数民族气质始终鲜明，《旧唐书·音乐志》也有这样的说法："元魏、宇文，代雄朔漠，地不传于清乐，人各习其旧风。"北朝少数民族音乐占据宫廷雅乐的传统，直到隋唐都有很大的影响，隋唐的乐部中都保留了很多少数民族音乐。

郊庙雅乐系统毕竟要受到礼乐制度的影响，在正式的场合之下表达着政治秩序的威仪，相对而言，北朝民间音乐既没有"礼"的制约，又不受"道"的制衡，因此更为自由，也更为真实地体现了北朝社会的审美方向。许多学者谈及北朝文化时，都或多或少把它与文化荒芜联系起来，但是历史文本和出土文物却让人感受到北朝文化精神的丰富，以及北朝文艺气息的朝气蓬勃。汉族地区民间也有音乐，但是在上层社会流传并代表身份的依然是文人的雅乐，音乐修养是文人贵族重要的标志之一。在以少数民族为政权主体的国家，爱好歌舞本就是他们的民族传统，歌舞由下而上地渗透到了社会的方方面面，以至于北魏著名的大臣高允曾上书给文成帝说："前朝之世，屡发明诏，禁诸婚娶不得作乐，及葬送之日歌谣、鼓舞、杀牲、烧葬，一切禁断。虽条旨久颁，而俗不革变。"①高允上书的结果我们不去考究，但从侧面可以看出北朝音乐风气已经奢华到了需要强行制止的程度。从各地出土的北魏墓葬中可以看到大型的音乐场面，如北魏平城（今山西大同）附近的司马金龙墓（太和八年）的石雕乐伎棺床、雁北师院墓葬群内的乐俑及乐舞图等。坐落在北魏都城的云冈石窟在音乐表现上极具代表性，所展现的音乐材料也极为丰富，显示出音乐在各种意识形态间的有机融合。云冈石窟一期工程和二期工程建筑修建于北魏王朝的鼎盛时代，即北魏平城建国后直至迁都洛阳。据《中国音乐文物大系·山西卷》统计，云冈目前尚有22个洞窟雕刻乐器，可辨识者600余件，近30种。②中国艺术研究院肖兴华研究员对云冈石窟（中期工程）考证后指出："在使用的吹奏乐器中，其中横笛、排箫、箫、笙都是中原汉族地区常见的传统乐器，……还有唢呐、中间横吹的管乐器吐良（或者是两头笛）、筚篥、筘分别来自不同的民族和地区。在弹拨乐器中，琴、筝、瑟、阮是中原汉族的统乐器，而琵琶、五弦、箜篌则是来自西部的少数民族地区或西方的国家。打击乐器基本上使用的都是少数民族地区的乐器。"③云冈石窟虽然是皇家工程，但是对于音乐场面的描述并不似郊庙雅乐那样拘于形制，而是根据工匠所见的乐器与乐曲演奏场景的再加工。石窟中显示出的乐器可以让我们捕获到这样的文化讯息：北魏时期不论是对中原还是对北方草原地区各族乐器都有广泛吸收，其所选乐器大都精致玲珑，适宜在马背上演奏。

对大型音乐场合的描绘如蔚为壮观的云冈石窟第12窟，它素有"音乐窟"之称，也称"佛籁洞"，其表现内容为佛教释迦牟尼成道"初转法轮"

---

① 《魏书·高允传》。
② 项阳、陶正刚主编：《中国音乐文物大系·山西卷》，306页，郑州，大象出版社，2000。
③ 肖兴华：《云冈石窟——南北朝民族大融合带来了音乐繁荣的历史见证》，《2005年云冈石窟学术会议论文集》。

而举行的盛大庆典,天花顶部以平棋藻井为界、十朵莲花摇曳着千年音乐的芬芳。六座歌舞飞天的圆凸浮雕环绕石窟顶部四周,其体形圆润健康,形制大于四周浮雕乐伎。中间一位手无乐器、合掌上举,宛若偌大的音乐盛典的指挥,其余五人手持不同乐器,宛若各音部领队,加之层层叠叠的歌舞伎,组成了庞大的音乐场面。与汉族音乐的疏朗雅致不同,也不拘于儒家所倡导的中庸之道,北朝的音乐歌舞相配,使得静态的场面具有了生动的气息,整个画面具有强烈的音乐节奏感,热情而急切地传达着喜悦的感情。乐器有贝、羯鼓、排箫、五弦琵琶、羌笛、阮、曲项琵琶、筚篥、竖箜篌、弹筝、细腰鼓等,多属西凉、龟兹、天竺乐器,具有强烈的多民族风格,适宜在马背上演奏。

窟内乐器虽也夹杂着阮、筝等中原传统乐器,但多为少数民族乐器。适宜于马上演奏的乐器配置,显示出以民族音乐文化为主的多样化音乐格局。石窟色彩艳丽、内容丰富,人物表情柔和喜悦,飞天舞伎身姿优美流畅,整体演奏队伍之庞大、展现乐器之丰富,在现流传文物中都极为罕见。如此大型的音乐场面丝毫不显凌乱,有指挥、有领唱、有伴舞,组织严密、从容不迫地显示着雍容华贵的气息。它不仅生动地展现出北朝社会盛大的音乐集会盛况,更清晰地表明在漫长的历史发展中,北朝时期的北方民族已经具备很高的音乐素养,而且音乐文化已经高度发达,可以举办大型的音乐盛典,并且完美地演奏复杂多变的乐曲。中国古代北方民族辉煌灿烂的民族文化,通过音乐艺术被淋漓尽致地表现出来。

北周、北齐继承了北魏的音乐传统,社会的音乐交流更为广泛,中原音乐在北朝的土地上也产生了一定的影响,如北魏末年到北齐初的李元忠就善于弹筝,《北史·李元忠传》记载:"会齐神武东出,元忠便乘露车载素筝浊酒以奉迎。……引入,觞再行,元忠车上取筝鼓之,长歌慷慨。"但以少数民族为政权主体的主流上层社会,都没有改变自己的文化习惯,依然喜爱少数民族音乐,如典型的少数民族乐器——琵琶,在北朝社会广为流传,很多人都会演奏。北朝的典籍就此多有记载。北齐一代才子祖珽,可以熟练地弹奏琵琶,"又自解弹琵琶,能为新曲,招城市年少歌舞为娱,游集诸倡家。……帝于后园使珽弹琵琶,和士开胡舞,各赏物百段"①。周武帝灭北齐后,俘获君臣多人,北齐文襄帝高澄第二子高孝珩也被拿获。此二人均为帝室贵胄,周武帝可以弹少数民族乐器琵琶,而高孝珩则能够吹奏汉族传统乐器竹笛。"后周武帝在云阳,宴齐君臣,自弹胡琵琶,命孝珩吹笛。辞曰:'亡国之音,不足听也。'固命之,举笛裁至口,泪下呜咽,武帝乃止。"②北朝的少数民族音乐也深入到各个阶层,不似南方成为文人的专宠。北齐大将斛律金作为一介武夫,竟然可以传唱出能够打动军心、令人声泪俱下的北地歌谣:

> 是时西魏言神武中弩,神武闻之,乃勉坐见诸贵,使斛律金《敕勒歌》,神武自和之,哀感流涕。③

以上可以看出,北朝文化精神中的少数民族审美倾向非常明显,即便是中原的儒家文化观念对于意识形态系统有着很深入的改造,都难以抹去其原有文化习惯。

三、北朝音乐中的文化意义

北魏王朝的文化以学习汉族文化为主要特征,而学习汉族文化这一行为本身恰恰是因为其文化中固有的少数民族特质,而且这种学习过程的结果又使得中原的文化精神具有了浓重的北方民族特性,启新型文化精神出现之先河。换一种角度来看,北朝时期的中原文化相较于草原文化而言有过停滞或发展迟缓的时期,然而对于北朝文化整体来讲,艺术的气息从来就不曾少

---

① 《北齐书·祖珽传》。
② 《北齐书·文襄六王传》。
③ 《北齐书·神武帝纪》。

过。北朝的音乐文化展示出这个时期北朝帝国的强大、自信、繁荣，其具有旺盛的生命力，并不拒斥各种各样文化的摄入。

出于对意识形态实用的、功效性的建设，北朝的帝王及其官吏虽然以少数民族音乐系统构筑起宫廷雅乐系统，但是对于以中原礼乐文化为国家的主流意识形态的观念却非常坚定。自周公制礼以来，音乐在文化空间的表现就具有特殊的意义，它在特定仪式下，以神性的方式彰显着社会等级秩序的合法，并以天道的方式传达着王权的合法和威仪，这在特定的历史语境中，对于稳定社会以期国祚久长有着极为深刻的意义。北朝社会对于中原礼乐文化认同和构筑，就是基于这个原因。既然对于政治有如此的益处，北朝统治者毫不犹豫地启用了中原礼乐体系，并把它纳入自己的政治系统之中，催化成为社会主流的意识形态。而对于仪式中具体音乐的要求，北魏的统治者以"凡乐者乐其所自生，礼不忘其本"[1]为由，自信地按照自己的审美习惯，把民族音乐放在宫廷雅乐的位置上。这样，既完成了神圣的道德秩序建设，又满足了自己的审美需求，促进了音乐的良性发展。从此，北方在鲜卑乐歌为主的基础上逐渐形成了多民族音乐融汇的胡乐系统，并显示出朝气蓬勃的活力和顽强的生命力。

北朝的音乐文化系统中，两种文化一直并行，一种是代表中原正统文化的儒家社会政治文化，另一种是草原文化。体现在音乐中则是对旧有文化习惯的坚持，显示出北朝文艺思想的审美取向。拓跋鲜卑建立的少数民族政权由草原社会进入农耕社会，必然要求有一个与之相匹配的文化身份，一方面，他们以学习汉族文化的方式建构自己的国家文化形象，使得自己获取意识形态上的合法性；另一方面，其对于中原实用的政教观念的继承并没有完全同步到艺术精神领域，仍保留了强烈的民族艺术气质。不同民族的文化特质是可以被感知和确认的，因此，在文化的交融中，当艺术形式所承载的文化超出本民族文化区域时，差异就被凸显出来并达到强化自身文化认同的作

---

[1] 《魏书·乐志》。

用。北朝统治者在选择北方音乐与代表着正统的南方音乐时的巨大差异表明，在与其他文化相比照的过程中，具有少数民族特质的音乐文化中的民族性被彰显出来，这正是北方民族文化身份认同的表现。音乐文化传统是组成北魏文化身份的要素之一，"凡乐者乐其所自生，礼不忘其本"，而"不忘其本"就是民族历史记忆对本民族凝聚力的强化。

第十一章
魏晋南北朝的书法艺术思想

◎ 第一节
钟繇与皇象

一、钟繇

钟繇（151—230），字元常，颍川长社（今河南长葛）人，三国魏时政治家、书法家。官至相国、太尉、太傅，人称钟太傅。钟繇在书法上成就突出，地位独特，与张芝并称"钟张"，又与王羲之并称"钟王"。其书师法曹喜、蔡邕、刘德升等，博采众长，各体兼善，南朝宋羊欣《采古来能书人名》谓："钟有三体，一曰铭石之书，最妙者也；二曰章程书，传秘书、教小学者也；三曰行押书，相闻者也。"梁武帝萧衍《观钟繇书法十二意》盛赞钟书"巧趣精细，殆同机神"。梁庾肩吾《书品》将钟繇书法列入"上品之上"，谓"钟天然第一，工夫次之，妙尽许昌之碑，穷极邺下之牍"。唐张怀瓘《书断》将钟书列为"神品"，谓"元常真书绝世，乃过于师，刚柔备焉。点画之间，多有异趣，可谓幽深无际，古雅有余。秦、汉以来，一人而已"。宋《宣和书谱》称其"备尽法度，为正书之祖"。钟繇的代表作品有《宣示表》《荐季直表》等，生平事迹见《三国志》卷十三。

作为书法大家,钟繇关于书法的言论少而零碎,散见于后世文集中。宋陈思《书苑菁华》记钟繇学书事迹云:

> 魏钟繇少时,随刘胜入抱犊山学书三年,还,与太祖、邯郸淳、韦诞、孙子荆、关枇杷等议用笔法。繇忽见蔡伯喈《笔法》于韦诞坐上,自捶胸三日,其胸尽青,因呕血。太祖以五灵丹救之,乃活。繇苦求不与,及诞死,繇阴令人盗开其墓,遂得之。故知"多力丰筋者圣,无力无筋者病",一一从其消息而用之,由是更妙。繇曰:"岂知用笔而为佳也,故用笔者天也,流美者地也,非凡庸所知。"临死,乃从囊中出以授其子会,谕曰:"吾精思学书三十年,读他法未终尽,后学其用笔。若与人居,画地广数步,卧画被穿过表,如厕终日忘归。每见万类,皆画象之。"繇解三色书,然最妙者八分也。点如山摧陷,摘如雨骤,纤如丝毫,轻重如云雾,去若鸣凤之游云汉,来若游女之入花林,璨璨分明,遥遥远映者矣。

相似记述又见西晋虞喜《志林》,其中虽杂有荒诞虚构的成分,但并非凭空捏造。据史料,钟繇曾学蔡书,又曾从韦诞求蔡氏笔法。韦诞与钟繇为同时代人,且同属曹氏僚属,钟向韦讨教蔡邕笔法是完全可能的。更重要的是,文章所记钟繇关于书论的两段话,内蕴丰富,绝非一般好事者所能伪造。因此,大抵可以认为,钟繇在继承汉末书法大家蔡邕书学思想的基础上,结合自身丰富的书法实践,提出了关于书法的深刻而独特的见解。

钟繇最重要的书学观点,是突出并强调了用笔的重要性。他说:"岂知用笔而为佳也,故用笔者天也,流美者地也,非凡庸所知。"这句话的表述,元刘有定《〈衍极〉注》作"笔迹者界也,流美者人也"[1],而清人冯武

---

[1] 华东师范大学古籍整理研究室:《历代书法论文选》,425页,上海,上海书画出版社,1979。

《书法正传》两存之,谓:"繇曰:'笔迹者界也,流美者人也(原夹注:或作"用笔者天也,流美者地也"),非凡庸所知。'"其态度较为谨慎。 这两种表述究竟哪种更接近钟繇原话,目前已难以考证。 但就其内涵言,二说似均可成立。 "用笔者天也,流美者地也",其中"用笔"指创作中用笔的基本法则,"流美"指创作后所达到的艺术审美效果,钟繇将前者归之于"天",后者归之于"地"。 "笔迹者界也,流美者人也",意在说明书法线条所界定的直观形象,是主体"流"出来的美,书法之美是主体心灵的创造。 钟繇这里所用的天、地、人概念,本于《周易》的"三才"论思想,而直接受益于蔡邕《九势》中的"夫书肇于自然,自然既立,阴阳生焉;阴阳既生,形势出矣"一说,其意重在说明书法家创造书法之美,犹如上天以其自然元气赋予万物,产生和创造了地上万物的美。 钟繇以宇宙论、自然论来讲书法创造,其中既包含强调"天然"的思想,也包含认为书法美的创造出于"天然"而难以说明的思想,所以钟繇接着又说"非凡庸所知"。 这和庾肩吾《书品》评钟繇说"钟天然第一,工夫次之"可互相参证,说明这一点也是钟繇书法实践的理论总结。 同时,钟繇这一书法思想的产生,又与魏初流行的才性论思想密不可分。 汉末桓谭、王充提出自然元气论,如《论衡·骨相》篇之"禀气于天,立形于地",《书解》篇之"上天多文而土出多理,二气协和,圣贤禀受,法象本类,故多文采"。 受此思想影响,魏初开始流行才性论思想,其在文学思想中的代表便是曹丕《典论·论文》中的"文气"说。 而在书法思想中,则以钟繇的"流美"说为代表。 可见,钟繇的书法思想,实为汉末魏初之特定时代精神产物。

《书苑菁华》所载钟繇的另一段话云:"吾精思学书三十年,读他法未终尽,后学其用笔。 若与人居,画地广数步,卧画被穿过表,如厕终日忘归。 每见万类,皆画象之。"《佩文斋书画谱》题为"钟繇授子会论",下注出羊欣《笔阵图》。 更早引用这段话的是唐天宝年间书法家蔡希综所写的《法书论》,文字与《书苑菁华》略有不同;其中"每见其类,皆画象之",《法书论》"画"作"书"。 按,古画、书字形相近,或以为《书苑菁华》

所引"画"系"书"字之误，如清人侯仁朔《侯氏书品》谓："钟太傅尝云：吾见万类，皆作书象观之。"这句话是钟繇在临终时教谕其子钟会所说，讲述自己学书之艰苦。其中"每见万类，皆画象之"一语，旨在说明书家只有胸怀宇宙，对天地万物的形态作深切体察，方能下笔作书。这一观点直接源于蔡邕《笔论》："为书之体，须入其形，若坐若行，若飞若动，若往若来，若卧若起，若愁若喜，若虫食木叶，若利剑长戈，若强弓硬矢，若水火，若云雾，若日月，纵横有可象者，方得谓之书矣。"同时，也与钟繇"流美者天也"的思想一致。

此外，《初学记》曾引钟繇《隶书势》："鸟迹之变，乃惟佐隶。蠲彼烦文，崇此简易。……焕若星陈，郁若云布。"此数语见卫恒《四体书势·隶势》，它是否为钟繇所作，卫恒并未明言。因缺乏足够证据，且其内容主要谈隶书的演变及其笔法，理论价值不大，兹不赘述。

二、皇象

皇象，生卒年不详，字休明，广陵江都（今江苏扬州）人。工章草，师法杜度。《三国志·吴书·赵达传》裴松之注引《吴录》谓："皇象……幼工书。时有张子并、陈梁甫能书。甫恨瘦，并恨峻，象斟酌其间，甚得其妙，中国善书者不能及也。"晋葛洪《抱朴子》誉皇象为"一代绝手"。南朝宋羊欣《采古来能书人名》谓："吴人皇象能草，世称'沉著痛快'。"唐张怀瓘《书断》以为"右军隶书，以一形而众相，万字皆别；休明章草，虽相众而形一，万字皆同，各造其极。……（休明）章草入神，八分入妙，小篆入能"。今松江本《急就章》相传为皇象所书，该帖字字独立，波磔分明，为古章草的代表作之一。

与钟繇相比，皇象在书法思想史上相对沉寂。这其中或有多种原因，但与皇象的论书之语不多、长期不为人重视有密切关系。实际上，就目前所见史料言，在三国时代，出色地表达了自己书法美学思想的，除了曹魏的钟繇，便是孙吴的皇象了。因此，要准确考察汉魏六朝的书法思想，皇象不应该被忽视。皇象《与友人论草书》云："如逸豫之余，手调适而心佳娱，可以小展。"逸，指安闲逸乐；豫，指悦乐安适。意谓书家只有在闲逸之时，在良好心境之下，才能做到从容作书，并在其中获得创作的审美愉悦。皇象所论，虽为片言只语，却深刻地揭示了书法创作过程中主体心境的重要性，并第一次提到创作过程中心与手的关系问题。就书法思想而言，它既前承"草圣"张芝"匆匆不暇草书"，以及蔡邕"欲书，先散怀抱，任情恣性"的观点，又开后世卫夫人"心手不齐"，王羲之"意在笔前"，以及王僧虔"心手达情"说之先河。就文艺思想而言，皇象之后，在文学理论方面，对于创作主体心境方面的要求所论甚多。如陆机《文赋》之"罄澄心以凝思，眇众虑而为言"，刘勰《文心雕龙·养气》之"率志委和，则理融而情畅"，萧子显《南齐书·文学传论》之"若夫委自天机，参之史传，应思悱来，勿先构聚"等。同时，就皇象本人的书法创作而言，南朝梁代袁昂《古今书评》谓："皇象书如歌声绕梁，琴人舍徽。"皇书能带给人如音乐般的审美享受，正是皇象"手调适而心佳娱"书法实践的必然结果。

◎ 第二节

成公绥、索靖及卫恒

一、成公绥

成公绥（231—273），字子安，东郡白马（今河南滑县）人，西晋文学家。绥少有俊才，博涉经传，雅好音律，擅作辞赋。为司空张华所雅重，并荐之太常，征为博士。历秘书郎，转丞，迁中书郎。泰始九年卒。今存明张溥辑本《成公子安集》，代表作有《天地赋》《啸赋》等。《晋书》有传。

成公绥通书学，宋陈思《书小史》谓其善书，并说"作《隶书势》一篇行于世"。《隶书势》或作《隶势》《隶书体》。这类以"势""体""状"命名的书学文章最早见于东汉中后期，如崔瑗的《草书势》、蔡邕的《篆势》等；两晋时期大量出现，除成公绥《隶书体》外，尚有卫恒《字势》《隶势》、索靖《草书状》、杨泉《草书赋》、王珉《行书状》等。这类研究文章的突出特点是以赋体铺排的手法极力赞美各种书体的外在形态之美。它们的出现，表明人们对于书法本身所具有的形式美的关注，体现出书法审美观念的渐趋形成。作为西晋第一篇书学论著，《隶书体》在盛赞隶体形态美的同时，也提出了一些重要的书法概念，它与其姊妹篇，即稍后卫恒的《隶势》，共同反映了晋初士人对于隶书体的基本看法，具有较高的书学价值。具体地说，其书学贡献主要表现在以下两方面。

其一，体现了由实用到审美的书法观念的转变。成公绥首先从实用的角度，指出隶书是时代发展的产物。他说："皇颉作文，因物构思，观彼鸟迹，遂成文字。灿矣成章，阅之后嗣，存载道德，纪纲万事。俗所传述，实由书纪，时变巧易，古今各异。虫篆既繁，草藁近伪，适之中庸，莫尚于隶。规矩有则，用之简易。"也就是说，文字从诞生开始就是用来记事的，随着时代的变化，文字也就"古今各异"了。成公绥认为，篆体过于繁复，草体则容易错讹，只有隶体最为中庸，它规矩有则，简易实用。当然，《隶书体》全文重点不在于此，而在于肯定并强调隶体所独具之艺术审美价值。成公绥在从记事实用上肯定了隶书的"随便适宜"之后，便以赋体特有的铺排手法，从形体、结构和章法等角度，形象生动地描述和赞扬了隶书"亦有弛张"的特有形态美。文章写道："彪焕磥硌，形体抑扬，芬葩连属，分间罗行。烂若天文之布曜，蔚若锦绣之有章。……缤纷络绎，纷华粲烂，纲缊卓荦，一何壮观！繁缛成文，又何可玩！……仰而望之，郁若霄雾朝升，游烟连云；俯而察之，漂若清风厉水，漪澜成文。"从"一何壮观""又何可玩"的表述中，不难体会到成公绥对于隶书形体美的欣赏和把玩，充分体现出成公绥对于隶体书法的艺术审美态度。

其二，通过对隶书体形态美的赞扬，《隶书体》还涉及隶体的创作技巧和规律问题。成公绥谓隶体的用笔云："或轻拂徐振，缓按急挑，挽横引纵，左牵右绕，长波郁拂，微势缥缈。……尔乃动纤指，举弱腕，握素纨，染玄翰；彤管电流，雨下雹散。点黜折拔，掣挫安按。"谓隶体的结构云："翘首举尾，直刺邪掣，缱绻结体，剟衫夺节。"谓隶体的章法云："芬葩连属，分间罗行。……分白赋黑，棋布星列。"应该说，成公绥的这些总结，突出了隶书体及其创作的独特性。而"分白赋黑"的提法，被清代著名书法家邓石如提炼为"计白以当黑"，邓氏谓："字画疏处可以走马，密处不使透风，常计白以当黑，奇趣乃生。""分白赋黑"具有很强的理论性、普遍性，因而成为书法结构和章法的重要法则，成为我国艺术境界中"虚实相生"的一个重要表现。对于隶体的创作，成公绥总体上认为"工巧难传，善之者少"，他将隶书看成一种巧技，把"工巧"看作衡量书法的一个标准，但又意识到书法形象的"工巧"难以表现，因而他对书法创作中书法形象与主体的关系等问题进行了探讨，并因此提出了"应心隐手，必由意晓"的重要命题。这一命题揭示了书法创作活动就是将心中之意趣表现为书法形象的过程，成为后来书论中心手、笔意问题的理论雏形。

二、索靖

索靖（239—303），字幼安，敦煌（今属甘肃）人，东汉著名书法家张芝姊孙。历任驸马都尉、尚书郎、雁门太守、酒泉太守、散骑常侍等职，死后追赠太常、司空，进封安乐亭侯，谥曰庄。索靖少有逸量，博通经史内纬，与傅玄、张华厚结为友。在书法上，与尚书令卫瓘俱以善草书知名，时人号为"一台二妙"，为武帝所爱。《晋书·卫瓘传》载："汉末张芝亦善草书，论者谓瓘得伯英筋，靖得伯英肉。"《晋书·索靖传》谓："瓘笔胜靖，然有楷法，远不能及靖。"梁武帝《古今书人优劣评》称誉其书"如飘风忽举，鸷鸟乍飞"。张怀瓘《书断》列靖章草为神品，云："精熟至极，索不及张；妙有余姿，张不及索。"靖亦自重其书，名其字势为"银钩虿尾"。传世书法作品有《月仪帖》《出师颂》《七月帖》等。

索靖所著书学名篇今存《草书状》，《晋书》本传全文收录，《墨池编》作《书势》，《书苑菁华》作《叙草书势》。索靖《草书状》上承汉末崔瑗《草书势》，下启梁武帝萧衍的《草书状》，是一篇承上启下的关于草书体势的研究文章。

索靖《草书状》一文的主要内容有三：首先，在继承崔瑗"临事从宜"的基础上，从"适宜""变通"和"崇简易"的实用角度阐明了草书的价值。崔瑗《草书势》开篇即谓草体的形成，说："书契之兴，始自颉皇。写彼鸟迹，以定文章。爰暨末叶，典籍弥繁；时之多僻，政之多权。官事荒芜，剿其墨翰。惟作佐隶，旧字是删。草书之法，盖有简略；应时谕指，用于卒迫。兼功并用，爱日省力；纯俭之变，岂必古式。"文末再概括道："机微要妙，临事从宜。"崔瑗指出，从文字的产生，到隶体草体的创变，一切是为了适应时代和社会的需要。而草体简略、纯俭的特点，更是这种实用需要的突出体现。崔瑗的这一观点基本上为索靖所继承。《草书状》开篇亦云："圣皇御世，随时之宜。仓颉既生，书契是为。科斗鸟篆，类物象形。睿哲变通，意巧兹生。损之隶草，以崇简易。百官毕修，事业并丽。"

其次，对草书的形态美，索靖作出了富有个性的描绘和解读。崔瑗主要从"法象"的角度称赞草书的形态，谓其"俯仰有仪，方不中矩，圆不副规"，即草书在法自然之象的基础上，表现出独特的姿态，它不必像篆体、隶体那样要求中规中矩，而讲求一种"抑左扬右，望之若崎""状似连珠，绝而不离""旁点邪附，似蜩螗捯枝"的结构美。索靖主要结合自己的创作实践，对草体的形态美作了精要的概括。他从曹植《洛神赋》的"翩若惊鸿，婉若游龙"，翻出"婉若银钩，漂若惊鸾"一语，以为草书的美集中表现在笔势的婉转遒劲如银钩和姿态的飘逸如惊鸾。"婉若银钩"实为索靖本人章草的写照。王僧虔《论书》云，索靖"传芝草而形异，甚矜其书，名其字势曰'银钩虿尾'"。

最后，索靖还论及草书的创作理则。索靖对崔瑗的"机微要妙"作了具体申说。在他看来，"多才之英，笃艺之彦"之所以"役心精微，耽此文宪"，是因为他们在草书的创作上遵循着守道和权变的原则。他说："守道兼权，触类生变。离析八体，靡形不判。去繁存微，大象未乱。上理开元，下周谨案。"意谓书写者应在遵循书法基本规范的基础上，根据事物触类的原则，通过对各种书体的分析研究，达到"去繁存微"而表达旨意不变的书写效果。尽管索靖的这一观点主要立足于士族的实用角度，但其中强调权变的思想，在一定程度上揭示了草书的创作规律，因而具有积极的意义。

三、卫恒

卫恒（？—291），字巨山，河东安邑（今山西夏县）人。少辟司空齐王府，转太子舍人、尚书郎、秘书丞、太子庶子、黄门郎。惠帝初与卫瓘、卫岳、卫裔等同为楚王司马玮所杀。卫恒出生于书法世家，祖卫觊，父卫瓘，弟卫宣、卫庭，子卫璪、卫玠，侄女卫铄都以书法著名。《晋书》本传谓恒"善草隶书"，梁庾肩吾《书品》列其书为中品之中，唐李嗣真《书后品》列其书为中之上。张怀瓘《书断》卷中列其古文、章草、草书入妙品，隶书入能品。北宋《淳化阁帖》收其草书二行。

卫恒《四体书势》是西晋最重要的书论著作，也是存世较早和较可靠的重要书法理论之一。《四体书势》原文载《晋书·卫恒传》，四体为古文、篆、隶、草四种书体，卫恒各叙其起源，兼及遗事，后系以赞。其中《篆势》为蔡邕所作，《草书势》为崔瑗所作，卫恒依仿前人文体，自作《字势》和《隶势》。

《四体书势》在书法思想史上的突出贡献，是系统论述了当时各体书法的发展源流，构建出我国第一部书法简史，并初步确立了较为科学的书法史观。此前的书论，大多就书之一体，择书之一法，发表一得之见，而《四体书势》无论是论述范围还是内容，均是一次重大突破。它按照书体出现的先后次序，第一次全面、系统地论述了古文、篆、隶、草四种书体的发生、发展、流变以及名家代表，将书体的发展脉络清晰地勾勒出来，体现出卫恒书法史观的系统性、全面性和整体性。概言之，卫恒论四种书体的源流，有以下三点值得注意。

其一，立足书法自身，客观叙述四种书体的渊源流变及其兴衰状况。卫恒谓古文字的产生及发展云：

> 昔在黄帝，创制造物。有沮诵、仓颉者，始作书契，以代结绳，盖睹鸟迹以兴思也。……自黄帝至三代，其文不改。及秦用篆书，焚烧先典，而古文绝矣。汉武时，鲁恭王坏孔子宅，得《尚书》《春秋》《论语》《孝经》。时人以不复知有古文，谓之科斗书。

谓篆书的产生发展云：

> 昔周宣王时，史籀始著《大篆》十五篇，或与古同，或与古异，世谓之籀书者也。及平王东迁，诸侯力政，家殊国异，而文字乖形。秦始皇帝初兼天下，丞相李斯乃奏益之，罢不合秦文者，斯作《仓颉篇》，中车府令赵高作《爰历篇》，太史令胡毋敬作《博学篇》，皆取史籀大篆，或颇省改，所谓小篆者。

论隶书的兴起云：

> 秦既用篆，奏事繁多，篆字难成，即令隶人佐书，曰隶字。汉因行之，独符、印玺、幡信、题署用篆。隶书者，篆之捷也。上谷王次仲始

作楷法。

最后论草书的出现说：

> 汉兴而有草书，不知作者姓名。

卫恒大致勾勒出一幅四体书法的演进史，即从三代的古文，到周代的大篆，再到秦代的小篆，进及汉代的隶书及草书。而在这四体之中，卫恒指出古文字实为先祖。他说："信黄唐之遗迹，为六艺之范先。籀篆盖其子孙，隶草乃其曾玄。"

其二，对历史上的重要书家，卫恒作出了较为精要允当的批评。卫恒的书家批评，表现出三个特点。第一，评定书家各自的风格特征及其历史地位。如于古文，卫恒说："古书亦有数种，其一卷论楚事者最为工妙。"于篆体，他说："及许慎撰《说文》，用篆书为正，以为体例，最可得而论也。秦时李斯号为二篆，诸山及铜人铭皆斯书也。"于隶体，他说："至灵帝好书，时多能者，而师宜官为最，大则一字径丈，小则方寸千言，甚矜其能。"于草体，他说："至章帝时，齐相杜度号善作篇。后有崔瑗、崔寔，亦皆称工。"尤其值得注意的是，卫恒有意识地运用比较的方法，或纵向比较，或横向比较，以此突显书家的不同特点及其历史贡献。如评篆体书家，谓蔡邕"采斯、喜之法，为古今杂形，然精密闲理不如（邯郸）淳也"。评隶体书家，谓："鹄宜为大字，邯郸淳宜为小字。……鹄之用笔尽其势矣。……汉末有左子邑，小与淳、鹄不同，然亦有名。"评草体书家，谓："杜氏杀字甚安，而书体微瘦；崔氏甚得笔势，而结字小疏。弘农张伯英者，因而转精甚巧。……伯英弟文舒者，次伯英。又有姜孟颖、梁孔达、田彦和及韦仲将之徒，皆伯英弟子，有名于世，然殊不及文舒也。罗叔景、赵元嗣者，与伯英并时，见称于西州，而矜巧自与，众颇惑之。故英自称'上比崔杜不足，下方罗赵有余'。"第二，揭示书家之间的前后师承关系。如其言篆体书家,谓:"扶风曹喜少异于斯,而亦称善。邯郸淳师焉,略究其妙,韦诞师淳而不及也。……汉末又有蔡邕,采斯、喜之法,为古今杂形。"言隶体书家,谓:"鹄弟子毛弘教于秘书,今八分皆弘法也。……魏初有钟、胡二家为行书法,俱学之于刘德升,而钟氏小异,然亦各有巧,今大行于世云。"言草体书家,谓:"河间张超亦有名,然虽与崔氏同州,不如伯英之得其法也。"第三,记载书家的逸闻,兼及本事的批评。如记载"草圣"张芝书事,谓:"凡家之衣帛,必书而后练之。临池学书,池水尽黑。下笔必为楷则,号匆匆不暇草书。寸纸不见遗,至今世尤宝其书,韦仲将谓之草圣。"记师宜官和梁鹄书事,说:"师宜官……或时不持钱诣酒家饮,因书其壁,顾观者以酬酒,讨钱足而灭之。每书辄削而焚其柎。梁鹄乃益为版而饮之酒,候其醉而窃其柎。鹄卒以书至选部尚书。宜官后为袁术将,今钜鹿宋子有《耿球碑》,是术所立,其书甚工,云是宜官也。梁鹄奔刘表,魏武帝破荆州,募求鹄。鹄之为选部也,魏武欲为洛阳令,而以为北部尉,故惧而自缚诣门,署军假司马;在秘书以勤书自效,是以今者多有鹄手迹。魏武帝悬著帐中,及以钉壁玩之,以为胜宜官。今宫殿题署多是鹄篆。"上述卫恒书家品评的内容和特点,对后世的书家批评产生重大影响。羊欣《采古来能书人名》、王僧虔《书论》、庾肩吾《书品》等,均在很大程度上继承和发展了卫恒的这些品评方法。

其三,对书体发展演变的原因,卫恒亦作了多方面的探讨。书体的发生及演变,表面看来,是由各时代的创作主体即书法家们的创变而完成的。如古文字是由黄帝之史沮诵、仓颉创造,大篆创始于周宣王的史籀;小篆成于秦代的李斯、赵高和胡毋敬;隶书由秦时佐隶(或谓秦始皇狱吏程邈)所定,草书由汉代无名氏人所创。但透过这一表象不难发现,书法作为一种历史文化现象,它的出现和发展也需从历史角度去审视。任何书体的出现和兴衰,均有其深刻的社会历史根源。卫恒《四体书势》的可贵之处就在于其相当清醒地认识到了书体出现与演变的历史必然性。就古文言,卫恒指出,它的创制是源于代结绳以作记事的实用需要,而它的灭绝亦是出于秦始皇统一六国后的现实政治需要,所谓"秦用篆书,焚烧先典,而古文绝矣"。同样,小篆的出现与兴盛,更是秦统一六国这场政治大变动的直接产物。卫恒指出,"平王东迁,诸侯立政,家殊国异,而文字乖形",这种状况完全不符合秦始皇统一六国的现实需要,故就有李斯、赵高、胡毋敬等人的创变小篆。而随着秦代统一大业的完成,小篆越来越难以满足现实的实用需要,所谓"秦既用篆,奏事繁多,篆字难成",于是隶书应运而生,"隶书者,篆之捷也"。卫恒通过对古文、篆、隶三种书体在秦代兴衰状况的叙述,深刻地揭示了秦作为我国第一个大一统的封建王朝,其剧烈的社会变动对于书体演变所产生的深刻影响。

《四体书势》在书史上的另一贡献,是通过撰写《字势》和《隶势》,丰富了自汉末以来兴起的书法体势之研究。卫恒《四体书势》是一部将"述""作"融为一体的独特之作,其中包含四篇书势文章:《篆势》和《草书势》分别为蔡邕和崔瑗所作,卫恒加以收录,此为"述";《字势》和《隶势》为卫恒所撰,此为"作"。其中,《字势》为其创新之作。卫恒从两方面来赞美古文字的形象美。一是古文字"因声会意,类物有方"的创造原则,谓:"日处君而盈其度,月执臣而亏其旁;云委蛇而上布,星离离以舒光;禾卉苯䔿以垂颖,山岳峨嵯而连冈;虫跂跂其若动,鸟似飞而未扬。"二是古文字"错笔缀墨,用心精专;势和体均,发止无间。或守正循检,矩折规旋;或方员靡则,因事制权"的书写特点,谓:"其曲如弓,其直如弦。矫然特出,若龙腾于川;森尔下颓,若雨坠于天。或引笔奋力,若鸿雁高飞,邈邈翩翩;或纵肆阿那,若流苏悬羽,靡靡绵绵。"最后总结道:"睹物象以致思,非言辞之可宣。"在卫恒看来,古文字带给书写者和欣赏者的不仅是其所比类的外物形象的审美感受,而且是由此审美感受进入一种更高的"致思",即审美体验、理性思索的状态,这个过程无比美妙、难以言传。

卫恒的《隶势》可看作时人成公绥《隶书体》的姊妹篇。在文中,卫恒既说"蠲彼繁文,崇此简易",又说"随事从宜,靡有常制",这便与成公绥一样，肯定了隶书实用与审美兼备的功能。但在卫恒看来，隶书"靡有常制"的形态美，却又不同的表现："或穹隆恢廓，或栉比针列，或砥平绳直，或蜿蜒胶戾，或长邪角趣，或规旋矩折。修短相副，异体同势。……纤波浓点，错落其间，若锺簴设张，庭燎飞烟。崭岩嶵嵯，高下属连。似崇台重宇，增云冠山。"这里需特别注意"异体同势"一语，它和《字势》中的"势和体均"意思相近，指字的势与体和谐统一。从其描写状态看，"势和体均"体现了书法形体的动静和谐，包括寓动于静和静中显动两项内容。在卫恒看来，古文字和隶体之区别于篆体和草体，即在这体势的"均和"上，这一点道前人所未道，体现了卫恒独特的审美思想。对于隶体的这种形体美，卫恒已经非常自觉地运用距离变换方式来欣赏了。他在《字势》中说："是故远而望之，若翔风厉水，清波漪涟；就而察之，有若自然。"这里也说："远而望之，若飞龙在天；近而察之，心乱目眩。"这种方式正是对蔡邕、崔瑗及成公绥的有意继承。蔡邕《篆势》谓："远而望之，象鸿鹄群游，骆驿迁延；迫而视之，端际不可得见，指㧑不可胜原。"崔瑗《草书势》谓："是故远而望之，㩻焉若沮岑崩崖；就而察之，一画不可移。"成公绥《隶书体》谓："仰而望之，郁若宵雾朝升，游烟连云；俯而察之，凛若清风厉水，漪澜成文。"这种变换距离的欣赏方式，有利于从不同角度突出和展示书体的外在形态美，意味着以卫恒代表的西晋书论家对于书体的欣赏习惯的正式形成。

　　总体上看，卫恒《四体书势》是魏晋南北朝时期一部承上启下的重要书学著作。在对书体的形势研究上，卫恒收录蔡邕《篆势》和崔瑗的《草书势》，并自撰《字势》和《隶势》，他在形象、生动、详尽描绘古文字和隶书的外在形态美的基础上，提出"睹物象而兴思""势和体均"等重要的审美观点。因此，无论是在研究的范围，还是在审美的理念上，卫恒的研究既是对汉末以来书势研究的丰富，也是对它的一次重要总结。此后，虽也出现了不少有关书势的研究文章，但大抵不脱《四体书势》的研究范式。同时，卫恒对四体书法渊源流变所作的首次系统梳理，以及对历代重要书家所作之精要品评，在体例、史料、方法等诸多方面对后世的书学论著产生了深远的影响。实际上，在羊欣《采古来能书人名》、虞龢《论书表》、王僧虔《书论》、庾肩吾《书品》等重要著作中，均不难看到卫恒《四体书势》的影子。

◎ 第三节
卫铄与王羲之

一、卫铄

卫铄（272—349），字茂漪，河东安邑（今山西夏县）人，汝阴太守李矩之妻，卫恒侄女，王羲之少时师，世称卫夫人。铄工书，尤善隶书，师承钟繇，妙传其法。庾肩吾《书品》列入中之上品，李嗣真《书后品》列为上之下品，张怀瓘《书断》列其隶书入妙品，评曰："碎玉壶之冰，烂瑶台之月，婉然芳树，穆若清风。"可见其书风明丽秀美，独具一格。

《笔阵图》旧题卫夫人撰，后众说纷纭，或疑为王羲之撰，或疑为六朝人伪托。因其流传甚广，影响深远，我们姑存其旧，仍定为卫夫人所作。[①]文章首先强调了书法的重要，指出了书道的精微奥妙。她说："夫三端之妙，莫先乎用笔；六艺之奥，莫重乎银钩。"卫夫人以"妙"和"奥"来形容和概括书道的特点，在她看来，在文士笔端、辩士舌端和武士剑端中，以笔端为先；在礼、乐、射、御、书、数中，以书为重。这就充分强调了书法的重要性，肯定了书法的独立地位。同时，卫夫人继承了钟繇关于书道"非

[①] 《笔阵图》极论隶书笔势，唐张彦远《法书要录》载为卫夫人作。《笔阵图》中所论用笔，与蔡邕、钟繇这些大家所讲用笔的思想史一脉相承。以此而论，作者定为卫夫人，不无道理。

凡庸所知"的观点,强调书家应有天赋,谓:"自非通灵感物,不可与谈斯道矣!"因此,针对当时的不良书风,在学书的态度上,卫夫人崇尚前辈书家如李斯、蔡邕,主张师古遵道、博学多闻。她说:"近代以来,殊不师古,而缘情弃道,才记姓名,或学不该赡,闻见又寡,致使成功不就,虚费精神。"

具体地说,要洞悉书道之奥妙,在卫夫人看来,就必须掌握执笔和用笔等书写技巧。为此,《笔阵图》用了较大篇幅来谈论技法问题。她谈到"执笔"问题,认为执笔是学书的基础和前提,她说:"凡学书字,先学执笔。"根据所作书体的不同,执笔也有不同的方法,如是真书,则"去笔头二寸一分",执之;若是行书或草书,则当"去笔头三寸一分,执之"。又根据书写主体心境的不同,卫夫人概括出"执笔有七种。有心急而执笔缓者,有心缓而执笔急者。若执笔近而不能紧者,心手不齐,意后笔前者败;若执笔远而急,意前笔后者胜"。卫夫人又谈到"用笔"问题,她说:"又用六种用笔:结构圆备如篆法,飘飏洒落如章草,凶险可畏如八分,窈窕出入如飞白,耿介特立如鹤头,郁拔纵横如古隶。"值得注意的是,卫夫人在论述执笔、用笔等技法时,涉及两个重要的书法美学问题:一是心与手、意与笔的问题,二是笔力与筋骨的问题。关于前者,她主张心手相齐、意前笔后。关于后者,她先引李斯典故,谓其"七日兴叹"的原因是"患其无骨",接着强调"下笔点画波撇屈曲,皆须尽一身之力而送之",最后论定:"善笔力者多骨,不善笔力者多肉;多骨微肉者谓之筋书,多肉微骨者谓之墨猪;多力丰筋者圣,无力无筋者病。"后两句虽是对钟繇原话的直接引用,但卫夫人这里重点要述的是"笔力"和"骨"的问题。"笔力",是在书写过程中线条的质感和力感,卫夫人用"骨"字来形容它的审美效果。"骨"原是魏晋的人物品评中的常用语,卫夫人将其引入书论,用于指线条的刚劲有力。此后,"笔力""筋骨"概念为书论、文论以及画论所广泛运用,如刘勰提出"风骨"论,谢赫六法中有"骨法用笔"说等。

要洞悉书道之奥妙,卫夫人认为,还必须遵循"法象"的创作原则。卫夫人继承了钟繇"每见万类,皆画象之"以及卫恒"类物有方"等观点,主张"每为一字,各象其形",如此,则"斯造妙矣,书道毕矣"。在她看来,不仅"每为一字",要做到"各象其形",甚至"每写一笔",亦要做到"各象其形",卫夫人所谓的"象其形",就是要求书家通过字的形态美反映出客观事物的形象特征。为此,她列出了七种主要笔画,各以形象喻之:

  一　如千里阵云,隐隐然其实有形。
  丶　如高峰坠石,磕磕然实如崩也。
  丿　陆断犀象。
  乚　百钧弩发。
  丨　万岁枯藤。
  乁　崩浪雷奔。
  ⁊　劲弩筋节。

  这"七条笔阵出入斩斫图"就是七幅形象鲜明的图画。这里,卫夫人从书法最基本的七种笔画入手,主张书家应从自然之象中化物而成意,使书法作品达到"天人合一"的境界。这种观点体现出卫夫人对于书法"法象"即"法自然"的创作原则的强调,可以说是《笔阵图》提倡的书法创作的总原则。

二、王羲之

  王羲之（321—379,或 303—361）,字逸少,原籍琅琊临沂（今属山东）,后迁居会稽山阴（今浙江绍兴）,为南迁琅琊王氏。羲之幼讷于言,长而辩赡,以骨鲠称,深为从伯王敦、王导所器重。起家秘书郎,历官宁远将军、江州刺史、右军将军、会稽内史等,世称"王右军"。《晋书》本传谓羲之"尤善隶书,为古今之冠,论者称其笔势,以为飘若浮云,矫若惊龙"。王羲之早年从卫夫人学书，后博采众长，精研体势，卓然自成一家。其草书师法张芝，正书得力钟繇，又增损古法，一变汉、魏朴质书风，创造妍美流便的今体。评者以为王草书浓纤折中，正书势巧形密，行书遒媚劲健，千变万化，纯出自然。由于其书法艺术的卓越成就，其书迹为历代所宝，影响极大，有"书圣"之称。现存王羲之刻本、摹本约二十件，以《兰亭序》《乐毅论》《黄庭经》《十七帖》《快雪时晴》《奉橘》《丧乱》《孔侍中》《圣教序》等最负盛名。《晋书》卷八十有传。

自唐以降，在各种书论文献中，均录有题为王羲之的论书文章，篇数不等，主要有《自论书》《题卫夫人〈笔阵图〉后》（一作《题〈笔阵图〉后书说》）《笔势论十二章》《书论》《用笔赋》《记白云先生书诀》六篇。①《自论书》一篇，最早为唐张彦远《法书要录》所辑录，其中部分内容，唐人孙过庭《书谱》、南朝宋人虞龢《论书表》均曾引录，《晋书·王羲之传》亦有记载，文字虽略有差异，但其大意则同。目前学界基本论定为王羲之自评书的记录，无甚异议。《题卫夫人〈笔阵图〉后》，此篇是《笔阵图》的题记，最早见于《法书要录》卷一，题为《题〈笔阵图〉后》，宋《书苑菁华》卷一载入，改作今题。《笔阵图》最早见于孙过庭《书谱》，孙云："代有《笔阵图》七行，中画执笔三手，图貌乖舛，点画湮讹。顷见南北流传，疑是右军所制。"②唐张彦远将《笔阵图》收入《法书要录》，并题卫铄撰，将《题〈笔阵图〉后》题为王羲之撰。《书苑菁华》根据《法书要录》将《笔阵图》定为卫夫人所撰，而《题〈笔阵图〉后》的作者为王羲之。此后多数学者认为，《题卫夫人〈笔阵图〉后》难以被认定出自王羲之

---

① 唐张彦远《法书要录》收录《教子敬笔论》（存目）、《题〈笔阵图〉后》及《自论书》；唐韦续《墨薮》收录《用笔阵图法》《笔势论十二章并序》《王逸少笔势图》；北宋朱长文《墨池编》集录《笔阵图》《笔势论》《书论四篇》《用笔赋》《草书势》《自论书》《天台紫真笔法》；南宋陈思《书苑菁华》收录《题卫夫人〈笔阵图〉后》《笔阵图》《笔势论十二章并序》《白云先生书诀》《自论书》；明王世贞《古今法书苑》收录《题卫夫人〈笔阵图〉后》《笔势图》《笔势论十二章》《白云先生书诀》《用笔赋》《自论书》；清《佩文斋书画谱》集录《题〈笔阵图〉后》《书论》《笔势论十二章》《自论书》《用笔赋》《记白云先生书诀》。
② 华东师范大学古籍整理研究室：《历代书法论文选》，127页。

之手，但它在唐代以前已是旧传，则其产生于六朝似无疑；且文章中有王羲之一些"述而不作"，被学书者辗转留下来的见解和经验，因此它可以作为我们探讨王羲之书论的重要文献。《笔势论十二章》原载唐韦续《墨薮》，题作《笔阵图十二章》，署名王羲之撰。唐人孙过庭《书谱》认为"右军位重才高，调清词雅"，而《笔势论》"文鄙理疏，意乖言拙"，故断定此文绝非出自右军之手。南宋陈振孙《直斋书录解题》未标明作者，只说"不知何代所辑"。文章原题《笔阵图十二章》，说明它与《笔阵图》和《题〈笔阵图〉后》有联系，从文章不少语句与《题〈笔阵图〉后》雷同这点看，《题〈笔阵图〉后》有可能是从该文中摘录汇集而成的。《书论》一文，载《墨池编》卷一，书界认定为王羲之所撰。从数百字的短文内容前后重复来分析，亦不排除后人集缀的可能。《用笔赋》，署名王羲之撰，见于朱长文《墨池编》及《佩文斋书画谱》卷五，是一篇赋体书论，赞扬"用笔神妙"。《记白云先生书诀》一文，有学者认为决非王羲之所撰，理由是该书论南宋以前的古籍从未载入，只见于《书苑菁华》中。且此文最后署有"维永和九年三月六日右将军王羲之记"，有明显的破绽，因为王羲之视右军官职如芥子，据《法书要录》记载，王羲之有四百六十五帖，无一自己用右军署名的。因此我们认为，文章不一定是王羲之所写的，但不妨碍后人以他的思想缀文。

　　可知王羲之的上述书论篇什，多为托名王羲之的后人述作，欲借王羲之盛名以传世；即使有所本，也是对王羲之言论的发挥或附会。[1] 然这些文字即使是伪作，也多出于唐前。因《笔势论》孙过庭已见，《题卫夫人〈笔阵图〉后》见载于张彦远《法书要录》。正如近人余绍宋《书画书录解题》所云："其为六朝人所伪托，殆无可疑，作伪者或题为卫夫人，或题为右军，

---

[1] 关于《笔阵图》的来历及内容，近代南社诗人、鉴赏家唐耕余曾于1948年撰《〈笔阵图〉孵化阶段及其内容》详加论述，睿见迭出，在《书法丛刊》发表。另张天弓《王羲之书学论著考辨》《论〈笔阵图〉的作伪年代》，李泽厚、刘纲纪《中国美学史》亦考证了这些伪作的源流，可参考。

想在唐时尚不一致。……各本编后,俱附载右军《题后》一篇,其文亦甚凡近……就此书后词气观之,当亦六朝时人所依托。"①因此,本着去伪存真、去粗取精的原则,认真分析这些包括"伪托"在内的论书之作,我们仍能发现其中蕴含的王羲之及王羲之一派关于书法艺术的一些真知灼见。

在这些书论中,谈论最多、也最能体现王羲之理论价值和时代精神的,是以"意"论书。这构成他书法美学思想的内核。就创作角度言,从创作前的准备,到创作时的构思,再到具体书写中的每一字、每一画,王羲之均强调一个"意"字。《题卫夫人〈笔阵图〉后》云:"纸者阵也,笔者刀稍也,墨者鍪甲也,水砚者城池也,心意者将军也,本领者副将也,结构者谋略也,飐笔者吉凶也,出入者号令也,屈折者杀戮也。夫欲书者,先干研墨,凝神静思,预想字形大小、偃仰、平直、振动,令筋脉相连,意在笔前,然后作字。"《书论》云:"凡书贵于沉静,令意在笔前,字居心后,未作之始,结思成矣。"此前,王师卫夫人将"意"作为书法构成的先决条件和胜败的关键,将"意"和"笔"作为一对范畴加之论述。这里,王羲之对卫夫人关于"意"的理论,作了进一步阐述和丰富。在他看来,这"意"具体表现在每一字的实际创作中,这里主要包括两个层次:一是"字字意别",《书论》说:"若作一纸之书,须字字意别,勿使相同。"二是"点画之间皆有意",《书论》说:"每作一字,须用数种意,或横画似八分,而发如篆籀;或竖牵如深林之乔木,而屈折如钢钩;或上尖如枯秆,或下细若针芒;或转侧之势似飞鸟空坠,或棱侧之形如流水激来。"《自论书》云:"顷得书,意转深,点画之间皆有意,自有言所不尽。"《笔势论·处戈章》云:"处其戈意,妙理难穷。"

就批评角度说,"意"是王羲之书法品评最重要的审美标准之一。其《自论书》云:"吾尽心精作亦久,寻诸旧书,惟钟、张故为绝伦,其余为是小佳,不足在意。"这里指出,"旧书"中除钟、张之作外,其余因其

---

① 余绍宋:《书画书录解题》第 9 卷,570 页,北京,北京图书馆出版社,2003。

"意"的表现不足,故只能算"小佳"。又说:"复与君,斯真草所得,极为不少,而笔至恶,殊不称意。""子敬飞白大有意。"又说:"君学书有意,今相与草书一卷。""飞白不能乃佳,意乃笃好。此书至难,或作,复与聊。"可见,王羲之在批评各体书法,包括真草、飞白等时,所持之标准即为"意"。

王羲之所谓之"意",涵盖了整个书法活动过程,从创作构思中的"意在笔前",到具体创作时的"字字意别""用数种意",再到最后作品生成之后的"称意""有意"。故这个"意",就是指书家通过富有变化的笔法对酝酿于胸的情感和旨意加以表现,从而使作品在整体上显示出一种形象生动、意趣盎然的审美效果。王羲之以前,书法理论主要以探讨书法的法象于物及书体自身的形态美为主,东汉末的蔡邕较早谈到书前酝酿笔意的问题,其《笔论》谓:"夫书,先默坐静思,随意所适,言不出口,气不盈息,沉密神彩,如对至尊,则无不善矣。"至卫夫人,则谈到创作中的意先笔后、心手相齐的问题,并首次将"意"和"笔"作为一对范畴加以论述。魏晋以来,随着玄学思潮中"言意之辨"的展开,"言不尽意"和"立象以尽意"等命题得到广泛关注和认同。王羲之接受了这种思潮的影响,故他在卫夫人"意"论的基础上,对书法中的"意"问题作了更深入更系统的探讨,从而使书法理论逐渐完成从"象"到"意"探索的转变。王羲之的"意"论,其实质是强调书法作为主体情感的一种表达方式,其创作必须以"心意"为首,充分表现出主体的精神实质。这既是王羲之本人创作经验的理论总结,也是书法艺术走向独立和自觉的一种理论标志。

王羲之书法思想的又一主要内容,是对书法创作技巧的论述。首先,就各体书法创作的总要求看,王羲之一是强调书字要平稳。他说,"夫书字贵平正安稳""务以平稳为本""分间布白,远近宜均,上下得所,自然平稳"。二是强调书字要有筋力、气力。他说:"欲书先构筋力,然后装束,必注意详雅起发,绵密疏阔相间。……若直笔急牵裹,此暂视似书,久味无力。仍须用笔著墨,下过三分,不得深浸,毛弱无力。""放纵宜存气力，视笔取势。""力圆则润，势疾则涩；紧则劲，险则峻；内贵盈，外贵虚；起不孤，伏不寡；回仰非近，背接非远；望之惟逸，发之惟静。敬兹法也，书妙尽矣。"其次，就具体书体的创作技巧看，王羲之详细论及真、行、草之间的异同。他指出，真书和行书的书写，最重要的一点是要讲求笔画的变化，否则，"若平直相似，状如算子，上下方整，前后齐平，便不是书，但得其点画耳"。为此，王羲之特别举钟繇弟子宋翼学书的实例，谓其"每作一波，常三过折笔；每作一口，常隐锋而为之；每作一横画，如列阵之排云；每作一戈，如百均之弩发；每作一点，如高峰坠石……如屈折钢钩；每作一牵，如万岁枯藤；每作一放纵，如足行之趣骤"。对于草书，王羲之认为"又有别法"。第一，点画要变化，字字相钩连，"须缓前急后，字体形势，状如龙蛇，相钩连不断，仍须棱侧起伏，用笔亦不得使齐平大小一等。每作一字须有点处，且作余字总竟，然后安点，其点须空中遥掷笔作之"。第二，字体亦须富于变化，"亦复须篆势、八分、古隶相杂"。第三，不可急作，"亦不得急，令墨不入纸。若急作，意思浅薄，而笔即直过"。最后，对于书法创作技巧的获得，王羲之结合自身创作经验。一是强调了熟精"工夫"的重要，他说："张（芝）精熟过人，临池学书，池水尽墨，若吾耽之若此，未必谢之。"二是强调博采众长、转益多师的重要性。他说："予少学卫夫人书；将谓大能；及渡江北游名山，见李斯、曹喜等书；又之许下，见钟繇、梁鹄书，又之洛下，见蔡邕《石经》三体书；又于从兄洽处，见张昶《华岳碑》；始知学卫夫人书，徒费年月耳。遂改本师，仍于众碑学习焉。"

总之，上述书法理论和观点，共同构成了王羲之及王羲之一派精彩丰富的书法美学思想。它们与王羲之卓绝的书法艺术作品共同组成我国书法史上乃至艺术史上最为宝贵的遗产之一。

◎ 第四节
羊欣与虞龢

一、羊欣

　　羊欣（370—442），字敬元，南朝宋书法家，泰山南城（今山东费县）人。起家辅国参军，后历平西主簿、新安太守、义兴太守、中散大夫等职。羊欣泛览经籍，善行草，工隶书。沈约曾谓："敬元尤善于隶书，子敬之后，可称独步。时人云：'买王得羊，不失所望'，今大令书中，风神怯者，往往是羊也。"[1]王僧虔《论书》亦称其"见重一时，行草尤善"。传世书迹有《暮春帖》等，见于《淳化阁帖》《大观帖》等丛帖中。《宋书》卷六十二、《南史》卷三十六有传。

　　羊欣著有《采古来能书人名》（或作《古来能书人名录》）一卷。此书篇目最早见于萧子显《南齐书·王僧虔传》，称王僧虔"又上羊欣所撰《能书人名》一卷"。卷首有齐王僧虔启云："臣僧虔启：昨奉勑，须古来能书人名。臣所知局狭，不辨广悉，辄条疏上呈羊欣所撰录一卷，寻索未得，续更呈闻。谨启。"唐张彦远《法书要录》于标题下，注明"齐王僧虔录"。后朱长文《墨池编》、严可均《全宋文》转录此文，则题为齐王僧虔《答录古来能书人名》。我们认为，唐时的张彦远去刘宋为近，其说更为可信，且原文有"辄条疏上呈羊欣所撰录一卷"句，文义本甚明了。当然，文中"王羲之"条出现"羊欣云：'古今莫二'"的抵牾，似应解释为后人辑录《采古来能书人名》时的错简窜讹，不当作为否定羊欣著作权的证据。

　　羊欣《采古来能书人名》在书法思想史上的一个突出贡献，是首开书家品评之风。对于书家的批评，卫恒《四体书势》及王羲之的一些书论中已有

---

[1] 张怀瓘《书断中》引，见华东师范大学古籍整理研究室：《历代书法论文选》，188页。

所涉及，但系统的书家品评则不能不推羊欣为始祖。羊欣以人为纲、以史为序，对自秦迄晋的69书法名家，就其各自籍贯、官职、逸闻、书法师承、所善书体、艺术特色、社会影响等诸方面进行全面的介绍和评述。这种融史传和品评于一体的著述特点，使《采古来能书人名》成为我国历史上最早记述书法名家的评传性著作，称得上是我国第一部简要的书家史传。

从内容和方法上看，羊欣对于书家的品评，主要有以下两方面的特点。

其一，记本事与明师承。其记载书家本事者，如记秦狱吏程邈谓："善大篆。得罪始皇，因于云阳狱，增减大篆体，去其繁复，始皇善之，出为御史，名书曰隶书。"又记载东汉陈遵的逸事说："善篆、隶，每书，一座皆惊，时人谓为'陈惊座'。"记载东汉师宜官的书事说："能为大字方一丈，小字方寸千言，《耿球碑》是宜官书，甚自矜重。或空至酒家，先书其壁，观者云集，酒因大售，俟其饮足，削书而退。"记载魏时韦诞的书事说："魏明帝起凌云台，误先钉榜而未题，以笼盛诞，辘轳长絙引之，使就榜书之。榜去地二十五丈，诞甚危惧，乃掷其笔，比下焚之。乃诫子孙，绝此楷法，着之家令。"其明师承者，如谓陈留蔡邕"善篆、隶，采斯、喜之法"，安定梁鹄"得师宜官法"，陈留邯郸淳"得次仲法"，颍川钟繇与同郡的胡昭"俱学于德升"，卫觊子瓘"采张芝法，以觊法参之，更为草藁"，卫夫人"善钟法，王逸少之师"，王廙"能章楷，谨传钟法"，等等。

羊欣的这些记本事与明师承具有重要的书法史料价值。羊欣以前的书论虽也记载了一些书法史实，但毕竟是零碎的，不像羊欣此文，把李斯以下的重要书家、书体和书法艺术成就几乎都采集到了。羊欣既明确记载了各位书家所擅长的各种书体，又突出了书家之间的历史传承，同时还充分注意到了书体的发展流变。如于隶书，文中记载秦代狱吏程邈，在大篆基础上去其繁复，创造出带有篆法的古隶，是为隶书之始创。后汉的王次仲，作"八分楷法"，即创变出带有波撇的隶书作为当时通行的文字，这就是汉隶，也即今隶。通过这两则记载，说明了秦汉以来隶书产生和发展的两个阶段。又如草书，文中通过杜度"始有草名"、张芝善草书而人谓"草圣"及崔瑗、崔寔善草书的记载，清晰地梳理出了草体由始创到成熟的发展过程。总之，上述内容使得《采古来能书人名》具有显著的史传特质，具备书法发展史的雏形，可以说是我国书论中第一篇具有书法史性质的著作，为后来书法史的书写和构建奠定了基础。唐吕总的《续书评》、宋陈思的《书小史》以及元陶宗仪的《书史会要》等书史著作，大多没有脱离羊欣所开创的形式与范围。

其二，比较的批评与美学的批评。其比较的批评，如谓曹喜"善篆、隶，篆小异李斯，见师一时"；谓邯郸淳"得次仲法，名在鹄后"；谓左子邑"与淳小异，亦有名"；谓罗晖、赵袭"与伯英同时，见称西州，而矜许自与，众颇惑之"；谓张超"亦善草，不及崔、张"；谓庾翼"善隶、行，时与羲之齐名"；等等。其美学的批评，如谓张芝"善草书，精劲绝伦"；谓卫觊"善草及古文，略尽其妙。草体微瘦，而笔迹精熟"；谓皇象"能草，世称'沉着痛快'"。此外，又有比较批评和美学批评融为一体者，如谓钟繇、胡昭"俱学于德升，而胡书肥，钟书瘦"；谓王献之"善隶、藁，骨势不及父，而媚趣过之"；等等。

羊欣的这些比较批评和美学批评，对于历代著名书家的主要贡献和历史地位作了理性的评定。同时，羊欣提出的一些理论概念和范畴，也集中反映出其独特的书法美学思想。其中值得注意的是他的"肥""瘦"观。此前，钟繇、卫夫人已将"筋""骨""力"的概念用以品评书法，羊欣继承并发展了这一理论，明确提出"肥""瘦"这一对举的概念。他说钟繇、胡昭虽都学于刘德升，但其风格却各异，"胡书肥，钟书瘦"；又说卫觊"草体微瘦，而笔迹精熟"。这里的"肥""瘦"，原是人物品评中对人物形体外貌的评论，这里主要指书家由于用笔力度的不同而导致字形上或肥或瘦的风格特点。羊欣的这一观点对后世影响很大，后人常以"肥""瘦"作为评判书法优劣的一个重要标准。如王僧虔《论书》谓："杜度杀字甚安而笔体微瘦。"萧衍《观钟繇书法十二意》亦云："元常谓之古肥，子敬谓之今瘦。"

与"肥""瘦"观点相联系，羊欣还提出了"骨势"与"媚趣"的观点。他说王献之书法"骨势不及父，而媚趣过之"。"骨"主要是指笔力，

"势"主要是指运笔,"骨势"合用为首次出现,其意近似卫夫人《笔阵图》所云"下笔点画波撇屈曲,皆须尽一身之力而送之"及"善笔力者多骨,不善笔力者多肉"。因右军之书能集众长,用笔健挺而富有骨力和气势,故羊欣许以"骨势"。而献之能变父体,加之流美,故云其以"媚趣"胜。"媚趣"是羊欣首创的审美概念,主要指书法作品从点画到整体表现出来的一种柔媚平和的特点。从美学上说,"媚趣"属于阴柔美,与"骨势"所代表的阳刚美相对。羊欣"媚趣"一说,非常准确地概括和反映了晋代书风及审美趣味的变化。晋以前,人们常以张芝式的笔力精熟为美,崇尚力劲气厚的阳刚之美,晋人却要求于精熟基础上表现出书法形象内在的"媚趣"。这种媚趣是主体优美精神情志的反映,是主体才性的集中体现。羊欣对举的"骨势"与"媚趣"审美范畴,因其理论的创新性得到后来虞龢、王僧虔的直接继承,虞龢《论书表》谓王献之云:"绝笔章草,殊相拟类,笔迹流怿,宛转妍媚,乃欲过之。"王僧虔《论书》谓郗超"草书亚于二王,紧媚过其父,骨力不及也",谓谢综"书法有力,恨少媚好"。

总之,随着各体书法趋于成熟,加之受魏晋以来人物品藻风气的影响,羊欣在《采古来能书人名》中将书家作为研究的主体,综合运用本事、溯源、比较、美学等多种批评手法和品评方式,从根本上改变了魏晋以来注重书法本体(诸如书势、字势、笔势)的研究倾向,开创了以创作主体为主要研究对象的审美新视野。之后的齐、梁两代,书家论便成为书法研究的一股热潮,相继出现了袁昂《古今书评》、庾肩吾《书品》等,与此同时,在其他艺术领域,也纷纷出现诸如钟嵘《诗品》、谢赫《画品》、姚最《续画品》等品评专著,它们互相影响,互相渗透,共同形成极具中华民族特色的艺术品评方式。

二、虞龢

虞龢,生卒年不详,会稽余姚(今浙江余姚)人。官中书郎、廷尉,曾为宋明帝近臣。虞龢"少好学,居贫屋漏,恐湿坟典,乃舒被覆书,书获全而被大湿"①。

虞龢《论书表》一卷,最早见录于唐张彦远《法书要录》卷二,题为"梁中书郎虞龢《论书表》"。此处"梁"字误,当作"宋"。考窦蒙《述书赋注下》谓:"宋中书侍郎虞龢《上明皇帝表》,论古今妙迹,正行草楷,纸色标轴,真伪卷数,无不毕备。表本行于世,真迹故起居舍人李造得之。"②又虞龢《论书表》中谓:"伏惟陛下爱凝睿思……诏臣与前将军巢尚之、司徒参军事徐希秀、淮南太守孙奉伯,科简二王书,评其品题,除猥录美,供御赏玩。"《论书表》末云:"六年九月中书侍郎臣虞龢上。"知该表为虞龢等人奉宋明帝刘彧之命搜集整理前贤法书后,于泰始六年(470)所作的一篇汇报性文章。虞龢上宋明帝表,明为"论书",但其主要内容是记录东晋、刘宋两朝的书法事迹,涉及二王书事、书法收藏、法书装治等。《论书表》对当时的书法状况作了较为全面的记录,是一篇书史性质的著作。

今存《论书表》因脱误、错简故存在文脉不通之处,但这并不影响我们借此窥探虞龢的书法美学思想。其最突出的一个理论贡献,是明确提出"书法四贤"说和"古质今妍"说,集中体现了刘宋一代书风的转变。《论书表》开篇谓:

> 臣闻爻画既肇,文字载兴,六艺归其善,八体宣其妙。厥后群能间出,洎乎汉、魏,钟、张擅美,晋末二王称英。羲之书云:"顷寻诸名书,钟、张信为绝伦,其余不足存。"又云:"吾书比之钟、张,钟当抗行;张草犹当雁行。"羊欣云:"羲之便是小推张,不知献之自谓云何?"欣又云:"张字形不及右军,自然不如小王。"谢安尝问子敬:"君书何如右军?"答云:"故当胜。"安云:"物论殊不尔。"子敬答曰:"世人那得知。"夫古质而今妍,数之常也;爱妍而薄质,人之情也。钟、张方之二

---

① 《南史·虞龢传》。
② 华东师范大学古籍整理研究室:《历代书法论文选》,260 页。

王，可谓古矣，岂得无妍质之殊？且二王暮年皆胜于少，父子之间，又为今古，子敬穷其妍妙，固其宜也。然优劣既微，而会美俱深，故同为终古之独绝，百代之楷式。

虞龢首先从书法史的角度，标举出汉末至东晋时期四位杰出的书家代表，即所谓"钟、张擅美""二王称英"。这一观点成为后世著名的"书法四贤"说的直接先导。后梁代袁昂《古今书评》有"张芝经奇，钟繇特绝，逸少鼎能，献之冠世"之说，又经梁武帝萧衍《古今书人优劣评》、陶弘景《与梁武帝论书启》等引述，至唐初孙过庭《书谱》谓："自古擅书者，汉、魏有钟张之绝，晋末称二王之妙。""书法四贤"之说渐广，"四贤"也逐步成为中国古代书法史不可逾越的高峰。当然，虞龢论述的重点在于书法四贤作品所体现的艺术审美价值之异同。对此，虞龢提出著名的"古质今妍"之说。在他看来，古质和今妍是事物发展的常态、世事发展的规律，书法的发展亦遵循"古质今妍"的规律，人们对古今书法的审美接受也是"爱妍而薄质"。据此，虞龢对钟、张、二王作了三个层面的"古今""质妍"之辨：第一，钟、张与二王较比，前者为古、为质，后者为今、为妍；第二，二王相比，大王为古、为质，小王为今、为妍；第三，二王各自的少年期与暮年期相比，少年期为质、为古，暮年期为今、为妍。虞龢最后得出结论，谓钟、张、二王所体现出来的这种"古质今妍"的艺术特点，"优劣既微，会美俱深，故同为终古之独绝，百代之楷式"。虞龢的这一结论，表面看来，其对钟、张、二王的评判并无区分优劣之意。但结合《论书表》全文作仔细分析，则其之倾向二王，特别是小王所代表的"今妍"之美是很明显的。首先，虞龢既云"爱妍薄质，人之常情"，他自然难免此种风习。其次，就大王与钟、张言，虞龢先引羲之《自论书》语"顷寻诸名书，钟、张信为绝伦，其余不足存"及"吾书比之钟、张，钟当抗行；张草犹当雁行"。又在《论书表》下文作进一步申说："羲之书在始未有奇殊，不胜庾翼、郗愔，迨其末年，乃造其极。尝以章草答庾亮，亮以示翼，翼叹服，因与羲之书云：'吾昔有伯英章草书十纸，过江亡失，常痛妙迹永绝，忽见足下答家兄书,焕若神明,顿还旧观。'"其言下之意即谓大王不在钟、张之下。最后,就二王言,虞龢继承了羊欣所谓王献之"骨势不及父,而媚趣过之"的观点,谓:"子敬穷其妍妙,固其宜也。"《论书表》下文更明确地说:"二王书,献之始学父书,正体乃不相似。至于绝笔章草,殊相拟类,笔迹流怿,宛转妍媚,乃欲过之。"可知,在"古质今妍"的审美评判上,虞龢是倾向于"今妍"的。

虞龢的"古质今妍"说与羊欣的"媚趣"说,同样是当时审美趣味的集中表现。它揭示了自汉以来书法由质趋妍的发展大势,反映了晋宋之际人们书法审美趣味的新变化。晋宋之际,艺术总体上表现出由质向妍发展的倾向。在文学上,沈约《宋书·谢灵运传论》有"以情纬文,以文被质"之说,刘勰《文心雕龙·时序》亦云:"时运交移,质文代变,古今情理,如可言乎。"在绘画中,此时出现的宫廷仕女画,不但追求内在的神,同时更重视外在的形,即所带来的感官愉悦的美;而山水画同样要求"以形媚道"。虞龢所谓的"妍质",其内涵与文论中的"文质"近似。质者朴也,它代表较古的艺术特点;妍与羊欣所谓的"媚"内涵近似,有美妙之意,指一种妩媚动人之美。它代表较近之艺术特点。"古"的书法作品表现出质朴、天真的意趣,"今"的书法艺术表现出妍美、流媚的风姿。可见,虞龢虽与刘勰一样,在考察艺术发展时注意到由古质到今妍(文)的变化规律,但与刘勰复古质的态度不同。

《论书表》在书学史上的另一贡献体现在书法史料上,它真实记录了东晋、刘宋两朝的大量书法事迹。其记录帝王收集整理书法之事者,如"孝武亦纂集佳书,都鄙士人,多有献奉,真伪混杂";宋明帝"淹留草法,拟效渐妍,赏析弥妙。旬日之间,转求精秘,字之美恶,书之真伪,剖判体趣,穷微入神,机息务闲,从容研玩。乃使使三吴、荆、湘诸境,穷幽测远,鸠集散逸。及群臣所上,数月之间,奇迹云萃"。记录当时权臣收集整理书法之事者,如"桓玄耽玩,不能释手,乃撰二王纸迹,杂有缥素,正、行之尤美者,各为一帙,常置左右。及南奔,虽甚狼狈,犹以自随;擒获之后,莫知所在。……刘毅颇尚风流,亦甚爱书,倾意搜求,及将败,大有所得。

卢循素善尺牍，尤珍名法。西南豪士，咸慕其风，人无长幼，翕然尚之，家赢金币，竞远寻求。于是京师、三吴之迹颇散四方"。这些记载真实地反映了当时社会自上而下热衷书法的风尚。尤其值得注意的是《论书表》中记载了大量关于二王的书事，著名的有：

> 旧说羲之罢会稽，住蕺山下，一老姥捉十许六角竹扇出市。王聊问一枚几钱，云直二十许。右军取笔书扇，扇为五字，姥大怅惋，云："举家朝餐，惟仰于此，何乃书坏？"王云："但言王右军书字，索一百。"入市，市人竞市去。姥复以十数扇来请书，王笑不答。
>
> 羲之性好鹅，山阴县酿村有一道士，养好鹅十余，王清旦乘小船故往，意大顾乐，乃告求市易，道士不与，百方譬说不能得。道士乃言："性好道德，久欲写河上公《老子》，缣素早办而无人能书，府君若能自屈书《道德经》各两章，便合群以奉。"羲之便住半日，为写毕，笼鹅而归。
>
> 羲之为会稽，子敬七八岁学书，羲之从后掣其笔不脱，叹曰："此儿书后当有大名。"
>
> 羲之常自书表与穆帝，帝使张翼写效，一毫不异，题后答之。羲之初不觉，更详看，乃叹曰："小人几欲乱真。"
>
> 羲之作书与亲故云："子敬飞白大有意。"

可以说，这是关于二王书事的第一次总结，也成为后世二王书话的一个重要渊源。后世的一些重要文献如《世说新语》《晋书》《南史》《书谱》等所录之二王逸事，大都本于虞龢的《论书表》。

此外，《论书表》还较早记录了书法鉴定、装裱及作伪的情况，这方面的思想在一定程度上为梁代的陶弘景、梁武帝所接受。

总体上看，《论书表》主要是收集整理前贤法书并作分级品评的总结性文献，其内容主要记录虞龢等人奉命收集、整理、品评、修复书法的过程和实际情况，其中也涉及书籍制度史、装裱史以及文房用具史等。《论书表》

对唐代的书论（如著名的《书谱》和《述书赋》甚至《二王等书录》等）的写作产生了重大影响，向为书法史家所重。

◎ 第五节
王僧虔

王僧虔（426—485），字简穆，琅琊临沂（今属山东）人。仕宋，官至尚书令；入齐，转侍中、丹阳尹。卒于永明三年（485），追赠司空，侍中如故，谥简穆。王僧虔出生书法世家，高祖王导、曾祖王洽、祖父王珣、父王昙首，均为书法名家。王僧虔好文史，解音律，善隶书。其书祖述小王，尚古直，有气骨，庾肩吾《书品》评之"雄发齐代"。据《南史》本传记载："宋文帝见其书素扇，叹曰：'非唯迹逾子敬，方当器雅过之。'……宋孝武欲擅书名，僧虔不敢显迹。大明世，常用掘笔书，以此见容。"《南齐书》本传载齐太祖"与僧虔赌书毕，谓僧虔曰：'谁为第一？'僧虔曰：'臣第一，陛下亦第一。'上笑曰：'卿可谓善自为谋矣。'"梁武帝萧衍《古今书人优劣评》谓其书"如王、谢家子弟，纵复不端正，奕奕皆有一种风流气骨"。唐张怀瓘《书断》将其隶书、行书和草书同列为妙品，谓其书"若溪涧含冰，冈峦被雪，虽甚清肃，而寡于风味"。今存《王琰帖》《御史帖》《陈情帖》等，传为王僧虔所书。《南齐书》卷三十三、《南史》卷二十二有传。

王僧虔不仅在书法创作上为宋、齐领袖，于书法理论上亦能独树一帜。其书学论著有《论书》《笔意赞》和《书赋》等。《论书》一篇，《南齐书》本传首次载录"宋文帝书，自云可比王子敬"至"庾昕学右军，亦欲乱真矣"部分，唐张彦远《法书要录》卷一辑录一篇，其内容顺序分别为"宋文帝书"至"是以征南还有所得"，"辱告并五纸"至"不妄言耳"，"钟公之书"至"官至鸿胪"三部分。后因文有脱误,历代辑录情况不一。① 《论书》继承了羊欣《采古来能书人名》的书家品评的方式,对上至汉代的张芝,下至刘宋的孔琳之等书家逐一进行评价,唐窦蒙《述书赋注》谓其"序古善书人,评议无不至当"②。《笔意赞》一篇,见载《书苑菁华》第十八卷,题下汝瑮加按语谓:"《图书集成》作齐王僧虔撰。"或疑非王僧虔所著。然就书理绎读,为王氏所作可信。《书赋》见载《艺文类聚》七十四、《墨池编》卷四,它以赋体形式阐述书法的创作问题,性质颇似陆机《文赋》。

在上述书论作品中,首先值得我们注意的,是王僧虔提出了几组重要的书法美学概念,这些集中反映了他的审美理想和主张。一是"天然"与"功夫"。《晋书·王羲之传》载:"(王羲之)每自称'我书比钟繇,当抗行;比张芝草,犹当雁行也'。曾与人书云:'张芝临池学书,池水尽黑,使人耽之若是,未必后之也。'"王羲之言下之意,是谓张芝临池功夫深,而自己的天赋不比张芝差。虞龢《论书表》中曾引羊欣语:"张字形不及右军,自然不如小王。"这里提出到"自然"而未及"功夫"。王僧虔在继承王羲之、羊欣及虞龢等人思想的基础上,首次明确提出"天然"与"功夫"这一对举的概念。其《论书》谓:"宋文帝书,自谓不减王子敬。时议者云:'天然胜羊欣,功夫不及欣。'……孔琳之书天然绝逸,极有笔力,规矩恐在羊欣后。……孔琳之书,放纵快利,笔道流便,二王后略无其比。但工夫少,自任过,未得尽其妙,故当劣于羊欣。"这里的"天然",也就是"自任";而"功夫""工夫",则自当包含"规矩"在内。天然、自任,盖指创作中主体情思的自然表露;功夫、工夫,则指创作中的法度、规矩等。在王僧虔看来,天然绝逸固然是好,但自任过、工夫少,就不好。可见,其于天然与工夫,实持并重之态度。王僧虔这一对概念的提出,反映

---

① 张天弓《永明书学研究》一文对王僧虔《论书》重新进行了考证,可参阅之。
② 华东师范大学古籍整理研究室:《历代书法论文选》,260页。

了宋齐以来人们对书法审美规律的新认识,丰富了书法美学理论,成为后来以"神品"和"能品"评书乃至评画的滥觞。

二是"力"与"媚"。王僧虔对于书家的评论,继承了羊欣的以"骨势"与"媚趣"的品评标准,也常以"笔力""媚好"(或"趣好")加以评论。《论书》云:"亡从祖中书令珉,笔力过于子敬。……张芝、索靖、韦诞、钟会、二卫并得名前代,古今既异,无以辨其优劣,惟见笔力惊绝耳。……郗超草书亚于二王,紧媚过其父,骨力不及也。……萧思话全法羊欣,风流趣好,殆当不减,而笔力恨弱。……谢综书,其舅云:'紧洁生起。'实为得赏。至不重羊欣,欣亦惮之。书法有力,恨少媚好。"其中"笔力""骨力"与"紧媚""趣好""媚好"对举,可知"力"与"媚"是又一对重要的书法审美范畴。前者偏内,属书法艺术的内在生命,后者偏外,为书法艺术的外在的感性形式;前者属阳刚之美,后者属阴柔之美。王僧虔对此二者亦持折中之态度。所谓风流趣好而笔力弱,"恨";书法有力而少媚好,亦"恨"。在他看来,只有"骨丰肉润",力媚兼具者,方能"入妙通灵"。这体现出王僧虔刚柔相济、文质彬彬的儒家审美理想。

三是"神彩"与"形质"。晋宋之际,形神问题首次进入艺术领域。在绘画艺术中,有顾恺之的"以形写神"、宗炳的"以形写形,以色貌色"和"神本亡端,栖形感类",以及王微的"形者融灵,而动变者心"等观点。在书法艺术中,对此问题探讨的第一人当为王僧虔。其《笔意赞》开宗明义:"书之妙道,神彩为上,形质次之,兼之者方可绍于古人。""神彩"指创作主体的精神特质,包括情感、修养、气质、个性、天赋等在书法作品中的体现和外化;"形质"则指由笔墨表现出来的外在的书法形象,包括字体和书体等。前者属于书法的内在美,后者属于书法的形式美。对于"神彩"与"形质"二者的关系,王僧虔持辩证的看法,他既强调"神彩"为上、"形质"次之的主次关系,又力主"神彩"与"形质"不可或缺,认为"兼之者方可绍于古人"。形神兼备是他的书法美学理想和追求,对后世产生了很大的影响。唐张怀瓘《文字论》云:"深识书者,惟观神彩,不见字形。"清包世臣《艺舟双楫》认为："形质成而性情见……点画寓使转之中，即性情发形质之内。"这些均可谓是对王氏思想的继承和发展。

王僧虔在书法理论上的另一重要贡献，是对书法创作规律和特点的阐发。其《书赋》一篇，颇似陆机《文赋》。但今存《书赋》篇幅短小，且仅论及隶书，似与"书赋"之题不符，疑为原文之一部分。就现存短文看，其在南朝书法理论中的开创性地位亦不容忽视。它首次以赋体形式较系统地论述了书法创作的一般理论问题，称得上是古代第一篇书法创作专论。文章虽短，然思深意远。概言之，《书赋》主要论及四个问题。其一，情、思问题。文章开篇提出"情凭虚而测有，思沿想而图空"，意谓情意无所依托而推测实有，思绪随着想象而描绘各种物象。王僧虔这里强调了书法创作主体的情思和想象在创作过程中的主导作用。王氏此语本于陆机《文赋》之"课虚无以责有，叩寂寞而求音"。《文赋》谈文学创作，讲作家在创作中的形象思维活动；《书赋》讲书法创作，讲书家的形象思维活动。二者是相通的。同时，句中所谓"虚""有"的字眼，很明显是受到魏晋玄学思潮的影响。其二，心、手问题。文章接着说："心经于则，目像其容。手以心麾，毫以手从。风摇挺气，妍靡深功。"意思是说，心中有法则，目中有物象，手因心而挥动，笔毫因手动而随从，如此方能达到"风摇挺气，妍靡深功"的艺术效果。这与《笔意赞》中"必使心忘于笔，手忘于书，心手达情，书不忘想，是谓求之不得，考之即彰"意思相通。王僧虔对书法创作过程中心—目—手—毫（笔）的关系作出如此细致的论述，这在书论史上是第一次。它与陆机、刘勰及萧子显等人的文学创作论互相贯通，对后世陶弘景、孙过庭、郑板桥等人的书画创作及理论产生了重要影响。陶弘景《与梁武帝论书启》谓："窃恐既以言发意，意则应言，而手随意运，笔与手会，故益得谐称。"唐孙过庭《书谱》说"心悟手从，言忘意得"，清郑板桥论画则有"胸中之竹""林中之竹""手中之竹""意中之竹"说。其三，创作技巧问题。文章说："尔其隶也，明敏蜿蠖，绚蒨趋将；摛文斐缛，托韵笙簧；仪春等暖，丽景依光；沉若云郁，轻若蝉扬。稠必昂萃，约实箕张；

垂端整曲，裁邪制方。"王僧虔这里强调了隶书创作在用笔、布局等问题上，需要注意沉与轻、稠与约、邪与方的关系。在他看来，关系处理好了，则"具美于片巧"，否则便"双兢于两伤"。其四，艺术体貌问题。《书赋》谓："形绵靡而多态，气陵厉其如芒。故其委貌也必妍，献体也贵壮。"从前文的"风摇挺气，妍靡深功"，到这里的"绵靡多态""委貌必妍"，不难看出王僧虔所崇尚的是一种妍美的书风，而这也正是王献之以来书法审美趣味发展的大势。

总之，由于多方面的文化素养，加之家族渊源与帝王重视，王僧虔在书法创作和书法理论上均取得了独特而卓越的成就。王僧虔书学思想以其丰富性和深刻性，代表了永明书学的最高成就。其理论是汉以来书法美学思想史上的一座高峰，对后世书论家（如庾肩吾、孙过庭等）产生了重要影响。

◎ 第六节
萧衍、陶弘景及袁昂

一、萧衍

萧衍（464—549），字叔达，小字练儿，南兰陵（今江苏常州）人，梁代开国皇帝，在位48年，谥曰武皇帝，庙号高祖。梁武帝文武兼备，博学多通。洞悉儒玄释，擅长诗赋文章，精于棋射六艺。姚思廉评曰："历观古昔帝王人君，恭俭庄敬，艺能博学，罕或有焉。"[1]原集已佚，今存明人张溥辑本《梁武帝御制集》。事迹见《梁书》及《南史》。

在书法创作上，萧衍"雅好虫篆"，其"草隶尺牍"，亦称"奇妙"。

---

[1] 《梁书·武帝纪下》。

唐张怀瓘《书断》称："帝好草书，状貌亦古，乏于筋力，既无奇姿异态，有减于齐高矣。"其书迹《异趣帖》《数朝帖》《众军帖》流传至今，见收于《淳化阁帖》等。在书法理论上，萧衍著有《观钟繇书法十二意》《草书状》《与陶隐居论书》等，对书法技巧和钟、王书法艺术的特点及其地位提出了独特精到的看法，对当时及后世产生重大影响。又有《古今书人优劣评》，或作《书评》《评书》，旧题梁武帝撰。一般认为，萧衍此作乃在袁昂《古今书评》基础上整理而成。①

在萧衍的书法思想中，最值得注意的，是他把张芝、钟繇位列二王之上，改变了宋齐以来二王高于众家的看法。在《观钟繇书法十二意》一文中，针对"世之学者宗二王，元常逸迹，曾不睥睨。……元常谓之古肥，子敬谓之今瘦"的现象，萧衍提出自己"有异众说"的看法：

> 张芝、钟繇，巧趣精细，殆同机神。肥瘦古今，岂易致意。真迹虽少，可得而推。逸少至学钟书，势巧形密，及其独运，意疏字缓。譬犹楚音习夏，不能无楚。过言不悒，未为笃论。又子敬之不迨逸少，犹逸少之不迨元常。学子敬者如画虎也，学元常者如画龙也。

钟繇书体笔画瘦健，分间结体精谨细密，故有"胡书肥，钟书瘦"之说。而二王特别是子敬，笔势流便，结体舒缓，显得清秀，论者以为"妍媚"。宋齐以降，以羊欣、虞龢为代表一批书论家，力倡"媚趣""古质今妍"之说，遂使书坛弥漫着唯子敬是瞻而无论钟、张的风尚。对此，萧衍表示了不同看法。首先，他认为，古今形势既异，人们的书法审美情趣也就不同，对于"肥瘦"的理解难免不发生变化，所以简单地以肥瘦论古今，在理论上有其局限性，即所谓"今古既殊，肥瘦颇反"和"肥瘦古今，岂易致

---

① 此编唐以前书俱未引及，始见于宋《淳化阁帖》，隋僧智果书，《宋史·艺文志》据以著录。今详核其文，多与袁昂《书评》相同，袁昂于武帝普通四年，奉敕评古今书，今本《书评》后，尚附载原启，知此书非出于武帝。

意"。其次,在萧衍看来,张芝、钟繇的作品"巧趣精细",几乎达到了"机神"的境界。就王羲之而言,其有意学习钟繇的书作"势巧形密",艺术水准几近钟繇;至师心"独运"之作,则"意疏字缓",已落第二义。可知萧衍实以"巧趣精细""势巧形密"与"意疏字缓"区分古今书风之差异。联系萧衍所概括的钟繇书法十二意,其中亦有"密,谓际也"和"巧,谓布置也"。又《答陶隐居论书》谓:

> 夫运笔邪则无芒角,执笔宽则书缓弱,点掣短则法拥肿,点掣长则法离澌,画促则字势横,画疏则字形慢;拘则乏势,放又少则;纯骨无媚,纯肉无力;少墨浮涩,多墨笨钝:比并皆然。任意所之,自然之理也。若抑扬得所,趣舍无违;值笔连断,触势峰郁;扬波折节,中规合矩;分间下注,浓纤有方;肥瘦相和,骨力相称。婉婉暧暧,视之不足;棱棱凛凛,常有生气;适眼合心,便为甲科。

不难理解,萧衍所谓的精细、巧密,就是在"扬波折节,中规合矩;分间下注,浓纤有方"基础上形成的"肥瘦相和,骨力相称"。这是一种符合儒家中和标准的书法审美观。最后,萧衍从自己的审美旨趣出发,谓"子敬之不逮逸少,犹逸少之不逮元常。学子敬者如画虎也,学元常者如画龙也"。他将"巧趣精细"的张芝、钟繇列为第一,"意疏字缓"的王羲之列为第二,"不逮逸少"的王献之列为第三。这就给出了有别于前人的关于书法四贤的重新排座。

由于萧衍的特殊地位,此论一出,便得到众人的拥护,使风靡东晋晚期至南齐的小王书风得以遏制。陶弘景附和梁武帝的古今之论说:"又逸少学钟,势巧形密,胜于自运。"又云:"比世皆高尚子敬书,元常继以齐代,名实脱略,海内非惟不复知有元常,于逸少亦然。"当然,对于梁武帝以为王羲之书"不逮元常",有"意疏字缓"之失的观点,陶氏指出,王书"意疏字缓"者并非其真迹而为代笔。这便与梁武帝的意见不同。其充分肯定了王羲之的书法成就，在一定程度上为确立王羲之书法的地位作了铺垫。另一位书法名家萧子云也完全接受了萧衍的观点，其《论书启》云："十余年来，始见敕旨《论书》一卷，商略笔势，洞达字体。又以逸少不及元常，犹子敬不及逸少。因此研思，方悟隶式。始变子敬，全法元常。追今以来，自觉功进，此禀自天论。"又《梁书·萧子云传》载："子云善草隶书，为世楷法，自云善效钟元常、王逸少而微变字体。"或许正因此故，萧子云的书法深得梁武帝赏识，曾谓其书"笔力劲骏，心手相应，巧逾杜度，美过崔寔，当与元常并驱争先"。另外，需指出的是，梁武帝"崇钟抑献"的观点，以及他对王羲之书迹的搜集整理①，客观上导致了大王书风的流行，这对王羲之在南梁以后书法地位的重新确立起到了决定作用，并为其在唐初书圣地位的最终确立打下了坚实基础。

萧衍书法思想中的创作论丰富而精妙，同样值得重视。具体来看，其所涉及的问题主要有四。其一，书法创作的技法问题。萧衍首次从理论上总结了钟繇的书法创作经验，将之概括为"十二意"，即"平，谓横也。直，谓纵也。均，谓间也。密，谓际也。锋，谓端也。力，谓体也。轻，谓屈也。决，谓牵掣也。补，谓不足也。损，谓有余也。巧，谓布置也。称，谓大小也"。萧衍还提出了任意为之的自然创作论。《草书状》谓："疾若惊蛇之失道，迟若渌水之徘徊。缓则鸦行，急则鹊厉，抽如雉啄，点如兔掷。乍驻乍引，任意所为。或粗或细，随态运奇。云集水散，风回电驰。"《答陶隐居论书》中亦有相关论述。在他看来，无论是运笔上的或疾

---

① 《法书要录》卷四张怀瓘《二王等书录》载："梁武帝尤好图书，搜访天下，大有所获。以旧装坚强，字有损坏，天监中敕朱异、徐僧权、唐怀允、姚怀珍、沈炽文等析而装之，更加题笺。二王书大凡七十八帙七百六十七卷，并珊瑚轴、织成带、金题玉躞。"又《梁书·周兴嗣传》载："是时（天监初年），高祖（梁武帝）以三桥旧宅为光宅寺，敕兴嗣与陆倕各制寺碑，及成俱奏，高祖用兴嗣所制者。自是《铜表铭》《栅塘碣》《北伐檄》《次韵王羲之书千字》，并使兴嗣为文。"又唐韦绚《刘宾客嘉话录》载："梁武教诸王书，令殷铁石于大王书中撮一千字不重者，每字一片纸，杂碎无叙。武帝召兴嗣问曰：'卿有才思，为我韵之。'兴嗣一夕编次进上，须发皆白，而赏锡甚厚。右军孙智永禅师自临八百本。"应该说，萧衍以帝王之力整理了大量二王的作品，特别是王羲之的作品，这为唐太宗确立王羲之的书圣地位准备了重要的物质条件。

或迟、或缓或急,还是点画上的或促或疏、或拘或放,抑或是用墨的或多或少,"任意所之,自然之理也"。也就是说,创作中的所有技巧问题,都是创作者在遵循创作规律基础之上的自由运用。可以说,萧衍的这一观点,对道和技、自然和工夫作出了辩证的统一。其二,书法创作中的继承和创新问题。《答陶弘景论书》谓:"众家可识,亦当复贯串耳;六文可工,亦当复由习耳。一闻能持,一见能记,亘古亘今,不无其人,大抵为论,终归是习。程邈所以能变书体,为之旧也;张芝所以能善书工,学之积也。既旧既积,方可以肆其谈。"此前,卫夫人、王羲之等亦谈论到书法创作中的"师古"及博闻多见的问题,萧衍这里则强调了在"积习"基础上的"贯串""创变"的重要性。可以说,萧衍是书论史上论及书法创作之继承和创新问题的第一人,其理论思想可与刘勰《文心雕龙》中的"通变"论相发明。其三,书法创作的个性与风格问题。《草书状》谓:"但体有疏密,意有倜傥,或有飞走流注之势,惊竦峭绝之气,滔滔闲雅之容,卓荦调宕之志,百体千形,巧媚争呈,岂可一概而论哉!"这里,萧衍深刻地揭示了创作个性与书法风格的关系,在他看来,决定作品风格的因素有二:一是书体自身疏密的特点,二是主体倜傥的个性。同时,书法作品的风格特点,也综合体现在"势""气""容""志"四个方面。更为难得的是,萧衍明确指出"百体千形,巧媚争呈,岂可一概而论哉",肯定并允许书法风格多样性的存在,这是萧衍对艺术的充分尊重。其四,书法创作的功用和价值问题。在《草书状》中,萧衍提出了"传志意于君子,报款曲于人间"的观点。在他看来,草书的功用和价值不仅在于实用需要,更在于传达和表现书写主体内心的"志意"和"款曲"。萧衍的这一观点是对扬雄"言为心声,书为心画"思想的进一步发展,它充分肯定和强调了书法艺术的审美和娱情价值。

此外,萧衍还论及书法真伪的鉴定。他说:"逸少迹无甚极细书,《乐毅论》乃微粗健,恐非真迹。《太师箴》小复方媚,笔力过嫩,书体乖异。"这是以笔画之粗细、笔力之老嫩鉴别王羲之书法之真伪。又说:"给事黄门二纸为任靖书,观所(其)'送、靖、书'诸字相附近,彼二纸,靖书体解离,便当非靖书。"这是由结体之聚散鉴定任靖书迹。对于钟繇书法,梁武帝尤具独特见解,他说:"钟书乃有一卷,传以为真。意谓悉是摹学,多不足论,有两三行许似摹,微得钟体。逸少学钟的可知,近有二十许首,此外字细画短,多是钟法。"钟书的特征,羊欣称为"瘦",以别胡昭之"肥"。梁武帝则以"巧趣精细""字细画短"作为钟书、钟法的特征,道前人所未道,体现出高超的鉴别水平。

二、陶弘景

陶弘景(456—536),字通明,自号华阳隐居,丹阳秣陵(今江苏南京)人。齐高帝萧道成引为诸王侍读,除奉朝请。永明十年,上表辞禄,归隐茅山华阳洞,深为梁武帝所敬重,国家每有吉凶征讨大事,皆前以谘询,故有"山中宰相"雅称。大同二年卒,诏赠中散大夫,谥曰贞白先生。陶弘景"幼有异操,年四五岁,恒以荻为笔,画灰中学书"。及长,好读书,爱山水,善琴棋,工草隶,明阴阳,精医术,勤著述。据《南史》本传载,其所撰《学苑》《孝经集注》《论语集注》《帝代年历》《本草集注》《效验方》《肘后百一方》《古今州郡记》《图像集要》《玉匮记》《七曜新旧术疏》《占候》《合丹法式》等,均秘而不传。今有明张溥辑本《陶隐居集》。事迹见《梁书》卷五十一、《南史》卷七十六。

陶弘景书法师承钟、王,骨力不逮,而逸气有余。袁昂《古今书评》谓其"书如吴兴小儿,形容虽未成长,而骨体甚骏快"。庾肩吾列其书入中之下,论曰:"陶隐居仙才翰彩,拔于山谷。"唐张怀瓘《书断》谓其"师钟繇、王羲之,采其骨气,时称与萧子云、阮研等各得右军一体。其真书劲利,欧、虞往往不如"。李嗣真《书后品》谓其"得书之筋髓,如丽景霜空,鹰隼初击"。宋黄伯思《东观余论》谓其书"萧远淡雅,若其为人"。今存摩崖刻石《瘗鹤铭》,题为"华阳真逸",传为陶弘景所书,字体厚重高古,用笔奇峭飞逸,萧疏淡逸,飘然欲仙,有"大字之祖"的美誉。

陶弘景的书学思想主要表现在他的五篇《与梁武帝论书启》中。他上五《启》，梁武帝作四《答》；《启》后附有鉴别钟、王书迹真伪的文字，这些均见载于唐张彦远《法书要录》卷二。关于这些书启的通信时间，张天弓先生考证为"中大通元年（529）十月至中大通二年四月之间"[①]。由于陶弘景与萧衍特殊的君臣关系，故其《启》中的思想倾向大抵与萧衍保持一致。具体表现在两点上。其一，对萧衍推崇钟繇贬抑王献之主张的附和与认同。《论书启四》谓："伏览书用前意，虽止二六，而规矩必周，后字不出二百，亦褒贬大备，一言以蔽，便书情顿极，使元常老骨，更蒙荣造，子敬懦肌，不沉泉夜，逸少得进退其间，则玉科显然可观，若非圣证品析，恐爱附近习之风，永遂沦迷矣。伯英既称草圣，元常寔自隶绝，论旨所谓，殆同璿机神宝，旷世以来莫继。斯理既明，诸画虎之徒，当日就辍笔，反古归真，方弘盛世。愚管见预闻，喜佩无屈，比世皆高尚子敬。子敬元常，继以齐名，贵斯式略，海内非惟不复知有元常，于逸少亦然，非排弃所可，涅而无缁，不过数纸。"这是对梁武帝《观钟繇书法十二意》一文观点的回应和推崇。他说梁武帝所概括的钟繇书意，虽只有十二条，却"规矩必周"。而文后对于钟张、二王的批评，虽字数不足二百，亦是"褒贬大备"。陶弘景特别指出了萧衍此论对于扭转当时"举世皆高尚子敬"书风的关键作用，他一则说"若非圣证品析，恐爱附近习之风，永遂沦迷矣"；再则说"斯理既明，诸画虎之徒，当日就辍笔，反古归真，方弘盛世"。因此，当陶弘景读到萧衍之论时，其内心的欢悦难以形容，明言"今奉此论，自舞自蹈，未足逞泄日月"，并表示"愿以所摹，窃示洪远、思旷，此二人皆是均思者，必当赞仰踊跃，有盈半之益"。其二，对萧衍书法作品的称颂。在《论书启一》中，陶弘景谓萧衍书"非但字字注目，乃画画抽心，日觉劲媚，转不可说"，并直言"正此即为楷式，何复多寻钟、王"。又《论书启四》谓："所奉三旨，伏循字迹，大觉劲密，窃恐既以言发意，意则应言而新，手随

[①] 张天弓：《关于梁武帝、陶弘景论书启及其相关问题》，载《书法丛刊》，2004（1）。

意运，笔与手会，故意得谐称，下情欢仰，宝奉愈至。"这里不但再次以"劲密"称颂萧书之美，而且从言意、手笔的关系，从理论的高度上阐释并颂扬了萧衍书法"意得谐称"的特点。

当然，在这五篇启文中，更值得注意、也更具价值的，是陶弘景对于书法真伪的鉴别。其表现出陶弘景精于鉴赏的一面，特别是他关于王羲之作品真伪的鉴别，对后世王羲之的书法接受具有非常重要的意义。《论书启三》详细地记录了陶弘景对所收集的二十二卷、二十三卷两卷王羲之法书的辨伪情况。如第二十三卷，他认为，"此卷是右军书者惟有八条"，余皆为伪作或摹写：

"臣涛言"一纸。(此书乃不恶，而非右军父子，不识谁人迹，又似是摹。)"给事黄门"一纸，"治廉沥"一纸。(凡二篇，并是谢安卫参军任靖书。)后又"治廉沥狸骨方"一纸。(是子敬书，亦似摹迹。)右四条，非右军书。

同样，对于第二十四卷，陶弘景通过仔细鉴别，认为"右军书者惟有十一条"，余者为他人所摹写，且"非甚合迹，兼多漫抹，于摹处难复委曲"。他说：

前"黄初三年"一纸。(是后人学右军。)"缪袭告墓文"一纸。(是许先生书。)"抱忧怀痛"一纸。(是张澄书。)"五月十一日"一纸。(是摹王珉书，被油。)"尚想黄绮"一纸，"遂结滞"一纸。(凡二篇，并后人所学，甚拙恶。)"不复展"一纸。(是子敬书。)"便复改月"一纸。(是张翼书。)"五月十五日緤白"一纸。(亦是王珉书。)"治欬方"一纸。(是谢安书。)

另外，在《论书启五》中，陶弘景通过对王羲之书法的系统研究，论述了大王书迹在不同时期的不同特点：

第十一章　魏晋南北朝的书法艺术思想　683

逸少自吴兴以前诸书,犹为未称。凡厥好迹,皆是向在会稽时永和十许年中者。从失郡告灵不仕以后,略不复自书,皆使此一人,世中不能别也。见其缓异,呼为末年书。逸少亡后,子敬年十七八,全放此人书,故遂成与之相似。今圣旨标题,足使众识顿悟,于逸少无复末年之讥。

由于陶弘景精于鉴别,他的这些论述,对于了解右军书迹和正确评价右军,都是很有意义的。陶弘景在数启之中,去伪存真,品骘高下,诚如梁武帝所赞:"区别诸书,良有精审,所异所同,所未可知。"陶弘景也因此成为我国书法鉴定的真正"鼻祖"。

概言之,陶弘景在与萧衍书信的交往中,通过对钟繇、王羲之书法特点与地位的重新评价,以及对王羲之等人书法的收集整理以及辨伪工作,从总体上扭转了风行一时的"小王"书风,为唐人独尊王羲之奠定了基础。

三、袁昂

袁昂(461—540),字千里,陈郡阳夏(今河南太康)人。仕齐,官吴兴太守;归梁,除给事黄门郎,迁侍中、尚书令,位司空。大同六年卒,谥曰穆正。据《南史》本传载,袁昂"雅有人鉴,游处不杂,入其门者号登龙门"。又史臣评道:"自初及末,无亏风范,从微至著,皆为称职,盖一代之名公也。"原有集二十卷,今佚。《梁书》卷三十一、《南史》卷二十六有传。

宋陈思《书小史》谓:"昂以孝称,善书画,尝著《书评》一卷。"《书评》即《古今书评》,唐张彦远《法书要录》卷二收录。该文为袁昂普通四年(523)奉梁武帝诏而作。传梁武帝《古今书人优劣评》即据此附益而成。袁昂《古今书评》虽是奉敕之作,却是有史以来第一部书评。其可注意者有二：一是文中所品评之自秦迄梁的二十五位书家，不以时代先后为序，而首列王羲之、王献之，这就把王氏父子摆到了高于其他书家的位置。此前虞龢《论书表》首次提出"汉魏钟、张擅美，晋末二王称英"之说，袁昂则在此基础明确提出"四贤共类"的观点，《古今书评》结尾总括道："张芝惊奇，钟繇特绝，逸少鼎能，献之冠世，四贤共类，洪芳不灭。"这里"四贤共类"，把二王与钟、张等同，且许逸少最有才能，赞子敬冠盖于世。这一观点与梁武帝尊钟、张而抑二王明显相左，体现了一位书论家不为皇权所左右而保持自身看法的独特个性，也真实反映了梁、陈间书法上质妍之争的现实存在。同时，与虞龢相比，袁昂虽亦是钟张、二王并举，但虞、袁之间也有细微差别。虞龢字里行间透露出对小王的特别推崇，而袁昂《古今书评》开篇即以大王为首，小王次之，并云："王右军书如谢家子弟，纵复不端正者，爽爽有一种风气。王子敬书如河、洛间少年，虽皆充悦，而举体沓拖，殊不可耐。"从评语中亦不难窥见袁昂对大王的特别推崇。关于二王书法的论争，到唐代李世民极力赞扬王羲之才终于结束。二是袁昂充分吸收了魏晋人物品藻的成果和经验，在《古今书评》中发展出一种以人物形象喻书的新形式。此前，西晋的书论家虽已开始大量采用象喻的批评方法，但其所用之象大多为自然物象，其批评的对象也主要是字体、字势，故难以涉及书法个性面目的问题。有别于此，袁昂所批评者不再囿于字体字势，而是深入书法作品的艺术特色、神彩面貌以及个性风格问题，而这些恰与书家的创作个性密不可分。故大量采用人物形象来喻指书家的审美特性，是整部《古今书评》的一大特征。试看：

> 王右军书如谢家子弟，纵复不端正者，爽爽有一种风气。王子敬书如河、洛间少年，虽皆充悦，而举体沓拖，殊不可耐。羊欣书如大家婢为夫人，虽处其位，而举止羞涩，终不似真。徐淮南书如南冈士大夫，徒好尚风范，终不免寒乞。阮研书如贵胄失品次，丛悴不能复排突英贤。王仪同书如晋安帝，非不处尊位而都无神明。庾肩吾书如新亭伧

父，一往见似扬州人，共语便音态出。陶隐居书如吴兴小儿，形容虽未成长，而骨体甚骏快。殷钧书如高丽使人，抗浪甚有意气滋韵，终乏精味。袁崧书如深山道士，见人便欲退缩。曹喜书如经论道人，言不可绝。……蔡邕书骨气洞达，爽爽有神。……张伯英书如汉武帝爱道，凭虚欲仙。……梁鹄书如太祖忘寝，观之丧目。……卫恒书如插花美女，舞笑镜台。

将袁昂的这种批评形式与此前羊欣《采古来能书人名》比较，就会发现二者着眼点的显著不同。羊欣着眼于"能书"，故以"精能""精熟"为上，主要突出书家后天所下的功夫以及书法创作本身所需要的技巧。袁昂则将书法当作人、当作生命体来观照。他处处将书法人格化，将书法作品与人物的外在情态和内在个性联系起来。这种品评真正体现了魏晋以来的人物品藻传统，能在较深层次上把握书法的艺术精神。尽管这种品评在理论上会带来模糊性和不确定性的缺点，但它却使《古今书评》具有浓郁的诗性特点。或许因此，梁武帝才不避抄袭之嫌，全面接受了这一品评方法。

◎ 第七节
庾肩吾

庾肩吾（487—551），字子慎，一作慎之，南阳新野（今河南新野）人。历任晋安王常侍、东宫通事舍人、太子率更令、中庶子、度支尚书等职。庾肩吾八岁即能赋诗，后深得萧纲爱重，是当时宫体诗派的重要人物。今存明张溥辑本《庾度支集》。庾肩吾又工书法，袁昂《古今书评》谓其书："如新亭伧父，一往见似扬州人，共语便音态出。"萧衍《古今书人优劣评》谓:"庾肩吾书畏惧收敛,少得自充,观阮(研)未精,去萧(子云)、蔡(邕)远矣。"唐张怀瓘《书断》评曰:"才华既秀,草隶兼善,累纪专精,遍探名法,可谓赡闻之士也。变态殊妍,多惭质素,虽有奇尚,手不称情,乏于筋力。'文胜质则史',是之谓乎。……肩吾隶、草入能。"《梁书》卷四十九、《南史》卷五十有传。

齐梁时期,受九品中正制及人物品藻的影响,在诸多艺术门类中,涌现出一批以"品"命名的批评著作,如钟嵘的《诗品》(文学)、谢赫的《画品》(绘画)、柳恽的《棋品》(棋艺)以及庾肩吾的《书品》(书法)等。庾肩吾《书品》一卷,最早为张彦远《法书要录》卷二所载录,题为《梁庾肩吾〈书品论〉》。正如其书名标示的那样,该著最突出的特点,也是它最主要的贡献,就是首开"小例而九""大等而三"的"品第"论书之先河。

《书品》篇首有一段总序,既叙述字体沿革,又明著述体例:

> 惟草正疏通,专行于世。其或继之者,虽百代可知。寻隶体发源秦时,隶人下邳程邈所作,始皇见而奇之。以奏事繁多,篆字难制,遂作此法,故曰隶书,今时正书是也。草势起于汉时,解散隶法,用以赴急,本因草创之义,故曰草书。建初中,京兆杜操始以善草知名,今之草书是也。余自少迄长,留心兹艺,敏手谢于临池,锐意同于削板。而戢山之扇,竟未增钱;凌云之台,无因诫子。求诸故迹,或有浅深,辄删善草隶者一百二十八人,伯英以称圣居首,法高以追骏处末。推能相越,小例而九;引类相附,大等而三。复为略论,总名《书品》。

文末又云:"今以九例该此众贤,犹如玄圃积玉,炎洲聚桂,其中实相推谢,故有兹多品。然终能振此鳞翼,俱上龙门。倘后之学者,更随点曝云尔。"其中明确说明其体例者有三。第一,所品评的对象为历代草、隶二体之名家。第二,所品评的方法为"分例"法,具体包括两个层次:一者"大等而三",即将此一百二十三家(序言一百二十八人,恐有讹误)分上中下三品；二者"小例而九"，即于上中下三品中再细分上中下三等，共得"九例"。第三，每品各附以简短评论。不难看出，《书品》的这一体例，与钟嵘《诗品》及谢赫《画品》有相似之处，即篇首均有序文，且各品之下同样系以短论。但就分品言，《书品》显得更为细致严密。《诗品》分上中下三品，《画品》分六品，《书品》则严格遵照了"九品中正制"的方法，将书家细分为上之上、上之中、上之下，中之上、中之中、中之下，下之上、下之中、下之下九品（见表11-1）。

表11-1 《书品》分品情况简表

品次		书家	人数
上	上之上	张芝、钟繇、王羲之	3
	上之中	崔瑗、杜度、师宜官、张昶、王献之	5
	上之下	索靖、梁鹄、韦诞、皇象、胡昭、钟会、卫瓘、荀舆、阮研	9
中	中之上	张超、郭伯道、刘德升、崔寔、卫夫人、李式、庾翼、郗愔、谢安、王珉、桓玄、羊欣、王僧虔、孔琳之、殷钧	15
	中之中	曹操、孙皓、卫觊、左伯、卫恒、杜预、王廙、张彭祖、任靖、韦昶、王修、张永、范怀约、吴休尚、施方泰	15
	中之下	罗晖、赵袭、刘舆、张昭、陆机、朱诞、王导、庾亮、王洽、郗超、张翼、刘义隆、康昕、徐希秀、谢朓、刘绘、陶弘景、王崇素	18
下	下之上	姜诩、梁宣、魏徵、韦秀、钟舆、向泰、羊忱、司马景文、识道人、范晔、宗炳、谢灵运、萧思话、薄绍之、萧道成、庾黔娄、费元瑶、孙奉伯、王荟、羊祜	20
	下之中	杨经、诸葛融、杨潭、张炳、岑渊、裴舆、王济、李夫人、刘穆之、朱龄石、庾景休、张融、褚元明、孔敬通、王籍	15
	下之下	卫宣、李韫、陈基、傅廷坚、张绍、阴光、韦熊、张畅、曹任、宋嘉、裴邈、羊固、傅夫人、辟闾训、谢晦、徐羡之、孔间、颜宝光、周仁皓、张欣泰、张炽、僧岳道人、法高道人	23

庾肩吾在对上述书家进行品评时，明确标举"工夫"与"天然"并重的审美标准，这是《书品》的又一个重要贡献。王僧虔在《论书》中首次提出

"工夫"与"天然"这对概念,他说,"孔琳之书,放纵快利,笔道流便,二王后略无其比。但工夫少,自任过,未得尽其妙,故当劣于羊欣",又说"孔琳之书天然绝逸,极有笔力,规矩恐在羊欣后"。前句"工夫"与"自任"相对,后句"天然"与"规矩"相对,是知"工夫"即"规矩","自任"亦"天然"。庾肩吾直接继承并采用了这对概念,且特加以标示与凸显,使之成为《书品》一书的核心思想。在"上之上"中,庾肩吾评论张芝、钟繇、王羲之说:

> 若探妙测深,尽形得势;烟华落纸将动,风彩带字欲飞,疑神化之所为,非世人之所学,惟张有道、钟元常、王右军其人也。张工夫第一,天然次之,衣帛先书,称为"草圣"。钟天然第一,工夫次之,妙尽许昌之碑,穷极邺下之牍。王工夫不及张,天然过之;天然不及钟,工夫过之。羊欣云:"贵越群品,古今莫二。"兼撮众法,备成一家。若孔门以书,三子入室矣。允为上之上。

这里的"工夫",指后天的积学、苦练,它强调的是书法创作中的表现出来的技巧、法度等;"天然"则指书家的先天禀赋,它强调的是主体情性在书法艺术中的自然流露。在庾肩吾看来,张芝"工夫"第一,这是前贤的旧识。王羲之《自论书》云:"张精熟过人,临池学书,池水尽墨,若吾耽之若此,未必谢之。"羊欣《采古来能书人名》亦云:"弘农张芝,高尚不仕,善草书,精劲绝伦。家之衣帛,必先书而后练;临池学书,池水尽墨。""临池学书,池水尽墨"是一种孜孜不倦的勤学苦练的"工夫"。庾肩吾谓钟繇天然第一,这是他的新见。此前,梁武帝萧衍以钟繇书有十二种意,谓"张芝、钟繇,巧趣精细,殆同机神",袁昂《古今书评》谓"钟繇特绝",又谓"钟繇书意气密丽,若飞鸿戏海,舞鹤游天,行间茂密,实亦难过"。其中"机神""意气"之语,虽已含有"天然"之意,但却未曾以"天然"概之。在对钟、张、王三家的比较中,庾肩吾提出:"王工夫不及

第十一章 魏晋南北朝的书法艺术思想 689

张，天然过之；天然不及钟，工夫过之。"看来，庾氏在"上之上"的品评中，其落脚点似在王羲之，其审美理想亦体现为"天然"和"工夫"的完美统一。对此的理解涉及两个相互关联的问题："工夫"与"天然"孰轻孰重；张、钟、王谁为最优。魏晋六朝时期，人们普遍认为，"初发芙蓉"比之"错彩镂金"是一种更高的美的境界[①]，故崇尚自然而反对人为成为时代的风尚，这在诗学界表现得尤为明显。如刘勰之提倡为情造文，反对为文造情；钟嵘之提倡"即目""直寻"，反对大量用典。但是，与诗学中的这种观点略有不同，庾肩吾既强调天然，又不否定"工夫"，而是持并重的态度。这从庾肩吾的字里行间不难看出来。一则在上之上中，庾氏虽未给同处一品的张、钟、王三人以明确排序，但我们从"贵越群品，古今莫二。兼撮众法，备成一家"之语，似可以理解为，在"天然不及钟但过张""工夫不及张但过钟"的王羲之身上，"工夫"和"天然"结合得最完美，他也最能体现庾肩吾的审美理想。故庾肩吾认同了羊欣的评价，以王羲之为"古今莫二"，位宜在"上之上"之最高。二则"上之中"论王献之云："子敬泥帚，早验天骨，兼以掣笔，复识人工，一字不遗，两叶传妙。"王献之具有成为大书法家的天资，这就是"天然"因素，不过只有在他"复识人工"以后，才能"一字不遗，两叶传妙"。庾肩吾在这里强调了"人工"亦即"工夫"对成就王献之书法的重要性。三则"下之中"论十五位书法家云："虽未穷字奥，书尚文情，披其丛薄，非无香草，视其涯岸，时有润珠。""字奥"即指书法的奥妙，也就是"人工"练习的途径；"文情"当指这些书家的情思，这是主体情感的自然表露。无疑，庾肩吾这里肯定了十五家的"天然""文情"。可见，在庾肩吾看来，"工夫"与"天然"是不可或缺的，其理想即是二者的完美统一。因此在"天然"与"工夫"的问题上，庾氏是坚持"斟酌""兼效""折中""统一"的辩证立场的。对此，清康有为《广艺舟双楫》之"品碑第十七"谓："夫书道有天然、有工夫，二者兼

[①] 宗白华：《美学散步》，29页，上海，上海人民出版社，1981。

美，斯为冠冕。"①是为得之。

《书品》另一值得注意者，是庾肩吾在具体的批评中综合运用了多种批评方法，这体现出书法批评的自觉及日趋成熟。概言之，庾肩吾在《书品》中所运用的具体批评方法主要有四。第一，本体批评。这种批评主要立足书法艺术自身，突出不同书家的个性和独特风貌。例如，"上之上"谓张芝"工夫第一，天然次之"，谓钟繇"天然第一，工夫次之"；"上之中"谓王献之"早验天骨，兼以掣笔，复识人工，一字不遗，两叶传妙"，谓师宜官"《鸿都》为最，能大能小"；"上之下"谓皇象"功尽笔力，字入帐中"，谓阮研"居今观古，尽窥众妙之门，虽复师王祖钟，终成别构一体"；"中之上"谓李式"毫素流靡"，谓庾翼"声彩遒越"，谓王珉、桓玄"筋力俱骏"；"中之中"谓曹操"笔墨雄赡"，谓孙皓"体裁绵密"，谓王修"清举，致畏迫之词"；"中之下"谓陶弘景"仙才，翰彩，拔于山谷"。这些评语也体现出庾肩吾对于天然与工夫、流靡与遒劲、雄赡与绵密等多种艺术风格的区分，以及他对多种风格兼容并包的审美心态。第二，比喻批评。例如，"上之上"谓"若孔门以书，三子（指张芝、钟繇和王羲之）入室矣"，"中之上"谓"子并，崔家州里，颇相仿效，可谓酱咸于盐，冰寒于水"，"下之中"谓"披其丛薄，非无香草；视其崖岸，时有润珠"，"下之下"谓"此二十三人，皆五味一和，五色一彩"。这种以相近事物作类比的批评，使批评文体具有浓郁的诗性特质，是我国文艺批评文体的一个重要特色。第三，溯源批评。通过这种批评，书家之间的通变因革关系得以彰显。例如，"上之下"谓"休明斟酌二家（指胡昭钟繇），联驾八绝。……伯玉远慕张芝，近参父迹。……阮研……虽复师王祖钟，终成别构一体"；"中之上"谓"德升之妙，钟、胡各采其美。子真俊才，门法不坠。李妻卫氏，出自华宗。……羊欣早随子敬，最得王体"；"中之中"谓"王廙为右军之师，彭祖取羲之之道"。第四，比较批评。庾肩吾通过

---

① 华东师范大学古籍整理研究室：《历代书法论文选》，829 页。

对书家之间的纵横比较，从而评估其在历史上的贡献和地位。例如，"上之上"谓"王工夫不及张，天然过之；天然不及钟，工夫过之"；"上之中"谓"崔子玉擅名北中，迹罕南度，世有得其摹书者，王子敬见之称美，以为功类伯英"；"上之下"谓"幼安敛蔓舅氏，抗名卫令"；"中之上"谓"郗愔、安石、草正并驱。……孔琳之声高宋氏。王僧虔雄发齐代"。"中之中"谓"施、吴邺下后生，同年拔"。"上之下"谓"士季之范元常，犹子敬之禀逸少，而功拙兼效，真草皆成"。总体上看，庾肩吾对上述批评方法娴熟运用，一方面继承了羊欣、虞龢、王僧虔以及袁昂等人开创和发展的以书家为主体的批评方法；另一方面又剔除了羊欣、虞龢书评中大量记载书家逸事的本事（史传）批评，并弥补了袁昂纯以象喻批评所带来的不足。庾氏将这些方法置于九品评书的大体制下，对于其批评体系的构建发挥了重要作用，对于突出书家的艺术风格、艺术源流及艺术贡献起到了重要的批评效果。这无疑使魏晋南朝以来的书法批评向理性和科学性迈进了一大步。

要之，在分品上亦如《诗品》与《画品》，《书品》之九品定高下未必尽如人意，其中既存在一个标准的问题，也与个人及时代审美价值取向密切相关，故其分品必然受到后人的批评。同时，在评论部分，其品评力度明显呈倒金字塔结构，上品翔实，中品次之，下品最略。其中不少评论将数位乃至数十位书家一语赅之，虽突出了这些书家的共性，但却消解了其个性，使人有见林不见木之憾。这些都是《书品》的不足。但《书品》作为第一部以"品"命名的书论专著，且其论"多有理致"且"文字也甚为简洁精练"，它上承羊欣《采古来能书人名书》、王僧虔《论书》、袁昂《古今书评》等，集南朝书家批评之大成，构建出完满的批评理论体系，无疑代表了六朝书论的最高成就，对后世书法思想的发展产生了重要而深远的影响。此后，以书品命名、分品论书的著作大量涌现，如唐李嗣真《后书品》在庾肩吾的九品之上增加"逸品"；唐张怀瓘《书断》《书估》《书议》分为"神""妙""能"三品；宋朱长文《续书断》仍袭"神""妙""能"三品之形式；清包世臣《艺舟双楫》和康有为《广艺舟双楫》分为"神、妙、高、精、能、逸"六品。 此外，包世臣的《国朝书品》、杨慎的《二十四书品》、杨曾景的《二十四书品》、卢派的《二十四书品》等，均不同程度受到《书品》的影响。

◎ 第八节
北朝的书法思想

书法是中国精神文化的重要代表，中国人把文字的书写作为一门艺术，在线条的排列与笔墨的浓重之间，将自己对宇宙、对人生的认识全部融入方寸。 书法不仅是艺术，还是古代士人表达情感、交流思想、沟通情感的必要的实用手段，甚至是必备的修养和安身立命之本，是其为人、治学、入仕以及升迁的最基本条件。 北朝是中国书法转折的关键时期之一，经过魏晋南北朝以后，书法由汉代的隶书转变为隋唐的正楷，在这个转变过程中，北朝出现了一种独特的字体——魏碑。 关于南北朝的书法，启功先生的说法较为公允，他指出书法本无南北之分，所谓"南帖北碑"的不同风格，大都是书写的材质不同而造成的。 这对于我们理解南北朝书法思想有着重要的启示意义。 北朝时期的书法流传下来的以碑文或者抄经文卷为主，这种艺术形制没有超脱出实用的功效，但显示出自己不同的境界、格调和宗旨。

一、北朝的字帖书法

当人们议及中古书法时，马上就会想到"南帖北碑"，这两种风格迥异的书法类型代表着不同的艺术高峰。 就北朝来看，如同南朝的大家族一样，书法是北朝世家大族子弟重要的必修课。 北魏是拓跋鲜卑的少数民族政权，史书记载，鲜卑本无文字，"其后，世为君长，统幽都之北，广漠之野，畜牧迁徙，射猎为业，淳朴为俗，简易为化，不为文字，刻木纪契而已"[①]。书法是汉族文字的书写艺术，尤其是在魏晋南北朝，门阀士族以文化自傲。因书法常常代表整个家族门风和家学的高下，世家大族都非常重视书法的写作，其子弟往往在年幼时就受到极为苛刻的基本功训练。留在北地的汉族世家大族也保留了这样的传统。少数民族入主中原以后，安邦治国的各种措施使他们不得不重用能够书写文字的中原世家大族，如"因文字见用"的就有崔浩。

崔浩出自于清河的高门崔氏，重家学、家风本就是中原门阀士族的习惯，以书法传家的崔氏在教育上更是不遗余力，形成"世不替业"的书法传承系统。崔浩其祖为魏司空崔林之四世孙悦，字道儒，仕前赵，为司徒长史，封关内侯，善草隶。《魏书》本传云："玄伯自非朝廷文诰，四方书檄，初不染翰，故世无遗文。尤善草隶行押之书，为世摹楷。玄伯祖悦与范阳卢谌，并以博艺著名。谌法钟繇，悦法卫瓘，而俱习索靖之草，皆尽其妙。谌传子偃，偃传子邈；悦传子潜，潜传玄伯。世不替业。故魏初重崔卢之书。又玄伯之行押，特尽精巧，而不见遗迹。"玄伯尤善草隶行押之书，为世摹楷。"次子简，字冲亮，一名览。好学，少以善书知名。"玄伯传给儿子崔浩。道武帝天兴年间，崔浩由给事黄门秘书转迁为著作郎，并且因为书法被太祖赏识，"常置左右"。崔浩在当时非常有影响，人们多以临摹崔浩的字为荣，后崔浩又传给崔衡，这种家族间书法文化的代代相传即所谓"世不替业"，崔氏家族也由此成为北朝著名的书法世家。范阳卢氏在书法方面也可与崔氏家族相媲美，《魏书·卢渊传》记载："谌父志法钟繇书，传业累世，世有能名。至邈以上，兼善草迹。渊习家法，代京宫殿多渊所题。白马公崔玄伯亦善书，世传卫瓘体。魏初工书者，崔卢二门。"由此可见，卢家与崔家在北魏时期也是书法大家，以草书、隶书、楷书等主

[①]《魏书·序纪》。

要的书法字体,由于崔、卢因袭的是三国时期的卫瓘与钟繇的字体,魏晋以前,文字以隶书为主,而钟繇、卫瓘、索靖一变之前书法风气,"正书之祖"钟繇转向楷体,用一种新的体式创造出古雅淳厚的风神,卫瓘与索靖走向草书,索靖的字丰满厚重,卫瓘的字清通流便。索靖的书法整肃典雅,适合作为规范来学习,卫瓘以"笔"胜,其书法的行气一贯直下,就南北朝而言,此三人是南北两地共同临摹学习的对象。除崔、卢以外,也有很多书家被记入史籍:

(李)思穆有度量,善谈论,工草隶,为当时所称。[①]

(窦)遵善楷篆,北京诸碑及台殿楼观、宫门题署,多遵书也。官至尚书郎、濮阳太守,多所受纳。其子僧演,奸通民妇,为民贾邈所告,免官。后以善书,拜库部令,卒官。[②]

(刘)芳从子懋,字仲华。祖泰之,父承伯,仕于刘彧,并有名位。懋聪敏好学,博综经史,善草隶书,多识奇字。[③]

从历史记载来看,北朝没有以文字的形式流传下来的书论,但书法在北朝社会上占有非常重要的地位,各大家族在书法方面都有传承,而且在书法上有造诣的士人可以被录用、升迁甚至可以免于刑罚。和同时期的南朝一样,北朝以草书、隶属、行书为主要书体,而在南朝王羲之等书法大家肆意灵动地将人生融入书法的时候,北朝书法家显示出古朴的一面,他们师法钟繇、卫瓘、索靖,并没有任何文本或者书迹显示出其有超越、自创的趋向。这种不讲求创新而讲求扎实的功底的风气,也或许源于早期北方家族艰难的生活,这使他们无法享受如同南方士人一样的艺术化的人生,这种状况在北齐、北周有所改变,北齐和北周也有很多的善于书法的人,北齐赵彦深"性

---

① 《魏书·李韶传》。
② 《魏书·窦瑾传》。
③ 《魏书·刘懋传》。

聪敏,善书计,安闲乐道,不杂交游,为雅论所归服"①,张景仁工草隶,"世祖选善书人性行淳谨者令侍书,景仁遂被引擢"②,唐邕"善书计,强记默识,以干济见知,擢为世宗大将军府参军"③。而北周的书法超绝则受到南朝书法艺术的影响。如由南入北的王褒和萧㧑,史书记载:"褒识量渊通,志怀沉静。美风仪,善谈笑,博览史传,尤工属文。梁国子祭酒萧子云,褒之姑夫也,特善草隶。褒少以姻亲,去来其家,遂相模范。俄而名亚子云,并见重于时。"④"㧑善草隶,名亚于王褒。算数医方,咸亦留意。所著诗赋杂文数万言,颇行于世。"⑤

北朝的字帖到现在为止并没有发现真迹遗存,对于北朝大家族的书法艺术也只能从史书和他们的家法中记载的文字片段来了解。北朝前期书法一直崇尚古意尚存的典雅字体,到王褒和庾信后,南北方的文化交流逐渐加深。所有的艺术都是人类留存下来的文件,北朝的书法作品并不是作为文字文化而存在,而是生活实用的工具。

二、北朝的碑体书法

林语堂曾说,中国书法最能代表中国的文化精神。书法是抽象艺术,将书法家的审美理想通过点画笔法、结构、章法表现出来,而北朝的碑刻就是在这样的基础上发展成为重要的书法书体之一。我国的书法界有"南帖北碑"之争,南帖以王羲之为首的南方士人为主,而北碑在康有为关注之前几乎默默无闻,在康有为的倡导之后,临摹或喜欢北碑的人越来越多,直至形成一种风潮。北碑以端正古雅和充满个性气息的险峻雕刻为美。

---

① 《北齐书·赵彦深传》。
② 《北齐书·张景仁传》。
③ 《北齐书·唐邕传》。
④ 《周书·王褒传》。
⑤ 《周书·萧㧑传》。

所谓北碑，是北朝石刻文字的通称，又称魏碑，其内容包括佛家造像题记、墓志、碑碣、摩崖石刻等。北碑不拘一格，浑朴自然，被称作最具阳刚之美的书体。康有为曾经盛赞北碑："魏碑无不佳者，虽穷乡儿女造像，而骨血峻宕，拙厚中皆有异态，构字亦紧密非常，岂与晋世皆当书之会邪，何其工也？譬江、汉游女之风诗，汉、魏儿童之谣谚，自能蕴蓄古雅，有后世学者所不能为者，故能择魏世造像记学之，已自能书矣。"他还提出北碑十美："可宗为何？曰：有十美。一曰魄力雄强，二曰气象浑穆，三曰笔法跳跃，四曰点画峻厚，五曰意态奇逸，六曰精神飞动，七曰兴趣酣足，八曰骨法洞达，九曰结构天成，十曰血肉丰美。"[①]

康有为的赞誉与推崇固然有其社会背景因素，但的确也道出了北碑的特点。北碑的表现平台都是国家或社会中较为正式的公众场合，书写在正式场合的文字当然就要求庄重典雅，所以表现在石碑之上则是庄重、从容、变化自如。对于南方的字帖来讲，柔软的材质上更容易表现出个性的突破，显得文人气十足，但把握不好的情况下很容易出现萎靡柔软的特征。而对于北碑来讲，厚重坚硬的石质材料以及刀砍斧凿式的刻书手法，容不得过度的潇洒和飘逸。"百工"是石刻文字的创造者，这些工匠通常都是几代传承延续下来的，在雕刻文字的时候往往不遵循毛笔的点画形式，因而更显得雄奇险劲。正如启功先生所说，南北书法本无地域上的差异，所谓的差异之时因为书写的材质不同，而造成的艺术效果不同，而这种"折刀头"的斧凿书风，显示出阳刚之美，正符合北朝的审美趣味。因此，北朝上下弥漫着这种平正刚劲的书风。

北碑是由不同地区、不同时间段、不同的工匠雕刻出来的。北魏时期的平城书风用笔朴拙，多取横势。殆至迁都洛阳，新体渐行，用笔方笔符号增多，字势取斜紧，内收外放，较平城时期已显得妍美。但与后世成熟楷书相较，提按笔法仍处于形成阶段，点画相对峻厚，气象相对浑穆。魏书由通俗

---

① 康有为：《广艺舟双楫》，41页，北京，中国书店，1983。

隶书成长而来，向成熟楷书过渡，处于楷书提按笔法形成期，自然打上了时代书风峻厚苍劲之特征。流传后世的北朝碑刻铭石之精要就在于其材质的特殊性，北碑可以说是由书法家、刀刻工匠和岁月共同完成的，碑体铭文本就是特殊场合所用，所以多用古体入石，以示郑重、典雅，再施以刀刻斧凿，增加了其冷峻清奇的气息。而最终碑石竖立于旷野历经风雨，其苍茫浑朴自然而生，很多碑刻佳品方峻挺拔、生硬刻板，凛厉角出、方劲雄峻。尺牍表现出的是秀美——阴柔之美，而碑刻表现出的是壮美——阳刚之美。北朝的书体质朴不似南人之风流蕴藉，故与南朝书风异趣。北朝不像南朝禁止立碑，而且北朝崔、卢世族既善属文，有名篇巨制，自然立碑甚多。加上佛教盛行于北方，造像题记不知凡几，许多出于石工之手，造像记尤其如此。表、帖之学风行天下时，北朝碑刻几乎无人问津，任其霾蚀，也使得北碑的椎拓者少，所以北朝所立石碑往往至今尚存，这恰是北碑书法艺术精神中最浓厚的色彩，是沧桑变化而屹立不倒的刚强坚韧精神的体现。

第十二章
魏晋南北朝的绘画艺术思想

◎ 第一节
顾恺之

顾恺之（约345—407），字长康，晋陵无锡（今属江苏）人；曾任桓温、殷仲堪参军和散骑常侍。顾恺之出身官宦家庭，祖毗曾为散骑常侍；父悦之，官至尚书左丞。顾恺之幼承庭训，博学有才气，工诗赋，钟嵘《诗品》谓其"文虽不多，气调警拔"。尤善丹青，《晋书》本传谓其"图写特妙，谢安深重之，以为有苍生以来未之有也"。其人物画强调传神，注重点睛，风格独特。张彦远《历代名画记》第二《论顾陆张吴用笔》谓："顾恺之之迹，紧劲联绵，循环超忽，调格逸易，风趋电疾，意存笔先，画尽意在，所以全神气也。"①又性好谐谑，人多爱狎之。故俗传顾氏有三绝：才绝，画绝，痴绝。据《隋书·经籍志》，其有《启蒙记》三卷，《顾恺之集》七卷、梁二十卷，今已佚。绘画作品有《洛神赋图》《女史箴图》和《列女仁智图》等唐宋人摹本传世。生平事迹见《晋书》及《世说新语》。

顾恺之不仅是成就卓著的画家，也是独树一帜的绘画理论家，其画论流

---

① （唐）张彦远著，俞剑华注释：《历代名画记》，34页，上海，上海人民出版社，1964。

传下来的有《历代名画记》所载《魏晋胜流画赞》《论画》和《画云台山记》三篇,以及《世说新语》《太平御览》和《晋书》本传所载的一些论画片段。① 其中,《魏晋胜流画赞》是我国最早的画评,主要品评前代绘画名流卫协、戴逵等人所作的二十一幅绘画作品。《论画》则是关于绘画临摹问题的专论。《画云台山记》是一篇画云台山的构图设计文稿。在这些画论中,顾恺之明确提出并反复强调的,是他著名的"传神"理论。

具体地说,顾恺之"传神"论的内涵主要表现在以下几个方面。

其一,"传神"就是要表现出人物对象的内在精神和生命力。"神"在先秦两汉是一哲学范畴,魏晋清谈之风兴起,士人将之广泛用于人物品藻,在《晋书》及《世说新语》中,我们可以看到大量以"神""神明"等品评人物的例子。顾恺之将人物品藻中的"神"范畴引入绘画领域,强调人物画必须突出表现人物对象的"神明",即人物的内在精神和生命力。一方面,"传神"是顾恺之创作的基本原则。《晋书》本传载:"恺之每画人成,或数年不点目精。人问其故,答曰:'四体妍蚩,本无阙少于妙处,传神写照,正在阿堵中。'""恺之每重嵇康四言诗,因为之图,恒云:'手挥五弦易,目送归鸿难。'"②"尝图裴楷象,颊上加三毛,观者觉神明殊胜。"③这里,裴楷颊上加"三毛",旨在使其"神明殊胜";同样,数年之不点睛、目送归鸿之难画,亦是因为顾恺之充分认识到表现人物内在精神的重要性和艰难性。另一方面,"传神"又是顾恺之评价绘画作品的重要标准。在《魏晋胜流画赞》中,他对那些没有表现出人物之"神"的作品给予

---

① 对于顾恺之三篇画论中的第一、二篇的文题,今人有两种不同的看法。俞剑华从内容出发,认为其文题必须对调,即相传署为《论画》这一篇,应是《魏晋胜流画赞》,而相传署为《魏晋胜流画赞》者应是《论画》。文题从《历代名画记》始,就错简了(俞剑华等:《顾恺之研究资料》,北京,人民美术出版社,1962)。唐兰、金维诺从"赞"的文体学角度立论,主张这两个题目不必对调[唐兰:《试论顾恺之的绘画》,载《文物》,1961(6);金维诺:《中国早期的绘画史籍》,载《美术研究》,1979(1)]。
② 《世说新语·巧艺》作"顾长康道画:'手挥五弦易,目送归鸿难'"。
③ 《世说新语·巧艺》作"顾长康画裴叔则,颊上益三毛。人问其故,顾曰:'裴楷俊朗有识具,正此是其识具。'看画者寻之,定觉益三毛如有神明,殊胜未安时"。

了批评。 他批评《小列女》"刻削为容仪，不尽生气"；批评《列士》一画中的蔺相如"恨急烈，不似英贤之慨"，而"秦王之对荆卿，及（乃）复大（太）闲"；批评《嵇轻车诗》"容悴不似中散"。 同时，顾恺之又高度评价那些传神之作，谓《伏羲神农》："有奇骨而兼美好，神属冥茫，居然有一得之想。"谓《汉本纪》："至于龙颜一像，超豁高雄，览之若面也。"

其二，以"阿堵"来"传神"。 "阿堵"即眼睛。 顾恺之通过眼睛来传达人物的"神"的观点源自其师卫协。 孙畅之《述画》云卫协画《七佛图》，"人物不敢点眼睛"①，那是因为"七佛"是新鲜的绘画题材，其中人物的眼睛是难以表现的。 顾恺之从自己丰富的人物画实践中，更深刻地认识到这点，故其"每画人成，或数年不点目精"；又说"手挥五弦易，目送归鸿难"。 诸如此类的记载，还见于《世说新语·巧艺》篇，谓："顾长康……图殷荆州，殷曰：'我形恶，不烦耳。'顾曰：'明府正为眼尔。 但明点童子，飞白拂其上，使如轻云之蔽日。'"张彦远《历代名画记》载："长康又曾于瓦官寺北小殿画维摩诘，画讫，光彩耀目数日。 ……遂闭户绝往来一月余日，所画维摩诘一躯，工毕，将欲点眸子，乃谓寺僧曰：'第一日观者请施十万，第二日可五万，第三日可任例责施。'及开户，光照一寺，施者填咽，俄而得百万钱。"②从这些史料中可以看出，顾恺之描绘人物眼睛这一关键技巧可谓达到了炉火纯青的程度。 "传神阿堵"的理论，是顾恺之在绘画思想上的一大贡献。

其三，"以形传神"。 虽说"四体妍蚩，本无阙少于妙处"，但这并非要忽视或否定"形"的重要性。 在哲学领域，"神"离不开"形"而存在，对"神"的探讨一直与"形"结合在一起。 同样，顾恺之绘画理论中的"神"，也是始终与"形"紧密联系的。 在《论画》中，顾恺之提出"以形写神"的观点：

---

① 俞剑华：《中国古代画论类编（修订本）》，352 页，北京，人民美术出版社，2005。
② （唐）张彦远著，俞剑华注释：《历代名画记》，99 页。

> 凡生人亡有手揖眼视而前亡所对者，以形写神，而空其实对，荃生之用乖，传神之趋失矣。空其实对则大失，对而不正则小失，不可不察也。一像之明昧，不若悟对之通神也。

在顾恺之看来，"以形写神"，一是要画好"形"，二是"形"须表现出"神"。所谓"对而不正则小失"，是说对形的描绘不理想虽是"小失"，却"不可不查"。所谓"空其实对"，就是忽视客观实际，创作者不作仔细观察，深刻体悟，揭示其精神世界，这是"大失"，其结果必然导致"荃（全）生之用乖，传神之趋失矣"。因此，在具体的绘画实践中，每一个细节都特别重要，都有可能影响到"传神"的艺术效果，所谓"若长短、刚软、深浅、广狭与点睛之节、上下、大小、醲薄有一毫小失，则神气与之俱变矣"。同时，在《魏晋胜流画赞》中，顾恺之对诸多绘画作品的评鉴，也体现出他"以形写神"的美学理想和主张。如对《小列女》一画，顾恺之既批评其"面如恨（银），刻削为容仪"和"又插置大夫支体"等"形"上的不足，谓不足必然造成"不尽（画）生气""不以（似）自然"的"神"上的失败；又肯定了其"形"的方面，如服装、姿势等的处理上的优点，称其"服章与众物既甚奇，作女子尤丽衣髻，俯仰中，一点一画皆相与成其艳姿，且尊卑贵贱之形，觉然易了，难可远过之也"。又如《周本纪》，顾恺之批评其"人形不如《小列女》"；谓《汉本纪》一画的人物形象是"有天骨而少细美"；谓《醉容（客）》"作人形骨成而制衣服慢（幔）之，亦以助神醉耳。多有骨俱，然蔺生变趣，佳作者矣"；谓《嵇轻车诗》"作啸人似人啸，然容悴不似中散"；谓《临深履薄》"兢战之形，异佳有裁"。这些都是从"形"上来要求的，就是作画首先应该画得准确。可见，顾恺之的"以形写神"，在强调"神"的同时，又突出了"形"的基础地位。"神"是内在的、本质的，"形"是外在的、表象的。"神"寓于形之中，正如清邹一桂《小小画谱·论八法四知》所说："未有形不似反得其神者。"[1]而只有当"形"赋予了"神"之后才能使画面有更为生动的艺术效果。"形"和"神"二者不可或缺，它们是辩证统一的关系。

其四，"迁想妙得"而"传神"。为了达到"传神"的效果，顾恺之还强调应充分发挥画家的想象力和创造力，深入研究对象的体态、环境与其神情风度的联系。《论画》云："凡画，人最难，次山水，次狗马，台榭一定器耳，难成而易好，不待迁想妙得也。此以巧历不能差其品也。"在顾氏看来，画人之所以最难，是因为有待于创作者的"迁想"；有"迁想"，然后才有"妙得"和"传神"。所谓"迁想"，主要指创作者的联想和想象，是创作者创造性和主观能动性的集中表现。具体地说，顾恺之的"迁想"表现在绘画创作中，一是创作者要注意人物的形体和性格之间的联系。为了画出张天师的"神气远"，他选取了"瘦形"的造型；为了画出王长的"穆然"貌，他选取了"答问"的姿态；为了表现裴楷的"俊朗有识具"，他在裴楷脸颊上益"三毛"。二是要充分考虑到特定环境对于人物个性及精神的重要作用。如画嵇康，为了表现嵇康志趣深远、潇洒爽朗的性格，就应把他画在"雍容调畅"的"林木"之中；画谢鲲，为了突出他"一丘一壑，自谓过之"的性格特征，就应当以丘壑作为他画像的衬景，即所谓"宜置丘壑中"。他在《画云台山记》中，安排了许多山水树石及飞禽走兽来烘托画中人物。再看看现存的《洛神赋图》，那些弱柳对曹子建迷茫思绪的烘托，那些云水对洛神飘逸神态的烘托，就更容易明白顾恺之在这方面的过人之处了。这些可以说都是他"迁想妙得"理论用于实践的结果。可见，在顾恺之看来，要"妙得"、要"传神"，就要大胆地"迁想"，充分发挥画家的艺术想象和联想，不能拘泥于形似、拘泥于客观的真实。

总之，顾恺之在继承两汉美学思想，特别是刘安《淮南子》形神思想的基础上，充分汲取魏晋玄学及其影响下的人物品藻等哲学美学资源，并根据

---

[1] 俞剑华：《中国画论选读》，413页，南京，江苏美术出版社，2007。

自身丰富的创作实践，第一次从审美角度出发，从创作与批评两个方面，集中阐释了他的"传神"理论。顾恺之"传神"论的形成与确立，是我国绘画思想史上的里程碑，它标志着绘画自觉时代的正式到来。

◎ 第二节
宗炳与王微

一、宗炳

宗炳（375—443），字少文，南阳涅阳（今河南邓州）人，出身官宦之家，祖承，官宜都太守；父繇之，为湘乡令。母师氏，聪辩有学义，教授诸子。宗炳为刘宋时著名隐士，据《宋书》及《南史》本传记载，从东晋末至宋元嘉中，殷仲堪、桓玄、宋武帝刘裕、衡阳王刘义季曾屡次征召，引荐其担任主簿、太尉参军、太子舍人等职，俱不赴任。人问其故，答曰："栖丘饮谷，三十余年。"宗炳笃信佛教，精于言理，曾"下入庐山，就释慧远考寻文义"，为庐山白莲社成员之一；撰有《明佛论》，又名《神不灭论》[1]，享有盛名。又妙善琴书，《宋书》本传载："古有《金石弄》，为诸桓所重，桓氏亡，其声遂绝，唯炳传焉。太祖遣乐师杨观就炳受之。"生平事迹见《宋书》《南史》。

宗炳是刘宋时著名画家，也是我国第一位山水画家和山水画理论家。据《南史》本传，宗炳"好山水，爱远游，西陟荆、巫，南登衡岳，因而结宇衡山，欲怀尚平之志。有疾还江陵，叹曰：'老疾俱至，名山恐难遍睹，唯澄怀观道，卧以游之。'凡所游履，皆图之于室，谓人曰：'抚琴动操，欲

---

[1] 文载《弘明集》卷二。

令众山皆响。'"明初王绂《书画传习录》谓："若夫山水为画，则自宗炳始也。"①惜其山水画作未能流传下来，《历代名画记》仅著录他的《永嘉邑屋图》和七件人物画目，以及一篇《画山水序》。

《画山水序》是我国存世最早的山水画专论，宗炳在文中阐述了他关于山水及山水画的精辟见解。这些见解标志着我国山水画从此走向了自觉。具体地说，《画山水序》的理论贡献主要体现在以下三个方面。

第一，山水"以形媚道"的审美本质论。在先秦，儒家把自然山水比拟和象征为人的道德精神。《论语·雍也》云："知者乐水，仁者乐山。知者动，仁者静。知者乐，仁者寿。"这就是著名的"比德说"。而道家则从人与自然体现道的同一性出发，要求回归自然，《庄子·知北游》云："山林与！皋壤与！使我欣欣然而乐与！乐未毕也，哀又继之。哀乐之来，吾不能御，其去弗能止。悲夫，世人直为物逆旅耳。"在庄子看来，如果只能从山水中感受中哀乐而不能体验"道"的存在，那么，人就同样是为物所役。晋宋时期，在玄学风气的影响下，士人热衷山水、寄情山水，如石崇的金石涧之游、王羲之的兰亭之会。更有许多归隐之士与山水为伴，与山水相融。山水日益成为独立的审美对象，这引发了人们的哲理寻思。标志这一重大理论成就的，就是宗炳的山水"以形媚道"说。《画山水序》开篇谓：

> 圣人含道应物，贤者澄怀味像。至于山水，质有而趣灵，是以轩辕、尧、孔、广成、大隗、许由、孤竹之流，必有崆峒、具茨、藐姑、箕首、大蒙之游焉。又称仁智之乐焉。夫圣人以神发道而贤者通，山水以形媚道而仁者乐，不亦几乎？

宗炳在这里明确提出山水"质有而趣灵"和"以形媚道"的著名命题。"质"指"实体""形质"，"质有"即指"有实体""有形质"；"趣"即

---

① 俞剑华：《中国古代画论类编（修订本）》，100页。

"趣味""意趣","灵"有活泼灵动之意,"趣灵"意指山川作为审美对象具有活泼灵动的精神。结合后文"神本亡端,栖形感类;理入影迹,诚能妙写"之语,"质有"与"形""影迹"意近,指山水的外形;"趣灵"与"神""理"意近,指山水的内道。可见,在宗炳看来,山水具有两个密不可分的属性:一是"质有"和"形",即山水所固有的形质;二是"趣灵"和"道",即山水所体现出来的趣味、精神,它们是山水的本体所在。① 前者是真实的、可感的、外在的,后者是抽象的、理性的、内在的;前者表现后者,后者寓于前者之中。宗炳认为,山水的本质就在于"以形媚道",即通过山水外在的丰富形象,传达和显现其内在的精微之道。媚有示意、说、逢迎、取悦等意思,它非常形象地说明了山水之"形"与"道"的统一关系。宗炳"以形媚道"的重大理论意义在于,他首次把哲学中的"道"引入了绘画领域,从山水显现"道"的精神层面揭示了山水的审美本质。对他而言,山水不再是纯粹的客观物,山水也不再仅凭其外在实有之形象带给人们感官上的愉悦,山水本身就是具有内道的精神之物。故圣人借此"含道应物",贤者借此"澄怀味像",仁者借此而得山水之乐趣,普通画者"画象布色,构兹云岭",其旨亦在"澄怀观道"。

第二,"以形写形,以色貌色"的山水画创作论。关于山水画的创作问题,宗炳在《画山水序》里也作了深入的探究,提出了自己的独特见解:

> 余眷恋庐、衡,契阔荆、巫,不知老之将至。愧不能凝气怡身,伤

---

① 徐复观说:"质有,形质是有。趣灵,其趋向,趣味,则是灵。与道相通之谓灵。""山川质虽是有,而其灵则是灵;所以它的形质之有,可作为道的供养(媚道)之姿('姿'疑为'质'字之误——笔者按)。正因为如此,山川便可成为贤者澄怀味象之象,贤者由玩山水之象而得与道相通。此处之道,乃庄学之道,实即艺术精神。"(见徐复观:《中国艺术精神》,203~204页,沈阳,春风文艺出版社,1987)李泽厚、刘纲纪先生说:"所谓'质有',即具有形质之意。山水有形质可见,所以说'质有'。""'趣灵',即具有灵妙的意趣。"[见李泽厚、刘纲纪:《中国美学史——魏晋南北朝编》,486页,合肥,安徽文艺出版社,1999]俞剑华先生则译意为:"至于说到山水本来都是物质而且是确实存在的东西,但是它们在实在的物质以外,还包含有灵妙的趣味。"(见俞剑华:《中国画论选读》,68页)

趾石门之流，于是画象布色，构兹云岭。夫理绝于中古之上者，可意求于千载之下；旨微于言象之外者，可心取于书策之内。况乎身所盘桓，目所绸缪，以形写形，以色貌色也。

此前，顾恺之提倡"以形写神"，在强调"传神"的同时，并没有忽视"写形"的重要性。宗炳以自己年老多病，却仍然坚持游览石门的切身经验，认为画家必须不畏艰苦，亲身盘桓于山水之中，仔细观察，并以山水的本来形色，画出画面上的山水之形色，追求外形的逼真。这就是他"以形写形，以色貌色"的创作观。宗炳的这个观点，表面看来似乎只在为"形"而"形"、为"色"而"色"，实则同样是与他"以形媚道"的山水本质论紧密联系的。在宗炳看来，"神本亡端"，只有"形""色"写好了，做到了"栖形感类，理入影迹"，这样的"写形""貌色"，才称得上"妙写"，即所谓"诚能妙写，亦诚尽矣"。同时，宗炳认为，要正确处理好山水画与现实山水之"形"的关系，关键在于"类之成巧"。他说："观画图者，徒患类之不巧，不以制小而累其似，此自然之势。"为此，他提出了两个重要原则和方法。一是"以小制大"。宗炳根据"昆仑山之大，瞳子之小，迫目以寸，则其形莫睹；迥以数里，则可围于寸眸；诚由去之稍阔，则其见弥小"这一规律，提出"张绡素以远映，则昆、阆之形可围于方寸之内。竖划三寸，当千仞之高，横墨数尺，体百里之迥"的处理方法，如此，"则嵩华之秀，玄牝之灵，皆可得之于一图矣"。这里提出的"迥以数里"——"围于寸眸"——"张绡素以远映"的山水画创作方法，是我国绘画史上首次提出的描绘阔远事物的透视处理方法。二是"应目会心"。他说："夫以应目会心为理者，类之成巧，则目亦同应，心亦俱会，应会感神，神超理得，虽复虚求幽岩，何以加焉！""应目"是指在观察自然山水时要遵从视觉形象，"会心"是对视觉中的自然山水的认识以及主观加工和改造。宗炳这里提出"应目"和"会心"的有机统一，即要求画家在多角度观察自然山水的同时透过视觉形象，达到对自然山水的心领神会。只有这样，对

第十二章　魏晋南北朝的绘画艺术思想　707

自然山水的描绘才不仅仅是"形似",而是已达"神似",即所谓"与山川神遇而迹化"。应该说,宗炳的这一观点,与当时山水诗中"巧构形似"的审美追求相呼应。同时,它也成为后来"外师造化,中得心源"创作原则的先导。

第三,山水画"畅神"的审美功能论。宗炳以前,对于绘画功能的认识,主要着眼于政治伦理的功利层面上,孔子之"明镜察形,往古知今",王延寿之"恶以诫世,善以示后",曹植之"存乎鉴戒"等,均是如此。晋宋之际,山水成为独立的审美对象,山水画才摆脱传统"比德""劝诫"说的束缚,正式确立其审美价值。《画山水序》说:"于是闲居理气,拂觞鸣琴,披图幽对,坐究四荒,不违天励之藂,独应无人之野。峰岫峣嶷,云林森渺,圣贤映于绝代,万趣融其神思,余复何为哉?畅神而已,神之所畅,孰有先焉?""畅神"虽然是对于儒家伦理道德审美观的鲜明反动,但它本身却不仅仅是一种表面层次的情感愉悦,更不是一种纯粹的感官享受,而是一种"不违天励之藂,独应无人之野"的状态,即欣赏主体与大自然的浑然一体,精神世界处于一种超越和解脱的自由境地。① 必须指出,宗炳"畅神"的山水画审美功能论,与他"媚道"的山水本质论是相联系的,前者决定于后者。也就是说,在宗炳看来,对山水画的审美欣赏绝不能仅仅停留于由画面形象所激发的一般性情感愉悦,更重要的是,主体心灵应该超越这一般性的情感愉悦,进而飞跃到悟获自然之道、宇宙之理的最高层次。因此,

---

① "不违天励之藂"一句殊为难解,徐复观先生说:"指人的自然生命而言。"(见徐复观:《中国艺术精神》,207页)李泽厚、刘纲纪先生说:"'励'与'厉'通,为威严之意,'天励'即天之威严。在宗炳的思想中,也就是佛的至高无上的尊严、威力。'藂'通于丛,是集结之意。所谓'天励之藂',意为佛的威严之所集结,指整个天地万物均为佛的神明所感生。""总起来看,'不违天励之藂,独应无人之野',说的是在面对所观赏的山水画时,与佛的威灵所聚生的天地万物合为一体,独自逍遥于人所不到的(实即超世间的)山林原野。由此而得到了精神的超越与解脱,也就是所谓的'畅神'。"(见李泽厚、刘纲纪:《中国美学史——魏晋南北朝编》,491页)笔者则倾向于把"天励之藂"解释为天道自然,温肇桐先生将"不违天励之藂"一句翻译为"不违反大自然规律",笔者认为是有道理的。(见温肇桐:《中国绘画批评史略》,19页,天津,天津人民美术出版社,1982)俞剑华先生说,"天励之藂""原意未详。姑作天然的安排解"。(见俞剑华:《中国画论选读》,76页)

由"应会感神"飞跃到"神超理得",才是宗炳"畅神"说的最终目的,也就是他自己亲身体验过的"澄怀观道"。王微的"望秋云,神飞扬;临春风,思浩荡",含义与宗炳的"畅神"说近似,也认为山水画能使人在兴发情怀的同时,获得一种更高层次的浩渺的道体体悟,所以也说"金石之乐、圭璋之深"不能与之仿佛。另外,宗炳与此前的顾恺之虽都谈到了绘画中的"神",但二者是有区别的。顾恺之的"传神"主要就创作角度言,宗炳的"畅神"是就接受角度说。角度的不同决定"神"的内涵亦有别,前者谓画家要"传"出对象之"神",后者谓绘画作品需备"畅"欣赏者之"神"的艺术效果。宗炳在"观道"的基础上提出的"畅神"说,使此前绘画重社会性功能、服务于社会教化的风气逐渐减弱,而绘画艺术畅神悦性的艺术审美功能得到了加强和发展,促成了绘画艺术审美功能的自觉。它标志着人们对山水画审美功能认识的重大转折和突破。

要之,宗炳的《画山水序》文约而旨丰、思深而意远,它从山水的审美本质、山水画的创作和审美表现、山水画的欣赏和审美功用等几个方面,初步建构起一个相当严密完整的山水画美学体系,对后世山水画思想的发展产生了深远的影响。

二、王微

王微(415—453),字景玄,琅琊临沂(今属山东)人,曾任司徒祭酒、主簿、记室参军、太子中舍人等职,因父丧去职,后屡召不就。因受老庄思想影响,王微"素无宦情",《宋书》本传载其"常住门屋间,寻书玩古,如此者十余年"。王微少好学,无不通览,善属文,能书画,兼解音律、医方、阴阳、术数。钟嵘《诗品》谓其诗"才力苦弱,殊得风流媚趣"。其《报何偃书》自言"颇晓和药,尤信《本草》,欲其必行,是以躬亲,意在取精。世人便言希仙好异,矫慕不羁,不同家颇有骂之者。又性知画缋,盖亦鸣鹄识夜之机,盘纡纠纷,或记心目,故兼山水之爱,一往迹求,皆仿像也"。元嘉三十年卒,后追赠秘书监。原有集十卷,今佚。事迹见《宋书》。

王微的画迹虽被张彦远列为下品,但其《叙画》与宗炳《画山水序》为世所并称,是中国早期山水画论之"双璧"。张彦远《历代名画记》所作按语谓:"图画者所以鉴戒贤愚,怡悦情性,若非穷玄妙于意表,安能神变乎天机? 宗炳、王微皆拟迹巢由,放情林壑,与琴酒而俱适,纵烟霞而独往。各有画序,意远迹高,不知画者,难可与论。"[1]据陈传席考证,《画山水序》写作时间的下限之年为439年,《叙画》写作时间的下限之年为443年,故知王微《叙画》晚于宗炳《画山水序》至少4年。[2]

王微写作《叙画》的主要动机和根本目的,是要确立绘画,特别是山水画艺术的独立地位。他说:"辱颜光禄书,以图画非止艺行,成当与《易》象同体。而工篆隶者,自以书巧为高,欲其并辩藻绘,核其攸同。"针对长期以来"图画止于艺行",以及魏晋以来"工篆隶者,自以书巧为高"的状况,王微明确指出:"图画非止艺行,成当与《易》象同体。"即认为绘画与圣人的经典《易》象同体,它应该与书法具有同等重要的地位。王微的这一观点具有鲜明的时代印记。一方面,魏晋是一个文艺观念自觉的时代,文学经过曹丕等人的倡导和践行已踏上自觉的路途。在书法领域,当时的书法家不仅人数大大多于画家,且其地位上至帝王后妃、诸王公卿,下至士大夫、文人学士,大都地位显赫。而绘画还停留在"工技"的层面,画者亦不过是工匠的代名词。不要说与文学相比,就是与关系极为密切的书法相比,地位亦远在其下。随着绘画的日益发展,这种观念自然招至颜延年、王微等有识之士的不满。另一方面,魏晋以来,《周易》被称为"三玄"之一,成为当时士人研读的经典。著名玄学家王弼对《易》象有精辟阐述,谓"夫象者,出意者也","象生于意,故可寻象以观意"[3]。可见,在魏晋士人看

---

[1] (唐)张彦远著,俞剑华注释:《历代名画记》,133页。
[2] 参见陈传席:《中国绘画美学史》,61页,北京,人民美术出版社,2009。
[3] (魏)王弼著,楼宇烈校释:《王弼集校释》,609页,北京,中华书局,1980。

来，卦象并不是单纯的图形，而是存意的载体。王微"成当《易》象同体"，就是强调绘画所描绘的对象具有载意的功能，绘画的创作与鉴赏就是洞悉宇宙万物玄妙之意的过程。王微的这一观点，是对绘画独立地位的充分肯定，也是绘画艺术自觉的重要标志。唐人张彦远谓"画者……与六籍同功"，又说"岂同博弈用心，自是名教乐事"[①]，其观点直承王微。

为了阐明山水画的独立性，王微在《叙画》中重点论述了三个理论问题。第一，"形者融灵"的审美本质。他说："夫言绘画者，竟求容势而已。且古人之作画也，非以案城域，辩方州，标镇阜，划浸流。本乎形者融灵，而动者变心。止灵亡见，故所托不动。"王微认为，一般谈绘画的人只追求客观世界中的外形局势而已，这种认识是片面的。况且，古人作画，也并非只用以安排城域、辨别地方州郡、标注大山和高地、划分湖泊河流，而是要在山水之"形"中融入山水之"灵"。王微这里提出的"形者融灵，而动者变心"的命题，深刻地揭示出山水画与地形图的本质区别：地形图是实用物，是死板的形，它有形无灵，给人的是一种理性的认知，而无法使人"变心"，产生美感；山水画则是形中融灵、形与灵的合体。山水之灵是"亡见"者，是抽象的，它必须寄托于可感的山水之形中；同时，山水之灵又是"动者"，它可以使人"变心"，即使人精神飞扬浩荡，因而山水画是精神物。这便和宗炳一样，揭示了山水画既要描绘山水的外形，更要表现山水内在的本质特征。

第二，"明神降之"的审美表现。王微认为，在山水画的实际创作中，画家常常要受到视觉功能的限制，即所谓"目有所极，故所见不周"。为克服这种生理上带来的"再现"自然山水的审美局限，王微主张要"以一管之笔，拟太虚之体；以判躯之状，画寸眸之明"，即画家应当充分发挥其想象力，在头脑中构建出自己理想的山水之体，并用以少胜多的原则，将其最得意的精华部分模拟和表现出来，使之形式化、物态化、明朗化，而不是像地

---

① （唐）张彦远著，俞剑华注释：《历代名画记》，1、6页。

图一样,将所有景色都罗列出来。 从这里我们看到王微和宗炳的区别:宗炳倡"以形写形,以色貌色",更强调再现客观山水,虽然在再现的同时,也要表现山水之"道"与"神";王微倡"拟太虚之体"和"画寸眸之明",则主要着眼于表现主观山水。 宗炳遵循的是由外入内,王微遵循的则是由内向外。 这一差别决定了在实际的创作过程中,宗炳发现并提出了"透视"原理,而王微则提出了"写意"的原则。 王微说:"曲以为嵩高,趣以为方丈。 以叐之画,齐乎太华。 (以)枉之点,表夫隆准。 眉额颊辅,若晏笑兮;孤岩郁秀,若吐云兮。"如此,"横变纵化,故动(或作灵)生焉;前矩后方,(而形)出焉"。 对于这样的创作过程,王微在文末总结道:"呜呼!岂独运诸指掌,亦以明神降之。""明神"即神明,为六朝常用语,指人的智慧、天才、聪明、想象力、精神、思想、感情等。 在王微看来,从"拟太虚之体""画寸眸之明"创作思想的确立,到"曲""趣""叐之画""枉之点"等一系列艺术表现的实施,再到最后山水画之"动(或作灵)生""形出"的艺术生成,这中间并非仅赖指掌的技艺"工夫",而是倾注了画家的才智和情性。 王微的"明神降之"一说,强调了画家才情对于创作的重要性,进而张扬了画家的主体意识。 它与当时文论中的"文气""缘情"说、书论中的"心意"说一样,强调创作的主体意识,是六朝艺术走向自觉的一个重要标志。

第三,"效异《山海》"的审美效果。 山水"以形融灵"的审美本质,以及山水画"明神降之"的审美表现,客观上决定了山水画具有独特的审美效果和艺术价值。 面对这独特的山水画之美,宗炳"闲居理气,拂觞鸣琴,披图幽对,坐究四荒",并不由感慨道:"余复何为哉? 畅神而已。 神之所畅,孰有先焉!"王微的情形和观点与之非常相近,他说:"望秋云,神飞扬;临春风,思浩荡。 虽有金石之乐,圭璋之琛,岂能仿佛之哉? 效异《山海》,绿林扬风,白水激涧。"意谓欣赏者观赏画中的秋云、春风,不由得神情飞扬,思绪荡漾,这是聆听金石之雅乐、赏玩珪璋之珍宝,以及观看《山海》之"图经"所无法比拟的一种精神享受。 这里,王微提出了"效异《山海》"的观点,认为在山水画中所获得的"神飞扬""思浩荡"的精神享受,是迥异于在《山海经》的图经中所获得的认知——前者是审美的,后者是实用的。这就讲清并强调了山水画的艺术审美功用和效果。

◎ 第三节
谢赫

　　谢赫,生平事迹不详,正史和画史均无明确记载。姚最《续画品》评谢赫云:"点刷精研,意存形似。……虽中兴以来,众人莫及。""中兴"为南齐和帝萧宝融年号(501—502)。又自唐张彦远《历代名画记》以降,历代各种《古画品录》刻本上均署"南齐谢赫撰",故学界通常认定谢赫为南齐人。考虑到南齐政权仅存短暂的二十二年,而此时谢赫正处青壮年时期,也是其艺术创作和研究趋于成熟并享有盛名的时期,故学界推定谢赫生于刘宋中期,卒于萧梁初期,历宋、齐、梁三朝,享年七十有余。

　　谢赫的《古画品录》,或作《古今画品》《古画评》《古画品》《画品》《画评》等。考其原书名,当以《画品》为是。谢赫在序中开篇即已明示:"夫'画品'者,盖众画之优劣也。"此后姚最著《续画品》,谓:"今之所载,并谢赫所遗,犹若文章止于两卷。"姚书名既为《续画品》,所"续"者,固为谢赫之《画品》。且齐梁时期纷纷出现诸如《诗品》《书品》《棋品》等带"品"之作。故唐以前,皆称谢赫此书为《画品》。唐许嵩《建康实录》"顾恺之"条云:"按谢赫《画品》,论江左画人。"唐张彦远《历代名画记》卷四"曹髦"有"谢赫等著《画品》"之语。但自宋人始,称此书为《古画品录》。延续至今,遂成为通行的名称。①

关于《画品》的成书时间,学界主要据陆杲的卒年加以推测。在谢赫《画品》所评论的 27 位画家中,以陆杲的时代最晚。谢赫谓其"体致不凡,跨迈流俗。时有合作,往往出人。点画之间,动流恢服(瑁)。传于后者,殆不盈握"。所谓"传于后者",说明陆杲已去世;据《梁书·陆杲传》,陆杲卒于梁武帝中大通四年,即 532 年。可知谢赫是书写于 532 年之后,大约在 532—549 年。②

在体例上,《画品》与钟嵘《诗品》相似,前有小序,提出了"画品"的基本原则,即"六法"。正文分列六品对自三国孙吴至梁代三百余年间的 27 位画家进行评论。第一品(5 人):陆探微、曹不兴、卫协、张墨、荀勖;第二品(3 人):顾骏之、陆绥、袁蒨;第三品(9 人):姚昙度、顾恺之、毛惠远、夏瞻、戴逵、江僧宝、吴暕、张则、陆杲;第四品(5 人):蘧道愍、章继伯、顾宝先、王微、史道硕;第五品(3 人):刘顼、晋明帝、刘绍祖;第六品(2 人):宋炳、丁光。

《画品》最突出的理论贡献,是谢赫结合他当时的绘画实践,在继承前人特别是顾恺之、宗炳、王微等人理论成就的基础上,总结并提出了著名的绘画"六法"说。③《画品序》谓:"虽画有六法,罕能尽该,而自古及

---

① 陈传席以为,由于宋人未能看到《画品》全书,而只是《画品》残本,故抄录者为了说明所录之本乃最古之《画品》,又因录之不全,而改名为《古画品录》。虽在传抄、摘引过程中,难免与原文有些出入,但总的来说,《古画品录》基本保留了谢赫《画品》的原貌,其基本思想和文字内容应是谢赫原意,因此是可信的。见陈传席:《中国绘画美学史》,120~122 页。
② 参见王伯敏标点注释:《古画品录》,2 页,北京,人民美术出版社,2002。
③ 关于谢赫"六法"渊源至今仍有不少争议。对它的来源的讨论可以分成三派:一派为外来说,认为"六法"源于印度的"六支",以英国人布朗恩(Percy Brown)和安特生(Andorson)、魏查理(《"六法"发微》),胡蛮(《中国美术史》),向达(《唐代长安与西域文明》)等为代表。一派为本土说,严厉驳斥"六法"源于印度"六支"的观点,力主"六法"源自本土,以刘海粟(1931 年 4 月讲稿《中国绘画上的六法论》)、金克木[《印度的绘画"六支"和中国的绘画"六法"》,载《读书》,1979(5)]、阮璞(《谢赫"六法"原义考,见《中国画史论辩》,12~14 页,西安,陕西人民美术出版社,1993)、叶朗(《中国美学史大纲》)及日本金原省吾(《中国绘画史》)等为代表。还有一派为融合说,即综合以上两种观点,认为"六法"既受中国传统美学的影响,也与从印度传入的佛教文化有着千丝万缕的联系,以刘纲纪(《六法初步研究》)等为代表。

今，各善一节。六法者何？一气韵生动是也；二骨法用笔是也；三应物象形是也；四随类赋彩是也；五经营位置是也；六传移模写是也。唯陆探微、卫协备该之矣。然迹有巧拙，艺无古今，谨依远近，随其品第，裁成序引。故此所述，不广其源，但传出自神仙，莫之闻见也。"对于这"六法"的标读，学界主要有两种观点。一是以李泽厚、刘纲纪为代表的四字句读，其行文为："六法者何？一、气韵生动是也；二、骨法用笔是也；三、应物象形是也；四、随类赋彩是也；五、经营位置是也；六、传移模写是也。"二是以钱锺书为代表的二二句读法，其行文为："六法者何？一、气韵，生动是也；二、骨法，用笔是也；三、应物，象形是也；四、随类，赋彩是也；五、经营，位置是也；六、传移，模写是也。"①此外，陈绶祥、陈传席主张将"六法"作如下标读："'六法'者何，一曰气韵，生动是也；二曰骨法，用笔是也；三曰应物，象形是也；四曰随类，赋彩是也；五曰经营，位置是也；六曰传移，模写是也。"②即在每法前加一"曰"字，此本于宋代黄休复《益州名画录》中所引"六法"。以上标读虽仅有"微小"差异，但二二句式和四字句式的不同概念表达方法，却导致了对概念个体以及整个概念体系理解的重大差异，这也是谢赫的"六法"一直是中国艺术理论史上争议最多的问题之一的根本原因所在。按照二二句式，逗号前后的两个二字词为同位语，后者解释前者，"六法"的表达都是统一的；按照四字句式，则"六法"的表达语法为：一是名词加形容词构成主谓结构，二是名词加动词构成联合结构，三、六是动词加动词构成连动结构，四是动词加动词构成偏正结构，五是动词加名词构成动宾结构，表达显然不够统一。再就当时的理论概念体系而言，除佛教翻译语体外主要是一、二字概念，而四字概念较少。例如，刘勰《文心雕龙》的概念体系就几乎全为二字结构。从以上整体统一和时代风气来看，二二句式当更加接近当时的具体实际。故今从钱锺书二二句

---

① 钱锺书：《管锥编》，1353页。
② 陈绶祥：《魏晋南北朝绘画史》，96页，北京，人民美术出版社，2000。

读法。

冠于"六法"之首的"气韵，生动是也"，是继顾恺之"传神写照"之后的又一重要绘画美学命题。在魏晋人物品藻中，"气韵"为一常用语。它主要指人物的"风气韵度"，即人物饱满的精神状态、强大的生命力，以及才情、智慧、风度等超群脱俗的风雅之美。谢赫首次将其引入绘画理论和批评，除了《画品序》标"气韵"为六法之首外，在《画品》正文中，谢赫频繁地以"气""韵"或"气韵"品评绘画作品。例如，第一品评卫协谓"虽不该备形妙，颇得壮气"，评张墨、荀勖谓"风范气候，极妙参神"；第二品评顾骏之谓"神韵气力，不逮前贤"，评陆绥谓"体韵遒举，风彩飘然"；第三品评毛惠远谓"力遒韵雅，超迈绝伦"，评夏瞻谓"虽气力不足，而精彩有余"，评戴逵谓"情韵连绵，风趣巧拔"；第五品评晋明帝谓"虽略于形色，颇得神气"；第六品评丁光谓"非不精谨，乏于生气"。可知在谢赫的批评话语中，除"气"与"韵"合称"气韵"外，"气"或谓"气力""神气""生气"等；"韵"或谓"神韵""体韵""雅韵""情韵"等。"气"与"韵"既有联系又有区别，就其区别言，"气"侧重指对象内在的生命力，"韵"指对象神情风度的高雅而不卑俗。清代王士禛《师友传习录》说"韵谓风神"[①]，方东树《昭昧詹言》说"韵者，风韵态度也"[②]。就其联系看，"气"决定"韵"，"韵"表现"气"，二者统一于"生动"这一审美要求。"生"就是"生命""生气""生机"，"动"就是运动。因此"气韵"就是"气"的有节奏的运动所产生的美感或韵律感。清代方薰说："气韵生动，须将生动二字省悟，能会生动，则气韵自在。""气韵生动为第一，然必以气为主，气盛则纵横挥洒，机无滞碍，其间韵自生动矣。"[③] 有了"气韵"，画面必然"生动"。也就是说，有了"气韵"，画面就有了艺术生命，即"有气韵，则有生动也"。所以，谢赫所谓"气韵，生动是

---

① （清）王夫之等撰，丁福保编：《清诗话》，154页。
② （清）方东树撰：《昭昧詹言》第1卷，29页，北京，人民文学出版社，1961。
③ （清）方薰著，郑拙庐标点注译：《山静居画论》，17页，北京，人民美术出版社，1959。

也",就是从画面的整体出发,要求作品表现一种内在精神、气质和风韵。

第二法"骨法,用笔是也",主要讲绘画创作上线条的画法。谢赫这里把"骨法"和"用笔"联系起来,对画家用笔提出了要求,即所画线条要达到骨法(骨力)的标准。在《画品》的评论中,谢赫非常强调画家的"用笔",他一方面强调用笔要有变化,要出奇,如谓陆绥"一点一拂,动笔皆奇";谓晋明帝"笔迹超越,亦有奇观";谓刘胤祖"蝉雀特尽微妙,笔迹超越,爽俊不凡"。另一方面强调用笔要有力,有骨梗。他谓毛惠远"纵横逸笔,力遒韵雅,超迈绝伦";谓江僧宝"斟酌袁、陆,亲渐朱蓝,用笔骨梗,甚有师法"。这些是正面的赞扬。反之,对于笔迹的羸弱,他也作了的批评。他说刘瑱"用意绵密,画体简细,而笔迹困弱,形制单省";说丁光"虽擅名蝉雀,而笔迹轻羸"。可见,谢赫对于用笔评价的一个重要标准就是"骨法""骨梗"。"骨法"原为古代面相术的一个术语,指人的骨体相貌,它被认为与人的寿夭、祸福、贵贱以致操行的清浊直接相联。如宋玉《神女赋》云:"骨法多奇,应君之相。"《史记·淮阴侯列传》载蒯通对韩信说:"贵贱在于骨法,忧喜在于容色,成败在于决断,以此参之,万不失一。"王充《论衡·骨相》篇谓:"人命秉于天,则有表候于体。察表候以知命,犹察斗弧以知容矣。表候者,骨法之谓也。"魏晋以来,"骨"的概念被广泛用于人物品藻,其影响所及,由衡文、论书而鉴画。文学方面,刘勰《文心雕龙》专辟一篇探讨文之"风骨"。书法方面,"骨"常与"力"联系而与"肉"相对,如卫夫人《笔阵图》谓"善笔力者多骨,不善笔力者多肉";王僧虔《论书》谓"伯玉得其筋,巨山得其骨"和"郗超草书亚于二王,紧媚过其父,骨力不及也";袁昂《古今书评》谓陶隐居"骨体甚弥快";梁武帝萧衍《陶隐居论书》谓"纯骨无媚,纯肉无力"及"肥瘦相和,骨力相称";庾肩吾《书品》谓"子敬泥帚,早验天骨";等等。顾恺之首次将"骨"引入绘画理论,其《论画》中多次用"骨"这一术语来评画评论作品,如评《周本纪》"重叠弥纶有骨法",评《汉本纪》"有天骨而少细美",评《伏羲神农》"虽不似今人,有奇骨而兼美好"等。顾恺之所说的"骨法""奇骨""隽骨"等，均指画中人物之骨格。谢赫前承顾恺之，同时吸收了书论中的相关思想，对"骨"作了新的阐释。其《画品》中明确以"骨"品评画家的有三处。其一，评曹不兴曰："不兴之迹，殆莫复传，唯秘阁之内一龙而已。观其风骨，名岂虚成？"这里"风骨"二字连用，泛指其风格上的风韵有骨力。其二，评张墨、荀勖曰："风范气候，极妙参神，但取精灵，遗其骨法。"这里"骨法"与"精灵"相对，其意与评晋明帝时说的"略于形色"相近，指人的骨体相貌。其三，评江僧宝曰："斟酌袁、陆，亲渐朱蓝，用笔骨梗，甚有师法。"这里将"用笔"和"骨梗"结合起来，指用笔具有坚实端直的刚劲之力。可知谢赫六法中的"骨法"，既不离它的基本意义，犹言骨格，体现在画面上即是线条；同时又将其与"用笔"联系起来，对用笔提出的一种更高意义上的审美要求，即强调用笔变化、有力度，从而使线条具有一种骨力之美。谢赫"骨法，用笔是也"的观点，第一次总结了绘画造型艺术中线条的特性和功能，并从理论上确立线条在绘画艺术中的基础性地位，标志着画家对于用笔的自觉认识开始逐渐形成。

第三法"应物，象形是也"与第四法"随类，赋彩是也"，讲绘画中形与色的问题，前者讲形，后者讲色。汉王延寿《鲁灵光殿赋》有"随色象类，曲得其情"之说，较早谈到绘画中色的问题。西晋陆机讲"存形莫善于画"，指出形为绘画艺术的基本要素。刘宋宗炳在《画山水序》中明确提出"以形写形，以色写色"，更是强调了对山水形色的描绘。在书法领域，西晋索靖《草书状》之"仓颉既生，书契是为，蝌蚪鸟篆，类物象形"，亦涉及象形的问题。绘画作为平面的视觉艺术，必须描绘可视的形与色，故谢赫在"气韵"和"骨法"之后，自然要谈"象形"与"赋彩"的问题。"应物，象形是也"，意谓根据、适应自然外物本来的形态加以描绘，力求做到画中之形与外物之形的逼真。"随类，赋彩是也"，意谓依据客观外物的不同类别，作准确和必要的施色。从顾恺之到谢赫，论画的重点主要在形和神，而很少涉及色的问题，但谢赫已开始认识到色彩的重要性，所以他单列

"随类,赋彩是也",与"应物,象形是也"并列。《画品》第二品在评顾骏之(或为顾景秀)时说:"赋彩制形,皆创新意。"这里所说的"赋彩制形",是指顾骏之在应物象形、随类赋彩这二法上运用娴熟,故能创造出新意。

第五法"经营,位置是也",主要讲画面布局和空间安排问题,亦即今人所谓"构图"问题。"经营"出自《诗经·大雅·灵台》:"经始灵台,经之营之。"此指绘画在平面上尺度方位的考虑和安排。"位置"系动词,犹言"位之置之",也就是安排画中各种事物、人物的前后、大小、远近、主次等。《历代名画记·论画六法》称:"至于经营位置,则画之总要。"①实际上,顾恺之《魏晋胜流画赞》已谈到"置陈布势",也即安排画面空间问题。谢赫则将这一问题提高到"法"的地位,突出强调绘画构图的重要。一幅画即使某个局部能应物或随类赋彩,用笔也有骨力,但若总体布置方面主次无序、空间滞塞、布局混乱,也不是一幅合格的画作。所以不仅用笔、象形、赋彩等单项要达到要求,总体布局也要苦心经营,这样才能合理置位,使作品多样统一、虚实相间、主次分明、结构严谨。所以张彦远说此法为"画之总要"。谢赫评毛惠远"位置经略,尤难比俦",评吴暕"制置才巧"。可见,"经营位置"是十分重要的。

第六法"传移,模写是也",对此法的理解,以往学者多认为是对前人画作的模拟和学习。② 唐人张彦远谓:"至于传移模写,乃画家末事。然今之画人,粗善写貌,得其形似,则无其气韵;具其彩色,则失其笔法,岂曰画也?"③他似乎是以此"法"为画家起码的基本功,故称之为"末事"。这里的关键,是"模写"的对象问题,如认为所"模写"的对象是

---

① (唐)张彦远著,俞剑华注释:《历代名画记》,24 页。
② 温肇桐认为,传移模写"意味绘画创作上批判接受遗产和发挥优良传统"。(温肇桐:《中国绘画批评史略》,24 页)陈绶祥认为,谢赫在品评"善于传写"的画家刘绍祖时说:"然述而不作,非画所先。"可见谢赫很清楚"模写"是"述而不作"的。(陈绶祥:《魏晋南北朝绘画史》,101 页)
③ (唐)张彦远著,俞剑华注释:《历代名画记》,24 页。

第十二章 魏晋南北朝的绘画艺术思想 719

前人的画作，则此法自然讲的是临摹问题；但如认为所"模写"的对象是客观的外物，则此法乃讲创作过程中的传达，即画作的最后生成过程。《画品》第五品评刘绍祖曰："善于传写，不闲其思。至于雀鼠，笔迹历落，往往出群，时人谓之语，号曰'移画'。然述而不作，非画所先。"刘绍祖善于将雀鼠之类的小动物画入画中，因其画得实在逼真，故谓之"移画"。这当然不是指临摹他人之作，故当以后者为妥。又张彦远谓顾恺之《论画》"皆模写要法"，这里的"模写"也不限于指临摹而包括整个创作。因此，这里的"传移"，主要是讲画家将所表现的客观对象真实、逼真地描摹到画作上，这相当于绘画创作中最后的生成阶段。它绝非"画家末事"，而是需要画家综合运用多种技巧，最后才能形成真正的画作。

总体上看，谢赫的"六法"是个有机统一、丰富完满的理论体系。从"六法"的构成关系看，第一法为绘画的精神实质及美学原则，第二法以下，分别从绘画的线条用笔、造型色彩、构图表现等几个方面，谈论绘画的表现技法。整个"六法"以第一法为帅，其他五法为将，构成总分结构。换句话说，"气韵生动"是"道"，其他五法是"技"。故北宋郭若虚《图画见闻志·论气韵非师》谓："骨法用笔以下，五者可学。如其气韵，必在生知，固不可以巧密得，复不可以岁月到。默契神会，不知然而然也。"今人刘纲纪也认为，"气韵生动"是我国绘画的现实主义美学原则；"骨法用笔"是我国绘画的造型技巧；"应物象形""随类赋彩""经营位置"是我国绘画艺术的三个基本方面。① 从"六法"和"六品"的关系来看，《画品序》"六法"的阐释和《画品》正文的"六品"品评，二者相得益彰。从绘画主体角度说，"六法"是创作的基本准则；从欣赏和批评主体说，"六法"又是鉴赏和品评的标准。无论创作还是批评，"六法"均为谢赫最重要的准则。他的最高要求是六法"尽该"，他认为陆探微、卫协六法"备该之

---

① 详参刘纲纪：《六法初步研究》，上海，上海人民美术出版社，1960。

矣",故列为一品。但作为画家的谢赫,深知六法"罕能尽该",故而认为"各善一节"的作品亦应珍视。因此,他虽不满于张墨、荀勖的"遗其骨法",却赞赏其"妙极参神";不满于顾骏之的"神韵气力,不逮前贤",却称赏其"精微谨细,有过前哲……赋彩制形,皆创新意";不满于顾恺之的"迹不逮意,声过其实",却称赏其"体格精微,笔无妄下";不满于夏瞻的"气力不足",却称赏其"精彩有余";不满于刘顼的"纤细过度,翻更失真",却称赏其"观察详审,甚得姿态"。凡此,皆是谢赫对"六法"的辩证运用。

总之,谢赫在继承前人特别是顾恺之绘画思想的基础上,首次总结并明确提出绘画"六法",并建构出一个以"六法"为核心的完整的品评理论体系,从而全面奠定了我国古代绘画理论批评的基础,对后世产生了广泛深远的影响。正如北宋郭若虚所言:"六法精论,万古不移。"作为我国历史上第一部最为系统的绘画理论批评著作,谢赫《画品》与同时代刘勰的《文心雕龙》、钟嵘的《诗品》,共同成为中国文艺美学思想史上的高峰。

◎ 第四节
姚最

姚最(536—603),字士会,吴兴武康(今浙江湖州)人。父姚僧垣,兄姚察,俱有名于世。姚最十九岁时随父入关,在北周任齐王宪府水曹参军,入隋为太子门大夫,迁蜀王府司马。仁寿三年(603),因蜀王杨秀谋反事坐诛。姚最自幼聪敏,长而博通经史,精通医术,尤好著述,撰《梁后略》及《序行记》各十卷。旧说姚最为陈人,唐张彦远《历代名画记》卷一称"陈姚最",清严可均亦将其文辑入《全陈文》,《四库总目提要》于

《续画品》一卷下谓"盖梁人而入陈者"。然《新唐志》及《宋志》著录姚最《续画品》,并未说姚最为陈人。据《周书》及《北史》,姚最十九岁随父入关时,为梁元帝萧绎承圣三年(554)。近人余嘉锡考证姚最"生于梁,仕于周,殁于隋,始终未入陈"①。余说可信。

姚最《续画品》或称《后画品录》《续画品录》,约成书于姚最随于谨至长安的556年前后。② 书前有小序,正文品评宋代刘瑱、陆肃、袁质,齐代沈标、谢赫、毛惠秀、沈粲、毛稜、僧珍、僧觉,梁代萧绎、萧贲、张僧繇、嵇宝钧、聂松、焦宝愿、解蒨,以及外国僧人画家释迦佛陀、吉底俱、摩罗菩提,另加梁光宅寺僧人画家威公,共计21人。在体例上,与谢赫《画品》相比,一是姚最对这些画家进行评论,并非如谢赫那样以时代为序,而是以湘东王萧绎列于首,外国僧人列于末;二是姚最或感于"赫所品高下多失其实",故《续画品》"但叙时代,不分品目"。

姚最在序中自言:"今之所载,并谢赫所遗,犹若文章,止于两卷。"故知此书为续谢赫《画品》而作。事实上,作为《画品》的续作,一方面,《续画品》体现出姚最与谢赫大体一致的绘画美学思想,最突出的一点,就是对谢赫"六法"的认同和继承。虽然姚最对"六法"没有作直接的阐述,但从他的具体评语中,可以看出他对"六法"批评标准的秉承。如第一则评湘东王萧绎说:"画有'六法',真仙为难。王于象人,特尽神妙,心敏手运,不加点治。"这与谢赫"虽画有六法,罕能尽赅"的说法如出一辙。评刘瑱说:"少习门风,至老笔法不渝前制。体韵精研,亚于其父。"评张僧繇说:"善图塔庙,超越群工。朝衣野服,今古不失,奇形异貌,殊方夷

---

① 余嘉锡:《四库提要辨证》(全四册),775页,北京,中华书局,1980。
② 以往论者,如四库馆臣严可均、今人王伯敏等,多据《续画品》中称梁元帝为湘东殿下,推定是书作于萧绎江陵即位之前的大宝元年或二年(550年或551年),姚最时年为十五六岁(《四库全书总目提要·子部艺术类一》、《全陈文》卷十二、人民美术出版社1959年版王伯敏标点注译《古画品录 续画品录》)。陈传席先生经多方考证,认为《续画品》是于谨带姚最入长安时,令其整理从梁收回的4000轴书画时而作,其时在公元556年,姚最当年正满20周岁(陈传席:《六朝画论研究》,见陈传席编:《六朝画家史料》,309~310页,北京,文物出版社,1990)。今从陈说。

夏，实参其妙。俾昼作夜，未尝厌怠；惟公及私，手不挥笔。但数纪之内，无须臾之闲。然圣贤晒瞩，小乏神气，岂可求备于一人。"评毛惠秀说："太自矜持，番成赢钝。遒劲不及惠远，委曲有过于稜。"评沈粲说："笔迹调媚，专工绮罗。"评袁质说："风神俊爽，不坠家声……曾见草'庄周木雁''卞和抱璞'两图，笔势遒正，继父之美。"评解蒨说"全法章、蘧，笔力不逮。"这里的"神妙""体韵""神气"和"笔法""笔路""笔迹""笔势""笔力"，虽然说法不一，且各有侧重，但与谢赫《画品》中的"气韵""骨法"含义基本相近。评毛稜说："便捷有余，真巧不足，善于布置，略不烦草。"这里"布置"，与谢赫"经营位置"含义相近。评嵇宝钧、聂松二人说："赋彩鲜丽，观者悦情。"评焦宝愿说："殚极斫轮，遂至兼采之勤。衣文树色，时表新异；点黛施朱，重轻不失。"这里讲的实际与谢赫"随类赋彩"近似。可见，《续画品》直接继承了"六法"。它与《画品》一样，也以"六法"作为绘画批评的标准。

另一方面，姚最又对谢赫的绘画思想作了批评，其中既有对谢赫创作之批评，又有对谢赫批评之批评。对谢赫本人的绘画创作及其艺术成就，姚最评价道："写貌人物，不俟对看，所须一览，便工操笔。点刷研精，意在切似，目想毫发，皆无遗失。丽服靓妆，随时变改，直眉曲鬓，与世事新。别体细微，多自赫始。遂使委巷逐末，皆类效颦。至于气运精灵，未穷生动之致；笔路纤弱，不副壮雅之怀。然中兴以后，象人莫及。"这里，姚最肯定了谢赫在描绘人物上具有"别体细微"的优点，同时，又指出了其"气运精灵，未穷生动之致；笔路纤弱，不副壮雅之怀"的缺点，也即认为谢赫理论上倡导的"气韵""骨法"等，在他本人的创作实际中没有得到真正实现。姚最的这一批评表明，理论的主倡与实际的创作是有距离的。应该说，这一批评是客观真切的。对于谢赫贬低顾恺之绘画艺术，将其列入第三品姚昙度之下、毛惠远之上，并谓其"迹不逮意，声过其实"的品评，姚最深为不满并严加驳斥。谢赫在《画品》中将顾恺之列入第三品，并评道："深体精微，笔无妄下。但迹不逮意，声过其实。"谢赫的这一品评，很可能是受了稍前于他的后魏孙畅之的影响（孙畅之在《述画记》中谓顾恺之"画冠冕而亡面貌，胜于戴运"，还说"戴勃山水胜顾"），同时也与齐梁盛行的宫廷画风及谢赫本人所崇尚的艺术风格有关。① 但不管怎样，姚最对谢赫的这一批评意见非常不满。他在《续画品序》中反驳道：

> 至如长康之美，擅高往策，矫然独步，终始无双。有若神明，非庸识之所能效；如负日月，岂末学之所能窥。荀、卫、曹、张，方之篾矣；分庭抗礼，未见其人。谢、陆声过于实，良可于邑。列于下品，尤所未安。斯乃情有抑扬，画无善恶。始信曲高和寡，非直名讴，泣血谬题，宁止良璞。将恐畴访理绝，永成沦丧，聊举一隅，庶同三益。

这里，姚最对顾恺之给予极高的评价，认为其"矫然独步，终始无双"，并毫不客气地指出谢赫的"批评谬见"非基于顾氏作品本身，而是因谢"情有抑扬"，即有主观的偏见。姚最因此谈到古今有成就的人常常得不到应有的评价，这和刘勰《文心雕龙·知音》中慨叹的"音实难知，知实难逢，逢其知音，千载其一乎"相似。姚最的这一反驳可谓一针见血，它有力地纠正了谢赫抑顾的偏向，为确立顾恺之在中国美术史上的地位起到了重要作用。当然，应该看到，姚、谢之所以在对顾恺之的评价上产生很大的分歧，其根源在于审美趣味发生变化。刘海粟指出："姚最与谢赫之间，有鸿沟的存在。大体上：谢赫尚注意写实，姚最尊重传统；谢赫的气韵生动，是各要素的复合，而姚最的气韵生动，模棱两可；谢赫的批评态度自外感应的，而姚最的批评态度自内发展的。"②这是中肯的论析。

在扬弃谢赫绘画思想的基础上，姚最在《续画品》中表达了自己对绘画

---

① 相关论述参见温肇桐：《姚最〈续画品录〉浅谈》，载《南京艺术学院学报（音乐与表演版）》，1982（1）；华沭：《谢氏黜顾与画风新变》，载《美术研究》，1983（4）；鲍江华：《姚最〈续画品〉美学思想初探》，载《浙江学刊》，2002（2）。
② 刘海粟：《中国绘画上的六法论》，27页，上海，上海人民美术出版社，1957。

的一些独特思考。 在创作方面,其一,姚最强调画家须"志存精谨",即持严谨认真的创作态度。 他说:"夫调墨染翰,志存精谨。 课兹有限,应彼无方。 燧变墨回,治点不息;眼眩素缛,意犹未尽。 轻重微异,则奸鄙革形;丝发不从,则欢惨殊观。 加以顷来容服,一月三改,首尾未周,俄成古拙,欲臻其妙,不亦难乎?"姚最在这里深刻地指出,在审美创作过程中,为达到画作的精妙的艺术效果,从"课兹有限,应彼无方"的艺术构思,到艺术表现中笔墨轻重的处理,人物对象的丝发和服饰之描绘,画家均须"存精谨"之态度。 其二,姚最主张画家须"学究性表,心师造化"。 他在评价萧绎时说:"天挺命世,幼禀生知,学穷性表,心师造化,非复景行,所能希涉。"为创作出美妙的绘画作品,他要求画家要多经历、多体验,熟悉绘画对象。 故对于那些"曾未涉川,遽云越海;俄睹鱼鳖,谓察蛟龙"的人,姚最直言其"未足与言画矣"。 其三,姚最指出,绘画与写作有本质上的区别,它们需要创作者具有不同的天赋。 他引陈思王曹植的话说:"传出文士,图生巧夫。 性尚分流,事难兼善。"又评沈标说:"性尚铅华,甚能留意。"这里的"文士"可释为作家,"巧夫"则指画家。 姚最认为写作与绘画各有其特殊的要求,二者很难兼善。 他进而对于文字与图画的关系作了说明,以为"若永寻河书,则图在书前;取譬连山,则言由象著"。 他认为,若要考寻图与书的起源,"则图在书前";而较其作用,"则言由象著"。 姚最因此对当时贵文贱图的情形作了批评:"今莫不贵斯鸟迹,而贱彼龙文。 消长相倾,有自来矣。 故俚断其指,巧不可为。"

在欣赏和批评方面,姚最指出:"丹青妙极,未易言尽。"至其中原因,姚最认为,有主、客观两个方面。 就客观方面言,绘画艺术是发展变化,古今不同的。 画家以及他们的作品由于年代久远,从而难以考究,所谓"虽质沿古意,而文变今情。 立万象于胸怀,传千祀于毫翰。 故九楼之上,备表仙灵;四门之墉,广图贤圣。 云阁兴拜伏之感,掖庭致聘远之别。 凡斯缅邈,厥迹难详。 今之存者,或其人冥灭"。 加之画家人生经历不同,其不同时期的作品,质量优劣不一,难以确定,所谓"事有否泰,人经盛衰。或弱龄而价重，或壮龄而声遒。故前后相形，优劣舛错"。就主观方面说，批评家难以避免的主观偏好也会造成批评的偏误，所谓"斯乃情有抑扬，画无善恶。始信曲高和寡，非直名讴，泣血谬题，宁止良璞"。在姚最看来，绘画批评家要想克服这些困难，既要认识到画家"性尚分流，事难兼善"，持一种宽容的批评态度，又应该具备广博的知识见闻，做到"渊识博见""伫闻多识"。如此，才能真正做到批评的"全识曲""究精粗"和"穷至理"。

另外值得注意的是，《续画品》在中国绘画史中首次品评了外国画家。释迦佛陀、吉底俱、摩罗菩提都是天竺和尚，精通绘画，因其画风与中国异，故谢赫坦言："此数手，并外国比丘，既华戎殊体，无以定其差品。"同时，对学习他国画法的光宅魏公，谢赫也给予肯定，谓其"下笔之妙，颇为京洛所闻知"。这一品评既再现了南朝绘画艺术领域中外交流的历史事实，也充分体现了姚最新颖的思想观念和兼收并蓄的批评态度。

总之，姚最《续画品》虽是续谢赫《画品》而作，但他在批判和继承谢赫绘画思想的基础上，明确提出并阐明了一系列具有独特个性的绘画艺术观，并以生动形象的比喻，对诸多画家展开了具体的批评。姚最也因此成为继谢赫之后的又一位成就突出的绘画美学思想家。当然，其理论贡献还有待我们进一步的研究和评估。

◎ 第五节
北朝绘画与雕刻思想

一、北朝绘画思想

与书法一样，北朝的绘画虽然没有更多理论上的表现，但是其突出的艺术成就将其审美理想表达无遗。北朝的绘画表现出北朝贵族的生活情趣和理想的生活方式,他们的审美趣味决定了绘画的审美取向,同时也传达出社会的艺术精神。目前流传下来的北朝绘画主要分为宫廷绘画、墓室壁画和石窟绘画。北朝著名的画家也有很多,北魏有蒋少游、杨乞德、高遵、王由、祖班;北齐有杨子华、曹仲达、刘杀鬼、殷英童、徐德祖、高尚士、曹仲璞、萧放等;北周则有展子虔、田僧亮、董伯仁等。从历史遗留的文献记载看,北朝的画作非常丰富,如田僧亮画"野服柴车,各为绝笔",刘杀鬼画斗雀如生,具有极高审美价值,但他们的绘画作品却没有流传下来。北朝的画作在某种程度上具有相似的风格和审美特征,是特定的文化思潮、社会习俗、品味风尚影响下的产物,所以我们可以将之视为一个整体,来研究其所具备的文艺精神。

(一)阳刚尚武的民族遗存

受草原文化的影响,北朝士人无论汉族还是鲜卑族都追求豪迈刚劲。北朝的社会风气喜欢豪放的心态和风度,甚至将豪放当成一种胸襟、一种境界。策马奔腾,弯弓揽月,不屑于虚礼,英姿勃发,尚武的精神让北朝的文人也有着不可多得的豪气冲天之势,他们追求一种睿智勇敢的英雄之势韵,追求自然的美学风格。草原的苍茫辽阔孕育了浑然天成的质朴的艺术气息,这与后期所表现出雅致的审美观恰好相反。张彦远《历代名画记·叙师资传授南北时代》写道:"详辨古今之物,商较土风之宜,指事绘形,可验时代。其或生长南朝,不见北朝人物;习熟塞北,不识江南山川;游处江东,不知京洛之盛。此则非绘画之病也。故李嗣真评董、展云:'地处平原,阙江南之胜,迹参戎马,乏簪裾之仪。此是其所未习,非其所不至。'如此之论,便为知言。"

北朝后期的墓室壁画将北朝贵族对生活的渴望都纳入艺术表现的题材范围内,并以粗放的笔触展现对另一个世界的生活的向往。他们的美感趣味也决定了绘画的创作风格,细致的画风显示出苍健的风格。例如位于山西太原的北齐娄叡墓室壁画,墓主娄叡是北齐外戚,地位非常显赫。画中人物的妆容、服装精细,胯下是他们最心爱的神勇的骏马,显示其生活的优渥,其以从容磊落的外在形态和无所畏惧内在精神,抒发着自己的精神追求,描绘着生活理想的蓝图。北朝的民族特性中尚武的精神,在生活中多有体现。少数民族贵族男女老幼均以骑射为荣,北魏的胡灵太后"幸西林园法流堂,命侍臣射,不能者罚之。又自射针孔,中之"[①]。骑射不仅是国家的礼仪祭典项目之一,更是北朝贵族的重要的游乐活动内容,北齐时文宣帝高洋就常于邺城西骑射,并大集众庶观看。壁画中人物为骑射装扮,队伍声势浩大,前呼后拥,热闹非凡。画中人物形貌各异,有年轻俊逸者,也有中年沉稳者。他们或手持弓箭,或策马扬鞭,或勒缰回首,或驻马凝视,马匹腾踢向空,雄健昂然,形象生动自然,真实生动地再现了当时的狩猎场景。鞍马队伍所体现出来的,已经脱离了画面形象的本身,完全是豪情壮怀的情感流露,是北朝豪迈不羁的草原文化精神气质的艺术表达。迁入中原生活的北方少数民族,尽管不能再策马于辽阔的草原之上,中原的生活也使得其审美取向慢慢发生改变,但是沉淀着历史记忆的民族性格,让带着英雄气息的尚武精神永远成为他们第一位的追求。

（二）讲求灵动的气韵流淌

北朝的绘画风格与以往迥然不同,多民族气质的流淌使其画风不再拘于一种形式的限制,但在整体的绘画风格上已经呈现出对神态、气韵以及整体构图的全面追求。北朝初期绘画画风质朴,其人物线条也以粗犷豪放为主,在画风明晰的基础上展示出生动的生活气息。北朝中晚期绘画则在内容和风格方面均表现出灵动隽永的艺术特征,因以意写形的艺术手法是魏晋南北朝时期绘画的发展趋向,故其审美格调和艺术趣味也走向灵动和生气。号称"画圣"的北齐著名画家杨子华曾以画马而备受称赞,其画作神形兼备,气

---

① 《魏书·皇后列传》。

韵生动,《历代名画记》载其"画马于壁,夜听蹄啮长鸣如索水草;图龙于素,舒卷辄云气紫集"。这说明杨子华已经开始对画作的神、气等表现手法展开思索了,而其他作家如"画斗雀如生"的刘杀鬼也有这样的意识在觉醒。娄叡墓中的壁画已经脱离了早期佛教造像的以形写形的描绘,马匹和人物都显示出灵动的气韵。壁画中出现了大量的鞍马队伍,马匹神气活现、灵动飞扬,以不同的姿态展示其力量和行动的美。画中马匹或奔腾跳跃,或扬首缩蹄,姿态各异,让人仿佛置身群马之间。壁画以静止无声的绘画方式呈现出极活跃富有生气的动物形象,其所具有的画意贴近自然本性,不仅具有供人玩赏的美学价值,更具有怡人耳目、悦人心情的审美性,是符合北朝社会艺术取向的审美形式。

在中国社会在政治、经济、文化诸方面产生巨大变化的一个时代,个体生命价值内涵也发生了变化。北朝的绘画是勇猛刚健精神的真实写照,其风格豪放、自然、刚强、灵动、劲健,代表了北朝的时代特色。北朝时期的许多画作就如同当时的书法作品一样,都是无名却伟大的民间艺术家的成果,北朝时期的艺术发展,正是这些艺术家的共同贡献。

(三)文武兼备之精致雅正的趣味转向

随着少数民族文化成为主流文化的重要组成部分,北朝汉族士人的自我实现方式和主观精神都发生了转变,他们以儒家经世致用的理想指导人生的走向,审美格调和艺术趣味都以质朴和保守为主,变魏晋时期的个性张扬为极度内敛。与南朝追求的人格理想与文人风度不同,他们推崇经典,崇拜完美的圣人贤君,因此以高古朴拙为美的审美趣味在文人阶层中普遍流行,与魏晋时期的艺术风格表现出了不同的走向。但是北朝后期画作的审美趣味却发生了改变,这种改变传达着时代变化的讯息。例如,北齐的文人绘画明显地呈现出精致雅正的艺术化倾向,显示出古雅的文化气息和氛围。以北齐杨子华的《校书图》为例,现存的《北齐校书图》系宋摹本残卷,画作者传为北齐的杨子华,作品风格细腻,刻画出一种文人式的雅化生活方式,以精致细腻的笔法显示出文人修身养性为目的的艺术化生活情调，具有一种整体上异于北方之刚硬的艺术气息。画面疏密有致，干净清爽，用笔劲爽，灵动流畅。正如《历代名画记》所云："阎立本云：'自像人已来，曲尽其美，简易标美，多不可减，少不可逾，其唯子华乎。'"

北齐已经处于北朝后期，各民族文化的融合、南北的文化交流都在此时有了长足的进展，《校书图》即展示出文人寻求艺术、享受文艺的倾向。北朝的绘画一直以少数民族的艺术风格为主要创作潮流，如敦煌壁画、麦积山石窟壁画，不仅图画内容为异域的佛教故事，就连人物造像都是异域面貌，当然这也是绘画史上的一枝奇葩，但其以形写形的创作方式少了人文因素的内蕴。北齐闻名于后世的主要有两位画家：一位是杨子华，一位是曹仲达。曹仲达据传来自西域曹国，为佛像画家，他吸收印度绘画的作风，以薄衣透体的艺术手法来描绘紧贴着丰腴肉体的衣服，显示出形体美。陈绶祥认为，"这在中国人眼中，寻找到的却是一种自然化的'出水'的物象感觉。这是佛教艺术形象在中国被普遍接受的表征，'肉体'的感觉被化成了'出水'这种自然与人关系的结晶观念"[①]。杨子华则是中原画家，作为宫廷画师，典雅精致是其一贯的作风，《校书图》的清逸、流动之美表现出其对中、西画技的融合：在吸收西域佛教画像的技艺上，以中原的笔法将表述人物的"肉感"的衣饰之物化为表现气韵的风动之势，增加了文人流连书香的雅致情调。被称为"画圣"的杨子华，其绘画作品除《北齐校书图》以外没有更多留存，只有部分绘画目录，如《北齐贵戚游苑图》《宫苑人物屏风》《邺中百戏》等。

大多数贵族在追求物质享乐的同时，也开始展望艺术化生活方式的理想蓝图。以诗情入画意，达到艺术化的生活境界，开始成为北朝后期的文化风气。《北齐书·文苑传》载北齐后主高纬要求将"古贤烈士"以及诗歌入画："后主虽溺于群小，然颇好讽咏，幼稚时，曾读诗赋，语人云：'终有

---

① 陈绶祥：《魏晋南北朝绘画史》，127～128页。

解作此理不？'及长亦少留意。 初因画屏风，敕通直郎兰陵萧放及晋陵王孝式录古名贤烈士及近代轻艳诸诗以充图画，帝弥重之。"实际上是指根据诗的内容创作图画，画于屏风上以供欣赏。 这种方式既世俗又雅致，将生活情趣与艺术诗情结合，已经显示出北朝统治者希望享受诗意化人生的审美愿望。 这些北齐时期的行乐图目，显示出享受生活乐趣、满足感官欲望，并且开始最大限度地拓展精致雅趣，是北朝晚期明确的生活理想。

二、北朝石窟雕刻思想

北朝艺术呈现出多样化的文化形态，石窟艺术是其中一枝耀眼的奇葩。 从敦煌石窟开始，由西向东一路走来，包括炳灵寺石窟、麦积山石窟、云冈石窟、龙门石窟等，这些石窟的主体工程大都是北朝时期修建的，具有很强的代表性。 石窟艺术是最能体现北朝文化精神的艺术产品，以往在对北朝文化精神研究的过程中，面临最多的问题就是史料的严重缺乏，石窟文化可谓"北魏的实物史卷和形象史碑"[1]。 南朝的孱弱文风转变为"盛唐气象"，北朝是关键的转折时期，但在历代的文艺研究中，北朝文化的缺席造成对南朝到隋唐艺术风格的转变研究出现断层。 北朝文化是生活在北方的汉族和少数民族共同构建的，石窟以其大气磅礴的艺术形式，准确地展示出北朝的艺术精神和审美取向。 其中修建于北魏强盛时期的云冈石窟更是极具特色，它是北魏王朝的国家文化形象寓言，是北魏历史文化形象的重要表征与缩影。 文化形象是一个国家或者是一个朝代精神文化的表征，是国家形象的重要组成部分，文化形象的建立体现着国家的文化实力和文化精神的形象。 有人说云冈石窟是"雕刻在石头上的王朝"[2]，一点也不夸张。 云冈石窟鲜明地表现出北魏王朝的文化个性，反映着北魏社会思潮的转变，它既包括了对

---

[1] 赵一德：《云冈石窟的文化价值》，载《北朝研究》，1994年第2、3期合刊。
[2] 详参聂还贵：《雕刻在石头上的王朝》，北京，中华书局，2004。

北朝社会思想的反思，也包括了对美的标准、对社会观念的重新确认以及对强大的北魏帝国国家形象的认可。

（一）以政教观念为核心的尚用文化取向的确立

北朝的文化气质中，最为明显的就是"尚用"的精神，作为国家工程的云冈石窟的建造，更精准地体现了这一主旨。以国家政治利益为主的价值评判体系，在任何一个朝代都是备受推崇的，但是没有哪个时代将这种观念在宗教和艺术领域表达得这样直白和张扬。佛教的石窟文化是精神领域的文化，它将人们意识形态上的观念展现在一个个具象上。修建于北魏王朝极盛时期的云冈石窟，极其明确地显示出北朝时期以政教观念为核心的尚用文化取向。《魏书·释老志》记载："初，法果每言，太祖明叡好道，即是当今如来，沙门宜应尽礼，遂常致拜。谓人曰：'能鸿道者人主也，我非拜天子，乃是礼佛耳。'"北朝并不具备推行佛教出世精神的社会环境，故僧人们没有按照佛教的原初教旨那样超越人间的秩序，而是进入世俗的范围，礼拜世俗中的皇帝。从一个角度来讲这当然是佛教早期推行教义的策略，但从另一个角度来说，也可以看出北朝整体的社会氛围对于尚用的文化取向的践行，这种尚用精神的直接表现就是北朝的象教，在云冈石窟的各期佛教造像中都有体现。云冈石窟的早期造像被称作"昙曜五窟"，雕刻着五尊大佛的五个穹窿型石窟（现编号为第16~20窟），虽有印度石窟的特点，但其巨大的形制更多展示的是鲜卑族帝王对草原生活的回忆。佛像造型各异，除去第17窟为交脚菩萨像外，其他都是如来像。作为主佛像的每一尊如来又都极具个性，既有坐像也有立像，服饰、面貌都不相同，造像广额高鼻、身体健壮修长，完全是马背上劲健的鲜卑贵族的人物形象再现。

昙曜五窟即为世间所传的以"太祖已下五帝"为摹本的雕刻，以同时期的雕刻范例做比照，已可得出此为佛教的人间帝王形象。《魏书·释老志》记载："是年（兴安元年），诏有司为石像，令如帝身。既成，颜上足下，各有黑石，冥同帝体上下黑子。论者以为纯诚所感。兴光元年秋，敕有司于五级大寺内，为太祖已下五帝，铸释迦立像五，各长一丈六尺，都用赤金二十五万斤。"昙曜对于这种以人间帝王为佛陀形象的雕塑，并不在乎其是否合于佛教礼制与造型的规范，而在乎其在现世中能否起到推行教化的作用。推及云冈石窟的修建原因，这样做的目的就更为清晰了。关于云冈石窟的雕刻在《魏书》中最早的记载是和平年间："和平初，（道人统）师贤卒。昙曜代之，更名沙门统。……昙曜白帝，于京城西武州塞，凿山石壁，开窟五所，镌建佛像各一。高者七十尺，次六十尺，雕饰奇伟，冠于一世。"太延四年（438）三月，太武帝拓跋焘诏罢沙门年五十以下者，已露出端倪，到太平真君五年（444）下诏灭法，文成帝兴安元年（452）下诏复法，而云冈石窟的修建完成是在和平初年（460）前后。据此而知，由高僧昙曜主持修建完成的云冈石窟初期工程，恰是在太武帝灭佛后不久。把印度佛教的释迦牟尼佛变成了中国北魏帝王，然后又把中国北魏帝王变成了中国佛教的释迦牟尼佛，这种转换使石窟这种文化符号具有了宗教、历史、政治和艺术多重身份，成为政教合一的功利艺术观念的最好代表。这种艺术观念的表达，在云冈石窟的二期工程造型中也有明显的表现，最具代表性的就是出现大量的"二佛对坐"形式。在传统的佛教造像中，通常都是一佛二菩萨造型，即以中间主佛像为中心，两边为胁侍菩萨，而在云冈石窟中出现了大量的二佛并立对坐的造型，这也是别的时期造像所罕见的。

二佛对坐的故事出自《法华经》，多宝佛在修菩萨道的时候就发过誓愿，若成佛灭度之后有人讲《法华经》，将现塔庙听法，后来释迦佛于灵鹫山说《法华经》，忽然地下涌出安置多宝如来全身舍利的七宝琉璃塔，发出声音赞叹释迦力证法华，并将座位分一半给释迦牟尼，邀其共坐七宝琉璃宝塔狮子座。这恰于同时期的政治情况有相吻合的地方，《魏书》中多次出现"二圣"的表述，所谓二圣，即文明太后与孝文帝拓跋宏。

> 二圣钦明文思，道冠百代，动遵礼式，稽考旧章，准百王不易之胜法。①
>
> 于穆二圣，仁等春生。除弃周汉，遐轨牺庭。②
>
> 今二圣躬行俭素，诏令殷勤，而百姓之奢犹未革者，岂楚越之人易变如彼，大魏之士难化如此？③

献文帝死后，文明太后与孝文帝共同执政20年，并完成了著名的太和改制。可见石窟二期工程这种造型的出现并不是偶然，其主要功用就在于为冯太后与孝文帝共同执政寻找宗教上的正名。从云冈石窟的造像来看，北朝的国家意识始终是站在宗教教义之上的，这与同时期南朝的梁武帝三次舍身同泰寺的行为相比较，有着巨大的文化差异。

国家主持的工程尚且如此清晰的表达实际的功利目的，民间工程就更是直接表达自己的渴求福报的愿望了。孝文帝迁都北魏以后，云冈石窟三期工程规模较小，基本上都由民间集资所塑造，在石刻佛像的周围出现了发愿文，大都是为亲人祈福之类。迁都洛阳后的龙门石窟，这种功用性的文化取向也非常明确，佛像雕塑背后的碑文（如著名的《龙门二十品》）清晰地记载着捐刻佛像的目的，如《牛橛造像记》碑文中记载："太和十九年十一月，使持节司空公长乐王丘穆陵亮夫人尉迟为亡息牛橛请工镂石造此弥勒像一区。愿牛橛舍于兮段之乡，腾游无碍之境。若存托生，生于天上诸佛之所；若生世界，妙乐自在之处；若有苦累，即令解脱三途恶道，永绝因趣。一切众生咸蒙斯福。"④尉迟夫人为死去的牛橛祷告祝福，希望他能够不再受世间之苦，并相信捐资雕刻佛像的功德可以保证愿望的达成。考北朝近200年的历史，这种以政教观念为核心的尚用的社会文化性格始终没有改

---

① 《魏书·高闾传》。
② 《魏书·程骏传》。
③ 《魏书·李彪传》。
④ 译自牛橛造像记图片。

变,并且影响到其他的艺术领域。

(二)北朝石雕艺术思想

任何艺术品都是人的主观思想的投射,以云冈石窟代表的北朝艺术符号,强烈昭示出北朝的艺术精神,显示出不同于其他时期的审美趣味。

其一,以博大刚健为美的英雄主义价值观。 从云冈石窟的整体雕塑来看,除去后期的民间工程规模较小以外,其余无不显示出以博大刚健为美的审美价值标准。 首先就是建筑规模的庞大,郦道元在《水经注》中对云冈石窟有这样的描写:"武州川水又东南流,水侧有石祇洹舍并诸窟室,比丘尼所居也。 其水又东转,径灵岩南,凿石开山,因岩结构,真容巨壮,世法所希,山堂水殿,烟寺相望,林渊锦镜,缀目新眺。"郦道元的描绘真实地再现了当时云冈石窟的原貌,所谓"凿石开山,因岩结构",是指云冈石窟的雕刻以武州山高大的山体为创作的底本,东西绵延一千米,完全按照整个山体岩石的具体情况去设计雕刻,山即"石窟",石窟即"山",北方山体的峻峭显示出来的气势自是磅礴大气。 就云冈石窟的佛像来讲,"真容巨壮,世法所希"的说法也毫不夸张,其洞窟的主佛像高大雄健,再加上笼罩在主佛像周围、刻满小佛像以及火焰花纹窟壁,更将佛像映衬得气势磅礴,这种高大的造像形式,反映出北朝时期人们的审美标准。① 中国古代很早就有以大为美的审美意识,而把这种观念凸显在现实的造像上面,云冈石窟的雕刻则表现得尤其突出,石窟的雕像与现实生活中人的形象在空间上的巨大差异,使得佛像身上带有雄伟、庄严、高尚、令人敬仰的神秘色彩,在这种蕴含着理念的精神、超越感觉尺度的形式面前,佛像已经不再是一种现实的形象,而是具有至高无上的力量和不可战胜的精神的符号,让人不由产生顶礼膜拜的敬畏之心。 雄伟高大的佛像展现着拓跋帝王的威严尊贵,无论是顶天

---

① 以一期工程的昙曜五窟为例,造像的高度分别为:第 20 窟,13.7 米;第 19 窟,16.8 米;第 18 窟,15.5 米;第 17 窟,15 米;第 16 窟,13.5 米。 而二期工程中的第 5 窟佛像高达 17 米,光是中指就有 2.3 米长。

立地的站像还是巍然不动的坐像，都显示出震慑人心的作用，将鲜卑民族的自豪感表现得淋漓尽致。北朝政权的核心以少数民族为主，在未进入中原以前，其草原游牧部落的特性决定了其对英雄的崇拜，刚健强悍的部落英雄可以使部落从弱小走向强大，石窟就是拓跋鲜卑对于英雄崇拜的具体体现。与汉文化"中和"之道不同，云冈石窟的雕像凸显的是一种极致强大的美，把作为拓跋部落的英雄即开国帝王们刻画为佛像的同时，也将自己豪迈、无所畏惧的民族精神以及英雄主义的观念展现在世人面前。

其二，以凝重厚实为主的审美趣味。以庄严慈悲为主要造像形制的云冈石窟的雕像群，传达出来的是凝重厚实的审美趣味。这种厚重在佛教造像形制和以佛教故事为内容的雕刻上都有体现。石质的雕像本身就有厚重质实的感觉，云冈石窟更突出了这一特点，高大雄伟佛像身上并没有过多的华丽的装饰，虽线条简洁，却在高大静穆的造像下不经意地散发出质朴与悲悯的气质。如果说中原文人以语言来表达情感，鲜卑族则以石刻形象地表达自己的审美追求。拓跋鲜卑没有自己的文字，但是在云冈石窟中却以图像的形式讲述着一个又一个故事。云冈石窟的故事表达主要有三类：一是本行故事，记载佛祖由出生到得道再到涅槃的过程；二是本生故事，以因果相报为主题，记载成佛前的释迦牟尼经过的七世修炼积累善缘的故事；三为因缘故事，因即有决定性条件，缘指辅助性条件，因缘故事则是指以修善而获因缘悟道的机缘。无论是大乘佛教还是小乘佛教，其最根本的出发点就是认为活着就是受苦，劳思光在解读佛教三法印"诸行无常""诸行皆苦""诸法无我"时指出，人的意欲永远在不断的需求和痛苦中流转，而生命中的每一现象都不能由"我"来自主，所以"苦"就是生命的真相。而佛教就是要救大众脱离苦海，"离苦"是佛教教义的基本出发点，达到庄严、慈悲、平和的过程，实际上就是艰难的脱离苦海的过程。云冈石窟大量的浮雕图画以佛教故事的形式展现着成佛前所受的苦难，如第6窟中佛祖成佛时见到的生老病死的痛苦形状，第7窟的舍身饲虎等。这些慨然赴死的舍身之举和面对邪魔的惨厉经验，其整体画面都以质朴的石雕艺术手法塑造得古朴凝重，即便是在经历千万折磨成佛后的欢喜,也透露出一丝苍凉的悲壮感。石窟除主佛造像以外,石窟四窟壁及门楣、窗楹的窟龛内也雕刻了大量的佛经故事。以脱离苦难为主题的佛经故事,使得石窟呈现出来的艺术气息中增加了悲悯苍凉的气质。而雕刻石窟的艺术家们也将自己的苦难与民族历史中的艰难成长记忆融合了进去,显示出其凝重而厚实的艺术审美趣味。

其三,以形气相合、神韵兼备为审美标准。除去高大雄伟、端庄凝重之外,云冈石窟还体现出北朝以形气相合、神韵兼备为审美标准。梁思成等对此有着极高的评价:"佛容修长,衣褶质实而流畅。弱者质朴庄严;佳者含笑超尘,美有余韵,气魄纯厚,精神栩栩,感人以超人的定,超神的动;艺术之最高成绩,荟萃于一痕一纹之间,任何刀削雕琢,平畅流丽,全不带烟火气。这种创造,纯为汉族本其固有美感趣味,在宗教艺术方面的发展。其精神与汉刻密切关联,与中印度佛像,反疏隔不同旨趣。"[1]谢赫在《古画品录》里提出了中国画的六法,第一就是对气韵的要求,"气韵,生动是也"。作为北朝的代表的雕刻群将这种气韵贯穿于完美的雕像形体中,云冈石窟的雕刻就在"超人的定"与"超神的动"中不断升华。所谓"超人的定",就是指云冈石窟的整体形象魅力,其身材比例和谐,以简洁流畅的线条将大佛形体表达得完美清晰,以昙曜五窟中的第 20 窟为例,主佛像为 13.7 米高的坐像,正中大佛为释迦牟尼。按照佛教中对造像的规定,其必须体现出佛教中"三十二相,八十种好"的仪轨要求,而第 20 窟的大佛的面相与姿态都显示出雍容大度的美好,若隐若现的胡子也生动地体现出人间帝王气息。首先是"顶成肉髻相",佛像的头顶为馒头形高髻,象征着无边的智慧。其次为面部的要求,"面广而殊好""耳轮垂成""鼻高不现孔""随众生之意和悦与语""眉如初月""眼广长"等。第 20 窟的雕像完美地表现了这些外在形制的要求,佛像大耳垂肩,前额与鼻梁平直,广目深眉

---

[1] 梁思成、林徽因、刘敦桢:《云冈石窟中所表现的北魏建筑》,收入《云冈石窟百年论文选集》,文章原载《中国营造学社汇刊》第三卷第 3、4 期,1933 年 12 月。

高鼻，面带微笑。再次是对于体格的要求，为"身大好端直"，而佛像肩宽体阔腰长，躯体饱满完整；服饰衣纹雕饰简单明了，袒右肩式袈裟辅以凸凹有致的下垂长纹线饰，如同水波一般柔软，贴服在健壮的体格之上，其余则裸露出健壮有力的肌肤。最后是整体形象和谐，空间的布置搭配更为精妙，佛像背后为传统的火焰背光，背光内又有着诸多排列整齐的小佛像，浑然一体的搭配将佛像威严庄重突出到了极致，这正是梁思成等所说的艺术之最高成绩。而在比例和谐的形体中，又透露着饱满充盈、生动流转的气韵。随着挺拔而起的身姿以及火焰背光的方向，一种崇高壮美的气息在佛像和其所处空间有机地升腾流动，表现出了一种超凡而淡定的微妙神态，正是所谓"超神的动"，一"定"一"动"的有机结合，使其成为旷世永恒的理想的佛像楷模。可见，北朝的艺术家们以其高超的技艺，把形神结合、气韵兼备的审美理想，贯穿于佛像雕刻的线条、形象和空间中。

（三）由艺术而建立的国家文化形象

以云冈石窟代表的北朝艺术符码，不仅在艺术文本的形式上追求场面宏大、造像唯美，更重要的是在造像内容上有着强烈的人文气息，并透过这种人文气息传播和展示了北朝强健的国家文化形象。作为北魏时期的文化形象代表，云冈石窟的造像身上集中了为北魏士人所公认的美的形象——博大、豪迈、气势非凡。云冈石窟也同样超越了一个普通的传教场所，成为中古时期人们心目中北魏王朝的象征。由此，云冈石窟呈现和传播了北魏王朝的正统合法性，展示出北魏时期特有的雄厚敦实的艺术气息以及国力强大、富有民族文化特色等优秀的国家文化形象。

云冈石窟规模庞大、华丽精美，其建造不仅需要有一定的文化实力，更需要强大的经济实力作为支撑。许多研究中古文学的学者都有这样一种看法，认为北朝文学荒芜的一个原因就在于其经济不如同时期的南方发达，这种观念未免有失偏颇。云冈石窟以武州山山体为基础，东西绵延一千米，大小窟龛254个，造像达5万余尊，堪称中国佛教艺术巅峰之作，投入财力、劳力不计其数。这样庞大的工程，没有强大的国力支撑是难以进行的，而开凿云冈石窟之后的迁都洛阳之举，依然没能动摇国家根本，在杨衒之的《洛阳伽蓝记》中我们可以看到，洛阳的建筑更是奢华无比，其繁华程度可见一斑。早在建国初期，以拓跋鲜卑为主体的统治核心就完成了最初经济的原始积累。草原游牧民族的习性就是向外获取各种资源，其中主要的方式就包括经济贸易以及掠夺，以补充自己的单一性生产结构。拓跋鲜卑在统一北中国时期发动了大量战争，每次战争之后都不免劫掠大量的战利品。据宿白先生的统计，从建国初到统一北中国期间集中于平城的人口，最保守的估计也要在百万人以上，其他牛羊等各类财物不计其数。① 而在劫掠的时候，还特别注意对人才、伎巧的搜求。《魏书》中也有着明确的记载，我们选取部分参看：

> 六月，（道武）帝亲征刘显于马邑南，追至弥泽，大破之，显南奔慕容永，尽收其部落。（登国二年，387）
>
> 五月癸亥，北征库莫奚。六月，大破之，获其四部杂畜十余万。……十有二月辛卯，车驾西征。至女水，讨解如部，大破之，获男女杂畜十数万。（登国三年，388）
>
> 五年春三月甲申，帝西征。次鹿浑海，袭高车袁纥部，大破之，虏获生口、马牛羊二十余万。……（登国五年，390）
>
> （十一月）壬午，大破直力鞮军于铁岐山南，获其器械辎重。牛羊二十余万。……十一月，车驾次于盐池。自河已南，诸部悉平。簿其珍宝畜产，名马三十余万匹，牛羊四百余万头。班赐大臣各有差。收卫辰子弟宗党无少长五千余人，尽杀之。山胡酋大幡颓、业易于等率三千余家降附，出居于马邑。（登国六年，391）

---

① 宿白：《平城实力的集聚和"云冈模式"的形成与发展》，原文载于《中国石窟·云冈石窟》（一），北京，文物出版社，2001。

> 八月，帝南征薛干部帅太悉佛于三城……获太悉佛子珍宝，徙其民而还。（登国八年，393）
>
> 夏六月癸酉，遣将军王建等三军讨（慕容）宝广宁太守刘亢泥（刘显弟），斩之，徙其部落。（皇始元年，396）
>
> （二月）丁丑，军于钜鹿之柏肆坞……擒其将军高长等四千余人，戊寅，宝走中山，获其器仗辎重数十万计。……（冬十月）甲申，其（宝弟贺）所署公卿，尚书，将吏、士卒降者二万余人。……获其所传皇帝玺绶、图书、府库、珍宝，簿列数万。①（皇始二年，397）

财富积累使得北魏王朝在各个方面迅速崛起，农业、牧业、手工业迅速发展起来，随着中国北方的统一，中原与西亚之间的关市限制基本被取消，贸易异常繁华，大批外域商人进入中国，同印度、粟特、波斯、大月氏等地的商人的交易在《魏书》中都有明确记载。到洛阳时期这种状况更为可观，据《洛阳伽蓝记》记载，在洛阳的外国商人就有一万多户，外籍商人家庭大，人口多，按张庆捷估算，保守说来也有5万以上。② "天下难得之货，咸悉在焉"，国家经济实力自是不容小觑，经济实力的提升对于推动文化建设有着积极的作用。

政治制度、经济发展水平等因素的不同，往往会造成文化观念的差异，不同文化在地域上长期的隔离又造成了这种差异的难以融合。与南朝文化相比照，北朝的文化更有接受异质文化的潜能。北朝的前身是游牧部落，而北魏王朝从初建之时就在客观上具备了开放的文化属性和视野，之后的隋唐基本上继承了北朝的血脉。以云冈石窟为代表的北朝文化在文化交流方面具有突出表现。北朝时期通常将石窟建立在交通要道，拓展了佛教造像作为文化传播工具的功能，随着佛教的传播范围扩大，其受众面积也相应扩大，

---

① 《魏书·太祖纪》。
② 张庆捷：《北朝入华外商极其贸易活动》，见张庆捷、李书吉、李刚：《4—6世纪的北中国与欧亚大陆》，16页，北京，科学出版社，2006。

艺术效力随之增强。这种文化形象地显示出北朝在意识形态以及文化精神方面的要求，以佛像的表达构建的不同艺术造型，特别是佛教造像的"令如帝身"特征，加上周围协侍菩萨的谦恭与身后小佛像的托衬，显示出皇权集中、强势的国家意识形态，成为国家文化形象的一个有机的组成部分。从文化实力的角度来看，石窟整体表现出其艺术修养，石窟造像从艺术设计到人文思考渗透，再到最后创作雕塑的完成，都代表着石雕艺术的较高水平。以云冈石窟为代表的北朝石窟雕刻的影响力不容忽视，而北魏的石窟在作品数量和艺术推广力、表现力、影响力上，都展示其博大精深的艺术魅力和感召力。不同朝代的文化产品都在为维护本民族文化观念而努力，这一点是相同的，北朝的艺术表现通常表现为自由、热情、英雄崇拜等，尚武的精神与刚健质实的民族气质始终贯穿于其文化精神之中，成为不同于南朝的鲜明文化符号。

云冈石窟作为北朝文明的载体之一，其树立起的云冈模式蕴含着深厚的人文精神和道德力量，是北朝的文化精神重要表现之一。[①] 同样是对于宗教信仰的推广，北朝的佛教崇拜充满了功用观念和多文化气质的包容精神，而南朝则是自我实现和思辨思想的探索精神。在中古时期的北中国，石窟艺术通过独有的文化形式，在极广泛的范围内传播着自己的文化精神，并形成了巨大的连锁效应，推动了北方文化的进程。经由国家与社会对这些艺术符码的解码和重读，使北朝造像背后的粗犷、雄浑、朴实、大气的国家文化形象得以彰显。

---

① "云冈模式"最早由宿白提出，他认为："东自辽宁义县万佛堂石窟，西迄陕、甘、宁各地的北魏石窟，无不有云冈模式的踪迹，甚至远处河西走廊西端、开窟历史早于云冈的敦煌莫高窟亦不例外。云冈石窟影响范围之广和影响延续时间之长，都是任何其他石窟所不能比拟的。这种情况，恰好给我们石窟研究者提供了对我国淮河以北的早期石窟（5世纪后半叶到7世纪前半叶）进行排年分期的标准尺度。"（宿白：《中国石窟研究》，144页，北京，文物出版社，1996）

第十三章
魏晋南北朝子书中的文艺思想

◎ 第一节
徐幹《中论》与刘劭《人物志》

一、徐幹《中论》

徐幹（170—217）[①]，字伟长，北海（今山东潍坊）人，建安七子之一，曾任司空军谋祭酒掾属，五官将文学等职。有《徐幹集》五卷，又著《中论》二卷。《中论序》谓其著述缘由云："（幹）从戎征行，历载五六。疾

[①] 关于徐幹的生卒年，说法不一。《三国志·魏书·吴质传》裴松之注引《魏略》云："（建安）二十三年，太子（曹丕）又与质书曰：'岁月易得，别来行复四年。三年不见，《东山》犹叹其远。况乃过之，思何可支？虽书疏往反，未足解其劳结。昔年疾疫，亲故多离其灾，徐、陈、应、刘，一时俱逝，痛何可言邪！'"按照《三国志》及曹丕《与吴质书》所言，则徐幹应当是生于东汉灵帝建宁三年（170），卒于献帝建安二十二年（217）。而《中论序》则云："（徐幹）年四十八，建安二十三年春遭疠疾，大命陨颓。"依《中论序》此说，则徐幹应当生于东汉灵帝建宁四年（171），卒于献帝建安二十三年（218）。又傅璇琮、沈玉成《中古文学丛考》以为《魏略》所云"二十三年"当作"二十四年"，如是则可证《中论序》之说成立。两说并存，其中必有一误，但是考虑到夺去徐幹等人生命的那场瘟疫发生于建安二十二年，所以《三国志》和曹丕《与吴质书》中的说法较为可信（党圣元《徐幹〈中论〉叙录》）。《三国志·魏书·王粲传》、与《中论序》说法不一，当以后者为是。详细考证参见俞绍初：《徐幹卒年复议》，载《许昌师专学报》，1988（4）；韩格平：《徐幹〈中论〉杂考》，载《古籍整理研究学刊》，1990（5）。

稍沉笃，不堪王事，潜身穷巷，颐志保真，淡泊无为，惟存正道。……君之性，常欲损世之有余，益俗之不足，见辞人美丽之文，并时而作，曾无阐弘大义，敷散道教，上求圣人之中，下救流俗之昏者，故废诗、赋、颂、铭、赞之文，著《中论》之书二十篇。"是知徐幹著《中论》，旨在阐弘儒学大义，故《四库总目提要》谓其"大都阐发义理，原本经训，而归之于圣贤之道。故前史皆列之儒家"。曹丕对徐幹之著《中论》评价颇高，《典论·论文》谓"融等已逝，唯幹著论，成一家言"，《与吴质书》谓"（徐幹）著《中论》二十余篇，成一家之言，辞义典雅，足传于后，此子为不朽矣"。

作为建安时期的著名儒士和作家，徐幹在祖述儒家大义的同时，也触及了文艺的一些基本问题。具体来说，主要表现为如下几方面。

其一，艺与德。《艺纪》篇云："先王之欲人之为君子也，故立保民，掌教六艺：一曰五礼，二曰六乐，三曰五射，四曰五御，五曰六书，六曰九数。教六仪：一曰祭祀之容，二曰宾客之容，三曰朝廷之容，四曰丧纪之容，五曰军旅之容，六曰车马之容。大胥掌学士之版，春入学舍，采合万舞，秋班学合声，讽诵讲习，不解于时。故《诗》曰：'菁菁者莪，在彼中阿。既见君子，乐且有仪。'美育群材，其犹人之于艺乎？"知"艺纪"之"艺"，乃指"六艺"，即儒家所言礼、乐、射、御、书、数六种基本技能，它既与"六仪"等上古礼仪相联系，同时又延伸至弦歌舞蹈、讲习诵诗等文艺美育活动，所以这"艺"虽内容广泛，却也包含了今天我们所说的文学艺术。在徐幹看来，掌握六艺对于君子的修身至为重要，他说："既修其质，且加其文，文质著然后体全。"徐幹一方面强调了德为本、艺为末的主次关系，谓："艺者所以事成德者也，德者以道率身者也；艺者德之枝叶也，德者人之根干也。……孔子称安上治民，莫善于礼；移风易俗，莫善于乐。存乎六艺者，其末节也，谓夫陈笾豆，置尊俎，执羽籥，击钟磬，升降趋翔，屈伸俯仰之数也，非礼乐之本也。礼乐之本也者，其德音乎？"另一方面又指出二者相辅相成、须臾不离。他说："斯二物者，不偏行，不独立。木无枝叶则不能丰其根干，故谓之瘣；人无艺则不能成其德，故谓之野。若欲为夫君子，必兼之乎。……君子者，表里称而本末度者也。故言貌称乎心志，艺能度乎德行，美在其中，而畅于四支，纯粹内实，光辉外著。孔子曰：'君子耻有其服而无其容，耻有其容而无其辞，耻有其辞而无其行。'故宝玉之山，土木必润；盛德之士，文艺必众。昔在周公，尝犹豫于斯矣。"徐幹在这里特别强调了艺、德二者，君子"必兼之"，并明确指出"盛德之士，文艺必备"。尤为难得的是，徐幹从艺、德之辩证关系出发，进一步指出艺含"情实"与"华饰"二端。他说："故恭恪廉让，艺之情也；中和平直，艺之实也；齐敏不匮，艺之华也；威仪孔时，艺之饰也。通乎群艺之情实者，可与论道；识乎群艺之华饰者，可与讲事。""情实"与"华饰"相对，所谓"情实"，就是艺之质；所谓"华饰"，即是艺之文。徐幹虽主要是从君子修身的角度而言的，但无疑也揭示了文艺自身内容与形式的有机统一。另外，徐幹还特别强调心智对于艺的重要性，认为"艺者，心之使也，仁之声也，义之象也"，故"圣人因智以造艺，因艺以立事。二者近在乎身，而远在乎物。艺者所以旌智饰能、统事御群也"。《智行》篇亦云："艺之兴也，其由民心之有智乎？"艺与心智相连，它就不再是一种简单的技能，而是上升到了精神层面，具备了人本内涵。要之，徐幹的艺德论虽主要是针对儒家君子修身而言的，但其对艺之重要性的强调，将艺的内涵别为"情实"与"华饰"二端，并阐明了德、艺之间对立统一的内在联系，就使其与两汉经学家的观点产生了重大区别，成为后来葛洪主张文章和德行并重的直接先导。

其二，言与辩。徐幹非常重视言，故在《中论》中专设《贵言》一篇详加论述。首先，徐幹强调了言辞的教化功能。他说："君子必贵其言，贵其言则尊其身，尊其身则重其道，重其道所以立其教。……夫君子之于言也，所致贵也。虽有夏后之璜，商汤之駟，弗与易也。今以施诸俗士，以为志诬而弗贵听也，不亦辱己而伤道乎！"这里，徐幹将君子之贵言与尊道、立教联系在一起，突出了言辞在教化过程中的重大意义。在实践层面，在"与人语大本之源"和"谈性义之极"的过程中，徐幹有两点要求。一是应该注意把握对方的心理和特点,所谓"必先度其心志,本其器量,视其锐气,察其堕衰。然后唱焉以观其和,导焉以观其随。随和之征发乎音声,形乎视听,著乎颜色,动乎身体,然后可以发迩而步远,功察而治微。于是乎闿张以致之,因来以进之,审谕以明之,杂称以广之,立准以正之,疏烦以理之。疾而勿迫,徐而勿失,杂而勿结,放而勿逸,欲其自得之也"。如大禹治水"必因其势",君子导人亦"必因其性",如此,则"功无败而言无弃也"。二是重视言辞的内容和技巧,他说:"故君子非其人则弗与之言。若与之言,必以其方……故《易》曰:'艮其辅,言有序。'不失事中之谓也。……故君子之与人言也,使辞足以达其知虑之所至,事足以合其性情之所安,弗过其任而强牵制也。苟过其任而强牵制,则将昏瞀委滞,而遂疑君子以为欺我也。"这其实是对《周易》"言有序"及孔子"辞达"论的进一步申述。

其次,徐幹阐明了辩的性质、内涵及特点。在《中论·核辩》篇中,徐幹指出,辩从性质上看,有君子之辩与小人之辩的区分。君子之辩,其旨归在"明大道之中",在"求服人心也,非屈人口也"。而小人之辩即世俗所谓之辩,此辩实则"非辩也",因为其旨在于"利口","利口者,苟美其声气,繁其辞令。……苟言苟辩,则小人也。虽美说,何异乎鹍之好鸣,铎之喧哗哉"。这种小人之辩是徐幹坚决反对的。他说:"先王之法,析言破律,乱名改作者,杀之;行僻而坚,言伪而辩,记丑而博,顺非而泽者,亦杀之。为其疑众惑民,而溃乱至道也。孔子曰:'巧言乱德。'恶似而非者也。"因此,在徐幹看来,辩的内涵就是"别",即"善分别事类而明处之也,非谓言辞切给而以陵盖人也";而辩言的特点,表现为"必约以至,不烦而谕,疾徐应节,不犯礼教,足以相称。乐尽人之辞,善致人之志,使论者各尽得其愿而与之得解"。这里,徐幹由春秋笔法引申到言辞之辩,强调言礼相称亦即中和雅正的原则和要求。这是对传统儒家言辞观的继承和发展。

最后,徐幹的贵言观表现出对儒家立言不朽思想的继承。《中论·夭寿》篇谓:"故司空颍川荀爽论之,以为古人有言,死而不朽,谓太上有立德,其次有立功,其次有立言,其身殁矣,其道犹存,故谓之不朽。夫形体者,人之精魄也;德义令闻者,精魄之荣华也。君子爱其形体,故以成其德义也。……夫寿有三:有王泽之寿,有声闻之寿,有行仁之寿。……孔子云尔者,以仁者寿利养万物,万物亦受利矣,故必寿也。荀氏以死而不朽为寿,则《书》何故曰……然则荀、孙之义,皆失其情亦可知也。"实际上,先秦儒家的三不朽观念,在同时代曹丕《典论·论文》、曹植《又求自试表》、应璩《与从弟君苗君胄书》等文章中均有相似的表述,可知它已成为汉末士人的共识。

其三,才与学。徐幹认为,君子能够"成德立行,身没而名不朽"的关键就是"学"。《中论·治学》谓:"学也者,所以疏神达思,怡情理性,圣人之上务也。……学者,心之白日也。故先王立教官,掌教国子,教以六德,曰:智、仁、圣、义、中、和;教以六行,曰:孝、友、睦、姻、任、恤;教以六艺,曰:礼、乐、射、御、书、数;三教备而人道毕矣。学犹饰也,器不饰则无以为美观,人不学则无以有懿德。有懿德故可以经人伦,为美观故可以供神明。""六德""六行""六艺"的修成,均与后天的学习密不可分,故学是"圣人之上务",是"心之白日"。因此,对待学习,徐幹主张要有坚持不懈的态度。"故君子之于学也,其不懈,犹上天之动,犹日月之行,终身亹亹,没而后已。"徐幹进一步将学、志、才三者结合起来,明确提出他以立志为先的才学观。他说:"志者,学之师也;才者,学之徒也。学者不患才之不赡,而患志之不立。"徐幹的这一观点,固然主要就君子的修身立论,但对文艺创作者而言,志、学、才同样不可或缺,后来刘勰在《文心雕龙》中,就对创作主体提出才、气、学、习四方面的要求,不难看出徐幹的先导作用。

徐幹上述对艺、德、言、辩、才、学等问题的论述,体现出他对主体内质和素养的重视。因此,总体上说,徐幹关涉文艺的思想属于主体论的范畴。它的形成既是徐幹本人的个性使然,又与汉末魏初重视创作主体的时风有密切关系。《三国志·魏书·王粲传》注引《先贤行状》谓徐幹"清玄体道，六行修备，聪识洽闻，操翰成章，轻官忽禄，不耽世荣"。吴质《答魏太子笺》云："至于司马长卿称疾避世，以著书为务，则徐生庶几焉。"对徐幹的这种个性，曹丕褒扬有加，《与吴质书》谓："观古今文人，类不护细行，鲜能以名节自立。而伟长独怀文抱质，恬淡寡欲，有箕山之志，可谓彬彬君子者矣。"曹植则深表同情，其《赠徐幹》谓："顾念蓬室士，贫贱诚足怜。薇藿弗充虚，皮褐犹不全。慷慨有悲心，兴文自成篇。宝弃怨何人，和氏有其愆。"同时，徐幹的主体论文艺观，与汉魏之际文学观念的发展变化大抵一致，一定程度上体现了时代的文学倾向。他一方面以儒家道德伦理规范创作主体，另一方面又承认文艺的相对性与独立性，所谓"听黄钟之声，然后知击缶之细，视衮龙之文，然后知被褐之陋"，正体现出徐幹对于美文的重视。也正因如此，徐幹的主体论文艺思想对曹丕产生了直接的影响，《典论·论文》中的文人相轻说、偏才与通才说、文气说等主体论，均不同程度受到《中论》思想的影响。从徐幹《中论》到曹丕《典论·论文》，我们可以很清晰地看出文艺思想自觉的演进轨迹。

二、刘劭《人物志》

刘劭字孔才，广平邯郸（今属河北）人，约生于汉灵帝初年，卒于魏正始年间。建安中任郡府上计吏、太子舍人、秘书郎。魏文帝黄初年间，为尚书郎、散骑侍郎。明帝即位，出为陈留太守。景初中，受诏为都官。正始中，执经讲学，赐爵关内侯，不久去世，追赠光禄勋。刘劭学问详博，通览群书，《三国志》本传谓其曾奉诏编《皇览》、作《都官考课》，又作《新律》十八篇，著《律略论》及《乐论》。其著述大多已佚，今存《人物志》三卷。事迹见《三国志》。

《人物志》共十二篇，其"述性品之上下，材质之兼偏，研幽摘微，一贯于道"，被誉为我国第一部人才学专著，《隋书·经籍志》《旧唐书·经籍志》均列入名家，《四库全书》则归入杂家，《四库全书总目提要》云："其书主于论辨人才，以外见之符，验内藏之器，分别流品，研析疑似，故隋志以下皆著录于名家。然所言究悉物情，而精核近理。视尹文之说兼陈黄、老、申、韩，公孙龙之说惟析坚白同异者，迥乎不同。盖其学虽近乎名家，其理则弗乖于儒者也。"今人汤用彤亦肯定《人物志》糅合了儒家、法家、名家以及道家的思想，谓"魏初学术杂取儒名法道诸家，读此书颇可见其大概"[①]。

刘劭在自序中阐述撰著目的云："夫圣贤之所美，莫美乎聪明。聪明之所贵，莫贵乎知人。……知人诚智，则众材得其序，而庶绩之业兴矣。"先秦两汉儒家讲仁、义、礼、智、信，与仁德相比，智慧处于次要地位，刘劭则把智慧、聪明抬到极高的地位，在《八观》篇中，他明确提出"智者，德之帅"的观点："智者，德之帅也。夫智出于明。……是故钧材而好学，明者为师。比力而争，智者为雄。等德而齐，达者称圣。圣之为称，明智之极明也。"在刘劭看来，智作为德之统帅，是实现仁德的决定因素，他甚至认为，圣人之所以能成就其圣名，乃因其"明智之极明"。刘劭对于个体智慧聪明的强调，实际上是将主体的个性才能从传统儒家仁义道德的伦理枷锁中解脱出来，赋予其本身极大的价值。它是汉末魏初以来思想解放思潮，特别是曹操"唯才是举"政治主倡下的必然产物。

基于"智者德之帅"的观点，刘劭建构了一套系统的观察品鉴人物智慧才能的基本理则。在《九征》篇中，刘劭借助汉代以后流行的阴阳五行说，提出了情性为本的观点。他说："人物之本，出乎情性。……凡有血气者，莫不含元一以为质，禀阴阳以立性。"既然人物以情性为本，则观人察物，"当寻其性质"，然"情性之理，甚微而玄，非圣人之察，其孰能究之哉? ……苟有形质，犹可即而求之"。于是，刘劭提出了著名的观察人物的"九质之征"："平陂之质在于神，明暗之实在于精，勇怯之势在于筋，

---

① 汤用彤：《魏晋玄学论稿》，15页，上海，上海古籍出版社，2001。

强弱之植在于骨,躁静之决在于气,惨怿之情在于色,衰正之形在于仪,态度之动在于容,缓急之状在于言。"刘劭认为,人物的神、精、筋、骨、气、色、仪、容、言这九个方面,与人物内在的智能、德行、才情和个性等紧密相关。因此,可以由之观察到人之内在的智能、德行、才情和个性等,所谓"九征皆至,则纯粹之德也"。

在《人物志》中,刘劭用大量篇幅详细论述了人才的分类、任用,以及不同人才的个性等问题。《九征》篇将人物分为偏材、兼材和兼德三类三等,认为偏材"以材自名",他们占了人才的大多数,也是刘劭重点论述的对象;兼材"以德为目",是人才中的较高层次;"兼德而至谓之中庸",这是人才的最高层次,这里的中庸是刘劭心目中德行彰硕、才能卓具的全局之才的标准。他说:"中庸也者,圣人之目也。"在人才的衡量和任用问题上,《材能》篇指出:"人材各有所宜,非独大小之谓也。……能出于材,材不同量。材能既殊,任政亦异。"《流业》篇根据人才"性既不同,染习又异,枝流条别,各有志业",将其职业分为十二种:清节家、法家、术家、国体、器能、臧否、伎俩、智意、文章、儒学、口辩、雄杰,并指出,"聪明平淡"的主德者"总达众材",如此,"则十二材各得其任"。《体别》篇和《材理》篇则重点分析了不同人才的个性特点,刘劭认为,"强毅之人,狠刚不和";"柔顺之人,缓心宽断";"雄悍之人,气奋勇决";"惧慎之人,畏患多忌";"凌楷之人,秉意劲特";"辨博之人,论理赡给";"弘普之人,意爱周洽";"狷介之人,砭清激浊";"休动之人,志慕超越";"沉静之人,道思回复";"朴露之人,中疑实䃤";"韬谲之人,原度取容"。又说"刚略之人,不能理微";"抗厉之人,不能回挠";"坚劲之人,好攻其事实";"辩给之人,辞烦而意锐";"浮沉之人,不能沉思";"浅解之人,不能深难";"宽恕之人,不能速捷";"温柔之人,力不休强";"好奇之人,横逸而求异"。

刘劭《人物志》中的上述思想,是在曹魏时期"唯才是举"及九品中正制的背景下,系统总结汉末以来人物品鉴的实践和理论基础上产生的。因此，从根本上说，其宗旨是为曹魏政权服务。但由于《人物志》本身体现出浓郁的美学品评的意味，故它对于魏晋南朝的文艺美学思想产生了重要的影响。① 它有力地促地成了魏晋南北朝文艺批评主体论的繁荣和发展。文学作为人学，其自觉始终伴随着人的自觉。因此，对创作主体的研究成为魏晋南北朝文艺理论与批评的一项重要内容，作为体现主体内质的"气""情""才"等成为批评的核心范畴，并进而形成所谓的"文气"说、"性情"说、"才性"说等一系列重要的理论学说。就"气"而言，从曹丕《典论·论文》首倡"文以气为主"说，到刘勰《文心雕龙》专列《养气》篇作集中之探讨，"气"成为批评创作主体的一个极为重要的范畴。就"情"而言，晋代陆机受张华影响，在《文赋》中首提"诗缘情"之说，之后有刘勰"为情造文"说、钟嵘"吟咏性情"说以及萧氏兄弟的"性情"说，文学作为主体抒发情感的本质特征最终确立。就"才"而言，曹丕将才引入文论，明确提到通才、偏才之别。曹植则从绘画和文学作为不同的艺术门类出发，谓"性尚分流，事难兼善"。此后，范晔自云"才少思难"，萧子显谓"文人谈士，罕或兼工：非唯识有不周，道实相妨"，颜之推更直言"必乏天才，勿强操笔"。刘勰不但在《文心雕龙》中专列《才略》篇作专门之探讨，且其谈论创作主体问题时始终离不开"才"字，所谓"才为盟主"即是。上述文学批评主体论，突出和强调了主体的个性特质、才性禀赋，其实质是刘劭《人物志》"智者，德之帅"和"人物之本，出乎性情"等观点的发展和演变，是对传统儒家德行为上的主体论的反叛。可以说，这些文学观点和主张的提出，既是文学自觉的重要标志，也是人的自觉的重要标志。

---

① 关于《人物志》品鉴的美学特性，牟宗三有专门之研究，他说："每一'个体的人'皆是生命的创造品、结晶品。他存在于世间里，有其种种生动活泼的表现形态或姿态。直接就这种表现形态或姿态而品鉴其源委，这便是《人物志》的工作。这是直接就个体的生命人格，整全地、如其为人地品鉴之。这犹之乎品鉴一个艺术品一样。……《人物志》所代表的'才性名理'：这是从美学的观点来对于人之才性或情性的种种姿态作品鉴的论述。""(《人物志》)能从品鉴立场上开出美学领域与艺术的境界。""反映了对人物从形到神及容止品鉴的价值判断、审美趣味、人格理想的审美价值倾向。"故《人物志》已非通常意义上的"人物品鉴"，而是一种"美学性的品鉴"。（牟宗三：《才性与玄理》，39～60页，长春，吉林出版集团有限责任公司，2010）

此外，《人物志》"征神见貌"的人物品鉴方法，对魏晋南北朝绘画艺术中的"传神"论、书法艺术中的"神彩"论以及文学艺术中的"体性"论有重要的方法论启示。《九征》篇谓："色见于貌，所谓征神。征神见貌，则情发于目。"这里，刘劭指出，人物内在的神、情，必然要表现在人物外在的色、貌上，形和神是统一的，故征神在见貌。这种观点影响到绘画领域，就有顾恺之的"以形传神"论。顾恺之既强调人物画中"神"的重要，谓"四体妍蚩，本无关妙处，传神写照，正在阿堵中"，同时又指出传神必须以肖形为基础，"若长短，刚软，深浅，广狭与点睛之节。上下，大小，浓薄有一毫小失"，则"神气与之俱变矣"。同样，在书法领域，王僧虔首次提出"神彩"和"形质"这一对举的概念，他在《笔意赞》中说："书之妙道，神彩为上，形质次之，兼之者方可绍于古人。"王氏既明确"形神"之间的主次关系，又提出了形神兼备的审美理论和要求。而在文学领域，刘勰《文心雕龙·体性》篇谓："夫情动而言形，理发而文见。盖沿隐以至显，因内而符外者也。"在刘勰看来，作家的"性"表现为内在的情理，文学作品的"体"表现为外在言文，前者为"隐"，后者为"显"，沿隐可以至显，内外必然相符。可见，刘勰的这种"体性"观，又何尝不是刘劭"征神见貌"的另一种发挥和阐释呢？

◎ 第二节

王弼《老子注》与郭象《庄子注》

一、王弼《老子注》

王弼（226—249），字辅嗣，魏国山阳（今河南焦作）人，幼而察慧，天才卓出,性和理,乐游宴,解音律;无意于功名,好谈玄析理。有高名,为时人所重,裴徽"一见而异之";何晏曾叹之曰:"仲尼称后生可畏,若斯人者,可与言天人之际乎!"正始年间,与何晏、钟会、刘陶、荀融等往复辩难,发挥玄理,开玄学清谈风气。正始十年卒,时年二十四。王弼毕生致力玄学,著有《老子注》《老子指略》《周易注》《周易略例》《论语释疑》等。生平事迹主要见《三国志》及《世说新语》等。

作为魏晋玄学最重要的开创者之一,王弼对《老子》的研究不同于两汉注家的文字训诂,而是从当时的社会需要出发,着重阐发自己对《老子》义理的理解。因此,他在继承老子以来道家学派思想传统的基础上,首次从哲学的角度探讨有无、本末、体用等问题,创造性地提出了崇本息末、名教本于自然的基本命题,进而构建出一个全新的玄学思想体系。王弼深邃的玄学思想不但在中国哲学史上具有重要价值和地位,且对于中国美学、文艺学的发展亦影响深远。其所提出的一系列玄学命题成为魏晋文学与艺术自觉最重要的哲学思想依据之一,具体而言,主要体现为如下几个方面。

(一)有之所始,以无为本

王弼是"贵无"派的创始人和重要代表,其哲学被称为"贵无"之学。"无"是其核心范畴,"以无为本"是其根本观点。王弼首先提出"以无为本"的观点,确立了"无"的本体地位。他说,"天地虽广,以无为心";"万物虽贵,以无为用,不能舍无以为体也";"天下之物,皆以有为生。有之所始,以无为本,将欲全有,必反于无也";"夫物之所以生,功之所以成,必生乎无形,由乎无名。无形无名者,万物之宗也"。可知在王弼看来,天地万物之生成,是以无为心、以无为体、以无为本的。换言之,天地万物均以"有"的具体形象而存在,而"有"作为具体的实在,又是以"无"作为根本的。故"无"存在于天地万物之中,成为万物存在的根本依据。王弼认为,圣人的伟大之处在于,超越"有"而至"无",与"无"为一,此即"体无"。《三国志·魏书·钟会传》注引何劭《王弼传》云:

"裴徽为吏部郎,弼未弱冠,往造焉。徽一见而异之,问弼曰:'夫无者诚万物之所资也,然圣人莫肯致言,而老子申之无已者何?'弼曰:'圣人体无,无又不可以训,故不说也。老氏是有者也,故恒言无所不足。'"同时,在"有"与"无"的关系上,王弼强调"崇本举末""守母存子"。他认为,本体之"无","无状无象,无声无响,故能无所不通,无所不往"。现象之"有",纷扰变化,有声有色。在王弼看来,"无"和"有"是一种本末、体用的关系。就体用言,表现为即体即用、体用不二的特点,所谓"言无者,有之所以为利,皆赖无以为用也"。就本末言,无为本、有为末;无为母,有为子。王弼主张要以无为"本"和"母"来统摄天地万物这个"末"和"子",这样才能保全和发挥出天地万物及万物之美的特性与作用。他说:"用夫无名,故名以笃焉;用夫无形,故形以成焉。守母以存其子,崇本以举其末,则形名俱有而邪不生,大美配天而华不作。"反之,如果拘泥于各自有限的作用,则绝对不能保持和发挥自己的作用,甚至会走向反面,所谓"弃本舍母,而适其子,功虽大焉,必有不济;名虽美焉,伪亦必生。……虽极其大,必有不周;虽盛其美,必有患忧"。

王弼"以无为本""崇本息末"的学说对中国文艺思想产生了深远的影响。在王弼看来,"无"不仅是天地万物存在的依据,而且"无"本身就是最高境界的美。他认为,老子所谓的"大音希声""大象无形",是因为"大音""大象"的获得,"是道之所以成也",是"道"的体现,其本体即是"无"。他说:"听之不闻名曰希。大音,不可得闻之音也。有声则有分,有分则不宫而商矣。分则不能统众,故有声者非大音也。""凡此诸善,皆是道之所成也。在象则为大象,而大象无形,在音则为大音,而大音希声。物以之成,而不见其形,故而无名也。"王弼还指出,"无"就是"朴",就是"质",而"质""朴"与外饰相对,体现为一种本色、本真的美。他在解释《老子》"信言不美"时,谓"实在质也";在解释"美言不信"时,谓"本在朴也"。他在解释履卦时,指出"履道恶华,故素乃无咎。……履道尚谦,不喜处盈,务在致诚,恶夫外饰者也"。他在解释贲卦之上九时,指出"处饰之终,饰终反素一,故任其质素,不劳文饰,而无咎也。以白为饰,而无患忧,得志者也"。对于"无"所体现出来的这种最高境界的美,王弼表示无比的赞赏,他说:"是故叹之者不能尽乎斯美,咏之者不能畅乎斯弘。"王弼之后,"无"的艺术境界成为广大作家、艺术家的重要美学追求。文论方面,有陆机《文赋》的"课虚无以责有,叩寂寞以求音",钟嵘《诗品序》的"文已尽而意有余,兴也",刘勰《文心雕龙·隐秀》的"隐也者,文外之重旨者也"和"深文隐蔚,余味曲包"等。画论方面,有顾恺之的"传神写照""以形写神",宗炳的山水"质有而趣灵""以形媚道",谢赫的"取之象外,方厌膏腴,可谓微妙"等。这些理论主张所追求的是艺术上的含蓄、空灵,其实质就是超越有限,达到充满诗情画意的无限。魏晋南北朝的这些原创美学思想,经唐代王昌龄、司空图,宋代严羽,清代王士禛,近代王国维等人的发展,逐渐形成并构建出"意境"这一富有中国特色的重要艺术范畴和理论体系。而这些美学思想,追根溯源,都与王弼"贵无"的玄学思想密切相关。

(二)达自然之性,畅万物之情

王弼玄学思想的又一重要内容,是强调通达自然万物之性,并在此基础上正确对待万物包括人本身的情。在王弼看来,自然统摄万物,万物因循自然。因此,王弼所说的"自然",具有宇宙万物运行机制的本体意义。他说:"天地任自然,无为无造,万物自相治理,故不仁也。""自然,其端兆不可得而见也,其意趣不可得而睹也。""自然者,无称之言,穷极之辞也。""道不违自然,乃得其性。""(道)法自然者,在方而法方,在圆而法圆,于自然无所违也。""道顺自然,天故资焉。""万物以自然为性,故可因而不可为也,可通而不可执也。"同时,王弼所谓的"自然"还有方法论的意义,即无论圣王、百姓,其行为都要"顺自然",即与自然合一。他说:"夫耳、目、口、心,皆顺其性也。不以顺性命,反以伤自然,故曰盲、聋、爽、狂也。""顺自然而行,不造不施,故物得至,而无辙迹也。"

"因物自然，不立不施。""明，谓多智巧诈，蔽其朴也。愚，谓无知守真，顺自然也。"基于此，王弼力主"圣人有情"说。何劭《王弼传》云："何晏以为圣人无喜怒哀乐，其论甚精，钟会等述之。弼与不同，以为圣人茂于人者神明也，同于人者五情也。神明茂故能体冲和以通无，五情同故不能无哀乐以应物。然则圣人之情，应物而无累于物者也。今以其无累，便谓不复应物，失之多矣。"又谓王弼注《易》，颍川人荀融难弼《大衍义》，于是弼答其意云："夫明足又寻极幽微，而不能去自然之性。颜子之量，孔父之所预在，然遇之不能无乐，丧之不能无哀。又常狭斯人，以为未能以情从理者也，而今乃知自然之不可革。……故知尼父之于颜子，可以无大过矣。"王弼认为，圣人尽管在"神明"方面"茂于"常人，但却不能去"自然之性"。所以，和常人一样，圣人亦有喜怒哀乐之情。圣人之情不同于常人之情者，在于"圣人应物而无累于物"，却不可据此而否定圣人之情。这里，王弼一是肯定了圣人有情，并指出其情不为外物所役；二是阐明了圣人之情同样本于自然之性。故知性为本体，情为功用，性是情之依据，情是性之表现，所谓"不为乾元，何能通物之始？不性其情，何能久行其正？是故始而亨者，必乾元也；利而正者，必性情也"。所以，在王弼看来，圣人之所以为圣，就在于其"达自然之至，畅万物之情，故因而不为，顺而不施。除其所以迷，去其所以惑，故心不乱而物性自得之也"。

尽管王弼的自然性情说从现实层面看，旨在论证"名教本于自然"，目的是挽救江河日下的名教，解决实际政治问题。但是，"达自然之性，畅万物之情"这一玄学思想精华在于以"情"为"自然之性"，主张"性其情"、以情近性，这种对情之价值及本体意义的高度肯定和张扬，使之与先秦两汉儒家的"发乎情止乎礼义"思想有了本质上的区别，成为魏晋思想界标志"人的自觉"的一面旗帜。它的出现，为魏晋、南朝文学开启重情的时代思潮提供了重要的哲学思想资源。如果说，曹魏时期广大文人已经普遍重视主体个性的抒写，但开启论文之风气的曹丕、曹植兄弟主要还是以"气"而不是以"情"来总结其时的创作，那么经过玄风沐浴的晋代，在创作和理论两方面,情的重要性已日益凸显和张扬。它以张华为先导,以陆机、陆云兄弟的"诗缘情""先情后辞"的理论主倡为标志,正式确立了主体的情感在文学中的本体地位和主导作用。至齐梁时代,对于文学抒情本质的认识和强调更是达到了前所未有的高度。沈约主张"以情纬文",钟嵘肯定诗歌的本质在于"吟咏情性",刘勰反对"为文造情"而提倡"为情造文",萧子显直言"文章者,盖情性之风标",萧绎谓"流连哀思""情灵摇荡"者为文。这些文艺主情论,均可以看作王弼"畅万物之情""圣人有情"玄学思想在时代精神中的衍生。

(三) 得意在忘象,得象在忘言

王弼《老子注》中"以无为本"和"举本统末"的本体论,反映到方法论中,就是在"言""意"的关系上强调"意"的主宰性,提出"得意在忘象,得象在忘言"的著名命题。《周易略例·明象》篇云:

> 夫象者,出意者也。言者,明象者也。尽意莫若象,尽象莫若言。言生于象,故可寻言以观象;象出于意,故可寻象以观意。意以象尽,象以言著。故言者所以明象,得象而忘言;象者,所以存意,得意而忘象。犹蹄者所以在兔,得兔而忘蹄;筌者所以在鱼,得鱼而忘筌也。然则,言者,象之蹄也;象者,意之筌也。是故,存言者,非得象者也;存象者,非得意者也。象生于意而存象焉,则所存者乃非其象也;言生于象而存言焉,则所存者乃非其言也。然则,忘象者,乃得意者也;忘言者,乃得象者也。得意在忘象,得象在忘言。故立象以尽意,而象可忘也;重画以尽情,而画可忘也。①

这里,王弼在庄子"得意忘言"的基础上,对"象""言""意"三者的

---

① (魏) 王弼著,楼宇烈校释:《王弼集校释》,609 页。

关系作了富有创造性的阐释。一方面,他肯定"意以象尽,象以言著"和"尽意莫若象,尽象莫若言",即意寄寓于象和言之中,言和象是人们获得意的手段和工具。故必须"寻言"以"观象","寻象"以"得意"。另一方面,他更强调"忘象者,乃得意者;忘言者,乃得象者也。得意在忘象,得象在忘言"。即如要"得意",就须"忘言""忘象",摆脱形式对意义的禁锢,去领悟那飘浮游离于"言""象"以外的意义本身。王弼认识到,只有不拘泥于"言""象",不沉溺于"言""象",不滞留于"言""象"层面,迈进超越"言""象"的阶段才能得"意"。而进入这个阶段的"言""象""意"不再是具体的"言""象""意",而是具有普遍意义、共同特征的"言""象""意"。在王弼看来,"意""鱼""兔"是目的、旨归,"言""筌""蹄"是手段、工具,一旦目的已达,则作为手段和工具的"言""筌""蹄"必须忘掉,这就叫"得意忘言"。如果得"意"之后,还仍然死守"言""象",则认识不但不能深入"意"的层面,而且连"言""象"本身也将因其工具性质而失去本身的意义。王弼"得意忘言"的方法论,不仅是对语言符号樊篱、局限的超越,而且是对"言不尽意"的超越。它是汉魏间言意之辩的重要产物。①

王弼对"言""象""意"三者关系的新解,使"得意忘言"说"成为魏晋时代之新方法,时人用之解经典,用之证玄理,用之调和孔老,用之为生活准则,故亦用之于文学艺术也"②。它使原本哲学范畴的"言外""象外"具有了美学品格,给当时及后世探求艺术的象外之象、言外之旨以深刻的启发和影响,成为我国美学思想史上的重要范畴和艺术创作上共同追求的

---

① 汤用彤在《言意之辨》一文中对"言不尽意"与"得意忘言"之异同进行了辨析。他说:"王弼之说起于言不尽意义已流行之后,二者互有异同。盖言不尽意,所贵者在意会;忘象忘言,所贵者在得意,此则两说均轻言重意也。惟如言不尽意,则言几等于无用,而王氏则犹认言象乃用以尽象意,并谓'尽象莫若言''尽意莫若象',此则两说实有不同。然如言不尽意,则自可废言,故圣人无言,而以意会。王氏谓言象为工具,只用以得意,而非意之本身,故不能以工具为目的,若滞于言象则反失本意,此则两说均终主得意废言也。"诚为确论。(汤用彤:《魏晋玄学论稿》,28 页)

② 汤用彤:《魏晋玄学论稿》,199 页。

审美理想。例如，文学中陆机的"恒患意不称物，文不逮意"，陶渊明的"此中有真意，欲辨已忘言"，刘勰的"窥意象而运斤"；书法中王羲之的"意在笔先，然后作字"，王僧虔的"书之妙道，神彩为上，形质次之"；以及绘画中顾恺之的"以形写神"及"迁想妙得"，宗炳的"以形媚道"，谢赫的"气韵生动""骨法用笔"；等等。这些都表现了重意、重神的魏晋精神，奠定了中国古代写意美学的基础。这些文艺理论和观点，无疑在很大程度上受到王弼"得意忘言"思想的影响。

二、郭象《庄子注》

郭象（？—312），字子玄，河南洛阳人。少有才理，好闲居，以文论自娱。曾任司徒掾、黄门侍郎、太傅主簿等职。永嘉末病卒。郭象慕道好学，托志老庄，能清言，有盛名，据《晋书》本传，太尉王衍谓"听象语，如悬河泻水，注而不竭"，时人亦都以为"王弼之亚"。生平事迹主要见《晋书》卷五十和《世说新语》（及刘孝标注）。

郭象注《庄子》一事，据《世说新语·文学》记载："初，注《庄子》者数十家，莫能究其旨要。向秀于旧注外为解义，妙析奇致，大畅玄风，惟《秋水》《至乐》二篇未竟而秀卒。秀子幼，义遂零落，然犹有别本。郭象者，为人薄行，有俊才，见秀义不传于世，遂窃以为己注，乃自注《秋水》《至乐》二篇，又易《马蹄》一篇，其余众篇，或定点文句而已。后秀义别本出，故今有向、郭二《庄》，其义一也。"《晋书·郭象传》的记载与此大致相同，也认为郭象的《庄子注》盗窃了向秀的成果。但《晋书·向秀传》却表达了一种新的看法："庄周著内外数十篇，历世才士虽有观者，莫适论其旨统，秀为之隐解，发明奇趣，振起玄风，读之者超然心悟，莫不自足一时也。惠帝之世，郭象又述而广之，儒墨之迹见鄙，道家之言遂盛焉。"这里指出，郭象注《庄子》是在向秀注基础上的"述而广之"，是别成一书。这就充分肯定了郭注的学术原创性。对此，今人汤一介《郭象与魏晋玄学》有详细辨析,并采向秀传观点。本文亦从其说。

作为西晋元康玄学的代表,郭象在他的《庄子注》中吸收和发展了向秀、裴頠的思想,批判"贵无",提倡"崇有",熔传统儒家的伦常与庄子的自然之道于一炉,建立起独化论的玄学思想体系,从而在魏晋玄学史及中国哲学史上具有重要地位。从文艺美学的角度看,郭象的玄学思想对晋宋山水审美独立性的确立和山水诗画艺术的兴起起到了重大促进作用。兹简述如下。

(一)独化无待

与王弼认为"无"是母、"无"生"有"的观点不同,郭象认为,"无"与"有"均不能造(生)物。因"无既无矣,则不能生有;有之未生,又不能为生";而"无也?则胡能造物哉?有也?则不足以物众形";故"此所以明有不能为有而自有耳,非谓无能为有也。若无能为有,何谓无乎"。① 既然"无"和"有"都不能造物,那物从何而来? 对此,郭象提出"独化"的理论:"是以涉有物之域,虽复罔两,未有不独化于玄冥者也。"所谓"独化",就是万物自造、自生、自尔、自得、自然。一切的群有都是独化,"造物者无主,而物各自造",没有"无"作其本体;而"物之自然,非有使然也",也不能有另外的"有"使其自生;且"自生耳,非我生也。我既不能生物,物亦不能生我,则我自然矣",可见物本身也不能使其自生。这种"独化",就是"无待",就是自然而然,所谓"物各自造而无所待焉","若责其所待而寻其所由,则寻责无极,卒至于无待,而独化之理明矣","外不资于道,内不由于己,掘然自得","既明物物者无物,又明物之不能自物,则为之者谁乎哉? 皆忽然而自尔也"。② 可见,"独化"作为"无待",不仅是对外在根据的否定,而且是对事物自身内在

---

① (清)郭庆藩撰,王孝鱼点校:《庄子集释》,50,111,802页,北京,中华书局,1961。
② 同上书,111,112,764,50,112,111,251,754页。

根据的否定。这样，郭象通过"独化"论，彻底否定了万有之上还有一个造物主的存在，把长期以来争吵不休的关于有与无的问题统一到"有"之上。

（二）足性逍遥

郭象认为，独化而来的万物有其内在的性分，它与生俱来，且不可改变。试举几例：

> 物各有性，性各有极，皆如年知，岂跂尚之所及哉！
> 天性所受，各有本分，不可逃，亦不可加。
> 性之所能，不得不为也；性所不能，不得强为。
> 性各有分，故知者守知以待终，而愚者抱愚以至死，岂有能中易其性者也！[1]

在郭象看来，事物的性分是绝对的自足，"若各据其性分，物冥其极，则形大未为有余，形小不为不足。苟各足于其性，则秋毫不独小其小而大山不独大其大矣"。万物自足其性，则"无小无大，无寿无夭，是以蟪蛄不羡大椿而欣然自得，斥鷃不贵天池而荣愿以足"；"万物万形，同于自得，其得一也"。自足其性的万物，"小大虽殊，而放于自得之场，则物任其性，事称其能，各当其分，逍遥一也。……虽大鹏无以自贵于小鸟，小鸟无羡于天池，而荣愿有余矣。故小大虽殊，逍遥一也"[2]。郭象从事物固有的性分出发，指出无论其外形的殊分如何，只要自足其性，则一样可以逍遥于宇宙间。这就与庄子有待无待的逍遥论有了本质上的区别，它使"逍遥"从庄子的精神层面来到了现世，并具备了朴素的平等意识。

---

[1] （清）郭庆藩撰，王孝鱼点校：《庄子集释》，11，128，937，59 页。
[2] 同上书，82，1～9 页。

（三）游外冥内

郭象还塑造了其理想的圣人人格，即"游外冥内"。对圣人而言，既要保持超然淡泊的精神境界，又要从事世俗的社会活动，实现社会理想与人生理想的统一。对庄子肯定神人"游于外"，否定圣人"游于内"，以为"内外不相及"的思想，郭象作了全新的阐释：

> 夫圣人虽在庙堂之上，然其心无异于山林之中。世岂识之哉！徒见其戴黄屋，佩玉玺，便谓足以缨绂其心矣；见其历山川，同民事，便谓足以憔悴其神矣。岂知至者之不亏哉！今言王德之人而寄之此山，将明世所无由识，故乃托之于绝垠之外而推之于视听之表耳。
>
> 夫理有至极，外内相冥。未有极游外之致而不冥于内者也，未有能冥于内而不游于外者也。故圣人常游外以冥内，无心以顺有。故虽终日见形而神气无变，俯仰万机而淡然自若。夫见形而不及神者，天下之常累也。是故睹其与群物并行，则莫能谓之遗物而离人矣；睹其体化而应务，则莫能谓之坐忘而自得矣。岂直谓圣人不然哉？乃必谓至理之无此。是故庄子将明流统之所宗以释天下之可悟……宜忘其所寄以寻述作之大意，则夫游外冥内之道。坦然自明。而《庄子》之书，故是涉俗盖世之谈矣。①

郭象认为，理想的圣人应该是既"游外"又"冥内"的；既要保持"无心"的精神境界，又要从事"历山川，同民事"的世俗活动，"名教"即是"自然"，"庙堂"即是"山林"，真正的"外王"必然是"内圣"。因此，混迹于世俗生活之中，并不一定违背"自然"，关键在于无所用心，自然适性。这就从理论上阐明了"内圣外王"之道。

---

① （清）郭庆藩撰，王孝鱼点校：《庄子集释》，28，268页。

应该说，郭象的独化无待、足性逍遥及游外冥内等玄学观点，其实质是为当时的政治需要服务的，是东晋门阀制度在观念形态上的表现。以谢安、王导等为代表的东晋士人，不同于正始名士的佯狂任诞，亦有别于西晋士人的纵欲奢靡，他们在"内圣外王"的人格感召下，乐天知命，安于现状，追求一种艺术化的审美人生，以内心的满足和愉悦、超然和洒脱为最高的人生境界。这种人生境界正是郭象玄学理论和理想人格在现实生活中的具体体现。更重要的是，东晋士人普遍亲近自然，性爱山水，以审美的态度观照山水。在他们"以玄对山水"、认为"山水即天理"的娱情过程中，山水不再如《诗经》、屈赋里的自然景物那样牵涉比附道德，而是以其自身的本然状态，感性、直观地呈现出来。山水的这种审美独立性的确立，从哲学层面看，正是郭象"物各自造而无所待""物各有性，性各有分"的玄学思想为其奠定了理论基础。对此，徐复观有一精到评述，谓："必侯有郭象之说，而后道家之言自然，乃始到达一深邃圆密之境界。后之人乃不复能驾出其上而别有所增胜。故虽谓中国道家思想中之自然主义，实成立于郭象之手，亦无不可也。虽谓道家之言自然，惟郭象所指，为最精卓，最透辟，为能登峰造极，而达于址境，亦无不可也。"[①]

同时，晋宋山水审美独立地位的确立，反映在艺术领域，则表现为山水成为这一时期诗画艺术的主要题材，山水诗和山水画成为时代的主潮。在绘画领域，出现了著名的山水画家及山水画理论家宗炳和王微，他们在探讨山水及山水画的本质时，提出了"以形媚道""形者融灵"等著名的观点。在诗歌领域，更是涌现出诸如陶渊明、谢灵运、颜延之、鲍照等一大批成就卓著的山水诗人。尤其值得注意的，是山水画和山水诗同时表现出一个重要的创作倾向，即追求形似。对此，宗炳《画山水序》提出"身所盘桓，目所绸缪，以形写形，以色貌色"，王微《叙画》提出"以一管之笔，拟太虚之体；以判躯之状，画寸眸之明"的绘画创作原则和方法。而对于诗歌创作中

[①] 徐复观：《中国艺术精神》，148页，上海，华东师范大学出版社，2001。

的追求形似，齐梁时期的文论家刘勰和钟嵘均有精要的评述，《文心雕龙·明诗》篇谓："宋初文咏，体有因革，庄老告退，而山水方滋。俪采百字之偶，争价一句之奇；情必极貌以写物，辞必穷力以追新。"《物色》篇谓："自近代以来，贵形似。窥情风景之上，钻貌草木之中。吟咏所发，志惟深远；体物为妙，功在密附：故巧言切状，如印之印泥，不加雕削，而曲为毫芥。"《诗品》谓张协诗："文体华净，少病累。又巧构形似之言。"谓谢灵运诗："其源出于陈思，杂有景阳之体。故尚巧似，而逸荡过之，颇以繁芜为累。"谓颜延之诗："其源出于陆机。尚巧似。体裁绮密。"谓鲍照诗："其源出于二张，善制形状写物之词。"诗画艺术创作中对于形似的追求，实则是山水审美独立性的张扬。而这一点亦与郭象哲学联系密切。郭象的"性分"说，强调的便是事物内在的性和外在形的有机统一。他说，"得分，而物物之名各当其形也"；"形自形耳，形形者竟无物也"，"以心顺形而形自化"；"夫以形相对，则太山大于秋毫也。若各据性分，物冥其极，则形大未为有余，形小不为不足"。郭象这种"形"即"性"的观点，体现在山水艺术审美上，即意味着表现好了山水之"形"就等于表现好了山水之"性"。这样，也就不难理解晋宋的山水书画艺术家为何如此着力于刻画山水的外形了。

◎ 第三节

葛洪《抱朴子》

葛洪（约281—341），字稚川，自号抱朴子，丹阳句容（今属江苏）人。葛洪年少贫寒，好学，白天伐薪以购纸笔，夜辄写书诵习，遂以儒学知名。曾因镇压张昌、石冰起义有功，赐爵关内侯，后任州主簿、咨议参军等职。葛洪为人木讷，不喜交游，性寡欲，不慕荣利，好究览典籍及神仙导养之法。《晋书》本传谓"凡所著撰，皆精核是非，而才章富赡"，又谓"洪博闻深洽，江左绝伦。著述篇章富于班马，又精辩玄赜，析理入微"。所著碑诔诗赋等百余卷，已佚；今存《抱朴子》《神仙传》《西京杂记》及医学名著《肘后备急方》等。生平事迹见《晋书》。

《抱朴子》一书，分内、外两篇。《内篇》二十卷，"言神仙、方药、鬼怪、变化、养生、延年、禳邪、却祸之事，属道家"；《外篇》五十卷，"言人间得失，世事臧否，属儒家"。可知它是儒、道的结合体，内容比较复杂，体现了六朝思想界的状况和特点。在该书的一些篇章，如外篇的《尚博》《辞义》《文行》《钧世》《应嘲》等中，葛洪较集中地谈到文艺及美学的一些基本问题，其中不乏精辟之论，反映了葛洪独特的文艺思想。

一、德行与文章

针对传统儒家以德行为本、文章为末的观点，葛洪在《尚博》篇中首先设问："著述虽繁，适可以骋辞耀藻，无补救于得失，未若德行不言之训，故颜、闵为上，而游、夏乃次四科之格，行本而学末。然则缀文固为余事，而吾子不褒崇其源，而独贵其流，可乎？""德行者，本也；文章者，末也。故四科之序，文不居上。然则著纸者，糟粕之余事；可传者，祭毕之刍狗。卑高之格，是可识矣。文之体略，可得闻乎？"接着，葛洪对该问题作了详细论辩。首先，葛洪认为，德行和文章二者性质不同。"德行为有事"，优劣易见；"文章微妙，其体难识"，这种性质的不同决定了二者有精粗之别，"夫易见者，粗也；难识者，精也。夫唯粗也，故铨衡有定焉；夫唯精也，故品藻难一焉"。葛洪正是从"有事"与"微妙"、"粗"与"精"、"易见"与"难识"的角度，表达了文章著述并不比立德低贱的思想。其次，就文章与德行的关系看，二者亦是不离不弃的。一方面"文"作为工具，是"道"的载体，离文则无道、无德，所谓"筌可以弃，而鱼未获,则不得无荃;文可以废,而道未行,则不得无文"。另一方面,"文"又具有独立的价值和意义,故"上天所以垂象,唐、虞所以为称,大人虎炳,君子豹蔚,昌、旦定圣谥于一字,仲尼从周之郁,莫非文也";且"翰迹韵略之宏促,属辞比事之疏密,源流至到之修短,蕴藉汲引之深浅。其悬绝也,虽天外、毫内,不足以喻其辽邈;其相倾也,虽三光、熠耀,不足以方其巨细;龙渊、铅铤,未足譬其锐钝;鸿羽、积金,未足比其轻重"。可知"文之所在,虽贱犹贵。犬羊之鞸,未得比焉",文章自身的微妙绝非"德行"所可比拟。葛洪的独到和深刻之处在于他看到了文的独立价值和作用。最后,葛洪认为,德行和文章有同等重要的地位。他说:"且文章之与德行,犹十尺之与一丈。谓之余事,未之前闻。……且本不必皆珍,末不必悉薄,譬若锦绣之因素地,珠玉之居蚌、石,云雨生于肤寸,江河始于咫尺尔。则文章虽为德行之弟,未可呼为余事也。"《循本》篇又谓:"德行文学者,君子之本也。莫或无本而能立焉。是以欲致其高,必丰其基;欲茂其末,必深其根。"可见,在关于文章与德行关系问题上,葛洪一反儒家重德轻文的观念,而持二者并重之观点。他的理想是有德有文,文德兼备。《钧世》篇说:"方之于士,并有德行,而一人偏长艺文,不可谓一例也;比之于女,俱体国色,而一人独闲百伎,不可混为无异也。""是以圣人实之于文,铸之于学。夫文学也者,人伦之首,大教之本也。"[①]也正是基于对文的重视,葛洪身体力行,以著书立说积极入世,甚至在行军路上也不曾搁笔,终于撰成鸿文一百多卷。葛洪对文的重视和强调,对于促进世人著书立说推动文学的繁荣发展,无疑具有积极的意义,是继曹丕之后对文章自身价值和地位的又一次张扬和凸显,是魏晋时代文学自觉在理论上的又一个重要反映。

---

① 见《全晋文》卷一百十七,或为《抱朴子》佚文。

二、子书与诗赋

葛洪德行与文章并重的观点，的确是抬高了文章的地位。但需要注意的是，葛洪所谓的文章，是广义意义上的，它既包括子书，也包括诗赋。因此，进一步的分析我们发现，葛洪文章观的一个重要内容，是推崇子书，轻视诗赋。《抱朴子外篇·自叙》言及其著述历程时说："洪年十五六时，所作诗赋杂文，当时自谓可行于代，至于弱冠，更详省之，殊多不称意。天才未必为增也，直所览差广，而觉妍媸之别。于是大有所制，弃十不存一。……洪年二十余，乃计作细碎小文，妨弃功日，未若立一家之言，乃草创子书。"从中不难看出葛洪对文章著述态度的前后转变，而这转变的一个根本原因，就是在他看来，子书能立一家之言，故能不朽，而诗赋杂文，乃细碎小文、雕虫小技。在《百家》篇和《尚博》篇中，他对子书的特点、功能和价值作了非常详细的论述。他一则指出诸子百家之言，"出硕儒之思，成才士之手"，故其"虽不皆清翰锐藻，弘丽汪沙，然悉才士所寄，心一夫澄思也"。二则强调子书与正经"虽津途殊辟，而进德同归；虽离于举趾，而合于兴化"，同为助教之言。他说："正经为道义之渊海，子书为增深之川流。仰而比之，则景星之佐三辰；俯而方之，则林薄之裨嵩岳。……子书披引玄旷，眇邈泓窈，总不测之源，扬无遗之流，变化不系于规矩之方圆，旁通不沦于违正之邪径，风格高严，重仞难尽。是偏嗜酸甜者，莫能赏其味也；用思有限者，不得辩其神也。先民叹息于才难，故百世为随踵。不以璞不生板桐之岭，而捐曜夜之宝；不以书不出周孔之门，而废助教之言。犹彼操水者，器虽异而救火同焉；譬若针灸者，术虽殊而攻疾均焉。"三则严厉批评了那些轻子书重诗赋之徒。在他看来，"闾陌之拙诗，军旅之鞠誓，或词鄙喻陋，简不盈十"，而那些"狭见之徒"，"区区执一，去博辞精思"，他们"或贵爱诗赋浅近之细文，忽薄深美富博之子书，以磋切之至言为骈拙，以虚华之小辩为妍巧。真伪颠倒，玉石混淆，同广乐于桑间，钩龙章于卉服,悠悠皆然,可叹可慨者也"。这是葛洪非常不满的。可见,在葛洪看来,诸子百家之言,虽不以文辞华美取胜,但其思想意蕴之"披引玄旷,眇邈泓窈"、文章风格之"高严""难尽",足为道义"增深",其创作既需要大才,则绝非那些好浅近之细文的"狭见之徒"所能为。这里,葛洪重子书轻诗赋的思想表现得一览无遗。

对于葛洪的这一思想需明确两点。其一,葛洪之所以重子书轻诗赋,实与他"立言贵于助教"的思想密切相关。他在《应嘲》篇中说:"常恨庄生言行自伐,桎梏世业。身居漆园,而多诞谈。好画鬼魅,憎图狗马。狭细忠良,贬毁仁义。可谓雕虎画龙,难以征风云;空板亿万,不能救无钱。孺子之竹马,不免于脚剥;土桦之盈案,无益于腹虚也。"又说:"夫制器者珍于周急,而不以采饰外形为善;立言者贵于助教,而不偶俗集誉为高。若徒阿顺谄谀,虚美隐恶,岂所匡失弼违,醒迷补过者乎?虑寡和而废《白雪》之音,嫌难售而贱连城之价,余无取焉。非不能属华艳以取悦,非不知抗直言之多忤,然不忍违情曲笔,错滥真伪。欲令心口相契,顾不愧景,冀知音之在后也。……夫君子之开口动笔,必戒悟蔽,式整雷同之倾邪,磋砻流遁之暗秽,而著书者徒饰弄华藻,张砾迂阔,属难验无益之辞,治靡丽虚言之美,有似坚白厉修之书,公孙刑名之论。虽旷笼天地之外,微入无间之内,立解连环,离同合异,鸟影不动,鸡卵有足,犬可为羊,大龟长蛇之言,适足示巧表奇以诳俗,何异乎画敖仓以救饥,仰天汉以解渴。说昆山之多玉,不能赈原宪之贫;观药藏之簿领,不能治危急之疾。墨子刻木鸡以厉天,不如三寸之车辖;管青铸骐骥于金象,不如驽马之周用。言高秋天而不可施者,丘不与易也。"《辞义》篇亦指出,文章如"不能拯风俗之流遁,世途之凌夷,通疑者之路,赈贫者之乏,何异于春华不为肴粮之用,茝蕙不救冰寒之急。古诗刺过失,故有益而贵;今诗纯虚誉,故有损而贱也"。可见葛洪虽重视子书,但若子书著者如庄周那样,一味地"诞谈",只注重外形的"雕龙画虎",在他看来,亦与"立言者贵于助教"的旨趣相悖,这是他所痛恨的。反之,他轻视诗赋,是因为"今诗纯虚誉,故有损而贱也",但对于那些能够"刺过失"的古诗,他却给予了充分的肯定,认为其"有益而贵"。是知无论于子书还是诗赋,葛洪衡量其价值的一个重要标准就是实用。这体现出葛洪文艺思想的重功利、主教化特征,是典型的传统儒家思想。其二,葛洪的这一思想观念发生在魏晋文学的审美特性得到大力张扬之后,固然如有些学者认为的那样,显得落后、保守和不合时宜。但我们还是应一分为二地看待这一现象。一方面,即使在魏晋诗赋文章日益走向自觉的情形下,重视子书也是当时的一股重要风气,如徐幹著《中论》,曹丕著《典论》,陆机、陆云兄弟著子书[①]等。故葛洪强调并撰著子书,可谓风气使然。当然,葛洪著《抱朴子》更多的是直承汉代扬雄、王充,特别是王充,最为葛氏所推崇,《喻蔽》篇谓:"王仲任作《论衡》八十余篇,为冠伦大才。"另一方面,葛洪之轻视诗赋,也并非毫无积极性可言。事实上,为葛洪所严厉批评和深为不齿的,恰是那些"属华艳以取悦""纯虚誉""违情曲笔"之作。有晋一代,文风绮靡,玄风盛行,士人作诗著文不顾思想内容,不管社会作用,一味追求形式,偏重技巧。在这种情况下,葛洪大胆地向清谈之风和形式主义挑战,以儒家的文艺功利论为思想武器,明确提出"立言者贵于助教"的观点,再次张扬文艺的社会功能,强调要注重文的思想内容和社会作用,实有其鲜明的现实针对性,不可一概否定。

三、古文与今文

在古文与今文的关系问题上,葛洪明确主张今胜于古,这体现出他进步的文艺发展观,是葛洪文艺思想的精髓。针对"古之著书者,才大思深,故其文隐而难晓;今人意浅力近,故露而易见"这一问题,葛洪在《抱朴子·钧世》篇中作了详细论述。首先,他对"以古人所作为神"的观点作了批判和分析。他指出:"往古之士,匪鬼匪神,其形器虽冶铄于畴曩,然其精神

---

① 《抱朴子》佚文称陆机作子书事,陆云则有《陆子》一书,今佚。

布在乎方策,情见乎辞,指归可得。"至于今人之所以觉得古文"隐而难晓",并非"昔人故欲难晓",而在于从客观方面看,"或世异语变,或方言不同,经荒历乱,埋藏积久,简编朽绝,亡失者多,或杂续残缺,或脱去章句,是以难知,似若至深耳"。从主观方面说,"贵远而贱近者,常人之用情也;信耳而疑目者,古今之所患也。是以秦王叹息于韩非之书,而想其为人;汉武慷慨于相如之文,而恨不同世。乃既得之,终不能拔,或纳谗而诛之,或放之乎冗散。此盖叶公之好伪形,见真龙而失色也"①。可见,"其于古人所作为神,今世所著为浅,贵远贱近,有自来矣"。正是这主客观两方面的原因,导致"古书虽质朴,而俗儒谓之堕于天也;今文虽金玉,而常人同之于瓦砾也"。因此,葛洪认为,"古书者虽多,未必尽美,要当以为学者之山渊,使属笔者得采伐渔猎其中"。其次,葛洪对今文胜于古文的表现作了阐述。他说:

且夫《尚书》者,政事之集也,然未若近代之优文、诏、策、军书、奏、议之清富赡丽也;《毛诗》者,华彩之辞也,然不及《上林》《羽猎》《二京》《三都》之汪涉博富也。……今诗与古诗俱有义理,而盈于差美。方之于士,并有德行,而一人偏长艺文,不可谓一例也;比之于女,俱体国色,而一人独闲百伎,不可混为无异也。若夫俱论宫室,而奚斯"路寝"之颂,何如王生之赋《灵光》乎?同说游猎,而《叔畋》《卢铃》之诗,何如相如之言《上林》乎?并美祭祀,而《清庙》《云汉》之辞,何如郭氏《南郊》之艳乎?等称征伐,而《出车》《六月》之作,何如陈琳《武军》之壮乎?则举条可以觉焉。近者夏侯湛、潘安仁并作《补亡》诗:《白华》《由庚》《南陔》《华黍》之属,诸硕儒高才之赏文者,咸以古诗三百,未有足以偶二贤之所作也。

---

① 《抱朴子·广譬》。

这里，葛洪以历来被认为神圣不可侵犯的儒家圣典作为挑战的对象，明确指出像《尚书》《诗经》这样的古诗文，远不如后世诗文那样"清富赡丽""汪秽博富"。在他看来，古文的不足在于其形式的质朴和简约，今文的优胜在于其形式的华丽和富博。葛洪的这一观点突出体现了他对于文章形式美的强调和重视，表明在魏晋文学审美特质日愈加强和发展的背景下，作为一位有着丰富创作经验的文章之士，葛洪尽管持重经子、轻诗赋的保守思想，却仍然难以摆脱当时主流的唯美文学思潮之影响。最后，他对今文胜于古文的根源做了深层次的探究。葛洪认为，今文胜于古文符合事物发展的一般规律。他以日常生活中的事物为例，认为"屩锦丽而且坚，未可谓之减于蓑衣；辎軿妍而又牢，未可谓之不及椎车也"，"若舟车之代步涉，文墨之改结绳，诸后作而善于前事，其功业相次千万者，不可复缕举也。世人皆知之快于曩矣"。进而提出"古者事事醇素，今则莫不雕饰，时移世改，理自然也"的论断。在他看来，既然事物的发展遵循由简单到复杂、由质朴到华丽、由缓慢到迅捷的规律，则"何以独文章不及古邪"？

葛洪的今胜于古的文艺观，实际上是对王充思想的继承、发展和超越。王充反对世俗的"好珍古，不贵今"，《论衡·自纪》指出："经传之文，贤圣之语，古今言殊，四方谈异也。当言事时，非务难知，使指闭隐也。后人不晓，世相离远，此名曰语异，不名曰材鸿。"王充的这一观点大体上为葛洪所继承。但为王充所反对的"雕文饰辞"，葛洪却加以强调和肯定。他从文学自身的特点分析了今文胜于古文的原因，就在于今文的"清富赡丽"与"汪秽博富"，即注重形式的华美。因此，如果说，王充的力主"艰深"，代表的是两汉文学观的结束，那么，葛洪的力主"赡丽"，则是继曹丕、陆机之后，六朝尚丽文学观的重要代表，深深烙上了魏晋唯美主义的时代印记。[①] 同时，还需指出，葛洪虽然提倡宏富华丽的雕饰之文，却并未离

---

① 罗根泽谓："这一主赡丽，二主艰深的意见，便铸成了六朝的文学观，领导了六朝的文学。"（罗根泽：《中国文学批评史》，133~134页，上海，上海书店出版社，2003）

开内容而专讲形式。他所谓"古诗刺过失，故有益而贵；今诗纯虚誉，故有损而贱"，就是指出，如若离开思想内容而堕落至"纯虚誉"，则是今不如古。他在《应嘲》篇中也说："著书者徒饰弄华藻，张磔迂阔，属难验无益之辞，治靡丽虚言之美……虽旷笼天地之外，微入无间之内……适足示巧表奇以诳俗，何异乎画敖仓以救饥，仰天汉以解渴。说昆山之多玉，不能赈原宪之贫；观药藏之薄领，不能治危急之疾。"可见，在对待古文与今文的态度上，葛洪既反对唯古是尊，也反对厚今薄古。葛洪评古论今有着一个重要的标准，即既强调艺术形式，也注重思想内容。他是主张文情并茂、词意兼美的。"方之于士"，并有德行，又长艺文；"比之于女"，既体国色，又闲百伎。这才合乎葛洪的理想。

四、创作与鉴赏

在创作思想上，葛洪非常重视创作主体的个性：

>夫才有清浊，思有修短，虽并属文，参差万品。或浩瀁而不渊潭，或得事情而辞钝，违物理而文工。盖偏长之一致，非兼通之才也。暗于自料，强欲兼之，违才易务，故不免嗤也。……属笔之家，亦各有病：其深者，则患乎譬烦言冗，申诫广喻，欲弃而惜，不觉成烦也；其浅者，则患乎妍而无据，证援不给，皮肤鲜泽，而骨鲠迥弱也。繁华昡晔，则并七曜以高丽；沈微沦妙；则侪玄渊之无测。(《抱朴子·辞义》)
>
>清浊参差，所禀有主，朗昧不同科，强弱各殊气。而俗士唯见能染毫画纸者，便概之一例。斯伯牙所以永思钟子，郢人所以格斤不运也。(《抱朴子·尚博》)

在葛洪看来，创作者先天禀性的不同，决定了创作风格的差异性和多样性。这既要求创作者有自知之明，切勿"强欲兼之，违才易务"，又提醒鉴赏者千万不可将文章"概之一例"。在这里，葛洪认识到作家个性是形成文章风格的内在原因，文章风格是作家个性的外在表现，两者具有一致性。这无疑是很深刻的。葛洪这种重才性的观点，主要受到曹氏兄弟的影响。但同时，葛洪又接受了陆机"渔猎林薮"的思想，强调后天学习及技巧的重要性：

众书无限，非英才不能收膏腴。(《抱朴子·辞义》)

夫斫削刻画之薄伎，射御骑乘之易事，犹须惯习，然后能善。况乎人理之旷，道德之远，阴阳之变，鬼神之情，缅邈玄奥，诚难生知。……夫不学而求知，犹顾鱼而无纲焉。……才性有优劣，思理有修短，或有凤知而早成，或有提耳而后喻。夫速悟时习者，骥骝之脚也；迟解晚觉者，鹑鹊之翼也。彼虽寻飞绝景，止而不行，则步武不过焉；此虽咫尺以进，往而不辍，则山泽可越焉。明暗之学，其犹兹乎？盖少则志一而难忘，长则神放而易失，故修学务早，及其精专，习与性成，不异自然也。(《抱朴子·勖学》)

南威、青琴，姣冶之极，而必俟盛饰以增丽；回、赐、游、夏，虽天才隽朗，而实须坟、诰以广智。(《抱朴子·博喻》)

葛洪的这种才性与学识并重的创作思想，对后来刘勰的作家论和风格论有直接的影响，开《文心雕龙·体性》篇中"才气学习"论之先河。

在审美鉴赏方面，葛洪思想的丰富性和系统性远非此前的任何一位文艺思想家所能比拟。首先，在刘安"律虽具，必待耳而后听"及曹植"盖有南威之容，乃可以论于淑媛；有龙渊之利，乃可以议于断割"的基础上，葛洪进一步强调了接受能力对于审美鉴赏的基础性作用：

华章藻蔚，非矇瞍所玩；英逸之才，非浅短所识。夫瞻视不能接物，则兖龙与素褐同价矣；聪鉴不足相涉，则俊民与庸夫一概矣。眼不

见，则美不入神焉；莫之与，则伤之者至焉。(《抱朴子·擢才》)

音为知者珍，书为识者传，瞽旷之调钟，未必求解于同世；格言高文，岂患莫赏而减之哉！(《抱朴子·喻蔽》)

其次，葛洪还深刻地认识到，美的客观性决定了审美鉴赏具有普遍性：

色不均而皆艳，音不同而咸悲，香非一而并芳，味不等而悉美。(《抱朴子·广譬》)

五味舛而并甘，众色乖而皆丽。(《抱朴子·辞义》)

妍姿媚貌，形色不齐，而悦情可均；丝、竹、金、石，五声诡韵，而快耳不异。(《抱朴子·博喻》)

再次，葛洪又强调，由于接受主体的审美趣味受到个性、习俗、时风等因素的影响，审美鉴赏常常表现出明显的差异性和多样性，不可"求同""得一""称善一口"：

观听殊好，爱憎难同。飞鸟睹西施而惊逝，鱼鳖闻《九韶》而深沉。故衮藻之粲焕，不能悦裸乡之目；《采菱》之清音，不能快楚隶之耳。(《抱朴子·广譬》)

郢人美《下里》之淫蛙，而薄《六茎》之和音；庸夫好悦耳之华誉，而恶利行之良规。故宋玉舍其延灵之精声，智士招其独见之远谋。(《抱朴子·博喻》)

积习则忘鲍肆之臭，裸乡不觉呈形之丑。自非遁世而无闷，齐物于通塞者，安能弃近易而寻迂阔哉！(《抱朴子·循本》)

妍嫫有定矣，而憎爱异情，故两目不相为视焉。雅郑有素矣，而好恶不同，故两耳不相为听焉。真伪有质矣，而趋舍舛忤，故两心不相为谋焉。以丑为美者有矣，以浊为清者有矣，以失为得者有矣，此三者乖

殊，炳然可知，如此其易也，而彼此终不可得而一焉。(《抱朴子·塞难》)

人情莫不爱红颜艳姿，轻体柔身，而黄帝述笃丑之嫫母，陈侯怜可憎之敦洽。人鼻无不乐香，故流黄郁金、芝兰苏合、玄胆素胶、江离揭车、春蕙秋兰，价同琼瑶，而海上之女，逐酷臭之夫，随之不止。周文嗜不美之菹，不以易太牢之滋味。魏明好椎凿之声，不以易丝竹之和音。人各有意，安可求此以同彼乎？(《抱朴子·辨问》)

文贵丰赡，何必称善如一口乎？(《抱朴子·辞义》)

最后，葛洪主张，鉴赏者应避免主观爱憎，尽量客观公正，做真正的"知音"：

近人之情，爱同憎异，贵乎合己，贱于殊途。夫文章之体，尤难详赏。苟以入耳为佳，适心为快，鲜知忘味之九成，雅颂之风流也。所谓考盐梅之咸酸，不知大羹之不致；明飘飘之细巧，蔽于沈深之弘邃也。其英异宏逸者，则网罗乎玄黄之表；其拘束龌龊者，则羁绁于笼罩之内。振翅有利钝，则翔集有高卑；骋迹有迟迅，则进趋有远近。(《抱朴子·辞义》)

是以偏嗜酸咸者，莫能知其味；用思有限者，不能得其神也。……夫赏其快者，必誉之以好；而不得晓者，必毁之以恶。自然之理也，于是以其所不解者为虚诞。(《抱朴子·尚博》)

综上，葛洪的文艺思想在总体上体现出三个层次：第一，在"四科"层面上，葛洪一反儒家传统以德为本、文为末的观点，主张德行与文章并重。第二，在文章层面上，葛洪坚守传统正经与诸子"进德同归""合于兴化"的功利观，贬斥诗赋文章为浅近之细文、碎文。第三，在诗赋层面上，葛洪认为今文胜于古文。他不满《尚书》《诗经》等经典形式上的过于质朴，盛赞后世诗赋语言的华美和繁富。此外，葛洪还论及文章创作和审美鉴赏问题。由于这些层面的互相联系和互相影响，使葛洪的文艺思想呈现出丰富杂糅、矛盾统一的特点。它既有遵循儒家教义的保守一面，又有突破儒家传统文论窠臼的进步一面。这既是时代使然，也是葛洪以儒道结合为主、融会诸家、纵贯九流的复杂哲学思想体系在其文艺思想上的具体体现。尽管受到时代及个人因素的限制，葛洪在《抱朴子》一书中所阐述的文艺思想在广度、深度及系统性上存在一定的缺憾，但它对后世文艺创作与批评所产生的影响却是深远的。在文艺思想发展史上，葛洪上承王充、曹丕，下开刘勰、钟嵘，起着承上启下的重要作用。

◎ 第四节

刘昼《刘子》

刘昼（514—565），字孔昭，北齐文学家，渤海阜城（今河北阜城）人，少孤贫，好学无倦，曾就同乡儒生李宝鼎习《三礼》，又就马敬德习《服氏春秋》，俱通大义。武成帝河清初年，举秀才入京，考策不第，乃始学属文。撰《六合赋》，自谓绝伦，吟讽不辍，却为魏收、邢邵等所讥。刘昼自谓博物奇才，言好矜大；然容止舒缓，举动不伦，由是竟无仕进。北齐后主天统中卒于家，年五十二。所撰《高才不遇传》《帝道》《金箱璧言》等，已佚，唯《刘子》一书今存。生平事迹见《北齐书》卷四十四、《北史》卷八十一。

《刘子》，或作《新论》《刘子新论》，《隋志》不著撰人，《旧唐书·经籍志》作刘勰撰，晁公武《书录解题》、陈振孙《郡斋读书志》俱作北齐刘昼撰。《宋史·艺文志》亦作刘昼。此后，关于该书著作权问题，众说纷纭，或谓刘歆，或谓刘孝标，或谓贞观后人，或谓袁孝政，或谓刘勰，或谓刘昼，其中以后二说影响最大。《四库总目提要》以为"近本仍刻刘勰，殊为失考"，而"刘昼之名则介在疑似之间，难以确断"。余嘉锡乃举四证详加考辨，力证其为北齐刘昼所作无误；并对《四库提要》疑其为"伪托"之三点理由详加辩驳，指出"凡此三者，所疑皆妄也，其为说非也"[1]。王利器、杨明照《刘子校注》，王叔岷《刘子集证》，程天祜（《〈刘子〉作者辨》），《〈刘子〉作者新证——从〈昔时〉篇看〈刘子〉的作者》），傅亚庶《刘子校释》等亦主《刘子》为刘昼所撰。[2] 今从其说。

今本《刘子》凡十卷、五十五篇，结构庞大，内容驳杂，思想以道、儒为主，兼有法家、名家，学术体系属于杂家；大抵论及治国爱民、防欲修身、崇学贵谦、祸福利害等方面。书中《辨乐》《正赏》《殊好》《言苑》《激通》等篇谈论到文艺审美问题，不乏新颖独见，值得我们重视。

一、论美

在《刘子》一书中，刘昼对美的问题作了比较系统的论述，一定程度上揭示了美的本质和特性。其一，刘昼提出以顺为美、以和为美的观点。《思顺》篇说：

> 七纬顺度，以光天象；五行顺理，以成人行。行象为美，美于顺也。夫为人失，失在于逆。故七纬逆则天象变，五性逆则人行败。变而不生灾，败而不伤行者，未之有也。

刘昼认为，从自然天象到社会人行，其所以为"美"，是因其"顺"，

---

[1] 余嘉锡：《四库提要辨证》，838～840页，842～545页。
[2] 详参傅亚庶《刘子作者辨证》一文。见（北齐）刘昼撰，傅亚庶校释：《刘子校释》，614～528页，北京，中华书局，1998。

前者"顺度",后者"顺理",也就是顺乎事物发展变化的规律。"行象为美,美于顺也"的命题,反映了刘昼对美的本质的认识:美在事物本身,美是客观事物的属性;美的本质在"顺",反之,则为"逆",则为不美。 又《和性》篇谓:

> 金性质刚而锡性质柔,刚柔均平,则为善矣。良工涂漆,缓则难晞,急则弗牢,均其缓急,使之调和,则为美也。人之含性,有似于兹。刚者伤于严猛,柔者失于软懦,缓者悔于后机,急者败于慓促。故铸剑者,使金不至折,锡不及卷;制器者,使缓而能晞,急而能牢;理性者,使刚而不猛,柔而不懦,缓而不后机,急而不慓促。故能剑器兼善,而性气淳和也者。……故阴阳调,天地合也;刚柔均,人之和也。

这里,刘昼继承发扬了儒家"中和"的美学思想,主张无论事物还是人性,都应该符合刚柔均平、缓急调和的标准,如此,则为善、为美。 刘昼的这一美学思想反映在其文艺观上,就是对"和乐"的推崇以及对文艺教化作用的确认。 在《辨乐》篇中,他从音乐的发生、本质和功能等几个方面,重点论述了"乐者,声乐而心和"的观点。 他说:

> 先王闻五声、播八音,非苟欲愉心娱耳,听其铿锵而已。将以顺天地之体,成万物之性,协律吕之情,和阴阳之气,调八风之韵,通九歌之分。……上能感动天地,下则移风易俗,此德音之音,雅乐之情,盛德之乐也。……由心之所感,则形于声,声之所感,必流于心。故哀乐之心感,则焦杀啴缓之声应;濮上之音作,则淫泆邪放之志生。……故奸声感人而逆气应之,逆气成象而淫乐兴焉。正声感人而顺气应之,顺气成象而和乐兴焉。……使人心和而不乱者,雅乐之情也。

可见,他关于乐的艺术发生、乐与时代的关系,以及乐的社会功用等观点直接来自《礼记·乐记》《毛诗序》《淮南子》等,体现了他对儒家音乐思想的继承。

其二,刘昼还论及美丑的具体性和相对性问题。关于美丑的客观性问题,西汉的刘安就已论及。《淮南子·说山训》云:"兰生幽谷,不为莫服而不芳。"又云:"美之所在,虽污辱,世不能贱;恶之所在,虽高隆,世不能贵。"这就是说,为世人所公认的或美或丑的事物、不会因个别人的褒贬而丧失其或美或丑的本质。刘昼在此基础上,进一步从适用的角度,对美恶(丑)的客观性、具体性作了解释。《适才》篇云:

> 物有美恶,施用有宜;美不常珍,恶不终弃。紫貂白狐,制以为裘,郁若庆云,皎如荆玉,此毳衣之美也;鼺菅苍蒯,编以蓑笠,叶微疏系,黯若朽穰,此卉服之恶也。裘蓑虽异,被服实同;美恶虽殊,适用则均。

刘昼把美丑和效用联系在一起,从事物的使用价值着眼,认为裘蓑虽有美恶之别,但从适用的眼光看,二者是一样的。也就是说,美和丑的事物同样具有使用价值,同样有其用武之地,关键是要各适其所宜,所谓"适才所施,随时成务,各有宜也"。他举例说:

> 今处绣户洞房,则蓑不如裘,被雪沐雨,则裘不及蓑。……伏腊合欢,必歌《采菱》;牵石挽舟,则歌嘘嚘,非无《激楚》之音,然而弃不用者,方引重抽力,不知嘘嚘之宜也。卞庄子之升殿庭也,鸣佩趋跄,温色怡声,及其搏虎,必攘袂鼓肘,瞋目震呼。非不知温颜下气之美,然而不能及者,方格猛兽,不如攘袂之宜也。安陵神童,通国之丽也,八音繁会,使以嗷吹嚬声,而人悦之,则不及瞽师侏儒之美。蛇衔之珠,百代之传宝也,以之弹鹑,则不如泥丸之劲也。棠溪之剑,天下之铦

也,用之获穗,曾不如钩镰之功也。此四者,美不常珍,恶不终废,用各有宜也。昔野人弃子贡之辩,而悦马围之辞;越王退吹籁之音,而好鄙野之声。非子贡不及马围,吹籁不若野声,然而美不必合,恶而见珍者,物各有用也。

刘昼的这种观点合理地解释了美丑的不同作用,指出了美丑的具体性、相对性,符合事物自身的规律和特征,对驳斥那些认为"美就是有用""美就是适宜"的实用主义美学观点具有极强的说服力。因此在今天看来,它仍不失为一种正确的观点,具有积极的意义,值得我们借鉴。

二、论美感

在《刘子·殊好》篇中,刘昼重点论述了美感的普遍性和特殊性问题。文章首先指出,人与动物,"虽贤愚异情,善恶殊形",但因"共禀二仪之气,俱抱五常之性",所以在面对一些自然现象时,均能发出本能的感受和反应,所谓"目见日月,耳闻雷霆,近火觉热,履冰知寒"。就此而言,刘昼认为,人之与兽,"未宜有殊也"。但是,鸟兽毕竟不能与人相提并论,在面对人类社会特有的审美对象,如"累榭洞房,珠帘玉扆,人之所悦也,鸟入而忧""《五韺》《六茎》,《咸池》《箫韶》,人之所乐也,兽闻而振"。这说明动物不具有审美能力。对于这种现象,刘昼认为,"鸟兽与人,受性既殊,形质亦异,所居隔绝",故其"嗜好不同",自然便"未足怪也"。真正让刘昼觉得"可怪"的是,原是"声色芳味,各有正性,善恶之分,皎然自露",故"不可以皂为白,以羽为角,以苦为甘,以臭为香"。可现实生活中却存在"嗜好有殊绝者",他们"执其所好而与众相反",以至出现"倒白为黑,变苦成甘,移角成羽,佩莸当薰"的现象。例如,"赪颜玉理,盼视巧笑",本是"众目之所悦",而"轩皇爱嫫母之丑貌,不易落慕之丽容;陈侯悦敦洽之丑状,弗贸阳文之婉姿";"炮羔煎鸿,膴蠵臑熊",原为"众口之所嗛",但"文王嗜菖蒲之菹,不易龙肝之味";"《阳春》《白雪》,《嗷楚》《采菱》",本为"众耳之所乐",然"汉顺帝听山鸟之音,云胜丝竹之响;魏文侯好槌凿之声,不贵金石之和";"郁金玄儋,春兰秋蕙",当是"众鼻之所芳",可"海人悦至臭之夫,不爱芳馨之气"。对于这种现象,刘昼认为是"性有所偏"所致。他得出结论说:"美丑无定形,爱憎无正分。"

从刘昼的上述论述中不难看出,一方面,他在坚持美具有客观性的基础上,认识到美感产生的普遍性问题,所谓"声色芳味,各有正性",故不可"以苦为甘,以臭为香"。这里,刘昼主要继承了汉代刘安的观点。《淮南子·说山训》谓:"美之所在,虽污辱,世不能贱;恶之所在,虽高隆,世不能贵。"另一方面,刘昼又与刘安及葛洪一样,意识到美感还存在差异性问题。《淮南子·人间训》谓:"夫歌《采菱》,发《阳阿》,鄙人听之,不若此《延路》《阳局》。非歌者拙也,听者异也。"《抱朴子·塞难》亦谓:"以丑为美者有矣,以浊为清者有矣,以失为得者有矣。此三者乖殊,炳然可知,如此其易也,而彼此终不可得而一焉。"但刘昼的独到之处在于,他主要从欣赏者性格的差异和嗜好、偏好的不同,来解释"执其所好而与众相反"的美感差异性的形成和表现。这便在美感差异性的认识问题上,比刘安和葛洪更进了一步。应该说,刘昼"美丑无定形,爱憎无正分"的命题,一定程度上揭示了美与丑、爱与憎可以互相转换的辩证关系。这是符合审美实际的。

三、论鉴赏与批评

《刘子·正赏》篇中所论及的审美鉴赏和批评问题,是刘子文艺美学思想中极其重要的组成部分。刘昼首先在文中对"赏""评"的内涵作了理论上的阐述:

> 赏者，所以辨情也；评者，所以绳理也。赏而不正，则情乱于实；评而不均，则理失其真。……古今虽殊，其迹实同；耳目诚异，其识则齐。识齐而赏异，不可以称正；迹同而评殊，未得以言平。平正而俱翻，则情理并乱也。

在他看来，"赏"和"评"有着不同的理论内涵，"赏"者在于"辨情"，即辨认、体悟审美对象所表达的思想感情；"评"者在于"绳理"，即对审美对象作出理性的判断、评价。前者的要求是"正"，即准确公正；后者的要求是"均"，即客观公允。否则，"赏而不正，则情乱于实；评而不均，则理失其真"。刘昼由此提出他"正赏"则"情实"、"均评"则"理真"的赏评观。应该说，刘昼的这一观点与他"先质后文"的文质观是一致的。《言苑》篇说：

> 画以摹形，故先质后文；言以写情，故先实而后辩。无质而文，则画非形也；不实而辩，则言非情也。红黛饰容，欲以为艳，而动目者稀；挥弦繁弄，欲以为悲，而惊目者寡，由于质不美、曲不和也。

受北朝重质实风气的影响，在艺术的质与文、实与辩的关系上，刘昼是重质、重实的。他不仅强调"质"，而且要求"质美""情真"，所谓"质不美者，虽崇饰而不华"；"强欢者虽笑不乐，强哭者虽哀不悲"。为此，他对《韩非子·外储说左上》中画鬼魅的故事加以申述道：

> 由今人之画鬼魅者易为巧，摹犬马者难为工，何者？鬼魅质虚而犬马形露也。质虚者可托怪以示奇，形露者不可诬罔以是非，难以其真而见妙也。托怪于无象，可假非而为是；取范于真形，则虽是而疑非。

从文中提到的"真而见妙"的命题可知，刘昼特别强调真与美（妙）的

第十三章　魏晋南北朝子书中的文艺思想　781

关系。在他看来，犬马之所以难摹，在于其"形露"，"形露"故要求逼真，因真方称之为妙。可见，"真"是"妙"的基础，"妙"在"真"的基础上才能得到表现。

为了切实做到正赏、均评，刘昼提出了三点要求。其一，赏评者应摒弃一些思想陋习。在他看来，"理之失也，由于贵古而贱今；情之乱也，在乎信耳而弃目"。昔日"鲁哀公遥慕稷、契之贤，而不觉孔丘之圣；齐景公高仰管仲之谋，而不知晏婴之智；张伯松远羡仲舒之博，近遗子云之美"，也是由于思想观念上的"重古而轻今，珍远而鄙近，贵耳而贱目，崇名而毁实"。这些观点，与曹丕《典论·论文》之"常人贵远贱近，向声背实"，葛洪《抱朴子·钧世》篇之"其于古人所作为神，今世所著为贱，贵远贱近"，以及刘勰《文心雕龙·知音》篇之"古来知音，多贱同而思古""才实鸿懿，而崇己抑人"等观点，是一脉相承的。

其二，赏评者应提高鉴赏能力。刘昼肯定美具有客观的属性，人们之所以对其产生不同的审美评价，一个重要原因是鉴赏者的能力有差异。他说：

> 昔二人评玉，一人曰好，一人曰丑，久而不能辨。各曰："尔来入吾目中，则好丑分矣！"夫玉有定形，而察之不同，非苟相反，瞳睛殊也。堂列黼幌，缀以金魄，碧流光霞，曜烂眩目，而醉者眸转，呼为焰火，非黼幌状移，目改变也。镜形如杯，以照西施，镜纵则面长，镜横则面广，非西施貌易，所照变也。

> 越人臞蛇以飨秦客，秦客甘之以为鲤也，既觉而知其是蛇，攫喉而呕之，此为未知味也。赵人有曲者，托以伯牙之声，世人竞习之，后闻其非，乃束指而罢，此为未知音也。宋人得燕石以为美玉，铜匣而藏之，后知是石，因捧匣而弃之，此为未识玉也。郢人为赋，托以灵均，举世而诵之，后知其非，皆缄口而捐之，此为未知文也。故以蛇为鲤者，唯易牙不失其味；以赵曲为雅声者，唯钟期不溷其音；以燕石为美玉者，唯猗顿不谬其真；以郢赋为丽藻者，唯相如不滥其赏。

在刘昼看来，美的客观性决定了赏评者只有提高自身的鉴别欣赏能力，才能穿透假象，真正做到"不溷其音""不谬其真""不滥其赏"。

其三，应确立一定的赏评法则。他说："圣人知是非难明，轻重难定，制为法则，揆量物情。故权衡诚悬，不可欺以轻重；绳墨诚陈，不可诬以曲直；规矩诚设，不可罔以方圆。故摹法以测物，则真伪易辨矣；信心而度理，则是非难明矣。"又说："以心察锱铢之重，则莫之能识，悬之权衡，则毫厘之重辨矣。"刘昼认为，要真正做到"正赏""均评"，赏评者必须成为对象的知音，做到既"不以名实眩惑，不为古今易情"，又"不没纤芥之善，不掩萤蠋之光"。当然，要做到这一点是十分困难的。刘勰曾发出过"知音其难哉"的感慨，刘昼也称之为"千载一遇"。当然，这其中或许寄寓了刘昼本人对自身遭遇的感慨。《北齐书》本传记载，刘昼曾作《六合赋》，自谓绝伦，吟讽不辍。便以此赋求誉于魏收。不料魏收谓人曰："赋名六合，其愚已甚，及见其赋，又愚于名。"如此尖锐的批评，对刘昼无疑是很大的打击。

总之，在北朝文坛相对沉寂的背景下，刘昼融汇儒道等多家思想，在继承刘安《淮南子》、葛洪《抱朴子》等子书文艺思想的基础上，对美、美感以及审美鉴赏和批评等一系列重大文艺问题进行独特阐发，这无疑对北朝文艺思想的发展起到了重要的推动作用。

◎ 第五节
颜之推《颜氏家训》

颜之推（531—约590以后），字介，琅琊临沂（今属山东）人。颜之推身历萧梁、北齐、北周和隋四朝,一生颠沛,"数经陵谷","三为亡国之人"。仕梁,为湘东王国左常侍;元帝即位,为散骑侍郎。梁灭入北齐,官至黄门侍郎、平原太守,其间曾主持编写《修文殿御览》。北齐亡入北周,为御史上士。隋开皇中,太子召为学士,甚见礼重;不久病终。本传谓颜之推"博览群书,无不该洽,词情典丽,甚为西府所称"。一生勤于著述,有《颜氏家训》二十篇、文集三十卷、《冤魂志》三卷,《证俗文字》五卷等;《颜氏家训》《冤魂志》今存。《北齐书》卷四十五、《北史》卷八十三有传。

宋人陈振孙《直斋书录解题》谓《颜氏家训》云:"古今家训,以此为祖。"今存《颜氏家训》二十篇,《隋志》不著录,《唐志》《宋志》俱作七卷,且入儒家。该书内容广博,体例完备,不仅论及当时的人情世态,而且关涉博物、志异、艺文、考据等,故四库馆臣以为,"其中《归心》等篇,深明因果,不出当时好佛之习。又兼论字画音训,并考正典故,品第文艺,曼衍旁涉,不专为一家之言。今特退之杂家,从其类焉"。[1]《颜氏家训》旧本题北齐黄门侍郎颜之推撰,四库馆臣指出:"旧本所题,盖据作书之时也。"近人余嘉锡考证认为,此书著于隋文帝灭陈之后,隋炀帝即位之前。[2] 我们以为,《颜氏家训》的成书非在某一朝代,当是颜之推在历经四朝离乱的过程中陆续写就,而在晚年整理成集的。

《颜氏家训》中蕴含着丰富的文艺思想,其中《文章》篇主要阐述颜氏关于文学的观点和主张,《杂艺》等篇则论及音乐、绘画、书法等艺术。下面分述之。

一、《文章》篇的文学思想

《颜氏家训·文章》篇中的文学思想,概而言之,主要有以下几个

---

[1] (清)永瑢等:《四库全书总目》,第91卷。
[2] 余嘉锡:《四库提要辨证》,851页。

方面。

一是文章功用论。颜之推与刘勰一样，主张文章源于五经。《文章》篇谓："夫文章者，原出五经：诏命策檄，生于《书》者也；序述论议，生于《易》者也；歌咏赋颂，生于《诗》者也；祭祀哀诔，生于《礼》者也；书奏箴铭，生于《春秋》者也。"但刘勰在《文心雕龙·宗经》篇中提出文章源于五经，其旨在标举五经为最高创作典范，要求创作者"禀经以制式，酌雅以富言"，进而矫正齐梁以来"辞人爱奇，言贵浮诡"的创作弊病。与此不同，颜之推身处经学传统浓厚的北朝，同时受家学的影响，他主张文章源于五经，目的并非于创作上的宗经，而是强调文章的社会功用。① 故他又说："朝廷宪章，军旅誓诰，敷显仁义，发明功德，牧民建国，施用多途。至于陶冶性灵，从容讽谏，入其滋味，亦乐事也。行有余力，则可习之。"可知颜氏所言之文章，一者为"朝廷宪章""军旅誓诰"的实用文；一者为"陶冶性灵""从容讽谏"的抒情言志文。两类文章性质既别，功用不同，则其地位亦有差异。前者"敷显仁义，发明功德，牧民建国"，不但施用多途，且用途甚大；后者不过"入其滋味"，仅供娱乐而已。故对于后者，颜氏认为在"行有余力"的情况下，"则可习之"。这种观点与传统儒家重功利、轻娱乐的文学观并无二致。但需要指出的是，颜之推抬高实用文、突出文章的政教功用，并非要否定或排斥诗赋等抒情言志之文。他崇尚的理想状态，是"兼美"，是"既有寒木，又发春华"。在《勉学》篇中，他这样批评末俗空守章句的学风：

> 学之兴废，随世轻重。汉时贤俊，皆以一经弘圣人之道，上明天时，下该人事，用此致卿相者多矣。末俗已来不复尔，空守章句，但诵师言，施之世务，殆无一可。……光阴可惜，譬诸逝水。当博览机要，

---

① 刘、颜二人宗经背景上的不同，正如罗根泽所云："刘勰是矫俗的训诫，颜之推是顺时的提举。"（罗根泽：《中国文学批评史》，251页）

以济功业；必能兼美，吾无间焉。

这里强调了学术研究的学理性和实践性。又《文章》篇引一轶事云：

> 齐世有席毗者，清干之士，官至行台尚书，嗤鄙文学，嘲刘逖云："君辈辞藻，譬若荣华，须臾之玩，非宏才也；岂比吾徒千丈松树，常有风霜，不可凋悴矣！"刘应之曰："既有寒木，又发春华，何如也？"席笑曰："可哉！"

寒木者，历经风霜，不见凋谢，质坚而实用；春华者，虽是须臾之玩，但增之繁华，亦不可废。文章的功用亦当如此。颜之推虽然指出文章的"施用多途"，但首先强调的还是"敷显仁义，发明功德，牧民建国"等方面。至于文章"陶冶性灵，从容讽谏"之功用，则在其次。可见，颜之推的文学观既有别于汉儒的以政教为本的文学观，也不同于魏晋以来的推崇文学审美的文学观。

二是文士论。自汉末王充以下，曹魏的曹丕、韦诞，南朝的范晔、刘勰，以及北朝的杨遵彦等，均发表了不少关于文人主体的言论。颜之推在此基础上，就文士的轻薄和无用作了更为系统和详尽的论述，并表现出与南朝论者的不同。① 一方面，颜氏将文人分为三类，逐一指摘其德行。第一类是专业的文学之士，《文章》篇以"自古文人，多陷轻薄"起笔，列举了自屈原、宋玉迄王融、谢朓等36名文士的失德之举：

---

① 罗根泽谓："再者文行的指摘，自然并非始于颜之推。……颜之推与杨遵彦同出北朝，可见这种论调是北朝的特产。在南朝就是力主原道征圣的刘勰，也反诘曹丕、韦诞的指摘。说'后人雷同，混之一贯，吁可悲矣'。又云：'若夫屈贾之忠贞，邹枚之机觉，黄香之淳孝，徐干之沉默，岂曰文士，必其玷欤？'南朝袒护文行，北朝指摘文行，两朝的分道扬镳，于此可见矣。"（罗根泽：《中国文学批评史》，260～261 页）

屈原露才扬己，显暴君过；宋玉体貌容冶，见遇俳优；东方曼倩，滑稽不雅；司马长卿，窃赀无操；王褒过章《僮约》；扬雄德败《美新》；李陵降辱夷虏；刘歆反覆莽世；傅毅党附权门；班固盗窃父史；赵元叔抗竦过度；冯敬通浮华摈厌；马季长佞媚获诮；蔡伯喈同恶受诛；吴质诋忤乡里；曹植悖慢犯法；杜笃乞假无厌；路粹隘狭已甚；陈琳实号粗疏；繁钦性无检格；刘桢屈强输作；王粲率躁见嫌；孔融、祢衡，诞傲致殒；杨修、丁廙，扇动取毙；阮籍无礼败俗；嵇康凌物凶终；傅玄忿斗免官；孙楚矜夸凌上；陆机犯顺履险；潘岳乾没取危；颜延年负气摧黜；谢灵运空疏乱纪；王元长凶贼自诒；谢玄晖侮慢见及。凡此诸人，皆其翘秀者，不能悉纪，大较如此。

第二类是有才华的帝王，他说："至于帝王，亦或未免。自昔天子而有才华者，唯汉武、魏太祖、文帝、明帝、宋孝武帝，皆负世议，非懿德之君也。"第三类是富有文才的儒生，他说："自子游、子夏、荀况、孟轲、枚乘、贾谊、苏武、张衡、左思之俦，有盛名而免过患者，时复闻之，但其损败居多耳。"应该说，颜氏对众多文士德行和个性的批评，有一定的历史依据和相当的真实性，但总体来看却明显偏离了正常的文学、审美标准，过分夸大了创作个体的缺点与错误。另一方面，颜氏严厉诋斥文人的无用：

吾见世中文学之士，品藻古今，若指诸掌，及有试用，多无所堪。居承平之世，不知有丧乱之祸；处庙堂之下，不知有战陈之急；保俸禄之资，不知有耕稼之苦；肆吏民之上，不知有劳役之勤，故难可以应世经务也。……其余文义之士，多迂诞浮华，不涉世务。(《颜氏家训·涉务》)

世人读书者，但能言之，不能行之，忠孝无闻，仁义不足。……吟啸谈谑，讽咏辞赋，事既优闲，材增迂诞，军国经纶，略无施用：故为武人俗吏所共嗤诋，良由是乎！(《颜氏家训·勉学》)

在他看来，大部分的文士精于品藻古今、吟啸谈谑、讽咏辞赋，但于应世经务、军国经纶，却毫无施用。这是他非常不满的。对于文士轻薄及无用的原因，颜之推以为，"文章之体，标举兴会，发引性灵，使人矜伐，故忽于持操，果于进取"。故今世文人，"一事惬当，一句清巧，神厉九霄，志凌千载，自吟自赏，不觉更有旁人"。加之"沙砾所伤，惨于矛戟，讽刺之祸，速乎风尘"，他深切地告诫子孙："深宜防虑，以保元吉。"在这里，颜氏又回到了儒家中和、温柔敦厚的诗教原则，告诫子孙明哲保身。不难看出，因自身经历而形成的畏祸心理对颜之推文学思想带来了一定的负面影响。

三是创作论。颜氏论文，最值得我们注意的还是他的创作论，其中不乏精妙之言、独到之见。其一，主张本末并重、兼采古今。《文章》篇说：

> 文章当以理致为心肾，气调为筋骨，事义为皮肤，华丽为冠冕。今世相承，趋末弃本，率多浮艳。辞与理竞，辞胜而理伏；事与才争，事繁而才损。放逸者流宕而忘归，穿凿者补缀而不足。时俗如此，安能独达？但务去泰去甚耳。

这里，颜氏以形象的比喻，明确指出文章的四大要素及其相互关系。其中，"理致"与"气调"指文章的思想、气格，属内容要素；"事义"与"华丽"指文章的用典、辞藻，属形式要素。前者为本，后者为末。颜之推反对"趋末弃本"，主张本末并重。至于如何处理二者之关系，颜之推提出了"调和古今"的意见。他在《文章》中篇指出，古人之文，"宏材逸气，体度风格，去今实远；但缉缀疏朴，未为密致耳"；而时人之文，"音律谐靡，章句偶对，讳避精详，贤于往昔多矣"。在他看来，古文与今文各有所长，亦各有所短。从尚理的角度看，文章的体度风格，古胜于今；从重词的角度说，则语言的华美，今过于古。故颜氏主张"以古之制裁为本，今之辞调为末,并须两存,不可偏弃也"。"以古之制裁为本",则文的内容、风骨,不出典正之外;以"今之辞调为末",则能辞采兼美,文质彬彬。这种"并须两存,不可偏弃"的观点,既避免了当时流俗舍本逐末的弊病,又克服了齐梁复古派一味贵古贱今、质胜于文的偏颇。它与刘勰"望今制奇,参古定法"的主张近似,却在具体的操作上更胜一筹。这是典型的折中、兼美的论调,体现了南北朝后期文风转变的合理方向。

其二,强调天才之于文学创作的重要性。文学创作与学术研究不同,创作需要天才,学术靠的是"工夫"。对此,刘宋时的范晔在《狱中诸甥侄书》曾自言:"文章转进,但才少思难,所以每于操笔,其所成篇,殆无全称者。……但多公家之言,少于事外远致,以此为恨。"又萧子显《南齐书·文学传论》云:"文人谈士,罕或兼工。非唯识有不周,道实相妨。谈家所习,理胜其辞,就此求文,终然翳夺。故兼之者鲜矣。"这里均论及文学创作的特殊性。颜之推同样指出了文学创作与学术研究的区别,强调了天才之于创作的重要性。他说:"学问有利钝,文章有巧拙。钝学累功,不妨精熟;拙文研思,终归蚩鄙。但成学士,自足为人。必乏天才,勿强操笔。吾见世人,至无才思,自谓清华,流布丑拙,亦以众矣,江南号为诋痴符。"他还举一生动事例加以说明:"近在并州,有一士族,好为可笑诗赋,诋擎邢、魏诸公。众共嘲弄,虚相赞说,便击牛酾酒,招延声誉。其妻,明鉴妇人也,泣而谏之。此人叹曰:'才华不为妻子所容,何况行路!'至死不觉。自见之谓明,此诚难也。"

其三,主张为文贵在节制,贵在谨慎。文学创作虽需天才,但在颜之推看来,天才之人也不可一味使才,而应有所节制。他说:"凡为文章,犹人乘骐骥,虽有逸气,当以衔勒制之,勿使流乱轨躅,放意填坑岸也。"又说:"学为文章,先谋亲友,得其评裁者,然后出手;慎勿师心自任,取笑旁人也。自古执笔为文者,何可胜言?然至于宏丽精华,不过数十篇耳。但使不失体裁,辞意可观,便称才士;要须动俗盖世,亦俟河之清乎。"颜氏的这一主张,与其文章"使人矜伐"的观点密切相关的,也由于他所作本是家训,故始终不忘劝诫子孙这一根本目的。此外,颜之推崇尚典正的文风,谓:"吾家世文章,甚为典正,不同流俗。"他赞成沈约的"三易"说,《文章》篇引沈隐侯云:"文章当从三易:易见事,一也;易识字,二也;易读诵,三也。"并提醒人们注意文章的瑕累,告诫人们要避免"用事之误",要求"文章地理,必须惬当"。凡此,均有可取之处。

四是鉴赏论。《颜氏家训·文章》为我们保存了不少有价值的诗歌鉴赏史料,从中可以窥视颜之推的文学鉴赏水平及其审美趣味:

> 王籍《入若耶溪》诗云:"蝉噪林逾静,鸟鸣山更幽。"江南以为文外断绝,物无异议。简文吟咏,不能忘之,孝元讽味,以为不可复得,至《怀旧志》载于《籍传》。范阳卢询祖,邺下才俊,乃言:"此不成语,何事于能?"魏收亦然其论。《诗》云:"萧萧马鸣,悠悠旆旌。"毛《传》曰:"言不喧哗也。"吾每叹此解有情致,籍诗生于此耳。兰陵萧悫,梁室上黄侯之子,工于篇什。尝有《秋诗》云:"芙蓉露下落,杨柳月中疏。"时人未之赏也。吾爱其萧散,宛然在目。颍川荀仲举、琅邪诸葛汉,亦以为尔。而卢思道之徒,雅所不惬。

> 何逊诗实为清巧,多形似之言。……子朗信饶清巧。

从颜之推对王籍、萧悫诗句的赏析,以及对何逊、何子朗等诗人的批评中,可知颜氏具有敏锐细致的审美感受能力和较高的诗歌鉴赏水平,他虽崇尚典正之作,但同样给予清新、萧散、清巧的山水写景之作很高的评价,以为它们"文外断绝""宛然在目",具有很高的审美价值。颜氏的这一鉴赏观,明显与当时北朝的主流审美趣味相悖,而直承南朝钟嵘、二萧(萧纲、萧绎)的诗歌审美标准,即重视诗歌状物缘情的审美特质。故朱东润谓其"称述简文、孝元之语,尤见渊源所自"[①]。不妨在朱说之上再下一语,即

[①] 朱东润:《中国文学批评史大纲》,80页。

颜氏的这一审美旨趣，在后来唐代王孟诗派的田园山水诗创作中，得到了大力的发扬。

二、《杂艺》篇的艺术思想

在《杂艺》篇中，颜之推谈到了射、卜筮、算术、医方、博弈、投壶、琴瑟、绘画以及书法多种技艺。一方面，颜氏以切身经验，充分肯定音乐、绘画和书法艺术的审美特性及其娱情功能：

《礼》曰："君子无故不彻琴瑟。"古来名士，多所爱好。洎于梁初，衣冠子孙，不知琴者，号有所阙；大同以末，斯风顿尽。然而此乐愔愔雅致，有深味哉！今世曲解，虽变于古，尤足以畅神情也。

吾幼承门业，加性爱重，所见法书亦多，而玩习功夫颇至，遂不能佳者，良由无分故也。……画绘之工，亦为妙矣；自古名士，多或能之。吾家尝有梁元帝手画蝉雀白团扇及马图，亦难及也。武烈太子偏能写真，坐上宾客，随宜点染，即成数人，以问童孺，皆知姓名矣。萧贲、刘孝先、刘灵，并文学已外，复佳此法。玩阅古今，特可宝爱。（《颜氏家训·杂艺》）

梁孝元前在荆州，有丁觇者，洪亭民耳，颇善属文，殊工草隶；孝元书记，一皆使之。军府轻贱，多未之重，耻令子弟以为楷法，时云："丁君十纸，不敌王褒数字。"吾雅爱其手迹，常所宝持。（《颜氏家训·慕贤》）

这些记述既为我们保存了不少有关音乐、书画的可贵史料，也反映出颜氏本人对于书法和绘画艺术的喜好。更重要的是，它体现了颜之推对于这些艺术门类所具有的审美特性及娱情功能的认识和肯定，如他认为琴瑟之乐"雅致""有深味"，"足以畅神情"；对于绘画之工，他以"妙"字概之；

对于书法创作，他强调天分的重要，这与他文学创作重天才的观点是一致的。这些观点与魏晋南朝以来文艺思想的主流大体一致，体现了颜氏文艺思想进步的一面。

另一方面，颜氏又以诸多实例劝诫子孙对于这些技艺"微须留意""不须过精"，以免"见役勋贵"。他一再告诫子孙，"唯不可令有称誉，见役勋贵，处之下坐，以取残杯冷炙之辱"，"慎勿以书自命"，"此艺（指书艺）不须过精"。在颜之推看来，如果官位不显，而又精通技艺，则容易沦为猥役，为他人所羞辱。他说，"若官未通显，每被公私使令，亦为猥役"；"巧者劳而智者忧，常为人所役使，更觉为累"。为此，他列举了历史上的诸多实例。于音乐，他举东晋戴逵为武陵王司马晞取辱之事，谓："戴安道犹遭之，况尔曹乎！"于绘画，他举顾士端父子和刘岳之事：

> 吴县顾士端出身湘东王国侍郎，后为镇南府刑狱参军，有子曰庭，西朝中书舍人，父子并有琴书之艺，尤妙丹青，常被元帝所使，每怀羞恨。彭城刘岳，橐之子也，仕为骠骑府管记、平氏县令，才学快士，而画绝伦。后随武陵王入蜀，下牢之败，遂为陆护军画支江寺壁，与诸工巧杂处。向使三贤都不晓画，直运素业，岂见此耻乎？

于书法，他举韦诞、王羲之、萧子显、王褒等人的事例：

> 韦仲将遗戒，深有以也。王逸少风流才士，萧散名人，举世惟知其书，翻以能自蔽也。萧子云每叹曰："吾著《齐书》，勒成一典，文章弘义，自谓可观；唯以笔迹得名，亦异事也。"王褒地胄清华，才学优敏，后虽入关，亦被礼遇。犹以书工，崎岖碑碣之间，辛苦笔砚之役，尝悔恨曰："假使吾不知书，可不至今日邪？"以此观之，慎勿以书自命。

颜氏所举之事，大多为史籍所载，尤其是韦诞"遗戒"一事，西晋卫恒

《四体书势》及《世说新语》中的《巧艺》篇及《方正》篇注引宋明帝《文章志》均有记载，可知其影响之大。

不难看出，颜之推对于音乐、书画等艺术，实持一种保守的观点。他虽然注意到了这些艺术的审美、娱情功能，但主要还是从实用的角度出发，将它们列入杂艺的范畴。也正是从这一点考虑，他训诫子弟不宜对其精熟太深，否则"巧者劳"，容易成为被他人使用的工具。当然，颜之推的这种观点，很大程度上是出于其家训之训诫子孙的目的。但无论如何，经过魏晋南朝一大批音乐家、书画家及理论家的艺术实践与理论探讨之后，音乐、书画等艺术已经逐步确立其独立性地位。在此背景下，颜之推仍然固守的儒家技巧观、实用观，无疑显得较为落后和保守。

第三编 ◎ 魏晋南北朝文艺审美理念摘剖

第十四章
文

"文"字出现的时间很早,但"文"作为一个审美范畴的兴起则是在魏晋南北朝时期。例如,曹丕对于文章"不朽"的论述,刘勰对于"道之文"的阐释,为"文"的合法性提供了理据,而后者更代表了"文"观念的扩张——作为"道"的外在表现的"文"无所不在。六朝时期陡然兴起的"文笔之辨"则又反映了"文"观念的收缩,是文章辨体逐渐细致以及文学自觉进一步深化的重要表征。伴随着"文"观念的扩张与收缩,"文"终于在六朝时期成为文艺美学范畴。

◎ 第一节
释"文"

早期之"文"指文身。远古时期,先民喜欢文身作为装饰。殷商甲骨文中"文"的字形为ᛟ,徐中舒《甲骨文字典》释曰:"象正立之人形,胸部有刻画之纹饰,故以文身之纹为文。"[1]先民的文身习俗见载于典籍。《庄

---

[1] 李圃主编:《古文字诂林》第 8 册,71 页,上海,上海教育出版社,2003。

子·逍遥游》载"越人断发文身",《礼记·王制》载"东方曰夷,被发文身",可知越人、夷人都有文身的习俗。古人又有"饰尸而祭"的习俗,即在祭祀中,将文身施之于象征先祖的尸形物上。甲丞卣中"文"的字形为 ⿱, 吴其昌《殷虚书契解诂》解释说:"盖'文'者,乃像一繁文满身而端立受祭之尸形云尔。从'文身'之义而推演之,则引伸而为文学、制度、文物,而终极其义,以止于'文化'。从文身端立受祭为尸之遗俗而推演之,则此'尸'者,乃象征立祭之祖若父也。故经典及宗彝文中,触目皆'文考''文母''文祖''文王''文公''前文人'之语矣。"[1]是为确论。

许慎《说文解字》云:"文,错画也,象交文。"文有交错线条之义,但这是后起义。对此,商承祚辨之已详。[2] 据殷代出土文物,"文"是指用三五片棕交错织出不同的斜纹文样。[3] 从《易传》来看,"文"即交错的线条。《易·系辞下》云:"道有变动,故曰爻。爻有等,故曰物。物相杂,故曰文。"爻是组成八卦的长短横道,爻的变化预示着卦的变化,故爻有交错和变动的含义。《说文解字》云:"爻,交也。象《易》六爻头交也。"爻即有交错之意。故而爻的线条相杂形成"文"。《国语·郑语》记载史伯答郑桓公之语云:"声一无听,物一无文,味一无果,物一不讲。"《周礼·考工记》之"画缋之事,杂五色"和"青与赤谓之文",均指错织之文。错织之文的含义是从文身之文中发展出来的,这使得"文"的含义从狭义的人体装饰走向了广义的外在装饰,指称范围进一步扩大。

"文"的金文字形为 ⿱, 徐中舒《甲骨文字典》认为:"至金文错画之形渐讹而近于心字之形。"[4]关于这个"心"字形,陈梦家认为象征的是佩

---

[1] 李圃主编:《古文字诂林》第8册,68页。
[2] 商承祚:《甲骨文字研究》下编,见李圃主编:《古文字诂林》第8册,68页。
[3] 于民:《春秋前审美观念的发展》,132页,北京,中华书局,1984。
[4] 李圃主编:《古文字诂林》第8册,71页。

饰之形,所以"文即文饰"①。 这当然是一种解释。 若从"心"的含义上看,"文"在字形上有"人心"之意,即扬雄《法言·问神》所谓"故言,心声也;书,心画也"。

从字音上看,"文"古读为重唇明母字,音近于"彬",义亦近之。《论语》云:"文质彬彬。"《文赋》云:"嘉丽藻之彬彬。""彬彬",文采盛貌也。 "彬"又通"彪",《说文解字》:"彪,虎文彪也,从虍彬声。"是"彪"即"彬",而"彬""彪"同也。 "彪"又作"炳",《易·革》之《象》辞云:"大人虎变,其文炳也。"炳即彪也。 "彬彬",双声化为"彪炳",叠韵化为"缤纷"。 "彬"亦音转为"斑"。 朱熹《四书章句集注》云:"彬,斑也。"则"彬彬"亦通"斑斑",双声化为"斑驳",叠韵化为"斑烂"。 如此等等,皆为视觉上的文采之义。 孔子说尧"焕乎其有文章",文章,即取文采之义。②

在孔子的时代,"文"主要指典籍。《论语·学而》云:"行有余力,则以学文。"何晏注引马融语曰:"文者,古之遗文。"邢昺疏曰:"注言古之遗文者,则《诗》《书》《礼》《乐》《易》《春秋》六经是也。"《论语·述而》云:"子以四教,文、行、忠、信。"邢昺疏曰:"文谓先王之遗文。"《论语·公冶长》云:"夫子之文章,可得而闻也。"《论语·先进》云:"文学:子游、子夏。"这里所谓"文章""文学"并非今天意义上的"文章""文学",而是关于古代文献方面的学问。《左传·襄公二十五年》记载,晋国是当时霸主,郑国在未经晋国同意的情况下入侵陈国,晋人问罪,郑子产言之有据,使晋人无法诘难。 所以《左传》载孔子语云:"言之无文,行而不远。 晋为伯,郑入陈,非文辞不为功。"此处的"文辞"是指有典籍依据之辞。

---

① 陈梦家《释"国""文"》云:"古金文'文'字于胸中画一'心'字形,疑象佩饰形,文即文饰。"原载《西南联合大学师范学院国文月刊》第11期,见李圃主编:《古文字诂林》第8册,69页。
② 李壮鹰:《逸园丛录》,102页,济南,齐鲁书社,2005。

由于儒家的典籍多载礼乐制度,故而"文"又指礼乐制度。《论语·子罕》云:"文王既没,文不在兹乎?"朱熹注曰:"道之显者谓之文,盖礼乐制度之谓。"《论语·泰伯》云:"巍巍乎其有成功也,焕乎其有文章。"朱熹注曰:"文章,礼乐法度也。"

由于"文"有文饰之意,故而偏指形式层面,常与"质"对举。这种文质之"文",儒家多有阐释。《论语·雍也》云:"质胜文则野,文胜质则史,文质彬彬,然后君子。"《论语·颜渊》云:"文犹质也,质犹文也。"刘向《说苑·反质》引孔子语云:"吾亦闻之,丹漆不文,白玉不雕,宝珠不饰,何也?质有余者不受饰也。"儒家虽然文质并举,但强调质先于文,孔子所谓"绘事后素",可证此旨。

"文"作为文章之文、文学之文的含义至汉代才得到彰显。西汉出现了一批专职从事辞赋写作的文学侍臣,如司马相如、东方朔、枚皋、王褒等人,均因善写辞赋而受到统治者重视。西汉刘歆《七略》中有《诗赋略》,在著录图书时首次将诗赋专门作为一类与其他学术著作进行区别。东汉班固《汉书》为司马相如、枚乘、严忌、邹阳、扬雄等文章之士立传。王充在《论衡·书解》中区分了"文儒"与"世儒",认为前者擅长著作,后者以说经为业,所谓"著作者为文儒,说经者为世儒"。刘熙《释名·释言语》云:"文者,会集众彩以成锦绣,会集众字以成辞义,如文绣然也。"这些表明汉代已经初步出现了文学的自觉,为六朝"文"范畴的审美生成奠定了基础。

"文"范畴在六朝兴起,颇多表征。曹丕《典论·论文》专门论"文",把"文"划分为四科八类,并给出了简要的特征概括。陆机《文赋》是专为"文"而作的赋,提出了"诗缘情"的命题。就"文"的功能来说,六朝之前强调"诗言志",强调抒发集体性情感;而六朝提出"诗缘情",强调抒发个体性情感,这是对"文"的功能的崭新看法。其后,南朝宋文帝设立"四馆",在儒学馆、史学馆、玄学馆之外,首次立了文学馆;南朝梁萧统《文选》在编选原则上,除了史书中少数赞、论、序、述之外,但凡经、史、子著作均排斥在外,确立了"事出于沉思,义归乎翰藻"的文学性收录原则；刘勰《文心雕龙》全面论述了文的起源、体制、创作、鉴赏等理论问题。这些都表明"文"作为文章之文、文学之文的含义得到确立。可以说，"文"范畴在六朝的审美生成，正是当时文学自觉的表征。

◎ 第二节
"不朽"与"道之文"："文"的合法性及"文"观念的扩张

曹丕《典论·论文》探讨了文学的合法性问题，他提出"盖文章经国之大业，不朽之盛事"的崭新论断，为魏晋文学的兴盛提供了理论支持和意义归宿。曹丕的论断与汉代扬雄《法言·吾子》所谓辞赋是"童子雕虫篆刻"，"壮夫不为"的观点形成鲜明对照，这说明魏晋时期的文学正日益摆脱经学的束缚，获得了独立存在的价值。

曹丕视文章为"不朽"，实是对儒家思想的反动。《左传·襄公二十四年》记载叔孙豹（穆叔）论"死而不朽"云："太上有立德，其次有立功，其次有立言。虽久不废，此之谓不朽。"儒家重视立德、立功，而把立言排在最后，甚至有不主张立言的倾向，比如孔子主张"述而不作"，维护圣人对于著作的垄断权，阻塞了一般士人立言的道路。对于文学，儒家强调的是其政治、伦理功能，比如孔子说学《诗》是为了"迩之事父，远之事君"，"授之以政"，"使于四方"。而到了"曹丕的时代，儒家思想的统治倒台了，汉代建立起来的大一统政治也不复存在。故道德、政治这两种东西的价值与权威性，在士人的心目中也就彻底轰毁。原来的通向'不朽'之途，只剩下了最后的'立言'。这也就是文学著作活动在汉魏之际突然跃上了士人生命的中心、成为他们的'大业''盛事'的原因"。曹丕强调文学著作不必作政治的附庸，它自身即具备独立的不朽价值，而且文学创作的不朽价值远过于政治事功。"这些观点,在当时都是石破天惊的前无古人之论。"①曹丕不提立德、立功,而将文章视为人的生命价值延续的重要方式,他说:"年寿有时而尽,荣乐止乎其身。二者必至之常期,未若文章之无穷。"曹丕称赞"不假良史之辞,不托飞驰之势",通过自己的努力,发奋为文,将他们的声名通过文章留传后世的作者。这种以文章进取,留名后世的观点,为魏晋文学的大兴吹响了有力的号角。

西晋陆机《文赋》也论述了文章的功用。陆机认为文章是论述义理的凭借,所谓"伊兹文之为用,固众理之所因"。文章可以阐扬教化,使圣人之道长存不泯,所谓"济文武于将坠,宣风声于不泯"。道路虽远,文章可以弥之使近;道理虽微,文章可以纶之使显,所谓"涂无远而不弥,理无微而弗纶"。文章如同云雨惠泽读者,文章的变化如同出微入幽的鬼神,所谓"配沾润于云雨,象变化乎鬼神"。文章不朽者可以勒于金石,谱入乐曲,使所颂之德广为传播,万古长新,所谓"被金石而德广,流管弦而日新"。可见,陆机对文章功用的论述发展了曹丕"经国之大业,不朽之盛世"的观点,而更为具体化。

东晋葛洪《抱朴子·尚博》以设问对答的方式,肯定了文章与德行具有相同的价值,实承曹丕之旨。

或曰:"德行者,本也;文章者,末也。故四科之序,文不居上。然则著纸者,糟粕之余事;可传者,祭毕之刍狗。卑高之格,是可识矣。文之体略,可得闻乎?"

抱朴子曰:"荃可以弃,而鱼未获,则不得无荃;文可以废,而道未行,则不得无文。若夫翰迹韵略之宏促,属辞比事之疏密,源流至到之修短,蕴藉汲引之深浅。其悬绝也,虽天外毫内,不足以喻其辽邈;

---

① 李壮鹰:《从文学自觉到文学过热——兼谈〈典论·论文〉和〈文心雕龙〉的时代性》,载《社会科学评论》,2003(1)。

其相倾也，虽三光、熠耀，不足以方其巨细；龙渊、铅铤，未足譬其锐钝；鸿羽、积金，未足比其轻重。……且文章之与德行，犹十尺之与一丈。谓之余事，未之前闻。夫上天之所以垂象，唐、虞之所以为称，大人虎炳，君子豹蔚，昌、旦定圣谥于一字，仲尼从周之郁，莫非文也。八卦生鹰隼之所被，六甲出灵龟之所负。文之所在，虽贱犹贵。犬羊之鞟，未得比焉。且夫本不必皆珍，末不必悉薄。譬若锦绣之因素地，珠玉之居蚌石，云雨生于肤寸，江河始于咫尺。尔则文章虽为德行之弟，未可呼为余事也。"

葛洪对于以德行为本、文章为末的观点并不认同，他认为文章并非"糟粕之余事"。他说："文可以废，而道未行，则不得无文。"对于文章的翰迹韵略、属辞比事、源流至到、蕴藉汲引，他有多方面的比喻和称赞。他认为"文章之与德行，犹十尺之与一丈"，实际是肯定了文章与德行并无贵贱之别，二者是对等的。

魏晋时期，随着儒家思想统治的倒台，曹丕、陆机、葛洪等人突破了儒家以德行为本、文章为末的传统观念，将文章提到与德行并列的不朽的高度，为文学的合法性奠定了基础。他们解构了儒家对于"三不朽"的排序，极大地提高了文学的地位。但他们依然是在形而下的层面强调文学的合法性。这种情况到了南朝有所改变。刘勰《文心雕龙·原道》开篇即提出"道之文"的观点，将文学的合法性提到了形而上的层面，为文学的存在和展提供了终极的理论依据。

刘勰所谓"道之文"，是"文"观念的扩张，它为文学的合法性提供最高依据的同时，又赋予"文"最广泛的含义（天下一切事物皆有文）。在《原道》篇中，刘勰从形而上的角度，阐述了他对文学本原和本质的看法。他指出"文"是"道之文"，即文学与自然事物的文采都是"道"的外化，是宇宙运动变化的必然。

文之为德也大矣，与天地并生者何哉！夫玄黄色杂，方圆体分，日月叠璧，以垂丽天之象；山川焕绮，以铺理地之形：此盖道之文也。仰观吐曜，俯察含章，高卑定位，故两仪既生矣。惟人参之，性灵所钟，是谓三才。为五行之秀，实天地之心，心生而言立，言立而文明，自然之道也。傍及万品，动植皆文：龙凤以藻绘呈瑞，虎豹以炳蔚凝姿；云霞雕色，有逾画工之妙；草木贲华，无待锦匠之奇；夫岂外饰，盖自然耳。至于林籁结响，调如竽瑟；泉石激韵，和若球锽；故形立则章成矣，声发则文生矣。夫以无识之物，郁然有彩，有心之器，其无文欤！

刘勰认为文是与天地并生的，有天就有天文，有地就有地文，这是道之文。刘勰所谓文与天地并生的说法，源自陆机《文赋》："彼琼敷与玉藻，若中原之有菽，同橐籥之罔穷，与天地乎并育。"李善注曰："琼敷、玉藻，以喻文也。"橐籥是古代冶炼时用以鼓风吹火的装置，犹今之风箱。《老子》云："天地之间，其犹橐籥乎？"将天地喻为橐籥。陆机此处即以橐籥指代天地，意谓文与天地一样无穷，并且随着天地一起诞生，也即凡物皆有文。刘勰所谓"道之文"的说法，也是渊源有自的。《韩非子·解老》云："道者，万物之所然也，万理之所稽也。理者，成物之文也；道者，万物之所以成也。……天得之以高，地得之以藏，维斗得之以成其威，日月得之以恒其光，五常得之以常其位，列星得之以端其行，四时得之以御其变气，轩辕得之以擅四方，赤松得之与天地统，圣人得之以成文章。"韩非认为"道"是万物的本源，圣人得到"道"写成文章，这已经隐含了"道之文"的意思。

刘勰在前人的基础上，扩张了"文"的观念，明确提出并详尽论述了"道之文"这一命题。他认为人与天地并称为三才，是天地之心，故由心而生言，由言而有文，这也是自然之道的表现。《原道》篇和《情采》篇指出，万事万物皆有文，龙凤、虎豹、云霞、草木皆有色彩，即"形文"；风吹林木，泉击岩石都有音响，即"声文"；这些无识之物有文，人作为有心之器，自然也有文，即"情文"。可知，刘勰所谓"文"的概念具有最广泛的含义，即天文、地文、人文、声文、形文、情文等天地万物之文。"故立文之道，其理有三：一曰形文，五色是也；二曰声文，五音是也；三曰情文，五性是也。五色杂而成黼黻，五音比而成韶夏，五情发而为辞章，神理之数也。"所谓"神理之数"，即自然之法则。故而刘勰在此重申形文、声文、情文均是"道之文"。从刘勰的表述来看，作为最广义的"文"，自然包括辞章、音乐、绘画等一切文学艺术在内。

"道之文"明确了"文"的普遍性，这正是"文之为德也大矣"之意。对于"文德"的解释，历来分歧较大。范文澜认为刘勰所谓"文德"来源于《易·小畜》的《象》辞："君子以懿文德。"[①]杨明照则认为"文之为德"，不能简化为"文德"，正如"中庸之为德""鬼神之为德"不能简化为中庸德、鬼神德。朱熹《中庸章句》云："为德，犹言性情功效。"杨明照据此认为："'文之为德'者，犹言文之功用或功效也。"[②]钱锺书认为："《文心雕龙·原道》：'文之为德也大矣'，亦言'文之德'，而'德'如马融赋'琴德'、刘伶颂'酒德'，《韩诗外传》举'鸡有五德'之德，指成章后之性能功用，非指作文时之正心诚意。"[③]王元化则指出："《原道篇》列为《文心雕龙》之首，其中第一句话就说：'文之为德也大矣。'过去注释家多训'德'为'德行'或'意义'，均失其解（德者，得也，若物德之德。犹言某物之所以得成为某物）。'文之为德'也就是说文之所由来的意思。"[④]相较而言，将"文之为德"之"德"解为"得"，较为恰当。

从《原道》篇来看，刘勰提出"文之为德也大矣"之后，并没有去论

---

① （南朝梁）刘勰著，范文澜注：《文心雕龙注》，6页，北京，人民文学出版社，1958。
② 杨明照：《文心雕龙校注拾遗补正》，1页，南京，江苏古籍出版社，2001。
③ 钱锺书：《管锥编》，1505~1506页，北京，中华书局，1986。
④ 王元化：《文心雕龙讲疏》，28页，桂林，广西师范大学出版社，2004。

述文章的功用或功效，而是从天地万物这些无意识之物具有文采入手，推论作为天地之心的有意识的人应该同样具有文采。刘勰认为"文"的范围是很广的，如云霞雕色、草木贲华展现的是一种色彩的华丽，即《情采》篇所谓的"形文"；林籁结响、泉石激韵展现的是一种声音的文采，即《情采》篇所谓的"声文"。刘勰正是由形文、声文的存在，推论人之"情文"的存在。按刘勰的逻辑，"文"的范围之所以很广，是因为"道"无所不在，故而作为"道"的具体呈现的"文"也应该是无所不在的。王元化将"德"释为"得"，正是将"德"与"道"相联系后得出的结论。《管子·心术上》说："德者，道之舍，物得以生生。"又说："故德者，得也；得也者，其谓所得以然也。"也就是说，"德"是"道"存在的处所，"道"在具体事物中的存在形式就是"德"。因此"文之为德也大矣"正是指"文"作为"道"的体现，它所涵盖的范围是很广的。因此，刘勰"道之文"的提出，使得"文"观念扩张到最大，赋予了"文"最广泛、最普遍的含义。

关于刘勰"道之文"中的"道"究竟是何家之道，历来有不同的看法，有儒家之道说、道家之道说、佛家之道说、儒道释三家融合说、自然之道说、理念说等，莫衷一是。认为刘勰所原之"道"是自然之道的代表人物是黄侃，他在《文心雕龙札记》中指出："案彦和之意，以为文章本由自然生，故篇中数言自然……寻绎其旨，甚为平易。盖人有思心，即有言语；既有言语，即有文章。言语以表思心，文章以代言语，惟圣人为能尽文之妙，所谓道者，如此而已。"[1]黄侃所言，从《原道》篇文本出发，较为合理。刘勰将"文"视为"道之文"，认为"文"是自然之道的外在表现，这种观点实际受到魏晋玄学的影响。魏晋玄学把一切文学艺术视为道之用。阮籍《乐论》云："夫乐者，天地之体，万物之性也。"颜延之《与王微书》云："图画非止艺行，成当与《易》象同体。"这些观点认为

---

[1] 黄侃：《文心雕龙札记》，5页，上海，上海古籍出版社，2000。

音乐、绘画都是道的表现,是道之用。刘勰"道之文"的提出正是受到这种学术思想的影响。

刘勰认为万物有文是自然而然的事情,文学具有美的属性也是自然而然的事情。由万物有文推论人之有文,并将它们归之于"道之文",这无疑从理论上肯定了辞采、对偶、声律等形式因素存在的合理性。虽然刘勰在《文心雕龙》其他篇目中批评雕华的文风,比如《风骨》篇说"习华随侈,流遁忘反",《诠赋》篇说"繁华损枝,膏腴害骨"。但这些例子不构成对《原道》篇所倡导的文之自然有采的观点的解构,因为在《原道》篇中,刘勰还指出文具有善的功能。他认为孔子文章是美的,称赞孔子的《文言》"言之文也,天地之心哉";孔子文章"研神理而设教","炳耀仁孝",又是善的。换言之,刘勰肯定文章要有"美"的形式和"善"的内容,美善统一之文,才是刘勰所说的"道之文"。刘勰强调优美的形式要与雅正的内容相结合,这对于齐梁文坛日竞雕华、片面追求形式美的文风,具有纠偏救弊的现实意义。

刘勰"道之文"的提出为文学的存在提供了终极合法性。纪昀评点《文心雕龙·原道》曰:"自汉以来,论文者罕能及此。彦和以此发端,所见在六朝文士之上。"又说:"文以载道,明其当然;文原于道,明其本然。识其本乃不逐其末。首揭文体之尊,所以截断众流。"[1]纪昀的这些评语很恰当地指出了这一点。尽管刘勰相信《河图》《洛书》之说,有认识上的局限,但他将"道"看作天地万物的本原,看作包括文学在内的各种艺术的本原,这在中国古代文艺思想中有着很强的代表性,它实际上是中国古代哲学对天人关系的理解在文艺思想上的反映。[2]

---

[1] 纪昀评语见(南朝梁)刘勰著,周振甫注:《文心雕龙注释》,2~3页,北京,人民文学出版社,1981。
[2] 李壮鹰:《中华古文论选注》上册,85页,天津,百花文艺出版社,1991。

◎ 第三节
文笔之辨:"文"观念的收缩与文学自觉的深化

如果说"道之文"是"文"观念的扩张,那么文笔之辨则是"文"观念的收缩,是文章辨体逐渐细致以及文学自觉进一步深化的重要表征。

文笔之辨的前提是"文"的分类的细化。班固《汉书·艺文志》著录图书,沿用了西汉刘歆《七略》的做法,列"诗赋"一门,将荀子、屈原、宋玉、唐勒、枚乘、司马相如、扬雄归之于下,但他对于诗、赋的认识没有脱离经学的影响,对诗、赋文体特征没有阐释。扬雄所谓"诗人之赋丽以则,辞人之赋丽以淫",讲到赋的文体特点是"丽以则",但未及其他文体。班固《汉书·扬雄传》分类记述扬雄的著述,"经""传""史篇""箴""赋""辞"是并列关系。可见东汉中期,人们对经、史、子著述与文辞著述虽已加以区别对待,却尚未严分畛域。[①] 曹丕《典论·论文》揭示了奏、议、书、论、铭、诔、诗、赋这四科八类文体的文体特征,这在中国文学批评史上尚是首次,是魏晋文学自觉的重要标志。"夫文本同而末异,盖奏议宜雅,书论宜理,铭诔尚实,诗赋欲丽。此四科不同,故能之者偏也;唯通才能备其体。"曹丕对于文体之"异"有明确区分,认为奏、议应写得典雅,书、论应写得有条理,铭、诔应写得朴实,诗、赋应写得华丽。曹丕《典论·论文》所举的四科八类文体与经、史、子著述有了严格的区别;他对四科八类文体的特征给出了精当的界定,反映出曹丕已经有了明确的文体观念。陆机《文赋》对于文体的论述,比曹丕《典论·论文》更进一步,对于文体的多样性、文体的分类、文体的特征、作家人格与风格等问题有深入阐述。《文赋》阐释了诗、赋、碑、诔、铭、箴、颂、论、奏、说十种文体

[①] 郭英德:《〈后汉书〉列传著录文体考述》,见郭英德:《中国古代文体学论稿》,67页,北京,北京大学出版社,2005。

的特点，而且把诗、赋放到了前两位，改变了《典论·论文》中诗、赋居末的排序，这表明在陆机的文体观念中，诗、赋这两类纯文学文体，比实用类文体地位更高，这是晋代文学较建安文学进一步自觉的表现。

以"文"的分类为背景，晋宋以来出现了文笔之辨。《文心雕龙·总术》指出：

> 今之常言，有文有笔，以为无韵者笔也，有韵者文也。夫文以足言，理兼诗书，别目两名，自近代耳。颜延年以为笔之为体，言之文也；经典则言而非笔，传记则笔而非言。请夺彼矛，还攻其楯矣。何者？易之文言，岂非言文；若笔不言文，不得云经典非笔矣。将以立论，未见其论立也。予以为发口为言，属翰曰笔，常道曰经，述经曰传。经传之体，出言入笔，笔为言使，可强可弱。六经以典奥为不刊，非以言笔为优劣也。昔陆氏文赋，号为曲尽，然泛论纤悉，而实体未该。故知九变之贯匪穷，知言之选难备矣。

刘勰引述了晋宋以来普遍的文笔观念，即无韵的作品是"笔"，有韵的作品是"文"。这种观点是文体辨析日渐精细的结果。隋至初唐间佚名的《文笔式》阐释了这种文笔观念："制作之道，唯笔与文：文者，诗、赋、铭、颂、箴、赞、吊、诔等是也；笔者，诏、策、移、檄、章、奏、书、启等也。即而言之，韵者为文，非韵者为笔。"[①]但刘勰并不同意当时流行的这种文笔观念，他认为有韵的《诗经》和无韵的《尚书》都可以称为"文"。可见，他眼中的"文"是十分宽泛的概念。刘勰《文心雕龙》立论以宗经为本，若以有韵无韵区分文笔，势必将六经中除《诗经》以外的五经全部排斥在"文"以外，这是刘勰不能接受的。刘勰接着引述了颜延之的"言"

---

① 引自[日]遍照金刚撰，王利器校注：《文镜秘府论校注》西卷，474页，北京，中国社会科学出版社，1983。

"笔"观念，即"笔"作为文体，是有文采的"言"；经书没有文采，故而是"言"，传记有文采，故而是"笔"。文本宗经的刘勰当然也不赞同这种观点，他指出有的经书也有文采，故而不能说经书就不是"笔"。刘勰阐述了他的"言""笔"观念，他认为口头的是"言"，用笔墨写下来的是"笔"。这种观点上承王充《论衡·书解》的"出口为言，集札为文"，"出口为言，著文为篇"。按刘勰所论，经、传属于"笔"；作为文学之"文"也属于"笔"。又对照王充所言，刘勰所谓并无区别的"文""笔"，均是广义的文章。刘勰对晋宋以来将"文""笔"别立两名的做法并不赞成，他不主张区分"文""笔"。他以内容的精微深奥作为评判经典的主要标准，而不是以形式上有无文采或有无韵来判定优劣，这依然体现了刘勰的宗经思想。

虽然刘勰并不赞同以有韵无韵区分"文""笔"，但是晋宋以来的文笔之辨，又潜在地影响着他。《文心雕龙》从《明诗》至《书记》二十篇，前十篇论"文"，后十篇论"笔"，正是按"论文叙笔"的方式展开的。

文笔的区分标志着文体的区分日益精细，随之而来的写作方法问题也日渐复杂，需要探索出"乘一总万"的写作之"术"，《总术》将文笔之辨与总论文章写作之术列在一篇，原因即在于此。刘勰指出陆机《文赋》对"文"的论述虽然详尽，但对写作的基本原理（"术"）却论述得不完备。刘勰对遣词造句等细节也很重视，在《声律》至《指瑕》九篇中有详尽的论述，但他对"多欲练辞，莫肯研术"的现象是不满意的，所以在《声律》等篇之后，单列《总术》篇，旨在强调作文基本原理的重要性。刘勰指出善于作文的四种人：精者、博者、辩者、奥者。这些与《征圣》篇所说圣人文章的四种特点（简言、博文、明理、隐义）是遥相呼应的，也反映了刘勰文必宗经的一贯主张。刘勰所谓的写作之"术"，在《风骨》《通变》《定势》《情采》《镕裁》《附会》等篇中均有述及。不过"总术"是总括《文心雕龙》诸篇所言之"术"而言的，不是指写作的具体技巧，是针对当时文坛"多欲练辞，莫肯研术"，即只注意细节，而忽视整体来立论的。刘勰认为文章写作的方法多种多样，需要互相综合组织，其中如果有一方面不协调，就会破坏文章的整体。刘勰描述了诸种方法综合成一个整体后形成的文章的理想形态："义味腾跃而生，辞气丛杂而至。视之则锦绘，听之则丝簧，味之则甘腴，佩之则芬芳。"这种文章的理想形态亦提供了一个参照系，有助于我们反观《文心雕龙》创作论诸篇，从而加深对它们的理解。

南朝的文笔之辨，还有另一层面含义，即"文"指的是诗赋等文学文体，"笔"指的是公文文体。章太炎《国故论衡》论之已详：

> 《晋书·乐广传》："请潘岳为表，便成名笔"。《成公绥传》："所著诗赋杂笔十余卷。"《张翰传》："文笔数十篇行于世。"《曹毗传》："所著文笔十五卷。"《王珣传》："珣梦人以大笔如椽与之，既觉，语人曰：'此当有大手笔事。'俄而帝崩，哀册谥议，皆珣所草。"《南史·任昉传》："既以文才见知，时人云任笔沈诗。"《徐陵传》："国家有大手笔，必命陵草之。"详此诸证，则文即诗赋，笔即公文，乃当时恒语。[1]

可见南朝文笔之辨是文学走向自觉的结果，其实质是要突出"文"胜于"笔"、"文"难于"笔"，从而形成了重"文"轻"笔"的风气。曹魏时期，"笔"的地位较高，曹丕《典论·论文》把奏、议、书、论、铭、诔等文体列在诗、赋之前。西晋陆机《文赋》则反其道而行之，将诗、赋排列在碑、诔、铭、箴、颂、论、奏、说等文体之前。逯钦立认为晋人所谓"文""笔"，仅是把各体的篇章分为两大类，而于"文""笔"并无轩轾之见，到刘宋时期，范晔才提出"文"难"笔"易，有了重"文"轻"笔"的倾向。[2] 范晔编撰《后汉书》列传著录传主著述时，大多首列诗赋。[3] 萧统基本上将经学、史学、子学著作排斥在外，确立了文学性的收录标准。从《文

---

[1] 章太炎：《国故论衡》中卷，95页，上海，上海中西书局，1924。
[2] 逯钦立：《说文笔》，见中国人民大学古代文论资料编选组编：《中国古代文论研究论文集》，204页，上海，上海古籍出版社，1989。
[3] 郭英德：《中国古代文体学论稿》，195页。

选》选篇的数量看,体现出明显的重"文"轻"笔"的倾向。据曹道衡统计,《文选》收录南朝宋、齐、梁三代作品共246篇,其中"赋"7篇,"诗"185篇,其他54篇,诗、赋所占比例已近八成。① 由此可见,当时士人以诗赋为高。 钟嵘《诗品》:"彦升少年为诗不工,故世称沈诗任笔,昉深恨之。"所谓"任笔沈诗"是称赞任昉在"笔"体上造诣高深,然而任昉对此却深以为恨,可见文尊笔卑的观念在他心中是根深蒂固的。②

萧绎《金楼子·立言》阐释了他的文笔观念,他也认为"文"是诗赋类文体,"笔"是公文类文体:

> 然而古人之学者有二,今人之学者有四。夫子门徒,转相师受,通圣人之经者,谓之儒。屈原、宋玉、枚乘、长卿之徒,止于辞赋则谓之文。今之儒,博穷子史,但能识其事,不能通其理者,谓之学。至如不便为诗如阎篹,善为章奏如柏松,若此之流,泛谓之笔。吟咏风谣,流连哀思者,谓之文。而学者率多不便属辞,守其章句,迟于通变,质于心用。学者不能定礼乐之是非,辩经教之宗旨,徒能扬榷前言,抵掌多识。然而挹源之流,亦足可贵。笔退则非谓成篇,进则不云取义,神其巧惠,笔端而已。至如文者,惟须绮縠纷披,宫徵靡曼,唇吻遒会,情灵摇荡。而古之文笔,今之文笔,其源又异。

他认为"文"是吟咏风谣,流连哀思的诗赋文体,用于抒写个人情感;而"笔"则进入了公共领域,是章奏一类的公文文体。 他肯定"文"而批评"笔",认为"笔"退"非谓成篇",进"不云取义";而"文"则具有三个优点:"绮縠纷披",即辞采华丽;"宫徵靡曼""唇吻遒会",即声律和谐;"情灵摇荡",即动人情感。 萧绎还把学者划为四等:通圣人之经者谓

---

① 曹道衡:《南朝文风和〈文选〉》,载《文学遗产》,1995(5)。
② 陈玉强:《南朝公文体俳谐文的文体学意义》,载《中山大学学报(社会科学版)》,2010(1)。

之"儒",止于辞赋者谓之"文",博穷子史者谓之"学",善为章奏者谓之"笔"。在萧绎的等级划分中,善为辞赋者居于第二等,而善为章奏者位列最末等,这也体现出他重"文"轻"笔"的倾向。古人学者只有两种,一是"儒",二是"文";今人学者有四种,即从"儒"中分出"学",从"文"中分出"笔"。古之文人虽止于辞赋,但辞赋大多含有讽谏之意,屈原、宋玉、枚乘、司马相如的辞赋无不如此;今之文人的作品则主抒写个人情感,不以讽谏为目的。从这个层面来讲,今之文人是从事文章写作的人。这种观点在曹丕《典论·论文》中已有涉及:"今之文人,鲁国孔融文举,广陵陈琳孔璋,山阳王粲仲宣,北海徐幹伟长,陈留阮瑀元瑜,汝南应玚德琏,东平刘桢公幹。斯七子者,于学无所遗,于辞无所假,咸自以骋骥騄于千里,仰齐足而并驰。"曹丕所举"建安七子"擅长文章写作,能够自创新辞,不假借于古语,体现出了文学创作的独创精神,这里所谓"文人"是指从事文章写作的人。

曹丕所谓"文人"一词含义不同于以往。《诗·大雅·江汉》:"厘尔圭瓒,秬鬯一卣,告于文人,锡山土田。"毛传解为:"文人,文德之人也。"实有误,此处文人当解为先人。前文已述,先民有"饰尸而祭"的习俗,"文"的字形是文身的尸形,象征的是历祖历宗,"'前文人'则尸之饰'历祖历宗'者也"。① 曹丕提出的作为文学创作主体的"文人"概念,也不同于王充所谓的"文儒"——前者的范围更小,接近于今天所说的文学家。王充所谓的"文儒"是从事著作的人,而著作的范围很广,包括子、史、集领域,不单指文章。曹丕《典论·论文》从文学层面提出"文人"乃是从事文章写作的人,确立了文学创作主体的专用称谓。萧绎《金楼子·立言》提出的儒、文、学、笔,正是在前人的基础上的进一步发展和细化,从"文"中分出"笔",正是"文"观念收缩的表征,也是文学自觉的表现。

综上,"文"观念在六朝的扩张与收缩,与六朝"文学自觉"联系密

---

① 吴其昌:《殷虚书契解诂》,见李圃主编:《古文字诂林》第 8 册,68 页。

切。一方面，为文学寻求存在合法性，是"文学自觉"的题中应有之义。如果说曹丕的文章"不朽"说为之提供了形而下的依据，那么刘勰的"道之文"说，则以"文"观念的扩张为手段，为之提供了形而上的最终依据。另一方面，文章辨体、细化文学种类，也是"文学自觉"的重要特征，因为分类细化是任何一个学科成熟的标志。六朝陡然兴起的文笔之辨，正是以"文"观念的收缩，为"文学自觉"的深化提供依据。伴随着"文"观念的扩张与收缩，"文"终于在六朝时期升格为文艺美学范畴。

◎ 第四节
"文体"：文章辨体意识的深化

西汉出现了"文体"一词，但它并非指文章之体，而是指文雅的体态或指文字。比如，西汉贾谊《新书》有"动有文体谓之礼"之说，此"文体"指文雅有节的体态。西汉孔安国献《古文尚书》，其从兄孔臧《与侍中从弟安国书》说："知以今雠古，以隶篆推科斗，已定五十余篇，并为之传云。其余错乱文字，摩灭不可分了，欲垂待后贤，诚合先君阙疑之义。顾惟世移，名制改变，文体义类，转益难知。"此所谓"文体"指文字。

作为文章之体的"文体"概念出现在东汉末年。卢植《郦文胜诔》评价郦炎："自龀未成童，著书十余箱，文体思奥，烂有文章，箴缕百家。"郦炎文章之"文体思奥，烂有文章"当是指他的著作语体深奥而有文采。[①] 东

[①] 汉代作为文章之体的"文体"概念极少出现，"思奥"当然是就内容义理而言，但"文体"是何含义，值得探讨。综合六朝的用例来看，作为文章之体的"文体"主要有风格、体裁、语体三方面的含义。"文体思奥"可能侧重指语体层面，即遣词用句具有思维深奥的特点，后文所言"烂有文章"亦是指语体层面。

汉班固《汉书·艺文志》在目录分类上体现了初步的文章辨体意识。① 至东汉末年，蔡邕《独断》从礼制的角度谈到策书、制书、诏书、章、奏、表、驳议的形制，比如"章者，需头，称稽首上书，谢恩陈事诣阙通者也"，而"表者，不需头，上言臣某言，下言臣某诚惶诚恐，顿首顿首，死罪死罪。左方下附曰：某官臣某甲上"。蔡邕从书写款式上对上述文体加以了说明，他涉及的是体裁规范，没有论及风格、语体，也未评论相关代表作品。但蔡邕的贡献在于"揭开了文体学研究的序幕"②。蔡邕《独断》也使用了"文体"一词："策书：策者，简也。《礼》曰：不满百文，不书于策。其制长二尺，短者半之，其次一长一短，两编，下附篆书，起年月日，称皇帝曰，以命诸侯王三公。其诸侯王三公之薨于位者，亦以策书诔谥其行而赐之，如诸侯之策。三公以罪免，亦赐策，文体如上策而隶书，以一尺木两行，唯此为异者也。"蔡邕说明"策书"的形制时，提到对三公免罪的策书，"文体如上策而隶书"，所谓"文体"指体裁而言，指策书中"起年月日，称皇帝曰"之类的款制。

东汉末年，刘熙《释名》以声训的方式训解词义、探求名源，其中的《释书契》及《释典艺》两章涉及了檄、谒、诣、令、诏书、论、赞、铭、诔、碑等文体名称的界定问题。比如，"檄，激也，下官所以激迎其上之书文也"；"铭，名也，述其功美使可称名也"；"诔，累也，累列其事而称之也"。这些已是十分明确的文章辨体。但刘熙以声训来解释文体名称，颇有可议之处。比如，他训"檄"为"激"，由此断定檄是"下官所以激迎其上之书文"，这一说法并不准确。檄本是用于征召的军事文书，《汉书·高帝纪下》："吾以羽檄征天下兵。"颜师古注："檄者，以木简为书，长尺

---

① 班固《汉书·艺文志》参照刘歆《七略》将图书分为六略：六艺略、诸子略、诗赋略、兵书略、数术略、方技略。刘歆、班固都将"诗赋略"与"六艺略"并列，而不把诗赋列入六经中的《诗经》类，表明他们已经有了文学独立于经学之外的思想。班固"诗赋略"又分为五类：屈原赋、陆贾赋、荀卿赋、杂赋、歌诗，每一类又下隶若干作家和作品，显然班固已有文章辨体意识，但主要体现在目录分类上，而对文体特点缺乏论述。

② 跃进：《〈独断〉与秦汉文体研究》，载《文学遗产》，2002（5）。

二寸,用征召也。 其有急事,则加鸟羽插之,示速疾也。《魏武奏事》云:'今边有警,辄露檄插羽。'""檄本来是军事文书,举凡罪责、晓慰、军事征兵、公府征吏皆用之。"①可见,刘熙将檄释为"下官所以激迎其上之书文",并不恰当。 刘勰《文心雕龙·檄移》篇释"檄"云:"檄者,皦也。 宣布于外,皦然明白也。"刘勰对"檄"的训释显然优于刘熙。

至魏晋南北朝,"文体"一词在文献中大量出现,这是当时文章辨体深化的结果。 东汉蔡邕使用"文体"一词时指体裁而言,而魏晋南北朝时期"文体"具有了多层含义,既指体裁,也指风格、语体。

曹丕《典论·论文》把文章分为四科八类:"盖奏议宜雅,书论宜理,铭诔尚实,诗赋欲丽。"从曹丕所论文体分类及其特点来看,曹丕的文章辨体意识是显而易见的。 其后西晋傅玄《连珠序》专门论述了"连珠体"的文体特点:"其文体,辞丽而言约,不指说事情,必假喻以达其旨,而贤者微悟,合于古诗劝兴之义。 欲使历历如贯珠,易观而可悦,故谓之连珠也。 班固喻美辞壮,文章弘丽,最得其体。"傅玄界定连珠体的特征时使用的"文体"一词,偏重于指体裁。 他称赞班固连珠体"最为得体",则表明西晋时期对于文体规范已有自觉认识。 范晔《后汉书·祢衡传》记载:"(祢)衡为作书记,轻重疏密,各得体宜,(黄)祖持其手曰:处士,此正得祖意,如祖腹中之所欲言也。"所谓"各得体宜",指祢衡文章"得体"。 南齐张融《门律自序》说:"吾文章之体,多为世人所惊,汝可师耳以心,不可使耳为心师也。 夫文岂有常体,但以有体为常,政当使常有其体。 丈夫当删《诗》《书》,制礼乐,何至因循寄人篱下。 且中代之文,道体阙变,尺寸相资,弥缝旧物。 吾之文章,体亦何异,何尝颠温凉而错寒暑,综哀乐而横歌哭哉? 政以属辞多出,比事不羁,不阡不陌,非途非路耳。 然其传音振逸,鸣节竦韵。 或当未极,亦已极其所矣。 汝若复别得体者,吾不拘也。"此讲文章之体,认为文无常体,而以有体为常。 张融自评

---

① (南朝梁)刘勰著,詹锳义证:《文心雕龙义证》,760页,上海,上海古籍出版社,1989。

其文章得体，亦可证明彼时文章"得体"意识已兴起。

西晋陆机《文赋》上承曹丕《典论·论文》。他把文体分为十类并详细界定其特征："诗缘情而绮靡，赋体物而浏亮。碑披文以相质，诔缠绵而凄怆。铭博约而温润，箴顿挫而清壮。颂优游以彬蔚，论精微而朗畅。奏平彻以闲雅，说炜晔而谲诳。"陆云《与兄平原书》说："兄文方当日多。但文实无贵于为多。多而如兄文者，人不猒其多也。屡视诸故时文皆有恨，文体成尔。然新声故自难复过。九悲多好语，可耽咏，但小不韵耳；皆已行天下，天下人归高如此，亦可不复更耳。"又说："兄往日文，虽多瑰铄，至于文体，实不如今日。"陆云两次提到"文体"一词，当指风格或语体而言。

与陆机同时的挚虞，其《文章流别论》重在区别文体的性质、源流，现存的佚文涉及颂、赋、诗、七、箴、铭、诔、哀辞、哀策、对问、碑铭十一种文体。据《晋书·挚虞传》："（挚）虞撰《文章志》四卷……又撰《古文章》，类聚区分为三十卷，名曰《流别集》，各为之论，辞理惬当，为世所重。"挚虞《文章流别集》已佚，但从他将文章类聚区分为三十卷来看，他对文体的辨析绝不止佚文涉及的十一种。挚虞精于辨析文体，在当时为人所重。萧子显《南齐书·文学传论》所谓"仲洽（挚虞之字）之区判文体"，即指挚虞对文章体裁的辨析。东晋李充《翰林论》亦重辨析文体，现存佚文涉及十四种文体：书、议、赞、诫、告、表、驳、论、难、奏、盟、檄、赋、诗。据《中兴书目》："《翰林论》二十八篇，论为文体要。"可知《翰林论》涉及的文体也不止上述十四种。综上，魏晋时期的文体辨析已经十分精细，这与当时的文学自觉潮流相呼应。

南朝宋谢灵运《山居赋》自序："抱疾就闲，顺从性情，敢率所乐，而以作赋。扬子云云：'诗人之赋丽以则。'文体宜兼，以成其美。"此处"文体"指文章风格，大意指诗人之赋的风格应兼有丽与则两个方面。沈约在《宋书·谢灵运传论》中指出："自汉至魏四百余年，辞人才子，文体三变。"此"文体"指文章风格而言。沈约又说："自骚人以来，多历年代，虽文体稍精，而此秘未睹。"沈约所谓的"此秘"指将四声运用于诗歌创作，此处"文体"侧重指语体。

南齐江淹《杂体诗三十首》序云："关西邺下，既以罕同；河外、江南，颇为异法。……今作三十诗，学其文体，虽不足品藻渊流，庶亦无乖商榷云尔。"江淹模仿汉魏至晋宋时期李陵、曹丕、曹植、刘桢、王粲、嵇康、阮籍、张华、谢庄等三十家诗人的五言诗，每人学其一首，作《杂体诗三十首》。江淹所谓"学其文体"之"文体"侧重指风格、语体。南朝齐臧荣绪《晋书》云："（陆）机妙解情理，心识文体，故作《文赋》。"① 此处"文体"侧重指体裁。

文体分类在南朝梁代达到了鼎盛。任昉《文章缘起》把文章名分为八十五题，极为精细。② 刘勰《文心雕龙》把文体分为三十四种：骚、诗、乐府、赋、颂、赞、祝、盟、铭、箴、诔、碑、哀、吊、杂文、谐、隐、史传、诸子、论、说、诏、策、檄、移、封禅、章、表、奏、启、议、对、书、笺记。而其中杂文又分为十九种，笺记分为二十五种，等等。总计有八十一种文体。③《文心雕龙·序志》确立了"原始以表末，释名以章义，选文以定篇，敷理以举统"的原则，对诸种文体的源流、特点、代表作家作品都有论述。萧统编《文选》采取了挚虞《文章流别集》"类聚区分"的体例，以文体分卷，涉及三十八类文体。以上可见，任昉、刘勰、萧统对文章的分类十分细致，几乎将梁代以前的文体一网打尽。"从蔡邕《独断》到萧统《文选》，前后绵延三百多年，中国文体学最终得以确立。"④

《文心雕龙》中"文体"一词频频出现，它的含义包括了体裁、语体、

---

① 《文选》卷十七《文赋》李善注引。
② 现流行本标为 84 题，实是将"诏"和"玺文"合为一条。宋代王得臣《麈史》、王正德《余师录》均记载为"八十五题"。参见吴承学、李晓红：《任昉〈文章缘起〉考论》，载《文学遗产》，2007（4）。
③ 罗宗强：《刘勰文体论识微》，见罗宗强：《读文心雕龙手记》，143 页，北京，生活·读书·新知三联书店，2007。
④ 跃进：《〈独断〉与秦汉文体研究》，载《文学遗产》，2002（5）。

风格三个层面。首先是体裁，《诔碑》篇云："傅毅所制，文体伦序。"意谓傅毅诔文写得合体制、有次序。《风骨》篇云："洞晓情变，曲昭文体。"意谓彻底了解情感的变化，详细掌握各种体裁的特点。《定势》篇云："新学之锐，则逐奇而失正；势流不反，则文体遂弊。"意谓后起之秀，追逐怪奇而偏离正道，这种趋势无法挽回，导致文章体制遭到破坏。《总术》篇云："况文体多术，共相弥纶，一物携贰，莫不解体。"意谓文章体制由多种因素构成，它们相互牵制，如果有一方面不协调，就会破坏整体。其次是语体，《章句》篇云："巧者回运，弥缝文体。"意谓巧妙的作者运用虚词，使文辞表达更加严密。《附会》篇云："义脉不流，则偏枯文体。"意谓思理的脉络不能贯通，文章的表达就会失衡。最后是风格，比如《体性》篇云："才性异区，文体繁诡。"意谓作者的才力及性格各不相同，因此文章风格纷繁复杂。《时序》篇云："自中朝贵玄，江左称盛，因谈余气，流成文体。"意谓西晋崇尚玄学，东晋玄风更盛，而玄学清谈的风气，影响了文学的风格。

钟嵘《诗品》也喜用"文体"一词，他在品评诗歌时，多以"文体"指称风格。比如评张协诗云："文体华净，少病累。"意谓张协诗歌风格华丽明静，少有瑕累。评郭璞诗云："宪章潘岳，文体相辉，彪炳可玩，始变永嘉平淡之体，故称中兴第一。"意谓郭璞诗歌与潘岳诗歌风格相近，文采绚丽，改变了永嘉玄言诗平淡的风格，所以称为东晋第一诗人。评袁宏《咏史》诗云："虽文体未遒，而鲜明紧健，去凡俗远矣。"意谓袁宏《咏史》诗虽然风格不够遒劲，但鲜明紧健，高出平庸之作很远。评陶潜诗云："文体省净，殆无长语。"意谓陶潜诗歌风格简洁明净，没有冗长多余之词。评张融诗云："缓诞放纵，有乖文体。"意谓张融诗歌风格舒缓怪诞，逸荡放纵，有悖于当时一般诗歌风格。评王屮、卞彬、卞铄诗云："虽不弘绰，而文体剽净。"意谓三人诗歌虽然不宏放宽绰，但风格矫健轻捷。

《诗品》中的"文体"一词，也存在兼有体裁、语体、风格诸义的情况。《诗品序》云："'古诗'眇邈，人世难详，推其文体，固是炎汉之制,非衰周之倡也。"此谓《古诗十九首》写作年代久远,难以详察,但从《古诗十九首》的文体特点,可以推测它是汉代的作品而非周代末年的作品。 此处"文体"便兼有体裁、语体、风格三义。 又云:"观斯数家,皆就谈文体,而不显优劣。"意谓陆机《文赋》、李充《翰林论》、王微《鸿宝》、颜延之论文、挚虞《文章流别论》等谈论文体,却不辨析优劣。 此处"文体"也兼有体裁、语体、风格三义。 《诗品》评沈约诗云:"观休文众制,五言最优。 详其文体,察其余论,固知宪章鲍明远也。"此谓沈约五言诗写得最好,考察他的文体及高论,可知他效法鲍照。 此处"文体"亦兼有体裁、语体、风格三义。 《诗品》评张永诗云:"张景云虽谢文体,颇有古意。"意谓张永诗歌在体式及风格上虽有不足,但颇有古时诗歌的意韵。 此处"文体"兼有语体、风格二义。

综上,作为文章之体的"文体"概念产生于东汉末年,但仅有体裁之义,且使用频率不高。 到魏晋南北朝时期,随着文学自觉及文章辨体的深化,"文体"一词大量涌现,并且出现了体裁、语体、风格多层含义。 这些都表明,中国古代的文体学已经正式形成。

第十五章
气

"气"在曹魏之前是重要的哲学范畴,至魏晋南北朝时期进入文艺美学,形成了三方面的含义:从文学本质论角度而言,"气"指天地之气(包括元气、节气等);从文学创作主体论角度而言,"气"指创作主体的生命元质(包括个性、气质等);从文学作品论的角度而言,"气"指作品的生命力(包括文学的风格、气势等)。这三个层次含义的逻辑顺序是:天地之气决定了作家的生命元质,而作家的生命元质决定了作品的生命力。曹丕《典论·论文》"文以气为主"命题的提出以及"气"范畴在文艺美学中的出现,摆脱了汉代以来"文以德为主"的思想束缚,是魏晋文学自觉的重要表征。

◎ 第一节
释"气"

许慎《说文解字》训"气"为:"云气也。象形。"[1]从"气"的本义

---

[1] 许慎《说文》"气""氣"是两字,他释"氣"为"馈客刍米也。从米气声。"对甲骨文、金文中"气"字探讨,以及训诂中出现的气的资料,参见[日]小野泽精一等编:《气的思想——中国自然观与人的观念的发展》,李庆译,上海,上海人民出版社,2007。

来看，它并没有抽象的含义，指的就是物理之气。人的生存离不开呼吸之气，人体也充满物理之气。故而"气"对于人而言，是极为亲近而又不可察觉的对象。古人的思维方式是"近取诸身，远取诸物"的取象思维。"气"由物理之气抽象为万物本源之气，其依据在于其物理特性。它可以由无形而化为有形，如云气凝结而成雨露；又可以由有形而变为无形，如万物消亡复归于气。于是古人视"气"为万物的本源。《管子·内业》云："凡物之精，此则为生。下生五谷，上为列星。流于天地之间，谓之鬼神。藏于胸中，谓之圣人。"管子所说的"物之精"，就是"气"，它具有化生万物的功能，是本源之气。老、庄也有类似的说法。《老子》云："道生一，一生二，二生三，三生万物。万物负阴而抱阳，冲气以为和。"由道产生天地，天地产生阴阳二气，阴阳二气相交产生万物。老子所谓的"冲气"指阴阳两气相激荡；冲，即交冲，激荡。① 《庄子·田子方》云："至阴肃肃，至阳赫赫；肃肃出乎天，赫赫发乎地；两者交通成和而物生焉。"阴气出于天，阳气出于地，二气交通成和，化育万物。老、庄从万物生成的角度明确了阴阳二气是化生万物的本源。可见，在先秦时期，"气"作为化生万物的本源，已经具有了本体论的地位。

人的生死是气的聚散，这是先秦时期的一种较为普遍的看法。《管子·心术》云："气者，身之充也。"《管子·枢言》云："有气则生，无气则死，生者以其气。"《庄子·知北游》云："人之生，气之聚也；聚则为生，散则为死。若死生为徒，吾又何患！故万物一也。是其所美者为神奇，其所恶者为臭腐；臭腐复化为神奇，神奇复化为臭腐。故曰：通天下一气耳。"人出生就是气的聚积，人死亡就是气的消散；万物亦是如此，故而"气"通于天下万物。传统医学认为自然界之气与人体之气相通相感，这可以诠释庄子"通天下一气耳"的观点。《左传·昭公元年》记载了秦国名医医和之语："天有六气，降生五味，发为五色，徵为五声。淫生六疾。六

---

① 陈鼓应：《老子注释及评介》，229页，北京，中华书局，1984。

气曰阴、阳、风、雨、晦、明也。分为四时，序为五节，过则为灾：阴淫寒疾，阳淫热疾，风淫末疾，雨淫腹疾，晦淫惑疾，明淫心疾。"天有"六气"，即阴、阳、风、雨、晦、明。天之"六气"失衡则导致人的内在气机紊乱，于是产生"六疾"，即寒疾、热疾、末疾（四肢疾病）、腹疾、惑疾、心疾。《素问·至真要大论》说："本乎天者，天之气也；本乎地者，地之气也。天地合气，六节分而万物化生矣。故曰：'谨候气宜，无失病机，此之谓也。'"并指出了风、热、湿、火、燥、寒六种外在因素对人体的影响，以及"风淫于内""热淫于内""湿淫于内""火淫于内""燥淫于内""寒淫于内"的相应治疗原则。可知，传统医学也强调万物是由"气"化生的，故而从致病之因的角度，指出气候变化是导致疾病的外因。

气内充于人体的各处，所以有血气、心气、骨气、胆气等不同说法。"气"不但是构成人的形体的本源，也是构成人的精神的本源，所以又有魂气、志气、意气、神气等说法。由天之"六气"，产生了人之"六情"。《左传·昭公二十五年》记载："民有好、恶、喜、怒、哀、乐，生于六气。"《管子·内业》也说："人之生也，天出其精，地出其形，合此以为人。"所谓"精"指"气"，与"形"相对，此言天地二气相合产生人，已经隐含了天之气形成人的精神，地之气形成人的形体之意。《孟子·公孙丑上》说："我善养吾浩然之气。"孟子所谓的浩然之气，是至大至刚的道义之气，其实质是一种精神力量。以"气"指称精神或精神力量，这是"气"由哲学范畴、医学范畴进入审美范畴的前提。

老、庄在阐释万物生成的原理时，已经明确气分阴阳，西汉刘安在此基础上有进一步诠释。《淮南子·天文训》说："道始于虚霩，虚霩生宇宙，宇宙生气。元气有涯垠，清阳者薄靡而为天，重浊者凝滞而为地。……天地之袭精为阴阳，阴阳之专精为四时，四时之散精为万物。"此将气分为清阳、重浊，即气分阴阳，由此产生天地，化为四时，散为万物。《淮南子·精神训》说："是故精神，天之有也；而骨骸者，地之有也。"又说："夫精神者，所受于天也；而形体者，所禀于地也。"可知《淮南子》认为精神是天之清气所成,形体是地之浊气所造。汉代人认为天地之气是形成人的精神和形体的本源,也是音乐的本源。西汉戴圣编撰的《礼记·乐记》指出:"地气上齐,天气下降,阴阳相摩,天地相荡,鼓之以雷霆,奋之以风雨,动之以四时,暖之以日月,而百化兴焉。如此,则乐者,天地之和也。"此以阴阳二气的和谐指称音乐的本质。

汉代思想家在前人基础上发展出了元气学说。王充《论衡·言毒》云:"万物之生,皆禀元气。"《论衡·论死》云:"人未生,在元气之中;既死,复归元气。"《论衡·无形》云:"人禀元气于天,各受寿夭之命,以立长短之形。"《论衡·命义》云:"人禀气而生,含气而长,得贵则贵,得贱则贱。"又说:"禀得坚强之性,则气渥厚而体坚强,坚强则寿命长,寿命长则不夭死。禀性软弱者,气少泊而性羸窳,羸窳则寿命短,短则早死。"《论衡·率性》云:"人之善恶,共一元气,气有少多,故性有贤愚。"又说:"禀气有厚泊,故性有善恶。"人禀元气而生,这种观点未脱前人窠臼,但是王充又认为人所禀元气的厚薄决定了人的寿命的长短、身体素质的强弱、地位的贵贱、性格的坚强软弱、本性的善恶贤愚,这却是新的发展,对六朝气论及文气说产生了重要影响。

从人所禀之气探讨人的气质个性等稳定心理特征,在建安时期已经相当普遍。刘劭《人物志·九征》云:"凡有血气者,莫不含元一以为质,禀阴阳以立性,体五行而著形。苟有形质,犹可即而求之。"刘劭认为人以元气为质,禀阴阳立性,体五行著形,故而五行对应人的骨、筋、气、肌、血,即"木骨、金筋、火气、土肌、水血",由此相应形成五种不同的个性:弘毅、勇敢、文理、贞固、通微。建安末魏初人任嘏《任子道论》也说:"木气人勇,金气人刚,火气人强而躁,土气人智而宽,水气人急而贼。"以上均是由气的阴阳变化推演出人的不同性格。"气,从先秦与人的生理特征及精神状态紧密联系在一起,到两汉时期气的阴阳二元化与人的禀气的相配相合,再至建安前后形成以气探讨人的气质个性的比较普遍的社会风气,这些都是'文气'说得以产生的历史文化渊源和现实文化基础。"[1]

◎ 第二节
文艺本体论之"气"：元气与感物

　　从文艺本体论角度而言，气指天地之气。魏晋南北朝时期，人们接受并发展了前代关于气是化生万物的本源的观点。曹植《上疏陈审举之义》说"臣闻天地协气而万物生"，即认为气是化生万物的本源。孙楚《石人铭》说："大象无形，元气为母。杳兮冥兮，陶冶众有。"以元气为天下母。萧衍《天象论》指出，"元气已分，天地设位，清浮升乎上，沉浊居乎下"，"清浮之气，升而为天"，"沉浊之气，下凝为地"，"天地之间，别有升降之气，资始资生，以成万物"，"资始之气，能始万物"，"资生之气，能生万物"，认为元气分为清浊，清气升为天，浊气凝为地，天地之间又有升降之气，资始之气创始万物，资生之气化生万物。

　　就文学的发生而言，天地元气是作家生命的来源，又是触发作家创作心理的重要因素。魏晋南北朝的文学物感说，即强调文学的发生是作家感物而动的结果，而外物之所以感人，正在于外物由元气而生，而人亦是由元气而生，是"同气相求"的结果。就哲学而言，天人以气相通的学说，在汉代已经相当完备。董仲舒《春秋繁露·阴阳义》云："天亦有喜怒之气，哀乐之心，与人相副。以类合之，天人一也。"以天之喜怒哀乐对应人的喜怒哀乐，认为这是以类合之的结果。魏晋南北朝时期，这种思想被引入文学理论，用于说明文学的发生原理。比如，陆机《文赋》说："遵四时以叹逝，瞻万物而思纷。悲落叶于劲秋，喜柔条于芳春。心懔懔以怀霜，志眇眇而

---

[1] 詹福瑞：《中古文学理论范畴》，142页，北京，中华书局，2005。

临云。"潘岳《秋兴赋》也说:"四时忽其代序兮,万物纷以回薄。览花莳之时育兮,察盛衰之所托。感冬索而春敷兮,嗟夏茂而秋落。"陆机、潘岳都指出四时万物的变化,激发了作者内心的情思。又比如刘勰《文心雕龙·物色》指出:

> 春秋代序,阴阳惨舒,物色之动,心亦摇焉。盖阳气萌而玄驹步,阴律凝而丹鸟羞,微虫犹或入感,四时之动物深矣。若夫珪璋挺其惠心,英华秀其清气,物色相召,人谁获安?是以献岁发春,悦豫之情畅;滔滔孟夏,郁陶之心凝;天高气清,阴沉之志远;霰雪无垠,矜肃之虑深。岁有其物,物有其容。情以物迁,辞以情发。

刘勰认为元气动物,而物色动人;春夏秋冬四季变化,人的情绪也会受气候变化的感染而产生相应的变化,于是文学由这种情感活动而产生。钟嵘《诗品序》云:"气之动物,物之感人,故摇荡性情,形诸舞咏。"也是此意。

创作者之所以感物而产生创作冲动,正在于外物之气与创作者生命元质之气发生了共鸣,于是摇荡性情,形诸舞咏。外物之气与创作者的生命元质之气,存在董仲舒所说的"以类合之"的关系。这种关系,类似于现代心理学中的"异质同构"关系。美国心理学家鲁道夫·阿恩海姆在《艺术与视知觉》中提出了"异质同构"理论,认为在外部事物的存在形式、人的视知觉组织活动和人情感以及视觉艺术形式之间,存在对应关系。阿恩海姆认为,世界上普遍存在着一种力的结构,"上升和下降、统治和服从、软弱和坚强、和谐与混乱、前进和退让等等基调,实际上乃是一切存在物的基本存在形式。不论是在我们自己的心灵中,还是在人与人之间的关系中;不论是在人类社会中,还是在自然现象中;都存在着这样一些基调。……那推动我们自己的情感活动起来的力,与那些作用于整个宇宙的普遍的力,实际上是同一种力"①。阿恩海姆举例说,一棵垂柳之所以看上去是悲哀的,并不是因为它看上去像一个悲哀的人,而是因为垂柳枝条的形状、方向和柔软性本身就传递了一种被下垂的表现性。垂柳中存在的这种下垂的力,与人的悲哀心理所呈现的向下的力,具有异质同构关系,故而悲哀的人看到垂柳,就会产生共鸣。"从异质同构的角度看中国古代气论,完全可以将'元气''心气''文气'理解为存在于不同力场却又同形同构的力的样式,心物感应的发生,不过是主体对存在于客观景物中的力的样式的知觉,而艺术传达则是将这种经过脑组织活动整合后的张力式样予以迹化。"②董仲舒认为"气"是"以类合之",是天人相副的基础;而阿恩海姆认为"力"是人与物"异质同构"的基础。两种理论有极为相似的思考路径,即为人与物的共通提供一种普泛性的基因。显然,董仲舒的"气"论具有深厚的中国传统文化特点,是六朝文学感物说的理论来源之一。以中西文论汇通的视角来看,阿恩海姆的"力"论为我们提供了西方维度的理论参考。

山林皋壤是元气所化,人亦是元气所化,二者具有共同的本源,故有产生共振的基础。六朝文学感物说,重在说明山林皋壤对创作的激发作用。刘勰《文心雕龙·物色》说:"若乃山林皋壤,实文思之奥府,略语则阙,详说则繁。然则屈平所以能洞监风骚之情者,抑亦江山之助乎?"山林皋壤诉诸人的视觉的同时,也激荡着人的心灵,故而是文思之奥府。山川雄奇之姿,冲击感染了文人心境,在让人感受大自然的鬼斧神工的同时,也对诗文创作产生正面迁移作用。六朝之后,文论又沿着这一思想,强调自然景物对于诗文之气的助益。比如苏辙《上枢密韩太尉书》说:"太史公行天下,周览四海名山大川,与燕、赵间豪俊交游,故其文疏荡,颇有奇气。"③苏辙指出,山川对司马迁文章奇气具有激发作用。马存《赠盖邦式序》也指出司马

---

① [美]鲁道夫·阿恩海姆:《艺术与视知觉——视觉艺术心理学》,滕守尧等译,625页,北京,中国社会科学出版社,1984。
② 张海明:《经与纬的交结——中国古代美学范畴论要》,93页,昆明,云南人民出版社,1995。
③ (宋)苏辙:《苏辙集》,381页,北京,中华书局,1990。

迁文章的奇伟之气来自江山之助："子长平生喜游，方少壮自负之年，足迹不肯一日休。非直为景物役也，将以尽天下之大观，以助吾气，然后吐而为书。"①司马迁游历山川，并不是单纯地欣赏景物，而是借助雄奇之山川来助益其气，然而发而为奇文。故而清代包世臣说："览山川雄奇，诗文为之增气。"②显然，这些论述的前提是山川之气与诗文之气存在共同的本源，均是"通天下一气耳"的外在表征。这些文论思想正是绍述于六朝文论。

◎ 第三节

文艺主体论之"气"：禀气与养气

从文艺主体论角度而言，"气"指创作主体的生命元质。魏晋南北朝时期，人们一方面认为气化万物，另一方面则认为万物禀气而生。比如刘智《论天》说："凡含天地之气而生者，人其最贵而有灵智者也。"这是从人的诞生的角度，说明人禀气而生。而禀气的清浊又决定了人的个性特征，如嵇康《明胆论》说："夫元气陶铄，众生禀焉。赋受有多少，故才性有昏明。唯至人特钟纯美，兼周外内，无不毕备。降此已往，盖阙如也。或明于见物，或勇于决断。人情贪廉，各有所止。譬诸草木，区以别矣。兼之者博于物，偏受者守其分。"戴逵《释疑论》也说："夫人资二仪之性以生，禀五常之气以育。性有修短之期，故有彭殇之殊；气有精粗之异，亦有贤愚之别。此自然之定理，不可移者也。"万物禀气之清浊决定其美恶，如

---

① （清）李扶九选编：《古文笔法百篇》，358页，长沙，岳麓书社，1984。
② （清）包世臣：《艺舟双楫》之《问樵上人〈海上移情图〉记》，见王水照编：《历代文话》第5册，5241页，上海，复旦大学出版社，2007。

袁准《才性论》说：

> 凡万物生于天地之间，有美有恶。物何故美？清气之所生也。物何故恶？浊气之所施也。夫金石丝竹，中天地之气；黼黻玄黄，应五方之色有五。君子以此得曲直者，木之性也。曲者中钩，直者中绳，轮楹之材也。贤不肖者，人之性也。贤者为师，不肖者为资，师资之材也。然则性言其质，才名其用，明矣。

正因为人的禀气和个性气质之间存在关联，故而魏晋南北朝时期，也从禀气来品评人物。试举几例。纪骘《上吴主皓表》云："臣禀气浅薄，体不及众，形容短陋，讷口弱颜。"纪骘自评禀气浅薄，所以外貌短陋，拙于言辞。蔡洪《与刺史周俊书》云："严隐字仲弼，吴郡人，禀气清纯，思度渊伟。"蔡洪认为严隐禀气清纯，故思度渊伟。又孙绰《太尉庾亮碑》云："公吸峻极之秀气，诞命世之深量，微言散于秋毫，玄风畅乎德音。"《太傅褚裒碑》云："公资清刚之正气，挺纯粹之茂质。"孙绰所谓"吸峻极之秀气"与"资清刚之正气"，均是从禀气入手品评人物的。魏晋南北朝人物品评，注重人物的秉气，故而能抓住人物的精神气质，这也是此期人物品评重神轻形的原因之一。王僧达《祭颜光禄文》评价颜延之"气高叔夜"，认为颜延之的个性气质比嵇康高，此"气"正是指精神气质。萧衍《宝亮法师涅槃义疏序》云："有青州沙门释宝亮者，气调爽拔，神用俊举。"以气调品评人物，也是侧重品评精神气质。

魏晋南北朝文论从禀气的角度，探讨了作家生命元质之气与文学创作的关系。曹丕《典论·论文》云："夫文，本同而末异。盖奏议宜雅，书论宜理，铭诔尚实，诗赋欲丽。此四科不同，故能之者偏也；唯通才能备其体。文以气为主，气之清浊有体，不可力强而致。譬诸音乐，曲度虽均，节奏同检，至于引气不齐，巧拙有素，虽在父兄，不能以移子弟。"从文学角度来看，四科八类文体各有其文体特征；从创作主体角度来看，只有"通才"可以擅长四科八类所有文体,一般人只擅长其中部分文体。究其原因在于,创作主体的个性气质决定了文学的风格,而气之清浊不可力强而致,因此以特定的个性气质创作出来的文学作品就具有特定的风格,而要兼有多种风格,就要求创作主体的个性气质具有多样性,这只有"通才"才能办到。"通才"之所以能办到,一方面在于四科八类文体"本同而末异",具有相通之处;另一方面在于"通才"精通各类文体的写作技巧,擅长引气,巧于用笔。《典论·论文》论作家的禀气,强调文章风格是由作家的个性气质决定的,作家的不同人格决定了文学风格的差异,这好比音乐的曲度、节奏可以一样,但不同个性的人演奏出来的风格巧拙有别。曹丕认为"文以气为主",而不是"文以德为主",这就把作家的个性气质提到了文学创作的第一位,摆脱了汉儒以政治伦理要求文学的误区,这正是魏晋文学自觉的标志。

刘勰《文心雕龙》也探讨了作家生命元质之气与文学风格的关系。《体性》篇说:"然才有庸俊,气有刚柔,学有浅深,习有雅郑,并情性所铄,陶染所凝,是以笔区云谲,文苑波诡者矣。故辞理庸俊,莫能翻其才;风趣刚柔,宁或改其气;事义浅深,未闻乖其学;体式雅郑,鲜有反其习;各师成心,其异如面。"由于创作主体的才能、气质、学识、习染各不相同,所以文章的辞理、风趣、事义、体式各不相同,也即风格各不相同。才、气、学、习都会影响文学风格,才、气偏于先天的禀赋,学、习则属于后天的陶冶,其中气是决定风格的最重要因素。又说:"若夫八体屡迁,功以学成,才力居中,肇自血气;气以实志,志以定言,吐纳英华,莫非情性。"所谓"血气"即是志气,是创作主体的生命元质。

刘勰列举了文学史上十二位作家的个性与他们作品风格的关系,来论证创作主体的生命元质对作品风格的决定关系。比如,"公幹气褊,故言壮而情骇"。《尔雅·释言》云:"褊:急也。"刘桢(字公幹)性格急躁刚烈,所以他的作品语言雄壮,情思惊人。对于刘桢诗文的这种风格特点,曹丕、谢灵运都有论述。曹丕《又与吴质书》说:"公幹有逸气,但未遒耳,其五言诗之善者,妙绝时人。"正如曹丕称赞陈琳"章表殊健",批评王粲（字仲宣）的辞赋"体弱"。从曹丕的评论来看,他倡导诗文要"健",这与建安风骨的美学特点关系密切的。刘桢的逸气虽然未遒,但亦雄壮,曹丕《典论·论文》"刘桢壮而不密"可证。谢灵运《拟魏太子邺中集诗序》评刘桢也说:"卓荦偏人,而文最有气,所得颇经奇。"这些论述早于刘勰,不过刘勰更加明言刘桢"气褊"对于其诗文风格的决定作用。钟嵘《诗品》也论述了作家生命元质之气对于文学风格的决定作用,如评刘桢云:"仗气爱奇,动多振绝。贞骨凌霜,高风跨俗。但气过其文,雕润恨少。"所谓"仗气爱奇"指刘桢依仗其亢直之气,偏爱奇警之语,所以刘桢诗歌"气过其文",即骨气超过了丹彩,质胜其文。又如评刘琨"刘越石仗清刚之气",故而刘琨诗歌"自有清拔之气"。

作家的生命元质之气各不相同,不但文学风格各有不同,而且擅长的文体也各有偏美。《文心雕龙·才略》云:"孔融气盛于为笔,祢衡思锐于为文,有偏美焉。"孔融气盛所以擅长为"笔",祢衡思锐故擅长为"文"。魏晋南北朝时期,"文""笔"是不同的概念,"文"指的是诗赋等文学文体,"笔"指的是公文文体。[①]从创作上来看,孔融《荐祢衡表》《与曹操论盛孝章书》《报曹操书》《马日磾不宜加礼议》《肉刑议》等都是有名的公文体文章,而孔融流传来下的诗歌很少,这正是他"气盛于为笔"的表征;祢衡则以《鹦鹉赋》著称于世,正是他"思锐于为文"的反映。

刘勰《文心雕龙》还探讨了生命元质之气对于文学创作中文采、神思、风骨的作用。刘勰认为气与文采有重要关系。《征圣》篇云:"精理为文,秀气成采。"所谓秀气即是灵秀之气。《礼记·礼运》云:"人者,其

---

① 刘勰《文心雕龙·总术》云:"今之常言,有文有笔,以为无韵者笔也,有韵者文也。"以无韵为笔,有韵为文,这代表了晋宋以来的普遍看法。但是由于南朝重文轻笔,又导致了以文入笔,即将对偶、用韵等手法运用进公文之中,致使公文日趋骈俪。南朝所谓"笔"大都是骈文。故而以有韵、无韵来判断文、笔并不准确。根据文体来区别文笔,则大致不差。章太炎《国故论衡》引用《晋书》《南史》中有相关用例,指出:"详此诸证,则文即诗赋,笔即公文,乃当时恒语。"（见章太炎:《国故论衡》中卷,95页）是为确论。

天地之德,阴阳之交,鬼神之会,五行之秀气也。"圣人有灵秀之气,故而诗文有异采。《诸子》篇之"气伟而采奇"、《章表》篇之"气扬采飞"论述的都是气与文采的关联。钟嵘《诗品》评刘桢诗歌:"气过其文,雕润恨少。"刘桢具有的是褊直之气,而非秀气,故而他虽有"气",但是骨气超过了丹彩,缺乏雕绘润饰。刘勰从禀气的角度,论述文采的来源;钟嵘则从文学作品评价层面论述骨气与文采的多寡问题,两人立论不同。

刘勰认为志气作为生命元质之气,对于神思有重要作用。《文心雕龙·神思》篇云:"神居胸臆,而志气统其关键;物沿耳目,而辞令管其枢机。枢机方通,则物无隐貌;关键将塞,则神有遁心。""方其搦翰,气倍辞前,暨乎篇成,半折心始。何则?意翻空而易奇,言征实而难巧也。""王充气竭于思虑。"《神思》篇的三个"气"字都是指志气。《孟子·公孙丑上》云:"夫志,气之帅也;气,体之充也。夫志至焉,气次焉,故曰持其志,无暴其气。"志气就是意气。《尚书·舜典》云:"诗言志。"《史记·五帝本纪》作"诗言意"。《说文》云:"意,志也。"志气是统率神思的关键,志气堵塞,则神思不能展开。王充就是因为志气堵塞,所以思虑迟缓。刘勰揭示了文学创作中的言意矛盾,创作之前志气充沛,但是篇成后,往往不如意,原因就在于意是不断变化的,而语言是指实的,以指实的语言去追逐不断变化的意,当然力所不逮。萧绎《金楼子序》也说:"盖以《金楼子》为文也。气不遂文,文常使气;材不值运,必欲师心。"萧绎所谓"气"指的也是志气。"气不遂文",意近于刘勰所谓"方其搦翰,气倍辞前,暨乎篇成,半折心始"。所谓"文常使气"之"使气",意近于《文心雕龙·才略》之"阮籍使气以命诗",指任性率意。

刘勰认为志气是风骨中"风"的关键。《文心雕龙·风骨》云:"诗总六义,风冠其首,斯乃化感之本源,志气之符契也。"刘勰认为风是《诗经》六义之首,是感化人心的本源,也是作家志气的外在表现。故而风骨之"风"的实质是"气"。湛方生《风赋》云:"有气曰风,出自幽冥。萧然而起,寂尔而停。虽宇宙之洪远,倏俄顷而屡经。""风"是由"气"形成的。风骨的实质是气骨。王微《以书告弟僧谦灵》云："冲和淹通,内有皂白,举动尺寸,吾每咨之。常云:'兄文骨气,可推英丽以自许,又兄为人矫介欲过,宜每中和。'道此犹在耳,万世不复一见,奈何!"此言骨气,即风骨。《风骨》篇探讨"风"的实质即指出:"思不环周,牵课乏气,则无风之验也。"乏"气"则无"风",有"气"则有"风"。"意气骏爽,则文风清焉。""相如赋仙,气号凌云,蔚为辞宗,乃其风力遒也。"故而"缀虑裁篇,务盈守气","情与气偕,辞共体并"。《风骨》篇又说:"故魏文称:'文以气为主,气之清浊有体,不可力强而致。'故其论孔融,则云'体气高妙',论徐幹,则云'时有齐气',论刘桢,则云'有逸气'。公幹亦云:'孔氏卓卓,信含异气;笔墨之性,殆不可胜。'并重气之旨也。夫翚翟备色,而翾翥百步,肌丰而力沉也;鹰隼乏采,而翰飞戾天,骨劲而气猛也。文章才力,有似于此。"刘勰以"气"为"风"的实质,显见之矣。

正因为生命元质之"气"对于文学创作具有重要意义,故而《文心雕龙》专门列有《养气》篇,探讨了养气的重要性以及养气的方法。《养气》篇的主旨与《神思》篇所谓"陶钧文思,贵在虚静"是一致的。《神思》篇说"神居胸臆,而志气统其关键","关键将塞,则神有遁心"。如何保持志气不塞,《神思》篇虽提到"陶钧文思,贵在虚静。疏瀹五藏,澡雪精神","是以秉心养术,无务苦虑;含章司契,不必劳情也",然未展开论述。《养气》篇正是上继《神思》篇未竟之旨,探讨了文学"养气"问题。刘勰认为,人的心思和言辞都是为精神所用的,所以要注意保养精神,只有顺着情志,顺其自然,才能思理融和,情思通畅;如果钻研磨砺过度,就会精神疲惫而元气衰竭。《养气》篇所谓"率志委和,则理融而情畅;钻砺过分,则神疲而气衰"即是此意。刘勰认为,上古的作者顺着情志进行创作,所以他们的创作显得从容不迫;战国以后的作者费尽心思追求新奇,卖弄文采,所以他们的创作紧迫无暇。人所具有的资质与才能是有限的,而智力的运用是无边无际的。刘勰以王充、曹褒、曹操的言行为证,指出如果才分不够却不切实际地刻意苦思，就会"精气内销"，"神志外伤"。《养气》篇还论述了养气的方法：

> 且夫思有利钝，时有通塞，沐则心覆，且或反常，神之方昏，再三愈黩。是以吐纳文艺，务在节宣，清和其心，调畅其气，烦而即舍，勿使壅滞；意得则舒怀以命笔，理伏则投笔以卷怀，逍遥以针劳，谈笑以药倦，常弄闲于才锋，贾余于文勇，使刃发如新，凑理无滞，虽非胎息之万术，斯亦卫气之一方也。

刘勰指出，积累学问需要锥刺股式的勤奋，但作文是为了抒发内心郁闷，不宜损伤精神和志气。精神昏乱时，再三苦思会更加糊涂。因此写作时，务必调节宣导精神，使心情清静和顺，体气调和通畅，如果精神烦乱就搁笔，用逍遥谈笑来消除疲劳。

需要指出的是，曹丕《典论·论文》认为人的禀气清浊不同，不可力强而致，认为"气"是不可培养的。曹丕所说的不可养之"气"，是个性气质之"气"，汉代以来的禀气说已经明确人的个性气质是由人所禀元气决定的，这是不可更易的。刘勰认为气是可以临文蓄养的。他所说的可养之"气"，并不是曹丕所谓的禀自元气的个性气质之"气"，也不同于孟子之"我善养吾浩然之气"以及韩愈《答李翊书》中"气盛则言之短长与声之高下者皆宜"之"气"。刘勰所养之"气"，不具有孟子、韩愈之"气"的道德伦理意味，它是一种生理之气，其义与"神"相近，指的是神气。人禀气而生，气即是人的生命活力，气易耗衰，故魏晋以来颇重养气。干宝《山徙》云："人有四肢五脏，一觉一寐，呼吸吐纳，精气往来，流而为荣卫，彰而为气色，发而为声音，此亦人之常数也。"从中医的角度而言，气耗衰则无救。曹髦《伤魂赋》悼曹并暴疾陨亡云："未经日而沉笃，气惙惙而耗衰。岐、鹊骋技而弗救，岂药石之能追？精魂忽已消散，神眇眇而长违。"曹并暴亡正是由于精气耗衰。正由于气对于人体之重要，魏晋时期道教养生强调行气。不可见之气，通过冥想而在体内运行，而导引出现误差，则会气闭不通，使人昏厥。曹丕《论郤俭等事》记载甘始善行气说："后（甘）始来，众人无不鸱视狼顾，呼吸吐纳。军谋祭酒弘农董芬为之过差，气闭不通，良久乃苏。"董芬学行气有误差，就出现了昏厥的现象。晋人也讲究养气、导气。晋武帝司马炎《赐恤魏舒诏》云："思所以散愁养气，可更增滋味品物。"张载《醽酒赋》云："宣御神志，导气养形。遣忧消患，适性顺情。"刘勰提出文学养气说，将魏晋以来重视养生的生存哲学引入文论领域，其实质在于强调构思及创作中应顺应自然，保持精气，使思路畅通。养气说的提出，表明刘勰对于创作规律的认识达到了较为精细的程度，对后世文论产生了重要影响。

◎ 第四节
文艺作品论之气：风格与气势

从文艺作品论角度而言，"气"指称作品的生命力。人体有生气，文章亦有生气，这是气通天下的表征。曹丕《典论·论文》说"文以气为主"，这个"气"指文章中的"气"[①]，其实质就是"生气"，即艺术生命力。钟嵘《诗品》引袁嘏语云："我诗有生气，须人捉着，不尔，便飞去。"这是将气视为作品的生命力所在。钟嵘《诗品》常运用"气"来品评诗歌，他称赞有生气的诗歌，比如评曹植诗歌"骨气奇高"；评刘琨、卢谌诗歌"自有清拔之气"；评郭泰机、顾恺之、谢世基、顾迈、戴凯诗歌"气调警拔"；评谢庄诗歌"气候清雅"。刘勰《文心雕龙》视"气"为风骨的实质，对于有"气"的作品多有褒扬。比如称赞楚辞"气往轹古"；称赞臧洪的歃辞

---

① 詹福瑞：《中古文学理论范畴》，143页。

"气截云蜺";称赞宋玉的对问"气实使文";称赞《列子》"气伟而采奇";称赞孔融《荐祢衡表》"气扬采飞";称赞司马迁《报任安书》、东方朔《难公孙书》、杨恽《报孙会宗书》、扬雄《答刘歆书》"志气槃桓,各含殊采";称赞枚乘《七发》、邹阳《狱中上梁王书》"膏润于笔,气形于言";等等。作品无"气",就缺乏生命力,无法动人。故《丽辞》篇说:"若气无奇类,文乏异采,碌碌丽辞,则昏睡耳目。"

就文学的整体而言,《文心雕龙·通变》指出:"榷而论之,则黄唐淳而质,虞夏质而辨,商周丽而雅,楚汉侈而艳,魏晋浅而绮,宋初讹而新。从质及讹,弥近弥淡。何则?竞今疏古,风末气衰也。"刘勰认为商、周之后的文学,味道越变越淡,究其原因在于,文学虽有通变,但文气日衰。刘勰在文学上出于宗经的思想而贵古贱今,这种看法不无偏见,但是他以文气的变化作为衡量文学通变的重要标准,是值得注意的。《通变》篇又说:"夫设文之体有常,变文之数无方,何以明其然耶?凡诗赋书记,名理相因,此有常之体也;文辞气力,通变则久,此无方之数也。""凭情以会通,负气以适变。"刘勰以文气作为通变的关键,这种看法是符合文学发展规律的。就建安文学整体而言,刘勰以"慷慨以任气""梗概而多气"加以称赞,体现了刘勰论文重气的倾向。就文体而言,刘勰对某些文体的特征特别强调要有"气",比如对问、连珠一类的杂文,应该"藻溢于辞,辩盈乎气";用于褒奖、封官的诏策应该"气含风雨之润";檄文应该"使声如冲风所击,气似欃枪所扫","必事昭而理辨,气盛而辞断";用于监察、弹劾的奏文应该"砥砺其气,必使笔端振风,简上凝霜者也","不畏强御,气流墨中"[①]。对于书信文体而言,"本在尽言,言所以散郁陶,托风采,故宜条畅以任气,优柔以怿怀,文明从容,亦心声之献酬也"。

就绘画与书法而言,"气"亦指风格气势。南齐画家谢赫《古画品录》将卫协绘画列入第一品,正在于他的绘画有"气":"古画之略,至协始

---

① 按,指正气流布在笔墨之中。

精，六法之中，追为兼善。虽不说备形妙，颇得壮气，凌跨群雄，旷代绝笔。"①谢赫将夏瞻绘画列入第三品，因为他的绘画"气力不足"。所谓壮气、气力均指书法气势。萧衍《草书状》说："但体有疏密，意有倜傥。或有飞走流注之势，惊疏峭绝之气，滔滔闲雅之容，卓荦调宕之志，百体千形，而呈其巧，岂可一概而论哉！"萧衍论草书有惊疏峭绝之气，指的即是书法气势。袁昂《古今书评》说："王右军书如谢家子弟，纵复不端正者，爽爽有一种风气。""殷钧书如高丽使人，抗浪甚有意气滋韵，终乏精味。"袁昂评书法，以人为喻，以谢家子弟的风气、高丽使人的意气，分别喻指王羲之、殷钧的书法风格。

  作品层面的气，有"体气""齐气"等术语值得探讨。魏晋南北朝时期"体气"一词具有血气（生命活力）、禀性、气质之意，故而因人指文，引入文学理论领域，指称诗文的体制格调。曹丕《典论·论文》云："应玚和而不壮，刘桢壮而不密，孔融体气高妙，有过人者。"此处评价的是应玚、刘桢、孔融的文学风格，故而这里的"体气"非指主体的体气，而是指作品的体气，即作品的体制格调。曹丕所谓文学"体气"是对汉魏以来哲学体气说的化用。王充《论衡·无形》云："用气为性，性成命定。体气与形骸相抱，生死与期节相须。"人禀元气而生，元气化为体气，此体气指身体内的气息。至魏晋南北朝时期，体气指血气。比如嵇康《养生论》："故修性以保神，安心以全身，爱憎不栖于情，忧喜不留于意，泊然无感，而体气和平。"《文选》李善注云："《礼记》曰：乐行血气和平。"又比如王羲之《谢二侯》云："丹阳旦送，吾体气极佳，其在卿故处，增思咏。"王羲之《杂帖（三）》云："沉滞进退，体气肌肉便大损，忧怀甚深。"挚虞《疾愈赋》云："余体气不和，饮食渐损，旬有余日，众疾并除。"陆玩《上表自陈》云："臣已盈六十之年，智力有限，疾患深重，体气日弊，朝夕自励，

---

① 这里引自《全齐文》卷二十五。《历代名画记》所引文字稍异："古画皆略，至协始精，六法颇为兼善，虽不备该形似，而妙有气韵，凌跨群雄，旷代绝笔。"

非复所堪。"上述诸例中的"体气"均指血气,而血气充足是人有生命活力的表现。 魏晋南北朝时期,体气也用于指禀性、气质。《三国志·吴书·王蕃传》云:"(王)蕃体气高亮。"《世说新语·品藻》"元礼居八俊之上"刘孝标注引三国吴姚信《士纬》云:"陈仲举体气高烈,有王臣之节。"《魏书·元子华传》云:"子思以手捋须,顾谓子华曰:'君恶体气。'"以上诸例中的"体气"均指禀性、气质。 从曹丕评孔融"体气高妙",可知"体气"一词已由指称人的血气、气质转而指称文学的体制格调,这正是气通天下的反映。

"齐气"一词,原指齐地人具有性格舒缓的风俗,曹丕将之引入文论,用于指称舒缓的文学风格。《典论·论文》说:"王粲长于辞赋,徐幹时有齐气,然粲之匹也。 如粲之《初征》《登楼》《槐赋》《征思》,幹之《玄猿》《漏卮》《圆扇》《橘赋》,虽张、蔡不过也。 然于他文,未能称是。"此以齐气评价徐幹的文学作品。 徐幹是北海人,属于齐地,他的文学风格受到齐地舒缓风俗的影响,表现出舒缓的特点。 关于齐地文学的舒缓特点,班固《汉书》已有论述。《汉书·地理志》指出:"至周成王时,薄姑氏与四国共作乱,成王灭之,以封师尚父,是为太公。《诗·风》齐国是也。 临菑名营丘,故《齐诗》曰:'子之营兮,遭我虖猫之间兮。'又曰:'俟我于著虖而。'此亦其舒缓之体也。"班固引用了《齐诗》中的两句来证明齐地文学舒缓的风格,这两句齐诗中多用虚词,形成一种舒缓的节奏。班固又论及了齐地人性格舒缓的整体特征。《汉书·朱博传》指出:"齐郡舒缓养名,(朱)博新视事,右曹掾史皆移病卧。"颜师古注:"言齐人之俗,其性迟缓,多自高大以养名声。"可见,班固论齐地文学舒缓的风格正是与齐地人舒缓的性格相联系的。 关于齐地人性格舒缓的特点,王充亦有论及,《论衡·率性》云:"楚越之人处庄岳之间,经历岁月,变为舒缓,风俗移也。 故曰:齐舒缓,秦慢易,楚促急,燕戆投。 以庄岳言之,四国之民,更相出入,久居单处,性必变易。"齐人性格舒缓,是由于久居齐地所形成的。 故而曹丕的"齐气"说是渊源有自的。 但是班固论齐地文学舒缓的特点时，未使用"齐气"一词，盖因"气"在汉代尚未由哲学领域进入文论领域。

在"气"字的前面加上地域性定语，从而强调地域性的整体文化风俗对文学风格的影响，这是曹丕以"气"论文的一大创举。曹丕评价徐幹文学作品有"齐气"，并不是褒扬，而是批评。曹丕以刚健文风为美，舒缓的文学风格并不是他所赞赏的。故《文选》李善注"齐气"："言齐俗文体舒缓，而徐幹亦有斯累。"黄侃认为："文帝《论文》主于遒健，故以齐气为嫌。"[1]这些评价是准确的。徐幹存诗三首，即《答刘桢诗》《情诗》《室思》，均以抒写哀婉的情感见长，如《室思》："自君之出矣，明镜暗不治。思君如流水，何有穷已时。"诗中多用虚词，以致风格舒缓。徐幹没有像其他建安诗人那样关注社会重大题材，且有"齐气"，故不为曹丕所赏。曹丕仅称赞了徐幹的四篇赋《玄猿》《漏卮》《圆扇》《橘赋》（除《太平御览》卷七〇二录有《圆扇》四句残句，其他已失传），批评他"然于他文，未能称是"。曹丕将徐幹与王粲放在一起评论，称徐幹则说"时有齐气"，称王粲"长于辞赋"，两人可以匹敌。据曹丕《又与吴质书》："仲宣续自善于辞赋，惜其体弱，不足起其文。"可知王粲虽然长于辞赋，但是"体弱"，不足以振起其文。所谓"体弱"与"齐气"的指向是相近的，均是不刚健之谓。对于曹丕评徐幹之"齐气"，评王粲之"体弱"，刘勰不认同，而钟嵘则赞同。刘勰《文心雕龙·诠赋》云："及仲宣靡密，发篇必遒；伟长博通，时逢壮采。"以"遒"评王粲赋，以"壮"评徐幹赋，与曹丕所谓"体弱""齐气"之说不同。《文心雕龙·体性》篇之"仲宣躁竞，故颖出而才果"，《程器》篇之"仲宣轻锐以躁竞"，都强调王粲性格急躁，故而他才思敏捷，诗文锋芒外露。《才略》篇之"仲宣溢才，捷而能密"，《神思》篇之"仲宣举笔似宿构"，正是此意。钟嵘《诗品》则上承曹丕《典论·论文》之旨，认为王粲"文秀而质羸"，即文藻秀拔，气势羸

---

[1] 骆鸿凯：《文选学》附编一引，434页，上海，中华书局，1937。

弱，与曹丕所谓"体弱"之说相呼应。《文心雕龙·才略》之"徐幹以赋论标美"上承曹丕所谓徐幹的四篇赋"虽张、蔡不过也"，但刘勰不同意曹丕所谓徐幹"然于他文，未能称是"的评判。《文心雕龙·哀吊》谓"建安哀辞，惟伟长差善"，认为建安时期的哀辞，只有徐幹写得好。钟嵘《诗品》则上承曹丕对徐幹的评判，重点贬抑了徐幹的诗歌。《诗品》云："伟长与公幹往复，虽曰以莛叩钟，亦能闲雅矣。"认为徐幹与刘桢相比，就好比以小树枝撞大钟。钟嵘将刘桢诗列入中品，而徐幹诗列入下品，他贬抑徐幹诗歌的倾向是十分明显的。钟嵘在诗歌批评领域呼应了曹丕所谓徐幹在赋体之外"未能称是"的观点。

文艺美学"气"范畴在魏晋南北朝的出现具有划时代的意义。它从天地之气入手，说明文学发生的机制；从创作主体的禀气和养气的角度，强调了创作主体的生命元质对于文学艺术的决定作用；从文艺作品角度，强调了"气"是作品的生命力和美学内质。可见，该理论是魏晋以来人的觉醒以及文学自觉的重要标志。

第十六章
势

  "势"是六朝的重要文艺美学范畴。东汉崔瑗、蔡邕将哲学之"势"引入书论，侧重指书法的字形；至东晋王羲之"视笔取势"以及梁庾肩吾"尽形得势"，"势"才指称笔意。这种书论新趋势的出现是魏晋"人的觉醒"这一主题的反映。"势"由书论迁移到画论，东晋顾恺之对人物画的"情势"，刘宋宗炳、王微对山水画的"容势"有精彩的探讨。势又由书论、画论延伸到文论领域，刘勰《文心雕龙》专列《定势》篇，探讨了文章体势的生成机制以及定势的原则等问题。在六朝文艺美学中，"势"在空间序列上是"形势""容势"，在心理序列上是"情势"，在文体序列上是"体势"。

◎ 第一节
释"势"

  许慎《说文解字》没有收录"势"字。宋初徐铉校理《说文》时，在卷十三力部新附"势"字，并释为："势，盛力，权也。"但这不是"势"的本义。"势"（繁体为勢）的本字是"埶"。唐代陆德明《经典释文》释《礼记》"在埶者去"说："埶音世，本亦作势。"明确势的本字是埶。段玉裁

《说文解字注》指出："《说文》无势字。盖古用埶爲之。如《礼运》'在埶者去'是也。"①段玉裁认为古无"势"字，以"埶"字代之，这种说法是正确且渊源有自的。

许慎认为"埶"的本义是种植。许慎《说文·丮部》释"埶"为："穜也。从坴、丮。丮持穜之。《诗》曰：我埶黍稷。"②《诗经·小雅·楚茨》云："我蓻黍稷。"蓻即种植。从字形的演变看，"蓻""藝"（艺的繁体字）通"埶"。《诗经·齐风·南山》云："蓻麻如之何。"《毛传》曰："蓻，树也。"陆德明释曰："蓻，鱼世反，本或作藝，技藝字耳。"已明蓻、藝相通用。《诗经·大雅·生民》云："蓻之荏菽。"陆德明释曰："蓻，鱼世反，树也。"《尚书·胤征》云："工执藝事以谏。"陆德明释曰："藝，本又作蓻。""蓻"的本义是种植，通"埶"；"蓻"又通"藝"。段玉裁《说文解字注》指出：

《齐风》毛传曰：蓻犹树也。树、种义同。……唐人树埶字作蓻。六埶字作藝。说见《经典释文》。然蓻藝字皆不见于《说文》。周时六藝字盖亦作埶。儒者之于礼乐射御书数，犹农者之树埶也。③

从字形上看，"埶"字下加"力"字，是"势"字；"埶"字加上草头是"蓻"字；"蓻"字下加"云"字，是"藝"字。"势""蓻""藝"都源于"埶"。段玉裁认为周代之时"六藝"写作"六埶"。而作为儒家礼、乐、射、御、书、数总称的"六藝"之"藝"，为何会用表示种植的"埶"字来表示呢？段玉裁解释说，儒家的六艺作为技能与农家的植树技能一样都是技能，故而移用之。这当然是一种诠释。但在段玉裁之前，明代张自烈《正

---

① （汉）许慎撰，（清）段玉裁注：《说文解字注》，113页，上海，上海古籍出版社，1988。
② "穜"通"種"，即种也。《诗经》"我蓻黍稷"句，许慎《说文解字》引作"我埶黍稷"，以埶代蓻，因为《说文》中没有蓻字。
③ （汉）许慎撰，（清）段玉裁注：《说文解字注》，113页。

字通》指出"埶"不能作"藝",他辨析说:"《举要》藝注云:'从芸字分断,……芸,古耘字,同埶,而芸之亦种植也。'按,此说曲而不通,今经传埶改作藝,皆讹文非可以,从艸从云,臆解也。"张自烈提供了一种被他否定了的说法,即"藝"字去掉中间的"埶"字,即为"芸"字;而"芸"字通"耘"字,与"埶"字一样表示种植,故而"藝""埶"相通用。 张自烈认为此说是臆解,曲而不通。 他主张"藝""埶"二字不相通,可惜他未详细说明理由。 从字形演变来看,"蓺""藝""势"的字源都是"埶"①,当无疑义,但是埶的本义是否如许慎所言即是种植,则是值得深思的。

"埶"的甲骨文字形为 ,左上形符象初生之草,右下形符象双手伸出而长跪于地的人。 张亚初认为此字形是一人跪地,双手持禾苗②。 显然,这并非种植的动作(植物不会种到天上,人也不会长跪着种植),而是祈祷的动作,故"埶"的本义是祈祷禾苗长势旺盛。 文达三认为甲骨文"埶"字可用作祭名,"埶"祭的目的是祈祷丰收,祈祷的对象是附丽于禾苗形体并主宰禾苗长势的神灵,因此"黍、稷等草本粮食作物的禾苗及其生长趋势",或者说"禾苗及禾苗的长势",才是古"埶"字的初始义③。 文达三的说法有新见,可从。 许慎之所以误"埶"的本义为种植,是他据"埶"的篆文字形 来释义的结果。 元代周伯琦《六书正讹》释"埶"为:"从坴,坴土也;从丸,持种之。"④他沿袭了许慎据篆文字形释义的方式,更进一步细化了"埶"的种植之意,即在土上持种植物。 许慎及其追随者释"埶"为种植,极难从中引申出态势、趋势、形势之意。 据甲骨文字形得出的"埶"为祈祷禾苗长势旺盛,从这一释义中自然能引申出态势、趋势、形势之意;同样,也自然能引申出许慎所谓的种植之意。

---

① "势"的简化字"势"的上半部与"执"的简化字"执"相混。 需要注意的是,"埶"与"執"是两字。《说文·幸部》:"執,捕罪人也。 从丮幸,幸亦聲。 之入切。"段玉裁《说文解字注》:"捕罪人也。 辠各本作罪。 ……今隶作執。"
② 张亚初:《商周族氏铭文考释举例》,见李圃主编:《古文字诂林》第3册,352页。
③ 文达三:《古"埶"字词义探源》,载《海南师范大学学报(社会科学版)》,2011(3)。
④ 明梅膺祚《字汇》丑集引。

大约汉初之时，"势"字才出现。钮树玉《说文新附考》认为《隶释》载汉碑中有"势"字。《说文》未载"势"字，说明"势"虽然出现了，但在两汉使用不普遍，大约那时人们还习用"埶"字。"埶"字下加"力"字，有助于说明植物生长的态势。《说文》释"力"为："筋也。象人筋之形。"又释"筋"为："肉之力也。从力从肉从竹。竹，物之多筋者。"据此，"埶"字下加上象征植物多筋的"力"字，正与植物生长的势头相关。由此，亦有助于我们理解"势"作为态势、趋势、形势之意。

需要指出的是，在明确"埶"的初始义是"祈祷禾苗长势旺盛"的基础上，我们又不能否认"埶"充当了许多字的通假字。除了上文提到的"蓺""藝"之外，还可补充"槷""设"两字。关于"埶"通于"设"，裘锡圭《古文献中读为"设"的"埶"及其与"执"互讹之例》《再谈古文献以"埶"表"设"》有详细论述，此不赘述。在此说明一点，即"埶"通于"设"，主要取的是声音相近。

槷、埶两字相通，见于黄侃《文心雕龙札记》：

> 《考工记》曰：审曲面势。郑司农以为审察五材曲直、方面、形势之宜。是以曲、面、势为三，于词不顺。盖匠人置槷以县，其形如柱，倳之平地，其长八尺以测日景，故势当为槷，槷者臬之假借。《说文》：臬，射准的也。其字通作藝。《上林赋》：弦矢分，藝殪仆。是也。本为射的，以其端正有法度，则引申为凡法度之称。《书》曰：汝陈时臬事。《传》曰：陈之藝极。作臬、作槷、作埶（原注：埶即執之后出字）一也。言形势者，原于臬之测远近，视朝夕，苟无其形，则臬无所加，是故势不得离形而成用。言气势者，原于用臬者之辨趣向，决从违，苟无其臬，则无所奉以为准，是故气势亦不得离形而独立。①

---

① 黄侃：《文心雕龙札记》，110页。

黄侃认为"臬"通"槷""藝",这一说法源于段玉裁《说文解字注》,段注释"臬"字云:

> 臬,古假藝为之。《上林赋》:"弦矢分,藝殪仆。"文颖曰:"所射准的为藝。"《左传》:"陈之藝极。"皆是也。臬之引伸为凡标准法度之称。《释宫》曰:"樴谓之杙,在墙者谓之臬。"《康诰》曰:"陈时臬事。"《考工记》:"匠人作槷。"……皆臬之假借字也。

段玉裁明言"臬古假藝为之",又说《考工记》"匠人作槷"之"槷",是"臬"之假借字。黄侃对段注深有研究,著有《说文段注小笺》,其中注"埶"字云:"埶,技藝、形势皆借为臬。"[①]正与段说吻合。黄侃发展了段说,他认为《考工记》"审曲面势"中的"势"字当为"槷"字,而"槷"又是"臬"的假借字。"臬"是箭靶,因为它端正有法度,故而引申出法度之意。"槷"指测日影的标杆,大约是与箭靶的外形相似,故以"槷"字假借为"臬"字。黄侃认为"臬"字通"藝"字,而"槷""藝"则是"埶"的通假字,因此"埶"也就有了法度之意。据此,黄侃又认为形势、气势都是从"臬"的含义中推演出来的。黄侃的说法,也是未详"埶"的甲骨文本义。由古"埶"字的初始义"祈祷禾苗长势旺盛",推演出形势、气势等含义是自然而然的结果。黄侃的阐释虽有牵强之处,但是他强调了势不能离形,则是正确的。

明确"埶"的初始义为"祈祷禾苗长势旺盛",对于我们诠释文献中的"势"字多有帮助。《考工记》云:"审曲面埶,以饬五材,以辨民器,谓之百工。"百工就是审视曲直、观察形势、整治五材,制作器具的人。此处"审曲面埶"之"埶"解为形势,与"槷"字没联系。《考工记》有用"槷"之处:"匠人建国。水地以县,置槷以县,眂以景。"匠人建造城

---

① 董莲池主编:《说文解字研究文献集成·现当代卷》第三册,747页,北京,作家出版社,2006。

邑，以带悬绳的水准平地，树立标杆，以悬绳校直，观察日影，以确定方向。"置槷以县"之"槷"即测日影的标杆。《考工记》云："直以指牙，牙得，则无槷而固；不得，则有槷必足见也。"制作车轮，辐直指牙，蚤牙相称，虽不用楔，也很牢固；如果蚤牙不相称，就要用楔，终究要露出来的。此处"槷"指木楔。从《考工记》"槷"的用例看，"槷"与"埶"并不通用。《考工记》云："凡沟必因水埶，防必因地埶。善沟者，水漱之；善防者，水淫之。"凡修筑沟渠一定要顺水势，修筑堤防一定顺地势。设计合理的水沟，会借助于水流冲刷杂物而保持通畅；设计合理的堤防，会靠水中堤前沉积的淤泥而增加坚厚。这里所谓"水埶""地埶"，即水的形势、地的形势；"埶"作形势解，正与"审曲面埶"之"埶"含义相同。"埶"的这一含义，正是由其初始义"祈祷禾苗长势旺盛"引申而来的。

"势"作形势、态势，是其较早的含义。《老子》五十一章云："道生之，德畜之，物形之，势成之。"[1]这大约是哲学领域首次使用"势"字，其含义是趋向、态势。《老子》二十九章和五十五章两次出现"物壮则老"的说法。所谓"物壮"，指"物"之"形"；所谓"则老"，指"物"之"势"，整句话是说当某物的形体长育到壮盛的极限时，便随即开始走向衰老。[2]《庄子·秋水》云："夫自细视大者不尽，自大视细者不明。……故异便，此势之有也。"以小视大，则看不全面；以大视小，则看不分明，这是形势造成的。《管子·君臣下》云："夫水波而上，尽其摇而复下，其势固然者也。"这个势也是形势之意。《管子》还有《形势》《势》《形势解》三篇，明势不能离形而成。唐代房玄龄注《管子·形势》曰："自天地以及万物，关诸人事，莫不有形势焉。夫势必因形而立，故形端者势必直，状危者势必倾。触类莫不然，可以一隅而反。"万物及人事均有形势，有形

---

[1] 1973年长沙马王堆汉墓出土的帛书《老子》甲、乙本中，"势"均作"器"，当属辗转传抄中出现的讹误，因为"器成之"不符合老子的思想。详见文达三：《老子新探》，2～3页，长沙，岳麓书社，1995。
[2] 文达三：《老子新探》，11页。

必有势。"势"又作权势。《管子·法法》云:"凡人君之所以为君者,势也。故人君失势则臣制之矣。势在下则君制于臣矣。势在上则臣制于君矣。故君臣之易位,势在下也。"君臣的区别就在于是否拥有至尊的权势。《管子·明法解》云:"处必尊之势,以制必服之臣。"《管子·形势解》云:"人主,天下之有势者也;深居,则人畏其势。"《荀子·正论》云:"天子者,势位至尊,无敌于天下。"管子诸说,均是阐明君主掌握权势之重要。《韩非子·功名》认为明君立功成名的四个条件即天时、人心、技能、势位:"得势位,则不进而名成。"亦明此旨。庄子对"势"的看法则与法家迥异,《庄子·盗跖》借子张之口说:"故势为天子,未必贵也;穷为匹夫,未必贱也;贵贱之分,在行之美恶。"庄子区分贵贱的标准不是权势的有无而是行为的美恶,故而与法家强调权势的观点针锋相对。

先秦兵家以兵势来说明军队的阵形、战局。《孙子·势篇》专门讨论了兵势问题:

> 战势不过奇正,奇正之变,不可胜穷也。奇正相生,如循环之无端,孰能穷之哉。激水之疾,至于漂石者,势也;鸷鸟之疾,至于毁折者,节也。是故善战者,其势险,其节短。势如彍弩,节如发机。……故善战者,求之于势,不责于人,故能择人而任势。任势者,其战人也,如转木石。木石之性,安则静,危则动,方则止,圆则行。故善战人之势,如转圆石于千仞之山者,势也。

战势是由奇兵和正兵的相互配合形成的。激水能移动河中的石头,因为它有势;而善于作战者,会任势,就像拉满弓弩,也像在高山上转动圆石,态势逼人。《孙子》所谓"兵势"即有态势、阵势之义,包含着变动、趋向之意。

汉代典籍中的"气势"一词,将"气"与"势"相联系,使"势"的含义更加抽象。《淮南子·兵略训》云:"兵有三势,有二权。有气势、有地势、有因势。将充勇而轻敌，卒果敢而乐战，三军之众，百万之师，志厉青云，气如飘风，声如雷霆，诚积蹹而威加敌人，此谓气势。"因为"气"不可见，故因"气"而现的"势"之含义更加抽象。王充《论衡·物势》云：

> 夫物之相胜，或以筋力，或以气势，或以巧便。小有气势，口足有便，则能以小制大。大无骨力，角翼不劲，则以大而服小。鹊食蝟皮，博劳食蛇，蝟、蛇不便也。蚊虻之力，不如牛马，牛马困于蚊虻，蚊虻乃有势也。

此论物势之"势"，重在筋力、气势、巧便。物势并不是由生命体外形的大小决定的，而是由"气"决定的。有"气势"就能以小制大；无骨力、筋力则以大而服小。"气"是生命元质之谓，"气"与"势"联用，突出了主体的生命活力。"气势"一词的出现及广泛使用，是"势"由哲学、兵法等领域进入审美领域的重要标志。

◎ 第二节
"视笔取势"与"尽形得势"：书论中的"势"

书法重"势"是自汉代以来的重要传统。究其原因，不外是书法乃形学，有形必有势。康有为对此有很好的总结，《广艺舟双楫·缀法》说："古人论书，以势为先。中郎曰《九势》，卫恒曰《书势》，羲之曰《笔势》。盖书，形学也。有形则有势。兵家重形势，拳法亦重扑势，义固相同。得势便则已操胜算。"从书法史来看，论书法之"势"的源头可以追溯到西汉萧何，他曾经讨论过书势，云："夫书势法犹若登阵，变通并在腕前，文武遗于笔下，出没须有倚伏，开阖藉于阴阳。"①萧何是刘邦帐下重要谋士，西汉开国功臣之首，他以兵势喻书势，正与他谙熟兵法的谋臣身份相吻合。其后东汉崔瑗撰《草书势》，蔡邕撰《篆势》，更加细致地探讨了草书之势、篆书之势，卫恒依照崔瑗、蔡邕之例，写了《字势》《隶势》。四篇文章合称《四体书势》。崔瑗探讨草书的形态，在《草书势》中先述草书起源，指出从篆书到隶书，字形趋于简略，而草书的兴起正是适应了字形删繁入简的趋势，它比隶书更加简略，具有应时、省力、纯俭的特点。崔瑗还用了众多的比喻来描绘草书字体形态的特点，如"竦企鸟跱""狡兽暴骇""状似连珠""似蜩螗挶枝""若山蜂施毒""腾蛇赴穴""若陨岸崩崖"等。蔡邕《篆势》及卫恒《字势》《隶势》沿袭了崔瑗的这种写法，即先论字体的起源，后喻字体的形势。总的来看，汉代书论中的笔势侧重指书法字形。

沿袭汉代书论的风气，魏晋南北朝出现了许多探讨书法字形的论著。除卫恒《四体书势》外，还有钟繇《隶书势》、索靖《草书状》、杨泉《草书赋》、刘劭《飞白书势铭》、王珉《行书状》、鲍照《飞白书势铭》、萧衍《草书状》等。这些论著延续了汉代书论对书法字形的探讨，又不限于以物喻书，开始以人喻书；在探讨笔势的同时，融入了"精思""志意"等主体因素，将笔势与主体之意结合起来探讨，由汉代书论注重探讨字体外在形态，走向对书法笔势中所蕴含的精神气韵，以及对书法创作过程中如何发挥主体精神进行书法造势的探讨。这种新趋势的开启者首推东晋王羲之。传为王羲之所撰的《笔势论十二章·健壮章》说：

> 立人之法，如鸟之在柱首，"彳""亻"之类是也。跣脚之法，如壮士之屈臂，"凤""飞""凡""气"之例是也。急引急牵，如云中之掣电，"日""月""目""因"之例是也。跣脚刺斡，上捺下撚，终始折转，悉令和韵，

---

① 陶宗仪《书史会要》引。

勿使蜂腰鹤膝。放纵宜存气力，视笔取势。行中廓落，如勇士申钩，方刚对敌，麒麟斗角，虎凑龙牙，筋节弩拳，勇身精健，放法如此，书进有功矣。牵引深妙，皎在目前，发动精神，提撕志意，刜剔精思，秘不可传。夫作右边折角，疾牵下微开，左畔斡转，令取登对，勿使腰中伤慢。视笔取势，直截向下，趣义常存，无不醒悟。（宋·陈思《书苑菁华》卷一引）

王羲之对书法笔势中的立人之法、跐脚之法的论述，沿袭了汉代书论以象喻"观势"的传统，但他在探讨笔势作法时两次提到的"视笔取势"，是与创作者"发动精神，提撕志意，刜剔精思"紧密相关的，这已不同于汉代书论在鉴赏层面的"观势"，而是在创作层面探讨创作者"取势"的方法。这种"视笔取势"需要创作者"放纵宜存气力"，精思妙得，在运笔的同时，依据笔画的走向，直截向下，一气呵成，创作出笔势。"视笔取势"中"视"和"取"，均蕴含着对书法笔势创造的斟酌、考量、取舍，实质强调了"意"对于笔势的决定作用。

南朝书论延续了王羲之论笔势重"意"的传统。萧衍《答陶隐居论书》说："夫运笔邪则无芒角，执手宽则书缓弱，点掣短则法拥肿，点掣长则法离澌，画促则字势横，画疏则字形慢，拘则乏势，放又少则，纯骨无媚，纯肉无力，少墨浮涩，多墨笨钝，比并皆然，任意所之，自然之理也。"萧衍探讨了书法运笔中的邪宽、拘放，点画的长短、疏促、骨肉，以及用墨的多少，认为这一切都应"任意所之"，这正是当时书法论笔势重"意"之证。萧衍论及运笔的拘放时，指出过于拘束则会使书法缺乏"势"，过于放纵则又会使书法缺乏法则。"拘则乏势"证明书法之势是一种向外扩张的张力，要突破拘束，才会形成书法的"势"。袁昂《古今书评》说："蔡邕书，骨气洞达，爽爽有神。"蔡邕书法有骨气、有神，当然也就有笔势；而"气"与"神"又是指涉精神层面的概念，故而有骨气、有神，也就有笔意。袁昂《古今书评》又说："王右军书，如谢家子弟，纵复不端正者，爽爽有一种风气。"直接以人喻书法，不同于汉代以外物喻书法的传统，突出了书法的精神气度，所谓"爽爽""风气"，既是笔势的表征，更是笔意的象征。

由于齐梁以来书论在笔势问题上重"意"，这使得笔势的含义趋近于笔意。梁庾肩吾《书品》提出的"尽形得势"说，就是这一观念的集中代表。《书品》说："若探妙测深，尽形得势，烟花落纸，将动风彩，带字欲飞，疑神化之所为，非人世之所学，惟张有道、钟元常、王右军其人也。"庾肩吾认为书法之势不能离开书法之形，尽形而后得势。"尽"字值得细味。许慎《说文》释"尽"为："器中空也。"尽的本义是空，《小尔雅》谓"止也"，《玉篇》谓"终也"，《广韵》谓"竭也"，均由空这一本义引申而来。以此本义反观"尽形得势"这一命题，其中主张的绝不是滞于字体外形，虽然势依形而存，但是势不是形，它是形中蕴含的力度、趋势、韵致，实际是"形而上"的，近于意、韵、味这一类概念。因此书法上的"尽形得势"，类似于玄学上的言尽意存、意在言外。庾肩吾认为书法要得势，离不开"探妙测深"的运思（探、测只能是在运思中进行，而妙、深则是运思的结果），这也是强调"意"对于笔势的决定作用；就书法形态而言，这样"尽形得势"的书法有"风彩"，字"欲飞"，这则又是笔势（义近笔意）的反映。

东晋以来的书论在笔势问题上，超越了汉代书论以外物喻字形的传统，开启了以人喻笔势的新局面；由汉代书论重在探讨书法字形，走向了即外形求笔势，论笔势重意的道路；在书法创作论层面，强调主体之意对于书法笔势的决定作用。这种书论新趋势的出现，是当时"人的觉醒"[①]这一主题在艺术上的反映。

[①] 钱穆《国学概论》云："魏晋南朝三百年学术思想，亦可以一言以蔽之，曰'个人自我之觉醒'是也。"李泽厚《美的历程》在《魏晋风度》一章结尾指出，魏晋南北时期"言不尽意""气韵生动""以形写神"的出现"离不开人的觉醒这个主题，是这个'人的主题'的具体审美表现"。此论甚当。"言不尽意"是哲学以及文学领域中的命题，"气韵生动"及"以形写神"是绘画领域中的命题。笔者以为在魏晋南北朝书法领域，同样存在作为"人的觉醒"这一主题反映的一系列命题，比如"尽形得势"、论笔势重意以及"意在笔前"等命题。

◎ 第三节
"情势"与"容势"：画论中的"势"

在中国画论史上，以"势"论画者首推东晋顾恺之。顾恺之在绘画上重神轻形，他主张绘画"传神写照""以形写神"。在这种思想背景下，他首次论及绘画的"势"。他在《论画》《画云台山记》中多次以"势"论画，涉及人物画、动物画及山水画的"势"，有"布势""大势""马势""情势""形势""举势""险绝之势"等不同提法，含义不尽相同[①]，其中以"情势"为核心，与他的"传神"理论遥相呼应。

顾恺之首次在画论中使用了"情势"一词，其含义指性情的态势。他在《论画》中说："七佛及夏殷与大列女，二者皆卫协手，传而有情势。"卫协画的七佛、夏殷、大列女之所以"有情势"，关键在于卫协抓住了这些人物的性情特点加以传神写照。"情势"不是形似，它指向的是人物的神韵气势。对卫协人物画的这种特点，谢赫和孙畅之也有所评价。谢赫《古画品录》将卫协列为第一品，评曰："古画之略，至协始精，六法之中，迨为兼善。虽不说备形妙，颇得壮气，凌跨群雄，旷代绝笔。"说卫协的画不备形妙，而有壮气，实是说他画得传神。孙畅之《述画记》评卫协说："《七佛图》人物不敢点眼睛。"是说卫协所画七佛过于传神，几乎要从画中出来，所以不敢点睛。以上并证卫协绘画不重形似而有神韵，这也就是顾恺之所谓的"有情势"之意。

顾恺之的"情势"说贯穿在他的人物画品评之中。他在《论画》中评大荀的孙武图云："骨趣甚奇，二婕以怜美之体，有惊剧之则。若以临见妙裁，寻其置陈布势，是达画之变也。"这幅画描绘的是孙武训练女兵一事。

[①] 马采的《顾恺之〈论画〉校释》和孙立和《释"势"——一个经典范畴的形成》对顾恺之这几则材料有较好的辨析。

《史记·孙子吴起列传》记载，孙武应吴王阖闾之请，以兵法训练宫女，他以吴王宠姬二人为队长，令她们各执兵器进行列阵训练，可是她们大笑不止，不听号令，于是孙武不顾吴王阻止，坚决斩杀两名队长，于是宫女们"左右前后跪起皆中规矩绳墨，无敢出声"。顾恺之说"二婕以怜美之体，有惊剧之则"，指的正是吴王二位宠姬在临刑前的惊惧之状。所谓"临见妙裁"，指大荀的绘画抓住了最典型的场面，以宠姬的惊惧之态折射孙武军法严明。一百多人的大场面，需要有妙裁，才能传神。"置陈布势"之"势"当指"情势"。画面定格在宠姬的惊惧之态上，这种传神之态，气韵生动，引人联想。《论画》又说："凡画，人最难，次山水，次狗马；台榭一定器耳，难成而易好，不待迁想妙得也。"人最难画，因为人的神态最难把握。对人的描绘需要由外形把握其内心，这就要发挥神思，迁想妙得。由此可知，顾恺之所谓达画之变的"布势"，是迁想妙得的结果。《论画》评壮士图云："有奔腾大势，恨不尽激扬之态。"认为只画出了壮士奔腾的大势，而没有画出壮士的激扬情态；对于人物画来说，只画出外形的大势是不够的，更重要的是以形写神、传神写照，画出"情势"。

如果说"情势"侧重于指人物画之"势"，那么"容势"则侧重于指山水画之"势"。六朝之前多画人物，至六朝山水画才开始兴盛。魏晋玄学推崇玄理，而山水作为"道"的外在表现形式，也成为体味玄理的绝好途径。刘宋画家宗炳《画山水序》称"山水以形媚道"。正因为山水亲媚于道，作为"道之文"的山水的意义和地位，就被日益重视起来。山水画正是在这种背景下兴盛起来。宗炳《画山水序》探讨了绘画展现山水的可能性，说："夫理绝于中古之上者，可意求于千载之下。旨微于言象之外者，可心取于书策之内。况乎身所盘桓，目所绸缪，以形写形，以色貌色也。"他认为书策可以载意，通过书策可以感知千载以前的事理，言象之外的微妙旨意，也可以通过书策推求了解。那么自己的亲身经历，亲眼所见的山水景物，当然也可通过画笔，绘画出来。《画山水序》接着探讨了绘画如何在有限的尺幅之内，展现无限的山水：

且夫昆仑山之大，瞳子之小，迫目以寸，则其形莫睹；迥以数里，则可围于寸眸。诚由去之稍阔，则其见弥小。今张绡素以远映，则昆、阆之形，可围于方寸之内。竖划三寸，当千仞之高；横墨数尺，体百里之迥。是以观画图者，徒患类之不巧，不以制小而累其似，此自然之势。如是，则嵩华之秀，玄牝之灵，皆可得之于一图矣。

宗炳认为观察的远近与视觉形象的大小存在关联，比如近观昆仑山，其整体形象不能看全；但如果在数里之外远观，则昆仑山的整体就会进入视线。同理，将远观到的昆仑山的整体形象，转画到尺幅之内，也就成为可能。当然在表现的时候，只能是表现缩小了的对昆仑山的视觉形象，因此竖划三寸，代表千仞之高；横画数尺，代表百里距离。观赏绘画的人，并不因为画家把昆仑山画小了而觉得它不真实，因为从视觉形象来说，它的大小是真实的。明白了这个道理，一切辽阔宏大的山水景物都可以在尺幅之内展现出来。在宗炳之前，西晋左思、陆机等人已经注意到人的视觉可以把握辽阔宏大的景物，这对于宗炳在绘画上探讨以小容大问题极有启发。左思《魏都赋》云："八极可围于寸眸，万物可齐于一朝。"认为极远之地可以围于径寸的眸子中。陆机《演连珠》云："鉴之积也无厚，而照有重渊之深；目之察也有畔，而眂周天壤之际。"也认为人的眼睛很小却可以看到极远之地，这好比镜子很薄而其照很深一样。宗炳在绘画领域探讨了视觉以小容大的问题，并把它作为了山水画的艺术真实的重要依据，从而对南朝画论产生了重要影响。姚最《续画品》评萧贲的山水扇面时说："咫尺之内，而瞻万里之遥；方寸之中，乃辩千寻之峻。"即是上承宗炳之说。

宗炳将山水画以小容大称为"自然之势"，比宗炳稍后的刘宋画家王微在《叙画》中将之发展为绘画"容势"理论。他说：

夫言绘画者，竟求容势而已。且古人之作画也，非以案城域、辩方州、标镇阜、划浸流。本乎形者融灵，而动者变心。止灵亡见，故所托不动。目有所极，故所见不周。于是乎以一管之笔，拟太虚之体；以判躯之状，画寸眸之明。

王微指出绘画与地图不同，绘画的目的不是"案城域、辩方州、标镇阜、划浸流"，而是画者将自己对山水景物的理解以及对之的情感融入其中，即"融灵"，从而使山水景物由视觉形象变成绘画意象，画出山水之韵，"以一管之笔，拟太虚之体"，这就是"容势"。所谓"太虚之体"即是"道"，即是山水中所蕴含的神韵。从这个层面来讲，山水画家不应简单地模仿外在景物，而应绘画他心中经由他融灵的通于道的山水意象。可见，王微所说的"势"，并不是外在山水之"形"，而是意近于山水之"韵"。王微《叙画》开篇转述颜延之的话："图画非止艺行，成当与易象同体。"文末又称："岂独运诸指掌，亦以明神降之。此画之情也。"这些都证明王微强调绘画不以形似为目的，而是以展现山水之中的"道"为最高境界。绘画不重形似，而求神韵，正是魏晋玄学重神轻形思想在绘画上的反映。"所谓'势'，不仅仅指绘画作品的物质性标示能在欣赏者的心中唤起相应的审美意象，更指画中的有限的标示能唤起的无限遐想。如果说前一种情况是'相中之象'，那么后一种情况就是'相外之象'。所谓'相外之象'，是作品中本无直接的标示，但能在欣赏者心中诱出的丰富意象。古人论画，有'远水无波，远树无枝，远人无目'的说法（旧题王维《山水论》），这里的'无'，并不是真的没有，而只是画不出的意思。它是画家故意造出的一种有内容的空缺。这个空缺，是一种等待、一种召唤。它等待欣赏者在欣赏时以自己的想象去填补它，召唤欣赏者以自己的体验去延长它。"①此论对绘画之"势"的诠释十分准确。可以补充的一则材料是五代荆浩《山水节

---

① 李壮鹰：《逸园丛录》，339 页。

要》所谓"远则取其势,近则取其质"。景物在远处,自然看不清晰水波、枝条一类的细节,故而对之要略去细节,而取其势,通过简化的手法,造成空白,召唤欣赏者填补空白。

◎ 第四节
"因情立体,即体成势":文论中的"势"

刘勰在文论领域对"势"有深入探讨。《文心雕龙》列有《定势》篇,专门讨论了文学之"势"。学界对刘勰"势"的理解分歧较大。黄侃、范文澜认为是法度标准;刘永济认为是姿势、姿态;王元化、缪俊杰认为是文体风格;詹锳、周振甫认为是趋势、趋向;陆侃如、牟世金认为是气势、局势;石家宜认为是机变性;等等。综合诸家所说,结合《定势》篇原文,"势"当是指作品呈现出来的风格趋向,它是由作品体裁决定的。如果说《体性》篇论述了作家个性这一主观因素决定了作品风格的话,那么《定势》篇则侧重于论述作品体裁这一客观因素决定了作品风格。故而所谓"定势",指的是确定作品的风格趋向。

《定势》篇首先探讨了文章体势的概念:

> 夫情致异区,文变殊术,莫不因情立体,即体成势也。势者,乘利而为制也。如机发矢直,涧曲湍回,自然之趣也。圆者规体,其势也自转;方者矩形,其势也自安;文章体势,如斯而已。是以模经为式者,自入典雅之懿;效骚命篇者,必归艳逸之华;综意浅切者,类乏酝藉;断辞辨约者,率乖繁缛;譬激水不漪,槁木无阴,自然之势也。

刘勰对"势"下的定义是："势者，乘利而为制也。"所谓"乘利"，即顺其便利；所谓"制"，即使之成形。此句意谓"势"是顺着便利条件而形成的。这一提法，语本《孙子·始计》之"势者，因利而制权也"。刘勰借用先秦兵家对"势"的定义，进而阐释说，弩机所发的箭形成了"直"的态势，曲涧的湍流形成了"回"的态势，圆规画出的圆形构成了"转"的态势，方矩画出的方形构成了"安"的态势。而文章的体势也是如此，向儒家经典取法的作品，自然具有典雅之美；效法楚辞写作成篇的作品，必然具有艳丽出众的文采；命意浅显的作品大都缺乏含蓄之美；措辞简约的作品，大抵不会文采过盛，这就好比急流不会有细小的波浪，枯木不会有浓密的树荫，这是自然而然的趋势。可知刘勰所谓"文章体势"指的是文章的文体风格趋向。"势"是由"体"决定的，"势"不能离开"体"而存在，所以他说"即体成势"。而"体"又是由情决定的，应遵循创作者的情志来确立文章的体裁，所以他说"因情立体"。文章体势之所以不同于箭势、涧势，就在于它最终是由情志决定的。

不同的人有不同的情志，同一人的情志也会在人生的不同时期或不同场合发生变化，因此"体"是多变的，相应"势"也是多样的。文章体势是变化的，情感交会而创作出的作品具有雅和俗不同的风格，这就好比绘画调色，调配颜色而画出的狗和马形态不同。《定势》篇主张："然渊乎文者，并总群势；奇正虽反，必兼解以俱通；刚柔虽殊，必随时而适用。"文章各有师承，风格之间存在差异，难以兼备。然而精通于写作法则的人，可以综合各种风格，奇崛与雅正虽然相反，但必须都掌握并加以贯通；阳刚和阴柔虽然不同，但必须根据不同的时机加以灵活运用。一方面，"并总群势"很重要，这是兼通各种文体的必然要求；另一方面，又要注意在一篇作品中不能杂陈诸种风格，这样实际是"总一之势离"。刘勰认为，要处理好风格的多样性与统一性的问题，既不能因"爱典而恶华"致使风格单调，也不能因"雅郑而共篇"破坏风格的统一性。精通写作法则的人应当灵活运用奇、正、刚、柔各种风格，要能够衡量鉴别各种文体风格，这样才能根据体势的需要加以配合运用。《定势》篇指出：

> 是以括囊杂体，功在铨别，宫商朱紫，随势各配。章表奏议，则准的乎典雅；赋颂歌诗，则羽仪乎清丽；符檄书移，则楷式于明断；史论序注，则师范于核要；箴铭碑诔，则体制于宏深；连珠七辞，则从事于巧艳，此循体而成势，随变而立功者也。虽复契会相参，节文互杂，譬五色之锦，各以本采为地矣。

章、表、奏、议，以典雅为标准；赋、颂、歌、诗，以清丽为表率；符、檄、书、移，以明快决断作为法式；史、论、序、注，以真实精要为模范；箴、铭、碑、诔，以宏大精深为体制；连珠、七辞，要按巧妙艳丽来写作。这就是"随势各配""循体而成势"之意。刘勰在《明诗》至《书记》二十篇中已经对三十余种文体的风格特征进行了专门的论述，故《定势》的主旨绝不是延续这些篇目对于风格特征的探讨，而是探讨如何诠别使用这些文体，从而"即体成势"，形成自己的风格趋向。他强调"循体"来形成文章体势，又强调"随变"来具体运用各种文体风格。而在"并总群势"的基础上，应"以本采为地"，即以本色为构成文章体势的依据。虽然各种风格可以汇和交错，节奏和文采可以交相杂用，但是好比五色的锦缎，应各自以自己的本色为底子。

《定势》篇虽曰定势，但刘勰首先阐明的是文章无定势。正因为如此，才需要"即体成势"，"并总群势"，"随势各配"。刘勰所谓"定势"并不是探讨固定的文章体势，而是探讨如何"即体成势"，因此他所谓的"定势"并不是确立一种固定不变的"势"，而是因情、因体，动态地确定文章写作中的体势。詹锳指出："《定势》篇的'势'，原意是灵活机动而自然的趋势。所谓'即体成势'，就是'变通以趋时'，就是随机应变。在《定势》篇里，'势'和'体'联系起来，指的是作品的风格倾向，这种趋势本来是变化无定的。《通变》篇说：'变文之数无方'，'势'就属于

《通变》篇所谓'文辞气力'这一类的。这种趋势是顺乎自然的，但又有一定的规律性，势虽无定而有定，所以叫'定势'。"①是为确论。在《定势》篇中，刘勰评论了前人的各种"势"论，他说：

> 桓谭称文家各有所慕，或好浮华而不知实核，或美众多而不见要约。陈思亦云：世之作者，或好烦文博采，深沈其旨者；或好离言辨白，分毫析厘者，所习不同，所务各异。言势殊也。刘桢云：文之体指实强弱，使其辞已尽而势有余，天下一人耳，不可得也。公幹所谈，颇亦兼气。然文之任势，势有刚柔，不必壮言慷慨，乃称势也。又陆云自称往日论文，先辞而后情，尚势而不取悦泽，及张公论文，则欲宗其言。夫情固先辞，势实须泽，可谓先迷后能从善矣。

刘勰先引桓谭、曹植的话，旨在说明由于喜好和习尚的差异，文章体势也会因人而异。次引刘桢的话，指出刘桢所言涉及的是文章气势，而不是文章体势。刘勰认为体势有刚有柔，刘桢以气势刚猛为美的观点是片面的。末引陆云的话，旨在说明崇尚刚猛的气势也需要悦目的色泽。刘勰所谓的文章体势与文章风骨并不相同。罗宗强认为："与势相对而言，风骨讲的是作品的美学标准，是作品成为作品所具有的力的美；而势则是构成过程中内在的力的流动。"②这种观点是有道理的。

按照"即体成势"的原则来定势，文章就能形成正确的风格趋向；相反，违反定势的常规，颠倒文句、词序，看似新奇，实际是为了迎合时俗，这就是"讹势"。刘勰在《定势》篇中批评了刘宋以来作者崇尚诡巧的不良风格趋向，认为是受"讹势"影响所致。针对"宋初讹而新"的不良影响，刘勰强调作文应当摆正"奇""正"的关系，确立正确的文章体势，具体说

---

① 詹锳：《〈文心雕龙〉的定势论》，见《文学评论丛刊》第五辑，177~178页，北京，中国社会科学出版社，1980。
② 罗宗强：《魏晋南北朝文学思想史》，358页，北京，中华书局，1996。

来就是提倡"执正以驭奇",反对"逐奇而失正"。这与《辨骚》篇中所提出的"酌奇而不失其贞,玩华而不坠其实"的观点相呼应。

刘勰的文章"定势"理论,是在前代对于兵法之"势"、书画之势的探讨基础上,在文学领域对"势"进行的专门探讨。刘勰将文章之势的形成机制界定为"因情立体,即体成势",是正确而深刻的,符合文学创作的内在规律。他探讨了文章定势过程的兼与专的问题,主张既要兼通各种体势,"并总群势";又要在创作中"随势各配",根据不同文体的具体情况,形成特定的风格趋向。这种看法是辩证的。刘勰对"讹势"的批评,对"模经为式"的肯定,以及"执正以驭奇"的定势原则的提出,都证明他的文章"定势"理论,与他的"宗经"思想是相符合的。

综上,"势"是六朝的重要文艺美学范畴,其本义是祈祷禾苗长势旺盛。在六朝文艺美学中,书论、画论、文论均在"势"的表义范围内,在空间序列上,它是"形势""容势";在心理序列上,它是"情势";在文体序列上,它是"体势"。正如王夫之《姜斋诗话》所言:"'势'字宜着眼。"对"势"字的释义以及"势"在六朝审美生成之轨迹的探讨,有助于我们从源头上把握"势"审美范畴的内蕴。

第十七章
韵

"韵"是六朝新兴的文艺审美范畴。上古无"韵"字,许慎《说文解字》亦未载"韵"字,曹魏时期"韵"字始见于字书。钱锺书认为:"(韵)盖初以品人物,继乃类推以品人物画,终则扩而充之,并以品山水画焉。风扇波靡,诗品与画品归于一律。然二者顾名按迹,若先后影响,而析理探本,正复同出心源。"①此言大致不差,"韵"字当先用于音乐理论,后用于人物品评、绘画批评、书法批评,最后才运用于诗文批评。"韵"作为审美范畴在魏晋南北朝的新兴,与言意之辨、形神之辨紧密相关,是言不尽意、超形取神之思想在美学上的反映,是最能体现魏晋南北朝审美精神的核心范畴之一。

◎ 第一节
释"韵"

关于"韵"字出现的时间,以往主要有四种说法。第一种说法认为"韵"字起于晋宋。比如,明末清初顾炎武《音论》指出:"今考自汉魏以

---

① 钱锺书:《管锥编》,1356～1357 页。

上之书并无言韵者，知此字必起于晋宋以下也。"清代卢文弨也指出："韵之为言，始自晋宋以来。"第二种说法认为"韵"字起于汉末建安时期。比如，清代学者阎若璩质疑了顾炎武的"韵"字起于晋宋以下的说法，他在《尚书古文疏证》中说：

> 余谓《文心雕龙》："昔魏武论赋，嫌于积韵，而善于资代。"《晋书·律历志》："魏武时，河南杜夔精识音韵，为雅乐郎中令。"二书虽一撰于梁，一撰于唐，要及魏武杜夔之事，俱有"韵"字。知此字之兴，盖于汉建安中。不待张华论"韵"，何况士衡？故止可曰古无"韵"字，不得如顾氏云起晋宋以下也。①

阎若璩认为古无"韵"字，"韵"字并非如顾炎武所说起于晋宋。他将"韵"字出现的时间往前提，认为兴于"汉建安中"。这一说法的影响很大，现代学者徐复观也认为建安时期曹植《白鹤赋》"聆雅琴之清韵"为"韵"字之始。② 第三种说法认为"韵"字出现于魏晋。清代徐鼒《读书杂释》说："经籍无'韵'字，汉碑亦无'韵'字，盖起于魏晋之间。"③这一说法是绍述顾炎武、阎若璩之说，而有所综合。第四种说法认为"韵"字出现于先秦。清代陈澧《东塾集》卷四《跋音论》举《尹文子》"韵商而含徵"一语，认为"韵"字在先秦已有。陈澧之说不同于前人，将"韵"字的出现时间极大提前。

根据现有文献，汉代已经出现了"韵"字。西汉班婕妤《捣素赋》有"薰陋制之无韵，虑蛾眉之为愧"句，已使用了"韵"字。其后东汉蔡邕《琴赋》有"于是繁弦既抑，雅韵乃扬"句，也使用了"韵"字。故而以往认为"韵"字或起于晋宋，或起于汉建安中，或起于魏晋的说法并不准确。

---

① （清）阎若璩：《尚书古文疏证》，499页，上海，上海古籍出版社，1987。
② 徐复观：《中国艺术精神》，100页，上海，华东师范大学出版社，2001。
③ （清）徐鼒：《读书杂释》，209页，北京，中华书局，1997。

陈澧将"韵"字出现时间提早到先秦，证据不足。因为今本《尹文子》疑为南北朝时的伪作。吕思勉《先秦学术概论》指出："今所传《尹文子》分二篇。言名法之理颇精，而文亦平近。疑亦是南北朝人所为，故《群书治要》已载之也。"①陈澧所引《尹文子·大道上》"韵商而舍徵"②，即喜好商声，舍弃徵声。"韵"与"舍"相对，有喜好之意。据邵宏考证，先秦没有"韵"字，且"韵"字用作动词，应在东汉蔡邕之后。③ 故而陈澧之说亦不可信。

从存世文献来看，"韵"字起于汉代，但使用频率不高，故而许慎《说文解字》未收录"韵"字。宋代徐铉等人在校注《说文解字》时增补了"韵"字，并解释说："韵，和也，从音员声，裴光远云，古与均同，未知其审，王问切。"当然，"韵"字并非晚至宋代才进入字书，在曹魏时期"韵"字已进入字书。魏人李登《声类》："音和，韵也。"④这是徐铉增补"韵"字入《说文》并释义的来源，也是现存字书中"韵"字的最早释义。

"韵"字的前身，裴光远认为是"均"字，徐铉引用此说，表示"未知其审"。其实唐代已有视"韵"同于"均"的用例，比如西晋成公绥《啸赋》"音均不恒，曲无定制"，唐代李善注："均，古韵字也。"又比如唐代杨收论乐说："夫旋宫以七声为均，均言韵也。古无韵字，犹言一韵声也。"⑤这些说法，徐铉未加注意，故他对裴光远"韵与均同"的说法存疑。

"韵"之"音和"义，正从"均"字而来。"均"是古代测声音共鸣的器械，作为均音之木，用于调和五音，故"韵"有"音和"之义。汉末杜夔

---

① 吕思勉：《先秦学术概论》，101页，北京，中国大百科全书出版社，1985。
② 厉时熙注：《尹文子简注》，10页，上海，上海人民出版社，1977。
③ 邵宏：《从"气韵"的生成检讨画论与文论的关系》，见中山大学艺术学研究中心编：《艺术史研究》第一辑，345页，广州，中山大学出版社，1999。
④ 《声类》书已不存，但南朝梁代顾野王《玉篇》唐写本残卷引用了《声类》，释"韵"为："为镇反。《声类》：'音和，韵也。'"
⑤ 《新唐书·杨收传》。

识声频,曹操让他制测音器,据《晋书·律历志》载:"魏武时,河南杜夔精识音韵,为雅乐郎中,令铸铜工柴玉铸钟,其声均清浊多不如法,数毁改作,玉甚厌之,谓夔清浊任意,更相诉白于魏武王。魏武王取玉所铸钟杂错更试,然后知夔为精,于是罪玉。"杜夔精识音韵,认为柴玉所铸之钟,声均不对,于是数毁改作,引起柴玉不满,告到曹操那里,最后由曹操测试判定杜夔所定声均为精。这一记载将声均之"均"与音韵之"韵"相联系,故"韵"之"音和"义从"均"而来。清代学者徐鼒指出:"均本均音之木,长七尺、长八尺,其制不可知;然其为调和五音之用,无可疑也。魏晋以后始亡其器,然其义犹存,故借为调和声音之训。《广雅》曰:'韵,和也。'是其义也。"[①]此说甚当。自李登《声类》提出"音和,韵也",魏晋南北朝时期其他字书诸如《广雅》《玉篇》等大都沿用了这种说法,可以说"音和"是"韵"最基本的含义。

"韵"字形上从"音"字,由此有学者认为"音"字是"韵"字的前身。比如顾炎武指出:"《诗序》曰:情发于声,声成文谓之音。《笺》云:声谓宫商角徵羽也,声成文者,宫商上下相应,按此所谓音即今之所谓韵也。"又云:"二汉以上言音不言韵,周颙、沈约出,音降而为韵矣。"从顾炎武的表述来看,他所说的"韵"侧重于指声律之韵,而非音乐之韵。从这个角度来讲,声律之"韵"的确是由音乐之"音"而来。就音乐而言,乐曲是不同音部或声部的声音的和谐共存;就声律而言,声律的形成是由同一音部的声音共振形成的。故而刘勰《文心雕龙·声律》指出"异音相从谓之和,同声相应谓之韵",认为不同的声音相谐是"和",而相同的声音相应则是"韵"。此说在李登的基础上,区别了"和"与"韵"。异音相从侧重指音乐之"和",同声相应侧重指声律之"韵"。刘勰此说正是"韵"脱离音乐范畴,转变为声律范畴的标志。

"韵"由"均"而来,指同频声音的共鸣效果,后又引申到音韵学,指

---

① (清)徐鼒:《读书杂释》,210页。

字音的韵母。诗之押韵找韵母相同的字，这样听起来顺耳，此与器乐中和弦共鸣是同样的道理。"韵"作为声律概念，在刘宋时期已经兴起。比如沈约《宋书·谢灵运传论》说："一简之内，音韵尽殊；两句之中，轻重悉异。妙达此旨，始可言文。"就是从声律角度论"韵"。魏晋时期研究文字声律的风气陡起，这与人们重视"韵"的观念有关。清代学者钱大昕指出：

> 隋潘徽为秦王俊作《韵纂序》云："《三苍》《急就》之流，微存章句，《说文》《字林》之作，唯别形体。至于寻声推韵，良为疑混。末有李登《声类》、吕静《韵集》，始别清浊，才分宫羽。"《魏书·江式传》："吕忱弟静，放故左校令李登《声类》之法，作《韵集》五卷，宫、商、角、徵、羽各为一篇。"汉氏言小学者止于辨别文字，至魏李登、吕静始因文字类其声音。虽其书不传，而宫、商、角、徵、羽之分配实自二人始之。①

汉代《说文》《字林》只分辨字形，而在声韵的辨别上，是疑混的。至三国魏时，李登《声类》、吕静《韵集》才开始因文字类其声音。嗣后文字学由韵又及声，由韵母又及声调，于是，不仅注音之法终由过去的"读为"变为反切，而且紧接着就有专门研究声母之调的"四声"论的出现。据《南齐书·陆厥传》："永明末，盛为文章，吴兴沈约、陈郡谢朓、琅邪王融以气类相推毂。汝南周颙善识声韵。约等文皆用宫商，以平上去入为四声，以此制韵，不可增减，世呼为'永明体'。"沈约、谢朓、王融、周颙等人写诗，有意根据声音美的规律来安排押韵和搭配声调，这是永明体出现的大体背景。

综上，"韵"字上承"均"字，是取"同声相应"的意思；古"音"字与

---

① （清）钱大昕：《十驾斋养新录》，81页，上海，上海书店出版社，2011。

"声"不同，《礼记·乐记》说："声成文谓之音。"故"韵"字上承"音"字，是取"异声相和"的意思。若细究起来，"韵"字与"均"字的联系更早。从晋代开始，"韵"字逐渐超越音乐范畴，延入人物品鉴，用以指称人物的风神气度；进而又在南朝进入画论、书论、文论之中，遂成为文艺美学范畴。

◎ 第二节
舍声言韵与形外之美：韵与人物品评

"韵"字由音乐范畴发展为人物品鉴范畴，始于晋代。正如北宋范温《潜溪诗眼》所说："自三代秦汉，非声不言韵；舍声言韵，自晋人始。"①《全三国文》中"韵"字出现三次：曹植《白鹤赋》之"聆雅琴之清韵"，嵇康《琴赋》之"改韵易调"和嵇康《声无哀乐论》之"吹无韵之律"。都与音乐有关。刘劭《人物志》品评人物未使用"韵"字。这些都说明曹魏时期，"韵"尚未脱离音乐范畴。这种情况到了晋代发生了转变。《全晋文》中"韵"字出现四十九次，其中用于品评人物二十三次，用于形容音韵二十一次。可知在晋代，"韵"除了用于形容音韵，也用于品评人物。晋人"舍声言韵"，大致是沿着"异音相和"的思路，称某些事物的协调美为"韵"。当时品评人之形象举动，有风韵、韵度等词，皆指协调、顺眼、自然；反面的词有"不韵"，"不韵"就是不协调、瞧着蹩脚。

"韵"在晋代人物品评中，大多指人物优雅的风神气度。王羲之《诫谢万书》评谢万"迈往不屑之韵"。卢谌《尚书武强侯卢府君诔》评尚书武强侯卢府君"绰乎其韵"。庾亮《翟征君赞》评翟征君"禀逸韵于天陶""逸

---

① 郭绍虞辑：《宋诗话辑佚》，373 页，北京，中华书局，1980。

韵遐超"。 孙绰《颍州府君碑》评颍州府君"卓卓英韵"。 郭元祖《列仙传赞》评东方朔"高韵冲霄"。 释僧肇《〈长阿含经〉序》评大秦天王"高韵独迈"。 释僧肇《百论序》评姚嵩"风韵清舒"。 释僧肇《鸠摩罗什法师诔（并序）》评鸠摩罗什法师"无边之高韵""恢恢高韵"。 以上"韵"字都是对人物风神气度的称赞。

晋人对于风神气度的认识不限于优雅，有时怪诞、放达也被视为有"韵"。《世说新语·任诞》载：

> 襄阳罗友有大韵，少时多谓之痴。尝伺人祠，欲乞食，往太蚤，门未开。主人迎神出见，问以非时，何得在此，答曰："闻卿祠，欲乞一顿食耳。"遂隐门侧，至晓，得食便退，了无怍容。

"大韵"指特出的气度及情趣。 罗友乞食而不羞愧，这种行为在晋人眼中，并不是可耻而是旷达的表现。 比如陶渊明晚年写了一首《乞食》诗，实是旷达的自嘲，他晚年虽穷，但还未到去乞讨的地步，他不过是到朋友家去蹭了一顿饭，以此自嘲。 陶渊明咏贫，更多地是为了表达其安贫乐道的志向。《世说新语·任诞》又记载："阮浑长成，风气韵度似父，亦欲作达。步兵曰：'仲容已预之，卿不得复尔！'"阮浑欲学其父阮籍之放达，阮籍则说，阮咸（阮籍的侄子）已经学他放达了，阮浑就别重复了。 史载阮籍在母丧时，散发箕踞，对来吊唁的人报以白眼；又尝醉卧当垆沽酒的邻家美妇之侧，而不自嫌；又有兵家女未嫁而死，阮籍不识其父兄却往哭之，尽哀而还。 阮籍又作《大人先生传》，将君子喻为裤裆中的虱子，奇喻不凡，震惊千古。 阮浑的"风气韵度"似阮籍，那就不是优雅，而是放旷。 可见，晋人舍声言韵的同时，也拓展了"韵"的"音和"含义。 在晋人眼中，人物之"韵"不限于优雅和谐的举止，也包括突破优雅和谐的放旷甚至怪诞。

"韵"用于人物品评时，除了指人物或和谐或放旷的举止，也有形外之美的含义。 比如，王珣《孝武帝哀策文》评晋简文帝"亹亹太宗，希夷其韵"。"希夷"指虚寂玄妙的境界,语出《老子》第十四章:"视之不见,名曰夷;听之不闻,名曰希。"按此,晋简文帝之"韵"是不可见的,实指形外之美。袁宏《三国名臣序赞》评徐邈"韵与道合",亦是强调韵是形外之美。人物品评中"韵"的这一含义,大约源于"韵"的声外之音的含义,正如钱锺书《管锥编》所说:"曰'韵',所以示别于声响。'神'寓体中,非同形体之显实,'韵'袅声外,非同声响之亮澈。"①故而"韵"与声音本身是有区别的,是袅于声外的。晋人舍声言韵,更加强调"韵"之"声外"的特点。《世说新语·言语》记载:"高坐道人不作汉语。或问此意,简文曰:'以简应对之烦。'"刘孝标注引《高坐别传》云:"和尚天姿高朗,风韵遒迈,丞相王公一见奇之,以为吾之徒也。周仆射领选,抚其背而叹曰:'若选得此贤,令人无恨!'俄而周侯遇害,和尚对其灵坐,作胡祝数千言,音声高畅,既而挥涕收泪,其哀乐废兴皆此类。性高简,不学晋语。诸公与之言,皆因传译,然神领意得,顿在言前。"高坐道人不通汉语,丞相王导却一见而奇之。高坐道人的"风韵"显然不是通过语言传达的,其"风韵"恰是形外之美。

晋代人物品评重视形外之韵,这是与当时玄学重神轻形的思想相联系的。汤用彤《魏晋玄学论稿》指出,人物品评"论情味则谓风操,风格,风韵。此谓为精神之征"②。这就是说,在玄学影响下,人物品评中的"韵"字更多地指向精神层面和形而上层面。

南朝史传也常以"韵"论人,如评张敷"风韵甚高,好读玄书"③,评王敬弘"神韵冲简"④,评谢方明"自然有雅韵"⑤,评周颙"彦伦辞辨,苦节

---

① 钱锺书:《管锥编》,1365页。
② 汤用彤:《魏晋玄学论稿》,4页,上海,上海古籍出版社,2001。
③ 《宋书·张敷传》。
④ 《宋书·王敬弘传》。
⑤ 《宋书·谢方明传》。

清韵"①，评刘祥"祥少好文学，性韵刚疏"②。南朝人物品评对"韵"的使用，沿袭了晋代的风气，未有突破，故此不赘述。

◎ 第三节
气韵生动：韵与文艺审美

至南朝，"韵"由人物品评领域向外扩展，先用于绘画批评、书法批评，后用于诗文批评。"韵"的含义也逐渐丰富，终在南朝成为重要的文艺审美范畴。

钱锺书认为："谈艺之拈'神韵'，实自（谢）赫始；品画言'神韵'，盖远在说诗之先。"③是为确论。"韵"字由人物品评首先延入画论。南齐画家谢赫《古画品录》提出的绘画"六法"，以"气韵"为首：

> 六法者何？一，气韵，生动是也；二，骨法，用笔是也；三，应物，象形是也；四，随类，赋彩是也；五，经营，位置是也；六，传移，模写是也。

气韵以气为主，气盛则绘画自然生动。清代方薰《山静居画论》指出："'气韵生动'，须将生动二字省悟。能会生动，则气韵自在。'气韵生动'为第一义，然必以气为主，气盛则纵横挥洒，机无滞碍，其间韵自生动矣。"钱锺书也说："'气韵'匪他，即图中人物栩栩如活之状耳。"④气韵

---

① 《南齐书·周颙传赞》。
② 《南齐书·刘祥传》。
③ 钱锺书：《管锥编》，1353页。
④ 同上书，1354页。

是生动之状，一味形似就会缺乏气韵；超越形似而得其神，有助于传达人物之气韵。谢赫《古画品录》将卫协的绘画列入第一品，大加称赞说："古画之略，至协始精，六法之中，迨为兼善。虽不说备形妙，颇得壮气，凌跨群雄，旷代绝笔。"卫协的绘画之所以被称为旷代绝笔，正在于不备"形妙"，而有"壮气"。所谓"壮气"是充沛的艺术生命活力，义近于"气韵"。《历代名画记》卷五记载谢赫评卫协之画云："六法颇为兼善，虽不备该形似而有气韵，陵跨群雄，旷代绝笔。"正以"气韵"代"壮气"，可为一证。

谢赫所谓"气韵"是与"形似"相对的概念。《古画品录》评张墨、荀勖的绘画说："风范气候，极妙参神，但取精灵，遗其骨法。若拘以体物，则未见精粹，若取之象外，方厌膏腴，可谓微妙也。"张墨、荀勖的绘画不拘于物象，取之象外，深有气韵，故列入第一品。《古画品录》评顾骏之的绘画说："神韵气力，不逮前贤，精微谨细，有过往哲。始变古则今，赋彩制形，皆创新意。""神韵气力"意近于"气韵"。顾骏之的画有精微谨细的形似，但气韵不足，所以列在第二品。

没有气韵的绘画作品，就没有生气。《古画品录》将丁光的绘画列入第六品，说："虽擅名蝉雀，而笔迹轻羸，非不精谨，乏于生气。"丁光以画蝉雀著名，其画虽然在形似上精谨，但是乏于生气，缺乏气韵。谢赫论画以"气韵"为第一标准，但是他自己的绘画尚停留在形似层面。姚最《续画品》评谢赫绘画云：

> 右写貌人，物不俟对看，所须一览，便工操笔，点刷研精，意在切似，目想毫发，皆无遗失，丽服靓妆，随时变改，直眉曲鬓，与世争新，别体细微，多自赫始，遂使委巷逐末，皆类效颦。至于气韵精灵，未穷生动之致，笔路纤弱，不副壮雅之怀，然中兴以后，象人莫及。

姚最称赞谢赫之画，认为其在"切似"上达到很高的水准，但在"气韵"上有所不足。以"形似"与"气韵"对举，颇得谢赫"气韵"说的精髓。张彦远《历代名画记》指出："若气韵不周，空陈形似，笔力未遒，空善赋彩，谓非妙也。"他将"气韵"与"形似"相对，继承的也是谢赫气韵说。

　　细味谢赫所谓的"韵"，当是绘画超越于形体之上，耐人寻味的余音、余味。正如宋代李廌《答赵士舞德茂宣义论宏词书》所言："如朱弦之有余音、太羹之有遗味者，韵也。"钱锺书认为："画之写景物，不尚工细，诗之道情事，不贵详尽，皆须留有余地，耐人玩味，俾由其所写之景物而冥观未写之景物，据其所道之情事而默识未道之情事。取之象外，得于言表，'韵'之谓也。"[1]钱先生所言极是。

　　就书法而言，气韵指作品的生气活力。萧衍《答陶弘景书》云："若抑扬得所，趣舍无违，值笔连断，触势峰郁，扬波折节，中规合矩，分间下注，浓纤有方，肥瘦相和，骨力相称，婉婉暧暧，视之不足，棱棱凛凛，常有生气，适眼合心，便为甲科。"此论书法之生气，即气韵之意。袁昂《古今书评》云："殷钧书，如高丽使人，抗浪甚有意气，滋韵终乏精味。"殷钧的书法好像高丽使者，拥有北方的豪爽抗浪，却缺乏婉曲的内蕴，气势有余，而韵味不足。明代项穆《书法雅言》论书法的"神化"，即以"气韵生动"释之："欲书必舒散怀抱，至于如意所愿，斯可称神。书不变化，匪足语神也。所谓神化者，岂复有外于规矩哉？规矩入巧，乃名神化，固不滞不执，有圆通之妙焉。况大造之玄功，宣泄于文字，神化也者，即天机自发，气韵生动之谓也。"书法的"神化"指书法规矩入巧、变化不测的境界，其美学特点即是"气韵生动"。

　　关于"气"与"韵"之关系，有学者指出，"气"是生命运行的动力，"韵"为生命律动的征象。"气"与"韵"在艺术哲学上的因果关系是：有生命之气，方有生命之韵；有生命之气，方有艺术之韵；只有内蕴生命之

---

[1] 钱锺书：《管锥编》，1358～1359页。

气，而后方能外显生命之韵。"气"实为因，"韵"乃为果。① 笔者基本同意这种观点。"气"作为生命元质在文艺作品中的呈现就是"韵"。

"韵"的风格气韵之义至南朝梁代进入文论之中。陆机《文赋》谓"收百世之阙文，采千载之遗韵"，此处"韵"指代文学作品，并非用于评文。正如钱锺书所言："陆机《文赋》'收百世之阙文，采千载之遗韵'，'韵'与'文'互文一意，谓残缺不全与遗留犹在之诗文，乃指篇章，非指风格也。"②梁代之际，以"韵"论文者颇多，比如梁简文帝《劝医论》说："又若为诗，则多须见意，或古或今，或雅或俗，皆须寓目，详其去取，然后丽词方吐，逸韵乃生。"刘勰《文心雕龙·诠赋》说："彦伯梗概，情韵不匮。"萧子显《南齐书·文学传论》说："文章者，盖情性之风标，神明之律吕也。蕴思含毫，游心内运，放言落纸，气韵天成。"上述"逸韵""情韵""气韵"均是就诗文而言。对于"韵"在南朝文论中使用情况，钱锺书有过精当的考证：

> 《颜氏家训·名实》记一士族，"天才钝拙"，东莱王韩晋明设宴面试，"辞人满席，属音赋韵，命笔为诗；彼造次即成，了非向韵"；"赋韵"之"韵"，韵节、韵脚之"韵"也，而"向韵"之"韵"，则"气韵""风韵"之"韵"矣。《梁书·文学传》下沈约称刘杳二《赞》云："词采妍富，事义毕举，句韵之间，光影相照"；《赞》为押韵之文，"句韵"犹"赋韵"。《文赋》之"遗韵"乃"赋韵""句韵"之"韵"，非"向韵"之"韵"也。③

钱先生指出，"韵"在文学批评中有声律之"韵"、风格气韵之"韵"，二者是不同的，而后者才是南朝新兴的含义，也是当时文学批评重点探讨的对象。

---

① 邓牛顿：《中华美学感悟录》，122 页，北京，社会科学文献出版社，1996。
② 钱锺书：《管锥编》，1353~1354 页。
③ 同上书，1357 页。

作为文艺美学范畴，"韵"是"指文学中所流露的个人的风格、独特的情趣、气度等"①。与"形似"理论不同，"韵"在文学批评中，强调的是超越形似、含不尽之意于言外的韵味。这与晋代人物品评中"韵"之形外之美的含义是有承袭关系的。正如程千帆所说："韵之一字，其在晋人，盖由其本训屡变而为风度、思理、性情诸歧义，时或用以偏目放旷之风度与性情，所谓愈离其宗者也。然考验所及，则义虽歧出，而皆以指抽象之精神，不以指具体之容止，是则其大齐矣。"②可以说，"韵"在南朝文艺批评中，整体上呈现出形外之美的特点。

后世文艺理论对"韵"的看法，延续着南朝"韵"论的基本精神。比如晚唐司空图《与李生论诗书》云："近而不浮、远而不尽，然后可以言韵外之致耳。"③北宋范温《潜溪诗眼》认为"有余意之谓韵"，"韵者，美之极"④。明代陆时雍《诗镜总论》说："有韵则生，无韵则死；有韵则雅，无韵则俗；有韵则响，无韵则沉；有韵则远，无韵则局，物色在于点染，意态在于转折，情事在于犹夷，风致在于绰约，语气在于吞吐，体势在于游行，此则韵之所由生矣。"明代徐渭说："不求形似求生韵。"⑤清代方东树《昭昧詹言》说："读古人诗，须观其气韵。气者，气味也；韵者，态度风致也。如对名花，其可爱处，必在形色之外。"⑥以上诸论均是对南朝文艺美学"韵"论的继承和发展，从而反证出南朝"韵"论的开创性意义和地位。

---

① 童庆炳：《中国古代文论的现代意义》，41页，北京，北京师范大学出版社，2001。
② 程千帆：《古诗考索》，316～317页，上海，上海古籍出版社，1984。
③ （唐）司空图著，祖保泉、陶礼天笺校：《司空表圣诗文集笺校》，193～194页，合肥，安徽大学出版社，2002。
④ 郭绍虞辑：《宋诗话辑佚》，372～373页。
⑤ （明）徐渭：《画百花卷与史甥题曰漱老谑墨》，见《徐渭集》，154页，北京，中华书局，1983。
⑥ （清）方东树著，汪绍楹校点：《昭昧詹言》卷一，29页，北京，人民文学出版社，1961。

第十八章
味

"味"是魏晋南北朝重要的文艺审美范畴。先秦至汉代,儒、道两家都重视音乐之味的象征性,而忽视其审美性。从魏晋南北朝开始,音乐之味由比政、喻道,转向了对音乐审美性的鉴赏。先秦至汉代,"味"用于对典籍文章的品味时,主要是对义理的品味,较少用于对文学审美性的品鉴。晋代开始以"味"评文,在品味文学义理的基础上,出现了对文学审美性的品味。至南朝梁代,刘勰、钟嵘以"味"评文,更加侧重于品味其中的审美性,尤其是钟嵘提出了"滋味"说,完全是针对文学审美性而言的。在魏晋南北朝文艺美学中,"味"较多用于品评音乐和文学,而基本不用于品评绘画、书法,其中蕴含着深刻的审美规律。

◎ 第一节
释"味"

许慎《说文解字》释"味"云:"滋味也。从口,未声。"味,由含哺而引申,指食物给人的口舌的感觉。司马光《类篇》释"味"云:"饮食之味。"《说文》释"滋"云:"益也。"益即饶,多也。可见"味"一开始就是表示多种口舌之感的综合概念。"味"字出现较晚，甲骨文没有"味"字，它在金文中才开始出现。甲骨文中有"美"字，"美"上古为重唇明母字，《广韵》注为"无鄙切"；而"味"上古亦读为重唇，《广韵》注为"无沸切"。这即是说"美"与"味"二字古音相同。按阮元《释门数》所说"古音相通之字，义即相同"，可知"美"与"味"本义相同。《说文》释"美"云："甘也。从羊从大。羊在六畜主给膳也。美与善同意。"古人认为大羊的肉好吃，故以"羊""大"二字合而为一表示味道的甘美。可知，美的本义即是甘美之味。"最早时人们提到美味，都以'美'言之。只是由于后来的'美'字由味道的意义逐渐生发扩展，终于变成了一抽象的泛指，故人们才又根据这个字的声音，重新造了一个'味'字来专指味道。"①

先秦典籍已出现对饮食之味的探讨。比如《老子》十二章云："五味令人口爽。"《左传·昭公元年》云："天有六气，降生五味，发为五色，征为五声。"《左传·昭公二十年》云："先王之济五味，和五声也，以平其心，成其政也。"《国语·郑语》云："声一无听，物一无文，味一无果。"《孟子·告子上》云："口之与味也，有同嗜焉。"《荀子·劝学》云："目好之五色，耳好之五声，口好之五味。"《荀子·正名》云："甘、苦、咸、淡、辛、酸，奇味以口异。"②荀子所说的奇味，是饮食尝味，甘、苦、咸、淡、辛、酸等诸多奇妙的味道，是通过人的嘴巴品尝来区分的。饮食之奇味与正味相对，自古以来，相关论述较多。《韩非子·难四》说："屈到嗜芰，文王嗜菖蒲菹，非正味也，而二贤尚之，所味不必美。"芰、菖蒲菹，都不是正味（也就意味着是奇味），而屈到、文王却爱吃，可见人们爱吃的东西不一定就是美味。

汉代延续了对饮食之味的探讨。刘安《淮南子·说山训》云："尝一脔

---

① 李壮鹰：《逸园丛录》，297页。对"美"与"味"读音及本义之相同，该书有详细的论述，可参读。
② 杨倞注："奇味，众味之异者也。"

第十八章 味 875

肉，知一镬之味。"《淮南子·精神训》云："珍怪奇味，人之所美也。"[①]王充《论衡·自纪》篇云："狄牙和膳，肴无淡味。"这些讲的都是口感之味，即对食物的品味。可见对饮食之味的探讨，由来已久。

"味"不仅指饮食之味，也引申出抽象的含义，即道之味。老子所谓"道之出口，淡乎其无味"之"无味"，扬雄"大味必淡"之"大味"，均指道之味。受老子"味无味"的影响，汉代出现了"味道"一词。比如班固《答宾戏》云："委命供己，味道之腴。"蔡邕《辞郡辟让申屠蟠书》云："安贫乐潜，味道守真。"味由品味食物，抽象成为品味"道"。"味"的对象虽然由具体走向抽象，但"味"作为主体的独特感受之义，并未发生根本变化。至魏晋时期，味道成为一种普遍的行为。曹操《爵封田畴令》之"研精味道"，曹植《大司马曹休诔》之"味道忘忧"，邯郸淳《汉鸿胪陈纪碑》之"潜躬味道"，嵇康《明胆论》之"精义味道"，何充《请征虞喜疏》评虞喜"处静味道，无风尘之志"，潘岳《狭室赋》之"独味道而不闷"，潘岳《故太堂任府君画赞》之"味道无闷"，姚兴《下书道恒道标》之"心存道味"，均是其例。

"味道"必有所凭借，这即是研味经典，其中主要包括对古代典籍及佛经的研味。比如曹丕《答中山王献〈黄龙颂〉诏》之"研精坟典，耽味道真"，杨戏《季汉辅臣赞》赞刘子初"味览典文"，杜预《自述》之"少而好学，在官则勤于吏治，在家则滋味典籍"，萧衍《答刘之遴上〈春秋义〉诏》自称对于《春秋》"昔在弱年，久经研味"，江淹《杂三言五首·镜论语》之"味哲人之遗珍"，均是对典籍的研味。

对佛教经典的研味是佛教的经教之一。释慧远《与桓玄书论料简沙门》云："经教所开，凡有三科：一者禅思入微，二者讽味遗典，三者兴建福业。"明确佛教的经教有三科，第二科即是"讽味遗典"。释僧叡《小品经序》云："有秦太子者，寓迹储宫，拟韵区外，玩味斯经。"释僧叡《中论

[①] 一本作"珍怪奇异"，《艺文类聚》《太平御览》皆引作"珍怪奇味"。

序》云："云天竺诸国，敢豫学者之流，无不玩味斯论（指《中论》）。"释慧远《阿毗昙心序》云："罽宾沙门僧伽提婆，少玩兹文（指《阿毗昙心》），味之弥久。"均是指对佛经的研味。

对佛经的研味，最重要的是对佛经义理的研味。释道恒《释驳论》说要"研究理味""味玄旨"。支遁《大小品对比要钞序》云："又察其津涂，寻其妙会，览始原终，研极奥旨，领《大品》之王标，备《小品》之玄致，缥缥焉览津乎玄味，精矣尽矣，无以加矣！"萧衍《答〈菩提树颂〉手敕》云："览所上《菩提树颂》，捃采致佳，辞味清净。"都是对佛经义理的研味。

通过对译经文字的研味，佛教徒又提出了佛经文字的鉴赏标准。释道慈《中阿含经序》云："《中阿含经》记云：昔释法师于长安出《中阿含》《增一阿毗昙》《广说》《僧伽罗叉》《阿毗昙心》《婆须密》《三法度二众从解脱缘》，此诸经律，凡百余万言，并违本失旨，名不当实。依悕属辞，句味亦差，良由译人造次，未善晋言，故使尔耳。"指出佛经翻译不当，致使"句味"不足。释僧叡《思益经序》云："而恭明前译，颇丽其辞，仍迷其旨，是使宏标乖于谬文，至味淡于华艳，虽复研寻弥稔，而幽旨莫启。"指出译经之语过于华丽会丧失佛经义理，以致至味失于淡薄。这些都是由研味佛经而产生的对译经文字的鉴赏，其中提出的鉴赏标准对于文学审美有重要影响。比如，刘勰对两晋文学的批评，与佛教徒对迷旨之丽辞的批评是相呼应的，《文心雕龙·明诗》云："晋世群才，稍入轻绮。张潘左陆，比肩诗衢，采缛于正始，力柔于建安，或析文以为妙，或流靡以自妍，此其大略也。"所谓"轻绮""采缛""析文""流靡"是批评两晋文学过度重视形式美。由此，研味佛经与文学审美产生了共振。释慧皎《高僧传·经师论》云："夫篇章之作，盖欲伸畅怀抱，褒述情志。咏歌之作，欲使言味流靡，辞韵相属。故《诗序》云：情动于中，而形于言。（言）之不足，故咏歌之也。然东国之歌也，则结韵以成咏；西方之赞也，则作偈以和声。虽复歌赞为殊，而并以协谐钟律，符靡宫商，方乃奥妙。故奏歌于金石，则谓之以为乐；赞法于管弦，则称之以为呗。"慧皎由文学艺术，谈及佛教偈与呗，亦证实了二者在创作原理上的共通。

魏晋南北朝画论中缺乏以味评画的用例，而书论也很少使用"味"评论书法。袁昂《古今书评》以"滋韵终乏精味"评殷钧的书法，是比较少见的用例。但是在乐论和文论中，"味"字使用广泛。"味"之所以大量用于品评音乐和文学，而基本不用于品评绘画书法，大概因为书法和绘画是视觉的艺术，难以唤起受众的想象；而音乐诉诸人的听觉，需要受众想象出其中的形象；文学虽然诉诸视觉，但是需要受众对文字进行解码，然后在脑海中呈现出文学形象。就"味"的本义来说，味并不是食物本身，也不在口舌本身，它是食物通过口舌品尝，而给予人的生理和心理的感觉。这种以物为媒介而唤起人的感觉的特点，正适合说明音乐、文学对人的感觉。

◎ 第二节
"声亦如味"：乐论中的"味"

在我国鉴赏史上，以味论声是以味论文的前奏。[①]《国语·郑语》记载史伯"和五味以调口""味一无果""声一无听"语，即以五味的调和为饮食之味的最高准则，以声音的调和为音乐的最高准则。《左传·昭公二十年》记载了晏婴"声亦如味"的说法：

> 和如羹焉，水火醯醢盐梅，以烹鱼肉，燀之以薪，宰夫和之，齐之以味，济其不及，以泄其过。君子食之，以平其心。……故《诗》曰："亦有和羹，既戒既平。鬷嘏无言，时靡有争。"先王之济五味，和五声

[①] 李壮鹰：《逸园续录》，69页，济南，齐鲁书社，2012。

也，以平其心，成其政也。声亦如味，一气，二体，三类，四物，五声，六律，七音，八风，九歌，以相成也。清浊大小，短长疾徐，哀乐刚柔，迟速高下，出入周疏，以相济也。君子听之，以平其心。

调味求和，和羹因为味道平和，故君子食之，可以平其心；五音调和也是如此，乐音和谐，才能使君子听之而平其心。东汉荀悦《申鉴·杂言》云："夫酸咸甘苦不同，嘉味以济，谓之和羹；宫商角徵不同，嘉音以章，谓之和声。"所谓"和羹"与"和声"，讲的就是"声亦如味"之意。"中和"是古人对于音乐的最高标准。《周礼·春官宗伯》云："以乐德教国子：中和、祗庸、孝友。"《荀子·王制》云："中和者，听之绳也。"均是其证。

值得注意的是，"大羹"与"和羹"不同，前者是不调五味的素羹，而后者是五味调和的羹。《礼记·乐记》云："清庙之瑟，朱弦而疏越，一倡而三叹，有遗音者矣。大飨之礼，尚玄酒而俎腥鱼，大羹不和，有遗味者矣。"大羹是不和五味的肉汁，玄酒是水。二者以平淡为特征，是"正味"。不调五味的大羹，因其无味而近于道之味，故而是有"遗味"的代表。和羹虽有五味，但五味调和，味道也是平和的，故晏婴认为君子食和羹，可以平其心。"大羹"与"和羹"，在是否调味上虽不相同，但最终都以平淡、平和为特征。这种饮食趣味，反映的是儒家尚质的思想，孔子所谓"绘事后素"即是此意。《礼记·郊特牲》说："酒醴之美，玄酒明水之尚，贵五味之本也。"也明确指出玄酒用水是贵五味之本。而五味之本就是无味。对于大羹、玄酒，孔颖达疏曰："此皆质素之食，而大飨设之，人所不欲也。虽然，有遗余之味矣，以其有德质素，其味可重，人爱之不忘，故云'有遗味者矣'。"可见大羹、玄酒是质素无味之食，并不是美食，是人所不欲的，然而它们象征着有德质素，故其味可重。因此大羹、玄酒之"遗味"不在于食物自身，而在于其象征的"有德质素"。

对于"朱弦而疏越"，孔颖达疏云："谓练朱丝为弦，练则声浊也。

越,谓瑟底孔也,疏通之使声迟,故云'疏越'。弦声既浊,瑟音又迟,是质素之声,非要妙之响。以其质素,初发首一倡之时,而唯有三人叹之,是人不爱乐。虽然,有遗余之音,言以其贵在于德,所以有遗余之音,念之不忘也。"可见朱弦疏越不是美妙的音乐,而是质素之声,并不悦耳;之所以称之为有"遗音",在于其象征的质素之德。故《淮南子·泰族训》说:"大羹之和,可食而不可尝也;朱弦漏越,一唱而三叹,可听而不可快也。故无声者,正其可听者也;其无味者,正其足味者也。"这实际又引入了老子"无味""希声"的思想,来阐释遗音遗味。老子认为"五味令人口爽",这是不能通于道的。老子提出"道之出口,淡乎其无味",就音乐来说,老子也认为"大音希声"。故而"无味""希声"通于道的本质。庄子认为"虚静、恬淡、寂漠、无为者,万物之本也","朴素而天下莫能与之争美","淡然无极而众美从之",也是尚素、尚淡,与老子所谓"无味""希声"相类。汉代扬雄《解难》所谓"大味必淡,大音必希",实上承老子思想。

儒道两家都称赞饮食之素淡,但出发点却不相同。儒家以饮食之素淡喻指音乐的遗味,其旨趣之一,是在"审乐以知政"的语境下,达到以素淡有遗音遗味的音乐"教民平好恶而反人道之正"的目的。道家以饮食之素淡喻指道的本质,与儒家所指截然不同。六朝以前,儒家以味比德、以音比政,道家以味、音喻道,是比较通行的做法,两家都忽略了味与音的审美性。都重视味与音的象征性而忽视其审美性,故儒道两家皆以素淡之味与音为美。①

魏晋南北朝以来,随着文学艺术自觉观念的形成,文学艺术的审美性特征得到重视。音乐之味也由比政、喻道,转向了对音乐审美性的鉴赏。嵇康《琴赋》云:"余少好音声,长而玩之。以为物有盛衰,而此无变;滋味

---

① 需要指出的是,西汉王褒《洞箫赋》之"哀悁悁之可怀兮,良醰醰而有味"已经用"味"来说明音乐的感染力,但是当时儒学占据统治地位,以音乐比附政治是当时的主流思想,王褒从审美的角度谈音乐之"味",在当时是不多见的。

有厌，而此不倦。"琴声之美，能使"狄牙丧味"。狄牙即易牙，齐桓公时善烹调者。嵇康认为音乐之美胜过了饮食之味。这里，嵇康以"滋味"直指音乐的审美性。值得一提的是，孔子闻韶乐而三月不知肉味，也是以饮食之味比喻音乐，但孔子所重的主要是韶乐所代表的礼乐制度，而非韶乐的纯粹审美性。儒家对于音乐，往往强调它的政治功能，《左传》所载吴公子季札观乐，即由乐歌来判断政治。《礼记·乐记》认为："治世之音安以乐，其政和；乱世之音怨以怒，其政乖；亡国之音哀以思，其民困；声音之道，与政通矣。"这也是由音乐来考察政治。孔子所谓"放郑声""郑声淫"，实际上是从政治角度来看待音乐的，因为郑声不合雅乐体制，是礼崩乐坏时代的新声，故被努力恢复西周礼乐制度的孔子所批评。《吕氏春秋》批评"郑卫之声、桑间之音，此乱国之所好，衰德之所说"，其出发点也是"凡音乐，通乎政而移风平俗者也"，是以儒家政治教化观念来看待音乐的。而嵇康《声无哀乐论》则为郑声正名，一反千古定论，肯定郑声是"音声之至妙"，而雅乐"犹大羹不和，不极勺药之味也"，即雅乐如同不调味的肉汁，并不美味。可见嵇康对音乐审美性的强调已达到极致。至此，滋味之于音乐品鉴，已完全着眼于音乐的审美性，从而形成了魏晋南北朝独特的乐味说。

嵇康《声无哀乐论》一反儒家以音比政的传统，指出"心之与声，明为二物"，"音声有自然之和，而无系于人情"，即声音本身并无哀乐之情。嵇康认为，音乐感人，正如酒醴发人情一样，只起到引导作用，而酒本身是没有喜怒的。音乐又好比五味，五味有不同的搭配，但在美味上是一致的；音乐变化虽多，但在和谐上是一致的。"此为声音之体，尽于舒疾。情之应声，亦止于躁静耳。夫曲用每殊，而情之处变，犹滋味异美，而口辄识之也。五味万殊，而大同于美；曲变虽众，亦大同于和。"声音只有舒与疾的区别，对人的情感的影响也只有躁与静的差异。"躁静者，声之功也；哀乐者，情之主也。不可见声有躁静之应，因谓哀乐者皆由声音也。"使人或躁或静是音乐的功用，而哀乐则是人的情绪，二者是不同的，因此不能说哀乐是由音乐而起的。故而音乐也就与政治无关，郑声也就无所谓淫。故而嵇康说："淫之与正同乎心，雅、郑之体，亦足以观矣。"这是千古未有的崭新论断。

◎ 第三节
义味与滋味：文论中的味

魏晋以前，对文章的品味主要侧重于对义理的品味。《孟子·告子上》云："故理义之悦我心，犹刍豢之悦我口。"以牛羊犬豕之悦口比喻义理悦心，开创了以"味"评价典籍文章的先声。王充《论衡·别通》云："空器在厨，金银涂饰，其中无物益于饥，人不顾也。肴膳甘醢，土釜之盛，入者飨之。古贤文之美善可甘，非徒器中之物也，读观有益，非徒膳食有补也。"王充将一切美文视为"肴膳甘醢"，侧重的也是文章的义理之味。在魏晋玄学影响下，魏晋时期"味"主要用于味"道"，用于味"文"时也侧重于品味其中的玄理。比如，《晋书·徐苗传》说徐苗"作五经同异评，又依道家著玄微论，前后所造数万言，皆有义味"。这里所说的"义味"主要是指玄学义理上的蕴藉，"因为汉代的经学和魏晋以来的玄学的影响，从'味'字的大量用例来看，它多指义理上的蕴藉而少指情趣上的隽永"[1]。但随着魏晋文学自觉，文学的审美性开始受到重视。魏晋味文虽以"义味"为主，但多少也包含了对文学审美性的品味。整体来看，"味"在魏晋南北朝文论中主要有两个指向："义味"侧重对作品义理的品味，"滋味"则侧重对作品审美性的品味。

晋代文论以"味"评文时，往往交杂着对义理及审美性的品味，其中尤

---

[1] 李壮鹰：《逸园丛录》，303页。

其值得注意的是对审美性的品味已经出现。比如，西晋夏侯湛《张平子碑》评张衡之赋云："《二京》《南都》，所以赞美畿辇者，与雅颂争流，英英乎其有味与。"以"有味"来称赞张衡《二京赋》《南都赋》，是较早以"味"品评文学的例子。夏侯湛评张衡赋"与雅颂争流"，以之比附《诗经》，可见他所说的"有味"，依然指"义味"。但张衡赋作为文学性文体，夏侯湛的品味必然包含对其审美性的品鉴。又比如，西晋陆机《文赋》以比喻的方式谈到文章之"味"："或清虚以婉约，每除烦而去滥。阙大羹之遗味，同朱弦之清泛。虽一唱而三叹，固既雅而不艳。"李善注云："言作文之体，必须文质相半，雅艳相资。今文少而质多，故既雅而不艳，比之大羹而阙其余味，方之古乐而同清泛，言质之甚也。余味，谓乐羹皆古，不能备其五声五味，故曰有余也。……然大羹之有余味，以为古矣，而又阙之，甚甚之辞也。"陆机反对文章清约，主张华艳，他批评文章写得"阙大羹之遗味"，即言文章朴素无味。陆机的时代，儒学已经垮台，因此他谈论"大羹之遗味"绝不是从道德伦理的附加意义上立论，他主要从文学的角度来使用《礼记》中的句子。陆机的上述说法反证了他主张文章要有"味"，而这个"味"即以"艳"为表征。换句话说，陆机眼中的"味"侧重指作品的审美性，这大概是后世文学"滋味"说较早的萌芽。又比如，陆云《与兄平原书》说："兄前表甚有深情远旨，可耽味高文也。"陆云"耽味"陆机之表，既包括对义理，也包括对审美性因素的品味。又比如，东晋孙盛《与罗君章书》云："省《更生论》，括囊变化，穷寻聚散，思理既佳，又指味辞致亦快，是好论也。"孙盛对《更生论》的品味，侧重于"义味"，但包括了对指味、辞致等审美性因素的品味。再比如，东晋袁宏从桓温北征，作《北征赋》，"（王）珣诵味久之，谓（伏）滔曰：'当今文章之美，故当共推此生。'"[1]东晋袁宏的《北征赋》是文学性文体，王珣对之的诵味，主要是对其审美性因素的品味，王珣推崇袁宏"文章之美"，即证此旨。

---

[1] 《晋书·文苑传》。

至南朝,以"味"论文,更加侧重于品味其中的审美性。比如,刘宋王微《与从弟僧绰书》云:"且文词不怨思抑扬,则流淡无味。"王微所谓的文词无味,主要是从审美角度而言的。萧绎《内典碑铭集林序》云:"故碑文之兴,斯焉尚矣。夫世代亟改,论文之理非一;时事推移,属词之体或异。但繁则伤弱,率则恨省;存华则失体,从实则无味。"萧绎论"碑"体"从实则无味",也是从审美角度而言的。

刘勰《文心雕龙》颇喜以"味"论文,他所谓的"味"兼涉义理及审美性两个方面,而更重后者。比如,《宗经》篇之评圣人经典"余味日新",《情采》篇之"研味孝老",《总术》篇之"义味腾跃而生",主要是对文章义理的品味。而他称赞张衡《怨诗》"清典可味",所"味"的则是张衡诗歌的审美性。刘勰又在文学创作规律层面使用"味"字,将"味"视为构建文学审美性的重要因素,如《情采》篇云:"繁采寡情,味之必厌。"他不讲义理,而讲情与采对于文学审美的重要性,文章情采匮乏,就会无味;采繁而情寡,则令人生厌。因此《情采》所谓的"味"侧重指对文学审美性的品味。又如《声律》篇之"滋味流于下句,风力穷于和韵",《丽辞》篇之"左提右挈,精味兼载",《隐秀》篇之"深文隐蔚,余味曲包",《附会》篇之"若统绪失宗,辞味必乱",其中的"滋味""精味""余味""辞味"侧重指文学的审美性,而不是义理。而这些文学审美之"味"来自于"左提右挈""深文隐蔚"等文学性手法的运用。当然,单纯的写作手法的运用,并不是造成文学审美之"味"的全部条件,情感比技巧更为重要。《物色》篇说:"物色虽繁,而析辞尚简;使味飘飘而轻举,情晔晔而更新。"此处"味"是由情思引发的无尽的韵味。"'味'这个概念在刘勰那里大抵已经被换成文学审美感受的内涵,与从孟子一直到魏晋之际的偏指对义理的感受大不相同,它反映了齐梁时代人们衡文的角度的改变和文学意识的旺盛。"[1]

---

[1] 李壮鹰:《逸园丛录》,304 页。

钟嵘《诗品》将"滋味"作为诗歌品评的重要标准，认为"五言居文词之要，是众作之有滋味者也"。五言诗之所以有滋味，在于相对以《诗经》为代表的四言诗而言，五言诗增加了诗歌的文字容量，增强了艺术表现力，诗歌能更为详尽地"指事造形，穷情写物"。钟嵘论五言诗有"滋味"的原因，不提义理，而强调其审美性。对于魏晋玄学影响下出现的玄言诗，钟嵘加以批评："永嘉时，贵黄、老，稍尚虚谈，于时篇什，理过其辞，淡乎寡味。"他对以义理为主的诗，并不称赞，相反批评其"寡味"。可见，钟嵘所说的"滋味"是排除了义理的文学审美性。他指出"味之者无极"的诗，需要"弘斯三义（指赋、比、兴），酌而用之，干之以风力，润之以丹采"，其实质是艺术手法的运用。这表明钟嵘眼中的诗歌之"味"，是通过艺术手法创制的审美性因素。比如，钟嵘评张协诗云："文体华净，少病累。又巧构形似之言，雄于潘岳，靡于太冲。风流调达，实旷代之高手，词彩葱蒨，音韵铿锵，使人味之，亹亹不倦。"张协诗之所以有"味"，在于"词彩葱蒨，音韵铿锵"，即有文学审美性。从审美趣味来看，钟嵘主张诗歌的自然之美，反对堆积典故，拼凑诗句。他说："颜延、谢庄，尤为繁密，于时化之。故大明、泰始中，文章殆同书抄。近任昉、王元长等，词不贵奇，竞须新事。尔来作者，浸以成俗。遂乃句无虚语，语无虚字，拘挛补纳，蠹文已甚。但自然英旨，罕值其人。"颜延之、谢庄诗歌用典繁密，引领当时诗坛风气，以致南朝自宋大明、泰始以来文章类同资料辑录。这种用典过繁的风气一直延续到齐梁时期，任昉、王融等人不以新奇独创之辞为贵，竞相使用生僻新典，成为一时风气，以致诗歌句句用典，语句拘谨拼凑，丧失了自然之美。这样的作品，在钟嵘看来，自然是无"滋味"的。

总之，"味"在魏晋南北朝的审美生成，是与魏晋文学自觉紧密相关的。文学艺术在脱离政治伦理附庸，获得独立地位的同时，必定强调其审美性。而"味"越出饮食之味的范围，指称文学之味时，又逐渐剔除了"义味"的影响，突出审美性的"滋味"概念。在魏晋南北朝文学艺术审美鉴赏的进程中，"味"成为核心审美范畴之一。

第十九章
赏

"赏"是魏晋南北朝时期新兴的一个美学范畴。"赏"的"欣赏"义，魏晋南北朝之前使用极少，此义在审美上的新兴是在魏晋时期。[①] 在魏晋"人的觉醒""文学自觉"的语境中，人们看待自然景物不再是先秦以来的比德方式，对于文学也不再死守"诗言志"的要求，而是以一种审美的态度加以审视，这是"赏"之"欣赏"义兴起的背景。"赏"范畴在魏晋南北朝的审美生成，标志着这一时期文学艺术鉴赏理论的兴起。

◎ 第一节
释"赏"

许慎《说文解字》释"赏"为："赐有功也。从贝尚声。"可知，赏的本义是"赐"。至魏晋时期，"赏"的"欣赏"义大兴。"赏"的本义"赐"是一种行为，与人的心理无关；而"赏"的"欣赏"义，则与人的审

[①] 《汉书·尹赏传》载："尹赏，字子心。"杨明照《文心雕龙校注拾遗》指出："古人立字，展名取同义。是'赏关心解'，汉人已用矣。"但从传世文献来看，汉代"赏"字的"欣赏"义使用极少。

美心理直接相关。显然从"赏赐"到"欣赏","赏"字的含义变化很大,加之先秦典籍中"赏"字尚无"欣赏"义,故而强调宗法经典释义的刘勰,对"赏"之"欣赏"义的兴起颇为反感,他在《文心雕龙·指瑕》中批评说:

> 若夫立文之道,惟字与义。字以训正,义以理宣。而晋末篇章,依希其旨,始有赏际奇至之言,终有抚叩酬即之语,每单举一字,指以为情。夫赏训锡赉,岂关心解;抚训执握,何预情理;雅颂未闻,汉魏莫用,悬领似如可辩,课文了不成义,斯实情讹之所变,文浇之致弊。

刘勰认为用字应该遵循经典的训诂,但是晋末文章,用字不依正训,以致语意模糊不清,出现了"赏际奇至"这样的话。"赏"字训为"赐、赉"(《说文》释"赉"云:"赐也,从贝来声"),其含义就是赏赐,无关于"心解"(内心的领会)。刘勰认为,"赏"之"欣赏"义不见于《诗经》,汉魏时期也未有,是晋代文章凭空臆造的含义,是当时文风浅薄的表现。刘勰的批评反映了他的思想具有保守的一面,他以宗经为旨趣,对"赏"字含义衍变所致的审美意义认识不足。刘勰批判晋代文章用字之弊是对的,但他对"赏"字不依本训的苛责则有失允当。黄侃《文心雕龙札记》对晋代用字之弊举例精当,可补证刘勰之旨:

> 案晋来用字有三弊:一曰造语依稀,如赏抚二字之外,戒严曰纂严,送别曰瞻送,解识曰领悟,契合曰会心。至如品藻称誉之词,尤为模略,如嵇绍劲长,高坐渊箸,王微迈上,卞壼峰距,王恭亭亭直上,王忱罗罗清疏,叩其实义,殊欠分明,而世俗相传,初不撢究。二曰用字重复,容貌姿美,见于《魏书》,文艳博富,亦载《国志》,此皆三字稠叠;两字复语,尤难悉数。三曰用典饰滥,呼征质曰周郑,谓霍乱为博陆,言食则餬口,道钱则孔方,称兄则孔怀,论婚则宴尔,求莫而用为

求瘼，计偕而以为计阶，转相祖述，安施失所，比喻乖方，斯亦彦和所云文浇之致弊也。①

从文字的使用史来看，如果用字都严格遵循经典释义，不允许新的释义出现，那么文字将趋于僵化。何况，经典释义并非一成不变，《诗经》用字就颇多不依本训的例子。"如都本先王宗庙所在地，而《诗》有'洵美且都'，则以为都闲矣；《史记》有'姣冶娴都'，则以为都雅矣。盖都城为人物萃荟之地，才质闲美者众，异于他方，故引申为闲雅之义。又朋本凤鸟，而《诗》有'硕大无朋'，则以为朋比矣；又有'锡我百朋'，则以为兼贝矣。盖凤鸟至则群鸟从之，故引申为兼比之义。以此论彼，事同一例，不得曰'雅颂未闻'也。"②就"赏"字而言，由本义"赐"引申出"欣赏"之义，正是魏晋南北朝审美的进步。

"赏"字的含义如何由"赐"而引申为"欣赏"，这是值得探究的。《说文》释"赏"为"尚声"，即"赏"字从"尚"字得声。段玉裁《说文解字注》云："锴曰：赏之言尚也。尚其功也。"宋代徐锴正是依声训得出"赏"是"尚其功"。章太炎《国故论衡上·转注假借说》云："义相近者，多从一声而变。"是为确论。"赏"之"欣赏"义，正是由"尚"而来。《说文》释"尚"为："曾也。"段玉裁《说文解字注》云："曾，重也。尚，上也。皆积累加高之意。义亦相通也。"故而"赏""尚"相通，有推崇之义。司马光《类篇》释"赏"云："《说文》'赐有功也'，一曰玩也。"大约"赏"是由推崇而引申出"玩赏"义的。因此"赏"之"欣赏"义，有欣然尚之的意思。从东晋到南朝，"赏"之"欣赏"义使用极为普遍，广泛用于赏景、赏人、赏言、赏文、赏乐等各种场合，遂成为重要的文艺美学范畴。

---

① 黄侃：《文心雕龙札记》，201页。
② （梁）刘勰著，刘永济校释：《文心雕龙校释》，159页，北京，中华书局，1962。

◎ 第二节

"赏景"与"赏心"：主客交融中的"赏"

　　晋代以来，"赏"字常用于赏景，而与赏景相伴随的则是赏心。《世说新语·任诞》记载："孙承公狂士，每至一处，赏玩累日；或回至半路却返。"东晋孙统（字承公）是位狂士，热衷于赏玩山水，有时赏玩结束后，他又半路折返再次赏玩。晋人热衷在山水中寻找雅趣，孙统参加了永和九年（353）的兰亭雅集，曲水流觞、饮酒赋诗之间透露出浓郁的雅趣。晋代士人热衷游山玩水，绝非仅仅贪恋美景本身，而是以山水为情感栖居之所。《晋书·孙统传》记载，孙统"诞任不羁，而善属文，时人以为有楚风。征北将军褚裒闻其名，命为参军，辞不就，家于会稽。性好山水，乃求为鄞令，转任吴宁。居职不留心碎务，纵意游肆，名山胜川，靡不穷究"。孙统性好山水，不留心于公务，稍后于他的谢灵运与他极为相似。

　　谢灵运由晋入宋后，降公爵为侯，常怀愤愤，于是纵情山水，肆意遨游，以泄内心不平。赏景是伴随他一生的事情。据《宋书·谢灵运传》记载，谢灵运任永嘉太守时，"郡有名山水，灵运素所爱好，出守既不得志，遂肆意游遨，遍历诸县，动逾旬朔，民间听讼，不复关怀。所至辄为诗咏，以致其意焉"。在官一年，即称疾辞职，回到老家会稽。在会稽，他"修营别业，傍山带江，尽幽居之美。与隐士王弘之、孔淳之等纵放为娱，有终焉之志。每有一诗至都邑，贵贱莫不竞写，宿昔之间，士庶皆遍，远近钦慕，名动京师"。他被宋文帝召至都城建康期间，"出郭游行或一日百六七十里，经旬不归，既无表闻，又不请急"，依然热衷于山水。他再次辞官回会稽后，"寻山陟岭，必造幽峻，岩嶂千重，莫不备尽。登蹑常著木履，上山则去前齿，下山去其后齿。尝自始宁南山伐木开径，直至临海，从者数百人。临海太守王琇惊骇，谓为山贼，徐知是灵运乃安"。这种大阵势、大场面的游山玩水，是谢灵运纵意游肆的典型表现。谢灵运后来任临川内史，"在郡游放，不异永嘉"，耽于山水，不理政务，终被有司所纠，酿成了人生悲剧。然而他大力创作山水诗，成为中国山水诗的开创者；同时他的山水赋强调寄托，别具一格。

谢灵运《山居赋》以"近东""近南""近西""近北""远东""远南""远西""远北"多层次的方位变换，铺陈描绘山野、草木、水石、谷稼之事，突出了山居之乐，区别于张衡《二京赋》、左思《三都赋》对京都宫观、游猎声色的描绘。谢灵运《山居赋》自序云：

> 抱疾就闲，顺从性情，敢率所乐，而以作赋。扬子云云："诗人之赋丽以则。"文体宜兼，以成其美。今所赋既非京都宫观游猎声色之盛，而叙山野草木水石谷稼之事，才乏昔人，心放俗外，咏于文则可勉而就之，求丽，邈以远矣。览者废张、左之艳辞，寻台、皓之深意，去饰取素，傥值其心耳。意实言表，而书不尽，遗迹索意，托之有赏。

谢灵运所谓"托之有赏"，可证《山居赋》并非只是对景物的铺陈，他是有所寄托的，他希望读者去体味他文辞之外的一番苦心。谢灵运写赋是"顺从性情""心放俗外"的结果，他遵循扬雄所谓"丽以则"的原则，在赋中有所寄托。他不像张衡、左思之赋，描写都市繁华；他以赋写"台、皓之深意"①，突出远世避俗的山居之乐。他希冀"赏音"者对《山居赋》"去饰取素""遗迹索意"，这样才能明白他的寄托所在。

谢灵运所谓"意实言表，而书不尽，遗迹索意，托之有赏"，与魏晋玄学"言不尽意""得意忘言"的思想相符。谢灵运《山居赋》反复申明此旨。在"自园之田，自田之湖"一段，谢灵运自注云："此皆湖中之美，但

---

① 台指台孝威，居武安山下，依崖为土室，采药自给；皓指商山四皓，秦末汉初避乱山中的四位隐士。

患言不尽意，万不写一耳。"《山居赋》结尾云："暨其窈窕幽深，寂漠虚远。事与情乖，理与形反。既耳目之靡端，岂足迹之所践。蕴终古于三季，俟通明于五眼。权近虑以停笔，抑浅知而绝简。"谢灵运又自注云："谓此既非人迹所求，更待三明五通，然后可践履耳。故停笔绝简，不复多云，冀夫赏音悟夫此旨也。"这些都是明证。"言不尽意"论在谢灵运其他文章中亦可见，如《答王卫军问》之"然书不尽意，亦前世格言"，《答纲琳二法师难》之"聊伸前意，无由言对，执笔长怀"等。谢灵运所谓"寻台、皓之深意"，所谓"傥值其心"，所谓"意实言表，而书不尽，遗迹索意，托之有赏"，都强调了赋的抒情写意性，"意味着赋的文体性质从汉代的'赋者，铺也'发生了历史性的转变"①。

谢灵运抱着玄学的心态赏景。《山居赋》云："选自然之神丽，尽高栖之意得。"他重赏景，更重赏心。他的山水诗中屡屡出现"赏心"一词。如《晚出西射堂》之"含情尚劳爱，如何离赏心"，《游南亭》之"我志谁与亮，赏心惟良知"，《酬从弟惠连》之"永绝赏心望，长怀莫与同"，《永初三年七月十六日之郡初发都》之"将穷山海迹，永绝赏心悟"，《田南树园激流植援》之"赏心不可忘，妙善冀能同"，等等。沈约《宋书·谢灵运传论》评"灵运之兴会标举"，是准确的。所谓"兴会"是情兴所会，是谢灵运赏景之时，景与心相碰撞所致。《文心雕龙·物色》云："山沓水匝，树杂云合。目既往还，心亦吐纳。春日迟迟，秋风飒飒。情往似赠，兴来如答。"刘勰所言颇能切中"兴会标举"之意。创作主体流连于山水景物，投射情感进入其中，就会获得"江山之助"，引发感兴，有所倾吐。由此反观谢灵运所谓"意实言表，而书不尽，遗迹索意，托之有赏"之"赏"，当是指把握形迹之外的"意"，需要通过"赏"来达到。也就是说，"赏"是主客体交融的过程。主体将情投入客体之中，去赏味客体；客体提供"江山之助"，加深赏之效果，使主体产生审美享受。因此，"赏"是获得审美享

---

① 陈良运主编：《中国历代赋学曲学论著选》，76页，南昌，百花洲文艺出版社，2002。

受的必要手段，正如谢灵运《从斤竹涧越岭溪行》所说："情用赏为美。"赏景必然移情，情感由内向外投射，景物的某些特点与人的内心产生共鸣，人在景物中确证自己的本质，则由赏景走向赏心。

南朝文人的赏景、赏心，正是沿着谢灵运开创的路径进行的。沈约《钟山诗应西阳王教》之"山中咸可悦，赏逐四时移"是对自然景物的欣赏，《游沈道士馆》之"寄言赏心客"和《梁书·王筠传》所引"知音者希，真赏殆绝"是对赏心者的呼唤。江淹《杂体诗》咏谢灵运云："灵境信淹留，赏心非徒设。"以"赏心"谓谢灵运对会稽景物的欣赏。"赏心"一词在南朝往往用于指称对景物的欣赏，以下略举数例：

> 江路西南永，归流东北骛。天际识归舟，云中辨江树。旅思倦摇摇，孤游昔已屡。既欢怀禄情，复协沧洲趣。嚣尘自兹隔，赏心于此遇。虽无玄豹姿，终隐南山雾。（谢朓《之宣城郡出新林浦向板桥》）
>
> 露清晓风冷，天曙江晃爽。薄云岩际出，初月波中上。黯黯连嶂阴，骚骚急沫响。回楂急碍浪，群飞争戏广。伊余本羁客，重暌复心赏。（何逊《入西塞示南府同僚》）
>
> 暮烟起遥岸，斜日照安流。一同心赏夕，暂解去乡忧。野岸平沙合，连山远雾浮。客悲不自已，江上望归舟。（何逊《慈姥矶》）
>
> 萧萧丛竹映，澹澹平湖净。叶倒涟漪文，水漾檀栾影。相思不会面，相望空延颈。远天去浮云，长墟斜落景。幽疴与岁积，赏心随事屏。乡念一遭回，白发生俄顷。（何逊《望廨前水竹答崔录事》）

以上谢朓、何逊诗中所谓"赏心"均是对自然景物的欣赏，是由赏景激发出的某种情绪。因此，赏景与赏心是统一的，体现了欣赏过程中的主客体融合的特点。

东晋以来由赏景走向赏心的趋势，突出了山水欣赏中主体的地位，实质是对内心的关注，改变了汉代以来以山水比德的传统，标志着一种新的审美理念的出现。作为山水审美之"赏",既包括主体对客体之"尚",也包括客体对主体之"赐"(即刘勰《文心雕龙·物色》所说的"江山之助"),是主客体交融的审美活动。

◎ 第三节
"赏人"与"赏文":人文一体中的"赏"

晋代以来,"赏"字也常用于赏人,而与赏其人相伴随的则是赏其言、赏其文。《世说新语》有《赏誉》篇,记载了对人物的赏誉,如:

> 王蓝田为人晚成,时人乃谓之痴。王丞相以其东海子,辟为掾。常集聚,王公每发言,众人竞赞之;述于末坐曰:"主非尧舜,何得事事皆是!"丞相甚相叹赏。

在众人称颂王丞相(王导)的发言时,王述(袭爵蓝田侯)发出质疑的声音。这种独立思考的品质,得到王导的叹赏。这里叹赏是对人的赞赏。《世说新语·文学》载:

> 支道林造《即色论》,论成,示王中郎,中郎都无言。支曰:"默而识之乎?"王曰:"既无文殊,谁能见赏?"

王中郎即王坦之,是王述之子。王坦之对支遁《即色论》深识于心,故默然无言,却被支遁误认为是在默记。王坦之所谓"既无文殊,谁能见赏",典出《维摩诘经》:"于是文殊师利问维摩诘:'我等各自说已,仁者当说何等是菩萨入不二法门？'时维摩诘默然无言。文殊师利叹曰：'善哉！善哉！乃至无有文字语言，是真人不二法门。'"王坦之批评支遁不能像文殊欣赏维摩诘的默然无言一样，欣赏他的无言。故而此处"赏"也是指对人的赏识、欣赏之意。《世说新语·识鉴》载：

> 武昌孟嘉作庾太尉州从事，已知名。褚太傅有知人鉴，罢豫章，还过武昌，问庾曰："闻孟从事佳，今在此不？"庾云："卿自求之。"褚眄睐良久，指嘉曰："此君小异，得无是乎？"庾大笑曰："然。"于时既叹褚之默识，又欣嘉之见赏。

孟嘉被褚裒从众人中识别出来，可见他风流气度与众不同。庾亮感叹褚裒的识鉴之功，也高兴孟嘉之"见赏"。见赏即被赏识，此处赏也指对人的赏识。又《世说新语·俭啬》载：

> 苏峻之乱，庾太尉南奔见陶公，陶公雅相赏重。陶性俭吝。及食，啖薤，庾因留白。陶问："用此何为？"庾云："故可种。"于是大叹庾非唯风流，兼有治实。

庾亮因苏峻之乱，南逃去见陶侃。陶侃出身寒门，后虽登上高位，但节俭的本性未变。庾亮吃薤菜，留下薤白，表示还可再种，令陶侃大为赞赏。此处"赏重"是对人的欣赏、看重。

"赏"在《世说新语》中也用于赏言，《世说新语·豪爽》载：

> 桓宣武平蜀，集参僚置酒于李势殿，巴蜀搢绅莫不来萃。桓既素有雄情爽气，加尔日音调英发，叙古今成败由人，存亡系才，其状磊落，一坐叹赏。既散，诸人追味余言。

桓温在平蜀后的庆功宴上一番高论令人叹赏，宴散后，人们还在追味他说的话。 诸人叹赏的是桓温之语揭示的成败存亡规律。 这里的赏是对人言的欣赏。 又如《世说新语·伤逝》载：

> 支道林丧法虔之后，精神陨丧，风味转坠。常谓人曰："昔匠石废斤于郢人，牙生辍弦于钟子，推己外求，良不虚也。冥契既逝，发言莫赏，中心蕴结，余其亡矣!"却后一年，支遂殒。

支遁的同学法虔死后，支遁精神陨丧，因为他失去了知音，"发言莫赏"，他的话再无人能欣赏，一年后支遁也去世了。 这里"赏"是对人言的欣赏。

"赏"在《世说新语》中也同时用于赏人与赏文，如《世说新语·品藻》载：

> 王子猷、子敬兄弟共赏《高士传》人及赞，子敬赏"井丹高洁"。子猷云："未若'长卿慢世。'"

嵇康《高士传》赞语中有"井丹高洁""长卿慢世"之语。 井丹是东汉学者，为人高洁；司马相如（字长卿）越礼自放、托疾避官，故称他"慢世"。 此处所谓"赏"既是对《高士传》的欣赏，也是对《高士传》所记人物的欣赏。 又如《世说新语·文学》载：

> 孙兴公作《庾公诔》。袁羊曰："见此张缓。"于时以为名赏。

"名赏"指有名的鉴赏之语。 东晋孙绰（字兴公）为庾亮作诔文一事，《世说新语·方正》有记载："孙兴公作《庾公诔》，文多托寄之辞。 既成，示庾道恩。 庾见，慨然送还之，曰：'先君与君，自不至于此。'"孙绰的诔文，令庾亮的儿子庾羲（小字道恩）大为不满，因为其中多有托寄之辞。①孙绰屡次献谀死人，当时已有恶名。② 因此，与孙绰早有旧隙③的袁乔（小字羊）对《庾公诔》的"名赏"——"见此张缓"，绝非称赞孙绰文章写得一张一弛，而是批评之语。据刘兆云考证，"张缓"即《后汉书》中的张奂，其人有才无德，误诛窦武、陈蕃后，又上疏为之平反，向死人献谀；改"奂"为"缓"是因为袁乔高祖名"涣"，为避讳。④ 孙绰亦有才无德，其《庾公诔》献谀死人，袁乔评之"见此张缓"，实是抓住了孙绰的这一恶习，故这一评语得到时人认可，遂成为"名赏"。因此袁乔的这句"名赏"，是对孙绰其人、其文的鉴赏。

陶渊明有"奇文共欣赏，疑义相与析"之说，证明在晋代"赏"字已用于文学品鉴。"赏"用于赏文，《世说新语》颇多相关记载。比如《世说新语·文学》载：

> 袁虎少贫，尝为人佣载运租。谢镇西经船行，其夜清风朗月，闻江渚间估客船上有咏诗声，甚有情致；所诵五言，又其所未尝闻，叹美不能已。即遣委曲讯问，乃是袁自咏其所作《咏史》诗。因此相要，大相赏得。

谢尚对袁宏（小字虎）所作的《咏史》诗很是叹服，"大相赏得"，所谓

---

① 刘孝标注引《庾公诔》："咨予与公，风流同归。拟量托情，视公犹师。君子之交，相与无私。虚中纳是，吐诚诲非。虽实不敏，敬佩弦韦。永戢话言，口诵心悲。"孙绰是庾亮帐下参军，两人并无深交，所谓"风流同归"，实是借死人来抬高自己。
② 《世说新语·轻诋》载刘惔（字真长）死后，孙绰借机讽咏词句来抬高自己，被褚裒怒斥。又载王濛死后，孙绰作《王长史诔》："余与夫子，交非势利，心犹澄水，同此玄味。"又借机抬高自己。王濛的孙子王孝伯怒曰："才士不逊。亡祖何至与此人周旋！"刘孝标《世说新语·品藻》注引《续晋阳秋》云："绰虽有文才，而诞纵多秽行，时人鄙之。"
③ 袁乔与孙绰似有旧隙。《世说新语·品藻》载："简文问孙兴公：'袁羊何似？'答曰：'不知者不负其才，知者无取其体。'"刘孝标注云："言其有才而无德也。"
④ 参见刘兆云：《释〈世说·文学〉"孙兴公作庾公诔"条》，载《新疆大学学报（哲学社会科学版）》，1990（3）。

"赏得"即欣赏投合,此处"赏"是对文的欣赏。又如:

> 或问顾长康:"君《筝赋》何如嵇康《琴赋》?"顾曰:"不赏者作后出相遗,深识者亦以高奇见贵。"

这里所谓的"不赏者"是指对顾恺之(字长康)《筝赋》不欣赏的人。《世说新语·轻诋》亦载:

> 庾道季诧谢公曰:"裴郎云:'谢安谓裴郎乃可不恶,何得为复饮酒!'裴郎又云:'谢安目支道林如九方皋之相马,略其玄黄,取其俊逸。'"谢公云:"都无此二语,裴自为此辞耳。"庾意甚不以为好,因陈东亭《经酒垆下赋》。读毕,都不下赏裁,直云:"君乃复作裴氏学!"于此《语林》遂废。今时有者,皆是先写,无复谢语。

裴启转述了谢安的两句话,庾龢(字道季)向谢安求证,谢安说那都是裴启的杜撰。裴启《语林》记载王珣经过嵇康、阮籍曾经共饮的酒垆,发了一通感叹,作了《经酒垆下赋》。庾龢诵读王珣此赋,以此证明裴启《语林》所记不假。但读完后,谢安"不下赏裁",即不评论好坏,而坚持认为裴启所记不实。此处所谓"赏裁"也是指对文的鉴赏评价。

"赏"之用于文学鉴赏,是其成为审美范畴的重要标志。刘勰《文心雕龙》认为"赏"之"欣赏"义不符合正训而反对"赏"字的频繁使用,他的批评恰恰证明"赏"已经成为了晋代以来文学鉴赏中的常用术语。相对来说,钟嵘对于"赏"的态度更为宽容,《诗品序》提出"赏究天人",《诗品》在诗歌品鉴中也多次使用"赏"的引申义,比如:"欣泰、子真,并希古胜文,鄙薄俗制,赏心流亮,不失雅宗。"又比如:"(孙)察最幽微,而感赏至到耳。"因此,"赏"之"欣赏"义在东晋至南朝的流行,代表了一种新的审美理念的形成。魏晋以来儒家经学统治倒台,代替繁琐的解经风气

第十九章 赏 897

的是强调妙赏的文章品鉴风气的兴起。"赏"字的"欣赏"义的出现，正是这种风气转变的表征，正反映了六朝审美鉴赏理论的新兴，是与魏晋"文学自觉"相呼应的"文学鉴赏自觉"的表征。

◎ 第四节
"玄赏"与"妙赏"：道艺辉映中的"赏"

魏晋绘画批评中"玄赏"的出现，音乐批评中"妙赏"的出现，都表明"赏"之"欣赏"义与玄学有着深刻的内在联系。顾恺之《魏晋胜流画赞》云：

> 《北风诗》：亦卫手，恐密于精思名作，然未离南中。南中像兴，即形布施之象，转不可同年而语矣。美丽之形，尺寸之制，阴阳之数，纤妙之迹，世所并贵。神仪在心，面手称其目者，玄赏则不待喻。不然，真绝夫人心之达，不可惑以众论。执偏见以拟过者，亦必贵观于明识。末学详此，思过半矣。

所谓"神仪在心"，指人物的神态存在于内心；"面手称其目"当指所画人物的面容、双手与他的眼神相符。具备这两点的绘画"玄赏则不待喻"，即传神的人物绘画，其外形中有很多难以言喻的东西。所谓"玄赏"是指对奥妙旨趣的欣赏。顾恺之绘画主张以形写神，传神写照。《世说新语·巧艺》载："顾长康画人，或数年不点目精。人问其故，顾曰：'四体妍蚩，本无关于妙处，传神写照，正在阿堵中。'"顾恺之的传神理论正是魏晋玄学重神轻形思想在绘画领域的体现。《世说新语·言语》载："顾长康从会稽还，人问山川之美，顾云：'千岩竞秀，万壑争流，草木蒙笼其上,若云兴霞蔚。'"顾恺之对山川之美的描述透露出玄理,这也是他对山川之美的玄赏。《世说新语·巧艺》载:"顾长康道:画'手挥五弦'易,'目送归鸿'难。"其中"手挥五弦,目送归鸿"是玄学家嵇康的名句。画"手挥五弦"容易,因为具其形;画"目送归鸿"难,因为难以传神。由此看来,顾恺之所谓"玄赏"确与魏晋玄学有不解之缘。

魏晋音乐批评出现了"妙赏"一词。《世说新语·术解》载:"荀勖善解音声,时论谓之暗解,……阮咸妙赏,时谓神解。"阮咸能妙赏音乐,被称为"神解";荀勖也善解音声,被称为"暗解"。当然"神解"要比"暗解"高一个档次。"神"乃变化不测之意,"神解"只能通过"妙赏"达到,这类似于绘画中的"天工";而"暗解"则类似于绘画中的"人工"。"神解""妙赏"已经通于玄妙之道,是一般人难以达到的境界。"赏"字用于赏乐,又见《世说新语·伤逝》:

顾彦先平生好琴,及丧,家人常以琴置灵床上。张季鹰往哭之,不胜其恸,遂径上床,鼓琴作数曲,竟,抚琴曰:"顾彦先颇复赏此不?"因又大恸,遂不执孝子手而出。

顾荣(字彦先)以好琴著称,他死后,好友张翰(字季鹰)在他灵床上抚琴数曲,感伤友人已逝不能欣赏音乐。此处"赏"指对音乐的欣赏。这种知音之间的音乐欣赏,当属"妙赏"的范畴。南朝齐王俭《竟陵王山居赞》云:"升堂践室,金晖玉朗。亹亹大韶,遥遥闲赏。道以德弘,声由业广。义重实归,情深虚往。濠梁在兹,安事遐想。""亹亹"指余音不绝。此处"闲赏"是指对音乐的"妙赏"。

江淹屡次称赞袁炳有"妙赏"。江淹《伤友人赋序》称袁炳"有逸才,有妙赏,博学多闻"。赋中又说:"妙赏之不留,悼知音之已逝。"他又为袁炳作传,再次称道他"至乃好妙赏,文独绝于世也"。史书对袁炳载之不详,只记载他撰《晋书》未成而卒。从江淹的描述来看,袁炳的"妙赏"大约是对道、艺的精妙的鉴赏。

"妙赏"用于对道的鉴赏,不限于玄学之道,也包括佛教之道。比如东晋释道恒《释驳论》云:"夫怨亲婉娈,有心之所滞,而沙门遗之如脱屣;名位财色,世情之所重,而沙门视之如秕糠,可谓忍人所不能去,斯乃标尚之雅趣,弘道之胜事。而云蔑然,岂非妙赏之谓乎?"释道恒旨在驳斥时人对寺庙壮丽、僧人抵掌空谈的非难。他认为僧人视名位财色如秕糠,这是雅趣,是对佛义的"妙赏"。而对佛义的"妙赏",又可以"赏味"称之。后秦姚嵩《上述佛义表》云:"上通三世,甚有深致,既已远契圣心,兼复抑正众说,宗涂亹亹,超绝常境,欣悟之至,益令赏味增深。"姚嵩所谓"赏味"是指对佛义的欣赏。

东晋以来,"玄赏""妙赏"用于文艺品鉴时,往往与魏晋玄学、佛学相联系,旨在突出赏之玄妙通道。"作为一种重要的感觉经验,'赏'和六朝文人格外讲究的'兴会'非常近似,它的进入文学表达与文机涵育,使文学有了'依希其旨'之朦胧美,并加强了文学非功利的品质,而赏之'依稀'特性在文学中对义必明雅的替代或补充,使文学中闲的成分更重了,因为它在侧重个体感受之外,又更远离了教化。"[①]

值得注意的是,南北朝时期《刘子》一书中有《正赏》篇,专门探讨审美鉴赏问题:

> 赏者,所以辨情也。评者,所以绳理也。赏而不正,则情乱于实;评而不均,则理失其真。理之失也,由于贵古而贱今;情之乱也,在乎信耳而弃目。

"赏"之不同于"评",在于"赏"侧重于辨情,而"评"侧重于绳理。

---

① 赵树功:《钟嵘〈诗品序〉"赏究天人""学究天人"辨析——兼论六朝之际"赏"这一美学范畴的确立》,载《山东大学学报(哲学社会科学版)》,2005(6)。

"赏"是审美鉴赏,而"评"则是理性判断。不公正的鉴赏起因于信耳而弃目,过于听信别人的意见,放弃了用自己的眼睛去鉴赏。世间存在大量名实颠倒的情况,如以蛇为鲤、以赵曲为雅声、以燕石为美玉、以郢赋为丽藻等,这种"赏"自然是不公正的,是未知味、未知音、未识玉、未知文的表现。要不眩惑于名实之乱,正确地进行审美鉴赏,尤其需要有鉴赏能力。比如,"以郢赋为丽藻者,唯相如不滥其赏",司马相如之所以能够不滥其赏,正在于他是善赋者,对于赋的鉴赏能力超过一般人。当然,人的眼睛也不能过于相信,因为存在扰乱视觉的情况,"镜形如杯,以照西施,镜纵则面长,镜横则面广。非西施貌易,所照变也"。过于相信眼睛看到的镜像,就容易出现错误的审美判断。同理,"观人论文,则以大为小,以能为鄙",也是"目乱心惑"的表现。因此,审美鉴赏的原则应该是"聪达亮于闻前,明鉴出于意表,不以名实眩惑,不为古今易情,采其制意之本,略其文外之华",这是一种直探本真的审美鉴赏,也就是"玄赏""妙赏"。

第二十章
缘情

西晋陆机"诗缘情"的命题,以魏晋"人的觉醒"为时代大背景,以魏晋玄学性情之辨为哲学语境,以"礼缘情"为伦理语境,实是重视"情"的思想在文论领域的反映。"诗缘情"摆脱了汉代以来政治伦理对文学的附加要求,对文学创作动机做出了崭新的论断,是文学感物说的理论发展。强调缘情必然强调文学的抒情性,这也使"诗缘情"部分关涉到文学本质问题。但将"诗缘情"视为与"诗言志"相对的文学本质论命题,则是过度诠释的结果。

◎ 第一节
从诗言志到诗缘情

春秋时期流行"赋诗言志",以《诗经》作为传达志意的媒介。比如《左传》记载襄公二十七年:"郑伯享赵孟于垂陇,子展、伯有、子西、子产、子大叔、二子石从。赵孟曰:'七子从君,以宠武也,请皆赋,以卒君贶。武亦以观七子之志。'"子展、伯有等七人分别赋《诗经》中的一篇诗歌,用于言志。战国时期出现了创作层面的"诗言志"。《尚书·尧典》

一般认为是战国末年人的托古之作①，其中记载："诗言志，歌永言，声依永，律和声。八音克谐，无相夺伦，神人以和。"这里的"诗言志"指歌者所唱的歌词是心中情意的语言表现。战国时期的"诗言志"，又特指《诗经》与其他五经的区别。《庄子·天下》云："《诗》以道志，《书》以道事，《礼》以道行，《乐》以道和，《易》以道阴阳，《春秋》以道名分。"《荀子·儒效》云："《诗》言是其志也，《书》言是其事也，《礼》言是其行也，《乐》言是其和也，《春秋》言是其微也。"《慎子·逸文》云："《诗》，往志也。《书》，往诰也。《春秋》，往事也。"可见《诗经》中所载诗歌具有"言志"的特点，是战国时期的普遍认识。

对"诗言志"之"志"的含义，闻一多有很好的考证。他在《歌与诗》中指出，"志"字从士，卜辞中"士"字像人足停止在地上，本训停止。故而志从士从心，本义是停止在心上。停在心上即是藏在心里。②《荀子·解蔽》之"志也者，臧也"，说的就是志藏在心。藏在心即是记忆。汉代学者一般释"志"为"意"。司马迁《史记·五帝本纪》引用《尧典》"诗言志"，写作"诗言意"。郑玄注《尚书·尧典》"诗言志"为："诗所以言人之志意也。"③郑玄又注《礼记·檀弓》"子盖言子之志于公乎"之"志"为："志，意也。"可见，在汉代学者眼中，"志"即"意"，指人的思想。

汉代《毛诗序》对于"诗言志"又有了新的阐释："诗者，志之所之也，在心为志，发言为诗。情动于中而形于言，言之不足故嗟叹之，嗟叹之不足故永歌之，永歌之不足，不知手之舞之、足之蹈之也。"这种表述有合"情""志"为一的趋势。前一句"诗者，志之所之也，在心为志，发言为诗"讲的是"诗言志"；后一句"情动于中而形于言"又提出了"情"这一要素。《毛诗序》所谓的"情"与"志"的含义十分相近。《毛诗序》认为，"王道衰，礼义废，政教失，国异政，家殊俗，而变风、变雅作矣"。

---

① 朱自清：《经典常谈》，27页，北京，生活·读书·新知三联书店，1980。
② 闻一多：《神话与诗》，201页，上海，华东师范大学出版社，1997。
③ 孔颖达《诗谱序正义》引。

正是王道、礼义、政教、国政、家俗等政治伦理的变动,导致"情动于中而形于言"。故而《毛诗序》所谓的"情"不是个体之情,而是集体之情,所谓"一国之事系一人之本"可证。这种"情"用于美刺,带有强烈的政治伦理色彩。《毛诗序》又说:"故变风发乎情,止乎礼义。发乎情,民之性也;止乎礼义,先王之泽也。"可知《毛诗序》所谓的"情"不是无节制之情,而是受礼义约束之情。《毛诗序》将广义的感物置换为狭义的感政治伦理,从而将感物而动的情严格限定在特定的政治伦理语境中,即把"情"统一在儒家之"志"中。郑玄《六艺论·论诗》云:"诗者,弦歌讽谕之声也。自书契之兴,朴略尚质,面称不为谄,目谏不为谤,君臣之接如朋友然,在于恳诚而已。斯道稍衰,奸伪以生,上下相犯。及其制礼,尊君卑臣,君道刚严,臣道柔顺,于是箴谏者希,情志不通,故作诗者以诵其美而讥其过。"郑玄明确将"情志"连用,认为情志不通,故作诗者以诵其美而讥其过,这实是对《毛诗序》"诗言志"说的绝好阐释。东汉以来,"情志"连用已成习语,比如王逸注屈原《九章·悲回风》"心踊跃其若汤"句云:"言己设欲随从群小,存其形貌,察其情志,不可得知,故中心沸热若汤也。"又注屈原《九章·惜诵》"恐情质之不信"句云:"情志也,质性也。"又注刘向《九叹·离世》"情慌忽以忘归兮,神浮游以高厉"句云:"言己心愁,情志慌忽,思归故乡,则精神浮游高厉而远行也。"又注《九叹·怨思》"申诚信而罔违兮,情素洁于纫帛"句云:"言己放弃,虽无有思之者,然犹重行诚信,无有违离,情志洁净,有如束帛者也。"上述诸例均可证汉代"情志"连用是普遍的现象。这则证明了《毛诗序》在讲"诗言志"时拎出的"情"字,其含义近于"志"。

魏晋以来,随着儒家思想统治的倒台,出现了个性解放思潮。在文论领域,也出现了"情""志"分离,专讲"情"的文论主张。西晋陆机《文赋》提出了与"诗言志"完全不同的另外一个命题——"诗缘情"。《文赋》总结了十种文体的特征:"诗缘情而绮靡,赋体物而浏亮,碑披文以相质,诔缠绵而凄怆,铭博约而温润,箴顿挫而清壮,颂优游以彬蔚,论精微而朗畅,奏平彻以闲雅,说炜晔而谲诳。"其中"诗缘情而绮靡"之"缘情"是对于诗歌的情感层面的要求,"绮靡"则是对于诗歌的语言层面的要求。《文赋》不再像《毛诗序》那样强调情志合一,而是专门强调"情"。"诗缘情"之"情"是个体情感,而非集体情感,其中没有政治伦理的附加内容,它是魏晋以来个性解放之后的"情"。

"诗言志"与"诗缘情"两个命题使用的语境不同,最终的理论指向也不同。"诗言志"是在汉儒强调文学的政治伦理属性、强调严守解经家法的语境中出现的,而"诗缘情"则是在魏晋以来儒家思想统治倒台、个性觉醒、追求思想自由的语境中出现的;"诗言志"的理论指向是强调诗歌表达集体情感,"诗缘情"则强调诗歌表达个体情感。而强调表达个体情感,突出了诗歌抒情性和审美性,这是文学自觉的表征。"诗缘情"这一命题的提出,反映出魏晋以来文学日益摆脱经学束缚,走向抒情化的趋势。这种对文学创作动机的崭新认识,奠定了新的文学言说机制,为文学的发展开拓了广阔天地。明代胡应麟《诗薮》云:"《文赋》云'诗缘情而绮靡',六朝之诗所自出也,汉以前无有也。"[1]是为确论。"诗缘情"对南朝文论有深刻影响。沈约之"以情纬文",刘勰之"情者,文之经",钟嵘之"摇荡性情,形诸舞咏",萧绎之"流连哀思""情灵摇荡",都是"诗缘情"这一美学思潮的反映。

◎ 第二节
性情之辨:诗缘情的哲学语境

《毛诗序》之所以称"诗言志",而非"诗言情",很重要的一个原因在于汉儒认为人情是恶的。先秦儒家就有性情之辨,认为情恶。孟子讲性善,他所谓的"性"是摒除了人欲之"情"的"性"。《孟子·尽心下》所

---

[1] (明)胡应麟:《诗薮》外编卷二,141页,北京,中华书局,1958。

说的"口之于味也,目之于色也,耳之于声也,鼻之于臭也,四肢之于安佚也"这些人欲,"君子不谓之性"。荀子讲性恶,他所谓的"性"则是包括了人欲之"情"的"性",所以他引舜之语云:"人情甚不美。"总之,不论性善说还是性恶说,都认为人欲之"情"恶。这种性善情恶的思想为汉儒所接受。董仲舒说:"质朴之谓性,性非教化不成;人欲之谓情,情非制度不节。"①他在《春秋繁露》中明确指出人欲之情与质朴之性不同,前者需要制度来节制。"若去其度制,使人人从其欲,快其意,以逐无穷,是大乱人伦而靡斯财用也。"所以他说:"损其欲而辍其情,以应天。"扬雄《法言·修身》认为:"天下有三门,由于情欲,入自禽门;由于礼义,入自人门;由于独智,入自圣门。"他否定情欲的思想是明显的。故而作为汉代儒家文学思想体现的《毛诗序》,在这种"辍其情"的语境中,把"情动于中而形于言"纳入"诗言志"的语境中加以节制,其中"情"也主要是政治伦理之情。《左传·昭公二十五年》云:"民有好恶喜怒哀乐,生于六气,是故审则宜类,以制六志。"唐代孔颖达疏曰:"六志,《礼记》谓之六情。在己为情,情动为志,情志一也。"孔颖达的这种阐释颇能说明《毛诗序》中的情志关系。

魏晋时期,玄学讨论的一个重要问题是性情之辨。王弼认为"性"是"无善无恶"的,而"情"则有正邪、善恶之分,他并不否定"情"有正、善的一面,这种观点与汉儒全面否定"情"是完全不同的。王弼释《论语·阳货》"性相近也,习相远也"句云:"不性其情,焉能久行其正,此是情之正也。若心好流荡失真,此是情之邪也。若以情近性,故云性其情。情近性者,何妨是有欲。"只要是"情"近"性",就算有欲又何妨。这种观点实际是对"情"的弘扬。嵇康《释私论》主张"越名教而任自然",认为"值心而言,则言无不是;触情而行,则事无不吉",依照"情"来行事,则万事大吉。这是嵇康对"情"的肯定。他又作《难张辽叔自然好学

---

① 《汉书·董仲舒传》。

论》，提出"六经以抑引为主，人性以从欲为欢。抑引则违其愿，从欲则得自然"。他以六经与人性相对来立论，以为前者违背人性，而人性就应该以从欲为欢，只有从欲才符合自然。他对"情"的肯定，显然摆脱了名教、礼义的束缚，称得上是"情"的解放。

魏晋玄学对于"情"的探讨，集中体现在对"圣人有情无情"的辨析上。通过论证圣人有情，从而力证情之合法性。何劭《王弼传》记载：

> 何晏以为圣人无喜怒哀乐，其论甚精，钟会等述之。弼与不同，以为圣人茂于人者神明也，同于人者五情也。神明茂，故能体冲和以通无；五情同，故不能无哀乐以应物。然则圣人之情，应物而无累于物者也。今以其无累，便谓不复应物，失之多矣。

何晏、钟会等人主张圣人无情，而王弼则主张圣人有情。两派观点针锋相对。圣人无情说筑基于无意志之天道观，因天乃是无意志的，故而法天之圣人纯理任性而无情。此说针对汉儒有意志之天而言。汉儒讲天人感应，以谶纬附会儒学，在神学化的语境中，天是有意志的，根据统治者的治理得失而降下相应的赏罚。汉儒虽然讲圣人象天，但并不流行探讨圣人有情无情的问题。"汉代虽有顺自然与法天道之说，而圣人无情一义仍未见流行。"[①]经过桓谭、王充对有意志之天道观的批评，至曹魏时期，天道自然的观点开始流行。何晏、钟会等人即由此推演出圣人无情说，认为圣人、贤人、众庶存在差异，圣人符合天道，故无情；贤人有情，以情当理；众庶有情，违理任情，为情所困。故而圣人无情说是以众庶有情（低等，不合于天道）衬托圣人无情（高等，合于天道）。王弼主张圣人有情，也是从天道自然入手的，他认为圣人的"性"与"情"均是先天自然形成的。"圣人岂仅神明出于自然耶，其五情亦自然（五情者喜怒哀乐怨）。盖王弼主性出天成，而情

[①] 汤用彤：《魏晋玄学论稿》，67页。

亦自然，并非后得。"①故而圣人和众庶一样有五情，圣人与众庶的区别在于，圣人无累于情而众庶困于情。王弼通过肯定圣人有情，为"情"存在的合法性提供了依据。圣人有情说的提出，改变了长期以来的情恶观，为"诗言志"向"诗缘情"的转变奠定了哲学基础。陆机之所以能提出"诗缘情"这一崭新论断，正因魏晋玄学重"情"的理论给他提供了相应的语境。明此，才能对陆机"诗缘情"说有通透之了解。

陆机本人对"情"的看法值得探讨。《世说新语·伤逝》记载："王戎丧儿万子，山简往省之，王悲不自胜。简曰：'孩抱中物，何至于此？'王曰：'圣人忘情，最下不及情。情之所钟正在我辈。'"王戎因丧子而悲不自胜，这是有情的表现。他认为最上层的圣人心涤世外，不涉于情；最下层的人忙于生计，无暇顾及情；像他这样处于中间位置的士人，是"情之所钟"的。《世说新语·任诞》载："王长史登茅山，大恸哭曰：琅邪王伯舆，终当为情死。"这也是"情之所钟"的有力证明。同理，陆机并非圣人，不能忘情，他主张"诗缘情"，正是他有情的表现。需要注意的是，在不同的场合，陆机所谓"情"的含义及他对之的态度略有不同。

首先，对于弃性逐欲之情，陆机是反对的。陆机《演连珠》其四十二云："臣闻烟出于火，非火之和；情生于性，非性之适。故火壮则烟微，性充则情约。是以殷墟有感物之悲，周京无伫立之迹。"李善注云："殷墟，谓纣也。周京，幽王也。弃性逐欲，遂令身死，国家为墟。故微子视麦秀而悲殷，周大夫见禾黍而悲感者也。善曰：夫性者生之质，情者性之欲。故性充则国兴，情侈则国乱。二王皆弃性而纵欲，所以灭亡也。"陆机主张情生于性，又不同于性，性比情高级，理性越多，情欲越少；从帝王的角度而言，放纵情欲，则会导致国家灭亡。《演连珠》其三十一云："臣闻遁世之士，非受匏瓜之性；幽居之女，非无怀春之情。是以名胜欲，故偶影之操矜；穷愈达，故凌霄之节厉。"李善注云："名则传之不朽，穷则身居万

---

① 汤用彤：《魏晋玄学论稿》，70页。

全，故谓之胜。所以烈士贞女，弃彼而取此也。"匏瓜，喻男子独处无偶。曹植《洛神赋》云："叹匏瓜之无匹兮，咏牵牛之独处。"阮瑀《止欲赋》云："伤匏瓜之无偶，悲织女之独勤。"俱言此意。遁世之士、幽居之女能安于遁世、幽居，并非他们无情，而是他们对名的需求超过了他们对情欲的需求，是"名胜欲"的结果。这里陆机所谓"性""情"含义是可以互换的，指的即是"情"。陆机所谓"怀春之情"正是指人的情欲。上文已言，王弼肯定"圣人有情"，又指出圣人之不同于众庶在于不累于情。类此，陆机承认情之存在，但并不主张放纵情欲。

其次，陆机对于符合理性之情是肯定的。《演连珠》其三十九云："臣闻冲波安流，则龙舟不能以漂；震风洞发，则夏屋有时而倾。何则？牵乎动则静凝，系乎静则动贞。是以淫风大行，贞女蒙冶容之悔；淳化殷流，盗跖挟曾史之情。"李善注云："此谓物无常性，惟化所珍。故水本惊荡，风静则安；屋本贞坚，风来则倾。亦由贞专之女，值淫奔之俗，或有桑中之心；凶虐之人，被淳风之化，当挟贤士之义。曾，曾参；史，史鱼。"曾参著《孝经》，主张以孝为本；史鱼忠君直谏，临死嘱家人不要"治丧正室"，以劝诫卫灵公进贤去佞，史称"尸谏"。陆机对于"曾史之情"持肯定态度。综上，陆机否定弃性逐欲之情，肯定符合理性的曾史之情，可见陆机认为情分善恶，且善恶之情受外在风气影响可以相互转化。不论是弃性逐欲之情，还是曾史之情，都是特指的情，并不是一般意义上的五情。

最后，对于一般意义上的人的五情，陆机是肯定的。陆机"诗缘情"之"情"是从一般意义上讲的人的五情。所谓"诗缘情"是指诗歌的创作动机起因于触物兴感之情。处于感物机制之中的"情"，并无善恶之分，而是最一般意义上的五情。就感物而言，陆机主张观察外物之前，不宜先投入主观的情。陆机《演连珠》其三十五云："臣闻弦有常音，故曲终则改；镜无畜影，故触形则照。是以虚己应物，必究千变之容；挟情适事，不观万殊之妙。"李善注云："常音，谓君臣宫商之音。夫弦节有恒，清浊之声难越；对物有恒，则应化之功不广。然明镜无心，物来斯照；圣人玄同，感至皆应。"陆机反对感物之前"挟情适事",因为这样不能全面观照;只有虚己应物,才能穷尽千变万化的形象。这好比明镜不能蓄藏形影,故能映照万物。陆机对"挟情适事"的否定,与他对"诗缘情"的肯定并不矛盾,因为挟情适事之"情",是在感物之前;触物而生之"情",则在感物之后。陆机否定"挟情适事",实质是主张感物之前要保持虚静的心理状态,不要掺入前理解,以避免片面的观察。

◎ 第三节
礼缘情:诗缘情的伦理语境

杨明认为:"'诗缘情'的情,就是指一般的感情,并无特别的意思。"[①]这个论断是准确的。他指出,"缘情"是当时人的常用之语,并非陆机独创;晋人论"礼"之文甚多,每用"缘情"一语。杨明以"诗缘情"与"礼缘情"相比,提供了一个极好的观察"缘情"的思路。笔者认为,"诗缘情"与"礼缘情"均是魏晋以来个性解放,摆脱礼法约束的思潮的反映,在这一点上,二者具有共同的语境。前文已述,汉代以来,性善情恶的思想颇为流行,故而主张"情非制度不节","损其欲而辍其情",强调以礼制情是汉代普遍的认识。《礼记·坊记》云:"礼者,因人之情而为之节文,以为民坊者也。"《礼记·檀弓下》云:"有直情而径行者,戎狄之道也。"故而必须以礼制情。魏晋以来强调个性解放,故而对于情礼关系的认识颠倒了过来,变成了"缘情制礼"。比如潘岳《悼亡赋》云:"吾闻丧礼之在妻,谓制重而丧轻。既履冰而知寒,吾今信其缘情。"李炳海指出:"制,指丧制,夫妻关系亲近,因此,丈夫为亡妻守丧的时间长,丧服也较

---

① 杨明:《六朝文论若干问题之商讨》,载《中州学刊》,1985(6)。

重,可是外表又不能流露出过分悲哀,否则会有好色之嫌。潘岳则要从缘情方面去超越传统礼教,认为对亡妻的伤悼之情是无法抑制的。"[1]潘岳认为不应以礼制情,而应该缘情制礼,允许情感的充分表达。桓玄《难王谧》之"缘情制礼",徐邈《答曹述初问》之"礼缘情耳",徐广《答刘镇之问》之"缘情立礼",均主张情先于礼,情重于礼。对于魏晋以来对情礼关系的理解,我们通过《世说新语》可以有一个直观的认识。《世说新语·德行》记载了西晋名士王戎、和峤守孝的不同表现:

> 王戎、和峤同时遭大丧,俱以孝称。王鸡骨支床,和哭泣备礼。武帝谓刘仲雄曰:"卿数省王、和不? 闻和哀苦过礼,使人忧之。"仲雄曰:"和峤虽备礼,神气不损;王戎虽不备礼,而哀毁骨立。臣以和峤生孝,王戎死孝。陛下不应忧峤,而应忧戎。"

刘孝标注引《晋阳秋》云:"(王)戎为豫州刺史,遭母忧,性至孝,不拘礼制,饮酒食肉,或观棋弈,而容貌毁悴,杖而后起。时汝南和峤亦名士也,以礼法自持。处大忧,量米而食,然憔悴哀毁,不逮戎也。"王戎守孝,饮酒食肉,不拘礼制;而和峤守孝,哭泣备礼,严守礼制。但是刘毅(字仲雄)却对王戎评价更高,因为王戎之情真,"虽不备礼,而哀毁骨立",是"死孝";而和峤守孝虽守礼,但是"神气不损",用情不深,是"生孝"。可知,当时对守孝的看法,主张的是情真而不是礼备,这是情先于礼、情重于礼的表现。西晋玄学家郭象注《庄子·大宗师》"临尸而歌"一事曰:"夫知礼意者,必游外以经内,守母以存子,称情而直往也。若乃矜乎名声,牵乎形制,则孝不任诚,慈不任实,父子、兄弟怀情相欺,岂礼之大意哉?"郭象主张"称情直往",反对为名声、形制所拘束,以致孝不

---

[1] 李炳海:《生死悬隔的悲哀和超越幽明的幻想——悼亡赋的抒情模式及心理期待》,载《北方论丛》,2000(4)。

诚心。对于"孝不任诚"的"伪孝",魏晋以来多有批判。三国孙吴秦菁的《秦子》记载了孔融对待"伪孝"的态度:"孔文举为北海相,有遭父丧,哭泣墓侧,色无憔悴,文举杀之。又有母病瘥,思食新麦,家无,乃盗邻熟麦而进之。文举闻之,特赏曰:无有来讨,勿复盗也。盗而不罪者,以为勤于母饥,哭而见杀者,以为形慈而实否。"孔融杀了遵守礼法、形慈实否的伪孝之子,奖赏了不守礼法、盗麦进母的真孝之子。可见孔融认为孝与不孝根据的不是礼而是情。这种情重于礼的思想可见一斑。

综上,魏晋以来"礼缘情"是对情的弘扬,其实质是情重于礼。"礼缘情"与"诗缘情"具有共同的语境,即魏晋时期人的觉醒、情的高扬。

◎ 第四节

感物说的新发展:诗缘情的意义

"诗缘情"作为与"诗言志"相对的命题,一直被视为关于文学本质的新看法,这实际是对陆机的误读。虽然这种误读极有意义,将"诗缘情"与"诗言志"归为两种截然不同的关于文学本质的说法影响千古。但是以历史的眼光来审视,"诗缘情"这一命题另有深意,它是传统感物说的深化,实质是关于文学创作动机的崭新说法。

陆机"诗缘情"之"情"是感物而致的。《文赋》云:"遵四时以叹逝,瞻万物而思纷;悲落叶于劲秋,喜柔条于芳春。心懔懔以怀霜,志眇眇而临云。"四时万物的变化,激发了作者内心的情思。所谓"叹""思""悲""喜""心懔懔""志眇眇",都是感物而起的。陆机《思归赋》云:"悲缘情以自诱,忧触物而生端。"亦明言触物生情。对于感物,陆机屡有言及,如《赴洛二首》之"感物恋堂室"和"感物情悽恻",《吴王郎中时从梁陈作》之"感物多远念",《赠尚书郎顾彦先二首》之"感物百忧生",《拟庭中有奇树》之"感物恋所欢",《燕歌行》之"忧来感物涕不晞",《赠弟士龙》序之"感物兴哀",等等。陆机"感物"的范围极广,他在《怀土赋》序中说:"余去家渐久,怀土弥笃。方思之殷,何物不感?曲街委巷,罔不兴咏,水泉草木,咸足悲焉。"所谓"何物不感",即感物无所不及,目之所极,均是他感物兴咏的对象。陆机不仅感物,也感事。《赠从兄车骑》云:"感彼归途艰,使我怨慕深。"《祖道毕雍孙刘边仲潘正叔》云:"感别怀远人,愿言叹以嗟。"归途的艰辛、朋友的离别,种种人生百态,都是陆机"感"的范围。与"何物不感"相对应,这是"何事不感"。

文学艺术领域的感物说并不是陆机首创的。《礼记·乐记》云:"凡音之起,由人心生也。人心之动,物使之然也。感于物而动,故形于声。"又说:"乐者,音之所由生也,其本在人心之感于物也。"这讲的是音乐感物。东汉王延寿《鲁灵光殿赋》序也说,"诗人之兴,感物而作","物以赋显,事以颂宣",这讲的是文学感物。可知在汉代,文学艺术领域已形成感物说。魏晋时期,在陆机之前,曹丕、阮籍等人也谈及了文学感物问题。曹丕《感物赋》序云:"南征荆州,还过乡里,舍焉,乃种诸蔗于中庭。涉夏历秋,先盛后衰。悟兴废之无常,慨然永叹,乃作斯赋。"曹丕以"感物"为赋名,其序中所言即是感物作赋之意。阮籍《咏怀》其十四云:"感物怀殷忧,悄悄令心悲。"也明言感物。与陆机同时的张协、潘岳等人也谈及感物问题。张协《杂诗》云:"感物多所怀,沈忧结心曲。"潘岳《秋兴赋》云:"四时忽其代序兮,万物纷以回薄。览花莳之时育兮,察盛衰之所托。感冬索而春敷兮,嗟夏茂而秋落。"两人都讲到四时万物的变化,激发了创作主体的"怀""忧""感""嗟"等相应情绪。

陆机的贡献在于发展了汉魏以来的感物说,提出了"诗缘情"这一崭新的命题。陆机将缘情与感物相联系,强调文学因感物而情动,因情动而产生创作需要。陆机之后,东晋至南北朝文论也将缘情与感物相联系。孙绰《三月三日兰亭诗序》云:"情因所习而迁移,物触所遇而兴感……原诗人之致兴,谅歌咏之有由。"情因感物而兴,诗由情而发,这即是将诗缘情与感物说相联系。刘勰《文心雕龙·物色》也说"情以物迁,辞以情发","情以物迁"即感物,"辞以情发"即诗缘情。萧子范《求撰昭明太子集表》云:"若乃缘情体物,繁弦缛锦,纵横艳思,笼盖辞林。"缘情与体物相联系,而体物即是感物。徐陵《玉台新咏序》云:"九日登高,时有缘情之作。"李昶《答徐陵书》云:"风云景物,义尽缘情。"以上三例虽不言感物,但均由景物而言及缘情,即将缘情和感物相联系。

探讨"诗言志"与"诗缘情"两个命题的区别时,特别要注意其中的动词"言"与"缘"的区别。"言"是表达之意,而"缘"则是依据之意;"诗言志"侧重说明诗歌表达内心之志,"诗缘情"则侧重说明诗歌创作是缘于情感表达的需要。"志作为欲表达的意向性内容,是内容的范畴;而情则是与动机相连的前在于表达的心理状态,是体验的范畴。"[1]故而"诗言志"针对的是诗歌的表达内容,"诗缘情"针对的则是创作冲动的来源。"诗缘情"在陆机的表达中,并不是关于文学本质的看法,因为"诗缘情"并不是"诗言情"。陆机"诗缘情"实质讲的是文学的创作动机问题。

杨明举了六朝及六朝之前"情""志"混用的例子,指出"情"即"志",因此"诗言志"即"诗缘情",认为不宜将两个命题对立起来。[2]但是,即使"情"与"志"的释义相近,"诗缘情"也不等同于"诗言志",正如前文所言,这两个命题提出的历史语境不同,故理论旨趣也截然不同。"诗言志"是在汉儒否定"情"的语境下提出的,实质是汉儒对于文学本质的认识,突出的是文学的政治伦理功能;"诗缘情"则是在魏晋以来尚情以及文学自觉的语境下提出的,实质代表了魏晋以来对于文学创作动机(起因)的认识。虽然"诗缘情"并不是对文学本质的看法,但"诗缘情"从创作起因的角度,强调了文学的抒情性,部分关涉文学本质问题,所以后来被抽离语境,过度诠释,曲解成了与"诗言志"相对的关于文学本质的看法。

---

[1] 蒋寅:《古典诗学的现代诠释》,202页,北京,中华书局,2003。
[2] 杨明:《六朝文论若干问题之商讨》,载《中州学刊》,1985(6)。

第二十一章
神思

"神""思"两字在先秦时期已有,但是两字合为"神思"一词则晚出,大约在三国时期才见于典籍。"神思"一词出现后不久,就被广泛用于文艺美学之中。文论中的"神与物游"说、画论中的"迁想妙得"说、书论中的"意在笔前"说,均具有深厚的理论内涵,是"神思"文艺观念的展开。可以说,"神思"文艺观念的出现,标志着魏晋南北朝艺术构思理论的成熟。

◎ 第一节
释"神思"

《说文解字》释"神"为:"天神,引出万物者也。""神"的初文是"申",《说文》释"申"为:"神也。"《说文》释"虹"云:"籀文虹从申。申,电也。"《说文》释"电"云:"阴阳激耀也。从雨从申。"可知"申"也是"电"的初文。"盖天象之可异者莫神于电,故在古文,申也,电也,神也,实一字也。"[1]从字形上来看,"神"字,宗周钟作䰰,其中表

---

[1] 杨树达:《释神祇》,见李圃主编:《古文字诂林》第1册,114页。

"申"的🔣，正象阴阳激耀的电形。先民见阴阳激耀的天象而产生敬畏，于是想象为神灵发怒。于是在周代之时，"申"加上示旁，以表神灵之义。雷电之后往往会降雨，有利植物生长，先民认为是天神之力，此即《说文》所谓"引出万物"之所本。由"申"所表阴阳激耀之义，又引申出阴阳变化不测之义，《易·系辞上》云："阴阳不测之谓神。"《易·说卦》云："神也者，妙万物而为言者也。"而电之产生，盖由于云气之变化，古人认为"气"乃是一切阴阳变化的实质，故"神"之落实为人的精神之义，与"气"紧密联系。《管子·内业》说："人之生也，天出其精，地出其形，合此以为人。"所谓"精"指"气"，与"形"相对，此言天地二气相合产生人，已经隐含了天之气形成人的精神，地之气形成人的形体之意。由天之神引申出人之神，正如宋代邵雍《皇极经世》所言："天之神栖乎日，人之神发乎目。人之神，寤则栖心，寐则栖肾，所以象天也，昼夜之道也。""神"之"精神"义，先秦已经出现，《庄子·达生》借孔子之口说："用志不分，乃凝于神。"《庄子·刻意》说："精神四达并流，无所不极，上际于天，下蟠于地。"均是其例。

"思"的篆文为🔣，《说文解字》释"思"云："容也。从心从囟。"许慎认为"思"是形声字，"心"为形，"囟"为声。清代段玉裁《说文解字注》则认为"思"并非形声字，而是会意字。段玉裁注"思"字云："《韵会》曰：'自囟至心如丝相贯不绝也。'然则会意非形声。"《说文解字》释"囟"云："头会，脑盖也。象形。"段玉裁注云："囟，其字象小儿脑不合也。"由此，"思"字是由象脑盖之"囟"与"心"组成的会意字，上"囟"下"心"，表示从脑至心相贯不绝之意。杨树达认为："今人谓脑主思虑，造字者亦早知之，故字又从囟。囟训头会脑盖也。于此可见吾先民文化之卓越。"[1]但是仅从造字上，尚不能证明古人早知脑主思虑，况且"思"是形声字还是会意字尚存争议。马叙伦指出："思惟用脑，恐古人不

---

[1] 杨树达：《文字形义学》，见李圃主编：《古文字诂林》第 8 册，935 页。

知。况囟下说解止言脑空,如据此说,心与脑空,安得会意,观诸用思之字从心而惟训思也,字亦从心,可知囟但为声,故音入心纽。"①此说可从。古人认为"心"主思虑,而无"脑"主思虑之说。比如《孟子·告子上》云:"心之官则思。"官,司也。此言心司于思。这是古人对于"思"的最基本看法。《黄帝内经》②收集保存了汉代以前我国医学经验和理论,其中对"思"的看法,可以帮助我们了解古人对于"思"的基本认识。《素问·举痛论》记载歧伯解释"思则气结"云:"思则心有所存,神有所归,正气留而不行,故气结矣。"歧伯明言思起于心。《素问·阴阳应象大论》云:"在志为思。"《灵枢经·本神》也说:"心有所忆谓之意,意之所存谓之志,因志而存变谓之思,因思而远慕谓之虑,因虑而处物谓之智。"其中心、意、志、思、虑、智的逐级依存关系是明确的,思源于心也是十分确定的。古人认为脑是髓海,《素问·五藏生成》云:"诸髓者皆属于脑。"作为髓海的脑,被认为与人的思虑活动无关。东汉王充《论衡·卜筮》也说:"一身之神,在胸中为思虑。"直到南朝齐梁之际,刘勰依然认为"神居胸臆"。《说文》释"思"为"容"。此说源于《尚书·周书·洪范传》之"思曰容"③。董仲舒《春秋繁露·五行五事》也说:"思曰容,容者,言无不容。""思曰容"即指思之无所不容,这正是思维的特点。

"神"与"思"合为"神思"一词,出现于三国时期。比如,东吴学者赵爽注《周髀算经》云:"是情智有所不及,而神思有所穷滞。"韦昭《从历数》云:"聪睿协神思。"华核《乞赦楼玄疏》云:"陛下既垂意博古,综极艺文,加勤心好道,随节致气,宜得闲静,以展神思,呼翕清淳,与天同

---

① 马叙伦:《说文解字六书疏证》卷二十,见李圃主编:《古文字诂林》第 8 册,935 页。
② 《黄帝内经》是我国现存最早的医学典籍,由《素问》《灵枢经》构成。《黄帝内经》的成书年代,说法不一,或说是战国,或说是战国两汉之际,或说是西汉。总之,它最晚在西汉已经出现。
③ "思曰容"一本作"思曰睿",清代学者钱大昕《十驾斋养新录》卷一《思曰容》指出:"然则古本《洪范》皆是'容'字,今《汉书》刊本作'睿',盖浅人所改。幸其说尚存,与董生相印证,可见西京诸儒传授有自。许叔重《说文》'思,容也',亦用伏、董说。"

极。"①又比如,蜀汉学者谯周说:"由杜君之辞而广之耳,殊无神思独至之异也。"②曹魏术士管辂说:"吾与刘颍川兄弟语,使人神思清发。"③在以上诸例中,神思均指思维。

佛教在东汉传入中原,到魏晋南北朝时期大兴。佛教对前生、今世、来世的描绘,对天上、地下、人间的描绘,拓展了传统的时空观念,极大地丰富了人们的想象力。当时佛教徒对于思维的特点亦有所论述。东吴康僧会《安般守意经序》云:"弹指之间,心九百六十转;一日一夕,十三亿意。"《维摩诘所说经·弟子品》云:"一切法生灭不住,如幻如电,诸法不相待,乃至一念不住。"后秦僧肇注曰:"弹指顷有六十念过,诸法乃无一念顷住。"④上述观点指出了思维的迅捷性。佛教的禅思是一种心智修习,涉及念住、清明、注意、观察等心理活动。作为思维活动来说,禅思与神思有着某种相通之处。或可说,六朝文艺审美之中的"神思"说,除了中国传统文化的根源外,也受到佛教的极大影响。

◎ 第二节

"神与物游":文论神思说

曹植《宝刀赋》"摅神思而造像"句,虽是说制造宝刀时的运思,对于文学神思却颇有启示,因为曹植强调了神思与造象的联系。后来刘勰《文心雕龙·神思》所谓"窥意象而运斤",与曹植所言遥相呼应。曹植之后,陆

---

① 《三国志·吴书·楼玄传》。
② 《三国志·蜀书·杜琼传》。
③ 《晋书·刘寔传》。
④ (后秦)鸠摩罗什译,(后秦)僧肇注,常净校点:《维摩诘所说经》,47页,哈尔滨,黑龙江人民出版社,1994。

机《文赋》第一次对文学思维问题进行了深入探讨，对后来刘勰的神思说产生了重要影响。陆机认为文思的来源主要有二：一是伫立宇宙之中，深刻地观察世界，四时万物可以触发作者的文思；二是钻研古籍，颐情养志，遨游于文章林府，也能培养作者的文思。这就是陆机所谓"伫中区以玄览，颐情志于典坟"。这实际上是强调了山川景物以及书籍对文思的激发作用。陆机此说对刘勰产生了影响。刘勰《文心雕龙·物色》说："若乃山林皋壤，实文思之奥府，略语则阙，详说则繁。然则屈平所以能洞监风骚之情者，抑亦江山之助乎？"山林皋壤诉诸人的视觉的同时，也激荡着人的心灵，故而是"文思之奥府"。

陆机《文赋》论述了文思的五个方面的特征。第一，文思具有超越时间、空间的自由性。《文赋》所谓"精骛八极，心游万仞"，"浮天渊以安流，濯下泉而潜浸"，"观古今于须臾，抚四海于一瞬"，"恢万里而无阂，通亿载而为津"，即是此意。《文心雕龙·神思》之"寂然凝虑，思接千载；悄焉动容，视通万里"即承陆机《文赋》此意。第二，文思的获得，需要虚静的心理状态。《文赋》所谓"其始也，皆收视反听"，"罄澄心以凝思"，即是此意。第三，文思可使情感鲜明，物象清晰，文辞准确。文思来时，内在的情感由晦涩而变为鲜明；外在的物象也清晰可见，纷至沓来，所谓"其致也，情瞳昽而弥鲜，物昭晰而互进"是也。由于文思之功，原本艰难的取辞，也变得准确。文思好比是钩、缴，文辞好比游鱼、翰鸟，后者原本难于捕捉，但由于有了前者，则变得准确而爽利，所谓"于是沈辞怫悦，若游鱼衔钩，而出重渊之深，浮藻联翩，若翰鸟缨缴，而坠层云之峻"是也。文章之从无到有，文思起到了至关重要的作用。拈题之始，理本虚无，心自寂寞，通过文思，发为文辞，能使无形者可睹，无声者可听，所谓"课虚无以责有，叩寂寞而求音"是也。第四，文思有创新性。古人已有之构思，如同已开之花，不宜摘取；古人未有之构思，则如同未开之花，宜用之，所谓"谢朝华于已披，启夕秀于未振"是也。第五，文思具有随机性。文思来去无端，不可遏止，所谓"若夫应感之会，通塞之纪，来不可遏,去不可止"是也。 有时竭尽文思而不如意,有时任意而行反而爽利,所谓"或竭情而多悔,或率意而寡尤"是也。 因为文思涉及天机,虽由自身生发,但又非人力可留,所谓"虽兹物之在我,非余力之所勠"是也。

刘勰在《文心雕龙·神思》中专门探讨了文学"神思"问题。 刘勰"神思"之"神"并非源于《易传》的神妙不测之意,而是指精神。 刘勰所说的"神思"并非神妙不测之思,而是指文学思维。 以下引《神思》开篇之语,略作分析:

> 古人云:形在江海之上,心存魏阙之下;神思之谓也。文之思也,其神远矣。故寂然凝虑,思接千载;悄焉动容,视通万里;吟咏之间,吐纳珠玉之声;眉睫之前,卷舒风云之色;其思理之致乎。故思理为妙,神与物游。神居胸臆,而志气统其关键;物沿耳目,而辞令管其枢机。枢机方通,则物无隐貌;关键将塞,则神有遁心。

"魏阙"指古代宫殿前的一对高建筑,因两阙之间有空缺,故名阙,又因其是悬示法令之所在,故而魏阙指代朝廷。《庄子·让王》云:"中山公子牟谓瞻子曰:'身在江海之上,心居乎魏阙之下,奈何?'"中山公子牟身虽隐居而心想仕途,刘勰引此语,借以说明文学"神思"不受空间的限制。"心"能超越"形"所处空间的限制,"飞"到极远之处,这就是"神思"。故而"神思"并不玄妙,是人的思维普遍具有的功能。 接着刘勰又说"文之思也,其神远矣",他由"神思"这种思维的普遍功能专门讲到文学思维,即"文之思",其特点是"其神远矣"。 此处"神"指人的精神,而非"不测"之意。 为了说明"其神远",刘勰以"思接千载""视通万里"指称文学思维对时空限制的突破:运思之时,身体的外部状态是寂然的,而内心却波澜起伏、穿越时空,亦如陆机《文赋》所言"观古今于须臾,抚四海于一瞬","恢万里而无阂,通亿载而为津"。 接着刘勰说:"故思理为妙,神与物游。"此处"神与物游"之"神"也是指人的精神。 刘勰说明了"神"

与"志气"的关系。他说"神居胸臆,而志气统其关键","关键将塞,则神有遁心"。刘勰认为心是精神活动展开之所,即"神居胸臆"。当然这种观点不符合实际,现代医学及心理学已经证明大脑才是精神活动的场所。刘勰所说的"神居胸臆"之"神",指的也是人的精神。综上,可知刘勰所谓"神思"并非神妙不测之思,而是精神思维之意,在《文心雕龙》中专指文学思维。正如郭绍虞所说:"刘勰论'神',与'思'并言,故多指兴到神来之神,与后世之言神化妙境者不尽同。此盖远出《庄子》,而近受《文赋》的影响。"①对于刘勰"神思"的内涵,詹锳之说较为全面,他指出:"'神思'一方面是指创作过程中聚精会神的构思,这个'神'是'兴到神来'的神,那就是感兴,类似于现代所说的灵感;另一方面也指'天马行空'似的运思,那就是想象,类似于现代所说的形象思维。"②

在刘勰看来,文学思维可以跨越时空,纵横跳跃,《神思》篇谓"意翻空而易奇"。在《文心雕龙》其他篇目中,刘勰也谈到文学思维的这种无拘束性,如《明诗》篇之"诗有恒裁,思无定位",《总术》篇之"思无定契,理有恒存",《物色》篇之"物有恒姿,而思无定检"。"无定位""无定契""无定检"讲的都是文学思维的无拘束性。萧子显《南齐书·文学传论》说:"属文之道,事出神思,感召无象,变化无穷。"也指出文学神思变化无穷的特点。正因为文学思维具有无拘束性,所以可以达到《神思》篇所说的"寂然凝虑,思接千载;悄焉动容,视通万里"的境界。刘勰将这种文学思维的妙处总结为"神与物游",这个"游"字,很能说明文学思维的无拘束性。"游"在庄子哲学中是一种精神自由的表征,是一种处世的态度与存在的方式,庄子提倡的是自由无待的"逍遥游",是"乘物以游心"。这种哲学之"游"的精神,被刘勰引入文学领域,成为一种文学之游,借以说明文学思维无拘束的特征。刘勰提倡的"神与物游",在精神实质上接近

---

① 郭绍虞:《中国文学批评史》,143 页,北京,商务印书馆,2010。
② (南朝梁)刘勰著,詹锳义证:《文心雕龙义证》,975 页。

于庄子"游"的精神,而不同于孔子带有道德色彩的"游于艺"。刘勰"神与物游"很准确地指出了文学思维是伴随着一个个纷至沓来的意象而展开的。这里的"物"并非现实中的外物,而是作家头脑中的意象,是外物在作家头脑中投射的影子。"神与物游"并非精神与外物之游,而是精神与意象之游。所谓"登山则情满于山,观海则意溢于海",这里的山和海并非外在的物象,而是作家在运用文学思维时,在头脑中唤起的山和海的意象。文学思维的妙处正在于,作家一想到登山或观海,就能够将主观情感投射进去,头脑中即刻呈现出山与海的景象。这种物我无间、心物交融的境界,就是刘勰所谓的"神与物游"。刘勰认为文学创作是"窥意象而运斤",指的就是作家根据头脑中的意象来进行创作。

另外,文学思维的无拘束性也导致了文学传达的困难,因为"意翻空而易奇,言征实而难巧"。文学思维的无拘束性与语言表述征实的特点,决定了言意矛盾的存在。"神与物游"能否最终生产出成功的作品,取决于运思中"神"与"物"的有效性。刘勰认为,"神"的背后是"志气"在统辖,而"物"的背后是"辞令"在起作用。刘勰之所以提倡"秉心养术,无务苦虑,含章司契,不必劳情",正是出于畅神的目的,即保证文学思维中"神"的有效性,也即《养气》篇所说"意得则舒怀以命笔,理伏则投笔以卷怀,逍遥以针劳,谈笑以药倦,常弄闲于才锋,贾余于文勇,使刃发如新,腠理无滞"的意思。文学"神思"的运用,贵在虚静。这是刘勰所谓"陶钧文思,贵在虚静"。陶钧,是古代制陶器所用的转轮,这里用如动词,引申为酝酿、创造。虚静,指内心空彻澄明的状态。刘勰将古代哲学中的虚静说引入文论中,强调酝酿文思必须要有空彻澄明的心灵状态。古代哲学中的虚静说导源于道家对道的观照态度。《老子》第十六章云:"致虚极,守静笃。万物并作,吾以观其复。"《庄子·人间世》云:"唯道集虚,虚者,心斋也。"老、庄的虚静说是将人引向对道的无言体验,他们反对学问、见识,主张"绝学无忧","离形去知",认为只有这样才能进入虚静的体道状态。荀子则不同,他指出:"人何以知道?曰心。心何以知？曰虚一而静。心未尝不臧也，然而有所谓虚；心未尝不满也，然而有所谓一；心未尝不动也，然而有所谓静。"[1]荀子并不排斥学问、见识，而是强调不要以已有的知识妨碍新知识的接受，所谓"不以所已臧害将受谓之虚"。刘勰既吸收了老庄虚静说中精神专注于对象的因素，又吸收了荀子虚静说不排斥学问、见识的因素，在文论领域发展出一种较为辩证的虚静说。具体而言，刘勰将虚静看作构思想象时的一种必备心态，这种心态不仅有助于主体认识对象，也有助于主体对认识内容的传达。此外，"神"的有效性还体现在作家的才学、阅历、情趣的培养上，所以刘勰提倡"积学以储宝，酌理以富才，研阅以穷照，驯致以怿辞"。对于文学思维中"物"的有效性，刘勰提出"物沿耳目，而辞令管其枢机"，他认识到"物"在作家大脑中的存在方式是语言性的，从西方现代语言学的观点来看，"所指"必然与一种"能指"相联系。只有语言这个"枢机"通了，意象才能充分逗露出来，才能"物无隐貌"。刘勰认为，开始文学运思的时候，思绪纷杂，意象模糊，所谓"夫神思方运，万涂竞萌，规矩虚位，刻镂无形"，故而要对未定型的文思进行梳理定型，对模糊的意象进行艺术加工。其说源于陆机《文赋》的"课虚无以责有，叩寂寞以求音"。

刘勰看到了文学创作中的言意矛盾，这或多或少受到魏晋玄学言意之辨的影响，但刘勰没有简单地将自己圈入魏晋玄学言意之辨的语境中而偏执于一端，他基本上还是持较为辩证的观点。在《神思》篇中，他指出言意既可能"密则无际"，也可能"疏以千里"；他既指出言不尽意现象的存在，如"方其搦翰，气倍辞前，暨乎篇成，半折心始"，又如"思表纤旨，文外曲致，言所不追，笔固知止"；又指出言能尽意的可能，如"至精而后阐其妙，至变而后通其数"。刘勰所谓的"至精""至变"，一方面体现在精湛的艺术技巧上，比如言不尽意之处，可以通过巧妙的艺术构思加以疏通，所谓"视布于麻，虽云未贵，杼轴献功，焕然乃珍"；另一方面，看似言不尽

---

[1] 《荀子·解蔽》。

意的"笔固知止",对于"至精""至变"者却有另外一层含义,即主动给读者留下艺术想象的空间,这也就是《文心雕龙·隐秀》篇中提出的"隐也者,文外之重旨也"。

◎ 第三节
"迁想妙得":画论神思说

东晋画家顾恺之《论画》云:"凡画,人最难,次山水,次狗马,台榭一定器耳,难成而易好,不待迁想妙得也。"台榭等器物,只有形而没有神,容易画好,这是因为它们不需要"迁想"。而画狗马、山水、人,难度依次增加。相对来说,狗马等动物的神态比较好把握,山水亦有神,其精髓较难把握,而人的神态是最难把握的,对人的描绘需要由外形把握其内心,这就要发挥"神思"。由此顾恺之提出了画论中的"迁想妙得"说。"'迁想妙得'的主张,实际上是最早提出的、如何在绘画创作中运用形象思维的经验之一。"[1]

"迁",《说文解字》释为:"登也。"据《康熙字典》,"迁"又有"迁徙""移物""徙国""徙官"等义。顾恺之所谓"迁",即移也,"迁想妙得"是把"想"移于"物",故而有艺术构思、艺术想象之意,意同于神思。迁想的结果,是在脑海中呈现出精妙的意象,这即是妙得。"谢赫《六法》谓写生画为'传移模写',所谓移,是物象的转移,即把原物之象转移到别的质料之上,这也就是摹仿的意思。古画楼台建筑,以尽规为工具,其名为'界画',它较多地取决于工具,不靠想象。而画人像,则要靠画家之'想'把脑中的相貌迁移到纸上,并得到其人的神态,此谓之

---

[1] 迟柯:《画廊漫步》,见《中国画论辑要》,65页,南京,江苏美术出版社,1985。

'迁想妙得'，所谓"迁"，亦即'传移'也。"①根据"迁"的语义，迁想即是联想，也是移情。说迁想是联想，指由此一物象联想到另一物象，这本是艺术想象的必然过程；说迁想是移情，指创作主体的情感移入客体之中，对之感受、领悟、辨析。宋代罗大经《鹤林玉露》丙编卷六记载曾云巢画草虫一事：

> 曾云巢无疑工画草虫，年迈愈精，余尝问其有所传乎？无疑笑曰："是岂有法可传哉？某自少时取草虫笼而观之，穷昼夜不厌。又恐其神之不完也，复就草地之间观之，于是始得其天。方其落笔之际，不知我之为草虫耶？草虫之为我也？此与造化生物之机缄盖无以异，岂有可传之法哉？"

曾云巢画草虫精妙，其秘诀正在于长期观察草虫，将主体情感移到客体之中，对之"迁想"，最终达到与草虫合一的主客体融合境界，从而画草虫有"妙得"。

"想"，《说文解字》释为"冀思也"。可见"想"与"思"的含义相近。"迁想妙得"之"想"不仅是移情之"想"，还包括经过联想、移情之后，再次将对客体的感受、领悟、辨析的结果以及主体的审美理想移入客体中。也即是说，"想"并不是一种简单的移情，更是一种理性的思考和判断。顾恺之《论画》说："《伏羲》《神农》，虽不似今世人，有奇骨而兼美好，神属冥芒，居然有得一之想。"他认为，《伏羲》《神农》画出了这两个神话人物的奇骨以及幽茫神情，画家将其对伏羲、神农的想象性理解移入画中，其"想"是得道的。顾恺之《魏晋胜流画赞》也说："若轻物宜利其笔，重宜陈其迹，各以全其想。"他认为绘画表现轻的物象与表现重的物象，用笔应该不同，前者要轻快，后者要凝重。这就是要用不同的手法表现画家对于不同事物的理性认识。这里的"想"更接近于一种理性思维。顾

---

① 李壮鹰：《逸园续录》，197 页。

恺之画裴楷像，在其颊上添三毛；画谢鲲像，将其置于岩石之中，这显然就是他所说的"想"的结果。《世说新语·巧艺》记载了这两件事：

> 顾长康画裴叔则，颊上益三毛。人问其故，顾曰："裴楷俊朗有识具，正此是其识具。"看画者寻之，定觉益三毛如有神明，殊胜未安时。
> 顾长康画谢幼舆在岩石里。人问其所以，顾曰："谢云：'一丘一壑，自谓过之。'此子宜置丘壑中。"

顾恺之认为"裴楷俊朗有识具"，于是根据他的理解，在裴楷颊上"益三毛"，抓住了人物精神所在，故而被人称道。顾恺之画谢鲲时之所以把他放到岩石之间，盖因谢鲲说过"一丘一壑，自谓过之"的话，故而将之置于岩石之间，更能体现人物精神。这两个例子典型地传达出顾恺之所谓的"想"更多的是一种理性认识。潘天寿指出："顾长康云：'迁想妙得'，乃指画家作画之过程也。迁：系作者思想感情，移入于对象。想：系作者思想感情，结合对象，以表达其精神特点。得：系作者所得之精神特点，结合各不相同之技法，以完成其腹稿也。然妙字，系一形容词，加于得字上，为全语之关纽。例如长康画裴楷像，当未下笔时，对迁、想、得三字功夫，原已做得周至，然画成后，觉精神特点，有所未见；是缘裴楷美容仪，有识具，若仅表现其容仪之美，而不能达其学识和才干之胜，则非妙也。故须重加考虑，得在颊上添画三毛，始获两者俱胜之妙果。此妙果，既非得于形象上，又非得于技法中，而得之于画家心灵深处之创获。是妙也，为东方绘画之最高境界。"[①]是为确论。

"妙"是先秦道家的哲学用语。比如，老子说："故常无，欲以观其妙。""玄之又玄，众妙之门。"颜成子游闻东郭子綦之言"九年而大

---

① 潘天寿：《听天阁画谈随笔》，7~8页，上海，上海人民美术出版社，1980。

妙"①。魏晋以来的玄学家喜谈言意、有无一类的玄妙问题。顾恺之受到魏晋玄学的影响,提出了"玄赏"一词,他在《论画》中说:"美丽之形、尺寸之制、阴阳之数,纤妙之迹,世所并贵。神仪在心,而手称其目者,玄赏则不待喻。"②画家熟练把握物象的形、制、数、迹,可以达到"手称其目"的境界,这样画出来的当然是"玄赏则不待喻"的作品。所谓"玄赏",是对绘画的深刻欣赏。所谓"不待喻",是指不能以言喻。绘画常有难以言喻之处,这好比轮扁斫轮,得之于心,应之于手,至于其中玄妙之理,难以言说。顾恺之《魏晋胜流画赞》指出:"用笔或好婉,则于折楞不隽;或多曲取,则于婉者增折。不兼之累,难以言悉,轮扁而已矣。"画家用笔各有专好,有的好委婉,线条无棱角;有的好刚硬,画中尽是棱角。至于如何克服这种刚柔不能兼顾之弊,则是难以言悉的。而这"难以言悉"之处,正是顾恺之所谓的"妙得"。张怀瓘赞许顾恺之的绘画说:"顾公运思精微,襟灵莫测,虽寄迹翰墨,其神气飘然在烟霄之上,不可以图画间求。"张彦远评顾恺之的绘画说:"画古贤得其妙理,对之令人终日不倦。凝神遐想,妙悟自然。"这些评论都指出了顾恺之绘画"妙得"的特点。顾恺之强调绘画要"妙裁""妙合"。《论画》指出:"若以临见妙裁,寻其置陈布势,是达画之变也。"又说:"《七贤》,惟嵇生一像欲佳,其余虽不妙合,比以前诸竹林之画,莫能及者。"所谓"妙裁""妙合",正如顾恺之画裴楷颊上"益三毛"一样,都是"迁想妙得"的结果。唐代李嗣真称赞顾恺之的绘画说:"顾生思侔造化,得妙物于神会。"这可以用来说明"迁想妙得"的含义。"'思侔造化'就是细心地观察生活,深入研究客观对象;'神会'是在观察、体验、研究的基础上,进一步发掘事物的本质特征,而产生创作的灵感;'得妙物'是通过一定的技法把自己的艺术感受表现出来。这三个步骤紧密相连,贯穿起来,就是一个完整的'迁想妙得'的

---

① 《庄子·寓言》。
② 本节顾恺之画论及张怀瓘、张彦远评价,均引自《历代名画记》卷五。

过程，一个艺术创作的过程。"①

关于绘画的"神思"问题，晋宋之际的画家宗炳也有论及。他在《画山水序》中说："圣贤映于绝代，万趣融其神思。"又说："夫以应目会心为理者，类之成巧，则目亦同应，心亦俱会。应会感神，神超理得，虽复虚求幽岩，何以加焉！又神本亡端，栖形感类，理入影迹，诚能妙写，亦诚尽矣。"宗炳这里讲的"栖形感类，理入影迹"也是"迁想妙得"之意。迁想大致有两个过程：一是"栖形感类"，即将主体之想迁移到客体之上，对之进行感受、领悟、辨析，这是第一层面的妙得；二是"理入影迹"，即将主体的审美理想和意趣迁移到客体，从而在画家脑海中呈现出传神的形象，这是第二层面的妙得。"'迁想'是指画家通过观察对象物，再深入一步探求和推测其思想感情（指人）和精神气概（包括人、山水、狗马），'妙得'是指画家在逐步掌握了对象物的思想、精神、气势之后，经过提炼而获得的艺术构思。"②通过"想"而"得"的只能是脑海中的意象，并非落实到纸上的形象。"迁想妙得"之后才是绘画的表达阶段，即"写"的阶段，所谓"传神写照"（"照"是主体的神妙感知能力）、以形写神，指的正是这一阶段。

魏晋南北画论"迁想妙得"说的提出，是与文论中的"神思"说相呼应的，它们共同反映了这一时期艺术想象论的成熟。

◎ 第四节
"意在笔前"：书论神思说

"意在笔前"是东晋王羲之提出的一个重要书法理念，指书法创作在运

---

① 邹清泉主编：《顾恺之研究文选》，212页，上海，上海三联书店，2011。
② 邓乔彬：《中国绘画思想史》，100页，贵阳，贵州人民出版社，2011。

笔之前要沉静运思，想象布置，然后再下笔。王羲之《题卫夫人〈笔阵图〉后》云：

> 夫纸者阵也，笔者刀矟也，墨者鍪甲也，水砚者城池也，心意者将军也，本领者副将也，结构者谋略也，扬笔者吉凶也，出入者号令也，屈折者杀戮也。夫欲书者，先干研墨，凝神静思，预想字形大小、偃仰、平直、振动，令筋脉相连，意在笔前，然后作字。

王羲之将书法创作比作排兵布阵，他以心意为将军，强调了心意的决定作用，并指出书法创作之前应凝神静思，预先设想布局好字形的种种形态，使"意在笔前"，然后再运笔创作。他在《书论》中说："凡书贵乎沉静，令意在笔前，字居心后，未作之始，结思成矣。"他强调书法构思的重要性，主张运思时保持内心沉静，先结思再运笔，使"意在笔前"，而"字居心后"。又说："每作一字，须用数种意，或横画似八分，而发如篆籀；或竖牵如深林之乔木，而屈折如钢钩；或上尖如枯秆，或下细若针芒；或转侧之势似飞鸟空坠，或棱侧之形如流水激来。""若作一纸之书，须字字意别，勿使相同。"《自论书》也说："须得书意转深，点画之间，皆有意，自有言所不尽。"书法创作中每一个字要用数种意，点画之间均有意，字与字之间又要以意相区别，这些都是"意在笔前"而"字居心后"的结果。

王羲之对于书法运思的重要性屡有强调。他在《笔势论·健壮章》中说："牵引深妙，皎在目前，发动精神，提撕志意，刜剔精思，秘不可传。"他称书法运思为"精思"，突出书法运思的妙不可传的特点，其内涵与文学"神思"是相近的。清代朱和羹《临池心解》阐释说："意在笔先，实非易事。穷微测奥，通乎神解，方到此高妙境地。夫逐字临摹，先定位置，次玩承接，循其伸缩攒捉，细心体认，笔不妄下，胸有成竹，所谓'意在笔先'也。"①这一阐释即强调了"意在笔前"是书法运笔之前的运思，而这种书法运思具有微奥、通神、高妙等特点，其实质即是"神思"。

书法的神思问题，汉末蔡邕《笔论》已开其端："夫书，先默坐静思，随意所适，言不出口，气不盈息，沉密神彩，如对至尊，则无不善矣。"蔡邕强调书法运笔之前先默坐静思，随意所适，然后再进入书法创作，这已有"意在笔前"的意思。东晋女书法家卫铄《笔阵图》云："执笔有七种。有心急而执笔缓者，有心缓而执笔急者。若执笔近而不能紧者，心手不齐，意后笔前者败；若执笔远而急，意前笔后者胜。"卫铄是在执笔层面论述"意前笔后"问题。王羲之则将卫铄所谓的执笔层面的"意前笔后"，发展为运思阶段的"意在笔前"。

六朝书法之重"意"与魏晋佛学及玄学之重"意"是相通的。"意"是重要的佛学概念。《般舟三昧经》云："自念佛无所从来，我亦无所至；自念欲处、色处、无色处，是三处意所作耳，我所念即见。"《维摩诘经》云："菩萨欲使佛国清净，当以净意作如应行。所以者何？菩萨以意净，故得佛国净。"李光华指出，"在佛教中，'意'的力量是无与伦比的，'意'可以造三界，'意'也可以造佛国"②。"意"也是魏晋玄学的重要概念。玄学强调摆脱礼法束缚，强调个性和自我，言意之辨与形神之辨都强调了精神意志的地位。"意在笔前"正是在玄佛重意的语境之下产生的，是魏晋以来时代精神的反映和表征。王羲之论书重"意"，对于南朝书论有重要影响。以下略举数例：

张澄书，当时亦呼有意。（王僧虔《论书》）

知摹者所采字，大小不甚均调，熟看乃尚可，恐笔意大殊……窃恐即以言发意，意则应言而新，手随意运，手与笔会，故益得谐称。（陶

---

① 潘运告编注：《中国历代书论选》下册，309页，长沙，湖南美术出版社，2007。
② 李光华：《禅与书法》，121页，北京，宗教文化出版社，2011。

弘景《与梁武帝论书启》）

　　崔子玉书如危峰阻日，孤松一枝，有绝望之意。（袁昂《古今书评》）

　　钟司徒书，字十二种意，意外殊妙，实亦多奇。（袁昂《古今书评》）

　　疾若惊蛇之失道，迟若渌水之徘徊。缓则鸦行，急则鹊厉，抽如雉啄，点如兔掷。乍驻乍引，任意所为。（萧衍《草书状》）

　　夫运笔邪则无芒角，执笔宽则书缓弱，点掣短则法拥肿，点掣长则法离澌，画促则字势横，画疏则字形慢；拘则乏势，放又少则；纯骨无媚，纯肉无力，少墨浮涩，多墨笨钝，比并皆然。任意所之，自然之理也。（萧衍《答陶隐居论书》）

以上诸例均是南朝书论重"意"的明证。从书法史来看，汉代书法重视"笔势"，而少言"笔意"；自王羲之以来，则重"笔意"，一改汉代书法的审美理念，由重视书法的外形，走向重视书法的内质。

　　王羲之"意在笔前"理论对唐代以来的书论产生了重要影响。唐代欧阳询《八诀》云："虚拳直腕，指齐掌空，意在笔前，文向思后。"李世民《论书》云："吾之所为，皆先作意，是以果能成也。"孙过庭《书谱》云："意先笔后，潇洒流落，翰逸神飞。"李华《二字诀》云："意在笔前，字居笔后，其势如舞凤翔鸾，则其妙也。"韩方明《授笔要说》云："然意在笔前，笔居心后，皆须存用笔法，想有难书之字，预于心中布置，然后下笔，自然容与徘徊，意态雄逸。"宋代慕容彦逢《跋僧怀素帖》指出："魏晋书体皆有师承，以意在笔前为法。"明代李日华《六研斋笔记》指出："倘得意在笔前，则所作有天趣自然之妙。如其泥于笔法，求之形似者，岂可同日语耶！"清代戈守智《汉溪书法通解》指出："意在笔前，然后作字胸有成字也。"以上诸例均是对"意在笔前"的阐释。

　　需要指出的是，从书法美学的角度来看，"意在笔前"只是定则，创作中还会有变数。郑板桥《题画》说："江馆清秋，晨起看竹，烟光、日影、露气，皆浮动于疏枝密叶之间。胸中勃勃，遂有画意，其实胸中之竹，并不是眼中之竹也。因而磨墨展纸，落笔倏作变相，手中之竹又不是胸中之竹也。总之，意在笔先者，定则也；趣在法外者，化机也。独画云乎哉!"此言极是，"意在笔前"所构思好的"胸中之竹"，在艺术表达阶段会产生"变相"，导致画出来的"手中之竹"与"胸中之竹"不同。这个"变相"不是"意在笔前"可以控制的，它实际是"意随笔生"的结果。不独绘画存在这种现象，文学创作也有类似的现象。明代谢榛《四溟诗话》提出了"辞前意"及"辞后意"的概念：

> 今人作诗，忽立许大意思，束之以句则窘，辞不能达，意不能悉。譬如凿池贮青天，则所得不多；举杯收甘露，则被泽不广。此乃内出者有限，所谓"辞前意"也。或造句弗就，勿令疲其神思，且阅书醒心，忽然有得，意随笔生，而兴不可遏，入乎神化，殊非思虑所及。或因字得句，句由韵成，出乎天然，句意双美。若接竹引泉而潺湲之声在耳，登城望海而浩荡之色盈目。此乃外来者无穷，所谓"辞后意"也。

谢榛认为"辞前意"是有限的、确定的；而"辞后意"则是"意随笔生"，具有突发性、不确定性以及无穷性，不是思虑可以提前把握的。显然"辞后意"是"意随笔生"，而不是"意在笔前"[①]，这个看法是对六朝"意在笔前"说的补充和发展。

[①] 蔡钟翔《"意在笔前"与"意随笔生"》（见《古代文学理论研究》第22辑，上海，华东师范大学出版社，2004）一文对此有详尽的论述，可参读。

第二十二章
畅神

魏晋南北朝时期出现的文艺"畅神"说,是一种崭新的美学理念,文学、绘画、音乐领域都有相关的阐释。 文艺"畅神"说的出现,表明魏晋南北朝时期的审美已经由形入神,这是审美水平深化的标志。 魏晋之前的山水比德转向魏晋之后的山水畅神,其中体现了玄学及佛学对"神"的肯定。 文艺"畅神"说以刘宋画家宗炳《画山水序》的论述最详,而宗炳的"畅神"思想正是其佛教思想在绘画理论上的体现。

◎ 第一节
从比德、比情到畅神

所谓比德,即把自然界的事物作为道德的象征。 先秦已经形成了比德的传统,管子、晏婴、老子、孔子、庄子等人均有比德的言论,其中以孔子的比德说最为有名。 孔子说"岁寒,然后知松柏之后彫也",即以松柏比喻君子之德。 意谓君子德茂,平时君子与小人很难识别,但遇到危局时,就能显出君子之德不同于小人,即有士穷见节义、世乱识忠臣之意。 以外物比德是孔子的重要言说方式,有以山水比德、以玉比德等。 《论语·雍也》云:

"知者乐水,仁者乐山。"朱熹注云:"知者达于事理而周流无滞,有似于水,故乐水;仁者安于义理而厚重不迁,有似于山,故乐山。"荀子对孔子"知者乐水"思想有详尽的阐释:

> 孔子观于东流之水,子贡问于孔子曰:"君子之所以见大水必观焉者是何?"孔子曰:"夫水,大遍与诸生而无为也,似德。其流也埤下,裾拘必循其理,似义。其洸洸乎不淈尽,似道。若有决,行之,其应佚若声响,其赴百仞之谷不惧,似勇。主量必平,似法。盈不求概,似正。淖约微达,似察。以出以入,以就鲜洁,似善化。其万折也必东,似志。是故君子见大水必观焉。"①

荀子借孔子之口将水的诸种特点分别喻指德、义、道、勇、法、正、察、善化、志。这种以水比德的思想是显而易见的。

《论语·子罕》又有以玉比德的说法:"子贡曰:'有美玉于斯,韫椟而藏诸?求善贾而沽诸?'子曰:'沽之哉!沽之哉!我待贾者也。'"子贡问美玉应该藏在柜子里,还是该找一个识货的商人卖掉。孔子说卖掉吧,我在等待识货的人。孔子以美玉自喻,美玉正是美德的象征。荀子对此亦有阐释:

> 子贡问于孔子曰:"君子之所以贵玉而贱珉者,何也?为夫玉之少而珉之多邪?"孔子曰:"恶!赐,是何言也?夫君子岂多而贱之,少而贵之哉!夫玉者,君子比德焉。温润而泽,仁也;栗而理,知也;坚刚而不屈,义也;廉而不刿,行也;折而不桡,勇也;瑕适并见,情也;扣之,其声清扬而远闻,其止辍然,辞也。故虽有珉之雕雕,不若玉之

---

① 《荀子·宥坐》。

章章。诗曰：'言念君子，温其如玉。'此之谓也。"①

荀子借孔子之口明确提出"夫玉者，君子比德焉"。以玉温润有光泽喻仁，清晰有文理喻知，刚强不屈喻义，有棱角而不伤人喻行，折而不屈喻勇，不掩污点喻情，其声音发出时清脆远闻、停息时戛然而止喻辞。这种以玉比德之说，可谓详尽。

汉代承先秦，亦有丰富的比德说。汉代经学兴盛，汉儒对于先秦儒家经典中的比德说有深入的诠释。比如，董仲舒《春秋繁露·山川颂》对孔子的山水比德思想有所阐释，他认为山"似夫仁人志士"，水"既似有德者"。此外，自屈原辞赋形成"香草美人"的比德传统后，汉代楚辞学对此有所发展，比如王逸《离骚经序》称赞屈原《离骚》的比德手法："《离骚》之文，依《诗》取兴，引类譬喻，故善鸟香草以配忠贞，恶禽臭物以比谗佞，灵修美人以媲于君，宓妃佚女以譬贤臣，虬龙鸾凤以托君子，飘风云霓以为小人。其词温而雅，其义皎而朗。"汉末祢衡《鹦鹉赋》也有比德之说："配鸾皇而等美，焉比德于众禽。"

汉儒一方面诠释了先秦儒家经典中的比德说，另一方面又发展出比情说。董仲舒《春秋繁露·为人者天》说："人生有喜怒哀乐之答，春秋冬夏之类也。喜，春之答也；怒，秋之答也；乐，夏之答也；哀，冬之答也。天之副在乎人，人之情性有由天者矣。"基于天人合一的思想，董仲舒以春秋冬夏比拟人的喜怒哀乐。这里的喜怒哀乐是人的最普遍、抽象的情感，并没有特殊、具体的含义。"比德说是把天地自然德化，那么比情说则是把天地自然情化。虽然在汉代这些情感还只是喜怒哀乐等比较一般、宽泛、抽象的情感类型，带有明显的类型性色彩，但比情说毕竟迈出了通向畅神说的关键一步。比情说揭示了作为主体的人的情感与外界事物的感应关系，它为审

---

① 《荀子·法行》。

美和艺术创造提出了基本的理论依据,直接影响到了后世的美学理论。"①汉代的比情说为魏晋南北朝的文艺感物说提供了重要的依据。 陆机《文赋》云:"遵四时以叹逝,瞻万物而思纷;悲落叶于劲秋,喜柔条于芳春。 心懔懔以怀霜,志眇眇而临云。"刘勰《文心雕龙·物色》云:"春秋代序,阴阳惨舒,物色之动,心亦摇焉。"钟嵘《诗品序》云:"若乃春风春鸟,秋月秋蝉,夏云暑雨,冬月祁寒,斯四候之感诸诗者也。"这些文学感物说,均受到汉代比情说的影响。 需要指出的是,董仲舒的比情说谈论的是人的抽象情感,旨在说明天人合一的命题。 汉代文艺的主流是强调"诗言志",主张抒发集体性情感。 至魏晋,在"人的觉醒"主题下,文艺抒写个体性情感成为当时的主流。 陆机提出"诗缘情",从诗歌的创作动机(起因)角度肯定了文学抒情的特点。 陆机所谓的"情"是诗人具体的情感,不同于董仲舒语境中的"情"。 显然魏晋南北朝文学因感物而生之"情",与汉儒比情之"情"并不相同。

与比情说不同,魏晋南北朝出现了文艺畅神说。 "畅神"最早由西晋刘琨在文学层面提出,其《答卢谌》说"文以明言,言以畅神",指出文学之目的在于"畅神"。 东晋伏滔《长笛赋》从音乐层面提出"畅神"问题,他说长笛"远可以通灵达微,近可以写清畅神"。 后来北齐颜之推《颜氏家训·杂艺》也谈到了音乐"畅神"问题:"今世曲解,虽变于古,犹足以畅神情也。"刘宋画家宗炳从山水画的角度更为详尽地谈论了审美中的"畅神"问题,他在《画山水序》中说:"峰岫峣嶷,云林森渺,圣贤映于绝代,万趣融其神思,余复何为哉? 畅神而已。 神之所畅,孰有先焉?"宗炳把山水作为味道的途径,而味道的结果是主体精神的舒畅。 正是在魏晋玄学肯定"情"、重视"神",以及佛学重视"神"的语境中,文艺"畅神"说才得以出现。 由比德、比情到畅神,可以看到主体精神逐渐高扬的过程,可

---

① 周均平:《"比德""比情""畅神"——论汉代自然审美观的发展和突破》,载《文艺研究》,2003(5)。

以看出山水由道德的象征物转变为纯粹审美对象的过程，也可以看出文人对山水由赏德、赏形转变为赏神韵、体道味。

汉代对自然的审美有赏形娱情的说法。《淮南子·泰族训》云："见日月光，旷然而乐，又况登泰山，履石封，以望八荒，视天都若盖，江河若带，又况万物在其间者乎？其为乐岂不大哉！"东汉张衡《归田赋》云："于是仲春令月，时和气清，原隰郁茂，百草滋荣。王雎鼓翼，仓庚哀鸣。交颈颉颃，关关嘤嘤。于焉逍遥，聊以娱情。"这种娱情说，突破了董仲舒的比情说。但是和宗炳提出的"畅神"说相比，则亦有所不如。因为宗炳强调山水"以形媚道"，对山水的欣赏实际是"味道"的手段。可见，所谓"畅神"更多的是对山水之形的超越，是对道的体味。

◎ 第二节
"畅神"说的玄佛语境

"畅神"说的提出有着深刻的玄学背景。在魏晋玄学语境中，"畅神"即是"畅情"。三国魏玄学家王弼认为圣人无名、中和、与道同体、与天合德，"达自然之至，畅万物之情"。西晋左芬论及了自然景物的"畅神"问题。她在《巢父惠妃赞》中说："泱泱长流，沔沔清波。思文巢惠，载咏载歌。垂纶一壑，万象匪多。神乎畅矣，缅同基阿。"这是以长流清波的物象来畅神，其中的"垂纶一壑"，颇有庄子思想的意蕴。西晋名士庾敳《意赋》云："顾瞻宇宙微细兮，眇若豪锋之半。飘飘玄旷之域兮，深莫畅而靡玩。兀与自然并体兮，融液忽而四散。"他瞻观宇宙自然，以之为玄旷的畅情之所，这实是从玄学的角度谈论"畅情"。

东晋王羲之《三月三日兰亭诗序》指出兰亭景物可以"畅神"，他说：

"此地有崇山峻岭，茂林修竹。又有清流激湍，映带左右，引以为流觞曲水。列坐其次。虽无丝竹管弦之盛，一觞一咏，亦足以畅叙幽情。是日也，天朗气清，惠风和畅。仰观宇宙之大，俯察品类之盛，所以游目骋怀，足以极视听之娱，信可乐也!"兰亭的崇山、峻岭、茂林、修竹、清流、激湍，"足以畅叙幽情"，而仰观俯察，游目骋怀，也是畅神之事。魏晋玄学的形神之辨，突出了神对形的超越，肯定了神对形的主宰作用。谢灵运《登池上楼》"池塘生春草"一句之所以被人称道，正因为此句即目所见，展现出蓬勃的生机，是谢灵运畅神之作。自然景物之所以能使主体畅神，其前提在于山水中蕴含有道，故而品味山水景物，即是亲近于道，从而使精神舒畅。东晋孙绰《三月三日兰亭诗序》也指出："情因所习而迁移，物触所遇而兴感，故振辔于朝市，则充屈之心生；闲步于林野，则辽落之志兴。"孙绰的这种感物说，实质强调了山水畅神。他在序中又说："屡借山水，以化其郁结。""乃席芳草，镜清流，览卉木，观鱼鸟，具物同荣，资生咸畅。"这说的也是山水畅神。

孙绰既是玄学家，又信奉佛教，他身上体现了东晋玄佛合流的趋势。如果说，孙绰《太尉庾亮碑》之"方寸湛然，固以玄对山水"侧重于从玄学立场来说山水畅神，那么他的《游天台山赋》则侧重于从佛学的立场来说山水畅神。《游天台山赋》篇末谓"散以象外之说，畅以无生之篇"，李善注云："象外谓道也。……'无生'谓释典也。"他的"无生之篇"是佛学概念，是无疑义的；他"象外之说"似乎有玄学的影子，但更多来自于佛学。因为晋代佛教徒多以"象外之谈"指称佛理。比如，僧肇《涅槃无名论》称赞涅槃学说："斯乃穷微言之美，极象外之谈者也。"僧肇《般若无知论》云："《成具》云：'不为而过为。'《宝积》曰：'无心无识，无不觉知。'斯则穷神尽智，极象外之谈也。"这是以"象外之谈"称颂《成具光明定意经》《宝积经》所载佛理。可见，孙绰"象外之说"正是指佛理，与下文"无生之篇"互文见义。孙绰《游天台山赋》描绘了天台山的绝妙景致，他认为这些景物可以使人"释域中之常恋，畅超然之高情"。他在赋中说："余所以驰神运思，昼咏宵兴，俯仰之间，若已再升者也。方解缨络，永托兹岭，不任吟想之至，聊奋藻以散怀。"这里所谓"驰神""运思""吟想""散怀"，均是与山水畅神相联系的。

魏晋以来，佛教有更为明确的畅神之说。晋代佛教徒撰写的《庐山诸道人游石门诗序》记载庐山诸僧人游石门听猿鸣而觉玄音，从而神畅，品玄音有味："游观未久，而天气屡变，霄雾尘集，则万象隐形；流光回照，则众山倒影。开阖之际，状有灵焉，而不可测也。乃其将登，则翔禽拂翮，鸣猿厉响。归云回驾，想羽人之来仪；哀声相和，若玄音之有寄。虽仿佛犹闻，而神以之畅；虽乐不期欢，而欣以永日。当其冲豫自得，信有味焉，而未易言也。"僧人们"神以之畅"，正基于山水景物包蕴佛理。佛理之畅神，东晋佛学家多有论述，东晋支遁《大小品对比要钞序》有"触理则玄畅"，东晋郗超《奉法要》有"任本则自畅"的说法，均是其例。

◎ 第三节

从《明佛论》看宗炳的"畅神"说

六朝文艺"畅神"说以画论最为著名。刘宋画家宗炳《画山水序》对于"畅神"之说论述最详。他说："于是闲居理气，拂觞鸣琴，披图幽对，坐究四荒，不违天励之藂，独应无人之野。峰岫峣嶷，云林森渺。圣贤映于绝代，万趣融其神思。余复何为哉？畅神而已。神之所畅，孰有先焉？"宗炳直接提出了画论中的畅神说，影响深远。

要阐明宗炳的"畅神"说，有必要了解宗炳除画家之外的另一个身份——佛教徒。宗炳的《明佛论》是解开《画山水序》主旨的钥匙。《明佛论》阐明了神不灭的道理。"神也者，妙万物而为言矣。若资形以造，随形以灭，则以形为本，何妙可言乎？夫精神四达，并流无极，上际于天，下盘于地，圣之穷机，贤之研微。"他主张神不依形存在，神高于形，形灭而神存。形灭后存在的神就是"法身"。"无生则无身，无身而有神，法身之谓也。"而法身极为自由自在，"夫以法身之极灵，感妙众而化见，照神功以朗物，复何奇不肆，何变可限，岂直仰陵九天，龙行九泉，吸风绝粒而已哉"。对法身的肯定，是宗炳对神的价值的高扬。"夫道在练神，不由存形"，则又是宗炳重神轻形之证。《明佛论》说："若鉴以佛法，则厥身非我，盖一憩逆旅耳，精神乃我身也，廓长存而无已。"这再次证明了宗炳重神轻形之旨。他认为肉身（宗炳所谓的"血身"）并不是"我"，精神才是"我身"（即"法身"），精神长存不灭。肉身对于精神而言，不过是偶然休息的场所。《明佛论》又说："今世业近事，谋之不臧，犹兴丧及之，况精神我也，得焉则清升无穷，失矣则永坠无极。"所谓"精神我"即是法身，得之则升天，失之则永坠无极之地。《又答何衡阳书》也说"人是精神物"。魏晋以来诗人普遍哀叹人生苦短，这在宗炳看来是限于肉身之故。《明佛论》说："今人以血身七尺，死老数纪之内，既夜消其半矣，丧疾众故又苦其半，生之美盛荣乐，得志盖亦何几？而壮齿不居，荣必惧辱，乐实连忧，亦无全泰，而皆竞入流俗之险路，讳陟佛法之旷途，何如其智也？"他提出解决人生苦痛的途径在于超越肉身的欲望，重视练神，实现对有形生命的超越。

宗炳强调对山水的欣赏应以神为主，否则好仁乐山则成空谈，《明佛论》说："今心与物交，不一于神，虽以颜子之微微，而必乾乾钻仰，好仁乐山，庶乎屡空。"宗炳认为万物有灵，都以精神为主，故而可感。他说："群生皆以精神为主，故于玄极之灵，咸有理以感。尧则远矣，而百兽舞德，岂非感哉？"宗炳所谓的"群生"，实指世间万物。他认为万物有灵，日、月、大海、高山都有"朝夕之礼，秩望之义"；而万物有灵则有感，《尚书·尧典》中有"击石拊石，百兽率舞"之语，此为百兽有感之证。宗炳此说，是他《画山水序》"至于山水，质有而趣灵"及"山水以形媚道"

的理论基础。从万物有感到观物以神为主，宗炳实际揭示了绘画以形写神之义。

有学者认为宗炳《画山水序》还停留在以形写形的阶段，实则是对宗炳的误读。的确，《画山水序》说："夫理绝于中古之上者，可意求于千载之下。旨微于言象之外者，可心取于书策之内。况乎身所盘桓，目所绸缪。以形写形，以色貌色也。"但需要注意的是，宗炳所谓"以形写形，以色貌色"指的是绘画可以载道。宗炳的逻辑是：通过书策都可以了解言象之外的微旨，那么通过比书策更为直观、形象的图画，就更可以感悟其中的微旨玄理。故他说的"以形写形，以色貌色"实是指绘画具有不同于书策的形象性，其中能够蕴含可以感知的"道"。宗炳绝不是提倡绘画停留在形、色层面。因为《画山水序》又说："夫以应目会心为理者，类之成巧，则目亦同应，心亦俱会。应会感神，神超理得。虽复虚求幽岩，何以加焉？又神本亡端，栖形感类，理入影迹，诚能妙写，亦诚尽矣。"这讲的完全是"以形写神"。"应目"是对山水外形的视觉，"会心"则是对山水所蕴之大道的感悟。通过应目、会心而"感神"，神超越于山水之形，把握其中之理，这就是"神超理得"。从而反观山水，山水可忘矣。宗炳认为精神是无端而不可见的，精神栖居于形体之内，玄理也寄山水之形迹中，如果能把山水之形迹妙写出来，则能尽其中之大道。这是典型的"以形写神"思想。

宗炳倡导"以形写神"，也在于他对山水采取"卧游"的方式。《宋书·宗炳传》载："（宗炳）好山水，爱远游，西陟荆巫，南登衡岳，因而结宇衡山，欲怀尚平之志。有疾还江陵，叹曰：'老疾俱至，名山恐难遍睹，唯当澄怀观道，卧以游之。'凡所游履，皆图之于室，谓人曰：'抚琴动操，欲令众山皆响。'"宗炳认为世间所有山水不可能在有限的生命中游遍，故而可以"卧以游之"，即在精神中想象山水的形象。宗炳对于山水采取"卧游"的方法，即是凭借曾经登临过的山水，在脑海中想象山水意象。这就是刘勰所说的"登山则情满于山，观海则意溢于海"，即一想到登山，脑海中就呈现出山的形象；一想到观海，脑海中就呈现出海的形象。宗炳"卧游"

的审美对象不是山水之形,而是山水之象。这凭借的是《画山水序》所谓的"披图幽对,坐究四荒","万趣融其神思"的"神思"。宗炳的"坐究四荒"即"卧游",不是真正到自然中去游历,而是坐卧于书宅中,想象性的精神之游,这也就是"神思"。所以,宗炳所谓的"畅神"并非面对真实山川景物,而是在精神世界内,对于山水意象的"神思"和"观道"。故而宗炳对山水画的要求绝不是"以形写形",而是"以形写神"。

稍后于宗炳的另外一位刘宋时期的画家王微在《叙画》中讲画山水的乐趣说:"望秋云,神飞扬;临春风,思浩荡。虽有金石之乐,圭璋之琛,岂能仿佛之哉!"可知山水具有畅神的作用。"岂独运诸指掌,亦以神明降之。"此亦言山水画不在形而在神。

综上,魏晋南北朝文艺"畅神"说的出现,是对儒家比德说、比情说的超越,具有崭新的审美内涵。"畅神"说受到玄学、佛教的深刻影响,是魏晋南北朝"人的觉醒"主题的反映,表明时人的审美由形入神,是审美水平深化的标志。

第二十三章
象外

"象外"是魏晋南北朝时期新兴的文艺美学范畴。先秦典籍对于"象"颇多论述,但"象外"一词至三国时期才出现。在玄学及佛学的影响下,"象外"成为重要的文艺美学范畴。"象外"一词主要使用于画论之中,是魏晋南北朝重神轻形的审美思潮的反映。至唐代,"象外"一词才广泛用于文学评论,体现出画论审美趣味对文论审美趣味的正面迁移,也反映出魏晋南北朝文艺"象外"说具有首创之功。

◎ 第一节
"象外"的含义及渊源

要讲清"象外"的概念,先要明确何谓"象"。象的甲骨文为𧰼,是大象之形。许慎《说文解字》释"象"为"南越大兽"。但从殷墟遗物及卜辞来看,殷商时期北方仍有象。罗振玉认为:"象为南越大兽,此后世事。古代则黄河南北亦有之。为字从手牵象,则象为寻常服御之物。今殷墟遗物有镂象牙礼器,又有象齿甚多。卜用之骨有绝大者,殆亦象骨。又卜辞卜田猎有获象之语。知古者中原有象，至殷世尚盛也。"①《吕氏春秋·古乐》记载："商人服象，为虐于东夷，周公遂以师逐之，至于江南。"罗振玉、王国维都认为这是殷代有象的确证。1973年，甘肃省出土"黄河象"化石，经考证此象是生活在距今250万年左右的剑齿象。这一考古发现，证明中国北方在远古时是有象存在的，不过后来随着气候的变化，象主要生存在南方。徐中舒分析了甲骨文"象"字的字形特征，指出："据考古发掘知殷商时代河南地区气候尚暖，颇适于兕象之生存，其后气候转寒，兕象遂渐南迁矣。"②至战国时期，北方已经很难见到活象。所以《韩非子·解老》说："人希见生象也，而得死象之骨，案其图以想其生也。故诸人之所以意想者，皆谓之象也。"可见，韩非子之时，北方虽已难看到活象，但仍可见到象骨象牙，以及象骨、象牙做成的器皿和饰物。《左传》《国语》中的"牺象"即是象骨雕成的酒器。《战国策》中有"象床"，《韩非子》中有"象箸"。《管子·轻重》讲吴越以"珠象"作为贡币，《荀子·正论》讲豪奢者"犀象以为树"，《韩非子·喻老》讲宋人以象牙制作楮叶。这些都证明，象牙、象骨在古代北方是常见之物。"常见象骨而见不到活的象，于是一般人只能根据眼前的象骨、象牙来揣摩、意想活象的样子，这就是韩非子所说的'案其图以想其生也'。大概是因为那时候的人在日常生活中常见象牙、象骨，而活象又太难见到，所以揣摩活象的样子也就成了人们经常发生的一种普遍心理活动。久而久之，人们也就把任何经过意想作用而呈现于主观之中的观念形象称之为'象'。"③《易·系辞上》云："见乃谓之象，形乃谓之器。"可知古人对"象"和"形"有不同的界定，"形"是客观的外在形体，而"象"则是外物经过视觉而呈现在眼中的主观感觉，也就是韩非子所说的"诸人之所以意想者，皆谓之象也"。

哲学上的"象外"理论，受到老、庄思想的直接影响。"象外"类似于

---

① 罗振玉：《增订殷虚书契考释》，见李圃主编：《古文字诂林》第8册，445页。
② 徐中舒：《甲骨文字典》，见李圃主编：《古文字诂林》第8册，446页。
③ 李壮鹰：《逸园丛录》，316页。

老子所说"大象无形"之"大象"。王弼《老子指略》说："故象而形者，非大象也。"无形的大象，即属于"象外"的范畴。《老子》十四章云："是谓无状之状，无物之象，是谓惚恍。"这里"无物之象"是"惚恍"，而惚恍正是道的特点，《老子》二十一章云"道之为物，惟恍惟惚。惚兮恍兮，其中有象；恍兮惚兮，其中有物。"也证明了这一点。故而"无物之象"指向的应是"象外"之道。《庄子·秋水》云："可以言论者，物之粗也；可以意致者，物之精也。言之所不能论，意之所不能察致者，不期精粗焉。"郭象注云："唯无而已，何精粗之有哉！夫言意者，有也；而所言所意者，无也。故求之于言意之表，而入乎无言无意之域，而后至焉。"庄子所谓的言、意不能到的就是"象外"指向的"无"的境界。《庄子·天运》云："无言而心说，此之谓天乐。故有焱氏为之颂曰：'听之不闻其声，视之不见其形，充满天地，苞裹六极。'"天乐无声无形却又无所不在，天乐令人无言而心悦，而"象外"给人的也是这种审美愉悦。比如，陶渊明看到夕阳西落、飞鸟还巢，感叹"此中有真意，欲辨已忘言"，这种难以言辨的真意，存在于"象外"。陶渊明对于象外的感受，达到了庄子所说的"无言而心说"的境界。"象外"也类似于庄子所谓的"象罔"。《庄子·天地》记载"象罔得珠"一事：

> 黄帝游乎赤水之北，登乎昆仑之丘而南望，还归遗其玄珠。使知索之而不得，使离朱索之而不得，使吃诟索之而不得也。乃使象罔，象罔得之。黄帝曰："异哉！象罔乃可以得之乎？"

黄帝所遗的玄珠象征"道"，而"知""离朱""吃诟""象罔"象征四种求道的方式。"知"，即"智"，指智者。"离朱"，即明，指善视者。

"吃诟",指聪明善言者。① "象罔",即象无。《尔雅·释言》云:"罔,无也。"象无,即是象外。四种求道方式,只有"象罔"得到了"道"。此即证"象罔"通于道。

"象"是《易传》中的核心范畴。《易·系辞下》云:"易者,象也。象也者,像也。"孔颖达解释说:"易卦者,写万物之形象,故云'易者,象也'。'象也者,像也'者,谓卦为万物象者,法像万物,犹若乾卦之象,法像于天也。"《易》的卦象是对万物之形的模拟和抽象,相对于万物之形来说,《易》的卦形就是"象"。所以《易·系辞上》说:"圣人有以见天下之赜,而拟诸其形容,象其物宜,是故谓之象。"比如,晋卦的卦形是坤下离上,即地在下,火在上,卦象模拟的是太阳从大地升起之形,用于表现上升。晋卦的卦辞说:"康侯用锡马蕃庶,昼日三接。"意谓:"康侯出征异国,俘马甚多,以献于王。其战也,一日三胜。"②这是由卦象的上升之意喻指人事。孔颖达《周易正义》指出:"凡易者象也,以物象而明人事,若《诗》之比喻也。"亦明此旨。《易传》没有提出"象外"的概念,但认为"言不尽意"的解决途径是"立象以尽意"。正如《易·系辞上》所说:"子曰:书不尽言,言不尽意。然则,圣人之意,其不可见乎? 子曰:圣人立象以尽意,设卦以尽情伪,系辞焉以尽其言,变而通之以尽利,鼓之舞之以尽神。"相对于卦象而言,卦辞中描述的人事,往往是对卦象所作的引申和附会,而这是属于"象外"范畴的。

综上,"象外"的哲学渊源可以上溯到老、庄及《易传》,但是上述文献尚未提出"象外"的概念。直到魏晋南北朝,"象外"才进入哲学、佛学的理论视野,并进而影响到文艺美学。

---

① 郭象注:"聪明吃诟,失真愈远。"成玄英疏:"吃诟,言辩也。"一说多力。陆德明《经典释文》卷二十七:"司马云:'吃诟,多力也。'"
② 高亨:《周易大传今注》,237页,北京,清华大学出版社,2010。

◎ 第二节
玄佛语境中的"象外"

在魏晋玄学的言意之辨中，存在"言尽意"与"言不尽意"两派观点。"言尽意"这一派不承认有"象外"。欧阳建《言尽意论》指出："名逐物而迁，言因理而变。此犹声发响应，形存影附，不得相与为二矣。苟其不二，则无不尽。"既然"无不尽"，一切都可言尽，那么也就不存在"象外"了。"言不尽意"这一派则相反，他们把"象外"视为"意"的最终归宿，提出了"象外之意"的命题。三国魏玄学家荀粲说：

> 六籍虽存，固圣人之糠粃。……盖理之微者，非物象之所举也。今称"立象以尽意"，此非通于象外者也；"系辞焉以尽言"，此非言乎系表者也。斯则象外之意，系表之言，固蕴而不出矣。（何劭《荀粲传》）

荀粲认为言不尽意，象也不尽意，故而有"象外之意"的说法。显然所谓"象外之意"，是对《易传》"立象以尽意"的否定，是荀粲用老、庄思想解释易学的结果。

王弼倾向于"言不尽意"，他在《周易略例·明象》中说：

> 夫象者，出意者也。言者，明象者也。尽意莫若象，尽象莫若言。言生于象，故可寻言以观象；象生于意，故可寻象以观意。意以象尽，象以言著。故言者所以明象，得象而忘言；象者所以存意，得意而忘象。犹蹄者所以在兔，得兔而忘蹄；筌者所以在鱼，得鱼而忘筌也。……然则忘象者乃得意者也，忘言者乃得象者也。得意在忘象，得象在忘言。故立象以尽意，而象可忘也。……忘象以求其意，义斯见矣。

在王弼看来，"象"不过是存"意"之具，得意即可忘象，所以他说："立象以尽意，而象可忘也。"显然"象"本身并不是"意"，要得"意"，必须沿着"象"的象征之处探寻，即"寻象以观意"，这必然是在"象外"得"意"。王弼认为，解《易》不应拘泥于"象"，只有寻求"象外之意"，才能领悟易象所蕴含的深奥道理，所以他说："忘象以求其意，义斯见矣。""忘象"就是不主张于象内求意，从这个层面讲，"忘象"通向的必然是"象外"。王弼的这种观点，是他借庄子以解《易》的结果，如前引的鱼兔筌蹄之喻，明显出自庄子。

魏晋南北朝佛教中也有"象外"说。东晋孙绰《游天台山赋》云："散以象外之说，畅以无生之篇。"李善注云："象外谓道也。……'无生'谓释典也。"孙绰所说的"象外之说"与"无生之篇"是互文见义的，均指佛理而言。翻检文献可证，当时僧人多以"象外之谈"指称佛理。据《高僧传》，释法瑗应宋文帝之诏，讲竺道生的顿悟思想，何尚之闻而叹曰："常谓生公没后，微言永绝。今日复闻象外之谈，可谓天未丧其文也。"这也是以"象外之谈"指称佛理。释僧卫《十住经合注序》"抚玄节于希声，畅微言于象外"，是对翻译《十住经》的鸠摩罗什的赞语，"象外"是指称鸠摩罗什所谈的佛理。佛教认为色、相俱空，故不主张执着于"象"，而应向"象外"寻佛理，正如竺道生所说："象者理之所假，执象则迷理。"[①]所以，东晋袁宏《后汉记》认为佛教"所求在一体之内，而所明在视听之外"。"佛教关于真谛的领悟，本质上是追求一种象外的境界。佛教徒所理想的涅槃，也是超言绝象的境界。"[②]南朝梁代释慧皎《义解论》阐释了佛教立象而不依象的道理：

夫至理无言，元致幽寂。幽寂故心行处断，无言故言语路绝。言语

---

① 释惠琳《龙光寺竺道生法师庆》序引。
② 曾祖荫：《中国美学范畴论》，77页，武汉，华中师范大学出版社，2011。

路绝,则有言伤其旨;心行处断,则作意失其真。所以净名杜口于方丈,释迦缄嘿于双树。将知理致渊寂,故为无言,但悠悠梦境,去理殊隔;蠢蠢之徒,非教孰启。是以圣人资灵妙以应物,体冥寂以通神,借微言以津道,托形像以传真。故曰:兵者不祥之器,不获已而用之;言者不真之物,不获已而陈之。……将令乘蹄以得兔,藉指以知月。知月则废指,得兔则忘蹄。经云"依义莫依语",此之谓也。

慧皎认为,佛教"托形像以传真"是不得不为,明知形象并不是佛理本身,为了教化众生,却不得不用,这好比兵器是不祥之器,却不得不使用。"托形像以传真"指向的是象外的佛理。故而对"象"的态度应该是得意忘象,这就是佛经讲的"依义莫依语"之意。笃信佛教的梁武帝曾经组织了一次对"神灭论"的大讨伐,他颁示《敕旨垂答臣下审神灭论》,诸臣作答,其中司农卿马元和答曰:"伏惟至尊先天制物,体道裁化,理绝言初,思包象外,攻塞异端,阐道归一,万有知宗,人天仰式,信沧海之舟梁,玄霄之日月也。神灭之论,宜所未安。"马元和称颂佛教至尊"思包象外","象外"指的即是精妙的佛理。

综上,魏晋南北朝时期,玄学语境中的"象外"主要指"象外之意";佛学语境中的"象外"主要指"象外之谈"(象外的佛理),实际依然是"象外之意"。故而在魏晋南北朝,玄、佛均重的是"象外之意",而非后世司空图提出并以之知名的"象外之象"。

◎ 第三节

"象外"的美学指向

魏晋以来,玄、佛语境中的"象外"概念逐渐影响到文艺美学领域。南北朝时期，"象外"开始用于画论。南齐谢赫《古画品录》评张墨、荀勖云："风范气候，极妙参神，但取精灵，遗其骨法。若拘以体物，则未见精粹；若取之象外，方厌膏腴，可谓微妙也。"谢赫认为绘画有两种取象方式，一是"拘以物体"，拘束于外物之形，绘画求形似，即以形写形；二是"取之象外"，不拘泥于外物之形，取象外之神（"精灵"），即绘画求神似，这类似于东晋顾恺之所谓的"以形写神"。谢赫《古画品录》提出了绘画"六法"："六法者何？一，气韵，生动是也；二，骨法，用笔是也；三，应物，象形是也；四，随类，赋彩是也；五，经营，位置是也；六，传移，模写是也。""六法"以气韵（生动）为首，它代表了谢赫对于绘画的审美理想。骨法（用笔），是用笔问题，属于技巧层面；应物（象形）、随类（赋彩）、经营（位置）、传移（模写），则是绘画的过程。谢赫讲"应物""传移"，并不是主张绘画追求形似，而是从最一般的意义上讲绘画创作的不同阶段。一方面，谢赫对于形似之画多有批评，如《古画品录》评刘绍祖："善于传写，不闲其思，至于雀鼠，笔迹历落，往往出群。时人为之语，号曰移画。然述而不作，非画所先。"刘绍祖善于传写（即传移、模写），长于模仿事物外形（即应物、象形），故号为"移画"。谢赫认为这是"述而不作"，即只模仿外物之形（"述"），缺乏对外物之形的艺术加工（"作"），这是"非画所先"的。可见，谢赫反对"移画"式的形似之作，而主张对外物之形进行艺术加工，使之气韵生动。又如《古画品录》评毛惠远："泥滞于体，颇有拙也。"这也是对绘画拘泥于形似的批评。再如评丁光："虽擅名蝉雀，而笔迹轻羸，非不精谨，乏于生气。"丁光画蝉雀虽然精确严谨，达到了形似，但"乏于生气"，故谢赫对之有所批评。另一方面，谢赫对超越形似而有气韵的绘画多有称赞，如《古画品录》评晋明帝"虽略于形色，颇得神气，笔迹超越，亦有奇观"。晋明帝的绘画虽然在形色上不足，但有神气，故得谢赫好评。又如评陆探微"穷理尽性，事绝言象",评陆绥"体韵遒举,风彩飘然",都是对绘画有气韵的赞扬。①

可见,谢赫所谓"取之象外",是与"拘以物体"(即取之象内)相对的取象方式,他主张绘画取象不拘泥于外物之形,而应取象外之"精灵",以达到绘画气韵生动的目的。故而谢赫所谓"象外"的审美指向是"象外之精灵",其意近于玄佛语境中的"象外之意"。谢赫的"象外"说受到魏晋以来玄学、佛学"象外"理论的影响,是哲学、宗教"象外"理论在画论中的延伸和发展。朱良志对"取之象外"做了很好的概念界定:

> (取之象外)中国古代文艺心理学术语。出自南朝齐谢赫《古画品录》:"张墨、荀勖,风范气韵,极妙参神,但取精灵,遗其骨法。若拘于体物,则未见精粹;若取之象外,方厌膏腴,可谓微妙也。"谢赫在此将"拘于体物"和"取之象外"对举。所谓"拘于体物",即一味模拟物态,亦即形似之作。图画主要是造形的艺术,所以古人有"画者,画也"之说。谢赫"六法"之三也列"应物象形"。但谢赫认为,画取于物,但不"拘"于物;若"拘"于物,则"未见精粹",即无法传达对象的气韵,也无法"师心独见"。"取之象外"正是强调不为外物所拘,超越对象的外在形体,去掘取其深层意韵。如其评陆探微的画,"穷理尽性,事绝言象",即能尽"取之象外"之妙。谢赫论画重象外之妙,这和他以气韵生动为绘画最高准则有关。但谢赫认为象内象外要处理好,其间的斟酌十分重要,体现了画家的"微妙"用心。②

朱良志认为谢赫所谓"象外",指的是与一味模拟物态相对的象外之妙、象外之意韵。此论契合谢赫原义,与前文所论含义相近。

谢赫的"象外"理论对唐代文论产生了重要影响,比如司空图提出了著

---

① 本节所引《古画品录》均出自《全齐文》卷二十五。
② 鲁枢元等主编:《文艺心理学大辞典》,279页,武汉,湖北人民出版社,2001。

名的"象外之象"说。根据"象外之象"说,学界反过来又对谢赫的"象外"理论有所阐释,甚至认为,魏晋南北朝文艺美学"象外"理论指向的是"象外之象",而不是"象外之意"。比如敏泽论述魏晋南北朝"象外"范畴时,指出"象外"即"象外之象":

> 宗教和哲学所追求的都是象外之理,而非实象本身,所以王弼《周易略例·明象章》有"得象忘言","得意忘象"之说,艺术所表现的总是具体的象,但它应该具有二重性:既是具体的象,又非具体之象,不能执着于所表现之象本身,而应该通过具体的象,反映和显示具有普遍性或无限性之理,即象外之象。宗教和哲学所思考的这些问题,无疑给当时的一些艺术家以深刻的启示,把哲学范畴的"象外"变为美学范畴的"象外"。①

敏泽认为宗教和哲学追求的是"象外之理",不是"象"本身;而艺术表现的总是具体的"象",因此文艺美学中的"象外",应该是"象外之象"。从文艺美学的一般规律而言,此说可通,但具体到以谢赫"象外"说为代表的魏晋南北朝文艺美学"象外"理论时,则未必符合事实。

叶朗也认为魏晋南北朝文艺美学语境中的"象外"是指"象外之象"。他说:

> 谢赫所说的"象外"是对有限的"象"的突破,但并不是完全摆脱"象"。"象外"也还是"象",是"象外之象"。这同当时一些佛教理论家讲的"象外"的含义是不同的。当时一些佛僧也常常讲"象外",如:"穷心尽智,极象外之谈。""抚玄节于希声,畅微言于象外。"等等。这些佛僧讲的"象外",就是指用"形象"传达出佛理。他们也常说"托形象以传真"

---

① 敏泽:《中国美学思想史》上卷,485 页,长沙,湖南教育出版社,2005。

"象者理之所假"一类的话。所谓"象外",就是从《易传》到王弼所说的"立象以尽意"的"意"。谢赫的"取之象外"直接引发了唐代美学中的"境"的范畴。唐代美学家讲的"境"或"象外",也不是指"意",而仍然是"象"。"象外",就是说,不是某种有限的"象",而是突破有限形象的某种无限的"象",是虚实结合的"象"。这种"象",司空图称之为"象外之象"、"景外之景",并且引戴叔伦的话"诗家之景,如蓝田日暖,良玉生烟,可望而不可置于眉睫之前"来加以形容。①

叶朗认为,魏晋南北朝佛教理论家讲的"象外"实质是"象外之意",而谢赫所说的"象外"指的是"象外之象"。的确,宗教层面的"象外"理论不同于文艺美学层面的"象外"理论,二者的理论旨趣不同。但是作为一种理论思路,宗教层面的"象外"理论对文艺美学层面的"象外"理论产生潜在影响,则又是可能的。比如,刘宋画家宗炳在《画山水序》中说:"理绝于中古之上者,可意求于千载之下;旨微于言象之外者,可心求于书策之内。"他在画论中谈到的"象外"问题,就明显受到佛教"象外"说的影响,因为宗炳本就是佛学家,曾师从慧远,作《明佛论》,他所讲的"象外"就是"象外之意"。叶朗并未论证为何谢赫所谓"象外"就是"象外之象",其依据反而似乎是司空图"象外之象"说。司空图"象外之象"是否义同于谢赫所说的"象外",这是值得探讨的。祖保泉解释司空图"象外之象,景外之景"两句说:

> 句中的第一个"象"字、"景"字,指诗写在纸上的"形象""景象";有这个带有感性特征的"形象""景象"存在,才有可能谈"象外之象""景外之景"。这句中的第二个"象"字、"景"字,是托体于第一个"象""景"的。"象外之象,景外之景"的提出,对诗创作来说,则要求诗必须有含吐不

---

① 叶朗:《中国美学史大纲》,269页,上海,上海人民出版社,1985。

露之情,必须有蕴藉之美;对诗鉴赏来说,则不可满足于诗的表层吐述,而要深掘它的含蓄所在。①

祖保泉认为"象外之象"的第一个"象"是作品描绘的具有感性特征的"形象""景象";第二个"象"从创作来讲是有蕴藉之美,从鉴赏来讲是要挖掘第一个象的含蓄所在。这实际上是说"象外之象"即是"象外之意"。叶朗则认为:"有人说,'象外之象'的第一个'象'指作品具体描绘的象,第二个'象'则指第一个'象'在读者脑中引发联想而产生的意象、意境。这种解释是不正确的。"②根据前文所引,叶朗认为"象外之象"是一种虚实结合的"象"。司空图"象外之象"究竟何指,不是本书讨论的重点。需要指出的是,探讨魏晋南北朝文艺美学"象外"的含义,不能依据唐代"象外之象"来逆推,而应该回到当时的历史文献中寻找答案。前文分析谢赫《古画品录》,得出的结论是:谢赫"象外"说的审美指向是"象外之精灵",意近于玄佛语境中的"象外之意"。

魏晋南北朝文论虽然没有使用"象外"一词,但实际上已经有了类似的思想。陆机对于"玄览"、刘勰对于"隐"的探讨,均已从不同侧面涉及"象外"的获得方式、内涵等问题。陆机《文赋》"伫中区以玄览"实际探讨了获取"象外之意"的途径。"玄览"即《淮南子》中说的"览冥",是道家一派观察宇宙人生的方法。"作者观察山川万物,必须能静观之而求得其蕴而不出的'象外言意'。作者要能'玄览',才能求得'象外之意'。在陆氏看来当是补救'意不称物'的修养工夫。这里可以看出思想上的一个线索:要求'象外之意'就感到'意不称物'的困难,乃提出一'玄览'的一个重要方法。'象外之意'的极致是'忘象忘言'的境界。"③刘宋范晔

---

① 祖保泉:《司空图诗文研究》,58页,合肥,安徽教育出版社,1998。
② 叶朗:《中国美学史大纲》,269页。
③ 叶兢耕:《释"象外"》,见张国风编:《清华学者论文学》,95页,北京,清华大学出版社,2001。

《狱中与诸甥侄书》指出"文患其事尽于形",反对作文记事只求形似而缺少内涵,他以文章"尽于形"为患,其旨趣当然是追求形外的余意,这与刘勰"文外曲致"的审美追求是一致的。刘勰又说:"隐也者,文外之重旨者也。"可知,"文外重旨""文外曲致"即是"隐",其理论内涵近于"象外",这与司空图《与李生论诗书》所说的"韵外之致"相近。上述陆机、刘勰的探讨,与画论"象外"说处于同一理论层次,甚至更为深刻、详尽。但是当时的文论"却不曾明确地提出'象外'这一美学范畴。诗文评和画论中所出现的这种差异,是值得研究的"[①]。直到唐代,"象外"才正式进入文论之中,如皎然《诗议》之"采奇于象外",刘禹锡《董氏武陵集纪》之"境生于象外",司空图《与极浦书》之"象外之象"和《二十四诗品》之"超以象外"等。至此,作为文论的"象外"范畴才真正形成。这又反证了魏晋南北朝画论的"象外"说具有首创之功。

[①] 敏泽:《中国美学思想史》上卷,486 页。

第二十四章
丽

"丽"是魏晋南北朝新兴的文艺美学范畴。"丽"的兴起，突破了汉儒对于文学的政治伦理束缚，是时人对于文学特征的崭新认识，是魏晋文学自觉的重要表征，也是六朝文学最重要的外在表现形态。六朝文学尚丽，除了符合自身的发展规律之外，也受到统治阶层审美趣味的影响，是当时士族豪奢之风在文学上的反映。

◎ 第一节
释"丽"

"丽"字，甲骨文作丽、丽、丽，象二人齐首比肩同步之形。《说文解字》云："丽，旅行也。鹿之性，见食急则必旅行。从鹿丽声。《礼》'丽皮纳聘'，盖鹿皮也。"丽、旅双声，许慎以旅训丽，是声训。"旅"字甲骨文作旅，象二人相随于旌旗之下。旅又与侣通。"许慎所谓'旅行'即结侣从行。"[1]故而许慎所谓"鹿之性，见食急则必旅行"，指的是鹿

---

[1] 秦永龙：《释"丽"》，载《北京师范大学学报》，1984（6）。

结伴同行以就食。古代结婚，宾客送两张鹿皮作为礼物，象征成双成对，这就是"丽皮纳骋"。丽、两一语之转，《周礼·夏官司马》云："驾马，丽一人。"郑玄注云："丽，耦也。"所以丽有"两""偶"的含义。《文心雕龙·丽辞》云："造化赋形，支体必双。"刘勰将对偶句称为"丽辞"，取的正是丽为偶之意。夏历二月也称"丽月"，两个相连的沼泽称为"丽泽"。由丽为偶，又引申出"附着"之义。《易》离卦之象辞曰："离，丽也。日月丽乎天，百谷草木丽乎土，重明以丽乎正，乃化成天下。"王弼注："丽，犹著也，各得所著之宜。"综上，"丽"的本义是结伴同行，后引申出两、偶、附着之义。

美丽的文采必然不是单一的颜色、线条所造就的，《国语·郑语》"物一无文"句，韦昭注云："五色杂，然后成文也。""丽"由偶之义，证其非单一性，故又引申出华丽之义。比如《尚书·毕命》"敝化奢丽"句，孔颖达疏曰："敝俗相化，奢侈华丽。"此"丽"即为华丽之意。物有偶，意味着对称、平衡的和谐，故"丽"又引申出了美好之义。《战国策·中山》云："佳丽人之所出也。"高诱注云："丽，美。"又如《楚辞·招魂》"丽而不奇些"句，王逸注云："丽，美好也。"又如《荀子·非相》云："今世俗之乱君，乡曲之儇子，莫不美丽姚冶，奇衣妇饰，血气态度拟于女子。"再如宋玉《登徒子好色赋》云："体貌闲丽，所受于天也。"这些都是"丽"为美好之证。但过分侈丽，则为"淫丽"，为人所摒弃，如《韩非子·解老》说："明君贱玩好而去淫丽。"《韩非子·亡征》说："滥于文丽而不顾其功者，可亡也。"均是其证。

汉代大一统，国力强盛，与此相呼应，时人崇尚壮丽。比如，《汉书·高帝纪》记载："萧何治未央宫，立东阙、北阙、前殿、武库、太仓。上见其壮丽，甚怒，谓何曰：'天下匈匈，劳苦数岁，成败未可知，是何治宫室过度也？'何曰：'天下方未定，故可因以就宫室，且夫天子以四海为家，非令壮丽，无以重威，且无令后世有以加也。'上说。"萧何修建未央宫甚为壮丽，其理由是天子坐拥天下，须以壮丽的建筑壮其声威。刘歆《西京杂记》记载:"哀帝为董贤起大第于北阙下,重五殿,洞六门,柱壁皆画云气、华花、山灵、水怪,或衣以绨锦,或饰以金玉,南门三重,署曰:南中门、南上门、南更门,东西各三门,随方面题署亦如之,楼阁台榭转相连注,山池玩好穷尽雕丽。"此亦可证汉代建筑的奢丽。汉代不仅建筑壮丽,汉代文学也以丽为美。比如,汉大赋通过同类词语相互连缀,形成铺张扬厉的巨丽风格,以描绘汉代盛世帝国的图景。司马相如指出:"合綦组以成文,列锦绣而为质;一经一纬,一宫一商,此赋之迹也。"司马相如作《上林赋》,描写天子上林苑的壮丽图景,即依此法。他写上林苑中河流,则有灞、浐、泾、渭、酆、镐、潦、潏"八川分流";写上林苑中的动物,则有沉牛、麈麋、赤首、圜题、穷奇、象犀、麒麟、角端、騊駼、橐驼、蛩蛩、驒騱、駃騠、驴騾等;写上林苑中的植物,则有卢橘、黄甘、橙楱、枇杷、橪柿、亭奈、厚朴、梬枣、杨梅、樱桃、蒲陶、隐夫、薁棣、答遝、离支等。司马相如通过连缀同类词语,使其赋形成铺张扬厉、辞藻华美的特点,《西京杂记》说:"司马长卿赋,时人皆称典而丽。"

汉大赋"讽一劝百",华丽的辞藻往往淹没了最后要表达的那么一点讽谏之义,实际达到的是劝诱侈丽的效果。在汉武帝"罢黜百家,独尊儒术"之后,儒家思想取得了统治地位,汉代儒生继承了先秦儒家以政治伦理要求文学的观点,故对靡丽的汉大赋多有批评。比如,司马迁《史记·太史公自序》批评司马相如赋云:"《子虚》之事,《大人》赋说,靡丽多夸。"扬雄《法言·君子》批评司马相如赋云:"文丽用寡,长卿也。"扬雄认为辞赋是童子雕琢、壮夫不为的,他后悔曾经写过这种辞赋,又在《法言·吾子》中指出"诗人之赋丽以则","辞人之赋丽以淫"。王充《论衡·定贤》批评扬雄辞赋云:"文丽而务巨,言眇而趋深,然而不能处定是非,辨然否之实,虽文如锦绣,深如河汉,民不觉知是非之分,无益于弥为崇实之化。"于是,汉赋的巨丽被视为无益于教化的罪证。《汉书·艺文志》也批评汉大赋说:"汉兴,枚乘、司马相如,下及扬子云,竞为侈丽闳衍之词,没其风谕之义。"班固虽然对巨丽而没其风谕之义的大赋有所批评,但他也难以免俗，创作了像《两都赋》这样的巨丽之赋。

◎ 第二节
"丽"与魏晋南北朝文艺批评

汉代文学尚丽，而汉代文论对"丽"则多有批评。这种文论与文学的不一致，恰是汉代文学尚未自觉的表现。至魏晋时期，儒学统治倒台，人的觉醒及文学自觉成为时代主题，文论对于"丽"才有了全面的肯定。曹丕《典论·论文》提出"诗赋欲丽"，首次将诗、赋的文体特征界定为"丽"，摆脱了汉代经学对文学的束缚，突出了诗、赋的形式美，这成为魏晋文学自觉的一大表征，从此揭开了六朝文学尚丽的序幕。建安时期，已有以"丽"评文的例子。比如卞兰《赞述太子赋》称曹丕"著典宪之高论，作叙欢之丽诗"，曹丕《繁钦集序》评繁钦"其文甚丽"，曹植《七启序》称赞枚乘等人所作的七体"辞各美丽"，都是建安时期文学尚丽的表征。

晋初，皇甫谧《三都赋序》以"美丽"称赞赋体："引而申之，故文必极美；触类而长之，故辞必极丽：然则美丽之文，赋之作也。"傅玄《连珠序》以"辞丽"称赞连珠体云："其文体，辞丽而言约，不指说事情，必假喻以达其旨，而贤者微悟，合于古诗劝兴之义。欲使历历如贯珠，易观而可悦，故谓之连珠也。"又以"弘丽"称赞班固的连珠体云："班固喻美辞壮，文章弘丽，最得其体。"而对于汉赋丽靡的弊端，西晋文学批评家多有指摘。挚虞《文章流别论》说"丽靡过美，则与情相悖"，"是以司马迁割相如之浮说，扬雄疾辞人之赋丽以淫"。左思《三都赋序》评司马相如、扬雄、班固、张衡赋云："于辞则易为藻饰，于义则虚而无征。且夫玉卮无当，虽宝非用；侈言无验，虽丽非经。"虽然他们批评汉赋丽淫，但是西晋文学本身在形式层面多有发展,整体上具有辞采华丽、风格繁缛的特点。陆机《文赋》之"诗缘情而绮靡"和"嘉丽藻之彬彬",正是这种风气在理论上的反映。

东晋葛洪则肯定了文丽,《抱朴子·勖学》云:"虽云色白,匪染弗丽;虽云味甘,匪和弗美。故瑶华不琢,则耀夜之景不发;丹锷不淬,则纯钩之劲不就。"白色质地,不染色则不华丽;味虽甘,不调味则不美。因此,瑶华、丹锷需要雕琢、淬炼才能华美。文学也是如此。葛洪在肯定文丽的基础上,又不主张"徒饰弄华藻""治靡丽虚言之美"[①]。葛洪主张文章风骨与华采相结合,《抱朴子·辞义》说:"其深者则患乎譬烦言冗,申诫广喻,欲弃而惜,不觉成烦也。其浅者则患乎妍而无据,证援不给,皮肤鲜泽,而骨鲠迥弱也。繁华旰晔,则并七曜以曜高丽;沉微沦妙,则侪玄渊之无测,人事靡细而不浃,王道无微而不备,故能身贱而言贵,千载弥彰焉。"葛洪主张克服为文过深、过浅之弊,认为应将"繁华旰晔"与"沉微沦妙"结合起来,只有这样,文章才能传之千载。

南朝出现了文章骈俪化的潮流。刘勰《文心雕龙》虽是论文的专书,却通篇用骈文写成,这证明了刘勰对于丽藻的基本态度。《文心雕龙》对"丽"进行了全面的理论总结。首先,刘勰从文章通变的角度论"丽",指出文章由质朴走向华丽是必然的趋势:"是以九代咏歌,志合文则。黄歌断竹,质之至也;唐歌在昔,则广于黄世;虞歌卿云,则文于唐时;夏歌雕墙,缛于虞代;商周篇什,丽于夏年。"但是刘勰出于宗经的思想,认为文学发展到商周时期达到了顶峰,其后则出现了文学倒退的趋势:"暨楚之骚文,矩式周人;汉之赋颂,影写楚世;魏之篇制,顾慕汉风;晋之辞章,瞻望魏采。推而论之,则黄唐淳而质,虞夏质而辨,商周丽而雅,楚汉侈而艳,魏晋浅而绮,宋初讹而新。从质及讹,弥近弥澹,何则?竞今疏古,

---

① 《抱朴子·应嘲》。

风昧气衰也。"①通过综观历代文学，刘勰得出了以"商周丽而雅"为最高文学规范的结论。商周时期正是儒家六经出现的时代，刘勰对商周文章的推崇，正是基于他的宗经思想。刘勰的这种以商周为文学顶峰而认为其后文学倒退的说法，是值得商榷的。但他对"丽而雅"的推崇，揭示了他对于文学之"丽"的基本看法，即华丽的文辞要配合雅正的内容，这又符合文学的基本规律。

"丽而雅"涉及情志与文采的关系问题。刘勰认为"辞为肌肤，志实骨髓。雅丽黼黻，淫巧朱紫"②，文辞是外在的，犹如人的肌肤；情志则是内在的决定因素，犹如人的骨髓。典雅秀丽的文章，正如礼服上的刺绣，端庄秀美；淫邪纤巧的文章，则如紫之乱朱，色泽不纯。刘勰肯定雅丽，反对淫巧，盖因雅丽之"丽"是建立在情志典雅的基础上的，而"淫巧"之文，情志不端正，辞藻华丽失当。《情采》篇指出："夫铅黛所以饰容，而盼倩生于淑姿；文采所以饰言，而辩丽本于情性。"文辞华丽只是手段而非目的，故而文辞之"丽"应该成为表达"情性"的手段。这是刘勰对于"丽"的最核心理解，所以《情采》篇说"为情者要约而写真，为文者淫丽而烦滥"，《物色》篇说"所谓诗人丽则而约言，辞人丽淫而繁句也"。刘勰认为宗经之文，体有六义，其六是"文丽而不淫"③。从刘勰对扬雄辞赋的评价可以看出，他主张丽辞与情志相配合。《才略》篇说："子云属意，辞义最深，观其涯度幽远，搜选诡丽，而竭才以钻思，故能理赡而辞坚矣。"正由于扬雄诗文命意深刻，所以配以奇丽的辞藻，就能达到义理丰富、辞语坚实的效果；在情采相得益彰的前提下，"诡丽"就有了正面的意义。

其次，刘勰从文体角度论"丽"，指出不同文体对于丽的要求程度不同，但相通的是要求丽而雅，即丽辞与雅义相结合。诗、赋文体尤其强调"丽"。《才略》篇说："诗丽而表逸。"这虽是针对曹植诗歌而言的，但

---

① 《文心雕龙·通变》。
② 《文心雕龙·体性》。
③ 《文心雕龙·宗经》。

也揭示了诗歌的本质特点,即与章表一类的公文文体相比更加强调"丽"。《才略》篇又说:"仲舒专儒,子长纯史,而丽缛成文,亦诗人之告哀焉。"董仲舒是大儒,司马迁是史官,他们先后创作的《士不遇赋》《悲士不遇赋》,则属于诗人抒写哀情的赋体,其特点是"丽缛"。此"丽缛"并无贬义,因为从文体特征的角度而言,刘勰主张诗赋"丽"。刘勰认为赋的特点是"词必巧丽",但又必须"丽词雅义""风归丽则"[1],这显然继承并发展了曹丕的"诗赋欲丽"说。刘勰受儒家思想影响,认为诗赋应该"丽雅""丽则",即华丽的文辞要与典雅的内容相配合。

与诗赋文体相比,一些公文文体不以"丽"为主要特征,但在南朝公文骈俪化的背景下,这些公文文体也涉及丽藻问题。《文心雕龙》专设《丽辞》篇探讨对偶的运用,而丽辞是对所有文体都通用的文辞规范。《夸饰》《镕裁》《章句》《炼字》《指瑕》等篇,也都是针对最普遍层面的丽藻而言的。刘勰对于公文之丽的看法,在《文心雕龙》中有所体现。就教令而言,《诏策》篇说:"孔融之守北海,文教丽而罕施。"孔融的教令文辞华丽,难以施行。孔融守北海时有《告高密县立郑公乡教》,司马彪《九州春秋》记载:"孔融守北海,教令辞气温雅,可玩而诵。论事考实,难可悉行。"[2]刘勰认为教令讲究"理得而辞中",他反对教令过于华丽而不切于实用。就章表而言,《章表》篇说:"所以魏初表章,指事造实,求其靡丽,则未足美矣。""必雅义扇其风,清文以驰其丽。"刘勰认为章表旨在"指事造实",文辞当以清丽为主,如果靡丽则不美。就对策而言,《议对》篇说:"魏晋以来,稍务文丽,以文纪实,所失已多。"魏晋以来的对策追求华丽,以藻饰之文记载实事,以致所失颇多。刘勰认为对策重在"言中理准""事切情举",丽文失实则为其弊。就笺记而言,《书记》篇说:"公幹笺记,丽而规益。"刘桢的笺记,文辞华丽而有规劝之益。刘勰认

---

[1] 《文心雕龙·诠赋》。
[2] 《三国志·魏书·崔琰传》注引。

为，笺记重在"表识其情"，丽藻只起到辅助作用。总之，刘勰认为公文文体在最普遍的丽藻层面，可以有所讲究，但是不能以丽为最主要特征，否则就会失当。

最后，刘勰从文学风格的角度论"丽"，一方面肯定了基于深刻思想内容的雅丽、朗丽、佳丽、清丽、壮丽、伟丽、弘丽等风格。证以《文心雕龙》原文：

> 然则圣文之雅丽，固衔华而佩实者也。（《文心雕龙·征圣》）
> 骚经九章，朗丽以哀志。（《文心雕龙·辨骚》）
> 古诗佳丽，或称枚叔。……五言流调，则清丽居宗。（《文心雕龙·明诗》）
> （枚乘《七发》）信独拔而伟丽矣。（《文心雕龙·杂文》）
> 其（班固《汉书》）十志该富，赞序弘丽。（《文心雕龙·史传》）
> 壮丽者，高论宏裁，卓烁异采者也。（《文心雕龙·体性》）
> 赋颂歌诗，则羽仪乎清丽。（《文心雕龙·定势》）

而与情志不符之"丽"，刘勰是否定的：

> 宋发夸谈，实始淫丽。（《文心雕龙·诠赋》）
> 桂华杂曲，丽而不经。（《文心雕龙·乐府》）
> 自桓麟七说以下，左思七讽以上，枝附影从，十有余家，或文丽而义暌，或理粹而辞驳。（《文心雕龙·杂文》）

以上"丽而不经""淫丽""文丽而义暌"（按，义暌指违反正道）都是对文丽而义不雅的风格的批评。

受南朝文学尚丽风气的影响，推崇自然之美的钟嵘也不能免俗，他作《瑞室颂》，《梁书》本传评曰"辞甚典丽"。钟嵘《诗品》品评了汉魏至

第二十四章 丽 963

萧梁一百二十多位诗人的五言诗，其中"丽"是他频频使用的褒义词。评萧衍云"文丽日月"，认为萧衍文章富丽，如日月经天。评《古诗》云"文温以丽，意悲而远"，认为《古诗》文词温厚婉丽，意蕴悲怆清远。评谢灵运云"丽曲新声，络绎奔发"[①]，认为谢灵运诗歌朗朗上口，如美丽清新之乐曲，络绎奔发而来。评张翰（字季鹰）、潘尼（字正叔）诗歌云："季鹰'黄华'之唱，正叔'绿繁'之章，虽不具美，而文彩高丽。"张翰《杂诗》三首其一的前四句为："暮春和气应，白日照园林。青条若总翠，黄华如散金。"写暮春园林景色，其中对青条、黄花的比喻极为入神。潘尼《迎大驾》诗中有"青松荫修岭，绿繁被广隰"两句，写即目所见之景，诗句对仗工稳。张翰、潘尼的这些诗句，对于景物的色彩有较好的描写，虽然并非尽善尽美，但是胜在文彩高雅典丽，所以钟嵘评之为"文彩高丽"。《诗品》评谢惠连云："工为绮丽歌谣，风人第一。"谢惠连擅长写绮丽的乐府诗，其成就在当时首屈一指。评沈约云："虽文不至，其功丽，亦一时之选也。"所谓"文不至"是对沈约诗歌的整体评价，而"其功丽""一时之选"则是针对沈约部分诗歌风格而言的；沈约诗歌虽未达到完美的程度，但其工巧华丽，堪称这一时期的代表。以上是钟嵘以"丽"评诗的例证，均将"丽"作为褒义词使用，由此可见钟嵘对于"丽"的基本态度。

南北朝文论大多强调丽藻与雅义相结合。前文已对刘勰的相关看法作了论述，以下略举刘勰前后的相关文论主张，来证明这一点。刘勰之前，南齐"竟陵八友"之一的范云说："顷观文人，质则过儒，丽则伤俗。其能含清浊，中今古，见之何生矣。"[②]范云认为文章应该质、丽结合，单方面强调质、丽的任何一方，都有弊端。与刘勰同时的王僧孺《詹事徐府君集序》

[①] "丽曲"指代诗歌。沈约《宋书·谢灵运传论》云："清辞丽曲，时发乎篇。"亦证丽曲指代诗歌。曹旭指出："此处'曲'字，是可以入乐的韵文，此指五言诗。故以'新声'承之明之。"[（南朝梁）钟嵘著，曹旭集注：《诗品集注》，203页，上海，上海古籍出版社，1994]本书对《诗品》的释义引自此书。
[②] 《梁书·何逊传》。

说："搦札含毫，必弘靡丽，摛绮縠之思，郁风霞之情；质不伤文，丽而有体。"王僧孺主张文章必须靡丽，但"丽"又要与"质"结合，达到丽而有体、质不伤文的目的。萧统《答湘东王求文集及诗苑英华书》也说："夫文典则累野，丽亦伤浮。能丽而不浮，典而不野，文质彬彬，有君子之致。"萧统主张文章要"丽而不浮"，实是要求丽与质的统一。刘勰之后，北齐颜之推《颜氏家训·文章》说："文章当以理致为心肾，气调为筋骨，事义为皮肤，华丽为冠冕。"颜之推强调华丽辞藻与理致、气调、事义的配合。综上可知，南北朝文论对"丽"的基本看法是主张丽藻须配合雅义。

魏晋南北朝时期，"丽"也用于乐论、书论、画论领域，但远比文论领域中的使用频率低。"丽"在乐论中，主要用于评价音乐所引发的视觉意象。比如，孔融《荐祢衡表》云："钧天广乐，必有奇丽之观。""钧天广乐"指仙乐，仙乐虽然诉诸听觉，但可以在听者脑海中唤起奇特美丽的视觉意象。"丽"在书论中，主要用于评价书法线条之美。比如，索靖《草书状》云："体磊落而壮丽。"王羲之《书论》描述书法字形云："或似妇女纤丽。"王羲之《用笔赋》描绘书法真体字形云："方圆穷金石之丽。""丽"在画论中，主要用于评价绘画的色彩之美。比如，姚最《续画品》评价嵇宝钧、聂松的绘画云："赋彩鲜丽，观者悦情。"西晋至南朝时，士族豪奢之风盛行，服饰奢华，色彩绚丽，此期的绘画对此多有表现。比如，姚最《续画品》评谢赫的人物画云："丽服靓妆，随时变改。直眉典鬓，与世竞新。别体细微，多自赫始。"谢赫对时人的丽服靓妆进行了细致入微的描绘，其中包括色彩的运用，因为刘宋以来绘画开始追求"以色貌色"，故绘画的用色日渐精细，"出现了红、黄、粉黄、白、石绿、赭石、浅褐、黑、灰等颜色，并根据不同的对象施彩"[①]。画论中"丽"主要指的就是绘画的色彩之美。

[①] 张晶：《中国绘画色彩观演变研究——魏晋南北朝》，载《艺苑》，2011(1)。

◎ 第三节

魏晋南北朝文艺尚丽的原因

魏晋南北朝文艺尚丽的原因有三：一是文艺发展的必然趋势；二是当时士族生活崇尚豪奢在文学艺术上的反映；三是受当时统治阶层崇尚丽藻的审美趣味影响。

首先，从质朴到华丽，是文艺发展的趋势。东晋葛洪《抱朴子·钧世》指出："且夫《尚书》者，政事之集也，然未若近代之优文、诏策、军书、奏、议之清富赡丽也。《毛诗》者，华彩之辞也，然不及《上林》《羽猎》《二京》《三都》之汪濊博富也。"《尚书》质朴，后代的公文清富赡丽过之；《诗经》有华彩，但是汉大赋比之更有华彩。随着文学的发展，诗文风格由质朴走向了华丽。葛洪反对贵远贱近、贵古贱今，他认为汉代以来的诗文超过了先秦诗文，他指出：

若夫俱论宫室，而奚斯"路寝"之颂，何如王生之赋《灵光》乎？同说游猎，而《叔畋》《卢铃》之诗，何如相如之言《上林》乎？并美祭祀，而《清庙》《云汉》之辞，何如郭氏《南郊》之艳乎？等称征伐，而《出车》《六月》之作，何如陈琳《武军》之壮乎？则举条可以觉焉。近者夏侯湛、潘安仁并作《补亡》诗：《白华》《由庚》《南陔》《华黍》之属，诸硕儒高才之赏文者，咸以古诗三百，未有足于偶二贤之所作也。且夫古者事事醇素，今则莫不雕饰，时移世改，理自然也。至于属锦丽而且坚，未可谓之减于蓑衣；韬輧妍而又牢，未可谓之不及椎车也。书犹言也，若入谈语所谓如有胡越之接，终不相解，以此教戒，人岂知之哉！若易以易晓为辨，则书何故以难知为好哉？若舟车之代步涉，文墨之改结绳，诸后作而善于前事，其功业相次千万者，不可复缕举也。世人皆知之快于囊矣，何以独文章不及古邪。

葛洪认为，汉魏之赋对宫室、游猎、祭祀、征伐的精彩描绘，以及夏侯湛、潘岳的《补亡》诗，都超过了《诗经》中的相关篇章。葛洪认为诗文古醇素、今雕饰是时移世改的结果，这是自然之理。这就好比罽锦（有花纹的毛织物）美丽结实，不能说它不如蓑衣；辎軿（有屏蔽的车子）美丽牢固，不能说它不及椎车（用整块圆木做车轮的简陋车子）。以舟车代步涉，以文字代结绳，这是后作善于前事，是今胜于古；文章也是一样，要随着时代发展而进步，不能一味贵古贱今。葛洪的这种论调，肯定了文章之丽的存在价值。

刘勰《文心雕龙·通变》也从文学通变的角度指出："是以九代咏歌，志合文则。黄歌断竹，质之至也；唐歌在昔，则广于黄世；虞歌卿云，则文于唐时；夏歌雕墙，缛于虞代；商周篇什，丽于夏年。"可见，文章由质朴走向华丽，是时代发展的必然结果。《文心雕龙·情采》也说："圣贤书辞，总称文章，非采而何！夫水性虚而沦漪结，木体实而花萼振，文附质也。虎豹无文，则鞟同犬羊；犀兕有皮，而色资丹漆，质待文也。若乃综述性灵，敷写器象，镂心鸟迹之中，织辞鱼网之上，其为彪炳，缛采名矣。"文章之丽，是质、文统一的必然结果。萧统《文选序》云："踵其事而增华，变其本而加厉；物既有之，文亦宜然。"也说明了这一道理。

其次，尚丽是魏晋南北朝士族生活崇尚豪奢在文学艺术上的反映。《世说新语·汰侈》记载了晋代士族的豪奢生活，如石崇家的厕所"常有十余婢侍列，皆丽服藻饰"，以致客人多羞于如厕。石崇与王恺比富，王恺"以饴糒澳釜"，即用饴糖和饭来擦锅，石崇则"用蜡烛作炊"；王恺"作紫丝布步障碧绫裹四十里"，石崇则"作锦步障五十里以敌之"；石崇"以椒为泥"，王恺则"以赤石脂泥壁"；王恺拿高二尺的珊瑚树向石崇炫耀，石崇则"以铁如意击之，应手而碎"，并出示高三尺、四尺的珊瑚六七枚，供王恺挑选。又比如，王济招待晋武帝，用"琉璃器"装食物，"婢子百余人，皆绫罗绮襦，以手擎饮食"；又"以人乳饮㹠"，这样的小猪蒸出来肥美，异于常味。王济喜好骑射，他在人多地贵的洛阳北邙，买地建马场，"编钱匝地竟埒，时人号曰金沟"，即以钱铺地，来建马埒（习射的驰道，两边有界限，使不致跑出道外）。又比如《晋书·何曾传》记载何曾"奢豪"，他的吃穿用度，"务在华侈""穷极绮丽"，"过于王者"。连晋文帝设宴，何曾都嫌无味，不食太官所设，晋文帝只好命他取来自家食物食用。何曾"食日万钱，犹曰无下箸处"，其奢豪可见一斑。魏晋南北朝士族奢豪的生活趣味，对当时的审美也有一定的影响，魏晋南北朝文艺尚丽，正是这种审美趣味的反映。

最后，魏晋南北朝文艺尚丽也是因为统治阶层崇尚丽藻。魏晋时期是文学自觉的时代，帝王大都倡导文学辞采的华丽。魏文帝曹丕《典论·论文》指出"诗赋欲丽"，突出诗、赋作为文学文体特征的是"丽"。李谔《上隋高祖革文华书》说："魏之三祖，更尚文词，忽君人之大道，好雕虫之小艺。下之从上，有同影响，竞骋文华，遂成风俗。"这虽是批评之语，亦可见曹魏统治者自上而下的影响。晋武帝司马炎于泰始元年下诏"禁乐府靡丽百戏之伎及雕文游畋之具"[1]，但这道诏令对于文学影响不大。司马炎统治的太康年间，西晋诗坛出现了陆机、潘岳等追求诗歌形式美的诗人，他们的诗歌普遍辞采华丽、诗风繁缛。南朝文学的奇丽风气，与南朝帝王的包容与提倡有关。李谔《上隋高祖革文华书》批评齐梁文学说："竞一韵之奇，争一字之巧。连篇累牍，不出月露之形，积案盈箱，唯是风云之状。世俗以此相高，朝廷据兹擢士。禄利之路既开，爱尚之情愈笃。"李谔的批评，正指出了南朝文学奇丽的特点，而这种特点的形成是南朝帝王提倡的结果。元嘉十六年，宋文帝刘义隆命司徒参军谢元立文学馆，招收门徒。至此，文学成为了独立的门类，与儒学、玄学、史学并立，文学的地位得到提高。据《南史·王俭传》，宋孝武帝"好文章，天下悉以文采相尚，莫以专经为

---

[1] 《晋书·武帝纪》。

业"。于是刘宋文坛"俪采百字之偶，争价一句之奇"，出现了文学尚奇丽的创作潮流。梁武帝萧衍对于文学尚奇丽多有倡导。据《梁书·武帝纪下》，他曾与沈约、王融、谢朓等人号称"竟陵八友"，他热衷于写诗，"下笔成章，千赋百诗，直疏便就"。据《梁书·文学传》，他还"旁求儒雅，诏采异人，文章之盛，焕乎俱集。每所御幸，辄命群臣赋诗，其文善者，赐以金帛，诣阙庭而献赋颂者，或引见焉"。萧衍重视文学异采，有文采的奇人异士，"多被引进，擢以不次"。《梁书·简文帝纪》载，梁简文帝萧纲"引纳文学之士，赏接无倦，恒讨论篇籍，继以文章"，其诗"伤于轻艳，当时号曰宫体"。萧纲对以奇丽轻艳见长的宫体诗的倡导，影响了当时的诗风。萧纲在《诫当阳公大心书》中对他的儿子萧大心说："立身之道，与文章异，立身先须谨重，文章且须放荡。"其审美趣味显而易见。梁元帝萧绎《金楼子·立言》云："至如文者，惟须绮縠纷披，宫徵靡曼，唇吻遒会，情灵摇荡。"所谓"绮縠纷披"即辞采华丽。可见，萧梁文学崇尚奇丽的风气，与帝王的倡导有直接关系。自古以来，文人多以文取祸，而梁代则无向时之患，这与梁代统治者对文学的开明态度有关。可以说，梁代帝王对文学的推崇，是当时文学尚丽兴盛的重要原因。

北朝文学崇尚质朴，与南朝崇尚奇丽的风气不同。《北史·文苑传》比较南朝与北朝文风说："江左宫商发越，贵于清绮；河朔词义贞刚，重乎气质。气质则理胜其词，清绮则文过其意。理深者便于时用，文华者宜于咏歌。此其南北词人得失之大较也。"据《北史·魏本纪》，北魏孝文帝拓跋宏才藻富赡，好为文章，"爱奇好士，情如饥渴。待纳朝贤，随才轻重"，"爱奇好士，视下如伤"。《北史·周本纪》载，宇文泰主政的西魏朝廷推行文学复古运动。宇文泰崇尚儒术，"性好朴素，不尚虚饰，恒以反风俗，复古始为心云"。他采纳苏绰的建言，颁行了六条诏书，其中第二条是"敦教化"，谓"夫化者，贵能扇之以淳风，浸之以太和，被之以道德，示之以朴素"①。宇文泰下令要求百官习诵这六条诏令，否则不得居官。宇文泰欲革文章浮华之弊，令苏绰作《大诰》，作为文章风格的典范。然而这场"革文华"运动的效果并不太好。《北史·文苑传》云："然（苏）绰之建言，务存质朴，遂糠粃魏、晋，宪章虞、夏，虽属辞有师古之美，矫枉非适时之用，故莫能常行焉。既而革车电迈，渚宫云撤，梁荆之风，扇于关右，狂简之徒，斐然成俗，流宕忘反，无所取裁。"宇文泰"革文华"运动矫枉过正，非适时之用，不能常行。西魏攻克江陵之后，庾信、王褒等南朝文人入关，于是梁荆之风，又扇于关右。

　　魏晋南北朝文学，尤其是南朝文学有过度华丽之弊，后人多有指摘。比如，李白《古风》其一批评说："自从建安来，绮丽不足珍。"范仲淹《上时相议制举书》亦批评南朝文风说："观南朝之丽，则知国风之衰。"清代姚鼐编《古文辞类纂》不选魏晋南北朝古文，其序目云："古文不取六朝人，恶其靡也。"但是从文论领域来看，强调丽藻与雅义的统一，却是六朝文论的主流思想。六朝文论对"丽"的辩证态度，与文学对"丽"的过度追求，形成了鲜明对比。或者说，文论对文学的影响有滞后性，六朝文学的过度繁荣，并不是当时文论所能遏制、扑灭的。

---

① 《北史·苏绰传》。

第二十五章
奇

"奇"是形成于六朝时期的重要文艺美学范畴。先秦至汉代,哲学、兵法对"奇"论述颇多,为"奇"进入文艺审美奠定了基础。魏晋人物品评中的尚奇观念对文艺审美的尚奇观念也产生了重要影响。南朝齐梁之际,"奇"在画论、书论、文论领域均出现了大量用例,具有了体式性意义,成为重要的文艺美学范畴。尤其刘勰《文心雕龙》将"奇"运用于文学的基本规律、文体批评、作品批评、作家论、读者接受论之中,建构了文学之奇的理论谱系。"奇"在魏晋南北朝文艺美学中的兴起,是文学艺术摆脱汉代以来儒家尚正思想对文艺束缚的反映,是魏晋南北朝文学艺术自觉的重要表征。

◎ 第一节
释"奇"

"奇"的甲骨文字形为 ![]或![],为骑马之形。商王武丁时期的甲骨文已有"奇"的初文。"奇"字最初并没有抽象的含义,而是指具体的行为,即"骑"。灵台西周墓的一幅文字画中,上古部落的勇士左手拿着武器,右手把俘虏倒拽拖着走,头领骑马领路,部落里的大人小孩夹道欢迎勇士荣归,画面最右边骑马人的形象,就是"奇"字的字形。① 或许上古部落中骑马的人很少,一般只有头领才能骑马;骑马又代表了对马的驾驭和驯服,是智慧和能力的表现,因此后来"奇"字又引申出不同寻常之意。

"奇"字在西周青铜器铭文中写作梦,唐兰认为:"梦字从林从夸,即奇字,象骑在人背上,后来骑马的骑,就是由此发展的。"②可见,在金文中,"奇"字也指"骑"的具体行为。

"奇"的籀文③字形为奇,由双腿弯曲的象形和"可"构成,表示双腿弯曲泆水过河。泆水在当时是特殊的过河方式,由此产生"异"的含义。④"奇"的篆文字形又写作奇。"古'可'作可,从丂。"⑤朱芳圃认为:"余谓丂,家具也。上为横梁,下承以足,钉于墙上,用以庋物。"⑥谷衍奎则认为:"可,与从丂同义,表示以棍支撑。"⑦故而"奇"又指人一只脚站立,后来引申出"异"的义项,而另加义符"足"写作"踦"来表示一只脚站立的含义。戴侗释"奇"为:"一足立也,别作踦。引之为奇耦。"⑧马叙伦指出:"方言,倚踦,奇也。自关西而西秦晋之间,凡全物而体不具谓之倚,梁楚之间谓之踦。雍梁之西郊凡兽体不具者谓之踦,盖奇之本义谓一足。故谓之奇特。引申为凡奇只之称。而物体不具者亦谓之奇。伦按《玉篇》引作异也。谓傀异也。"⑨

根据甲骨文、金文、籀文、篆文字形可推断,"奇"字的本义或是骑

---

① 陈政:《字源谈趣:详说 800 个常用汉字之由来》,19 页,北京,新世界出版社,2006。
② 唐兰:《论周昭王时代的青铜器铭刻》,见李圃主编:《古文字诂林》第 5 册,41 页。
③ 籀文是我国古代书体的一种,也叫"籀书""大篆",因著录于《史籀篇》而得名,字体多重叠。春秋、战国间通行于秦国,与篆文近似,今存石鼓文即这种字体的代表。
④ 窦文宇等:《汉字字源:当代新说文解字》,103 页,长春,吉林文史出版社,2005。
⑤ 林义光:《文源》卷三,见李圃主编:《古文字诂林》第 5 册,30 页。
⑥ 朱芳圃:《殷周文字释丛》卷上,见李圃主编:《古文字诂林》第 5 册,31 页。
⑦ 谷衍奎:《汉字源流字典》,340 页,北京,华夏出版社,2003。
⑧ 马叙伦:《说文解字六书疏证》卷九,见李圃主编:《古文字诂林》第 5 册,41 页。
⑨ 同上书。

马，或是骑人，或是双腿弯曲洑水过河，或是一只脚站立，都是具体行为。可证《说文解字》所谓"奇，异也"是"奇"字的引申义。

"奇"字也用于姓名，这是"奇"字含义抽象化的表征。或许，"奇，异也"这一引申义，寄寓了古人取名时的美好意愿。从出土文物来看，战国时期，"奇"已用于人名。战国燕下都陶器上出现了"奇"字，可能是陶工的姓名。① 河北易县出土的陶片中也有"奇"字②，可能也是陶工的名字。陕西咸阳出土的陶片上有"咸蒲里奇"四字③，这是战国直至秦代的一种典型的秦人钤印，"咸"约为秦都咸阳亭之省略，"蒲里"为咸阳亭下一级组织，反映了秦之亭里制度，"奇"当为作坊主名或工匠名，是"物勒工名"或"主名"之反映④。先秦陶器上频繁出现"奇"字，反映出陶工群体对于陶器的审美意识。

"奇"字在先秦时期已具有抽象的"异"之义，《老子》五十七章所谓"奇物滋起"即是明证。"奇"字在含义抽象化过程中，又出现了丰富的义项。比如由"异"这一义项，又发展出了"美"这一义项。"奇"在《楚辞》中已具有"美"的义项。《楚辞·大招》⑤云："靥辅奇牙，宜笑嫣只。"洪兴祖注云："将笑，故好齿出。"⑥蒋骥注云："奇牙，美齿也。"⑦有学者考证后指出："女子犬齿稍突出或稍长于门齿、门侧齿所形成的参差感，即所谓奇牙。有奇牙的女子稍稍微笑，犬齿即露出，俗以为此

---

① 中国历史博物馆考古组：《燕下都城址调查报告》，载《考古》，1962（1）。
② 高明：《古陶文汇编》，399 页，北京，中华书局，1990。
③ 同上书，424 页。
④ 西北大学文博学院：《百年学府聚珍——西北大学历史博物馆藏品选》，84 页，北京，文物出版社，2002。
⑤ 《大招》是否为屈原所作，历来颇多争议。王逸曰："《大招》者，屈原之所作也。或曰景差，疑不能明。"朱熹《楚辞集注》认为《大招》是景差所作。梁启超《屈原研究》认为《大招》"摹仿《招魂》之作。其非出屈原手，像不必多辩"。林云铭、蒋骥、胡文英、陈子展等人则认为《大招》确为屈原所作。
⑥ （宋）洪兴祖撰，白化文等点校：《楚辞补注》，218 页，北京，中华书局，1983。
⑦ （清）蒋骥：《山带阁注楚辞》，175 页，上海，上海古籍出版社，1984。

乃女子媚态。"①可知，奇牙即好牙、美牙，奇有"美"的含义。据《广韵》《集韵》记载，"奇"字出现了三个读音，一为渠羁切，读qí，有珍奇、美好、出人意料、赏识等义项；一为居宜切，读jī，有单数、余数、命运不好、诡异不正等义项；一为隐绮切，读yǐ，通"倚"。综合历代文艺美学中"奇"的使用情况，作为文艺美学范畴的"奇"，字音为渠羁切，读qí，字义取《说文解字》"奇，异也"为主，兼及"美"这一义项。

从"奇"的哲学渊源来看，先秦儒家囿于礼教，对"奇"的看法较为片面，但客观上奇正对举，使"奇"进入儒家经典中，带入传播领域，促进了"奇"范畴的衍生。经由老子"以奇用兵"，先秦兵家"以奇胜"，再到刘安以五行相生相克阐释"以异为奇"，哲学奇正观念至汉代已全面形成。庄子站在儒家对立面，以"奇""丑"挑战儒家倡导的中和雅正之美，开创了中国文学的另一番境界。从"奇"的文化渊源来看，巫鬼文化在艺术形象、艺术思维、艺术形式等方面影响到楚辞，催生了屈原自谓的"异采"，建构起了与儒家中和雅正之美迥异的审美格局。汉儒将谶纬之学引入经学中，对儒家中和雅正的美学规范构成冲击。司马相如将奇物谲诡、卓异不凡、变化无穷的物象视为符瑞，这代表了汉赋家们的普遍心态，也是汉赋之所以铺张扬厉的重要原因。王充淡化了董仲舒"天人感应"学说的神学色彩，他将"瑞应"归之于"天道自然"，并将之引入诗学，提出了"以文为瑞"的观点，为汉赋的奇美提供了阐释依据。

---

① 王政：《战国前考古学文化谱系与类型的艺术美学研究》，23～24页，合肥，安徽大学出版社，2006。

◎ 第二节
人物品评中的尚奇观念

　　魏晋玄学重质轻形、贵无轻有的思想渗透到美学领域，形成了重神韵之奇、轻外形之奇的倾向。魏晋形名之学是魏晋玄学向美学渗透的重要中介。形名之学，先秦已有，《汉书·艺文志》说："名家者流，盖出于礼官。"《隋书·经籍志》说："名者，所以正百物，叙尊卑，列贵贱，各控名而责实，无相僭滥者也。"春秋战国时期，诸侯争霸，广纳贤才，当时已有以骨相、仪表、言行断人吉凶贵贱的相人之术。孔子强调"知人"，《论语·学而》云："不患人之不己知，患不知人也。"孟子亦云："颂其诗，读其书，不知其人，可乎？"①在《孟子·尽心下》中，孟子评论乐正子云："可欲之谓善，有诸己之谓信，充实之谓美，充实而有光辉之谓大，大而化之之谓圣，圣而不可知之之谓神。乐正子，二之中，四之下也。"提出了"善""信""美""大""圣""神"六个品评人物的标准。汉代以征辟察举制度选拔人才，注重以"德"选才。建安十五年，曹操改变了以"德"品评人物的标准，发布《求贤令》，提出"明扬仄陋，唯才是举"的主张。建安二十二年，曹操又发布《举贤勿拘品行令》，选用"负污辱之名，见笑之行，或不仁不孝而有治国用兵之术"的人才。在曹操的推动下，人物品评的标准由"德"转向"才"。曹魏时期思想家刘劭的《人物志》正体现了这一理念的转变，他认为"智者，德之帅也"，"比力而争，智者为雄"，"圣之为称，明智之极名也。是以观其聪明，而所达之材可知也"。②

　　刘劭《人物志》糅合了儒、道、名、法各家学说，讲述人物的识鉴、任用，并深入谈论了"奇"。他认为考察人物应该重质轻形，真正的"奇"是

---

① 《孟子·万章下》。
② 《人物志·八观》。

质"奇"而非形"奇"。《人物志》以"奇"来品评人物,试举几例如下:

> 好奇之人,横逸而求异,造权谲,则倜傥而瑰壮;案清道,则诡常而恢迂。(《人物志·材理》)
> 奇而希用,故或沉微而不章。(《人物志·利害》)
> 术谋之人以思谟为度,故能成策略之奇,而不识遵法之良。(《人物志·接识》)

《人物志·七缪》指出品评人物的七种谬误,第七种谬误为"观奇有二尤之失",即观察奇才,不能够区分尤妙之人和尤虚之人。在论述"观奇有二尤之失"时,刘劭提出"乃尤物不世见,而奇逸美异也"的观点:

> 夫清雅之美,著乎形质,察之寡失。失缪之由,恒在二尤。二尤之生,与物异列。故尤妙之人,含精于内,外无饰姿。尤虚之人,硕言瑰姿,内实乖反。而人之求奇,不可以精微测其玄机,明其异希。或以貌少为不足,或以瑰姿为巨伟,或以直露为虚华,或以巧饰为真实。是以早拔多误,不如顺次。夫顺次常度也。苟不察其实,亦焉往而不失?故遗贤而贤有济,则恨在不早拔。拔奇而奇有败,则患在不素别。任意而独缪,则悔在不广问。广问而误己,则怨己不自信。是以骥子发足,众士乃误。韩信立功,淮阴乃震。夫岂恶奇而好疑哉!乃尤物不世见,而奇逸美异也。是以张良体弱,而精强为众智之隽也。荆叔色平,而神勇为众勇之杰也。

《说文》释"尤"为"异"。刘劭所谓的"二尤"指的是"尤妙之人"和"尤虚之人",也即奇逸美异之人和炫奇空虚之人,前者"含精于内,外无饰姿",后者"硕言瑰姿,内实乖反"。刘劭指出,人们往往仅从外在的"硕言瑰姿"去考察人物,误将"尤虚之人"认为是奇才,最后的结果往往是"拔奇而奇有败"。刘劭认为"尤妙之人"举世不多见，其内质奇逸美异，比如张良虽然身体孱弱，却精干强大，是众多智者中的隽才；荆轲外貌平平但神勇，是众多勇士中的杰才。汤用彤《魏晋玄学论稿》指出："汉代于取常士则由察举，进特进则由征辟。其甄别人物分为二类。王充《论衡》于常士则称为知材，于特出则号超奇。蒋济《万机论》，谓守成则考功案第，定社稷则拔奇取异。均谓人才有常奇之分也。刘劭立论谓有二尤。尤妙之人含精于内，外无饰姿。尤虚之人硕言瑰姿，内实乖反。前者实为超奇，后者只系常人。"[1]刘劭这种重质轻形的品鉴方法，与《庄子·德充符》"德有所长而形有所忘"的思想有内在联系。

刘宋时期，临川王刘义庆上承刘劭余绪，撰《世说新语》，记载了许多人物品评的事例，也是重内质之奇，轻外形之奇。比如，《世说新语·贤媛》记载许允的妻子奇丑无比，许允轻视她，她却说："新妇所乏唯容尔。然士有百行，君有几？"在许允回答皆备之后，她反问道："夫百行以德为首。君好色不好德，何谓皆备？"以致许允面有惭色，不得不敬重这位丑妻。许允妻的胜利正代表了重质轻形思想的胜利。又比如，《世说新语·言语》记载司马德操不以拥有华屋、肥马、侍女为奇，而以耦耕、采桑等隐居劳作奇，也体现了他重内质而轻外形的思想：

> 南郡庞士元闻司马德操在颍川，故二千里候之。至，遇德操采桑，士元从车中谓曰："吾闻丈夫处世，当带金佩紫，焉有屈洪流之量，而执丝妇之事？"德操曰："子且下车。子适知邪径之速，不虑失道之迷。昔伯成耦耕，不慕诸侯之荣；原宪桑枢，不易有官之宅。何有坐则华屋，行则肥马，侍女数十，然后为奇？此乃许、父所以忼慨，夷、齐所以长叹。虽有窃秦之爵，千驷之富，不足贵也。"士元曰："仆生出边垂，寡见大义，若不一叩洪钟、伐雷鼓，则不识其音响也！"

---

[1] 汤用彤：《魏晋玄学论稿》，6页。

司马德操隐居颍川采桑劳作，庞士元以"执丝妇之事"讥之，司马德操非但不以为意，反而以此为正道，教训了庞士元一番。《世说新语·言语》亦指出奇士不会居住在荣华富贵之处，而居于偏僻简陋之处，所谓"求英奇于仄陋，采贤俊于岩穴"，体现了"唯才是举"的思想：

> 蔡洪赴洛，洛中人问曰："幕府初开，群公辟命，求英奇于仄陋，采贤俊于岩穴。君吴、楚之士，亡国之余，有何异才而应斯举？"蔡答曰："夜光之珠，不必出于孟津之河；盈握之璧，不必采于昆仑之山。大禹生于东夷，文王生于西羌。圣贤所出，何必常处。昔武王伐纣，迁顽民于洛邑，得无诸君是其苗裔乎？"

蔡洪认为英雄不问出处，地域环境不能作为评价内才的决定因素，表达了重视内在"异才"的思想，这与"唯才是举"思想遥相呼应。

刘劭、刘义庆虽然是在人物品评的语境中论奇，但他们重内质之奇而轻外形之奇的观念却影响到了这一时期士人的审美趣味。魏晋南北朝书论、画论领域的尚奇之论亦是重质轻形，谢赫"神韵新奇"说，萧衍的"字外之奇"说莫不如此。

◎ 第三节
书论、画论中的"奇"论

学界一般认为，中国明确之画史始于汉代。然汉代"赏鉴之风未开，审美之力殊浅，故论画著作，绝少流传"[①]。直至南北朝时期，画论才大盛，

---

① 郑午昌：《中国画学全史》，35 页，上海，上海书画出版社，1985。

出现了画法理论著作，如宗炳《画山水序》、王微《叙画》、梁元帝《山水松石格》；也出现了绘画品评著作，如谢赫《古画品录》、姚最《续画品》。南北朝画论以"奇"评画，首推谢赫《古画品录》，他提出了"神韵新奇"说。

谢赫《古画品录》中出现"奇"字的地方共有四处：

陆绥，体韵遒举，风彩飘然。一点一拂，动笔皆奇。

毛惠远，画体周赡，无适不该。出入穷奇，纵横逸笔。力遒韵雅，超迈绝伦。其挥霍必也极妙，至于定质，块然未尽其善。神鬼及马，泥滞于体，颇有拙也。

张则，意思横逸，动笔新奇；师心独见，鄙于综授。变巧不竭，若环之无端。景多触目，谢题徐落云，此二人后，不得预焉。

晋明帝，虽略于形色，颇得神气。笔迹超越，亦有奇观。

这四处"奇"均与神韵相联系，比如评陆绥"体韵遒举""动笔皆奇"；评毛惠远"出入穷奇""力遒韵雅"；评晋明帝"颇得神气""亦有奇观"；评张则"意思横逸""动笔新奇"。所谓"体韵遒举""韵雅""神气""意思横逸"都有神韵之意。谢赫《古画品录》评顾骏之"神韵气力，不逮前贤，精微谨细，有过往哲"，首次在艺术领域中使用了"神韵"一词。谢赫提出的"六法"，更是将"气韵"列为第一法。可见，谢赫将神韵美视为最高级别的美。

在谢赫看来，绘画一味追求形似是无法出奇的。形似只是一种常态，而超越形似，追求神韵美，才能真正达到奇美的境界。钱锺书说："'气'者'生气'，'韵'者'远出'。赫草创为之先，图润色为之后，立说由粗而渐精也。曰'气'曰'神'，所以示别于形体。曰'韵'所以示别于声响。

'神'寓体中，非同形体之显实，'韵'袅声外，非同声响之亮澈。"[1]神韵是不可见的，谢赫超越形似而追求神韵，亦即超形求神，超有求无，显然受到魏晋玄学及形名之学的影响。魏晋名士热衷于老庄哲学，他们不但在哲学领域思考有无问题，更将老庄尚无的哲学精神引入生活领域，追求精神自由，魏晋以来的人物品藻也开始由外形的品评转向内质的品鉴。谢赫的贡献在于首次将魏晋玄学及形名之学贵无的精神引入艺术领域，将其转化为对绘画神韵的追求，并认为追求神韵是绘画出奇的前提。

这一时期书论也大兴，出现了钟繇《用笔法》、成公绥《隶书体》、卫恒《四体书势》、索靖《草书状》、卫铄《笔阵图》、王羲之《自论书》《题卫夫人〈笔阵图〉后》、王僧虔《论书》、萧衍《古今书人优劣评》《答陶隐居论书》《草书状》《观钟繇书法十二意》等知名的书论著述。萧衍以"奇"论书法，颇具理论价值，如《草书状》提出的"随态运奇"的观点：

> 疾若惊蛇之失道，迟若渌水之徘徊。缓则鸦行，急则鹊厉。抽如雉啄，点如兔掷。乍驻乍引，任意所为。或粗或细，随态运奇。云集水散，风回电驰。及其成也，粗而有筋，似蒲葡之蔓延，女萝之繁萦，泽蛟之相绞，山熊之对争。若举翅而不飞，欲走而还停。状云山之有玄玉，河汉之有列星。厥体难穷，其类多容。婀娜如削弱柳，耸拔如袅长松。婆娑而飞舞凤，宛转而起蟠龙。纵横如结，联绵如绳。流离似绣，磊落如陵。昈昈晔晔，弈弈翩翩。或卧而似倒，或立而似颠。斜而复正，断而还连。若白水之游群鱼，丛林之挂腾猿。状众兽之逸原陆，飞鸟之戏晴天。象乌云之罩恒岳，紫雾之出衡山。巉岩若岭，脉脉如泉。文不谢于波澜，义不愧于深渊。

萧衍以层出不穷的比喻详尽描绘了草书"厥体难穷"的形态美，诸如"或卧

---

[1] 钱锺书：《管锥编》，1365页。

而似倒，或立而似颠。斜而复正，断而还连"之类的描述，进一步丰富了东汉崔瑗《草书势》对草书形态美的论述。萧衍《草书状》的美学价值主要体现在他对草书形态美的创作规律的理论总结上。萧衍认为，草书的"疾""迟""缓""急""抽""点""驻""引""粗""细"是"任意所为"，"随态运奇"的。所谓"任意所为"，强调的是以"意"为主而不是以形为主，意又不脱离形；"随态运奇"，即顺着形态而运用奇意，以奇意驭奇形。相比崔瑗的"放逸生奇"说，萧衍更加强调"意"的决定作用，如《观钟繇书法十二意》提出的"字外之奇"说：

> 字外之奇，文所不书。世之学者宗二王，元常逸迹，曾不睥睨。羲之有过人之论，后生遂尔雷同。元常谓之古肥，子敬谓之今瘦。今古既殊，肥瘦颇反。如自省览，有异众说。张芝、钟繇，巧趣精细，殆同机神。肥瘦古今，岂易致意。真迹虽少，可得而推。逸少至学钟书，势巧形密。及其独运，意疏字缓。譬犹楚音习夏，不能无楚。过言不恓，未为笃论。又子敬之不迨逸少，犹逸少之不迨元常。学子敬者如画虎也，学元常者如画龙也。余虽不习，偶见其理，不习而言，必慕之欤。聊复自记，以补其阙，非欲明解，强以示物也。倘有均思，思盈半矣。

萧衍认为"字外之奇，文所不书"，反对以"古肥""今瘦"之类的书法外形来评价钟繇、王献之等人的书艺，他主张以"字外之奇"对之加以界定，所谓"张芝、钟繇，巧趣精细，殆同机神"，他说的"机神"属于"字外之奇"的范畴。"字外之奇""机神"的内涵与神韵类似，强调的是超形求神，重意轻形。诚如清代宋曹《书法约言》所言："所谓趣长笔短，常使意势有余，字外之奇，言不能尽。"

魏晋南北朝书论、画论尚奇，将奇与神韵相联系的特点，与这一时期文论中的"奇"论相呼应。在刘勰《文心雕龙》中，"奇"成为一个重要的文论范畴。

◎ 第四节
文论中的"奇"论

刘勰《文心雕龙》中"奇"字凡五十余见，涉及文学理论、文学批评的诸多方面。

首先，刘勰运用"奇"来总结文学的基本规律。比如，《神思》篇指出文学想象的特点："意翻空而易奇，言征实而难巧也。"《风骨》篇指出创制奇辞的前提是昭体晓变："若夫镕铸经典之范，翔集子史之术，洞晓情变，曲昭文体，然后能孚甲新意，雕画奇辞。"又说："晓变，故辞奇而不黩。"《通变》篇指出文学发展的规律是："望今制奇，参古定法。"《隐秀》篇说"隐"云："始正而末奇，内明而外润，使玩之者无穷，味之者不厌矣。"说"秀"云："深浅而各奇，秾纤而俱妙，若挥之则有余，而揽之则不足矣。"又指出："夫立意之士，务欲造奇。"《定势》篇指出文学兼用奇正、执正驭奇的要求："奇正虽反，必兼解以俱通。……故文反正为乏，辞反正为奇。效奇之法，必颠倒文句，上字而抑下，中辞而出外，回互不常，则新色耳。……旧练之才，则执正以驭奇；新学之锐，则逐奇而失正。"

其次，刘勰运用"奇"进行文体批评及作品批评。比如，《正纬》篇评价纬书说："事丰奇伟，辞富膏腴，无益经典而有助文章。"《辨骚》篇评价《离骚》说："自风雅寝声，莫或抽绪，奇文郁起，其离骚哉！"又评价《离骚》的影响说："是以枚贾追风以入丽，马扬沿波而得奇，其衣被词人，非一代也。"《明诗》篇评价南朝宋初文坛说："宋初文咏，体有因革。庄老告退，而山水方滋；俪采百字之偶，争价一句之奇。"《杂文》篇指出从桓麟至左思的杂文特点说："穷瑰奇之服馔，极蛊媚之声色。甘意摇骨髓，艳词洞魂识，虽始之以淫侈，而终之以居正。"《夸饰》称赞扬雄

《甘泉赋》说:"语瑰奇则假珍于玉树;言峻极则颠坠于鬼神。"并总结汉赋的特点说:"莫不因夸以成状,沿饰而得奇也。"《物色》篇评价《诗》《骚》说:"莫不因方以借巧,即势以会奇,善于适要,则虽旧弥新矣。"《时序》篇评价屈原、宋玉等人的作品说:"观其艳说,则笼罩雅颂,故知炜烨之奇意,出乎纵横之诡俗也。"《诸子》篇评价列御寇之书说:"气伟而采奇。"

再次,刘勰运用"奇"进行作家评论。比如,《才略》篇评价陆贾说:"汉室陆贾,首案奇采,赋孟春而选典语,其辩之富矣。"评价左思说:"左思奇才,业深覃思,尽锐于三都,拔萃于咏史,无遗力矣。"《序志》篇则指出:"辞人爱奇,言贵浮诡。"

最后,刘勰运用"奇"进行读者接受批评。《乐府》篇指出大众欣赏奇辞的普遍心理:"雅咏温恭,必欠伸鱼睨;奇辞切至,则抃髀雀跃。"《知音》篇指出:"爱奇者闻诡而惊听。"《练字》篇指出人们爱奇的心理古今相通:"固知爱奇之心,古今一也。"《丽辞》篇指出文学无奇气会令读者兴味索然:"若气无奇类,文乏异采,碌碌丽辞,则昏睡耳目。"

"奇"在《文心雕龙》中已经具有体式性意义。《体性》篇总结了"八体":"一曰典雅,二曰远奥,三曰精约,四曰显附,五曰繁缛,六曰壮丽,七曰新奇,八曰轻靡。"在这八种文学风格中,"新奇"是重要的一体,"新奇者,摈古竞今,危侧趣诡者也"。而"奇"作为文学风格类型在《文心雕龙》中的确立,是文论"奇"范畴在南朝形成的重要标志。

不独《文心雕龙》大量运用"奇",钟嵘《诗品》针对当时文坛用事繁琐之风,也提出了"直致之奇"说,将"奇"列为评诗的审美标准之一。此外,南朝史传、文集也大量运用"奇"来品评作品,比如,范晔《狱中与诸甥侄书》云:"吾杂传论,皆有精意深旨,既有裁味,故约其词句。至于《循吏》以下,及《六夷》诸序论,笔势纵放,实天下之奇作。其中合者,往往不减《过秦》篇。"从范晔的表述来看,他自称文章为"天下之奇作",是颇以"奇"为傲的。又比如,谢惠连《雪赋》对雪的形成、气势极尽铺陈,《宋书·谢惠连传》评云:"(谢惠连)又为《雪赋》,亦以高丽见奇。"又比如,江淹不事章句之学,醉心于文章,自评其文章"爱奇尚异,深沉有远识"①。再比如,何逊以"奇"来评价柳恽的文章,其《哭吴兴柳恽》说:"清文穷丽则,弘论尽高奇。"这些都是文论"奇"范畴在南朝形成的佐证。以下以刘勰"观奇正"说与钟嵘"直致之奇"说为例,详观"奇"范畴在南朝文论中的表现形态。

先看刘勰的"观奇正"说。在《文心雕龙》中,《知音》篇提出"六观"(观"位体""置辞""通变""奇正""事义""宫商")的批评方法,其中之四是"观奇正"。所谓"观奇正"就是考察作品在奇正关系上的处理是否妥当。《定势》篇也说"奇正虽反,必兼解以俱通","密会者以意新得巧,苟异者以失体成怪。旧练之才,则执正以驭奇;新学之锐,则逐奇而失正"。如果"执正以驭奇"则"意新得巧",如果"逐奇而失正"则"失体成怪"。台湾学者沈谦指出:"奇正谓姿态奇正。作品之表现方式,各有不同,运用之妙,存乎其人。或自正面立论,主题明显而义正辞严;或由奇处落笔,诡谲旁通而一语中的。譬之兵法,以正胜者乃堂堂之阵,旗鼓分明,部伍曲勒,皆有法度;以奇合者乃偏师趋敌,衔枚疾奔,午夜拔城,寝帷掳帅。用正者虽辞直义畅,层次分明,然易流于刻板浅露;用奇者虽波谲云变,引人入胜,然题旨辄欠显豁。酌奇而不失雅正,斯得其窍。"②的确,刘勰的"观奇正"说受到兵家奇正相变思想的影响。刘勰对兵家"以正合,以奇胜"的思想了然于胸,比如,《书记》篇说"兵谋无方,而奇正有象",《檄移》篇指出檄的特点是"虽本国信,实参兵诈。谲诡以驰旨,炜晔以腾说",《辨骚》篇提出"酌奇而不失其贞(正),玩华而不坠其实",均是兵家奇正相变说在文论领域的发展。

虽然兵家的奇正观念在汉代有所发展,然而汉代的文论奇正观念尚未形

---

① (南朝梁)江淹著,(明)胡之骥注,李长路等点校:《江文通集汇注》卷十,378页,北京,中华书局,1984。
② 沈谦:《文心雕龙之文学理论与批评》,217页,台北,华正书局有限公司,1981。

成。 汉代儒学独尊导致时人对于文论奇正问题的认识尚不到位,汉代文人对屈原《离骚》的评价,各执一词,争论不休,即为一证。 汉初黄老之学盛行,刘安《离骚传》赞扬《离骚》时,所持的标准却是儒家的中和雅正之美:"《国风》好色而不淫,《小雅》怨诽而不乱,若《离骚》者,可谓兼之矣。"如果说刘安将屈原作品的奇美纳入儒家审美规范,那么扬雄《法言》则以儒家审美规范批评了屈原作品的奇美:"或问:'屈原、相如之赋孰愈?'曰:'原也过以浮,如也过以虚。 过浮者蹈云天,过虚者华无根。'"[①]扬雄批评屈原的作品存在"过以浮"的毛病,实质是以儒家的审美观念批评屈原作品的奇美。 班固《离骚序》以儒家的正统观念批评屈原:"多称昆仑、冥婚宓妃虚无之语,皆非法度之政,经义所载。 谓之兼《诗》风雅而与日月争光,过矣!"王逸则批评了班固的观点,他的《楚辞章句序》认为《离骚》依托五经以立义,他的《离骚经序》认为《离骚》"其词温而雅,其义皎而朗"。 王逸将《离骚》归入"五经"传统,将之视为温雅皎朗的中和雅正之美的代表。 刘安、扬雄、班固、王逸对于《离骚》与儒家经典的关系,或认为相符,或认为不符,均未做出令人信服的阐释。 刘勰超越前人,以"观奇正"解决了《离骚》的定性问题。

刘勰对屈辞的评价正是从"观奇正"入手的,屈辞与经典的"四同"正是"四正",与经典的"四异"正是"四奇"。 《辨骚》开篇说:"自风雅寝声,莫或抽绪,奇文郁起,其离骚哉! 固已轩翥诗人之后,奋飞辞家之前,岂去圣之未远,而楚人之多才乎!"刘勰对屈原的赞美倾慕之情跃然纸上。 刘勰列举了刘安、班固、王逸、汉宣帝、扬雄五人对《离骚》的看法,称这些评论都是"褒贬任声,抑扬过实,可谓鉴而弗精,玩而未核者也"。 刘勰认为"将核其论,必征言焉",他回到《离骚》原文,分析了《离骚》与经典的"四异"和"四同"。 在此基础上,刘勰将屈辞定位为:"固知楚

[①] 《文选》注沈约《宋书·谢灵运传论》"英辞润金石,高义薄云天"句时,引用《法言》此段话,此乃《法言》逸文。

辞者，体宪于三代，而风杂于战国，乃雅颂之博徒，而词赋之英杰也。观其骨鲠所树，肌肤所附，虽取镕经意旨，亦自铸伟辞。"刘勰逐篇分析了屈辞的奇美："骚经九章，朗丽以哀志；九歌九辩，绮靡以伤情；远游天问，瑰诡而慧巧；招魂大招，耀艳而深华；卜居标放言之致，渔父寄独往之才。"《辨骚》篇结尾指出了屈原的影响：

> 是以枚贾追风以入丽，马扬沿波而得奇，其衣被词人，非一代也。故才高者菀其鸿裁，中巧者猎其艳辞，吟讽者衔其山川，童蒙者拾其香草。若能凭轼以倚雅颂，悬辔以驭楚篇，酌奇而不失其贞（正），玩华而不坠其实，则顾盼可以驱辞力，欬唾可以穷文致，亦不复乞灵于长卿，假宠于子渊矣。

刘勰认为枚乘、贾谊、司马相如、扬雄等人都受惠于屈辞。屈辞给后世提供了一个经典范本，后来者或学其体制，或取其文采，或记其山水，或识其香草。若能遵照《诗经》的准则同时驾驭屈辞，采取奇崛的形式而不失去雅正的内容，则可以瞬间发挥语辞的作用，穷究文章的情致。刘勰认为"奇文郁起，其离骚哉"，以"奇文"称赞屈辞。虽然屈辞是"雅颂之博徒"，但从刘勰"凭轼以倚雅颂，悬辔以驭楚篇"的表述来看，他将屈辞提到了与《诗经》比肩的高度。

刘勰"观奇正"说是融合兵、儒两家思想的结果。兵家奇正相变说的落脚点是"以奇胜"；刘勰则不然，《文心雕龙》的主导思想是儒家思想而非兵家思想，刘勰"观奇正"说更强调"执正以驭奇"，强调正对奇的节制，正如《定势》篇所说："旧练之才，则执正以驭奇；新学之锐，则逐奇而失正；势流不反，则文体遂弊。"《辨骚》篇提出"酌奇而不失其贞（正）"，落脚于奇正的相互配合，强调奇不能脱离正；"凭轼以倚雅颂，悬辔以驭楚篇"也是强调奇正配合。《风骨》篇提出"辞奇而不黩"，要求语言奇崛而不亵狎；《序志》篇批评"辞人爱奇，言贵浮诡，饰羽尚画，文绣鞶帨，离本弥甚,将遂讹滥"。所谓"不黩""本"都是"正"之意,刘勰旨在强调"执正以驭奇"。

兵家所谓奇正,指奇兵与正兵。而刘勰所谓的奇正,就《辨骚》篇而言,是与华实互喻互指,指奇崛的语言形式和雅正的思想内容。"奇与正,华与实,看似两对概念,实际上'华与实'不过是补充、加强'奇'与'正'。"①刘勰所谓"酌奇而不失其贞(正),玩华而不坠其实",即是以雅正的思想内容来节制奇崛的艺术形式,显然这是儒家"怨而不怒""哀而不伤"的中庸观念在文论领域的发展。《明诗》篇说:"若乃应璩百一,独立不惧,辞谲义贞,亦魏之遗直也。"所谓"辞谲义贞"就是辞奇义正。《风骨》篇说:"若骨采未圆,风辞未练,而跨略旧规,驰骛新作,虽获巧意,危败亦多。岂空结奇字,纰缪而成经矣!"可见刘勰认为奇美并非"空结奇字",可见奇而无风骨,不是真奇。《杂文》篇批评自桓麟《七说》以下,左思《七讽》以上的十多家七体"文丽而义睽",即文辞艳丽而意义违反正道,"虽始之以淫侈,而终之以居正,然讽一劝百,势不自反",七体虽然开始用浮夸的话,结尾回到了正理,但是"讽一劝百"是回不到正路上的。刘勰称赞《七厉》,无非是因为它"归以儒道","虽文非拔群,而意实卓尔矣"。

刘勰"观奇正"说将兵家的奇正思想引入文论,并以儒家的思想加以改造,开后世以"奇正"来进行文学批评的先声,也是文论"奇"范畴形成的重要标志。

再看钟嵘的"直致之奇"说。钟嵘《诗品》将"奇"作为五言诗品评的重要标准,提出"直致之奇"说。《诗品》卷上评陆机云:"才高词赡,举体华美。气少于公幹,文劣于仲宣。尚规矩,不贵绮错,有伤直致之奇。然其咀嚼英华,厌饫膏泽,文章之渊泉也。"曹旭注云:"奇,新颖奇警,

---

① 童庆炳:《中国古代文论的现代意义》,156 页。

出人意表。"①陆机诗歌崇尚规矩，重视绮丽交错，故有损于自然率真、新颖奇警。"直致之奇"，《竹庄诗话》又引作"直寄乏奇"②。总之，钟嵘认为陆机诗歌缺乏"直致""直寄"，故而不奇。

"直致"是魏晋南北朝习语。东晋袁宏《七贤序》评论嵇康说："中散遗外之情，最为高绝，不免世祸，将举体秀异，直致自高，故伤之者也。"北朝常景《司马相如赞》云："长卿有艳才，直致不群性。"钟嵘《诗品》"直致"与"直寻"含义相近，均是倡导直抒胸臆，反对用典过繁。《诗品序》说："至乎吟咏情性，亦何贵于用事？'思君如流水'，既是即目；'高台多悲风'，亦惟所见；'清晨登陇首'，羌无故实；'明月照积雪'，讵出经史？观古今胜语，多非补假，皆由直寻。"钟嵘所摘的诗句，"思君如流水"出自徐幹《室思》，"高台多悲风"出自曹植《杂诗》，"清晨登陇首"出自张华诗，"明月照积雪"出自谢灵运《岁暮》，这些都是即目所见而未用典的佳句。钟嵘所谓"补假"指拼借前人语句或典故；所谓"直寻"即直致，直书即目所见。钟嵘认为，但凡佳句都是诗人即景会心"直寻"所得，而非"补假"的结果。《诗品序》又说："颜延、谢庄，尤为繁密，于时化之。故大明、泰始中，文章殆同书抄。近任昉、王元长等，词不贵奇，竞须新事。尔来作者，浸以成俗。遂乃句无虚语，语无虚字，拘挛补纳，蠹文已甚。但自然英旨，罕值其人。"颜延之、谢庄诗歌用典繁密，引领当时诗坛风气，以致南朝自宋大明、泰始以来的文章类同资料辑录。这种用典过繁的风气一直延续到齐梁时期，任昉、王融等人不以新奇独创之辞为贵，竞相使用生僻新典，以致诗歌句句用典，语句拘谨拼凑，丧失了自然之

---

① （南朝梁）钟嵘著，曹旭集注：《诗品集注》，162 页。曹旭认为根据语意，"不贵绮错"中的"不"字是衍文，应该是"贵绮错"。上文所谓"才高词赡，举体华美"，下文所谓"咀嚼英华，厌饫膏泽"都是"贵绮错"的表征。蔡锦芳认为宋人刻书，"榘""矩"通用，此"尚规矩"亦可刻作"尚规榘"。《诗品》流传，浅人妄将字形较长的"榘"误刻成"矩""不"二字。"不"与"贵绮错"连成"不贵绮错"，遂成千古错案［见《钟嵘〈诗品〉评陆机"不贵绮错"文献考辨》，载《文献》，2008（2）］。
② （宋）何汶撰，常振国等点校：《竹庄诗话》，45 页，北京，中华书局，1984。

美。钟嵘批评任昉、王融等人"词不贵奇",正是由于他主张"词贵奇"。这个"奇"在钟嵘那里有特定的含义,指不经由用典而自然得来的"直致之奇"。

钟嵘倡导"直致之奇""词贵奇",反对用典过繁,他将"奇"作为诗歌品评标准。《诗品》评任昉云:"彦昇少年为诗不工,故世称'沈诗任笔',昉深恨之。晚节爱好既笃,文亦遒变。善铨事理,拓体渊雅,得国士之风,故擢居中品。但昉既博学,动辄用事,所以诗不得奇。"任昉虽擅长为文,写诗却比不上沈约,钟嵘将任昉"诗不得奇"的原因归之于"动辄用事",即用典过繁,导致诗歌缺乏奇美。评谢朓诗歌云:"奇章秀句,往往警遒。足使叔源失步,明远变色。"谢朓诗歌奇秀警遒,足令谢混、鲍照吃惊,可见钟嵘对谢朓诗歌之"奇"颇为赞赏。评虞羲诗歌云:"子阳诗奇句清拔,谢朓常嗟颂之。"谢朓赞叹吟诵虞羲诗歌,盖因两人诗歌风格相近,谢朓"奇章秀句,往往警遒"与虞羲"奇句清拔"相似——"奇句"即"奇章秀句","清拔"也与"警遒"含义相近。论王巾、卞彬、卞铄诗云:"王巾、二卞诗,并爱奇崭绝。慕袁彦伯之风。虽不弘绰,而文体剿净,去平美远矣。"钟嵘认为王巾、二卞的诗歌虽然不宏放但奇绝,文体矫健干净。所谓"净"指不贵用事,所谓"奇"指直致之奇,均是反对繁琐的用典。一个"奇"字、一个"净"字,正透露出钟嵘"直致之奇"的审美趣味。

钟嵘反对用典过繁,强调"直致之奇",这与他主张诗歌反映诗人独到之"气"有关。《诗品序》云:"气之动物,物之感人,故摇荡性情,形诸舞咏。"又说:"至乎吟咏情性,亦何贵于用事?"从诗歌产生的机制来看,外在之气的变化,推动万物萌动;万物的盛衰变化又触动了诗人敏感的神经,与其内在之气相呼应,于是诗人以诗歌来宣泄情感。诗歌以吟咏情性为旨归,而不以用事为贵,因为用事过繁往往容易陷入前人窠臼,丧失自己独到的体验。诗无气或者少气则缺乏独创,会导致千篇一律之弊。《诗品》评张华云:"其体华艳,兴托不奇。巧用文字,务为妍冶。虽名高曩代,而疏亮之士,犹恨其儿女情多,风云气少。谢康乐云:'张公虽复千篇,犹一体耳。'"张华虽然巧用文字,却千篇一体,原因在于他的诗歌"气少",即缺乏慷慨之气,所以张华诗歌"兴托不奇"①。钟嵘对于有气之作,往往以"奇"相称。评曹植云:"骨气高奇,词采华茂。"②所谓"骨气高奇"指曹植诗歌奇警高绝。又评刘桢云:"仗气爱奇,动多振绝。"所谓"仗气爱奇"指刘桢依仗卓荦之气,偏爱奇特之语,故其诗歌惊世骇俗。

钟嵘反对用事繁密,钱锺书颇为赞同,《管锥编》说:"钟嵘三品,扬扢作者,未见别裁,而其《中品·序》痛言'吟咏情性,何贵用事',则于六朝下至明清词章所患间歇热、隔日疟,断定病候,前人之所未道,后人之所不易。"③但是钱先生对钟嵘所谓的"骨气高奇,词采华茂"评价不高,他在《谈艺录》中说:"记室评诗,眼力初不甚高,贵气盛词丽,所谓'骨气高奇''词彩华茂'。故最尊陈思、士衡、谢客三人。"④其实,钟嵘反对用事,提倡"直致之奇",这是一个问题的两个方面。钟嵘以"奇"品诗具有重要的背景,针对的是当时文坛繁琐的用典习气,故而他提倡即目所见、直抒胸臆、骨气高奇的奇美。钟嵘对"骨气高奇"的推崇并不代表钟嵘评诗眼力不高,而是恰恰相反。可以说,钟嵘继承了曹丕"文气"说,从诗人性情入手分析诗歌风格,深入探讨了"直致之奇",开唐代司空图《与李生论诗书》所谓"直致所得,以格自奇"的先声。

综上,"奇"在魏晋南北朝文艺美学中的兴起,具有深刻的理论背景和现实针对性。在魏晋南北朝儒学统治倒台以及文学艺术自觉的进程中,与儒家尚正的审美趣味截然不同的"奇"美的理论谱系得以建构形成,这反映了魏晋南北朝独特的审美理想,对后世的审美趣味产生了重要影响。

---

① 曹旭认为此处当作"兴托多奇",但按上下文意思,如果张华诗歌"兴托多奇",就不会千篇一体;相反,正因为张华诗歌"兴托不奇",故而有千篇一体之弊。
② 原作"骨气奇高",但《太平御览》《竹庄诗话》《诗人玉屑》诸本均引作"骨气高奇",从之。
③ 钱锺书:《管锥编》,1446 页。
④ 钱锺书:《谈艺录》,265 页,北京,生活·读书·新知三联书店,2001。

第二十六章
清、简、淡、远

魏晋南北朝时期,受玄学的深刻影响,文艺美学"清""简""淡""远"范畴得以兴起。它们与玄道的本质较为接近,故而审美指向也较为接近,是超越形体,追求神韵的思想在美学上的反映。"清""简""淡""远"以范畴集群的形式出现在当时的文艺批评之中,是清新玄远的审美风格和审美理想的集中反映。这是一股与汉代繁琐经学及铺张扬厉的文学风格迥然不同的审美潮流,具有鲜明的时代感,极大地丰富了文艺审美风格的型范,对后世文艺审美理想产生了重要影响。

◎ 第一节
"清"范畴的审美生成

《说文解字》释"清"云:"清,朖也。澂水之貌。""朖"古同"朗",《说文解字》释"朗"云:"明也。"又释"澂":"清也。"段玉裁注云:"澂之言持也,持之而后清。""澂"与"澄"是古今字。可知,"清"的本义是清水。清水的澄明之境,最适合描述"道",如《老子》三十九章的"天得一以清"和"天无以清,将恐裂"。所谓"一"是"道生一"之"一",指代"道"。 河上公注:"天得一则能垂象清明也。"天不清,则将分裂而不成其为天。 《老子》四十五章"清静为天下正"句,河上公注云:"能清静则为天下长,持正则无终已时也。"又可见"清静"之重要。 《庄子·天地》指出:"夫道,渊乎其居也,漻乎其清也。"在《庄子·在宥》中,庄子借广成子之口指出至道"必静必清"。 可见,老、庄均认为"清"是道的特征。

与"清"相对的是"浊"。《说文解字》释"浊"云:"水。 出齐郡厉妫山,东北入钜定。"可知"浊"的原义也是指水。 后来清、浊成为含义相对的两个词。 《老子》十五章"孰能浊以静之徐清"句,河上公注云:"谁能知水之浊止,而静之徐徐自清也。"可见,清、浊已经形成对立关系。 清、浊又用于形容音乐,《庄子·天运》借黄帝之口指出"至乐"乃是"一清一浊,阴阳调和"。 荀子也说,"耳辨音声清浊"[1],"声音清浊、调竽奇声以耳异"[2]。

清、浊对举,也用于解释天地形成的规律。 西汉纬书《易纬》中有一篇《周易乾凿度》,其中说:"轻清者上为天,重浊者下为地。"《列子·天瑞篇》也说:"清轻者上为天,浊重者下为地,冲和气者为人。"[3]三国吴徐整著《三五历记》,以神话的方式描述了天地形成的过程:"天地混沌如鸡子,盘古生其中,万八千岁,天地开辟,阳清为天,阴浊为地。"这些材料都表明天地由清浊形成。 "轻清者上为天",盖由"清"的本义"清水"衍生而来,因为清水可化为水蒸气,上扬于天。 正如唐代虞世南《北堂书钞·天部》所说:"水土之气,升而为天,在上高显,至高无上,轻清为天,阳清为天,积阳为天,积气成天。"水气上升为天,故而"高显""至高"。

---

[1] 《荀子·荣辱》。
[2] 《荀子·正名》。
[3] 晋张湛注曰:"此一章全是《周易乾凿度》也。"他指出《列子·天瑞篇》抄录的是《周易乾凿度》。 《列子》一书汉人无引者,实是晋人所造的伪书。 对此,姚际恒、钱大昕、钮树玉、姚鼐等学者都有辨析。 章炳麟认为《列子》就是张湛伪造的。 季羡林《〈列子〉与佛典》也持此说,可参读。

汉代以来又以"清高"指称人纯洁高尚，不慕名利，不同流合污的品质。王充《论衡·定贤》所谓"清高之行，显于衰乱之世"，东汉刘珍《东观汉记》评耿嵩"履清高之节"，评邓彪"厉志清高"，均是其例。

正因为"清"有澄澈、清洁、清明之意，故而往往与政治评价、品德评价相联系。《易》豫卦的彖辞说："圣人以顺动，则刑罚清而民服。"这里"清"，是针对治理清明公正而言的。《管子·水地》认为："夫水淖弱以清，而好洒人之恶，仁也。"清水涤恶，而谓之仁，此处"清"已涉及道德层面。《论语·公冶长》记载，崔子弑君，陈文子弃马十乘离开乱邦，之后他到了另外两邦，也都因为乱邦而离开。孔子评价陈文子不居乱邦用了两个字："清矣。"孔子所谓的"清"是用于说明陈文子不同流合污的品德。屈原"伏清白以死直兮"，坚守清白之志，"清"是屈原美好品德的反映。《庄子·齐物论》云："夫大道不称，……廉清而不信。"郭象注云："皦然廉清，贪名者耳，非真廉也。"大道付之自然，无所称谓，故庄子认为廉清者贪名，并非真廉。可见庄子也是将"清"与品德评价相联系的。品德有"清"就有"浊"。汉代王充《论衡》亦清浊来区别不同的志性，试举几例：

　　道有精粗，志有清浊也。(《论衡·逢遇》)
　　操行清浊，性也。(《论衡·骨相》)
　　凡人禀性也，清浊贪廉，各有操行。(《论衡·非韩》)

魏初人物品评喜用"清"字，有"清雅之美""气清""清节"等说法。刘劭《人物志·七缪》品评人物说："夫清雅之美，著乎形质，察之寡失。"刘昞注云："形色外著，故可得而察之。"清雅之美，实由人物的气"清"形成。故《人物志·八观》说："是故骨直气清，则休名生焉。气清力劲，则烈名生焉。"气清是人物获得美名、烈名的根源。《人物志·流业》评价了十二种人才，排第一位的是"清节家"，刘劭解释说："若夫德行高妙，容止可法，是谓清节之家。"刘劭对清节家有极高的评价。试举几例：

> 自任之能，清节之材也。故在朝也，则冢宰之任，为国则矫直之政。（刘昞注：其身正，故掌天官而总百揆。）①
>
> 夫节清之业，著仪容，发于德行。（刘昞注：心清意正，则德容外著。）……其功足以激浊扬清，师范僚友，其为业也，无弊而常显，故为世之所贵。②
>
> 夫清节之人，以正直为度，故其历众材也，能识性行之常。③

刘劭称赞人物之"清"，也批评人物之"浊"，《人物志·体别》说："狷介之人，砭清激浊，不戒其道之隘狭。"

晋代人物品评多用"清"字，这是当时清谈之风盛行的反映。明代袁褧《世说新语序》说："尝考载记所述晋人话言，简约玄澹，尔雅有韵。世言江左善清谈，今阅《新语》，信乎其言之也。"晋人称清谈为清言，对之颇为喜好。据《世说新语·文学》，王导与殷浩一起清谈析理："既共清言，遂达三更。""殷中军（殷浩）尝至刘尹所，清言良久。""长史诸贤来清言，客主有不通处，张（凭）乃遥于末坐判之，言约旨远，足畅彼我之怀，一坐皆惊。真长（刘惔）延之上坐，清言弥日。"清谈对人物较高的评价之一就是"清"。《世说新语·赏誉》载，"吏部郎阙，文帝问其人于钟会，会曰：'裴楷清通，王戎简要，皆其选也。'于是用裴"。钟会评裴楷"清通"，评王戎"简要"，晋文帝选用了裴楷。可见，晋文帝从取士的角度认为"清通"高于"简要"。又比如，山涛评阮咸云："清真寡欲，万物不能移也。"王戎评阮武云："清伦有鉴识，汉元以来未有此人。"谢鲲评王玄

---

① 《人物志·才能》。
② 《人物志·利害》。
③ 《人物志·接识》。

云："清通简畅。"殷浩评王羲之云："清鉴贵要。"《世说新语·品藻》亦载，孙绰评刘惔"清蔚简令"，评谢尚"清易令达"，评袁乔"洮洮清便"。上述诸例都是以"清"褒扬人物的。

魏晋人物品评对"清"字的大量使用，使得"清"成为重要的人物审美标准，这种尚"清"的审美精神对于魏晋南北朝文艺美学产生了重要影响。钟嵘《诗品》说："永嘉以来，清虚在俗。王武子（王济）辈诗，贵道家之言。爰洎江表，玄风尚备。真长（刘惔）、仲祖（王濛）、桓（桓温）、庾（庾亮）诸公犹相袭。世称孙（绰）、许（询），弥善恬淡之词。"晋永嘉以来，社会崇尚清谈，致使当时的诗歌受到玄风影响，崇尚道家之言，出现了玄言诗。这是玄学清谈对于文学的直接影响。尚"清"的审美思潮对文学批评也产生了深远影响，陆机、陆云、刘勰、钟嵘等人大量使用"清"来品评文学，使"清"成为重要的文学审美范畴。

陆机《文赋》以"清"论文学，涉及文体、辞采、对句、质文、剪裁等多个层面。从文体的角度，陆机界定"箴"的文体特点是"箴顿挫而清壮"，认为箴作为规诫文体，应该文辞清晰有力。从辞采的角度，陆机提出"清丽芊眠"，主张辞藻清新秀丽、色彩夺目。陆机所谓的"清丽"指光鲜美丽，因为在晋人眼中"清"有"光鲜"之意[①]，如《山海经·西山经》"丹木五岁，五色乃清"，东晋郭璞注曰："言光鲜也。"陆机在曹丕"诗赋欲丽"之"丽"的基础上，提出对于辞采的"清丽"主张，是重要的理论发展。从文章对句的角度，陆机认为上句与下句应该相对成韵，如果缺乏足韵的下句，便"譬偏弦之独张，含清唱而靡应"，就好比音乐只有单弦演奏而无和弦相配，唱歌只有单人清唱而无他声应和。从文章质文相配的角度，陆机批评了质而无文的作品"同朱弦之清泛"，即文章质而无文，就好比祭祀之乐音调单一平淡。从文辞剪裁的角度，陆机认为对文辞繁简的剪裁，要因宜适变，因为有时存在"或沿浊而更清"的现象，即沿用浊俗之语而文旨更

[①] 萧荣华：《陆云"清省"的美学观》，载《文史哲》，1982(1)。

加清晰。这就是陆机说的"彼榛楛之勿翦,亦蒙荣于集翠",以榛楛能使翠鸟驻足,喻文章中凡句存在的必要性,因为凡句对警句有衬托作用,这也是谭元春《自序》所谓"一篇之朴能养一句之神"之意。

陆云《与兄平原书》与陆机论文,也频频使用"清"字。比如,评《述思赋》"深情至言,实为清妙",评《漏赋》"可谓清工",评《吊蔡君》"清妙不可言",评《丞相赞》"披结散纷辞中原"句"不清利",评《楚辞》"实自清绝",评《祖德颂》"靡靡清工",评《丞相箴》"不如《女史》清约",评《园葵诗》"清工"。可以说,陆机、陆云对"清"的倡导,预示了新的审美潮流的到来。"值五言诗日趋成熟定型之际,清适时被提出作为诗美的理想。"①二陆之后,刘勰进一步明确五言诗的特点是"清丽居宗",从而确立了"清"在诗学上的地位。

刘勰《文心雕龙》以"清"论文学,涉及文体特征、文学风格以及声律、辞藻等基本要求。首先,刘勰将"清"用于概括文体特征。他认为五言诗的特点是"五言流调,则清丽居宗",颂的特点是"颂惟典懿,辞必清铄",碑的特点是"清词转而不穷,巧义出而卓立""标序盛德,必见清风之华",表的特点是"必雅义以扇其风,清文以驰其丽",启的特点是"辨要轻清,文而不侈",笺记的特点是"清美以惠其才",赋颂歌诗的特点是"羽仪乎清丽"。

其次,刘勰也将"清"用于评价文学风格。《文心雕龙》评张衡《怨篇》"清典可味",评张载《剑阁铭》"其才清采",评贾谊《吊屈原赋》"辞清而理哀""议惬而赋清",评祢衡《吊张衡文》"缛丽而轻清",评傅毅《七激》"会清要之工",评曹植章表"辞清而志显",评陆云文章"雅好清省",评班彪《王命论》"清辩",评曹丕乐府诗"清越",评张华短篇作品"清畅",评曹摅长篇作品"清靡",评温峤笔记"循理而清通"。②

---

① 蒋寅:《古典诗学中"清"的概念》,载《中国社会科学》,2000(1)。
② 以上所引《文心雕龙》句均出自范文澜《文心雕龙注》。

最后，刘勰也用"清"指称文风、声律、语句等的基本要求。比如，《宗经》篇认为"文能宗经，体有六义"，其中第二义是"风清而不杂"。《风骨》篇也说，"意气骏爽，则文风清焉"，"若能确乎正式，使文明以健，则风清骨峻，篇体光华"。可知，"风清"是刘勰对于文风的基本要求。《声律》篇说："又诗人综韵，率多清切；楚辞辞楚，故讹韵实繁。"他认为《诗经》作者用韵，大体是清楚切当的；而《楚辞》杂用楚地辞语，故多有不准确的用韵。可见，"清切"是刘勰对于诗歌用韵的基本要求。《章句》篇说："句之清英，字不妄也。"刘勰认为文章每个字都准确，语句才能清新出众。可见，"清英"是刘勰对于语句的基本要求。

钟嵘《诗品》品评诗歌亦喜用"清"字。比如，他评刘琨诗"自有清拔之气"，评《古诗》"清音独远"，评班婕妤《怨歌行》"辞旨清捷"，评嵇康诗"托喻清远"，评刘琨诗"自有清拔之气"，评陶潜诗"风华清靡"，评谢瞻、谢混、袁淑、王微、王僧达五人诗歌"清浅"，评鲍照诗"颇伤清雅之调"，评范云诗"清便宛转"，评沈约诗"长于清怨"，评谢庄诗"气候清雅"，评鲍令晖诗"崭绝清巧"，评江祐诗"猗猗清润"，评虞羲诗"奇句清拔"，等等。

以上用例，均可证明"清"在西晋至南朝，已经由人物品评进入文学批评，成为重要的文论范畴。① "清"作为文学审美范畴的新兴，具有独特的审美内涵和深远的美学意义。竹田晃认为魏晋南北朝时期"清"字溢出传统藩篱的新义有四点：一是纯而不杂，引申为典雅正统；二是文辞简要；三是超俗高蹈；四是经久磨炼而成的技巧。② 蒋寅则认为"清"的基本内涵是明晰省净，既指气质上的超脱尘俗，也指立意与艺术表现上的新颖。他认为竹田晃所说的"清"的四义并非全是新兴之义，四种含义中只有第二义是溢出于传统内涵的，其他三义都不是。"清的新出含义就集中到文辞简约一点上

---

① "清"在此期的乐论、书论、画论中使用较少。
② 竹田晃：《魏晋六朝文学理论中的"清"的概念》，载《中哲文学会报》第八号，1983年6月版。

来，而这正是六朝文学理论在'清'中注入的美学精神。"[①]笔者认为，将"清"的四义落实在文学批评之中，并且通过大量的文学批评实践，使之具有稳定、普泛的理论内涵，这是魏晋南北朝文论对于"清"范畴的贡献所在。"清"范畴在魏晋南北朝的审美生成，与魏晋玄学、人物品评尚"清"的思潮遥相呼应，具有深远的美学意义。"先秦两汉时占统治地位的审美精神是规矩（先秦礼乐）、质实（充实之谓美）。规矩、质实的审美精神重拙重，'清'的审美精神重飘逸。"[②]故而"清"范畴的新兴，代表了一种不同于先秦两汉的新的审美精神的形成，这对于后世的文学精神和士人精神都产生了深刻的影响。

◎ 第二节
"简"范畴的审美生成

"简"，《说文解字》释为"牒也"。又释"牒"为"札也"。故简即是文牒。上古无纸，故有事书之于特制的竹片或木片上，竹片称"简"，木片称"札"或"牍"，统称为"简"。《诗·小雅·出车》"畏此简书"之"简书"即书写在简上的文书。竹简、木简所占空间大，为了便于携带传递，简书的内容一般力求精要。由此，"简"又引申出简略、简要之意。故张自烈《正字通》释"简"为："要也，略也，又牒也。"

尚简之精神上古已有，却不是受书写材料所限而生发的，而是古人思考世界起源而得出的哲学认识，他们把"简"视为"道"的特征。老子没有使用"简"字，但"朴""少""希""俭"意近于"简"。老子说："道常

[①] 蒋寅：《古典诗学中"清"的概念》，载《中国社会科学》，2000（1）。
[②] 李春青：《魏晋清玄》，54页，北京，北京师范大学出版社，2009。

无名,朴。""朴"字,《说文解字》释为"木皮也","木素也"。朴即素,它是一种质朴、简素的状态。老子认为"道"永远处于这种无名及质朴状态。求"道"的过程就是逐渐减少巧智,即"为道日损",最终回归于朴。因而求"道"是做减法,这样才能接近"道"。所以老子说:"少则得,多则惑。"少取反能多得,贪多反而迷惑。同理,多言繁滥,使人迷惑;简要之语,反能揭示本质。老子又说:"希言自然。""希言"即是少言,"道"本清静无为,故而少言亲近于自然之道。老子又视"俭"为"三宝"之一,认为"俭故能广",即俭才能厚广;而舍弃"俭"的后果是"死矣",所以说"治人事天,莫若啬"。啬意同于俭,《韩非子·解老》谓"少费之谓啬"。作为创生的本源,"道"至简,实质是"无"。老子说:"道生一,一生二,二生三,三生万物。"万物的创生过程是由简至繁的。《庄子·齐物论》之"道通为一"和《天地》篇之"通于一而万事毕"也明此旨。老、庄所阐述的"道"的这种以一总万的特点,为文艺美学的尚简思想提供了哲学基础。

"简"也是《易》道的特征。《易》的乾、坤两卦分别以易、简为特点。《易·系辞下》云:"夫乾确然,示人易矣。夫坤隤然,示人简矣。"易即是平易,简即是简约。《易·系辞上》云:"乾以易知,坤以简能。易则易知,简则易从。……易简而天下之理得矣。"平易简约则能得天下之理。易简既是乾、坤两卦的特点,也是天地之道的表征。《易》阐释的至理之一即是易简,以至于易简被视为《易》的含义之一。郑玄《易赞·易论》云:"《易》之为名也,一言而含三义:易简,一也;变易,二也;不易,三也。"《易》的卦象虽是一些简单的线条组合,却"广大悉备",变化无穷;《易》的卦辞以最简洁的语言揭示了事物变动状态;《易传》尚简的思想更是显而易见的。

《论语》记载的孔子的话都极为简约,这固然与其语录体的特点有关,但也反映了孔子"辞达而已矣"的主张。孔子言语尚简,处事也尚简。《论语·雍也》记载:

仲弓问子桑伯子。子曰："可也简。"仲弓曰："居敬而行简，以临其民，不亦可乎？居简而行简，无乃大简乎？"子曰："雍之言然。"

孔子称赞子桑伯子办事简要而不烦琐。冉雍（字仲弓）诠释孔子所谓的"简"，是恭敬严肃而行事简要，而非图省事，以草率的态度来行简。冉雍的诠释得到了孔子的认可。可见，孔子崇尚的"简"是敬而简，而非《庄子·天运》所说的"苟简"。敬而简是有德的表征。《礼记·中庸》有"君子之道，淡而不厌，简而文，温而理，知远之近，知风之自，知微之显，可与入德矣"的说法，实是以"简而文"配德。《礼记·乐记》之"广其节奏，省其文采，以绳德厚"即此意。"文质彬彬"虽是文质并举，但儒家实际主张质先于文，孔子所谓"绘事后素"，可证此旨。儒家尚简是其尚质思想的反映，故《礼记·乐记》有"大乐必易，大礼必简"之说。

汉武帝"罢黜百家，独尊儒术"，儒学大兴。董仲舒在《春秋繁露·必仁且知》中阐释"何为知"时，答案中有一条"简而达"。然而汉代经学家诠释经典，却是繁章琐句，文辞尚简的风气荡然无存。汉大赋也是铺张扬厉，以繁富华丽的辞藻描写汉帝国的盛世图景。王充《论衡》有百篇，写得"文重"，他在《自纪》篇中假设了"文贵约而指通，言尚省而趋明"的责难，并有所辩答，他指出："累积千金，比于一百，孰为富者？盖文多胜寡，财寡愈贫。世无一卷，吾有百篇；人无一字，吾有万言，孰者为贤？"这实代表了汉代文人的普遍认识。倒是东汉道教典籍《太平经》所载天师之语，主力文章简约："文多使人眩冥，不若举其一纲，使万目自列而张。"

魏晋时期，儒学统治倒台，玄学兴起，以追求玄理为旨趣，主张以简约的语言表达丰富的玄理，这实是对汉代繁琐经学的反动。三国魏玄学家王弼主张"得意在忘象，得象在忘言"，确立了玄学得意忘言的传统。由此《易传》尚简的思想重新被发掘出来。正如其《周易略例·明象》所说："夫少者，多之所贵也；寡者，众之所宗也。……繁而不忧乱，变而不忧惑，约以存博，简以济众，其唯《象》乎！"这种对《易传》尚简思想的推崇，正是魏晋玄学尚简精神的集中反映。于是，言少者成了被称赞的对象。比如，刘桢《谏曹植书》云："家丞邢颙，北土之彦，少秉高节，玄静澹泊，言少理多，真雅士也。"邢颙因为玄静少言而被称为雅士。《易·系辞下》所谓"吉人之辞寡，躁人之辞多"，也重新被玄学家们翻出来作为衡量雅士的重要标准。比如《世说新语·品藻》记载：

> 王黄门（王徽之）兄弟三人俱诣谢公（谢安），子猷（王徽之）、子重（王操之）多说俗事，子敬（王献之）寒温而已。既出，坐客问谢公："向三贤孰愈？"谢公曰："小者最胜。"客曰："何以知之？"谢公曰："吉人之辞寡，躁人之辞多。推此知之。"

王羲之的三个儿子王徽之、王操之、王献之拜访谢安，王献之的两位兄长谈俗事没完没了，王献之则只讲天气冷暖便闭口不言。谢安对王献之评价最高，他的理由正是"吉人之辞寡，躁人之辞多"。

在玄学的影响下，"简"成为魏晋人物品藻的重要标准。《世说新语》的《赞誉》篇和《品藻》篇中记载了很多这样的例子。比如，谢鲲评王玄"清通简畅"，王邃评王舒"风概简正"，武陔评陈泰"明练简至"，王衍评王述"真独简贵"，时人评阮裕"简秀不如真长（刘惔）"，孙绰评刘惔"清蔚简令"，等等。

晋人品藻人物，由人及文，对文章的品评也开始出现尚简的趋势。比如，张辅《名士优劣论》比较司马迁、班固的才之优劣："世人论司马迁、班固才之优劣，多以固为胜，余以为失。迁之著述，辞约而事举，叙三千年事唯五十万言；固叙二百年事乃八十万言，烦省不敌，固之不如迁一也。"他认为司马迁优于班固的理由之一就是前者著述简约，后者著述烦琐。《文心雕龙·练字》云："自晋来用字，率从简易。"正指出了晋人文章用字尚简的风气。比如，陆云主张文章"清省"，《与兄平原书》说："云今意视文,乃好清省。"基此,他把自己的作品大加删减,"《九悲》《九愁》,连日钞除,所去甚多"。对作文繁富之人,他多有嘲讽:"有作文唯尚多而家多猪羊之徒,作《蝉赋》二千余言,《隐士赋》三千余言,既无藻伟体,都自不似事,文章实自不当多。"陆机《文赋》说:"要辞达而理举,故无取乎冗长。"但陆机文风却以繁富为累。对此,陆云《与兄平原书》多有批评:"《文赋》甚有辞,绮语颇多,文适多体,便欲不清。""兄文方当日多,但文实无贵于为多。""兄文章之高远绝异,不可复称言,然犹皆欲微多。"对二陆的文风,刘勰在《文心雕龙》中有所辨析,《镕裁》篇说:"至如士衡才优,而缀辞尤繁;士龙思劣,而雅好清省。及云之论机,亟恨其多。……《文赋》以为榛楛勿剪,庸音足曲,其识非不鉴,乃情苦芟繁也。"刘勰认为陆机辞繁,陆云清省;陆机提出"榛楛勿剪"的说法,是他懒于删减文章之故。① 《议对》篇批评陆机"腴辞弗剪,颇累文骨",《才略》篇批评陆机"才欲窥深,辞务索广,故思能入巧,而不制繁",认为陆机不能控制辞语的繁富。总体来讲,刘勰对于陆机的辞繁是颇为反感的,而对于陆云的"清省"更有好感,《才略》篇称赞陆云:"士龙朗练,以识检乱,故能布采鲜净,敏于短篇。"究其原因,在于尚简是刘勰文学理论体系中的核心观念。《文心雕龙》在文学的基本规律、文学品评、文体批评等层面对"简"有全面的探讨。

在《文心雕龙·物色》中,刘勰全面论述了他的尚简思想,提出"析辞尚简"的崭新说法。他认为"物色虽繁,而析辞尚简"。物色是繁多的,

---

① 刘勰论二陆之繁简,持论甚当,但将原因归为陆机才优、陆云思劣,则未必合理。前文已述,陆云为文之清省,是他有着清醒的审美追求,并不是思劣的结果。他的《九悲》《九愁》在未经删减之前,一定是颇为繁富的(否则不可能一经删改"所去甚多"),这恰是他才优思捷的表现。陆云善于删减文章,实是"才核"者,正如《文心雕龙·镕裁》所言:"才核者善删。"《晋书·陆云传》载陆云与荀隐的嘲戏之辞,思维敏锐;又载陆云为浚仪令时,断案推理如神。这些都不是思劣之人可以做到的。刘勰对于陆机"榛楛勿剪"说也颇有曲解,钱锺书《管锥编·全晋文卷九十七》、李壮鹰《逸园续录》对此有详细的评论。概括来说,陆机以"榛楛勿剪"喻指凡句在文章中有衬托警句的功能,这好比榛楛能使翠鸟托足一样。这是陆机极为独到的文论主张,并不是他懒于删减文章的表现。

但创作者并不需要用繁多的词语来铺写，少量的词语就可以穷形尽相。他举例说："故灼灼状桃花之鲜，依依尽杨柳之貌，杲杲为出日之容，瀌瀌拟雨雪之状，喈喈逐黄鸟之声，喓喓学草虫之韵。皎日嘒星，一言穷理；参差沃若，两字穷形：并以少总多，情貌无遗矣。"可见，"以少总多""一言穷理"既可使情貌无遗，也折射出创作主体盎然的情趣。正由于析辞尚简，创作者就不用疲于描摹外物，可以用心揣摩把玩物色，从而以最精练的语言传物色之神，达到"使味飘飘而轻举，情晔晔而更新"的效果。相反，如果用繁琐的词语来铺写物色，往往"繁而不珍"，以致淹没创作者的情感。

"析辞尚简"的观念并非只体现在《物色》一篇中，从《文心雕龙》全书来看，这是刘勰的一个基本思想。首先，刘勰从文学创作的基本规律角度肯定了"简"。他认为文骨的特征之一即是"简"，《风骨》篇说"故练于骨者，析辞必精"，"若瘠义肥辞，繁杂失统，则无骨之征也"。《议对》篇批评陆机"腴辞弗剪，颇累文骨"，说明文不尚简，便会累及文骨，即《诠赋》篇所谓"繁华损枝，膏腴害骨"。他又从镕裁的角度探讨"简"，说："句有可削，足见其疏；字不得减，乃知其密。精论要语，极略之体；游心窜句，极繁之体。""若情周而不繁，辞运而不滥，非夫镕裁，何以行之乎？"删减游辞是文学创作中的重要环节，旨在使情、辞相称，从而创制美文。在《事类》篇中，刘勰指出："是以综学在博，取事贵约，校练务精，捃理须核，众美辐辏，表里发挥。"他以博、约、精、核为"众美"，其中"博"是针对综览各家学说而言的，实际文学创作层面之美是"约""精""核"，这些都与"简"有着直接联系。概而言之，刘勰所说的"众美"，无非体现在两个方面，一是创作之前的"博"美；二是创作之时的"简"美，也即《铭箴》篇所说的"文约为美"。

其次，刘勰将"简"作为文学品评的重要标准，主张简约，反对繁琐。《文心雕龙》品评作品时，对"简""约""要"等的强调，是刘勰"析辞尚简"观念的直接体现。比如，《颂赞》篇赞赏崔瑗《南阳文学颂》和蔡邕《京兆樊惠渠颂》"简约乎篇"；《诔碑》篇称赞崔骃、刘陶诔文"工在简要",称赞蔡邕碑文"叙事也该而要";《史传》篇称赞《春秋》"经文婉约",称赞孙盛《晋阳秋》"以约举为能";《诸子》篇称赞《尹文子》"辞约而精";《檄移》篇称赞陆机《移百官》"言约而事显"。《文心雕龙》对"烦""秽""繁""腴"等的批评,也从侧面反映了刘勰的"析辞尚简"观念。比如,《诔碑》篇批评扬雄《元后诔》"文实烦秽",批评曹植《文帝诔》"体实繁缓",《议对》篇批评陆机"腴辞弗剪,颇累文骨"。

最后,刘勰对于特定的文体提出了尚简的要求。在"论文叙笔"部分中,他认为"赞"体应该"约举以尽情";"铭"体、"箴"体应该"其摛文也必简而深","义典则弘,文约为美";"哀"体若"奢体为辞,则虽丽不哀";"启"体应该"辨要轻清,文而不侈";"议"体应该"标以显义,约以正辞,文以辨洁为能,不以繁缛为巧"。

刘勰的文学尚简观念,与他对文学本质的认识有关。他认为文学是"情文",《情采》篇云:"故立文之道,其理有三:一曰形文,五色是也;二曰声文,五音是也;三曰情文,五性是也。"在此基础上,他将文章繁简与两种类型的作者相联系:"为情者要约而写真,为文者淫丽而烦滥。"他肯定为情者之"要约""写真",批评为文者之"淫丽""烦滥"。当然,文学尚简,并非不要文采,"圣贤书辞,总称文章,非采而何",刘勰对文采的重要性早有认识。但在情与辞之间,情是第一位的。"故情者,文之经,辞者,理之纬;经正而后纬成,理定而后辞畅,此立文之本源也。"从这个角度说,刘勰尚简,正是强调文学以情为主,因为文辞繁缛的缺点是情理"为游辞所埋"。对于情、物、辞三者的关系,刘勰有深入探讨。《物色》指出,"物色之动,心亦摇焉","情以物迁,辞以情发","随物以宛转","与心而徘徊","物色虽繁,而析辞尚简"。《诠赋》篇则云:"情以物兴,故义必明雅;物以情观,故词必巧丽。"两篇正可参读。《物色》篇主张创作者以主观之情提炼物象,以简约之辞传达丰富的情韵,"使味飘飘而轻举,情晔晔而更新"。《诠赋》篇由情物互动关系,推导出对文辞的要求，即"巧丽"。刘勰提倡的"巧丽"与他批评的"淫丽"是相对的概念。"巧"，《说文解字》释为"技也"，指称技能的灵巧、精巧。"巧丽"是精要、巧妙之丽。文辞巧丽与文辞简约并不相悖，在《征圣》篇的语境中，二者是统一的：

> 是以论文必征于圣，窥圣必宗于经。易称辨物正言，断辞则备；书云辞尚体要，不惟好异。故知正言所以立辩，体要所以成辞；辞成无好异之尤，辩立有断辞之美。虽精义曲隐，无伤其正言；微辞婉晦，不害其体要。体要与微辞偕通，正言共精义并用；圣人之文章，亦可见也。颜阖以为仲尼饰羽而画，徒事华辞。虽欲訾圣，弗可得已。然则圣文之雅丽，固衔华而佩实者也。天道难闻，犹或钻仰；文章可见，胡宁勿思。若征圣立言，则文其庶矣。

刘勰引《尚书》"辞尚体要"以为准则。"体要"不是简单苍白，而是"衔华佩实"，所谓"圣文之雅丽，固衔华而佩实者也"。刘勰的"析辞尚简"观念，正与他的宗经思想有关。因为儒家经典的文辞都是简约的，如《春秋》"一字见义"，"一字以褒贬"，"褒见一字，贵逾轩冕；贬在片言，诛深斧钺。然睿旨幽隐，经文婉约"。刘勰尚简不是崇尚简单，而是要求有限的文字蕴含丰富的思想，即"辞约而旨丰"。他认为，宗经能使文体有六义，其中就包括"体约而不芜""文丽而不淫"，这些都是他强调文学宗经得出的必然结论。

刘勰在《原道》篇中提出"道之文"的说法，为文学的合法性提供了最高的哲学依据。这也使得刘勰在论文之时，吸收了前代关于"道"的种种看法。老子、《易传》都以"简"为"道"的特征，魏晋玄学的代表人物王弼又以老子思想来解《易》。在"道之文"的语境中，刘勰的"析辞尚简"观念也有本体论指向。《情采》篇曰：

> 是以联辞结采，将欲明理，采滥辞诡，则心理愈翳。固知翠纶桂饵，反所以失鱼。言隐荣华，殆谓此也。是以衣锦褧衣，恶文太章，贲象穷白，贵乎反本。

刘勰"贲象穷白"之说，实是以《易》之"简"来证文学之"简"。刘勰借贲卦最后一爻回归本色（白色），喻指文章写作不宜过分追求华丽的文采，而应以性情的本色为贵。文采为表现情理服务，如果泛滥，就会遮蔽情理，好比用翡翠鸟的羽毛为钓鱼线，以肉桂为鱼饵，反而钓不到鱼一样。刘勰主张"乘一总万，举要治繁"，也与《易传》有关。《易·系辞上》曰："大衍之数五十，其用四十有九。"即是用"一"总领"四十九"。《文心雕龙》的篇数，用大衍之数，四十九篇而归一于《序志》，正基于此。刘勰"析辞尚简"的旨趣主要不在文辞层面，他在《物色》篇中说："是以四序纷回，而入兴贵闲；物色虽繁，而析辞尚简，使味飘飘而轻举，情晔晔而更新。"可知，刘勰是在文学如何描写物色的层面提出"析辞尚简"说的，而"尚简"的旨归于在"使味飘飘而轻举，情晔晔而更新"。这就是说，创作者在面对自然界繁多的物象时，不要照相式地加以描写，要以简驭繁，化繁为简，抓住物象最传神处加以抒写，从而写出物象之韵味，从而达到"物色尽而情有余"的境界。

需要指出的是，刘勰"析辞尚简"之"简"并不是简单，而是"辞约而旨丰"。如果仅从字数来判断繁简，就会出现误判。《总术》篇说"精者要约，匮者亦鲜；博者该赡，芜者亦繁"，可见刘勰对于文学繁简问题的认识是辩证的。《章表》篇说："然恳恻者辞为心使，浮侈者情为文屈。必使繁约得正，华实相胜，唇吻不滞，则中律矣。"他认为不论繁简，都必须"中律"，即符合法则。简繁均有限度，如果超过限度，就会走向反面。比如，删字要留意，如果"字删而意缺，则短乏而非核"；敷辞则要义显，如果"辞敷而言重，则芜秽而非赡"。在繁简问题上，刘勰并非要求一律简言，因为"约则义孤，博则辞叛"，所以他要求在繁简之间寻求平衡。他所说的"析辞尚简"之"简"应该理解为"意少一字则义阙,句长一言则辞妨"的"简"美。

刘勰的"析辞尚简"观念有一定的现实针对性。在魏晋文学自觉的催动下,南朝文学过度繁荣,走上了追求文辞繁富华丽的形式主义道路。刘勰对此多有批评,《序志》篇说:"去圣久远,文体解散,辞人爱奇,言贵浮诡,饰羽尚画,文绣鞶帨,离本弥甚,将遂讹滥。"《情采》篇说:"体情之制日疏,逐文之篇愈盛。"《程器》篇说:"近代词人,务华弃实。"《定势》篇说:"自近代辞人,率好诡巧,原其为体,讹势所变。"刘勰对于文辞繁富之弊,多有论述。《议对》篇说:"若文浮于理,末胜其本,则秦女楚珠,复存于兹矣。""若不达政体,而舞笔弄文,支离构辞,穿凿会巧,空骋其华,固为事实所摈,设得其理,亦为游辞所埋矣。"《诠赋》篇说:"然逐末之俦,蔑弃其本,虽读千赋,愈惑体要。遂使繁华损枝,膏腴害骨,无贵风轨,莫益劝戒,此扬子所以追悔于雕虫,贻诮于雾縠者也。"这些论述都表明,刘勰的"析辞尚简"观念,是他对当时文坛浮滥淫丽之风的理论回应。对于当时文坛这股淫丽之风,裴子野、颜之推等人也多有批评,其他文学批评家也不乏尚简之说。比如,钟嵘《诗品》称赞陶渊明诗"文体省净,殆无长语";称赞张协诗"文体华净,少病累";批评谢灵运诗"颇以繁芜为累"。刘孝绰《昭明太子集序》说:"深乎文者,兼而善之,能使典而不野,远而不放,丽而不淫,约而不俭,独擅众美,斯文在斯。"在南朝文坛奢辞竞丽的情况下,刘勰、钟嵘、刘孝绰等文学批评家保持了清醒的头脑,他们共同标举"简"美,使"简"成为重要的美学范畴。

从魏晋南北朝开始,"简"美成为中国美学史上重要的审美理想。清刘大櫆《论文偶记》以"简为文章之尽境",实受魏晋南北朝尚简文论之影响。魏晋南北朝的审美尚简观念,与魏晋以来重神轻形、以形写神的思想有内在联系，对于后世意境理论亦有内在的影响。①

◎ 第三节
"淡"范畴的审美生成

"淡"，《说文解字》释为"薄味也"。淡的本义是从饮食之味来讲的，薄味就是少味乃至无味。淡是"无主味"②的，它不是五味中的任何一味，也不是五味中数味的混合，但它却是五味的中心。《管子·水地》说："准也者，五量之宗也；素也者，五色之质也；淡也者，五味之中也。"房玄龄注云："无味谓之淡，水虽无味，五味不得不平也，故为五味中也。""淡"是五味的中心，就好比"准"是五种量器的根据，"素"是五色的基础。"淡"是没有杂味的本真之味，这颇能说明"道"的特点。

老、庄都强调"淡"是"道"的特点。《老子》三十五章说："道之出口，淡乎其无味。"河上公注云："道出入于口，淡淡非如五味有酸咸苦甘辛也。""淡"在老子哲学中具有超越性，它无味而又是至味、全味，这正是"道"的特征。故老子有"味无味"的说法，河上公注云："深思远虑，味道意也。"道之味不同于世俗之味，前者淡，后者浓；前者以无味为特征，后者以五味为特征。《老子》十二章说："五味令人口爽。"河上公注云："爽，亡也。人嗜五味于口，则口亡，言失于道味也。"故而沉迷于世俗之味，则有碍于对"道"的体味。庄子也视"淡"为"道"的特点。《庄

---

① 审美尚简，符合文艺心理学对于视知觉的描述。阿恩海姆《艺术与视知觉》指出："人的眼睛倾向于把任何一个刺激式样看成已知条件所允许达到的最简单的形状。"又说："大脑领域中所存在的那种向最简单的结构发展的趋势，能使知觉对象看上去尽可能的简单。"尚简与意境的关系，从绘画上最容易讲清楚，因为简笔往往能画出物象的神韵。比如齐白石画虾，将虾腿简化为五只，虾眼简化为两横笔，却使得虾如立纸上，极为传神。

② 《汉书·扬雄传》："大味必淡。"唐颜师古注曰："淡谓无主味也。"此说甚当。

子·天道》说："虚静恬淡寂漠无为者，万物之本也。""夫虚静恬淡寂漠无为者，天地之平而道德之至。""澹然无极而众美从之，此天地之道，圣人之德也。 故曰：夫恬淡寂漠虚无无为，此天地之平而道德之质也。"《庄子·刻意》说："虚无恬淡，乃合天德。"故而庄子主张"游心于淡"，郭象注云："任其性而无所饰焉则淡矣。"①

在老、庄眼中，"淡"不仅是"道"的特征，也是处世的态度。《老子》三十一章说："兵者不祥之器，非君子之器，不得已而用之，恬淡为上。 胜而不美，而美之者，是乐杀人。"认为兵器不祥，君子若不得已用之，应淡然处之，打了胜仗也不可得意扬扬，否则便是喜欢杀人。 这里"恬淡"是一种对待事物的态度。《老子》二十章说："众人熙熙，如享太牢，如春登台。 我独泊兮，其未兆，沌沌兮如婴儿之未孩。"众人兴高采烈，像参加盛宴，又像春天登台眺望景色；老子却独自淡泊宁静，不露形迹，好似不知嬉笑的婴儿。 老子与众人的差异在于他以道为贵，《老子》二十章说："我独异于人，而贵食母。"王弼注云："食母，生之本也。"而道是淡然无味的，故而体道之人对待生活的态度也是淡然宁静的。 这就是老子所说的"淡兮其若海"，意谓体道之人淡泊宁静有如大海。《庄子·山木》则说："且君子之交淡若水，小人之交甘若醴；君子淡以亲，小人甘以绝。"处世以"淡"，故而亲近于道，这是君子；处世以"甘"则自绝于道，则是小人。《庄子·刻意》说："不与物交，淡之至也。"郭象注云："至淡者，无交物之情。"庄子处世以"淡"，故楚国延请他出仕，他断然拒绝；庄子丧妻，鼓盆而歌；庄子叮嘱弟子，将他死后的尸体付诸荒野。 这种对待名利、亲情、生死的"淡"然态度，是他不与物交、亲近大道的体现。

先秦儒家则从尚质的角度尚淡。 "淡"是无主味的本真之味，有不与物交的特点，故而指向纯粹的本质。 从这个意义上讲，"淡"与"文""丽"

---

① （清）郭庆藩撰，王孝鱼点校：《庄子集释》，294页，北京，中华书局，1961。

是相对的。①《易传》对"贲象穷白"的诠释,孔子对"绘事后素"的肯定,《礼记》对大羹、玄酒的推崇,都表明儒家对本质素淡之美的认同。

汉初崇尚黄老之学,沿着老、庄的路径,以淡味为美。《淮南子·原道训》云:"无味而五味形焉。"《淮南子·泰族训》云:"无味者,正其足味者也。"西汉末年,依然以淡为美,扬雄《解难》谓"大味必淡",正是上承老子思想。但是从东汉开始,尚淡的思想发生了改变,王充《论衡·自纪》云:"大羹必有淡味,至宝必有瑕秽;大简必有不好,良工必有不巧。"认为祭祀用的太羹必然淡而无味,最珍贵的宝石也必然有杂质;书籍文章难免出差错,良工巧匠也会有不精巧之处。显然,"淡味"与"瑕秽""不好""不巧"相并列,是贬义的。"汉代后期,儒学独尊,偏尚五味之美的趣味抬头,'淡味'渐遭冷落。"②这种情况到魏晋时期又发生了转变,在魏晋人物品评及魏晋玄学的影响下,"淡"又重新升格为理想美的型范,并进入文艺审美之中,成为重要的文艺审美范畴。

魏晋人物品评,以"淡"为最高范畴。魏初刘劭《人物志·九征》云:"中和之质必平淡无味。"刘昞注云:"惟淡也,故五味得和焉。若苦则不能甘矣,若酸也则不能咸矣。"刘劭品评人物以"中和之质"为最高,中和之质的特点是"平淡无味",这是通于"道"的。"淡"是最全面的味道,而五味各有所偏,比如苦则不能甘,酸则不能咸。刘劭用老子所谓"淡乎其无味"之"道"来诠释儒家的中庸之道,体现了儒、道合流的趋势。刘劭认为:"是故观人察质,必先察其平淡,而后求其聪明。"刘昞注云:"譬之骥骡,虽超逸绝群,若气性不和,必有毁衡碎首决胸之祸也。"故而人物品评首先要察其是否有平淡之质,以证其为全才或偏才。"其为人也,质素平

---

① "文""丽"都是两个以上的事物相交或相伴而形成的。许慎《说文解字》云:"文,错画也。"《易传·系辞下》云:"物相杂,故曰文。"《国语·郑语》云:"物一无文。"可见,文是由多条线条相交形成的。"丽"的甲骨文,象二人齐首比肩同步。《说文解字》云:"丽,旅行也。"旅行即侣行,结伴而行之意。
② 祁志祥:《以淡为美——道家论平淡美胜过浓丽美》,载《贵州社会科学》,2002(3)。

淡，中叡外朗，筋劲植固，声清色怿，仪正容直，则九征皆至，则纯粹之德也。"刘劭认为至德之人，九征皆至，其中排第一位的是"质素平淡"。

魏晋玄学崇尚老、庄，当时的名士大多以"淡"为人格美。《世说新语·赏誉》记载王述"不淡"，为时人所讥：

> 简文（晋简文帝）道王怀祖（王述）："才既不长，于荣利又不淡，直以真率少许，便足对人多多许。"

王述崇尚名利，缺乏淡泊之心。《晋书·王述传》记王述受贿一事："初，（王）述家贫，求试宛陵令，颇受赠遗，而修家具，为州司所检，有一千三百条。王导使谓之曰：'名父之子不患无禄，屈临小县，甚不宜耳。'述答曰：'足自当止。'"王述受贿被有司检举，王导派人去劝止他，王述却说贪够了就会停止。王述对于接受职位从不推让，"（王）述每受职，不为虚让"，他的儿子王坦之劝他推让，却被他大骂一通。据《世说新语·忿狷》，王述以性急著称，曾因没夹着鸡蛋，而把鸡蛋怒掷于地，以屐蹍之，复又取置口中啮破而吐之。这种性格自然不擅长谈玄理，故《世说新语·文学》记载桓温批评他谈玄理涩如"生母狗"。《世说新语·品藻》载王衍评价他："真独简贵，不减父祖，然旷澹处故当不如尔。"王述的祖父王湛"冲素简淡，器量隤然，有公辅之望"。王述的父亲王承为人冲淡寡欲，"无所循尚。累迁东海内史，为政清静，吏民怀之。避乱渡江，是时道路寇盗，人怀忧惧，承每遇艰险，处之怡然"[①]。王承的"淡"体现在冲淡寡欲，更体现在他面对寇盗，处之怡然。这种七情不露于色，遇事淡然，不改常态之风，时人谓为"雅量"。

王述的儿子王坦之也是东晋名士，颇类其父"不淡"，亦为人所讥。据《世说新语·雅量》，晋简文帝驾崩后，桓温不满于谢安、王坦之干涉权

---

① 《世说新语·政事》刘孝标注引《名士传》。

柄,设伏兵欲除之,谢安神色不变,望阶趋席,作洛生咏,而王坦之则惊恐之状现于言表,谢安的淡然与王坦之的惊恐,形成了鲜明对比,"王、谢旧齐名,于此始判优劣"。谢安遇危险淡然,遇喜事亦淡然。淝水之战,谢安派侄儿谢玄出战,谢玄以少胜多,击败前秦苻坚精兵,捷报传到谢安处,谢安正与人下棋,看完信后,默然无语,"意色举止,不异于常",待客人问起,才说了句"小儿辈大破贼"。这种以"淡"为美的雅量,《世说新语》记载较多。比如,王徽之、王献之兄弟面临火灾时的迥异表现,王徽之"遽走避,不惶取屐";王献之"神色恬然,徐唤左右扶凭而出,不异平常",于是"世以此定二王神宇"。又比如,庾亮与苏峻大战,战败后率十余人乘小船西奔,乱箭误中舵工,举船上下"咸失色分散,(庾)亮不动容"。从《世说新语》的上述记载来看,晋人以"淡"为美是显见。

魏晋名士尚淡之风对于文学审美也有影响,促进了东晋以素淡宁静为特点的田园诗的兴起。陶渊明的外祖父孟嘉是东晋名士,其名士风流,通过陶渊明母亲的口述,从小就对他产生了潜在影响。陶渊明不为五斗米折腰,辞官归隐田园,其淡然处世的风格,透露出名士风流。陶渊明的田园诗集中体现了"淡"美。陶诗的风格很明显,就是"平淡朴素",如"种豆南山下""今日天气佳""青松在东园""秋菊有佳色""悲风爱静夜""春秋多佳日"等句,均不用华丽辞藻,诗语宛如大白话,却意境浑融,有"淡"美之致。欣赏陶诗,绝不能将其平淡朴素的诗句抽离于整体意境来评价,否则就等同于砍断美人手脚来欣赏,当然毫无美感可言。

陶诗"平淡朴素",却蕴含着他丰富的人生体验。苏轼《与二郎侄》说:"凡文字,少小时须令气象峥嵘,彩色绚烂;渐老渐熟,乃造平淡,其实不是平淡,绚烂之极也。"①苏轼《书唐氏六家书后》说:"精能之至,反造疏淡。"②可知,平淡是一种境界,年轻人喜欢峥嵘、绚烂,待到年纪大

---

① (宋)苏轼撰,孔凡礼点校:《苏轼文集》,2523页,北京,中华书局,1986。
② 同上书,2206页。

些，才会喜欢平淡，而这种平淡绝不是简陋，而是绚烂之极的表现。自然界中的白光，看起来很朴素，却是由七种颜色构成的。这种自然现象可以诠释文学之"淡"美。陶诗"平淡朴素"正是绚烂之极，乃造平淡的代表。陶诗的"平淡朴素"，并不像玄言诗那样淡乎寡味，而是质而实绮，以一种平淡自然的方式展现绚烂的内在生命力。

陶诗平淡自然的诗歌语言，近似于"天工"，但诗歌总归是"人工"的创作，是主体有意识的创作，就脱离不了"人工"。只不过，高级的"人工"不露痕迹，正如元好问《论诗三十首》其四所谓"一语天然万古新，豪华落尽见真淳"，又如李白《经乱离后天恩流夜郎忆旧游书怀赠江夏韦太守良宰》所谓"清水出芙蓉，天然去雕饰"。陶诗虽不离"人工"，但近于"天工"，这是诗歌创作中比较高级的境界。诗歌史上亦不乏一味苦吟的诗作，卢延让《苦吟》云："吟安一个字，捻断数茎须。"方干《贻钱塘路明府》云："吟成五字句，用破一生心。"这样的作品，有"人工"，却不自然，达不到"天工"的境界。而陶渊明"采菊东篱下，悠然见南山"这样的诗句写的是"即目之所见"，虽然"平淡朴素"，但近于"天工"，境界高于一味苦吟的作品。钟嵘《诗品》说："古今胜语，多非补假，皆由直寻。"就是说，古今好的语言，一定是直寻的结果，而不是用典故补缀拼凑的，可见钟嵘强调的诗歌艺术的最高境界正是自然。从整体上看，陶渊明诗歌在艺术成就上达到了魏晋诗歌的高峰，他的诗歌是淡美的典范。

在南朝尚丽的时代背景下，刘勰《文心雕龙》以风清骨峻、辞采华美为最高审美理想。在《文心雕龙》中没有崇尚平淡的陶诗的地位。刘勰并不以"淡"为美，《镕裁》篇云："辞如川流，溢则泛滥。权衡损益，斟酌浓淡。"只是讲镕裁时，刘勰主张对词语的浓淡要斟酌使用，但并没有尚淡的意思。《时序》篇云："于时正始余风，篇体轻淡。"正始之后，曹髦、曹奂都是年少即位，立废迭起，文学上玄风尚存，诗歌风格恬淡。刘勰对这种玄理影响下的诗歌并无好感，《明诗》篇云："正始明道，诗杂仙心，何晏之徒，率多浮浅。"《通变》篇从文学发展史的角度指出从黄唐至刘宋文学："从质及讹，弥近弥淡。"此处"淡"为"寡味""无味"之意，刘勰批评文学从质朴到诡巧，越往近代，诗味越淡。究其原因在于"竞今疏古，风末气衰也"，因此要"矫讹翻浅，还宗经诰"。

钟嵘以"淡乎寡味"批评东晋玄言诗。玄言诗受玄学的直接影响，东晋玄学家们在诗中谈玄理，使得诗歌丧失了美质。故《诗品》说："永嘉以来，清虚在俗。王武子（王济）辈诗，贵道家之言。爰洎江表，玄风尚备。真长（刘惔）、仲祖（王濛）、桓（桓温）、庾（庾亮）诸公犹相袭。世称孙（孙绰）、许（许询），弥善恬淡之词。"这种以"恬淡之词"为特点的玄言诗，正是钟嵘批评的对象。《诗品序》说："永嘉时，贵黄、老，稍尚虚谈，于时篇什，理过其辞，淡乎寡味。爰及江表，微波尚传，孙绰、许询、桓、庾诸公诗，皆平典似《道德论》。建安风力尽矣。"钟嵘评玄言诗"淡乎寡味"，直切其要害。

诗至东晋郭璞，才稍变玄言之体。《诗品》评郭璞诗云："宪章潘岳，文体相辉，彪炳可玩，始变中原平淡之体，故称中兴第一。""平淡之体"指玄言诗体。郭璞诗文采绚丽、情辞慷慨，钟嵘称赞为"中兴第一"，认为从郭璞开始才改变了玄言诗盛行的局面。《文心雕龙·才略》也说："景纯艳逸，足冠中兴。"玄言诗以诗歌的形式表达玄理，的确不美，刘勰、钟嵘批评甚当。但是在南朝批评家眼中，"淡"被赋予了贬义，他们对于陶诗开创的"平淡"风格缺乏足够的认识。沈约《宋书·谢灵运传论》、刘勰《文心雕龙》、萧子显《南齐书·文学传论》品评晋宋之际的作家时，均未提及陶渊明。钟嵘《诗品》则把陶诗列为中品，虽然称赞陶渊明是"古今隐逸诗人之宗"，但还不足以奠定陶渊明在魏晋南北朝文学史中的地位。陶渊明在南朝未受到应有重视，主要原因是陶诗质朴、平淡的风格，与当时华美的主流文风格格不入。随着魏晋文学自觉的深化，文学发展到南朝出现了过度繁荣的局面，走上了过度追求骈偶及辞藻华美的形式主义道路。对陶诗的低估，正是淡美在南朝被轻视的表征。

淡美在魏晋文艺批评中的生成及在南朝文艺批评中的被低估，反映了两个时代截然不同的审美趣味。直至唐代，淡美依然不是主流的文学审美趣味。整体来看，初盛唐诗尚雄奇，中晚唐诗尚怪奇。虽然王维、白居易等人的诗歌尚平淡，但不是唐诗的主流风格。唐人欣赏陶渊明不畏权贵的精神，却并未把陶诗奉为最高的典范。陶渊明在诗史上的地位到宋代才确立。钱锺书指出："渊明文名，至宋而极。"①比如，欧阳修认为晋无文，唯陶渊明《归去来兮辞》一篇而已；苏轼独好陶诗，创作了百余首《和陶诗》，认为李白、杜甫诗歌都不如陶诗；范温《潜溪诗眼》说："是以古今诗人，惟渊明最高。"②这些都表明宋人已经把陶诗奉为至高无上的经典。陶诗经典地位的确立，正是淡美重新被确立为文学审美理想的表征。

淡美在宋代的重新确立，与禅宗及道家思想对宋代文人的普遍影响有深刻关系。禅宗传至宋代，临济、曹洞、云门三宗最为兴盛。欧阳修、王安石、苏轼、黄庭坚等普遍受到禅宗的影响。晚唐临济宗慧照禅师认为："佛法无用功处，只是平常无事，屙屎送尿，著衣吃饭，困来即卧。"③这种尚平常的风气影响到了宋代士人的审美趣味。其实，《庄子·知北游》中东郭子向庄子问道，庄子就说过，道"在蝼蚁""在稊稗""在瓦甓""在屎溺"。禅宗积极吸收道家思想，而道家所谓的"自然"落实在美学领域则是倡导平淡之美。在禅宗、道家影响下，宋代文学发掘了日常生活的审美意蕴，以"淡"为审美理想，形成了与唐代文学截然不同的审美趣味，对元明清文学产生了深远影响，使"淡"美成为中国文学审美理想的重要组成部分。

---

① 钱锺书：《谈艺录》，258 页。
② 郭绍虞辑：《宋诗话辑佚》，374 页。
③ （宋）赜藏主编集，萧萐父等点校：《古尊宿语录》，59 页，北京，中华书局，1994。

◎ 第四节
"远"范畴的审美生成

"远"字，甲骨文字形为👣，指带上衣物出行；篆文作𧺆，《说文解字》释为："辽也。从辵袁声。""远"字从"辵"即是从"步"会意。可知，"远"指空间距离遥远。试举几例：

> 山川悠远，维其劳矣。（《诗经·小雅·渐渐之石》）
> 其远而无所至极邪。（《庄子·逍遥游》）
> 吾固不辞远道而来愿见。（《庄子·天道》）
> 彼其道远而险……彼其道幽远而无人。（《庄子·山木》）
> 国多财则远者来。（《管子·轻重》）

上述悠远、远道、道远、幽远、远者，均指空间之遥远。《礼记》中亦有类似例证：

> 屏之远方。（郑玄注：九州之外也。）①
> 柔远人也，怀诸侯也。（郑玄注：远人，蕃国之诸侯也。）②
> 穷高极远，而测深厚。（郑玄注：高远，三辰也。深厚，山川也。）③

上述所言之"远"，也是指空间之远。

"远"由空间之远，引申为时间之远。比如，《管子·戒》云："期而

---

① 《礼记·王制》。
② 《礼记·中庸》。
③ 《礼记·乐记》。

远者莫如年。"意谓时间长莫如年代。《吕氏春秋·大乐》云："音乐之所由来者远矣。"汉代高诱注云："远，久。"

"远"由空间之远，亦引申出程度之深远。比如，《论语·颜渊》："浸润之谮，肤受之愬，不行焉，可谓远也已矣。"意谓对日积月累的谗言和肌肤所受的诬告都置之不理，这就可以称为看得远。又比如，《孟子·尽心下》云："言近而指远者，善言也。"意谓言语浅近而意义深远，就是"善言"。

综上，"远"本指空间遥远，由此引申出时间久远、程度深远的含义。正由于"远"具有上述三层含义，故而老子用"远"来描述"道"在时空上的无限以及意蕴上的深远。《老子》二十五章说："有物混成，先天地生。寂兮寥兮，独立不改，周行而不殆，可以为天下母。吾不知其名，强字之曰'道'，强为之名曰'大'。大曰逝，逝曰远，远曰反。"王弼注云："远，极也，周无所不穷极，不偏于一逝，故曰远也。"道广大无边，周流不息，伸展遥远，返回本质。可见"远"是道的特点之一。《老子》十四章又描述"道"说："视之不见，名曰'夷'；听之不闻，名曰'希'；搏之而不得，名曰'微'。"也正因为"道"具有远的特点，所以视之不见，听之不闻，搏之而不得。老子认为"玄德"的特点也是远，《老子》六十五章云："玄德深矣，远矣。"《易传》也认为易道的特点是"旨远"，《易·系辞下》云："其称名也小，其取类也大，其旨远，其辞文，其言曲而中，其事肆而隐。"故而"远"在先秦已经与"道"相勾连，具有深刻的哲学意蕴。

需要指出的是，"远"主要代表了先秦道家的哲学趣味，先秦儒家秉承着"入世"的精神，并不以"远"为主要旨趣。孔子致力于恢复西周礼乐制度，他主张的"礼"和"仁"，都是针对现实的政治、伦理而言的，他关注的是人事而非天道。所以子贡感叹："夫子之言性与天道，不可得而闻也。"孔子不言天道，显见之矣。东晋王坦之指出："孔父非不体远，以体远故用近。"体远就是体道。王坦之认为孔子也"体远"，不过孔子正因为

"体远"所以"用近",他曲护孔子之意是显而易见的。汉代儒生以注经为旨趣,以繁琐经学为代表的汉代儒学显然不具备"远"美。董仲舒讲天道,但他主张的"天人相副",不过是将"天"设为有意志的"天",其旨趣是关注天道威慑下的人事,董仲舒的思想也不具备"远"美。

魏晋时期,玄学兴起,老、庄思想成为时人的普遍选择。在魏晋玄学的影响下,"远"成为当时士人追求的思想境界。《晋书》记载,乐广"性冲约,有远识",向秀"清悟有远识"。《世说新语》也颇多魏晋士人尚"远"的记载。比如,《世说新语·德行》载,"太保居在正始中,不在能言之流,及与之言,理中清远"。此谓王祥不多言,言必理中而清远。《世说新语·言语》载,"会稽贺生,体识清远"。此谓贺循体识清远。《世说新语·德行》载,"晋文王称阮嗣宗至慎,每与之言,言皆玄远,未尝臧否人物"。此谓阮籍发言玄远,口不臧否人物。"玄远"既是阮籍乱世避祸的选择,更是他追求的精神境界。阮籍曾向隐士孙登请教引导之术,孙登皆不应,阮籍长啸而退,至半山闻孙登之啸,有若鸾凤之音。嵇康也曾从孙登游,孙登也是终日不发一言。竹林七贤之一的王戎与嵇康居山阳二十年,未尝见过嵇康的喜愠之色。可见,恬静缄默,追求玄远之境,是魏晋士人较为普遍的追求,这与玄学的影响不无关系。"远是玄学所达到的精神境界,也是当时玄学所追求的目标。"[①]比如,曹魏玄学家荀粲主张"言不尽意",认为"六籍虽存,固圣人之糠秕","盖理之微者,非物象之所举也"。他反对"立象以尽意",主张寻求"象外之意",而"象外之意"以"远"为特征,故而"荀粲谈尚玄远"有着深刻的玄学背景。又比如,东晋王坦之《与谢安书》指出:"今日之谈,咸以清远相许。"可知他认为当时的玄学清谈正以"清远"的特征。

魏晋士人对"远"之精神境界的追求,必然影响他们的审美趣味。以玄远为美逐渐成为魏晋南北朝重要的审美旨趣。"远"进入文艺审美领域,形

---

① 徐复观:《中国艺术精神》,211页。

成了四个主要的理论指向：一是审美境界之玄远，二是艺术想象之思远，三是审美距离之遥远，四是审美意蕴之深远。

首先，"远"指审美境界之玄远。比如，嵇康《赠秀才从军》第十四首说："息徒兰圃，秣马华山。流磻平皋，垂纶长川。目送归鸿，手挥五弦。俯仰自得，游心太玄。嘉彼钓叟，得鱼忘筌。郢人逝矣，谁与尽言。"这本是嵇康对于兄长嵇喜军中生活的想象，"目送归鸿""游心太玄"是一种心境之远。这种接近于玄远之道的人格境界，衬托出玄远的诗歌审美之境。又比如，陶渊明的田园诗展现了玄远的审美境界。《归园田居》其一云："暧暧远人村，依依墟里烟。狗吠深巷中，鸡鸣桑树颠。"远村、远烟是依稀所见，深巷中的狗吠则是远音。这些田园生活所见的景物，因陶渊明的远观而延伸向远方，通向虚无，引人想象。"人类心灵所要求的超脱解放，也可以随视线之远而导向无限之中，在无限中达成人类所要求于艺术的精神自由解放的最高使命。魏晋人所追求的人生的意境，可以通过艺术的远而体现出来。"[1]陶诗正展现了乡村远景所引发的审美意境，《饮酒》其五云："结庐在人境，而无车马喧。问君何能尔，心远地自偏。"居住在闹市，却感觉不到车马的喧闹，这是"心远"所造成的。内心与世俗保持一定的距离，就会产生"远"的人格境界，诗歌作为这种宁静致远心态的反映，展现的也是相应的审美境界。

其次，"远"指艺术想象之思远。西晋陆机《文赋》描述了艺术想象的特点，所谓"精骛八极，心游万仞"，"浮天渊以安流，濯下泉而潜浸"，指艺术想象可以到达极远之地，"八极""万仞""天渊""下泉"形容其远；所谓"观古今于须臾，抚四海于一瞬"，"恢万里而无阂，通亿载而为津"，指艺术想象突破了物理时空的限制，具有思远的特点，"古今""亿载"指时间之远，"四海""万里"指空间之远。南朝刘勰《文心雕龙》上承陆机《文赋》之旨，也描述了艺术想象这种思远的特点——"文之思也，

---

[1] 徐复观：《中国艺术精神》，211 页。

其神远矣""夫心术之动远矣"。而文思之远的表现是"寂然凝虑，思接千载；悄焉动容，视通万里"，即以"千载""万里"形容文思可以到达的时空之远。

再次，"远"指审美距离之遥远。随着南朝山水画的兴起，绘画如何在有限的画面中展现远景，成为当时画论探讨的重要问题。刘宋画家宗炳《画山水序》得出的结论是，通过简化的方式可以展现远景，"竖划三寸，当千仞之高；横墨数尺，体百里之迥"，这样"昆、阆之形可围于方寸之内"。绘画的"远"美之所以吸引人，在于审美对象处于远景之中，延伸向无限的空间深处。王维《山水论》有"远人无目，远树无枝。远山无石，隐隐如眉。远水无波，高于云齐"的说法，正因为对象之远，故而作画时减省了其中的一些要素，以似有似无的朦胧美，吸引受众；以有限展现无限，召唤受众以想象填补空白。

最后，"远"亦指审美意蕴之深远。刘勰《文心雕龙》对此多有探讨。比如，《声律》篇说"标情务远"，意谓标举情志，务必深远；《附会》篇说"寄深写远"，意谓寄托深远，余味不尽；《物色》篇说"吟咏所发，志惟深远"，意谓写作诗歌，情志只求深远；《才略》篇说"子云属意，辞意最深，观其涯度幽远"，意谓扬雄命意谋篇，含义最为深刻，所以他的作品寓意深广幽远；《体性》篇说"嗣宗俶傥，故响逸而调远"，意谓阮籍倜傥洒脱，所以其文辞高逸而风调深远；《序志》篇说"或有曲意密源，似近而远"，意谓有些曲折隐密的意思，看似浅近，实则深远。此外，钟嵘《诗品》评《古诗》"意悲而远""清音独远"，评嵇康诗"托谕清远"，也是以"远"指称审美意蕴之深远的。

魏晋南北朝"远"美对于后世审美产生了重要影响。比如，唐代皎然《诗式》云："远，非如渺渺望水，杳杳看山，乃谓意中之远。"所谓"意中之远"实是对审美对象形体的超越，是由审美距离之远，进入审美境界之玄远。皎然显然将魏晋南北朝"远"美的两个理论指向，即审美距离之遥远与审美境界之玄远贯穿了起来。又比如，北宋画家郭熙《山水训》提出了山水画的"三远"："山有三远：自山下而仰山巅，谓之高远；自山前而窥山后，谓之深远；自近山而望远山，谓之平远。"郭熙的"三远"说显然是在魏晋南北朝画论对审美距离之遥远的探讨基础上加以细化的。又比如，明末徐上瀛《溪山琴况》云："盖音至于远，境入希夷，非知音未易知，而中独有悠悠不已之志。吾故曰：'求之弦中如不足，得之弦外则有余也。'"音至于远，有如寥寥之音，使听众如闻仙乐，这是音乐审美境界之玄远的表征。徐上瀛在音乐领域拓展了"远"美的指涉范围，但其内涵并未超出六朝"远"美所指。再比如，清代王士禛《池北偶谈》云："诗以达性，然须清远为尚。薛西原论诗，独取谢康乐、王摩诘、孟浩然、韦应物，言'白云抱幽石，绿筱媚清涟'，清也；'表灵物莫赏，蕴真谁为传'，远也；'何必丝与竹，山水有清音'，'景昃鸣禽集，水木湛清华'，清远兼之也。总其妙在神韵也。""远"与"清"是相近的审美范畴，都接近神韵层面，是审美意蕴深远的代表性范畴。同样，王士禛所说的"远"也未脱魏晋南北朝之影响。

总之，"远"范畴的生成受到了魏晋玄学的深刻影响，集中反映了时人玄远的人格境界、生活意境以及审美趣味。"远"美是对个体生命价值的肯定，是魏晋南北朝士人在儒家立德、立功、立言"三不朽"的人生价值规范之外，探寻到的新的精神寄托之所。"远"美与现实功利保持着距离，这种审美型范突破了儒家的"入世"思想及其对文学艺术的政治伦理束缚，是文学自觉的重要表征。

第二十七章
言与意

言与意的关系是魏晋玄学的核心问题，主要有两派相对的观点，即"言能尽意"与"言不尽意"，其中又以"言不尽意"说的影响最大，对魏晋南北朝审美观念产生了深远影响，韵、味、势、简、远等范畴在魏晋南北朝的兴起，均与之有内在联系。汤用彤《魏晋玄学论稿》对于魏晋言意之辨的意义有高度的评价，他说："依言意之辨，普遍推之，而使之为一切论理之准量，则实为玄学家所发现之新眼光新方法。"[1]探讨魏晋言意之辨的语境及其对魏晋南北朝文艺的影响，有助于我们把握魏晋南北朝文艺的内在线索和审美取向。

◎ 第一节
魏晋言意之辨的哲学渊源

魏晋玄学中的言意之辨有着深刻的哲学渊源，先秦时期已经有了类似的言意之辨。言意矛盾，在先秦时期，主要体现为"言"与"道"的矛盾，这是老子哲学显见的命题。相关表述有"道可道，非常道；名可名，非常

---

[1] 汤用彤：《魏晋玄学论稿》，23~24页。

名",“绳绳兮不可名”,“吾不知其名”,“道常无名”,“道隐无名”等。① 老子认为,用语言表述的"道",不是具有普遍性的"道"。 "道"是绝对的,语言是相对的,故而"道"不可言说,一落言筌即失之。 "道"所代表的宇宙本体是不可说的,但是为了让人知晓,又不得不用语言描述它,所以"强字之曰道","强为之名曰大","同谓之玄",都是一种勉强的命名。 老子以"道"之不可言说,强调"道"的神秘性、至高无上性及普遍性。 正因为语言之无力以及道之不可言说,所以老子主张"不言",认为"天之道,不争而善胜,不言而善应,不召而自来","是以圣人处无为之事,行不言之教"。②

庄子对言道矛盾也有论述,如《知北游》篇所说的"道不可言,言而非也"和"道不当名"。 庄子又在"言""道"之间加入一个"意"字。 老子哲学中没有"意"这一概念,庄子将之引入并把老子所谓的言道矛盾置换为言意矛盾。 《庄子·天道》云:"世之所贵道者书也,书不过语,语有贵也。 语之所贵者意也,意有所随。 意之所随者,不可以言传也。"庄子认为世人所珍贵的"道"记载于书中,书不过是语言组成的,语言的可贵处在其传达的"意",但是"意"的所指却不是语言所能传达的。 庄子否定了用语言记载于书中的"道",这种世人所认定的"道"并非宇宙大道。 言可传意,这是语言的基本功能,但是可言传之意皆是确定的,还有一种意是不可言传的,它是"意之所随者",即是宇宙大道。 《庄子·天道》记载"轮扁斫轮",认为斫轮亦有道,但斫轮之道是不可言说的,"得之于手而应于心,口不能言,有数存焉于其间,臣不能以喻臣之子,臣之子亦不能受之于臣"。 基于此,庄子提倡"不言",谓"知者不言,言者不知"。 但语言毕竟是交流的工具,彻底"不言"是不可能的事情;道虽是不可言说的,但是为了传播,又不得不使用语言对之进行描述和诠释。 故庄子把语言作为指涉

---

① 见《老子》第一章,第十四章,第二十五章,第三十二章,第四十一章。
② 见《老子》第二十五章,第一章,第七十三章,第二章。

"道"的线索和工具，一旦引导人们感悟到了"道"，语言即可忘却。庄子发展了老子的"不言"思想，进而提出"忘言"之说。《庄子·外物》云："筌者所以在鱼，得鱼而忘筌；蹄者所以在兔，得兔而忘蹄；言者所以在意，得意而忘言。"庄子认为，鱼筌是捕鱼的工具，捕到鱼便忘了鱼筌；兔网是捕兔的工具，捕到兔就忘了兔网；语言是用来传达意的，得到意就可以忘了语言。可见，"忘言"是以语言为工具，由语言提供线索，引人体悟其中明言以及不能明言之"意"，得意即可忘言。但"意"并非"道"，得意并非得道。庄子认为言不尽道，意也不尽道，但"意不尽"比"言不尽"要高级。《秋水》篇云："可以言论者，物之粗也；可以意致者，物之精也；言之所不能论，意之所不能察致者，不期精粗焉。"是说可以用语言议论的，是粗大的事物；可以用心意传达的，是精细的事物；语言与心意都不能传达的，则是无形迹的东西，这就是"道"所代表的宇宙本体。显然，庄子的"得意忘言"是针对语言的有限的传情达意功能而言的，而老子的"不言"则是针对道的不可言说而言的。

孔子也主张"无言"。《论语·阳货》载："子曰：'予欲无言。'子贡曰：'子如不言，则小子何述焉？'子曰：'天何言哉？四时行焉，百物生焉，天何言哉？'"孔子的无言，是他观察天地规律的结果，他以天无言而四时行、百物生为例，证明无言合于大道。"无言"既然合于大道，那么与"无言"相对的"言"则有悖于大道。可见，孔子也认识到了"言"与"道"的矛盾。对于语言，孔子主张"辞达而已矣"，即言以达意即可。孔子讲"辞达"主要针对虚浮的辞藻而言。如果从言意关系的角度来看"辞达"，则可揭示孔子此语的另一层含义——由于言意矛盾的存在，"辞不达"是普遍的语言常态，而"辞达"则是孔子的语言理想。所以孔子对于语言持谨慎态度，试举几例：

君子于其所不知，盖阙如也。（《论语·子路》）
古者言之不出，耻躬之不逮也。（《论语·里仁》）

君子欲讷于言而敏于行。(《论语·里仁》)

言未及之而言谓之躁，言及之而言谓之隐，未见颜色而言谓之瞽。(《论语·季氏》)

孔子主要从伦理修养上主张"慎言"，强调行动胜于语言，但其中潜在的哲学语境是孔子所说的"天何言哉"。语言既然不能达于大道，那么就应少言说、多行动。整体来看，孔子思想呈现出"言不尽意"的倾向。《易·系辞上》记载孔子之语："子曰：书不尽言，言不尽意，然则圣人之意，其不可见乎？子曰：圣人立象以尽意，设卦以尽情伪，系辞焉以尽其言，变而通之以尽利，鼓之舞之以尽神。"这里直接提出了"言不尽意"四字，虽未必即是孔子所说，但符合孔子思想，可作为孔子主张"言不尽意"的旁证。《易传》在"言""意"之间，增加了一个"象"的概念，提出"立象以尽意"说。此说对于魏晋南北朝哲学有深刻的影响，王弼解《周易》即重点阐述此说。

如果说老庄及孔子主张言不尽意，那么墨子和荀子则主张言能尽意。墨子讲"辩"这门学问时，指出："以名举实，以辞抒意，以说出故。"[1]意谓"辩"是用概念模拟事物的实质，用语句表达思想意念，用推论揭示主张的理由。墨子主张"辩"要达到说理透彻的目的，即"以辞抒意"，这显然主张的是"言能尽意"。墨子将言合于意，称为"信"。《墨子·经上》云："信，言合于意也。"墨子在"言""意"之间，加入了一个"心"的概念，认为言之所以能尽意，在于心智的主宰作用。"循所闻而得其意，心之察也"，"执所言而意得见，心之辩也"，墨子认为根据言辞而领会其意，这是"心"的功能。墨子正是基于对"心"的理解功能的自信，而得出言能尽意的结论。荀子强调言能尽意，也指出"心"的作用。《荀子·正名》云："辩说也者，心之象道也。心也者，道之工宰也。道也者，治之经理

---

[1] 《墨子·小取》。

也。心合于道，说合于心，辞合于说。"荀子认为，辩说是"心"对"道"的认识反映，"心"是"道"的主宰，"心"能知"道"，辩说能合心，文辞能符合辩说。其"言能尽意"思想是显而易见的。

汉代经学之繁琐，是基于"言能尽意"的自信；而魏晋玄学之主张清简，则是基于"言不尽意"的主倡。汉代经学之繁琐，显证颇多，如《汉书·艺文志》记载："后世经传即已乖离，博学者又不思多闻阙疑之义，而务碎义逃难，便辞巧说，破坏形体；说五字之文，至于二三万言。后进弥以驰逐，故幼童而守一艺，白首而后能言；安其所习，毁所不见，终以自蔽。此学者之大患也。"桓谭《新论》亦指出："秦近君能说《尧典》篇目，两字之说，至十余万言；但说'曰若稽古'，三万言。"汉代经学或以二三万字解释五个字，或以十余万字解释两个字。汉儒竭尽所能地繁复注释，当然是基于"言能尽意"的自信。但汉代繁琐经学在"言能尽意"的自信背后，却体现了更为深刻的"言不尽意"的悖论——如果言果能尽意，又何至于用十余万字解释两个字呢？汉儒不厌其烦的注释，固然有展示博学的因素，但其最终落入繁琐的深层原因，或许应归结为汉儒自身也没有认识到的潜意识因素，即隐藏在他们自信的言说背后的不自信。事实上，大道至简，真理绝不会是繁复的。汉代的繁琐经学最后成了压抑、束缚时人思想的枷锁。曹魏正始时期，何晏、王弼主张简洁、明畅的学风，清除了汉代繁琐经学的陋习。在此背景下，言意关系成为魏晋玄学重点探讨的理论问题。

◎ 第二节

玄佛语境下的魏晋言意之辨

魏晋玄学言意之辨，存在"言不尽意"与"言能尽意"两派观点。"言不尽意"说以荀粲、王弼、郭象、张韩等人为代表。曹魏玄学家荀粲说：

> 六籍虽存，固圣人之糠秕。……盖理之微者，非物象之所举也。今称"立象以尽意"，此非通于象外者也；"系辞焉以尽言"，此非言乎系表者也。斯则象外之意，系表之言，固蕴而不出矣。（何劭《荀粲传》）

荀粲认为儒家六经是圣人的糟粕，这种观点惊世骇俗，是曹魏时期儒家思想统治倒台的重要标志。汉儒皓首穷经的人生选择以及繁琐的解经风气，在荀粲此说面前失去了存在价值。由此也揭示了魏晋玄学与汉代经学的根本区别，即后者执着于言象之内，而前者超越了言象，追求言象之外的大道。荀粲以六籍为糠秕，他的理论起点在于"言不尽意"——大道精微，语言及物象均不能揭示"道"。荀粲指出，《易·系辞上》"立象以尽意""系辞焉以尽其言"中的"言""意"均非恒久的大道。大道存在于言象之外，是"象外之意，系表之言"。"表"字《玉篇》释为"衣外也"，"系表"指言辞之外。荀粲此说实是上承老、庄思想而来，老子之"道可道，非常道"，庄子之"道不可言，言而非也"，都为荀粲提供了理论依据。

曹魏时期另一位玄学家王弼的《周易略例·明象》则说：

> 夫象者，出意者也。言者，明象者也。尽意莫若象，尽象莫若言。言生于象，故可寻言以观象；象生于意，故可寻象以观意。意以象尽，象以言著。故言者所以明象，得象而忘言；象者所以存意，得意而忘象。犹蹄者所以在兔，得兔而忘蹄；筌者所以在鱼，得鱼而忘筌也。……然则忘象者乃得意者也，忘言者乃得象者也。得意在忘象，得象在忘言。故立象以尽意，而象可忘也。……忘象以求其意，义斯见矣。

王弼采用《庄子·外物》中的筌蹄之说，对言意关系做了不同于汉儒的新解。在言、意、象的关系上，王弼认为言是表象的工具，而象是表意的工具，故而言相对于意来讲，不过是传达工具，得意即可忘言。这种重意轻言的思想，是对汉儒繁琐的解经风气的反拨。王弼得意忘言思想的意义，汤用彤论之甚当："汉代人讲象数，故对《易经》中'言不尽意'未给答复，王弼取庄子意，谓'言所以尽意，得意忘言'。言为意之代表，最要者为得意，故讲《易》不应拘于象数，而应得圣人之意。至是象数之学乃被丢开，可说此为玄学之开始。盖真正的学问不在讲宇宙之构成与现象，而在讲宇宙之本体，讲形而上学。此'得意忘言'便成为魏晋时代之新方法，时人用之解经典，用之证玄理，用之调和孔老，用之为生活准则，故亦用之于文学艺术也。"① 得意忘言是不同于汉儒的解经之法，是魏晋玄学的核心理论命题，也是魏晋时期的生活准则。轻视语言本身，而重视语言传达的形上之意，如此得意忘言必然导致重神轻形。西晋何劭《赠张华诗》说："奚用遗形骸，忘筌在得鱼。"西晋卢谌《赠刘琨》说："谁谓言精，致在赏意。不见得鱼，亦忘厥饵。遗其形骸，寄之深识。"均为其证。得意忘言是心神超然无累，这又是"畅神"的前提。如此，得意忘言便影响到了文学艺术的创作与鉴赏。

魏晋名士大多鄙薄章句，比如陶渊明《五柳先生传》说"好读书，不求甚解。每有会意，便欣然忘食"，与汉儒精于章句的风格截然不同。"不求甚解"强调的是整体性把握经典，不拘泥于章句。陶渊明追求"会意"的读书方式，不限于有字之书，对于生活这本无字书，亦是如此。《饮酒》其五写他看到南山景色"山气日夕佳，飞鸟相与还"，景色充满了自然之理，但它又是无言的、静默的，近于庄子所谓"天地有大美而不言"；陶渊明沉浸其中，想辨别景色中的真意，却忘记了语言，"此中有真意，欲辨已忘言"，近于王弼所谓"得意忘言"。

西晋玄学家郭象《庄子注》阐释了庄子的"言不尽意"思想。郭象反复

---

① 汤用彤：《魏晋玄学论稿》，199页。

申论"道"在"言意之表"（即言意之外）。比如，郭象注《庄子·秋水》"不期精粗焉"说："夫言意者有也，而所言所意者无也，故求之于言意之表，而入乎无言无意之域，而后至焉。"谓言意是有，所言所意则是无，在言意之外求道，进入无言无意之域，才能接近于道。郭象注《庄子·则阳》"求之于言意之表而后至焉"说，"求道于言意之表则足"，"不能忘言而存意而不足"，均主张在言意之外求道。

在"言不尽意"这一派中，晋代张韩的思想较为独特。荀粲、王弼、郭象均以老庄哲学为思想资源而主张言不尽意，张韩则独开生面，他从孔子思想出发而倡导言不尽意。张韩《不用舌论》引用孔子"天何言哉"之语，主张不言，"余以留意于言，不如留意于不言"。一方面他引《论语·公冶长》子贡之语"夫子之言性与天道，不可得而闻也"，指出天道精微，语言不能完全阐明天道，"是谓至精，愈不可闻"；另一方面他指出多言易招祸，故要慎言，"普天地之与人物，亦何屑于有言哉"。从张韩的逻辑来看，他的"不用舌论"是建立在言道矛盾基础上的，他的思想倾向于言不尽意。

"言能尽意"一派以西晋欧阳建为代表。从魏晋言意之辨的时间线索来看，"言不尽意"说早于"言能尽意"说，前者在曹魏时期已经十分兴盛，而后者至西晋才有所发展。永嘉南渡之际，"言能尽意"说曾有过一定的影响。比如，《世说新语·文学》记载："王丞相过江左，止道声无哀乐、养生、言尽意三理而已。"王导渡江到江南，谈论的三理就包括"言尽意"。但相对于"言不尽意"说，"言能尽意"说整体上形单势薄，影响有限。

欧阳建《言尽意论》显然是针对曹魏以来的"言不尽意"说来立论的，他的文章标题就揭示了这一点。《言尽意论》全文不长，兹录于下：

> 有雷同君子问于违众先生曰："世之论者，以为言不尽意，由来尚矣。至乎通才达识，咸以为然。若夫蒋公之论眸子，钟傅之言才性，莫不引此为谈证；而先生以为不然，何哉？"先生曰："夫天不言而四时行

焉,圣人不言而鉴识存焉;形不待名而方圆已著,色不俟称而黑白以彰。然则名之于物,无施者也;言之于理,无为者也。而古今务于正名,圣贤不能去言,其故何也?诚以理得于心,非言不畅;物定于彼,非言不辩。言不畅志则无以相接,名不辩物则鉴识不显。鉴识显而名品殊,言称接而情志畅。原其所以,本其所由,非物有自然之名,理有必定之称也。欲辩其实则殊其名,欲宣其志则立其称。名逐物而迁,言因理而变。此犹声发响应,形存影附,不得相与为二矣。苟其不二,则言无不尽矣,吾故以为尽矣。"

欧阳建以主张"言不尽意"者为"雷同君子",以主张"言能尽意"者为"违众先生"(这一名字就体现了当时"言能尽意"说不占主导地位),假设了两人的对答。从"雷同君子"的话中可知,当时的通才达识都主张"言不尽意"说,而"违众先生"不以为然。"违众先生"主张"言能尽意"的逻辑在于:名与物、言与理之间的联系是确定的,这就好比声与响、形与影是固定的关系,不可能截然分开一样,故而言与意的关系是确定不可分的,基于此,就不存在言不能尽之意。"违众先生"所论类似于现代语言学中"能指"与"所指"的对应关系。从语言的一般规律来看,"能指"和"所指"的对应关系是约定俗成的。比如"茶杯"这个词与它所指向的物体之间的关系是确定的,"茶杯"不会指向桌子,这是毫无疑问的。但是世间还存在一些无法命名、人的感官无法准确认识的对象,如古人所说的"道"。"道可道,非常道",作为宇宙本体的道,无所不在,却又看不见、摸不着,老子也只能勉强为之命名,"强字之曰道","强为之名曰大"。面对诸如"道"这样无法命名的对象时,语言的"能指"与"所指"就无法准确对应,由此"言不尽意"也就产生了。正如王弼《老子指略》所说:"名也者,定彼者也;称也者,从谓者也。……名号生乎形状,称谓出乎涉求。名号不虚生,称谓不虚出。故名号则大失其旨,称谓则未尽其极。"名、称都是指实的、确定的,是不虚生、不虚出的,而对于无法确定、并非实体的

"道"而言，用确定的名、称来命名，都是大失其旨、未尽其极的。"道"是不能用语言准确命名的，故而"言之者失其常，名之者离其真"。

整体来看，"言不尽意"比"言能尽意"在魏晋言意之辨中更有代表性。欧阳建指出："世之论者以为言不尽意，由来尚矣！至乎通才达识，咸以为然。"这正是当时"言不尽意"说传播广泛，得到普遍认同的佐证。魏晋"言不尽意"说的兴盛，有着深刻的时代原因。"自东汉党祸以还，曹氏与司马历世猜忌，名士少有全者。士大夫为远祸而不论时事、不臧否人物。因此，汉晋间学术由具体事实至抽象原理，由切近人事转向玄远理则，也是时势造成的。"[1]

魏晋南北朝佛教也有言意之辨。魏晋以来的佛教徒受到玄学的影响，认为佛道以无为本，故不执着于语言。语言不过是表意的工具，这是当时佛教对言意问题的普遍认识。比如，东晋释道安《道地经序》云："其为像也，含弘静泊，绵绵若存，寂寥无言，辩之者几矣；恍忽无行，求矣漭乎其难测。圣人有以见因华可以成实，睹末可以达本，乃为布不言之教，陈无辙之轨。"道安是本无宗的代表，他认为宇宙的本体是无，实是受魏晋玄学的影响。王弼《老子注》所谓"天下之物皆以有为生，有之所始，以无为本"，揭示了玄学之旨趣。道安用玄学"无"的概念来阐释般若，认为佛道是无言的，主张不言之教。又比如，东晋支遁《大小品对比要钞序》云："般若之智生乎教迹之名。是故言之则名生，设教则智存。智存于物，实无迹也；名生于彼，理无言也。何则？至理冥壑，归乎无名；无名无始，道之体也。无可不可者，圣之慎也。苟慎理以应动，则不得不寄言。宜明所以寄，宜畅所以言。理冥则言废，忘觉则智全。"支遁以"无"为道之体，认为设教必然要寄言，但言是寄意的工具，"理冥则言废"。东晋释僧肇也认为佛道无相无名，本性空寂，非言象之所能得。其《般若无知论》说："圣智幽微，深隐难测，无相无名，乃非言象之所得为试。"又说："《经》云：

---

[1] 汤用彤：《魏晋玄学论稿》导读，21页。

'般若义者，无名无说，非有非无，非实非虚。虚不失照，照不失虚。'斯则无名之法，故非言所能言也。言虽不能言，然非言无以传，是以圣人终日言而未尝言也。"意谓般若之义，是不能言说的，但是非言又不传，故而圣人终日言但又未尝言。正是基于这种言意的矛盾，僧肇《涅槃无名论》主张得意忘言："六境之内，非涅槃之宅，故借出以袪之，庶悕道之流，仿佛幽途，托情绝域，得意忘言。"其《答刘遗民书》也说："而言有所不言，迹有所不迹。是以善言言者，求言所不能言；善迹迹者，寻迹所不能迹。"竺道生主张顿悟，据慧皎《高僧传·竺道生传》记载："（竺道）生既潜思日久，彻悟言外，乃喟然叹曰：'夫象以尽意，得意则象忘；言以诠理，入理则言息。自经典东流，译人重阻，多守滞文，鲜见圆义。若忘筌取鱼，始可以与言道矣。'"可见，他是以得意忘言作为顿悟的手段的。

综上，魏晋南北朝时期的言意之辨的结果是突出了"言不尽意"的观念，这为"韵""味""势""简""远"等相关审美范畴的兴起奠定了理论基础。

◎ 第三节
言不尽意与文艺表达的困境及解决

魏晋玄佛语境下的言不尽意理论，揭示了语言与主体所传达的意思之间的矛盾，这种发现启发了魏晋南北朝文艺理论对于表达困境的探讨。晋宋以来的作家往往从创作的角度，感叹言不尽意的表达困境。陆机《文赋》指出："恒患意不称物，文不逮意。盖非知之难，能之难也。"陆机从自身的创作感受入手，认为文学的言意矛盾并不难知，而是难以解决。谢灵运面对自然景物之美，不得不感叹语言之无力，其《山居赋》自注云："此皆湖中之美，但患言不尽意，万不写一耳。"谢灵运《答王卫军问辨宗论书》也说："灵运白：一悟理质以经诰，可谓俗文之谈。然书不尽意，亦前世格言。"范晔《狱中与诸甥侄书》感叹："才少思难，所以每于操笔，其所成篇，殆无全称者，常耻作文士。"刘勰《文心雕龙·序志》亦云："但言不尽意，圣人所难。"这些表述都证明，言不尽意是文学创作中的普遍状态，是具有共性的问题。

《文心雕龙·神思》进而探讨了言不尽意的原因："方其搦翰，气倍辞前，暨乎篇成，半折心始。何则？意翻空而易奇，言征实而难巧也。"言之所以不能尽意，因为意是变化的、难以捉摸的，而语言是指实的、确定的，因此用指实的语言去追逐变化不定之意，其结果必然是言不尽意。"审美体验不同于一般的认识。从心理发生角度看，一般的认识发生于人的意识、理解、思维等心理层面，具有抽象、单一、明晰等特征，这样就与语言的一般性的性格相匹配，语言就易于驾驭它；而审美体验是主体与客体、感性与理性、直觉与思维、本能与理智、意识与无意识的统一，它的发生深入到了人的本能、直觉、无意识这些幽深的心理领域，它与个体的、本原的生命相关，这样具有一般性的性格的语言就往往不能与它相匹配，'言不尽意'的困境就在这种语言与审美体验的疏离与矛盾中产生了。"[1]因此，刘勰指出在言不尽意的情况下，文学创作的态度应该是"思表纤旨，文外曲致，言所不追，笔固知止"。思表（即思外）、文外的纤旨曲致，语言是无法表述的，这时就应该打住了，不要勉强去描述，应留下想象的空间，付之"文外"，让读者去填补空白。

《文心雕龙·征圣》说："夫子文章，可得而闻，则圣人之情，见乎文辞矣。"语言具有传情达意的功能，所以通过圣人文章可以观察到圣人之情。当然，圣人之意也没有完全通过语言表述出来，也面临言不尽意的问题，故而孔子主张"不言"。《论语》所记孔子语录，也是只言片语，孔子

---

[1] 童庆炳：《中国古代心理诗学与美学》，86页，北京，中华书局，2013。

回答学生的提问也多言简意赅，重在引导启发。比如，《论语·颜渊》记载樊迟向孔子请教何谓智，孔子以"知人"答之，樊迟不明白，孔子则说："举直错诸枉，能使枉者直。"樊迟还是不能彻晓其意，孔子则不言。的确，何谓"智"是难以用语言直接界定的，孔子也只是从政治伦理角度，指出统治者知人善用，就是智。所谓"举直错诸枉，能使枉者直"，指提拔正直的人，将他们置于邪恶者的上位，就能使邪恶者变得正直起来。关于何谓"智"这么一个宏大的问题，孔子必定有许多看法，但是无法用语言逐一表述，所以他选择了举例说法的方法，举其一端而知其余。这也是一种留下空白，引人思考的方法。

虽然言不尽意，但是意还是要通过言来阐释的。语言的表情达意功能不能因为言意矛盾而一笔抹杀。王僧孺《慧行三昧及济方等学二经序赞》云："夫六书相因，悬日月而无改；二字一吐，更天地而靡渝。虽书不尽言，言非书不阐；言不尽意，意非言不称。"王伟《为侯景抗表违盟》云："臣闻'书不尽言，言不尽意'。然则意非言不宣，言非笔不尽，臣所以含愤蓄积，不能默已者也。"这些说法都强调了言意矛盾之下语言的功能。刘勰对于言意关系的看法，受到魏晋以来"言意之辨"的影响，但整体上他的观点并不偏颇，可以说是居于"言不尽意"与"言能尽意"之间的。《文心雕龙·神思》云："是以意授于思，言授于意。密则无际，疏则千里。"他指出言和意既可能"密则无际"，也可能"疏以千里"。文学创作中"半折心始""疏以千里"的言不尽意现象是普遍存在的，但是言又有尽意的可能，因为"至精而后阐其妙，至变而后通其数"，就可以达到言意"密则无际"的效果。如前文所述，刘勰认为言不尽意之处，可通过巧妙的艺术构思加以疏通，亦可主动给读者留下艺术想象的空间，这也就是《文心雕龙·隐秀》篇中提出的"隐也者，文外之重旨也"。总之，在文学创作中，言不尽意是普遍的常态；而通过巧妙的构思，留下有意味的空白，引导读者想象、体悟语言无法表述之意，则又在一定程度上弥补了语言的不足，言能尽意又是可期的。为此，刘勰提出了一系列相关命题，如"辞约而旨丰，事近而喻远"，"思表纤旨，文外曲致"，"义生文外"，"物色尽而情有余"等，主张超越有限之语言，而追求无限之意。可见，刘勰在文学创作层面深化了魏晋以来的"言意之辨"，探讨了"文外之重旨"的形成方式。

综上，魏晋言意之辨中的"言不尽意"说对魏晋南北朝文学影响最大。"言能尽意"说无法衬托文学的蕴藉之美；"言不尽意"说则反之，虽然作家面临言意矛盾的普遍问题，但是作家利用文学技巧，设置"不尽之意"，留下空白、余意，让读者填补，又能够实现对有限语言的超越，这恰恰是文学魅力之所在。唐代文论以"象外"为特点的意境理论，如皎然《诗议》之"采奇于象外"，刘禹锡《董氏武陵集纪》之"境生于象外"，司空图《与极浦书》之"象外之象"和《二十四诗品》之"超以象外"等，均潜在地受到了魏晋言意之辨，尤其是文论中以刘勰的观点为代表的相关思想的影响。

第二十八章
形与神

魏晋南北朝之前,中国传统哲学、医学均对形神关系有过探讨,但尚未形成大规模的思想碰撞。至魏晋,随着佛教及玄学的兴盛,形神问题遂成为时代的重要主题,神不灭论与神灭论两派观点针锋相对,展开了一场影响极广、持续时间极长的形神之辨。魏晋南北朝形神之辨对于文艺学术产生了重要影响,画论中的以形写神、传神写照、气韵、畅神理论,书论中的笔意、笔势理论,文论中的神思、形似与神似理论,都受之影响,遂形成了中国文学艺术重神韵的审美精神。

◎ 第一节
形神之辨的源起

形体和精神的关系,先秦哲学已有所探讨。比如,庄子主张精神高于形体,《庄子·知北游》说"精神生于道,形本生于精,而万物以形相生",认为精神契合于道,形体后于精神而生。《德充符》篇也说"所爱其母者,非爱其形也,爱使其形者也"。郭象注云:"使形者,才德也。"成玄英疏云:"才德者,精神也。"精神比形体高贵,所以庄子对形残而神全者多有称赞，所谓"德有所长而形有所忘"。正因为主张精神高于形体，所以庄子看淡名利及生死，追求精神的自由。他主张死后将尸体置诸荒野而不是厚葬，即表明他对于形体的态度。魏晋时期，阮籍、刘伶等人放浪形骸，正是受到庄子思想的影响。庄子追求的"逍遥游"，是精神超越于形体的冥游，是"游心于无穷"，《人间世》篇说"夫且不止，是之谓坐驰"，成玄英疏云："谓形坐而心驰。"刘宋画家宗炳《画山水序》所谓的"卧游"正类此。

荀子则认为精神后于形体而生，即"形具而神生"，他对于精神、形体持尊重的态度，《荀子·礼论》云："故葬埋，敬葬其形也；祭祀，敬事其神也。"在形神相俱的基础上，荀子主张精神的主导作用，《荀子·解蔽》云："心者，形之君也，而神明之主也，出令而无所受令。"精神对于形体而言扮演的是出令者的角色，荀子对形神关系的认识已经接近于今人对之的认识。

汉代哲学对于形神问题也多有探讨。汉初《淮南子》上承庄子思想，认为精神高于形体。《诠言训》篇云："神贵于形也，故神制则形从，形胜则神穷。"《原道训》篇云："以神为主者，形从而利；以形为制者，神从而害。"精神是形体的主导，则形神两利；精神为形体所制，则形神两害，所以"太上养神，其次养形"。基于此，《淮南子》直指绘画当以神为主，《说山训》篇云："画西施之面，美而不可说；规孟贲之目，大而不可畏：君形者亡焉。"所谓"君形者"，即指"神"。画西施之面、孟贲之目，如果仅有形似，而无其神似，则不美。晋宋以来的绘画强调以形写神，即类此。

西汉司马谈《论六家要旨》从养生之道的角度强调了形体与精神并重，《史记·太史公自序》云："凡人所生者神也，所托者形也。神大用则竭，形大劳则敝，形神离则死。死者不可复生，离者不可复返。故圣人重之。由是观之，神者生之本也，形者生之具也。"形神不可分，分则人死，而人死不可复生。这种形神观念与汉初医学对于形神的看法是一致的。《黄帝内经》是《素问》和《灵枢经》的合称，其成书年代说法较多，目前学界基本认定其撰成于西汉前期。① 《黄帝内经》主张形神相分则人死，《灵枢经·邪客》云："心伤则神去，神去则死矣。"形体对于精神而言意义重大，如认为心脏是精神的居所，"心者，五脏六腑之大主也，精神之所舍也"，《素问·灵兰秘典论》也说"心者，君主之官也，神明出焉"。这种精神居于心脏的观点不符合现代医学的结论，但它强调形之于神的重要性，却是值得引起重视的。《黄帝内经》认为精神与形体互相依存、相互影响：

人有五脏化五气，以生喜怒悲忧恐。（《素问·天元纪大论》）

肝气虚则恐，实则怒。……心气虚则悲，实则笑不休。（《灵枢经·本神》）

悲哀愁忧则心动，心动则五脏六腑皆摇。（《灵枢经·口问》）

暴乐暴苦，始乐后苦，皆伤精气，精气竭绝，形体毁沮。（《素问·疏五过论》）

形体影响精神，精神又反作用于形体。精神层面的大悲大喜都会伤人身体，比如怒伤肝，喜伤心，思伤脾，忧伤肺，恐伤肾。这是佛教传入中原之前，人们对于形神关系较为普遍的看法。

自汉武帝"罢黜百家，独尊儒术"，董仲舒的天人感应学说占据了思想界的主导地位。董仲舒认为精神与形体都是受之于天的，《春秋繁露·为人者天》云："人之形体化天数而成，人之血气化天志而仁，人之德行化天理而义，人之好恶化天之暖清，人之喜怒化天之寒暑。"这种思想是汉代儒学神学化的表现。

佛教自西汉末传入中原，带来了三世、轮回诸多崭新的观念。尤其是佛教主张形体死亡而精神不灭的思想，大异于时人的认识。当时的思想界对之颇有异议。东汉桓谭《新论·形神》指出："精神居形体，犹火之然烛

---

① 山东中医学院、河北医学院校释：《黄帝内经素问校释》，5页，北京，人民卫生出版社，2009。

矣。"他以烛火比喻形神关系，指出精神不能离开躯体而独存，《新论·祛蔽》也说："人之耆老，齿堕发白，肌肉枯腊，而精神弗能为之润泽，内外周遍，则气索而死，如火烛之俱尽矣。"王充《论衡·论死》也主张形神俱灭，不能复生，认为"人之精神藏于形体之内"，"夫物未死，精神依倚形体，故能变化，与人交通；已死，形体坏烂，精神散亡，无所复依，不能变化"，"人死，五藏腐朽，腐朽则五常无所托矣，所用藏智者已败矣，所用为智者已去矣。形须气而成，气须形而知。天下无独燃之火，世间安得有无体独知之精"。王充认为形体是精神存在之所，形体死亡，精神也随之消散。南朝齐梁之际，范缜正是在此基础上撰写了《神灭论》。魏晋南北朝佛教兴盛，佛教徒撰写了许多力主精神不灭的文章，以维护佛教思想的合理性，僧祐《弘明集》载之甚详。此外，魏晋人物品评及玄学也涉及形神问题，从而在六朝展开了一场持续不断的关于形神问题的大论争。

◎ 第二节
魏晋人物品鉴及魏晋玄学的形神观念

汉代的察举制度多依靠清议举荐人才，于是士人互相吹捧之风盛行，往往导致朝廷选用的人才名实不符。魏初刘劭《人物志》品评人物开始重视由外形考察人的精神。《人物志·九征》云："物生有形，形有神精，能知精神，则穷理尽性。"从形而观神，这是人物品鉴的基本原则。通过眼睛来观察人的精神，则是直接而有效的办法，所谓"征神见貌，则情发于目"。对此，孟子早就说过："存乎人者，莫良于眸子。眸子不能掩其恶。胸中正，则眸子瞭焉；胸中不正，则眸子眊焉。听其言也，观其眸子，人焉廋哉。"①眼睛是心灵的窗户，眼睛无法隐藏人的内心活动，故而可以通过眼睛来观察人的心灵世界。《世说新语》所载魏晋之际的人物品评，也有从目而观神的例子。比如："嵇中散语赵景真：'卿瞳子白黑分明，有白起之风，恨量小狭。'"嵇康评价赵景真，即从其眼睛入手，指出他有白起之风，只是气量偏小。

《世说新语》记载人物品评重视精神的例子颇多，如《世说新语·赏誉》记载："王戎云：'太尉神姿高彻，如瑶林琼树，自然是风尘外物。'""庾公目中郎：'神气融散，差如得上。'""桓宣武表云：'谢尚神怀挺率，少致民誉。'"上述"神姿""神气""神怀"均侧重指称人物精神层面的特点。但是魏晋人物品评也重视形体之美，对于形体肥胖者多有嘲讽，如《世说新语·轻诋》记载："旧目韩康伯将肘无风骨。"刘孝标注引《说林》云："范启云：韩康伯似肉鸭。"韩康伯肥胖多肉，故而缺乏风骨，以致为时人所讥。整体来看，魏晋人物品评在形神关系上，更加侧重神韵。以对刘伶的形容为例，《容止》篇说："刘伶身长六尺，貌甚丑悴，而悠悠忽忽，土木形骸。"《文学》篇刘孝标注引《名士传》说他"肆意放荡，以宇宙为狭，常乘鹿车，携一壶酒，使人荷锸随之，云：'死便掘地以埋'"。《任诞》篇亦云："刘伶恒纵酒放达，或脱衣裸形在屋中，人见讥之，伶曰：我以天地为栋宇，屋室为我裈衣，诸君何为入我裈中。"时人并不以刘伶之貌丑为美，但他放浪形骸，精神自由，又吸引了时人的注意，从而获得了赞赏。又比如，"武王姿貌短小，而神明英发"，"（道安）神性聪敏，而貌至陋"。② 可见容貌丑陋但精神英发者，亦被时人视为美。

就魏晋玄学而言，精神与形体的区分是玄学的立足点，玄学即是以精神重于形体为理论旨归。比如，嵇康《养生论》指出："精神之于形骸，犹国之有君也。"嵇康就认为精神是体形的主宰。形神问题之所以受到魏晋以来

---

① 《孟子·离娄上》。
② 见《世说新语·容止》注引《魏氏春秋》，《世说新语·雅量》注引《安和上传》。

哲学家的重视,有其现实原因。汤用彤《魏晋玄学论稿》认为:"汉末以后,中国政治混乱,国家衰颓,但思想则甚得自由解放。此思想之自由解放本基于人们逃避苦难之要求,故混乱衰颓实与自由解放具因果之关系。黄老在西汉初为君人南面之术,至此转为个人除罪求福之方。老庄之得势,则是由经世致用至此转为个人之逍遥抱一。又其时佛之渐盛,亦见经世之转为出世。而养生在于养神者见于嵇康之论,则超形质而重精神。神仙导养之法见于葛洪之书,则弃尘世而取内心。……其时之思想中心不在社会而在个人,不在环境而在内心,不在形质而在精神。"[1]基于此,必然导致魏晋以来审美重神而轻形,从而在形神问题上形成了与六朝以前截然不同的审美新理念。

◎ 第三节

魏晋南北朝佛教的形神观念及其所受之责难

佛教传至魏晋南北朝日渐兴盛,佛教徒撰写了大量文章阐明形体消灭而精神不灭的道理。"盖中国佛教向执神明相续以至成佛。若证神明之不相续,则佛教根本倾覆。"[2]神不灭论是佛教因果报应学说以及成佛学说的逻辑起点。只有精神不灭,因果报应才有实施的对象,成佛才成为可能。对于佛教的神不灭论,时人又颇多质疑,于是围绕精神与形体的关系展开了一场影响深远的形神之辨。

三国初,牟融《理惑论》以解惑的形式强调了佛教的神不灭思想,认为"魂神固不灭矣,但身自朽烂耳。身譬如五谷之根叶,魂神如五谷之种实。

---

[1] 汤用彤:《魏晋玄学论稿》,196页。
[2] 汤用彤:《汉魏两晋南北朝佛教史》,338页,北京,中华书局,1983。

根叶生必当死，种实岂有终亡，得道身灭耳"。牟融以种子和根叶，比喻精神和形体的关系，根叶会朽烂，但种子却可以不断循环再生。魏末晋初杨泉《物理论》批驳了佛教的神不灭论："人含气而生，精尽而死，死犹澌也，灭也。譬如火焉，薪尽而火灭，则无光矣。故灭火之余，无遗炎矣；人死之后，无遗魂矣。"杨泉继承了桓谭的薪火之喻，强调死亡是形体与精神俱灭，他的观点直接针对佛教的神不灭思想。

东晋至南朝，佛教影响日盛，形神之辨更为激烈。东晋佛学家慧远《沙门不敬王者论》的第五论即《形尽神不灭》。慧远批驳并改造了传统的薪火之喻："火之传于薪，犹神之传于形。火之传异薪，犹神之传异形。前薪非后薪，则知指穷之术妙；前形非后形，则悟情数之感深。惑者见形朽于一生，便以谓神情俱丧，犹睹火穷于一木，谓终期都尽耳。"传统的薪火之喻限定在同一根薪材之上，而慧远则将之改造为火可以传导给不同的薪材从而不灭，因此慧远认为"神有冥移之功"。桓谭的薪火之喻，本是说明神以形存的，却被慧远巧妙地移为形灭神存的证据。刘宋郑鲜之撰《神不灭论》，也批驳了桓谭的薪火之喻，他认为："形神有源，请为子循本而释之。夫火因薪则有火，无薪则无火，薪虽所以生火，而非火之本，火本自在，因薪为用耳。若待薪然后有火，则燧人之前，其无火理乎。火本至阳，阳为火极，故薪是火所寄，非其本也。神形相资，亦犹此矣。相资相因，生途所由耳，安在有形则神存，无形则神尽。其本惚恍，不可言矣。请为吾子广其类以明之，当薪之在水则火尽，出水则火生，一薪未改，而火前期，神不赖形，又如兹矣，神不待形，可以悟乎。"郑鲜之从体用的角度指出火的本性是自在的，在燧人钻木取火之前，火已经存在，故而薪材并非火的本质，不过是火之用，人的精神与形体的关系也是如此，即精神先于形体存在，形体是精神之用。

东晋罗含《更生论》宣扬佛教的神不灭论："神之与质，自然之偶也。偶有离合，死生之变也。"他认为精神与形体存在离与合，形神合则生，形神离即死。罗含此说的逻辑起点是精神不灭，精神以肉体为寄寓之所，精神遇到肉体，则肉体生命开始；精神离开肉体，则肉体死亡，而精神不灭，选择新的肉体更生。孙盛《与罗君章书》则批评说："形既粉散，知亦如之，纷错混淆，化为异物，他物各失其旧，非复昔日，此有情者所以悲叹。"他认为神随形灭，不能更生。可见，两人的观点是针锋相对的。

刘宋时期的佛教徒兼画家宗炳《答何衡阳书》认为："人形至粗，人神实妙，以形从神，岂能齐终？"宗炳从形体粗而精神妙的角度，指出精神并不与形体同时消亡。宗炳在《明佛论》中进一步发挥了这种思想："神也者，妙万物而为言矣。若资形以造，随形以灭，则以形为本，何妙以言乎？夫精神四达，并流无极，上际于天，下盘于地，圣之穷机，贤之研微。"宗炳认为神若随形而灭，就是以形为本，那么神也就无妙可言。何承天《答宗居士书》则指出："形神相资，古人譬以薪火，薪弊火微，薪尽火灭。虽有其妙，岂能独传？"何承天以传统薪火之喻立论，反驳了宗炳的神不灭论。其《达性论》说："生必有死，形毙神散，犹春荣秋落，四时代换，奚有于更受形哉！"他以"春荣秋落"比喻形神俱散，又可视为是对罗含《更生论》的辩难，当然何承天的这种比喻在逻辑上并不完满。

至齐梁之际，范缜著《神灭论》，并与当时的高僧、名士当面辩论，萧琛《难神灭论》形容其"自谓辩摧众口，日服千人"。据《梁书·范缜传》，"此论出，朝野喧哗，子良集僧难之而不能屈"。《神灭论》一方面明确了形神的统一性，认为"神即形也，形即神也。是以形存则神存，形谢则神灭"；另一方面明确了形神的主次关系，强调形体是精神的本质，"形者，神之质；神者，形之用。是则形称其质，神言其用，形之与神，不得相异也"。范缜还以刀与利来比喻形与神的关系，从而克服了薪火之喻的缺点："神之与质，犹利之于刀；形之于用，犹刀之于利。利之名非刀也，刀之名非利也，然而舍利无刀，舍刀无利。未闻刀没而利存，岂容形亡而神在。"可以说，在形与神、身与心谁是第一性的问题上，范缜已经有了完善的解答。梁武帝萧衍信奉佛教，下诏《敕答臣下神灭论》批驳范缜，当时大臣七十余人纷纷受命，撰写了不少批驳《神灭论》的文章，如曹思文《难神灭论》、萧琛《难神灭论》、沈约《神不灭论》和《难范缜神灭论》等。范缜则撰《答曹舍人》等文章进行反驳,于是形神之辨愈演愈烈,但范缜始终不曾屈服。

魏晋南北朝形神之辨中的一个重要争论,是围绕季札所谓"魂气无所不之"而进行的不同阐释。对于魂气有无的探讨是沿着先秦时期的命题进行的,虽与佛教并无直接联系,但是在魏晋南北朝佛教大兴的背景下,对之的探讨又与佛教的神不灭论交融在了一起。魂气即精神之气,对之的探讨是与禀气相联系的。其中一派观点主张形亡而魂气存在,近于神不灭论。比如,谯周《招魂葬论》云:"或曰:有人死而亡其尸者,而招魂葬,何如?曰:夫葬,所以藏尸柩也。若魂气,则无不之,焉得藏诸?"认为人死而魂气依然存在。皇甫谧《笃终论》云:"人之死也,精歇形散,魂无不之,故气属于天;寄命终尽,穷体反真,故尸藏于地。是以神不存体,则与气升降;尸不久寄,与地合形。形神不隔,天地之性也;尸与土并,反真之理也。"也认为人的死亡是形体消亡,神魂与气升降。如果说皇甫谧对于魂的有知还是无知的问题只作假设而没有定论的话,那么挚虞《思游赋》则指出"观品物兮终复魂,形已消兮气犹存",其肯定形体消亡而魂气犹存,近于神不灭论。顾宪之《终制》说:"夫出生入死,理均昼夜,生既不知所从来,死亦安识所往?延陵所云,精气上归于天,骨肉下归于地,魂气则无所不之,良有以也。虽复茫昧难征,要若非妄。"延陵即季札,他提出了"魂气无所不之"的重要命题,顾宪之则认为魂气无所不之即无所不在,此证神不灭。杜弼《与邢邵议生灭论》载:"邢云:'季札言无不之,亦言散尽,若复聚而为物,不得言无不之也。'弼曰:'骨肉下归于土,魂气则无不之,此乃形坠魂游,往而非尽。如鸟出巢,如蛇出穴。由其尚有,故云无所不之;若令全无,之将焉适?'"邢邵认为季札所谓魂气无不之,是魂气散尽之意,如果魂气复聚则不能说是无不之,以此证神灭;杜弼针对邢邵之言指出,季札所谓魂气无不之,是形坠魂游,往而非尽,这好比鸟出巢,蛇出穴,由其尚有,故云无所不之,以此证神不灭。

另一派观点则认为形亡而魂气也消亡，近于神灭论。戴逵《流火赋》云："火凭薪以传焰，人资气以享年。苟薪气之有歇，何年焰之恒延？"人有气就有生命，无气则死亡，故以断气指死亡。此以薪气之有歇比喻人的年寿有限，近于神灭论。范缜《答曹思文〈难神灭论〉》云："难曰：延陵季子，而言曰，骨肉归复于土，而魂气无不之也，斯即形亡而神不亡也？答曰：人之生也，资气于天，禀形于地，是以形销于下，气灭于上。气灭于上，故言无不之。无不之者，不测之辞耳，岂必其有神与知邪？"范缜重新诠释了季札的魂气说，他解释魂气"无不之"，是"气灭于上，故言无不之"，由此证形灭神亦灭。

◎ 第四节

形神之辨对魏晋南北朝文艺理论的影响

　　魏晋南北朝文艺审美对形神关系的看法，与魏晋玄学、佛学有着密切的联系。佛教认为人的形体不过是精神的客舍，精神与形体的相遇具有偶然性，形体灭亡后，精神依然存在。这种重神轻形的思想影响到文学艺术，形成了重神轻形的审美趣味。魏晋南北朝时期，玄学一反两汉儒家的保守传统，认为名教是对人的束缚，人的存在是自然而然的结果，人具有独立之精神。从魏晋南北朝文学艺术中高扬的主体精神意识，即可以看出玄学的影响。

　　就绘画而言，东晋顾恺之绘画主张"以形写神"和"传神写照"。顾恺之绘画之"传神"，达到了很高的境界。《世说新语·巧艺》载："顾长康画人，或数年不点目精。人问其故，顾曰：'四体妍蚩，本无关于妙处，传神写照，正在阿堵中。'"沈约《俗说》又记载，顾恺之为人画扇，作阮籍、嵇康，都不点眼睛，送还扇主，人问则曰："点眼睛便能语。"绘画"传神写照"的前提是精神可以传写模拟，这一点受到佛教形神观念的影响。佛教认为人死亡后，精神可以转移到另一形体之上，东晋释慧远《沙门不敬王者论》认为"神有冥移之功"，"火之传于薪，犹神之传于形。火之传异薪，犹神之传异形"，即是其证。《世说新语·巧艺》说："顾长康道：画'手挥五弦'易，'目送归鸿'难。"其中"手挥五弦，目送归鸿"是玄学家嵇康的名句。画"手挥五弦"容易，因为具其形；画"目送归鸿"难，因为难以传神。顾恺之《论画》也说："凡画，人最难，次山水，次狗马，台榭一定器耳，难成而易好，不待迁想妙得也。"台榭等器物，只有形体而没有精神，故而容易画好。相对来说，狗马等动物的神态比较好把握，山水亦有神，其精髓则较难把握，而人的神态是最难把握的，故而对人的描绘需要由外形把握其内心，需要"以形写神"。顾恺之画裴楷像，在其颊上添三毛；画谢鲲像，又将其放置在岩石之中，这些都是他"以形写神""传神写照"思想的体现。顾恺之的传神理论正是魏晋玄学重神轻形思想在绘画领域的体现。"'以形写神'，系顾氏总结晋代以前人物画形神之相互关系，与传神之总的。即是我国人物画欣赏批评之标准。唐宋以后，并转而为整个绘画衡量之大则。"[1]

顾恺之揭开了中国绘画史上的新篇章。谢安高度评价顾恺之的绘画，认为"顾长康画，有苍生来所无"。顾恺之以形写神的理论主张，改变了汉代以场面、故事为主的绘画传统，突出了人的主题，契合于魏晋人的觉醒这一时代主题。其后，刘宋宗炳《画山水序》提出绘画的"卧游"及"畅神"理论、南齐谢赫《古画品录》提出绘画六法以"气韵生动"为首等绘画主张，都受到魏晋南北朝形神之辨的影响，突出了精神的审美价值。

就书法而言，书法乃形学，故而汉代以来的书论尤其重视书法的形似问题。东汉蔡邕《笔论》云："为书之体，须入其形，若坐若行，若飞若动，

---

[1] 潘天寿：《听天阁画谈随笔》，7页。

若往若来，若卧若起，若愁若喜，若虫食木叶，若利剑长戈，若强弓硬矢，若水火，若云雾，若日月，纵横有可象者，方得谓之书矣。"书法遵循取象外物的原则，必要有所象者，才能称之为书法。蔡邕《九势》又云："夫书肇于自然，自然既立，阴阳生焉；阴阳既生，形势出矣。"书法源于对自然物象的模仿，正如仓颉造字，以象形为原则，近取诸身，远取诸物。汉代书论尤其讲究对书法形体的探讨，东汉崔瑗《草书势》、蔡邕《篆势》实际探讨的是草书、篆书的字体形态。崔瑗用了众多的比喻来描绘草书字体形态的特点，如"竦企鸟跱""狡兽暴骇""状似连珠""似蜩螗挶枝""若山蜂施毒""螣蛇赴穴""若陉岸崩崖"等。

对书法形似的探讨，也是魏晋南北朝书论的重点。西晋成公绥《隶书体》描述隶书的字体，依然使用象喻的方式："或若虬龙盘游，蜿蜒轩翥，鸾凤翱翔，矫翼欲去；或若鸷鸟将击，并体抑怒，良马腾骧，奔放向路。仰而望之，郁若霄雾朝升，游烟连云；俯而察之，漂若清风厉水，漪澜成文。垂象表式，有模有楷，形功难详，粗举大体。"他对于字体形态的描述可谓详尽。东晋卫铄《笔阵图》也说："心存委曲，每为一字，各象其形，斯造妙矣，书道毕矣。"卫铄对书法中的七种笔画，分别做了象形的描述，如她描述笔画"一"为"如千里阵云，隐隐然其实有形"；描述笔画"、"为"如高峰坠石，磕磕然实如崩也"；描述笔画"丿"为"陆断犀象"；描述笔画"乀"为"崩浪雷奔"。王羲之《书论》也以象喻的方式描述字形："凡作一字，或类篆籀，或似鹄头；或如散隶，或近八分；或如虫食木叶，或如水中科斗；或如壮士佩剑，或似妇女纤丽。"

但是魏晋南北朝书论在探讨字体形态的同时，融入了"精思""志意"等主体因素，开始了对书法笔势中所蕴含的精神气韵的探讨，以及对书法创作过程中如何发挥主体精神进行书法造势的探讨。这又是对汉代书论的发展，即在追求书法形似的同时，开始探讨书法神似的问题。南齐王僧虔《笔意赞》云："书之妙道，神彩为上，形质次之，兼之者方可绍于古人。"这即是明言书法"神彩"重于"形质"，这种观点在汉代书论中是没有的。可见，魏晋玄学重神轻形的思想开始影响到书论领域。南朝梁袁昂《古今书评》评蔡邕书法"骨气洞达，爽爽有神"，评王羲之书法"爽爽有一种风气"。袁昂以"气""神"评价书法，其所谓"骨气""有神""风气"，指向的已经不再是书法外形，而是书法精神。不论"爽爽"有神，还是"爽爽"有风气，"爽爽"都是书法神韵带给观者的感受。袁昂又评殷钧的书法"如高丽使人，抗浪甚有意气，滋韵终乏精味"。这是批评书法缺乏神韵。高丽使节虽然粗犷有气概，但是缺乏韵味；殷钧的书法类此，虽然在字体形态上有粗犷气概，但是缺乏字形之外的韵味，这亦是袁昂论书重神韵之证。庾肩吾《书品》说："若探妙测深，尽形得势；烟花落纸，将动风采。带字欲飞，疑神化之所为，非世人之所学，惟张有道、钟元常、王右军其人也。"所谓"尽形得势""风采""欲飞"都是指书法形体之上所蕴育的神韵，因为超越了形似，故庾肩吾"疑神化之所为"。概而言之，魏晋南北朝书论在重视书法之形的同时，开始探讨书法之神，虽有重神彩轻形质的说法，但绝无脱离书法外形而谈论神韵之说，这正是由书法作为形学的特点决定的。

就文论而言，魏晋南北朝形神之辨对于当时文论中的神思理论、形似与神似理论产生了潜在的影响。刘勰《文心雕龙·神思》谓"形在江海之上，心存魏阙之下"曰"神思"，指出神思是对人的体形所处时空的超越："文之思也，其神远矣。故寂然凝虑，思接千载；悄焉动容，视通万里；吟咏之间，吐纳珠玉之声；眉睫之前，卷舒风云之色；其思理之致乎！故思理为妙，神与物游。"神思是精神的遨游，思接千载，视通万里，极为自由。刘勰在文学创作领域对神思的探讨，与他在佛教领域对于精神自由性的探讨，有着一定的互文关系。刘勰《灭惑论》指出："夫佛法练神，道教练形。形器必终，碍于一垣之里；神识无穷，再抚六合之外。明者资于无穷，教以胜慧；暗者恋其必终，诳以仙术，极于饵药。慧业始于观神，禅练真识，故精妙而泥洹可冀。药驻伪器，故精思而翻腾无期。若乃弃妙宝藏，遗智养身，据理寻之，其伪可知。假使形翻无际，神暗鸢飞戾天，宁免为鸟！"刘勰明言佛教重在练神，而道教重在练形，前者高于后者，因为精神高于形体。刘勰所谓"神识无穷，再抚六合之外"可与《文心雕龙·神思》的相关表述互参对读。需要指出的是，刘勰的"神与物游"是一种内游，是精神与记忆中的物象之游，所谓"登山则情满于山，观海则意溢于海"，意谓一想到登山观海，满脑子就是山和海的意象。刘勰所说的神思是并不是精神离体外游，而是类似于佛教的"内照"。慧远《念佛三昧诗集序》指出："故令入斯定者，昧然忘知，即所缘以成鉴。鉴明则内照交映，而万像生焉；非耳目之所暨，而闻见行焉。"《文心雕龙·声律》也说："故外听之易，弦以手定，内听之难，声与心纷。可以数求，难以辞逐。""神思""内听""内照"，显然属于一脉。道教中也有"内观"的说法，《列子·仲尼篇》谓："外游者求备于物，内观者取足于身。取足于身，游之至也；求备于物，游之不至也。"这种以内观为游之至的思想，与刘勰的神思理论有相似之处。刘勰对于神思的探讨，一方面强调神思的自由性，另一方面又指出要使神思有效，还须保持形体与精神处于恰当、合适的状态，"是以陶钧文思，贵在虚静，疏瀹五脏，澡雪精神"，可见形体作为精神之宅，当它处于疲劳的时候，并不利于神思。所以《文心雕龙·养气》强调："是以吐纳文艺，务在节宣，清和其心，调畅其气，烦而即舍，勿使壅滞，意得则舒怀以命笔，理伏则投笔以卷怀，逍遥以针劳，谈笑以药倦，常弄闲于才锋，贾余于文勇，使刃发如新，腠理无滞。"总之，刘勰在文学创作中探讨的形神观念，既受到魏晋以来形神之辨的影响，又并非照搬哲学形神关系。刘勰尤其注重文学的规律性，在文学神思问题上既突出了精神对于形体的超越性，又不完全否定形体的意义，体现了他较为辩证的形神观念。

形似与神似问题是魏晋南北朝文论探讨的重点。与东晋以来绘画尚神似不同，六朝文学中始终存在着一股崇尚形似的创作潮流，正如《文心雕龙·物色》所说："自近代以来，文贵形似，窥情风景之上，钻貌草木之中。吟咏所发，志惟深远；体物为妙，功在密附。故巧言切状，如印之印泥，不加雕削，而曲写毫芥。"钟嵘《诗品》对晋宋以来的诗歌形似之风大加赞赏。比如，东晋张协诗歌崇尚形似，文体华净，钟嵘《诗品》置之上品,高度评价他的诗歌,谓:"其源出于王粲。文体华净,少病累。又巧构形似之言。雄于潘岳,靡于太冲。风流调达,实旷代之高才。词彩葱蒨,音韵铿锵,使人味之,亹亹不倦。"谢灵运绍述张协之体,尚巧似,而繁富过之,钟嵘评谢灵运诗云:"其源出于陈思,杂有景阳之体。故尚巧似,而逸荡过之。颇以繁芜为累。"话虽如此,但钟嵘却并不以之为过,他认为:"若人学多才博,寓目辄书,内无乏思,外无遗物,其繁富,宜哉!然名章迥句,处处间起;丽曲新声,络绎奔发。譬犹青松之拔灌木,白玉之映尘沙,未足贬其高洁也。"钟嵘对谢灵运诗歌的繁富、巧似大为赞赏,也置之上品。鲍照诗歌源出张协、张华,"善制形状写物之词",钟嵘也给予了高度评价,说他"总四家而擅美,跨两代而孤出",只不过对他"贵尚巧似,不避危仄,颇伤清雅之调"有所微词。鲍照诗歌追求写景状物的逼真,不惜用险僻词句,故有损于清新典雅的格调,这就不符合以自然为美的钟嵘的审美趣味了,故置之中品。通过上述所谓"文贵形似""巧构形似""尚巧似""贵尚巧似",可知追求形似的确是当时文风之所向。

魏晋南北朝文学对于物色的形似化描写,固然有文学声色大开、追求形式美的因素在内,但是更重要原因是这一时期士人眼中的山水是道的化身,形似并非目的,借形传神才是其最终旨归。魏晋玄学推崇玄理,山水是体味玄理的绝好载体。宗炳《画山水序》称"山水以形媚道",正因为山水亲媚于道,作为"道之文"的山水的意义和地位,就被当时的文学重视起来。宗炳《画山水序》所谓"以形写形,以色貌色"指的是绘画可以载道,而不是主张绘画追求形似。因为《画山水序》又说:"夫以应目会心为理者,类之成巧,则目亦同应,心亦俱会。应会感神,神超理得。虽复虚求幽岩,何以加焉?又神本亡端,栖形感类,理入影迹,诚能妙写,亦诚尽矣。""应目"是对山水外形的视觉,"会心"则是对山水所蕴之大道的感悟。通过应目、会心而"感神",神超越于山水之形,把握其中之理,这就是"神超理得"。宗炳认为精神是无端、不可见的,精神栖居于形体之内,玄理也寄于山水之形迹中,如果能把山水之形迹描写出来,则能尽其中之大道,这是典型的"以形写神"思想。同理,刘勰在文学领域也探讨了以形写神的问题。《文心雕龙·夸饰》云:"神道难摹,精言不能追其极;形器易写,壮辞可得喻其真。"是说文学创作形似容易,而神似则难。故《文心雕龙·物色》主张"物色虽繁,而析辞尚简","使味飘飘而轻举,情晔晔而更新"。面对繁杂的物色,文学家应该以简笔描述,以达到情味轻举、更新的目的,这就是刘勰主张的"物色尽而情有余"。"物色尽"是形似,而文学不应停留于此,更应该追求形外的情味、神韵,这就是"情有余"。这便是刘勰的文学以形写神思想。刘勰还提出了文学的隐秀美,如果说"秀"是"物色尽",即文学对物色的形似描写(形);那么"隐"则是"情有余",即文学超越于形似的深厚且多层的意蕴(神)。刘勰主倡隐秀之美,正是针对过度追求形似、缺乏蕴藉的南朝文学而言的,其意义在于,将文学审美的标准由文辞的华艳、外形的逼真,转向了意蕴的丰厚、情味的有余,其中可以见魏晋以来形神之辨的影响。

第二十九章
体与性

刘勰《文心雕龙·体性》提出了文学体性理论。体，指作品风格；性，指作家个性。"'体性'之体，亦属体貌一类，但指个人风格，它是与作家的个性密切相关的。'体性'之性，即指作家的个性，旧称'性情'，刘勰认为它包括'才、气、学、习'四方面的因素。"①在魏晋"人的觉醒""文学自觉"的语境中，魏晋南北朝文论探讨了作家个性和作品风格间的关系，亦即性和体的关系。而强调个性对于风格的决定作用，是魏晋以来主体精神高扬的表征。关于风格和个性的关系，法国作家布封曾有"风格即人"的经典论断。魏晋南北朝文艺理论则不仅认识到了风格与个性的一致性，更认识到了由于个性差异而导致的风格的差异性及风格的多样统一性，并从体、性两方面确定创作的基本原则。

◎ 第一节
数穷八体：八种基本的文学风格

《文心雕龙·体性》概括了八种文学风格类型——典雅、远奥、精约、

---

① （南朝梁）刘勰著，詹锳义证：《文心雕龙义证》，1010 页。

显附、繁缛、壮丽、新奇、轻靡,称为"八体"。典雅的风格,是取法经典,依傍儒家思想立论的作品所具有的,所谓"典雅者,镕式经诰,方轨儒门者也"。这就是《定势》篇所说的"模经为式者,自入典雅之懿"。刘勰出于宗经思想对于典雅风格极为推崇,如"章表奏议,则准的乎典雅","潘勖九锡,典雅逸群"。远奥的风格,是那些文采内蕴,文意深远,阐述玄学的文章所具有的,所谓"远奥者,馥采曲文,经理玄宗者也"。远奥是刘勰所称赞的风格。《原道》篇说:"文王患忧,繇辞炳曜,符采复隐,精义坚深。"《征圣》篇说:"四象精义以曲隐,五例微辞以婉晦,此隐义以藏用也。"《明诗》篇说:"阮旨遥深,故能标焉。"《杂文》篇说:"蔡邕释诲,体奥而文炳;景纯客傲,情见而采蔚。虽迭相祖述,然属篇之高者也。"这些都证明了刘勰对于远奥风格的欣赏。世俗之人抛弃深奥的作品,而欣赏浅薄之作,刘勰对此多有批评。《知音》篇说:"俗鉴之迷者,深废浅售,此庄周所以笑折杨,宋玉所以伤白雪也。"精约的风格,表现为字斟句酌,语言简练,分析说理细致入微,所谓"精约者,核字省句,剖析毫厘者也"。显附的风格,表现为用语直截了当,意旨畅达,切合事理,令人悦服,所谓"显附者,辞直义畅,切理厌心者也"。繁缛的风格,表现为譬喻广博,辞藻华赡,文章的每一部分都流光溢彩,所谓"繁缛者,博喻醲采,炜烨枝派者也"。刘勰对于繁缛基本持批评态度,《议对》篇说"文以辨洁为能,不以繁缛为巧",《定势》篇说"断辞辨约者,率乖繁缛",均是其证。壮丽的风格,体现为议论高超,体制宏伟,辞采不凡,所谓"壮丽者,高论宏裁,卓烁异采者也"。新奇的风格,表现为抛弃古代的陈规,独创新体,在危险的岔道上追求奇诡的情趣,所谓"新奇者,摈古竞今,危侧趣诡者也"。摈古竞今并不是刘勰所赞赏的,《通变》篇指出:"宋初讹而新。从质及讹,弥近弥澹,何则?竞今疏古,风末气衰也。"刘勰出于宗经思想,对于摈古竞今的作品多有批评。《序志》篇指出:"去圣久远,文体解散,辞人爱奇,言贵浮诡,饰羽尚画,文绣鞶帨,离本弥甚,将遂讹滥。"刘勰主张执正以驭奇,《辨骚》篇说:"凭轼以倚雅颂,悬辔以驭楚篇,酌奇而不失其贞，玩华而不坠其实。"轻靡的风格，表现为文辞浅浮，内容贫弱，命意虚浮不实，依附俗说，所谓"轻靡者，浮文弱植，缥缈附俗者也"。刘勰不赞成轻靡的风格，《乐府》篇批评："赤雁群篇，靡而非典。"

在介绍了八种风格的特点后，《体性》篇指出："故雅与奇反，奥与显殊，繁与约舛，壮与轻乖，文辞根叶，苑囿其中矣。"刘勰认为这八种风格中，典雅与新奇相反，远奥与显附相对，繁缛与精约相违，壮丽和轻靡相背。这四组八体，基本把文章内容和形式的差异都囊括在内了。

八体之所以能涵盖文学风格的诸多变体，在于刘勰认为八体属于《易》八卦的推演模式。八卦可以推演天下，囊括宇宙；同样八体也可以涵盖所有的文学风格。王小盾将《体性》八体与《易》八卦做了对比研究，指出前者源于后者，认为典雅取材于乾，远奥取材于坤，精约取材于震，显附取材于艮，繁缛取材于兑，壮丽取材于离，新奇取材于巽，轻靡取材于坎。"《体性》'八体'实际上是《周易》八卦的镜像。其中每一体都有一个与之对应的卦象，作为它的素材来源。刘勰是依靠《周易》八卦理论而建立起他的八体范畴的。"①此说极有新见，启示我们注意八体与八卦的渊源关系。但是文中亦有未安之处，如"震、巽、离、坤、兑、乾、坎、艮在其中依次排列，代表了古人心目中最重要的宇宙神秘。刘勰正是按照《周易》所描写的这一宇宙结构来构建他的风格学体系的"。此说值得商榷。《易·说卦》云："帝出乎震，齐乎巽，相见乎离，致役乎坤，说言乎兑，战乎乾，劳乎坎，成言乎艮。"八卦的这个排序，可以解释为万物随时令而盛衰的生命过程，但是无法解释八体推演诸多风格的过程。因为按照八体与八卦的对应关系，八体推演诸多风格的过程的排序则成为：精约（震）、新奇（巽）、壮丽（离）、远奥（坤）、繁缛（兑）、典雅（乾）、轻靡（坎）、显附（艮）。显然这种八体排序无视了刘勰《体性》篇原本的排序，显得杂乱无章，更不

---

① 王小盾：《〈文心雕龙〉风格理论的〈易〉学渊源——为王运熙老师80华诞而作》，载《清华大学学报（哲学社会科学版）》，2005（5）。

可能存在这种以精约为首、以显附为尾的推演顺序。

刘勰对文学"八体"的排序是深有讲究的。他将源于儒家经典的典雅风格列为八体之首，这是出于他的宗经思想。又将源于道家经典的远奥风格列在第二位，也是别有深意的——刘勰八体首列雅雅、远奥，体现出他将文学风格上溯到儒、道两家的独特用心。这种排序隐藏着如下深意：文学风格的类型，除了作家的个性影响之外，也与作家所接受的思想流派有一定的关系。倾心于儒家思想的人，其文学风格自然受到儒家经典的影响，故而其作品风格呈现为典雅；而倾心于道家思想的人，其文学风格自然受到道家经典的影响，故而其作品风格呈现为远奥。其余六种风格类型，大约也是刘勰从前人的作品中分析概括出的。徐复观认为《体性》中的"八种基型，是彦和从各种文体的根源中，所分析归纳出来的结论"，这种说法是有道理的，但他认为"内中五体是出自五经，而三体是出自楚辞"[①]，略显牵强，因为远奥出于道家，而他认为繁缛、轻靡出于楚辞，似乎又低估了楚辞的价值。

总之，刘勰"数穷八体"的思想，受到《易》的影响。但八卦推演宇宙，与八体囊括诸种文学风格，二者之间只有思维模式的相似性，而非完全的对应关系。八体的排序，融入了刘勰的价值选向，其中又有正面、负面的不同风格类型。八体既受宏观的思想流派影响，也受微观的、普遍意义上的个性因素的制约。

◎ 第二节

才、气、学、习：作家个性的四个层面

刘勰所谓体性之性，是指个性而言的，而个性又是由才（才华）、气

---

① 徐复观：《中国文学精神》，142 页，上海，上海书店出版社，2004。

（气质）、学（学识）、习（习性）四个因素构成的。才、气是天赋的性情决定的，学、习则由后天的陶冶熏染积渐而成。《体性》篇指出："然才有庸俊，气有刚柔，学有浅深，习有雅郑，并情性所铄，陶染所凝，是以笔区云谲，文苑波诡者矣。"才能或平庸或杰出，气质或刚健或柔婉，学识或肤浅或渊博，习染或高雅或低俗，这些都是因人而异的。由于才、气、学、习的不同，文章的风格也如同云气变化，波涛起伏般各不相同。"'才''气'是从魏晋以来的'才性论'来的，所以说是'情性所铄'；而'学''习'两个因素的提出，并把它归之后天的'陶染所凝'，则是刘勰本人的创见。"①

才、气是先天的禀赋。《体性》篇说："才力居中，肇自血气；气以实志，志以定言，吐纳英华，莫非情性。"人的才能来自于他禀受的元气，先天的禀气决定心志，心志决定文辞表现，因此文章展现的都是作家的情性。在刘勰的推理链条上，"才"最终与"性"相联系。《才略》篇也说："才难然乎，性各异禀。"刘勰"才""性"相联系的观点显然源自魏晋才性论。刘劭《人物志·九征》开篇即说："盖人物之本，出乎情性。情性之理，甚微而玄，非圣人之察，其孰能究之哉！凡有血气者，莫不含元一以为质，禀阴阳以立性，体五行而著形。苟有形，质犹可即而求之。"谓人内在的最根本的资质，出于先天之性和后天之情，凡是禀气而生者，都包含最根本的性质，秉承阴阳形成个性，依据五行成就形体；只要是有形体的生命，都可以根据形体探讨其本质。这是刘劭人物品鉴的逻辑起点。同理，刘勰认为文章都是情性的表达，通过文章也可以探知作者的情性。"才"源于先天元气，不可更易；血气也是天生的禀赋，也不可改变，刘勰"才力居中，肇自血气"的思想源出刘劭的才性论。才性是先天的禀赋，情志则是后天形成的。刘勰所谓"吐纳英华，莫非情性"，实是包括了后天之情与先天之性，这两个方面是作家个性的重要组成部分，所以文章风格都是与作家的个

---

① 詹锳：《〈文心雕龙〉的风格学》，5 页，北京，人民文学出版社，1982。

性相符的。刘勰所谓"气以实志,志以定言",又源于《左传·昭公九年》之"味以行气,气以实志,志以定言",杜预注云:"气和则志充。在心为志,发口为言。"可见,刘勰将先天的才、气与后天的情志结合在一起,构成作家的情性理论,认为这种情性正是作家创作个性的来源。

刘勰关于"气"的认识,源于魏晋禀气理论。曹丕《典论·论文》云:"夫文本同而末异,盖奏议宜雅,书论宜理,铭诔尚实,诗赋欲丽。此四科不同,故能之者偏也。唯通才能备其体。文以气为主,气之清浊有体,不可力强而致。譬诸音乐,曲度虽均,节奏同检,至于引气不齐,巧拙有素,虽在父兄,不能以移子弟。"曹丕从禀气的角度说明作家的个性气质禀受于天,个性的清浊刚柔,不能勉强,是后天无法改变的。禀气的清浊决定了人的个性特征,这是时人的普遍认识。比如,嵇康《明胆论》云:"夫元气陶铄,众生禀焉。赋受有多少,故才性有昏明。"戴逵《释疑论》云:"气有精粗之异,亦有贤愚之别。此自然之定理,不可移者也。"刘勰也认为构成个性的"气",是先天的禀气,是无法更易的。

对于后天之"学",刘勰亦颇为看重。《体性》篇说:"若夫八体屡迁,功以学成。"《杂文》篇说:"伟矣前修,学坚才饱。"《诸子》篇说:"然洽闻之士,宜撮纲要,览华而食实,弃邪而采正,极睇参差,亦学家之壮观也。"《神思》篇说:"积学以储宝。""若学浅而空迟,才疏而徒速,以斯成器,未之前闻。""博见为馈贫之粮,贯一为拯乱之药,博而能一,亦有助乎心力矣。"《事类》篇说:"夫经典沈深,载籍浩瀚,实群言之奥区,而才思之神皋也。扬班以下,莫不取资,任力耕耨,纵意渔猎,操刀能割,必裂膏腴。是以将赡才力,务在博见,狐腋非一皮能温,鸡蹠必数千而饱矣。是以综学在博,取事贵约,校练务精,捃理须核,众美辐辏,表里发挥。"这些都是强调后天之"学"对于文章创作的重要意义。对于文学创作而言,文思的来源主要有两个:一是《物色》篇所谓"山林皋壤,实文思之奥府";二是《事类》篇所谓"经典沉深,载籍浩翰,实群言之奥区,而才思之神皋也"。前者讲的是"江山之助",主要通过游历而得;后者讲的是

"经典之助",主要依靠学习获取。

才、气、学、习四者之中,先天的才、气居于主导地位,后天的学、习则是辅助因素。《事类》篇专门探讨了先天之"才"与后天之"学"的关系:"夫姜桂因地,辛在本性;文章由学,能在天资。才自内发,学以外成,有学饱而才馁,有才富而学贫。学贫者迍邅于事义,才馁者劬劳于辞情,此内外之殊分也。是以属意立文,心与笔谋,才为盟主,学为辅佐,主佐合德,文采必霸,才学褊狭,虽美少功。夫以子云之才,而自奏不学,及观书石室,乃成鸿采。表里相资,古今一也。故魏武称张子之文为拙,然学问肤浅,所见不博,专拾掇崔杜小文,所作不可悉难,难便不知所出。斯则寡闻之病也。"刘勰认为"才"发自内部,而"学"是外部的行为,需要内外配合,以"才"为盟主,"学"为辅佐,方能写好文章。先天的"才"是无法更改的,但后天的"学"可以增长。刘勰又举例说,扬雄观览皇家藏书后,形成了宏富的文采;张子文章拙劣在于他的学问肤浅,寡闻不博所致。可见刘勰重视"才"而不废"学",尤其在"才"无法更易的情况下,依靠"学"可以增加文章写作的成功概率。所以《才略》篇说:"应场学优以得文。"应场就是因为学优而创作许多好文章。"就风格的形成而言,先天的才气是潜能,后天的学、习是释放潜能的条件。这比曹丕《典论·论文》中的'文以气为主'的著名的说法进了一大步。"[1]

◎ 第三节
表里必符:个性与风格的统一性

文章写作是作家将受到激发的思想情感用文辞表达出来,从潜藏于内心

---

[1] 童庆炳:《〈文心雕龙〉"因内符外"说》,载《福建论坛(人文社科版)》,2001(5)。

的情理，到表达为显豁的文辞，这是一个由内而外，由隐而显的过程。正如《文心雕龙·体性》所说："夫情动而言形，理发而文见，盖沿隐以至显，因内而符外者也。"刘勰认为作家内在的思想感情和文辞的外在表现存在一致性，这实际也就是肯定了"体"与"性"的一致性。《体性》篇又指出："故辞理庸俊，莫能翻其才；风趣刚柔，宁或改其气；事义浅深，未闻乖其学；体式雅郑，鲜有反其习：各师成心，其异如面。"属于作家个性（"性"）范畴的才、气、学、习，对属于作品风格（"体"）范畴的辞理、风趣、事义、体式具有决定作用。刘勰认为，文辞情理的平庸或杰出，与作家的才能是一致的；文章风力骨气的刚健或柔婉，与作家的气质是相关的；用典托义的浅深与学问的低高一致；文章体制的雅俗和所受的陶染有关。各人都按自己的本性来写作，所以文章风格也就犹如人的面容一样彼此有别。

个性对于风格具有决定作用，刘勰的这种观念是渊源有自的。《易·系辞下》云："将叛者其辞惭，中心疑者其辞枝，吉人之辞寡，躁人之辞多，诬善之人其辞游，失其守者其辞屈。"人的心理、性格决定了人的语言风格，这是由内而符外的。同理，人的个性决定了作品的风格。扬雄《法言·问神》云："故言，心声也；书，心画也。声画形，君子小人见矣。声画者，君子小人之所以动情乎？"书法是心画，这正是强调表里必符。王充《论衡·超奇》云："有根株于下，有荣叶于上，有实核于内，有皮壳于外。文墨辞说，士之荣叶、皮壳也。实诚在胸臆，文墨著竹帛，外内表里，自相副称。意奋而笔纵，故文见而实露也。"文章是外，胸臆是内，这也是强调表里必符。赵壹《非草书》云："凡人各殊气血，异筋骨。心有疏密，手有巧拙。书之好丑，在心与手，可强为哉！"这说的是书法的表里必符。《典论·论文》论作家的禀气，强调文章风格是由作家的个性气质决定，作家的不同人格决定了文学风格的差异，这好比音乐的曲度、节奏可以一样，但不同个性的人演奏出来的风格巧拙有别。比如，"应场和而不壮，刘桢壮而不密，孔融体气高妙"，建安七子的个性各不相同，所以他们的文学风格各有千秋。陆机《文赋》也说："夸目者尚奢，惬意者富贵，言穷者无隘,论达者唯旷。"这也强调了作家个性对于文学风格的影响。可见,刘勰的文学体性理论是对前代相关论述的继承和发展。

为了论证文学体性理论的合理性,《文心雕龙·体性》分析了文学史上十二位作家的个性与他们作品风格的关系,以证明个性与风格的统一性。以下略作分析。

贾谊才气超逸,所以文辞简洁,文风清俊,所谓"贾生俊发,故文洁而体清"。据《史记·屈原贾生列传》:"时贾生年二十余,最为少,每诏令议下,诸老先生不能言,贾生尽为之对,人人各如其意所欲出,诸生于是乃以为能不及也。"贾谊的才华出众是显见的,这就影响到了他的文学风格,正如《文心雕龙·才略》所说:"贾谊才颖,陵轶飞兔,议愜而赋清。"《哀吊》篇也说:"自贾谊浮湘,发愤吊屈,体周而事核,辞清而理哀,盖首出之作也。"这些都说的是贾谊文洁体清的特点。

司马相如自负狂放,所以他的作品文理夸张,辞藻繁富,所谓"长卿傲诞,故理侈而辞溢"。嵇康《圣贤高士传》记载:"长卿慢世,越礼自放。"司马相如的这种个性对其文学风格有所影响,所以《文心雕龙·才略》说:"相如好书,师范屈宋,洞入夸艳,致名辞宗。然核取精意,理不胜辞,故扬子以为'文丽用寡者长卿',诚哉是言也。"《物色》篇也说:"及长卿之徒,诡势瑰声,模山范水,字必鱼贯,所谓诗人丽则而约言,辞人丽淫而繁句也。"司马相如文章理侈辞溢的特点是显见的,而这种风格的形成正是由其傲诞的个性决定的。

扬雄沉静,所以他的作品主旨含蕴,意味深长,所谓"子云沉寂,故志隐而味深"。《汉书·扬雄传》记载:"(雄)默而好深湛之思,清静亡为,少嗜欲。"这种个性对文学风格亦有影响,所以《文心雕龙·才略》说:"子云属意,辞义最深,观其涯度幽远,搜选诡丽,而竭才以钻思,故能理赡而辞坚矣。"《诠赋》篇也说:"子云甘泉,构深伟之风。"扬雄作品深隐的特点,是由他沉寂的个性决定的。

刘向平易近人,所以他的作品旨趣显明,征引广博,所谓"子政简易,故趣昭而事博"。《汉书·刘向传》记载："向为人简易无威仪，廉靖乐道，不交接世俗。"这是刘向个性平易的显证。 刘勰认为刘向简易的个性导致他的文章征引广博，其旨在说明个性与风格的一致性，但个性简易又如何影响文学尚广博，刘勰缺乏必要的说明，显然语义未安。 因此可见，刘勰论体性之表里相符，所举例证亦有个别牵强之处。 《文心雕龙》体大思精，然百密亦有一疏，不必苛求之，取其意即可，亦不必为之讳。

班固文雅深湛，所以他的作品体裁周密，思想绵密细致，所谓"孟坚雅懿，故裁密而思靡"。 据《后汉书·班固传》："（班固）及长，遂博贯载籍，九流百家之言无不穷究。 不为章句，举大义而已，性宽和容众，不以才能高人，诸儒以此慕之。"《文心雕龙·封禅》说："典引所叙，雅有懿乎？"《诠赋》篇说："孟坚两都，明绚以雅赡。"显然，班固雅懿的个性影响了他文学风格。

张衡知识广博贯通，所以他的作品考虑问题周到，文辞细密，所谓"平子淹通，故虑周而藻密"。 《文心雕龙·才略》篇也说"张衡通赡"。《后汉书·张衡传》记载张衡"通五经，贯六艺"。 《文心雕龙·杂文》也说："张衡七辨，结采绵靡。"这些都可见出张衡之"淹通"对于他的作品虑周藻密的影响。

王粲性格急躁，争强好胜，所以他的作品锋芒外露，才思敏捷，所谓"仲宣躁锐，故颖出而才果"。 《文心雕龙·才略》篇也说："仲宣溢才，捷而能密，文多兼善，辞少瑕累，摘其诗赋，则七子之冠冕乎！"《神思》篇又说："仲宣举笔似宿构。"王粲才思敏捷，《三国志·魏书·王粲传》记载："（王粲）善属文，举笔便成，无所改定，时人常以为宿构。"王粲躁竞的个性决定了他的作品颖出才果的特点。

刘桢性格急躁刚烈，所以他的作品语言雄壮，情思惊人，所谓"公幹气褊，故言壮而情骇"。 《文心雕龙·才略》篇说："刘桢情高以会采。"刘桢作品语言雄壮，《典论·论文》说："公幹壮而不密。"钟嵘《诗品》也说："（魏文学刘桢诗）其源出于《古诗》，仗气爱奇，动多振绝，贞骨凌霜，高风跨俗。但气过其文，雕润恨少。"刘桢之"气褊"对于他的作品言壮情骇的影响，可见一斑。

阮籍放达不拘，所以他的作品风格飘逸，格调高迈，所谓"嗣宗俶傥，故响逸而调远"。《文心雕龙·才略》篇也说："阮籍使气以命诗。"阮籍俶傥，《三国志·魏书·王粲传》记载阮籍"才藻艳逸而倜傥放荡，行己寡欲，以庄周为模则"。《晋书·阮籍传》说阮籍"志气宏放，傲然独得，任性不羁，而喜怒不形于色"。钟嵘《诗品》评价阮籍《咏怀诗》云："可以陶性灵，发幽思，言在耳目之内，情寄八荒之表，洋洋乎会于风雅，使人忘其鄙近，自致远大，颇多感慨之词，厥旨渊放，归趣难求。"这恰是阮籍诗歌响逸调远的特点。刘勰认为这种风格的形成，是阮籍个性俶傥所致。

嵇康品貌英俊、性格豪侠，所以他的作品诗兴高绝，辞采刚健，所谓"叔夜俊侠，故兴高而采烈"。《才略》篇也说："嵇康师心以遣论。"《三国志·魏书·王粲传》记载："时又有谯郡嵇康，文辞壮丽，好言老庄，而尚奇任侠。"《晋书·嵇康传》记载嵇康"有奇才，远迈不群，身长七尺八寸，美词气，有风仪，而土木形骸，不自藻饰，人以为龙章凤姿。天质自然，恬静寡欲，含垢匿瑕，宽简有大量。……康善谈理，又能属文，其高情远趣，率然玄远"。这些都突出了嵇康俊侠之个性对于他的作品旨趣高超、风采壮烈的影响。

潘岳轻浮机敏，所以他的作品词锋外露、音韵和畅，所谓"安仁轻敏，故锋发而韵流"。《文心雕龙·才略》篇也说："潘岳敏给，辞自和畅。"潘岳轻浮机敏，事见《晋书·潘岳传》："岳少以才颖见称乡邑，号为奇童。……岳性轻躁，趋世利。与石崇等谄事贾谧，每候其出，与崇辄望尘而拜。"又说："岳美姿仪，辞藻艳丽，尤善为哀诔之文。少时常挟弹出洛阳道，妇人遇之者，皆连手萦绕，投之以果。遂满载以归。"刘勰认为，潘岳作品锋发韵流的风格受到他轻敏之个性的影响。

陆机矜持庄重，所以他的作品情思繁富，文辞含蓄，所谓"士衡矜重，故情繁而辞隐"。陆机矜重，如《晋书·陆机传》所说："（陆机）伏膺儒术，非礼不动。"陆机作品情繁辞隐，如《文心雕龙·镕裁》所言："至如士衡才优，而缀辞尤繁。"又如《才略》篇所说："陆机才欲窥深，辞务索广，故思能入巧，而不制繁。"刘勰认为陆机作品情繁辞隐，是受到他矜重之个性的影响。

上述十二个例证，均是刘勰用以说明作家个性与作品风格存在一致性的。所以《文心雕龙·体性》总结说："触类以推，表里必符，岂非自然之恒资，才气之大略哉！"个性与风格表里相符，具有统一性，这当然是正确的，但是细究刘勰的举例，便能发现他论体性之表里必符，更突出才、气对于风格的影响，而对学、习对作家风格的影响有所忽略。刘勰所列的十二位作家中，大概只有班固"雅懿"、张衡"淹通"可以算是后天的学、习所致，而其他十位作家的个性，比如贾谊"俊发"、司马相如"傲诞"、扬雄"沉寂"、刘向"简易"、王粲"躁锐"、刘桢"气褊"、阮籍"俶傥"、嵇康"俊侠"、潘岳"轻敏"、陆机"矜重"，更多地呈现为先天才、气的特点。这就带来一个问题，即刘勰所举十二位作家的个性与风格，过于突出个性对风格的决定作用，忽略了作家风格的形成也要受到社会环境的影响。比如，阮籍诗歌响逸调远，主要不是因为他俶傥的个性所致，"是由于他身处乱世，不敢直接面对现实进行斗争的缘故，并不是由于他的性格倜傥不羁"[1]。颜延之注阮籍《咏怀诗》云："嗣宗身仕乱朝，常恐罹谤遇祸，因兹发咏，故每有忧生之嗟。虽志在刺讥，而文多隐避，百代之下，难以情测。"正说明了阮籍作品响逸调远的社会成因。整体上来看，个性与风格虽然存在一致性，但是个性并不是风格形成的唯一原因。刘勰的举例，上句说作家个性，下句说作品风格，不可避免地将风格的形成原因简单化。当然从《文心雕龙·体性》整篇来看，如前文所论，刘勰照应了先天的才、气与后天的学、习的关系，他的认识是辩证的，但局部的举例简单化的问题，也是客观存在的。

---

[1] （南朝梁）刘勰著，詹锳义证：《文心雕龙义证》，1029页。

需要指出的是，上述十二位作家的风格，与刘勰所说的"八体"并没有对应关系。八体是风格的基本规范，不是作家的具体风格，事实上，由于才、气、学、习的差异，作家们的风格各不相同。《文心雕龙·体性》指出："才性异区，文体繁诡。辞为肌肤，志实骨髓。雅丽黼黻，淫巧朱紫。习亦凝真，功沿渐靡。"刘勰认为，由于作家们各自的才能气质不同，因此文章的体貌也随之变化无穷。文辞是外在的，犹如人的肌肤；情志则是内在的决定因素，犹如人的骨髓。典雅秀丽的文章，好比礼服上的刺绣，端庄秀美；淫邪纤巧的文章，则如紫之乱朱，色泽不纯。刘勰认为，后天的学习陶染有助于形成好的文学风格，而好的文学风格的形成是长期浸润陶染的结果。因此，刘勰的文学体性理论特别强调了摹体定习的重要性。《体性》篇指出："夫才由天资，学慎始习，斫梓染丝，功在初化，器成采定，难可翻移。故童子雕琢，必先雅制，沿根讨叶，思转自圆。八体虽殊，会通合数，得其环中，则辐辏相成。故宜摹体以定习，因性以练才，文之司南，用此道也。"刘勰认为作家的"才"是天赋的，"学"却得于之后天，因此学习写作一开始就要谨慎。这好比砍木制器，素丝染色，这些是否成功取决于刚开始的工作；器物制成，素丝染色后，就难以更改了。因此，童子学习写作，必须先从学习雅正的体式入手，这正是《附会》篇所说"夫才童学文，宜正体制"。以雅制作为学习的根本，再扩展到学习其他风格的作品，这样才能文思圆转自如、随心所欲。刘勰认为文学的八种风格虽然各不相同，但它们之间的会合变通，却又符合一定的规律。作家如果把握住了最适合自己个性的风格，其他风格就会起到相辅相成的作用。因此作家要模仿合适的风格，以确定写作的良好习尚，根据自己的性情来培养后天的创作能力。

综上，《文心雕龙·体性》着重探讨了作家个性和作品风格间的关系，亦即性和体的关系。刘勰认为，作家的个性和他们的作品风格存在一致性，他提出的"文之司南"也正是从体和性两方面去锻炼这种一致性。刘勰的这种文学体性理论具有重要的意义，"早在曹植时代，文体风格论就是中国古典文学理论的大国；但从另一方面看，也可以说，直到陆机时代，文学风格理论仍然只是文体论的附庸——离开了文体分类,当时人尚没有办法来作风格分类。……但《风骨》《隐秀》《体性》中的风格概念却与此不同,它们是循着古代气论、人物论的路线发展而来的,是一种从'情性所铄,陶染所凝'角度建立起来的情性风格论、作品风格论或曰内在风格论。其分类来自于对人的才思性气的概括归纳,需要更高的抽象能力"[1]。

后世文论关于个性与风格的关系的探讨,大多受到刘勰文学体性理论的影响。比如,明代宋濂《林伯恭诗集序》云:

> 诗,心之声也。声因于气,皆随其人而著形焉。是故凝重之人,其诗典以则;俊逸之人,其诗藻而丽;躁易之人,其诗浮以靡;苛刻之人,其诗峭厉而不平;严庄温雅之人,其诗自然从容,而超乎事物之表。如斯者,盖不能尽数之也。

这是说个性的凝重、俊逸、躁易、苛刻、严庄温雅,相应地决定了诗歌风格典则、藻丽、浮靡、峭厉、自然从容。明代李贽《读律肤说》指出:

> 故性格清彻者,音调自然宣畅,性格舒徐者,音调自然疏缓,旷达者自然浩荡,雄迈者自然壮烈,沉郁者自然悲酸,古怪者自然奇绝。有是格,便有是调,皆情性自然之谓也。莫不有情,莫不有性,而可以一律求之哉!

这是说个性的清彻、舒徐、旷达、雄迈、沉郁、古怪决定了风格的宣畅、疏缓、浩荡、壮烈、悲酸、奇绝。明代屠隆《徐检吾司理制义稿序》云:

---

[1] 王小盾:《〈文心雕龙〉风格理论的〈易〉学渊源——为王运熙老师80华诞而作》,载《清华大学学报(哲学社会科学版)》,2005(5)。

> 夫窍非为响而响自符窍，根非为华而华自肖根，故文可以得士也。鸿钜之士其文典，骚雅之士其文藻，沉毅之士其文庄，清通之士其文畅，柔澹之士其文婉，俊迈之士其文劲，中庸之士其文近，修旷之士其文玄。泛而览之，十不失三；定而烛之，十不失七，衡而量之，十不失九，故物无遁照也。

这是说个性的鸿钜、骚雅、沉毅、清通、柔澹、俊迈、中庸、修旷，决定了风格的典、藻、庄、畅、婉、劲、近、玄。以上诸例均突出了个性对风格的决定作用。

正因为个性与风格具有统一性，故而从风格又可以反观作家的个性。比如，明代江盈科《雪涛诗评》指出：

> 诗本性情，若系真诗，则一读其诗，而其人性情入眼便见。大都其诗潇洒者，其人必邑快；其诗庄重者，其人必敦厚；其诗飘逸者，其人必风流；其诗流丽者，其人必疏爽；其诗枯瘠者，其人必寒涩；其诗丰腴者，其人必华赡；其诗凄怨者，其人必拂郁；其诗悲壮者，其人必磊落；其诗不羁者，其人必豪宕；其诗峻洁者，其人必清修；其诗森整者，其人必谨严。譬如桃梅李杏，望其华便知其树。

这是说由风格潇洒、庄重、飘逸、流丽、枯瘠、丰腴、凄怨、悲壮、不羁、峻洁、森整，可知作家相应的个性邑快、敦厚、风流、疏爽、寒涩、华赡、拂郁、磊落、豪宕、清修、谨严。可见，风格与个性的统一性，是古代文论的主流看法。风格与个性的差异性，古人论述较少，这大概是与古人的天人合一、人文合一的思想有关。值得一提的是，元好问《论诗绝句三十首》之一说："心画心声总失真，文章宁复见为人。高情千古闲居赋，争识安仁拜路尘。"他指出，潘岳《闲居赋》抒写了不尚名利的高情，但是《晋书》记载潘岳与石崇一起谄事贾谧，每候贾谧出，辄望尘而拜，这种趋炎附势的拙劣品质,与他的《闲居赋》所展现的个性品质完全不同。元好问以此为例,指出文章风格与作家个性存在不一致性。钱锺书对这一问题有精妙的诠释,他在《谈艺录》中说:"所言之物可以饰伪,巨奸为忧国语,热中人作冰雪文,是也。其言之格调,则往往流露本相。狷急人之作风,不能尽变为澄澹,豪迈人之笔性,不能尽变为谨严。文如其人,在此不在彼。"[1]文学的内容可以作假,但是文学语言的"格调"则往往流露本相。从这个意义上讲,风格与个性依然具有内在的统一性。

---

[1] 钱锺书:《谈艺录》,498~499页。

第三十章
风与骨

风骨是魏晋南北朝新兴的文艺审美范畴,其形成受到人物品鉴风骨理论的影响。人物品鉴的风骨论首先迁移到书论,形成了书法的风骨论,又由人物品鉴而至绘画、文学,在魏晋南北朝时期全面形成了文艺风骨理论,使风骨成为重要创作规范和审美型范,对中国文艺审美产生了深远影响。

◎ 第一节
风骨的含义与魏晋南北朝人物品评

许慎《说文解字》释"风"字云:"风动虫生,故虫八日而化。从虫,凡声。"许慎根据小篆"风"字进行的释义,未明"风"字之本。甲骨文假"凤"字为"风"字,是现代以来古文字学者的共识。"甲骨文假凤为风,凤飞,百鸟相随以万数,而风生也。"[1]"古人盖以凤为风神。"[2]甲骨文"风"的字形为 ,即为"凤"字,后演变为小篆,字形变为 。"风字自

---

[1] 商承祚:《说文中之古文考》,载《金陵大学学报》,1940(1)(2)。
[2] 郭沫若:《卜辞通纂》,见《郭沫若全集》第二册,377 页,北京,科学出版社,2002。

甲骨文时代至今皆假凤为之，不过后代分别以其尾饰之局部代替凤体，故不易为人所觉察。尾饰之♣，犹孔雀尾端之钱斑，是凤鸟别于其他鸟类的主要特征，故以之代表凤之整体。其本与虫、日无关，许慎以其字形与虫、日相类，遂以'风动虫生，故虫八日而化'强为之解，是不足为据的。"①《庄子·逍遥游》中的鹏即为凤，唐代陆德明《经典释文·庄子音义》云："'鹏'，步登反。徐音'朋'。郭'甫登反'。崔音'凤'，云：'鹏即古凤字，非来仪之凤也。'"故《庄子·逍遥游》称鹏怒而飞"抟扶摇而上者九万里"，正是凤飞成风之意。风与气有关，气的流动形成风。《庄子·齐物论》云："夫大块噫气，其名为风。"大地吐气，形成了风。风具有流动性，风吹草上，草随风偃，这又被孔子引申为道德的标志。《论语·颜渊》云："君子之德风，小人之德草。草上之风，必偃。"邢昺疏云："在上君子，为政之德若风；在下小人，从化之德如草。"风与通达、流动有关，故而《毛诗序》说"上以风化下，下以风刺上"，把"风"列为《诗经》六义之首。

许慎《说文解字》释"骨"字云："肉之核也，从冎有肉。"又释"冎"云："剔人肉置其骨也，象形，头隆骨也。"段玉裁《说文解字注》云："去肉为冎，在肉中为骨。"从"骨"字的造字来看，骨不能离于肉，是肉中之核。骨虽在肉中，但是有骨，人的形体才能确立起来，故而骨又是隐而可见的。

汉代选拔人才的察举制度，重视相人以筋骨。王充《论衡·骨相》云："富贵之骨，不遇贫贱之苦，贫贱之相，不遭富贵之乐。"王充以骨相来判断人的富贵与贫贱的思想来源于他的禀气学说。《论衡·命义》云："人禀气而生，含气而长，得贵则贵，得贱则贱。"可见骨相的根源在于先天的禀气。魏晋时期也重视品评人物之骨。刘劭《人物志·八观》云："骨直气清，则休名生焉。气清力劲，则烈名生焉。"《人物志·九征》云："强弱之植在于骨，躁静之决在于气。"这是从骨、气来品鉴人物的。《世说新

---

① 曾宪通：《楚文字释丛》，载《中山大学学报》，1996（3）。

语》所载两晋人物品评，也重视考察人物之"骨"，并进而出现了探究人物之"风"的用例。《任诞》篇评阮浑"风气韵度"，《赏誉》篇评王弥"风神清令"，都是超越形体，对人物精神的评价。当"骨"与"气"、"风"与"骨"连用时，主要指向的也是人物的精神品格，比如，《品藻》篇记载"阮思旷骨气不及右军"，又《轻诋》篇云："旧目韩康伯将肘无风骨。"韩康伯因为长得太胖，故而遮蔽了他的风骨的呈现。南朝人物品评出现了更多"风""骨"连用的例子，刘宋王韶之《晋安帝纪》称王羲之"风骨清举"，沈约《宋书·武帝纪》评刘裕"风骨奇特"，均是其例。从汉代重视评判人物外形的骨相，到魏晋南北朝重视品鉴精神层面的风韵骨气，呈现出由外至内的审美转向，这正与魏晋南北朝形神之辨的时代主题相吻合。基于人物个性与艺术风格存在统一性的思想，扬雄《法言·问神》指出"书，心画也"，认为书法是心画；赵壹《非草书》也说："凡人各殊气血，异筋骨。心有疏密，手有巧拙。书之好丑，在心与手，可强为哉！"在这种表里必符的思想影响下，人物品鉴的风骨论迁移到书法、绘画、文学之中，在魏晋南北朝时期全面形成了文艺风骨理论。

◎ 第二节
魏晋南北朝书画风骨理论

书法形态的肥瘦，与人体的肥瘦相类，故而魏晋南北朝书论将人物品鉴中的风骨理论（主要是骨）移用到书法品鉴之中。东晋书法家卫铄《笔阵图》云："善笔力者多骨，不善笔力者多肉；多骨微肉者谓之筋书，多肉微骨者谓之墨猪；多力丰筋者圣，无力无筋者病。"可见书法中的"骨"指笔力而言，故有"骨力"一说。比如，南齐书法家王僧虔《论书》评郗超书法：" 郗超草书亚于二王，紧媚过其父（郗愔），骨力不及也。"笔力丰沛的书法作品，聚墨成书，墨迹与笔力相协调，如同健壮的人体给人以美感；相反，笔力匮乏而墨迹成片，就如同过度肥胖的人体，骨肉比例失调，失却了美感。梁武帝《答陶隐居论书》称书法"纯骨无媚，纯肉无力"，要求"肥瘦相和，骨力相称"。书法有无骨力，正如人体有无骨骼一样，这涉及"生死"问题。传为王羲之所撰的《笔势论十二章·譬成章》说："莫以字小易而忙行笔势，莫以字大难而慢展毫头，如是则筋骨不等，生死相混。"书法不论字体的大小、书写的难易，都要认真对待，注意笔力与墨迹的协调配合，要果敢用笔。这就是刘熙载《艺概·书概》所说："字有果敢之力，骨也。"从王羲之的表述来看，书法有骨则生，无骨则死。笔力称为骨，因为它隐藏在墨迹之中，通过墨迹又可以隐约地观察到它的存在，虽不像墨迹那样显见，但书法全靠其支撑，这正如同骨字的本义，它是肉中之核。南朝梁袁昂《古今书评》评陶弘景书法"如吴兴小儿，形容虽未成长，而骨体甚骏快"，这恰是用人体喻书法之骨体。刘宋书法家羊欣《采古来能书人名》评王献之"骨势不及父，而媚趣过之"，六朝书法中的"笔势"往往不指字形而指笔意，故羊欣所谓骨势，侧重指书法笔力所含的超越于字形的气势。

绘画涉及对形象的刻画问题，故而人物品鉴中的风骨理论亦迁移到了画论之中。"骨"在六朝画论中未脱人物品鉴骨相说的影响，如东晋顾恺之《论画》评《伏羲神农》图："虽不似今人，有奇骨而兼美好。"伏羲、神农是传说中的圣人，绘其形当然要与常人有异，要把他们的骨相画得奇特而美好。顾恺之又评《汉本纪》图"有天骨而少细美"，评《孙武》图"骨趣甚奇"，评《列士》图"有骨俱"。这些评论都可以看到人物品鉴骨相理论的影响。

顾恺之论画只讲到骨，未及风。南齐画家谢赫评价三国吴画家曹不兴的龙图"观其风骨，擅名不虚"，赞赏其所画之龙，风神遒举、骨力刚劲，这是中国古代画论中第一次提出绘画的风骨问题。谢赫《古画品录》提出绘画六法："六法者何？一，气韵，生动是也；二，骨法，用笔是也；三，应物,象形是也;四,随类,赋彩是也;五,经营,位置是也;六,传移,模写是也。唯陆探微、卫协备该之矣。"谢赫以"气韵""骨法"为六法的起始两法,实是从气韵和笔法两个方面确立了绘画的风骨理论。绘画六法以"气韵"为首,是将绘画风骨之"风"提到第一位,这正是六朝绘画重神的表征。谢赫论画重神但并不废形,他主张风神与骨力相结合,比如他评价张墨、荀勖的绘画"风范气韵,极妙参神,但取精灵,遗其骨法",正是对他们的绘画有风神而无骨法的批评。谢赫论画主张风、骨兼重,用意至深,"因'气韵'在六朝人那里多指一种飘逸的不可捉摸的体度,意义较虚,所以谢氏又提出'骨法'落实之,使所论不至玄远不切"[①]。所谓"骨法"指"通过劲挺强健的笔法,来表现物象的形状和质感,乃至富有动态的生气和力量"[②],谢赫评毛惠远"纵横逸笔,力遒韵雅",评江僧宝"用笔骨梗,甚有师法",均是其例。总之,绘画之风骨是"超乎具体骨骼形体之上的人物劲挺强健、端直有力的形象,一种体现人物内在生命力的精神风貌"[③]。

◎ 第三节
魏晋南北朝文学风骨理论

文学之风骨是20世纪以来古代文论界争论最多的一个美学范畴。刘勰对风骨虽有论述,但并非下定义式的界定,而是用感受性、比喻性的话语进行的描述。故而对于"风骨"的内涵,学界聚讼纷纭,莫衷一是,至今没有定论。以下举其要者,列出八家有代表性的观点:一是黄侃《文心雕龙札

---

① 汪涌豪:《风骨的意味》,76页,南昌,百花洲文艺出版社,2001。
② 同上书,109页。
③ 同上书,119页。

记》认为"风即文意,骨即文辞"。二是廖仲安、刘国盈认为"文是情志,骨是事义"[1]。三是罗根泽认为"风骨是文字以内的风格"[2],与文字外的隐秀风格相对。四是宗白华认为"中国古典美学理论既重视思想——表现为'骨',又重视情感——表现为'风'"[3]。五是张少康"把风骨理解为文学作品中的精神风貌美,风侧重于指作家主观的感情、气质特征在作品中的体现;骨侧重于指作品客观内容所表现的一种思想力量"[4]。六是童庆炳认为"风骨是内质美"[5],"风清"是对"情"的内质美的规定,"骨峻"是对"辞"的内质美的规定。七是李壮鹰认为"具有时间性的、纵向性的流动美,这就是'风'","具有空间性的、横向性的结构美,这就是'骨'"[6]。八是詹福瑞认为"'典雅'的风格特征就是《风骨》篇所提倡的'风清骨峻'"[7]。上述诸位对风骨的界定,都极有启发性。但风骨究竟是什么,颇难在八家观点中做一简单的排他性选择。风骨在刘勰的视野中就是一个感受性、体验性的美学范畴,要用理性的话语精准地界定它,是一大学术难题。但依照《文心雕龙·风骨》的原文,大致描述风骨的特点则又是可能的。

文学风骨理论的形成受到人物品评的影响,正如前文所述,"风骨"这个词来源于人物品评,刘勰在使用这个术语时亦受之影响。东晋葛洪《抱朴子·辞义》云:"其浅者则患乎妍而无据,证援不给,皮肤鲜泽而骨鲠迥弱也。"葛洪以人体的皮肤骨鲠比喻文章的辞藻和骨鲠。文章骨鲠迥弱的表现是"妍而无据","证援不给",可见文章骨鲠指的是证据充沛形成的逻辑力量。后来刘勰所论的文学风骨之"骨"大致也是此意。但刘勰论风骨之

---

[1] 廖仲安、刘国盈:《释"风骨"》,载《文学评论》,1962(1)。
[2] 罗根泽:《中国文学批评史》,234 页,北京,中华书局,1958。
[3] 宗白华:《美学散步》,56 页,上海,上海人民出版社,1981。
[4] 张少康:《文心雕龙新探》,131 页,济南,齐鲁书社,1987。
[5] 童庆炳:《〈文心雕龙〉"风清骨峻"说》,载《文艺研究》,1999(6)。
[6] 李壮鹰:《逸园丛录》,312 页。
[7] 詹福瑞:《中古文学理论范畴》,164 页。

"风"时，又不是主要依据人物品评，而是将之上溯到《诗经》六义之风。可见，刘勰的文学风骨理论虽受人物品评影响（主要表现在风骨之"骨"上），但又有所发展。可以说刘勰《文心雕龙·风骨》首次对文学风骨论进行了系统的理论概括，遂使风骨成为文学创作及鉴赏中的重要审美范畴，对后世文学及文论产生了巨大影响。

首先，刘勰在《文心雕龙·风骨》中论述了风骨的含义和作用。"诗总六义，风冠其首，斯乃化感之本源，志气之符契也。是以怊怅述情，必始乎风，沉吟铺辞，莫先于骨。故辞之待骨，如体之树骸；情之含风，犹形之包气。结言端直，则文骨成焉；意气骏爽，则文风生焉。"一方面，刘勰认为风骨之"风"可以上溯到《诗经》的六义（风、雅、颂、赋、比、兴），风是《诗经》六义之首。《毛诗序》云："风，风也、教也；风以动之，教以化之。"故刘勰认为风是感化人心的本源，是作家情志气质的外在表现。因此，抒发内心的悲愤，一定要先注意风的感化力量；文情需要风力，就像人体必须包含生气一样。情感抒发骏发爽朗，就会产生文风。另一方面，刘勰对风骨之"骨"也进行了描述。他认为低声吟咏，安排文辞，没有什么比骨力更重要的了。《文心雕龙·封禅》云："构位之始，宜明大体。树骨于训典之区，选言于宏富之路，使意古而不晦于深，文今而不坠于浅。义吐光芒，辞成廉锷，则为伟矣。"即强调"树骨"之重要性。刘勰认为文辞需要骨力，如同人体须有骨骼一样；措辞端庄正直，就会产生文骨。文章有风骨就如同人体有生气、骨骼，如此才能确立起来并获得生命。刘勰又从反面说明了文章没有风骨的表现："若瘠义肥辞，繁杂失统，则无骨之征也。思不环周，索莫乏气，则无风之验也。"文意贫乏，文辞臃肿，文章写得杂乱而没有条理，这是无骨的表现；作家的情思不周密，勉强作文而缺乏生气，则是无风的表现。又说："若丰藻克赡，风骨不飞，则振采失鲜，负声无力。"作品如果仅有丰赡的辞藻而缺乏风骨，那么它的文采必定黯淡，声韵也必定乏力。刘勰强调了风骨的作用："是以缀虑裁篇，务盈守气，刚健既实，辉光乃新。其为文用，譬征鸟之使翼也。故练于骨者，析辞必精，深乎风者，述情必显。 捶字坚而难移，结响凝而不滞，此风骨之力也。"刘勰认为作家运思谋篇时，一定要有饱满的精神状态。 作家有了刚健饱满的精神状态，才能写出文采斐然的作品。 风骨对于文章的作用，好比翅膀对于猛禽的作用，猛禽凭借翅膀才能高飞远走。

宗白华认为："'结言端直'，就是一句话要明白正确，不是歪曲，不是诡辩。 这种正确的表述，就产生了文骨。 但光有'骨'还不够，还必须从逻辑性走到艺术性，才能感动人。 所以'骨'之外还要有'风'。 '风'可以动人，'风'是从情感中来的。"①此说以骨为逻辑性、风为艺术性，很有启发性。 笔者认为，文风大致是指作品骏发爽朗的情感力量。 骏发爽朗的情感力量直接决定了作品的感染力，所以刘勰说风是"化感之本源"；情感具有了骏发爽朗的力量，就像人体获得了生气一样，所以刘勰说"情之含风，犹形之包气"；情感力量骏发爽朗，情感表达才会显豁，所以刘勰说"深乎风者，述情必显"。 换言之，骏发爽朗的情感力量使作品具有了一种流动美，刘勰称之为"结响凝而不滞"。 如果作家的情思不够骏发爽朗，却勉强作文，作品必然艰涩而缺乏流动美，所以刘勰说"思不环周，牵课乏气，则无风之验也"。 从刘勰所举有风骨的经典作品来看，他提到"相如赋仙，气号凌云，蔚为辞宗，乃其风力遒也"。《史记·司马相如传》云："相如既奏《大人》之颂，天子大说（悦），飘飘有凌云之气，似游天地之间意。"司马相如《大人赋》文风骏发爽朗，具有了流动美，所以汉武帝读后称之飘飘有凌云之气。 可见，司马相如辞赋"风力遒"，指的正是他的辞赋具有令人畅快的情感力量。

文骨大致是指作品刚健精要的逻辑力量。 刘勰说"沉吟铺辞，莫先于骨"，低声吟咏，安排文辞，没有什么比骨力更重要的了；"辞之待骨，如体之树骸"，文章具有了刚健精要的逻辑力量，就如同人体具有了骨骼一样；擅长运用刚健精要的逻辑力量的作家，遣词造句必定精当，即刘勰所说

---

① 宗白华：《美学散步》，56 页。

"练于骨者,析辞必精"。换言之,刚健精要的逻辑力量赋予作品一种凝重美,刘勰称之为"捶字坚而难移"。如果缺乏刚健精要的逻辑力量,则下笔必定散漫不经,所以刘勰说"瘠义肥辞,繁杂失统,则无骨之验也"。从刘勰所举有风骨的经典作品来看,他提到:"昔潘勖锡魏,思摹经典,群才韬笔,乃其骨髓峻也。"东汉潘勖写的《册魏公九锡文》之所以"骨髓峻",在于他文思模仿经典,笔力刚健精要,具有凝重美以及令人信服的逻辑力量,使人难以超越,故而群才为之搁笔。整体上来看,风骨呈现为刚健美,但是《文心雕龙·风骨》侧重点并不于阐释风骨的刚健属性。刘勰的用意在于说明文章的逻辑力量(骨)与情感力量(风)对于文章生死的决定作用,这好比有生气和骨骼才是健康的人一样,文章也要有风骨才能获得生命力。

其次,《文心雕龙·风骨》论述了风骨和气,风骨和文采的关系。"故魏文称文以气为主,气之清浊有体,不可力强而致。故其论孔融,则云体气高妙;论徐幹,则云时有齐气;论刘桢,则云有逸气。公幹亦云,孔氏卓卓,信含异气,笔墨之性,殆不可胜,并重气之旨也。夫翚翟备色,而翾翥百步,肌丰而力沉也。鹰隼乏采,而翰飞戾天,骨劲而气猛也:文章才力,有似于此。若风骨乏采,则鸷集翰林,采乏风骨,则雉窜文囿,唯藻耀而高翔,固文笔之鸣凤也。"刘勰认为气是风骨之本,他引曹丕《典论·论文》"文以气为主,气之清浊有体,不可力强而致",强调气是文章的主宰。气作为生命元质,禀之于天,故而其在人身上所体现出的或阳刚或阴柔的特点,是人力不能勉强的。刘勰又引曹丕评价孔融、徐幹、刘桢之语,强调他们各有高妙的体气、齐气、逸气,这些都是他们的生命元质之气在作品中的呈现。刘勰又引刘桢评价孔融之语,指出孔融高超不凡,含有特殊的气质,其文章表现出来的才性,他人难以超越。刘勰举上述曹丕和刘桢的评论,认为他们的评论都重视从"气"这个角度来展开,指出了不同气质的作家具有不同的文章风貌。气之所以是风骨之本,因为气作为生命元质,是作家的逻辑力量和情感力量的来源。刘勰以野鸡低飞和老鹰高翔设喻,赞赏了以骨力强劲、气势刚猛为特征的风骨。不过,刘勰认为作品仅具有风骨并不完美,只有风骨与文采兼备的作品才是他心目中最理想的作品，刘勰将之喻为凤凰，因为凤凰有高翔的风骨又兼具美丽羽毛。

最后，刘勰论述了获得风骨的途径。"若夫镕冶经典之范，翔集子史之术，洞晓情变，曲昭文体，然后能莩甲新意，雕画奇辞。昭体故意新而不乱，晓变故辞奇而不黩。若骨采未圆，风辞未练，而跨略旧规，驰骛新作，虽获巧义，危败亦多，岂空结奇字，纰缪而成经矣。周书云，辞尚体要，弗惟好异。盖防文滥也。然文术多门，各适所好，明者弗授，学者弗师。于是习华随侈，流遁忘反。若能确乎正式，使文明以健，则风清骨峻，篇体光华。能研诸虑，何远之有哉！"刘勰强调向经典的范本取法，广泛吸收子书和史书的写作方法。通晓文情的变化，详察文体的特点，然后才能萌发新颖的立意，修饰奇妙的文辞。详察文体的特点才能达到文意新颖而不杂乱，通晓文情的变化才能做到文辞奇特而不浮滥。如果风骨辞采没有圆熟，而抛弃旧的规则，追逐新的技巧，那么即使获得了巧妙的文意，但最终失败的也很多。《尚书·毕命》说，文辞贵在体现要义，不能只喜好奇异，这是为了防止文辞浮滥。文章写作的方法多种多样，各人选取自己喜好的方法，深明写作方法的人无法传授，而学习写作的人也无从师法请教，于是追随文辞奢华的风气，越走越远，背离了正道而不知回头。刘勰指出，如果能确立雅正的体式，使文章风骨明快而刚健，那么文章就能达到风力清朗、骨力高峻，整篇文章就会流光溢彩。刘勰强调从旧的规则中学习风骨，然后运用新意奇辞，这样才能达到"风清骨峻，篇体光华"。

刘勰的风骨理论有一定的现实针对性，他试图通过标举风骨，纠正晋宋以来文章浮诡、轻绮的风气。《明诗》篇指出"晋世群才，稍入轻绮"，"采缛于正始，力柔于建安"；《通变》篇批评"宋初讹而新"，"风末气衰"；《诠赋》篇批评"繁华损枝，膏腴害骨"的文风。这些都是文学缺乏风骨的表现。南朝的诗赋骈文主要沿袭了楚辞和汉赋追求辞采华美的特点，即《宗经》篇所谓"楚艳汉侈，流弊不还"。刘勰有针对性地提倡向经、子、史书取法风骨，正是旨在扫荡当时文坛的浮华文风。风骨合称，是文学的情感力量和逻辑力量的融合，是作家蓬勃的生命力在作品中的体现，在美学上呈现为力度之美。所以《文心雕龙·风骨》赞语说："文明以健，珪璋乃聘。蔚彼风力，严此骨鲠。才锋峻立，符采克炳。"刘勰认为文章如果明快而刚健，就会如同持有珪璋的君子一样受到礼遇，因此文章风力要盛大，文章骨骼要严谨，才力峻拔出众，文采定能鲜明突出。

钟嵘《诗品》也阐释了与刘勰相近的文学风骨思想。《诗品序》谓"干之以风力，润之以丹彩"，其中"风力"类似于刘勰所说的风骨，"丹彩"近于刘勰所说的藻采，可见钟嵘也主张风骨与藻采并举。《诗品》品评作品时，强调风力、气骨，如称赞鲍照"骨节强于谢混"，称赞刘桢"仗气爱奇，动多振绝，贞骨凌霜，高风跨俗"，称赞曹植"骨气奇高，词采华茂，情兼雅怨，体被文质，粲溢古今，卓尔不群"。可知曹植诗歌正是风骨与藻采并重的经典之作，钟嵘将其诗列为上品，排在魏晋南北朝诗人之首。

综上，书法之风骨指书法笔力所含的超越于字形的气势，绘画之风骨指所画对象劲挺强健、端直有力的精神风貌，文学之风骨大致指作品的情感力量与逻辑力量。魏晋南北朝文艺美学对于风骨美的标举，使得风骨成为中国古典文学艺术中的重要创作规范和审美型范，"直接萌发了初唐陈子昂所呼唤的'汉魏风骨'，对后来刚健、爽朗、生动的'盛唐之音'产生了极大的影响"[①]。

[①] 童庆炳：《〈文心雕龙〉"风清骨峻"说》，载《文艺研究》，1999（6）。

第三十一章
隐与秀

　　隐秀是刘勰在《文心雕龙》中首次提出的核心范畴。《文心雕龙·隐秀》原文有残缺。据清代何焯所言,《文心雕龙》存世最早的刻本"元至正本"中,《隐秀》"而澜表方圆"句以下、"朔风动秋草"句以前,缺了一页。明万历四十二年,学者钱允治声称得到了宋本《文心雕龙》,并据此在《隐秀》篇中补入四百余字。现存录有这段补文的最早刻本,是明末天启二年梅庆生第六次校定本。不过,学界认为这段补文的观点多处不合《隐秀》篇残文的原意,纪昀、黄侃等学者认为其为明人伪托。范文澜《文心雕龙注》即舍去了这段补文。南宋张戒《岁寒堂诗话》引《隐秀》篇语:"情在词外曰隐,状溢目前曰秀。"二句为今本所无,当是佚文,不过周汝昌、陈良运认为这两句是撮取刘勰之意,而非刘勰原文所有。除去上述补文及佚文,《隐秀》全文283字,为方便讨论,照录于下:

　　夫心术之动远矣,文情之变深矣,源奥而派生,根盛而颖峻,是以文之英蕤,有秀有隐。隐也者,文外之重旨者也;秀也者,篇中之独拔者也。隐以复意为工,秀以卓绝为巧,斯乃旧章之懿绩,才情之嘉会也。夫隐之为体,义生文外,秘响傍通,伏采潜发,譬爻象之变互体,川渎之韫珠玉也。故互体变爻,而化成四象;珠玉潜水,而澜表方圆。

　　朔风动秋草,边马有归心,气寒而事伤,此羁旅之怨曲也。凡文集胜篇，不盈十一；篇章秀句，裁可百二；并思合而自逢，非研虑之所求也。或有晦塞为深，虽奥非隐，雕削取巧，虽美非秀矣。故自然会妙，譬卉木之耀英华；润色取美，譬缯帛之染朱绿。朱绿染缯，深而繁鲜；英华曜树，浅而炜烨：秀句所以照文苑，盖以此也。

赞曰：深文隐蔚，余味曲包。辞生互体，有似变爻。言之秀矣，万虑一交。动心惊耳，逸响笙匏。

关于隐秀的内涵，学界主要有五种说法：一是修辞说，如黄叔琳认为隐是含蓄，秀是警句；二是风格说，如刘师培认为隐秀是与风骨相对的风格，风骨是刚劲的风格，隐秀是阴柔的风格；三是艺术表现手法说，如钟子翱认为隐秀是含蓄与突出的两种艺术表现手法；四是意象说，如郁沅认为隐秀是意象的特征，隐是意，秀是象；五是意境说，如童庆炳认为隐秀是意境范畴的准备形态。① 笔者认为意境说更为符合刘勰原意。

◎ 第一节
隐秀的内涵及获得方式

刘勰认为"隐"是"文外之重旨"，即文辞之外丰富的意旨；"隐以复意为工"，即以蕴义丰富为精巧；"隐之为体，义生文外"，即隐的特点是含义产生于文辞之外。可见，刘勰所说的产生于"文外"的重旨、复意的"隐"，不是简单的"言外之意"，而是以意蕴的丰富性为特点，类似于唐代司空图《与李生论诗书》所说的"味外之旨"。"'隐'作为一种美，是

---

① 童庆炳：《〈文心雕龙〉"文外重旨"说新探》，载《陕西师范大学学报（哲学社会科学版）》，2007（2）。关于隐秀内涵的诸家不同观点，可参看此文。

'言外''象外''意外'之美。'隐'的特点是它的'复意'性，它的'言外重旨'，具体而言是指形象的双重结构。所谓'象外之象'，意思是第一个'象'要真实、生动、可感、鲜明，这是写在表面上的；可第二个'象'则应是空灵、虚幻、说不尽、道不完。这就是司空图所说的'近而不浮，远而不尽'。而优秀的作家、诗人更重视的是第二个'象'。有了这第二个'象'，就达到刘勰所要求的'隐'了。"[1]从这一点上来说，"隐"是中国古典意境理论的萌芽形态。

"秀"是"篇中之独拔者"，是文章中出类拔萃之处；"秀以卓绝为巧"，即秀以超群出众为巧妙。可见，刘勰所说的"秀"是产生于"篇中"的独拔卓绝之处。那么这个"篇中之独拔者"到底指什么呢？根据《隐秀》"篇章秀句，裁可百二"以及《隐秀》补文"将欲征隐，聊可指篇"，"如欲辨秀，亦惟摘句"，有学者认为隐指隐篇，秀指秀句。"'隐'是指'隐篇'，就是内容含蓄的作品。从'隐篇'和'秀句'的关系来看：'秀句'可以说是'隐篇'的眼睛和窗户，通过'秀句'打开'隐篇'的内容。"[2]"隐"指隐篇当无疑义，但"秀"是否就是秀句，是有疑义的。"秀"如果解释为秀句，就等同于警句。但是"秀"作为"篇中之独拔者"，不仅是优美的文句，独拔之意、独拔之象也可称为"秀"。清代冯班《钝吟杂录》云："秀者，章中迫出之词，意象生动者也。"《隐秀》补文"酝藉者蓄隐而意愉，英锐者抱秀而心悦"，将"隐"和"秀"分而论之，认为酝藉者得隐，而英锐者得秀，如此说来，"隐"是隐篇，"秀"是秀篇，且不能同时存在于一篇之中。可见《隐秀》补文所谓"如欲辨秀"之秀当指秀篇而言。《隐秀》补文视"隐""秀"不能同时出现于一篇之中（因为酝藉者和英锐者是两种不同类型的人，因此"隐""秀"当是两种不同类型的风格），这是不符合刘勰原义的，但其将"秀"视为秀篇则又有一定的

---

[1] 童庆炳：《〈文心雕龙〉"文外重旨"说新探》，载《陕西师范大学学报（哲学社会科学版）》，2007（2）。
[2] （南朝梁）刘勰著，詹锳义证：《文心雕龙义证》，1483页。

合理性。《隐秀》"篇章秀句"中的秀句并非指秀拔的警句,而是指秀篇,章、句两字互文见义。纪昀评《隐秀》云:"此秀句乃泛称佳篇。"祖保泉认为"把'秀句'解作'秀气成采'的'佳篇'才更符合原意"。他的理由是:第一,《隐秀》"秀也者,篇中之独拔者也",句中的"篇"字,可解作"编"。《序志》中所谓"上篇以上""下篇以下"中的"篇"字即是"编"字。准此理解"篇中之独拔者也",是可以把"独拔者也"看成"佳篇",而不仅指"警句"。第二,沈约《宋书·谢灵运传论》有以"句"指代"篇"的用例,比如,"至于先士茂制,讽高历赏,子建'函京'之作,仲宣'霸岸'之篇,子荆'零雨'之章,正长'朔风'之句,并直举胸情,非傍诗史,正以音律调韵,取高前式"。这里一口气举了四个例子,前三例指作品的全篇,确切无疑;第四例"朔风之句"也就是"之作""之篇""之章",之所以说"之句",行文调换词头而已,实质上四例皆指"佳篇"。①

那么隐篇与秀篇的关系又是如何的呢? 如果按《隐秀》补文所言,"隐""秀"是两种不同的风格,则不能共存于一篇。笔者认为,"隐""秀"并非就风格而言。所谓隐篇、秀篇是指"隐""秀"均是就整篇而言,它们是作品的整体特点。从《文心雕龙》篇目的排序来看,《隐秀》之前是《比兴》《夸饰》《事类》《练字》,之后是《指瑕》。可见刘勰是将《隐秀》放到文章修辞的层面来探讨的。"隐"就是把作品写得有多层意蕴,这类似于梅尧臣所说的"含不尽之意,见于言外";"秀"则是要把物象描绘得如在目前,这就是"状难写之景,如在目前"。②张戒引《隐秀》"情在词外曰隐,状溢目前曰秀",虽然可能是撮举刘勰之意而非原文,但是用于说明隐、秀的特点及关系,却是恰当的。"'隐'侧重对意境中对'意'的提炼的规范,'秀'侧重对意境中对'境'的描写的要求,这规范和这要求同时达到,那么意境也就产生了。若用司空图的'象外之象'来解

---

① 祖保泉:《〈隐秀〉释义》,载《安徽师大学报(人文社会科学版)》,1989(1)。
② 梅尧臣语引自欧阳修《六一诗话》。

说,'秀'是第一个'象','隐'是第二个'象',象内之象,要求'秀',要求卓绝,独拔,历历如在目前。通过这象内之象则要达到'象外之象',这象外之象则要求'隐',要求复意,要求'情在词外',要求'文外重旨',要求'余味曲包'。"①"秀"与"隐"的区别在于,"秀"是言内、象内、意内的独拔之处;而"隐"是言外、象外、意外的复义、重旨。隐、秀是体用关系,隐为体,秀为用,即通过文章表层显见的言、象、意,逗露出深层的言外、象外、意外的丰富意蕴。这就好比"珠玉潜水,而澜表方圆",即珠、玉潜藏在水中(是为"隐")而在水面形成了或圆或方不同的波纹(是为"秀")。《淮南子·地形训》云:"水,圆折者有珠,方折者有玉。"是说根据水波的方圆可以推断水下潜藏的是珠还是玉。刘勰以此喻指文章的"隐"义虽然潜藏于深处,位于文本之外,但是通过文内"秀"提供的线索,它又是有迹可寻、可以被认识的。

刘勰认为文学思维的深远、情思变化的深微,是产生文章隐秀的根源。思维浅陋、情思浅薄,便无法产生文章的隐秀之美。隐秀之美是作家的情思与景物相合,是"思合而自逢","自然会妙"的结果。比如,西晋王赞《杂诗》"朔风动秋草,边马有归心",气氛悲凉而事情感伤,这是寄居异乡者情景交融的哀怨之歌,并非精研苦虑而得句。刘勰反对以"晦塞为深",认为由晦塞而致的深奥并非"隐";刘勰也反对"雕削取巧",认为由刻意雕琢而致华丽不是"秀"。强调言约旨丰,反对刻意雕削,这正是刘勰在《文心雕龙》中的一贯主张。刘勰没有完全否定"润色取美",赞语所谓"言之秀矣,万虑一交",即为一证。但润色而来的人工美相对"自然会妙"形成的隐秀美,则要逊色一些。

---

① 童庆炳:《〈文心雕龙〉"文外重旨"说新探》,载《陕西师范大学学报(哲学社会科学版)》,2007(2)。

◎ 第二节
隐秀的意义及现实针对性

刘勰之前,"隐""秀"对举的现象极为少见。晋末宋初颜延之《右光禄大夫西平靖侯颜府君家传铭》云:"谁其来迁,时闻远祖,青州隐秀,爰始贞居。"这大约是较早"隐""秀"对举的用例,指的是幽雅秀丽的景色。刘勰《文心雕龙·隐秀》首次将"隐""秀"引入文论之中,有着独特的用意及现实针对性。

"隐""显"对举较为常见,《文心雕龙》中也不乏这样的例子。比如《征圣》篇云:"故知繁略殊制,隐显异术,抑引随时,变通适会,征之周孔,则文有师矣。"《体性》篇云:"夫情动而言形,理发而文见,盖沿隐以至显,因内而符外者也。"均是"隐""显"对举。刘勰在文论中以"隐""秀"对举,别有一番用心。《说文》释"隐"云:"蔽也。"郑玄《大戴礼记·文王官人》注曰:"阴阳,谓隐显也。"《荀子·王制》云:"故近者不隐其能,远者不疾其劳。""隐"的含义较为显见。"秀"字则说法颇多。由于避汉光武帝刘秀讳,许慎《说文解字》没有解释"秀"的含义,仅以"上讳"言之。宋代徐锴释"秀"云:"禾实也。有实之象下垂也。"段玉裁《说文解字注》认为:"不荣而实曰秀,从禾人。"又说:"从禾人者。人者,米也。出于稃谓之米,结于稃内谓之人。凡果实中有人,本草皆作人。明刻皆改作仁,殊谬。禾稃内有人,是曰秀。《玉篇》《集韵》《类篇》皆有秂字。欲结米也,而邻切,本秀字也。隶书秀从乃,而秂别读矣。"林义光《文源》卷十指出:"从禾乃。乃,扔之古文,引也。禾引为穗,秀其穗也。"[1]吴颖芳认为"秀"字"下体当从孕省,禾孕为秀"[2]。上述诸说,皆

---

[1] 李圃主编:《古文字诂林》第6册,596页。
[2] 同上书,597页。

源于《尔雅·释草》之"不荣而实者谓之秀,荣而不实者谓之英"。可知"秀"的本义指不开花而结实,后又引申出"芳也,荣也,茂也,美也"之义。显然"秀"不是"显"。《说文解字》释"显"云:"头明饰也。""显"的本义是外在的装饰。而"秀"的本义是不开花而结实,突出的是"实",它不是装饰,而是果实,是实象。"从秀字的本义,《隐秀》篇又引申出两层意思。一层是秀出,就是'独拔',也就是'卓绝',是说它超出于其他部分之上;另一层意思是秀丽,所以才'譬卉木之耀英华',或者说是'英华曜树'。《杂文》篇说:'观枚氏首唱,信独拔而伟丽矣。'把'独拔'和'伟丽'连文,都是和'秀'的意思接近的。"①可见"秀"的含义比"显"的含义更为丰富。"秀"是美,而"显"则并不全是美,它还带有浅显之义。另外,"隐""秀"对举时,"隐"也不是指含蓄。但是"隐""显"对举时,"隐"指的就是含蓄,突出的是"藏"的方面。含蓄是隐的特征,但并不是其唯一特征,"隐""秀"对举时,"隐"更侧重指复义性,强调意蕴的多层性、丰富性。

唐代刘知幾《史通·叙事》论文章的显与晦,"晦"类似于"隐",但"显"不同于"秀"。刘知幾将"显"与"晦"相对立,认为:"然章句之言,有显有晦。显也者,繁词缛说,理尽于篇中;晦也者,省字约文,事溢于句外。然则晦之将显,优劣不同,较可知矣。"在他看来,"显"是用词繁琐、无余意的表现,类似于言尽意;"晦"则是用词简约、有余意的表现,类似于言不尽意。刘知幾肯定"晦",批评"显"。可见,"显"并不是篇中独拔之处,它不是"秀"。刘知幾所说的"晦""显"与刘勰所说的"隐""秀"有相似处,但并不是对应关系,二者最大的区别在于"显"不同于"秀"。

刘勰对隐秀的提倡有着特定的现实针对性,认为它是解决刘宋以来作品缺乏蕴藉美的途径。刘宋以来的诗歌"情必极貌以写物","文贵形似",

---

① (南朝梁)刘勰著,詹锳义证:《文心雕龙义证》,1485页。

"如印之印泥",缺乏蕴藉美。故《文心雕龙·物色》主张"物色虽繁,而析辞尚简",这类似于"秀";"使味飘飘而轻举,情晔晔而更新",这类似于"隐"。钟嵘《诗品序》也说:"大明、泰始中,文章殆同书抄。"南朝自宋大明、泰始以来文章类同资料辑录,诗歌句句用典,语句拘谨拼凑,丧失了自然之美。刘勰主倡隐秀之美,正是针对南朝文学浮滥淫丽,过度追求形似,缺乏蕴藉而言的,其意义在于将文学审美的标准,由文辞的华艳、外形的逼真,转向意蕴的丰厚及情味的有余,这恰是以意境美为最高审美理想的观念的萌芽。从文学形态来看,汉赋铺张扬厉,关注外在声势、场面的形似描写;晋宋以来诗歌崇尚形似之风绵延不绝,到唐诗才整体上以意境美为高。另外,重意轻言、重神轻形的思想在这一时期的哲学、宗教中已经形成,刘勰对隐秀美的提倡,正是这一思潮在文论上的反映。后世以意境美为最高文学审美标准,如果追溯源头,可以说从刘勰这里已经开始了转向,这也是刘勰隐秀理论在文论史上的意义之所在。遗憾的是,刘勰《隐秀》篇有残缺,作为隐秀美的经典代表——陶渊明的诗歌,刘勰是否有所探讨,我们不得而知。但《文心雕龙》其他篇章没有提及陶渊明,这基本可以证明陶渊明处于刘勰关注的视野之外。刘勰虽然提出了隐秀美,但忽视了集魏晋南北朝诗歌隐秀美之大成的陶诗,这不得不说是一大不足。

以下试举陶诗为例,以证隐秀美。《饮酒》其五云:"采菊东篱下,悠然见南山。山气日夕佳,飞鸟相与还。此中有真意,欲辨已忘言。"东篱采菊、悠然见山、夕阳西落、飞鸟还巢,这是"秀",是表层之象;而表层之象,又引导我们体会象外丰富的、难以言喻的、人与自然契合的"真意",这就是"隐"。《归园田居》其一云:"暧暧远人村,依依墟里烟。狗吠深巷中,鸡鸣桑树颠。"远村、墟烟、狗吠、鸡鸣、深巷、桑树,这是"秀";这些田园生活所见的景物,又因陶渊明的远观,而向延伸向远方,通向虚无,引人想象,这就是"隐"。陶诗"平淡朴素"近于"天工"的隐秀美恰恰是"思合而自逢","自然会妙"的结果。

◎ 第三节
隐秀理论的美学渊源辨析

　　以往讲"隐"的美学渊源时，往往认为文学的隐美源于《春秋》之隐。这是一种误解。《春秋》之隐主要是隐显之隐，指含蓄而言，并没有复义性的意味。《文心雕龙·征圣》云："五例微辞以婉晦，此隐义以藏用也。"西晋杜预《春秋左氏传序》总结出"春秋五例"："一曰微而显，文见于此而起义在彼，称族尊君命、舍族尊夫人、梁亡、城缘陵之类是也。二曰志而晦，约言示制，推以知例，参会不地、与谋曰及之类是也。三曰婉而成章，曲从义训，以示大顺，诸所讳辟、璧假许田之类是也。四曰尽而不污，直书其事，具文见意，丹楹刻桷、天王求车、齐侯献捷之类是也。五曰惩恶而劝善，求名而亡，欲盖而章，书齐豹盗、三叛人名之类是也。"其中"志而晦""婉而成章"近于隐显之隐，有含蕴之义，但没有复义之义，与《文心雕龙·隐秀》所揭之"隐"并不相同。

　　《文心雕龙·宗经》云："春秋则观辞立晓，而访义方隐。""《春秋》辨理，一字见义，五石六鹢，以详略成文，雉门两观，以先后显旨。其婉章志晦，谅已邃矣。"五石指《春秋·僖公十六年》"陨石于宋五"，意即五块陨石落在了宋国。六鹢指《春秋·僖公十六年》"六鹢退飞过宋都"，意即六只鹢鸟倒飞，经过宋国都城。《春秋》记"陨石于宋五"时，详细记录了事情发生时的月份和日期，记"六鹢退飞过宋都"时，仅记录了事情发生时的月份，没有记录日期。东晋范宁《春秋穀梁传集解》解释，无知的陨石坠落必是天意，故详记月、日；微有知的鹢退飞或者出于偶然，所以略记月而不记日。"雉门""两观"指《春秋·定公二年》"雉门及两观灾"，雉门是鲁宫的南门，两观是宫门外左右二台上的楼。鲁宫火灾首先起火的是两观，但《春秋》记载时先说雉门，因为雉门重要，两观次要。《春秋》文字委婉，用意隐晦，确实是很深邃的。显然这里讲到的《春秋》之隐，均是隐显之隐。《文心雕龙》很多篇中都出现了"隐"字，但含义并不完全相同，这是特别需要注意的。总的来说，《春秋》之隐，作为隐显之隐，只表示含蓄，并不表示复义，也没有文学意境之美。

以往讲"隐"的渊源时，也有人认为"隐"源于《易》之隐。这并不符合实际。《易传》对"隐"颇多论述。《易·系辞上》云："探赜索隐，钩深致远。"《易·系辞下》云："其旨远，其辞文。其言曲而中，其事肆而隐。"均是其例。上述《易》之隐依然是隐显之隐。《文心雕龙·隐秀》以《易》"互体变爻"比喻"隐"，认为"隐"是"譬爻象之变互体，川渎之韫珠玉也。故互体变爻，而化成四象"。但需要注意的是，刘勰只是以"爻象之变互体"比喻，并不能视隐秀之隐即是源于《易》之隐，这好比刘勰也以"川渎之韫珠玉"来比喻"隐"，我们不能因此说隐秀之隐源于"川渎之韫珠玉"。

从刘勰所说的变爻、互体来看，他主要是用它们来说明主卦之中隐藏着变卦，这就类似于文学的言内之意与言外之意的关系。爻是《易》中组成卦的符号，"—"为阳爻，"- -"为阴爻。每三爻合成一卦，可得八卦；两卦（六爻）相重则得六十四卦。从占卜过程来看，阳爻包括少阳、老阳两种爻象，都用"—"表示，但是老阳属于动爻，需要由阳爻转为阴爻；阴爻包括少阴、老阴两种爻象，都用"- -"表示，但是老阴属于动爻，需要由阴爻转为阳爻。这种阳爻转阴爻，阴爻转阳爻，反映了物极必反，阳极变阴，阴极变阳的规律，而变出来的爻称为变爻。主卦变爻后形成的卦象，称为变卦。占卜过程中，可能存在如下情况：六爻不变、一爻变、两爻变、三爻变、四爻变、五爻变、六爻变。其中六爻不变就只有主卦而没有变卦，此外不论是多少爻产生爻变，都只能形成一个主卦和一个变卦。因此《文心雕龙·隐秀》赞语"辞生互体，有似变爻"，意谓文章有言外之意，就好似《易》的卦爻变化而产生新卦。这个新卦只有一个，并非多个。互体又叫互卦，指

《易》卦上下两体相互交错取象而成的新卦。《左传·庄公二十二年》云："陈侯使筮之，遇观之否。"观卦是坤下巽上，其第四爻占得为老阴，故由阴爻转为阳爻，那么整个卦象就变为坤下乾上，成为否卦。杜预注云："《易》之为书，六爻皆有变象，又有互体，圣人随其义而论之。"孔颖达《左传正义》指出："二至四、三至五，两体交互各成一卦，先儒谓之互体。圣人随其义而论之，或取互体，言其取义无常也。"比如屯卦为震下坎上，取其二至四爻则为坤卦，取其三至五爻则为艮卦。可见由变爻，可在主卦之外，形成一个变卦；由互体，可在主卦之外，形成两个新卦。刘勰用"互体变爻"比喻文学之隐，强调的是隐是文外之意。

《文心雕龙·隐秀》云："互体变爻，而化成四象。"意谓从四象的变化，可以观察到变爻、互体所形成的变卦的情况。《文心雕龙·征圣》所谓"四象精义以曲隐"，意谓四象的含义精微而又曲折隐晦。关于"四象"历来说法颇多，《易·系辞上》云："《易》有太极，是生两仪；两仪生四象，四象生八卦。"孔颖达《周易正义》指出："两仪生四象者，谓金、木、水、火，禀天地而有。"《易·系辞上》云："《易》有四象，所以示也。"高亨《周易大传今注》云："四象，少阳、老阳、少阴、老阴四种爻象也。"[1]黄侃《文心雕龙札记》云："四象：彦和之意，盖与庄氏同，故曰四象精义以曲隐。《正义》引庄氏曰：四象，谓六十四卦之中有实象、有假象、有义象、有用象。"[2]周振甫《文心雕龙注释》云："按如乾卦，以乾象天，当为实象。乾象天，引申为父，当为假象。乾，健也，当为义象。乾有四德，元亨利贞，即始通和正，开始亨通，得到和谐贞正，当为用象。这四象的含义是曲折隐晦的。"[3]从《隐秀》的原文来看，高亨之说较为合理。正如同通过水波这一表象可以探知水底珠玉的情况，通过四象的组合变化也可以探知互体、变爻组成的新卦的情况。故而刘勰通过《易》的变爻、互体、四象

---

[1] 高亨：《周易大传今注》，482页。
[2] 黄侃：《文心雕龙札记》，13页。
[3] （南朝梁）刘勰著，周振甫注：《文心雕龙注释》，14页，北京，人民文学出版社，1981。

所讲的"隐"均是隐显之隐，形成的是表层之象与衍生之象的结构层次，当然有助于说明隐秀的结构模式，但《易》之隐只是刘勰用于比喻文学隐秀的方式，只在结构模式上，二者具有相似性。换言之，《易》之隐对于文学隐秀理论具有结构模式上的启示性，而不是其直接的美学渊源。总而言之，《易》之隐，是隐显之隐，它并不具有意境之美。

刘勰隐秀思想的形成受到魏晋玄学言意之辨、形神之辨的影响。如果说秀是言尽意、以形写形，那么隐则是言不尽意、以形写神。"隐为奥源、盛根，秀为支派、峻颖；隐是秀的本源，秀是隐的体现；隐是体，秀是用。'隐秀'这一概念正是玄学体用之说的美学化，亦正是玄学自然之道的具象化。"①张戒《岁寒堂诗话》引《文心雕龙·隐秀》"情在词外曰隐，状溢目前曰秀"，有助于说明隐秀与魏晋言意之辨的关系。汤用彤《魏晋玄学论稿》即认为这两句是《隐秀》篇的主旨："'秀'谓'得意'于言中，而'隐'则'得意'于言外也。自陆机之'课虚无以责有，叩寂寞以求音'，至刘勰'文外曲致''情在词外'，此实为魏晋南北朝文学理论所讨论之核心问题也，而刘彦和《隐秀》为此问题作一总结。"②总之，刘勰的文学隐秀理论最为直接的来源是魏晋玄学中的言不尽意、以形写神的美学思想，其与钟嵘的诗歌"滋味"说、六朝画论中的"气韵"说、六朝书论中的"笔意"说，共同形成了中国艺术意境理论的萌芽形态。

---

① 王锺陵：《哲学上的"言意之辨"与文学上的"隐秀论"》，见《古代文学理论研究》第十四辑，35～36页，上海，上海古籍出版社，1989。
② 汤用彤：《魏晋玄学论稿》，208～209页。

参考书目

（汉）王充著，黄晖校释：《论衡校释》，北京，中华书局，1990。

（魏）王弼著，楼宇烈校释：《王弼集校释》，北京，中华书局，1980。

（晋）陈寿撰，（宋）裴松之注：《三国志》，北京，中华书局，1982。

（晋）陆机著，刘运好校注整理：《陆士衡文集校注》，南京，凤凰出版社，2007。

（南朝宋）刘义庆著，（南朝梁）刘孝标注，余嘉锡笺疏：《世说新语笺疏》，北京，中华书局，2007。

（南朝齐）谢赫、（陈）姚最撰，王伯敏标点注释：《古画品录 续画品录》，北京，人民美术出版社，1959。

（南朝梁）刘勰著，黄叔琳注，李详补注，杨明照校注拾遗：《增订文心雕龙校注》，北京，中华书局，2000。

（南朝梁）刘勰著，詹锳义证：《文心雕龙义证》，上海，上海古籍出版社，1989。

（南朝梁）刘勰著，周振甫注：《文心雕龙注释》，北京，人民文学出版社，1981。

（南朝梁）沈约：《宋书》，北京，中华书局，1974。

（南朝梁）萧统编，（唐）李善等注：《六臣注文选》，杭州，浙江古籍出版社，1999。

（南朝梁）萧统著，俞绍初校注：《昭明太子集校注》，郑州，中州古籍出版社，2001。

（南朝梁）萧子显：《南齐书》，北京，中华书局，1972。

（南朝梁）钟嵘著，曹旭集注：《诗品集注》，上海，上海古籍出版社，1994。

（南朝梁）钟嵘著，陈延杰注：《诗品注》，北京，人民文学出版社，1961。

（北魏）郦道元著，（清）王先谦校：《合校水经注》，北京，中华书局，2009。

（北魏）杨衒之著，范祥雍校注：《洛阳伽蓝记校注》，上海，上海古籍出版社，1999。

（北齐）魏收：《魏书》，北京，中华书局，1974。

（北齐）颜之推撰，王利器集解：《颜氏家训集解（增补本）》，北京，中华书局，1993。

（唐）房玄龄等：《晋书》，北京，中华书局，1974。

（唐）李百药：《北齐书》，北京，中华书局，1972。

（唐）李延寿：《南史》，北京，中华书局，1975。

（唐）令狐德棻等：《周书》，北京，中华书局，1971。

（唐）姚思廉：《梁书》，北京，中华书局，1973。

（唐）张彦远辑，洪丕谟点校：《法书要录》，上海，上海书画出版社，1986。

（唐）张彦远著，俞剑华注释：《历代名画记》，上海，上海人民出版社，1964。

（宋）陈思：《书苑菁华》，《文渊阁四库全书》影印本。

（宋）郭茂倩：《乐府诗集》，北京，中华书局，1979。

（宋）张世南撰，张茂彭点校：《游宦纪闻》，北京，中华书局，1981。

（明）胡应麟：《诗薮》，北京，中华书局，1958。

（明）谢榛著，宛平校点，（清）王夫之著，舒芜校点：《四溟诗话 姜斋诗话》，北京，人民文学出版社，1961。

（明）张溥著，殷孟伦注：《汉魏六朝百三家集题辞注》，北京，中华书局，2007。

（清）陈祚明评选，李金松点校：《采菽堂古诗选》，上海，上海古籍出版社，2008。

（清）方薰著，郑拙庐标点注译：《山静居画论》，北京，人民美术出版社，1959。

（清）王夫之等撰，丁福保编：《清诗话》，上海，上海古籍出版社，1999。

（清）阮元撰，邓经元点校：《揅经室集》，北京，中华书局，1993。

（清）严可均校辑：《全上古三代秦汉三国六朝文》，北京，中华书局，1958。

（清）永瑢等撰：《四库全书总目》，北京，中华书局，1965。

（清）章学诚著，叶瑛校注：《文史通义校注》，北京，中华书局，1985。

蔡仲德：《中国音乐美学史（修订版）》，北京，人民音乐出版社，2003。

曹旭：《诗品研究》，上海，上海古籍出版社，1998。

陈传席：《中国绘画美学史》，北京，人民美术出版社，2009。

陈绶祥：《魏晋南北朝绘画史》，北京，人民美术出版社，2000。

陈引驰：《刘师培中古文学论集》，北京，中国社会科学出版社，1997。

丁福保：《历代诗话续编》（全三册），北京，中华书局，1983。

伏俊琏：《人物志译注》，上海，上海古籍出版社，2008。

郭因：《中国绘画美学史稿》，北京，人民美术出版社，1981。

郭绍虞：《中国文学批评史》，天津，百花文艺出版社，1999。

郭绍虞：《照隅室古典文学论集》，上海，上海古籍出版社，2009。

华东师范大学古籍整理研究室：《历代书法论文选》，上海，上海书画出版社，1979。

黄侃：《文心雕龙札记》，上海，上海古籍出版社，2000。

黄霖：《文心雕龙汇评》，上海，世纪出版集团，上海古籍出版社，2005。

康有为：《广艺舟双楫》，北京，中国书店，1983。

李泽厚、刘纲纪：《中国美学史（第二卷上）》，北京，中国社会科学出版社，1987。

李泽厚、刘纲纪：《中国美学史（第二卷下）》，北京，中国社会科学出版社，1987。

刘纲纪：《六法初步研究》，上海，上海人民美术出版社，1960。

刘海粟：《中国绘画上的六法论》，上海，上海人民美术出版社，1957。

刘师培：《中国中古文学史讲义》，北京，人民文学出版社，1957。

刘永济：《文心雕龙校释》，北京，中华书局，2007。

鲁迅：《而已集》，北京，人民文学出版社，1973。

陆侃如：《中古文学系年》，北京，人民文学出版社，1985。

逯钦立著，吴云整理：《汉魏六朝文学论集》，西安，陕西人民出版社，1984。

罗根泽：《中国文学批评史》，北京，中华书局，1958。

吕德申：《钟嵘〈诗品〉校释》，北京，北京大学出版社，1986。

牟世金：《刘勰年谱汇考》，成都，巴蜀书社，1988。

牟宗三：《才性与玄理》，桂林，广西师范大学出版社，2006。

穆克宏、郭丹：《魏晋南北朝文论全编》，南京，江苏教育出版社，2004。

聂还贵：《雕刻在石头上的王朝》，北京，中华书局，2004。

钱锺书：《管锥编》（全五册），北京，中华书局，1979。

汤用彤：《魏晋玄学论稿》，上海，上海古籍出版社，2001。

王瑶：《中古文学史论》，北京，北京大学出版社，1998。

王达津：《古代文学理论研究论文集》，天津，南开大学出版社，1985。

王叔岷：《钟嵘诗品笺证稿》，北京，中华书局，2007。

温肇桐：《中国古代画论要籍简介》，天津，天津人民美术出版社，1980。

温肇桐：《中国绘画批评史略》，天津，天津人民美术出版社，1982。

徐复观：《中国艺术精神》，上海，华东师范大学出版社，2001。

许文雨：《钟嵘诗品讲疏·人间词话讲疏·附补遗》，成都，成都古籍书店，1983。

杨明照：《抱朴子外篇校笺》，北京，中华书局，1997。

余嘉锡：《四库提要辨证》（全四册），北京，中华书局，1980。

余绍宋：《书画书录解题》，北京，北京图书馆出版社，2003。

俞剑华：《中国古代画论类编（修订本）》，北京，人民美术出版社，2005。

俞剑华：《中国画论选读》，南京，江苏美术出版社，2007。

张伯伟：《钟嵘诗品研究》，南京，南京大学出版社，1999。

《中国音乐文物大系》总编辑部：《中国音乐文物大系（山西卷）》，郑州，大象出版社，2000。

周勋初：《魏晋南北朝文学论丛》，南京，江苏古籍出版社，1999。

朱东润：《中国文学批评史大纲》，上海，上海古籍出版社，2001。

朱自清：《诗言志辨》，上海，华东师范大学出版社，1996。

宗白华：《美学散步》，上海，上海人民出版社，1981。

［日］清水凯夫：《六朝文学论文集》，韩基国译，重庆，重庆出版社，1989。

图书在版编目（CIP）数据

魏晋南北朝文艺思想史 / 李壮鹰主编. —北京：北京师范大学出版社，2023.7
（中国文艺思想通史）
ISBN 978-7-303-26726-2

Ⅰ.①魏… Ⅱ.①李… Ⅲ.①文艺思想史-中国-魏晋南北朝时代 Ⅳ.①I209.35

中国版本图书馆CIP数据核字（2021）第003395号

魏晋南北朝文艺思想史
WEIJIN NANBEICHAO WENYI SIXIANGSHI

李壮鹰　主编

策划编辑：禹明超	责任编辑：吴纯燕
美术编辑：王齐云	装帧设计：王齐云
责任校对：段立超　陶　涛	责任印制：马　洁　赵　龙

出版发行：北京师范大学出版社	开本：730mm×980mm 1/16	版次：2023年7月第1版
印刷：保定市中画美凯印刷有限公司	印张：70	印次：2023年7月第1次印刷
经销：全国新华书店	字数：1050千字	定价：280.00元

北京师范大学出版社
http://www.bnup.com
北京市西城区新街口外大街12-3号
邮政编码：100088
营销中心电话：010-58805385
主题出版与重大项目策划部：010-58805385

版权所有·侵权必究
反盗版、侵权举报电话：010-57654750
北京读者服务部电话：010-58808104
外埠邮购电话：010-57654738
本书如有印装质量问题，请与印制管理部联系调换。
印制管理部电话：010-58808284